DUMONT

Papageno ist Vogelpfleger. Seit Menschengedenken arbeitet der Einzelgänger im Berliner Zoo. Da kommt eine neue Kollegin in den Garten, Dorothee Matthes, die über Großkatzen forscht. Doch die leidenschaftliche Affäre der beiden zerbricht an Papagenos Erinnerungen an Jali. Die litauische Jüdin hat er in den dreißiger Jahren kennengelernt, beide schwärmten sie für die Tiere. Jali wollte Deutsch von ihm lernen und brachte ihm dafür die Sprache der Liebe bei. Eines Tages verschwand sie. Papageno hofft noch immer, im Zoo auf ihre Spuren zu stoßen.

Martin Kluger wurde 1948 in Berlin geboren und lebt dort. Er arbeitete als literarischer Übersetzer und schreibt Drehbücher für Film und Fernsehen. 1998 veröffentlichte er den Roman ›Die Verscheuchte‹, bei DuMont erschienen der Erzählungsband ›Der Koch, der nicht ganz richtig war‹ (2006) sowie seine Romane ›Die Gehilfin‹ (2006) und ›Der Vogel, der spazieren ging‹ (2008). Martin Kluger wurde 2008 mit dem Bremer Literaturpreis und dem Candide-Preis der Stadt Minden ausgezeichnet.

Martin Kluger

Abwesende Tiere

Roman

DUMONT

Von Martin Kluger ist im DuMont Buchverlag außerdem erschienen:

Der Koch, der nicht ganz richtig war

Die Gehilfin

Der Vogel, der spazieren ging

Oktober 2010
DuMont Buchverlag, Köln

Umschlag: Groothuis, Lohfert, Consorten | glcons.de
Umschlagabbildung: Anup Shah / Bavaria Bildagentur
Gesetzt aus der Dante
Satz: Greiner & Reichel, Köln
Druck und Verarbeitung: CPI – Clausen & Bosse, Leck
Gedruckt auf säurefreiem und chlorfrei gebleichtem Papier
Printed in Germany
ISBN 978-3-8321-6131-6

www.dumont-buchverlag.de

BEAUTY IS MOMENTARY IN THE MIND –
THE FITFUL TRACING OF A PORTAL;
BUT IN THE FLESH IT IS IMMORTAL.

Wallace Stevens,
»Peter Quince at the Clavier«

Für Maureen Herzfeld

INHALT

DIE LEBEWESEN IN DER REIHENFOLGE IHRES ERSCHEINENS ODER IHRER ABWESENHEIT

Die Frau des Zoodirektors
Kouakou Koffi Beh
Der Zoodirektor
Frl. Friederike, seine Sekretärin
Chorleiter Prof. Theodor Davidobski
Dorothee Matthes, geb. 1950 irgendwo im Rheinland
Die Pförtner
Sali, der Persische Leopard
Christoph Dalluge, geb. 1946 in Bonn
Die Augenkranken Tiere
Der Professor für Schmerzforschung
Junior, der Sohn des Direktors
S. N. Frettich
Die Mäuse von Pompeji
Karl-Walther Kadamecki, geb. 1914 in Neu-Langenburg/Tansania
Jochen Wirkus, der Vogelpfleger
Johannes Schmeckel, der Raubtierpfleger
Käthe Matthes, geb. 1936 in Straßendorf/Eifel
Schiefhals, der Graupapagei, geschlüpft 1897 in Ostafrika
Jael Glickstein Salvo-Sainz, geb. 1912 in Kaunas/Litauen
Sarotti, das Schwarze Pantherjunge
Dreier & Diderici, die Detektive
Der Molukkenkakadu
Kurt Lenz, der Gärtner
Frau Parusel, die Wächterin
Rita, das Orang-Utan-Weibchen

Taiga, die Wölfin
Marie-Luise Idekeit, geb. 1914 in Neu-Langenburg/Tansania
Rätsel, der Kolkrabe
Die Harpyie
Opa, der Platzanweiser
Dr. Daniels, der Oberzootierarzt
Die Schwestern
Die Mäntel
Herr Koebke, Institut f. Praktische Menschenkenntnis
Der Obervermessungsingenieur
Vera Zondek-Ruddy, geb. 1908 in Berlin
Conte Condoli, der Erleuchtete
Der Obertierinspektor
Gustav, der Schwarze Panther
Eddy Eden und seine Mau-Mau-Girls
Willy S. Klein
Der Horch-Fahrer
Freddy, der Kater
Emil und Zwemil, die Kneipenwirte
Der Dackel
Die Rillies vom Planeten Rill
Die Familie
Rasso von Hünersdorff
Hadi Kumal
Herkules, das Miniaturschwein
Die Riesenschlange

I

Tiere, die reisen

Aus einem deutschen Zoo entfloh, im Jahr der vorgeschichtlichen Riesenschlange, die Frau des Zoodirektors, Richtung Ende der Welt. Und wo liegt dieses Ende? Wir wissen es noch nicht. Auch unsere Geschichte kommt zu spät.

Aber auch das Haar hat seinen Schatten und die kleine Ameise ihren Zorn.

Menschen, die andere Menschen verfolgen, mit gleichgültigen Blicken und kannibalischen Gedanken, bemerkten ein paradiesisches Geschöpf in Begleitung der flüchtenden Frau, einen nachtschwarzen Jüngling, scheu auf weitgereisten Zoologenkoffern hockend.

Er trug den merkwürdigsten Hut, ein Gebinde aus bunten Federn, wie eine Krone auf dem wolligen Kopf. Bei allen vier Winden wollten die Menschen, die Erholung suchen müssen in der Fremde, eine solche Kopfbedeckung nie gesehen haben, nicht auf dem Antlitz ihrer alten Erde, und sie ärgerten sich, gegen den Rat ihrer Ärzte. Mit der geduldigen Verfressenheit enttäuschter Krokodile verfolgten sie, wie es hemmungslose Küsse regnete für den Exoten.

Die Frau des Zoodirektors warf ihre graublonde Mähne über das junge Pechgesicht, und ein Hauch von Feder entschwebte für immer ins weite Nichts der internationalen Flughafenhalle, in der die letzten Historiker des Menschengeschlechts heimlich ihre winkenden Kinder photographierten. Denn es wurde Zeit. Ein körperloses Lallen, eine sterbende Stimme vielleicht, schlafwandelte durch die Atmosphäre, allen in die Knochen, die wie in Trance wußten, wohin sie mußten. Nur der Schwarze rührte sich nicht. Brütend verharrte er auf dem legendären handgemachten Hirschledergepäck seiner großen Freundin, zwei scharf riechenden Stücken, beklebt bis zur Unkenntlichkeit mit den Andenken unvergessener Fangexpeditionen für den deutschen Zoo.

Letzter Aufruf, betete die sterbenskalte Stimme, bitte ergeben Sie sich. Der Schwarze schüttelte den Kopf, die Federkrone fiel. Erheben Sie sich. Er blieb sitzen. Geben Sie sich. Begeben Sie sich. Er seufzte, in seiner eigenen schwierigen Fremdsprache.

Im Spätstadium der Sinnesverwirrung, die wir Fernweh nennen, kann es bei verliebten Menschen vereinzelt zu verängstigtem Seufzen kommen, vor dem jeweils nächsten Schritt. Wohin mit mir? Wohin mit dir? Wohin noch?

Was immer an diesem Tag im internationalen Flugnetz zappelte, vernahm den Warnlaut und erstarrte augenblicklich. Münder verstummten im Gespräch über die Maximierung der Fortbewegung. Das fragwürdige kleine Irrlicht, das ungehindert durch Photolinsen dringt, erlosch. Die Rollbahnen lagen leblos im Regen, die Flugkapitäne saßen gebückt vor ihren nichtssagenden Apparaturen, bar jeder Starterlaubnis, alle Menschen lauschten, und die Welt verlor ihre Gedanken.

Globusgroß und gefräßig nahm die Zeit Gestalt an. Der junge Farbige seufzte. Die Fluggäste zitterten. In einer elend langsamen Prozession winziger winselnder Wesen ohne Gepäck sahen sie sich ins schwarze Maul der Erde kriechen, irr vor Angst, die rettenden Oberflächen der Welt nicht rechtzeitig zu erreichen. Denn das Seufzen ging zu Ende, und der schwarze, zähnestarrende Mund ging zu, und die zerbissenen Leiber der Zuspätgekommenen verspritzten ihr blutiges Gekröse in der Abflug-Lounge, wo die Zufrühgekommenen interessierte Mienen machten.

Aber dann ging es ganz realistisch, wie im Leben, weiter. Die Frau des Zoodirektors handelte. Ein harter Kuß, eine zarte Schaufelhand unter dem Zelt ihres Lodenmantels, und der schwermütige Wilde folgte ihr keuchend durch die Paßkontrolle. Keines deutschen Wortes war er mächtig. Ich werde dich immer lieben, hörte er ganz dicht an seinem Ohr. Heute vielleicht und morgen am Ende der Welt. Am Rande der Ereignisse, die sich, wer konnte es wissen, überstürzen wollten wie nie zuvor.

Schau mal, die Federn! sagte ein Kind zum anderen in der Abflughalle. Und zwei gierige Köpfe beugten sich über die zertrampelte Krone des Unbekannten. Es war einmal ein Vogel, nein, es waren zwei, oder drei? Nein, es waren vier Vögel, fünf Vögel, die wollten ein Nest bauen auf dem Flughafen, wo man fliegt. Und sie waren gerade dabei, sie waren gerade dabei, als …

Die Wettervorhersage verhieß nichts Gutes. Das Flugzeug stieg in einen wüst bewölkten Novemberhimmel, zog zwei zögernde Schleifen über der verregneten Stadt und ließ Menschen und Geschichten unter den Wolken allein zurück.

*

Kurioser Himmel, dachte der Zoodirektor. Tag düster ohne Ende. Brehms gesammeltes Tierleben jagte übers dunkelgraue Firmament, eine ausgestorbene Riesenschlange voran, lang wie eine schlaflose Nacht, Kopf und Schwanzspitze kaum zu unterscheiden, aber deutlich ausgeprägt die hornigen Fortsätze, aus denen in vielen Millionen Jahren, wenn einmal mehr alles nach Plan verlief, alptraumhaft schöne Flügel wachsen sollten. Drachenschatten über der ganzen menschenleeren Welt.

»Aber da kommt sie ja schon! Da ist sie ja schon!« sang der Zoodirektor aus Leibeskräften. »Mit Riesenschritten die Evolution! Die alte Ritze zittert schon! Ihr einsam frierenden Spermatozoen …« Seine Stimme, ungewöhnlich hoch und hell für einen hünenhaften vollbärtigen Mann, brach. Hüstelnd starrte er nach draußen. Gebt mir Aussichten, gebt mir ein Wetter, mit dem ich arbeiten kann, gebt mir Besonnungsdauer. Streunende schwarze Hunde rotteten sich am Firmament zusammen, paarten sich mit streunenden weißen Katzen und verschwanden, der Himmel wußte wohin. Zorn, nicht

Gesang, lautete die Parole. Gleich morgen in aller Frühe würde er eine Parole ausgeben, wie die Welt sie lange nicht vernommen hatte. Zorn in alle Ewigkeit. Oder lieber einfach Schmerz? In alle Ewigkeit? Wo lag der Unterschied? Gebt mir eins komma eins Glattschnabel-Hokkos.

Der Zoodirektor war sturzbetrunken. Zweimal von innen verriegelt, damit kein befugtes oder unbefugtes Lebewesen eindringen konnte, schwankte sein gewaltiges Büro in den kahlen Kronen minderwertigen Baum-Materials, das gleich morgen in aller Frühe durch ausgewachsene Silberbirken ersetzt zu werden hatte, andernfalls er den zahlreichen Rufen ins Ausland folgen würde.

Gebt mir Natur, gebt mir mehr, gebt mir Geld. Der Direktor setzte verschiedene Gesichter äußerster Befremdnis auf. Bin ich Krethi? Bin ich Plethi? Mit meinen weit über hundert Veröffentlichungen und mit meinem Standardwerk in zwanzigster Auflage und mit allen meinen Ersteintragungen in die Zuchtbücher der Welt? Bin ich nicht der Vater von eins komma null Berg-Anoa? Bin ich nicht der Vater des maximiert resistenten Miniaturschweins?

Eine halbe Flasche Weinbrand, die er seiner manisch-depressiven Sekretärin entwendet hatte, arbeitete mit chemischer Unerbittlichkeit an seinem empfindlichen Nervenkostüm. Es roch nach Erbrochenem. Es roch nach elektrischer Entladung, schmorenden Leitungen, glühendem Haß. Der fürstliche Ebenholzschreibtisch, hinter dem er kauernd litt, im dritten und obersten Stock der Zooverwaltung neben Haupteingang und Elefantenhaus, war übersät mit den Scherben eines zerschlagenen Photorahmens. Das Photo welkte und zerfiel im feuchten Fallaub des Vorgartens, wo eine alte Graugans vorsichtig nach den aufgeweichten Resten eines Lächelns schnappte. Gegenüber, in ihrem novembertrüben Tümpel, gründelten selbstvergessen die Flamingos.

Ungebeten ging ein Schneeregen nieder. Unerwartet früh im Wetterplan. Unmöglich mehr als ein unverschämter Scherz. Das Büro schwankte bedrohlich. Das Zootelefon klingelte. Der Direktor streckte seine einszweiundneunzig und nahm einen würgend tiefen Schluck Weinbrand.

Durch den wirbelnden fahlweißen Vorhang konnte er in der Ferne im bleifarbenen Dämmerlicht teures tropisches Geflügel vor Anker gehen sehen am Ufer der Insel der Schwarzen Klammeraffen. Ein Vermögen watschelte da an Land. Ab mit euch ins Winterquartier. Das Zootelefon klingelte. Ins ultramoderne, exorbitant kostenintensive, fernbeheizte, stufengeregelt beleuchtete Winterquartier, freche selbstvergessene Flamingos auch, Pelikane auch, Kleinnager auch, Schwarze Klammeraffen natürlich auch, diese Neuweltnervensägen, berüchtigt für ihre ausgefeilten Fluchtpläne und ihre hartnäckige Weigerung, sich manierlich züchten zu lassen, und ihren lauten Spott in lauen Sommernächten, wenn der Direktor Entspannung suchte.

»…«

»…«

»Hallo?«

»Hallo?«

»Spreche ich mit dem Herrn Direktor?«

»Hier spricht der Direktor.«

»Matthes, Herr Direktor. Die Kiste ist fertig.«

»Kiste?«

»Die Kiste. Sie wollten sie begutachten.«

»Begutachten?«

»Wenn sie fertig ist, ja. Und wir sind gerade eben …«

Lautlos, sehr behutsam, legte er den Hörer auf. Dann beobachtete er lange Zeit, aus den Augenwinkeln, seine echsenhaft ruhende Hand. Ein Tier wie jedes andere. Merkwürdig nur, daß es ihm gehörte, daß es keine Angst hatte.

Dann schien er zu schlafen. Dann klopfte eine Faust sehr schmerzhaft an die Tür in seinem Kopf. Ist offen, antwortete ein gemischter Chor in seinem Ohr. Dann schleppte Frl. Friederike, seine Sekretärin, auf ihren schmalen knochigen Schultern einen himmelblauen Sarg herein, der sich nach obszönen Metamorphosen als Luftpostpaket entpuppte.

Überraschung, mein Kleiner, keuchte sie. Schokolade vom Feinsten aus Übersee. Aber schön brav einteilen, nicht gleich alles auffuttern. Dann stopfte Frl. Friederike lauwarme klebrige Mullbinden in seinen Mund und würgte ihn schnell und gekonnt mit der Telefonschnur. Dann schien er wach zu sein. Das Zootelefon klingelte. Seine Hand zuckte zurück. Wollte er telefonieren? Oder hatte er schon? Oder war das nicht die heuchelnde Stimme seiner Frau gewesen, heuchelnd und hauchig aus Übersee oder Drübersee, die ihn beschwor, Särge zu begutachten? Und sie und der abgefeimte Affe waren jetzt »wir« und wollten gerade eben. Sie wollen mich in den Irrsinn treiben, mir winken Entmündigung und Elektroschocks. So grausam ist mein Adlerchen. Aber vergessen hat es mich nicht. Er schob sich den Zeigefinger tief in die Mundhöhle und biß hinein. Dann nahm er den Hörer ab.

»Ich glaube, wir wurden eben unterbrochen, Herr Direktor.«

»Adler?«

»Ich …«

»Du sprichst so leise.«

»Ich …«

»Wo bist du, mein Leben?«

»Wir …«

»Wo ist der Affe? Wo ist er?«

»Ich weiß nicht, wen Sie – ich wollte nur …«

»Du willst zurück? Ich hab's gewußt. Guter Adler. Böser guter Adler. Alles wird gut.«

»Herr Direktor? Können Sie mich verstehen? Da scheint jemand – die Leitung scheint – Herr Direktor? Ich wollte eigentlich nur Bescheid sagen, daß die Kiste …«

»Drecknutte! Verstell dich nicht!«

»Bitte?«

»Bitte? Du sagst bitte? Sag das noch mal.«

»…«

»Du schweigst? Du schämst dich?«

»…«

»Ich bring den Affen hinter Gitter. Ich bring den Affen um. Ich mach euch alle beide hin. Ich schwör's dir. Bei meinem Arm. Wo steckst du? Wo versteckst du dich?«

Klick.

Mein Arm ist lang. Unangenehm langer Arm, mein Arm. Hörst du mich? Ich kann dich kaum hören, du bist so weit weg, die Leitung scheint … die Verbindung ist …

Außerdem spiel ich nicht mehr mit.

Ich hab gesagt, ich spiel nicht mehr mit.

Ich will nicht, daß du weinst. Mußt nicht weinen, armer kleiner Adler. NICHT WEINEN.

Ich sag dir jetzt die Wahrheit. Du weißt, wie ich immer die Wahrheit sag. Und die Wahrheit ist: natürlich versteh ich dich. Ist ja meine Natur. Alles versteh ich. Du weißt, wie ich immer alles versteh.

Sei ruhig ein bißchen häßlich zu mir. Sei's ruhig. Mach ruhig.

Du weißt, alles darfst du machen. Alles, wovon wir je geträumt haben. Wenn du mir sagst, wo du steckst.

Nicht weinen. Wo steckst du?

Oder wir machen Urlaub und du darfst alles machen.

Oder wir machen endlich unseren neuen Anfang. Du weißt schon. Wir machen ihn gleich jetzt, gleich heut. Du darfst auch, wenn du sehr sehr vorsichtig und zart bist, darfst du auch …

Aber wirklich nur ganz vorsichtig. Und wenn du mir sagst, wo du steckst.

Damit ich dich besser finden kann. Weißt du noch?

Und vielleicht könnten wir mal wieder zusammen ins Labor. So wie früher. Ich und du und die Tür ist zu. Ich versprech dir, ich werd mich bessern. Ich werd auch hinschauen, wenn du …

Und vielleicht könnten wir den Affen, ich meine, wir könnten ihn ja vielleicht als Diener …

Kopfüber sank der Zoodirektor auf die Schreibtischplatte und stellte das Atmen ein. Wahllos memorierte er den inneren Bauplan der gemeinen Vögel der Welt. Körperwand, durchschnitten. Ich will nicht, daß du weinst. Brustmuskeln, durchschnitten. Rabenbein, durchschnitten. Mußt nicht weinen. Luftsäcke, durchschnitten. Zuviel ist zuviel. Thymus, durchschnitten, Bedeutung trotzdem umstritten. Kropf, durchschnitten, mit Erbsen gefüllt. Muskelmagen, durchschnitten, mit Larven gefüllt. Herz, durchschnitten, leer.

Entfernen wir nun zu guter Letzt beim weibl. Tier den traubigen Eierstock, der durch den Eileiter direkt mit der Kloake verbunden ist, so erblicken wir …

Der Direktor hörte seine Zähne knirschen, als fräßen sich riesige Insekten laut schmatzend in sein Hirn. Ich will nicht, ich muß nicht. Jetzt hörte er ein Fiepsen in seinem Hals, als wollten Mäuse dort heraus. Zaghaft ließ er ein wenig Luft herein.

Atemtechnik. Die Beherrschung der traurigen alten Rassel in der Brust. Nicht atmen, denken! Die alte Davidobski-Doktrin.

Er nahm einen Schluck Weinbrand, wartete, dachte. Das A und O der Atemtechnik, original nach Chorleiter Professor Davidobski, reich bebilderte Broschüre für deutsche Sängerknaben, nur eine Reichsmark. Phonographische Demonstrationen, nur weitere zwei Reichsmark. Private Demonstrationen nach Vereinbarung. Wie lauteten Chorleiter Professor Davidobskis eiserne Eselsbrücken für Sängerknaben, einst, als der Direktor ein eiserner Sängerknabe war?

Zwerchfell börteln wie Blume mit Biene? Zwerchfell kräuseln wie Stillen Ozean mit Brise? Kugeln wie Igel mit Angst? Inwendig umstülpen wie Seeanemone mit Brechreiz?

Jetzt herrschte, wohin er auch horchte, gedrücktes Schweigen in seinem weiträumigen Körper. Dann wuchs in seinem mächtigen Brustkorb ein kleiner schauerlicher Laut und wuchs bedrohlich schnell, als nahte mit Riesensprüngen ein wild heulender Vari aus ferner tiefer Nacht. Dann kam der schrille Stimmstoß, der klare Hühnerschmerzensschrei, gefolgt vom gurgelnden Winseln der Wehrlosigkeit. Dann weinte er.

Die alten Jammerdrüsen liefen über, in frühen zoologischen Praktikantenjahren viel zu spät diszipliniert. Der alte unterirdische Geysir brach aus, die himmelblauen Augen des Direktors sprühten Tränen wie am ersten Tag. Tränenfontänen vermischten sich mit dem Karotin seiner Bräunungslotion und dem gallegrünen Weinbrandschleim, der ihm aus Nasenlöchern und Mundwinkeln quoll, zu einer heißen, beizenden, bitteren Soße der Auflösung, die über sein Kinn rann und im tiefhängenden Bart versickerte.

Ein Beben begleitete die Flut. Der massive pechschwarze Schreibtisch schien im Innersten zusammenzustürzen, eine Galerie bleierner Äffchen verwandelte sich in ein Geschwader querschlagender Geschosse, das gelbe Privattelefon klingelte wie besessen, unter der Tür zum Vorzimmer blitzte ein Lichtstreifen auf und erlosch, es roch nach schmorenden Leitungen, galvanischen Kräften, elementarer Physik. Es war dunkel geworden in seinem Zoo.

Draußen unter dem Himmel wünschten seine lauernden Tiere einander langes springlebendiges Leben. Sie bedienten sich ihrer in den nachhallenden Höhlen der Vorzeit schlummernden Lautgeschichten, die von den Menschen, die Geschichten erzählen müssen, noch nicht erzählt werden mußten. Sie bedienten sich ihrer weit über die Gräser der Erde streifenden Geruchsbotschaften, die von den Menschen, die Botschaften übermitteln wollen, noch nicht übermittelt werden konnten.

In den Innenkäfigen gingen die Neonleuchten an, warteten die gefüllten Futternäpfe, rasselten wartend die Schlüssel. Der Schneeregen verdichtete sich zu Schnee, frische dicke Flocken fielen auf die tierleeren Außengehege, es wurde kälter, es wurde später.

Ein alter gebückter Mensch in durchsichtiger Regenhaut, unter der er seinen kleinen Photoapparat trug, fand den Hauptausgang, der gleichzeitig Haupteingang war. Zwei alte Pförtner mit rauschenden Funkgeräten erwarteten ihn. Sie zeigten drohend auf die Normaluhr hinter den Kassenhäusern, zeigten anklagend auf den alten Menschen, husteten in ihre Funkgeräte. »Der letzte ist da.« Die Pförtner hatten zu leiden. Jeden späten Abend im Sommer, jeden frühen Abend im Winter, jeden Abend bei jedem Wetter, jahrein jahraus, Jahrzehnt für Jahrzehnt, Jahrhundert um Jahrhundert und bis in alle Ewigkeit gab es diesen einen letzten mit der Unschuldsmiene, der keine Uhr besaß oder nicht lesen konnte oder ein Zerstreuter war oder ein Böswilliger oder einfach nicht hinauswollte. Die Pförtner litten unter der angeborenen Eigenschaft des Menschen, zu spät zu kommen. Der alte Mensch blieb stehen, schirmte seine Augen gegen den Schnee, schaute fragend in die turbulente Luft.

Zwei Elefantenruinen aus schmutzigem Sandstein säumten das Portal. Vor langer Zeit trafen und umringelten sich ihre Rüssel in einer stoisch brüderlichen Geste hoch über den Köpfen der Zoobesucher. Heute, nach sehr langer Zeit, rissen die gezackten Rüsselstümpfe ein bizarres Loch in den Himmel. Die großen afrikanischen Ohren bröckelten, Rümpfe und Beinsäulen waren übersät mit Einschüssen aus den letzten Stunden des letzten Krieges, als Soldaten hinter den steinernen Tieren Deckung gesucht hatten. Die denkmalgeschützten Elefantenruinen lasen sich wie Geschichtstafeln, auf denen die Namen verblichen und die Zahlen zerfallen waren. Generationen von Zoobesuchern hatten sich hier mit spitzen Gegenständen verewigt: aus Liebe, oder Dummheit, oder Langeweile. Der alte Mensch zwischen Hauptausgang und Haupteingang hatte genug gesehen. Umständlich zog er seinen schlichten Photoapparat hervor und bat die Pförtner mit höflichen Gesten, sich für ein Gruppenbild unter den Elefantenruinen zusammenzustellen. Da standen sie, würdevolle schwarze Gestalten in der Dunkelheit, und für die Dauer eines Augenblicks wurde die Dunkelheit erhellt vom Licht einer unbekannten Erinnerung.

Die Pförtner öffneten ihm kopfschüttelnd das Tor. Einen zögernden Fuß vor den andern setzend, entfernte er sich im Schneefall. Die steifbeinigen alten Pförtner, denen die jahrelange Arbeit des Wartens ein paar bescheidene Weisheiten beschert hatte, dachten: Jeder Mensch hat seinen Zoo, an den er denkt, manchmal im Lauf der Zeit. Das ist der Zoo seiner Kindheit. Da sieht er zum ersten Mal in seinem eigenen einzigen Leben, was sonst noch lebt auf der Welt. Den trägt er in sich wie ein zweites Herz, das schneller schlägt als das erste. Und nicht zu fassen ist bis zum Tod. Das ist so.

»Ich bin der Zoodirektor«, sagte der Zoodirektor in die trunkene Stille seiner Ideenflucht.

Ziellos durchwanderte er sein schattenreiches Büro. Riesenhafte schwarze Bulldoggen warteten an der Wand, und er wich zurück zum Fenster. Worauf warteten die Hunde? Wie spät war es? Wo steckte Frl. Friederike? Welchen Tag hatten wir heute? Mit dem Rücken zum Fenster tastete er sich langsam Richtung Schreibtisch und Schreibtischlampe. Was würde geschehen, wenn er Licht machte? Es gab Tiere, die reagierten wie die Kreaturen aus den alten Fabeln. Seine Hand folgte den Schleimspuren auf seinem Schreibtisch, fand das Glas. Er nahm einen warmen tränenverdünnten Schluck Weinbrand.

Er mußte sich nicht so gehen lassen. Seine Tiere brauchten den Vater. Seine arbeitsscheuen, verlogenen, ewig deprimierten Assistenten brauchten den Vater. Seine retardierten, verwahrlosten, drogensüchtigen, asozialen Tierpfleger brauchten den Vater, und nicht zu knapp. Desgleichen seine infantilen, triebhaften, gemeingefährlichen Gärtner, über die sogar in der kalten Jahreszeit ganz absonderliche Beschwerden geführt wurden, wenn er seinem Obertierinspektor und Frl. Friederike Glauben schenken konnte.

Zukünftige Zuchterfolge brauchten den Vater. Die Zuchtbücher der Welt rechneten mit ihm. Die zwei oder drei effektiv konkurrierenden, effektiv mißgünstigen Direktorenkollegen des In- und Auslands rechneten mit ihm und brauchten ihn, um ihre antiken zoologischen Sentimentalitäten und Mythologien gegen seine moderne Methodik abzugrenzen. Sein Neues Nachttierhaus, das Großprojekt seiner Träume, brauchte ihn. Planer, Stadtinspektoren, Baubehörden, der Aufsichtsrat, die Heere der Besserwisser rechneten mit ihm.

Die Sponsoren seines Neuen Nachttierhauses brauchten ihn. Die steinalten steinreichen schwierigen aber nachlaßwilligen Damen aus Übersee brauchten ihn, denn sie hatten die schönsten Stunden ihrer achtzigjährigen oder neunzigjährigen Leben als Wickelkinder in seinem Zoo verbracht und wollten sich erinnern, um sich nicht zu erinnern, und brauchten die Hand des Vaters, die das Uhrwerk zurückdrehte und den Scheck entgegennahm.

Herr Direktor, all mein Geld soll meinen Tieren gehören.

Haben Sie irgendein bestimmtes Tier im Auge, das in den Genuß Ihres Vermögens kommen soll?

Nein. Doch. Früher. Ich weiß nicht. Schalten und walten Sie, mein lieber verehrter Herr Direktor.

Gnädige Frau, ich stehe tief in Ihrer Schuld.

Die Presseabteilung erwies sich wiederholt als unfähig, solche Spendendramen wirkungsvoll in die Medien zu bringen, das Gewicht der veranschlagten Spendensumme und das Gewicht der involvierten Gefühle taktvoll gegeneinander abzuwägen. Das Verkehrsamt monierte schon. Die hochnäsigen, hohlköpfigen, unterernährten Flittchen von der Presseabteilung rechneten noch nicht mit ihm, würden ihn aber sehr wahrscheinlich brauchen, wenn er sie gleich morgen in aller Frühe auf die Straße setzte, wo sie hingehörten. Das Verkehrsamt der Stadt, die Stadt, das Land, sein Land, die Menschen in Stadt und Land rechneten mit ihm. Seine armen alten Pförtner, für die er mehrmals im Jahr exklusiv seine Freitags-Parole ausgab, brauchten ihn, damit er ihnen den Sinn ihrer harten, unterbezahlten Arbeit erklärte: Hütet den Garten. Wendet Unheil von ihm ab. Hütet die Gartenordnung. Achtet auf die Augen der Menschen, wenn sie den Garten betreten. Auf seine Pförtner konnte er sich verlassen. Weniger auf seine Besucher, von denen die meisten, ob sie es wußten oder nicht, die geborenen Tierquäler waren, Frauen und Kinder voran.

Aber auch das kleine Kind, das Angst hatte vor einem Tier oder vor allen und schreiend fortlaufen wollte, brauchte ihn, damit er es zurückhielt. Junior brauchte ihn.

Er hoffte, daß Junior ihm glaubte. Doch sein schweigsamer, achselzuckender Sohn glaubte alles oder nichts, denn er hatte seine Kindheit im Kreis der Tiere verbracht, in dem Glauben oder Nichtglauben einerlei waren. Er sprach, wenn überhaupt, tierisch, dachte tierisch. Er würde einen guten Pfleger abgeben. Junior durfte natürlich nichts erfahren, nichts ahnen. Junior glaubte ihm den unbezahlten, unbefristeten Forschungsurlaub, auf den er seine Mutter geschickt hatte, glaubte ihm die »spontane« Entscheidung gleich nach dem Frühstück, als Junior sich bereits in der Schule ausschwieg.

Seit es Frauen gibt, Junior, gehen Frauen auf ihre Reisen.

Junior zuckte die Achseln. Er verstand nicht. Er wußte nicht. Er konnte nicht ahnen, daß sein Vater ein Meister im Einfangen hoffnungslos entlaufener Tiere war, die Weltpresse hatte mehrmals berichtet. Nicht nur um Juniors willen rechnete seine entflogene Adlerfrau mit ihm. Sie brauchte ihn, das Dreckstück, sein Urteil, seine Rache, seine Vergebung am Ende. Ich bin der Direktor dieses Zoos, vergewisserte er sich. Man durfte den Direktor dieses Zoos nicht weinen sehen.

Er leerte sein Glas, bückte sich und stellte es im Dunkeln auf den Teppich. Dann legte er sich bäuchlings daneben, mit dem Gesicht zur Wand, so daß er die schwarzen Bulldoggen im Auge behalten konnte. Sie warteten schwärzer als schwarz und stiller als still, wie gefährliche Pförtner vor einem verbotenen Zoo. Sein Neues Nachttierhaus bewachten diese gefährlichen schwarzen Bulldoggen, monumentalen Büffeln oder Gauren gleich, dahin für alle Zeit, ausgestorbener als ausgestorben. Aber sein Neues Nachttierhaus existierte noch gar nicht, nur sein altes kleines tief unten im Menschenaffenhaus, und Büffel wurden noch gesichtet hin und wieder.

Und es sind ja gar keine Bulldoggen, dachte er, es sind ja nur alte Pförtner in schwarzen Uniformen, ich bin ja nur besoffen. Er weinte langsam und methodisch, mühselige dicke Tränen, die eine Ewigkeit brauchten, bis sie endlich aus seinen Augen kullerten. Er schmiegte sein verschmiertes Gesicht tief in den Teppich. Eine winzige Stimme sagte »Zup«.

Zup? War er nicht allein in seinem Teppich? Der Direktor bekam Angst um seinen Geisteszustand. Angestrengt lauschte er in den wolligen, fransigen Urwald. Was immer es war, es war da. Ein leises, sattes Suckelschmatzen wie von kleinen Schweinen dicht neben seinem Ohr am Rande der Wahrnehmung. War das Glück? Weinte er vor Glück? So kannte er seinen Teppich noch gar nicht, so weich, so moosig, so lebendig. Wer lebte hier? Antwortet mir, glückliche Tiere, aus eurem Versteck.

Hoch oben von der Decke seines Büros kam ein elektrisches Klikken, gefolgt von atmosphärischem Knistern und Rauschen wie aus einem Lautsprecher. Die Bulldoggen hoben ihre Köpfe, nahmen Witterung auf, rotteten sich schwärzlich zusammen, warfen Schatten in die Dunkelheit. Das Rauschen wurde lauter. Der Direktor kroch unter seinen Schreibtisch. Ein Räuspern, das Räuspern eines Mannes, explodierte im Lautsprecher an der Zimmerdecke. Er bohrte sich beide Zeigefinger in die Ohren.

Mußt nicht weinen, mein Feuerle, ertönte ein wohlbekannter Kontratenor. Der Magen des Direktors, oder war es das Herz, drehte sich ein langsames Mal um die eigene Achse.

Du bist das, Davidobski.

Er lebte.

Davidobski lebte immer noch.

Davidobski war schuld. Länger als lang war es her. Und doch brauchte er sich nicht lange zu erinnern. Der Direktor mißtraute der weiblichen Quizshow, die sich Erinnerung nennt. Nur Frauen erinnerten sich gerne und ausgiebig, und dies auch nur, weil sie, streng biologisch gesehen, über die Merkfähigkeit gewisser Papageiensorten verfügten. Kein Wunder, daß es ihnen in fast jeder Hinsicht schlechter ging als dem Mann. Nein, er war kein Mann, der sich Erinnerungen hingab. Er hatte keine Zeit für die unwissenschaftliche Rückschau auf das Früher, das Damals, das Diluvium seines Lebens.

Aber die Schuld, das war etwas anderes. Die Schuld spinnt langlebige, unsichtbare, giftige Fäden, Herr Professor Chorleiter Davidobski, und zwirnt den Schuldigen, also dich, und sein unschuldiges Opfer, also mich, zusammen in ein giftiges Netz, in dem es immer lange her, immer damals ist. Unser privates Biotop, Davidobski, unser kleiner Garten, giftig bis in die Wurzeln. Und es winden sich Tiere darin, die denken können und sogar träumen. Du kannst dir denken, wovon sie träumen.

Der Direktor hangelte sich schwerfällig von der Schreibtischkante in seinen spartanischen, knochigen Schreibtischstuhl und erschrak. In der äußersten Ecke seines verfinsterten elektrisierten Büros, zwei Meter über dem Fußboden, schwebte etwas. Er schüttelte den Kopf, schloß die Augen. Schluß mit dem Affentheater. Zuviel ist zuviel.

Aber der Mensch, der voller Hoffnung in einem Leben voller Tage jeden Morgen in aller Frühe die Züge seiner tagtäglich aus der Tiefe des Schlafs auftauchenden Erscheinung im Spiegel studiert, verschließt die Augen nicht vor schwebenden Erscheinungen. Eine kugelförmige fluoreszierende Nebelmasse, die aussah wie eine monströse, innerlich glühende Murmel oder wie ein kaleidoskopisch buntes Riesenauge, grünlich bläulich bräunlich gelblich, starrte ihn an. Murmeln sind aus Glas, erinnerte er sich. Augen sind aus …

Du bist das, Davidobski. Der Direktor setzte die Flasche an. Ihm konnte nichts mehr geschehen. Geschehen war alles. Alles war geschehen. Es war lange her. Sing deine scheußlichen östlichen Arien, Davidobski, ich bin unberührbar. Und ich warne dich, vor mir und meinem Beruf. Hör gut zu, was ich dir sage: Ich bin jetzt ZOODIREKTOR. Das hättest du nicht gedacht, was?

Der Direktor sagte laut: »Es hat alles seinen Sinn.« Ein Weinkrampf zwang ihn kopfüber auf die Schreibtischplatte. Davidobski würde ihm nicht entkommen, er war ihm sicher.

Denn Professor Theodor Davidobski, der ihm die Stimme und damit fast schon das Leben ruiniert hatte, der ihn im Traum verfolgte seit dreißig oder vierzig oder tausend Jahren, zappelte mit ihm im giftigen Netz und hörte ihn jetzt weinen und denken und litt mit ihm und konnte nicht anders, egal in welchem Eckchen des Erdballs er heutzutage seine erschwindelten Austern schlürfte. Denn Davidobski war noch am Leben, schlürfte noch Austern mit gebörteltem Zwerchfell, witzelte sich noch durch die Weltgeschichte, der Direktor fühlte ihn leben und zappeln und strampeln. Denn egal wie unsäglich alt und von Menschen verlassen und vergessen der lebensgefährliche Professor heute sein mochte, er lebte und litt in ihrer gemeinsamen Schlangengrube.

Denn die fürchterlichste aller Vergangenheiten ist die lebendig begrabene. Man macht sich Gedanken. Jahrelange Gedanken, die völlig unnütz und in ihrem Schmerz lächerlich sind, weil es keine synchronen Gedanken gibt, weil der verhaßte Mensch nach anderen Uhren lebt und sich andere Gedanken macht. Die lebendig begrabene Vergangenheit lebt ihr Eigenleben, in anderen Vergangenheiten, vielleicht sogar in der Zukunft. Der verhaßte Mensch telefoniert, man selbst schläft, hört nichts, weiß nichts, kennt den Wortlaut nicht. Der verhaßte Mensch liebt einen anderen Menschen, Sonntagmorgen, aber man selbst schaut auf den Kalender, und es ist Montag.

Der Direktor wußte, sein Leben entbehrte nicht einer gewissen »Romantik«. Er spürte die Spannung, wenn der giftige Faden wieder zuckte, wenn er und Davidobski wieder Kontakt aufnahmen, wie die Spannung eines jugendlich Verliebten, für den die Gegenwart endlich wieder Gegenwart wird, wenn er am giftigen Faden des Verliebtseins hängt. Unter den vielen Geheimnissen, mitunter den unvorstellbar schrecklichsten, die das Leben eines Zoodirektors von Berufs wegen begleiten, war Davidobski das geheimste und das schrecklichste. Des Direktors steile Karriere, die Ehe mit Deutschlands populärster Zoologin, sein gutgeratener Sohn, sein Leben im Dienst der Allgemeinheit der Tiere: ein übermenschliches Trotz. Trotz Davidobski. Niemand wußte das. Auch seine Adlerfrau nicht. Sein Adler in ihren Adlerhöhen wußte nicht, was Menschen empfinden, die nie wieder singen können. Obwohl sie zum Singen geboren waren wie der Fisch zum Schwimmen.

Hätte er dem geldgierigen Scharlatan Davidobski nur nie geglaubt, von Anfang an niemandem geglaubt, hätte er nur nie einem einzigen Menschen ein einziges Wort geglaubt. Er wäre heute nicht bloß der Direktor des artenreichsten Zoos der Welt, er wäre höchstwahrscheinlich ein gestandener Bariton, vielleicht sogar ein gefeierter. Zumindest ein Mann mit männlicher Stimme. »Deine süße Stimme«, sprach der Adler in der Nacht. Ihre violetten, langen, schmalen Augen ernst zusammengekniffen. Ihre gelbe exotische Zigarette im Mundwinkel. Ihre Stimme sonor. Sie beugte sich über ihn. »Deine süße Stimme.«

»Stimme süß wie Engel. Überirdisch. Warum korrigieren?« sagte der berühmte Professor Davidobski.

Das gelbe Privattelefon klingelte. Die glühende Murmel schwebte. Und wenn schon. Ja, versuch's nur weiter. Sag deinem Neger, ich werd ihn verklagen. Ich verklag euch alle beide, ich laß mich scheiden, ich hab dem Affen vertraut, hab ihn aufgenommen wie einen verlorenen Sohn, ihr schuldet mir Arbeit, dein schwarzer Schwanz hat mir eine Planstelle zunichte gemacht, vor dem Frühjahr bekomme ich keine neue Planstelle. Rechtsanwälte taten not. Detektive. Menschen, die Gutes von Bösem zu unterscheiden in der Lage waren, und wenn es den letzten Pfennig kostete. Ihr wollt mich in den Irrsinn treiben.

Das schillernde Nebelauge glotzte in vielen Farben direkt in sein müdes blaurotes Weinbrandauge. Und wenn schon. Alles war geschehen. Er leerte die Flasche.

Meine überirdische Stimme, dachte er. Die kam, als ich kein Sängerknabe mehr war. Als ich nicht, oder kaum, den Stimmbruch erreichte. Den ersehnten, erträumten, überfälligen Stimmbruch für den kräftigsten, größten Schüler der ganzen Schule. Davidobski wurde hinzugezogen. Wirksame Maßnahmen gegen unnatürliche Fehlentwicklungen insbesondere des männlichen Stimmapparates, Originalmethode nach Chorleiter Professor Davidobski, Kapazität für Stimmgebung und Stimmkorrektur, Erfolge in allen Ländern der

Erde. Nie wieder kieksen. Nie wieder quäken, mäuseln, hüsteln, fiepsen. Nie wieder seufzen. Schluß mit dem Schluchzen. Nicht atmen, denken! Die alte, nicht unumstrittene Davidobski-Doktrin.

Das Privattelefon klingelte. Versuch's nur weiter. Er liebkoste seinen feuchten Schreibtisch, fuhr mit den Fingerspitzen über alte und neue Schrammen, bohrte in den vertrauten Brandlöchern, die der Adler ihm hinterlassen hatte, fand das Telefon. Der Direktor liebte seine Telefone, privates und zoologisches, wie ein Musiker seine Instrumente. Seine Telefone spielten mit, antworteten, stimmten, sangen für ihn.

Er suchte die schwarzen Bulldoggen an der Wand, doch sie waren verschwunden. Das glotzende Murmelauge stammte aus einer vergangenen Welt, er wußte jetzt, aus welcher. Er faßte Mut. Alle Dinge haben ihre harmlose Wirklichkeit, Münzen haben ihre zwei Seiten, und beide sind harmlos. Bulldoggen werfen ihre Schatten, und Dogge und Schatten sind harmlos. Licht an.

Im Lichtkreis der Schreibtischlampe erwachte unter einer orangenen Aurora, wie sie nur wenige Menschen in ihrem Leben gesehen haben, die grandiose Farbenpracht der Phototapete. Das Geschenk eines afrikanischen Kollegen. Weidende Watussi-Rinder bei Sonnenaufgang. Er griff nach dem Telefonhörer.

»Miststück. Ich werd euch verklagen. Ich werd euch das Bett unterm Hintern wegklagen. Es gibt Rechtsanwälte, die können so was. Detektive, die ihnen zuarbeiten. Spesenkonten höher als der Kilimandscharo. Zwei wirklich gefährliche Exemplare, richtige Kopfgeldjäger, denn ich bin ja nicht blöde, ich bin ja nicht untätig gewesen inzwischen, aber das sieht dir ähnlich, daß du glaubst, ich sitze hier tagelang und weine dir nach – gerade gestern haben sie mir gesagt, dieses eingespielte Profiteam Rechtsanwalt/Detektiv: Der Fall ist doch sonnenklar, da machen Sie sich doch um Himmels willen nicht die Finger schmutzig, Herr Direktor, diese Frau, die klagen wir doch mit Überschall rund um den Äquator und zurück, haben die Herren gerade gestern noch hier in diesem Büro gesagt, da mache ich mir doch die Finger nicht schmutzig und wenn's noch soviel kostet und wenn ich deinen Schmuck verkaufen muß und wenn ich deinen verfluchten Schmuck tatsächlich gleich morgen verkaufe. Du hast deinen Schmuck vergessen, deinen Nuttenschmuck, deinen ...«

»Werter Freund. Nicht so stürmisch. Ich bin's. Der Professor.«

»NEIN!«

»Doch.«

»Nein. Nein. Nein. DER Professor?«

»Aber ja doch.«

»Davidobski? Du lebst?«

»Wie meinen?«

»Einen Augenblick, Professor. Bleiben Sie am Apparat.« Der Direktor hielt den Telefonhörer mit ausgestrecktem Arm weit von sich, sah, wie dieser sein Arm zitterte, wie diese seine Hand zitterte, und wußte endlich, daß er nur träumte.

Sogar die Weinbrandflasche, die er im Traum leert, steht nicht auf dem Schreibtisch. Beweis genug. Im wirklichen Leben meidet er den Alkohol, er ist kein Mann, der sich berauschen muß. Er träumt, er träumt natürlich nur, daß er trinkt, so wie er als Kind träumt, daß er zeppelingroße Zigarren raucht oder auf ihnen herumkaut, bis sie ihm schmecken. Er träumt nur, das ist nur natürlich. Irgendwo im Raum-Zeit-Kontinuum muß es ja doch alles heraus früher oder später, und warum nicht früher, er will ja nicht krank werden. Aber dieses Telefongespräch ist nur das Vorspiel, gleich kommt ja der alte Davidobski-Traum, gleich wacht er schweißgebadet auf, oder halb erfroren mit einem Bart voller Eiszapfen. Aber diesmal nicht. Aber diesmal lädt der Zoodirektor den Chorleiter Professor Davidobski ganz offiziell zum Essen ein, denn er lädt ihn sonst nicht zum Essen ein, weder offiziell noch inoffiziell. Denn meistens wird er von einem haarigen Wesen mit warzigen Auswüchsen im Keller im alten kleinen Nachttierhaus angefallen und hört nur die gräßliche Stimme dieses Davidobskiwesens, einen herzumdrehenden Kontratenor, der ihm östliche Litaneien ins Ohr spießt. Aber Zoodirektor und Chorleiter Professor essen dieses eine Mal ganz zivilisiert in einem gediegenen Restaurant zu Abend, und das Restaurant liegt weit draußen in der Stadt. Und schon beim Käse wird Zoodirektor deutlich. Und Professor wird kleiner und kleiner. Und schon beim Dessert sagt Zoodirektor zu Professor, daß er ihn nie wieder zu sehen oder zu sprechen wünscht, nicht im alten kleinen Nachttierhaus bei den Koboldmakis, nicht bei Orangs über dem alten Nachttierhaus, nirgendwo im Zoo. Zooverbot auf Lebenszeit, kraft seines Amtes als Zoodirektor. Professor schrumpft auf Däumlingsgröße, ist kaum mehr zu erkennen hinter dem Vorhang aus Zigarrenrauch. Wie er wohl aussieht, heute, der Davidobski, in Wirklichkeit? Vorsicht vor Fragen. Er darf nicht aufwachen. Schlau sein im Schlaf. Hier ist die erste und einzige Gelegenheit, den Traum für alle Zeit zu beenden. Er beobachtet, wie der Telefonhörer zum Zoodirektor zurückflattert. Jetzt spricht der Zoodirektor.

»Verzeihen Sie, Professor. Ich weiß, daß Sie leben. Und ich weiß, daß Sie anrufen. Und eben gerade will ich Sie zum Essen einladen. Hören Sie?«

»Ich höre.«

»Wir haben keine Zeit zu verlieren. WIR MÜSSEN UNS TREFFEN. Aber ich kann jetzt nicht sprechen, wie ich will, es ist nämlich Besuch in meinem Büro, alte Wickelkinder, alte Damen, Sponsoren, Spenderinnen, sehr alte sehr liebe Damen, das Neue Nachttierhaus muß noch in diesem Jahr seine Grundsteinlegung – ich nehme an, Sie haben schon gehört, Sie wissen – und Sie leben noch! Sie müßten längst gestorben sein.«

»Ich lebe noch. Fahren Sie fort. Das Neue Nachttierhaus muß noch in diesem Jahr …«

»Muß noch fertig werden im übernächsten Jahr. Ich rechne voll mit diesem Jahr im übernächsten Jahr. Dieses Jahr ist abgeschlossen. In diesem Jahr heißt übernächstes Jahr. Dieses Jahr ist übernächstes Jahr. Verstehen Sie mich?«

»Dieses Jahr ist übernächstes Jahr. Gar nicht so abwegig. Durchaus möglich.«

»Professor, lieber alter Freund, jetzt wollen wir aber endlich essen. Austern, wie es sich gehört. Ich habe Ihre geliebten Austern bestellt. Bei Pilzen war ich mir nicht so sicher. Sie essen doch Pilze? In Tomatensoße? Pilze, mein Leben lang hat man mir die kleinen Giftzwerge als Tiere unterjubeln wollen. Und danach gegrillte Lammkoteletts? Käse? Dessert? Alles? Gefällt Ihnen das Restaurant?«

»Ich bin Vegetarier. Wie Sie langsam wissen müßten.«

»Professor, bleiben Sie am Apparat! Noch essen wir nicht. Noch telefonieren wir. Tja, was soll ich sagen? Nach all den Jahren! Was hab ich Angst ausgestanden um Sie. Die Wirren der Zeit. Die häßlichen Dinge, von denen man hörte. Wir müssen zusammen essen. Ich singe noch, das heißt, ich singe eigentlich nicht mehr, das heißt nur noch zu Hause, Sie müssen meine Frau kennenlernen, sie könnte auch für uns kochen, wir könnten zusammen essen! Wir haben immer von Ihnen gesprochen und die alten Platten gehört und die alten Zeitungsartikel vom großen Davidobski haben wir gelesen, immer und immer wieder. In welchem Hotel wohnen Sie?«

»Ich sitze hier auf K 2 bei unserer jungen Kollegin Matthes, Herr Direktor. Tut mir leid, daß ich Sie stören muß. Wir haben hier ein kleines Problem. Die Kiste ist fertig. Aber wir müssen unbedingt zusammen essen. Morgen bei mir. Nach der Runde. Wenn Sie wieder auf dem Damm sind, alter Freund. Ich könnte uns einen pikanten Gurkensalat …«

»Davidobski, nenn mich nicht so.«

»Ich darf Sie nicht mehr alter Freund nennen?«

»Nenn mich nicht Herr Direktor. Nenn mich, wie du willst. Aber laß den Direktor aus dem Spiel. Nenn mich meinetwegen Rotzbengel, wie früher. Nenn mich Heulsuse, Xanthippe, Pullermännchen, nenn mich FEUERLE, aber nicht …«

»Einen Augenblick, Herr Direktor. Bleiben Sie bitte am Apparat.«

Der Direktor hörte und spürte, wie der Telefonhörer oder der ganze »Apparat«, an dem er bleiben sollte, in einen dumpf blubbernden, siedend heißen Kochtopf getaucht wurde. Er wartete. Er war müde. Er schwitzte. Nichts geschah. Was immer in einem Augenblick zu geschehen imstande ist, geschah nicht. »Ungünstig …« blubberte es im Kochtopf. »Schwierig …«, »Vorsichtig …«

»Herr Direktor? Hören Sie? Es gibt nicht den geringsten Grund zur Aufregung. Ich spreche aus dem Zoo, aus nächster Nähe. Und ich sage: Die Kollegin Matthes, bei der ich hier sitze, möchte Ihre Unterschrift. Nur Ihre Unterschrift. Aber sie hat ein kleines Problem mit dem Telefon, wie es scheint. Denn es scheint, als sei die Zooleitung nach draußen geschaltet, nein, nach drinnen. Und Ihre Privatleitung, Herr Direktor, ist nach draußen geschaltet? Wie dem auch sei. Wir sind hier völlig Herr der Lage, wir brauchen nur Ihre Unterschrift. Wenn Sie wissen, worauf ich hinauswill.«

»Hinauswill? Wer spricht?«

»Der Professor.«

»Professor? Welcher Professor? Professoren gibt's wie Sand am Meer. Verstellen Sie sich nicht. Ich weiß, wer Sie sind. Ich weiß, was Sie essen. Ich weiß, daß Sie schlecht schlafen. Hier spricht der Zoodirektor. Identifizieren Sie sich.«

»Hier spricht Ihr Professor. Auf K 2.«

»Welchen Tag haben wir heute?«

»Samstag. Vielleicht können Sie Frl. Friederike am Montag instruieren, daß sie die Leitungen …«

»MONTAG?!«

»Montag ist übermorgen. Heute ist Samstag. Instruieren am Montag. Unterschreiben am Samstag. Gestern war Freitag. Morgen ist dann wieder Sonntag. Und so weiter. Die laufende Wochenparole lautet ›Treibt sie!‹ Ich muß gestehen, ich habe vergessen, was die Parole bedeutet. Wen sollen wir treiben?«

»Treibt sie! Treibt sie!«

»Wen? Wohin?«

»Treibt sie in die Winterquartiere, ihr Hohlköpfe!«

»Natürlich. Kein Grund zur Beunruhigung. Überall wird getrieben. Die Pelikane waren gestern dran. Herr Direktor?«

»Ja bitte?«

»Kollegin Matthes hat die Spezialkiste zimmern lassen, die Kiste für den Persischen Leoparden. Der Leopard ist jetzt reisefertig. Was fehlt, ist Ihre Unterschrift. Garantie für Lebend Abfahrt/Lebend Ankunft. Ich habe das Tier mittelstark narkotisiert und gründlich untersucht. Keine Bedenken. Vielleicht könnten Sie Kiste und Tier heute abend noch abnehmen. Dauert nur ein paar Minuten.«

»Natürlich. Wann?«

»Gleich vielleicht? PanAmerican wollen das immobilisierte Tier.«

»Natürlich. Entschuldigen Sie, Professor. Ich bin noch etwas zerstreut. Zwei Detektive waren eben hier, in meinem Büro. Zwei Rechtsanwälte. Sie wissen, wie diese Leute sind. Wo meine Minuten doch ...«

»Ich weiß. Kein Grund zur Aufregung.«

»Professor. Ich verlasse mich auf Ihr persönliches Lebend Abfahrt/Lebend Ankunft. Das Tier ist gesund? Sie haften mir.«

»Wie soll ich das verstehen, ich hafte Ihnen?«

»Das Tier ist gesund?«

»Ja.«

»Sie haften mir. Und wer zum Henker ist diese Kollegin Massel? Hat man sie mir schon vorgestellt? Ist sie ein Assistent? Alle entscheiden über meinen Kopf hinweg. Niemand informiert mich. Ich verlange einen ausführlichen Bericht.«

»Die neue Kollegin heißt Matthes. Wissenschaftliche Mitarbeiterin. Promoviert bei einem von uns beiden, wahrscheinlich bei Ihnen. Sie selbst haben ihr das Projekt vor drei Wochen übertragen. Persischer Leopard in den Taronga Zoo nach Sydney. Das Tier zeigte neuartige Stereotypien, und da die Kollegin Matthes über Stereotypien ...«

»Taronga Park? Im Austausch mit?«

»Nichts. Er soll nur seine Manneskraft beweisen drüben in Australien. Dann kommt er zurück.«

»Ich verstehe. Dann kommt er zurück. Also gut, Professor, ich gebe Ihnen eine letzte Chance. Ich sehe Sie nachher. K 2? Ich komme sofort. Zweite Narkose. Und vielen Dank fürs Wecken. Sie haften mir.«

»Morgen zum Gurkensalat? Bei mir? Nach der Runde?«

»Zum Gurkensalat, ja nun – vielleicht. Ich lasse Ihnen Bescheid geben. Wie heißt diese neue Kollegin?«

»Matthes. Dorothee.«

»Eine Weibse also. Übrigens, was ich Ihnen schon lange sagen wollte, Professor, Sie dürfen nicht alles wörtlich nehmen, was ich Ihnen sage. Setzen Sie Prioritäten. Afrika. Kann man Afrika vergessen? Wo fängt es an? Bedenken Sie die Fluchtdistanz der handzahmen Tiere. Sie ist gleich null. Ja ja. Und jetzt an die Arbeit! Zweite Narkose. Kannenweise schwarzen Kaffee. Salzhering und ein kleines Helles. Ende.«

»Ende. Übrigens, Herr Direktor ... Herr Direktor?«

*

Christoph! Wenn Du glaubst, daß ich zu Dir zurückkomme, nur weil Du mir bis hierher gefolgt bist und mir diese unendlich traurigen Photos von uns beiden von früher geschickt hast, so muß ich Dir mit Rilke sagen: Etwas hat mich langsam ...

Dorothee Matthes wachte auf, und ihr war übel. Sie rollte ihren Kopf nach rechts und las: »hat mich langsam«. Ihre gerade, lange, weiße (nordische? nubische?) Nase versperrte Dorothee die Sicht auf Rilkes weitere Worte. Aber da standen keine weiteren Worte. Ihr phänomenales Gedichtgedächtnis hatte sie, wie so oft in letzter Zeit, im Stich gelassen. Die Verse gingen verloren, die stolze kleine Bibliothek in ihrem Kopf ging verloren, sie hatte eine schlimme Ahnung, warum. Und dann, Dorothee, so darfst du deinen allerletzten Brief an Christoph nie im Leben beginnen. Keine Konditionalsätze, keine Zitate, kein Erbarmen. Nichts, woran sein krankhafter Optimismus sich neu entzünden könnte. Nichts, was ihn in seinem hartnäckigen Irrglauben an »das gute Ende« bestärken würde.

Irgend etwas hatte sie geweckt. Sie lauschte. Weinte da jemand? Der Kassettenrecorder hatte sich automatisch abgeschaltet. Der tragbare Fernseher lief ohne Ton. Ihr war speiübel.

Dorothee hob ihr langes, schmales (elfengleiches? käsebleiches?) Gesicht und konzentrierte sich auf das dottergelbe Briefpapier mit dem Prägedruck *Ms. Dorothee Matthes. Haydn Midwestern University. Haydn, Ohio. USA.* Ein Christoph-Geschenk aus der Urzeit. Manchmal, wenn sie lange genug schnupperte, roch es noch nach Amerika, nach Hash Brownies und Vaseline und den Sitzen ihres ersten Autos. Auch nach Amerika hatte er sie verfolgt. Zuerst mit seinen steinschweren nichtssagenden Briefen, dann mit trunkenen Telegrammen, zugestellt nach Mitternacht. Später dann frühmorgens mit lallenden Telefonanrufen. Schließlich als professioneller Säufer auf einem Frachtschiff. Nicht mehr und nicht weniger verfolgt mich, dachte Dorothee.

Irgend etwas hatte sie geweckt. Der Direktor kam nicht. Ein Mensch, ein Mann, sollte verhaftet werden im Fernsehen. Sein Mund schnappte auf, die Handschellen schnappten zu, Dorothee erinnerte sich: Es war Samstagabend im Zoo, es regnete, oder schneite es, und der Direktor kam nicht. Da weinten welche hinter den Wänden. Hemmungslose Kinder heulten im Chor »Laßt uns ein! Laßt uns sein!«, wußten nicht, was sie wollten, und weinten sich die Augen aus. Dorothee preßte eine geballte Faust zwischen ihre Schenkel, beugte sich über die Stuhllehne und würgte eine schleimige farblose Lache auf den Kachelboden des ehemaligen Tierkrankenhauses K2, das jetzt ihr Zuhause war. Schwer atmend inspizierte sie das Erbrochene. Ein paar Tomatenschalen waren zu entdecken. Ein paar dazu passende Reiskörner. Ein paar nicht identifizierbare winzige schwarze Punkte. Ein paar Tränen liefen über ihre Wangen. Die Ursprünge des Menschen, dachte sie schwerfällig, Wort für Wort, und dachte nicht weiter.

Dorothee drehte sich eine Zigarette. Ihre langen, schmalen, kräftigen Hände zauberten gut geratene, wohlgerundete Zigaretten in ihren feingeschnittenen, kleinen, nachdenklichen Mund. Dieser Mund, hatte Chris in der Urzeit formuliert, gehörte einem aristokratischen Fisch. Geboren im Zeichen der Fische und auf stattliche ein Meter achtundsiebzig herangewachsen, mißbilligte cand. biol. zool. Dorothee Matthes den unverschämten Vergleich mit finster gekräuselten Lippen. Wie klein deine Münder, hauchte der trunkene Optimist, wie groß deine Seele. Christoph Albert Dalluge, einen guten Kopf kleiner als sie und an chronischem Optimismus leidend, brach in Amerika sein Medizinstudium ab, verdingte sich als Treppenterrier und Mädchen für alles (Leichenwäscher?) in der Anatomie, kaufte sich ein altes Altsaxophon und komponierte Balladen für sie. Blieb aber klein und gemein.

Christoph! Wenn Du glaubst, es gebe zwischen uns irgendeine »Chemie« (wie Du Dich ausdrückst), die qua Naturgesetz dazu führt, daß wir letzten Endes immer wieder aufeinander »reagieren« werden wie die »Elemente«, so beweist dieser Dein elementarer (sic!) Irrglaube nur, daß Du weder …

Lieber Christoph! Stell Dich den *facts*. Deine Liebe kommt, wie alles von Dir, ungelegen oder zu spät oder beides. »Unser Garten der Liebe« (wann soll das gewesen sein? Dieser ganze Kitsch in Deinem Kopf!) hat *nie* existiert. War Deine Privatillusion, eine Kette von erwiesenermaßen falschen Interpretationen unseres persönlichen *allogrooming*, unserer verhaltensspezifischen …

Christoph! Mir ist übel. Übel wegen Dir. Ich will Dich nie wieder sehen. Ich will, daß Du aus meinem Leben verschwindest, endgültig. Ich werde unsere Bilder vernichten (die Photos, meine ich). Ich werde nur noch ich selbst sein. *Ohne Dich!* Ich wünschte, Du wärst in Australien oder im Gefängnis oder tot. Es tut mir leid, daß ich so offen …

Christoph, mein kleiner dummer Irrer! Wo immer Du Dich aufhältst hier in der Stadt, Du kriegst mich nicht mehr. Du bist *out. Got it?* Hör auf, mir diese schwachsinnigen Briefe zu schreiben. Steck Dir die alten Photos sonstwohin. Ich habe eine neue Liebe gefunden, die wahre diesmal, er ist das *genaue Gegenteil* von Dir, in allem besser als Du, meiner würdig. Er ist der Mann, nach dem ich mich mein ganzes Leben gesehnt habe, den ich als gleichberechtigten Partner gesucht und gefunden habe. Er ist …

Ein fernes unerfindliches und gleichzeitig furchterregend nahes elendes »Nein! Bitte nicht« (Neiiin! Bieeeteee nieeecht!) ließ Dorothee zusammenfahren.

Wir befinden uns nicht mehr in der Wirklichkeit? Wir träumen noch? Wir haben uns nicht erbrochen? Unser Christoph Dalluge hat nie existiert? Wir liegen zu Haus im Dorobett unter der Obhut der grauhaarigen Frau? Die grauhaarige Frau erzieht uns nach den modernsten Gesichtspunkten der Pädagogik in Sexualität und Geldangelegenheiten? Es geht uns gut? Wir haben nicht den Verstand verloren und unser Gedichtgedächtnis? Wir sind allein?

Nein! Bitte nicht! Du hast es doch deutlich gehört, Dorothee.

Der Direktor vielleicht? Der Direktor befand sich nicht im besten aller Zustände, meinte der Professor. Oder Chris, schon vor der Tür, immer schon vor der Tür, immer schon gut im Gedankenlesen? Sie hatte ihm verboten, den Zoo zu betreten. Oder der Fernseher? Sie drehte den Ton auf.

»Rekonstruieren wir in aller Ruhe den Tag, meine Herren, Minute für Minute, als Madeleine unvermittelt das Kino verließ, um sich, warum wissen wir noch nicht, aus dreihundert Meter Höhe …«

Rekonstruieren wir den Tag. In aller Ruhe. Jede Minute zählt. Himmel hilf. Ihr Blick sprang auf die Normaluhr über der Tür des ehemaligen Kleinen Behandlungsraums im Tierkrankenhaus K 2.

Ach so, dachte Dorothee, ihr seid das. Ihr seid das, und was habt ihr mich wieder erschreckt. Sie atmete tief aus, drehte sich eine neue Zigarette, beobachtete den Fernsehschirm, auf dem ein Gesicht mit

Männermund und all den überflüssigen Bartstoppeln näher rückte und verschwamm. Dann kam die Rückblende, die verschwommene Vergangenheit, ein Mädchen im Glitzerkostüm schaukelte auf dem Trapez, lächelte, streckte die Hand aus. War das Madeleine?

»… und ich sagte mir, das ist pures Gold das Ding, und wenn ich damals gewußt hätte, daß sie meine Schwiegernichte ist, daß wir überhaupt verwandt sind miteinander, dann hätte ich …«

Ja, das unerschöpfliche Lautreservoir des Zoos hatte Dorothee erneut einen Streich gespielt. Sie versuchten ununterbrochen, sich verständlich zu machen, die Lieblinge. Auch jene Tiere, die sie noch gar nicht kannte, die also erst später ihre Lieblinge sein würden, versuchten sich verständlich zu machen. Dorothee wußte, aus Beobachtungen in früheren Zoos, daß jedes Tier, auch das kleinste und geringste, eine sprachlose Erhebung seines Wesens durchlebte, sobald im festen Mitarbeiterstab der Veterinäre und Biologen und Zoologen und Pfleger und Eisverkäufer ein neues »menschliches« Gesicht auftauchte. Die Tiere wußten genau, was ein neues menschliches Gesicht bedeutete. Komposition, Proportion und Farbgebung eines neuen menschlichen Gesichts blieben ihnen nicht verborgen. Auch nicht die Strahlungen des menschlichen Gehirns. Sie reagierten darauf. Zwischenartliche Kommunikation fand statt, nachts vor allem, wenn das Futter schon lange verabreicht, der Hunger gestillt war. Ich muß mehr Routine entwickeln, dachte Dorothee. Sie war schließlich nicht zu ihrem Vergnügen hier.

Es waren natürlich die Augenkranken Tiere. »Nein! Bitte nicht!« war natürlich eine psychomotorische Überreaktion auf Dorothees elektrische Emanationen beim Schreiben des unseligen Christoph-Briefes, im Bruchteil einer Millisekunde mit der nicht-semantischen Lautgebung der Augenkranken Tiere verschmolzen und auf das menschliche Hörzentrum projiziert. So mußte es gewesen sein. Oder jedenfalls so ähnlich. Ein Phänomen, das den hiesigen Zooleuten nicht fremd zu sein schien, es kursierten die wildesten und gespenstischsten Geschichten über lautliche und visuelle »Erscheinungen«

in diesem artenreichsten Zoo der Erde. Bioparanoia, dachte Dorothee, der gesunde Hunger nach der Erklärung des Universums.

Es war die Stunde. Es waren die armen Augenkranken Tiere, die niemand kannte und niemand je zu Gesicht bekam. In den K 2-Laborkäfigen des Professors, die niemand kannte und niemand je zu Gesicht bekam, stimmten die armen Augenkranken Tiere ihr allabendliches Gruselkonzert an, vor dem Dorothee nicht früh genug hinaus in den dunklen Zoo flüchten konnte, seit sie die genaue Stunde wußte. Und wenn sie geflüchtet war, schämte sie sich, in der kalten schwarzschwefeligen Herbstluft über dem stillen, graugelb dampfenden Robbenbecken, allein über ihrem verschwommenen Spiegelbild. Vielleicht wollten die Augenkranken Tiere ihr etwas sagen. Vielleicht waren sie sogar gefangen. Aber nun waren ja hier alle gefangen. Aber vielleicht waren sie auf besonders grausam wissenschaftliche Art gefangen und spürten in ihren winzigen Nervenenden, daß jemand in ihrer Nähe war, der sie retten konnte. Vielleicht schmiedeten sie schon Fluchtpläne, in denen Dorothee die Schlüsselfigur war, die neue K 2-Mitbewohnerin Matthes, die feige Zoologin. Vielleicht gaben sie ihre unbeschreiblichen Konzerte für Dorothee Matthes allein. Sie mußte den Professor vorsichtig aushorchen, seit wann seine Tiere diese Laute produzierten. Sie mußte sich zusammennehmen und bleiben und zuhören, wenn die Stunde wieder kam. Heute mußte sie sowieso bleiben und zuhören, denn der Direktor hatte sich verspätet. Als würde ihn Salis weite Reise gar nicht betreffen, als würde er kein Herz haben für Salis Schicksal, als würde ihm Sali gar nicht gehören (gestiftet von der städtischen Spielbank), als würde es Sali gar nicht geben. Dabei hatte er noch letzte Woche vor Salis Innenkäfig einen Vortrag gehalten über den Transport von Großkatzen, über den Kistenbau, das Verladen, die versicherungstechnischen Fallstricke der Lebend Abfahrt/Lebend Ankunft-Garantie, die medikamentöse Ruhigstellung. Ob Sali eine zweite Surital-Analgesie unbeschadet verkraften konnte? Seit sie den jungen Persischen Leoparden vor zwei Monaten zum ersten Mal gesehen hatte (sein Fell sträubte sich sacht, er speichelte geringfügig, er gehörte ihr gleich mit Haut und Haaren), gefielen ihr seine optomotorischen Reaktionen nicht.

In Haydn, Ohio, komponierte Christoph ein Altsaxophonsolo, das er *Lionizing the Leopard* nannte. Er spielte es wie einen Wutanfall. Er haßte Dorothees Tiere, jede Katze, jeden Hamster, vor allem die Abbildungen in ihren Büchern. Er war nicht ungefährlich, vielleicht sogar gemeingefährlich, ein Psychopath, der seine Krankheit wollte und liebte. Käthe, ihre junge, grauhaarige Mutter, schloß sich in ihrem Zimmer ein, wenn er zu Besuch kam in der Urzeit. In der Urzeit versorgte Dorothee ihn mit vegetarischem Essen, Kleingeld für Bier und Tequila. Er war ihr Folterknecht und ihr hungriges, frierendes Kind, in beiden Rollen ein bösartiger Optimist. Aber in der Urzeit hörte Dorothee ihr Herz wachsen und über sich selbst hinauswachsen, sie hörte es pochen für ihren Christoph Columbus, ihren Großinquisitor (»Wenn du mich betrügst, bring ich dich um!«, »Wenn ich dich betrüge, bring ich mich um!«), ihren Wilden, ihren Primitiven, ihre blutige Vergangenheit, die sie nicht kannte. Er war ihr gefolgt wie ein Fuchs, über Land und Meer, und sie liebte ihn dafür. Sie wußte, welche Herausforderung an ihre Kraft dieser Christoph bedeutete, sie freute sich darauf, ihn zum Besseren zu verändern, sie arbeitete an ihm, mit ihm, für ihn. Auf die Urzeit folgten erste Trennungen, in der Frühzeit. Undramatische Versteckspiele mit beiderseits bekannten Verstecken, süße Tränen in Cafés, Umarmungen im Regen und so weiter. Aber dann hielt Christoph Einzug in Dorothees Alpträume, wo er langsam und genüßlich seine Brillengläser putzte und – nicht im übertragenen, sondern im buchstäblichen Sinn – sein Gesicht verlor. Mann ohne Gesicht, aber mit funkelnagelneuer Brille, verfolgte er sie im Schlaf und bald auch im Wachzustand. Eine Stunde ohne Christoph, und sie konnte sich nicht mehr an sein Gesicht erinnern, das sie früher unter den Vorzeichen der Zärtlichkeit so blind, so auswendig gekannt hatte. Und wenn er aus Bar, Anatomie (vom Leichenwaschen?) und Supermarkt zurückkam und ihr gegenüberstand, war sein Gesicht keine angenehme Überraschung, sondern eine Bierbüchse aus zerknautschtem Wegwerfblech, den Versuch einer Entdeckung oder Gedächtnisleistung nicht wert. So begann, wieder in Deutschland, die Spätzeit, auf demselben Terrain wie die Urzeit. Sie gingen jetzt viel ins Kino, dreimal täglich war keine Seltenheit, aßen Süßigkeiten in rauhen Mengen und tranken Bier, während auf den Leinwänden der Stadt die Mimen systematisch ihre zweidimensionale Arbeit verrichteten. Wortwechsel zwischen den Haydn-Heimkehrern fanden willentlich statt, Berührungen der verstummten Geschlechtsteile unwillentlich oder unwillig. Er komponierte und gab Nachhilfestunden in Englisch und Biologie, sie hörte ihn auf seinem Saxophon wüten in finsteren Löchern, brachte ihn ins Bett, teilte ihren Monatsscheck mit ihm. Vor dem Einschlafen neben Christoph, von dem sie nie wußte, welche Pläne er gerade schmiedete, sendete Dorothees Gehirn verzweifelte, eindeutige Signale an die niedrige Neubauzimmerdecke: mach, daß er Ruhe gibt, daß er sich in Nichts auflöst, daß es ihn nie gegeben hat, daß er tot ist. Natürlich meinte sie es nicht ernst. Aber ihre Angst wuchs. Sie durchsuchte seine Taschen, ohne zu wissen, wonach sie suchte. Sie fand nichts, und dieses Nichts rührte sie zu Tränen. Sie überlegte ernsthaft, ob Heiraten helfen würde, aber er lehnte entrüstet ab. Wir haben noch soviel vor uns, schrieb er. Aus ihrem Schreibtisch verschwand ein wertvolles antiquarisches Buch über die vergleichende Entwicklungsgeschichte der Tiere und tauchte nie wieder auf. Der Fahrstuhl ließ die dünnen Wände erzittern, und Dorothee schloß sich mit ihrer Arbeit im Badezimmer ein. Hättest du nur auf mich gehört, telefonierte Käthe aus ihrem Dorf. Das alles hat einen Sinn, wirst schon sehen, schrieb der Optimist in seinen fetten Briefen.

Lieber Chris! Der Gesang der Augenkranken Tiere klingt wie eine schmerzliche Unterhaltung über Schmerzen im Wartezimmer eines Arztes. Nie gehörte körperlose Stimmen am Rande der Wahrnehmung, am Rande der Großhirnrinde, am Rande des Wahnsinns. Jeden Abend ist es, als ob die Augenkranken Tiere sich fürchterlich voneinander verabschieden. Oder sie unterhalten sich, über kurzlebige Themen, wie auf einem Bahnhof vielleicht. *Ich warne Dich! Komm nicht hierher!*

Tagsüber waren die Augenkranken Tiere still. Das Labor des Professors (er besaß eine Dependance in K 1) blieb ständig verdunkelt und verschlossen. Es lag am anderen Ende des feuchtkalten, uralten Klinkerflachbaus K 2, gesichert durch eine graue ledergepolsterte Tür, einen unheimlichen Gang, eine zweite, nie gesehene, aber vorhandene Doppeltür. Durch einen Spalt, ehe die erste Tür gähnend ins Schloß fiel, hatte sie einen kurzen Blick in den Gang werfen können, der zu den Augenkranken Tieren führte, gleich an ihrem ersten Tag in diesem Zoo, allein auf ihren Koffern sitzend (die der grußlos hereinkommende Professor lange anstarrte, aber nicht tragen helfen wollte), den reisemüden Kopf voller neuer Tierpläne und Tierideen. Im zwielichtigen Gang, für die Belichtungsdauer eines Augenblicks, hatte sich etwas bewegt, fanden Farbwechsel statt, funkelnd dunkelgrün negativgrau leuchtend blau indifferent gelb und so weiter, Kugeln und Kreise und Fragezeichen schnellten und wirbelten und schwebten und sanken. Der Blick in diesen Gang war ein Blick in die tiefste Tiefsee.

Und der Professor trug merkwürdige selbstgefertigte Brillen, Kappen und Kopfleuchten, wenn er sich auf den Weg in sein Labor begab. Sie wirkten wie Artefakte aus den Anfängen der exakten Forschung, wie Apparaturen aus einem technischen Museum, umständlich und veraltet und nicht ungefährlich. Manchmal sah er aus wie der erste Taucher, manchmal wie der erste Bergarbeiter, manchmal wie beides oder Schlimmeres. Wie der erste Halsnasenohrenarzt des industriellen Zeitalters, der tief in die Kehlen tauchen will, sich tief in die Ohren graben bis hinauf ins Hirn, mit Instrumenten, die er eben erst erfunden hat.

Korrekt und furchterregend normal unter den Apparaturen auf seinem Kopf wirkte der gesteifte weiße Kittel des Professors, den er jeden Tag zu wechseln schien. Blut war nicht zu sehen. Natürlich ging alles mit rechten Dingen zu. Die Masken, Taucherbrillen, teleskopischen Tentakel trug der Professor gewiß nicht zum Spaß. Immerhin arbeitete sie jetzt in einem weltberühmten Zoo unter Anleitung namhafter Wissenschaftler.

Es wird Zeit, Doro Matthes, hatte sie sich gerade gestern für die Zukunft notiert (soviel Zukunft jenseits von Christoph Dalluge!), daß du deine Phantasie zügelst und dich auch außerhalb deiner Dissertation hin und wieder auf den Boden der Tatsachen stellst. Soweit die erste Eintragung in ihr neues Zootagebuch. Nicht schlecht.

Aber die Tatsachen im weltberühmten Zoo schienen auch nicht immer von dieser Welt zu sein. Zum Beispiel der Professor, der das K 2 auf seinen stelzigen sexy Marabubeinen vor allem nachts heimsuchte. Frühmorgens um zwei tastete sich Dorothee, die seit ihrer Kindheit keinen Lichtschalter finden konnte, zum alten Großen Behandlungsraum, der jetzt als Küche und Besprechungszimmer diente, kollidierte mit dem Kühlschrank, nahm einen Schluck Milch, fühlte ihr Herz plötzlich schneller schlagen und drehte sich hellwach um. Auf dem Fußboden in der Fensterecke hockte etwas, kürbisgroß mit Fühlern und funkelnden Riesenaugen. Ein entflohenes Augenkrankes Tier, gänzlich aus Augen bestehend und den Atem anhaltend wie Dorothee. Sie lockte leise: komm her, armes Tier, brauchst keine Angst haben. Das Tier rührte sich nicht. Dorothee öffnete die Kühlschranktür weit, bewaffnete sich mit dem Milchkrug und durchquerte gebückt die Küche.

Gräßlicher als das gräßlichste Tier, was da hockte oder lag oder stand. Ein Folterinstrument aus schwarzem Metall, ein Helm, eine Taucherglocke mit langen messerscharfen und kleinen dornigen Antennen über dem spiegelblanken Sichtfenster. Das Ding summte leise vor sich hin, es war eingeschaltet, es lebte, es *arbeitete*. Für welche Perversitäten brauchte man diese Höllenmaschine? Daneben, auf einer Sitzbank und bisher unbemerkt, die hagere dunkle Gestalt unter einer Wolldecke, der Professor, mit starrem Blick und stumm wie ein Toter. Dorothee flüchtete zurück in ihren ehemaligen Kleinen Behandlungsraum.

Anderntags kein Wort. Der Professor saß an seinem Schreibtisch in der ehemaligen K-2-Futterkammer und widmete sich einer so harmlosen Tätigkeit wie dem Öffnen von Briefen (wer schrieb ihm?). Was hatte sie in der Nacht wirklich gesehen? Einen Roboter? Im nachhinein schien es ihr, als sei das Summen, das sie bis in den Schlaf verfolgt hatte, kein gewöhnliches elektrisches Summen gewesen, sondern ein Gemisch aus unzähligen irrsinnig schnell abgespulten Gesprächsfetzen. Das Ding summte strukturiert, es produzierte lautliche Äußerungen, es hatte vielleicht sogar eine Botschaft zu übermitteln. Sie sah es nicht wieder. Aber noch oft träumte sie und würde sie träumen von einem toten Roboterkopf, in dessen Innerstem irdische sprachbegabte Madenwürmer geheimnisvolle Botschaften austauschten, die nichts Gutes bedeuteten.

Der Professor behandelte sie wie ein Kind. Wie ein kluges Kind jedoch, dem man nicht viel zu erklären brauchte. Er sammelte Photobände in seiner Futterkammer, von bekannten und unbekannten Photographen, vornehmlich aus den Kriegen. Sehen Sie her, sagte er und schlug einen Band auf und schlug ihn zu, bevor sie einen Blick auf das Photo werfen konnte. Der Professor sprach, wenn er sprach, in Rätseln. Eine Form der männlichen Eitelkeit, die Dorothee von Christoph kannte. Nuscheln (mein Atem ist kostbar) oder verquere Geistreicheleien (meine Gedanken sind anstrengend) oder lange Sätze mit bodenlosen Pausen (meine Worte sind abgrundtief) oder alles zusammen. Der Rumpelstilzeffekt. Sie waren so leicht zu durchschauen. Und doch hatte der Professor vorhin völlig unerwartet beim Telefonpalaver mit dem Direktor, der sich nicht »im besten aller Zustände« befinden sollte, so etwas wie kollegialen Humor anklingen lassen.

Wer war er? (Angeblich eine Berühmtheit.) Die Tierpfleger verehrten in ihm den großen Verhaltensforscher, wußten aber nicht genau zu sagen, warum. Die wissenschaftlichen Assistenten stritten noch: bei den einen kursierte er als Geheimtip für eine exotischbionische Gestaltpsychologie (Mr. Spock?), bei den anderen als Scharlatan und Günstling des Direktors. Die oberen Ränge, Obertierinspektor und Oberzootierarzt, Verwaltung und Frl. Friederike, verweigerten die Aussage. Wie hieß er? Man wagte kaum zu fragen. Seinen hingemurmelten Namen am ersten Tag, als der Direktor sie im K 2 einlogierte, hatte sie sofort vergessen. Moritz Soundso. Soundso Moritz. Ihre zaghaften Versuche, ihm später mittels langer Anredepausen mindestens den Zunamen zu entlocken, waren gescheitert. Sie wollte sich nicht aufdrängen. Es gab Wichtigeres. Noch weniger wollte sie unangenehm auffallen durch unverhohlene Neugier. Er war gut abgeschirmt. Dafür mußte es Gründe geben. Die gesamte Zoobelegschaft, vom Veterinär bis zum Würstchenverkäufer, nannte ihn offiziell und im Vorbeigehen »Professor«, als sei dieser Titel ein Spitzname und exklusiv für ihn erfunden. Mit der Zeit verfiel sie in denselben Trott. Es schien ein ungeschriebenes Zoogesetz zu sein, den Professor »Professor« zu nennen.

Laut Geschäftsverteilungsplan war er Professor für Schmerzforschung, betraut mit Sonderaufgaben, reiner Forschung in K 1 und K 2. Im GVP versteckte er sich hinter drei Zoorufnummern und der ebenso auffälligen (weil fremdsprachlichen) wie nichtssagenden (Rumpelstilzeffekt) Eintragung: *Prof. Dr. M. S., Sc. D./Pain Research, Neurosciences.* Lebte und arbeitete die olivhäutige hagere Erscheinung im frisch gesteiften weißen Kittel inkognito? Steckte ein Handlanger der pharmazeutischen Industrie in diesem Kittel? Oder schlimmer noch: ein praktizierender Humangenetiker mit Bedarf an zoologischen Eckdaten? Warum wich er aus, als sie ihn nach seinen Veröffentlichungen fragte? Warum leuchteten seine müden Augen (»erloschene Kohlestücke«, notierte sie sich), wenn er ihr Zutritt zu den streng verbotenen Privatarchiven des Direktors im ehemaligen Aquarium verschaffte? Als Dorothee im K 2 einzog, war es Hochsommer, die Stadt schwitzte aus allen Poren, auch der schattenreiche Zoo in der Stadtmitte schwitzte, nur der Professor schwitzte nicht. Seine Haut blieb pulvertrocken, der ganze Mensch atmete Trockenheit, fast meinte man ihn knistern zu hören. Sein Gesicht sah nach Sünde aus. Nicht verlebt, aber mit den Zügen eines prähistorischen Sünders, dessen Ausschweifungen Monument geworden sind: ein Marmorgesicht mit stets verschleierten pechschwarzen Augen, ausgedörrtem, olivfarbenem, spitzem Mund, kleiner, gerader, weiblicher Nase, dunkelvioletten Wangenschatten. Arme und Beine aufregend spindeldürr und olivfarben wie die der langlebigsten Wüstensöhne. War er ein Wüstensohn? Sein Deutsch unzweifelhaft das Deutsch eines Deutschen, angereichert mit englischen, französischen und lateinischen Redewendungen und Bonmots. Welche Schmerzen erforschte er? Die Tierpfleger wußten nichts. Die Assistenten wußten nichts, taten aber, als sei Wissen gefährlich. Die Augenkranken Tiere blieben unsichtbar; der Professor fütterte sie höchstpersönlich, aber wann? Nie sah sie eine Spur von Futter vor der ledergepolsterten Doppeltür zu seinem Labor. Auch sein Alter war schwer zu bestimmen: er konnte vierzig sein, hundert, hundertvierzig. Unverheiratet, wie man sich erzählte, unbeweibt, stumm und blicklos für eine (schöne?) junge Frau wie Dorothee. Er wohnte in einem umgebauten Eiscafé neben dem Tierkinderzoo in der Nähe des Haupteingangs, durch den sie ihn manchmal in die Stadt verschwinden sah. Das ehemalige Eiscafé lag mit der Rückwand zur Zoomauer, hinter der stillgelegte Bahngleise verliefen. Er stand im Ruf, vierundzwanzig Stunden am Tag zu arbeiten. Wahrscheinlich war er schwul.

»Unser Professor«, hatte der Direktor sie gleich am ersten Tag belehrt, mit einem gierigen Seitenblick auf ihre Koffer, »braucht Ruhe. Unser Professor arbeitet an einem langwierigen Experiment, das aus verfahrenstechnischen Gründen, junges Fräulein, noch unter Geheimhaltung steht. Sie werden noch lernen, was Geheimhaltung für unsere Arbeit bedeutet. Was Geheimhaltung insgesamt bedeutet. Ein hochkompliziertes Experiment, wie gesagt, bahnbrechend wahrscheinlich, nobelpreisverdächtig. Langwierig. Langwieriger und komplizierter, als wir gewöhnlichen Tiergärtner, wir STALLKNECHTE, hahaha, es uns überhaupt vorstellen können. Stimmt's oder hab ich recht, Professor?« (Der Professor stumm eine seiner

Kopfapparaturen putzend.) »Unser Professor ist die Reinkarnation einer extinkten Spezies, oder besser: das letzte lebende Exemplar. Ein Forscher aus dem vorigen Jahrhundert, ein Abenteurer, ein Entdekkungsreisender. Wenn das junge Fräulein weiß, was ich meine.« (Dorothee um nichts in der Welt wissenwollend, was er meinte.) Und der Direktor hatte ihr anzüglich zugezwinkert, und Dorothee hätte ihm gleich am ersten Tag die klobigen Wildlederstiefel vollkotzen können, in denen seine unvorstellbaren Füße steckten.

Eine Enttäuschung war dieser Direktor, ein Simpel war er, ein aufgeblasenes Riesenbaby. Seine nervtötende Plärrstimme (Eunuch?) und seine Terrorparolen zum Wochenende und seine unqualifizierten, sterbenslangweiligen Monologe zur »Lage« entsprachen nicht im geringsten dem alptraumerzeugenden Ruf, der ihm als Zoodirektor und Zuchtbuchweltrekordler vorauseilte. Bei Tageslicht betrachtet, war er ein Popanz (gefürchtet allerdings für seine Entlassungsgespräche aus heiterem Himmel). Die Frau war interessanter. Dorothee hatte sie bisher (leider) nur aus der Ferne gesehen, eine stämmige kleine Gestalt im blauen Overall, die behende wie ein Orang in die Krone der Eiche im Elen-Antilopengehege kletterte, um Mikrophone für ihre Lautforschungen aufzuhängen. Ihre Afrikabücher hatte Dorothee schon als Kind verschlungen, schon in Straßendorf, das sie als Zehnjährige samt Kuhstall und Hühnerhof nach Kenia verlegte, wohin sie die Frau des Zoodirektors auf fünfzig zerfledderten Seiten »Tierfang in Afrika« und durch Hunderte illustrierte Hochglanzseiten »Dunkel leuchtender Kontinent« begleitete. Die Expeditionsschnappschüsse, erinnerte sie sich, zeigten den Riesen mit dem Rauschebart und der Fiepsstimme, der jetzt ihr Chef war, verschwommen oder verhuscht im Hintergrund, als habe ihn jemand, aber ohne rechten Erfolg, wegretouchieren wollen. Auf dem Trittbrett eines Jeeps die Frau in Khaki, die Hosenbeine bis zu den kräftigen Knien hochgerollt, eine lange Zigarette im Mundwinkel, Hände in den Taschen vergraben. Sie war frei wie der Passat, tat, was ihr gefiel, rauchte und reiste und jagte, sie war Dorothees Idol für viele

Jahre. Natürlich war sie unnahbar, unberührbar, *off limits*. Der Zoodirektor war (leider) wichtiger, denn er würde ihr Doktorvater sein, so lautete sein vages Versprechen. Gliederung und Kurzexposés der einzelnen Kapitel lagen jetzt schon Monate bei ihm. Sie mußte Frl. Friederike um einen neuen Termin bitten, nachdem zwei Termine bereits kurzfristig abgesagt worden waren.

Die Augenkranken Tiere waren verstummt, abrupt wie immer. Sie weinten im Chor und verstummten im Chor. Hatte der Professor ihnen Elektroden ins Hirn gepflanzt, waren sie angeschlossen an ein- und denselben Stromkreis, konnten sie gar nicht anders als gemeinsam zu weinen, gemeinsam zu verstummen, gemeinsam zu sterben?

Dorothee Matthes, die sich selbst gern Doro nannte (Christoph nannte sie Tee), spulte die Kassette im Recorder zurück und beschloß, irgendwann mehr über die Augenkranken Tiere in Erfahrung zu bringen, mit der Zeit und mit äußerster Vorsicht. Es blieb, das wußte sie, nichts geheim vor ihr, und wenn Jahre darüber vergingen. Vielleicht würde sie einen Skandal erster Güteklasse aufdecken, den Direktor zum Rücktritt zwingen, den Professor hinter Gitter bringen, beiden von ihrer eigenen Medizin zu kosten geben. Nur der Zeitpunkt mußte günstig gewählt sein. Sie schüttelte den Kopf und sah aus dem Fenster. Ihr langes, schmales, bleiches (geheimnisvolles?) Gesicht starrte aus dem dunklen Zoo zurück. Draußen schien es zu schneien. Die Außenkäfige des K 2 waren schon lange nicht mehr belegt, kranke Tiere kamen ins moderne K 1 auf dem Wirtschaftshof, an der nördlichsten Grenze des Gartens, nicht weit vom umgebauten Eiscafé des Professors. Weniger schwere Fälle wurden in den kleinen Ambulatorien der Tierhäuser behandelt. Du mußt nicht allem eine Bedeutung zumessen, dachte sie, wahrscheinlich bist du nur müde. Der Direktor war überfällig. Sie schaltete den Recorder ein, ließ den Klavierspieler spielen, betastete ihren Bauch. Die Übelkeit war vergangen, aber ihr Bauch fühlte sich an wie ein schrumpfender Luftballon, und sie fühlte sich allein und verlassen.

Ein Fenster, ein Licht, ein Lichtlein im K 2, schrieb sie in ihr Tagebuch, wie schwer, den Schnee zu beschreiben in der Nacht und die Bewegungen der Flocken. K 2 ist ein alter flacher Klinkerbau, das ehemalige Zootierkrankenhaus, in dem ich seit Monaten im ehemaligen »Kleinen Behandlungsraum« lebe und arbeite. Ich schlafe ein, ich wache auf, ich höre Keith, und die Pinguine nebenan (in ihrem häßlichen Neubau) schlafen auch oder wachen auch auf, und ich brauche keinen Menschen mehr, keinen einzigen. Ich weiß heute an diesem Samstagabend, daß alle Rätsel des Lebens (meines Lebens natürlich nur) sich in diesem Zoo lösen können, wenn ich nur will, wenn ich nur ruhig bleibe. Vielleicht sogar das Rätsel, wer ich bin. Ich muß und werde viel nachdenken. Mit Chris konnte ich nur über Chris nachdenken, und das hat einfach nicht genügt. Und er war, wie sich herausstellte, noch nicht mal ein Tier, obwohl er sich redlich Mühe gab. Er war und ist einfach ein dummer Mensch, der sich für klug hält, die langweiligste Mischung der Welt, ich hasse ihn nicht dafür, aber es ist, als habe er nie existiert. Ich habe die Photos von früher, die er mir schickte, natürlich sofort zerrissen. Die Doro auf diesen Photos gefällt mir nicht, ich bezweifle, ob ich je diese Doro war, soviel hab ich nie gelacht, und dann dieses ewige Köpfchengeben und Küssen in aller Öffentlichkeit, ich glaube, Photos von Menschen, die »zusammen sind«, machen nur Reklame für die »Liebe«, man soll ihnen Liebe und Zusammensein *abkaufen*, sind alles Fälschungen. Ich konnte mich z. B. an keines dieser Photos erinnern. Wann aufgenommen, unter welchen Umständen etc. Es gibt nur ein Photo, das der Wahrheit (welcher Wahrheit?) nahekommen könnte, und das ist das Photo meiner Eltern. Aber egal. Ich arbeite und lebe recht glücklich im ehemaligen Kleinen Behandlungsraum, schlafe auf einem Feldbett …

»Die allermerkwürdigsten Dinge spielen sich in unseren Büschen ab!«

Der Professor stand im Türspalt. Mit einer Derwischdrehung war er im Zimmer. Dorothee sprang auf und bot ihm den zweiten

Stuhl an. Der Professor überlegte sich den Stuhl, und es dauerte. Dann tat er zwei lange Schritte und setzte sich aufs Feldbett, die spitzen (olivfarbenen?) Knie hochgezogen bis ans Kinn. Dorothee blieb stehen, sah ihn aus den Augenwinkeln eine Zigarette anzünden. Der Professor rauchte selten, nahm selten Flüssigkeit auf, essen sah sie ihn nie.

»Wie geht's Sali?« sagte Dorothee.

»Die Büsche sind nicht uninteressant heut abend.«

»Meinen Sie das Geflügel? Die meisten, hab ich gehört, landen und futtern und fliegen weiter. Notlandungen sozusagen.«

»Ich meine ein gewisses Rascheln, ein gewisses Hüsteln, gewisse Anzeichen, daß sich der Vorhang bald heben wird. Geben Sie mir den Aschenbecher. Sie sehen krank aus.«

Dorothee erinnerte sich an ihr Erbrochenes. Es bildete eine kleine Pfütze direkt vor den Mokassins des Professors. Sie reichte ihm den Aschenbecher. Er stellte ihn neben die Lache auf dem Fußboden, beugte sich vor, schnupperte interessiert. Dorothee ließ sich am äußersten Ende des Feldbetts nieder, die offene Tür im Auge. Ihr war speiübel.

»Wie geht's Sali?«

»Was ist das für ein Geklimper?«

»Keith Jarrett«, sagte Dorothee tonlos in Richtung Tür, oder hatte sie nur tonlos gedacht? Im offenen Türspalt kein Lichtschimmer, der Professor war im Dunkeln gekommen. Sie spürte, wie eine Träne sich aus ihrem rechten Auge löste, gefolgt von einer nächsten, gefolgt von einer übernächsten aus dem linken Auge, sie spürte die Spaltung ihres Gesichts in zwei Hälften, zwei Doros, die miteinander allein sein wollten. »Wie geht's Sali?«

»Groteskes Geklimper. Schwindsüchtig. Nur Chopin kann schlimmer sein. Kein Wunder, daß Ihnen übel wird. Sie sollten andere Musik hören, wenn Ihnen Ihr Magen lieb ist.«

Und du mich auch, dachte Dorothee. Ekliger, degenerierter Scheißkerl. Was gibt dir das Recht, über Musik zu faseln, wenn deine armen Versuchskaninchen sich jeden Abend die Seelen aus dem Leib schreien? Was gibt dir das Recht, dich hier auf mein Bett zu hocken und …

»Wenn ich's recht bedenke und wenn ich Ihnen einen gutgemeinten Rat geben darf, sollten Sie überhaupt keine Musik hören.«

»Entschuldigen Sie, Professor Moritz, aber ich bin hundemüde und mir ist kotzübel. Was ist mit Sali?«

»Unterwegs zum Airport. Sie haben vorzügliche Arbeit geleistet, Matthes. PanAm war begeistert von Ihrer Kiste. Zitat: eine der besten Kisten, die wir je gesehen haben. Und diese Transportprofis leben mit der Angst.«

»Sali ist schon weg? Und der Direktor? Die Papiere?«

»Hab ich mir erlaubt zu unterzeichnen. Der Herr Direktor ist unpäßlich. Aber er dankt Ihnen ausdrücklich für die ausgezeichnete Arbeit. Und darf ich mich gleich anschließen? Sie haben großes Fingerspitzengefühl bewiesen mit diesem Leoparden. Und ich bin froh, daß wir uns heute abend endlich einmal richtig kennenlernen konnten. Wo wir doch sozusagen K-2-Nachbarn sind. Wenn Sie wieder in die Aquariumsbibliothek wollen, ich stelle Ihnen jederzeit den Passierschein aus. Natürlich nur während der Dienststunden. Der Herr Direktor ist informiert und wird Sie nicht stören bei Ihren Studien. Keith Jarrett, sagten Sie? *Mixtum compositum*. Ihr Herz, Kollegin Matthes, und Ihr Kreislauf haben Besseres verdient, ganz zu schweigen von Ihrem Magen. Sie sind blaß, Sie erbrechen sich auf dem Fußboden, Sie quälen sich mit dieser Musik wie mit Parasitenbefall. Gehen Sie raus an die frische Luft, hören Sie die Chöre unserer sibirischen Weißwölfe, selbst Bach ist nichts dagegen. Nur Menschen machen Musik.«

Wie eine Sprungfeder schnellte der Professor aus seiner Mumienhocke hoch, lehnte sich lang über den Schreibtisch und schaltete den Kassettenrecorder ab. Dann glitt er in Dorothees Schreibtischstuhl und schloß seine rabenschwarzen Knopfaugen. Es vergingen wortlose Minuten, in denen Dorothee wacher und wacher wurde. Der Professor schien zu schlafen oder zu kauern-lauern, eine olivfarbene

Echse im weißen Kittel, die ihre gespaltene Zunge nicht zeigen wollte. War er sich seiner Wirkung auf Dorothee bewußt? Was für ein abscheulicher Wichtigtuer, was für ein Eindringling. Schließlich hörte sie sich fragen: »Haben Sie denn den Direktor eben noch mal getroffen?« Keine Antwort. Dorothee überlegte, wie sie ihn loswerden konnte. Auf ihrem Schreibtisch lagen Tagebuch und letzte Briefentwürfe an Christoph Dalluge, und sie konnte sich nicht rühren, saß wie versteinert auf ihrem Feldbett, und der Professor beherrschte von ihrem Schreibtisch aus mit geschlossenen Augen den gesamten ehemaligen Kleinen Behandlungsraum. Eine frierende schlaflose Ente quakte draußen auf dem Pinguinfelsen. Quakte noch mal. Lieber Chris, unsere absolute und endgültige und irreversible Trennung ist beschlossene Sache, und zwar von mir. Ich kann Dich nicht mehr sehen. Das ist die Wahrheit. Es gibt keine Schuld. Aber es gibt auch keine Sekunde Zukunft für uns.

»Die Tierpfleger«, sagte der Professor mit geschlossenen Augen, »wollten nicht länger warten und sind auswärts tanzen gegangen. Wer kann's ihnen verübeln? Aber machen Sie sich keine Gedanken, Matthes. Der Abtransport verlief nach Plan, wenngleich verspätet. Und ich erhielt unerwartete oder vielleicht doch nicht so unerwartete Hilfe. Wie gesagt, die merkwürdigsten Dinge spielen sich in unseren Büschen ab. Wäre ein bedenkenswertes Theorem für das, was man früher Philosophie nannte: Wer nicht aus seiner Haut kann, kann auch nicht aus seinem Busch.«

Dorothee bekam es mit der Angst zu tun. Ihr dämmerte, daß dieser Mensch hochgradig gemütskrank war. Seine Sprungfederbewegungen, sein Hin und Her zwischen nervöser professoraler Anwesenheit und echsenhafter Teilnahmslosigkeit und seine Gedankenfluchten indizierten irgendeine manifeste Greuelpsychose (im Endstadium?). Und sie war allein mit ihm in ihrem Zimmer. Sie mußte ihn bei Laune halten, auf alles eingehen, ihm die Zeit vertreiben, bis er ganz von selbst ging, bis seine krankhafte Arbeitswut sich meldete.

»Ich verstehe«, sagte Dorothee, »Sie meinen, da war was im Busch. Idiomatisch gesprochen.«

»Er verbarg sich im Gebüsch, als er mich kommen sah. Aber ich hatte ihn vorher gesehen, wie er aus dem Raubtierhaus kam, wie er wieder hineinwollte, wie er nicht wußte, ob vor oder zurück, wie er litt. Dann holte ich ihn aus dem Busch.«

»So mir nichts dir nichts aus dem Busch? War sicher sehr peinlich für ihn.«

»Ich sagte: hilf mir. Mehr war nicht nötig. Er half mir, Sali in die Kiste zu legen. Er weinte.«

»Echt? Wie entsetzlich. Und Sie haben ihn getröstet.«

»Er weinte nicht aus den Augen. Jeder Trost kommt zu spät für diesen Mann.«

»Warum haben Sie ihn nicht gleich mitgebracht? Wir hätten ihn gemeinsam aufmuntern können. Außerdem versuch ich ihn schon seit Monaten wegen meiner Dissertation zu sprechen.«

Der Professor tat etwas Beunruhigendes: er lachte. Dorothee erinnerte sich, ihn einmal dabei beobachtet zu haben, wie er in einen Apfel biß. Lachen hatte sie ihn noch nie gesehen. Lachen beim Professor klang wie ein eingerosteter Mechanismus, der sich nach Jahrhunderten der Stille knirschend in Bewegung setzte. Er riß Mund und Augen auf und gab rostig ächzend Laut, zweimal, dreimal. Er verstummte abrupt wie seine Augenkranken Tiere.

»Wir sprechen nicht vom Herrn Direktor, Matthes«, sagte er nach einer geschlagenen Ewigkeit. »Wir sprechen davon, daß ich einmal in meinem Leben mit jemandem essen ging, Schellfisch in Dillsauce, und daß der Rest meines Lebens als Forscher und Zeitgenosse diesen Schellfisch in Dillsauce nicht aufwiegt. Kennen Sie Papageno?«

»Den Reviertierpfleger?« erkundigte sich Dorothee höflich. Sie kam sich vor wie eine Schauspielerin, die ihre Stichworte von einem geistesgestörten Souffleur erhielt und das Beste daraus machen mußte, ohne zu wissen, was das Beste war. Vielleicht meinte er die Opernfigur. »Den vom Vogelhaus?«

Der Professor nickte. Er faßte in seine Kitteltasche und holte einen kleinen runden, dunklen Gegenstand hervor, den er behutsam auf Dorothees Schreibtisch legte.

»Nur vom Hörensagen«, sagte Dorothee hastig. »Nur aus der Ferne. Warum wird er Papageno genannt? Ist er in der Theatergruppe? Ich wollte schon lange mal bei denen reinschauen. Stimmt es, daß Frl. Friederike für die Weihnachtsfeier ein richtiges Stück einübt? Spielen Sie auch mit?«

»Papageno«, sagte der Professor und rollte den dunklen Gegenstand hin und her, »weil er alles über Papageien weiß, was wir nicht wissen. Bemerkenswerter Mensch. Hat das Vogelhaus nach dem Krieg als Ruine übernommen, da war er noch ein blutiger Laie, und nicht locker gelassen, bis es das artenreichste in Mitteleuropa wurde. Hat sich mit einem bestimmten Vogel, ich vergesse den Namen, ein halbes Jahr …«

»Heißt das, Sie waren damals schon hier im Garten? Dann müssen Sie die Schwestern gekannt haben! Ich dachte, ich meine, man erzählt sich, Sie hätten sich in Amerika …«

»… in Quarantäne begeben, völlig abgeschnitten von der Außenwelt. Bekam Essen, Medikamente, Papier durchs Fenster gereicht. Stapelweise Papier. Saß Tag und Nacht über irgendwelchen Aufzeichnungen, die die Welt nie zu sehen bekommen hat. *Habent sua fata libelli.* Er rettete dem Vogel das Leben, riskierte dabei sein eigenes und ging in die Zooannalen ein. Lesen Sie's nach in der Bibliothek. Sie werden wissen, wie hoch die Infektiosität der Ornithose für den Menschen ist. Todesmutiger Alleingang, vom Herrn Direktor sehr mißbilligt, aber Papageno hatte sich einfach eingeschlossen. Undenkbar heute. Dieses Engagement für das einzelne Tier, einen Vogel zu allem Überfluß, dieses Ernstmachen im entscheidenden Augenblick, der nur in den seltensten Fällen auch der richtige Augenblick ist. Ein halbes Jahr allein mit diesem kontagiösen gefiederten Freund. Papagenos große Tat. Natürlich ist er ein Sonderling, maulfaul, obstinat. Absinth-Trinker, wie er im Buche steht. Sehr belesen übrigens, aber mit einem Hang zur Gewalttätigkeit. Verliebt in Sali. Und verliebt in Sie.«

»Wie bitte?«

»Haben Sie ihn nie bei Sali gesehen?«

»Doch. Ich glaub schon. Aus der Ferne, abends. Ist es dieser Schmuddlige? Der mit den fettigen langen, grauen Haaren? Mit der Nickelbrille? Stimmt, der schleicht öfters bei uns rum. Aber was meinen Sie damit, er …«

»Salis Mutter starb kurz nach Salis Geburt. Peritonitis. Papageno nahm Sali als Flaschenfritzen in Obhut, zog ihn von Hand auf. Niemand weiß, wie er dazu kam, selbst die Direktion nicht. Große Palastrevolution im Raubtierhaus. Übergriff in fremde Kompetenzbereiche, wo kommen wir hin, wenn die Vogelpfleger den Geschäftsverteilungsplan auf den Kopf stellen und Dompteur spielen und so weiter. Aber dann verfügte die Direktion: Sali bleibt bei Papageno, bis zur Käfigreife. Ergreifende Szenen, als er ihn schließlich in den Käfig geben mußte, an einem schlimm verkaterten Januartag, frühmorgens nach irgendeinem Zoofest. Frl. Friederike in eigener Person zur Stelle, als Ambulanz für etwaige zwischenmenschliche Zwischenfälle. Die Raubtierhausmannschaft mit blutunterlaufenen Augen, wutschnaubend und schwankend, ließ ihre Muskeln spielen. Komm du nur raus, Papageno, wirst schon sehen, was wir mit dir machen. Papageno mit Jung-Sali im Käfig. Er zeigte dem Tier alles, erklärte ihm alles. Den kleinen Kletterbaum, das Hanfseil, die Futterluke, die Gitterstäbe, den nackten Boden …«

»Und Sie waren dabei?«

»Ich war dabei. Den nackten Boden, den Hochsitz, die Luke zum Außenkäfig, die Wasserkelle, das Rasseln der Schlüssel, die indischen Verwandten nebenan, die Sumatratiger und Pumas gegenüber, die noch nicht anwesenden Schaulustigen der Gattung Homo sapiens, *the whole Spiel*. Zum Schluß, durch die Gitterstäbe wie tiergeworden, mit sanfter Stimme die Namen der Pfleger. Das ist Michael. Das ist Bernd. Hab acht vor Hanne, er ist stärker als du. Als er den Käfig verließ und Sali ihm nachschrie, konnten sich die Raubtierjungs vor Rührung kaum halten. Gut gemacht, Papageno, bist ein feiner Kerl. *Voilà un homme!*«

Der Professor rollte seinen kleinen dunklen Gegenstand über Dorothees aufgeschlagenes Tagebuch.

»Darf ich Ihnen etwas zu trinken anbieten, Professor? Einen Sherry? Oder Grapefruitsaft? Oder würden Sie so nett sein, uns ein Bier aus der Küche zu holen?«

»Danach kontrollierte er alles, was mit Sali zu tun hatte. Futterplan, Impfungen, Untersuchungen, Reisepläne. Das Taronga-Park-Projekt konnte keinen Tag vor ihm verheimlicht werden. Eingaben an den Herrn Direktor, Sydney wäre Salis Tod, nur über seine, Papagenos Leiche würde das Tier den Zoo verlassen. Sammelte Unterschriften der Jahreskartenbesitzer und Aktionäre und alten Damen und drohte, die Presse einzuschalten, was natürlich seine fristlose Entlassung zur Folge gehabt hätte, aber die wollte er in Kauf nehmen. Als er sich gerade etwas beruhigt hatte: der nächste Schock. Das war, als man Ihnen die Projektleitung übertrug, für die Stoffsammlung zu Ihrer Dissertation. Wer ist Dorothee Matthes? Er verlangte Akteneinsicht. Hat sie überhaupt schon eine Großkatze von nahem gesehen? In keinem Fall dürfe ihr erlaubt werden, erstens Salis Käfig zu betreten und zweitens auch nur das kleinste Experiment durchzuführen. Drittens: sie solle sich unverzüglich bei ihm melden. Das war im Sommer.«

»Wollen Sie damit sagen, daß dieser Pfleger Einsicht in meine Personalakte hatte? Das ist doch wohl ein Scherz! Das ist ordnungswidrig! Wer hat ihn autorisiert? Ich werd mich beim Direktor …«

»Halten Sie Ihren vorlauten dummen Mund, Matthes!« Der Professor zeigte mit einem ausgetrockneten olivfarbenen langen Echsenfinger mitten in Dorothees Gesicht. Noch nie hatte ein Mensch ihren Namen so gefährlich *gezischt*.

Sie wollte erröten und wurde sehr blaß. So war das bei ihr. In Wut und Scham schoß ihr Blut schlagartig kopfabwärts und raubte ihr die

Gedanken, sammelte sich in einer Körperregion, über deren Wahrnehmungsfähigkeit und Spielverhalten sie noch keine endgültige Klarheit besaß. Es mochte sein, es war nicht ganz abwegig, daß die Geisteskrankheit des Professors eine gewisse (leichte) erotische Wirkung auf sie ausübte. Ähnliches kannte sie aus ihrer Zeit mit dem bedrohlichen Christoph. Lange Selbstbeobachtungsprozesse waren nötig gewesen, um die erniedrigenden und ernüchternden Ursachen zu sondieren für das, was Christoph ihre »animalische Vitalität« nannte. Gedankenlos vor Wut ritt sie den um Kopfeslänge kleineren und um etliche Kilo leichteren Optimisten in die ewigen Jagdgründe des männlichen Minimal-Orgasmus, bis es weh tat. Er wurde davon nicht richtiger im Kopf. Wie eklig, daß sie gerade jetzt daran denken mußte.

Erst jetzt bemerkte sie, wie erschöpft der Professor war. Seine häufigen Erschöpfungszustände im K 2 waren ihr nicht entgangen. Wenn er frühmorgens aus dem Tiefseekorridor auftauchte, nach einer (Folter-?) Nacht mit seinen Augenkranken Tieren, sah er aus wie ein Präparat aus dem Naturkundemuseum, ein prähistorischer Lurch, dessen pergamentene Gesichtshaut von kräftigen Knebeln zum Zerreißen gespannt war.

»Ich bitte um Entschuldigung, Professor. Ich bin schrecklich müde. Tut mir leid, wenn ich blöd quatsche.«

»Haben Sie etwas gesagt?« Der Professor zeigte seine makellosen kleinen Zähne und zog den ausgestreckten Finger zurück. Sein Arm ruhte auf ihrem Schreibtisch, seine Handfläche rollte den dunklen Gegenstand hin und her, quer über ihr gelbes Briefpapier. Jetzt war das fremde Ei (Mikrophon? Mikrokamera?) wieder in ihr Tagebuch gekullert und der Professor spielte mit Dorothees Füllfederhalter. Der kleine Stapel der sechs oder sieben Christoph-Abschiedsbrief-Anfänge lag aufgefächert wie ein Kartenspiel unter den Fingerspitzen des Professors. Auch entdeckte sie vom Feldbett aus plötzlich ein Photo zwischen den gelben Briefbögen. Die Konstellationen unter dem klinischen Licht der Schreibtischlampe veränderten sich schneller als gedankenschnell.

»Ich sagte, woher wissen Sie eigentlich, daß dieser Vogelmensch Papageno verliebt in mich ist?«

»Das riecht man. Ich habe eine Nase für Pheromone.«

»Sie meinen Sozialhormone, Duftmarkierungen. Kommen Sie, Professor! Ich denke, er ist ein Papagei und kein läufiger Kater. Was ich Sie übrigens schon immer fragen wollte: Sind Sie eigentlich Veterinär?«

»Unter anderem.«

»Genetiker? Humangenetiker?«

»Unter anderem.«

»*Wow!* Was noch?«

»Statistiker. Stegosaurier.«

»Biomediziner?«

»Manchmal.«

»Wie sind Sie zur Schmerzforschung gekommen? Ich meine, das Gebiet ist noch jung, reizt Sie das Neue?«

»Das Fachgebiet Schmerzforschung ist alt, und mich reizt das Alte, Frl. Matthes. Schreiben Sie Ihre Dissertation und lernen Sie Ihr Handwerk. Verfangen Sie sich nicht in heillosen Begriffsverwirrungen. Der Schmerz ist kurz. Das Leiden ist lang. Schmerzen werden zu Leiden. Leiden degenerieren zu Symbolen und/oder Lautmustern. Und so weiter. Kümmern Sie sich nicht drum.«

»Ich mag Ihren Sinn für Humor, Professor. Ich nehme an, Sie und Herr Papageno sind alte Freunde.«

»Mitnichten.«

»Oder ist er ein alter Freund vom Direktor? Dann macht's mir natürlich nichts aus, wenn Herr Papageno prüft, wer Sali letzten Endes zu betreuen hat. Ich meine hatte. Vielleicht können Sie mir helfen, mich an die hiesigen Hierarchien zu gewöhnen.«

Der Professor sah ihr in die Augen. Er schien bewußtlos zu sein. Dasselbe tote Starren wie damals in der nächtlichen Küche. War sie zu weit gegangen?

»Ich weiß, daß ich noch viel lernen muß. Zum Beispiel leide ich noch viel zuviel mit. Mit den Tieren, meine ich. Aber Sali hat mich von Anfang an unheimlich fasziniert. Nicht nur seine Bewegungsstereotypien. Auch seine Augen. Diese sich langsam verstärkende Trübung der beiden Linsen. Und wie traumhaft sicher er sich trotzdem im Gehege bewegte. Mit zunehmender Trübung immer sicherer, fand ich. Vielleicht können Sie Ihren verliebten Papageno mal fragen, ob die künstliche Milch, die er Sali als Baby verabreicht hat, auch wirklich astrein war.«

Die Augen des schweigenden Professors, die kein Lichtstrahl traf, waren zwei schwarze Höhlen und führten direkt in seinen Schädel, ins Zentrum seiner Geisteskrankheit. Und die Höhlen wurden immer tiefer und vereinigten sich zu einem Tunnel und am Tunnelende irgendwo im finsteren Universum seines Kopfes funkelten unerreichbar zwei winzige schrägstehende andere Augen. Der Mann gehörte ins Kino oder ins Panoptikum. Wahrscheinlich nahm er Drogen. Das würde vieles erklären. Er tat ihr leid. Sie atmete auf.

»Geben Sie mir einen Anhaltspunkt, Professor Moritz. Sie heißen doch Moritz? Bitte starren Sie nicht so. Geben Sie's schon zu, daß Sie mich verkohlt haben. Dieser Papageno. Er kennt mich nicht. Ich kenne ihn nicht. Er könnte mein Großvater sein. Null Berührungspunkte. Null Chancen. Null ...«

»Erzählen Sie mir von Ihrem Großvater.«

»Nein.«

»Dann von Ihrer Großmutter.«

»Erzählen Sie mir von den Schwestern. Ich liebe die Schwestern. Ich bin Ihnen ewig dankbar, Professor, daß Sie mich in die Geheimbibliothek geschleust haben. Waren Sie Assistent bei den Schwestern?«

»Ich war Assistent bei mir selbst. Aber Papageno kannte die Schwestern gut. Fragen Sie Papageno.«

»Ich frag aber lieber Sie.«

»Zeitverschwendung.«

»Stimmt es, daß die Schwestern sich gemeinsam das Leben genommen haben?«

»Unsinn. Ganz normale Fischvergiftung. Aßen beide denselben Fisch zu Mittag. Waren beide hinüber, ehe es Abend wurde. Und ich habe Ihnen nicht Zugang zu den Archiven verschafft, Matthes, damit Sie den alten Zeitungsschmonzens lesen, sondern damit Sie die Praktiker studieren, die Ende des vorigen und Anfang dieses Jahrhunderts hier gewirkt haben. Vor allem die Aufzeichnungen der Tierpfleger, das Kommen und Gehen der Tiere, den Kampf gegen Krankheit und Tod, das Auftauchen der ersten Ethologen, bevor der Begriff überhaupt existierte, die abenteuerlichen Notizkladden der genialen Futtermischer, die Logbücher der großen Beobachter. Die gesammelte Scharfäugigkeit einer Epoche, die für immer vergangen ist.«

»Zu der Papageno noch gehört?«

»Papageno ist ein hochgradig gewalttätiger Mann um die Fünfzig. Oder etwas älter. Ein Säufer und Querulant. Aber der scharfäugigste Tierpfleger, den ich je getroffen habe. Und verrückt nach Ihnen. Ein verliebter Narr. Hat mich gefragt, ob Sie einen festen Freund haben, was Sie zum Frühstück essen, wie er Ihnen eine Freude bereiten kann. Er sieht Sie tagtäglich aus dem Haus kommen, er wohnt gleich gegenüber im Nilpferdanbau, parterre. Haben Sie einen festen Freund?«

»Ja.«

»Egal. Als intelligente junge Frau werden Sie wissen, was hier geschehen ist. Er verbindet Sie mit Sali, vielleicht sogar mit Salis toter Mutter. Er verbindet mit Ihnen eine Art historischen Sali-Rest. Er sieht Sie aus dem Haus kommen. Sie sind alles, was von seinem geliebten Leoparden übrig geblieben ist, die wissenschaftliche Leiterin des Taronga-Park-Projekts, verantwortlich für Salis beschwerliche und hoffentlich unbeschadete Reise ins ferne Australien. Er hat das Photo aus Ihrem Lebenslauf photokopiert. Er fragt mich, ob Sie gern lesen, womit er Ihnen eine Freude bereiten kann. Er ist, bedenkt man seine ungeschliffene Art, ungewöhnlich belesen. Und ein wirklicher Tierfreund. Genau wie Sie.«

»Er hat mein Photo photokopiert?«

»Oder Frl. Friederike hat es für ihn kopiert. Wichtig ist nur, daß Sie jetzt Kollegialität beweisen. Daß Sie zu ihm halten. Ein kleines Zeichen. Eine Geste.«

»Er hat *mein* Photo aus *meinem* Lebenslauf kopiert? Und sieht mich aus dem Haus kommen und will wissen, was ich zum Frühstück esse? Was für eine absolut widerwärtige Vorstellung. Lieber Professor, bei allem Respekt, aber ich glaube, das ist irgendein jeckes Samstagabendspiel, das Sie hier mit mir abziehen. Wollen Sie meinen Sinn für Humor testen?«

»Heute nicht. Ein andermal vielleicht.« Der Professor sah tatsächlich todkrank aus. Die Trockenheit seiner Gesichtshaut schien sein gesamtes Äußeres befallen zu haben, er wirkte brüchig und bröselig, als würde er im nächsten Augenblick mitsamt seinem weißen Kittel zu Staub zerfallen. Dorothee schloß die Augen. Sie spürte einen Lufthauch.

»Liebes Fräulein Matthes, ich sehe, Sie fühlen sich nicht wohl. Ich werde Sie nicht länger belästigen. Sie sollten gar keine Musik hören. Musik, und insbesondere die verklebten Harmonien, die Sie bevorzugen, kann zu ernsthaften Beeinträchtigungen der Schwerkraftwahrnehmung führen und schließlich zu dauerhafter Orientierungslosigkeit in dem, was wir das tägliche Leben nennen. Ich habe solche hoffnungslosen Fälle erlebt und kann nur immer wieder warnen.«

Er stand an der Tür, derwischbereit im Halbdunkel. Während er sprach, unterstrich das unstete Aufschimmern seiner weißen Zähne den Wahnsinn seiner Worte.

»Und ich kann ohne Musik nicht leben«, sagte Dorothee.

»Wie bedauerlich. Was für ein Trugschluß. Nun denn, Matthes – schlafen Sie gut.«

»Warten Sie! Was ist mit dem Direktor? Müssen wir ihm nicht Bericht erstatten?«

»Der Herr Direktor ist zufrieden mit Ihrer Arbeit, er läßt Ihnen ausrichten, Sie brauchen nicht zu warten. Er hat heute abend noch anderweitige Verpflichtungen. Wir sehen uns morgen, Matthes.«

»Eine Sekunde! Darf ich Sie etwas fragen, Professor?«

»…«

»Haben Ihre Augenkranken Tiere irgendwelche unbekannten Anomalien, ich meine, ein neues Virus vielleicht, ein neues …«

»Nein. Sie sind nur augenkrank.« Der Professor schloß die Tür hinter sich, sacht wie die Tür eines Krankenzimmers. Dorothee beobachtete, wie der Türspalt sich langsam verengte, sah die Klinke in heruntergedrückter Stellung, hörte das Einrasten des Schlosses, sah, wie die Klinke unten blieb und eine Ewigkeit brauchte, bis sie im Zeitlupentempo heraufkam in ihre normale Justierung, hörte, wie es eine Ewigkeit still war, bis sich die Schritte des Professors entfernten, hörte die K-2-Tür, hörte den Kies knirschen.

Sie sprang zum Schreibtisch.

Die Christoph-Abschiedsbrief-Anfänge fein säuberlich gestapelt. Das Tagebuch geschlossen. Der Füllfederhalter zugeschraubt. Ein Photo (Christoph unter Herbstbäumen irgendwann irgendwo in der Urzeit) ordentlich neben den gelben Briefbögen. Aber hatte sie es vorhin nicht zwischen den Bögen gesehen? Sie schämte sich, daß es so selbstverständlich da auf dem Tisch lag. Immer wieder schmuggelten sich seine Photos in ihre Papiere, ihre Ordner, ihre Bücher. Sie konnte sich nicht an ihren Schreibtisch erinnern, wie er vor dem Besuch des Professors ausgesehen hatte. War sie in den endlosen Schweigephasen eingenickt auf ihrem Feldbett, zu Füßen des Professors? Oder besaß er taschenspielerische Trickfähigkeiten, ihren Schreibtisch im Handumdrehen umzukrempeln?

Was sie fieberhaft suchte, war das kleine schwarze Mikrophon. Irgendwo hatte er es installiert. Zuletzt hatte es auf ihrem Tagebuch gelegen. Es hatte etwa die Größe der verschrumpelten Kastanie, die Christophs Photo beschwerte. Dorothee wickelte die Kastanie in das Photo und warf beides in den Papierkorb. Sie beschloß, auch seine sämtlichen Briefe zu vernichten. Aber wo steckte das Mikrophon? Noch konnte sie sich beim besten Willen nicht vorstellen, warum der Professor ausgerechnet sie abhören wollte. Sie nahm an, daß er seine armen Augenkranken Tiere rund um die Uhr abhörte.

Vielleicht war er daran interessiert, Dorothees Reaktionen auf die Schreie der Augenkranken Tiere zu dokumentieren. Wer wußte denn, in was für ein Laboratorium sie hier im K 2 hineingeraten war? Vielleicht war sie Teil seines »hochkomplizierten, bahnbrechenden, langwierigen« Experiments. Vielleicht erfüllte sie bestimmte Voraussetzungen, von denen sie selbst keine Ahnung hatte, vielleicht war das der Grund, warum sie unter vierundachtzig Bewerbern die Stelle als wissenschaftliche Mitarbeiterin im Zoo bekommen hatte. Vielleicht war der Professor auch an viel Scheußlicherem interessiert. Sehr wahrscheinlich nahm er Drogen. Vielleicht *entwickelte* er Drogen, die er an den Augenkranken Tieren testete, und vielleicht auch an ihr. Nicht irgendwelche Pillen, sondern ernsthafte Halluzinogene, große Bewußtseinserweiterer. Sie mußte alles über ihn herausfinden. Und sie mußte sich vorsehen. Das Mikrophon. Sie neigte nicht zu lauten Selbstgesprächen, wohl aber zu innerer Rede (Tier) und Gegenrede (Dorothee), einem Gedankenspiel, das aus den beengten und bedrängten Tagen und Nächten ihrer frühen Kindheit stammte und wie eine Gerichtsverhandlung mehrere Wochen dauern konnte. Auch träumte sie nie oder sehr selten, sie wußte es nicht so genau. Jedenfalls sprach sie nicht im Schlaf. Christoph, der ängstliche Optimist, ängstigte sie beim Frühstück in der Urzeit mit ausgiebigen Beschreibungen ihres lautlosen totenähnlichen Schlafs, wie er sich oft über sie beugen mußte, um zu lauschen, ob sie noch atmete, ob sie überhaupt noch lebte. Die grauhaarige Käthe sorgte sich fürchterlich um die zehnjährige Dorothee, weil es in einer Zeitschrift schwarz auf weiß geschrieben stand, daß normale Töchter Selbstgespräche führten, mit und ohne Puppen. Bist halt eine der Stillen im Lande, sagte ihre Mutter nach reiflicher Überlegung.

Das sollte sich ändern, exklusiv für den Professor. Wo immer er es versteckt oder hingezaubert hatte, das Mikrophon würde dem eingebildeten Kerl sehr bald ein paar Nüsse der Doro-Matthes-Spielart zu knacken geben. Eine Äußerung hier, ein Geräusch da, lautes Herumwälzen im Bett wie im »Traum« mit den dazugehörigen »Enthüllungen« des »Unterbewußtseins«, es gab viele Möglichkeiten, den Spieß umzudrehen und *seine* Reaktionen zu testen, *ihn* zum Versuchstier zu machen. Und natürlich Musik, *around the clock*, daß ihm beim Abhören die Ohren implodierten.

Sie drückte die Starttaste des Kassettenrecorders. Keith Jarrett fuhr fort, wo er unterbrochen worden war. Dorothee öffnete ihr Tagebuch und schrieb:

... auf einem Feldbett, auf dem ich heute (sitzend) ein unheimliches, aber interessantes Gespräch mit Professor Moritz hatte. Das Leben in meinem K 2 verspricht doppelt aufregend zu werden. Ich bin Teil eines großangelegten Experiments, dessen wissenschaftliche Tragweite ich noch nicht ganz überschaue. Bin aber zugleich auch diejenige, die experimentiert. Und der Professor kannte die Schwestern, das steht fest, gerade weil er es so unbeholfen ableugnet. Ich liebe die Schwestern. Allein der Gedanke, daß sie hier im alten Tierkrankenhaus, hier vielleicht an meinem Platz, vor so vielen Tagen und Nächten gesessen und sich über Krankheit und Tod unterhalten haben. Ihr Doppelselbstmord bleibt ein großes Rätsel, es gibt zig Versionen, niemand weiß Genaues. Ich lese heimlich (der Professor hilft mir) in den Archiven des Direktors. Die Archive befinden sich im ehemaligen Aquarium, ausgebombt und umgebaut, wo der Direktor im ersten Stock wohnt. Die Archive sind das Allerwahnsinnigste. Man stelle sich vor: Bücher und Akten und vergilbte Papiere in umgebauten leeren Fischbassins mit Stahlgittern davor. Ich habe Kriegsaufzeichnungen der Schwestern gefunden, als hier Krieg war, unglaublich, was die beiden alles durchmachen mußten, um diesen Zoo wieder aufzubauen. Und die Schwestern waren gar keine Schwestern, sondern Freundinnen. Zwei wundervolle Freundinnen, die den Zoo über dreißig Jahre geleitet haben. Und sie waren so schön, beide strohblond mit schmalen Antilopenköpfen und so grimmigen Augen. Ich muß anspruchsvoll werden wie die anspruchsvollsten Tiere, die extremen, die seltensten. Hier muß man sich alles gefallen lassen von den muskelbepackten Tierpflegern und den stirnrunzelnden wissenschaftlichen Assistenten und vom Direktor, der nie zu fassen ist. Außerdem ist er wahrscheinlich Alkoholiker (wie viele andere hier) und schlägt seine Frau, ich habe im Aquarium gehört, wie sie beide kreischten. Einziger Lichtblick ist die Sekretärin des Direktors, von allen nur Frl. Friederike genannt, eine komische Nudel, aber immer hilfsbereit. Sie sieht aus wie ein transsexueller Buster Keaton mit zuviel Make-up. Und dann natürlich die weltberühmte Frau des Direktors, wie könnt ich die vergessen! Ihr Kopf war schon voller Tierideen, als meiner noch nicht mal eine Idee war (guter Satz). Unbedingt herausfinden: 1) Lebensdaten des Professors 2) seine Veröffentlichungen, wann, wo und unter welchem(n) Namen 3) Krankheiten und wunde Punkte 4) seine Beziehung zu den Schwestern. Ich habe den Eindruck, er nimmt/erforscht Drogen. Er ist vermutlich Biomediziner, aber auf einem total neuen Trip. Vielleicht weiß Frl. Friederike was. Werde mich in ihre Theatergruppe einschreiben lassen, obwohl ich umkomme vor Arbeit. Gleich Montag neuen Termin mit dem Direktor vereinbaren wegen Diss. Sali, mein Schatz, nun bist du fort. Bleib tapfer, denn wir werden uns wiedersehen. Gleich wenn du zurück bist, werd ich dich untersuchen, mein Gesicht wird das erste sein, das du siehst, und wir werden alles nachholen, wozu wir keine Zeit mehr hatten. Habe mehrere (!) endgültige Briefe an Chris begonnen, aber sie stimmen alle nicht. Treffen den Ton nicht, sind zu wenig logisch, zu wenig durchdacht. Er ist seit zwei Wochen in der Stadt, hat schon zigmal geschrieben. Besser ich sag's ihm mitten ins Gesicht. Aber ich will ihn nicht treffen, ich will ihn nicht faseln hören, und schon gar nicht hier in meinem Zoo. Ersticke in Arbeit und habe nicht die geringste Lust, mich mit ihm in irgendeiner Kneipe rumzuärgern, ihm zuzusehen, wie er sich vollaufen läßt, ihm zuzuhören, wie er alles zwischen uns reparieren wird, wie glücklich wir sein müssen, daß wir uns je gefunden haben, wie doppelt glücklich wir sein könnten, wenn wenn wenn blablabla. Mit uns ist Schluß. Weil ich, wie er immer befürchtet hat, älter und klüger geworden bin, weiß ich jetzt, was ich brauche. Ich brauche keinen

Optimisten, der mir jeden Wunsch von den Lippen abliest und mich dann aussaugt und büßen läßt für jeden Pipiwunsch, den er mir erfüllt hat. Ich brauche keinen Saxophonisten, der kaum Saxophon spielen kann (obwohl mir das völlig gleichgültig ist). Ich brauche keinen, der mich verfolgt, wie er mich verfolgt, mit Hoffnungen und guten Wünschen und Erinnerungen, kalter Kaffee. Was ich brauche, ist er nicht. Ich brauche jemanden, der mein *Komplize* ist. Jeden Verbrecher. Jeden Komplizen.

Dorothee stellte die Musik ab (denn das Klavierspiel war ihr jetzt zu lieblich) und den Fernseher laut. Aber weder wollte sie dem nöligen Nachrichtensprecher zur Bundespressekonferenz folgen noch dem hinkenden Indianer, der sich vor einer heulenden Horde von Farmern hinter einem Berg toter Kavalleristen verschanzte, und schon gar nicht den Argumenten des zerfahrenen französischen Filmregisseurs, der voller Selbstekel erläuterte, warum Madeleines Tod, ihr Sturz vom Eiffelturm, die kürzeste »Einstellung« in seinem Meisterwerk zu sein hatte.

»Warum wohl!« sagte Dorothee laut. Sie öffnete das Fenster, ließ den Zigarettenrauch hinaus in die Luft, die keine Schneeflocken mehr führte, in der es nun nieselte, in der es einen Professor gab, der sie atmete und benieselt wurde auf dem Weg zu seinem Eiscaféhäuschen, in der es, als Dorothee die Hand hinausstreckte, wie von feuchten Bartstoppeln piekte.

Sie zog sich aus, stellte sich auf die Zehenspitzen und beobachtete das Spiel ihrer Sehnen und Knie und Bauchmuskeln, die Balance ihrer Arme und Schultern, die Haltung ihres Kopfes im Innenspiegel der Wandschranktür. Diese Tür und ihre Spiegelseite waren Dorothees ganze Liebe in diesem Zimmer. Im kleinen K-2-Duschraum, den sie (wie sie hoffte) allein benutzte, gab es keinen Spiegel. Ihr Wandschrank hatte sogar zwei. Der Wandschrank führte tief in die Wand. Wo früher die Medikamente und Chemikalien und Injektionsspeere gelagert wurden, lagen jetzt ihre drei Pullover, von Käthe gestrickt, ihre paar blauen und grünen Jeans, hingen an Nägeln ihre kalifornischen und mexikanischen Perlenketten, Silberketten, Katzengoldketten. Hing auf einem Bügel ihr derzeit einziges Kleid, noch in der Frühzeit ausgewählt und ihr aufgezwungen von Christoph, ein hochgeschlossenes dunkelblaues Sackkleid von Wannamaker's in Philadelphia, das sie morgen auf den Müll werfen würde. Sie hatte es vergessen in ihrem leeren Wandschrank, sie trug Kleider nicht gern, sie machte sich wenig aus ihren wenigen Sachen. Sie war eine (viel zu?) schöne Frau, ihre langen weißen Beine, ihre schweren Brüste mit den braunrosigen Aureolen und den rosigen tierlangen Nippeln, ihr nubisches bleiches Gesicht unter dem knisternden Helm aus dunkelblonden Haaren, ihre Jugend, die zuerst ans Licht der Tage und der Nächte trat in einem wachen Paar todernster langgestreckter babyblauer Augen (Röntgenaugen, wie Christoph Dalluge sie neidisch nannte), ihre angeborene Verschlossenheit, ihre schwierige Chemie, ihre kritischen Temperaturen brauchten Ebenbürtiges, vielleicht sogar die offene Gefahr. Denn sie hielt sich selbst für gefährlich, im Verborgenen. Ihr Herz brauchte Hochdruck, ihr Verstand Hochleistung. Sie brauchte keine denaturierte »Liebe«, die sich in leeren optimistischen Versprechungen erschöpfte. Sie wollte schaffen und erschaffen werden.

Sie kuschelte sich unter ihre Feldbettdecke und lachte leise. Die Luft in ihrem Zimmer war immer noch unklar, dunstig (ideal für gewisse Schallwellen), das Licht diffus, unentschlossen zwischen Samstagabend und Samstagnacht. Viel später, nach einem ebenbürtigen Professor-Schweigen, schaute sie zum Schreibtisch hinüber und rief in die wartende Stille des ehemaligen Kleinen Behandlungsraums:

»Jeden Verbrecher! Jeden Komplizen!«

Sollte er sich seinen Reim drauf machen.

*

»Ich muß meine Runde machen«, sagte der Direktor. »Will man, daß ich den Respekt meiner Untergebenen verliere? Will man, daß ich mein Gesicht verliere? Will man, daß ich meinen Hut nehme? Will man das? Aber wo sind meine Schuhe?«

Er lag unter dem Globus in der äußersten Ecke seines Büros, einem gigantischen Globus von gut eineinhalb Metern Durchmesser auf kunstvoll geschnitztem Kirschholzfuß, Haßgeschenk eines englischen Kollegen, der lange das Zeitliche gesegnet hatte.

»Ich muß meine Runde machen. Ich muß mich von der allgemeinen Akzeptanz meiner Parole überzeugen. Ich muß nach Haus. Ich bin schon wieder zu spät zum Essen. Davidobski wartet. Die Austern leben noch. Ich muß ihn warnen. Vorsicht vor den Austern.«

Der Direktor lag wach. Er wagte den Blick auf seine Armbanduhr. Aber die Zeit war schwer zu entziffern, und sie sagte ihm nichts. Schwankend kam er auf die Beine, die längsten aller Beine, die Beine des Direktors. Er stieß sich den Kopf an der Unterseite des himmelblau leuchtenden batteriegespeisten Erdballs. »Glotzendes Nebelauge, große Murmel«, sagte er zu seinem Globus. »Schrecklich weit die Welt, was? Wie geht's uns denn heut, was?« Er fand seine Stiefel. Er fand sein Jackett. Natürlich war sein Sekretariat unbesetzt. Vorbei waren die Jahre, als man hier Tag und Nacht arbeitete, als hier Zoogeschichte geschrieben wurde, als niemand dumme Fragen stellte. Die Jahre der Sorge um die Arche, den Horizont, die Insel, den Garten auf der Insel. Wo war sein Lodenmantel?

Der Photokopierer summte noch. Schlamperei und Verschwendung. Der Direktor suchte die Taste zum Abschalten und fand sie nicht. Minderwertige Sensorentechnik, billige bionische Pfuscherei, sämtliche Einzeller und Wimpertierchen hatten mehr auf dem Kasten als dieses Machwerk moderner Technik, das monatlich Unsummen Leasing-Gebühren fraß. Ganz zu schweigen von den Unsummen, die ihm durch Mißbrauch entstanden. Seine verlogenen Assistenten kopierten heimlich, was das Zeug hielt: ihre Liebesbriefe, ihre Poesiealben, ihre Bücher aus der Leihbibliothek, ihre Tonnen unveröffentlichter Manuskripte.

Er fiel auf die Knie und zog den Stecker, und das Gerät heulte auf wie ein Motor und verstummte.

»Wie komm ich die Treppe runter, Adlerchen?« fragte der Direktor.

»TREIBT SIE! lautet die Parole!« rief er mit hoher Stimme in die Nacht. Es hatte aufgehört zu schneien. Es nieselte. Er fror. Er hatte seinen Lodenmantel nicht gefunden. In seinem Büro brannte noch Licht. Das war ein gutes Zeichen, die Arbeit ging voran. Und die Tiere waren versorgt. Er mußte sich beeilen. Und den Persischen Leoparden durfte er nicht vergessen, der morgen oder übermorgen nach Sydney sollte. Besser kontrollieren, ob die Vorbereitungen auf Hochtouren liefen, ob alles seine Richtigkeit hatte.

Der Direktor überlegte: Das Raubtierhaus liegt gleich gegenüber von zu Haus, wenn ich schnell vorbeischaue und kontrolliere, kann ich sagen, ich hatte noch im Raubtierhaus zu tun, weil es gleich gegenüber liegt, weil es sozusagen schon fast zu Haus ist. Dann haben die Tierpfleger mich gezwungen, einen Schnaps mit ihnen zu trinken. Du weißt ja, wie sie sind. Der Professor haftete ihm. Adlerchen konnte den Professor nicht ausstehen und würde sich freuen, wenn er einen Fehler machte. Er würde es dem Professor nächsten oder übernächsten Sonntag bei einem dieser scheußlichen Salatessen erklären. Der Professor zeigte Verständnis für Ehelügen, weil sie ihn amüsierten. Weil er als chronisch Unverheirateter und zur Ehe Untauglicher keinen Schimmer hatte von der Himmelsmacht der kleinen Ehelüge, von ihrer aphrodisischen Wirkung, wenn sie irgendwann herauskam.

Im Zoo war es ruhig und nochmals ruhig und dann angespannt ruhig, als der Direktor sich auf den langen Weg vom Verwaltungsgebäude zum Raubtierhaus machte. Bruder Tier schlief oder schlummerte oder putzte Fell und Gefieder oder kopulierte oder masturbierte oder hörte seine Schritte und spitzte die Ohren.

»TREIBT SIE!« Er überquerte eine Brücke, unter ihm stand schwarzes Wasser, benieselt vom Regen, Geflügel unsichtbar, brav auf seinem Stroh in seinen kleinen Hütten. Keine vorlauten Enten aus den Parks der Stadt, keine Futterdiebe, keine sowjetischen Spatzen auf der Durchreise. Aber ein Schatten am anderen Ufer, flüchtig und abweisend in dunkler Windjacke, mit weit ausholenden stolzen Schritten, kalt hochgezogenen Schultern, sein schweigsamer, abweisender Sohn, auch viel zu spät dran. Junior kehrte heim nach einem weiteren Ausflug in die Stadt. Hatte er seinen Vater gesehen, erkannt?

»Junior!« rief der Direktor. »Komm her! Laß dich umarmen! Laß dich verdreschen! Hab ich dir nicht tausendmal gesagt? Mach den Mund auf, renitenter Bengel!«

Aber Junior war schon hinterm Tropenhaus verschwunden und hatte wie immer nichts gesagt und kein Zeichen des Erkennens gegeben und saß bestimmt schon in der Küche bei den Mäusen von Pompeji oder in seinem Zimmer und hörte Rock und Roll Musik. Ich, dein Vater, dachte der Direktor auf der Brücke, habe mir in jungen Mannesjahren ein drastisches Musikverbot auferlegt, um Herr der Lage zu werden. Wirst du je Herr deiner Lage sein, mein Sohn? Keinen Brahms, keinen Bix Beiderbecke mehr. Niemand hat es mir gedankt, aber ich bin ein besserer Chef geworden. Er merkte, wie er langsam wieder nüchtern wurde. Der Mensch ist nicht das Maß aller Dinge, auch nicht die menschliche Stimme, auch nicht des Menschen Lieder. Niemand wird mein Opfer je verstehen. Der See belebte sich. Ein schwarzer Schwan, der den Direktor liebte und gehört hatte, daß sein Geliebter ihn besuchte, gab zaghaft Laut unter der Brücke. Nie wieder Caruso, nie wieder Richard Tauber. Was hab ich durchgemacht, was will ich dir ersparen, mein Sohn?

Der Direktor setzte sich, weil ihm die frische Luft den Atem nahm, mitten auf die Brücke. Aus der Stadt kam ein Glockenschlag, dünn wie von einer alten Schellackschallplatte. »Dingdong! Treibt sie!« flüsterte der Direktor. Nach einer Weile wurde ihm angenehm warm und feucht am Hosenboden, und er trottete weiter. Hatte er sein Büro abgeschlossen? Gleich morgen früh würde dieser Globus rausfliegen, das glotzende Riesenauge, vor dem er sich gefürchtet hatte im Dunkeln. Er kannte seine Erdteile, sie waren tief eingegraben in sein Schmerzgedächtnis, er brauchte keinen englischen Globus mit nächtlichen Lichteffekten. Der verstorbene englische Kollege, der ihm dieses Monstrum geschenkt hatte, war vielleicht am Haß auf ihn, den erfolgreicheren Züchter, krepiert. Kein gutes Omen für einen Einrichtungsgegenstand.

Das Raubtierhaus, ein großangelegter Gebäudekomplex mit zwei weiträumigen Freigehegen für Sibirische Tiger und Löwen und langen Reihen kleinerer Außenkäfige, war verschlossen, drinnen alles dunkel. Wie spät? Der Direktor erinnerte sich an seine Armbanduhr. 0:33. Aber da kam jemand die lange Reihe der Außenkäfige entlang, der diensthabende Nachtwächter mit dem Universalschlüssel. Seinen eigenen Universalschlüssel hatte der Direktor mitsamt Lodenmantel vergessen oder verlegt oder verloren. Adlerchen würde wüten. Aber es war nicht der Nachtwächter, es war ein Pfleger in blauem Overall, die gelbe Zoobinde am Arm, gegen die sich der Direktor wehrte, seit er Direktor geworden war. Und das war lange her. Doch der Aufsichtsrat, der über solche Kleinigkeiten zu beschließen hatte, war noch länger her, bestand aus lauter greisen Bankvorstehern, die im alten Zoo noch Ostereier gesucht hatten und den eigens entwickelten khakifarbenen Overall des Direktors mit silbernen Zooinsignien auf schwarzer Armbinde kategorisch ablehnten. Kontinuität über Generationen wenigstens im Erscheinungsbild unserer Tierpfleger, entrüsteten sich die Gebißträger, wenn schon die Vorkriegsprachtbauten nicht mehr standen. Als träfe ihn, den Direktor, die Alleinschuld am Untergang des alten Zoos, der alten Welt. Er kannte die Prachtbauten aus seiner Jugend. Selten sah er sich die alten Photos an.

»Sei mir gegrüßt, Papageno. Gehst du spazieren? Kannst du mal wieder nicht schlafen? Hast hoffentlich deinen Schlüssel dabei. Ich bin zu spät zum Essen, das alte Lied. Du weißt, wie's ist. Ihr arbeitet rund um die Uhr, und ich muß auch hie und da Hand anlegen, hahaha. Will aber noch einen kurzen Blick auf den Perser werfen.«

Lange keine Antwort. Papageno, antworte doch. Der mittelgroße, kurzsichtige Mann im blauen Overall starrte ihm ein Loch in die Brust. Vom Amazonas quakten durchreisende Stadtenten. Der »Amazonas« war ein See, randvoll mit Gänsen aus allen Erdteilen. Er lag zwischen Raubtierhaus und dem Prunkbau des ehemaligen Aquariums, ein wenig ausgebombt und wieder aufgebaut von seinem Vorgänger im Direktorenamt, von dem schauderhaften Zwitter, von der Personalunion in Sachen Weiblichkeit und Schrecken, von den unseligen »Schwestern«, wie sie sich nannten. Früher, im Sommer, hatten auf dem Amazonas hinter hohen Gittern Alligatorenschauen stattgefunden. Hundert Alligatoren, die Kaiser kamen aus den alten Ländern. Die Alligatoren waren seit Ewigkeiten tot oder fort. Heute gehörte der Amazonas den Gänsen und der Erforschung des Verhaltens der Gänse. Papageno kramte in seinen Taschen und hielt dem Direktor einen Universalschlüssel vor die Nase.

»Na bitte, Papa. Na wunderbar. Laß uns reingehn zu deinem Liebling, alter Suffkopp.« Der Direktor brauchte Minuten, die Tür zum Raubtierhaus aufzuschließen. Mehrere Momente wußte er nicht, wo er sich befand und was er vorhatte. Dann fiel es ihm wieder ein.

»Kein Licht machen, Papageno. Es faucht sowieso schon aus der Ecke. Hörst du's? Hast deine Taschenlampe dabei, ja? Wenn meine Frau dich fragt: du bist schuld. Du hast mir den Schnaps eingeflößt, regelrecht aufgezwungen hast du mir den Schnaps, du und der Professor, verstanden?«

»Schöne Ecke für Echos«, sagte Papageno und leuchtete mit seiner Taschenlampe ins menschenleere Raubtierhaus. »Manche haben kein Ohr für Echos.«

Ein Augenpaar blitzte grün auf, gefolgt von einem Knurren. Dann standen sie vor dem leeren Käfig des Persischen Leoparden.

»Wo ist der Perser?«

»Nicht mehr da, Herr Direktor. Vor ein paar Stunden ab nach Sydney. Verreist. Nicht mehr da. Nicht mehr hier. Unser Zoo ist ein Reisebüro geworden. Oder ein Institut für globale Fickkontakte. Schauen Sie genau hin. Der Käfig ist leer. Haben Sie schon mal einen so leeren Käfig gesehen? Konzentrieren Sie sich auf den leeren Käfig.«

»Nein«, sagte der Direktor und bekam es mit der Angst zu tun. Die sibirischen Tiger waren aufgewacht oder immer noch wach oder kurz vor dem Ausbrechen, denn sie klagten und sprangen in der Dunkelheit auf ihre Hochsitze und sprangen wieder herunter. Der Direktor hatte rasende Kopfschmerzen und sehnte sich nach einem guten Essen und klaren Gedanken. »Nein. Noch nie. Laß uns gehen, Papageno.«

»Merk dir eines gut, du Wichser, Herr Direktor. Es kann passieren, daß ich dich eines Tages an deinem nichtsnutzigen langen Schwanz am höchsten Ast im Zoo aufhänge oder dich den Tigern zum Fraß vorwerfe oder ich würg dich einfach mit meinen eigenen Händen ab. Du bist der Direktor, aber glaub ja nicht, daß du's noch lange bist. Also konzentrieren Sie sich jetzt. Was sehen Sie hier?«

»Was soll ich sehen, Papageno. Reg dich doch nicht so auf! Du weißt nicht, mit wem du sprichst. Weißt du eigentlich, mit wem du sprichst?«

»Was sehen Sie hier, Tierquäler?«

»Ich bin kein Tierquäler. Wollen wir nicht gehen, Papageno?«

Der Direktor hob schwerfällig seine großen Hände, Handflächen nach außen, und wollte sie ballen, aber es war zu spät. Er bekam einen fürchterlichen Stoß vor die Brust, dann rammte sich ein harter Ellenbogen in seinen Solarplexus. Der Direktor fiel auf die Fliesen, stöhnend, aber froh, sich endlich ausruhen zu können. War das die Strafe? Wartete Davidobski noch? Lebte Davidobski noch? Zweimal malträtierte ein klobiger Arbeitsstiefel seine Nieren. Er schrie vor Schmerzen. Er dachte: Ich vergebe dir. Der klobige, übelriechende Arbeitsstiefel schwebte über seinem Gesicht, bereit zuzutreten. Die

Stiefelspitze versetzte ihm einen leichten explosiven Stoß gegen das Kinn, blieb an seinem Kinn kleben. Gleichzeitig leuchtete eine Taschenlampe vor seinen zusammengekniffenen Augen auf. Er würgte. Halberbrochenes sickerte aus seinen Mundwinkeln. Ein paar seiner Raubtiere fauchten, die meisten schwiegen. Aber er hörte das Geräusch von Krallen auf nacktem Käfigboden.

»Reden Sie, Herr Direktor«, sagte Papageno.

»Kann nicht«, quetschte er, Papagenos Stiefelspitze am Kinn, zwischen den Zähnen hervor. Eine kräftige Hand packte ihn an den Haaren und zog ihn in eine Art Hocke.

»Stehen Sie auf und reden Sie.«

»Kann nicht.«

Papageno trat ihm gegen das rechte, dann gegen das linke Schienenbein. Es tat nicht mehr weh. Es war gut. Es war geschehen. Ein Vater mußte Opfer bringen. Bleib dir selbst treu, du bist der Direktor.

»Ich bin der Direktor, Papageno. Ich weiß, was ich tue.«

Eine Hand packte ihn am Kragen und zog ihn mühelos in den Stand. Er roch den Anisatem des stärkeren Kleineren, der ihm bis zum Brustbein reichte.

»Was sehen Sie hier, Tierquäler?«

»Ich sehe einen armen Freund, der sich unglücklich macht.«

Papageno ließ ihn los, klopfte seinen blauen Overall ab, griff in seine Brusttasche, holte seine Nickelbrille hervor.

»Soll ich Ihnen meine Brille aufsetzen, Tierquäler?«

»Bitte nicht. Bitte schlag mich nicht, Papageno. Ich kann nichts dafür. Laß uns hier raus. Ich bin, wie man so sagt, doppelt geschlagen. Ein geschlagener Mann. Beruhigt dich das? Ich muß mich sammeln. Ich hol ihn dir zurück, ich versprech's dir. Ist ja nur für ein paar Monate, was sind schon ein paar Monate. Ich weiß, was er dir bedeutet. Aber die kleine kurze Trennung wird euch beiden guttun. Reg dich bitte ab. BITTE!«

Der Direktor wurde von zwei Schmetterohrfeigen links und

rechts getroffen, sein Kopf sackte nach vorn, er wollte sich richtig erbrechen, schaffte es aber nicht. Er bekam Angst um seinen Schließmuskel.

»Was sehen Sie hier, Tierquäler?«

»Also gut, also gut. Ich sehe einen leeren Käfig. Ich habe so viele gesehen, mehr als du. Mehr als du! Ich bin schuld. Oder diese neue wissenschaftliche Mitarbeiterin, sie hat dem Perser einige Experimente zugemutet, sie hat seine Augen untersucht. Oder wir sind alle schuld. Hör auf! Ich bin schuld, ich allein. Ich sehe einen leeren Käfig. Du hast mir weh getan. Ich verspreche dir bei meiner Ehre, er kommt zurück.«

Papageno nahm den Direktor, der am ganzen Körper zitterte und aus der Nase blutete und aus allen Poren stank, in beide Arme. Er umarmte ihn kurz und sanft.

»Vielen Dank, Herr Direktor. Wir sehen uns. Ich nehme Sie beim Wort. Ein paar Monate. Nicht Jahre. Ein paar Monate.«

»Keinen Tag länger, Papageno.«

Alle Großkatzen waren wach. Sie schwiegen sich gefährlich aus oder gaben kurze Knurrlaute von sich oder fauchten warnend. Der Tierpfleger knipste seine Taschenlampe aus. Eine trächtige Leopardin warf sich gegen die Gitter, schrie und klagte und bettelte, warf sich gegen die Käfigwand. Sie wußte nicht, was hier geschah und daß alles für sie und ihresgleichen geschah. Wie traurig, in dieser Nacht der Geschichten, daß sie es nicht wußte. »Kommt drauf an«, murmelte oder dachte der Direktor, als der Tierpfleger seinen Arm nahm und ihn hinausgeleitete. Papageno verschloß die Tür, in der sein Universalschlüssel noch steckte. Der Direktor erbrach sich an der frischen Luft. Papageno klopfte ihm auf den Rücken, half ihm.

»Papageno.«

»Herr Direktor.«

»Papageno, du weißt, daß mein Adlerchen auf und davon ist. Und du erzählst es nicht weiter? Du kennst die offizielle Version von Frl. Friederike?«

»Ist zwar eine gute Ecke für Echos, Herr Direktor, aber ich hab noch nie was weitererzählt.«

»Sie hat mich verlassen. Mit diesem Klammeraffen. Vorgestern oder vorvorgestern. Was für einen Tag haben wir heute?«

»Samstag. Nein. Sonntag schon. Schon Sonntag, machen Sie, daß Sie ins Bett kommen. Junior schleicht hier irgendwo rum. Soll er Sie so sehen? Hören Sie auf mit der Tränennummer. Ich kann Sie nicht weinen sehen. Eher will ich Sie sterben sehen. Wissen Sie nicht, daß sich Tränen als unwirklich erwiesen haben?«

»Was sagst du?«

»Tränen wie Perlenschnüre, sorgsam aufgereiht.«

»DROH MIR NICHT!«

»Menschentage und Menschenjahre sind eine Beleidigung der Zeit.«

»Was soll ich nur machen, Papageno? Ohne sie? Das neue Nachttierhaus, die Probleme mit ...«

Papageno richtete seinen Universalschlüssel, ein kleines Stück Metall nur, gegen die Brust des Direktors und bohrte ihn sanft in den Hemdstoff, dort wo er das Herz vermutete. Papageno drehte den Schlüssel zweimal herum wie in einem wirklichen Schloß.

»Geschieht Ihnen recht, Herr Direktor«, sagte er und tat, als ließe er den Schlüssel stecken. »Alles was insbesondere Ihnen geschieht, geschieht Ihnen recht. Hingegen das Besondere im Leben, das geschieht anderen. Oder gehört anderen. Wußten Sie das nicht?«

»Erspar mir deine Sophistereien. Und nimm den Schlüssel da weg. Du hast die tiefen Teller auch nicht erfunden.«

»Ich warne Sie. Noch so'n Spruch: Kieferbruch!«

»Wirst du nie müde, die Menschen, die's am besten mit dir meinen, einzuschüchtern oder ihnen zu drohen? Manchmal hab ich dich so satt, Papageno, ich kann dir gar nicht sagen, wie. Manchmal frag ich mich, ob du nicht hinter Gitter gehörst, ob du hinter Gittern nicht besser aufgehoben wärst, ob du nicht in meinem neuen Nachttierhaus ...«

»Frag ich mich manchmal auch. Aber mach dir keine Sorgen, großer weißer Mann. Ich red nicht und ich kann warten. Kann dich ein wenig leben lassen. Kann ein wenig zuschauen, wie du vor die Hunde gehst. Kann mich sogar auf meine Erziehung besinnen und dir einen offiziellen Besuch abstatten und deinem Früchtchen weismachen, daß seine Mutter *auf Forschungsreise* ist. Und würd nicht mal lügen müssen. Kann auch so tun, als seist du schon tot und der Rede nicht mehr wert. Kommt alles drauf an, wie schnell du mir den Sali zurückbringst.«

»Du würdest mit Junior reden? Für mich mit ihm reden? Vielleicht steckt doch noch ein guter Kern in dir. Du weißt, wie er dich verehrt. Wie er dir nacheifert.«

»…«

»Du bist sein Vorbild. Eines seiner Vorbilder.«

»…«

»Erinnerst du dich, wie er dir als Kind seine Tierzeichnungen gewidmet hat? Die Mäuse von Pompeji in ihren kleinen Hütten? Aus jeder Hütte schaute eine Schnauze. Erinnerst du dich?«

»Ich will Sali wiederhaben.«

»Was liegt dir so an diesem Tier? Du überschätzt dich. Du bist ein PFLEGER. Sonst bist du nichts. Du hast schon immer den Fehler gemacht, die Tiere bei irgendwelchen Worten zu nehmen, die sie nie gesagt haben. Das Doktor-Doolittle-Syndrom. Kommt alles von diesen Papageien, mit denen du dich umgibst. Du sollst sie pflegen, nicht dich mit ihnen umgeben. Du sollst sie beobachten, nicht dich ständig von ihnen beobachtet fühlen. Du endest noch in der Psychiatrischen. Wärst nicht der erste Pfleger, den man in die Zwangsjacke stecken muß.«

»Was mir an diesem Tier liegt, wie Sie sich ausdrücken, ist sehr leicht gesagt: Ich bin glücklich, daß Sali geboren wurde und daß ich ihn aufziehen durfte. Und jetzt ab ins Bett.«

»Du hast mir's versprochen.«

»Was?«

»Daß du Junior die Frl.-Friederike-Version erklärst.«

»Erklären: nein. Weismachen: ja.«

»Dank dir, alter Freund. Dank dir. Du kannst ihm jetzt helfen. Mehr vielleicht sogar als ich. Er meidet mich momentan. Wahrscheinlich hat er eine Freundin. Er parfumiert sich, duftet wie ein Wiedehopf. Er telefoniert. Obwohl ich ihm die Gefahren des Telefonierens …«

»Wie genau lautet die Frl.-Friederike-Version?«

»Wie bitte?«

»Was hat der alte Blumendraht in Umlauf gebracht? Ich bin nicht auf dem laufenden Zooklatsch.«

»Meine Frau wurde gerufen. Nein: berufen. Sagen wir, von höchster Stelle. World Wild Life sagen wir, oder sagt Frl. Friederike. Von einem alten Kollegen, honorige Aufgabe von honorigem Kollegen für honorige alte Kollegin sprich mein Weib sprich der zweite Mann in unserem Zoo, zum Ruhme unseres Zoos, die Presse wird noch berichten, dafür sorg ich schon. Verstehst du? Mit all ihrer Afrikaerfahrung, mit ihrer Beherrschung der Kikuyu-Dialekte. Ein Biotop ist in Gefahr. Sagt Frl. Friederike. Weiß der Himmel, wie sie immer die richtige Tonlage findet. Biotop voller winziger Tiere, kaum auszumachen, jedenfalls nicht mit bloßem Auge.«

»Insekten?«

»Was weiß ich. Winzige Tiere, vom Aussterben bedroht, vielleicht weil Procter & Gamble auf ihre noch winzigeren Hormondrüsen scharf ist oder auf ihre mikroskopisch kleinen Arschlöcher. Meine Frau gegen den Rest der Welt. So war's doch immer. Dabei belassen wir's. Sie kommt sowieso bald zurück.«

»Werden Sie ihr nachreisen?«

»Nein. Ich werde andere Fangmethoden anwenden.«

»Welche?«

»Ist nicht deine Sache, Papageno. Du darfst dir einiges mit mir erlauben. Mußt aber wissen, wo deine Grenzen liegen.«

»Dort, wo du nie hinkommst, Weichling. Nimm dich in acht.«

»Hast du noch einen Pernod zu Hause?«

»Nein. Schlafen Sie gut, Herr Direktor.«

»SCHLAFEN SIE GUT! Daß ich nicht lache. Du würdest nicht wagen, so mit mir zu reden, wenn meine Frau hier wäre. Du nutzt meine Situation auf die widerlichste Weise aus. Du hast keinen gesunden Gedanken mehr in dir, Papageno. Hör endlich auf, mich HERR DIREKTOR zu nennen. Ich werd dir zeigen ...«

»Nur zu, wenn du noch eins in die Fresse haben willst! Du bringst mir Sali zurück oder du wirst bluten. Hast du mich verstanden?«

»Mir ist übel, Papageno. Ich bin krank. Ich habe zu arbeiten.«

»Ich geb dir Schiefhals zum Aufmuntern. Er hat ein paar neue Sätze gelernt. Ich weiß noch nicht, von wem. Außerdem singt er wieder mal gereimtes und ungereimtes Zeug. Weiß der Himmel, wo und in welchem Jahrhundert er's aufgeschnappt hat. In letzter Zeit bringt er alles durcheinander. Aus reiner Boshaftigkeit, glaub ich. Der Vogel ist unberechenbar. Eines Tages dreh ich ihm den Hals um.«

»Tu das nicht, Papageno. Bedenke: Er kann und er wird uns alle überleben. Was singt er denn?«

»›Es schwellen die Adern, es wallet das Blut. Ich glühe vor Sehnsucht, ich lodre vor Liebe, ich‹ ...«

»Telemann. Sopranarie aus dem *Dramma per Musica* ...«

»Telemann oder Thomas Mann, eines schönen Tages dreh ich ihm den Hals um.«

»Was singt er sonst noch?«

»›Wer von uns war da, wenn es zählte, und wer von uns war nirgends und fehlte?‹«

»Hm. Hans Albers vielleicht.«

»›Gestern ist der Zug entgleist, doch ich komm trotzdem angereist, schuschuschu.‹«

»Er wird uns alle überleben.«

»›Wenn ich morgens aufsteh und am Radioknöpfchen dreh, krieg ich schlechte Laune und die Ohren tun mir weh.‹«

»Das singt er?«

»Ich schick ihn dir rüber ins Aquarium, Herr Direktor. Könnt ihr euch die langen einsamen Winterabende gemeinsam vertreiben.«

»In spätestens vier Wochen ist sie zurück. Darauf kannst du Gift nehmen.«

»Das supergroße Fangnetz? Der Vier-Meter-Injektionsspeer?«

»Laß das meine Sorge sein. Tu deine Pflicht und vergiß nicht, was du mir versprochen hast.«

»Im Februar will ich Sali wiederhaben. Spätestens März. Keinen Monat länger. Unversehrt. Ungebrochen an Leib und Seele.«

»Versprochen. Ich werde tun, was in meiner Macht steht.«

»Viel steht in Ihrer Macht, Herr Direktor. Vergessen Sie das nicht. Sie sind der Herr Direktor, einer der besten der Welt, wenn nicht der beste. Kopf hoch!«

»Als dein Direktor befehle ich dir zwei Dinge. Erstens: knöpf dir Junior vor. Erklär ihm die Frl.-Friederike-Version. Erklär ihm den Zoo, so wie du's früher getan hast. Erklär ihm, daß ich auf ein Zeichen von ihm warte. Daß ich ihn liebe. Daß Männer zusammenhalten müssen. Und laß Schiefhals in Ruhe singen. Du weißt, wie groß seine Verehrergemeinde ist. Wie oft die Zeitungen über ihn berichten. Er wird uns alle überleben.«

»Im Gegensatz zu Ihnen.«

Der Direktor suchte das Weite. Papageno durfte nicht ausgereizt werden. Er drehte sich um und sah, wie Papageno die Tür zum Raubtierhaus aufschloß. Krankhafte Tierliebe, dachte er, nicht unüblich bei Gewalttätern. Es gab eine Möglichkeit, diesen unerfreulichen Vorfall ungeschehen zu machen: er mußte essen, nachdenken, schlafen, essen, fest an die Rückkehr seines Adlerfrauchens glauben. Noch spürte er die stinkende Stiefelspitze des Tierpflegers an seinem Kinn. Das durfte sich nicht wiederholen, obwohl es ihm recht geschah. Papageno irrte nicht. Ein Direktor hatte die Zügel fest in der Hand zu halten. Hatte zu wissen, wer wann wohin reiste, ein Direktor hatte sich nicht zu betrinken und danach verprügeln zu lassen vom erstbesten Tierpfleger in der Nacht in seinem eigenen Raubtierhaus. Dummer Papageno. Sollte dieser Säufer an seinem eigenen Gift zugrunde gehen, und dieses Gift hieß nicht Pernod. Trotzdem war er ihm dankbar. Papageno hatte ihn in die Wirklichkeit seines hohen Amtes zurückgeprügelt, hatte ihn erniedrigt, um ihn nachher noch zu erhöhen. »Einer der besten der Welt, wenn nicht der beste.« So etwas sagte sein dienstältester Reviertierpfleger nicht einfach dahin. Der Direktor würde sich erkenntlich zeigen. Einen Augenblick spielte er mit dem Gedanken, zurückzugehen und die Nacht an Papagenos Seite im Raubtierhaus zu verbringen, stumm vor Salis leerem Käfig, ihn zu trösten und von ihm getröstet zu werden. Doch Distanz war besser als Trauer, und Wissen besser als Gemeinsamkeit. Der Direktor fühlte sich wie in einem Buch, in dem er eine Figur war und das er deshalb, gelähmt von der Logik vereinzelter Erkenntnisse und getrieben von der Unlogik der Ereignisse, niemals lesen würde. Es war ein zutiefst widerwärtiges, aber fesselndes Gefühl. Er mußte essen, das Nachdenken verschieben, schlafen.

Der Direktor näherte sich vorsichtig dem ehemaligen Aquarium. Er wußte, dort wohnte er. Auch im Vorfeld des Aquariums gab es dunkle Ecken und Büsche, in denen ihm ein Papageno auflauern konnte. Oder, wie so oft, sein Adlerchen, dem es Spaß machte, ihn im Dunkeln zu erschrecken. Komm zurück und erschreck mich, geliebte Frau, ich werde das schönste Zusammenzucken aller Zeiten für dich einstudieren, ich verspreche dir, du wirst auf deine Kosten kommen. Aber die Stimme, die aus den kahlen Sträuchern neben der naturgetreuen Nachbildung eines Iguanodonsauriers tönte, war nicht die Stimme seiner Frau.

»Hallo, Mister Kannibal. Friß mich doch einmal.«

»Fritzie! Hast du mich erschreckt!«

»Ich wollte dich sprechen.«

»Mein Bedarf ist gedeckt. Laß mich in Ruhe. Hau ab. Geh ins Kino. Raus aus dem Zoo, du hast außerhalb der Dienstzeiten hier nichts zu suchen.«

»Ach nein?«

»Gute Nacht.«

»Ich war schon immer der Meinung, du solltest mehr Hochprozentiges tanken. Ein Kerl von deiner Statur. Halb Afrika lacht sich noch heute tot über deine Ovomaltine und deinen Ziegenmilchkonsum. Weißt du, daß du mich seit Ewigkeiten nicht mehr Fritzie genannt hast?«

Frl. Friederike zwängte sich umständlich aus dem tropfenden Gestrüpp. Der Direktor wich einen Schritt zurück. Seine knochige Sekretärin war nicht wiederzuerkennen. Sie steckte in einer Art aufgepumpter Schweinsblase, die sich erst bei genauerem Hinsehen als wattierter Herrentrenchcoat entpuppte, als SEIN Trenchcoat aus der Bürogarderobe. Arg ramponiert, der Mantelsaum aufgeweicht und voller Laub. Wo sie ihn wie eine Schleppe hinter sich herschleifte, reichte ihr sein teuerstes Stück bis weit über die Fußspitzen. Ein Schlapphut verdeckte ihr ebenso langes wie spitzes Hundegesicht. Unter dem weiten Ärmel klemmte ihre unvermeidliche Kollegmappe. Ein Wunder, wie sie sich in dieser Aufmachung überhaupt fortbewegen konnte. Hatte sie ihm wieder nachspioniert? Hatte sie ihn mit Papageno ins Raubtierhaus gehen sehen?

Frl. Friederike, während einer kurzen körperlichen Verirrung oder »Affäre« vor gut und gerne zwanzig Jahren von ihm vorübergehend »Fritzie« genannt, aber eigentlich Friederike von Russack aus Davidobski-Land (wo immer es liegen mochte), war der allerletzte Mensch, den er heute nacht sehen wollte. Sie schleppte sich heran, breitete die Arme aus wie riesige Schwingen und umarmte angestrengt seinen Brustkorb. Die Mappe fiel zu Boden. Frl. Friederike roch nach Regen und rauhem Wind und einem Hauch orientalischen Parfums, das er ihr für den Zoo strengstens verboten hatte.

»Armer Mister Kannibal. Du zitterst ja. Armes Rotkehlchen. Aber ich hab dir immer gesagt, daß sie nichts für dich ist. Sie hat dich immer nur benutzt, als Trittbrett, als Fußabtreter, als ...«

»ICH VERBIETE DIR DEN MUND!«

»... als Ehetrottel, als Zootrottel, hinter dessen Rücken sie ihre kleinen gemeinen Experimentchen und Fickerchen ...«

»Frl. Friederike! Beherrschen Sie sich. Friederike. Ich fleh dich an, laß mich allein. Ich muß mit mir allein sein. Gib Ruhe. Gib endlich Ruhe. Heb deine Mappe auf, sie wird naß. UND BRING MICH NICHT ZUR WEISSGLUT!«

»Ach Rotkehlchen, du schreist so schön.«

Der Direktor fühlte sich von zwei eisernen Schwingen umklammert und fühlte sich schwach und geborgen wie unter Papagenos Schlägen und wußte, er würde weinen müssen, wenn er das gefährliche Weibsbild nicht augenblicklich durch die Kraft seiner Worte dazu brachte, ihn loszulassen, ihn langsam die Treppe hinaufgehen zu lassen, ihn die Tür aufschließen zu lassen, damit er endlich in Ruhe essen konnte. Seine Muskeln, schlaff von gewissen Spielen der Wehrlosigkeit, an die er jetzt nicht denken mochte, konnten Frl. Friederike von Russack nicht abwehren. Aber die Kraft seiner Worte hatte ihre Wirkung selten verfehlt bei diesem grotesken aufgeplusterten Bündel in seinen Armen. Erst jetzt bemerkte er, daß Frl. Friederikes Kopf mitsamt Hut in seiner Hand ruhte und daß seine andere Hand ihren Rücken entlangstrich. Kopf hoch, Direktor. Steh mir bei, Papageno.

»Friederike. Fritzie. Hörst du? Ich nenn dich Fritzie. Es ist etwas Ungeheuerliches geschehen. Du kannst mir jetzt nicht helfen, Fritzie. Aber bald, sehr bald. Du hast recht. Sie hat es nie verdient, meine Frau zu sein. Eines Tages werde ich dir alles sagen. Weißt du, daß der Professor mich für einen der weltbesten Zoodirektoren hält, wenn nicht den besten? Und ich werde dir sagen, was heute Ungeheuerliches geschehen ist. Ich hatte eine Vision, anders kann ich es nicht nennen ...«

»Unser neues Nachttierhaus?«

»Unterbrich mich jetzt nicht, Fritzie, alte Gefährtin, alte Freundin, alte – wie soll ich sagen – Mitstreiterin, gute beste allerbeste geliebte Fritzie. Es ist ein Geheimnis, das niemand kennt und niemand kennen wird außer dir. Nicht einmal SIE kennt es. Daran siehst du schon, daran kannst du schon ermessen, was auf dem Spiel steht. Es geht um den Zoo. Um die Kontinuität unserer Arbeit, die in großer Gefahr ist. Es geht um uns alle. Es geht auch um das Neue Nachttierhaus. Es geht auch um dich – und mich. Der Zug ist entgleist, aber unser Zoo kommt trotzdem angereist. Verstehst du, was ich damit sagen will? Es ist nicht einfach. Der Zug fährt durch die Nacht der Schöpfung, der Zug ist die EVOLUTION. Denk drüber nach, wenn du jetzt nach Hause gehst. Geh ins Kino und lenk dich ab, denn …«

»Ist schon zu spät für die Nachtvorstellung, Rotkehlchen.«

»… denn ich werde all deine Kraft und deine wunderbare Solidarität und deine Verschwiegenheit und Diskretion und Erfindungsgabe bald bitter nötig haben. Wir beide werden retten, was zu retten ist. Der Wind weht und die Flüsse fließen. Die Tiere grasen und die Menschen lieben sich. Der Sohn wird geboren und das Universum wartet. Denn alles Fleisch es ist wie Gras, und niemand ist da. Ich werde dich einweihen in Dinge, von denen du nie gedacht hast, daß sie möglich sind. Ich werde es tun. Aber zum richtigen Zeitpunkt, nicht zu früh, nicht zu spät. Multum, non multa, du aufregendste Sekretärin, die je ein Zoo gesehen hat. Vertrau mir. Verzeih mir.«

Frl. Friederike reagierte, wie er gehofft hatte. Sie nahm ihren Hut ab. Sie hielt ihren Hut in beiden Händen, starrte in die Erde. Er war frei, ihre Arme hatten genug gehört.

»Wenn sie nicht zurückkommt, und ich schwör dir, sie kommt nicht zurück, wird es so sein wie früher?« sagte sie.

»Früher?«

»Mit uns. Mit dem Zoo. Mit allem, was so wichtig war.«

»Mehr als das. Anders als das. Du wirst das Geheimnis wissen. Als einzige. Du und ich werden es wissen.«

»Versprichst du's mir?«

»Ich versprech's dir, Fritzie.«

»Du hast dich nicht verändert, Lieber. Zum Glück. Dafür dank ich dir. Aber ich will bei dir sein, bald, so wie früher. Versprichst du mir, daß wir ein bißchen Zeit füreinander haben werden? Daß wir uns heimlich treffen? Daß wir uns beim Namen nennen können? So wie früher? Es muß ja nicht heut abend sein. Ich weiß, was du durchmachst. Wenn ich dir nur helfen könnte.«

»Du kannst mir helfen. Indem du weißt und den Mund hältst und gehst und am Montag wiederkommst und den Mund hältst.«

»Ist dir bewußt, Rotkehlchen, daß ich der einzige Mensch bin, der dich wirklich liebt und der deine wunderschöne Stimme liebt?«

»Ich bin der Direktor. Vergiß das nicht. Mir ist vieles bewußt, und vieles steht in meiner Macht.«

Frl. Friederike bückte sich schwerfällig und hob ihre Kollegmappe auf. Es sah aus, als würde das Gewicht des Mantels sie in die Knie zwingen. Der Direktor half ihr hoch.

»Vorhin, als du in deinem Büro den wilden Mann markiert hast, hab ich schnell deine Pressemitteilung überarbeitet und photokopiert. Geht Montag raus.«

»Welche Pressemitteilung?« fragte der Direktor ängstlich. Welches Spiel spielte diese nervtötende Fotze?

»Keine Pressemitteilung, sondern eine Mitteilung an die Presse, daß sie vorerst nicht berichten sollen. Streng vertrauliche Mitteilung über die Schmierereien. Deshalb hast du sie auch selbst geschrieben. Wie in alten Zeiten. Wunderbar formuliert, Mister Kannibal. Wunderbar Zeit gewonnen. Die Schmierereien als Jux abgetan. ›Gegenüber ist der Bahnhof. Selbstverständlich kann es im Zuge der sommerlichen Asozialenschwemme im Umfeld des Bahnhofs zu Übergriffen gewisser Individuen kommen, die, von meinen hoffnungslos überlasteten Pförtnern unbemerkt, in den Garten eindringen und dort ihre Spuren hinterlassen, die wir aber unverzüglich weißwaschen.‹ Bravo. Aber wir haben nicht mehr Sommer, und vor einer Woche, als du nicht ansprechbar warst, entdeckten wir diese neuen Schmierereien bei den Schabrackentapiren. Winzige Spraydosenschrift an der Außenmauer, sehr ordentliche Arbeit, offenbar in aller Ruhe ausgeführt.«

»Ach so«, sagte der Direktor und nahm die Kollegmappe an sich. »Du meinst das dumme Geschmiere. Harmlos, Fritzie, zerbrich dir nicht den Kopf darüber. Ich will nur nicht, daß die Presse berichtet. Wir brauchen jeden Pfennig fürs Neue Nachttierhaus. Keine Meldungen nach draußen, die unsere Sponsoren beunruhigen könnten. Verstanden?«

»Ich hab deine Mitteilung photokopiert. Für dich. Sie ist in der Mappe. Mit meinen geringfügigen Änderungen. Willst du nicht wissen, was sie an die Tapirmauer geschmiert haben?«

»Das sind die Stadtstreicher. Reg dich nicht auf. Ich kenne jemanden, der diesen Burschen das Handwerk legen wird, der viel unterwegs ist nachts im Garten, der ihnen die Arme brechen wird.«

»Sie haben geschrieben ›Blut für Blut. Bald seid ihr dran. Scheiß Tapire!‹ Ist das nicht entsetzlich? Ich hab so ein Gefühl, da steckt was Schlimmeres dahinter als deine Stadtstreicher.«

»Unsinn. Dumme Jungens von außerhalb. Schulklassen. Lehrer. Die Lehrer gehören zu den Schlimmsten.«

»Bitte lies es dir nachher oder morgen noch mal durch, Rotkehlchen. Ich hab eine Liste der Schmierereien von Sommeranfang bis jetzt angefertigt und beigeheftet. Nimm das nicht zu leicht.«

»Aber nein. Natürlich nehm ich's nicht leicht. Ich verlaß mich auf dich, Fritzielein. Behalt die Sache im Auge, in deinem wachsamen, immer noch jungen, braunen Funkelauge.«

»Küß mich, Kannibal.«

»Aber ja.« Der Direktor drückte sein gefrorenes rotes Gesicht in Frl. Friederikes grauschwarzes, straff gebundenes Haar. Dann streifte er mit seinem bärtigen Kinn ihre Nase.

»Ich hab zwei Augen, wenn du dich erinnerst.«

Er drückte sein Gesicht gegen ihre eiskalte schweißfeuchte Stirn.

»Ich lieb dich, mein Kannibal.«

»Husch husch in die Stadt mit dir, nach Haus mit dir, in die Badewanne mit dir. Ich nehm deine Mappe. Ich les es mir durch, gleich morgen in aller Frühe. Und vergiß nicht, meinen Mantel in die chemische Reinigung zu geben. Ich erwarte dich Montag, pünktlich. Parole, Frl. Friederike?«

»Treibt sie!«

»Das Leben ist nur halb so kompliziert, Fritzie.« Er ließ seine Sekretärin stehen. Zum Glück für seine zitternden Hände brauchte er die drei Schlösser der Aquariumstür nicht aufzuschließen, Junior hatte sie offengelassen. War dies eines seiner stummen Zeichen? Und was bedeutete es? Komm mir nach, Vater? Ich will endlich den Mund auftun und mit dir reden? Oder erwartete er noch Besuch? Oder war der Bengel einfach vergeßlich? Ja, das war es, obwohl er ihm tausendmal eingebleut hatte, die Aquariumstür nie unverschlossen zu lassen, schon wegen der Schätze im Erdgeschoßarchiv. Aus seinem Zimmer am anderen Ende der ehemaligen Schlangenstraße dröhnte elektrifizierte Rock und Roll Musik, die Geißel der ertaubten Menschheit. Der Direktor ging auf Zehenspitzen in sein Arbeitszimmer, öffnete seinen Wandsafe hinter dem gerahmten Rubensdruck der »Nilpferdjagd« und suchte und fand das alte abgeschabte Lederportefeuille. Vorsichtig trug er es in die Küche.

Nun saß der Direktor am Küchentisch und aß ein halbes Pfund gekochten Hinterschinken auf mehreren Scheiben Roggenmischbrot, garniert mit ein paar traurigen angeknabberten Gewürzgurken und Kräuterremoulade aus der Tube, die schon etwas ranzig schmeckte. Dazu trank er ein kleines Helles für seinen Kopf, in dem die Stimmen sich jetzt seltener zu Wort meldeten, murmelnd, als wollten sie ihm etwas verheimlichen. Er hätte sich gern ein dickes Steak aus der Tiefkühltruhe geholt, aber die Tiefkühltruhe war abgeschlossen, und den Schlüssel trug Adler an ihrem Bund, in der zweiten Schlaufe links neben der Gürtelschnalle ihres Overalls. Wo sie jetzt wohl war? Dachte sie an ihn, konnte sie ihn über alle Zeitzonen hinweg jetzt sehen, allein in der Küche mit den von Junior aus seinem Zimmer verbannten Mäusen von Pompeji, vor verschlossener Tiefkühltruhe? Dachte sie an diese und an die vielen weiteren Folgen ihres verbrecherischen Tuns? Der Direktor kaute langsam und weinte ein wenig. Draußen vor dem Fenster ragte der schwärzliche schmale Reptilienkopf des Iguanodons auf, das große Tier aus Stein schaute in die Ferne, hundert Millionen Jahre und mehr und bei jedem Frühstück und Mittag- und Abendessen und ließ sich nicht beirren. Seine gedrungenen Arme, die einst als Flügel die Schwerkraft überwunden hatten, waren angewinkelt, die fünffingrigen Hände griffen, leicht nach außen gekehrt, ins Leere, so als wollte er etwas erklären.

»Sei mir gegrüßt, Freund«, sagte der Direktor. »Hast eine weite Reise hinter dir. Hast noch eine weite vor dir. Kommt drauf an, was du dafür haben willst. Zwanzig Monatsgehälter und alle meine acht Lebensversicherungen für deine ausgestorbenen Gedanken, alter Vogelvetter.«

Es lag in der Natur des Direktors, daß er gern so tat, als wäre nichts geschehen. Als verstünde er nicht. Als wäre er eben auf diese Welt gekommen und müßte sich sehr wundern. Also warf er die Fettreste des Hinterschinkens in den Abfalleimer, spülte Teller und Besteck, band sich die Schürze des Hausmädchens um und fütterte die Mäuse von Pompeji in ihrem meterlangen Spezialkäfig mit den vom jungen Junior entworfenen und erbauten Ruinen, aus denen sie ihre Schnauzen steckten. Der Direktor bemerkte neue Mäuse, vermißte alte. Das Leben in den Ruinenlöchern ging seinen eigenen Gang. Wie stolz war er gewesen, als Junior diese originelle Käfiggestaltung mit zehn oder zwölf Jahren maßstabgetreu zeichnete, wie überrascht, als Junior das Interieur tatsächlich zusammenbastelte, aus Lehm und Gips und Papiermaché. Ein halbes Jahr Leben verwandte er darauf, den Mäusen ein zusammengefallenes Forum zu bauen, ein zerklüftetes Theater, Thermenreste und umgestürzte Säulen über gezackten Wohnhausfundamenten, deren Keller in die Käfigerde führten. Im äußersten Winkel des Käfigs der Vesuv, von Generationen Zwergspitzmäusen unterhöhlt und halb versunken wie die Stadt, aber immer noch in unregelmäßigen Abständen infrarot bestrahlt, weil Juniors Mäuse dort ihre Nester bauten. Ein Großteil der Produktion wanderte, heute wie früher, schnurstracks ins neue K 1 auf dem Wirtschaftshof. Eine Maßnahme, die letzten Endes auch einen tiefen pädagogischen Zweck erfüllen sollte. Junior hatte beizeiten zu lernen, daß Mensch und Tier selbst im Idealfall sich trennen müssen und daß wesentliche bevölkerungspolitische Regeln auch in seinem kleinen Käfiggemeinwesen galten. Besonders putzige weil farblich ausgefallene oder verhaltensgestörte Exemplare durften in Pompeji bleiben und erhielten Namen. Auf heimliches Geheiß des Direktors hatte K 1 dem ernsthaften jungen Käfigbauer und Züchter eines Nikolausmorgens ein Mini-Zuchtbuch und eine Medaille für erfolgreiche Erhaltungszucht überreicht. Junior saß auf der Bettkante und rieb sich den Schlaf aus den Augen, als die Führungskräfte des Zoos sein Zimmer betraten. Der Direktor hatte die Medaille eigens prägen lassen, was nicht billig gewesen war. Als »Zuchtbuch« diente ein Taschenkalender mit den Namen und wahrscheinlichen Geburtsdaten seiner Lieblingsmäuse. Adler hielt die Laudatio, der Professor überreichte, ein kriecherischer Assistent applaudierte feierlich, und der Direktor dachte im stillen, daß sein Junior, kaum den Kindesbeinen entwachsen, Anlaß gab zu gewissen Hoffnungen. Aber das war lange her, die Routine-Raum-Zeit-Gewohnheiten der heranwachsenden Jugend, d. h. die völlige Vernachlässigung aller menschlichen Pflichten und Gewohnheiten, führten kurz darauf zum Mitleidsakt, die vergessenen, verwilderten und verwahrlosten Mäuse von Pompeji in die Familienküche zu verlegen, wo sie insbesondere der aberwitzig teuren Putzfrau wertvolle Zeit stahlen. Natürlich ließ der Direktor Junior Klavierunterricht nehmen. Flötenunterricht, Harmonikaunterricht, Gitarrenunterricht. Nichts kam dabei heraus.

Der Direktor schaltete die Infrarotlampe über dem Mäuse-Vesuv ein. Am Küchentisch versuchte er sich auf das Portefeuille seiner Mutter zu konzentrieren, in welchem er die einzige noch erhaltene Photographie von Chorleiter Professor Theodor Davidobski vermutete. Seine Hand wanderte zwischen die Samtfalten des Portefeuilles. Er versuchte ein sanft ansteigendes »Mi mi, fa fa, so la ti do«, aber schon beim »so« brach seine Stimme.

»Mi mi mi«, wiederholte er. Seine Hand wanderte zwischen die

Falten des Portefeuilles, ertastete die einzige Photographie darin. »Wie will ich lustig lachen«, sang er, so tief er konnte. »Wenn alles durcheinandergeht. Wenn selbst der Fels nicht sicher steht«. Seine Stimme kiekste bei Fels, aber er schrillte weiter: »Und wenn die Dächer kra-ha-chen, so will ich lustig la-ha-chen!« Eine seiner Traumarien, die er heimlich, wenn der Adler schlief, über Kopfhörer lautlos mitsang, mit weit aufgerissenem Mund, stummen Zuckungen der Lippen und der Gesichtsmuskulatur. Dieser Bach wußte, was Bässe waren, was Bässe wollten. Davidobski war der Meinung gewesen, oder war immer noch der Meinung, bei Austern und Champagner, daß ohne Bach die Evolution fiktiv, die Leere endgültig wäre. Wahrscheinlich hatte er recht, auch wenn Musik in jeder Form lebensgefährlicher Leichtsinn war, wie sich herausgestellt hatte.

Der Direktor nahm Frl. Friederikes feuchte Kollegmappe, steckte sich die Photographie, damit sie nicht beschädigt würde, zwischen die Lippen und trug beides in sein Arbeitszimmer. Er heftete die Davidobski-Photographie, ohne sie anzuschauen, an seine Pinnwand, zwischen verkleinerte Blaupausen des Neuen Nachttierhauses, Grußbotschaften aus aller Welt, Memoranden seiner hinterlistigen Assistenten, Adler-Liebeszetteln aus der Vergangenheit. Eine Weile las er in Frl. Friederikes Dokumentation über die »Schmierereien« in seinem Zoo, in der Tat lästigen Dummenjungenstreichen, über denen er sehr müde wurde. Durch zwei oder drei oder vier Türen hörte er leise Musik aus dem Zimmer seines Sohnes. »Mußt nicht weinen, Feuerle«, sang Davidobski. Hätte er bloß niemandem je ein Wort geglaubt.

Was tat Junior jetzt, welchen Stimmen horchte und gehorchte er, kam er nach seiner durchtriebenen Mutter oder kam er nach ihm, hatte er die Mäuse von Pompeji vergessen oder plante er insgeheim ein Pompeji von noch größeren Ausmaßen, würde er eines Tages seinen Mund auftun und etwas sagen oder sich den Rest seines Lebens ausschweigen?

Kann ich mich noch zu dir schleichen, dir ins Ohr flüstern, wie schön einmal alles anfing hier in meinem Zoo, mein Sohn, zwischen dem Adler und mir. Sie kam aus der Provinz. Frauen aus der Provinz sind die einzigen, die noch halbwegs zu ertragen sind, unter anderem weil sie Arbeit nicht mit Hektik verwechseln und ein unbelastetes, beinahe natürliches Verhältnis zur Lüge haben, in der sie es von Kindesbeinen an zu wahrer Meisterschaft bringen. Unkonzentriert oder mangelhaft lügende Frauen oder Frauen, die glauben, Lügen sei eine Kunst, die man lernen kann, mußt du meiden, sie kosten dich wertvolle Zeit. Bringst du mir deine Mutter zurück, mein Sohn? Kann ich dich zu meinem Assistenten machen? Zum Oberassistenten und Oberinspektor in einer Person, der mir den Rücken freihält im Garten und meine wissenschaftlichen, humanistischen und sonstigen Prinzipien weitergibt und an der Parole festhält und die Gespenster verjagt?

Wenn es bloß Gespenster wären, oder Hirngespinste. Ich werde noch recherchieren, dachte der Direktor beim Zähneputzen. Ich werde noch herausfinden, was mir widerfahren ist.

Die gefährlichen Gedanken heute nacht, sie kamen direkt vom Chorleiter, dessen Stimme er, Trunk hin, Trunk her, deutlich gehört und identifiziert hatte. Sie kam natürlich nicht von der Zimmerdecke seines Büros, sondern von der sehr viel höheren Zimmerdecke seiner Großhirnrinde, und zwar um Jahrzehnte zu spät und im denkbar ungünstigsten Augenblick. Da er kein Tier war, vermochte der Direktor noch nicht zu bestimmen, welches übersinnliche Medium der Chorleiter benutzte, um mit ihm in Kontakt zu treten. Er hatte ihn tot geglaubt. Aber Davidobski lebte, irgendwo auf der Welt, und sendete wieder.

Auch Menschen, nicht nur Heuschrecken, wußte der Direktor, konnten »Botschaften« empfangen, deren Ursprung ungewiß zu sein schien und die sich ankündigten in einer Irritation der Luft, auch Duft genannt, in der Diskontinuität eines Lautes, in der Deformation eines gewohnten Anblicks, in der Dispersion des Lichts und in anderen Schrecklichkeiten mehr.

»Zum Glück haben wir einen Beruf«, sagte der Direktor zu sich selbst, »der uns dazu prädestiniert und befähigt, aus Beobachtungen Schlüsse zu ziehen und aus gezogenen Schlüssen Schlingen.«

Stimmte das? Ja, es stimmte.

Mitten im großen G würde er Davidobski die Schlinge um den Hals legen und zuziehen. Dann, wenn es sein mußte, sein Grab pflegen bis in alle Ewigkeit.

Zwar gab es eine Gedenktafel in der Stadt, an einer Hauswand, hinter der Davidobski seine Schüler einst gezwungen hatte, ihre kleinen Münder aufzureißen bis zu den Mandeln. Zwar zeigte diese Gedenktafel den Chorleiter und Kontratenor im Kupferrelief mit ungewissem Geburtsdatum und noch ungewisserem Datum für sein vermeintliches Ableben irgendwo im Osten. Aber Davidobski lebte längst wieder sein gewohntes gemeingefährliches Leben. Man mußte ihn finden und fangen.

In dieser Nacht träumte der Direktor, daß es klopfte. Es klopfte hinter einer weißgelackten Sprechzimmertür, die er gerade in die entgegengesetzte, falsche Richtung öffnen wollte. So ein Zufall, träumte der Direktor, wollte ich zum Arzt oder bin ich der Arzt? Und als er die Tür öffnete, oder als sie geöffnet wurde, erwartete ihn mit ausgestreckten Armen ein Wesen, welches sich mehrstimmig als seine Frau und sein Vater und sein Sohn ausgab, welches er jedoch nie zuvor in seinem Leben gesehen hatte noch je wieder zu sehen wünschte, so gestaltlos war es.

Auf seinem Photo an der Pinnwand im Arbeitszimmer des Zoodirektors platzte Theodor Davidobski in sepiabrauner Opernkulisse aus einem Peter-Pan-Kostüm, rang nach Atem, rang die Hände vor der Brust. Er hielt Ausschau nach Hermes, dem Retter. Sein sommersprossiges Puttengesicht war übersät mit schwarzen Schminktupfern, die Barthaare vorstellen sollten, seine blonden Locken schauten in Kräuseln unter der Hornkappe hervor, sein mädchenhaft weich geschwungener Mund hatte Verschnaufpause vor dem nächsten Ton, dem nächsten Einsatz, der nächsten Arie. Er war ein alternder Peter Pan, ein Pan mit Gewichtsproblemen. Seine Augen waren feucht.

Seine Füße steckten in grasgrün nachkolorierten Pantoffeln mit aufgemalten Ziegenhufen. Man sah ihm an, daß er lieber den Dionysos gesungen hätte.

*

»Hab ich's nich gesagt? Da sind Löcher. So kleine Löcher. Kaum zu sehen. Siehst du sie nich? Hast mich schon mal angeschissen von wegen den Schnäbeln. Daß ich auf die Löcher achten soll. Also bitte. Hier hast du deine Löcher. Und wer hat sie zuerst gesehn? Ich. Du nich und die Jungs nich und der Doc schon gar nich. Klein wie Fliegenpimmel, muß man eben scharfe Augen haben. Wie meine Verflossene immer sagte: wenn jemand scharfe Augen hat, dann der scharfe Jochen. Weil ich ihr immer die Beine rasiert hab und die Mösenhaare für den ...«

»Halt's Maul!«

»... Bikini, das is' Präzisionsarbeit, sag ich dir, jedes Härchen rausrupfen, ohne daß sie kreischen, jede Woche wieder von vorn, und bei den Stoppeln kann's schon mal wehtun, aber der scharfe Jochen – o. k., reg dich ab, reg dich ab. Brauchst dich gar nich künstlich anstrengen. Siehst sie sowieso nich. Dir klappen ja schon die Augen gegen die Brille. Wenn du eine hättest. Wo hast'n den ganzen Nachmittag gesteckt? Kaum lassen die Jungs den Kea raus zum Luftschnuppern, füttert ihn eine von den alten Fetteln wieder mit gesalzenen Erdnüssen. Wollt dir Meldung machen, warst aber nirgends aufzutreiben. Wie vor'n paar Tagen, als der Boß anrief. Du schlaffst ab, Papageno. Geh auf Rente. Laß mich den Laden schmeißen. Schnapp dir 'ne Schwanzlose und ab nach, nach – wo willst du immer hin? Mußt doch in Knete schwimmen, wo du nie hier rauskommst. Also bitte. Sind das Löcher oder sind's keine? Was sagt der große Meister? Kann ich jetzt Feierabend machen?«

»Räudemilben. Schnäbel mit Parrafin einschmieren, aber nicht zu dick. Paß auf ihre Beine auf.«

»Ihre Beine. Ihre Beine. Wessen Beine? Tutti Fruttis Beine, paß ich gern drauf auf, von vorn und von hinten. Hast du der ihre Beine gesehn? Wenn die sich bückt? Die Neue, das Tier. Fatima Humtschaka oder so ähnlich. Du teilst doch die Putzen ein, kannst uns nich vorstellen? Du sprichst doch Sprachen. How do you do, Tutti Frutti, wollen du kennenlerne scharfe Jochen? Was heißt scharf in den Sprachen, Papageno? Sag's mir. Sag ihr, ich lad sie zum Essen ein. Ich kauf ihr Reizwäsche.«

»Frag ihren Mann, wenn er sie von der Arbeit abholt. Frag den Doktor, ob er morgen mit Odylen oder Pervalyn vorbeischauen kann. Hier, ich schreib's dir auf. Wenn er keine Zeit hat, hol ich's selber ab. Achte drauf, daß sie keine Kalkbeine bekommen. Ich hab meine Brille zu Hause vergessen.«

»Kauf ich dir nich ab. Hast sie wieder verloren. Siehst schlimm aus, Chef. Wie'n Eichhörnchen nach'm Waldbrand. Könnst dir auch mal wieder die Haare waschen. Könnst sicher auch mal'n bißchen Abwechslung gebrauchen, was? Brennt immer Licht in deinem Nilpferdhaus, wenn ich spät aus der Stadt komm. Drei Jahre arbeiten wir zusammen und du hast mich noch nie zu 'nem Schluck bei dir eingeladen. Findst du das fein?«

»Nein.«

»Na eben. Wolln wir wetten, du schleust dir jede Nacht 'ne Neue in den Zoo. Hast es mit den Küken, stimmt's? Seh ich an deinem Schwiemelblick, wenn die Schulkassen kommen. Und wolln wir wetten, die Küken stehn auf so'ne Typen wie dich mit deinen langen Zotteln und deiner langen Zunge. Kommst nachher mit zu Hanne Schmeckels Selbstmordfete?«

»Nein.«

»Wieso denn nich? Weil du deine Brille verloren hast? Bei Hanne sieht nach zwei Stunden sowieso keiner mehr was.«

»Ich hab mehr Brillen, als du denkst, Klugscheißer. Du kannst Feierabend machen. Geh in die Futterküche und ruf den Doktor an.

Er dürfte jetzt bei der Abendandacht sein. Stör ihn ruhig. Zeig ihm, was für ein scharfer Beobachter der scharfe Jochen ist.«

»Ich soll beim Boß anrufen und die bei ihrer Besprechung stören? Wegen so'ner Lappalie?«

»Es gibt keine Lappalien im Tierreich. Wenn du das irgendwann mal begriffen hast, kannst du's vielleicht noch bis zum stellvertretenden Direktor bringen.«

»Und wer hat damals gesagt, das Federfressen vom Schiefhals is' 'ne Lappalie?«

»Da hab ich mich geirrt. Aber wenn ich dich in einer schönen Mondnacht zu den Leoparden sperre und am Morgen zusammenkehre, was von dir übrig ist, dann wär das für mich ein klarer Fall von Lappalie. Und jetzt schwirr ab.«

»Und die Fete? Gib dir doch'n Ruck, Papageno, heut is' Freitag, morgen is' dein freier Tag, und ich versprech dir, ich ruf den Doc gleich jetzt an und hol dir auch das Zeugs für die Löcher. Die neue Kleine vom Huftierrevier is' auch da, die mit den Titten.«

»Scharfer Jochen, warum bist du so scharf drauf, daß ich zu eurem Wahnsinnsbesäufnis komme?«

»Weil ich mir Sorgen um dich mache …«

»Gut.«

»… und weil ich's nich richtig finde, wie du immer zu Haus hockst und dir mutterseelenallein die Birne vollknallst mit diesem fiesen gelben Zeugs. Und weil ich's wirklich ehrlich …«

»Schlecht.«

»… gut mit dir meine. Ich bin dein Freund, Papa. Und weil's die Selbstmordfete is', die verpaßt doch keiner von uns. Also los. Gib dir'n Ruck.«

»Nein. Mir langt der Selbstmord vom letzten Jahr.«

»Das war'n Ding, was? Wie Hanne diesem schwulen Professor fast eine reingehaun hat? Und wie du Hanne fast eine reingehaun hast? Und wie du fast ins Robbenbecken gesprungen bist, drei Mann mußten dich festhalten. War doch nett.«

»Ist der Professor eingeladen?«

»Der Zombie? Den lädt keiner mehr ein, keiner von uns. Das is'n linker Vogel, der tickt nich ganz richtig. Faßt den Tieren sonstwohin und so was. Vivisektiert sie. Sticht ihnen die Augen aus.«

»Unsinn. Du mußt nicht jeden für einen Wissenschaftler halten, der einen weißen Kittel trägt. Und nicht jeden für schwul, der keine Lust hat, sich dein präpotentes Gefasel über die Weibsen anzuhören.«

»Mein was?«

»Dein Buch der Bettrekorde, scharfer Jochen. Deine Erfüllungen, wenn es Erfüllungen sind.«

»Komm mir nich so. Du hast Gisela gesehn. Du hast Moni gesehn, die mit dem Arsch. Du hast Biggi gesehn, hast ihr sogar ...«

»Man redet nicht über das, was man hat.«

»Tu nich so vornehm. Nur weil du Sprachen sprichst, bist du lange nich der King. Wahrscheinlich sprichst du gar keine Sprachen. Ich kann's ja nich nachprüfen.«

»Man redet nicht über das, was man hat. Man haßt, was man hatte. Daß die Sprache in der Lage ist, Menschen zusammenzuführen, die das Schicksal auseinanderhält, ist eines der seltensten Naturphänomene. Und endet meist tödlich. Frauen sind Schwarzleuchtkäfer. Je mehr ich drüber nachdenke, desto klarer wird mir, daß Menschen nicht zusammengehören. Nicht wie Schafe oder Paviane oder Tüpfelhyänen. Nicht in der Wirklichkeit. *Die Würde der sogenannten Liebe* ...«

»Schwarzleuchtkäfer?«

»Scharzleuchtkäferweibchen morsen absichtlich falsche Parolen. Wenn die Männchen auf ihnen landen, irgendwo im dunklen Gras, werden sie gefressen. Schwarzleuchtkäferweibchen haben uns bei unserer Sprache am Sack gekriegt, da wo's wehtut. Du surrst durch die Nacht und morst ein Shakespeare-Sonett und aus dem dunklen Gras kommt die Parole ›Ich dich auch‹ und zweikommaeins Sekunden später bist du gefressen. Die Wollust ist ein Panikzustand, der zur Gewohnheit wird. *Die Würde der Liebe liegt in der ernüchterten Zuneigung, die einen schleimigen Moment überlebt.* Unsere Fortpflanzungsorgane wissen nicht vor oder zurück. Schau dir die Ehen an, Panik aus der Tiefkühltruhe. Schau dir an, was passiert, wenn aus Kindern Eheleute werden, wenn aus gesundem frühen Selbsthaß Tiefkühlhaß wird. Der Selbsthaß ist uns angeboren, schon als Kinder können wir uns selbst nicht riechen und arbeiten mit den langen Tagen, wollen nicht ins Bettchen, um nicht allein mit dem Gestank zu sein.«

»Aber du bist nich allein, Papageno, du bist mein Freund! Wer mein Freund is', Alter, is' nich allein, kannst du Gift drauf nehmen. Immer wenn du über Liebe und so was loslegst, krieg ich 'ne Gänsehaut. Du mußt unter Menschen, du mußt mal wieder richtig stöpseln. Denk an die Kleine mit den Titten. Also heut abend bei Hanne?«

»Tut mir leid, Jochen. Aber wenn die Zeit noch reicht, geh raus und kauf Hanne irgendein Geschenk. Hier hast du hundert Mark.«

»Hundert Mark!«

»Sag ihm, es ist von Sali und mir. Als kleiner Dank für seine große Hilfe. Sag ihm, ich werd einen auf sein Wohl kippen.«

»Hundert Mark! Von deinem Leo und dir. Bist schon ein verrücktes Huhn. Und was soll ich ihm für kaufen?«

»Keine Ahnung. Blumen? Konfekt?«

»Konfekt! Für Hanne! Wie wär's mit was Praktischem? Wie wär's mit 'nem Schnellkochpott für seinen neuen Elektroherd? Hat er sich extra auf eigne Kosten einbauen lassen, extra für Renate, weil sie zu Weihnachten zusammenziehen wollen, aber wenn du mich fragst, Renate will gar nich im Zoo wohnen, die meint, sie is' was Bessres. Hanne is' völlig fertig, dabei is' das die Punze gar nicht wert, daß Hanne im Quadrat springt, wo er auch schon neue Tapeten … oder soll ich ihm den Hunni bar auf die Kralle geben? Würd er sicher nich nein sagen.«

»Meinetwegen. Und jetzt schwirr ab.«

»Oder wie wär's mit 'nem Messer? Er sammelt Messer.«

»Messer oder Revolver. Maschinengewehre oder Wasserstoffbomben. Elektroschocks oder Wittgensteins Werke. Such dir was aus und laß mich in Ruhe.«

»Hmm. Wie wär's mit ...«

»Ich hab gesagt: schwirr ab! Und tu nicht wieder so, als ob du denkst. Denkverbot in meiner Gegenwart, erinnerst du dich? Schlimm genug, daß du den ganzen Tag quasselst. Ruf den Doc an.«

»Aber ...«

Aber Jochen Wirkus, Tierpfleger in Vogelhaus und Fasanerie, wollte denken, warum, konnte er nicht genau sagen. Er dachte gerne. An andere Menschen: was sie wohl gerade tun mochten, während er an sie dachte? Dachten sie auch an ihn? Er dachte nach über den Sinn der Freundschaft im Zoo und über die Frage, ob es auf anderen Planeten Leben gab. Würde ein neues Zeitalter der Freundschaft anbrechen, wenn es auf anderen Planeten Leben gab? Würde man nicht mehr arbeiten müssen, nur noch denken? Würden die Planetenfrauen Sachen machen, die keine Erdenfrau machte? Er dachte: Dann sauf dich eben allein voll, bis du deine Schwarzleuchtkäfer siehst, Papageno. Oder dachte er: Papageno tut nur so, bestimmt kommt er später nach? Oder dachte er: Ich fühl mich so leergedacht?

Jochen Wirkus hatte das zusammenhanglose Gesicht des frühen Verlierers. Falten kamen und gingen und kamen wieder. Nervöse aufgeworfene Lippen wollten zu keinem ernsthaften Mund zusammenpassen. Augen entfernten sich voneinander, als gehörten sie in verschiedene Köpfe. Er versuchte Ordnung in sein Gesicht zu bringen, indem er Grimassen schnitt wie die Filmstars und wie der Direktor. Die Wirkung auf seine besten Freunde, Hanne Schmeckel und Papageno, war fürchterlich. Sie schwiegen oder sie sagten »Tu nicht so, als ob du denkst«. Er wünschte, sie wären nicht so oberflächlich. Er wünschte, Moni und Biggi hätten mit ihm gevögelt. Seine Wünsche kündigten sich als Hautausschläge an. Seine unerfüllten Wünsche wuchsen zu Furunkelgröße. In seinen Gedanken war er der Menschheit voraus. Er glaubte, und die Beweise häuften sich, daß er durch eine interstellare genetische Manipulation auf die Erde gekommen war, ausersehen, die Lebewesen der Erde nach und nach auf die Ankunft der Rillies vorzubereiten. Sein Heimatplanet hieß Rill.

Würde er Rill je wiedersehen? Natürlich behielt er sein Geheimnis für sich.

Seine Geschichte auf Erden war kurz und schmerzvoll. Er kam von der Rennbahn. Hoffnungsvoller Jungjockey, ärztlich verpfuschter Hodenbruch, Stallknecht, Zirkus, Zoo. Wo er als Gartenarbeiter begann und wo der Garteninspektor eines Abends beschloß, daß früh verblühte Zierpflanzen, nicht aufgegangene Saat, ausbleibender oder übermäßiger Regenfall und insbesondere Zigarettenkippen in frischen Baumwunden Wirkus-Katastrophen waren. »Schafft mir das Unkrautgesicht aus den Augen!« sagte der Garteninspektor. Jochen hatte sich einen Bart wachsen lassen, was seine Furunkulose noch verschlimmerte. Frl. Friederike schloß ihn kurzfristig ins Herz, und eine Zeitlang wirkte er im Kinderzoo. Hier voltigierten schweißnasse blasse Mädchen mit unappetitlichen Brustansätzen auf senkrückigen Schindmähren tagein tagaus im Kreis, bis eins der Gören gehörig auf die Fresse fiel. Jochen wurde entfernt. Noch war ihm die Sprache der Pferde zu geläufig, und er machte sie scheu mit seinen Rennbahnschnalzlauten.

Jetzt füllte er Körner in Näpfchen, zerkleinerte Äpfel, Orangen, Bananen, Zirbelnüsse, hartgekochte Eier, säuberte Wasserschälchen für die Vögel und seine Reitstiefel vom Vogeldreck. Weiberarbeit mußte er leisten, Fensterscheiben putzen, wasserscheue gefiederte Freunde mit der Blumenspritze besprühen, den Abu Markub höflich bitten, bei ihm den Dreck aufnehmen zu dürfen, Wasserschälchen füllen, geriebene Möhren flockig verrühren, Schnäbel beobachten. Er schöpfte Kraft aus der Gewißheit, daß er ein Rillie war, ein galaktischer Seelenwanderer, in geheimer Mission als erster seiner Art auf Erden und im Vogelhaus.

Wie gut es ihm ging, dem abgehalfterten Jockey, im Gegensatz zu Papageno, dem armen alten Sack. Der war auch nicht gerade der schönste Vogel der Welt und auch nicht der Besitzer einer stolzen irdischen Lebensgeschichte und arbeitete in diesem Zoo länger als irgendeiner. Und war nicht mehr der Held, der sich mit dem kranken

Kagu in Quarantäne begeben hatte, viele Monate. Eine Geschichte, von der Jochen nie genug bekommen konnte. »Stimmt's, du hast ein Buch über den Kagu geschrieben?« fragte Jochen. »Stimmt's, du hast einen Krimi geschrieben?« – »Stimmt's, du hast zwei Bräute bei dir gehabt und den Vögeln mal richtig gezeigt, wie man vögelt?« – »Stimmt's, du warst nich ganz allein mit dem Kagu?«

Ich darf nicht zu barsch mit dem Wirkus sein, dachte Karl-Walther Kadamecki, den sie im Zoo Papageno riefen. Ich darf seine enger werdenden Kreise nicht stören.

Seit sich Wirkus letztes Jahr bei Johannes Schmeckels Geburtstagsfeier unter dem Siegel des Vollrausches als Reisender vom fremden Stern zu erkennen gegegeben hatte, besaß er Karl-Walthers vages, abwartendes Interesse. Es war schon eine Leistung, kein Mensch mehr sein zu wollen, sondern ein Rillie. Noch dazu ein Kamikaze-Rillie, dem man auf Rill bereits den Mechanismus eingebaut hatte, der ihn auf Erden früher oder später atomisieren würde. »Rein aus Sicherheitsgründen«, sagte Wirkus, »daß ich die Geheimnisse nich verrate, die dem Weltall schaden können.«

Ein narrensicheres Konzept, fand Karl-Walther, wenn auch nicht ganz neu. Darauf konnte nur der Freitod folgen, und er würde folgen, bald, und er würde angstlos sein und schwerelos und bedeutungslos für Jochen Wirkus und für die Geschichte. Wie gut der abgehalfterte Jockey vorgesorgt hatte.

»Du hast recht. Ich war nicht allein. Der Kagu war allein«, sagte Karl-Walther Kadamecki. »Wie viele Jahrhunderte meinst du, scharfer Jochen, bleiben dir noch, bis du explodierst? Ich meine, bis du drauf und dran bist, die Geheimnisse auszuplaudern, die das Weltall gefährden und den Mechanismus auslösen? Bist du ein galaktisches Baby oder ein galaktischer Greis? Hat man dir auf Rill irgendwelche Andeutungen gemacht? Und wo sitzt der Mechanismus, der dich zerkrachen läßt? Mehr Richtung Oberstübchen oder weiter unten?«

Aber Jochen Wirkus war längst fort. Messer kaufen in der Stadt. Oder einen Schnellkochtopf, was immer das war. Jochen liebte die

Stadt. Wie würde er sich umbringen? Nicht mit Tabletten, nicht mit Gas, nicht zu Hause. Jochen war ein Mann der frischen Luft. Karl-Walther Kadamecki tippte auf den freien Fall. In nicht zu ferner Zukunft würde Jochen Wirkus vom Planeten Rill zum großen Flug starten. Karl-Walther kannte die Anzeichen, kannte die Kreise, die enger wurden, Freundes-, Feindes- und Gedankenkreise. Die Anfälle von Arbeitswut und Pflichtgefühl, das Selbstbewußtsein nur aus Selbstgesprächen, das quälende Verlangen nach unerreichbarer Freundschaft und nicht existierenden Frauen, das Sendungsbewußtsein. Der Rillie hatte begonnen, seine Geheimnisse auszuplaudern.

Auf dem Tisch in der Vogelhausfutterküche lag ein Zettel. »Doc kommt Montag auf Runde. Ich bin dein *Freund!* Bis später bei Hanne. Gezeichnet Jochen dein *Freund!*« Karl-Walther setzte sich an den Tisch und zerknüllte diese Epistel. Dann blätterte er im Tagesberichtsbuch. Jochens Eintragung lautete: »Kleine Löcher in den Schnäbeln von den Goldsittichen. Um zwei Uhr vierzehn gesehn von Jochen Wirkus. Meine Diagnose, es sind irgendsolche Würmer. Wir brauchen Odol. Ich bleib dran an dem Fall. Doc kommt Montag auf Runde. Gezeichnet Jochen Wirkus.«

Karl-Walther warf Jochens Zettel in den Papierkorb. Stand auf und fischte ihn wieder heraus. Setzte sich und zupfte ihn auseinander. Und mit ihm einen zerknüllten Hundertmarkschein. Er las Jochens Worte ein zweites Mal, fand das Postskriptum auf der Rückseite, wo der Ex-Jockey den Blauen mit Tesafilm befestigt hatte. »Zuviel Knete«, schrieb er. »Brauchst du selber für später. Gezeichnet Jochen Wirkus.«

»Wo sitzt der Mechanismus, Jochen«, sagte Karl-Walther, »und welche weltallgefährdenden Geheimnisse lösen ihn aus?«

Karl-Walther träumte wieder. Eine dunkle kräftige Frauenhand, braun von Natur, dunkel von der Sonne, zeigt zärtlich auf eine Stelle, an der die Menschheit das Herz vermutet. Diese Hand holt aus zu einer Ohrfeige, hält inne.

Jali steht im Hinterhof, in den die Sonne vier Stunden am Tag vorsichtig hineinscheint. Auf einem Geviert aus Unkraut und fahlen Stadtblumen und vertrocknetem Gemüse, ihrem Beet, liegen Notizbücher verstreut und Seiten, feucht vom Regen, die Schrift zerlaufen.

Müde junge schwarze Augen von prähistorischer mosaischer Mandelform gehen auf und gehen zu.

Sieh mich nicht so an, *Jael*. Mach deine Augen nicht erst auf und dann wieder zu und dann wieder auf. Als wär ich ein Gespenst. Sieh mich nicht so an, Chamäleon.

Ach, K. W.

Nenn mich nicht K. W.

Wirft nicht meine Bücher aus das Fenster, K. W. Oder ich töte dich. Schaut her, meine Geschichten. Schmutzig von Wetter und Wind. Weiß du was?

Wasser ist naß. Woher sprichst du auf einmal so gut Deutsch?

Ich spreche Quark wie mein Lehrer.

Reiz mich nicht.

Mein Lehrer. Kann gar nicht mehr sprechen, was? Gar nicht Deutsch. Gar nicht Amorisch. Nix.

Wenigstens kannst du dein R noch rollen. Und wenn einer nicht mehr Amorisch spricht, bist du's.

Weil du nur meine schönen Geschichten aus das Fenster wirfst. Du Mantel!

Du nennst mich Mantel, Jali? Mich?

Nennt mich nicht mehr Jali, K. W. Mantel Mantel. *Mantel!* Das paßt zu dir. Dummer Mantel. Großer Lehrer.

Du tust mir unrecht. Ich bin keiner von denen. Sieh mich nicht so an, als wär ich einer von denen.

Weißt du was, Mantel?

Ja, ich weiß. Wasser ist naß. Es tut mir so leid, Jali. Aus tiefstem Herzen leid.

Nennt mich nie wieder Jael. Und weißt du was, das ist nicht Wasser und nicht naß. Sondern daß.

Sondern daß? Haß?

Sondern daß ich dich jetzt zur Strafe photographieren werde. Den Geschichtenschmutzigmacher. In mein Garten.

Nein! Bitte nicht! Nicht photographieren.

Doch doch. Ja ja. Mäntel müssen photographiert werden. Damit man sie kann studieren. Damit man sie kann unterscheiden. Weil sie alle gleich sind auf den ersten Blick. Alle gleich schmutzig unter ihre Mäntel.

Gibst du mir vorher einen Kuß? Einen Abschiedskuß? Ich will kein Photo. Ich will kein *Moment mal!* Ich mach deine Geschichten wieder sauber, auf Ehrenwort. Ich schreib sie fein säuberlich für dich ab. Alle acht oder neun Sätze.

Du frecher Mantel! Du Elefant im Laden. Alle meine Geschichten sind in mein Kopf. Kannst du nicht hinein. Kannst du nicht hinaus auch. Ist mein Kopf.

Dein großer Kopf.

Mein Kopf.

Küß mich, Jali.

Erst du wirst photooperiert. Damit du siehst, wie ein Mantelstinktier aussieht, das eine Geschichte von Jali aus das Fenster wirft, wenn es regnet. Das Jalis Kopf aus das Fenster wirft. Und lügt, wenn es sein Mantelmund aufmacht.

Hör auf, mich Mantel zu nennen, oder ich schlag dir die Fresse ein, du hochnäsiges dummes Stück.

Du mir die Fresse einschlagen! Das lachen ja die Hunde! Popo mit Brille du bist. Ich nehm deine Brille weg und du bist blind. Schlägst du dir selbst die Fresse ein. Mantel!

Du hast kein Recht, mich Mantel …

Nein, du hast kein Recht! Du wirfst mein Kopf aus das Fenster. Mehr Recht hast du nicht. Wenig Recht.

Und wer trifft diesen Mantel? Wer geht mit dem Horch-Fahrer aus und fährt mit ihm nach Süddeutschland?

Es ist der Beruf. Und Du bist der größte Tränenmacher, den es gibt auf der Welt.

Und wer weint nicht? Wer weint seit Ewigkeiten nicht? Ich hör dich nur brüllen, du litauische Kuh. Dann schweigst du. Dann tust du, als ob du denkst. Wenn du wenigstens wieder weinen würdest.

Ich schweige, weil ich dich hasse. Wenn ich brüll, bin ich richtig gut gelaunt. Aber ich will dich nicht Mantel nennen, K. W. Es tut mir leid. Du bist kein Mantel. Das weiß ich. Verzeih mir.

Ich war nur ein Kind in Deutsch-Ost. Nur ein Kind, das mit den anderen Kindern gespielt hat, weißen Kindern, schwarzen auch. Ich bin gescholten worden, weil ich mit ihnen spielte. Das ist die Wahrheit. Es ist alles so lange her. Du bist mir nicht mehr böse wegen der Notizbücher? Aber erinnere dich, wie's angefangen hat. Ich bin ein Analphabet, hast du gesagt. Ich bin nicht würdig, deine Geschichten zu lesen.

Du bist auch nicht. Du wirst nie sein.

Aber Jali, du hast keine zu Ende geschrieben.

Der Tag kommt. Wart nur.

Also gut. Küß mich.

Küßt du mich, wenn du kannst.

Wie viele soll ich dir stehlen, Piratin? Hundert feuchte Küsse? Dreihundert trockene? Oder einen langen dicken blutigen?

Erst wird photographiert. Zur Strafe. Dann wir gehn in den Zoo und spielen Verstecken.

Ich lieb dich, Jali.

Stiehlt mich doch.

Stiehl mich doch heißt es. Stiehl mich. Was haben wir gestern vom Markt geholt? Zum Essen? Sag's mir, sag's mir.

Hund.

Nein, Huhn. Huhn!

Küß mich, K. W. Dich will ich vom Markt holen und essen. Huhn, Huhn, Huhn, Huhn …

Willst du mich immer noch photographieren? Ich hab mich entschuldigt. Ich hab versprochen, ich schreib alles neu. In Schönschrift. Ich hab gesagt, es tut mir leid.

Ich weiß, immer tut dir alles leid. So leid. Tausendmal am Tag. Werd endlich erwachsen. Werd ein richtiger Bösewicht, dem nichts leid tut.

Ich geb mir Mühe. Nein! Bitte nicht!

Lachen, nicht schreien, Gordito. Schau mir in die Augen, Lieber. Stell dir vor, wir sind alt und haben fünf Kinder und alle sind Millionäre geworden in Amerika und wir sitzen auf unserer Bank im Zoo und zählen das viele Geld und trinken Whisky und essen uns auf mit Händen und Füßen. Du stellst es dir vor? Du siehst Amerika und unser großes großes Mittagessen?

Ich sehe fünf Töchter. Alle jung und knackig wie du.

Gut! Bleib so! Bleib so!

Die schwarzen müden jungen Augen klappen auf und zu. In den Pupillen blitzt es. Ist es die berühmte neue Blitzlampe mit den vielen Zirkondrähten, mit denen die Dunkelheit erleuchtet wird? Oder sind es zwei kleine Spiegel, die das Licht ihrer Liebe reflektieren?

Zu spät erkennt er die Messer. Aus den aufklappenden Augen kommen sie geschossen und ritzen die Stelle, an der zwei Drittel des Menschenlebens aufhören zu existieren. Es tut nicht weh, es blutet nicht. Und doch ist es der Tod.

»Bleib so«, sagte Karl-Walther Kadamecki ruhig, kurz bevor er aufwachte. Er schaute auf seine Uhr. Er hatte vier Stunden geschlafen. Vogelhaus und Futterküche, wahrscheinlich auch Freiflugraum und Keller, waren hell erleuchtet. Gröbste Fahrlässigkeit und ein Kündigungsgrund. Er erinnerte sich an eine Wochenparole des Direktors: »Watt verprassen – glatt entlassen!«

»Deine Dunkelheit, Jali«, sagte Karl-Walther unter dem nackten Neon der Futterküche, »erleuchtete die Dunkelheit.«

Er brauchte einen Drink, und zwar schnell, und beschloß, nach Hause zu gehen, in seine zwei Zimmer mit Küche und Bad im zweigeschossigen Flußpferdannex. Er hätte bleiben können, das Licht abschalten, in der Futterküche dahindämmern bis zum Morgengrauen. Aber im Vogelhaus träumte er trauriger von den Geschichten.

Trauriger als Wand an Wand mit den Flußpferden, deren Plätschern und Prusten ihm das Gefühl gaben, daß er wieder ein Kind war in Afrika. Daß er nur träumte. Daß er nie in Deutschland gewesen war. Daß er Jael in Deutschland nie gekannt hatte. Daß es keine Geschichten gab noch geben würde. Daß seine Träume in Wirklichkeit Abenteuer-Phantasien waren, die sich in seinem vom langen afrikanischen Kindertag erhitzten Kinderkopf abspielten. Während die Flußpferde ins Wasser des großen Ruaha prusteten und der große Njassal still und kühl auf ihn wartete.

Wenn er in der Futterküche oder auf einer der Besucherbänke im Papageientrakt einschlief, erwachte er verlassen und verraten und wußte gleich, wo er sich befand und daß seine Träume geschehen waren, so oder ähnlich in seinem Leben. Daß Zeit vergangen und die Erektion schmerzhafter geworden war.

Karl-Walther kannte seine Träume. Sie wiederholten sich, seit Jahrzehnten, bis zur Grenze der Sinnlosigkeit. Wobei die ersehnte völlige Sinnlosigkeit sich nicht einstellen wollte. Im Gegenteil: Immer wenn der Alp unsinnige, ja lächerliche Formen annahm, ergab er einen neuen, noch nie gekannten Sinn. Früher, als er Jael noch suchte, wo, wußte er nie genau zu sagen, wahrscheinlich im Zoo – früher hatte er seine Träume gewissenhaft notiert und numeriert.

Alp Nummer eins: Jael im Reisebüro, will nach Amerika, kommt aber nie hin. Alp Nummer zehn: Jael mit der Leica, photographiert ihn zum ersten Mal. Alp Nummer siebzehn: Jaels Körperabdruck im Erdreich des Dschungels im Hinterhof. Anhand der Notizen, derer er sich heimlich schämte, konnte er ablesen, daß sich Nummer eins und Nummer zehn zum Beispiel, nach Jahren und Jahren, zu Alp Nummer vierzig zusammenbrauten, der wiederum seinen quälenden neuen Sinn nur erhielt, wenn er in bestimmten winzigen Einzelheiten an Alp Nummer zwölf grenzte. Und so weiter, bis Karl-Walther sehr spät erkannte, daß er ganz einfach einer jener Menschen war, die nicht vergessen können und es noch weniger wollen. Mit dieser Erkenntnis kam endlich die Gewißheit, daß Jael wirklich tot war, seit Jahren und Jahren, lebendig nur noch in ihm, der sie im Laufe der vielen Geschichten getötet hatte.

»Hören Sie sich das Einfachste vom Einfachen an, Damen und Herren Richter«, sagte Karl-Walther in der Futterküche. »Junger Mann trifft junge Frau. So beginnen die Geschichten. Junger Mann liebt junge Frau. Junge Frau liebt jungen Mann. Zum Schluß ist keiner mehr da. Haben sich beide in Luft aufgelöst? Gab es ein Erdbeben, das die beiden verschluckte? Nein. Mathematik. Eins plus eins gleich null. Simple Formel, die wir alle lernen. Schwer ist nur der Beweis. Fragen Sie Jochen Wirkus. Geheimnisse verraten, Mechanismus auslösen, abrakadabra: null! Schlagen Sie Seite null in Shakespeares Sonetten auf.«

Einzelheiten.

»Einzelheiten«, sagte Karl-Walther mit zitternden Händen, »sind nur erträglich, wenn es alle Einzelheiten sind. Einzeln machen sie einen kaputt. Alle zusammen auf einem Haufen, Damen und Herren Richter, bringen das Glück in jeden Käfig.«

»Eins plus eins gleich null, Jochen«, sagte Karl-Walther mit zitternden Händen, die den Hundertmarkschein zusammenknüllten und wieder glattrollten. »Nein, ich war nicht allein. Der Kagu war allein. Die ganze Zeit. Vor und nach seiner Krankheit. Er hatte die Angewohnheit, plötzlich zu erstarren, mitten im Lauf. Stundenlang konnte er aussehen wie die Statue eines Kagus oder wie die Photographie eines ausgestopften Kagus. Mehr eine Idee als ein Tier. Kein Wunder, daß ich ihn ins Herz schloß. Obwohl jedermann weiß, wie sehr ich Vögel hasse. Als er an Ornithose erkrankte, befürchtete die wissenschaftliche Abteilung Schlimmes für die anderen wenigen Vögel nach dem Krieg. Aber nicht der Kagu ging in Quarantäne, sondern ich. Ich war ansteckender.«

Neuerdings träumte Karl-Walther nicht nur von Jali. Träume von Sali entstanden, dem Persischen Leoparden, den er großgezogen hatte. Im Alp lernte Sali sprechen in Sydney, und Karl-Walther fürchtete sich vor seiner Rückkehr.

Weil du gar nicht mehr sprechen kannst, sagte Jael in der Vergangenheit der Wirklichkeit, spreche ich jetzt für dich. Wenn du willst, kannst du mich korrigieren.

Zeit nach Haus zu gehn, Karlchen-Klein, dachte Karl-Walther. Er brauchte seinen Drink. Und Jalis Notizbücher, ihre angefangenen Geschichten, unter seinen Augen, unter seinen Händen. Ihre Photos. Ihre Photos von ihm. Er betätigte den Hauptschalter.

Im dunklen Papageientrakt ist es einsam, samstags, wenn Jochen Wirkus längst fort ist. Noch einsamer in Gegenwart der vielen seltenen Vögel, die einen Funkverkehr des Aneinandervorbeiredens pflegen. Nicht unähnlich dem Funkverkehr der Flugzeuge, die zwar lange Strecken scheinbar mühelos zurücklegen, aber doch aneinander vorbeifliegen müssen, um Unfälle mit vielen zerplatzten Körpern zu vermeiden.

Und doch, dachte K. W., ist es völlig egal, ob wir von einer Sitzstange einen Meter zur anderen hüpfen und dabei mit den gestutzten Flügeln verwundert schlagen oder im Faradayschen Käfig rund um den Äquator transportiert werden und dabei ein Steak minute verzehren. Das Wissen um beide Vorgänge bleibt beschränkt, da beide entweder zu nichts führen oder es keine Kunde gibt von denen, die irgendwann einmal irgendwo angekommen sind.

Die Einzelheiten der Fortbewegung in den verschiedenen Käfigen auf Erden und in der Voliere des Universums sind zwar Gegenstand physikalischer und psychologischer Forschungen, doch stoßen diese aufwendigen Forschungen immer wieder an die unüberwindlichen Grenzen des sexuellen Höhepunkts und des Suffs.

Karl-Walther war überzeugt: Wie man sich, als Vogel oder Mensch, auch fortbewegen mochte, ob man hüpfte, schwebte, kreiste, krauchte oder sich aus einem hohen Stockwerk stürzte, es tat sich kein Tor auf, und die Reisen gerieten in Vergessenheit. Ein sexueller Höhepunkt hier, ein bißchen Suff da, eins plus eins gleich null, das war die langweilige Formel, nach der man sich entleerte und vermehrte.

Sei doch meine kleine Episode, zwei drei Tage bist du bei mir Mode, sang Jali. Einer ihrer Lieblingsschlager. Natürlich war Jali die Reiselustigere von uns zweien, obwohl ich im Deutschen Reisebüro arbeitete, als ich sie zum ersten Mal sah. Das war, bevor ich mit dem Lesen anfing.

»KaWe!« kreischte es im grünblau nachtbeleuchteten Papageientrakt. »KaWe! Versteck!«

Karl-Walther suchte die Umrisse des Graupapageis. Ich las auf Jalis Geheiß, auf ihr Bitten. Ihre kräftigen braunen Hände blätterten mir die Seite um, warteten die Ewigkeit, die ich für eine Seite brauchte, dann stahlen wir einander, dann las ich eine neue Seite, dann raubte ich sie, dann schliefen wir ein.

Nur durch sie, nur mit ihr, nur in ihr las K. W. Jules Vernes »Die Reise zum Mond«.

Jali liebte das Reisen, hielt Reisen aber für obszön in den Zeiten, in denen wir lebten.

»KaWe Versteck! KaWe Versteck! Im Affenpalmenhaus! Im Affenpalmenhaus!« schrillte Schiefhals der Graupapagei. »Ich wollt, ich wär ein Huhn«, sang er, »ich hätt nicht viel zu tun! Versteck! Versteck!«

Da Jali Reisen in der Vergangenheit der Wirklichkeit als obszön empfand, schleppte sie Reisebücher heran. K. W. las.

Hast du die Stelle gelesen, sagte Jali erwachend, als hätte sie nie geschlafen, wo Vasco da Gama sich ernsthaft ausdenkt, wie das Fleisch von Menschen schmeckt? Wo er denkt wie ein Kannibal?

Nein. Zeig mir die Stelle, sagte K. W. und robbte unter der Bettdecke zu ihren Brüsten und saugte an ihren Brüsten. Blättre mir noch mal die Seite um und zeig mir die Stelle, die dir am wichtigsten ist. Zeig mir die Stelle, die dir am meisten wehtut.

»Countdown! Vier – drei – zwo – eins – Sirup! Sirup! KaWe KaWe! Affenpalmenhaus! Nicht viel zu tun!«

»Halt den Schnabel, Schiefhals«, flüsterte Karl-Walther. »Nimm dir ein Beispiel an den Kollegen Greifvögeln. Die wundern sich über gar nichts mehr.« Der Graupapagei, dienstältestes Tier in diesem Zoo, Überlebender zweier Weltkriege, mehrerer Vogelhausneubauten und ungezählter Lehrer und Verführer, hüpfte von seiner Stange und verzog sich in den hintersten Winkel seines Käfigs.

»Jochen«, lockte Karl-Walther Kadamecki den Vogel. »Jochen Wirkus. Gestern ist der Zug entgleist.«

»Jochen«, sagte Karl-Walther. »Rillie!« Er hatte Jochen und den anderen Pflegern verboten, auch nur ein Wort mit Schiefhals zu wechseln. Aber die Schweige-Diät, auf die er Schiefhals seit Ewigkeiten zu setzen versuchte, schlug nicht an. Der Vogel war ihm über.

»Rillie ruft Bodenstation! Countdown! Vier – drei – zwo – eins – Sirup! Sirup! Rillie ruft Bodenstation! Hilfe, wir sinken. Hilfe, wir sinken! Sirup! Sirup!«

»Unsinn, Schiefhals. Wir fliegen. Wir fliegen.«

»Hilfe, wir sinken! Hilfe, wir sinken! Sarotti Mohr! KaWe Kaffee! Sarotti Mohr!«

»Laß Sarotti aus dem Spiel, du Mistkrähe! Ich hab gehofft, du hättest Sarotti vergessen. Hör mir genau zu. Gestern – ist – der Zug – entgleist …«

»…«

»Gestern – ist – der – Zug – entgleist …«

»Hilfe, wir sinken! Und ich komm trotzdem angereist!«

»Brav, brav«, sagte Karl-Walther. »Und jetzt Rillie. Rillie!« Und er hielt sich die Ohren zu und hörte seine Stimme überall in seinem Körper nachhallen: Li – li – li – li … KaWe – KaWe – KaWe.

»KaWe Kaffee! Versteck Versteck! Affenpalmenhaus! Countdown! Vier – drei – zwo …«

»Li – li – li – li – li – li!« brüllte Karl-Walther.

»…«

»Gib Antwort, Vogel.«

»…«

Draußen schneite es aus allen Himmeln. Der Schnee tat seinen nachtblinden Augen weh. Irgendwo hier in den Büschen mußte seine getönte Brille liegen. Hatte er in seinem Vollrausch letzte Nacht oder vorletzte wieder nach Briefen in den Büschen gesucht? Immerhin eine Leistung, kein alternder verlassener Mann mehr sein zu wollen, sondern ein junger verlassener Mann, der in den Büschen nach Liebesbriefen scharrt, die eine junge Frau vor Jahrzehnten raffiniert versteckt hat.

Warum sagst du nicht gleich »alter Mann«, K. W.? Es kommt keine Kunde von denen, die irgendwann einmal irgendwo angekommen sind. Aber ehe sie fortgingen, ehe sie …

Karl-Walther wurde schwarz vor Augen und heiß in der Brust. Er lehnte sich an die Vogelhauswand und streckte seine Hände weit hinein in den lautlosen Fall der Flocken. Wahrscheinlich war es wieder Dezember. Zu spät zum Briefesuchen.

Im Sommer hatten die kräftigen braunen Hände einst hastig im Erdreich gewühlt unter den Büschen und die Zigarettenschachteln aus Blech vergraben, in denen Botschaften der Liebe und des Hasses auf Karl-Walther Kadamecki warteten. In Jalis nach allen Seiten ausschlagender Schrift. Mitten im Satz abgebrochen wie fast alles, was sie schrieb.

Einzelheiten sind nur erträglich wenn alle auf einem Haufen. Warten wir aufs Frühjahr. Wenn wir das noch erleben. Wenn dann noch Zeit genug ist, die Murattischachteln auszubuddeln und die Briefe zu beenden.

Das Bombardement des Zoos im Zweiten Krieg förderte eine einzige Zigarettenschachtel zutage, in der Nähe des alten Aquariums, wo der Direktor jetzt residierte. Karl-Walther verlor sie mitsamt unbekanntem Inhalt auf der Flucht vor einem weiteren Bombenangriff, wahnsinnserzeugende zehn Minuten später. Das war bei der alten Eisbärenburg. Zarin Katharina, Mutter des ersten in Gefangenschaft geborenen und aufgezogenen Eisbärenjungen der ganzen Welt, lag durchbohrt von Käfiggitterstangen unter den Ruinen des künstlichen Wasserfalls, in dessen Strahl sie sich einst zur Freude vieler deutscher Großeltern, Eltern und Kinder hochaufgerichtet erfrischt hatte. Karl-

Walther lag nicht weit entfernt, benommen, aber unverletzt. In diesem Augenblick war die Zigarettenschachtel für alle Zeit verloren gewesen, und wenig später auch der Krieg.

Was du wohl geschrieben hast?

Schiefhals kreischte im Vogelhaus. Unzusammenhängende Befehle aus der Raumfahrt. Aber Karl-Walther wußte, er würde Antwort bekommen. Er kannte das Spiel dieses Vogels. Schiefhals spürte seine Nähe noch. Legte Kunstpausen ein. Eines Tages mußte er ihm eigenhändig den mißgestalteten Hals umdrehen, ihn für immer zum Schweigen zwingen, sein monströses gewissenloses Gedächtnis auslöschen. Beide hatten sie große Angst voreinander.

»Jali!« schrie der Graupapagei endlich, aus den Tiefen des Vogelhauses. Schiefhals genannt von Generationen von Tierpflegern in diesem Zoo. Weil sein Kopf seitwärts hing wie abgeknickt, die ganzen hundert und wer weiß wieviel mehr Jahre seiner Existenz. Zuweilen legen Papageien den Kopf auf die Seite, eine spielerische Geste, oder eine grammatische Form, Konjunktiv vielleicht.

Bei Schiefhals war diese Geste eingefroren, er sah den Besucher immer schief an und wirkte nicht komisch dabei, sondern bestenfalls ernst, schlimmstenfalls wie der Vertreter der Anklage.

Als Skeptiker geschlüpft, sagte Jali leichthin. Oder als Krüppel, der skeptisch ist. Jali hatte Schiefhals geliebt, ihm ihr fehlerhaftes Deutsch einstudiert, ihn zum Verrat von Verstecken verführt, die ihm K. W. zuvor einstudiert hatte. Damals erlaubte Schiefhals der jungen Frau mit den wildwüchsigen schwarzen Locken und dem rollenden R, ihn sacht am Kopf zu kraulen. Was verboten war.

Laßt mich doch, sagte Jali im menschenleeren alten Vogelhaus und zwängte einen braunen Finger durch den Käfigdraht. Sich vor Schiefhals' Käfig im alten Vogelhaus zu verabreden, bedeutete für Jali und K. W. unausgesprochen: Wir lieben uns noch. Aber Vorsicht: Reizklima. Wörter könnten fliegen wie die Fetzen.

Alle Tiere, die wir liebten und täglich besuchten, dachte Karl-Walther Kadamecki, bedeuteten in dem Auf und Ab unserer Liebe mehr, als sie je geahnt haben. Auch wenn sie unsere Stimmungen, die Stillstände und die Temperaturen gewiß wittern konnten. Wenn wir uns vor Sarottis Käfig trafen, waren wir feucht und steif zwischen den Beinen, oft der Ohnmacht nah, ohne Augen für das in Gefangenschaft geborene, zum Greifen unerreichbare Kind hinter den Gitterstäben. Nicht an Sarotti denken. Nicht heute. Im Sommer wieder. Wenn soviel Schnee fallen mag wie will.

Ihr habt uns mehr bedeutet, als wir je ahnen konnten, Tiere. Was haben wir euch bedeutet? In Gestalt, Gestik und Geruch? Wenn wir uns lieb hatten, Hand in Hand durch den Zoo scharwenzelten, Amorisch sprachen, setzten wir uns nicht vor euren Augen die Krone der Schöpfung auf, die uns nie gepaßt hat? Schon gar nicht in dem, was wir in Ermangelung aller Einzelheiten Liebe nennen?

Sarotti zum ersten Mal ganz allein auf dem Löwenfelsen, sieben Monate alter Schwarzer Panther am Weihnachtstag in der Vergangenheit der Wirklichkeit geduckt die eigenen Tatzenspuren jagend im frisch gefallenen Schnee. Jali und K. W. die ersten Menschen im Zoo an diesem Weihnachtstag, erste Spuren hinterlassend im frisch gefallenen Schnee. Es war noch stockfinster. Als wären sie im Zoo erwacht, in ihren unförmigen Teddy-Mänteln. Sie umarmten sich gierig.

Ich fühl dich nicht unter all dem Fell, Jali. Träum ich? Kneif mich. Wo sind deine Beine? Wo ist dein *Monte de Venus*?

Ich fühl dich auch nicht. Ich fühl nur deinen dicken dummen Mantel, sagte Jael. Vielleicht geht's den Tieren genauso. Vielleicht macht's ihnen gar nicht Spaß, immerzu am Po zu riechen und aufeinander rumzuklettern. Und wie lang es immer dauert, bis sie ihre Eingänge finden unter dem vielen Fell. Ob sie vom andern das Herz hören?

Jael betastete ihren Teddy-Mantel in Herzhöhe, schaute an sich hinab. Sie stand unter einem Baum. Schnee fiel auf ihre schwarzen Locken. Sie boxte ihren Bauch unter dem Mantel. Nix, sagte sie, leer. Plötzlich hob sie den Kopf, ihr Blick war abwesend. Vielleicht haben wir eben das Lösungsrätsel gefunden, sagte Jael.

Karl-Walther griff sich an die Brust. Er hatte das Gefühl zu schrumpfen und gleichzeitig zu gefrieren, zu einem faustgroßen Klumpen Frost.

Ihre Stimme, als stünde sie vor ihm. Nicht der Nachklang seiner eigenen wie sonst, wenn er versuchte, Jalis Tonfall zu imitieren, um gewisse Reaktionen in sich auszulösen, die nur einer ihrer Tonfälle auslösen konnte.

Nein, das war ihre Stimme, die wirkliche, die irr machende, kehlig und jung hinter dem Vorhang aus Schnee. Ihr knisternder wispernder Entdecker-Tonfall, in dem sie ungewöhnliche, ihr selbst unheimliche plötzliche Erkenntnisse über die Natur hervorbrachte.

Und seine Herzwände dünn wie Luftpostpapier, seine Lebenserwartung nur mehr Sekunden. War es soweit?

Der Magen stieg, als wollte er ihm zum Hals heraus, prall voll kaltem Blut und kalter Galle. Das Herz flatterte wie ein abstürzender Vogel über der schwarzen See. Er wartete auf den leisen endgültigen Plumps.

»Jali will Eis!« meldete Schiefhals sachlich. »Jali will Eis! Sofort!«

Karl-Walther erwachte an die Vogelhauswand gelehnt, den Kopf auf der Brust. Sein Durst war fürchterlich.

Er starrte auf seine Füße. Was sagten seine treuesten Freunde? Sie waren geschwollen und steckten in viel zu engen Versandhausschuhen. Egal welche Größe er auf dem Bestellschein ankreuzte, Hemden und Hosen und Jacken, vor allem aber die Schuhe kamen unwiderruflich zu weit oder zu eng.

Er starrte in die Erde unter seinen Schuhen. Was sagte die Erde? Schön der Sekundenschlaf, nur keine Angst vorm Sterben, nur ein Nesteln im Erdreich, kleine verglühende Sterne vor Augen wie Wegweiser zu den unterirdischen Festgelagen der kleinen Tiere mit den müden schwarzen Augen, die haben dich lieb und nagen an dir und schleppen dich in warme Höhlen und Nischen tiefer und tiefer bis zu den Tieren ganz ohne Augen, die hocken stumm am Quell, aus dem quillt weicher vollmundiger hochprozentiger Herztropfen, den leckst du auf und leckst du auf bis zum Nimmerleinstag. Grab dich ins Erdreich wie der Wurm. Laß dich von keinem erwischen dabei. Erblick das Licht der Welt, nach langem Schlaf, und wenn dir gerad so ist, schau dich um, kriech zurück. Grab dich durch bis Afrika, schau dich um, niemand mehr da? Die ausgebleichten Mütter und Tanten und die rosafarbenen Väter von Deutsch-Ost? Die Töchter mit den langen wollenen Unterhosen unter den langen gesteiften Röcken? Die stolzen Häuser in der Ferne? Die Hütten in der Nähe am Fluß? Die Flußpferde? Die Reiher? Die Monde kugelrund im Fluß, dein eigenes Gesicht im Fluß, dein angsterfülltes Mondgesicht? Die nackten Leiber im Fluß, die Kinder mit den Bauchnabeln wie Bonbons? Die Schule in der Ferne und die zerfurchte Schiefertafel und der Kaiser in der Ferne, der die Jahre zählt und die Jahreszahlen macht? Bleib unten, guter Wurm, schlaf dich aus.

»Jali will Eis! Jali will Eis! Sofort! Vier – drei – zwo – eins – Sirup! Sirup!«

Karl-Walther ballte die Faust gen Papageientrakt. Er sperrte den Mund auf, ließ sich den Rachen vollschneien. Der Schnee schmeckte nicht nach Eisen, nicht nach Blut. Eher nach Absinth. Er war noch einmal davongekommen. Jalis Stimme war die Stimme des Papageis. Erstaunlich, wie gut er sie nachahmen konnte. Im Gedächtnis des Vogelveteranen, der keine menschliche Gnade kannte, schlummerten Stimmen und Dummheiten eines ganzen Jahrhunderts. Und täglich kamen neue hinzu. War Schiefhals Männchen oder Weibchen? Observation oder Endoskopie hätten Aufschluß gegeben. Aber ein Jahrhundert lang hatte sich niemand die Mühe gemacht. Es blieb Schiefhals' Geheimnis.

»Hundert Jahre!« brüllte Karl-Walther.

»Sirup!« schrillte es zurück.

»Vermaledeite Plapperkrähe! Ich mach dich hin! Du hast nicht sprechen lernen müssen. Nicht im Schweiße deines Angesichts. Du nicht!«

»KaWe! Countdown Kaffee! Ich wollt, ich wär ein Huhn! Jali will Eis! Jali will Eis! Sofort!«

»Sirup, Schiefhals. Jali will Sirup! Du mußt umdenken! Sie will neuerdings nur noch Sirup. Sprechen und fremde Sprachen mit rollenden Rs nach Methode Mettner. Weißt du, was psychotechnischer Spracherwerb auf mechanisch-suggestiver Grundlage ist, Scheißvogel? KaWe ruft Bodenstation! Schiefhals fertigmachen zum Countdown! KaWe geht nach Haus …«

Karl-Walther stapfte mit den Füßen auf, als wollte er sich entfernen. Er stapfte noch einmal. Dann entfernte er sich.

»Countdown!« hörte er das Tier, mit dem er Tag für Tag leben und das er am Leben erhalten mußte. »Jali will Eis! Sofort! Hätt ich nix zu tun!«

Können Tiere lügen? dachte Karl-Walther. Warum hatte ihn der Papagei noch nie »Papageno« gerufen? Nie in all den Jahren, die er im Vogelhaus für ihn sorgte?

Es hätte ihn nicht gewundert, wenn Schiefhals Mozartopern rückwärts und vorwärts beherrschte. Aber die eigene Art zu benennen, schreckte das gefiederte Monstrum davor zurück? Würde ihm der Schnabel abfallen vor Schreck? Käme es dem nahe, was der Mensch, weil er nicht alle Einzelheiten auf einem Haufen sprich alle Tassen im Schrank hatte, »Bewußtsein« nannte, dieses Präservativ von einem Wort?

Ist ein abnorm gutes Gedächtnis nicht die höchste Form von »Bewußtsein«? Man sollte es annehmen. Nach allem, was geschehen ist, seit wir der Ursuppe entstiegen.

Wartete der Papagei ab, bis wir, die wir noch nie wußten, wer wir waren, nicht einmal mehr nachplappern konnten, geschweige denn sagen, wer wir sind?

»Ha!« sagte Karl-Walther.

Wenn Schiefhals nun eines Tages in den Klangdschungel aus schläfrigem Vogelhausgekoller und Gekrächze klar und deutlich sagte: »Ecce Papageio!« – »Sie können mich nicht hundert Jahre in einen Käfig sperren und glauben, das bliebe ohne Folgen.« – »Nicht mit mir!« – »Mein Herz hat Flügel. Mein Herz kann fliegen.« – »Auch wenn meine Flügel gestutzt sind. Ich bin ein Papagei!«

Was dann? Die Wissenschaftler stünden vor den Ruinen ihrer winzigen Paläste. Die Wiederholung, der wir alle angewidert abschwören und die doch unsere Worte und unser Schweigen von Zeitenbeginn bestimmt, erführe große Ehrenrettung. Und nur die Wiederholung, von allem und jedem und bis zum Erbrechen, ist wirklich die Worte und Augenblicke wert, die wir an das Leben verschwenden.

Karl-Walther hatte das unbestimmte Gefühl, daß er lächelte. Auch sein Glied schien erigiert. Wenn Schiefhals sich selbst »Papagei« nennt, oder mich »Papageno«, dann wäre den Gedanken, wenn sie jemals einen Boden hatten, damit der Boden unter den Füßen weggezogen, wenn sie jemals Füße hatten. Immerhin trällerte Schiefhals seit Ewigkeiten sein geliebtes »Ich wollt, ich wär ein Huhn«, der einzige genialische Schlager, den der Homo sapiens je hervorgebracht hat. Unberechenbar und aus unerfindlichen Gründen oder, wie der Professor sagte, »Reiz-Explosionen«, rezitierte er aber auch die Refrains von »Gestern ist der Zug entgleist« und »Im Weissen Rössl am Wolfgangsee«. Der Himmel wußte, was der Vogel sang, wenn ihn niemand hörte.

Karl-Walther schlug die Arme um sich und lachte. Umarm mich, Dummkopf, sagte Jael im heiser gehauchten Alles-ist-gut-Tonfall. Sie konnte ihren Kopf hoch erheben wie kein Mensch auf der Welt, und senken wie noch der schlimmste Büßer nicht. Einst gab es eine Photographie von ihr und Schiefhals, beim Kopfkraulen. Ein kräftiger Jali-Finger durchfuhr den stolz aufgestellten Kamm des Papageis, der damals schon mehr Jahre auf dem Buckel hatte als K. W. und Jali zusammen. Geschossen mit Stativ und Selbstauslöser. Haben wir Schiefhals zu lange angeschaut?

Eigentlich will ich keine Photographien von mir selbst mit den Tieren, sagte Jali. Gar keine Photographien von mir selbst. Und auch keine von den anderen, die Menschen sind. Aber's ist halt der Beruf.

Immer find ich mich so schuldig, oder hab ich Schulden, K. W., mein Liebling, daß ich noch mal und noch mal alles zeige, was sich zeigt. Ich weiß nicht, warum. Ich weiß nicht, warum. Ich weiß nicht, warum. Küß meine Augen.

K. W. küßte ihre Augen. Sie liebten sich gerade ein paar Wochen. Sie waren jung. Er war sehr jung.

Macht mich blind.

K. W. machte sie blind.

Ich weiß nicht, sagte Jali. Vielleicht ist mein Beruf die Sünde. Die Schande. Der Unfug. Die Ver…, Ver…

Ver…?

Vielleicht sollt ich nix und niemand anschaun, sagte Jali, die Photoreporterin. Nur schaun, was nix und niemand schaun kann.

Tja.

Dummkopf. Nicht tja. Gefährlich. Wirrsinnig. Schau mich an. Schau mich an mit deinen Augen hinter deiner dummen Brille und kneif dir die Augen zu, sagte Jali. So wie die alten Männer. Und sag mir, was du siehst. Nein, nicht! Blinkel mit deinen Augen wie beim Einschlafen und sag mir, was du siehst. Blinkel!

Sirup, dachte Karl-Walther. Ich darf nicht im Stehen denken. Er stand noch immer in Hörweite des Vogelhauses. Ich brauch einen Drink, dringend. Ich brauch deine Photographien. Aber deine Arme sind nicht mehr da. Außerdem sollt ich was essen. Er schnupperte in seine Armbeuge. Außerdem sollt ich mich vielleicht waschen, morgen. Sein Mund war trocken. Der Schnee machte ihm Durst. Schmutziger alter Mund, Geschmack, als hätte ihm ein sehr alter Pavian reingeschissen. Ein Schnabel würd mir besser stehen. Ich könnt mir in die Hände hacken, wenn sie wieder zittern. Könnt meine Möbel zerhacken.

Im Erdgeschoß des Flußpferd- und Pinguinannex warteten zwei möbelstarrende Zimmer und eine verwraste Küche auf ihn. Und ein paar Flaschen Pastis, wohlgekühlt.

Außerdem hatte die kanadische Gans, die im künstlichen Kanal vor seiner Haustüre brütete oder an Legenot litt, die Lust verloren oder den letzten Sinn. Das Nest war jedenfalls leer. Keine Eier, keine Gans. Der Ganter gründelte im schwarzen, beheizten Wasser.

Eine Gestalt stand, ohne Mantel, ohne Jacke, vor der Eingangstür vom K 2 und schlug die Arme um sich. Junior? Hoffentlich nicht. Seit Wochen fürchtete Karl-Walther Kadamecki das »Gespräch« mit dem Sohn des Direktors. Er hatte es dem Direktor versprochen.

Allerdings würde Junior vor Karl-Walthers Tür stehen und bibbern, nicht vorm K 2. Wahrscheinlich ein später Besucher des Professors. Nicht an den Professor denken. Nicht heut.

Plötzlich eine zweite Gestalt in gelber Windjacke. Kam ihm, aus dem Nichts, entgegen. Tauchte auf und sah aus wie eine Frau, eine Riesin mit Bärenhüften. Bloß keine Verirrte, Spannerin, Vogeldiebin oder dergleichen, bloß keine Meldung heut nacht. Versteckte sie eine seltene Streifeneule unter ihrer weiten Jacke? Oder hatte sie soeben ihren Wellensittich ausgesetzt, um an fernen Gestaden »Urlaub« zu machen? Wahrscheinlich war es Jochens »Die mit den Titten«, unterwegs zu Hanne Schmeckels Geburtstagsfeier, kräftig ausschreitend in die falsche Richtung.

Zur Linken lagen die Außengehege der Kraniche. Kein Kranich zu sehen, und die flachen Tümpel hauchdünn vereist. Zur Rechten das dichte, geheimnisvolle, historische Gebüsch, noch immer nicht gründlich genug durchforscht nach Zigarettenschachteln aus Blech. Dahinter die Weißwölfe, die unruhigen Schatten der Rüden.

Es war eine Frau, eine große Frau, aber kaum hatte sie Karl-Walthers Witterung aufgenommen, machte sie kleine Schritte, kleinere und kleinere. Dicht vor ihm blieb sie stehen. Ihr Gesicht kam ihm bekannt vor. Eine externe Freundin? Nutte? »Die mit den Titten?« Sie ging einen Schritt auf ihn zu. Er trat einen Schritt zurück. Tat so, als suchte er nach einem Kranich im leeren Kranichgehege. Sie aber stand neben ihm. Tat so, als suchte sie nach einem Kranich im leeren Kranichgehege. Jeder suchte nach seinem Kranich, der nicht da war.

Eine Hand zaghaft auf seiner Schulter, ein langes Ausatmen. Er schüttelte sich. Er sagte aus staubigem Mund: »Zu Hanne Schmeckels Feier geht's kehrtwend. Immer geradeaus. Der nächste Weg links. Nicht zu verfehlen. Immer dem Krach nach.«

»Sind Sie Papageno? Der Vogelrevier-Chef?«

Er schaute über die Schulter. Die Hand nicht mehr da, aber noch zu spüren. Hatte er sich die eigene Hand auf die eigene Schulter gelegt, wie er es manchmal selbstvergessen tat?

»Ich bin Karl-Walther Kadamecki. Der Zoo ist geschlossen.«

»Ich komm eben von Herrn Schmeckel.«

»*Herrn* Schmeckel? Sagten Sie *Herrn* Schmeckel?«

»Ja. Und Herr Wirkus sagte, ich würd Sie hier abfangen können. Ich soll Sie zur Party bringen.« Ein langes, bleiches Gesicht mit langen, zartviolett schimmernden Augen und einem schmalen, traurigen Mund witterte ihm entgegen, zitterte ihm entgegen. Die blutleeren Lippen pathetisch gekräuselt wie in einem russischen Roman beim Abschied für immer bei minus vierzig Grad Celsius. Marie-Luise hatte diesen Mund unten am Fluß in Afrika gemacht und damit die schwarzen Kinder in die Flucht geschlagen.

»Ich komm eben von Herrn Schmeckel.« Ein Windstoß riß ihr die gelbe Kapuze vom Kopf, ihr Haar war sofort weiß vom Schnee. Sie schüttelte es. Jetzt war es kurz und feucht. Sie überragte ihn um Haupteslänge. Die violetten Augen glühten. »Papageno«, fügte sie hinzu. »Papageno«, wiederholte sie, als übte sie die Aussprache eines seltenen Fremdworts.

Er tauchte unter ihr weg und suchte das Weite. Sie holte ihn mühelos ein, umrundete ihn mit einer dramatischen Drehung ihres großen Körpers. Er roch *»L'Air du Temps«*, das Parfum, mit dem Frl. Friederike die Tierpfleger enthemmte. Auf ihrer bleichen, unnatürlich geraden und schmalen Nase schmolzen die Schneeflocken, die violetten Augen suchten seinen Blick, machten ihm angst. Wie schrecklich sie Marie-Luise ähnelte.

Sie kramte in ihrer Jackentasche, eine Zigarette ohne Filter flog in ihren Mund. »Feuer?« fragte sie.

»Ich bin Dorothee Matthes«, verkündete der Mund, Zigarette im Winkel, wie aus einem amerikanischen Roman. »Ich glaub, wir haben uns einiges zu sagen. Feuer?«

Karl-Walther begriff, daß eine Meldung unumgänglich war. Wo steckten die verfluchten Nachtwächter? Geisteskranke entführten wertvolle Vögel, unwiederbringliches Geflügel aus seinem Revier. In Sommer und Winter gingen sie mit Drahtscheren zu Werk, raubten oder steinigten Streifeneulen, Hokkos, Kakadus. Mordeten und rupften Chajas. Brachen den Kranichen die Beine und ließen sie einfach liegen. Selten, aber es geschah. Wie lange brauchte ein Kranich, um vor Gram über seine gebrochenen Stelzen zu krepieren? Herostraten schmierten in letzter Zeit tierquälerische, vielleicht auch selbstquälerische Parolen an die Wände der Zoogebäude, an die Zäune der Außengehege. Arme Teufel versteckten sich nachts in den Büschen und holten sich einen runter beim Geheul der Wölfe. Betagte Damen mit Krokohandtaschen krochen am Boden herum auf der Suche nach Eiern, die sie zum Ausbrüten mit nach Hause nahmen.

»Ich hab Sali betreut«, sagte die Riesin und warf ihre Zigarette ungeraucht in den Schnee. »Und nach Australien verschickt. Ich dachte, wir sollten uns mal aussprechen. Ich dachte, Sie sind heut auf Herrn Schmeckels Party. Aber Sie …«

»Tut mir leid, aber ich bin mir nicht sicher, mit wem ich das Vergnügen habe. Was reden Sie da von Sali?«

»Ich bin Dorothee Matthes.«

»Schön und gut. Aber was haben Sie hier zu suchen?«

»Ich hab Sali nach Australien …«

»Wenn Sie etwas über Sali wissen wollen, wenden Sie sich an die wissenschaftliche Abteilung.«

»Aber ich bin die wissenschaftliche Abteilung. Ich meine, ich gehöre zur wissenschaftlichen Abteilung. Ich bin Dorothee Matthes. Erkennen Sie mich nicht?«

»Nein.« Dein Gesicht, dachte Karl-Walther, ist das Gesicht der sechzehnjährigen Marie-Luise Idekeit aus Neu-Langenburg, Deutsch-

Ostafrika, meiner Verlobten vor Jahrhunderten, vor Jali, lange bevor ich meinen endgültigen »Urlaub« im Land ohne Wiederkehr antrat. Wie lange dauert es, bis die Vermehrungswut der Menschen solche Doppelgänger hervorbringt, und warum muß ich das noch erleben, und warum kann es nicht die einzige sein, warum nicht Jael?

»Aber Sie müssen mich kennen!«

»Nein.« Wenn man dich ein paarmal durch die Mangel drehen und dir ein paar Zentimeter Bregen absäbeln würde, hättest du vielleicht Marie-Luises Statur. Ihre jammervolle Hauchstimme hast du schon, auch diesen Kräuselmund.

»Dein Gesicht«, sagte Karl-Walther, »kommt mir zwar bekannt vor, aber ich bin müde und es schneit. Und wenn es schneit, will ich in Ruhe gelassen werden. Alles, was Sali betrifft, ist eine Sache zwischen mir und dem Direktor. Keinesfalls hast du was mit Sali zu schaffen, kleines Großmaul. Sonst würd ich dich im Kopf haben. Hier ...« Er faßte sich an den Kopf.

Die Riesin verzog ihr Gesicht, als müßte sie sich übergeben. Vor Ekel? Vor Mitleid? Oder hatte sie an Hannes Selbstgebrautem genippt?

»Aber wenn du neu hier bist«, hörte sich Karl-Walther sagen, »geh zum Direktor. Mein Tip. Nicht lange fackeln. Vielleicht bringst du's noch bis zur stellvertretenden Zoodirektorin.«

»Sie verstehen nicht. Ich fühle mich verantwortlich für Sali. Ich hab ihn – ich will, daß Sie – ich meine ...«

»Sali ist übrigens kein Vogel, sondern ein Persischer Leopard. Und ich weiß, was Hanne seinen Gästen serviert. Tank ein bißchen Schnee und frische Luft und troll dich nach Haus. Komm pünktlich zur Arbeit, wo immer du dich hier verdingst, mach mir keine Schande. Und nun: Guten Abend.«

»Aber ich – Sie sind so schwer zu erreichen ...«

»Das ist nun mal so hier bei uns im Zoo. Jeder tut seine Arbeit. Keiner ist zu erreichen.« Karl-Walther erinnerte sich jetzt vage.

Er hatte sie tatsächlich im Raubtierhaus gesehen, aus der Ferne. Einer der Jungs hatte ihr mit viel Brimborium einen dieser neuen Zwangskäfige erklärt, wo sich die Käfigwände auf einen zubewegten, bis man eingezwängt oder zerquetscht war.

So weit, so gut. Sie war also Tierpflegerin. Tierpflegeranwärterin wahrscheinlich. »Die mit den Titten«. Wo kommen bloß all diese weiblichen Giganten her, dachte Karl-Walther, die heutzutage ihre Schatten auf den Arbeitsmarkt werfen? Hat man ihnen ein neues Kraftfutter verabreicht? Sind sie die erste geheime Generation aus den Reagenzgläsern? Ist es das Wasser aus dem Wasserhahn? Er traute dem Wasser seit langem nicht mehr, ob aus Flaschen oder aus der Leitung. Trank seinen Pastis pur.

»Hören Sie, Herr Kadamecki, der Professor, bei dem ich ...«

»Aber aber aber. Du mußt nicht jeden gleich Professor nennen, der einen weißen Kittel trägt. Wenn du deine Tierpflegerprüfung bestehen willst, arbeite! Halt dich fern von Professoren! Und wenn du in diesem Zoo arbeiten willst, quatsch mich nie wieder von der Seite an! Und jetzt zum letzten Mal: Guten Abend und aus dem Weg!«

Die Riesin dachte nicht daran. Sie schien unter Schock zu stehen. Sie schüttelte mehrmals ihren feuchten Kopf. Sie atmete so tief aus, daß er unwillkürlich tief einatmete. Hatte sie geseufzt? Lange her, dachte er, lange her. Für mich ist lange nicht mehr geseufzt worden. Sie wollte etwas sagen? Aber sie sagte es nicht. Statt dessen fühlte sie sich die Stirn. Soviel Hilflosigkeit bei soviel bedrohlicher Körpergröße. Ihr Mund war, geschlossen, nicht unschön. Um Ausdruck bemüht im Schweigen. Karl-Walther kannte diesen Ausdruck. Mitleiderregender, tödlich gelangweilter, trauriger kleiner Marie-Luise-Mund. Fähig zu ungeahnten Entgleisungen. Schmal wie er war, würde er aufblühen zum Schmollmund nach den ersten Enttäuschungen in der Ehe. Dann würde man ihn mit der blanken Faust versiegeln oder mit derbem Faden zunähen müssen. Hochzeit und Ehe standen ihr quer übers lange, blasse, dramatische Gesicht geschrieben. Das neunzehnte Jahrhundert hätte seine Freude an ihr gehabt. Ihre Blässe suggerierte die Schönheit der Denatur, des Lebens unter dem Sauerstoffzelt einer »Familie«.

Karl-Walther setzte sich in Bewegung.

Diesmal rammte sie ihn, daß er strauchelte. Vorsätzliches aggressives Rammen, kein Zweifel. Er holte aus und versetzte ihr eine peitschende Ohrfeige. Sie stand wie ein Fels. Wahrscheinlich war sie deprimiert und stinkbesoffen wie alle Tierpfleger, die von Hannes Geburtstagsfeier kamen. Er gab ihr noch eine, härter diesmal. Sie stand, wortlose Felsenfrau. Das gezackte Feuer seines häßlichen Hiebs verlosch augenblicklich auf ihrer Wange. Als gäbe es kein Blut in ihrem Kopf. Nur die violetten Augen weiteten sich. Karl-Walther betrachtete staunend seine Hand. Klebte ein Stück ihrer Haut daran? Er hatte keine junge Haut mehr geohrfeigt, geschweige denn berührt, seit …

»Tut mir leid«, hörte er sich mechanisch murmeln. War er noch bei Sinnen? War er drauf und dran, ein Rillie-Geheimnis zu verraten, eines, das den Mechanismus in Gang setzte? Er brauchte dringend seinen Drink.

»Komplizieren Sie nicht!« sagte sie. »Wenn jemand was leid tun muß, dann mir. Sie so zu überfallen. Aber ich wollt mir endlich Gewißheit verschaffen, Papageno. Ich darf Sie doch Papageno nennen? Ich meine, ich versteh das doch. Ich weiß, daß Sie mich – daß Sie nicht wissen wie – daß Sie vielleicht glauben, ich – daß Sie – ach, *no sweat!*«

»Wie bitte?«

»Ich weiß, daß Sie Probleme haben, zum Beispiel mit dem Alkohol. Aber keine Sorge. Wir werden schon eine Lösung finden. Bitte regen Sie sich ab! Bitte!«

Das Gebirge von Frau türmte sich vor ihm auf. Im nächsten Augenblick fühlte er sich von ihr umklammert, ein kaltes Gesicht rieb sich kurz an seinem. »Ich versteh dich, Papageno.«

»Würdest du mich bitte vorbeilassen«, sagte Karl-Walther, »ohne daß ich dir ernstlich weh tun muß?«

»Können wir uns morgen sehen, Papageno? Ich muß dich sprechen, ich muß! Oder auch übermorgen. Wann du willst. Es geht alles so schnell, ich meine, da sind so viele Dinge – so viele Dinge – so viele Dinge, über die ich mir klar werden muß. In Ruhe. Über dich. Über Sali und dich. Über mich und dich. Ich hab dich so lange gesucht, ich meine, du bist so schwer zu finden gewesen. Wenn du wüßtest, wie schwer! Aber jetzt weiß ich wenigstens, daß es stimmt, daß es wahr ist. Du bist es also wirklich!«

Karl-Walther wagte ein paar Schritte. Drehte sich um. Diesmal blieb sie, endlich, wo sie war.

»Über mich? Über Sali? Wer zum Henker bist du?«

»Dorothee. Doro. Und ich frühstücke Cornflakes. Mit unpasteurisierter Milch und braunem Zucker. Dazu eine große Tasse schwarzen Tee. Ich lese gern. Wie du. Ich lese am liebsten Gedichte. Ich bin verrückt nach Musik. Und man kann mir eine Freude machen, wenn man mich einfach fest in den Arm nimmt. Und übrigens: Ich hab keinen festen Freund. Ich meine, ich hatte einen. Hatte.«

Karl-Walther hob die Hand, wie zum Gruß. »Hatte«, hörte er sich in Trance sagen. »Hatte.«

Sie entfernte sich im Rückwärtsgang, sie winkte ihm zu. »Jedenfalls nichts Wichtiges«, rief sie. »Jedenfalls nicht mehr!«

Jedenfalls schien die Gefahr gebannt. Das nachtkalte, watteweiche, stille Tollhaus Zoo hatte sie verschluckt.

Jedenfalls roch es immer noch angebrannt in der Küche. Letzte Nacht war er eingeschlafen, während die Kochbeutel mit den Rindsrouladen und den Klößen im Wasserbad sanken und schließlich am Topfboden verkohlten. Zwei oder drei Stunden mehr, rechnete er, und das ganze Haus wäre in Flammen aufgegangen. Aber Karl-Walther schlief, wenn seine nächtlichen Ohnmachten die Bezeichnung »Schlaf« verdienten, kaum je länger als drei Stunden am Stück.

Er ignorierte die stinkende Asche. Ein Topf war noch frei, eine Dose Hühnerfrikassee vorhanden. Nur der Gasherd funktionierte nicht. Es dauerte, bis ihm dämmerte, daß er den Haupthahn zugedreht hatte, aus Vorsicht. Er schenkte sich einen dreifachen Pastis ein und leerte ihn in einem Zug. Den zweiten Dreifachen nahm er mit der Post ins Wohnzimmer.

Jochen Wirkus, der Rillie. Jochen hatte er diese nächtliche Begegnung zu verdanken. »Die mit den Titten«, das mußte sie gewesen sein. Als sie ihn klammerte, hatte er festes, nachgiebiges Fleisch von größeren Ausmaßen unter seinem Kinn gespürt wie einen gewaltigen Po zwischen ihren Armen. Beschwipste Tierpflegeranwärterinnen, die ihm auflauerten, Gedichte lasen, Cornflakes fraßen. Riesinnen, die man nur mit dem Schlagring bedienen konnte. Rillie oder nicht, Jochen war dran. Montag morgen war er dran.

Karl-Walther trank aus. Er gab dem Rillie noch ein halbes Jahr. Dann der überfällige Freitod und ab in den Weltraum. Bis dahin: Schluß mit der Protektion, Schluß mit der flauen Freundschaft. Er hatte die Macht, Jochen versetzen zu lassen, zurück in den Kinderzoo, ein Wort beim Direktor würde genügen. Jochen war zu weit gegangen. Dieses Flittchen mit dem Po auf der Brust wußte sogar Salis Namen. »Du bist es also wirklich«, hatte sie gesagt. Er konnte sich lebhaft vorstellen, wie Jochen ihn beschrieben hatte. Alt, halb blind, stinkt aus allen Poren. Nenn ihn Papageno. Das mag er besonders.

Zutiefst beunruhigend war ihre schreckliche Ähnlichkeit mit Marie-Luise. Die Selbstelei der Menschen mußte ja früher oder später auf solche Duplikate hinauslaufen. Aber warum waren es immer die Falschen? Gerade jetzt, wo der Schnee fiel, wo Jali mit jeder Flocke sein Gesicht berührte und vergessene Wörter in Amorisch auf sein Haupt rieseln ließ, wo eine frische Jahreszeit des Erinnerns anbrach. Sarottis Jahreszeit, die Tatzenspuren im Schnee, Jalis große Füße im Schnee, das Teddyfell ihres Wintermantels, durch den Herzschläge nicht zu hören waren, das Weiß überm Erdreich, in dem unentdeckte Briefe auf weißem Papier schlummerten.

Widerwillig verließ Karl-Walther das Sofa, auf dessen Rand er gehockt hatte, und stakste über Berge von schmutziger Wäsche und vergilbten Zeitungen zu seinem Sekretär. Die Afrika-Marie-Luise-

Schublade klemmte. Eindeutiger Wink des Schicksals. Und doch machte sich hier im Zoo diese dreiste Person breit, die ihr übrigens nicht nur äußerlich ähnelte. Schlimm war der Kräuselmund, schlimmer das lange, ernste Gesicht mit den blaßvioletten Augen, am schlimmsten die belegte, haarsträubend erotische Stimme. Marie-Luise, die vor Lichtjahren nachts am Fluß, in dem die Flußpferde prustend Luft holten, ihre langen schneeweißen Finger in seinen Hintern krallte und flüsterte: »Laß mich dich da hinten kneten. Wenn ich schon keinen Busen kriege, laß mich dich da hinten durchwalken. Wollen wir tauschen?«

Jochen war schuld. Es mußte eine sepiabraune Photographie in der Afrika-Schublade ruhen, die Marie-Luise auf der Veranda des Idekeitschen Besitzes in Deutsch-Ost zeigte, den Karl-Walthers Vater verwaltet hatte, bis er sich eines Tages aus heiterem Himmel erhängte. Doch die Schublade klemmte.

»Olle Kamellen«, sagte Karl-Walther zu den Möbeln seines Lebens und dem, was in ihnen wohnte.

In der Küche blubberte geruchlos das Hühnerfrikassee im Topf. Er gab einen kräftigen Schuß Pastis dazu, schulterte die Flasche und ging zurück ins Wohnzimmer. »Wenn ich bloß aufatmen könnte«, sagte er zu sich selbst.

Es hatte Post gegeben. Sie lag auf dem Camping-Tisch neben dem Sofa. Die übliche Zoo-Post, Absender Frl. Friederike. Ein dünnes Couvert »Herrn K.-W. Kadamecki, persönlich«, Handschrift des Direktors. Nichts aus den Ländern, wohin die Flugzeuge und die Vögel flogen, deren Starts und Landungen er über viele Jahre hinweg in Zoo und Flughafenrestaurant studiert hatte, nach dem Krieg, am einzigen freien Tag im Monat. Im Zoo im Winter. Im Flughafenrestaurant in den wärmeren Jahreszeiten, bei einem Glas Bier hinter dicken Glasscheiben, unter den verachtungsvollen Blicken jener, die in frisch gestärkten Hemden auf ihren Abflug warteten. Während er eigentlich nur sehen wollte, aus sicherer Entfernung miterleben wollte, wie das geht: Fortfliegen in ferne Länder. Wie das geht: Zurückkommen aus fernen Ländern. Blut an den Händen. Pläne in den Koffern. Kinder, immer wieder Kinder, in der Halle der Ankunft wartend. Damals dachte er, Jali abholen zu müssen vom Flughafen, Glück haben zu müssen, daß sie gerade an diesem seinem einzigen freien Tag im Monat zurückkehrte. Fliegen war in Mode gekommen. Keinesfalls wäre sie mit der Bahn zurückgekehrt. Nicht ihr Stil.

»Wenn ich bloß jetzt aufatmen könnte«, sagte er zu sich selbst in seinem Wohnzimmer.

»Wenn man mich bloß allein lassen würde mit dir, Jali, meine Liebe. Wenn ich bloß Ruhe hätte.«

»Wenn ich bloß gelernt hätte, dich auswendig zu lernen wie eins deiner unvollendeten Geschichtelchen.«

»Wenn ich bloß eins, nur eins, zu Ende schreiben könnte für dich.«

»Wenn ich bloß du wär!«

»Wenn ich bloß von Anfang an du gewesen wär!«

»Wenn ich bloß die Kraft noch hätte und das Zutrauen, deine alten verrückten Rezepte zusammenzukochen. Deinen Kokosflockenschaum auf süßen Kartoffeln. Zwei Kirsch zum Nachtisch und meine Schlange stand steifer als dein Pflaumenschaum.«

Er öffnete die Zoo-Post.

DIREKTION. SEKRETARIAT.

Rundschreiben Revierchefs. Streng vertraulich!

Liebe Kollegen!

Wir alle beobachten mit wachsender Sorge die sich häufenden Schmierereien in unserem Zoo.

Aus beigefügter Liste können Sie ersehen, welche Reviere bislang besonders betroffen waren und welch zunehmend bösartiger Denkungsart diese erbärmlichen Elaborate menschlicher Verirrung sind.

Es kann nur eine Frage der Zeit sein, bis die Presse ungünstig über

uns berichtet. Das aber darf nicht sein zu einem Zeitpunkt, da die Direktion mit aller Kraft die Planung und Finanzierung des Neuen Nachttierhauses vorantreibt.
Wir fordern Sie daher nachdrücklich auf, die Aufsichtspflicht in Ihrem Revier noch ernster als bisher zu nehmen und über verdächtige Besucherpersonen umgehend Meldung zu erstatten.
Außerdem bitten wir Sie, uns diejenigen Ihrer Pfleger und insbesondere Pflegeranwärter zu nennen, deren Verhalten in letzter Zeit aggressiv / unkollegial erscheint und / oder zu Bedenken Anlaß gibt. Natürlich wird jede Meldung streng vertraulich bearbeitet.
Wehret den Anfängen!
Mit kollegialem Gruß, Friederike v. Russak

Karl-Walther nahm einen Schluck Pastis. Aha. Soso. Würd mich wenig wundern, wenn du selbst dahintersteckst, Fräulein von Russak. Hab dich doch vor ein paar Wochen in den Büschen gesehen, sah ziemlich danach aus, als würdest du dich verstecken. Nicht genug, daß jede Woche, die ins Land geht, wertvolles Papier vergeudet wird für die psychotischen Parolen des Direktors. Würd mich auch wenig wundern, wenn er selbst der Schmierer wäre. Warum nicht? Ein in die Enge getriebenes Ehe-Tier schlägt zurück. Würd meinen rechten Arm verwetten, daß dich kein Tier je riechen konnte, Herr Direktor.

Robbenfelsen (Spraydose):
»Flossen ab! Schweine-Robbe!«
»Rache für Elvis!«
»Robben in die Gaswerke!«
»Tiere verreckt!«

Huftier-Revier (Spraydose):
»Klaut die Klauentiere!«
»Tiere verreckt!«
»Affen raus aus Deutschland!«

Raubtierhaus (Filzstift):
»Schnapp schnapp! Eier ab!«
»Naturgesetze brechen!«
»Augen ausstechen!«
»Blut für Blut!«
»Bald seid ihr dran!«

»Blut für Blut« und »Bald seid ihr dran«, erinnerte sich Karl-Walther, hatte er bei den Schabrackentapiren gesehen, nicht im Raubtierhaus. Sein Revier schien ausgespart. Obwohl er den Filzstift in der Fasanerie eigenhändig weggeweißt hatte: »Rache für Elvis«. Wer immer »Elvis« war, es war dabei geblieben. Verdächtig? Alle waren verdächtig. Er selbst, im Suff? Kaum. Noch empfand er eine tastende Liebe für die Tiere, immer noch. Ach, Jali. Jochen Wirkus. Der Rillie. Ein Leichtes, ihn für alle Zeiten loszuwerden. Denn, verehrte Direktion, sein Verhalten gibt allerdings zu ernsten Bedenken Anlaß.

Karl-Walther schüttelte sich. Blätterte um.

WEIHNACHTEN STEHT VOR DER TÜR!

Liebe Kollegen!
Weihnachten steht vor der Tür. Und wie jedes Jahr haben ein paar von uns dem täglichen Stress getrotzt und ein Theaterstück für die Weihnachtsfeier auf die Beine gestellt.
Dieses Jahr führen wir im Zoo-Restaurant das Stück »Das doppelte Lottchen« (die Älteren unter Ihnen werden sich an den Film mit P. Mosbacher erinnern) in der Bearbeitung unseres Wissenschaftlichen Assistenten Dr. Harg auf.
Aber! Wir brauchen noch dringend Freiwillige für folg. Nebenrollen (wenig Text!):
– Haushälterin / Haushälter (gutmütig, alt)
– Opern-Impresario (leicht verrückt)

– Böse Hexe (kann auch ein Mann sein)
– 2–3 Kinder (können auch Erwachsene sein)
Wer Lust und Zeit hat (noch 4 Proben), findet sich am kommenden Mittwoch um 20 Uhr im Zoo-Restaurant ein. Auch Verwandte, Bekannte usw. sind herzlich willkommen!
Mit kollegialem Gruß
Friederike v. Russak

Träum ich oder wach ich? dachte Karl-Walther. Es klingelte an der Tür. Er knipste sofort das Licht aus. Jochen, Hanne Schmeckel, »Die mit den Titten«, wer wußte, was ihn auf der Schwelle erwartete. Er schaute auf seine Uhr. Aber seine Uhr war nicht mehr da, nur noch der viereckige Eindruck in seinem Handgelenk beim Schein seines Feuerzeugs. Es klingelte Sturm. Er knipste das Licht wieder an, öffnete den Brief des Direktors. »Ich komme!« brüllte er. »In einer Stunde!« und »Stellt mir ein großes Glas von Hannes Selbstgebrautem kalt!«

Stille. Dann Fußgestapfe halbrund ums Haus. Stop an der Wand zum Pinguinannex. Stop vor seinem Fenster mit den dicken Vorhängen. Stop an der Wand zum Flußpferdannex.

Der Direktor schrieb:

Papageno! Ich werde vergessen, was Du Dir vor ein paar Wochen in jener Nacht GELEISTET hast. Nimm auch Du einige meiner Worte damals im Raubtierhaus nicht krumm.

Sturmklingeln. »Ich komme gleich!« brüllte Karl-Walther. Nahm einen tiefen Schluck aus der Flasche, schüttelte sich. Warum nicht auf die Party gehen? Warum Marie-Luise nicht gleich beibringen, daß kein Platz war für sie beide in diesem Zoo? Er gestand sich ein, daß er sie demütigen wollte. Nach all den Jahren wenigstens das Duplikat demütigen, dem grausamen Gott Jael ein, und wenn auch nur dieses trunkene, Opfer darbringen. Und dem Rillie androhen, daß er ihn denunzieren konnte, wann immer er wollte. Dabei war der

Schmierer ernst zu nehmen, und der Rillie nicht. Wer immer der Urheber dieser Schmierereien sein mochte, sie galten Karl-Walther, wem sonst?

Er schüttelte sich, aber diesmal wie im Krampf. Wie immer, wenn die Vergangenheit ihn schüttelte. Karl-Walther hatte plötzlich eine sehr genaue Ahnung, wer der Schmierer war. Er würde die Sache selbst in die Hand nehmen, ihm auflauern, ihn stellen, er konnte es vor sich sehen. Nachts, alle schliefen, nur er und der Schmierer nicht, und dann die endgültige, überfällige Konfrontation.

Ich muß allerdings der Form halber (UND DU WEISST, VERDAMMT NOCH MAL, WAS FORM IST!) anmerken, daß ein weiteres Vorkommnis dieser Art Deine sofortige fristlose Entlassung zur Folge hätte. Und Du weißt, was das für Deinen Rentenanspruch bedeuten würde!
Ich wiederum weiß, daß nur Du Junior helfen kannst, aus seiner Lethargie herauszukommen, hervorzuBRECHEN. Brich ihn, Papageno, in zwei Stücke, in meinem Auftrag. Und dann bring ihm bei, wie man sich menschenwürdig artikuliert. Wie man, gleichsam, vor vielen unbekannten Menschen ganz alleine aufsteht und einen klaren offenen Ton singt.
Ich hoffe in Deinem eigenen Interesse, daß Dein Versprechen gilt. Solltest Du binnen der nächsten vier Wochen nicht anfangen, mit Junior zu ARBEITEN, werde ich mich gezwungen sehen, den Persischen Leoparden – wie es anfangs vorgesehen war – aus den bekannten Platzmangelgründen nach Taronga zu VERKAUFEN.
Du erreichst Junior jeden Tag nach der Schule. Die Neuverglasung besagter Käfige im Papageientrakt, die Du beantragt hast, ist hiermit abgelehnt. Es ging vorher so, es wird auch weiter so gehen.
gez. Der Direktor

Es klingelte jetzt in einem unergründlichen Rhythmus, lang kurz lang und sehr lang, unterbrochen von nervenzerreißenden Pausen. Die Selbstmordparty. Man wollte ihn holen. Er ging zur Tür.

»Sind Sie …?«

Er packte zu, krallte seine Linke in einen Hinterkopf, knallte den Kopf seitwärts gegen die Türfüllung und setzte einen leichten Schlag in die Magengrube des Klingelartisten. Den zweiten Schlag mit gebührender Verzögerung in die Nieren.

Der Mensch klappte zusammen, Karl-Walther schleifte ihn über die Schwelle in die Diele. Leises Stöhnen, gefolgt von den Geräuschen des Sicherbrechens in der Dunkelheit. Jochen, Hanne oder wer immer kotzte ihm die Diele voll. Karl-Walther öffnete die Augen und machte Licht.

Vor ihm auf dem Boden wand sich mit blutiger Schläfe ein Junge, keiner der Tierpfleger, denn er hatte schulterlanges Haar, trug keinen Anzug, sondern einen abgeschabten Duffle-Coat, übersät mit runden Plaketten, die Generalsuniform der Jugend. »Fuck For Peace!« las er. »Save The Whales!«, »Bird Lives!« Eine hellgelbe Lache breitete sich auf dem Sisalteppich aus.

Karl-Walther ging in die Küche und streifte sein verbranntes Abendessen vom Topf in den Mülleimer, fischte aus dem Kühlschrank eine alte angebrochene Flasche, setzte sich stöhnend mit ihr an den Küchentisch. Aus der Diele stöhnte es zurück.

Schleppende Schritte. Im Küchenfenster die Spiegelung einer Figur, um aufrechten Gang bemüht, die aber sofort wieder zusammensackte. Es gab ein unangenehmes Geräusch auf der Türschwelle. Diesmal war der Eindringling auf dem Steißbein gelandet.

»Shit!«

»Steh auf, Junge. Pack dich.«

»Sie haben mir weh getan. Wer sind Sie überhaupt? Wie kommen Sie dazu – wie können Sie diesen Überfall rechtfertigen, Mann? Ich werd Sie anzeigen. Scheiße, tut das weh!«

»Warum soll ich mich rechtfertigen, Jungchen? In meinem Alter?«

»Sie haben mir weh getan!«

»Raus mit dir oder ich tu dir noch sehr viel mehr weh.«

»Nein. Sie haben mir in die Eier gehauen, ich muß mich untersuchen lassen, rufen Sie einen Arzt, vielleicht ist irgendwas – Scheiße, tut das weh! – wo ist Ihr Telefon … bitte helfen Sie mir auf.«

»Ich mach Cocktailkirschen aus deinen Eiern, wenn du nicht augenblicklich abhaust. Grüß Hanne von mir.«

»Ich kenne keine … Hanne? Wer sind Sie? Warum haben Sie mich geschlagen?«

Der Junge kroch über die Küchenfliesen, zog sich am Tisch hoch, drohte wieder umzufallen, sank in einen Stuhl, kippte hintüber und schlug mit dem Kopf gegen den Küchenschrank. Er war sofort ohnmächtig.

Karl-Walther wartete eine Weile. Dann umrundete er den Tisch, beugte sich über den Jungen, zog ein Augenlid hoch, betastete den Hinterkopf, roch am Mund, fühlte ihm den Puls und setzte sich wieder.

Was bildete sich der Direktor ein, ihm zu drohen? Was meinte er, wenn er schrieb, Karl-Walther solle mit seinem mißratenen armen Schwein von Junior »arbeiten«? War dies eine gefährliche Situation für Sali im fernen Australien, hing Salis ganze Zukunft von dieser »Arbeit« mit Junior ab? Warum kann man uns nicht in Ruhe lassen, mein Tier, was haben wir verbrochen? »Ich tu alles für dich, Sali«, sagte er. »Ich hab's dir versprochen.« Und trank die Flasche leer.

»Wo bin ich?« sagte eine Stimme.

»Wo bin ich?« sagte eine andere Stimme, später, viel später.

»Sind Sie o. k.? Können Sie mich hören? Soll ich einen Arzt rufen? Sie sahen aus wie tot.«

»Schnell. Ruf 22 17 90 an. Nein. 22 17 19. Klick bei Kadamecki. Kadamecki bei Klick. Schnell. Ich brauch Hilfe«, sagte die andere Stimme.

»Hier. Trinken Sie das. Warten Sie, ich helfe Ihnen.«

»Was ist das?«

»Wasser.«

»Wer bist du?«

»Sind Sie der Professor? Professor Kadamecki? Jedenfalls steht Kadamecki auf dem Türschild. Noch mal. Welche Nummer soll ich anrufen?«

»Wer bist du? Bist du ihr Bruder? Wo ist ihr Vater? Bist du gekommen, um sie zu holen? Sie ist nicht mehr da. Sie ist nicht mehr da!«

»Bitte, fassen Sie sich. Nicht weinen. Soll ich einen Arzt rufen? Wo ist Ihr Telefon?«

»Sie ist nicht mehr da! Begreif es doch! Fort! Ist fort! Sprichst du Deutsch? Wo ist ihr Vater? Sie hat noch eine Rechnung offen mit ihrem Vater. Bring dich in Sicherheit, beeil dich, bei mir suchen sie zuerst nach dir. Hau ab, versteck dich, such dir ein Versteck, geh in den Zoo, versteck dich im Affenpalmenhaus, nein, das geht nicht, da suchen sie zuerst. Versteck dich im Keller, geh in den Keller, hinter der Rattengiftdeponie steht eine Kiste, leg dich in die Kiste. Heirate eine Deutsche, aber beeil dich. Nein, es ist zu spät zum Heiraten. Du siehst ihr gar nicht ähnlich, bist wahrscheinlich ein Halbbruder, armer Junge. Armer, lieber Halbbruder. Du wirst sterben.«

»Können Sie mich hören, Herr Professor? Können Sie sich erinnern? Ich wollte nur …«

»O ja, ich erinnere mich. Ich erinnere mich und erinnere mich. Aber sie ist fort. Nicht mehr da. Geh in den Zoo und kauf dir ein Eis, in meiner Tasche ist Geld, nimm alles und kauf dir Eis dafür. Genieß dein Leben. Du wirst sterben. Wir wollten dich zu uns holen, aber dann – dann –, es ist nicht nur meine Schuld, versteh mich doch – verstehst du Deutsch?«

»Ja. Shit. Was soll ich machen? Wie war diese Telefonnummer? Wo find ich einen Arzt?«

»Begreif doch, Maxie, lieber, lieber Maxie, als ihr Bruder bist du genauso in Gefahr. Da kann kein Arzt helfen. Was redest du die ganze Zeit von Ärzten. Sie werden dich umbringen. Sie werden dir bei lebendigem Leibe mit einem Skalpell den Brustkorb öffnen und dein Herz rauszerren und in ihren Gummihandschuhen zerquetschen. Versteck dich, Maxie! Bring dich in Sicherheit. Lauf um dein Leben, wenn du einen Mantel siehst.«

Ein blaugrauer Vogel mit roten Augen und langen Beinen, die er besaß, weil er nicht fliegen konnte, lief wie irr im Kreis herum, den langen orangenen Schnabel weit geöffnet, den Schopf ängstlich hochgestellt. Der Käfig lag nackt unter einer grellweißen Lampe, kein Baum, kein Strauch, kein Blattwerk grün oder tot, kein Trumm Holz. Es war der vierundvierzigste Tag. Laß mich frei, Papageno, laß mich sterben wie ein Tier. Laß mich frei, ich bin nicht deine Seele, ich bin nicht dein Herz. Ich bin nur ein Vogel, und die Würmer fressen mich leer. Laß mich in Flammen aufgehen, laß mich einen Kokon spinnen, in dem ich mich verstecken kann. Weißt du nicht, daß der Anblick eines toten Vogels verboten ist? Ich bin nicht deine Seele, ich bin nicht dein Herz, ich habe noch nie ein Ei gesehen. Wie sieht ein Ei aus?

»Wunderschön. Das Vollkommenste unter der Sonne. Dreimal verboten. Es auch nur zu finden. Es auch nur anzuschaun. Es auch nur zu berühren.« Karl-Walther lag auf seinem Sofa, neben ihm schwankte der Campingtisch, auf dem der Brief des Direktors lag. Gegenüber, auf einem der zwei Campingstühle ein Junge, der ihm den Arm entgegenstreckte.

»Kaffee?«

»Wo ist meine Flasche?« sagte Karl-Walther.

»Wer sind Sie?«

»Was hast du hier zu suchen? Warum sitzt du hier und warum liege ich? Hast du mich nach Haus gebracht? War ich besoffen? Dank dir, Junge.«

»Sie sagten 22 17 29 oder 99. Soll ich da jetzt anrufen? Wohnt da wer, der Ihnen helfen kann? Geht es Ihnen besser?«

»Mir geht's fabelhaft. Gib mir die Flasche.«

»Vielleicht lieber nicht.«

»Vielleicht lieber doch. Dank dir, daß du mich hergeschleppt hast. War sicher nicht einfach. Aber jetzt ist es Zeit für dich zu gehen.«

»Sie sind nicht Professor Kadamecki?«

»Seh ich so aus?«

»Erinnern Sie sich nicht? Sie haben mich fast totgeschlagen. Dann bin ich in Ihrer Küche aufgewacht. Und Sie sahen aus, als hätt ich Sie halb totgeschlagen. Was ist eigentlich passiert? Ich kam hier rein, um Tee abzuholen. Weil man mir gesagt hat, sie wohnt jetzt beim Professor und weil ich sie auf dieser widerlichen Party nicht gefunden hab. Zum Glück. Allein der Gedanke, daß sie bei so was mitmacht. Sie ist wohl zu Haus beim Professor, wo sie wohnt, hat man mir gesagt. Und ich dachte, Sie sind der Professor.«

Karl-Walther setzte sich auf. Er sah ein paar Sterne, die eine Milchstraße bilden wollten, Sterne wie Spermien unter dem Mikroskop, sich aber anders besannen und voreinander flüchteten. Vor ihm saß ein Junge mit schulterlangen blonden Haaren, braungebrannt, als käme er aus einem anderen Land. Vielleicht kam er aus einem anderen Land.

»Ich bin nicht und war nie und werde nie sein, was du – wenn ich du zu dir sagen darf – unter einem Professor verstehst. Ich bin Karl-Walther Kadamecki und ich wohne hier. Was ist geschehen? Warum haben wir uns geschlagen?«

»Sie haben mich geschlagen. Ohne jeden Grund. Es tut jetzt noch weh.«

»Tut mir leid.«

»Dann bin ich aufgewacht, und Sie sahen aus wie ein echter Toter. Darf ich auch du zu Ihnen sagen?«

»Nein.«

»Jedenfalls hab ich nur Tee gesucht, und auch nur, um ihr einen Brief zu geben, persönlich, weil ich nämlich glaube, daß alle meine Briefe von diesem Professor abgefangen werden. Weil sie nämlich nicht mehr antwortet. Seit Monaten schon nicht mehr. Ich mach mir Sorgen.«

»Kommst du von Jochen Wirkus?«

»Und wer soll das schon wieder sein?«

»Egal. Warum bist du so braun?«

»Ich geh ins Solarium.«

»Wohin?«

»Solarium. Gegen mein Furunkel am Kinn. Hier.«

»Das ist ein ordinärer Pickel.«

»Könnt aber ein Furunkel werden.«

»22 17 19. Woher hast du die Telefonnummer?«

»Weil ich dachte, daß Sie tot sind.«

»Antworte mir. Woher hast du die Telefonnummer?«

»Von Ihnen. Sie haben dämlich gequatscht im Suff. Ich soll mich verstecken. Ich soll meinen Bruder in Sicherheit bringen. Ich soll Eis kaufen gehn für ein Girl namens Maxy. Und irgend jemand ist immerzu nicht mehr da und wird irgendwo gefoltert oder so. Sie sind wirklich nicht der Professor, bei dem Tee wohnt?«

»Es gibt hier keinen Tee, sondern nur, wie du siehst, Pastis. Und wenn sich das nicht reimt! Prost.«

»Tee, ich meine Dorothee, ist meine Frau, ich meine, sie gehört zu mir. Wir wollen bald heiraten. Wir sind zusammen, seit ich denken kann. Ich meine, solange ich denken kann. Wir waren zusammen in Amerika. Können Sie mir nicht sagen, warum? Wo Sie mich schon halb totgeschlagen haben, können Sie mir nicht sagen, warum?«

»Was oder wen suchst du, Junge? Ich hab nichts gegen dich. Ich will nur wissen, wer dich schickt. Und was du hier noch zu suchen hast.«

»Ich suche – mich schickt niemand. Ich schicke mich selbst. Das ist mein Schicksal, wenn Sie verstehen, was ich meine.«

»Ich verstehe.«

»Ich sitze hier, weil Sie zwar ein Arsch sind, aber kurz vorm Abnippeln waren. Sie haben ja kaum noch geatmet. Und dann auf einmal dieser Krampf. Wie auf dem elektrischen Stuhl. Und Ihr wirres

Gerede. Geheult haben Sie übrigens auch. Hätt ich Sie da so einfach allein lassen sollen?«

»Gute Frage, Junge. Wie heißt du?«

»Christoph Dalluge. Und ich bin kein Junge. Ich bin vorgestern sechsundzwanzig geworden. Natürlich kein Wort von Tee, noch nicht mal 'ne Karte. Ich sag Ihnen, sie wird hier gefangen gehalten. Die machen hier irgendwas mit ihr. Das ist doch kein normaler Zoo. Gehn Sie mal auf die Fete da hinten. Wenn ich als Mensch das schon nicht aushalte, wie halten es die Tiere mit denen aus? Und ich bin wirklich kein Puritaner, ich hab in New Orleans Sachen gemacht ...«

»Christoph Dalüsch? Kommt das von Lügen?«

»Dalluge, Mann. Das ist Französisch.«

»Und wen suchst du?«

»Ach, vergessen Sie's. Heut nacht – nur einen guten Freund. Der mir zuhört. Mit dem ich mich über die ganze Scheiße mal ausquatschen kann.«

»Falsche Adresse. Es gibt keine guten Freunde. Nur Hinterbliebene. Die aber ein Leben lang. Immerhin. Prost.«

»Sollten Sie nicht lieber aufhören mit dem Saufen?«

»Sollte ich? Was rätst du mir?«

»Lieber aufhören. Sie sehen gar nicht gut aus. Ich such eigentlich nur jemand, mit dem ich über Tee reden kann. Dieser Zoo ist wie ein Gefängnis, wie eine Festung, wie ein KZ. Ich glaub, daß meine Frau, ich meine Tee, Dorothee, hier systematisch umgepolt oder hirngewaschen oder vergiftet wird, von diesem Professor, ich kenn seinen Namen nicht, sicher gibt's hier jede Menge Professoren. Sie hat mir einen Brief geschrieben, total krank, hier, wenn Sie ihn lesen wollen ... na gut, dann eben nicht. Tee war immer anders, ich meine, sie war noch nie so, wie sie jetzt ist. So kalt und automatisch. Sie war immer offen und ehrlich und lieb. Klar, sie ist eine Wissenschaftlerin, das ist ja auch einer der Gründe, warum ich sie so liebe, weil sie alles so charmant überschaut und klassifiziert. Dabei brodelt's in ihr. Weil sie nämlich auch unheimlich weiblich ist, die geborene Frau, das geborene Muttertier, in den Staaten hatt' ich manchmal das Gefühl, sie sei meine Mutter, obwohl sie zwei Jahre jünger ist als ich, so sanft und menschlich war sie. Verstehn Sie?«

»Nein.«

»Sie war so human. Aber seit sie in diesem Zoo arbeitet, klingt sie so anders.«

»Sie klingt?«

»So inhuman.«

»Aha.« Karl-Walther erinnerte sich. Er fühlte seine Stimmung steigen. Er sprach mit Junior? Nein. Hier saß ein anderes armes, junges Schwein, das nicht wußte, wie man »einen klaren offenen Ton singt«, was immer der Direktor damit gemeint haben mochte. Also warum nicht gleich generalproben? Ein günstiger Wind hatte ihm diesen Simpel ins Haus geweht.

»Aha«, wiederholte er. *»Humanity appears on the scene. Hand in hand with trouble!«*

»Könnt ich vielleicht irgendwo meine Knochen ausruhn? Es geht mir nicht gut. Haben Sie einen Schlafsack? Dann hau ich mich gleich hier auf den Boden.«

»Humanity appears on the scene!«

»Ja ja, ich weiß. Thomas Hardy. Sie sprechen es nur so komisch aus. Ju-men-a-ti heißt es. Nicht Schu-minidi. Also, wie ist es? Darf ich bei Ihnen übernachten?«

»Nebenzimmer. Ich bleib, wo ich bin. Ju-men-a-ti sagst du? Woher kennt ein Frischling wie du Thomas Hardy?«

»Hab ihn halt gelesen.«

»Du liest also. Was tust du sonst noch?«

»Ich bin Saxophonist. Und Lyriker.«

»Ich war nicht allein. Der Kagu war allein.«

»...«

»Das ist ein Gedicht.«

»Alt oder modern?«

»Wo liegt der Unterschied? Die meisten Tiere leben nicht so lange wie wir. Es gibt keine modernen Tiere. Natürlich gibt es ein paar sehr alte.«

»Und von wem ist das Gedicht?«

»Du weißt es nicht, Lyriker?«

»Nein.«

»Ich auch nicht.«

»Wollen Sie mich verscheißern?«

»Ich wußte es mal.«

»Ist es vielleicht psychotroper Realismus?«

»Psycho-was?«

»Einige meiner Gedichte sind psychotroper Realismus.«

»Ich hoffe, ich werde sie nie zu lesen bekommen.«

»Ich kann sie Ihnen ja vorlesen.«

»Quarantäne. Vergangenheit. Der Planet Rill. Coitus interruptus. Ich wollt, ich wär ein Huhn. Eins plus eins gleich null. Kinderkram. Laß mich in Ruhe. Geh schlafen. Im Nebenzimmer steht eine Art Bett. Sei leise, morgen früh. Der Zoo öffnet um neun. Ich hab meinen freien Tag.«

»Werden Sie mir helfen? Werden Sie mein Freund sein? Sie haben mir weh getan. Sie schulden mir was. Ich will nur, daß Sie mich mit Tee zusammenbringen. Ein paar Minuten nur, am besten hier im Zoo, an einem verschwiegenen Ort.«

»Und du glaubst, ein paar Minuten werden genügen?«

»Ja.«

»Ich schulde dir nichts. Und wenn ich dir weh getan habe, dann betrachte es als Lehre, nicht jeden Fremden gleich für einen Professor zu halten. Aber ich werd sehen, was sich machen läßt mit deiner Kleinen.«

»Sie ist übrigens nicht klein. Sie ist ziemlich groß. Nicht zu verfehlen.«

»Aber du hast sie schon verfehlt, oder?«

»Ich weiß nicht, was Sie meinen. Sie sind wirklich total zu. Wie kann man nur soviel saufen? Ich trinke ja selbst gern mal was, das heißt, ich hab's getan, jetzt nicht mehr, nie wieder. Aber so wie Sie … ich will ehrlich mit Ihnen sein. Vorhin, als Sie mich geschlagen haben, vielleicht war das tatsächlich eine Lehre. Ich hab mich so komisch gefühlt. Als hätt' ich's verdient, geschlagen zu werden. Als würde Tee mich schlagen. Für meine Blödheit, sie nicht vom Fleck weg geheiratet zu haben. Vielleicht waren Ihre Schläge doch zu was gut. Vielleicht hab ich in Ihnen einen Meister gefunden. Sind Sie ein Meister?«

»Hast sie schon verfehlt, Jungchen. Gift drauf. Und jetzt verpiss dich nach nebenan. Ich will allein sein.«

»Werden Sie mir helfen?«

»Wenn du mich in Ruhe läßt. Wenn du dich nie wieder bei mir blicken läßt. Wenn du die Telefonnummer vergißt, die ich dir im Suff gesagt hab.«

»Was ist so Besonderes an der Nummer?«

»Kannst du ein Geheimnis für dich behalten? Es ist Thomas Hardys Nummer.«

»Ha. Ha.«

»Hör zu, du Wichser. Du willst, daß ich dir helfe. Du willst, daß ich deinem Mädel eins über die Rübe haue und sie dir wehrlos auf dem Tablett serviere, du willst …«

»Scheiße! Sie reden nur Scheiße. Ich will …«

»… du willst, daß jemand eingreift, stimmt's? Du suchst einen Freund. Sei wenigstens mittelmäßig ehrlich. Du suchst einen Meister. Einen, der Nägel mit Köpfen macht. Weil du es allein nicht bringst. Du nicht und die gesammelten Bataillone deiner verhuschten oder verhaschten Altersgenossen auch nicht. Also gewöhn dich beizeiten daran, daß ich so humorlos bin wie ein Schnellkochtopf. Klar? Du beklagst dich, daß du keine Karten zum Geburtstag bekommst. Ich schick dir eine, Kleiner, an dem Tag, an dem ich dir erlaube, auf meine Kosten ha ha zu machen.«

»Ist ja schon gut. Aber wie erreich ich Sie? Wie erreich ich Tee?«

»Tee wird nicht erreicht, indem du an fremden Türen klingelst.

Tee wird erreicht, indem du dich entfernst. Weit entfernst. Bis sie eines Morgens aufwacht und sich wundert. Oder auch nicht. Vielleicht krepierst du, eh du's kapierst. Wenn du's kapiert hast, frag nach mir im Vogelhaus.«

»Und Sie heißen wirklich Kadamecki?«

»Eins hast du sehr richtig erkannt: Wir leben hier in einer Art Gefängnis. Ich bin zu kaputt heut abend, um es dir lang und breit zu erklären. Aber wir sind mehr oder minder freiwillig hier. Wie in der Fremdenlegion. Wenn du dein Mädchen liebst, was ich übrigens stark bezweifle, mußt du sie hier rausholen. Und zwar schnell. Dabei und nur dabei werd ich dir helfen. Auf meine Art. Verstanden?« Karl-Walther richtete die Pastisflasche gegen den Jungen.

»Ja.«

»Ein klares Wort. Gute Nacht.«

Der Junge quälte sich aus dem Campingstuhl, stolperte über die Zeitungen und Papierstapel und Bücherstapel auf dem Boden. Ein Mitleiderreger, dachte Karl-Walther, noch ein Duplikat. Nur nicht dran denken.

»Eine Frage, wo du schon mal hier bist. Was tut euch jungem Gemüse so richtig weh?«

»Ich versteh nicht.«

»Egal. Gute Nacht.«

»Auch noch eine Frage, Herr Kadamecki. Wer hat das wirklich geschrieben?«

»Was?«

»Ich war nicht allein. Der Kagu war allein.«

»Das hat der Kagu geschrieben, mein Junge. Als es ihm sehr schlecht ging. Als die Evolution ihn für mich bestimmte und ihn vor die Tatsache stellte, daß er nicht zum Fliegen auf die Welt gekommen war. Aber ich red Unsinn.«

»Nein. Reden Sie weiter. Bitte.«

»Es ist so lange her. Der Kagu kam zu uns. Ich verliebte mich sofort in ihn. Dann wurde er krank. Unheilbar, sagten sie. Ich pflegte ihn gesund. Ich begriff seine Krankheit. Es waren nicht die Würmer. Man hatte ihn jung gefangen. Nach jahrelangen Untersuchungen stellte sich viel zu spät heraus … daß er ein männlicher Kagu war. Keine Frau für ihn aufzutreiben, Kagu-Flaute bei den Tierhändlern. Kein Mädchen oder Weibchen oder Mütterchen oder Schwesterchen. Er blieb für sich. Und sah sein Leben lang kein Ei. Das mußt du dir vorstellen, nur das. Sah sein Leben lang kein Ei. Kagus sind selten. Seltener als du und ich, verlaß dich drauf. Seltener als deine Tee. Seltener als … Thomas Hardy. Es gab sie zwar noch, es gibt sie noch. Man könnte sie auch fangen. Aber sie sind selten. Ist das nicht ein schönes Wort, Christoph? Du sagst, du schreibst Gedichte. Du spielst das Saxophon. Dann schreib und spiel s. e. l. t. e. n., und du hast etwas vollbracht. Ich beneide dich. Seit Ewigkeiten versuche ich, eine kleine dumme Geschichte zu Ende zu bringen, die ich noch nicht mal selbst begonnen habe. Die jemand anders begonnen hat, damit ich sie zu Ende schreibe, als eine Art Testament. Aber es geht nicht.«

»Sie sind – Sie sind – ich meine, gibt es noch Kagus hier im Zoo? Kann ich einen sehn? Bitte.«

»Es gibt keinen Kagu mehr in meinem Revier.«

»Das macht nichts. Mann, das macht rein gar nichts. Ich seh ihn vor mir. Ich seh alles vor mir. Zeigen Sie mir die Story, die Sie zu Ende schreiben wollen. Ich helf Ihnen. Wir schreiben sie zusammen zu Ende. Ich kann lernen. Ich muß lernen. Selten. Genau. Was für ein Wort! Wow!«

»Du wirst schon lernen, Christoph. Paß auf dich auf. Es gibt noch andere Wörter.«

»Ich muß Sie wiedersehen, Herr Kadamecki! Bitte. Wo und wann Sie wollen. Jederzeit. Im Vogelhaus. Überall. Und wir schreiben die Story zu Ende, zusammen, wir beide!«

»Es ist keine Story. Es ist eine Geschichte. Eine von vielen Geschichten, die zu Ende geschrieben werden müssen. Wenn ich richtig zähle, sind es zirka zehn.«

»Dann lassen Sie uns zusammenarbeiten.«

»So erstrebenswert es sicher wäre, mit einem berufsmäßigen Lyriker zusammenzuarbeiten – es geht leider nicht. Ich bin im Wort. Und nun gute Nacht. Vergiß nicht, was ich dir gesagt habe.«

»Sie haben soviel gesagt, die ganze Zeit, die ganze Zeit haben Sie mir die Augen geöffnet. Sie haben mehr gesagt, als ich seit Jahren von einem Menschen gehört hab.«

»Ja, leider. Nimm mich nicht ernst. Das ist keine Koketterie. Nimm einen wie mich nicht beim Wort. Nimm den Kagu ernst. Und bitte geh jetzt nach nebenan und schlaf dich aus. Und verzeih mir die Schläge. Wenn ich Saxophon spielen könnte, würd ich mich wahrscheinlich nicht schlagen.«

»Zeit für dich, schlafen zu gehn, Christoph-Klein. Meine besten Wünsche begleiten dich. Wie sagt man in Amerika? *Take it easy?*«

»Nein! Eben nicht. *Don't take it easy, man! Rage, rage against the dying of the light!*«

»Wie dem auch sei. Gute Nacht.«

Der Junge näherte sich dem Sofa, streckte seine Hand aus, berührte Karl-Walthers bestrumpften, geschwollenen Fuß. Er schüttelte sein langes Haar und entfernte sich im Rückwärtsgang.

Pfeifen im Nebenzimmer, ein nie gehörtes Geräusch. Rascheln, Summen, Fetzen von Selbstgesprächen, Pfeifen, Gesang. Karl-Walther lauschte angestrengt. Leises Gemurmel, lautes Seufzen. Der Lyriker und Saxophonist hatte gewiß einen erlebnisreichen Tag hinter sich. Bin ich noch recht bei Trost? dachte Karl-Walther. Bin ich schon wieder mal nüchtern? Bloß das nicht. Belagerungszustände heute wie unterbrochene Herzattacken, diese kurzen Krämpfe, die in der Summe zu sehen waren, in der Endsumme. Zum Glück hatte der Junge keinen Arzt gerufen, hatte, darin zumindest, Instinkt bewiesen. Ansteckungsgefahr, wenn Instinkt, vor allem jugendlicher, in unmittelbarer Nähe ist. Ich bin ein Schwätzer geworden, ich erzähle Wildfremden aus heiterem Himmel die Geschichte von Jalis Geschichten.

Karl-Walther wälzte sich vom Sofa auf den Boden, dessen Härte er in letzter Zeit liebte. Nur selten schlief er noch in seinem Bett, einer Matratze auf drei Steinen und einem afrikanischen Stück Holz. Mochte der Junge darin träumen und sein Leben verfehlen. Lang ausgestreckt auf dem Rücken hörte er, wie so oft, den Ruf der doppelten Einsamkeit, der ihm kurze Momente bescherte, die er Schlaf nannte. Momente der doppelten Verzweiflung, wenn Schiefhals, gleichermaßen schlaflos auf seiner Sitzstange, ins menschenleere Papageienhaus rief, vielleicht den Artgenossen zu, die jünger waren als er oder einfach noch nicht weit genug: »Jali will Eis! Sofort!«

Wenigstens wußte er jetzt, wer Dorothee Matthes war, das Duplikat einer Verlobten, die ihm Jali nie verziehen hatte. Und wußte auch, wie er das Duplikat schleunigst aus diesem Zoo hinausgraulen konnte. Ihr *boyfriend* war gekommen, die Saxophone der Welt mochten ihn segnen, sie zu holen. Nur zu.

Er wälzte sich auf die Seite, betrachtete aus der Teppichperspektive lange und hellwach seinen Sekretär, in dem Jalis unvollendete Geschichten weiterhin auf nur einen Satz, vielleicht auf nur ein Wort von ihm warteten. Zehn an der Zahl waren es. Warum hatte er vor dem Jungen behauptet, er wisse es nicht genau? Ansteckungsgefahr, der alte Lügeninstinkt, den die Jugend besitzt, ohne zu wissen, welche Macht sie damit ausüben könnte. Denn die Jugend erfindet, wir aber lügen. Sie wissen instinktiv, was wahr ist und daß es dabei nicht bleiben darf. Wir haben vergessen, was wahr ist, und können es uns auch nicht mehr neu erfinden, wir lügen die nackten Tatsachen.

Wenn wir uns überhaupt noch äußern.

»Das Messer« hieß eine von Jalis Geschichten, es war die allerschwierigste der Unvollendeten. »Meine Väter« hieß eine andere. »Das Känguruh, das meine Kamera klaute«. Immerhin.

»Die Erfindung von Tieren« war ihre letzte und seine liebste, an deren Vollendung er seit fast vierzig Jahren arbeitete. Dabei handelte es sich nur um einen Absatz, der geschrieben werden mußte. Die Geschichte war geschehen, aber Jali hatte sich für keinen ihrer vielen Schlußabsätze entscheiden können. Karl-Walther versuchte, aus allen den einen zu formen, und aus ihren Geschichten die eine Geschichte.

»Hier schreibt Jali Klick«, stand unter jedem ihrer riesigen Krakeltitel. Und dann die Widmung, stets dieselbe: »Meinem Mensch«.

»Die Tiere und die Kinder arbeiten mit den langen Tagen«, schrieb Jael Glickstein Salvo-Sainz, die sich als Photoreporterin das Pseudonym Jali Klick zugelegt hatte. Wir, die Alten und Halb-Tiere, tun es auch, tun es wieder, auf unsere Weise. Nur weiß es niemand, weil sich niemand die Mühe macht, unsere Herzen zu durchschauen, wie wir die alte Erde durchschauen, die kurz vor der Parkbank im Sande verläuft. Wie wir in das Auge eines alten Papageien starren, den wir lieben und hassen, weil er schon vor uns lebte und nach uns leben wird, weil er unser Gedächtnis und die Inschrift auf unserem Grabstein ist. Ich wollt, ich wär ein Huhn … hatte Schiefhals nach seinen ersten hundert Jahren bereits erkannt, frühzeitig erkannt, daß Langlebigkeit langweilig ist, wenn kein Hahnenschrei einen jeden Morgen vor Liebe erzittern läßt? Schiefhals war erfinderisch. Hatte ein intimes Liebesverhältnis mit Jali gehabt. Was sie ihm wohl ins Gefieder geflüstert hatte, wenn K. W. nicht dabei war?

»Tee! Tee! Ach, Tee!« maunzte es von nebenan. Der Saxophonspieler. Reiherte nicht nur in seine Diele, sondern wichste ihm auch die Laken voll. Karl-Walther nahm einen langen versonnenen Schluck. Einsamkeit mit Bildern. Ein Jali-Satz. Er kramte, bäuchlings auf dem Teppich, nach seinem Schnappmesser.

»Einsam Bilder Rahmen« ritzte er in die harte Auslegware. Es dauerte. Manchmal schlief er. Manchmal sah er im Stahl der Klinge seine Augen aufblitzen. Die Pastis-Flasche war als Kopfkissen zu hart. Er beschloß, wie früher als Kind, für den Rest seines Lebens wach zu bleiben.

»Ich mein's ernst«, sagte er. Die Riesin war also Dorothee »Tee« Matthes und gehörte wahrhaftig der Wissenschaftlichen Abteilung an. Und wurde heftig begehrt von diesem langhaarigen Schluck Wasser Christoph Soundso-Lüge, der sich in einem fremden Bett soeben heftig an sie erinnert hatte. Vielleicht war er der ungerecht Verlassene, der glaubte, alle Trümpfe in der Hand zu halten, sogar den frischen Schnee auf seiner Seite wußte, den nahen Winter, in dem sich die Herzen mancher Mädchen öffnen wie warme Wohnstuben, die der meisten jedoch verschließen wie Tiefkühlkammern für die Futterrationen des nächsten Sommers. Und Teebeutel mit den bedrohlichen Brüsten wohnte beim Professor. Also im Kleinen Behandlungsraum im K 2. Dann hatte sie einiges vor sich. Vielleicht auch schon hinter sich. Nein. Der Professor arbeitete langsam und unsystematisch, erfand für jedes seiner Objekte eine ganz eigene, ganz neue Vorgehensweise, eine neue, namenlose, unsystematische Geheimlehre. So geheim, daß die Objekte seiner Untersuchungen nach und nach ihren eigenen Worten nicht mehr trauten, bis sie schließlich fast völlig verstummten. Teebeutel Matthes hingegen quasselte ebenso unbekümmert drauflos wie ihr saxophonblasender Lyriker. Karl-Walther fragte sich, was sie mit ihrem Satz »Du bist es also wirklich« gemeint haben mochte. Scharfer Jochen, wenn ich dich in die Finger kriege! Hetzt mir dieses Riesenbaby auf den Hals inklusive armem Sack, der hinter ihr her ist. Nächstens erscheint ihr Vater mit dem Vorschlaghammer oder ihre Mutter, die Catcherin.

»Du bist es also wirklich«, hatte die junge Wissenschaftlerin gesagt. »Es« hatte sie gesagt.

Was bin ich also wirklich? Hellwach bin ich und ahne nichts Gutes. Und er schlief wieder ein.

Und wachte wieder auf, ganz woanders. Watete wieder durchs braungrüne Samtwasser, und alle Flußpferde sahen ihn aus ihren schwerlidrigen Augenwinkeln an und schienen zu sagen, wieder in Afrika, als er ein weises weißes Kind war und die furchtbare Antwort längst wußte: Zu uns gehörst du nicht.

*

(Ohne Absender und Unterschrift)
Es ist mir unbegreiflich, lieber Freund, warum meine wiederholten telefonischen Einladungen zum Gurkensalat auf solch massives Desinteresse stoßen. Noch unbegreiflicher, warum Sie, mein lieber Freund, Herr Direktor, mir in letzter Zeit aus dem Weg gehen – ja sich hinter der Würstchenbude (sic!) verstecken, wenn ich nahe. Es ist allerhöchste Zeit. Bevor ein Unglück geschieht. Ich erwarte einen sonntäglichen Besuch *ex abrupto*.

DIREKTION. SEKRETARIAT.

Sehr geehrter Herr Professor!
Die gesamte Theatergruppe ist schier aus dem Häuschen, daß Sie eine der reizenden Kindernebenrollen in unserem »Doppelten Lottchen« übernehmen wollen. Wenn ich Sie am Telefon richtig verstanden habe, wollen Sie Ihren Einsatz »improvisieren«, da Ihnen für Proben die Zeit fehlt und Sie außerdem keine großen Erwartungen in die Bearbeitung unseres wiss. Assistenten Dr. Harg setzen. Unter uns, verehrter Herr Professor, da haben Sie nicht ganz unrecht! Aber er hat nun mal drei Semester Dramaturgie studiert, ehe ihn die Zoologie packte. Ich habe mir erlaubt, seine gröbsten Schnitzer heimlich, still und leise auszubügeln.
In der Anlage finden Sie die wenigen Sätze Ihrer Rolle in der Bearbeitung von Dr. Harg. Sie können gewiß mehr daraus machen.
Übrigens, da Sie mich baten, Sie auf dem laufenden zu halten: Unser gemeinsames Sorgenkind ist völlig durcheinander. Er ißt und trinkt zuviel. Er sagt wichtige Termine ab. Er stößt die Architekten des Neuen Nachttierhauses vor den Kopf. Er stürzt sich in Unkosten (das Detektivbüro, von dem ich Ihnen berichtete), ohne daß es bisher eine Spur gibt von der Frau Doktor. Er vermutet sie in Afrika, Elfenbeinküste, und zahlt den Detektiven Flug und Hotelkosten.
Er schließt sich in seinem Büro ein und hört irgendwelche schauerlichen Arien von Tonbändern. Er lebt nicht mehr in unserem Zoo,

sondern in einer anderen entsetzlichen Welt, die wir nicht kennen. Ich wüßte ein Rezept, möchte aber nur unter vier Augen mit Ihnen darüber sprechen. Bitte teilen Sie mir diskret mit, wo wir uns einmal ungestört unterhalten können.

Hochachtungsvoll

Friederike v. Russak

Anlage (Photokopie Ihrer Sätze im Theaterstück)

1. KIND: Meine Eltern sind immer lieb zu mir. Auch wenn ich Dummheiten mache. Das macht ihnen gar nichts.

2. KIND: Aber wenn ich mir vorstelle, wie viele Kinder diesen Liebesentzug aushalten müssen, weil ihre Eltern sich auseinanderdividiert haben …

3. KIND (*Professor*):

ALLES NUR ABWEHRMECHANISMEN. ALLES NUR GEFÜHLSKRÜPPELEI. WENN ICH LOTTCHEN WÄR, ICH WÜRD MIR MEINE STREICHELEINHEITEN WOANDERS HOLEN.

1. KIND: Ich weiß was! Wir schenken beiden ein Tier. Ich meine, zwei Tiere. Zwei Hunde. Zwillingshunde.

3. KIND (*Professor*):

FALSCH. DIE PSYCHOSOZIALE BEDEUTUNG DER HEIMTIERHALTUNG WIRD ÜBERSCHÄTZT. ICH SAGE NUR: ZUNEIGUNG KONTRA DOMINANZ. DIE FOLGE: ECHTE PSYCHISCHE KRISEN. NEIN, ICH GLAUBE, HIER KÖNNEN WIR KEINEN POSITIVEN BEITRAG LEISTEN. (Wendet sich traurig ab).

P. S. Verehrter Herr Professor! Wenn Sie improvisieren, bitte verwirren Sie die Kinder 1 und 2 nicht allzusehr, da es sich bei beiden um wirkliche Kinder handelt. Halten Sie sich, wenn möglich, ungefähr an die von Dr. Harg vorgegebene Aussage.

Ihre F. v. Russak

Christoph Dalluge
Klingsorstraße 9
c/o S. Schulz

SCHEISS X-MAS!

Tee! Dearest dearest Tee!
Ich will nicht viele words machen. Ich liebe Dich. Die »Freiheit«, die Du Dir angeblich »erkämpft« hast, wird Dich umbringen ohne mich. Unsere gemeinsame Zeit kann nur weiterleben, wenn wir Kinder haben. Ich will Dich heiraten. Dann können wir beide noch mal zusammen »an Land« gehen, noch einmal Amerika entdekken. Du wirst noch viel weinen! Dann werde ich da sein und Dich trösten. Und ich werde immer so zu Dir stehen und Dich so unendlich lieben wie an dem Sonntagmorgen in Köln, als wir unter tiefhängendem Himmel durch den Park gingen und auf diese Lichtung kamen. Und der Wind!
Wie er uns trennen wollte! Aber wie wir uns festhielten und wärmten. Anbei noch ein paar Photos von diesem Tag, die ich zufällig gefunden hab. Unsere Liebe – die überall ist, wird, sein wird. Ohne sie werde ich sterben.
Das sind keine leeren Worte. Ich hab in Deinem Zoo einen irren Typen kennengelernt, den Tierpfleger Kadamecki, er wohnt im Haus neben den Pinguinen und Nilpferden. Hat lauter Enten oder so was auf einem Tümpel gleich neben der Eingangstür. Ein Seher, Tee! Ein Visionär, dieser Kadamecki! Eine einfache Seele, aber wie oft wir doch von den einfachen Menschen inspiriert werden! Er kann sich natürlich kaum ausdrücken.
In einer schlimmen Saufnacht (*er* soff, ich nicht) haben wir uns sogar gegenseitig verkloppt. Dann wieder beste Freunde. Ich hab danach ein neues Stück für Dich komponiert, Titel: »SELTEN«. Schreiben tu ich auch rund um die Uhr, gestern zwei Gedichte. Hab hier bei S. Schulz (die Freundin eines Freundes eines Freundes) eine Top-Schreibmaschine.
Bleib nur vorerst im Zoo. Ich werd jetzt auch öfters da sein. Mein

neuer Freund, dieser Kadamecki, braucht mich. Es geht ihm wohl nicht so gut. Er braucht jemanden, der sich um ihn kümmert. Und ich kann ihm helfen, so viel liegt in ihm brach, ich werde dafür sorgen, daß er lernt, sich auszudrücken.
Ich liebe Dich. Wir werden heiraten.
Chris.

P. S.
»Syllogismen der Bitterkeit« des großen Philosophen E. M. Cioran für Deine Mußestunden. Er spricht mir oft aus dem Herzen, aber nicht, wenn ich an Dich denke.

DIREKTION. SEKRETARIAT.
Wochenparole (lfd. Nr. 45/1080)
»ZÄHLT SIE!« (betr. Inventur)
i. A. Friederike v. Russak

(Zettel)
Junior, alte Flitzpiepe!
Wollen wir nicht mal wieder spazieren gehn? Früher haben wir uns immer ganz ordentlich unterhalten, von Mann zu Mann. Wetten, daß ich immer noch weiter spucken kann als Du? Will wissen, wie's Dir so geht, was Du so treibst. Hat nix mit Deinem Alten zu tun. Hab übrigens ganz vergessen, wie alt Du jetzt bist. Sicher uralt. Und schulde Dir mindestens zehn Geburtstagsgeschenke. Schau mal vorbei bei Deinem alten Papa(geno). Wenn Du eine Freundin hast, bring sie ruhig mit. Wir können ihr zeigen, wer von uns beiden mit dem Katschi mehr Krähen abschießt.
Dein alter Papageno

DREIER & DIDERICI
Privat-Detektei
Zürich – Buenos Aires – Frankfurt / M.
(Fernschreiben, *persönlich*)

ATTN. HERR ZOO DIREKTOR PERSÖNLICH.
ANFRAGE NEGATIV. BUND DER N-VERFOLGTEN VERWEIGERT AKTENEINSICHT DAVIDOBSKI, THEODOR, GESANGSPÄDAGOGE.
ISRAEL, U. S. A.: BISHER NEGATIV. NEU-KONTAKTE ERGABEN: GESUCHTER ZULETZT VERMUTET ODER GESEHEN IN BIRKEN-AU HEUTIGE VR POLEN. DANACH MÖGLICHERWEISE SOWJET-AGENT, IDENTITÄTSTAUSCH.
ANFRAGE GATTIN POSITIV. ZULETZT GESEHEN AIRPORT ABIDJAN, ELFENBEINKÜSTE. ERBITTEN WEITEREN SPESENVORSCHUSS (DM 15.000.–) FÜR RECHERCHEN UND INFORMANTEN.
MIT FRDL. GRÜSSEN F. DREIER

(Kunstpostkarte, unfrankiert. Henri Rousseau, Der Zöllner. *Die Schlangenbeschwörerin*, Louvre Paris)
Liebes Rotkehlchen, mein großer tapferer Kannibal!
Wann wirst Du mich, wie versprochen, wieder einweihen in die Dinge, von denen ich »nicht für möglich halten würde«, daß es sie gibt? Ich behielt Deinen Mantel, wie Du bemerkt haben wirst. Meine Wohnung, mein Bett und ich warten weit offen auf Dich. SIE hat nie zu Dir gehalten wie ich. Hat dich immer nur ausgenutzt. IHR Bild in allen Illustrierten. Und DEINES? Nirgendwo. Außer in MIR, eingegraben auf alle Zeit. Ich erwarte Dich nach der Weihnachtsfeier bei mir zu Haus. Es gibt Schokolade in allen Variationen.
Auf ewig. Deine Fritzie.

Christoph Dalluge
Klingsorstraße 9
c/o S. Schulz

Sehr geehrter Herr Kadamecki!
Sie haben mir in den wenigen Stunden, die wir zusammen diskutierten, mehr an echter Wahrheit und Wirklichkeit rübergebracht als jeder andere Mensch je zuvor. Außer natürlich Tee. Ich finde, hier müßte jetzt ein Prozeß einsetzen, der noch deutlicher rüberbringt, was Sie und ich der Welt zu sagen haben. Nehmen Sie als ein Zeichen meines Dankes dieses Geschenk und vergessen Sie nicht, daß wir verabredet sind und einen *Plan* haben!
Die »Syllogismen der Bitterkeit« hat ein in Deutschland unbekannter, verkannter Philosoph, E. M. Cioran, geschrieben, den ich vor kurzem entdeckt habe. Vieles, was er ausformuliert, wird Ihnen gefallen. Manches würd ich zwar anders ausformulieren, aber …
Bitte verzeihen Sie mir den Überfall damals in der Nacht. Bitte lassen Sie uns Freunde sein!
Bis bald. Wir müssen zusammen schreiben. Ihr Leben und meine Kunst: die totale Mischung!
Ihr Christoph Dalluge.

(Fernschreiben)
ATTN. HERR DREIER.
SUCHE D. AUF DEUTSCHLAND BEGRENZEN. RECHERCHEN VOR ALLEM IN SCHULEN, VOLKSHOCHSCHULEN, STIMMBILDUNGSKURSEN, KURORTEN IN DER PROVINZ. SPESEN GERING HALTEN. DM 7000.– A CONTO. DAS AFRIKANISCHE OBJEKT LOKALISIEREN. ERWARTE LAUFENDE BERICHTE.
ZOO DIREKTION. DER DIREKTOR.

Käthe Matthes
Straßendorf/Eifel

Meine liebe Doro!
Seit einem Vierteljahr sind wir nun ohne Brief von Dir. Deine Postkarten schön und gut. Aber soll das alles sein nach allem was wir für Dich getan haben bist Dir wohl zu fein für uns und ich will daß Du Weihnachten zu Hause bist so wie ich dir am Telefon gesagt hab und es ist nicht lieb von Dir wenn Du Dich am Telefon immer verleugnen läßt wie eine falsche Katz.
Soviel kannst ja nun auch wieder nicht zu tun haben das bißchen Tiere füttern und so weiter ist ja sicher nicht so daß Du nicht Zeit hast für Deine Mutter ans Telefon zu kommen da rackert man sich ab damit das einzige Kind studieren kann und dann kann sie nachher nicht mal anrufen oder schreiben. Wir machen uns auch große Sorgen weil wir gehört haben daß dieser Mann Dir wieder nachgefolgt ist der schuld ist an all dem Übel daß du uns nicht mehr schreibst und Sachen gemacht hast die wir lieber vergessen wollen. Wenn er Dich weiter verfolgt werden wir die Polizei aber wir hoffen daß es nicht so weit kommt mein Liebes. Ganz Straßendorf freut sich nämlich schon auf Dich auch alle Deine Tiere die Gundel das Mäusel der Brummel. Auch Dein Vater ist nicht mehr ganz so bös und grüßt Dich und sagt daß Du ganz schnell kommen sollst zum Fest.
Deine Mutter.

(Zettel)
Papageno, Du Sack! Das mit Jochen find ich ehrlich Scheiße! Er hat literweise Blut gespuckt. Find ich ehrlich übertrieben, wie Du ihn behandelst! Er hat nicht Schuld, wenn die Pißnelken Dich anmachen. Kannst froh sein, daß Dich überhaupt noch eine anmacht. Das mußte mal gesagt werden. Wenn Du eine aufs Maul haben willst, kannst Dich bei uns im Raubtierhaus melden.
Hanne Schmeckel.

(Dottergelbes Briefpapier)
Ms. Dorothee Matthes
Haydn Midwestern University
Haydn, Ohio
U. S. A.
z. Zt. K2

Lieber Karl-Walther Kadamecki, Papageno, lieber mir so Unbekannter, Bekannter! Ich *muß* Dich sehen!
Wie ich höre, hat Dich ein Dümmling namens Christoph Dalluge belästigt. Damit habe ich, bitte glaub mir!, nichts zu tun. Ich schwör's bei Sali. Dieser Dalluge ist ein Psychopath, der mich seit langem verfolgt. Seit Amerika schon. Und er hat kein Recht dazu, denn ich habe ihn *nie* geliebt. Ich hoffe, daß er Dir nichts Falsches über mich erzählt hat.
Ich habe soviel mit Dir zu besprechen. Wann können wir zusammen einen Kaffee trinken? Ich trau mich nicht, bei Dir zu läuten. Obwohl wir doch fast Nachbarn sind.
Und Du bist *nicht* zu alt (das wolltest Du doch jetzt sagen, oder? Daß Du zu alt für mich bist, bla bla bla).
Auf die Gefahr hin, daß ich sofort aus dem Zoo entlassen werde (denn ich weiß, wieviel Gewicht Dein Wort hier hat, man erzählt sich in gewissen Kreisen, Du sagst dem Direktor mehr oder weniger, was er zu tun oder zu lassen hat), laß mich Dir schwören, wie sehr ich unsere beiden Kraniche an jenem verzauberten Abend *gesehen* habe, obwohl sie nicht da waren. Erinnerst Du Dich? Kurz bevor Du mir eine runtergehauen hast. Vielleicht waren wir beide in unseren vorigen Leben Kraniche.
Ich weiß jetzt, daß Du mich liebst. Daß es stimmt. Daß Du es bist, den ich immer gesucht habe. Mach Dir bitte keine Gedanken, daß Du ein paar Jährchen älter bist als ich, das gleicht sich aus. Wetten? Du weißt schon, was ich meine.
Versteh mich aber nicht falsch. Es soll alles sehr sehr langsam gehen. Ich will z. B., daß Du mir vorher Deine Welt erklärst, Deine

Vögel, den sagenumwobenen neukaledonischen Kagu, den Du gerettet hast, Deine ganze Vergangenheit, alles will ich wissen. Man sagt, Du bist nie verheiratet gewesen. Stimmt das? Ich kann es kaum glauben. Laß uns einander entdecken wie zwei Frisöre, die nicht lesen können und nie von Sokrates gehört haben. Was ich damit meine?

Ich schicke Dir heut ein Buch, das Du unbedingt lesen mußt. Es ist von einem Philosophen, E. M. Cioran, den ich seit langem lese, wenn ich die Zeit dazu finde.

Und er schreibt (nur für uns beide): »Eine Liebe, die aufhört, ist eine so reiche philosophische Erfahrung, daß sie aus einem Frisör einen Konkurrenten des Sokrates macht.« Laß uns Frisöre sein, die nie das Wort »Philosophie« gehört haben, ich meine, gar keine Ahnung haben von der Liebe, die aufhört, sondern nur von der, die anfängt – und aus uns beiden Konkurrenten der *Tiere* macht.

Wie ich vom Professor für Schmerzforschung (über den mußt Du mir auch noch mehr erzählen!) hörte, soll Sali nächstes Jahr aus Sydney abgeholt werden, und einer von uns wiss. Assistenten (wahrscheinlich ich) soll ihn vor dem Rücktransport eine Woche im Taronga Park beobachten. Das wäre mir sehr lieb für meine Diss., ich meine für meine Doktorarbeit (Dissertation). Ich werde *unser Tier* für uns zurückholen, ich verspreche es Dir.

Such mich im Zoo, Karl-Walther (nein: Ich will Dich lieber Papageno nennen). Und ich such Dich. Laß uns ein bißchen Verstecken spielen. Umso schöner wird's dann, wenn wir uns finden …

Wie soll ich diesen Brief beenden? Soll ich schreiben, schwarz auf gelb, was Du sowieso zwischen diesen Zeilen lesen, ahnen, fühlen kannst?

Nein. Ich hebe es mir auf. Sei gut zu Dir selbst, trink nicht so viel. Ich werd Dir helfen, von dieser Droge runterzukommen, den Einstieg in eine neue Ära Deines Lebens werde ich mit Dir erleben.

Das hofft, voller tiefer Gedanken an Dich,

Deine Doro.

P. S. Hast Du *gespürt*, wie ich Du war und Du ich, als Du mich geohrfeigt hast? Es war, als würd ich *aufwachen* – wie damals in der Schule – und das langweiligste Fach, z. B. Geschichte, plötzlich unheimlich interessant finden.

(Photokopie einer alten Restaurantrechnung)
ZOO FESTSÄLE. GEPFLEGTE SPEISEN & GETRÄNKE

2 Port. Schellfisch	4,60 RM
2 Schoppen	1,20 RM
1 Tasse Chocolade	25 Pfg.
	6,05 RM

(Krakelschrift am Fuß der Rechnung)
Ich Jali Klick Ruf 22 17 19. Nur vor dem Frühstück. Nur am Dienstarg oder Mittfoch.

(Rückseite der Rechnungsphotokopie)
Kadamecki! Können wir warten? Ich bin Ihnen jedenfalls zu einer gewissen Art Dank verpflichtet, daß Sie in der Zeit, die ich wieder in diesem Zoo weile, den Takt besaßen, mir, d. h. »uns«, aus dem Weg zu gehen. Aber die Stunde kommt. Sie wissen es, ich weiß es. Wie sagte Jael oft? »Noch vierundzwanzig Stunden.«
Können wir also warten, unsere eigenen »vierundzwanzig Stunden«?
Der Professor
P. S. Es ist vielleicht an der Zeit, daß wir uns das »Du« anbieten.

(Zettel)
Professor! Wir können warten.
K.-W. Kadamecki.

(Zettel)
Lieber Papa, ich bin so kaputt, weil Du mich wie'n Hund behandelst, wie'n Monster, wie'n Schädling!
Was hab ich Dir denn getan? Nichts nichts nichts! Bitte sei wieder nett. Und mach Dich nicht hinter meinem Rücken lustig über meinen Heimatplaneten und die Rillies. Sie sind da. Da oben. Und Du wirst es schon noch merken und ein besserer Mensch werden.
Was wünschst Du Dir zu Weihnachten? Vergiß nicht, die Temperatur im Freiflugraum zu kontrollieren, da stimmt was nicht.
Dein *Freund*
Jochen.

DIREKTION. SEKRETARIAT.

Thealein – in Eile! Alles in Butter. Mach Dir keine Gedanken. Ich schreibe Dir weiter unter *poste restante* nach Nairobi. Der Abidjan-Trick hat funktioniert. Und Du hattest wirklich recht: ER ist es nicht mehr wert, daß man sich Sorgen um ihn macht. Wie ich Dich beneide um Deinen Koffi! ER war nie gut für DICH, und auch, als Chef, nicht für MICH. Und mach Dir keine Sorgen um den Zoo, alles läuft bestens. Zum Glück gibt's ja noch mich und all die tüchtigen Assistenten.
Grüß mir den Deinen. Hast du ein Glück mit diesem schwarzen Feger! Verglichen mit IHM, ist er bestimmt die reinste Wohltat. ER schmeißt mit Geld um sich für irgendwelche Detektive und jammert auch wieder über Davidobski und wird bald merken, was ihm da mit Dir nach Afrika entfleucht ist. Nun ja, ER hat es nicht besser verdient.
Du wirst dein Ziel erreichen. ER wird, kurz über lang, die Scheidung einreichen (böswilliges Verlassen), um sein Gesicht nicht zu verlieren. ER wird Dich nie im Leben finden. Dafür sorge ich schon. Wie gern ich mich jetzt mit Euch in der Sonne aalen wür-

de! Hier ist es öd und langweilig, nichts geschieht, außer daß es schneit.
Deine beste Freundin – Friederike v. Russak

Diese Briefe, Botschaften und Ergüsse wurden tatsächlich geschrieben und tatsächlich gelesen. Allerdings, wie alle, die folgten, nicht allein von denen, für die sie bestimmt waren.

*

Schweren Herzens begab sich der Direktor zum Gurkensalat beim Professor im umgebauten ehemaligen Eiscafé gleich neben dem Tierkinderzoo. Es war einer dieser Bleisonntage kurz vor Weihnachten, bleifarben Himmel, Luft und der bestreute Schnee auf Erden, und die Besucher blieben aus. Sie machten Einkäufe, weil sie einander immer noch, nach so vielen Umtäuschen in Ehe und Familie, beschenkten.

Der Direktor haßte das Weihnachtsfest aus Tiefen. Natürlich vor allem der rückläufigen Besucherzahlen wegen. Auch aber, weil Weihnachten eine böse Schnappfalle war für all die armen Versuchskaninchen und Fehlzüchtungen und Mutanten, die sich noch an ihre Kindheit erinnern konnten. Und das konnte auch der Direktor, einmal im Jahr, unter Vorbehalt. Die Geschenke. Nicht die Rute, die GESCHENKE waren es, die seinem Selbst erheblichen Schaden zugefügt hatten (auch der Professor vertrat diese These). Seine Eltern, Verwandten und die Bekannten der Verwandten schienen einen Pakt für die Ewigkeit geschlossen zu haben, ihm ausschließlich Noten und Partituren zu schenken. Behutsam, stumm, beinahe ehrfürchtig legten sie die Musikpapiere auf den Gabentisch. Und sie stapelten sich, die Partituren für das verhaßte Stimmchenbilden. Kostproben seines Könnens mußte er ablegen, und immer sofort. Wochenlang übte er mit dem austernschlürfenden Chorleiter Davidobski Weihnachten. Hinz und Kunz luden die Eltern zu diesem unseligen Fest ein. Natürlich kamen sie alle nur, um Davidobskis schauerliches Organ schwellen und sich börteln und kräuseln zu hören. »NEIN NEIN NEIN, FEUERLE!« schrillte der Professor Davidobski vor allen Cousinen und Cousins des Direktors, vor der ganzen Schar der Verwandten und Bekannten, diesem Haufen scheintoter grausamer »Idole«, denen er nacheifern sollte. »Legato, molto legato«, zischte Davidobski, »nicht Ziege mit Husten! Katze mit Ölsardine!« O Tannenbaum in der Davidobski-Fassung hörte sich an wie die Klage eines delirierenden Muezzin. Aber Weihnachten war noch mehr, noch schlimmer, denn jedesmal befielen den Direktor fiebrige Schüttelkrämpfe, und er erbrach sich in einen Eimer neben seinem Bettchen, bis die Galle kam.

»Daß der Junge einfach nicht pubertieren will«, hörte er seine Mutter, ein Idol in aufgeklärten Kreisen, zu Hausarzt Dr. Herms sagen, »es ist ein Phänomen mit ihm, finden Sie nicht auch? Lombroso sagt …« Aber was immer Lombroso sagte, er kannte Davidobski nicht, der da sagte (eingeladen zur Weihnachtsgans und allerbester Laune und übervoll von Anekdoten und Geschichten): »Körper leer, Schlacke weg, gut für Ölung deiner Stimme, Feuerle. Schlaf jetzt, schlaf jetzt.« Und dem Direktor über und unter der Bettdecke das Bäuchlein massierte mit seiner Hand, an der ein Rubinring heiß wurde, und murmelte: »So klein und so viel zu voll. Ojemineh Feuerle! Mach AAHH. Mach's noch mal. Und jetzt mach OOHH, OOHH …«

Der Direktor blieb stehen, knöpfte seinen Lodenmantel auf und betastete seinen aufgeblähten Bauch. Er sollte weniger essen (er aß jetzt fast ununterbrochen) und weniger trinken (er trank jetzt schon mittags und verbrauchte ein Vermögen für ekelerregend süße pfefferminzene Mundsprays, die ihm Frl. Friederike brachte). War das wirklich fast ein ganzes oder dreiviertel Leben her, seit damals, Weihnachten mit Fieber und Krämpfen im Bett?

Er kam am Meerschweinchendorf am Rande des Kinderzoos vorbei. Vor kurzem für eine sündhafte Summe verglast und fernbeheizt, damit auch im Winter die gesprenkelten Schnäuzchen aus den winzigen Hütten, der Mühle, der Schule, der Feuerwache, dem Rathaus schauen konnten, während andere Meerschweinchen sich unter einer Miniatur-Linde ausruhten, aus dem Gasthaus huschten oder am Swimmingpool lagerten. Zweckgebundene Spende einer alten Vettel war dieses Dorf, einer Art riesigem menschlichen Meerschweinchen mit zahllosen Bankkonten, die inzwischen von einem Autobus überfahren worden war und einen Teil ihres Vermögens notariell für den Fortbestand, Ausbau und Unterhalt dieser unsäglichen Anlage festgelegt hatte. Alle Versuche, den Notar von der Wichtigkeit und Schönheit des Neuen Nachttierhauses zu überzeugen, waren gescheitert. Nein, bis zum Nimmerleinstag sollten sie sich hier vermehren, die Kinderspielzeugtiere in ihrer Kinderspielzeugstadt. Immer wenn er am »Dorf« vorbeikam, schien es dem Direktor, als mendelten sich die Meerschweinchen in Richtung Mensch, als trügen sie Sonnenbrillen oder sähen pornographische Filme in ihren Hütten, als feierten sie Orgien und warteten auf ihren Homer oder Sophokles. Er beobachtete einen seiner kriecherischen depressiven Assistenten, der so tat, als machte er hier Inventur. Mit dem Kugelschreiber klopfte er auf ein Hüttendach, aber kein Meerschweinchen ließ sich sehen. In gebückter Haltung hoppelte er zum Rathaus, klopfte an, aber keine Schnauze erschien auf dem Balkon.

Kannte Junior diese Tiere noch, kannte er sie vielleicht noch mit Namen, wenigstens die Alten? Die Mäuse von Pompeji in der Küche, diese einzigartige Käfigkonstruktion seines Sohnes, waren die einzige Unterhaltung des Direktors, wenn er sich abends nach Haus ins ehemalige Aquarium traute. Er sprach mit den Mäusen, fütterte sie, dachte an die glücklichen Tage seiner Ehe mit Adler, weinte viel. Aber er traute sich nicht oft nach Haus, schlief immer häufiger in seinem Büro auf einem Feldbett unter dem großen Globus, in Erwartung nächtlicher Telex-Botschaften aus aller Welt.

»…«

Der arbeitsscheue Assistent schien ihm etwas sagen zu wollen, gestikulierte, deutete augenrollend auf das Rathaus. Der Direktor öffnete die Glastür einen Spalt.

»Im Rathaus, Herr Direktor! Ein Wurf gestern, ein Wurf heut. Überbevölkerung droht, wenn ich mal so sagen darf … und damit auch das Problem …«

»Weiterzählen!« sagte der Direktor. »Zerbrechen Sie sich nicht meinen Kopf. Lächerlich! In fünf Minuten sind Sie fertig oder …«

»Faszinierend, diese kleine Stadt, nicht wahr, Herr Direktor?« bändelte der Depressive an. »Beinahe wie ein armer Subkontinent in unserem Zoo … wenn ich mal so sagen darf … obwohl es ihnen natürlich an nichts mangelt, ich meine …«

Der Direktor schloß die Tür.

Der Professor für Schmerzforschung öffnete die Tür seines umgebauten Eiscafés. Er trug einen frisch gestärkten weißen Kittel. Um den Hals zwei Paar Kopfhörer, deren Schnüre wie schwarze Schlangen an seinem Körper herabhingen. Er sah, wie immer, um Jahre gealtert aus.

»Eine Woche aus den Augen, und du wirkst um Jahre gealtert, Maurice. Wie erklärst du dir das? Wie erklärst du MIR das? Ich hoffe, es gibt keinen Gurkensalat.«

»Mehr als eine Woche. Kommen Sie rein, Direktor. Es gibt Markklößchen-Suppe, Lachsforelle à la Comédienne, gefüllte Schwarze Oliven mit Tzaziki, einen leichten Sancerre – und natürlich gibt es Gurkensalat. Legen Sie ab. Ihre Mütze sieht aus wie ein Kleenex nach einer Grippe-Epidemie. Sie sollten sich endlich von dem guten Stück trennen.«

»Du weißt, wem die Mütze gehört. Du weißt, warum ich mich nicht davon trenne.«

»Ja, ja. Dunkel schillerndes Afrika. Oder wie hieß das Buch noch gleich?«

»…«

Wäre ich bloß nicht gekommen, dachte der Direktor, hätte ich mich bloß nicht erweichen lassen. Allein sein Anblick macht mir Angst, und ich glaube, ich muß mich auf der Stelle übergeben.

»Ich will mir nur die Hände waschen«, sagte er.

Die Toiletten des umgebauten Eiscafés waren wenig umgebaut worden. Es waren dieselben wie vor vierzig oder fünfzig oder sechzig Jahren, leicht modernisiert, und der Professor hatte sich eine Dusche in die Damentoilette schachteln lassen. Der Direktor übergab sich und dachte: Von Anfang an hatte es dieses Eiscafé sein müssen, etwas anderes wollte er nicht, dabei hatte ich Pläne, hier neben dem Kinderzoo ein publikumswirksames Naturkundemuseum mit Zoo-Schule zu errichten. Aber nein, er wollte es und natürlich hatte er ein Recht auf ziemlich alles, und natürlich ließ ich ihn schalten und walten, und auch der Aufsichtsrat hätte sich gehütet, eine Miene zu verziehen.

Die alten obszönen Eingravierungen über den Pissoirs hatte der Professor wegweißeln lassen und durch eigene Filzstiftkritzeleien ersetzt. Der Direktor kannte die meisten. Seit seinem letzten Besuch war eine neue hinzugekommen.

A kind of love which is not natural in an age like this

Nun ja. Nicht eben neu. Nicht eben enervierend. Eher langweilig, wenn ich an Adlers und meine Nächte denke, aber daran will und darf ich nicht denken.

Der Direktor wußte, daß der Professor wußte, daß er, zwischen Markklößchen-Suppe und Gurkensalat, die Toiletten aufsuchen würde. Der Direktor war dafür bekannt, die Toiletten recht häufig aufzusuchen. Hatte der Professor diese Kritzelei eigens für ihn hinlänglich leserlich quer über zwei Pinkelbecken ANGEBRACHT? Würde es heute eine der seltenen aggressiven »Sitzungen« geben? Würde den endlosen Davidobski-Anamnesen und Davidobski-Diagnosen seitens des Professors heute die Therapie folgen? Er fühlte sich schon besser, verspürte sogar einen leichten Hunger auf die Lachsforelle.

Der Professor saß an einem Tisch im Eiscafé, auf dem zwei dampfende Tassen Suppe standen. Man hatte ihm freie Hand beim Umbau gelassen, aber er hatte so gut wie nichts umgebaut. Der Schanktisch war noch da, »umgebaut«, zur Hälfte Küche, zur Hälfte Bar. Die ehemalige Küche diente ihm als Privatquartier, eines dieser japanischen Betten stand dort, und ein schmuckloser Schreibtisch, elektrische Apparaturen für seine Versuche säumten die Wände. Gleich drei Stereoanlagen nannte er sein eigen. Welche Musik hörte Maurice, wenn er daheim war?

Das Eiscafé war Eiscafé geblieben, mit allen Tischen und den gräßlichen Vorkriegstierphotographien und den Photographien des Professors, privaten Schnappschüssen von Wolken, Türen, Blättern.

Die Bücher und andere Habe des Professors, mutmaßte der Direktor, befanden sich in K 2, in seinem Labor, zu dem sogar ihm der Zutritt auf Widerruf verwehrt war. Grauenvoll mußte es zugehen in diesem Labor, bei DIESER Art von Versuchen. Manchmal fragte sich der Direktor, womit er es verdient hatte, diesen Menschen, diesen Forscher ausgerechnet in seinem Zoo arbeiten lassen zu müssen. Denn er mußte ihn lassen, seit mehr als zwei Jahren nun, gewähren lassen auf allerhöchsten Wunsch. Das Gespenst, dachte der Direktor, ist an den Ort seiner Gespenstwerdung zurückgekehrt, und ich bin nicht in der Lage noch bemächtigt, es zu verscheuchen.

Wie ein Schulkind, das in einem überfüllten Eiscafé seine Klasse sucht, bahnte sich der Direktor den Weg zwischen den Tischen mit den stets weißgestärkten Tischdecken. Diese kleine pantomimische Darbietung gehörte zum Ritual seiner Besuche beim Professor. Wenn er von der Toilette kam, mußte er sich »den Weg bahnen« durch die verlassene Eiscafé-Kulisse. »Sie werden sich besser fühlen danach«, pflegte der Professor zu sagen. Und er hatte recht. Der Direktor fühlte sich besser, während er stumm seine Markklößchensuppe löffelte.

»Selbst gekocht?« fragte er.

»Mitnichten. Büchse. Aber beste Büchse.«

»Büchsen sind auch mein Schicksal geworden, Maurice. Es geht mir nicht gut.«

»Ich weiß.«

»Hast du vielleicht einen kleinen Sherry vor dem Sancerre? Eben mußte ich erleben, wie einer dieser schwachsinnigen verlogenen Assistenten Meerschweinchen zählte für die Inventur. Bedenke! Meerschweinchen! Dabei brauchen die Imbezilen im Vogelrevier jede Hand!«

Noch während der Direktor redete, kam der Professor mit einer Flasche Sherry zurück, goß ein, saß wieder auf seinem Stuhl, als sei er nie aufgestanden.

»Maurice, nur einen Augenblick bist du weg, und schon siehst du um Jahre verjüngt aus! Wie machst du das? Als du mir vorhin geöffnet hast, hätt ich dir keine drei Tage mehr gegeben. Da hast du mich an einen Ordner erinnert, der hier mal arbeitete, ich war noch ein Schüler, Opa nannten wir ihn, er ließ uns oft umsonst herein, bis er so ausgezehrt war, daß niemand ihn mehr als Ordner erkannte … und niemand ihn mehr wahrnahm …«

»Jede tiefe Erfahrung, Direktor, prägt die Physiologie oder läßt sich in physiologischen Ausdrücken formulieren. Aber ich weiß, wen Sie meinen. Wir nannten ihn Opa den Platzanweiser. Er starb an Tbc. Friede seinen ordnenden Händen, die so viele Eintrittskarten abgerissen haben.«

»Willst du mich provozieren? Willst du meine Erinnerung provozieren? Ist dies das heutige Programm?«

»Es gibt kein Programm mehr.«

»Kein Programm? Wozu bin ich dann hier?«

»Das Leben hat, wie es hin und wieder geschieht, die Programmgestaltung übernommen. Aber davon später. Zum Wohl.«

Der Direktor trank schnell und schenkte sich schnell nach. Hatte der Professor Adlerchen ausfindig gemacht? Wußte er, der mehr wußte als andere, wo sich seine abtrünnige Frau aufhielt? Wartete sie vielleicht schon, tränennaß, in der ehemaligen Küche des Eiscafés?

»Was weißt du?«

»Ich weiß, daß es kein Programm mehr gibt. Die Erde hat sich aufgetan und Leben ausgespuckt. Direkt in Ihre Fresse, Herr Direktor. Und, mit Verlaub, vom Allerfeinsten. Ebenso wie die Lachsforelle à la Comédienne, die ich jetzt servieren werde, bevor sie erkaltet.«

»Leben«, »Fresse«, »bevor sie erkaltet« – Adler ist hier, Adler ist zurück, der Professor hat's geschafft, ich werd nicht mehr vor Glück. Aber ich gönne ihm sein Weihnachtsmann-Spielchen, er will's hinauszögern, will mich ein bißchen foltern wie früher, kein Davidobski heut, keine Vergangenheit, keine Geschichten, nur Adler. Himmel, laß mich durchhalten, »bevor sie erkaltet«. So gewählt, so richtig, so wahr. Sie darf nie wieder erkalten.

»Sie darf nicht erkalten!« sagte der Direktor sehr laut.

»Lieber Freund, natürlich darf sie das nicht. Vor allem, weil es sich hier um eine Spezialität handelt, die ich selbst zubereitet habe. Eilfertige Schranzen aus Ihrem Tierpflegerbestand brachten mir den Fisch, ich beschaute ihn mir, befand ihn für gut, ließ Butter herbeischaffen, ließ Forschung Forschung sein, dünstete ihn in der Butter, gab einen Schuß Wein und einen Schuß Erfahrung hinzu, und siehe da …«

Noch während er sprach, hatte der Professor das Hauptgericht derart manipuliert, daß es, noch während der Direktor seinen Worten lauschte und nachhing, auf dem Tisch stand. Und noch während der Direktor genüßlich Happen für Happen vertilgte, betupfte der Professor seinen Mund mit der Serviette und schob seinen leeren Teller von sich. Hatte er überhaupt gegessen?

»Das Unwichtigste zuerst, lieber Freund. Nachricht von Ihrer Gemahlin? Nachricht von den Detektiven?«

»Woher wissen Sie … weißt du, daß ich Detektive …?«

»Ich weiß.«

Offensichtlich wollte der Professor ihn wirklich überraschen.

Wollte den Weihnachtsmann aller Weihnachtsmänner spielen. »Das Unwichtigste zuerst.« Herrlich. Die Leute, die ihn ein Genie nannten, hatten recht. Auch er, der Direktor, hatte das Genie des Professors blitzen sehen, kurz nur, damals vor dem Krieg, damals, als Opa Ordner war und Maurice Schuller ein unbekannter Student, der ihm den Unterschied zwischen Sehen und Wahrnehmung zu erklären versuchte, während der Jugendliche, der später Zoodirektor werden sollte, dem Orchester in den Zoo-Festsälen lauschte und davon träumte, auf dieser Bühne zu stehen, mit einer Stimme, die sich hören lassen konnte. Und nun hatte dieses Genie, dieses Fabelwesen unter anderem Namen (oberstes Gebot, erinnerte er sich: Nie seinen wirklichen Namen nennen, nicht in diesem Zoo) sein Adlerchen herbeigeschafft und wollte es ihm nach Lachsforelle à la Comédienne und Gurkensalat zum Nachtisch servieren.

»Woher der Name? A la Comédienne? Deine Creation, cher Maître et M. le Professeur?«

Der Professor lachte sein seltenes Lachen, das klang wie der heftigste Hyänen-Schluckauf. Sancerre gluckerte in das Glas des Direktors.

»Eine Laune. Wußten Sie nicht, daß ich, sehr zum Leidwesen manch lieber Mitmenschen, von Zeit zu Zeit recht launisch sein kann? Ich möchte sogar sagen: überlaunig.«

»Gekauft. Parole?«

»Welche?«

»Die neue.«

»Ah ja, lassen Sie mich nachdenken … *Zählt Sie?*«

»Veraltet, Maurice. Herrlich, herrlich. Wie du es immer wieder schaffst, mich wie einen Trottel dastehen zu lassen! Buuh! Parole? Los los! Plötzlich, plötzlich!«

Plötzlich veränderte sich der Professor in beängstigender Weise. Sein eben noch joviales, beinahe jugendliches Aussehen wich einer Maske, nein: einer Erscheinung. Mit der behaarten Brust im V-Ausschnitt seines Kittels, mit den behaarten Armen, und alle Haare waren plötzlich grau, und mit seinem Gesicht, auf das kein Wintermittagslicht mehr zu fallen schien, wirkte er wie ein uralter hagerer Affe, nein, wie ein behaartes Affenskelett und machte dem Direktor Angst. Der Direktor trank und betrachtete eingehend die Gräten auf seinem Teller.

»Gilt die Parole auch für mich?« hörte er den Professor fragen. »Ist sie gültig auch für meine Versuche?«

Ohne aufzuschauen schnaubte der Direktor gekünstelt:

»Ja!« Denn er wußte ja, dies war nur ein Spiel, recht bald würde der Professor das Spiel unterbrechen und Adler hervorzerren, tränenüberströmt. Seltsam, daß er heute an seine Frau nur denken konnte, wenn er sie sich tränenüberströmt vorstellte, nicht nur ihr Gesicht, nein, richtig überströmt, naß ihre Kleider, klitschnaß ihr Körper, jeder Winkel ihres Körpers tränennaß, die Falten ihres Gesichts, ihres Bauches, ihrer dreitausendmal gefalteten Fotze, ihres Lochs, in dem der Affe unbekanntes Unheil angerichtet hatte mit seinem bürgerlichen Kolonial-Schwanz. Ganz naß wollte er seine Frau zurück, so daß er sie abtrocknen konnte, um nachher seine gerechte Strafe zu empfangen. Da der Professor wußte, was er wollte, würde er vorgesorgt haben. Der Direktor schaute auf.

Der Professor sagte, eine schwarze Olive in seinen Mund schiebend: »Dann kann ich Sie nur warnen. Denn Ihre neue Parole – ich habe eben hinten nachgeschaut – lautet, wie immer vor Weihnachten etwas verschwommen, ›Strom sparen!‹ Und wenn ich das tue …«

»Nein doch, Maurice. Das gilt nicht für dich. Das gilt den gräßlichen verwahrlosten Tierpflegern, die um Weihnachten – damals als ich noch mit Adler über Weihnachten verreiste – den Weihnachtsbaum mit elektrischen Kerzen garnierten und sich elektrische Extravaganzen erlaubten, die uns Geld kosteten … Geld, von dem du dir keine Vorstellung … Viermal am Tag haben sie heiß gebadet …«

»Also nicht für mich?«

»Nicht für dich. Könnt ich noch ein Schlückchen … da, ich sehe, der Wein ist getrunken … Sherry haben?«

Der Professor schenkte ein. Er sah jetzt aus wie ein Assistenzarzt in einer großen Klinik, dessen Chef der Direktor war. Er sah bescheiden, unterwürfig und vor allem jung aus. Was für ein Weihnachtsmann, dachte der Direktor, welche Beherrschung der Rolle. Der Sherry schmeckte zu süß.

»Sag mal, hab ich schon eine Flasche … ich meine … ist das schon eine neue Flasche … warum starrst du mich so an?«

Der Direktor sah einen jungen Mann, kaum älter als zwanzig, der sich über ihn beugte und ihn aus herrlich gefährlichen schwarzen Augen anstarrte, ihm drohte. Dann sah er Adler, wie sie die schwarze Maske aufsetzte, die Riemen auf ihre Festigkeit prüfte, in die Hocke ging …

»Lieber Freund, der Gurkensalat kann noch warten. Sprechen wir erst über das Unwichtige. Haben Sie Nachricht von der Frau Gemahlin?«

»Nein. Verflucht, nein!«

»Und von Davidobski?«

»Nein. Ich hab solche Angst, daß er wirklich noch lebt. Kannst du mir nicht helfen, Maurice? Du kennst so viele Menschen aus Übersee, vielleicht kannst du mir helfen, außerdem bin ich es leid, immerzu für Junior die Mäuse zu füttern, und es geht mir fürchterlich auf die Nerven, daß Fritzie mich wieder belästigt und erpreßt wie früher, und ich will einfach nicht mehr der Hanswurst für alle sein … ich will nur noch meinen Adler … wenn ich bloß …«

»Davidobski, Herr Direktor. Gehen wir zur Diagnose über …«

»Diagnose. Ja. Da weiß ich was. Davidobski war ein Schwein, ein gemeines schwules Schwein, hat mich … da … und … da … angefaßt, hat mich singen lassen, als sei's Singen, aber es war …«

»Was war es?«

»Stöhnen.«

»Liebe?«

»Wo ist Adler? Adler! Adlerchen!«

»Adler verbirgt sich hinter einem Vorhang. Der Vorhang besteht aus Monatsbinden und Notenschlüsseln. Die Notenschlüssel bestehen aus Ihren Gedanken. Ihre Gedanken bestehen aus Monatsbinden und Stimmen. Die Stimmen bestehen aus Davidobski. Wer war Davidobski?«

»... Ein widerwärtiger Mensch ...«

»Wer war Davidobski?«

»Was machst du mit mir, Maurice? Du hast mir doch nicht etwa wieder was in den Wein getan? Ich fühl mich so ... lieb ... so dumm ... so grenzenlos dämlich ...«

»Und wer war Davidobski?«

»Ein Sänger.«

»Und wer war Davidobski?«

»Er war ein ... Mensch ... hat mich, auf dem Gewissen ...«

»Davidobski?«

»Wo ist mein Adler, Süßer? Du Mistkerl, ich hau dich, paß auf, ich hau dich ...«

»Ist alles gut. Du sitzt in deinem Stuhl, Feuerle. Sing mir das zweigestrichene Fis.«

»Das ... gibt es nicht.«

»Sing MiMiMi, FaSoLaTiDo.«

»Mimimio Mio, Mio ...«

»Sag Miau, wie eine Katze. Sag Mi-au-au-au.«

»MI-AU-AU-AU ...«

»Trink das.«

»Du willst mich lieben? Du willst mich vergewaltigen? Du willst mich ... mir ... uns ... zeigen, was ... was ...«

»Wer war Davidobski?«

»Ein Töter, eine Auster, eine Hand, eine Frau, eine Töterin ... wo ist meine Auster, wo ist mein Adler ...?«

»Was sang Davidobski?«

»Er sang Arien.«

»Trink das. Gleich bist du gut, Feuerle. Wein nicht, Feuerle. Wein nicht, Feuerle. Beruhige dich. Bevor du trinkst, hör dir an, was sie im Radio spielen, hörst du's …?«

»Ja. Das ist Adlers Stimme. Adlers Stimme. Und Rita. Rita ruft dazwischen. Sie weint …«

»Wer ist Rita?«

»Mein Orang-Utan-Weibchen, wir wollen züchten, wir sind kurz davor, sie weint … vielleicht hat Bobo sie gedeckt, vielleicht hat Bobo es getan … aber mein Adler schreit, er schreit so fürchterlich …«

»Wer war Davidobski?«

»… ein Irrer, ein Dadist, der schlimmste Dadist, der böse Dadist, er massiert mein Bäuchlein und mein … mein …«

»Wer war Davidobski?«

»Ich weiß es! Ich weiß es! Darf ich antworten? Wir haben ihn angezeigt. Mami und ich. Er ist bestraft worden. Davidobski. Nie wieder tun. Nie wieder kommen.«

»Adler.«

»Ja, so war sein Name. Adler! Der schlimmste Dadist …«

»Trink, komm, trink, ruhig, ruhig, trink …«

»Ist es nicht seltsam«, hörte der Direktor den Professor heute am Sonntag sagen, »daß die Energie- und Verfahrenstechnik auf ganzer Linie versagt bat? Wir haben keine Energie und verstehen noch nicht mal etwas von der Technik des Verfahrens. Ist es nicht saukomisch, lieber Freund, daß … lassen Sie mich Ihnen einschenken, hier, das wird Sie ernüchtern … Sie dürfen wirklich nicht so viel trinken … ist es nicht aberwitzig, daß wir uns an keinem gebratenen oder gesottenen Menschenschenkel oder an Titte in Aspik mehr gütlich tun? Statt dessen verneigen wir uns vor der Liebe, die wir zerschlagen haben, knien vor Scherbenhaufen nieder.«

»Es geht mir gar nicht gut, Maurice. Was ist das für ein neuer Sherry?«

»Ein billiger. Beweis, wie schlecht es um mich steht. Aber hier ist ein guter klarer Wodka. Bringt Sie wieder ins Lot.«

Der Direktor sah vor sich einen gealterten, ergrauten, tapernden Professor, der höflich und vorsichtig und umständlich versuchte, ihm ein Glas Wodka an die Lippen zu führen. Er schnupperte an dem Wodka.

»Wo ist meine Frau? Eben war sie noch hier.«

»Finden Sie sich mit den Tatsachen ab, Herr Direktor. Sie ist nicht hier. Und wird auch, wie ich vermute, nicht so bald wieder hier sein.«

»Aber wir sind zusammen gekommen …«

»Nein, Herr Direktor. Sie sind allein gekommen, ganz allein. Mit Ihren Gedanken an Adler. Und an Davidobski.«

»Wollten wir heute nicht über Davidobski sprechen, Maurice? Er quält mich so. Tag und Nacht. In meinen Gedanken, in meinen Alpträumen. Hilf mir. Du hast mich bisher nie im Stich gelassen, wenn alle mich im Stich gelassen …«

Der Direktor weinte hemmungslos. Er fühlte sich wohl dabei. Weinen war zu einer seiner Lieblingsbeschäftigungen geworden, nebst Essen und Trinken. Zum Glück gab es den Professor.

»Was sagt die Schmerzforschung, Maurice?«

»Die Schmerzforschung, wie Sie sie nennen, jedoch nicht kennen, sagt, wir sollten uns als artige Leichen aufführen.«

»Und was bedeutet das?«

»Artige Leichen bezahlen ihre Schulden.«

»Aber ich habe keine Schulden.«

»Stimmt es übrigens, daß Karl-Walther Kadamecki im Gespräch für das Bundesverdienstkreuz ist? Nächstes Jahr?«

»Ja. Im Gespräch. Soviel ich weiß. Und ich bin der letzte, der es ihm gönnt. Papageno taugt nichts. Er ist nicht mehr tragbar für uns. Aber er hat eine Lobby hier in der Stadt, und bei anderen Zoos, und bei den alten Damen, die sich mit seinem Kagu infiziert haben …«

»Infiziert?«

»Identifiziert. Aber es kommt auf dasselbe heraus. Man kann ihm gewisse vergangene Verdienste nicht absprechen … warum fragst du überhaupt?«

»Eine junge Frau, die ich als meinen Schützling betrachte, fühlt sich von ihm bedroht …«

»Bedroht? In meinem Zoo? Unsinn! Welche Frau?«

»Darauf wollt ich mit Ihnen noch einmal kräftig anstoßen, denn für Sie, lieber verehrter Herr Direktor, ist das Leben aus der Erde gesprungen …«

»Wie bitte?«

»Kennen Sie Dorothee Matthes, eine Ihrer Assistentinnen?«

»Ich habe keine Assistentinnen. Nur debile, depressive, autistische Assistenten.«

»Irrtum. Sie haben Dorothee Matthes. Wird bei Ihnen promovieren.«

»Thema?«

»Mal sehen, ob ich's zusammenkriege … INTERAKTIONS-SCHEMATA MENSCH–TIER. NEUE ÜBERLEGUNGEN ZU DEN STEREOTYPIEN DER GROSSKATZEN IN BEZUG AUF DAS INSUFFIZIENTE VERHALTENS-INVENTAR IHRER BEZUGSPERSONEN in Klammern PFLEGER.«

»Horrender Unsinn.«

»In der Tat. *Crambe Repitita*.«

»Krabbe was?«

»Wie dem auch sei. Sie hat etwas. Ist begabt. Auf eine leicht deutsche Art sogar wissenschaftlich begabt. Braucht einen Mentor, braucht Anleitung. Nun wohne ich zufällig die Hälfte meiner Zeit im Labor …«

»Und?«

»… und zwar auf K 2, wo die Kollegin Matthes ihre Kammer, die ehemalige Kleine Chirurgie, hat.«

»Ehemalige Kleine Chirurgie? Ich erinnere mich. Da haben Adler und ich seinerzeit viel die Köpfe zusammengesteckt … UND? … komm, Maurice, sag's mir, wo ist mein Adler?«

»Ihre Frau ist nicht mehr im Spiel!«

»Ohne meine Frau gehe ich ein wie eine Pflanze.«

»Im Gegenteil! Denn Kollegin Matthes schreibt in ihrem Tagebuch, daß sie …«

»Es interessiert mich nicht, Maurice, was Kollegin Matthes in ihr Tagebuch schreibt …«

»… eingehen wird wie eine Pflanze, wenn der Herr Direktor nicht endlich merkt, wie verliebt sie in ihn ist …«

»Worauf willst du hinaus? Bitte, Professor! Quäl mich nicht mit dummen Scherzen.«

»… daß sie, die Rede ist immer noch von der Kollegin Matthes, allerdings das Gefühl hat, innerhalb von Sekunden alle Phasen des Aufblühens einer Rose, ich zitiere, *am eigenen Leibe in orgiastischer Zeitlupe zu durchlaufen*, Zitatende, wenn sie Sie, Herr Direktor, sieht, und sei es auch nur aus der Ferne …«

»…«

»Noch einen Wodka? Kann Ihnen nicht schaden. Ich verbürge mich dafür, als Ihr Leibarzt.«

Der Direktor trank den Wodka. Er fühlte sich nüchterner als je zuvor. Warum war er bloß dieser Einladung gefolgt? Warum immer wieder Maurice? Und warum immer sonntags und mehr oder weniger heimlich (früher begrüßte ihn der Professor mit den Worten: »Ist Ihnen auch niemand gefolgt? Hat Sie auch niemand kommen sehen?«). Jeder halbwegs clevere verlauste Tierpfleger oder Gärtner wußte doch längst, daß der Direktor den Professor von früher kannte. Er hatte insgeheim gehofft, ja damit gerechnet, daß Maurice seine internationalen Verbindungen spielen lassen und ihm Adlerchen wiederbringen würde, daß Maurice des Direktors SOS gehört hatte. Aber daran war jetzt nicht mehr zu glauben. Er sah sich um. Die steif gestärkten weißen Tischdecken im nie je umgebauten Eiscafé starrten zurück wie unvollendete Schachbretter, kein schwarzes Feld in Sicht, keine Figuren, keine Spieler. Konnte man Maurice noch trauen? Von den Geldgebern war ihm immer wieder versichert worden: man konnte, man mußte ihm trauen. Man war strikt angehalten, ihm zu trauen. Seine Forschungen, so unbeschreiblich sie waren, besaßen Bedeutung für gewisse wichtige Leute in Übersee. Und Maurice, den er offiziell wie alle anderen nur »Professor« nannte, der geniale charmante finstere Maurice, was wollte er von ihm? Seine unkonventionellen psychiatrischen Methoden waren berühmt, obwohl die Psychiatrie lediglich als eines seiner »Steckenpferde« galt, er seine wissenschaftlichen Ziele recht früh, noch vor dem Krieg, in einer kurzen, aber aufsehenerregenden Schrift formuliert hatte. Was dann aus diesen Zielen und dem Professor geworden war … bloß nicht dran denken. Nicht heute. Wenn die amerikanische Gefolgschaft des Professors gewußt hätte, wo er sich derzeit aufhielt, hätte der Direktor seinen Zoo gleich schließen können vor dem Ansturm der Neugierigen und Scharlatane und jener anderen Spezies, der Lobby der Leidenden …

»Noch einen Wodka?«

»Schenk ein.«

»Warum, mein Direktor, sollen wir uns zurückziehen und das Spiel verloren geben, wenn es noch so viele Lebewesen gibt, die wir nach Herzenslust enttäuschen können?«

»Pardon?« Der Direktor mußte an die Zeit denken, als er und Adler bei den Schwestern in die Lehre gingen. Die Schwestern favorisierten Adler, schmunzelten, wenn er den Mund aufmachte. Der Professor ging bei ihnen ein und aus, die Stirn epochemachend gerunzelt.

»Sehen Sie, es gibt in Ihrem Zoo eine junge Frau, die Sie abgrundtief verehrt. Ebenjenes Fräulein Dorothee Matthes, wohnhaft K 2. Enttäuschen Sie sie nicht. Das ›Girl‹ liebt Sie.«

»Die wie? Das was? Bist du noch bei Sinnen, Maurice? Komm, trinken wir einen letzten auf die alten Zeiten. Und hör auf, mich zu verkohlen.«

»Ohne die Frau, verehrter Freund, verkommt der Mann zum Barbaren. Schlimmer noch, er merkt es nicht. Sie sind das beste Beispiel. Aber Dorothee Matthes wäre hervorragend geeignet, Ihnen gewisse Obsessionen aufzutreiben und aus dem Barbaren, der meine Lachsforelle à la Comédienne in seinem Bart verteilt und meinen Sancerre säuft, als wär es Leitungswasser, wieder den Mann zu machen, der nicht zu Unrecht weltweit als einer der besten Zoodirektoren gilt. Dorothee Matthes: jung, klug, ernst, auf eine leicht deutsche Art schön, ehrgeizig, hart im Nehmen und im Geben …«

»Nein, bitte keinen Gurkensalat mehr. Ich bin satt. Nein, nein. ICH SAGTE: KEINEN GURKENSALAT!«

»… härter im Geben, darauf wette ich, als Ihre Frau Gemahlin, bei richtiger Anleitung. Vergessen Sie nicht die chamäleonartigen Fähigkeiten der Jugend. Dorothee Matthes ist die Lösung, die Heilung, Ihr zukünftiges Programm. Sie brauchen mich nicht mehr, Herr Direktor. Dieses war unser letztes gemeinsames Sonntagsmahl.«

»Du bist verrückt. Ich will nach Haus. Wie spät ist es? Ich will nach Haus.«

»Nach Haus? Wo ist Ihr Zuhause? Sie haben kein Zuhause. Sie haben einen degenerierten Sohn, eine schwachsinnige Haushälterin, die Mäuse von Pompeji und eine Sekretärin, die Sie besser für immer beurlauben sollten.«

»Vielleicht sollte ich mich selbst für immer beurlauben … oder mich in aller Öffentlichkeit den Eisbären zum Fraß vorwerfen lassen … oder eine Atombombe basteln … ich hab die Nase voll von meinen Assistenten und meinen Pflegern und meinen Tieren und meinem Leben … ich hab die Nase voll von meinem Jahrhundert, Maurice, ich will ins nächste oder letzte oder irgendeins.«

»Ich würde mich anschließen. Dieses Jahrhundert war auch nicht eben das meinige.«

»Das sagst DU? Bei deinen Erfolgen? Deinem Ruhm? Deinem geheimen Vertrag mit …«

»…«

»Entschuldigung. Ich mein ja nur. Du hast keine Frau, die dir davonlaufen könnte, keine Kinder, die an dir nagen wie an einem alten Knochen, verdienst dich dumm und dämlich mit deiner … äh …

Arbeit, schreibst wahrscheinlich schon an deinem epochalen Werk … das muß doch DEIN Jahrhundert gewesen … ich meine … sein.«

Der Professor hielt eine dünne Gurkenscheibe gegen das elektrische Licht. Eine cremige Soße tropfte auf die ausgestreckten Hände des Direktors.

»Ich persönlich«, sagte der Professor, die Gurkenscheibe zerkauend wie einen schweren, sehnigen Brocken Fleisch, »finde die Atombombe nicht uninteressant. Leben ist Bedrohung. Je mehr Bedrohung, desto mehr Leben. Nein? Noch nie hatten wir außerdem die grandiose Möglichkeit, mit einem Wumm in ein neues Zeitalter eintreten zu können.«

»Erspar mir deine kindischen Scherze.«

»Kein Scherz. Die Griechen glaubten an die Geometrie. Die Assyrer glaubten an die Astronomie. Die Klaustrophobiker glauben an den Kommunismus. Ich glaube an das Roulette, seit jeher. Habe ich Ihnen erzählt, daß ich kürzlich in der Stadt den nicht unansehnlichen Betrag von siebentausend Mark gewonnen habe, indem ich eine Scheibe aus Plastik auf ein Feld mit einem schwarzen Viereck schob, das nicht von ungefähr aussah wie eine symbolische Nachbildung der Vagina?«

»Du redest wirres Zeug. Die Gefahr eines Atomkrieges war noch nie so groß wie heute, und das wär kein Krieg, sondern Massenmord, und ausgerechnet du …«

»Wie beruhigend zu wissen, daß das neue Zeitalter mit einem, formulieren wir es vorsichtig, Defizit von Masse beginnen würde. Und mit einem gigantischen Haufen Schmutz, der so leicht nicht wegzukehren wäre. So daß, was immer aus Erdlöchern oder Schlammpfützen in die nuklearen Nebel emporkletterte, sich die ernsthafte und praktische Frage stellen müßte: Wer soll diesen riesigen Aufwasch bewältigen? Und wozu? Und wo ist unser Ata, unser Ajax und unser Lysoform mit Zitronenduft? Ich wette mit Ihnen um meine kürzlich gewonnenen siebentausend Mark, die Liste der Geister, die zurückkrauchen würde in den Schlamm wäre das ultimative *Who's*

Who der menschlichen Erkenntnisphilosophie, abgesehen vielleicht von ein paar fanatischen Hausfrauen. *You've had the best. Why stay for the rest?*«

»Siebentausend? Beim Roulette?«

Zum Entsetzen des Direktors holte der Professor seine Brieftasche hervor, entnahm ihr sieben Tausendmarkscheine und blätterte sie vor sich auf den Tisch wie ein Kartenspiel. Brieftaschen, Bargeld und Photographien irritierten den Direktor. Er arbeitete mit Schecks, bezahlte mit Kreditkarten und mied Menschen, die ihm ihre Photographien zeigten.

»Kaffee, Herr Direktor? Nein? Dann spielen wir doch ein kleines Spielchen nach einer stimmungsvollen Mahlzeit. Wie Sie vorhin richtig, aber vulgär bemerkten, verdiene ich mich ›dumm und dämlich‹, ich darf sogar ohne Übertreibung sagen, daß ich ein ziemlich unanständig reicher Mann bin. Wußten Sie, daß mir, dank einiger kleiner Erfindungen aus meiner Sturm- und Drangzeit, in den Vereinigten Staaten Anteile einer Gesellschaft gehören, die gut und gerne ihre vierhundert Millionen Dollar *per annum* Gewinn macht? Es trifft also keinen Armen, wenn ich jetzt gegen Sie verliere.«

»Welches Spiel?« sagte der Direktor heiser.

»Ganz einfach. Ich stelle Ihnen ein paar Fragen, sagen wir sieben. Für jede richtige Antwort erhalten Sie tausend in bar. Steuerfrei. Von Gentleman zu Ehrenmann.«

»Und mein Einsatz, wenn ich falsch antworte?«

»Erhalte ich die Zusicherung einer kleinen Gefälligkeit, die Sie erstens keinen Pfennig kostet und zweitens völlig unerheblich für Sie ist.«

»Die Sache hat doch einen Haken.«

»Kein Haken. Sie haben mir stets vertraut. Vertrauen Sie mir auch diesmal. Sie werden sehen: noch einfacher als Roulette. Obgleich nach demselben Prinzip.«

»Gib mir ein Beispiel, was ich zusichern muß, wenn ich eine Frage nicht richtig beantworte.«

»Kleine Gefälligkeiten. Ich darf Ihr Archiv im ehemaligen Aquarium benutzen, nur als Beispiel.«

»Aber das darfst du doch sowieso. Tust du doch sowieso.«

»Und darf, da ich völlig überlastet bin, einen Stellvertreter meiner Wahl das Archiv einsehen lassen, der mir persönlich verantwortlich ist.«

»Nichts Schlimmeres?«

»Nichts Schlimmeres. Etwa in dieser Preislage.«

Der Direktor starrte auf die sieben Tausendmarkscheine. Etwa die Summe, mit der er die Detektei Dreier & Diderici zu deutlich gesteigertem Einsatz in aller Welt motivieren konnte. Warum nicht?

»Erste Frage bitte.«

»Wie …«

»Moment! Ist das ein richtiges Spiel? Nicht bloß irgendein therapeutischer Trick von dir? Ist das Geld, das da liegt, MEIN GELD, wenn ich richtig antworte? Und was für Fragen wirst du stellen? Aus welchem Gebiet?«

»Ein richtiges Spiel. Therapie? Ja. Das Geld? Ihr Geld, wenn Frage richtig beantwortet. Beschaffenheit der Fragen? Harmlos. Lassen Sie sich überraschen.«

»Also gut. Erste Frage bitte.«

»Wie lautet die Parole für die erste Arbeitswoche im neuen Jahr?«

»Gemeinheit! Aber originell, recht originell. Gäbe es denn eine falsche Antwort? Kannst du inzwischen auch schon hellsehen?«

»Ich will nur die Antwort. Wir werden feststellen, ob sie richtig oder falsch ist.«

»Hm.«

»Die Uhr läuft …«

»Hm. Haben wir eine Frist festgesetzt?«

»… und läuft …«

Der Direktor fühlte eine Trockenheit in seinem Hirn, als sei er schon lange tot und zu Staub zerfallen, als stellte ihm jemand diese Frage an seinem Grab, ein böswilliger Tierpfleger wie Papageno, um ihn zu verhöhnen (»Na, da liegst du jetzt, und die Würmer fressen dich auf. Und nun sag mir mal die Parole fürs neue Jahr, erste Arbeitswoche!«).

»… und läuft …«

»Die Parole lautet: WIR …«

»Wir ist schon mal gut. Und weiter?«

»WIR … äh … WIR …«

An seinem Grab stand jetzt sein Adlerchen, tränenüberströmt. Sie streckte die Hand aus, sie trug die schwarze Ledermaske, sie hatte eine ihrer stinkenden gelben Zigaretten zwischen den Lippen, sie trug ihre weiße Mütze, wie bei ihrer ersten gemeinsamen Expedition in Afrika.

»Noch drei Sekunden … eins …«

»WIR GEHÖREN ZUSAMMEN?«

»…«

»Nein? Nicht? Hab ich noch einen Versuch? Sollt ich vielleicht das WIR durch IHR ersetzen? IHR GEHÖRT ZUSAMMEN? Oder durch TIERE? TIERE GEHÖREN ZUSAMMEN? Wär das richtiger?«

»…«

»Nun sag schon was.«

»Es war eine dunkle stürmische Nacht auf See«, sagte der Professor und schloß die Augen. »Der Käptn rief seine Männer an Bord und rief: ›Männer! Es ist eine dunkle stürmische Nacht auf See. Wir gehören zusammen!‹«

»Und?«

»Richtig. Und schon ist unser Kandidat um tausend Mark reicher. Fanfare! Vivat! Die beste Parole seit Jahren! In der Tat gehören wir alle zusammen, wenn wir nicht anderweitig beschäftigt sind.« Der Professor schob einen Schein über die Tischdecke.

»Und der gehört wirklich mir, Maurice? Du bist dir sicher, was du tust?«

»Absolut. Ich bestehe allerdings auf dieser Parole für die erste Arbeitswoche des neuen Jahres.«

»Geschenkt. Nächste Frage.«

»Eine leichte. Was ist eins minus eins?«

»Null?«

»Richtig. Wenn auch bedingt. Sind Sie sich der Tragweite Ihrer Antwort bewußt?«

»Nun sag schon. Ja oder nein?«

»Jein. In den meisten Fällen ja. Sing, sing, was geschah. Keiner ward mehr gesehn. Zusatzfrage: Was ist zwei minus eins?«

»Leck mich am Arsch!« sagte der Direktor und wollte aufstehen. Aber er konnte nicht. Die Tischkante bohrte sich in seinen Bauch, und ihm war schwindelig. »Zehn kleine Negerlein«, hörte er den Professor summen, »die gingen …«

»Also gut. Zwei minus eins. Eins?«

»Eins komma null. Null zu null oder eins zu eins«, murmelte der Professor, als grübelte er über einem Sportergebnis. »Einigen wir uns auf null in beiden Fällen. Und wieder Applaus für unseren Kandidaten, der um weitere tausend Mark reicher ist. Obwohl es eine schwere Runde war, für die er seine ganze Geistesgegenwart und – wenn ich deutsch reden darf – Seelenvergangenheit aufbieten mußte. Denn die Mathematik lernt man im Kindergarten oder gar nicht, stimmt's, verehrter Freund?«

»Könntest du das alberne Getue lassen, Maurice? Ich muß mich konzentrieren. Dieses Spiel entspringt deinem Übermut und wird dich teuer kosten, verlaß dich drauf! Nächste Frage bitte.«

»Eine Frage aus dem Tierreich. Wie hieß ›Opa der Platzanweiser‹, der alte Ordner am Haupteingang, der an Schwindsucht starb, mit wirklichem Namen?«

»Wer? Opa der Platzanweiser?«

»Richtig! Ist es denn die Möglichkeit! Und wieder wandern tausend deutsche Mark über diesen Tisch zum Herrn Direktor mit dem phänomenalen Gedächtnis.«

Der Direktor nahm das Bargeld und steckte es sofort in seine Jackettasche. Es dämmerte ihm, daß dies ein ernstes Spiel war, jedenfalls für sein Gegenüber, und daß der Professor ein bestimmtes Ziel verfolgte. Es ging nicht um Demütigung. Dieses Spiel hatten sie lange hinter sich. Schon jetzt war ihm klar, daß die Frage käme, die er »falsch« beantworten würde oder mußte. Das bedeutete, der Professor hatte beschlossen, ihm sechstausend Mark zukommen zu lassen – oder ihm etwas dafür abzukaufen. Aber was? Sei's drum, dachte er, wahrscheinlich will der eingebildete Kerl nur irgendein neues Privileg, den goldenen Schlüssel zum Zoo auf einem silbernen Tablett.

»Weiter, Maurice.«

»Frage Nummer vier. Was sagte Frettich über Drachen?«

»O nein, nicht schon wieder Frettich! Kannst du nicht endlich aufhören, mich mit deinem Frettich zu quälen?«

»Er ist nicht ›mein‹ Frettich. Er ist allerdings der Vordenker meiner Wissenschaft. Und einer der bedeutendsten Köpfe des Jahrhunderts.«

»Wie kommt es dann, daß ihn keiner zu kennen scheint außer dir?«

»Es gab und gibt sogar noch Menschen, die Frettich kannten. Was seine Lehren betrifft, so kursieren sie nur in einigen wenigen …«

»Handschriften, ich weiß. Auf die du dein auserkorenes Auge werfen durftest. Wenn du mich fragst, war er nichts weiter als eine Art Dünnschiß-Heidegger, der irgendwann mal ein fernöstliches Buch gelesen hat. Verschone mich mit den Sprüchen dieses Genies. Wie ging der eine noch? ›Der Teig ist grau‹?«

»›Der Tag war blau‹.«

»›Bluten ist ein Segen‹?«

»›Der Tag war blau. Drachen, die sich bewegen. Blut wie Regen. Die Nacht ist genau.‹«

»Quatsch mit Soße.«

Ein greller Blitz blendete den Direktor. Er griff sich instinktiv ans Herz. War es soweit? Wie immer, wenn er zu sterben glaubte, schienen ihm Ort und Umstände und Zeitpunkt denkbar unpassend. Nicht im ehemaligen Eiscafé, mit dem Kopf in der Gurkensalatschüssel.

Der Direktor wußte, er war kerngesund, aber in den letzten Monaten häuften sich die Augenblicke, in denen er sich für tot hielt, soeben verschieden, und mit einem einzigen Abschiedsblick die Unmöglichkeit und die Lächerlichkeit seines Todes erkannte. Nicht, daß er sich für unsterblich hielt. Was ihn ängstigte, waren diese Abschiedsblicke, diese Sekundenbruchteile, in denen er sich tot sah mit gänzlich anderen Augen als den eigenen.

Der Professor hielt ihm ein Photo unter die Nase und sagte mit kleiner Kinderstimme:

»Die Sofortbildkamera und der Photokopierer. Wahre Segnungen des technischen Zeitalters. Ich würde was darum geben, wenn man diesen kuriosen kleinen Apparat ein paar Jahrzehnte früher erfunden hätte. Habe ich Sie geblendet? Das tut mir leid.«

»Bin ich das?« sagte der Direktor und betrachtete das Sofortbild. Rattenhaft rote Augen starrten böse in die Ecke des Bildes, als würde sich hinter dem weißen Rahmen ein Feind verbergen.

»Das sind Sie«, sagte der Professor, »Frettich kontemplierend. Sie dürfen das Photo behalten.«

»Wo ist die Kamera, wo hast du sie versteckt?«

»Nirgendwo. Ich hab sie eben weggeräumt. Regen Sie sich nicht auf, nur ein kleines Erinnerungsphoto. Zur Erinnerung an den vierten Tausender, den ich Ihnen hiermit überreiche.« Der Schein wanderte über den Tisch wie ein riesiger brauner Tausendfüßler.

»Habe ich denn geantwortet?« fragte der Direktor.

»Mehr oder weniger. Aber Sie haben Frettichs Drachenspruch zumindest meiner Frage zuordnen können. Sind Sie bereit für Frage fünf?«

»Frettichs Drachenspruch?« sagte der Direktor und ließ den Tausender in seinem Jackett verschwinden.

Der Professor füllte eine dicke gelbe Flüssigkeit aus einer grünen Spiritusflasche ins Glas des Direktors und summte: »Es war eine dunkle stürmische Nacht auf See. Die Drachen tauchten auf und riefen: Drachen! Es ist eine dunkle stürmische Nacht auf See! Trinken Sie, lieber Freund. Selbstgebrannter. Von einem Ihrer Raubtierpfleger namens Schmeckel. Und er schmeckt sogar. Bereit für Frage fünf?«

»…«

»Eine relativ einfache Frage. Wer schreibt Ihre Reden?«

»…«

»Ich wiederhole: Wer schreibt Ihre Reden?«

Der Direktor leerte sein Glas in einem Zug. Er hatte das Gefühl, als wüchsen ihm Flügel aus dem Kopf.

»Noch einen.«

Der Professor schenkte nach.

»Noch zwei davon, Maurice, und wir spüren keinen Schmerz mehr, oder? Wir spüren keinen Schmerz mehr auf dieser elenden elenden Welt, die vor uns versteckt, was wir lieben, die aus unseren Frauen Huren macht, die aus unseren Straßen die Straßen für Huren macht, aus unseren Flughäfen die Fluchtpunkte für Huren, aus unseren Erinnerungen Jauchegruben, aus unseren …«

»Ich habe gefragt, wer Ihre Reden schreibt. Nicht, daß Sie eine halten.«

»Welche Reden und wann? Wissenschaftliche Vorträge? Kongreßreferate? Einweihungszeremonien? Dankesadressen?«

»Nehmen wir die Einweihungen, Danksagungen und Weihnachtsfeiern.«

»Ich denke nicht daran!«

»Will sagen?«

»Ich denke nicht daran, eine Rede zu halten zur Weihnachtsfeier.«

»Ist aber bereits angekündigt. Zusammen mit einer Aufführung der Theatergruppe, in der ich selber ein, zwei Sätze zum besten geben werde.«

»Also gut. Fritzie entwirft die Rohfassung für das offizielle Gefasel. Frage damit beantwortet?«

»Frl. Friederike von Russak schreibt Ihre Reden?«

»Entwirft sie. Schreiben tue ich. Das heißt … ja, man könnte sagen, meine Reden schreibt Frl. Friederike. Richtig oder falsch?«

»Wer kann das wissen? Als Antwort aber goldrichtig. Bedienen Sie sich.«

Der Direktor griff nach dem fünften Tausendmarkschein und legte ihn vor sich auf den Tisch. Der Professor drehte sich eine Zigarette.

»Ich wußte nicht, daß du dir deine Zigaretten neuerdings selbst drehst, Maurice.«

»Abgeguckt. Von unserer Kollegin Matthes. Eine Künstlerin auf diesem Gebiet. Und auf anderen, wie Sie selbst bald feststellen werden, lieber armer Freund. Trinken Sie noch einen. Und lassen Sie mich an dieser Stelle bemerken, daß mir keineswegs entgangen ist, wie gierig Frl. Friederike wieder nach Ihnen äugt. Unter uns Männern und Kollegen, lieber Herr Direktor, ich würde diese in Ehren ergraute Mauer ohne Blümchen auf der Stelle entlassen. Und wenn es Sie eine Abfindung aus eigener Tasche kostet. Diese Dame ist nicht ungefährlich.«

»Wem sagst du das! Ich würde am liebsten die halbe Belegschaft entlassen. Aber gerade bei Fritzie sind mir doppelt die Hände gebunden. Sie hat Gönner im Aufsichtsrat. Und sie weiß zuviel von mir.«

»Sie zettelt eine Hetzjagd an. Diesmal auf irgendwelche *crétins*, die nachts den Zoo vollschmieren.«

»Nichts weiter als Kannibalismus … ich meine: Vandalismus. Hören wir auf, von Fritzie zu sprechen. Wir haben sie in der Vergangenheit zur Genüge durchgekaut. Wenn du es mit deinen Beziehungen deichseln kannst, sie mir vom Hals zu schaffen, ich werd dir ewig dankbar sein. Stell mir die nächste Frage. Ich bin müde. Ich muß nach Haus.«

»Frage Nummer sechs. Wer war Davidobski?«

»Ein begnadeter Sänger. Und ein Schweinigel.«

»…«

»Was soll ich noch sagen, Maurice? Du kennst meine alte Leier. Wahrscheinlich weißt du mehr über Davidobski als ich. Wenn ich an all die Hypnosen denke, in die du mich …«

»…«

»Er war ein Kontratenor, den ich als Junge verehrte. Er machte mir Hoffnungen auf eine große Karriere als Sänger …«

»Die Uhr läuft …«

»Habe ich falsch geantwortet? Himmel, ich bin so verwirrt. Ist nicht fair von dir, nach Davidobski zu fragen, wo ich noch nicht mal weiß, ob er lebt, oder …«

»Gehen Sie davon aus, daß er lebt. Gehen Sie davon aus, daß er Sie hört. Jetzt und hier. Daß er wissen will, was Sie antworten. Daß er wissen will, wer er, Davidobski, ist. Und wer er für Sie war. Wie ich Ihnen schon früher erklärte: Davidobski hört Sie. Er kann Sie nicht verwinden.«

»Professor Theodor Davidobski war mein Lehrer. Ich habe meinen Lehrer angezeigt. Und dann haben sie ihn abgeholt.« Der Direktor sah, wie der Professor den vorletzten Tausendmarkschein zu einem winzigen Bällchen knüllte und über den Tisch kullern ließ, direkt in seine unwillkürlich geöffnete Hand.

»Was ist, Maurice? Du gibst mir das Geld. Wofür? Habe ich richtig geantwortet? Ich will das Geld nicht, wenn ich nicht richtig geantwortet habe.«

Zu seinem Entsetzen tat der Professor etwas, das er noch nie getan hatte, solange der Direktor ihn kannte, und es war eine lange Zeit. Er starrte ihn aus seinen schwarzen Knopfaugen an, nahm seine Hand und drückte sie kurz.

Beide Männer räusperten sich. Der Direktor war wieder den Tränen nahe. Was war geschehen? Was hatte er gesagt? Bestimmt nichts, was Maurice nicht längst wußte.

»Die Antwort oder die Antworten«, sagte der Professor mit eisiger Stimme wie ein Mensch, der unter fürchterlicher Anspannung steht, »war pseudo-richtig. Der Kandidat ist um tausend deutsche Pseudo-

Mark reicher. Es folgt die letzte Frage, die leichteste von allen. Wer war Jali Klick?«

»Was heißt Pseudo-Mark? Ich nehme doch an, du stehst zu deinem Wort, ich nehme doch an …«

»Wer war Jali Klick?«

»Kannst du ein wenig spezifizieren? Malerei? Poesie? Philosophie? Frettichs Assistentin?«

»Wer war Jali Klick?«

»Da muß ich raten. Aber es liegt mir auf der Zunge. Ich meine, ihren Namen schon gehört zu haben. Und zwar von dir. Hast du mir nicht ein Photo gezeigt? War sie nicht das Revuemädchen, das dir im Zoo den Kopf verdreht hat, als wir jung waren?«

»Falsch.« Der Professor zückte seine Brieftasche, zögerte kurz, fischte zwei Fünfhundertmarkscheine heraus, legte sie auf den Tisch, strich sie glatt, obwohl sie glatter als glatt waren, funkelnagelneu.

»Hast du die photokopiert? Maurice, was geht in deinem Kopf vor? Was ist los mit dir?«

»Ich erhöhe«, sagte der Professor für Schmerzforschung und sah aus dem Fenster, hinter dem sich die Tiere, ein ganzer Zoo voll, zählen ließen, »auf zweitausend bedeutungslose deutsche Mark für die siebte und letzte Frage. Wer war Jali Klick?«

»Ich kann dir nicht folgen …«

»Sie haben sie gekannt«, sagte der Professor und goß sich einen gelben Schnaps ein, sah aus dem Fenster, nippte an dem leeren Glas (hatte er Schmeckels Selbstgebrannten inzwischen getrunken oder mit einem seiner Zaubertricks verdunsten lassen?). »Sie haben Jali Klick gesehen und getroffen, sogar mit ihr gesprochen, damals im alten Zoo. Sie waren vielleicht fünfzehn, das Alter, in dem man seine Fühler ausstreckt, in dem einem nur das Unwichtige entgeht, das man später für wichtig hält, und *vice versa*. Denken Sie nach. Kein Problem für einen Mann mit Ihrem Gedächtnis. Zweitausend Mark drauf. Wenn ich um Ihre Erinnerung bitten dürfte. Aber plötzlich!«

Der Professor hatte sich zurückverwandelt in einen Jüngling, einen Eleven aus dem Süden, wo immer sein Süden liegen mochte. Seine olivfarbene Haut schimmerte einschmeichelnd, einladend zart und glatt, seine feingliedrigen Hände ruhten vorsichtig, beinah scheu auf der gestärkten Tischdecke, als wartete er auf die Berührung seines Lebens. Nur seine Armbanduhr verriet den Mann von Welt, den reichen Mann von Welt, eine feine, kleine, rechteckige, goldene Uhr, einer jener vornehmen, unaufdringlich leisen Zeitmesser, wie man sie vor dem Krieg für besonders sensible Kunden exklusiv fertigte.

»Woher hast du diese prachtvolle Uhr?«

»Ein Erbstück. Und weiter gereist als wir alle zusammen. Und hat immer zu mir zurückgefunden. Aber ich warte auf Ihre Antwort, Kollege.«

»Nenn mich nicht Kollege. Ich weiß ums Verrecken nicht, wer oder was Jali Klick war. Wahrscheinlich hast du sie erfunden. Für mich ist das Spiel beendet. Noch tausend drauf sind selbst für dich zu viel, gib's zu und steck sie wieder ein. Man stellt dem Direktor dieses Zoos keine Fangfragen. Man reizt den Direktor dieses …«

»Sie haben die letzte Frage nicht beantwortet«, sagte der Professor. »Traurig.«

»Und was nun, Maurice? Soll ich mein Neues Nachttierhaus nach dir benennen? Willst du in einer Sänfte herumgetragen werden? Oder gelüstet es dich nach meinem Posten?«

Der Professor schob dem Direktor ein Papier über den Tisch. »Bitte unterschreiben Sie diese Vollmacht, mit der die Person meines Vertrauens, Fräulein Dorothee Matthes, jederzeit Ihr Archiv einsehen kann.«

»Moment mal …«

»Ich bestehe darauf.«

Der Direktor unterzeichnete. Er hatte ein ungutes Gefühl dabei, aber es fiel nicht ins Gewicht, denn alle seine Gefühle waren ungut in letzter Zeit. Einen Augenblick dachte er: Hier sitze ich und unterschreibe meinen eigenen Einlieferungsschein ins Irrenhaus. Sein Namenszug schien ihn eine Ewigkeit zu kosten, und seltsam krakelnd und kindlich benahm sich seine Hand. Er kämpfte mit Tränentropfen in seinen Augen, tastete nach der Flasche auf dem Tisch, aber sie war verschwunden.

»Und jetzt«, sagte der Professor wieder in seinem abscheulichen Conférencier-Tonfall (abscheulich, weil diese gekünstelte Heiterkeit zu ihm paßte wie eine Narrenkappe auf den Kopf eines Geiers), »wollen wir doch mal sehen, ob unser Kandidat die einmalige Chance wahrnimmt, mit der Superidioten-Frage des Jahres zweitausend deutsche Mark auf einen Schlag zu gewinnen. Bereit, Herr Kandidat?«

»Ich … was hab ich da eben unterschrieben? Geht das wirklich in Ordnung? Kann man dieser Person trauen? Du weißt, was im alten Aquarium alles lagert. Ich will nicht, daß jemand Unbefugtes … daß alle Welt …«

»Dorothee Matthes ist nicht alle Welt. Sie ist die Person meines Vertrauens. Und wird in Kürze Ihre Geliebte sein, Sie beneidenswerter Direktor. Sind Sie also bereit für die Zweitausend-Mark-Frage?«

»Du bist nicht mehr ganz beisammen, Maurice. Gleich morgen früh wirst du mich belangen, mir deine Anwälte schicken, was weiß ich, wen du mir schicken wirst, um mir das Geld …«

»Nein. Sie haben kein Vertrauen. Was Wunder, daß Sie sich mit Menschen umgeben, die Ihr Vertrauen *ad valorem* mißbrauchen. Sehen Sie mir in die Augen.«

Der Direktor wollte nicht und starrte doch in die schwarzen Pupillen und fühlte sich hineingezogen in zwei riesige hohe Höhlen, in denen es immer Nacht war. In weiter Ferne vereinigten sich die Höhlen, und dahinter schien die gesamte Milchstraße zu rotieren und einen unwiderstehlichen Sog zu erzeugen. Er machte die Augen zu. Er kannte das.

»Es war ein ehrliches Spiel«, sagte der Professor und schloß seinerseits die Augen. »Ich bin Ihr Freund. Ihr Freund in der Not. Ich wünschte manchmal, ich hätte einen Freund wie mich gehabt, als ich mir die Psychoanalyse abgewöhnte. Aber das führt zu weit. Sie sind bereit für die zweitausend?«

»Im Ernst? Kannst du dir das wirklich leisten?«

»Und noch mehr. Bereit?«

»Ja.« Der Direktor würgte und kämpfte, aber da schossen sie wieder hervor, seine Tränen. »Entschuldige, Maurice, ich weiß nicht, was mit mir los ist. Vielleicht ist es der verdammte Wein, irgendwo muß er ja heraus. Du wirst es kaum glauben, aber seit ich andauernd heulen muß, brauch ich kaum noch zu pinkeln. Wäre einen Eintrag unter ›Vermischtes‹ im ›International Zoo Yearbook‹ wert. Zoo-Direktors Metamorphose, große Attraktion, rapider Anstieg der Besucherzahlen.« Er streckte seine sommersprossige geschwollene Hand nach der des Professors aus, aber der Professor stand hinter ihm, an einem anderen Tisch, Meter entfernt. Es war furchterregend, wie schnell sich dieser Mensch ungesehen von einem Punkt zum anderen bewegte. Furchterregend besonders für den Direktor, der sich von Kindesbeinen an nie sonderlich zu Hause gefühlt hatte in Raum und Zeit. Vor ihm, zum Greifen nahe, lagen der Tausender und die zwei rötelnden Fünfhundertmarkscheine. Er schluchzte und wartete.

Der Professor räusperte sich irgendwo im Eiscafé. »Die Frage: Bekommt Karl-Walther Kadamecki das Bundesverdienstkreuz? Ja oder nein?«

»Wie soll ich das verstehen?«

»Sie verstehen sehr gut. Die Frage ist, glaubt der Direktor dieses Zoos, daß Karl-Walther Kadamecki das Bundesverdienstkreuz bekommt? Ja oder nein?«

»Nein«, hörte der Direktor sich sagen.

»Bravo, Applaus, Danke und Schluß für heute. Der Kandidat hat sich die zweitausend redlich verdient.«

Der Direktor erlebte, wie er aus seinem Stuhl katapultiert wurde, wie man ihm seinen Lodenmantel überhängte, seine Mütze aufsetzte, und fand sich plötzlich auf der Türschwelle des Eiscafés wieder, draußen der Winter, drinnen der Professor.

»Maurice, ich kann das nicht annehmen, die zweitausend. Ich kann das nicht beeinflussen, ob Papageno das Scheißkreuz kriegt oder nicht.«

»Aber ich kann es beeinflussen und habe es bereits getan. Ihre Antwort war richtig. Zweitausend gewonnen. Er bekommt es nicht.«

»War das eine Bestechung? Soll ich ebenfalls gegen diese Verleihung stimmen? Soll ich meinem dienstältesten Pfleger in den Rücken fallen?«

»Keineswegs. Stimmen Sie ruhig dafür. Niemals kleine Erwartungen enttäuschen, wenn es größere zu enttäuschen gibt. Er bekommt es trotzdem nicht. ›Wo nichts gewesen ist, muß etwas geschehen sein‹, wie Frettich sagt. Wußten Sie übrigens, daß Jali Klick eine Pressephotographin war, die Sie mehrmals photographiert hat, als braven Lateinschüler beim Pfingstkonzert, unschlüssig an einem Bier nippend? Auf mein Geheiß übrigens, damals in den alten Zeiten.«

»Und du wirst das Geld nicht zurückverlangen? Ich kann darüber verfügen?«

»Selbstredend. Spiel ist Spiel. Kaufen Sie sich eine neue Mütze. Noch eines: Dorothee Matthes schreibt in ihrem Tagebuch, daß …«

»Heißt das, sie vertraut dir ihr Tagebuch an?«

»Man könnte es so sehen.«

»Wahrscheinlich liebt sie dich. Nicht mich.«

»*Errare humanum est*. Sie liebt nun mal den Direktor. Und zwar schlechthinnig. Und wenn Sie aus Ihrem alkoholischen Dauerdunst erwachen und sich die junge Frau näher anschauen, werden Sie auf der Stelle erkennen, daß nur Dorothee Matthes Ihre Rettung ist. Ich stehe natürlich für jede Art von Rat und Tat zur Verfügung, als Übermittler, Koordinator, Kommunikator …«

»Du weißt nicht, was du redest. Ehrlich mich? Ich habe sie nie gesehn.«

»Doch, haben Sie! Sehen Sie ein zweites Mal hin. Bevor es zu spät ist. In meinem Leben hat es sich stets bewährt, ein zweites Mal hinzusehen, insbesondere bei weiblichen Wesen.«

»Weiblichen Wesen ... du sagst das, als seien weibliche Wesen die Lösung. Vielleicht sollte ich ins Kloster gehen. Und Jali ... Klick? ... hat mich photographiert? Was für ein lächerlicher Künstlername für eine Photographin. Kannst du mir die Photos beschaffen, ich bezahle auch dafür.«

»Kann ich nicht.«

»Schade. Ich tät mich schon gern sehen, wie ich als Schüler im Zoo saß. Frag sie doch, ob sie mir ein paar Abzüge machen kann, wenn die Negative noch herhalten.«

»Kann sie nicht.«

»Und Dorothee Matjes liebt mich? Das kann doch wohl nur ein Scherz sein. Backfischliebe. Ich bin der Direktor. Jede versucht es mal beim Direktor. Aber wenn diese ominöse Person wüßte, wer Adler war ...«

»Wie ich vorhin schon ausführte, Dorothee Matthes ist nicht von Pappe. Bei richtiger Anleitung langfristig bestimmt der reinste Bussard. Auf eine leicht deutsche Art kurzfristig sicher auch weich. Vertrauen Sie meinem Instinkt. Dorothee Matthes kennt die negativen und die positiven Potenzen der Zustände, die wir mit dem Wort ›Angst‹ mit ins Bett nehmen.«

»Hört sich wie Frettich an.«

»Ist aber von mir, lieber Freund.«

»Also gut, ich vertraue dir, lieber alter Maurice, und ich glaube, ich bin ein klein wenig derangiert ... und sprachlos ... und das ist alles MEIN GELD? Was soll ich dazu sagen?«

»Nichts. Adieu. War mir ein Vergnügen. *Amantes Amentes.* War mir ein Bedürfnis, Ihre Kasse ein wenig aufzufrischen. Eines noch: Dorothee Matthes betreut das Projekt Persischer Leopard nach Sydney, nicht wahr? Ich möchte, daß Sie ihr dieses Projekt voll und ganz und federführend übertragen. Es wird ihrer Dissertation helfen. Und finden Sie nicht auch, daß sich Papagenos Mitspracherecht langsam erschöpft hat? Er ist uns ganz fremd geworden, der gute alte Papageno, nicht wahr? Übertragen Sie das Projekt ›Sali‹ auf Dorothee Matthes. Ist das zuviel verlangt?«

»Erstaunlich, wie gut du über die Vorgänge in meinem Zoo informiert bist. Ob es zuviel verlangt ist? Ich weiß nicht, worauf du hinauswillst. Der Persische Leopard ist längst in Australien, in dieser Sekunde treibt er's wahrscheinlich mit irgendeiner heißen Katze wie mein Adler mit diesem schwarzen Klammeraffen. Ich darf gar nicht dran denken! Aber kann sein, daß ich diese Matthes drüben ein paar Studien machen lasse, bevor sie ihn zurückbringt.«

»Ist das üblich?«

»Nein, das ist nicht üblich. Aber der Persische Leopard hat eine starke Lobby unter den alten Fregatten, die ich noch beerben will zum Wohle dieses Zoos. Also muß er zurück, und zwar so bald wie möglich.«

»Und Papageno?«

»Papageno hat das Tier aufgezogen. Sonst nichts. Er wird sich freuen, wenn es wieder bei uns ist.«

»Nun gut. Es wird kalt. Und wir werden alt. Darf ich jetzt meine Tür schließen und mich ganz dem Genuß des Verlustes von achttausend deutschen Mark hingeben?«

»Achttausend? Du liebe Güte! In meiner Tasche? Was für ein Nachmittag! Was für ein Zoo, mein Zoo! Waren deine Fragen nicht zu billig, Maurice?«

»Nennen Sie mich nicht Maurice, wenn wir auf der Türschwelle stehen, wo alle uns hören können. Was meinen Sie mit Fragen? Ich habe Ihnen keine Fragen gestellt. Ich gab Ihnen die Antworten, und Sie stellten mir die Fragen dazu. Altes Frettich-Prinzip. Und nun husch nach Haus. Und vergessen Sie nicht, Kollegin Matthes liebt Sie, einstweilen nur auf den Seiten ihres Tagebuchs. Wie ohnmächtig die Sprache doch ist angesichts dessen, was *nicht* geschieht. Egal. Kein Wort zu keinem wie immer. Seien Sie froh, seien Sie Optimist, verzeihen Sie Ihrer Frau und brechen Sie auf zu neuen Ufern. Ich sagte es vorhin schon: Das Leben hat, wie es hin und wieder geschieht, allerdings recht selten, die volle Programmgestaltung übernommen. Bitte gehen Sie jetzt. Es könnte sein, daß ich ein wenig müde bin …«

Erst jetzt bemerkte der Direktor, daß der Professor für Schmerzforschung gänzlich erschöpft war. Grau und alt, der weiße Kittel klitschnaß an seinem ausgezehrten Körper, als ob er darunter nackt war, ein schwitzendes Gerippe. Der Direktor ging plötzlich in die Knie, er wußte nicht, wie ihm geschah. Er kniete vor dem Professor auf der Türschwelle und fluchte in sich hinein.

»Aber ich bitte Sie, Herr Direktor! Es ist mir peinlich, wenn ein so großer Mann vor mir kniet. Auf, auf!« hauchte der Professor und verschwand im Türspalt, und die Tür fiel mit einem obszönen »Plop« ins Schloß.

Der Direktor verharrte in knieender Haltung und horchte am Schlüsselloch hinein ins ehemalige Eiscafé. Er vernahm ein Geräusch, als berste ein prall gefüllter Wasserbeutel, gefolgt von einer hohlen, hohen, greisenhaften Stimme, die wie von einem Tonband unablässig sagte: »Es tut mir so leid, es tut mir so leid …« Wahrscheinlich hat er den Fernseher angestellt, dachte der Direktor.

Nach einem kurzen Kontrollgang durchs Vogelhaus beschloß er, Junior aufzutreiben und ihn einzuladen auf ein Eis mit Schlagsahne. Oder womit konnte man Junior heutzutage erfreuen? Eis mit Mädchentränen? Vielleicht sollten wir uns ein paar Nutten besorgen, dachte er, die tragischsten Nutten der Stadt, Geld spielt keine Rolle, und dann mit ihnen in der Küche Strip-Poker spielen, zum Gefiepse der Mäuse von Pompeji. Vielleicht würde die schweigende Larve, die sein Sohn war, dabei eine Art von Sprache wiederfinden. Welch ekelerregende Vorstellung allerdings, Junior nackt zu sehen, umringt von tragischen Nutten, gerade jetzt, da er mehr oder weniger versuchte, ein Mensch zu werden, sich modische Pullover kaufte, aber nicht von seinen fünfzig Mark Taschengeld, sondern auf Rechnung in den teuersten Geschäften der Stadt, Adlers Rechnung.

Im Vogelhaus war es merkwürdig still. Zwei Weibsen der jungen Sorte zählten die exotischen Sittiche, gingen tuschelnd von Käfig zu Käfig.

»... und Angie sagt«, hörte der Direktor, »wenn ich alt und bucklig bin und wenn ich immer noch an diesen Rollstuhl gefesselt bin, liebst du mich dann auch noch, und er sagt: wie soll ich das wissen, und Angie fängt echt an zu heulen, und Micha sagt: du tickst immer auf Mitleid, und dabei sag ich dir, der ist nur ein perverser Hund, den turnt das an, so eine hilflose Frau, und Angie merkt's nicht ... Vorsicht!«

»Vorsicht ist besser als Nachsicht«, sagte der Direktor und hob wohlwollend drohend den Zeigefinger, »wie schon der große Frettich schrieb. Was geht hier vor? Warum ist nur die Notbeleuchtung an? Ihr verderbt euch die Augen. Um alles muß ich mich selbst kümmern. Wo ist Papageno?«

»Nicht da«, kicherte die eine.

»War aber da«, sagte die andere ernst. »Herr Wirkus ist in der Futterküche, Herr Direktor.«

»Hier habt ihr fünf Mark. Wenn das Restaurant noch geöffnet ist, geht und trinkt ein Sprudelwasser.«

»...«

»Ja, da staunt ihr! Wann werdet ihr endlich begreifen, daß er nicht der Menschenfresser ist, für den ihr ihn haltet, euer Direktor?«

»Das dürfen Sie nicht sagen, Herr Direktor. Wo wir doch alle stolz sind auf unseren Job hier. Und wo Sie doch so berühmt sind. Dürfen wir jetzt Feierabend machen?«

»Ihr dürft. Aber schreibt euch das hinter eure hübschen kleinen Ohren: Eure Arbeit hier ist kein JOB. Sondern eine VERANTWORTLICHE STELLUNG, um die euch eure Freundinnen draußen in der

Stadt beneiden. Oder ist es nicht ein Unterschied, ob ihr in irgendeinem Kaufhaus Glasperlen feilbietet oder hier im Zoo dazu beitragt, daß eure Enkelkinder und die Enkel eurer Enkelkinder überhaupt noch so etwas wie ein Tier sehen werden können? Denkt drüber nach. Ich verlaß mich auf euch.«

»Können Sie auch, Herr Direktor. Echt.«

In der Vogelhausfutterküche schlief der imbezile Jochen Wirkus auf einem Stapel von Inventurformularen und Tagesberichtsbüchern. Der Direktor beobachtete ihn lange durchs Fensterglas. Er ging nicht hinein. Er spürte, wie sich in seinem Magen die Tränen sammelten. Er würgte. Wahrscheinlich die Drogen des Professors. Er schluchzte innerlich. Drogen im Sherry, Drogen in der Lachsforelle. Dazu die Hypnose durch das Braun und Rot der Geldscheine. Wenn nur die Jagd endlich beginnen würde. Wenn er nur Nachricht bekäme von seinen Detektiven.

Dann ging er doch hinein. In der Futterküche stank es nach Jochen Wirkus. Immer noch schleppte dieser Mensch einen Stallgeruch mit sich herum. Wirkus' Hand ruhte auf einem Romanheftchen, »*Venus X-3401 greift an!*«

»Wirkus! Aufwachen!«

»Ich bin hellwach, Herr Direktor«, sagte der Pfleger mit geschlossenen Augen. »Ich meditiere.«

»Wo ist Papageno?«

»Papa hat heut für drei gearbeitet, ehrlich, Herr Direktor. Vorhin war er noch im Freiflugraum. Wahrscheinlich ruht er sich jetzt aus.« Wirkus stand auf und nahm Haltung an.

»Sie mögen Ihren Papageno, stimmt's, Wirkus? Sie würden alles für ihn tun. Jeden Mist, den er fabriziert, würden Sie decken.«

»Er is' mein Chef.«

»Und was bin ich?«

»Sein Chef.«

»Sieh mal einer an, wer hätte das gedacht. Hören Sie, Wirkus, bald ist Weihnachten, und ich möchte Ihnen eine Freude machen. Ich nehme an, Sie besuchen die Rennbahn noch, obwohl Sie nicht mehr reiten?«

»Na ja, mal so, mal so. Ich lern grad, wie man meditiert.«

Der Direktor kramte nach seiner Brieftasche und zog einen Hundertmarkschein hervor. Er legte ihn auf »Venus X-3401 greift an«.

»Ich möchte, lieber Wirkus, daß Sie diesen Schein auf ein heißes Pferd setzen. Ziel natürlich. Wenn Sie gewinnen, teilen wir. Wenn nicht, vergessen wir's.«

»Aber die Saison is' vorbei. Läuft nix mehr.«

»Na hören Sie mal, bei Ihren Kenntnissen, Ihren Verbindungen. Dann setzen Sie eben auf ein Rennen in Florida. Das läßt sich doch wohl arrangieren, oder?«

»Na ja ...«

»Ich bestehe darauf.«

»Na gut.«

»Sie wissen, daß Sie ganz oben auf meiner Liste stehen?«

»Welche Liste?«

»Stellen Sie sich nicht dumm! Papageno wird auch nicht jünger. Irgendwann werd ich seinen Nachfolger bestimmen müssen ...«

»Ich weiß nich, Herr Direktor. Ich glaub, ich hab nich mehr viel Zeit.«

»Sind Sie krank?«

»Keine Rede. Bin nur vielleicht bald nich mehr hier.«

»Wollen Sie wieder reiten?«

»Keine Rede. Bin nur vielleicht bald nich mehr hier.«

»Wie dem auch sei. Ich mag Sie, Wirkus.« Der Direktor schüttelte sich innerlich. »Wollen Sie für uns beide auf einen guten Gaul setzen? Halbe halbe? Und es bleibt unter dem zerschlissenen Mantel der Verschwiegenheit?«

Wirkus nickte so heftig, als wollte er sich das Genick brechen. Dann sagte er unvermittelt:

»Die sind nicht nur in meinem Kopf, die sind wirklich da. Da draußen. Da oben. Überall. Ich mach jetzt in Meditieren, da hör ich sie. Keiner glaubt mir, aber irgendwann holen die mich zurück, wo meine Heimat is'. Manchmal denk ich, is' verdammt gemein, daß die mich hier so lange warten lassen, und mich hier hängen lassen, wo ich doch alles ausspioniert habe, und jetzt weiß ich auch genau, daß alle hier 'ne Macke haben und sowieso nich mehr zu retten sind. Manchmal denk ich, is' vielleicht besser ich nehm mir'n Strick, aber das würd ja auch nix ändern, die würden mich einfach baumeln lassen so'n paar Lichtjahre, das wär keine Lösung, da würden die mich nur'n paar Jahrhunderte weiter auf die Warteliste setzen. Wissen Sie, Herr Direktor, wenn ich mir so die Vögel hier anschau, die kleinen und die großen, dann denk ich bei mir, die sind ja auch nur'n Teil von dem ganzen Plan, die können ja auch nix dafür, daß die hier auf dem Planeten rumfliegen, die armen Würmer, dabei hat man mir in meiner Heimat gelernt, daß zwischen uns und den Tieren … daß das nur ein paar lumpige Lichtjahre sind, weil die nämlich Freunde haben in meiner Heimat, richtige Freunde, mit denen wir abends einen heben gehen und wo nix zwischenkommt. Es gibt Planeten mit Freunden und welche mit Feinden. So langsam glaub ich, die haben mich hier vergessen. Und ich muß immer und immer hier bleiben. Und dabei wollt ich Papa mitnehmen, damit er mal wieder lacht. Woanders wo's 'n bißchen lustiger zugeht als hier. Papa is' so traurig und niemand kann ihm helfen und niemand tut was für ihn, Papa is' wie ein Pferd, wenn's am Morgen allein dasteht, wenn der Jockey krank is' und der Trainer besoffen, und die Leute mit dem Geld zählen immerfort nur das Geld. Dabei sagen sie in meiner Heimat, daß man alles stehen und liegen lassen soll, wenn man so'n Pferd einsam und allein stehen sieht und wenn der Torf hart is' und die Buchmacher ihr Geld zählen. Ich würd mich nich wundern, wenn die euch Menschen hier mal so kochen werden, wie ihr die Vögel kocht. Oder braten oder grillen im Garten, is' ja egal, kommt ja aufs selbe raus.«

Der Direktor sagte: »Und wo ist Ihre Heimat, Herr Wirkus?«

»Rill.«

»Verstehe. Wir beide haben ein Geheimnis.«

»Nein. Ich hab ein Geheimnis.«

»Verstehe. Sie haben ein Geheimnis. Wie wär's, wenn Sie jetzt Feierabend machen würden? Löschen Sie das Licht. In genau fünfzehn Minuten. Ich will noch schnell zu Schiefhals. Ich habe Sie unterschätzt, Kollege Wirkus. Ich werde Sie in Zukunft im Auge behalten. Sie scheinen mir zu Großem berufen. Ich werde mich um Sie kümmern.«

»Papa sagt, ich könnt's noch bis zum stellvertretenden Direktor bringen, weil wir in meiner Heimat mehr drauf haben als ihr hier. Weil wir besser beobachten können.«

»Da hat er vielleicht nicht unrecht. Guten Abend, Wirkus. Vergessen Sie unser Pferdchen nicht.«

»Klare Sache, Herr Direktor.«

»Wir verstehn uns, Wirkus, nicht wahr?«

»Klare Sache, Herr Direktor.«

»Also Feierabend.«

Schiefhals schlief. Oder tat so. Bei diesem Vogel wußte man nie. Der Direktor trat dicht an seinen Käfig und rief: »Raus aus den Kojen! Alle Mann an Deck! Lichtet die Anker!« Aber der alte Papagei antwortete nicht. Nur seine Augen klappten auf, und er schien zu erschauern. War er nie auf See gewesen?

»Fregatte achtern!« erinnerte sich der Direktor.

»…«

»Wo ist Papageno? Ist er bei Pamina? Papageno Papageno. Kannst du deinen Mozart nicht mehr? Sing mir ein Lied.«

»…«

»Ich werd dich einschläfern und ausstopfen lassen, alte Nebelkrähe. Alle reden von dir. Aber du redest wohl nicht mit mir, oder? Sag Adler. Adler!«

»Adler«, murmelte Schiefhals.

»Na siehst du, geht doch. Sing mir ein Lied.«

»Adler!« kreischte Schiefhals.

»Ein Lied will ich haben. Sing, sing!« schrie der Direktor.

»Adler will Eis«, sagte Schiefhals.

»Was will Adler?«

»Sofort. Führer befiel. Wir folgen dir.«

»Dummer Vogel«, schrie der Direktor und erkannte mit Schaudern, wie sehr seine Stimme der des Vogels glich.

»Ich wollt ich wär ein Huhn ...«, sagte Schiefhals im Tonfall eines alternden Nachrichtensprechers, der den Tod einer noch älteren Persönlichkeit des öffentlichen Lebens anzusagen hatte. Dann sang er: »Jali will Eis. Jali Jali Jali. Sei doch meine kleine Episode. Zwei drei Tage bist du bei mir Mode ...«

Der Direktor flüchtete ins Freie.

Kein Licht in den Fenstern des umgebauten Eiscafés. War der Professor ausgegangen? Oft ging er aus und kam erst nach Tagen wieder. Man sah ihn im Gewimmel der Stadt verschwinden, von ferne sah er aus wie all die anderen Ausländer. Man wußte, daß er ein Springmesser bei sich trug, wenn er den Zoo verließ, Frl. Friederike hatte heimlich beobachtet, wie er sein Hosenbein hochrollte und es sich um den Knöchel schnallte. Wahrscheinlich hatte er zu lange in Amerika gelebt. Der Direktor befühlte die Scheine in seiner Jackentasche. Sie waren da. Vielleicht ließ sich dieses einträgliche Spiel wiederholen. Gleich morgen früh würde er herausfinden, wer oder was in aller Welt »Jali Klick« war.

Leichten Herzens begab er sich zum Meerschweinchen-Dorf. Er buk einen Schneeball und warf ihn gegen die Scheiben. Beugte sich hinunter zu den winzigen Hütten, beleuchtet von winzigen Laternen. Aber keine Schnauze ließ sich blicken. Der Direktor erinnerte sich an ein Meerschweinchen von grotesker Körperfülle und mit schwarzen Augenringen, das den ganzen Sommer am Swimmingpool hockte und sein Spiegelbild im Wasser anstarrte und aussah wie Davidobski. Er hatte es persönlich ersäuft und in hohem Bogen über die Zoomauer geworfen. Danach eine unvergeßliche Nacht mit Adler in der Badewanne verlebt, das künstliche Blut, das Adler eigens für ihn in der Küche mixte, war literweise geflossen. Würden diese guten Zeiten je wiederkommen? Was mixte seine Frau in diesem Augenblick für den Neger?

Ein einzelnes stures Spitzmaulnashorn wollte nicht in den Innenkäfig. Alle anderen waren schon drin, warm und heimelig dampfte das Käfiglicht durchs Türgeviert zur Nacht und beschien die hilflos gestikulierende Gestalt des Tierpflegers im Schnee. In der äußersten Ecke des Außengeheges verharrte das Nashorn und ließ sich nicht locken und sah gefährlich aus und war gefährlich. Spitzmaulnashörner nehmen das Leben nicht leicht.

Als der Pfleger den Direktor nahen sah, kehrte er den Dompteur heraus. »Holla, Elise!« röhrte er, »komm, mein altes Mädchen, oder muß ich erst wieder böse werden?«

Der Direktor buk einen Schneeball und warf ihn nach dem Pfleger. Buk einen zweiten und warf ihn nach Elise. Das Nashorn drehte sich langsam um. Wie vorschnell doch unser Verhalten ist, dachte er, wie konfus wir reagieren angesichts eines gefährlichen Tiers, das nicht ins warme Heu will. Letzten Sommer hatte eine junge Frau Elises und seine Aufmerksamkeit erregt, als sie bei der morgendlichen Runde eine Flasche Milch in einem Zug leerte. Hochaufgeschossene junge Frau, sah selbst aus wie eine Milchflasche. War das Dorothee Matthes gewesen? Die Zeit hatte stillzustehen geschienen. Er erinnerte sich, die junge Milchflasche war sich sehr klug vorgekommen und hatte bemerkt: »Vielleicht denkt Elise, sie sei ein Pferd.« Während das Nashorn, die leere Milchflasche im Auge, schnaubend den Sprung über den Graben probte. Wo kamen bloß all die Weibsen her, die seinen Zoo anpeilten wie ein Wespenschwarm? Wie schwer es doch war, berühmt zu sein.

Das Spitzmaulnashorn schien einen weiteren Schneeball zu erwarten, aber der Direktor war müde. »Beweg deinen fetten Hintern, Elise«, sagte er, und Wunder über Wunder, sie setzte sich in Bewegung. Sofort verwandelte sich der Pfleger in einen Verkehrspolizisten, zertrampelte den frischen Schnee, in dem die Spuren friedlicher

Nashörner noch zu erkennen waren, die weichen Trampelpfade um die entlaubte Eiche.

»Elise«, flüsterte der Direktor. Das Nashorn drehte sich wieder um. Es schien auf seine Parole zu warten, es schien zu verstehen. Es sah gefährlicher aus als je ein Tier zuvor. »Vielleicht bist du ein Pferd«, murmelte der Direktor. Das große Tier hielt inne und machte kehrt. Elise rammte ihren todbringenden Schädel in den verkümmerten Baum, tänzelte ein paar Schritte zurück, blieb wie angewurzelt stehen.

»Vorsicht, Herr Direktor!« brüllte der Pfleger und meinte sich, »sie nimmt Maß! Sie nimmt Anlauf! Scheiße!«

Aber der Direktor hatte genug gesagt und gehört und gesehen und war längst zurückgeflüchtet zum Wunderdorf der Meerschweinchen. Dort setzte er sich in den Schnee und zählte mit feuchten Fingern seine achttausend Mark. Das Spiel ließ sich wiederholen. Er würde sich wappnen für die Fragen des Professors. Und wenn er darüber den Verstand verlor. Er hatte das selige Gefühl, daß sein Verstand keine Mark mehr wert war. Sein Begehren aber acht Mille jeden Sonntag, den der Professor werden ließ. Nebenbei den Zoo führen, bis Adler zurückgezwungen war. Vielleicht die Milchflasche Matthes betören, bis der Professor pleite war. Papageno abfüllen, bis Junior mürbe war. Fritzie hinhalten, bis er längst über alle Berge war. Davidobski vergessen, bis er vergessen war. Noch vierundzwanzig Stunden, dachte der Direktor, und ich werde eine Parole ausgeben, die Geschichte machen wird. Ich verehre dich, mein Adler, es gibt kein anderes Wesen für mich. Oder? Komm zurück ins Gebirge, wo einst das Nest am Berg ganz leer. Achttausend, unversteuert. Das mach mir erst mal einer nach. Laßt doch die Tiere in Ruh und geht schlafen. Ein Leben hat der Mensch, und ein Arschloch hat er auch. Und jede Menge Zeit, sich mit seinesgleichen zu beschäftigen.

Der Direktor sah eine Meerschweinchenschnauze, die sich gegen die Scheibe des überheizten Meerschweinchendorfs drückte. Er antwortete mit seinem Zeigefinger. Willst du, daß ich tot bin? fragte er stumm das kleine Tier. Nein, antwortete es, ich will zehn Prozent von deinen Einkünften. Wofür? Für eine neue Turnhalle, sagte das Meerschwein.

War ich einmal fünfzehn? dachte der Direktor. Schreibe ich meine Reden selber? Werde ich geliebt? Zum Beispiel von Dorothee Matthes, wenn sie existiert? Seltsam, wie ich mir damals vom Adler nichts sehnlicher wünschte als eine Tochter, zwei Töchter, Drillinge, aber keinen Sohn. Vielleicht weil ich selbst einer bin. Als ich glaubte, meine Geschichte sei ein für allemal damit beendet, daß ich ein Sohn bin, war sie es nicht. Adler kam und pickte mir das Herz heraus, heiratete mich auf der Stelle, warf Junior in die Welt. Und jetzt besitze ich achttausend Mark für meine Detektive. Und Elise hat auf mich reagiert. Und die Mädels vom Vogelhaus verehren mich. Und Wirkus ist auf meiner Seite. Und vielleicht schreib ich wieder ein Buch. Wollt ich nicht schon lange ein Buch über den Zoo der Zukunft schreiben?

Er buk einen Schneeball und warf ihn, soweit er konnte. Der Professor sprach die Wahrheit. Das Leben selbst hatte, wie es hin und wieder geschieht, die Programmgestaltung übernommen.

*

»›Man lebt im Unwahren, solange man nicht gelitten hat. Wenn man aber zu leiden beginnt, wendet man sich dem Wahren nur zu, um dem Unwahren nachzutrauern.‹ Gut, nicht? Übrigens, duzen wir uns noch?« sagte Dorothee Matthes und hoffte, sie habe die richtigen Worte gewählt.

»Ich habe wenig Zeit«, sagte Papageno.

Sie standen vor den Eisbären im Halbdunkel im Schnee. Es war sehr früh am Morgen. Noch verrichtete eine Art Mond seinen Dienst über dem Zoo. Dorothee streckte die Hand aus und berührte Papagenos unrasierte Wange. Sein Gesicht war steinkalt. Auf ihrer weiträumigen Freianlage täuschten die Eisbären eine friedfertige Natur vor.

»Du wolltest mir die Tiere erklären«, sagte Dorothee und zog ihre Hand zurück. Papageno machte eine Bewegung, als wollte er auf seine Uhr sehen, aber da war keine Uhr an seinem Arm. Sofort beschloß Dorothee, ihm eine zu schenken, und wenn es sie ihre letzten Ersparnisse kostete. Sie würde etwas eingravieren lassen, eine Gedichtzeile. Sie freute sich schon auf heut abend, wenn sie darüber nachsinnen konnte, welche Zeile und aus welchem Gedicht.

Dorothee hatte eine aufregende, verwirrende und schlaflose Zeit hinter sich. Es schien, als sei das gesamte Inventar des Zoos, Mensch und Tier, urplötzlich erwacht und würde sich einzig auf sie konzentrieren.

Tiere schauten ihr nach, das war noch nie dagewesen, oder war höchst selten, das war überhaupt das Allerbeste; sie drehte sich mehrmals ungläubig um, und die Tiere verfolgten sie mit langen Blicken und witterten ihr hinterher. Eine Gruppe Leierhirsche, ein junger Sibirischer Tiger, Mähnenschafe vom hohen Felsen und endlich auch Taiga, Dorothees geliebte Weißwölfin, deren gelbe Augen ihr bisher immer unruhig ausgewichen waren. Taiga senkte den Kopf und starrte sie an und hob den Kopf und nahm Witterung auf. Bis eines Nachts etwas Entsetzliches mit Taiga geschehen war. Sollte sie Papageno davon erzählen? Würde er ihr glauben? Später vielleicht.

Menschen besuchten sie, telefonierten, überhäuften sie mit Arbeit. Den Anfang machte das nette Frl. Friederike, das sich eines frühen Morgens (Dorothee kam gerade todmüde von einem ihrer nächtlichen Zoostreifzüge zurück) in der Dunkelheit vor dem K2 aufpflanzte, um ihr eine persönliche Nachricht vom Herrn Direktor mündlich zu überbringen. Nein, noch nicht die Doktorarbeit betreffend, die »durfte« auf ausdrückliche Weisung des Direktors warten bis zum neuen Jahr. Vielmehr wollte er eine »Talentprobe« von ihr, einen vollständigen Bericht über Sali den Persischen Leoparden, über seine Bewegungsstereotypien und seine Verfrachtung nach Sydney und über das Verhalten der mit ihm beschäftigten Pfleger. Dorothee fühlte sich in ihrem Element, füllte in fieberhafter Hast sieben Seiten und übersetzte sie, einem Instinkt folgend, gleich selbst ins Englische. Vielleicht hatte der Direktor eine Veröffentlichung im »International Zoo Yearbook« vorgesehen, oder ihr Bericht sollte den Kollegen im Taronga Park Sydney wichtige Aufschlüsse geben. Dann rief der Futtermeister an und beorderte sie, wieder auf Befehl »von ganz oben«, zum Wirtschaftshof. Tagelang beschäftigte sie sich mit der Praxis der Futtermittelkunde, arbeitete in der Futtermeisterei, lernte Handfestes über die Futtermittelbehandlung, Futterzubereitung, Futterbereitstellung und Futterauswahl für die Futterspezialisten unter den Tieren, zerschlug Hunderte Futterküken, roch viel Blut, machte sich viele Notizen und fühlte sich sauwohl. Der Futtermeister erkannte bald, daß er es mit einer Frau zu tun hatte, die auf einem Bauernhof aufgewachsen war, und klopfte ihr anerkennend auf die Schulter, streifte ihre Brüste mit seinem Ellbogen.

Schließlich meldete sich auch der Oberzootierarzt, ein junger Engländer namens Dr. Daniels (ein Protegé der Frau des Direktors, munkelte man), der sie in sein Büro in der Zooverwaltung bestellte. Dr. Daniels schien bestens im Bilde über Dorothee, denn er sprach sofort Englisch mit ihr. »*Haydn Midwestern University?*« sagte er, »*terrific, just super.*« Der Direktor, vertraute er ihr mit britischem Understatement an, habe »ein kleines Auge« auf ihren Sali-Bericht »geworfen«. Und es wäre »in der Tat super«, wenn Dorothee ihn hin und wieder auf einem seiner »kleinen Präventiv-Ausflüge« im Zoo begleiten würde. Denn wenig würde im Zoo »geheilt«, dafür um so mehr (hier betrachtete er eingehend seine Fingernägel) »v-v-v-vorgebeugt«. Sie sollte sich aber »um Himmels willen« nicht »gepusht« fühlen, und wie wäre es jetzt mit einem »Tropfen Sherry«? Dr. Daniels kredenzte, applaudierte Dorothees Kunst des Zigarettendrehens und freute sich wie ein Kind, als sie ihm das erste Stäbchen anbot, das er jedoch nicht rauchte, sondern umständlich in der Tasche seines Tweedjacketts verstaute, »für später«. Er mochte um die Dreißig sein, hatte sandfarbenes welliges Haar und das Gesicht des Urvaters aller Foxterrier. Seine schmalen braunen Augen weiteten sich in regelmäßigen Intervallen, als übte er das Staunen. Er war mittelgroß, stämmig, aber als sie sich zum Abschied die Hände schüttelten, reichte er Dorothee fast bis zur Stirn. »Man sieht sich doch?« sagte er, »das wäre p-p-prächtig.« Dorothee wußte nicht recht, was sie von ihm halten sollte. Machte er sich über sie lustig? Wenn sie Englisch sprach, dann mit stark amerikanischem Akzent, sie hielt Engländer für eingebildet, ihre Jeans und ihre Flanellhemden und ihre Haut rochen noch nach Amerika, sie war ein Kind der frischen Luft. Aber wenigstens hatte der Oberzootierarzt von ihr Notiz genommen.

Dann wieder Frl. Friederike, die ihr eines Nachmittags bei Kaffee und Kuchen im Zoo-Restaurant eine Kinderrolle im »Doppelten Lottchen« für die Weihnachtsfeier antrug. Alles, nur das nicht, dachte Dorothee und lehnte dankend ab. Sie erinnerte sich an das »Doppelte Lottchen« im Kino in Köln mit zwölf, als ein Platzanweiser sie unter ihrem Sitz hervorzerren mußte, weil ihre grauhaarige Mutter es nicht schaffte. Käthe, die selbst feuchte Augen bekommen hatte im Flackerlicht des Films, in deren nach faulen Äpfeln riechendem Schoß Dorothee bei den Trennungsszenen ihren Kopf vergrub.

Und dann fiel der Name »Christoph«, bei Kaffee und Kuchen, ganz beiläufig. Und es stellte sich heraus, daß Frl. Friederike *wußte*, wer Christoph war.

»Ein merkwürdiger, um nicht zu sagen abstoßender junger Wirrkopf«, erinnerte sich Frl. Friederike, »der in mein Büro gestürmt kam und mich mit impertinenten Fragen und Anschuldigungen bombardierte und partout nicht gehen wollte. Er behauptete, in unserem Zoo sei eine Verschwörung im Gange. Eine Verschwörung! Das sagen sie alle. Die alten Damen, die uns ihre Gelder vermachen, wittern überall Verschwörungen, solange sie noch leben, sie glauben, ihre millionenschweren Lieblinge seien in Gefahr. Unser Herr Direktor ist ein Meister der Beschwichtigung und dreht es immer so, daß die erbenden Tiere krepieren würden ohne das Geld der alten Fregatten. Aber in gewisser Weise tun mir die armen alten Dinger leid, wer weiß, was sie durchgemacht haben, daß sie nur noch mit den Tieren sprechen. Jedenfalls behauptete Ihr Christoph, liebe Dorothee – ich darf Sie doch Dorothee nennen? – es sei eine Verschwörung gegen Sie im Gange, angezettelt von einem ominösen Frankenstein, der Sie in K 2 gefangenhält und mit Drogen vollpumpt und Ihre Persönlichkeitsstruktur verändert. Er wurde ausfallend. Er drohte, unser Zoo müßte von der Polizei ›durchleuchtet‹ werden. Kindchen, wie er sich aufregte! Was für ein Dummlack! Er meinte, Sie würden gefoltert. Er wollte Sie auf der Stelle abholen. Und die ganze Zeit müffelte er unerträglich nach ungewaschener Wäsche und Käsesocken. Ich empfehle Ihnen, Dorothee, diese Spezies von Verehrern nicht zum Besuch unseres Zoo zu ermutigen. Ich hoffe, ich trete Ihnen nicht zu nah.«

Nein, Frl. Friederike trat ihr nicht zu nah. Es stellte sich heraus, daß sie Dorothee geistesgegenwärtig abgeschirmt und Chris kurzerhand an die Luft gesetzt hatte. (»Eine Frau spürt, wenn eine Frau in Gefahr ist«, waren ihre ebenso schlichten wie vieldeutigen Worte, auf die sie zwei Stonsdorfer Liköre bestellte). Dorothee wußte in diesem Augenblick, ihr Glas hebend, daß sie auf Frl. Friederike zählen konnte, komme, was da wolle. Sie drehte sich eine Zigarette und brach dabei in Tränen aus. Es waren ihre ersten öffentlichen Tränen seit der Trennung von Christoph, und sie erzählte die ganze elende Geschichte von Anfang bis Ende. Die Sekretärin des Direktors hörte schweigend zu. Nur manchmal, bei besonders schmerzvollen oder entwürdigenden Passagen, verzog sich ihr Buster-Keaton-Gesicht zu einem Lächeln, aber Dorothee wußte, dies war nicht das weise amüsierte Lächeln der Älteren, sondern ein Kampf der Nerven um Beherrschung. Frl. Friederike litt mit. Gewiß hatte Frl. Friederike geliebt, und ebenso gewiß hatte sie unglücklich geliebt. Wahrscheinlich war sie ein über die Maßen spätes Mädchen. Endlich hatte Dorothee einen Menschen gefunden, dem sie hemmungslos vertrauen konnte, da Frl. Friederike offensichtlich nur aus Hemmungen bestand. Dorothee bestellte eine neue Runde Kaffee, Kuchen und Likör und sprach sich abenteuerliche sexuelle Einzelheiten von der Seele. Wie sie den Jammerlappen Chris in die ewigen Jagdgründe geritten hatte, welche Bedeutung sie dem Gewicht ihrer Brüste zumaß, nackt im Bett mit einem Mann, der ihr gestiefelt und gespornt gerade bis an die Brustwarzen reichte. Was für nervtötende Babys Männer waren mit ihren embryonalen Orgasmen, die Erektionen durch Harnandrang am Morgen vielversprechend, aber nutzlos weil von kurzer Dauer, wie sie, Dorothee, das Bett oft als ein kaltes Universum empfand, in dem sie lustlos, zeitlos schwebte, während aus endlosen Fernen Christophs Keuchen zu hören war. Und dergleichen mehr. Frl. Friederike wurde abwechselnd rot und bleich, ihre Augen wurden schmal, sicher hätte sie so etwas noch nicht einmal zu träumen gewagt. Dorothee schämte sich ihrer Offenheit, aber sie konnte nicht aufhören, es war, als würde das schockierte Mienenspiel ihres Gegenübers das endgültige Ende mit Christoph erst richtig bestätigen und besiegeln. Armes adliges Frl. von Russak aus dem alten Deutschland, in welchen Vorsintfluten war ihre wahrscheinlich sehr heimliche Liebe untergegangen? Führte sie Selbstgespräche, las sie Thomas Mann, hielt sie ein Haustier, wer war sie, wenn sie zu Hause war? Dorothee wußte noch viel zu wenig über die »Seele des Zoos«, wie der Futtermeister die Chefsekretärin nannte. Gleichzeitig hatte sie eine Ahnung, daß die wirkliche »Seele des Zoos« die Frau des Direktors war, über die man sich im Garten ebenso ausschwieg wie über den Professor für Schmerzforschung. »Es wäre vielleicht das beste, Sie würden sich ganz auf Ihre Karriere konzentrieren, mein Kind«, sagte Frl. Friederike, und Dorothee hätte sie dafür umarmen können. Beim Abschied in Schnee und Eis am Spätnachmittag schien Frl. Friederike zu glühen, ihre Augen funkelten, ihre Hand war heiß. Dorothee sah ihr nach, bis die kleine schwarze Gestalt in der Dunkelheit hinter der Löwenfreianlage verschwunden war. Sie hatte eine wirkliche Freundin gefunden. Wie einflußreich Frl. Friederike war, erfuhr sie einige Tage später, als ihr eine vom Direktor unterzeichnete Benutzungserlaubnis der Aquariums-Archive zugestellt wurde. Dorothee atmete auf, jetzt hatte sie die Hilfe des Professors nicht mehr nötig, jetzt konnte sie offiziell in den Akten und Veröffentlichungen und Tagebüchern der Schwestern stöbern. Und natürlich in den Annalen, in die Papageno eingegangen war. Aber ohne zu wissen warum, zögerte sie diesen ersten offiziellen Besuch im Archiv hinaus. Ihre Besuchs- und Benutzungserlaubnis galt für die Dienststunden, nach Dienstschluß gehörte das ehemalige Aquarium ganz dem Direktor, und vor sich selbst erklärte sie ihr Zögern Tag für Tag mit der anfallenden Arbeit, die ihr keine Ruhe ließ. Nachts wußte sie genau, was sie umtrieb.

Sie schrieb ihm Briefe, der längste kam auf fünfundzwanzig Seiten, die sie mit roten Augen bis in die frühen Morgenstunden wieder und wieder las, als hinge ihr Leben von ihnen ab, um sie dann sorgfältig in einen Ordner zu heften. Sie schrieb ihm Postkarten, verschlüsselte Schatzkarten, in denen sie ihm Wege zu ihrem Herzen wies, sie entwarf kunstvolle Einladungen für sein stets leeres Postfach in der Verwaltung, zu Frühstück, Kaffee und Abendessen, sogar zum Saufgelage lud sie ihn, sogar ein Sonett von Shakespeare schrieb sie für ihn in Schönschrift auf die Rückseite einer Modigliani-Kunstpostkarte, und alles wanderte in den Ordner, den sie in ihrem Schreibtisch verschloß, alles war nicht gut genug für ihn, nicht richtig. Sie begann ihn zu suchen, aus den Augenwinkeln zuerst wie ein sehr junges Mädchen, dann immer verzweifelter und offenkundiger. Richtete ihre dienstlichen Gänge im Zoo so ein, daß sie an Vogelhaus und Fasanerie vorbeiführten (aber sein Revier war der ganze Garten, samt Wassergeflügel und Raubvogelvolieren). Übernahm um sechs Uhr morgens die Wache eines Assistenten-Kollegen am Sammelbrutkasten in der Fasanerie, den Blick starr auf ein Ei gerichtet, aus dem früher oder später der erste in Menschenobhut gezüchtete Schmutzgeier Europas oder der Welt oder der Galaxis schlüpfen sollte. Sie rief ihn an, und als er sich nach zig vergeblichen Versuchen endlich meldete, legte sie auf. Einmal sah sie ihn aus der Ferne im Gespräch mit dem Direktor und machte einen weiten Bogen um beide. Am selben Abend schrieb sie auf einen Notizzettel »Erinnerst Du Dich noch an mich? Bitte. D.« und steckte den Zettel in seinen Privatbriefkasten, wobei ihr Herz bei der Vorstellung raste, er könnte in diesem Augenblick aus der Tür kommen und ihr seine Liebe erklären. Hatte sie Angst vor ihm? Ganz entschieden ja. Sie wußte, dieser Mann liebte sie. Einen abgeschickten Brief und einen Zettel hatte er nicht beantwortet. Zu finden war er nirgends. Waren das nicht Gründe genug, Angst zu haben? Aber sie dachte nur noch an ihn. In ihren Briefen und Karten im Ordner, der täglich dicker wurde, stand zwischen den Zeilen geschrieben, wie sehr sie mit ihm litt, egal woran, wie sehr sie ihm helfen wollte, egal wobei. Wie lieb ihr, auch wenn sie ihn gar nicht kannte (*noch* nicht kannte), sein Leben war, in das sie sich hineinsehnte, besonders in das vergangene.

Nach der Enthüllung des Professors für Schmerzforschung, daß es ausgerechnet in diesem großen kalten Zoo jemanden gab, der sie von ferne liebte, der wissen wollte, was sie zum Frühstück aß (was für eine absolut süße Vorstellung!), fühlte sie sich geschmeichelt. Nach der Ohrfeige, die ihr Papageno an jenem Abend verabreicht hatte, fühlte sie sich geliebt wie nie zuvor (und hätte sich dafür ohrfeigen können). Jetzt fühlte sie sich allein gelassen. War es ein männlicher Trick, ließ er sie »zappeln«, um sie später leichter »verführen« zu können? Nein. Er war einfach nicht da, wo er sein sollte. Alle Gerüchte, die die Raubtierpfleger-Machos über Papagenos »Liebesleben« verbreiteten, spiegelten nur deren armseliges Wunschdenken wider. Dorothee bemerkte etwas anderes, als sie Papageno zum ersten Mal begegnete: eine Art tierischer Verweigerung, da zu sein, wo er sein sollte, nicht für Menschen und nicht für sich selbst, eine Art Bewußtseinsmangel. Begleitet von einer wütenden Hilflosigkeit, die aus seinen Drohgebärden ebenso wie aus seinen völlig geistesabwesenden Blicken sprach und ihn zum attraktivsten und gleichzeitig gefährlichsten Mann machte, den sie je getroffen hatte. Sie schämte sich des Wortes »attraktiv« in ihrem Kopf. Eine unsichtbare Ohrfeige gigantischen Ausmaßes, viel brennender als die Papagenos, schien über ihr zu schweben und zu drohen: Verlieb dich nicht. Zerrissen zwischen romantischen Trotzgefühlen und akuten Angstzuständen, träumte Dorothee davon, daß er ihr sein altes Leben erzählte, um ein neues mit ihr zu beginnen. Hatte sie Mitleid mit ihm? Ganz entschieden nein. Ihre Zeiten mit Chris waren eine Orgie von Mitleid gewesen, sie kannte diese Gefühlsverirrung, den schleichenden Tod der Lust.

Für Papageno wollte sie gut sein, einfach nur gut. Was hatte das schon mit Liebe zu tun? Freundschaft war gut, Güte war das Beste vom Besten, und Papageno konnte Güte dringend brauchen. Sie hörte ihn in ihren Tagträumen sagen: »Doro ist gut für mich.« Dieser Satz hatte plötzlich solche Macht über sie, daß ihr die Tränen in die Augen schossen, wenn sie sich in die entsprechenden Situationen träumte. Einmal retteten sie beide Sali den Persischen Leoparden vor dem sicheren Tod durch Peritonitis, und als sie zur Berichterstattung beim Direktor vorsprachen, sagte Papageno mit einem langen geistesabwesenden Blick auf Dorothee: »Das ging nur gut, weil ich Doro habe. Sie ist gut für mich.« Ein andermal befreiten sie unter abenteuerlichen Umständen die Augenkranken Tiere des Professors aus dem K-2-Labor, und es gab ein großes Freudenfest, und das Fernsehen war da, und Dorothee und Papageno sahen sich an und lachten und prusteten im Chor: »Das ging nur gut, weil ich Doro habe. Sie ist gut für mich.« Und dann wurde Dorothee für die beste Doktorarbeit seit Generationen von der gesamten Zoobelegschaft gefeiert und hob ihr Glas und erspähte Papageno im Kreis der Applaudierenden und sah, wie er ihr zuzwinkerte, und sie rief: »Das ging nur gut, weil ich Doro habe. Sie ist gut für mich.« Und in einem Alptraum zum Aufwachen stand sie an Papagenos Grab und hörte sich sagen: »Das ging nur gut, weil ich Doro habe. Doro ist gut für mich.«

Vielleicht um irgend etwas in der Hand zu haben, mit dem sie ihn im Garten fangen konnte, kramte Dorothee ihren alten Photoapparat hervor und trug ihn fortan stets bei sich. Sie photographierte ein paar ihrer Lieblingstiere für ihre Mutter. Sie nahm sich vor, eine Photoserie von ihrer Lieblingswölfin Taiga zu machen, nachts mit Blitzlicht, und in jener Nacht geschah etwas Entsetzliches, von dem sie Papageno, und nur ihm, erzählen wollte. Aber Papageno blieb verschwunden. Sie wagte es nicht, seinen Gehilfen Jochen Wirkus anzusprechen, den ihre häufigen Besuche im Vogelhaus (noch dazu mit Photoapparat) zu ängstigen schienen, als sei sie eine Kontrolleuse »von oben«. Wirkus wich ihr aus. Einmal sagte er: »Sagen Sie den Herrn von oben ruhig, hier bei uns Vögeln is' die Welt noch in Ordnung. Wenn nur das Mistviech von Schiefhals nich wär!«

Schiefhals war einer der »Stars« im Zoo, über dessen »flotte Sprüche« die Tagespresse regelmäßig berichtete. So sah sie den Mann, der sie liebte und den sie überall vergeblich suchte, eines Morgens im Lokalteil einer Zeitung mit dem berühmten Graupapagei auf der Schulter unter der Überschrift: »Schiefhals singt Weihnachtslieder aus Afrika!« Sie las: »Wie Reviertierpfleger Karl-Walther ›Papageno‹ Kadamecki uns glaubhaft versichert, erinnert sich der ›Dienstälteste‹ im Zoo, Graupapagei ›Schiefhals‹, neuerdings wieder alter afrikanischer Weihnachtslieder aus Tansania. Wir empfehlen zwischen den Weihnachtseinkäufen in der City: Hingehen und Zuhören!«

Als Dorothee am selben Tag zum ersten Mal vor dem Käfig des alten Vogels stand, ging dieser gemächlich am Käfigboden spazieren, nicht im Kreis, sondern im Quadrat, wortlos. Und in derselben Nacht geschah das Fürchterliche mit der Wölfin Taiga.

Die ganze Zeit über machte sich der Professor für Schmerzforschung rar. Seine Augenkranken Tiere schrien zur gewohnten Stunde, aber keinen schien es zu kümmern, und Dorothee hatte sich daran gewöhnt. Es hieß, der Professor sei selbst erkrankt und kuriere sich aus in seinem Privatquartier, dem ehemaligen Eiscafé am Kinderzoo. Einmal hörte sie ihn nachts ins Labor kommen. Sie verriegelte ihre Tür, löschte das Licht und gab keinen Mucks von sich.

Wieviel Zeit war vergangen? Seit der Zoo erwacht war und sich allein auf sie konzentrierte, hatte Dorothee jedes Gefühl für Uhr und Kalender verloren. Sie arbeitete, suchte, träumte, photographierte, sie schlief wenig. Manchmal döste sie vor sich hin. Sie aß, wenn sie Hunger verspürte, was sich gerade fand, um drei Uhr morgens eine Büchse Ölsardinen, achtundvierzig Stunden später einen Berg Spaghetti mit Muschelsoße, sie wusch und kämmte und pflegte sich nur widerwillig. Vielleicht lebten die Tiere so, in vielen Büchern wurde es jedenfalls behauptet: als ob das Leben nur aus einem Tag und einer Nacht bestünde und keinem Deut Zeit mehr.

Sie photographierte, wo immer sie sich befand, verspürte eine unbändige Lust, besonders nachts mit Blitzlicht, auf den Auslöser zu drücken, schaute kaum durch den Sucher. Sie dachte nicht weiter darüber nach, schrieb aber in ihr verwaistes Tagebuch einen Satz und unterstrich ihn zweimal: »Ich knipse wie wild alles, was mir vor die Linse kommt. Vielleicht können mir die vielen Photos, aneinandergereiht wie ein Film, später einmal sagen, was hier in diesem Winter mit mir geschehen ist.« Sie verließ den Zoo nicht mehr, die Filme gab sie einer Pflegeranwärterin aus dem Vogelhaus, die ihr aus der Stadt die Abzüge brachte; nur selten warf sie einen Blick darauf.

Stillschweigend akzeptierte der Zoo, Menschen und Tiere, daß ihre Arbeit darin bestand, überall ihre Nase hineinzustecken, in jedes Revier, in jedes praktische Problem, zu den merkwürdigsten Zeiten. Zweimal begleitete sie Dr. Daniels, den Oberzootierarzt, auf seinen Runden. Sie photographierte auch ihn. Von den Archiven im ehemaligen Aquarium und von der Zooverwaltung hielt sie sich fern. Ihrer neuen Freundin Frl. Friederike schrieb sie einen enthusiastischen Freundschafts-Pakt-Erklärungsbrief, der unbeantwortet blieb. Natürlich hatte die Sekretärin des Direktors alle Hände voll zu tun mit dem Abschluß der Inventur und mit den Vorbereitungen zur nahenden Weihnachtsfeier. Einmal rief Frl. Friederike an, um ihr im Verschwörerton von Christophs neuesten Eskapaden zu berichten. Dorothee hörte kaum zu und konnte sich Minuten später nicht mehr erinnern. War oder war er nicht nachts über die Zoomauer geklettert und vom Wachschutz erwischt worden? Hatte oder hatte er nicht Zooverbot auf Lebenszeit bekommen, ihr Ex-Lover? Es war ihr gleich.

Und als sie Papageno schließlich traf, im Tropenhaus, wo sie eine Studentengruppe im Einführungskurs Verhaltenslehre beaufsichtigte, döste sie gerade auf einer Sitzbank nahe der Heizung und mußte mehrmals blinzeln, bevor sie begriff, wer sich über sie beugte und mit Anisatem anhauchte. Es war, wie sie sich später erinnerte, »ein ganz banaler Augenblick«. Aus solchen Augenblicken entstanden keine Gedichte, keine fünfundzwanzigseitigen Briefe, und es gab auch kein Photo. »Immer schön fleißig, Matthes?« sagte Papageno. »Eines Tages werden Sie's zur stellvertretenden Direktorin bringen. Und wenn's soweit ist, werde ich Ihnen die Tiere erklären.« Und als sie gerade, hundemüde und glücklich, die Hand nach ihm ausstrecken wollte, kam irgendein Erstsemestriger angerannt und platzte vor Wissenschaft aus allen Nähten und rief: »Die Varis zeigen Intentionsbewegungen!« Und Dorothee wurde endlich wach und sagte, als sei es die beschlossenste Sache der Welt, als sei sie wirklich schon die Zoodirektorin: »Morgen früh bei den Eisbären. Kurz vor neun. Okay?« Und Papageno nickte und ging. In dieser Nacht schlief sie viele Stunden tief und traumlos.

»Sagen wir noch du zueinander?«

Papageno beobachtete die Eisbären. Drei lagen eng umschlungen beieinander. Nummer vier und fünf hockten auf verschiedenen Inseln im zugefrorenen Wasserbecken der Freianlage und machten unbeteiligte Mienen. Sechs und sieben trotteten, in gebührendem Abstand, hin und her vor den verschlossenen Innenkäfigeingängen. Dorothee ahnte plötzlich, daß in dieser Tiergruppe ein Unheil geschehen sein mußte. Zum ersten Mal seit ihrer Kindheit auf dem Bauernhof konnte sie ihren Sinnen wieder trauen. Sie berührte Papagenos Hand mit den Fingerspitzen.

»Ist irgendwas los?«

»Ich muß mit Ihnen – mit dir – sprechen, Matthes.«

»Sag nichts. Gut siehst du aus. Dein Gesicht. Nicht mehr so aufgedunsen. Entschuldige. Hast du meinen Brief bekommen? Und meinen Zettel?«

»Red keine Girlanden. Ich hab dir was zu sagen und will's kurz machen. Dein Freund, dein Christoph, leidet wie ein Schwachsinniger, seit du ihn abgehalftert hast. Fragt sich Tag und Nacht, womit er das verdient hat. Klettert über die Zoomauer, wird erwischt, Zooverbot auf Lebenszeit, alles aus Liebe zu einer anämischen Giraffe wie dir. Also leg ich bei der Verwaltung ein gutes Wort für ihn ein und lös ihn aus. Kenn ihn von damals, ist ein passabler Junge, außerdem spielt er Saxophon. Komponiert sich die Seele aus dem Leib. Und für wen? Für dich. Weil ich langsam sehr schnell alt werde und weich in der Birne, habe ich ihm versprochen, mit dir ein ernstes Wort ...«

»Stop! Heißt das, wir stehen hier, um über diesen Widerling zu sprechen? Dann tschüß. Auf Nimmerwiedersehen.«

»Sachte. Ich mag ihn. Er ist vielleicht ein armes Schwein. Auf jeden Fall ist er ein Volltrottel, weil er dich nicht ...«

»Weil er mich nicht was?«

»...«

»Hör zu, Papageno. Er hat mir nie was bedeutet. Er ist passé. Ich war die ganze beschissene Zeit mit ihm zusammen, weil ich noch dümmer war als er. Er ist ein Kind, aber eins von der allerschlimmsten Sorte, ein Flaschengreis als Kind verkleidet. Glaub mir, ich hab meinen Freud gelesen, ich weiß, wovon ich rede. Chris und sein Bettelverhalten, der ganze anale Quatsch, den er der Welt auftischt.«

»Hab immer gesagt: Schlimm genug, daß man euch das Wahlrecht gegeben hat. Aber der größte Fehler war's, euch Siggi Heiler lesen zu lassen.«

»Spiel nicht den bösen bösen Mann. Sag mir lieber, warum Chris ein Volltrottel ist. Was sollte er deiner Meinung nach mit mir machen? Sag's mir!«

»Dich in die Zivilisation zurückbringen. Das hier ist kein Ort für dich.«

»Das hier ist der Ort, wo ich sein will. Genau hier. Mit dir bei den Eisbären. Und ich will *nicht* über Christoph Dalluge sprechen, nie wieder. Papageno, ich hab dir soviel zu sagen, soviel zu erklären. Siehst du das nicht? Sieh mich an. Bitte sieh mich an.«

Papageno beobachtete seinen Fuß, der im Schnee scharrte. Er murmelte etwas. Dorothee beugte sich zu ihm.

»Wie kannst du behaupten«, murmelte Papageno, »daß er dir nie etwas bedeutet hat?« Seine Stimme klang brüchig, aber sehr warm, erregt, beinahe jung. »Wie kannst du so lügen? Ich werf einen Blick auf den armen Kerl und ich weiß, daß er dir etwas bedeutet hat. Er ist dir unterlegen, na schön, kann passieren. Aber man schmeißt die Jahre, die man hatte, nicht einfach so hin. Man weiß, zu wem man gehört. Wie man weiß, wer man als Kind war.«

»Wie warst du als Kind?« fragte Dorothee mit einem Stich in der Brust. Ein Eisbär, einer der unruhig trottenden, hielt inne und drehte sich nach ihr um.

»Meine Kindheit war behütet und schön und ruhig wie ein Museum um Mitternacht.«

»Du bist in Afrika geboren, stimmt's?«

»Deutsch-Ost. Afrika? Ja, man könnte sagen, Afrika.«

»Warum bist du nicht geblieben, ich könnt mir nichts Aufregenderes vorstellen.«

»Du weißt nicht, was Geschichten sind«, sagte Papageno. Er sah Dorothee in die Augen, zum ersten Mal, und ihr wurde warm und kalt im Bauch. »Und du weißt nicht, was Geschichte ist.«

»Und du weißt nicht, wie ich das mag, wenn du so redest«, sagte Dorothee.

»Und du weißt nicht, wie ich das hasse, wenn ich so rede.«

»Und du weißt nicht, wie ich das hasse und mag, wenn ich dir wochenlang Briefe schreibe, die ich nicht abschicke, und dich Tag und Nacht suche und nicht finde.«

»Was willst du von mir, Giraffe?«

»Und du weißt nicht, wie ich das mag, wenn du mich Giraffe nennst. Was ich will? Ich will den richtigen Papageno hinter dem falschen sehen.«

»Alles an mir ist falsch. In Wirklichkeit bin ich ein Klon. Nein, ein Hologramm. Nein, ein Rillie.«

Dorothee fühlte, wie sie sehr blaß wurde.

»Ist dir nicht gut?«

»I wo. Aber du lächelst so selten.«

»Warum gehst du nicht zurück zu deinem Freund? Warum genügt's dir nicht, wenn ich helfe, euch wieder zusammenzubringen?«

»Weil ich *deine* Freundin sein will. Weil ich gut sein will für dich. So wie wir hier stehen und sprechen: könnten wir nicht die ersten Menschen sein? Die ersten Freunde der Welt?«

»Wenn die ersten Freunde der Welt sich zu Tode gelangweilt hätten wie wir, der Welt wäre eine Menge erspart geblieben.«

Dorothee sah den Bärenpfleger zuerst. Dann drehte sich auch Papageno um.

Der Bärenpfleger, selbst von Bärenstatur (jeden Vormittag bei der Eisbärenfütterung schleuderte er ganze Pferdeschultern sechs Meter weit in die Freianlage), platzte aus einem engen Anzug und trug eine schrumplige alte Aktenmappe, eine leere, unter dem Arm. Er begrüßte Dorothee mit einem Nicken und wandte sich Papageno zu.

»Danke, daß du mich heut nacht nicht im Stich gelassen hast, Papa«, sagte der Bärenpfleger. »Hast was gut bei mir. Direktor hat mir freigegeben. Aber wenn ich diesen Hurenbock von Engländer mal allein erwische, reiß ich ihm den Kopf ab, und wenn's mich die Stelle kostet.«

Der Bärenpfleger ging an Dorothee vorbei, als wäre sie Luft. Papageno holte eine lederumhüllte und teuer aussehende Taschenflasche hervor und nahm zwei lange Schlucke. Dorothee verfluchte die Bärenpflegerunterbrechung. Papagenos wunderschöne Worte, sein Lächeln, sein belustigtes Flirten, alles zerstört. Sie haßte die Tierpfleger mit ihren ewigen Streits und Schlägereien und Androhungen von Schlägereien und kleinen unwichtigen Geheimnissen und ihrer Macho-Geheimsprache. Und sie haßte es, daß Papageno, eben noch lächelnd und jungenhaft und beinahe freundlich, diese zwei Schlucke genommen hatte.

»Der Engländer kam zu spät. Vielleicht hätte er was tun können mit dem Betäubungsgewehr, kenn mich nicht aus mit Eisbären. Warst du heut früh nicht bei der Runde?«

»Nein«, sagte Dorothee, die an diesem Morgen ausgiebig gefrühstückt und geduscht und lange vor ihren wenigen Jeans und Pullovern überlegt hatte: Welche Jeans für Papageno?

»Billy ist hinüber.«

»Wer ist Billy?«

»Ich denke, du arbeitest hier. Und kennst Billy nicht? Geburtsanzeigen in allen Zeitungen. Erstes Eisbärenjunges seit Menschengedenken, das in diesem Zoo von seiner Mutter angenommen wurde.«

»Jetzt weiß ich wieder. Das Eisbärenbaby, das noch keiner zu Gesicht bekommen hat. Frl. Friederike ist ganz verrückt nach ihm. Und es ist tot?«

»Mutter hat's gefressen. Kannibalismus, Infantizid oder wie immer ihr's nennt. Trotz aller Sicherheitsvorkehrungen, Absperrungen, Schallabdichtungen. Da drinnen ging's zu wie auf der Intensivstation, sie hatten sogar eine Videokamera mit Mikrophon installiert. Heut nacht fing sie an, Billys Bauch abzulecken, dann ein kleiner Biß, dann ein tieferer. Dann ließ sie ihn eine Weile in seinem Blut liegen, aber er lebte noch und gab Laute von sich, wie ich sie noch nie gehört hab. Der Bärenpfleger und ich verfolgten alles am Bildschirm, es dauerte ...«

»Bitte hör auf!«

»… es dauerte seine Zeit. Kleine Knochen, kleiner Kopf, kein Problem für eine ausgewachsene Eisbärin. Der Pfleger rief mich an, als sie mit dem Bauchlecken begann. Er kennt die Zeichen, war nicht das erste Mal.«

»Bitte hör auf!«

»Ich denke, du machst in Wissenschaft. So wie Daniels und der Direktor. Hatten beide einen Schock. Der eine, als er endlich kam, der andere am Telefon. Nicht neu, daß Mütter ihre Jungen fressen, wenn sie schlechte Laune haben. Oder wittern, daß es noch andere scharfe Männchen gibt, und wieder brünftig werden. Oder wittern, daß sie gefangen sind und ihren Pflegern nicht trauen können. Oder junge unerfahrene Mütter sind, die …«

»Bitte nicht!«

»… die nicht begreifen, wie ihnen geschieht. Kommt auch bei Menschen vor, die Zeitungen sind voll davon. Junge Mütter, halbe Kinder, wie man sagt, aber wahrscheinlich meint man halbe Erwachsene, die ihre Babys in Mülltonnen stopfen und danach in den nächsten Tanzschuppen gehen. Oder Mütter, die ihre Brut postlagernd abgeben. Was soll's. Was geschehn ist, ist geschehn. Komm, ich zeig dir was, das wird dich aufmuntern. Gleich um die Ecke im Vogelhaus.«

Papageno krümmte einen Zeigefinger vor ihrem Gesicht. Dorothee bemerkte erst jetzt, daß er schwarze Lederhandschuhe trug. Sie erschauderte bei dem Gedanken, wie seine schwarze Lederhand vergangene Nacht an den Reglern des Monitors manipuliert hatte, um das Schreien des Babys Billy zu verstärken. Die Handschuhe erinnerten sie an Taiga, ihr Lieblingstier, die Weißwölfin. Oft schöpfte sie Hoffnung für ihr Leben und ihren Beruf (durfte sie »Karriere« sagen?), seitdem sich der Zoo auf sie konzentrierte. Sie fühlte sich nicht mehr nur beobachtet, sondern gesehen, erblickt, vielleicht sogar erkannt, vor allem von den Tieren. Als ich ein Kind war, wünschte ich mir, die Hühner und Gänse mit den vielen Namen und die alte Ziege, die auch einen Namen hatte, würden mich als gleichwertiges Tier erkennen, gleich einsam nachts im Bett, gleich einsam tags in der Schule, gleich einsam beim Mittagessen, einsam wie sie in ihrer Verlorenheit auf dem Hof. In diesem Zoo, vollgestopft von den Kellern bis zu den Wipfeln mit Tieren aller Arten, wog es schon schwer, wenn einen der Eisbär über die Schulter mit einem Blick maß, der nichts Gutes verhieß, immerhin aber ein Blick war und kein blindes Starren in eine Runde aus Menschen. Hätte man mich nur benachrichtigt, Billy wäre gerettet worden. Meine Anwesenheit ist gut für den Zoo, gut für die Tiere, gut für Papageno. Selbst die kleine Wasserschildkröte wird wach, wenn ich mich an ihren Tümpel setze, die anderen schlafen noch, aber sie wird den anderen von mir erzählen. Und ich darf die Augenkranken Tiere nicht vergessen. Ich muß den Professor zur Rede stellen, die Augenkranken Tiere dürfen nicht vergessen werden.

»Siehst du die Wasserschildkröte?« sagte Dorothee zu Papageno. Sie befanden sich im Freiflugraum des Vogelhauses, der Imitation eines tropischen Dschungels mit Oberlicht, in dem es zirpte und zwitscherte und gluckste. Dorothee und Papageno hockten auf der niedrigen Mauer eines von beiden Seiten zugewachsenen Pfades. Eine dicke behäbige Krontaube stand graublau und mit feuerroten Augen vor Papageno. »Sie hat mir zugeblinzelt.«

»Siehst du die Flugfüchse an den Bäumen?« sagte Papageno. »Sie schlafen noch. Hörst du die Sonnenvögel singen? Ich dachte, das wird dir gefallen, Matthes.«

»Ich heiße nicht Matthes.« Ein paar Mohrenrallen huschten am Schildkrötentümpel entlang. Die dicke Krontaube trat einen Schritt auf Papageno zu. Dorothee verwandelte sich in diese Krontaube, der Vogel schien Papageno zu kennen, schien etwas von ihm zu erwarten. Der Freiflugraum, in den sie früher nur hineingelugt hatte, weil sie die tropische Luft nicht ertragen konnte, kam ihr plötzlich vor wie das warme weiche Bett, nach dem sie sich ihr Leben lang gesehnt hatte, bevölkert von kleinen Brüdern und Schwestern, kleinen, sympathischen, singenden Tieren. Papageno hatte ihre Hand genommen und sie durch die dunkle Eingangsschleuse in den Freiflugraum geführt. Er hielt noch immer ihre Hand, sie fühlte das rauhe Leder.

»Sondern?« fragte Papageno.

»Warum trägst du Handschuhe?« fragte Dorothee.

»Entschuldige.« Er streifte die schwarzen Dinger ab und hielt sie der Krontaube hin. Der fette Vogel rieb seinen Schnabel daran. »Sondern? Wie heißt du wirklich?«

»Weiß nicht«, sagte Dorothee. Sie zeigte ihm ihr Gesicht. Sie drehte ihren Körper zu Papageno und saß ihm rittlings gegenüber auf der kleinen Mauer und zwang ihn durch reine Willenskraft in dieselbe Stellung.

Aus Papagenos Nase kam Blut und hörte nicht auf und tropfte in den Schoß ihrer Jeans, daß sie hochsprang. Er ließ ein paar letzte Tropfen stumm ins Erdreich hinter der Pfadmauer fallen. Dorothee hockte sich auf seine Knie und umarmte ihn. Sie hielt seine Stirn, die sehr kalt war. Papageno ließ sich seitwärts in die weiche Erde fallen, und Dorothee fiel mit. Dorothee küßte ihn auf den Mund, schmeckte Erde und Anis. Ich liebe dich, dachte sie, ich schwör's dir, und ich bin gut für dich und werd es immer sein, und du wirst gut für mich sein, und wir werden zusammen diesen Zoo erobern, ich zum ersten Mal und du zum zweiten Mal.

Minuten oder Stunden später machte sich Papageno umständlich mit einem schmutzstarrenden Taschentuch an ihr zu schaffen. Er befeuchtete es mit seiner Zunge und betupfte ihre Schultern.

»Ich glaub fast, ich hab dich vollgeblutet«, sagte er.

Sie dachte: Ich liebe dich, wenn du mich betupfst, als ob ich zerbrechlich wär. Auge in Auge saßen sie sich wieder gegenüber auf dem Mäuerchen im Freiflugraum.

Papageno lachte: »So, du weißt also nicht, wie du heißt.«

Dorothee lachte: »Nein, ich bin Waise.«

»Was, ein richtiges Waisenkind?« lachte Papageno.

»Waschechtes Waisenkind«, lachte Dorothee und küßte ihn auf den Mund, nahm seine Brille ab, küßte seine Augen, setzte ihm die

Brille wieder auf die gerötete Nase. »Matthes heißen meine Adoptiveltern. Ich wurde irgendwo abgegeben.«

Papageno fragte: »Wie spät, waschechtes Waisenkind?«

»Früh.«

»Zu früh für einen Schluck?«

»Nie.«

Sie tranken beide aus seiner Taschenflasche.

»Schöne alte Taschenflasche«, sagte Dorothee, »hast du sie auf dem Trödel gekauft? Schau mal, hier sind zwei winzige Buchstaben eingegerbt. J. und K. Wer immer das war, trinken wir auf J.K. Ich möcht die ganze Welt umarmen. Alles ist gut, alles ist schön. Ich fühl mich wie neugeboren.«

»Jochen Wirkus«, sagte Papageno. Sein Blick, der ihrem standgehalten hatte, lächelnd, vielleicht sogar liebevoll, entfernte sich. »Einer meiner Pfleger.«

»Ich weiß. Was ist mit ihm?«

»Sein Lieblingssatz: Ich möcht die ganze Welt umarmen.«

»Warum denkst du jetzt an ihn?«

»Du meinst: Warum denk ich nicht an dich?«

Dorothee sagte: »Ich meine, können wir nicht einfach hierbleiben, uns da hinten im Dschungel verkriechen? Stell dir vor, die suchen alle nach uns, und wir sind hier und die Besucher hören nur unser Schnarchen und wundern sich und keiner findet uns und Krontaube hält Wache. Ich hätt Lust, mich mit dir hier einzugraben.«

»Du solltest dich ekeln, und ich sollte mich schämen. Ich glaube, ich bin nicht mehr recht bei Trost.«

»Und wenn ich dich tröste?«

»Kein Bedarf. Ich bin hilflos glücklich.«

»Und wenn ich dich bitte, mich zu trösten? Mich armes Waisenkind?«

Papageno nahm seine Brille ab und setzte sie ihr auf. Er strich, wie versehentlich, über ihre Brüste und murmelte: »Wollen wir tauschen?«

Dann kam die Zeit.

Einmal mehr kam und verging die Zeit. Für Dorothee war es spät in der Nacht. Wie spät war es im Herzen des Menschen, den sie liebte und dem sie ihre Liebe noch nicht gestanden hatte? Wie viele Frauen hatte er, als sie sich unter seiner kreisenden Hand auf ihrem Bauch, seiner Zunge in gegenkreisender Bewegung aufbäumten, »Marie-Luise« genannt? In Papagenos Badewanne, in der sie beide im lauwarmen Sud aus Wasser und den Flüssigkeiten ihrer Körper kauerten, kamen ihr lange Gedanken der Eifersucht, lange Gedanken an seine Vergangenheit, die sie nicht kannte und nach der sie sich sehnte.

Papagenos Kopf tauchte prustend zwischen ihren Schenkeln auf. Im Hausflur seiner Wohnung, im Bett und in der Badewanne wollte er nicht, daß sie seinen richtigen Namen aussprach, Karl-Walther, obwohl das Altmodische an diesem Namen sie verrückt machte vor Lust. Also sprach sie ihn in sich hinein und ahnte voraus, daß sie in Zukunft viele Worte und Sätze stumm in sich hineinsagen würde. Er nannte sie, während sie endlos miteinander spielten, »Mäusel« (welche seiner Verflossenen ließ sich »Mäusel« nennen?); aber wenn die Zeit kam, wahnsinnserzeugend wie nie, spürte sie, daß er sie beobachtete, und sie öffnete die Augen, und er starrte sie an wie ein schokkiertes Kind und sagte hastig »Marie-Luise«, und es steigerte ihre Lust, nicht mehr zu wissen, wer sie war. Sie dachte, während er sich prustend an ihrem langen Körper hochschlängelte, bis sein Glied zwischen ihren Brüsten pochte, ein zweites Herz, das ihre Lippen berührte: Ich werde alle Namen und alle Frauen für dich sein, ich werde dich erobern, wie du noch nie erobert worden bist.

»Sein Mund schnappt auf und zu. Kann er sprechen?« fragte Dorothee.

»Wer?« keuchte Papageno. Seine langen alten Haare fielen naß auf ihre Stirn, und sie liebte das.

»Dein Ding. Dein Pimmel. Dein Louis, wie wir im College immer sagten.«

»Habt ihr das gesagt?«

»Manche. Ich zum Beispiel.«

»Raus aus der Wanne! Wir holen uns den Tod in dieser Brühe.« Papageno bettete sie mit vielen unnützen Verrenkungen auf die Badematte wie ein schwer zu handhabendes Tier und trocknete sie auf komplizierte Weise ab und küßte sie überall, nur nicht auf den Mund.

Er verweigerte ihr den Zutritt zum Wohnzimmer. In seinem Schlafzimmer, erhellt vom nächtlichen Schneeschein, hörte sich Dorothee sagen, als er endlich in ihren eigenen starken Armen lag: »Können wir eine schöne gute Nacht miteinander reden? Wer war Marie-Luise? Wer war Mäusel? Wer bin ich?«

»Mäusel – das bist du. Irgend jemand hat mir von deinen ›mäuselnden Locktönen‹ erzählt, wenn du mit Sali gearbeitet hast. Wünschte, ich wäre dabeigewesen.«

»Mäusel. Irgendwie süß.«

»Ich kann dein ewiges ›süß‹ nicht mehr hören. Drück dich klar aus. Streng dich an.«

»Ich bin überhaupt nicht müde. Und du hast Sali wirklich hier in deiner Wohnung von Hand aufgezogen? Hast du Photos?«

»Nein.«

»Was er jetzt wohl gerade macht, drüben in Sydney?«

»Wahrscheinlich dasselbe wie wir. Wollen's jedenfalls hoffen.«

»Ich stell mir so wahnsinnig gern vor, was alle Lebewesen machen, während ich dies oder jenes mache, verstehst du? Ich meine, sind wir nicht einfach eine riesige Familie, die Menschen, die Tiere, und jeder macht seine Sache, und jeder denkt bei sich, was die anderen jetzt wohl gerade machen, und zum Abendessen sind wir alle wieder zusammen?«

»…«

»Ich mein das symbolisch, das mit dem Abendessen. Was ich wirklich meine, ist, wie sehr wir uns alle danach sehnen, zueinanderzufinden, uns nicht mehr zu verfehlen.«

»Mumpitz. Was du wirklich meinst, ist, daß du jung bist.«

»Zum Beispiel wenn jemand stirbt, den wir alle lieben, weil er oder sie nur gut war für uns alle, für die ganze Menschheit. Zum Beispiel als Ghandi gestorben ist, oder Madame Curie, oder die Schwestern hier im Zoo.«

»…«

»Sehnen wir uns dann nicht alle danach, zusammenzukommen, um gemeinsam zu trauern, um nicht allein zu sein?«

»Du solltest mit Jochen Wirkus zu Abend essen. Ihr beide hättet euch viel zu erzählen.«

»Du nimmst mich nicht ernst.«

»Ich nehm dich mehr als ernst.«

»Dann sag mir, wer Marie-Luise ist.«

»Marie-Luise, das bist du. Schöner jungfräulicher Name für eine schöne junge Frau. Zufrieden?«

»Nein. Versteh mich nicht falsch, Papa, vorhin das war so unbeschreiblich neu, so wie's immer sein sollte, als hätte ich's eben erst erfunden, aber manchmal hatte ich ein Gefühl, als ob du wie eine Maschine … nein nein, verzeih mir, nicht was du denkst, das ganze Gegenteil … aber als ob du, als ob wir in einem Film … als ob wir zusammen in einem Film spielen, den du schon hundertmal gesehen hast und ich noch nie.«

»Tausendmal. Und wollte nie mein Eintrittsgeld zurück. Oder jedenfalls fast nie.«

»Jetzt bist du zynisch.«

»Nein. Ich bin nur eine Figur aus einer Oper. Ein Opa aus einer Oper. Nimm mich nicht ernst. Nimm Sali ernst. Er ist nur verreist. Bald kommt er zurück. Dann braucht er dich wieder. Schlaf jetzt. Du und Sali und ich, wir werden eines Abends zusammen essen.«

Und jetzt wollte Dorothee es ihm sagen, wollte ihn schütteln, tief in seinen Schlund schreien, wie sehr sie ihn liebte. Aber Christoph Dalluge hatte die drei Wörter zu sehr in die Inflation geredet, als daß sie den einzigen Mann, dem sie von heute an gelten würden, schon jetzt mit ihnen *belasten* wollte. Er war der Mann, der den Kagu gerettet hatte. Der Mann, der aus Afrika kam. Er hatte die Tiere in Freiheit gesehen, nicht nur Hühner und Gänse und Ziegen, sondern Tiere mit Fängen, Tiere auf Wanderung, große gefährliche Tiere in Baumwipfeln. Sie liebte seine unbekannte Vergangenheit, mit der er schroff umging, was seinen Charme ausmachte. Sie ahnte, daß er die drei inflationären Wörter ebenso wie sie zu oft gehört oder, um Ruhe zu haben, ausgesprochen hatte. Ein einziges Mal klug sein, Dorothee. Sie wußte, wo ihre Klugheit noch nicht reichte, würde er ihr den Weg weisen. Sie zwickte ihn.

»Sag Mäusel zu mir.«

»Mäusel.«

»Wußt ich's doch, daß du gar nicht schläfst.«

»Ich …«

»Psst. Schon wie du ›ich‹ sagst, hört sich gräßlich verlogen an. Bereust du's?«

»Was?«

»Frag nicht so scheinheilig. Das mit uns.«

»Gib mir einen Kuß. Nein, gib mir keinen Kuß. Du solltest mich nicht zu ernst nehmen.«

»Ich nehm dich kein Stück ernst.«

»Wie ihr immer im College gesagt habt, oder?«

»Genau.«

»Du solltest Jochen Wirkus ernst nehmen. Der hat auch keinen richtigen Namen. Er hält sich für einen galaktischen Reisenden und liebt die ganze Welt. Seine unerwiderte Liebe funkt er als einsames Signal in den Weltraum und wartet.«

»Aber könnte seine Liebe nicht zur Erde zurückkehren? Könnte das Signal sich nicht umkehren? Und er wäre plötzlich gut für jemanden? Rilke sagt …«

»Es ist mir egal, was Rilke sagt. Für Jochen ist es eh zu spät. Der Planet, den er anhimmelt, antwortet ihm nicht mehr. Und der Planet, auf dem er leben muß, scheint für ihn jede Schwerkraft verloren zu haben. Jedes Frühjahr, wenn wir im Revier die wertvollen Eier suchen, Flamingo-Eier, Kranich-Eier, immer ein Wettlauf mit den Krähen, sitzt er stundenlang vor den Brutkästen und sagt: ›Es geht nicht in meinen Kopf, daß ein Ei dem anderen gleicht.‹ Nur die Wiederholung des Langweiligen ist interessant. Alles andere zu wiederholen ist Selbstmord. Spruch vom alten Frettich.«

»Der Professor zitiert diesen Frettich andauernd. Dabei hab ich in der Bibliothek nachgeforscht. Kein einziges Frettich-Buch.«

»Was wahrscheinlich seinen Ruhm begründet hat.«

»Im Dorf Barnyard lebt eine Henne mit ihren zehn kleinen Küken. Sie haben ihre Freuden und ihre Leiden, aber zahlen keine Steuern und machen keine Politik.«

»Frettich?«

»Nein, Micky Maus. Meine Mutter sagt immer, man soll heute so leben, daß man es morgen nicht bereut. Scheiße, ich hör mich an wie ein Baby. Ist allein deine Schuld. Hast du in deiner Vergangenheit Reuepunkte?«

»Reue ... was?«

»Reuepunkte. Wirkus-Signale, die du lieber umkehren möchtest.«

»Reuepunkte. Kein schlechtes Wort. Wie wär's mit Reuepickeln? Oder Reuemitessern? Merkst du nicht, wie müde wir sind, Mäusel Waisenkind?«

»In Afrika, hast du da Tierpfleger richtig gelernt, oder flog dir das alles zu, weil du in Afrika warst?«

»In Afrika hab ich Kind gelernt.«

»Also hast du Tierpfleger in Deutschland gelernt?«

»In Deutschland hab ich Kind verlernt.«

»Kannst du oder willst du nicht vernünftig mit mir reden?«

»Ich kam als junger Spund aus Afrika und arbeitete hier in einem Reisebüro.«

»In einem *Reisebüro*! Ehrlich, ich find's fies, daß du mich wie eine Vollidiotin behandelst. Du verachtest mich, weil ich mit dir geschlafen habe. Du wünschst mich weit fort. Du willst nur deine Ruhe und deinen Suff. Eiersuchen im Frühjahr! Wahrscheinlich hast du auch noch Angst vor Chris. Dabei muß ich dir soviel erzählen, was nur du mir erklären kannst, vielleicht erklären kannst, wenn du gut drauf bist und mal nicht den Macho mimst, der nur seine Ruhe haben will.«

»Entschuldige. Ich wünsche dich nicht weit fort. Ich wünsche mir nur, ich hätte dich nie oder früher getroffen.«

»Ich versteh nicht, was du damit sagen willst. Jedenfalls habe ich ein Tier hier, das ich sehr liebe, gleich bei meiner ersten Runde im Sommer habe ich mich verknallt in sie, eine Weißwölfin, Taiga. Mit der hatte ich ein Erlebnis, ich dachte, ich werde verrückt. Oder besser, ich dachte, ich bin verrückt. Aber dann habe ich sehr lange drüber nachgedacht und jetzt bin ich überzeugt, es war was dran, ich meine, es ist wirklich und wahrhaftig geschehen. Wenn ich's dir erzähle, versprichst du mir, daß du mir glaubst, daß du nicht denkst, ich war bekifft oder so?«

»Hat sie dich angefallen?«

»Nein nein! Obwohl's mir in letzter Zeit angst macht, wie mich die Tiere anschauen, richtig bedeutungsvoll, richtig *bewußt*. Obwohl das natürlich, wissenschaftlich betrachtet, Quark ist. Zootiere sind Distanztiere, halten ihre Individualdistanz …«

»Hör auf.«

»… aber wenn sie mich so anschauen, ist es wie Arterkennung, und das kann ja gar nicht sein. Es sei denn, ich bin ein Zootier. Jedenfalls war ich nachts unterwegs, um ein paar winterfeste Tiere zu photographieren. Hab diesen Tick entwickelt. Photographieren mein ich. Also in dieser Nacht …«

»Bitte hör auf.«

»… bin ich wieder mit meiner Kamera unterwegs …«

»Ich will nichts hören von deinen Photos. Jeder, der in den Zoo kommt, fängt damit an. Es ist wie eine Seuche. Außerdem ist es eine Sünde. Laß uns schlafen.«

»Es geht ja gar nicht ums Photographieren, Dummkopf. Also: Ich steh vor dem Wolffreigehege, und Taiga thront auf ihrem gewohnten Felsen in der Mitte, und plötzlich richtet sie sich auf, als ob sie mir für mein Nachtphoto Modell stehen will, und ich sag ihr guten Tag oder guten Abend, so in meiner Sprache mit ihr, und der Blitz ist noch nicht ganz geladen, da …«

Dorothee schämte sich ihrer Beschreibung und ihrer Tränen. Es war alles ganz anders gewesen, hatte anders angefangen. Der Mann, der den Kagu rettete, sollte präziser informiert werden.

»Ich geb dir einen guten Rat: laß dich nicht auf die Tiere ein. Hüte sie, pflege sie, klassifiziere sie, töte sie, friß sie, aber laß dich nicht auf sie ein. Und jetzt wollen wir schlafen.«

»Ich schwör's dir, Taiga steht da auf ihrem Felsen in Positur, und auf einmal macht sie Männchen wie ein Hund und winkt mit einer Pfote, und ich denk noch bei mir, ob der Pfleger ihr das beigebracht hat, und jetzt geschah etwas absolut Widerliches, denn sie *fing an zu sprechen!«*

Papageno erstarrte in Dorothees Armen und riß sich los und saß kerzengerade im Bett und rückte von ihr ab.

»Sag das noch mal. Und wenn du mich anlügst, setzt es was!«

»Sie fing an, mit mir zu sprechen. Wie eine Wölfin zuerst, ich kann's nicht beschreiben, ihre Sprache war menschlich, aber ihre Schnauze verzerrte die Worte, es klang wie das Schreien der Augenkranken Tiere vom Professor, es klang, als hätt ich diese Worte irgendwann irgendwo schon mal gehört, diese Laute, und ich erinnerte mich an meine Mutter, meine Adoptivmutter, die immer sagt: Einmal im Jahr, nämlich am Weihnachtsabend, fangen die Tiere an zu sprechen und dann hören sie wieder auf, obwohl ich mich als Kind immer wieder fragte: wann hören sie wieder auf? und keine Ziege auf unserem Hof hat je am Weihnachtsabend gesprochen, aber die Augenkranken Tiere vom Professor hören sich manchmal an, als würden sie sprechen, ich meine, menschliche Laute und Syntax hervorbringen …«

»Ich will nichts hören, Matthes.«

»… und dann sagte sie klar und deutlich mit einer Stimme wie eine Lehrerin: ›Ich will dich erlösen.‹ Und war immer noch eine Wölfin, obwohl sie inzwischen gewachsen zu sein schien. Das Wort ›erlösen‹

klang zwar wie die Quietschstimme aus einem Teddybären, aber der Rest waren Menschenlaute, weibliche Menschenlaute. Und ich antwortete nicht, ich antwortete nicht. Und sie sagte: ›Warum bist du kein Mann? Denn wenn du ein Mann wärst, könnt ich dich erlösen.‹ Und diesmal klang das ›erlösen‹ sanft und lieb und beinahe sang sie es. Und dann, als ich ihr nicht antwortete, weil ich dachte, ich sei nicht mehr ganz dicht, voll wahnsinnig wegen all der Arbeit und der Nächte, schob sich ihr ganzer Unterkiefer meterlang über den Gehegegraben, und ihr Maul stank nach miesem Parfüm, und sie sagte: ›Wenn ich dich erlösen soll, mußt du schon Manns genug sein …‹, und ich wollte wegrennen, aber ich war gelähmt, und als sie mich *beim Namen nannte*, wußte ich, es war kein Traum, es *geschah* … aber es kommt noch schlimmer, hörst du mir überhaupt zu?«

Papageno war aufgestanden und wollte sich ankleiden. Sie sprang ihn an, er schlug mit dem Kopf gegen den Schlafzimmerschrank. Papageno holte zu einer Ohrfeige aus. Sie boxte ihn in den Bauch. Er blickte verwundert an sich hinab.

In der dunklen Wohnung rannte sie gegen sämtliche Ecken und gegen eine verschlossene Tür auf der Suche nach seiner Flasche. Er mußte ihr zuhören, er allein würde ihr glauben. Und glaubte ihr schon, wie sein Verhalten zeigte. »Du primitives Tierpflegerarschloch«, hörte sie sich flüstern, »du wirst mir jetzt zuhören oder ich … wo bin ich hier, verflucht?«

In der Küche ging das Licht an. Papageno war bei ihr und nahm sie in die Arme. Sie boxte sich frei, fiel auf einen Stuhl, kippte hintüber, und ihr Kopf explodierte.

Dorothee schlug die Augen auf, sah einen behaarten Arm vor sich, eine Hand mit einem Messer. Sie zuckte zurück, das Messer ritzte ihre Stirn.

»Halt still!«

»Ich blute! Ich verblute!«

»Kratzer. Halt still. Ich leg dir das Messer auf die Beule an deinem Hinterkopf. Paß auf, gleich tut's nicht mehr so weh. Es waren zwei

Königspinguine, die hatten einander so lieb. Morgens wenn ich aufsteh und am Radioknöpfchen dreh ...«

»Bist du das, Papageno?«

»Bist mit dem Stuhl umgekippt. Nur 'ne Beule. Kleiner Schnitt an der Stirn. Warte, ich kleb dir ein Pflaster drauf.«

Sie hörte und spürte und roch, wie er sie verarztete. Sogar den Puls fühlte er ihr, schob eines ihrer Augenlider hoch, blendete sie mit einer Kugelschreibertaschenlampe. Wie viele Frauen hatte er so oder anders verarztet nach einer Nacht im Bett und was war in Afrika gewesen? Sie wagte die drei Worte, tonlos, ich liebe dich, aber er saß ihr längst wieder gegenüber am Küchentisch, nackt wie sie selbst, ein Wasserglas Pernod in der Hand, während sie noch die Lippen im Rhythmus der drei Worte bewegte. Im grellen klinischen Küchenlicht entdeckte sie eine halbkreisförmige weiße Narbe an seinem Unterarm. Dorothee fragte: »Wolltest du mich umbringen?«

Papageno sagte: »Du bist unglücklich gefallen. Muß dieser Stuhl sein, faß ihn an, er ist aus Holz, und ein Bein wackelt. Wenn ich dich umbringen wollte, würde ich dir ein Rendezvous mit Gustav zum Fünf-Uhr-Tee verschaffen.«

»Gustav, dem Schwarzen Panther?«

»Du hast die schönsten Brüste, die ich je gesehen habe.«

»Danke.«

»Und ich glaube dir jedes Wort. Hast du Taiga schon lange beobachtet? Auch bei Nacht? Hast du bei der Fütterung geholfen?«

»Ein paarmal. Aber was hat das damit zu tun?«

»Nix. Magst du den Winter? Ich kannte ein Kind aus Litauen, das mußte bei einem Weihnachtsspiel den Wolf darstellen, brach aber in Tränen aus und konnte nicht weiter, als es seine Eltern unter den Zuschauern sah.«

»Komm ins Bett, Papa. Hast du Musik auf Lager, irgendwelche Platten, ein Radio, egal was? Ich brauch jetzt Musik.«

»Ich sing dir ein Lied, Mäusel Matthes. Aus Afrika. Vergiß, was du bei den Wölfen erlebt hast. Ich zweifle keine Sekunde dran, daß du's erlebt hast, aber du bist die Wissenschaftlerin und wirst wissen, was es zu bedeuten hat. Mich wundert nur, warum es ausgerechnet ein Wolf war.«

»Wölfin. Diese Narbe an deinem Unterarm. Muß eine böse Wunde gewesen sein. Erzähl mir davon.«

»Soll ich dir nun das afrikanische Lied singen oder nicht? Soll ich?«

»Wo warst du im Krieg? Das ist doch eine Kriegsnarbe. Was für eine Frage! Als ob du mein Vater wärst. Bitte verzeih.«

»Ich war nicht im Krieg. Die Gesundheit.«

»Hast statt dessen in deinem ›Reisebüro‹ gearbeitet?«

»Nein, während des Krieges, da war ich schon im Zoo.«

»Sing mir das Lied aus Afrika.«

»Hier in der Küche?«

»Ja.«

Papageno umrundete den Küchentisch und hob sie mit dem wackligen Küchenstuhl hoch in die Luft und setzte sie sanft auf den Boden und kniete sich vor sie hin und sang.

Stimmlos heiser, dann melodischer, und als er Vertrauen zu seiner Zuhörerin und der Situation und zu sich selbst gewann (die Erinnerung an den Schwarzen Kontinent seiner Kindheit?), intonierte er eine wunderschöne Weise aus kehligen Ruflauten und sinnlosen Silben, oft unterbrochen von Kichern und Glucksen, und Dorothee hatte ihn noch nie so nahe bei sich und gleichzeitig völlig abwesend erlebt. Das Lied endete auf einem Summton, gefolgt von diesem Glucksen und Kichern, oder war das auch Sprache? Während er sang, war er in sie eingedrungen, ihr zweites Herz klopfte tief in ihrem Bauch, ruhig und regelmäßig, es gab keine Liebe und keine Zeit mehr, nur dieses Lied, und keine Leidenschaft, nur ihre Lust, die in ihrem Körper summte, kicherte und gluckste.

»Was war das für ein Lied? Gib's zu, du hast es eben erst erfunden. Du bist das älteste Baby, das ich kenne. Du bist total wahnsinnig.«

»Ein Lied vom Fluß. Viel älter als ich, oder jünger. Es sagt: Komm runter zum Fluß …«

»Das gefällt mir. Das ist ein schöner Anfang für ein Lied.«

»Komm runter zum Fluß, wo die Flußpferde auf die Vögel warten, die ihnen eine Geschichte über den Schlaf erzählen. Die Vögel kommen geflogen. Die Flußpferde tun so, als ob sie schlafen. Die schlaflosen Vögel lassen sich täuschen und werden alle furchtbar müde. Sie landen in den Mäulern der Flußpferde und dann klappen die Flußpferde ihre Mäuler zu und die Vögel müssen Flußpferdzähne putzen bis an ihr Lebensende. Da führen die Flußpferde einen Freudentanz auf, der den Fluß so aufwühlt, daß das Wasser über die Ufer spritzt. Und die Kinder, die am Ufer spielen, sind froh darüber und tanzen mit.«

»Noch mal.«

»Nur die Stelle vom Zähneputzen. Wir haben beide Arbeit morgen. Du sicher mehr als ich, Mäuselwissenschaftliche Assistentin.«

Dorothee hörte noch einmal die Stelle vom Zähneputzen. Sie hörte die ausgetricksten Vögel flattern und schrillen und die Flußpferde vor Glück glucksen. Diesmal ließ Papageno das Glücksglucksen andauern. Im Hocksitz, seinen Louis in ihr vergraben, trug er sie zurück ins Schlafzimmer. Jetzt erst bemerkte sie, daß Papageno gänzlich erschöpft war.

Nach einer Weile schreckte sie aus dem Schlaf. Neben ihr eine Kuhle, in der er gelegen hatte. Aber sie hörte sein Schnarchen. Sie fand ihn halb neben, halb unterm Bett, auf dem harten Fußboden, den Kopf in beide Hände vergraben wie in ein Kopfkissen. Sie ärgerte sich, daß sie ihren Photoapparat nicht bei sich hatte.

Dorothee glitt zu ihm und schmiegte ihr Gesicht an seine stoppelige Wange. Sie flüsterte:

»Das mit Taiga … du weißt, daß so was möglich ist? Gib's zu, du weißt es. Auch ohne Wissenschaft, auch ohne naheliegende Schlüsse, den ganzen Kokolores.«

»Ja«, antwortete Papageno und wälzte sich von ihr fort, »ich weiß das.«

Damals hatte sich Taiga, die Weißwölfin, vor Doro Kopf und Hals mit ihrem eigenen Unterkiefer zerfleischt, bis nur ein blutiger Halsknochen und eine Blut pumpende Schlagader übrig waren. Und aus ihren weißen kräftigen Pfoten wuchsen schwarze Fingerlinge, die das weiße Fell aufknöpften wie einen Mantel. Zum Vorschein kam ein zwergenhafter Wolf, schon geboren, schon ausgewachsen, schon alt, der mit weinerlicher, kleiner, gemeiner Stimme sagte: »Ich kann nichts dafür. Ich kann nichts dafür.« Und dieses kleine Wölfchen war so ekelerregend elegant und gleichzeitig abgerissen gekleidet, in einem schwarzen Zweireiher voller Löcher und Schleimflecken, und es trug ein Herrentäschchen und begann, über einen Baumstamm auf die andere Seite des Geheges zu klettern, fortwährend behauptend: »Ich kann nichts dafür.« Und es waren nicht die Drogen, die ihr der Professor für Schmerzforschung wahrscheinlich jeden Morgen in die Milch mischte. Der kleine Wolf, der aussah wie ein kleiner Herr der Gattung Homo sapiens, *faßte sie endlich an*, noch heute konnte sie den Abdruck seiner Pfotenhand auf ihren Jeans erkennen, fünf winzige Fingerspuren in Hüfthöhe. »Ich kann nichts dafür«, sagte er, der aus Taiga gekrochen war, »zwei Lämmchen lagen schon da. Hab ich rausgeholt, mit Stroh abgerieben, vorschriftsmäßig. Dann das dritte. Was meinst du, Doro, wie mich die Ziege angeguckt hat! Hat sich nach mir umgedreht in ihrem Schmerz und mich angeguckt. Dankbar wie ein Mensch.« Und Dorothee, an der Schwelle zum Tier in jener Nacht, hatte vielleicht ihren leiblichen Vater gesehen, an der Schwelle zum Menschen.

»Und jetzt wollen wir endlich schlafen«, murmelte Papageno.

*

Papageno hörte, wie Dorothee ihre Sachen zusammensuchte und leise die Schlafzimmertür schloß. Er hörte sie in der Küche rumoren, nach einer Ewigkeit hörte er die Haustür. Karl-Walther dachte: Die Jugend durchschaut unser Spiel, noch ehe wir es spielen. Wußt ich's doch, daß du nicht schläfst, hatte Dorothee Matthes gesagt. Er hoffte, er hatte sich nicht verraten und verkauft. Er hoffte, er hatte Jali nicht verraten, nicht mit Marie-Luise Idekeits Duplikat. Er war erschüttert. Warum ließ man ihn nicht in Frieden? Und wie sein Bett roch.

Er verbannte jeden weiteren Gedanken an Dorothee und die letzten Stunden. Abgesehen von einer Tierpflegeranwärterin der Nachkriegszeit mit kräftigen, gut buddelnden Händen hatte er seit Jahrzehnten keine Frau berührt. Das war vielleicht ein Fehler gewesen, aber nur vielleicht und nur einer seiner harmloseren. Die wenigen guten Träume von Jali, die er nicht numerieren wollte wie die Alpträume, verschafften ihm Befriedigung über Jahre.

Er brauchte eine lange Zeit, um in sein mehrmals verschlossenes Wohnzimmer zu gelangen. Er öffnete seine Schatzkammer, den Sekretär. Das gemeinsame Tagebuch, in dem sich Jalis und Karl-Walthers Eintragungen abwechselten, duftete immer noch nach Jalis Haarwaschmittel, in das es vor Jahrzehnten gefallen war. Am Tagebuch zu schnuppern transportierte mehr Wahrnehmungen aus der Vergangenheit zurück als jedes Photo, jedes Wort. Er gönnte sich das Vergnügen nur selten, hatte Angst, er könnte den Duft wegschnuppern oder sich daran gewöhnen. Wunder der Chemie. Wie hatte dieser Duft, der selbst damals nur die Erinnerung an einen Hauch in der Natur war, so lange überdauern können? Karl-Walther sah, wie er seine Nase in Jalis Lockenkopf vergrub. »So roch meine Mama«, sagte Jali. So roch deine Mama.

Karl-Walther suchte Jalis Eintragung vom ersten Pfingstsonntag, den sie gemeinsam im Zoo verbracht hatten. Er suchte sie, weil er wußte, daß Dorothees Erlebnis mit der Wölfin Taiga nicht erfunden war. Nur wenige Menschen in diesem Zoo – der Direktor vielleicht, der Professor gewiß, die abwesende Frau des Direktors mehr als gewiß – würden ihm beipflichten, daß es nur wenige Augenblicke brauchte, um aus dem notorisch konservativen Wesen »Tier« etwas gänzlich ...

Lieber nicht dran denken. Nicht heute. Später. Dann. Wenn alle Muratti-Blechschachteln mit allen Jali-Botschaften ausgebuddelt waren. Damals Pfingsten hatten sie sich gestritten, bis Jali ihn zum Wolfsgehege zerrte. Dort war etwas geschehen, das sie nicht verstehen konnte.

K. W. fand die Eintragung. Jali schrieb:

Es ist späten Abends, ein grauer Tag ist es gewesen, KW nur grauer grauer und kein Grund dieses Buch überhaupt in zu schreiben. Nichts Großes ist heut geschehn was nicht schon gestern geschehn ist und wie jeder verpasste oder angekommene Moment auch gestern wird oder schon ist, nur das werden wir erst morgen sehen. Morgen ist ein Deutschenfeiertag was ich nicht kenne. Auf jedem Deutschenkalender steht er wie jeder Sonderschrift auf der Tür: wir haben Zeit endlich in den Zoo wieder zu gehen. Morgen ist zwar Sonntag aber jeder gute Deutsche weißt, daß Montag auch frei ist, Prost also auf Sonntag im Zoo ... heut am Sonntag ist durch ein Sturz der Tod diesen Toten gekommen, die Fröhlichen haben auf einmal aufgehört froh zu sein, den verdrehten Kopf eines winzigen Wölf war das Ende. Zwanzig Minuten stand man da und kuckte hinunter auf das Tier, was hin und wieder ein Stöhnte von sich gab. Man sagte sich, das Herz des Wölf klopft ja noch. Sie hatten recht. Das Tier ist ja langsam gestorben. Ich versteh nicht wie sie das Heulen des Rudel ausgehalten haben. Ich versteh selber nicht, warum ich den Trauernden diesen Trauer nicht überlassen habe. Warum ich das zuschauen *mußte*. Es war ihren Toten, nicht unsern. Oder war es unsern? Diesen Toten haben wir nicht verstanden, keinen haben wir verstanden, nur zugesehen

Unter dieser Tagebucheintragung das Photo, das keine Zeitung kaufen wollte. Jali war, K. W. beiseite stoßend, auf die Gehegemauer geklettert und hatte die Menschen abgelichtet, die in den Graben starrten, und das Wolfsjunge, das unten im Graben verendete.

*

Der Direktor drückte die Gegensprechtaste.

»Was liegt an, Frl. Friederike? Ich fühl mich nicht recht. Gibt es ein Telex? Haben Sie den Termin mit dem Herrn Staatssekretär bekommen?«

»Im neuen Jahr, zweite Kalenderwoche. Und leider kein Telex. Geht der Termin in Ordnung?«

»Was fragen Sie mich? Irgendwelche wesentliche Post, Sie wissen schon, und haben Sie die Spickzettel für meine Rede fertig?«

»Bedaure, Herr Direktor. Ich hätt noch ein paar Fragen, die diesjährige Weihnachtsfeierrede sollte vielleicht nicht ganz am Thema der Schmierereien vorbeigehen, und …«

»Ach was! Schreiben Sie den üblichen Stuß und tippen Sie es so, daß ich es endlich mal lesen kann. Großbuchstaben. Irgendwelche wesentliche Post?«

»Nein. Aber Junior wartet hier bei mir seit einer halben Stunde. Darf er hinein?«

»In Kürze. Ich geb Ihnen Bescheid.«

Junior wartete, und der Direktor telefonierte sinnlose Stunden mit einer Freundin seiner Adlerfrau. Auch die Freundin hatte keine wesentliche Post erhalten. Der Direktor fragte sich, ob Junior seine Mutter vermißte. Er sah ihn jetzt gar nicht mehr, fand nichtssagende Zettel auf dem Küchentisch: »Ich bin in der Stadt«. Ob Papageno Erfolg gehabt hatte? Der Direktor rechnete stündlich, minütlich mit der

Rückkehr seiner Frau – und diese Rechnung wirkte sich so fürchterlich auf sein Nervenkostüm aus, daß er begonnen hatte, Junior Briefe zu schreiben (die er ihm natürlich nicht gab), SOS-Briefe, deren Tenor lautete: Es gibt nur noch eine Hoffnung für mich, Junior, laß uns zusammen warten! Ich schaff es nicht mehr allein.

Noch nie hatte der Direktor so grausam am eigenen Leib erfahren, was es heißt, warten zu müssen, warten in Hoffnung, Halbhoffnung, Hoffnungslosigkeit. Er führte Selbstgespräche. Er führte Ferngespräche. Er stürzte sich in die Suche nach Prof. Davidobski. Und abends hetzte er, die Cognac-Flasche in der Hand, zwischen den großen Fenstern zur Straße und dem Telefon hin und her, denn jeden Moment konnte sie aus dem Taxi steigen, jeden Moment konnte sie anrufen. Während sich Junior in der Stadt herumtrieb. Schlimmer noch, während sein Zoo scheinbar wie geschmiert weiter »funktionierte«, auch ohne ihn, der weder für Freund noch Feind ansprechbar war. Es dämmerte ihm langsam, daß seine Adlerfrau Vorsorge getroffen hatte, und zwar gründlich. Anweisungen in ihrer konzentrierten Handschrift flatterten auf SEINEN, des Direktors Tisch.

Präzise Planungen SEIN Neues Nachttierhaus betreffend, aber aus dem Büro seiner Frau, der stellvertretenden Direktorin, kreuzten seinen Weg im Termindschungel der Bürokratie, durch den er sich mit seinen Mundsprays mehr schlecht als recht schlug. Er wußte: Er machte keine gute Figur vor den Staatssekretären, Oberfinanzdirektoren, vor dem Aufsichtsrat.

Am schlimmsten: Gewisse Reviertierpfleger, die ihm von Adler unterzeichnete Zettel unter die Nase hielten, Zettel, aus denen neue Konzepte (IHRE Konzepte) durchschimmerten, Adlers Zukunftszoo ahnen ließen – mehr Platz für weniger Tiere. War er zum stellvertretenden Direktor geworden?

Gewiß nicht. Aber er spürte ihre Macht und die Verehrung, die sie überall genoß, fast körperlich. Den Neger einmal außen vor, war dies ein Machtkampf zwischen zwei Zoodirektoren, es gab keine andere Erklärung. Sie wollte ihre Muskeln spielen lassen. Sie wollte mehr vom Kuchen. Sie sollte es bekommen, sobald sie zurück war.

Der Direktor holte den Taschenspiegel hervor und kämmte sich. Er ordnete seinen verwilderten Bart. Ich muß mich wappnen, dachte er vage. Ich brauche einen Freund, der mir beim Warten hilft. Wenn dieser Freund mein Sohn ist, um so besser. Wenn mein Sohn nur mehr eine Art Sohn ist, auch gut. Wenn diese Art Sohn ein Fremder ist, immer noch besser als keinen. Junge Menschen lieben es, wenn sie gebraucht werden. Ihnen geht es die ganze Zeit so, wie es mir jetzt geht.

»Junior soll hereinkommen.«

Kaltblütig betrat sein Sohn das Büro. Er blieb neben der Tür stehen, hinter der Frl. Friederike den Hals reckte und dem Direktor beschwörende, nichtssagende Zeichen gab. Er sah genauso aus, wie er ihn vor ein paar Wochen das letzte Mal gesehen hatte: maßgeschneiderte Jeans, teure Lederjacke, krokodilbestickter Rollkragenpullover. Auf dem Kopf trug er eine Art Baskenmütze.

»Tür zu!«

Der Direktor beobachtete, wie sein hochaufgeschossener Sohn mit den braunroten Kräuselhaaren und dem Indianergesicht (Adlers Gene) sich steif auf das Besuchersofa am anderen Ende des langgestreckten Büros setzte.

Der Direktor beschloß, hinter seinem Schreibtisch zu verharren, fürs erste.

»Lange nicht mehr hiergewesen, was?« sagte der Direktor.

»…«

»Was macht die Schule? Gehst du überhaupt noch in die Schule? Man sieht dich nicht abends und man sieht dich nicht morgens. Soll kein Vorwurf sein. Aber du weißt, wie mich meine Arbeit auffrißt, und in den wenigen Pausen …«

»…«

»Hast du Papageno getroffen? Er sagte mir, er wollte dich gern mal wieder treffen.«

»Ich will gleich zur Sache kommen«, sagte Junior krötig, »wenn's dir nichts ausmacht. Ich meine: Du hast keine Zeit, ich hab keine, also machen wir's kurz. Ich brauche … etwas Geld.«

»Etwas Geld«, sinnierte der Direktor laut und wußte, er hatte Junior am Haken. »Aber du hast doch Geld. Du hast dein Taschengeld. Du hast dein Jugendsparbuch. Du hast sogar Aktien von deiner Mutter …«

»Ich brauch sofort und in bar oder per Barscheck eintausendfünfhundert. Ich dachte mir, die hast du locker, oder?«

»Eintausendfünfhundert. Nimmst du Drogen?«

»…«

»Nimmst du Drogen?«

»Nein, ich brauch's für was anderes.«

»Schieß los.«

»Überraschung.« Junior errötete. Der Direktor fühlte sich mit jedem Augenblick besser.

»Weihnachtsüberraschung?«

»…«

»Angenommen – nur mal angenommen – ich hätte die eintausendfünfhundert, dann möchte ich schon wissen, mit was du uns überraschen willst.«

»Okay. Ich brauch's für ein Saxophon. Ich will Saxophon lernen.«

»Aber ich habe dich jahrelang Klavier lernen lassen, und es hat mehr als einsfünf gekostet, und du bist der unmusikalischste Mensch seit deiner Großmutter mütterlicherseits. Und hast du nicht auch Flötenunterricht bekommen und …«

»Hast du die Knete oder nicht?«

»Natürlich hab ich sie.«

»Gibst du sie mir oder nicht?«

»Wie bist du auf Saxophon gekommen?«

»Hab 'nen Freund. Hat mir Unterricht auf seinem Sax gegeben.«

»Kenn ich den Freund?«

»…«

»Kenn ich den Freund?«

»Heißt Christoph. Toller Typ. Wohnt in der Stadt.«

Der Direktor beschloß, seine Taktik zu ändern. Er würde Junior das Saxophon kaufen. Wahrscheinlich ließe es sich ohne erhebliche Verluste bald wieder verkaufen. Eine Sitzung beim Professor, und er hätte das Geld. Wichtiger war, seinen Sohn im Gespräch zu halten, wenn er schon mal den Mund aufmachte.

»Ich werde über dein Saxophon nachdenken. Aber vorher möchte ich, daß du dich mit Papageno triffst. Es geht ihm gar nicht gut, und du warst früher immer sein Freund. Und dann möchte ich, daß du wie früher zum Morgenappell antrittst. Außerdem möchte ich einen schriftlichen Bericht von dir, drei Seiten genügen, über die letzten zehn Jahre und was du glaubst, wozu ich dich in die Welt gesetzt habe. Und ich verlange, daß du dich wieder um die Mäuse von Pompeji kümmerst oder den Käfig aus der Küche entfernst. Auch darüber bitte einen schriftlichen Bericht. Und dann …«

»Ich brauch das Geld cash und jetzt, ist 'ne Gelegenheit.«

»Wie wär's mit cash und kommenden Montag?«

»Da ist Weihnachten.«

»Ach ja, hab ich völlig vergessen. Aber vor Weihnachten geht gar nichts.«

»Dann vergiß es.«

»Das werd ich nicht. Bleib sitzen. BLEIB SITZEN! Sei mir gut. Erzähl mir, wie's dir geht. Du siehst: Ich lasse dir deine Freiheiten. Jetzt sag mir, wie's dir geht.«

»…«

»Bitte.«

»Wie soll's einem gehen, wenn der ganze Zoo sich über Mami und dich lustig macht? Geht mich aber nix an. Ist eure Sache. Kannst du nun die Mäuse lockermachen oder nicht?«

»Ja, ich kann«, hörte sich der Direktor sagen. Er drückte die Gegensprechtaste. »Frl. Friederike, bitte informieren Sie die Buchhaltung, sie soll mir eintausendfünfhundert von der Bank holen, in bar, in mein Büro, jetzt.«

»Wie lange kann das dauern?« fragte Junior.

Der Direktor griff nach der Cognac-Flasche unter seinem Schreibtisch, stand auf und war mit zwei, drei Schritten bei Junior. Er stellte die Flasche auf den Besuchertisch.

»Mal kosten?« fragte er.

»Nein danke.«

»Was sagst du da über den *Zoo*, der sich über Mami und mich lustig macht? Junior, du bist hier geboren, du müßtest langsam wissen, wie sie klatschen und tratschen und uns hassen.«

»Mami hassen sie nicht.«

»...«

»Mami hat mir übrigens geschrieben.«

»...«

»Willst du den Brief lesen?«

»Wo ist der Brief? Wann ist er gekommen? Woher hat Mami geschrieben? Sie hat mir natürlich auch geschrieben, aber da war sie noch woanders. Wann kam dein Brief?«

»Irgendwann. Weiß nicht mehr. Wie lang kann das mit dem Geld dauern?«

»Es kommt, es kommt sofort ... sei doch so gut und leg mir Mamis letzten Brief auf den Küchentisch nachher und vergiß es nicht. Noch bevor du das Saxophon kaufst.«

Frl. Friederike stand in der Tür.

»Die Buchhaltung ist im Moment nicht in der Lage, Herr Direktor, diesen Betrag ...« Sie gestikulierte wild hinter Juniors Rücken. Der Direktor ballte die Faust.

»Wir sind umzingelt von Banken! Holen Sie dieses Geld, und zwar sofort! – Und Tür zu! Ich will nicht gestört werden!«

»Wenn's dir nichts ausmacht, hau ich jetzt ab zur Buchhaltung,« sagte Junior. Er stand auf und streckte sich. Der Direktor beförderte ihn mit einem leichten Stoß gegen die Brust zurück aufs Sofa.

»Hiergeblieben. Was schreibt Mami?«

»Seit wann interessiert dich, was Mami schreibt?«

»…«

»Hat dich noch mal ganz schön erwischt, was? Hör auf, hör auf, ich kann's nicht sehen, wenn du heulst. Mann, und das soll mein Vater sein! Wenn du wenigstens mal irgendwann einen klaren Satz zustande bringen würdest. Nimm's nicht so tragisch, hast ja Frl. Friederike. Hast ja deine Tiere.«

Der Direktor sah verschwommen, wie Junior in der Tür stand. Junior schien sich zu schämen, er schluckte, malte mit der Hand etwas in die Luft, ein Zeichen vielleicht, sagte oder sang etwas Unverständliches und war fort. Die Tür fiel ins Schloß.

Ein Arm legte sich um seine Schultern.

»Junior, ich bin nicht immer so gewesen, das weißt du. Ich will nur, daß Mami das Richtige tut. Das Richtige für uns. Und für sich natürlich. Und für die Tiere natürlich. Und …«

Er machte die Augen auf und sah Frl. Friederike, die ihm mit einem Ziertüchlein die Tränen forttupfen wollte. Er war zu verwirrt und zerschlagen, um auch nur die Hand zu heben.

»Mein Kannibal. Warum quälst du dich so mit diesem dummen Früchtchen? Warum gibst du ihm das Geld? Außerdem hast du unsere zwei Verabredungen nicht eingehalten, hast noch nicht mal bei mir angerufen. Das war nicht lieb von dir. Natürlich schreib ich deine Rede in Großbuchstaben, armer kurzsichtiger Kannibal. Du darfst nie vergessen, ich bin immer für dich da. Immer.«

Noch einmal fiel die Tür ins Schloß.

*

Dorothee Matthes träumte: Papageno lag auf dem Rücken, er war eine Riesenschildkröte, die sich nicht mehr aus eigener Kraft umdrehen konnte, und Dorothee kitzelte ihn. Aber Schildkröten sind doch gar nicht kitzlig, neckte sie ihn, oder? Mach meinen Panzer auf, keuchte Papageno, ich platze vor Lust, mach meinen Panzer auf! Aber Schildkröten kennen doch gar keine Lust, oder? Aufmachen! Aufmachen!

»Aufmachen!« hörte Dorothee, und jemand schlug gegen die K-2-Tür wie ein Berserker. Sie wankte von ihrem Feldbett zum Fenster. Dort stand der Direktor, bummerte gegen die Tür. Sie zog sich ihr längstes Sweat-Shirt über und stolperte in die eiskalte Eingangshalle. Sie entriegelte die Tür.

Der Direktor, offensichtlich sinnlos betrunken, stürmte herein.

»Moriiies! Wo bissu? Kommraus! Will dir wassaren. SSOFFOT!«

»Pscht.«

Der Direktor drehte sich langsam um wie ein Tanzbär.

»Wermachhier pssscchht?«

»Ich«, sagte Dorothee.

»Unwer bissu, Betthufferl?«

Dorothee dachte: Jetzt nur nicht deinen Namen sagen, er wird sich dran erinnern, und weil er sich schämen wird, wird er dich entlassen. Er ist bekannt für seine Entlassungen von einer Minute zur anderen.

»Ich bin die Freundin«, log sie lahm.

»Freunnnin? Vonwem?«

Dorothee deutete in verschiedene Richtungen.

»Moriiies!« kreischte der Direktor mit seiner Papageienstimme. »Kommraus, du groser Sssaubrer! Kommraus, oder ISCHOLDICH!«

Dorothee bekam es mit der Angst zu tun. Wen konnte sie anrufen? Natürlich nur Papageno. Aber was konnte Papa hier tun? Wahrscheinlich würde es eine wüste Klopperei geben, und morgen früh würden Papa und sie auf der Straße sitzen.

»Wollten Sie etwas von mir, Herr Direktor?«

Dorothee und der Direktor schraken zusammen. Der Professor stand in der Eingangstür. Er trug seine »Stadtkleidung«, einen Smoking mit schwerem Pelzmantel darüber. Er wirkte kugelrund behäbig. Sogar sein Gesicht schien angeschwollen. Nur die Kohleaugen erinnerten an den Professor, wie Dorothee ihn kannte. Zwar hatte sie ihn so schon aus der Ferne gesehen, aber der Professor besaß eine Aura, in der Nähe und Ferne außer Kraft gesetzt zu sein schienen. Sie spürte, wie sie augenblicklich blaß wurde.

»Mories! Meinfreunn!« schluchzte der Direktor. »Sweiunswei is einsuneins wenia unnichweis jes wieaallesüa Jalliklick. Klick klick …«

»Matthes«, sagte der Professor, »bitte seien Sie so gut und helfen Sie mir ein klein wenig.«

»Wie denn?«

»Halten Sie seine rechte Hand. Ganz kurz nur.«

»Ich denk nicht dran.«

»Maximal drei Sekunden. Nur Mut!«

Dorothee näherte sich dem Direktor, der sprachlos zu Boden starrte. Erst jetzt bemerkte sie, daß der Professor nicht fett und behäbig, sondern sein altes drahtiges ausgemergeltes Selbst war und dem Direktor die flache Hand aufs Auge drückte und ihm eine Art Stöpsel ins Ohr steckte.

»Nur Mut!«

Dorothee packte die rechte Schaufelhand des Direktors, und die fühlte sich unerwartet samtig und warm an, fast vertrauenerwekkend, fast wie ein großes Kissen, in das sie gerne ihren Kopf geschmiegt hätte.

»Und jetzt lassen Sie los!« befahl der Professor.

Sacht ließ sie die Hand los.

Der Direktor drehte sich zu ihr um, blinzelte und sagte jovial: »Geht doch nichts über die Lachsforelle à la Comédienne beim Professor, finden Sie nicht auch?«

»Darf ich vorstellen?« sagte der Professor, der plötzlich neben Dorothee stand, als seien sie ein lang verheiratetes Paar, das einen letzten Gast verabschiedete. »Dorothee Matthes.«

Der Direktor machte die Andeutung einer Verneigung. Sein Gesicht strahlte wie ein klarer Frühlingsmorgen. »Ah ja, Matthes. Wir müssen uns natürlich kennenlernen. Besuchen Sie mich. Ihre Dissertation. Besuchen Sie mich. Aber lieber Maurice, wie nett, daß Sie mir schon in den Mantel geholfen haben.«

»Ich bin immer nett zu Ihnen, mein Direktor. Dem einzigen Direktor der Welt«, sagte der Professor mit einer Stimme, die Dorothee erschaudern ließ. So hatte er geklungen, als er sie damals in ihrem Zimmer heimsuchte, um seine elektronischen Überwachungsgeräte zu installieren.

»Au revoir, Maurice! Au revoir, Mademoiselle!« Der Direktor schien zu schweben. Der Professor riegelte die Tür hinter ihm zu.

»Wie haben Sie das geschafft?« sagte Dorothee. »Und wer sind Sie, Maurice?«

»Ein müder Wissenschaftler, der sich die halbe Nacht um die Ohren schlagen mußte im Dienste der Erkenntnis. Für Sie aber nicht ›Maurice‹, wenn ich bitten darf.«

»Warum nicht, Maurice?«

»Weil …« Der Professor trat einen vorsichtigen, sehr eleganten Schritt auf sie zu, strich mit seinem unsagbar angenehm kühlen Handrücken über ihre Stirn, ihre Nase, berührte mit den Fingerspitzen ihre Lippen, zog seine Hand rechtzeitig zurück: »… weil ich nicht so heiße. Ganz einfach. Und eine gute Nacht. Ich werde dafür sorgen, daß dergleichen sich nicht wiederholt.«

»Und wie heißen Sie wirklich?«

»Dorothee Matthes, soll ich dich fragen, wie *du* wirklich heißt? Nein? Na also.«

Dorothee wurde schwindlig. Sie wollte etwas sagen, es kam nicht heraus. Sie wollte sagen: Aber ich liebe, ich liebe Papageno. Und fing sich rechtzeitig, denn gerade wollte es heraus.

»Namen sind Schall und Rauch, wie die Sänger singen«, sagte der Professor. »Namen haben sich als unwirklich erwiesen in der Geschichte. Glauben Sie mir. *Machen* Sie sich Ihren Namen. Das ist es, worauf es ankommt. Generieren, spezifizieren, modifizieren. Vor allem modifizieren. Gute Nacht.«

»Maurice«, sagte Dorothee, aber der Professor war schon hinter der Polstertür seines Labors verschwunden.

Sie stieg in ihr Feldbett, hielt es dort nicht aus, hörte Keith Jarrett, hielt die Musik nicht aus, zog sich an, setzte sich an ihren Schreibtisch und schrieb – während ein, zwei Tränen aufs Papier tropften – dort weiter, wo sie in ihrer Doktorarbeit seit Monaten steckengeblieben war.

Bald hatte sie sich beruhigt, ordneten sich die Gedanken, flossen die Sätze, und sie umkreisten Morphologie und Verhalten des Tieres, das sie liebte: Sali, den Persischen Leoparden.

»Der Weihnachtsbaum sieht aus wie letztes Jahr.«

»Ja. Wie aus der Tiefkühltruhe.«

»Apropos. Bei den Wildschweinen fehlt ein Frischling.«

»Jetzt, so kurz vor dem Fest?«

»In der Blüte seiner Jahre aus unserer Mitte gerissen.«

»Aus dem Gehege und in den Grill.«

»Der Weihnachtsbaum sieht aus wie Jochen Wirkus vor drei Jahren.«

»Ich war mal auf einem Kongreß in Sao Paulo, da hatten sie einen Weihnachtsbaum mit ausgestopften *brotogeri chiriri.*«

»Ich war auf einem Kongreß in Konstanz. Da hatten sie kleine Briefchen mit psychoanalytischen Scherzfragen am Baum.«

»Und?«

»Es war ein netter Abend.«

»Stimmt es, daß die Frau Direktor Weihnachten in einem U-Boot feiert? Sie soll in die Meeresforschung eingestiegen sein.«

»Ich hab gehört, sie lebt in einem Kral und ist schwanger.«

»Oh, guten Abend, Professor.«

»Guten Abend. Wissen Sie vielleicht, wo Frl. Friederike ist? Die Theatergruppe sorgt sich.«

»Keine Ahnung. Wo ist Frl. Friederike?«

»Professor, wissen Sie, was der Herr Direktor dieses Jahr geschenkt bekommt?«

»Ich weiß nur, daß die Verwaltung gesammelt und Frl. Friederike beauftragt hat. Das sperrige Paket da unter dem absonderlichen Baum muß es sein.«

»Hat jemand eine Ahnung, wo Frl. Friederike ist? Die Theatergruppe kann ohne sie nicht anfangen.«

»Warum ist der Saal so überfüllt? Haben wir uns vermehrt? Herrscht heute freier Eintritt für alle Externen?«

»Die Raubtierpfleger sind voll wie die Nattern. Schon seit nachmittags. Werden das Doppelte Lottchen vierfach sehen.«

»Stimmt es, daß Ihre Experimente kurz vor dem Abschluß stehen, Professor?«

»Meine Experimente stehen immer kurz vor dem Abschluß. Was ist das für ein schauderhaftes Gekecker aus den mannshohen Lautsprechern?«

»Das sind Weihnachtslieder. Einen Whisky, Professor?«

»…«

»Weiß *irgend jemand*, wo Frl. Friederike steckt? Wir machen uns ernsthaft Sorgen. Wir sind alle geschminkt und kostümiert, nur sie fehlt. Ich meine, sie ist die Spielleiterin *und* das Doppelte Lottchen!«

»Sieht ihr ähnlich. Stimmt es, daß Sie auch eine Rolle in dem Stück übernommen haben, Professor?«

»*Inter arma silent musae.*«

»Hallöchen, da naht Kollegin Matthes, die Unnahbare. Sieht aus wie eine anämische Griechin.«

»Wie eine Albino-Griechin.«

»Sie hat ihre Jeans gewaschen.«

»Sie hat eine Bluse an. Oder ist das ein Pyjamaoberteil?«

»Sie geht durch die Menge wie das Messer durch die Butter. Was für ein Weib!«

»Du reichst ihr sowieso nur bis zu den …«

»Ich bitte um etwas mehr Respekt vor der Kollegin, meine Herren.«

»Der Kollege ist nur neidisch, daß Matthes bei Ihnen in K 2 wohnt, Herr Professor.«

»Stimmt es, daß Sie der einzige sind, der Frettich noch gekannt hat, Professor?«

»Kollegin Matthes! Wie schön, Sie zu sehen. Nehmen Sie Platz. Hier zwischen mir und dem Herrn Direktor, der gleich erscheinen wird.«

»Frl. Friederike ist nicht da?«

»Eine bezaubernde Kette tragen Sie. Indianisch?«

»Stimmt es, daß der Oberfinanzdirektor kommt?«

»*Und* der Aufsichtsratsvorsitzende?«

»*Und* die Feuchtbiotopkoryphäe aus Ungarn?«

»Was ist ein Ungar? Na?«

»Ist das Tisch eins?«

»Einer, der hinter dir durch die Drehtür geht und vor dir wieder rauskommt.«

»Hier ist Tisch eins«, sagte Dorothee und räumte ihren Platz erleichtert einem Menschen, der aussah wie der Oberfinanzdirektor oder Schlimmeres. Sie hatte überall nach Papageno gesucht. Wie Frl. Friederike schien er verschollen zu sein. Tisch 4, an dem er mit den anderen Revierchefs sitzen sollte, war verwaist. Die anderen Revierchefs lauerten in der Nähe von Tisch 1. An Tisch 8 herrschte große Unruhe bei der Theatergruppe. Tisch 9 war bestückt mit steinalten Zoogönnerinnen, von denen eine ihr Gebiß an einer Kette um den Hals trug. Raubtierpfleger an Tisch 12, Vogelpfleger an Tisch 13. Sie bahnte sich einen Weg zu Jochen Wirkus. »Hast du Papa gesehn?« fragte sie ihn. Jochen wirkte abwesend. Er antwortete nicht. Er trug ein seltsames Hütchen auf seinem Kopf, eine Art Kochtopf aus Pappe, silbrig angemalt. Sie setzte sich neben ihn. Sie schwiegen sich gemeinsam aus.

»Der Weihnachtsbaum sieht aus wie letztes Jahr.«

»Ja, ist er nicht schön?«

»Irgendwie sieht er aus wie *vorletztes* Jahr.«

»Stimmt es, daß die Frau Direktor gar nicht fort ist, sondern mit einer Rationalisierungsfirma über Streichungen bei unseren Arbeitsplätzen verhandelt?«

»Mir war auch so, als hätt ich sie im Garten gesehn.«

»Aber sie schreibt keine internen Vermerke mehr. Jedenfalls keine aktuellen. Der letzte, den ich auf den Tisch bekam, datiert vom – warten Sie, ich hab ihn extra eingesteckt …«

»Ich hab gehört, sie ist todkrank. Krebs. Und der Alte läßt sie krepieren. Ich seh manchmal Licht in ihrem Fenster oben im ehemaligen Aquarium.«

»Es heißt, der Alte will nur ihr Geld.«

»Hat sie denn Geld?«

»Hat *irgend jemand* von Ihnen vielleicht Frl. Friederike gesehn? Wir erwarten sie dringend. Wir können nicht spielen ohne sie.«

»Nein, wir haben Frl. Friederike nicht gesehn. Sicher sitzt sie doch an Tisch eins bei den hohen Herrschaften …«

»Eben nicht …«

»Hast du gehört? Frl. Friederike fehlt.«

»Mein schönstes Weihnachtsgeschenk!«

»Stimmt es, daß der Herr Direktor Frl. Friederike entlassen will? Ich hab so was läuten gehört. Früher soll sie ihm ja …«

»Psst. Da kommt Kadamecki. Kein Wort mehr.«

»Er soll ein Verhältnis mit dem Sohn vom Direktor haben. War mir immer suspekt. Widerlicher Kerl, keine Spur von Manieren.«

»Wo doch die meisten Homoerotiker durchaus Wert legen auf gepflegte Umgangsformen.«

»Psst.«

»Wissen Sie vielleicht, wo Frl. Friederike ist, Herrschaften. Wir sind geschminkt und kostümiert. Wir warten, daß wir endlich anfangen können. Wissen Sie, ob der Herr Direktor seine Rede vielleicht *vor* dem Doppelten Lottchen halten kann?«

»Psst. Papageno kommt.«

»Lieber Herr Kadamecki. Wie schön, Sie zu sehen. Nehmen Sie

doch Platz. *Drei* Pressemitteilungen über Ihr Revier allein diesen Monat. Ich hoffe, Sie wissen, wie sehr Ihre alte Zooverwaltung Sie schätzt. Was wünschen Sie sich denn vom Weihnachtsmann?«

»Einen geladenen Revolver.«

»Na, na.«

»Ein Bier? Einen Wein? Einen Whisky? Einen Wodka? Einen Obstler? Einen Stoni? Einen Eierlikör mit Crème de Menthe frappé? Ein Glas Punsch? So laßt doch Papageno nicht verdursten! Holt ein Glas Punsch für ihn.«

»Keinen Punsch! Aber wenn ich mich kurz setzen dürfte ...«

»Ei sicher doch, lieber Freund. Unser Tisch ist Ihr Tisch. Wie geht's Schiefhals?«

»Läßt Sie herzlich grüßen.«

»Wie nett. Und der kleine Persische Leopard? Mali? Kali? Ich erinnere mich, wir hatten wegen dieses kleinen Schlingels den absoluten Rekord an internen Vermerken. Stimmt's, Leutchen?«

»Ganz zu schweigen von den internen Vermerken über den großen Schlingel Papageno. Sie scheinen wirklich nie älter zu werden, Kadamecki.«

»Und die Rentner ...«

»Ältere Erwachsene, Lilo. Es heißt jetzt Ältere Erwachsene.«

»Die Älteren Erwachsenen rannten uns die Türen ein!«

»Paß auf, was du sagst. Auch Papageno geht bald auf Rente. Stimmt's, Leutchen?«

»Laßt ihn doch selber Stellung nehmen. Im nachhinein, Kadamecki, wo das Tier nun in Sydney ist, wie sehen Sie die Sache? Etwas abgeklärter?«

»Ja«, sagte Karl-Walther, holte seine Taschenflasche hervor und nahm einen doppelten Dreier. Er hatte sich mit Junior an Tisch 11 verabredet, wo sich die Affenpfleger in verhaltenskundlichen Gesprächen verloren und wo also Ruhe war. Aber kein Junior weit und breit. Karl-Walther hob vorsichtig den Kopf und äugte Richtung Tisch 1. Kein Junior, kein Direktor, nur die Blase der wissenschaftlichen Assistenten und der Professor. Der Professor in schwarzen »Jeans« und feuerrotem, weitärmeligem Seidenhemd. Und Dorothee Matthes, die gerade aufstand, ihre Haare unwirsch in Form schüttelnd wie damals im Schneegestöber. Wie einsam sie war. Aber das durfte er nicht denken. Sie hatte tausend und abertausend Tage vor sich, Hunderttausende von Liebesschwüren. Karl-Walther sah, daß die Raubtierjungens an Tisch 12 gefährliche Blicke mit den Huftierjungens an Tisch 7 tauschten, auch wilde Worte schienen schon gewechselt zu werden. Er saß in sicherer Entfernung.

»Wo ist Frl. Friederike?«

»Nicht unser Bier.«

»Können Sie nicht telefonieren? Ich denke, Sie sind Ordner?«

»Nicht unser Bier. Wir sind heut privat.«

»Dumme Hühner.«

»Hast du übrigens schon gehört, wenn der Herr Direktor das Neue Nachttierhaus baut, dann kommt die Fernheizung raus aus dem alten Hühnerhaus, und ich dacht mir, da könnt unsereins vielleicht in die Mansarde …«

»Mach dir keine Hoffnungen.«

»Hast doch deinen Schrebergarten.«

»Sind heut jede Menge Geschenke für uns abgegeben worden. Wollen hoffen, daß wir die auch kriegen.«

»Komm, auf den Herrn Direktor ist Verlaß.«

»Der Herr Direktor ist der beste, den wir je hatten. Wißt ihr noch die Schwestern, nach'm Krieg? Mensch, waren die zickig. Denen waren unsre Uniformen unwichtig, da sahn wir aus wie die Penner.«

»Aber sie bestanden auf Gardemaß. Groß mußten wir sein. Die wollten diesen hier … ihr wißt schon …«

»Nee, die wollten, daß wir auch noch Schnee schippen. Wo gibt's denn so was?«

»Weiß einer von euch, wo die Frau Direktor ist?«

»Der Professor sagt, immer wenn er an mir vorbeigeht, sagt er …«

»Na, was sagt er?«
»Hab ich vergessen.«
»Der Professor ist ein feiner Mensch. Vornehm.«
»Der hat Geld. Das ist einer von denen …«
»Nicht so laut!«
»Stehen Sie in Kontakt mit Frl. Friederike? Wo sind Ihre Funkgeräte, meine Herren?«
»Wir sind heute privat.«
»Haben Sie das Frl. Friederike denn gesehen?«
»Sehn wir so aus?«
»Die Frau Direktor macht Urlaub, hab ich gehört.«
»Wo sie auch immer soviel arbeitet.«
»Ich hab gehört, sie macht was in Afrika. Diesen hier … ihr wißt schon …«
»Entschuldigen Sie, meine Herren, ich möchte zu Tisch eins.«
»Da müssen Sie sich erst mal ausweisen. Die Feier hat schon angefangen.«
»Ja. Hier ist Tisch zwo und wir passen auf.«
»Deutsche Bank. Ich hab eine Reservierung für Tisch eins.«
»Vorzeigen! Da könnt ja jeder.«
»Der Direktor hat mich persönlich telefonisch …«
»Psst! Es geht los.«
»Psst. Setzen Sie sich!«

»Lieber Herr Oberfinanzdirektor, lieber Herr Aufsichtsratsvorsitzender, liebe Mitarbeiter, liebe Freunde von dieses exzellentes Zoo! Als Engländer darf ich ein klein Gedicht sagen, um ein großes Panne zu … ah … bedecken …«

»Ist das der Herr Direktor?«
»Quark. Das ist Doktor Daniels, unser Oberzootierarzt!«
»Und Sie wollen von der Bank sein?«
»Deutsche Bank. Ich bin extra aus Frankfurt eingeflogen. Es geht

um das Neue Nachttierhaus. Wenn Sie jetzt die Güte hätten, mich zu Tisch eins zu geleiten!«

»Psst!«

»... denn für die Bösen, gebet acht, hab ich die Rute mitgebracht. Ich danke Ihnen. Wie wir wissen, hat unsere liebe Frau Friederike die Natur von eines Bär, so wird sie wohl bald wieder hier bei uns sein. Na klar wird das Theateraufführung dann im neuen Jahr spezialaufgeführt. Und jetzt wie man mir sagt seit vielen Jahren und immer wieder wartet man alles auf das traditionelle Weihnachtsrede von unserm und eurem und *everybody's ... Herr Direktor!*«

»Ist das nun der hiesige Zoodirektor?«

»Ja doch. Psst.«

»Wollen Sie mich nicht bitte schnell zu Tisch eins führen! Ich werde erwartet. Deutsche Bank, Frankfurt. Es soll Ihr Schade nicht sein. Hier ...«

»Danke. Folgen Sie mir geduckt.«

»VEREHRTER HERR OBERFINANZDIREKTOR, VEREHRTER HERR AUFSICHTSRATSVORSITZENDER, LIEBE MITARBEITER, LIEBE FREUNDE UND GÖNNER DES ZOOS, DIE IHR VON NAH UND FERN HERBEIGEKOMMEN SEID, LIEBE TIERE, WIE ICH – IHR KENNT MICH SCHON – NIE WIEDER VERSÄUME ZU SAGEN, HOCHVEREHRTE KAISERLICHE HOHEIT ...«

»Was hat er gesagt?«

»Kaiserliche Hoheit.«

»Vielleicht meint er Sie, Professor.«

»Schh.«

»... LIEBE GÄSTE UNSERER WEIHNACHTSFEIER, VOR ALLEM DIE KAISERLICHEN HOHEITEN, DIE MAGNIFIZENZEN DER SCHÖPFUNGS-

GESCHICHTE, WIE ICH NIE WIEDER VERSÄUME ZU SAGEN, DIE TIERE … ÄH … DENN … DIE TIERE SIND ES, DIE UNS, OB DURCH BERUF ODER BERUFUNG, OB DURCH WAHRES MÄZENATENTUM ODER DURCH GROSSZÜGIGE STAATLICHE HILFE, IMMER WIEDER, UND SO AUCH HEUTE, ZUSAMMENFÜHREN IM BRENNPUNKT DES EINEN, UND HIER LASSE ICH NICHT MIT MIR REDEN, DES EINZIGEN ZIELS: IM ZOO DIE GRUNDBEDINGUNGEN ZU SCHAFFEN FÜR ÜBERGREIFENDE, GLEICHZEITIG KOMPAKTE, ABER IMMER UMFASSENDE MASSNAHMEN ZUR RETTUNG DIESER SPEZIES HEUTE, JENER MORGEN, IN EINER WELT, DIE VERSEUCHT IST VON DER GATTUNG, WELCHER WIR ALLE, UND DAS GEHT DURCH ALLE SCHICHTEN DER BEVÖLKERUNG, DEN KAMPF ANGESAGT HABEN, HOMO SAPIENS, UND NICHT ZULETZT WOHL WISSEND … HM, UND NICHT ZULETZT WIRD DER BAU DES NEUEN NACHTTIERHAUSES, AUF WELCHES ICH GLEICH, WIE ES IHM GEBÜHRT, IN ALLER AUSFÜHRLICKEIT ZU SPRECHEN KOMMEN WERDE, AN DIESEM FESTLICHEN FRAUEN- … AAH, AN DIESEM FESTLICHEN TAGE, NICHT ZULETZT, LIEBE FREUNDE, WIRD DER BAU DIESES WICHTIGEN REFUGIUMS DAZU BEITRAGEN, DASS GEWISSE TIERE, UND ICH SPRECHE HIER VON EINEM REFUGIUM IM DOPPELTEN SINNE: FLUCHTBURG UND SEELENWEIDE … SEELENWEIDE ALSO, VOM ANTLITZ DIESER ERDE, BEI VOLLMOND, WENN ICH DIESER POETISCHEN ANWANDLUNG FOLGEN DARF, FÜR IMMER UND EWIG VERSCHWINDEN WERDEN, UND DAS GESCHIEHT DANK DER GROSSZÜGIGEN SPENDEN, DIE VON ÜBERALLHER REICHLICH GEFLOSSEN SIND. ALS ZOOLOGE MUSS ICH ABER WARNEN UND BETONEN: DIE RADIKALE AUSROTTUNG DER, NEIN: ALLER, NACHTTIERE, WIE SIE MIR SEIT LANGEM, JA, ICH DARF SAGEN, WIE SIE MIR SCHON ALS STUDIOSUS VORSCHWEBTE, BEDARF NATÜRLICH AUCH DER UNEINGESCHRÄNKTEN UNTERSTÜTZUNG JENER INDUSTRIE, DIE WIR, NICHT ZU UNRECHT, DIE CHEMISCHE NENNEN, UND LEIDER IST SIE HEUTE NICHT ANWESEND, ABER WIR WERDEN NATÜRLICH … ÄH …«

»Was sagt er?«
»Das gibt Ärger.«
»Er sagt, wir sollen die Nachttiere ausrotten.«
»Nein, er sagt, wir sollen *alle* Tiere ausrotten.«

»… NATÜRLICH IST … FÜR UNS ZOOLOGEN … DAS TIER MEHR ALS NUR SCHAUOBJEKT, DER ZOO MEHR ALS NUR NAHERHOLUNGSZIEL. DAS TIER IST UNSER BRUDER, DER ZOO EIN … REFUGIUM … FÜR UNSERE BEDROHTEN BRÜDER UND SCHWESTERN. MIT UNSEREM NEUEN NACHTTIERHAUS WOLLEN WIR DAS BREITE PUBLIKUM, VOR ALLEM DIE JUNGE GENERATION, AN DEREN VERNICHTUNG AUCH, UND ZWAR AUS GUTEM GRUND UND NACH STRENG EUTHA… PARDON ETHISCHEN GESETZEN, GEDACHT IST, EINFÜHREN IN EINE WELT VOLLER FASZINIERENDER ORGANISMEN: DEN ZAHNARMEN, DEN WÜSTENFÜCHSEN, DEN FLEDERMÄUSEN ET CETERA, IN EINE WELT KURZUM, DIE SCHON UNSERE GROSSEN DEUTSCHEN MEISTER VON FARBE UND PINSEL ALS DAS DARSTELLTEN, WAS SIE, LETZTEN ENDES, IST: EIN ARM, ODER VIELLEICHT NUR EIN FINGER?, DER EVOLUTION, EIN ABERWITZIGES AUSRUFEZEICHEN DER APOKALYPSE, UND WIE AAH WIE DIE GRIECHEN, IN IHRER EBENSO SELEKTIVEN WIE SUBALTERNEN SPRACHE, SCHON ZU BEDEUTEN WUSSTEN, EIN A UND EIN O, DENN, UND DIES SEI GERADE DEN SCHULEN, DEN VIELEN WISSBEGIERIGEN SCHÜLERN UND IHREN LOGO… HMM LOGOR… ÄH …RHÖISCHEN LEHRERN INS STAMMBUCH GESCHRIEBEN, OHNE ALPTRAUM, VON DEM ÄH FRETTICH SAGT, ER SEI, ICH ZITIERE, DER ABEND DES SCHWANZES DER SPITZE … GEHT ES NICHT. GEHT ES NICHT … EIN A UND EIN O, LIEBE FREUNDE, WOBEI SICH DIE LIEBE DER TIERE DEUTLICH UNTERSCHEIDET VON DER LIEBE DER …«

»Was sagt er?«
»Er sagt, er wünscht uns Alpträume.«
»Das gibt Ärger.«
»Er sagt, es gibt ein Oh und ein Ah.«

»… DIE LIEBE DER MENSCHEN, UND DAS SAGE ICH IM BRUSTTON DER ÜBERZEUGUNG AN DIESEM HEUTIGEN FEIERLICHEN … TAGE … BASIERT NICHT, UND ICH BETONE DIESES NICHT, AUF DEM KONSENSUS ZWISCHEN MENSCH UND TIER, DIE LIEBE ZUM TIER, UND DAS WEISS JEDER SÄUGLING, BASIERT SEIT JAHRHUNDERTEN, FAST BIN ICH GENEIGT ZU SAGEN: SEIT JAHRTAUSENDEN, AUF EINER EINZIGEN SIMPLEN UND DEMENTSPRECHEND VERSTÄNDLICHEN TATSACHE, UND HIER MÖCHTE ICH MEINE REDE ZUM HEUTIGEN … FEST MIT DEN BESTEN WÜNSCHEN FÜR SIE ALLE VERBINDEN, SIE BASIERT ALSO LETZTENDLICH NICHT, SIE BASIERT ALSO LETZTENDLICH NICHT AUF FALSCHEN VORSTELLUNGEN, ZUM BEISPIEL VON TIERLIEBE, NEIN, SIE BASIERT AUF EINEM GUTEN APPETIT. ICH HOFFE, UND ALS ZOODIREKTOR WEISS ICH, WOVON ICH SPRECHE, ES WIRD IHNEN ÄH ES IST DAS ÜBEL, DENN, LIEBE TIERFREUNDE, TIERLIEBE BASIERT AUF, GANZ WISSENSCHAFTLICH GESPROCHEN, DEM ALTEN TRIEB ZUM, UND HIER SIND SICH ALLE KULTUREN ENDLICH EINIG, HIER STEHT DIE WIEGE DER ZIVILISATION, TÖTEN, UND ZWAR VON TIEREN, UND DEM MORDEN VON … LICHT AUS!!! ICH BITTE UM ENTSCHULDIGUNG … LICHT AUS AUF DEM PODIUM!!! WELCHES VERDAMMTE ARSCHLOCH HAT … MIKROPHON AUS!!! AUS AUS AUS HAB ICH GESAGT!!! Welches verdammte Arschloch hat mir diese Rede untergejubelt? Wo ich kaum lesen kann. Nicht diese Art von Großbuchstaben, ich hab noch nie so große Buchstaben gesehen, ich bin doch nicht blind! Verdammt, was hab ich da eigentlich verlesen? Professor! Bitte kommen Sie kurz beiseite!«

»Die hohen Tiere sind alle abgerauscht. Sind wir endlich unter uns?«

»Das gibt Ärger.«

»Halt dich da raus, du Plattfuß, du Ordner.«

»Ich mein ja nur.«

»Wo ist der Direktor hin?«

»Weg. Mit dem Professor.«

»Meinst du, der Professor ist irgendwie schuld?«

»Nein. Das war Frl. Friederike. Ihr Glanzstück. Kein Wunder, daß sie sich nicht hat blicken lassen.«

»Und woher willst du das wissen, Papa?«

»Weil ich es weiß. Bestes Weihnachten seit neunzehnhundert…«

»Übrigens, die mit den Titten sucht dich überall.«

»Wo?«

»Eben ist sie fort. Nach hinten.«

»Frohe Weihnachten, Jochen.«

»Frohe Weihnachten, Papa. Auch vom All.«

»Von wem?«

»Vom Weltall. Mit den Sternen. Du siehst so anders aus heut. So irgendwie gut.«

»Das täuscht. Bist du allein heut?«

»Nein.«

»Aha. Moni? Biggi? Laß es dir gutgehen, scharfer Jochen.«

»Ich bin nich mehr allein.«

»Ich glaub's dir ja. Laß meinen Arm los.«

»Das All sieht alles.«

Papageno und Dorothee halfen dem Professor, den Direktor ins Bett zu bringen. Ein Arzt aus der Stadt wurde hinzugerufen. Dorothee fragte den Professor für Schmerzforschung, ob es jetzt gut sei. Der Professor nickte. Da bemerkte Dorothee, daß er aussah wie die Urgroßmutter der Sorge um einen Freund. Der Professor saß am Bett des Direktors, als sei er die Urgroßmutter des Direktors, bebend, die Lippen lautlos bewegend, einen hageren Finger in das Ohr des Direktors bohrend.

»Können wir noch irgend etwas tun?« fragte Dorothee.

»Können wir helfen?« fragte Papageno.

Der Professor verwandelte sich von der Urgroßmutter in den Bonvivant, dem nichts zu teuer war. Papageno bemerkte, daß der Professor sich umgezogen hatte, einen teuren dunkelblauen Mohairanzug trug.

»Ich komme schon zurecht.«

»Weihnachten«, stöhnte der Direktor. »Am schönsten im Puff. Da haben die Mädels immer Herzen in den Augen. So oft war ich mit Adler im Puff, als Junior noch nicht …«

»Ihr geht jetzt besser«, sagte der Professor.

An der Tür stießen sie mit dem Notarzt zusammen. Gemeinsam starrten sie zum Bett des Direktors hinüber. Der Professor kniete vor dem Bett, in dem der Direktor langsam die rechte Hand hob und fallen ließ.

Draußen taumelten Gestalten aus dem Zoo-Restaurant. Der Schnee schimmerte gelblich, grünlich, violett, es sah aus wie im Gang zu den Augenkranken Tieren, fand Dorothee.

Sie sagte: »Ich hab ein Geschenk für dich, Papa.«

Er nahm sie in die Arme und drückte sie sehr lange Zeit. Sie fühlte sich geliebt wie nie zuvor. Sie griff in ihre Jeanstasche und holte das kleine Päckchen hervor.

»Für dich.«

Papageno hielt die flache, teure Armbanduhr in die Luft.

»Hübsch.«

»Lies die Gravur auf der Rückseite.«

»Nein.«

»Was heißt nein?«

»Ich wollte dir was sagen, nicht gerade als Weihnachtsgeschenk, aber ich muß es dir sagen.«

»*Stop talking!*«

»Auch die Sprachen werden dir oder uns oder dem All nicht helfen. Ich … hier hast du die Uhr zurück.«

»Will sagen?«

»Ich kann dich nicht lieben.«

»Bist du krank? Du hast mich geliebt. Ich meine, wir waren zusammen, wir haben uns geliebt. Und das war nur der Anfang. Hast du selbst gesagt.«

»Der Anfang vom Ende ist, wenn man nichts vergißt, singen sie im Radio. Aber egal. Gib mir deine Hand.«

»Ich geb niemandem mehr die Hand.«

»Unsinn. Gib mir deine Hand. Ich will dir eines sagen: Ich kann dir nichts erklären. Ich liebe eine andere Frau.«

»So? Und wo ist sie?«

»Hier. Überall. In der Erde. Im Erdreich.« Papageno scharrte mit dem Fuß. Auf der weiten Löwenfreianlage erschien wie aus dem Nichts eine junge Löwin. Tastende Tatze im Schnee, tanzende Katze im Schnee. Sie wagte noch einen Schritt auf den Wall zu, der die Zuschauer von ihr trennte, witterte, nickte, rollte sich auf den Boden, wälzte sich auf dem Rücken, die Augen weit offen.

»Dein Glück, daß du heut nicht die Spur blau bist, Papa, sonst würden wir uns jetzt kloppen. Sag, Schatz, hast du zu wenig getrunken?«

»Du willst mich nicht verstehn. Und warum auch? Ihr seid euch immer so sicher, und dann seid ihr euch nicht mehr so sicher, oder ihr verwechselt alle Wörter oder ihr seid einfach fort. In der Erde in Blechschachteln. Da!«

»Wen meinst du mit ›ihr‹?«

»Vergiß mich im Zoo. Tu Sali nichts.«

Papageno rannte davon, sie holte ihn mühelos ein. Sie hielt ihn weit von sich wie eine Puppe und sagte:

»Siehst du nicht, wie ich dich liebe?«

»Du liebst. Ja, das sehe ich. Du brauchst mich nicht zu erwürgen. Laß mich gehn.«

»Wo ist deine sogenannte andere Frau? Zeig sie mir doch. Wo ist sie? Du lügst mir was vor, du hast einfach Angst vor mir, weil ich gut für dich bin.«

»Laß mich in Ruhe. Ich hasse deine Sprache. Ich hasse deine Jugend. Ich hasse deine dämliche Uhr, die du mir nur schenkst, um mich noch müder zu machen. Ich bereue es, daß ich dich angefaßt habe, daß ich dich überhaupt getroffen habe. Bleib mir vom Leib, wenn dir dein Leben lieb ist. Hast du kapiert? Ich mein's, wie ich's gesagt habe.«

»Aber eben beim armen Direktor waren wir ein Paar.«

»Das ist es ja gerade!«

»Aber eben beim armen Direktor und auch vorher waren wir ein Paar!«

»Ich werde dir deinen Christoph zurückholen. Dann gründet ihr eine Familie und kauft euch einen Schnellkochtopf. Ich werde ihm sagen, was die Wahrheit ist, daß ihr zwei zusammengehört. Ich werde ihm sagen, daß ihr's nur noch nicht wißt.«

»Nein, wirst du nicht.«

»Doch, werd ich doch.«

»Nein, wirst du nicht.«

»Küß mich, Giraffe.«

»Ich lieb dich, Papa. Halt mich weiter so.«

Dann ging das Jahr zu Ende, Dorothees erstes Jahr in diesem Zoo. Silvester feierte sie mit Papageno im Vogelhaus, denn er hatte Nachtdienst (gewiß hatte er darauf bestanden, um es romantischer zu gestalten). Schiefhals wurden neue Lieder beigebracht. Sie nahmen das Vogelhaus in ihren Besitz, bis es an allen Ecken und Enden lockte und flötete und piepste und schackerte und trillerte und schrie. Die spezielle Silvesterparole des Direktors lautete: »Führt Wohl Euch Zu!« Sie gab Anlaß zu kühnen Interpretationen und wilden Spekulationen. Frettich, wie er im Buche steht, meinten die wissenschaftlichen Assistenten. Das gibt Ärger, wußten die Ordner an den Eingängen, welche zugleich die Ausgänge waren. Heiße Würstchen, rief unbeirrt ein frierender Mann, den schweren dampfenden Kessel um den Bauch geschnallt. Aber hieß es nun »führt« und waren geistige Getränke gemeint, oder »fügt« und war etwas völlig Neues gemeint? War Frl. Friederikes Hand wieder im Spiel gewesen? War der Direktor noch ganz beisammen? Man durfte auf die Neujahrsparole gespannt sein. Der Direktor ließ sich nicht mehr blicken. Es wurde erzählt, er habe noch nicht einmal sein Weihnachtsgeschenk, eine chromblitzende Fitnessbank, ausgepackt. Gewiß, dachte Dorothee, war seine Frau inzwischen zurückgekehrt, und er wollte mit ihr seine Ruhe haben, wie sie mit Papageno.

»Papageno sagt«, schrieb sie in Gedanken in ihr Tagebuch in dieser Silvesternacht, »daß Glück nur schön ist, wenn man weiß, daß andere es in diesem Augenblick auch haben.« Zwischen Papagenos afrikanischem Nilpferdlied tief in ihrem Leib und Papagenos Pausen nackt auf den Bänken des Vogelhauses sprach sie von ihrer Kindheit, wie einsam sie gewesen war und wie sie adoptiert wurde von der Grauhaarigen Frau, einer Bäuerin, die ihr Leben lang davon geträumt hatte, in den Postdienst zu gehen, Briefe zu sortieren oder zu stempeln oder auszutragen, und wie ihr, Doros Leben, eine neue Wendung genommen hatte, als sein, Papagenos, Blut im Freiflugraum des Vogelhauses auf ihre Jeans getropft war. Sie dachte nicht mehr an Christoph. Nur einmal durchfuhr sie ein Schrecken, als der alte Graupapagei Schiefhals, von Papageno ermuntert, sang: »Gestern ist der Zug entgleist, doch ich komm trotzdem angereist.«

Jetzt lag sie mit Papageno in der Futterküche des Vogelhauses, in zwei Decken gehüllt, die sonst zum Verdunkeln von großen freihängenden Käfigen benutzt wurden. Sie lagen auf dem Fußboden, und Dorothee hörte zu, wie sein Herz schlug. Draußen in der Stadt explodierten noch die Böller und zischten die Raketen in den dicken Schnee.

»Jali will Eis, sofort!« sagte Schiefhals sehr leise in die Dunkelheit seines Käfigs, und er hüpfte von seiner Stange und ging auf dem Käfigboden spazieren, die ganze lange Nacht.

II

Menschen, die beißen

In der Stadt, hundert Schritte vom deutschen Zoo, gab es das Deutsche Reisebüro.

Dieses betrat, im Jahr des Großen Sportfestes, eine junge Frau, um sich Auskunft zu holen über Reisen nach Übersee.

Aber es war nur ein Spiel. Ihr heimlicher Verlobter war angestellt im Deutschen Reisebüro, und sie ärgerte ihn gern mit ihren exorbitanten Reisewünschen. Ließ ihn Weltkarten entrollen und die Karten von Zeitzonen, wollte, daß er Stapel von Kursbüchern, Schiffahrts- und sogar Luftfahrtprospekte heranschleppte.

Dabei mußte er natürlich so tun, als würde er sie nicht kennen: Spielregel Nummer eins.

Und die gesamte Belegschaft des Deutschen Reisebüros mußte ein Gleiches tun: Spielregel Nummer zwei. Denn eigentlich gab es im Deutschen Reisebüro ein Schild, das der jungen Frau verbot, sich überhaupt dort aufzuhalten. Da wir aber das Jahr des Großen Sportfestes schrieben, in dem der gute Sportsgeist Spielregel Nummer drei war, hatte man das Schild vorübergehend entfernt. Außerdem war die junge Frau eine bekannte Photoreporterin und wurde gebraucht, um die Sportler zu photographieren und ihren Geist.

So entstehen die langen Mißverständnisse.

Sei's drum, am liebsten photographierte sie ohnehin, hundert Schritte vom Deutschen Reisebüro, die Tiere im Zoo, den sie einmal am Tag als blinde Passagierin bereiste, denn auch dort gab es eigentlich Schilder. Vielleicht suchte sie die Tiere aus dem Vaterland ihrer Mutter, einem entlegenen Ort, von dem wenige wußten.

Wenn ihr heimlicher Verlobter Mittagspause machte, oder nach seinem Dienstschluß, oder am Wochenende, oder an den vielen Feiertagen, die man damals schrieb, trafen sie sich im Zoo bei den Tieren. Oft spielten sie Verstecken, und immer fanden sie einander wieder.

Das ist etwas Ungewöhnliches in einer Liebesgeschichte. Und in dieser ganz besonders. Denn immerhin rühmte sich der deutsche Zoo, der größte der Welt zu sein. Viele Paare verfehlten sich in ihm, viele einzelne Menschen verirrten sich, viele fanden, kurz vor Toresschluß wenn die Ordner die Glocken läuteten, den Ausgang nicht.

Die junge Photographin und der junge Angestellte liebten einander wie nie zwei Menschen zuvor. Vom Danach wollten sie nichts wissen. Dabei half ihnen der Zoo, in dem die Tiere ihren nie endenden Tag lebten, zu dem auch die Nacht gehörte.

Nachts, wenn der Zoo geschlossen war, sorgte sich die junge Frau manchmal um die Berechtigung ihres Glücks. Es gilt als nahezu erwiesen, daß ausschließlich »junge« Menschen, das heißt Menschen, die als letzte gekommen sind, von dieser Sorge befallen werden.

Dann beschäftigte sich die junge Frau mit den Nachtmahren der Naturvölker. Sie versuchte, eine Geschichte zu schreiben über die Nachtmahre der möglicherweise glücklichsten Völker, die je die Sonne sahen. Es machte ihr angst, daß sie so glücklich war und vom Danach nichts wissen wollte, und sie malte sich aus, welche Nachtmahre die glücklichen Naturvölker gehabt haben könnten.

Eines Nachts, im Jahr des Großen Sportfestes, biß sie ihren heimlichen Verlobten in seine ausgestreckte Hand. Diese Hand war wie aus Holz.

Tut es weh, in Hände aus Holz zu beißen? Wir wissen es noch nicht. Wieder kommt unsere Geschichte zu spät.

Denn die Naturvölker glaubten, die Affen seien die Nachfolger der Menschen, und die Menschen seien aus Holz gewesen.

In einem Zoo, den die Naturvölker nicht voraussehen konnten, saß das glückliche junge Paar unter Bäumen, die so alt waren, daß der Wind sie gepflanzt haben mußte. Und unter dem Holz der Bäume ruhte die vorgeschichtliche Riesenschlange.

Noch war ihre Zeit nicht gekommen.

*

Am siebzehnten Tag des zweiten Monats des neuen Jahres entführte Karl-Walther, ohne Dorothee Matthes vorzuwarnen, einen Molukkenkakadu und erklärte ihn für unheilbar krank. In der Tat wollte der sprachbegabteste unter den Kakadus, der Molukke, nicht sprechen, aber sonst fehlte ihm nichts. Er konnte Purzelbäume, und als Karl-Walther ihn im Morgengrauen in einem Transportkäfig nach Hause schleppte, hangelte der große Vogel rücklings an den Stangen entlang und stellte die feuerrote Federhaube auf. Er hatte keinen Namen, sondern lebte seit Jahren im Vogelhaus mit seiner Frau, deren Iris dunkelbraun war. Die Frau wollte ebenfalls nicht sprechen und machte kein Aufhebens um den entführten Partner. An diesem Morgen fiel der Schnee so dicht im Zoo, daß Karl-Walther glaubte, ertaubt zu sein. Den turnenden Molukken in einem hohen Holzkäfig auf den Schultern, kam Karl-Walther sich vor wie ein Thronräuber im Himalaya. Die Wölfe erwachten in ihren Kuhlen, sie drehten langsam ihre Köpfe vom Vogelpfleger zu einer Erscheinung, die in einiger Entfernung unförmig und grellweiß im vom Schnee erhellten Dunkel stand. Der Schneemensch, dachte Karl-Walther, ist gekommen, um mir meine Krone zu rauben, der Höhepunkt meiner Laufbahn, wenn ich ihn überlebe, ist da.

Dann erkannte er ihn.

Zum ersten Mal begegneten sie einander allein im Zoo. Der Schneemensch setzte einen Fuß vor, zog ihn zurück. Karl-Walther tat drei Schritte, die er zählte, vorwärts. Blieb stehen. Der andere kramte in den Tiefen seines weiß und dicht behaarten Mantels, holte etwas hervor, riß den Arm hoch. Die Flamme eines Sturmfeuerzeugs flakkerte auf, und Karl-Walther sah schwarze Brillengläser. Er mußte an ihm vorbei, mitsamt dem Molukken, aber der Weg war schmal und schneeverweht.

Die flache türkische Zigarette berührte fast Karl-Walthers Nasenspitze, die schwarzen Gläser glitzerten feucht, die Zigarette zitterte. In der Klemme. Einem von ihnen war es bestimmt, rückwärts ins immergrüne Gebüsch zu treten, dem anderen Platz zu machen. Karl-Walther schaute nach oben. Der Kakadu streckte seinen Kopf durch die Gitterstäbe und äugte auf die weiße Pelzmütze des Menschen hinunter, der Kakadu fing an zu nicken, wollte vielleicht sprechen. Noch nicht, dachte Karl-Walther, wenn schon, dann bring ich es dir bei. Eine behandschuhte Hand schoß aufwärts, packte den Schnabel des Vogels, hielt ihn schraubstockartig fest, während die andere Hand langsam, gründlich die Zigarette am schwarzen Horn des Schnabels ausdrückte. Karl-Walthers Linke griff nach der Hand, aber sie war wie aus Eisen. Die Linke des Rauchers kroch an Karl-Walthers Arm hoch, umklammerte seine Hand, versuchte sie zu quetschen. Karl-Walthers Rechte krallte sich in die behandschuhte Linke, setzte zu einem Sehnenreißer an. Der Kakadu trommelte mit den Füßen auf dem Käfigboden, der Lederriemen, mit dem der Transportkäfig an Karl-Walthers Rücken befestigt war, verrutschte, löste sich, und Karl-Walther kippte hintüber ins Gebüsch. Der Molukke badete im ersten Schnee seines Lebens. Sagte aber nichts.

»Nur ich weiß es«, sagte der Professor für Schmerzforschung. »Vergiß das nicht. Nur ich weiß, wie es weiterging.«

Ein kurzer Blick, lange Gedanken. Der Professor ließ Karl-Walther im Schnee liegen und entfernte sich Richtung Eiscafé. Der Kakadu stellte seine rote Federhaube auf und öffnete den Schnabel. Nicht, warte, bis wir zu Hause sind. Karl-Walther schulterte den Käfig aufs neue und trug seinen Patienten durch das Schneetreiben zum Flußpferdannex. Unterwegs sah er eine Krähe, die eine leere Kekspackung aus dem Abfallkorb zerrte und nach Krumen hackte. »Weihnachtsspekulatius«, las er. Plötzlich roch die schneesatte Luft nach Kakao, und er schüttelte sich wie ein nasser Hund und hastete weiter. Wie viele Tassen heißen Kakao er wohl in den wenigen Jahren, als er liebte und geliebt wurde, getrunken hatte? Er suchte nach einer

Zahl in seinem Kopf. Fünftausend Tassen Kakao. Eine Zahl, eine beruhigende, wie in einem Geschichtsbuch, fünftausend Tote, das ist geschehen, daran gibt es nichts zu rütteln, und der Trauermarsch der Ereignisse kann weitergehen. Die meisten Tassen Kakao, erinnerte er sich dann doch fort, waren verziert gewesen mit Sonnengesichtern aus Sahnetupfern, mit kleinen Makronen, arrangiert in Herzgestalt. Sie brachte den Kakao aus der Küche, den langen dunklen Flur entlang, »Oioioi« murmelnd, zwei Tassen, eine für sich, eine für ihn. »*¡Salud!*«, sagte sie auf Spanisch, der Sprache ihrer Mutter. »Prost«, antwortete er, und sie schütteten den Kakao in ihre Hälse, einander nicht aus den Augen lassend. Jali erzählte. Wie sie als kleines Kind mit einer Nuckelflasche zwischen ihren rosigen, weichen, vollen Lippen erwachte und warmen Kakao nuckelte an der gräßlichen Grenze zwischen Schlaf und Leben. Wie ihre Mutter sich neben sie legte und auf Spanisch sagte: »Ich wär lieber dein Kind, Jael.« Wie der Herbst in der »Steinstadt«, aus der sie kam, das Heimweh ihrer Mutter verdoppelte, verdreifachte, nach dem Meer, dem blauen, dem Kraft spendenden, Füße küssenden. Wie Jali als Kind glaubte, die Fische bekämen Bauchweh vom Meer und würden es eines Tages leergetrunken haben.

Karl-Walther trat die Tür zu seinem Wohnzimmer auf. Der Molukke schlug unruhig mit den Flügeln. Karl-Walther fegte ein paar Gläser und verkrustete Teller vom Campingtisch und stellte den Vogelkäfig darauf. Der Mond beschien den Schnee, und der Schnee schimmerte ins Zimmer, so daß der Molukke in ein fahles, unwirkliches Licht getaucht wurde. Karl-Walther deckte den Käfig mit seinem Schal zu und ging ins Schlafzimmer.

»Zu mir!« sagte Dorothee. Sie klopfte auf sein Kopfkissen. Sie stemmte die Hände in die Hüften, streckte ihre nackten langen Beine in die Luft und strampelte, als würde sie radfahren.

Er streifte seine Stiefel ab und ließ sich rücklings neben die glückliche Zoologin fallen. Sie kuschelte sich an ihn. Er schnalzte. Manchmal war er noch hungrig und fraß sie, wie sie war, mitsamt ihren umständlichen Gedanken über »Liebe« und »Verständnis« und »Erleuchtung«, die sie mit fast maschineller Folgerichtigkeit hervorbrachte. Manchmal schien es noch, als tue er mit ihr etwas zum ersten Mal, das er viele Male getan hatte, an das er sich jedoch nie vollständig erinnern konnte. Lauerten Gedächtnisverluste im Sexuellen, so wie im Suff? Doro schien nicht zu bemerken, oder wollte es nicht wahrhaben (oder wollte es, weil es sie erregte), daß er meist abwesend in ihr war, daß ihm die Lust an ihr eine ganz andere Lust eröffnete, die Lust am Schwimmen. Er schloß die Augen und schwamm los, das Wasser war kalt, es war Nacht. Bald erreichte er eine Stelle, wo ein Schiffsunglück stattgefunden haben mußte. Mit ruhigen Bruststößen schwamm er an allerlei Wrackteilen vorbei, betrachtete sie eingehend, schwamm weiter. Wasserleichen trieben ihm entgegen, er erkannte und grüßte sie und spürte keinen Schrecken, sondern stupste sie mit seiner Nase an, wie es die Delphine tun. Das Wasser wurde wärmer. Am Horizont, wenn es der Horizont war und nicht eine riesenhafte Glaswand, denn vielleicht befand er sich ja in einem Swimmingpool von gigantischen Ausmaßen, ging eine Art Sonne auf, ein dreidimensionaler, innerlich blaßrot milchig schimmernder Ballon oder Lampion. Jetzt sah er unter sich im schwarzen Wasser etwas sinken. Neugierig tauchte er. Das Tauchen fiel wunderbar leicht, seine Lungen signalisierten ihm, er würde Stunden um Stunden nicht atmen müssen, sein Herz schlug regelmäßig, sein Kopf war klar. Wie er gewußt hatte, war das Wasser nicht schwarz, sondern dunkelgrün, und es teilte sich vor ihm in Fächern, in rauschenden Vorhängen. Der Gegenstand, dem er in die Tiefe folgte, war eckig, aus Holz. Schneller, sagte eine Stimme in seinem Kopf, und er verdoppelte sein Tempo. Bald sah er, daß er einem Möbelstück hinterhertauchte, einer Kommode, edel und alt, deutlich konnte er die kunstvoll geschnitzten Griffe an den Schubkästen und die dreimal geschwungenen Füße erkennen. Plötzlich hielt die Kommode inne, sie schwebte nicht, sondern stand aufrecht still in der Tiefe. Karl-Walther umkreiste sie wie ein großer freundlicher Fisch. Da ruckte sie an und stieg, erst langsam, dann mit Geschwindigkeit. Karl-Walther schlug einen Purzelbaum. Er schwamm auf sie zu, umklammerte sie, ließ sich von ihr emporziehen. Während sie in einem Kokon von Luftblasen durch das grüne Element dem Milchballon über dem Meer entgegenschnellten, öffnete sich eine der Schubladen spaltbreit, und Karl-Walther lächelte unter Wasser, als sein Blick auf seidenglänzende Damenunterwäsche mit den Initialen J. K. fiel. Unversehrte Unterwäsche, wie neu. Natürlich war es Jalis alte Kommode aus ihrer gemeinsamen Wohnung in der Bachstraße 14.

»Wo warst du?« stöhnte Dorothee.

»Spazieren.«

Einmal sah er in der Tiefe des Meeres oder Bassins einen Kagu. Aber er war nicht echt. Kagus konnten nicht schwimmen. Noch nicht einmal fliegen. Karl-Walther hatte sich nichts sehnlicher gewünscht als einen neuen kranken Kagu. Wie abartig meine Wünsche werden, dachte er, wenn ich in die Enge getrieben bin. Als Junge in Afrika wünschte er sich ein Blutbad, ein Massaker an seiner und Marie-Luises Familie, das er und Marie-Luise wie durch ein Wunder überleben würden, um endlich ins Land ihrer gemeinsamen Träume flüchten zu können, nach Deutschland. Es kam anders. Marie-Luises tonloses »Nein. Ich geh nicht mit dir« aus heiterem Himmel unten am großen Njassal massakrierte seinen Verstand, und das Blutbad fand in seinem Herzen statt. Er heuerte auf einem Frachter an, seinen Schmerz und Haß in sich tragend wie ein Virus. Jali, die er infizieren würde, atmete und träumte in einem weit entfernten Winkel der Welt, wußte noch nicht, wer er war. Jetzt, heute im Zoo, wünschte er sich einen neuen kranken Kagu, um sich ein zweites und letztes Mal in Quarantäne begeben zu können. Nur diesen Rückzug würde Dorothee Matthes, Marie-Luises Doppelgängerin, verstehen und billigen. Dabei ging es nicht um sie. Es ging um die Zeit, eine alte Zeit, alle Zeit, wie immer. Irgendwann würde wieder Frühling sein, das Erdreich durchfeuchtet, weich, Sali zurück aus Sydney. Doch das Loch in seiner Herzscheidewand wurde nicht kleiner, und seine Anfälle von Atemnot ängstigten sogar die junge Zoologin in seinem neuen, per Versandhauskatalog bestellten Bett. Er lenkte ein und trank seinen Pastis nur noch, wenn sie außer Reichweite war. Manchmal empfand er fast Freude, wenn sie versuchte, ein wenig von ihrer Ordnung in sein vermeintlich unordentliches Dasein zu bringen, in dem strengere Gesetze und Rituale herrschten, als sie es je für möglich gehalten hätte. Wie wenig sie ihn kannte. Wie gut für sie. Er hatte ihr von Marie-Luise erzählt, das Allernötigste nur, die äußerlichen Ähnlichkeiten, Mund, Nase, Augen, vor allem die Statur, die Brüste, Himmel! Und sie schien ihn nur noch mehr dafür zu lieben. Marie-Luise war Grüblerin gewesen wie Doro, zu tief in sich hineinhorchend, wenn der Mond doch lachte und die Flußpferde prusteten vor Lebensfreude unten im großen Fluß. »In Europa schlafen sie jetzt«, war der einzige Satz, den sie an manchen Tagen hervorbrachte, zerrissen von geheimen Gezeiten, zwei Kontinente verarbeitend, Küsse und Nahrung verweigernd. Und wie Dorothee Matthes hatte Marie-Luise Idekeit nachtlange Gesichter ziehen können, dunkle Vorhänge fielen, hinter denen die Schauspielerstimmen der Jugend wer weiß welche Dramen aufführten, bis sich endlich um den schmalen, feingeschnittenen rosa Mund ein Lächeln ausbreitete, und ein Glühen auf Stirn und Wangen, das noch das aggressivste Gnu in die Knie gezwungen hätte. Doro konnte nicht genug hören von Marie-Luise. Bestanden noch »irgendwelche Verbindungen«, wollte sie wissen, lebte Marie-Luise noch »irgendwo in Afrika«, konnte er, Papageno, sie nicht »irgendwie aufstöbern«? Sie starb kurz nachdem ich sie verlassen hatte, log Karl-Walther, in einer Nervenklinik, blutjung. Er staunte, wie leicht ihm dieser Satz über die Lippen ging. Christoph zu belügen war schwieriger.

»Wird Zeit, daß du zur Arbeit gehst«, sagte Karl-Walther. »Christoph kommt am Nachmittag.«

»Du liebst mich nicht«, sagte Doro. »Du brauchst mich nur. Du brauchst mich, um in deinem Wust zu überleben.«

Denkst du denn, dachte Karl-Walther, daß du mich liebst? Auch du brauchst mich nur. Du brauchst mich, um in diesem Zoo zu überleben. Und wenn du mir schon nicht helfen kannst, ich werde dir helfen, verlaß dich darauf. Er sagte:

»Auf wie viele Orgasmen bringt's der Mensch im Leben? Was meinst du, Doro?«

»Wie soll ich das verstehn?«

»Tausend? Hunderttausend? Hat je jemand gezählt?«

»Wann kommt Christoph?«

»Gegen vier.«

»Und er weiß immer noch nichts? Er hat keine Ahnung?«

»Er weiß, daß wir uns kennen«, sagte Karl-Walther. »Er will, daß wir uns kennen. Er will, daß du einen Vater hast, bei dem er um deine Hand anhalten kann.«

»Und er hat nicht die geringste Ahnung?«

»Er vertraut mir.«

Dorothee drehte sich zur Seite und stellte das Kofferradio an, das sie, zusammen mit einer Sofortbildkamera, mitbrachte, wenn sie bei Karl-Walther schlief. Zum Gedröhn eines Orgelchorals machte sie ein Photo von ihm. Er ließ sie gewähren. Ihre Photos waren nicht von dieser Welt oder zeigten seltsam unbedeutende Ausschnitte dieser Welt, ein halbes Büffelhaus im Schnee, ein Viertel Misthaufen im Wirtschaftshof, die verwackelt ins Bild ragende Hand eines Wärters, Karl-Walthers nacktes Bein über dem Rand der Badewanne. Die Photos von dieser Welt hatte Jali geschossen, die wenigen Jali-Photobände, die antiquarisch noch auffindbar gewesen waren, hatte der Professor für Schmerzforschung aufgekauft, zu horrenden Preisen, wie Karl-Walther wußte.

»Manchmal tut mir Chris irgendwie leid«, sagte Dorothee und hielt ihm das Sofortbild unter die Nase, auf dem ein Kopf langsam Gestalt annahm. Der Kopf erinnerte Karl-Walther an einen Kopf, den er kannte, den er schon einmal gesehen hatte. Nasse Haare, die Augen verhangen, leicht zusammengekniffen wie bei Menschen, die geweint haben oder aus dem Meer kommen.

»Seh ich dich gleich bei der Runde?« fragte Doro, in ihre Jeans steigend. »Der Direktor gibt uns heute mal wieder die Ehre.«

»Wäschst du dich nicht?«

Doro spuckte in die Luft und reckte ihr Gesicht hinterher. Sie machte einen Buckel und berührte mit den Fingerspitzen ihre Zehen. Dann begann sie, auf der Stelle zu tänzeln wie ein Boxer. Ihre schweren Brüste schaukelten, Karl-Walther schaute weg. Tat sie nur so, oder war sie wirklich das glückliche Mädchen mit dem ehrenwerten wissenschaftlichen Beruf und dem heruntergekommenen Liebhaber aus der Praxis? Hatte sie, was sie brauchte? Karl-Walther konnte ihre Zukunft nicht sehen, keinen Zipfel davon. Ehe, Kinder, Wiederholung standen ihr nicht mehr ins Gesicht geschrieben. Sie wirkte jetzt eher wie ein Backfisch, der spielerisch verschiedene Zutaten des Erwachsenenlebens ausprobierte: wie man zusammen aufwachte, wie man über die Arbeit stöhnte, wie man kompliziert dachte, wie man »leidenschaftlich« liebte. Im Bett war sie ebenso gierig wie er, wenn nicht fordernder, hemmungsloser, sie verschaffte sich, was sie haben wollte, um danach sofort von ihrer Arbeit zu sprechen oder am offenen Fenster in bitterer Kälte gymnastische Übungen zu vollführen. Ihm konnte es recht sein. Oder doch nicht? War es nicht ein Geschenk, daß er nach so vielen Jahrzehnten seine Marie-Luise, immerhin eine Art Marie-Luise, wiedergefunden hatte? Nein. Diese Vergangenheit war zu vergangen, war fast null oder neu. Mit Doro fast schon wieder Gegenwart, und die durfte ihm nicht zu nahe kommen, weil zu eindeutig, wie eine fast leere Flasche. Außerdem ist sie ein Waisenkind, dachte er und wußte im selben Augenblick nicht, was der Gedanke zu bedeuten hatte.

Er dachte an den Molukken. Zu dumm, daß der Direktor ausgerechnet heute an der Zoorunde teilnahm. Ewig hatte er sich nicht blicken lassen, und Karl-Walther wußte, welche fürchterlichen Folgen lange Abwesenheiten des Direktors haben konnten: neue Geschäftsverteilungspläne, Modernisierungen, Entlassungen. Natürlich befand er sich an Bord, abends konnte man seinen Riesenschatten hinter den erleuchteten Bürofenstern in der Verwaltung auf und ab gehen sehen. Was brütete er aus? Ein lebend frisches Gerücht besagte, die Frau des Zoodirektors sei inzwischen zurückgekehrt, schwer krank, und würde von ihm in einem ehemaligen Fischfutterraum im alten Aquarium »gehalten« und mit Drogen vollgepumpt. Tatsächlich hatte Karl-Walther, als er eines Abends dort vorbeiging, ein ersticktes Heulen gehört, eine Frauenstimme ohne Zweifel. Und das Heulen war nicht aus der Wohnung des Direktors gekommen, sondern aus einem der Räume hinter den ehemaligen Fischbassins. Vielleicht empfing Junior dort seine Freundinnen. Es war ihm unmöglich gewesen, mit Junior zu sprechen, denn Junior machte sich, zum Glück, rar wie sein Vater. Karl-Walther war froh darüber und leichten Gewissens. Sein brieflich übermitteltes Gesprächsangebot stand, er konnte nichts dafür, wenn Junior nicht kam. Er hoffte allerdings, daß sein Vater sich an die Abmachung hielt, den Persischen Leoparden zurückzuschaffen. Wenn nicht, würde es ihm schlecht ergehen. Nahm man die laufenden Wochenparolen als Anzeiger seiner Befindlichkeit und geheimen Lebensumstände, so ging es dem Direktor leidlich gut. Wie üblich hatte das neue Jahr mit einer Reihe von Redensarten begonnen. »Wir gehören zusammen«, »Heute soll dem Morgen nichts borgen«, »Faule Hände müssen ein böses Jahr haben«, »Fremdes Tier bedeutet fremde Gäste«. Gefolgt von einer seiner »poetischen« Anwandlungen: »Die Leichten sind den Leichen gleich«. Doro berichtete, daß ein paar Überängstliche unter den wissenschaftlichen Assistenten dies in seltener Selbsterkenntnis auf sich bezogen und als Kündigungsdrohung aufgefaßt hatten. Die laufende Parole kam schon eher zur Sache: »In allen Lagen Direktor fragen«. Der Schweinepfleger hatte sich von einer alten Zoobesucherin eine Rheuma-Höhensonne für die ewig frierenden Pekaris aufschwatzen lassen und sie eigenmächtig installiert, über Weihnachten, in der irrigen Annahme, man werde es schon nicht merken. Der die Lampe umhüllende, schützende Feindraht war geschmolzen, und eines der bissigen Schweine hatte sich gehörig die Schnauze verbrannt. Der Pfleger war mit einer Abmahnung davongekommen. Die Frage blieb: Würde man Karl-Walther den Molukken lassen?

»Du hast schon wieder das Wohnzimmer verschlossen«, rief Doro heiter-melancholisch aus der Küche wie eine geübte Frau. »Was versteckst du da?«

Nicht, daß der Molukke ein Freund war, oder ein besondere Aufmerksamkeit erheischender Spezialfall. Karl-Walther hatte den Kakadu bisher nur aus den Augenwinkeln wahrgenommen, als einen der Stillen im Revier, und sich erst an diesem Morgen nach einer weiteren schlaflosen Nacht an Doros Seite zur Entführung entschlossen. Wollte er ihm wirklich das Sprechen beibringen, oder sehnte er sich einfach nach einem Haustier? Der Kagu ist lange her, dachte er, im Kuddelmuddel meiner persönlichen Zeitvernichtung. Aber vielleicht hilft er mir ein zweites Mal. Vielleicht ist die Nacht gekommen, wenigstens eine Geschichte zu Ende zu bringen. Damals beim Kagu war ich nah dran, alle Geschichten zu Ende zu bringen, aber Jali erschien mir im Traum und sagte »Nein. Noch nicht.« Hatte ich wirklich Mitleid mit dem todkranken Kagu?

Manchmal glaubte Karl-Walther die Kagu-Legende, wie sie im Zoo, von den Freunden des Zoos, in der Presse am Leben erhalten wurde, selbst. Wußte nicht mehr genau, wollte es nicht wissen, was eigentlich geschehen war. Seine Erinnerung setzte ein mit dem Tod des Kagus nach Monaten der Quarantäne. Der einsame Vogel, der nicht fliegen konnte, hatte es auf irgendeine Art bewerkstelligt, sich mit Fallaub und kleinen Zweigen und Holzstücken zuzudecken, und Karl-Walther hatte es nicht über sich gebracht, ihn aus seinem kleinen Grabhügel zu scharren. Das hatten andere getan, er hatte den Kagu tot nie zu Gesicht bekommen. War das rubinrote Auge, aus dem der seltene Vogel seinen Pfleger angestarrt hatte wie ein müder Magier, geschlossen gewesen? Viel später fragte sich Karl-Walther manchmal, nach zwanzig Pastis, ob der Kagu noch lebte, in einem geheimen Winkel des Zoos oder des Planeten, in Sicherheit gebracht von einem Tierpfleger im wahrsten Sinne des Wortes, einem Super-Tierpfleger.

Karl-Walther wußte, daß alle Freiheiten, die er sich im Zoo herausnahm, seine eigenwillige Arbeitszeiteinteilung, seine eigenwilligen Ansichten, die eigenmächtige Flaschenaufzucht Salis, der nach Anis duftende Weißgrüne Flaschenwald in seiner Wohnung, ihm nur durchgingen, weil es die Kagu-Legende gab. Ohne den Nichtflieger aus Neukaledonien säße er längst auf der Straße. Der »Papageno-Freundeskreis«, bestehend aus alten Gattinnen und Witwen, eine geballte Finanzmacht, war nicht ohne Einfluß auf Direktion und Vorstand. Was ist eine Straße heute, wie sieht eine Straße heute aus? dachte Karl-Walther.

Ein kalter Lufthauch wehte ins Schlafzimmer, die Haustür fiel ins Schloß. Soso. Daß Doro auf den morgendlichen Zungenkuß »Boa Constrictor« verzichtete, gehörte zu einem neuen Spiel in ihrem Schädel. Existierte sie überhaupt hinter ihrem Verstand und ihren Brüsten? So wie ein Tier existierte, ein Leopard, als fleischgewordener Sinn in sich selbst? Oder waren er und Doro Muster, Testproben, Phantome der Verhaltensforschung?

»Gebt mir Blut«, sagte Karl-Walther und ging ins Wohnzimmer. »Blut will ich sehen.«

Der Molukke straffte sich, streckte den Hals, öffnete stumm den Schnabel. Karl-Walther klaubte ein paar Datteln und Erdnüsse aus seiner Tasche und warf sie in den Käfig. Der Molukke betrachtete die Leckerbissen, ohne den Kopf zu senken, schloß den Schnabel. Karl-Walther griff nach der Pastisflasche unterm Campingtisch, setzte sie an, trank unter dem ausdruckslosen Blick des Vogels.

»Bald schwimmen wir zusammen«, sagte Karl-Walther.

»Mach die Augen zu, Dummchen«, kam es aus dem geschlossenen Schnabel des Kakadus.

»Ich glaub, das war deine Stimme, nicht meine«, sagte Karl-Walther. Doro sah ihn manchmal verdutzt, auch erschrocken an, wenn er sprach, murmelte etwas von verspätetem Stimmbruch, und er fühlte, wie er lächelte, ohne zu wissen, warum.

»Die Arbeit ruft«, sagte er ins Zimmer. Es klang vertraut, ein wenig weich vielleicht.

An der Tür drehte er sich scharf um, wie er es gelernt hatte. Vogel-Überraschung.

Der Molukke stand weiter stramm im Käfig, auf die Stelle starrend, wo Karl-Walther eben noch gesessen hatte.

Im Vogelhaus herrschte eine ungewöhnliche, unheimliche Stille. Die Vögel hockten auf ihren Stangen, Baumstämmen, Zweigen wie ausgestopft. In der Fasanerie, im Papageientrakt, sogar im Freiflugraum hoben sie mit ein und derselben festgefrorenen Geste ihre Köpfe und schienen zu lauschen, zu harren, nicht angstvoll, sondern wie in Erwartung einer ungeheuerlichen, erhellenden, vogelweltverändernden *Ankunft*. Einen Augenblick lang kam es Karl-Walther vor, als befinde er sich im Naturkundemuseum, im letzten, das es gebe, und alles, aber auch alles, ihn einbegriffen, sei geschehen, nur die Nachbildungen stünden noch und staubten und warteten auf Betrachter, auf Künder, die nie kommen würden. Unwillkürlich hob auch er den Kopf. Aber er spürte nichts.

Warteten die Vögel auf ihren Direktor, ahnten sie, daß er sich angesagt hatte? Ich sehe heut wieder Sachen, dachte er, die es gar nicht gibt.

Kein Mensch in der Futterküche. Das teure Licht brannte. Auf dem Tisch lag ein fetter Zukunftsroman, mehrere Lesezeichen steckten darin. Karl-Walther untersuchte die Lesezeichen. Es waren alte, vergilbte Rennwettscheine. Jochens Jacke hing über dem Stuhl, die Taschen leer bis auf ein paar Münzen. Aus den Tiefen der Fasanerie kam ein Schrei.

Karl-Walther rannte los. Die Vögel, sonst flatter- und schreckhaft, verharrten in ihrer lauschenden Versteinerung. Am Käfig der südlichen Herbstpfeifgans lehnte eine Tierpflegeranwärterin, kreidebleich, zitternd. Er streckte beruhigend beide Hände nach ihr aus. Sie wich stöhnend einen Schritt zurück. Er packte und schüttelte sie.

»Is' was mit Herbsti? Red schon.«

»Nein – Jochen – ich meine – Herr Wirkus …« Sie zeigte über ihre Schulter.

Karl-Walther fand Jochen Wirkus bäuchlings hingestreckt im Zwergflamingoteich. Sein Kopf lag unter Wasser, ebenso der Oberkörper und die weit ausgebreiteten Arme. Sein Unterkörper hing schief über der niedrigen Teichmauer.

Die Zwergflamingos umstanden ihn im knietiefen grüngelben Wasser, merkwürdig still wie ihre Kollegen.

Karl-Walther nickte anerkennend. Wenn er sich in diesem Tümpel ersäuft hatte, war er ein Könner. Aber mußte es ausgerechnet heute sein, vor der Direktor-Runde, nach der Molukken-Entführung? Dann dachte er: Jochen tot bedeutet, ich bin allein im Vogelhaus, ich bin für jeden Dreck verantwortlich, ich bin nicht mehr frei. Dann dachte er: Ich hätte mich mehr um ihn kümmern sollen, aber es hätte nichts genützt. Jochen war schon zu weit vorausgegangen. Erst vorige Woche hatte er Karl-Walther flüsternd verraten, was sonst keiner wissen durfte, wahrscheinlich als eine Art Testament, daß sein Heimatplanet Rill zwölf komma vier Milliarden Lichtjahre von der Erde entfernt im Sternbild der Jungfrau lag. »Kein Mensch kann den sehn«, hatte er Karl-Walther ins Vertrauen gezogen, »außer mir.« War dies sein Geheimnis gewesen, das weltallgefährdende, der jedem Rillie eingebaute Selbstzerstörungsmechanismus? Ich muß ihn untersuchen, dachte Karl-Walther, gleich wird die Polizei hier sein, der Zootierarzt, die Presse, der Direktor, Frl. Friederike, der Professor für Schmerzforschung. Und wenn sie mir vorwerfen, daß ich es hätte verhindern können, wäre ich pünktlich zur Arbeit erschienen? Aber niemand außer Jochen weiß, daß ich zu spät gekommen bin.

Er setzte einen Fuß über die Teichmauer. Sofort brachen die Zwergflamingos in wüstes Geschimpfe aus. Auch im übrigen Vogelhaus begann es zu kreischen und zu flöten und zu schakern. Es klang nicht fröhlich. Eines Tages drehe ich ihnen allen den Hals um, dachte Karl-Walther. Die Spitze seines Nagelstiefels berührte Jochens Schulter, ein Muskel zuckte. Er sprang zurück. Jetzt sah er, wie sich Jochens ausgestreckte Hände bewegten, wie die Arme schaufelten, als schwimme er, wie der Kopf prustend hochkam.

Jochens furunkulöses Gesicht starrte ihn an, verwundert, übermütig, als würde er ihn im nächsten Augenblick nach der Uhrzeit fragen. Karl-Walther war mit einem Satz bei ihm, riß ihn hoch, schmetterte ihn gegen den Kasten mit den künstlich bebrüteten Eiern.

»Was soll das, Wirkus? Bist du endgültig übergeschnappt? Ich mach dich alle, wenn du das noch mal versuchst.«

»Laß mich los, Papa.«

Karl-Walther gab ihm eine Kopfnuß und marschierte ohne sich umzudrehen Richtung Futterküche. Jochen holte ihn ein. Karl-Walther blieb stehen, sein Herz raste, seine Augen brannten, er fror. Erst jetzt bemerkte er, daß er an Schiefhals' Käfig lehnte. Der alte Graupapagei warf ihm einen Blick zu, der vieles bedeuten mochte, nur keine Freundschaft. Wenigstens hielt er den Schnabel. Jochen rieb sich vorsichtig den Kopf.

»Beule«, sagte er. »Von dir.« Er roch süßlich nach Wasserpflanzen. Zu seinen Füßen bildete sich eine Lache.

»Bist du in Ordnung?«

»Prima. Ich glaub, ich bin eingepennt. Kann passiern.«

»Unter Wasser eingepennt? Willst du mich verarschen? Sag die Wahrheit, gib's zu, ich tu dir nichts. Du wolltest dich ersäufen. Aber anstatt, daß du dir eine ehrliche Kugel …«

»Ich hab nur meditiert. Bin ich wohl bei eingepennt.«

»Du hast *was*?«

»Medi-tiert.«

»Seit wann weißt du die Hundertmarkwörter? Sieh dich vor.«

»Ehrlich, Papa, das mach ich manchmal. Und dann weiß ich nich mehr, wo ich bin. Is' wie Nachdenken und Nachdenken und Nachdenken, aber ganz anders.«

»Ich erlaube nicht, daß du in meiner Gegenwart denkst. Du weißt, wie ich es hasse, wenn du denkst.«

»Aber du warst doch gar nicht dabei.«

»…«

»Und außerdem hab ich auch an dich gedacht, daß es dir besser geht, weil du doch nich gut drauf bist, Papa, weil ich doch dein Freund bin. Und ich hab meditiert, daß mein Weltall dir hilft. Mir hat's auch geholfen, ich war so allein, dann hab ich gesehn, daß in mir drin, wenn ich mich aufmache wie 'ne Büchse, so … daß da lauter Planeten in mir drin sind, und dunkel is' es, aber ganz anders, schön. Is' einfach, wie wenn man was sucht, irgendwas, was einem wichtig is', und man is' schon ganz krank von der ewigen Sucherei, 'n Stück Geld oder 'n Ring, was ins Wasser gefallen is', und jedenfalls findst du was ganz andres, als was du gesucht hast, was viel Bessres, wie immerzu Geburtstag haben is' das, da sind Planeten in mir drin und machen Musik und stell dir vor, Papa, einer von denen bist du, mein Weltall kann das, und du bist ganz anders als …«

Die aufschwingende Tür am Ende des Käfigkorridors unterbrach Jochens wirren Wortschwall. Karl-Walther straffte sich.

Zuerst erschienen, Herolden oder Spähern gleich, zwei wissenschaftliche Assistenten, nach allen Seiten schielend und schnüffelnd. Es folgten, mit verdrießlichen Mienen, der Obertierinspektor und der Chef der Gärtnerei. Sie bildeten mit den Assistenten eine Art Spalier und mieden die Blicke der Tierpfleger. Jetzt kamen der Zootierarzt Dr. Daniels und Doro, der Engländer etwas in sein Notizbuch schreibend, Doro aschfahl und verstört, als habe man ihr soeben eröffnet, daß sie an einer tödlichen Krankheit leide oder entlassen sei. Dann trat, umtanzt von einem weiteren Wissenschaftler, der Direktor ein. Er breitete die Arme aus und holte tief Luft.

»Scheiße«, rief der Direktor. »Ich liebe Scheiße.« Er sog einen imaginären Geruch ein, als sei es Blumenduft. »Kann nicht genug davon kriegen.«

Die Teilnehmer der Runde warfen sich ratlose Blicke zu.

»Und nun zum Vogelhaus«, hüstelte der Obertierinspektor. »Zum Vogelhaus«, wiederholte er mit Nachdruck.

»Ja, mein Vogelhaus«, rief der Direktor. »Meine Vögel. Jeder Vogel hat sein Nest lieb. Alles klar?«

»Irgendwelche Vorkommnisse?« übernahm der Obertierinspektor. Er trat einen drohenden Schritt auf Karl-Walther zu. Die anderen standen jetzt im Halbkreis um Jochen herum, von dem einzelne Tropfen in die Lache zu seinen Füßen fielen.

»Keine«, sagte Karl-Walther.

»Keine?« echote der Direktor und klatschte in die Hände. »Nicht mal ein paar klitzekleine?« Er schüttelte sich vor Lachen. Es klang, als speie ein Gnom aus ihm. »Keine Eier für die Wissenschaft …?« Er ließ die Frage nachhallen. Es wurde sehr still. »Kein Ei«, murmelte er.

Der Direktor war Karl-Walther lange nicht leibhaftig begegnet. Hatte der Direktor früher viel Wert auf ein schneidig derbes Äußeres gelegt, so wirkte er heute wie eine übergroße Puppe, an der verschiedene Kinder mutwillig herumexperimentiert hatten. Seine hünenhafte Gestalt steckte in einem knapp sitzenden himmelblauen Sport- oder Strampelanzug, über dem er ein schokoladenbraunes Wams mit wilden Goldstickereien trug. Um seinen Hals wippte an einem kurzen Gummiband eine Stoppuhr mit Rädchen und Knöpfen. Die legendären handgefertigten Wildlederstiefel hatte er mit Tennis- oder Krankenschwesterschuhen vertauscht. Er schien seinen Bart nicht mehr zu stutzen, der ihm wie Putzwolle vom karotingebeizten Gesicht herunterhing. Der fortgesetzte Mißbrauch beträchtlicher Mengen Bräunungslotion verlieh ihm das Aussehen eines Operetten-Inders. Neu war auch seine Gesichtsakrobatik, ein wilder Wechsel von Schmollmund und Grinsen, zugekniffenen und weit aufgerissenen Augen. Dazu schlackerte er exaltiert mit seinen Extremitäten, als besäße er mehr Arme und Beine, als gut für ihn war. Man hätte herzhaft lachen mögen. Aber die Teilnehmer der Runde blieben ernst, sie tuschelten nicht, sie unterdrückten nicht mühsam ein Glucksen. Der Wahnsinn regierte, des Kaisers neue Neurosen waren akzeptiert. Vorsicht, dachte Karl-Walther.

»Anno Stulle«, sagte Jochen Wirkus plötzlich, »hatten wir'n Schuhschnabelpärchen, die wollten so gern ein Küken, die haben sogar'n

Pfauenei bebrütet, dann is' der eine krepiert und der andre war zu alt und …«

»Halt den Sabbel«, sagte Karl-Walther.

»Er hat wohl Vögel unterm Hut, daß er nicht grüßt?« wandte sich der Direktor an Jochen. »Und eine Blume hat er.« Der Direktor pflückte eine Seerosenblüte von Jochens Hinterkopf. Er hielt sie in die Höhe und betrachtete sie im Schein der Deckenbeleuchtung wie das Negativ eines Photos. Dann überreichte er sie Doro.

Karl-Walther spürte, wie Doro erschauderte, hörte, wie sie ausatmete. Er starrte in den Käfig, aus dem Schiefhals zurückstarrte. Der Direktor folgte beiden Blicken.

»Schön, daß Sie wieder da sind, Papageno«, sagte der Direktor.

»Aber ich war nie weg.«

»Und ich?« rief der Direktor. »War ich etwa weg?« Er beugte sich vor, um Schiefhals besser sehen zu können, der unter einem Baumstamm am Käfigboden von einem Bein aufs andere trat. Der Graupapagei sagte etwas Unverständliches. Dann hüpfte er dicht ans Gitter und hackte nach der baumelnden Stoppuhr des Direktors.

»Na, das ist fein, nicht? Feines Ührchen.«

»Ich glaub, er hat was gesagt.«

»Ich hab nichts gehört.«

»Haben Sie gestern das Skirennen gesehen?«

»Ich hab noch nicht mal die Zeitung gelesen.«

»Übrigens, wegen der Kilobüchse Kaviar … kommt angeblich mit der Baikalrobbe nächste Woche.«

»Wie wär's mit ein Tasse Tea nach die Runde, Kollegin?«

»Morgens ist es immer ein zähflüssiger, gesprenkelter Auswurf. Kleine dunkle Punkte. Blut vielleicht.«

»Schlage vor, daß wir uns noch die Chajas anschauen …«

»Und bitte sagen Sie dem Futtermeister, er soll das genauestens untersuchen.«

»Kennen Sie den? Kommt ein Mann zum Arzt und verwechselt die Tür.«

»Leider. Ich muß noch an den Computer.«

»Ja, da staunst du, was? Wie das glitzert. So klein und so fein.«

»Schlage vor«, sagte ein wissenschaftlicher Assistent, »daß wir uns noch die Chajas anschauen. Aus Vincennes kam eine Anfrage, ob wir ein Männchen ausleihen können.«

»Woher wissen wir, ob wir ein Männchen haben?« sagte der Obertierinspektor.

»Feines Ührchen. So viele Rädchen. Das hab ich, um die Zeit zu stoppen …«

»Und weil uns die Kollegen in Vincennes damals mit dem Böhmzebra aus der Patsche geholfen haben …«

»… da weiß ich genau, wie lange jeder quasselt …«

»Ich meine ja nur, wo wir doch gerade im Vogelhaus sind …«

»ER HAT GEFÄLLIGST ZU SCHWEIGEN!« brüllte der Direktor in Schiefhals' Käfig, den Vogel gleich darauf, zum Zeichen, daß er ihn nicht gemeint hatte, mit Gesten beschwichtigend. »Er hat nur zu sprechen, wenn er gefragt wird. Und wenn er gefragt wird, kommt auch nur dummes Zeug heraus. Glaubt er denn, ich merke nicht, was hier vorgeht? Zwei, nur zwei klitzekleine Fragen hab ich ihm gestellt, nicht wahr, bei den Rattenkänguruhs. Und jedes Kleinkind weiß, daß auf ein ausgeprägtes Exzitationsstadium mit blindem Vorprellen und vermehrter Salivation unweigerlich Mydriasis und tiefe Somnolenz folgen. Und jetzt wird er auch noch frech, nachdem wir uns alle davon überzeugen konnten, daß in seinem Kopf Leere und Finsternis herrschen. Jetzt unterstellt er mir, daß ich IN MEINEM EIGENEN ZOO nicht mehr weiß, wo ich mich befinde. Ich rate Ihnen, sich in Zukunft ganz klein zu machen, WENN SIE HIER NICHT ZUR UNPERSON WERDEN WOLLEN! Und jetzt sing für mich. Sing, sing, was geschah. SING!«

Zeit tröpfelte. Das Licht flackerte. Die Vögel waren verstummt. Es dauerte eine Weile, bis die Menschen begriffen, daß Schiefhals aufgefordert war, für den Direktor zu singen. Karl-Walther vertiefte sich in das braune Wams des Direktors und fiel in eine Trance. Erst jetzt bemerkte er, daß die wilden Goldstickereien, mit denen das Wams verziert war, Buchstaben darstellten, die abenteuerlich geschwungenen Buchstaben des Alphabets. Er begann, das A zu suchen.

»Willst du wohl singen für dein Futter?«

Schiefhals zog sich in den hinteren, dunkleren Teil seines Käfigs zurück.

»Zeitverschwendung«, sagte der Direktor und schüttelte sich. Vor Karl-Walthers Augen entstand ein Chaos, als rühre jemand in einer Buchstabensuppe. Dem Direktor entging nicht, wie Karl-Walther ihm ein Loch in die Brust starrte, und lächelnd schaute er an sich hinab. Er winkte seiner Horde. »Meine Dame. Meine Herren. Weiter.«

Karl-Walther folgte ihnen mit dem triefenden Jochen. Sie hielten schnurstracks auf den Molukkenkäfig zu. Der Molukke hat Anstalten gemacht zu sprechen, nein, er hat gesprochen, auf ein Zeichen von mir, ich könnte einen zweiten Schiefhals aus ihm formen, einen Nachfolger in Sachen Frohsinn, große Freude bei den Besuchern, bei der Presse, man gebe mir vier freie Vormittage und einen Etat, ich muß zum Angriff übergehen, dachte Karl-Walther. Aber ehe sie das Molukkenweibchen erreichten, das allein auf seiner Stange hockte und ihnen, wie es Karl-Walther vorkam, erwartungsvoll entgegenblickte, begann Schiefhals laut zu lachen. Es war ein Lachen aus vollem Halse, wohltönend, fast sonor. Die anderen Papageien wollten es aufnehmen, nachahmen, aber sie schafften es nicht. Die Runde machte kehrt und stellte sich im Halbkreis vor Schiefhals' Käfig auf. Der alte Graupapagei sang:

»So lachte mir – und so lacht mir auch noch heute – immer ein roter Mund – und es gibt nix – das ich bereute – meine Welt ist rund – meine Welt ist rund …«

»Annehmbar«, sagte der Direktor nach einem Schweigen.

»Ich dachte, er singt Mozart-Arien«, sagte Dr. Daniels.

»Er singt Gassenhauer«, sagte der Obertierinspektor düster, »und alte Negerlieder, die wir nicht mehr hören können.«

»Er reproduziert Äußerungen und Lautmuster aus historischen Epochen, die sein Pfleger, Herr Kadamecki, in ihm wachhält. Es wäre einen Aufsatz im *Journal für Ornithologie* oder in der *Gefiederten Welt* wert. Zwischen Herrn Kadamecki und Schiefhals findet meßbare, zwischenartliche Kommunikation statt«, sagte Doro.

Dem Direktor fiel die Kinnlade herunter. Dr. Daniels pfiff leise durch die Zähne. Die wissenschaftlichen Assistenten atmeten tief ein. Der Obertierinspektor lief rot an.

»Frettich …« murmelte ein Assistent.

Die Mitglieder der Runde vermieden es, einander anzusehen. Ihre Blicke waren in verschiedene Fernen gerichtet, als wünschten sie, daß ihre Augen sich klärten.

»Conte Condoli«, meldete sich Jochen Wirkus zu Wort. Niemand beachtete ihn. »Tschuldigung«, sagte er, »hab nur laut gedacht.«

»Wer? Was?« flüsterte ihm Karl-Walther zu.

»Tschuldigung.«

Der Direktor ergriff behutsam Doros Arm. Geleitete sie zur Schwingtür. Redete beruhigend auf sie ein.

»… Mythen und Märchen …«, hörte Karl-Walther, »… Sümpfe … Staub … keine Erkenntnis an sich … jede Kreatur … niemals …« Dann waren sie hinaus.

Karl-Walther rannte zur Tür und schaute ihnen nach.

Sie wirkten wie ein Geheimbund. Gingen dicht geschlossen durch den Schnee, Doro in ihrer Mitte. Es sah aus, als führten sie Doro ab. Sie hatte etwas gesehen, vielleicht sogar erkannt, über das Menschen hier nicht sprechen sollten. Nicht im Zoo des Direktors. Nicht draußen, wenn sie je hinauskamen. Nirgendwo sollten sie sprechen von dem verblutenden Lamm, das in seiner Todesstunde den Hals des Hirtenjungen zärtlich leckt. Karl-Walther tastete durch die Hosentasche nach seinem Schwanz und massierte ihn und hörte einen Laut wie von einer Luftblase unter Wasser.

»Immer ein roter Mund …« sang Schiefhals. »Meine Welt ist

rund …« Karl Walther steckte einen Finger durchs Gitter, um ihm den Kopf zu kraulen.

»Hast mir vorhin aus der Patsche geholfen, alte Krähe.«

Schiefhals stellte den Kamm hoch und hackte in Karl-Walthers Finger. Das war noch nie geschehen, zu keiner Zeit. An Jalis Finger hatte Schiefhals geknabbert, und Karl-Walther hatte danach an Jalis Finger gelutscht, und ihr Finger hatte salzig geschmeckt. Jali drückte ihren Mund gegen den Gitterdraht, eine Erdnuß zwischen den Lippen. Schiefhals eroberte sich die Nuß, bedächtig, andächtig, den Schnabel vorsichtig geöffnet. »Vogelkuß«, sagte Jali heiser, sie hatte Halsweh, einen Reizhusten, trug einen Wollschal, der nach Kartoffelauflauf roch, das war im ersten von drei Novembern, sie wickelte den Schal um den Kochtopf, stellte ihn ins Bett, um ihn warm zu halten für Karl-Walther, der um sieben aus dem Reisebüro nach Hause kam, siebzehn Eisenbahnreisen, aber keine Luftreise verkauft hatte, auch keine Schiffspassage in die Welt, nein, und einen Zettel der Liebe auf dem Bett fand: »Hauflauf im Bett. Bin klicken für der Zeitung. *Somos todas prostitutas, bien hijas de puta, de la calle 10*. Kusz, Dein Jali. PS: Du wartest auf mich jetzt und ich will dich kuszen lange, sehr lange, so lange wie ich dir noch nicht gekuszen habe.«

Aus einer tiefen, gezackten Wunde quoll Blut. Jochen grabschte nach dem Finger und saugte gierig daran. Karl-Walther wollte ihn abschütteln, aber Jochen saugte sich fest.

»Das reicht!« Er spürte Jochens Zähne, knabbernd an den Wundrändern. Der schwachsinnige Vogelpfleger schien im Blutrausch. Karl-Walther trat ihm gegen das Schienbein. Jochen spuckte den Finger aus.

»Ich kann deine Wunde heilen, Papa«, flüsterte er, »gib mir nur'n bißchen Zeit.«

»Ebenso verboten wie denken: Flüstern! Ich denke, du bist der scharfe Jochen? Also sprich scharf. Was hast du da vorhin geflüstert?«

»…«

»Ein Rillie-Wort? Sag es mir.«

»Nur'n Mann, der mir eingefallen ist.« Jochen wurde rot. Erst jetzt bemerkte Karl-Walther, daß die Pickel und Pusteln des ehemaligen Jockeys wie weggeblasen waren. Seine Haut erstrahlte in jugendfrischem Rosa. Seine Haut nicht länger die Landkarte lieblosen Lebens. Seine Haut der Pfirsich der Erfüllung, irgendeiner. Karl-Walther verspürte eine immense Müdigkeit.

»Was für ein Mann?«

»Ein großer Mann. Er kommt bald.«

»Heute?«

»Bald.«

»Warum nicht heute?«

»Zu früh.«

»Sieh dich vor, Jochen. Ich hab die Zügel schleifen lassen in letzter Zeit. Von jetzt an hab ich ein Auge auf dich.«

»Wär schön, Papa.«

»Die Richter. Sie werden's schon richten. Der Mensch ist ja an und für sich klein und gemein. Bis auf Maxie natürlich. Maxie war nicht so, er war ein guter Bruder, aber warum sag ich ›war‹? Vielleicht ist er ja noch ein guter Bruder, vielleicht ist er ja noch. Ist, ist, ist ... niemand hat ihn je zu Gesicht bekommen, oder doch? Aber er spielte Gitarre und sang litauische Lieder und spanische Lieder, an manchen Abenden konnten wir ihn hören, besonders sie, sie konnte ihn besonders hören, die ganzen hundert Millionen Kilometer von Kaunas rüber. Es ist so gleich, ob wir den Schmerz als Abwesenheit von Liebe oder die Liebe als Abwesenheit von Schmerz empfinden. Es ist so gleich. Dieser ganze Schluckauf der Werte, hick mal so, hick mal so ... hick.«

»Aber Tee hat nie aufgehört, mich zu lieben. Und Sie werden ihr sagen, daß auch ich ...«

Erst jetzt erkannte Karl-Walther, denn Erkennen war mehr, machte Spaß wie Zuckerklau, wie Elternmord, daß sein Gegenüber nicht Jochen Wirkus, sondern Christoph Dalluge war. Sie befanden sich im Wohnzimmer, der Molukke stand zwischen ihnen in seinem Käfig auf dem Campingtisch, Christoph hockte auf der Erde, nein, er kniete, und Karl-Walther saß am Tisch und nahm einen tiefen Zug aus der Flasche.

»... weil ich glaube, daß Sie einen günstigen Einfluß auf Tee haben, Herr Kadamecki ...«

Karl-Walther starrte ein Loch in das Gefieder des Molukken-Kakadus. Er sah das kleine Vogelherz schlagen, es war über und über mit Goldstickereien bedeckt, den Buchstaben des Alphabets, die sich zusammenzogen, weiteten. Er suchte das A.

Es klingelte an der Haustür. Karl-Walther schüttelte den Kopf, die Buchstaben verschwammen vor seinen Augen. Christoph umrundete auf Knien den Campingtisch und flüsterte ihm ins Ohr: »Soll ich nicht aufmachen? Vielleicht ist es Tee ... Und in Ihrem Zustand bleiben Sie lieber, wo Sie sind.«

Christoph verließ auf sanften Sohlen das Zimmer. Karl-Walther konnte sich nicht erinnern, wann er gekommen war, warum er ihn empfangen hatte, den Nervtöter aus der Vergangenheit des Waisenkindes Dorothee Matthes. Karl-Walther brauchte Stille, er mußte schwimmen, tauchen, atmen unter Wasser, buchstabieren lernen. Von grundauf. Das Herz des Molukken schlug schneller, die goldenen Lettern schienen explodieren zu wollen. Er hörte eine weibliche Exklamation aus der Diele. Dann rauschte Frl. Friederike herein.

Auch ihre Metamorphose war staunenswert. Sie trug enganliegende, ihren knochig-flachen Hintern zu völliger Nichtexistenz degenerierende Jeans aus Amerika und weiße Krankenschwesternschuhe mit dem Aufdruck einer springenden Raubkatze. Sie trug ein schwarzes Herrenhemd unter einer schwarzen Motorradfahrerlederjacke, einen breiten schwarzen Ledergürtel mit gefährlich aussehender Gürtelschnalle. Ihre Haare, früher ein spärliches graubraunes Gehänge, waren ebenholzschwarz gefärbt, soldatisch geschnitten und mit einer Art Glasur überzogen worden, bevor sie sie offenbar stundenlang bis zu Steineshärte gebacken hatte. Die Karotinlotion ihres Chefs hatte Frl. Friederikes Haut nicht braun, sondern gallig gelblichgrün verfärbt, ihr rechtes graues schlaffes Ohr trug schwer an einem schwarzmetallenen Ohrring vom Durchmesser eines Ofenrohres. Ihre zehn lila lackierten Klauen zierten mindestens zwanzig Ringe aus Blech oder Katzengold. Sie machte eine greifvogelartige Geste zum Molukkenkäfig. Sie suchte nach Worten.

»Bleib uns vom Leibe, alte Schreckschraube«, sagte Karl-Walther. Hinter Frl. Friederike riß Christoph beschwörend die Augen auf.

»Für Sie immer noch Frl. von Russak, Herr Kadamecki. Sie sind ja sinnlos besoffen. Eigentlich bin ich gekommen, um Sie um einen privaten Gefallen zu bitten, aber das da … das da …« Sie berührte den Vogelkäfig mit einem spitzen Fingernagel.

»Wollen wir uns nicht in die Küche setzen?« sagte Christoph heiter. »Da ist's schön mollig warm. Ich mach uns einen Kaffee.«

»Und der da … der da …« Frl. Friederike fuhr herum und zeigte auf Christoph, »… hat Zooverbot auf Lebenszeit!«

»Sie sehen einfach spitzenmäßig gut aus, Frl. von Russak«, sagte Christoph. Er fummelte mit dem Zeigefinger an seiner Unterlippe. Doro behauptete, seine Lippen hätten, früher, vor langer Zeit, in der Vergangenheit, immer »irgendwie« an ihrem Mund »vorbeigeküßt«.

»Einfach total geil«, sagte Christoph.

»Wie reden Sie mit mir!«

»Ich sag nur die Wahrheit. Ich sag immer die Wahrheit. Wenn Sie mich damals hätten ausreden lassen, als Sie mich wegen Tee, ich meine Doro, ich meine Dorothee, verhörten, hätten Sie mir nie den Zoo verboten. Weil ich nämlich nur die Wahrheit gesagt hab. Weil, es geht nämlich nur um *love*, um nichts anderes geht es. Um eine große, unendliche Liebe, Frl. von Russak. Ich glaube, Sie wissen besser als jeder andere hier, wovon ich spreche. Es gibt so viele Gruftis in diesem Zoo … und dazu die ganzen Tiere in Gefangenschaft …«

»In Menschenobhut«, korrigierte Frl. Friederike und drehte sich zu Karl-Walther um.

»Hört sich auch nicht gerade gut an«, sagte Christoph. »Aber wie wär's mit 'nem Käffchen in der Küche, und wir reden über alles?« Er stapfte einladend lautstark los.

Um endlich Stille zu finden, beschloß Karl-Walther, Frl. Friederike den entscheidenden Schlüsselreiz zu verpassen, der sie in die Küche verbannen würde. Mit einer obszönen Handbewegung sagte er:

»Wenn Sie einen Fuß in meine Küche setzen, Sie verhinderte Wichsvorlage, reiß ich Ihnen den Arsch auf.«

Frl. Friederike überlegte. Es dauerte. Ihre Leitungen für diese Art »parlez-vous« sind eingerostet, dachte Karl-Walther, sie hat sich zu lange unter Naturschutz gestellt.

Genau wie ich, dachte er weiter, und sein Verlangen, das Alphabet zu lernen, und seine Sehnsucht nach Jali wurden übermächtig. Sie, die so viele Alphabete gefischt hatte aus der Luft, aus dem Blau, aus der Nacht. Sein Herz setzte, wie die Katze auf Frl. Friederikes Krankenschwesterschuhen, zu einem weiten Sprung an. Wohin mit dir, wohin mit mir, wohin noch?

»Sie sind ein abartiger Alkoholiker und müssen sich in Behandlung begeben«, meldete sich Frl. Friederike von der Wohnzimmertür. Ihr Ohrring schaukelte. »Wir sprechen uns noch.«

Karl-Walther betupfte sich die Stirn mit ein paar Tropfen Pastis. Sprenkelte etwas von dem gelben Saft gegen die Wände. Aus der Küche kamen Geräusche: Geschirr und Getuschel. Draußen war es dunkel geworden. Die kanadischen Gänse riefen, wie lange schon? Er ging zum Fenster. Die Gans bebrütete wieder das Ei, das es nicht gab, auf dem von Karl-Walther kunstvoll aufgeschichteten Nest aus Frühlingszweigen. Der Ganter umschwamm in kleinen Kreisen das Nest unter der schneebepackten Weide und gab eindringlich Laut. Achtung, Liebe, Lebensgefahr. Eine vermummte Gestalt näherte sich dem Flußpferdannex. Ein Bote? So kurz vor der russischen Revolution? Eilt durch Eis und Schnee, zu warnen, zu frohlocken, zu locken? Große Ereignisse, Geschehnisse überhaupt, müssen im Winter geschehen, wenn der Schnee dem Boten den Weg erschwert. Karl-Walther sah an seinem von der Flasche verlängerten Arm hinab. Wir waren nie in Rußland. Wollten doch immer hin. Besonders in einem Schlitten. In unseren Teddy-Mänteln.

Die Haustür wurde aufgeschlossen, leise. In der Diele ein weiterer weiblicher, unterdrückter Ausruf. Karl-Walther wußte, daß zwischen Küchentür und Küchentisch jetzt die Konfrontation Doro–Christoph stattfand, aber er hörte nichts. Er schlich zur Wohnzimmertür und verriegelte sie. Es blieb totenstill.

Am Sekretär, dem einzigen Möbelstück, das nicht vom Versandhaus »Wunderversorgungs-Center« geschickt worden war, sondern noch aus der Bachstraßenwohnung stammte, sog er, die Flasche zwischen die Schenkel gepreßt, den Duft ein, den die Seiten des Tagebuchs verströmten, das Jali und er gemeinsam geführt hatten. Sie hatte ihren wildwüchsigen Lockenschopf ins Waschbecken gesteckt, er hatte das Haarwaschmittel in ihren Locken verrieben, sie hatte ihren Kopf ein zweites Mal ins Waschbecken gesteckt, war aufgetaucht, hatte sich geschüttelt, es war im Winter gewesen, seine Augen hatten gebrannt von den Tropfen aus ihrem Haar, sie hatte ihre langen roten Seeräuberunterhosen getragen und sonst nix, sie hatten sich einen Augenkuß gegeben vor dem Spiegel über dem Waschbecken, das Tagebuch mit dem roten Plastikeinband und dem Aufdruck »Monte Carlo, September–September« hatte auf der Waschbeckenkonsole gelegen und war, ohne Fremdberührung, ohne ersichtlichen Grund, ganz von selbst, in das von Jalis Haarwaschmittel gesättigte Wasser gefallen.

Karl-Walther schaute über die Schulter zum Molukken. Der Vogel hockte schemenhaft, gedrungen, eckig auf seiner Stange im Käfig, wirkte wie ein Käfig im Käfig. Karl-Walther las die allererste Tagebucheintragung, in seiner eigenen Schrift:

> Deine Wohnung zeichnet sich dadurch aus, daß sie Platz hat. Es löst Begeisterung bei mir aus, daß alle Sachen so sind wie du. Die vielen Bücher und Musik und lauter Papiere und Photographien lösen diejenige Begeisterung bei mir aus, die ich Angetanheit nennen möchte. Der zugrunde gelegte Wesensinhalt deiner Wohnung ist, daß es deine Wohnung ist. Du hast sie richtig erobert. Ein we-

nig mehr Ordnung müßte aber sein. Ich könnte Stunden hier sein, bis ich all dasjenige erblickt habe, welches es gibt. Jede kleine Ecke davon. Auch den Salzstreuer mit deinen Anfangsbuchstaben darauf. Ich fühlte mich sehr wohl, indem ich mich immer wohl fühle, wenn ich mit dir bin.

Dann Jali:

Nach ich heut aufgestanden bin, wollte ich nicht von dir weggehen im Bett, deswegen der Tag in der Zeitung war länger als es ist immer gewesen. Abends sind wir Kino gegangen. Der film war eines ganzes Leben und ich habe es mit dir erlebt. Alraune war ihr name ich will sie Liebe nennen. Nach wir waren zu Hause und kuckten die Karte (die ganze Welt), ich fühlte, wir waren so winzig und auch so wichtig.

*

Als Jali das Reisebüro betrat, hatte sie einen schweren Schluckauf. Sie kam nicht zum ersten Mal. Woche für Woche erkundigte sie sich nach »Fernreisen«, ein Kollege von Karl-Walther bediente sie, zunehmend mißmutig, mißtrauisch. »Ich glaub, die will mich verkohlen«, sagte der Kollege, »die sind alle so.« – »Ich versteh nicht«, sagte Karl-Walther. »Die sind anders als wir«, flüsterte der Kollege. Karl-Walther, der das Virus Marie-Luise Idekeit in sich rumoren fühlte, nickte wissend. Erst später fand er heraus, daß der Kollege Jalis Abstammung meinte, aber Karl-Walther wußte nichts von solchen Sachen.

»Sie ist bekannt, von der Zeitung, eine gute Kundin«, sagte der uralte Direktor des Reisebüros. »Herr Kadamecki, übernehmen Sie.

Immerhin kommen Sie aus Deutsch-Ost.« Als einziger Angestellter des Reisebüros kannte Karl-Walther einen Zipfel der Welt, der nicht Deutschland direkt war.

»Kadamecki«, stellte er sich vor, »womit kann ich dienen?«

»Ah, Dienen, so heißten Sie!« sagte das Wesen vor dem Tresen, als hätte sie schon lange auf diese Information gewartet. Sie rülpste. Die Leute von der Zeitung waren alle verrückt. Ausländer waren auch verrückt in der Regel, aber anders. Sie war beides. Sie zeigte zum Schaufenster, machte ein paar Schritte zum Schaufenster, kam zurück.

»Kadamecki ist mein Name«, sagte Karl-Walther.

Sie strahlte ihn an.

»Es ist eine Schiffsreise in Ihrem Scheinfenster, das mich reizt«, sagte sie.

Ihre Hände waren breit und kräftig, ihr Kopf groß und hart und hoch erhoben, schwarze Locken umkräuselten in wildem Wuchs ein rundes braunes Kindergesicht mit vollen Lippen. Ihre Stimme war kehlig, heiser zuweilen, ihr Gang indianisch rollend, und rollend die Reibelaute in ihren seltsamen deutschen Sätzen. Ihre schwarzen Augen zeigten Spuren prähistorischer mosaischer müder Mandelform, wie Karl-Walther später lernte. Basiliskenblick, lernte er später. Kanaanitisch. Sie trug ausgebeulte graue Herrenflanellhosen, ein kariertes Herrenhemd und um den Hals eine Kamera in einem Lederetui mit den Initialen J. K.

»In unserem Schaufenster«, sagte Karl-Walther. »Schaufenster.«

»Das ist – hick – wahr«, sagte sie.

»Wir hätten da noch eine Schiffspassage Wille-Gesundheit nach Italien und eine Passage Macht-Leben nach Italien und, lassen Sie mich schauen, eine Passage Gnade-Mutter nach Madeira, aber eben für Mütter.«

Diese Liste von Möglichkeiten schien sie eher zu deprimieren.

»Das Plakat mit Amerika«, begann sie. In diesem Augenblick stellte sich der Direktor des Reisebüros neben Karl-Walther.

»Unser Herr Kadamecki ist aus Deutsch-Ost«, sagte der Direktor des Reisebüros höflich, aber bestimmt. »Aus Afrika, wenn Sie wissen, was ich meine, verehrtes Fräulein Klick. Er kennt die Welt.«

»Nicht Sie«, sagte das Fräulein Klick und zeigte mit dem Finger auf den Direktor des Reisebüros, »nur er«, und ihr Finger wanderte zu Karl-Walther, »verkauft mich.«

Karl-Walther unterdrückte ein Lachen. Sie war zu komisch. Der Direktor des Reisebüros entfernte sich mit einer Verbeugung.

»Jali Klick«, sagte Fräulein Klick und lachte unverschämt laut und gleich für Karl-Walther mit, »so heißte ich. Aber nur mein *nom de guerre.*«

»Aha«, sagte Karl-Walther.

»Mein Name für hier …« Sie formte mit vier Fingern ein Rechteck und tat so, als würde sie Karl-Walther photographieren.

Er spürte, daß er rot wurde.

»Ich muß lernen«, sagte sie plötzlich düster. »Deuiitsch.«

»Aber Sie sprechen sehr gut Deutsch. Woher kommen …«

»Du weißt nicht«, sagte sie schnell. Ihr Blick fiel auf ein Reklameplakat, das ein vornehmes Paar unter Palmen auf einer Promenade an einem Meer zeigte. Sie lächelte. Ihre sehr vielen weißen Zähne funkelten feucht. Unter ihrer hellbraunen Haut erschienen rosige runde Zeichen auf ihren Wangen. Sie ist sehr schön, dachte Karl-Walther, nicht so schön wie Marie-Luise selbstverständlich, denn Marie-Luise war milchweißhäutig und wahr und nicht so vulgär. Und hatte ihn gelehrt zu unterscheiden zwischen Schönheit und Wahrheit. Schönheit und Wahrheit seien nicht dasselbe, hatte sie ihn gelehrt, Wahrheit sei ein Ziel, das man verfolgen müsse, weil Wahrheit unvergänglich sei, während Schönheit materiell und vergänglich sei. Karl-Walther hatte an ihren Lippen gehangen und in sein Schulheft in Deutsch-Ostafrika geschrieben: »Wahrheit = unvergänglich. Schönheit = vergänglich.«

»Da die Leute!« rief Jali Klick. »Unter die *palmeras! ¡Como dos pájaros*! Was meinst du, Herr Dienen, wie uns Menschen ausschauen werden in hundert Jahren?«

Vielleicht war sie ein wenig einfältig. Nicht verrückt wie normale Künstler und Zeitungsleute, sondern ein wenig zurückgeblieben. Karl-Walther wußte nicht, was er sagen sollte. Er sagte:

»Ich heiße Karl-Walther. Karl-Walther Kadamecki.«

»Ja, ich seh dich immer … hier.« Sie sah ihn an. Dann ging sie. Die Tür des Reisebüros fiel ins Schloß.

Einen Augenblick später ging die Tür wieder auf, sie steckte ihren enormen Lockenkopf herein.

»Mein Schluck …«, sagte sie und faßte sich an die Kehle. »Weg.«

Noch am selben Abend sah Karl-Walther sie wieder.

Damals bewohnte er ein zellenkleines Zimmer im Männerwohnheim »Walter Frei« an einem tristen trüben Kanal, auf dem Butterbrotpapiere, zerbrochene Brillen, Präservative, Schirmmützen, Socken und zuweilen auch Leichenteile durch die Stadt trieben. Dieser Kanal war so überaus das Gegenteil vom Großen Njassal, den er vergessen wollte, daß Karl-Walther sich oft zu den Unglücklichen auf den Kanalbänken gesellte und sein eigenes Unglück erlernte wie ein Handwerk. Deutschland, das Land ihrer Träume, war von Marie-Luise verraten worden, als sie sich geweigert hatte, mit ihm zu kommen, als sie ihm ihre Liebe entzogen hatte. Was war wirklich geschehen in Afrika? Er zermarterte sich Tag und Nacht das Hirn. Warum, Marie-Luise, warum? Wir waren füreinander bestimmt, wenn es je zwei Menschen waren. Deutschland ohne Marie-Luise erstrahlte nicht, glühte nicht, klang nicht. Die Deutschen hier sprachen, im Gegensatz zu den Deutschen in Deutsch-Ost, nur von Arbeit und Rednern. Sie jubelten Rednern und, in diesem Jahr, Sportlern zu anstatt Flußpferden und Schimpansen und Papageien und Giraffen. Sie hielten Hunde, die armdicke Äste apportierten. Sie schlachteten Pferde und verkauften das Fleisch. Sie bauten Autos und hörten Radio. Sie hielten sich für klug und waren glücklich und erzählten Witze und weinten vor Lachen an jeder zweiten Straßenecke. Es war ihm alles egal. Er ging ins Kino, sooft er konnte, sein Gehalt reichte für zwanzig Filme im Monat, vom Rest bezahlte er sein Zimmer, seine gekörnte Erbsensuppe ohne Würstchen, die er in der Gemeinschaftsküche des Männerwohnheims kochte und löffelte. Er sah heroische Filme, lustige Filme; die lustigen nur, wenn keine oder wenige Liebesszenen in ihnen zu erwarten waren. Einmal geriet er aus Versehen in einen als lustigen Film getarnten Liebesfilm und erlitt einen Krampf in beiden Händen und streckte die Hände im dunklen Kinosaal nach der Leinwand aus, auf der sie weiterküßten und sich Lügen erzählten. Nachts auf seinem Zimmer hörte er die trunkenen Gesänge seiner Mitbewohner im »Walter-Frei-Heim« und starrte auf die nackte Wand, an der Photographien von Marie-Luise nicht hingen. Aber er konnte ihr bleiches Gesicht mit den verhangenen blauen schmalen prüfenden traurigen Augen und dem feingeschnittenen grausamen wahrheitswispernden Mund aus jedem Mauerriß, Mauerloch, jeder steinernen Unebenheit zusammensetzen, und dann war sie da. »Heil« hatte ein früherer Bewohner in die Wand des Zimmers geritzt, auch er vielleicht ein Verlassener, dessen Wunde nicht heilen wollte.

»Heil« riefen die Glücklichen auf den Straßen, »Heitler« riefen sie, und es klang ihm in den Ohren wie das übermütige Keckern der Spottvögel in seiner Heimat. In Deutschland schienen alle geheilt oder auf dem Wege der Heilung, er war umzingelt von Überglücklichen und Sportlern, selbst die Mitbewohner im Männerwohnheim, Landflüchtige zumeist oder kleine Arbeiter oder Zukurzgekommene oder von Heer und Polizeikräften Abgelehnte, freuten sich des Lebens, so gut sie es vermochten. Sie mieden Karl-Walther, weil er Hemd, Schlips und Jackett trug, obwohl er ihnen erklärte, in jenem geknappten Deutsch, das in Deutschland gesprochen wurde, daß seine Kleidung »arbeitsbedingt« sei. Ab und zu mußte er ordentlich hinlangen, um sich Respekt und Ruhe zu verschaffen, und er entdeckte, daß er über mehr Muskelkraft und Brutalität verfügte, als er es für möglich gehalten hätte. Er war jung. Er war krank. Er trug das Virus in die Welt, das Virus der Liebe, die alt ist von Anfang an und unheilbar wahr, bevor sie schön ist. Er war alt. Er dachte an den Tod, den er im Kino zwanzigmal im Monat in verschiedenen Ausführungen sah. Tod auf dem Schlachtfeld. Tod durch Mord. Tod aus Altersschwäche. Tod in Lustspielen, meist durch herabfallende Gegenstände. Tod durch eigene Hand, ehrenhalber. Tod von Schlangenbissen, Zerfleischung durch Tiger.

An diesem Abend war er nicht im Kino. Er kochte seine Suppe in der Gemeinschaftsküche. Udo, Hermann und Kurt waren da. Vielleicht waren es auch Gerd, Hans und Fritz. Oder Anton, Paul und Johann. Sie malten unanständige Postkarten, die sie am Kanal verkauften. »Weiber«, sagte Gerd oder Udo. »Ansichten von«, sagte Paul oder Fritz.

»Hallo!« sagte Anton oder Johann. »Hallöchen!«

Karl-Walther drehte sich um.

Fräulein Klick stand in der Küche.

»Ich bin«, sagte sie.

»Mönsch, Weiber dürfen hier nicht rein«, sagte Hermann oder Kurt. »Aber sind uns immer willkommen. Heh, Fritz, mach Luki-Luki, ob'n Feind in der Nähe ist.«

»Kleines Fickerchen gefällig?« sagte einer der Vielnamigen und ging auf sie zu.

Sie setzte sich in Bewegung, wich ihm federnd aus, stellte sich neben Karl-Walther an den Kochherd.

»Mein Bruder«, sagte sie, auf Karl-Walther zeigend.

»Siehst aber nicht so aus, Schwester«, sagte ein anderer.

»Aber ich bin«, sagte sie.

Karl-Walther rührte stumm in seiner Suppe. Er schämte sich, er wußte nicht, wofür. Auch fühlte er sich mit einem Mal nahezu müde. Er schämte sich ihrer Gegenwart. Sie kam aus einer anderen Welt, sie war überhaupt nicht von dieser Welt, und wie hatte sie ihn gefunden? In ihren Herrenhosen und mit ihrer Kamera im Lederetui und ihrem schwarzen Lockenkopf und dem Kindergesicht und der teuren türkischen Zigarette, die sie eben anzündete. Schläfrig fühlte er sich.

»Is das wirklich deine Schwester, Kalle?« sagte einer. »Ist deiner Mutter wohl'n Zigeuner zwischengekommen, was? Aber'n strammen Arsch hat sie.«

»Das ist nicht meine Schwester«, hörte Karl-Walther seine eigene schläfrige Stimme. Und nach einer Pause: »Ich habe überhaupt keine Schwester, ich weiß gar nicht, was ihr wollt.«

Sie hatte eine Gitarre entdeckt, die in der Küchenecke lehnte. Sie holte diese Gitarre. Zog einen Stuhl heran, stellte ein Bein darauf, drückte ihre Zigarette mit dem Absatz aus und begann zu spielen.

Sie sang.

Es war ein schnelles, leises Lied in einer Sprache, die Karl-Walther noch nie gehört hatte. Die Vielnamigen verstummten und starrten die Wände an. Irrte Karl-Walther oder sah er Angst in den glasigen Augen der Männer, Todesangst?

Sie sang noch, als sie ihn auf der Straße hinter sich herschleppte, über die Kanalbrücke zu einem tosenden Platz, der vor Überglück vibrierte und den er bisher beharrlich gemieden hatte. Die Sonne ging unter. Die Menschen sahen aus wie Obst.

Sie hielt eine Taxe an, tatsächlich eine Taxe, schob Karl-Walther hinein, sagte dem Fahrer einen Straßennamen, eine Hausnummer.

»Aber ich habe kein Geld«, sagte Karl-Walther. »Und ich bin müde.« Es war das erste Mal, daß er in einer Taxe saß, transportiert wurde durch die große Stadt wie die Kinoamerikaner.

»Ist schön in Afrika?« sagte sie. Sie saß weit entfernt von ihm, ihr Kopf lehnte an der Fensterscheibe, sie sah ihn an.

»Ich weiß nicht«, hörte er seine Stimme wie an der Grenze zwischen Schlaf und Erwachen.

»Wieviel Zeit bist du in Deutschlang schon?«

»Ein halbes Jahr.«

»Ein halbes mehr ich bin. Es ist so schön, die Kunst … da!« Sie schaute aus dem Fenster. »Als ich klein als Kind sah ich das Photo von diese Straße. Kuck!«

Er sah hinaus. Es war eine baumlose Schlucht. Häuser standen sich gegenüber. Er konnte nichts Schönes daran finden.

»Wohin fahren wir?« fragte er.

»Heut früh ich bin dein Kunde, jetzt du bist mein Kunde.«

»Wie haben Sie mich gefunden? Meine Adresse?«

»Pfff«, sagte sie, »leicht.« Sie rauchte wieder. »Dreikommafünf Liter BMW, das ist Auto«, sagte sie zum Fahrer.

»Könn' Sie laut sagen, Frollein«, sagte der Fahrer.

»Ich sage laut. Dreikommafünf Liter BMW. Von da nach Paris, pfff, acht neun Stunden.«

»Aber kostet«, sagte der Fahrer. »Könn' sich nur die Barone leisten.«

Sie lachte in sich hinein. »Sind wir alle Barone, nicht? Und ich. Zwei drei Jahren, du wirst sehen.«

Die Taxe hielt. Karl-Walther stieg rasch aus. Im Auto sagte der Fahrer zu ihr: »Na denn, viel Glück, Frollein.« »Danke«, sagte sie.

Erst jetzt bemerkte Karl-Walther, daß sie sich in einem Teil der Stadt befanden, der in Deutschland eine »bessere Gegend« genannt wurde. Das Land ihrer Träume war ihm noch recht fremd, ohne Marie-Luise gab es keine Hoffnung, keine Heimat. In ihren Träumen hatten sie solch eine Villa bewohnt, mit Personal wie in Afrika, und einige Kinder wollten sie haben, die einen solchen Garten zum Spielen brauchten, eine solche Steintreppe, sich die Knie aufzuschlagen, um von Marie-Luise getröstet werden zu können.

»Heitler«, wurden sie von einem schwarzgekleideten Herrn in einer Empfangshalle begrüßt, die sich ohne weiteres mit dem Rathaussaal von Neu-Langenburg in Deutsch-Ost messen konnte. Dekkenlampen mit Kristalltannenzapfen, Teppiche an den Wänden mit eingewebten Königen oder Kaisern, Sessel aus Leder und Tische aus Glas. Wohnte sie, die im Männerwohnheim Gitarre gespielt hatte, hier?

»Heitler. Ich bin mal wieder. Es ist noch frei?«

»Für Sie jederzeit, Fräulein Klick.« Der schwarzgekleidete Herr flüsterte ihr etwas zu. »Sie wissen doch, Fräulein«, hörte Karl-Walther, »das ist ein privater Club.« Sie zeigte mit dem Finger auf Karl-Walther. »Kalle von Afrika. Mein privater Lehrer.«

Dann kam die Stufe. Die erste von vielen rotsamtenen Stufen einer ausladend geschwungenen Treppe mit goldenem Geländer. Lebenslang würde er sich zu erinnern versuchen, warum er mit ihr diese Treppe betrat, was er dachte, was er fühlte, als er mit ihr diese ersten Stufen nahm.

»Ihr Lehrer …« sagte er verwirrt. »Wieso Ihr Lehrer?«

»Wartet, Kalle«, sagte sie und nahm seine Hand.

Er entzog ihr die Hand. »Meine Name ist nicht Kalle, sondern Karl-Walther.« Wieder überfiel ihn eine schwere Schläfrigkeit. Er begann langsam, sehr langsam, wie für eine Idiotin, zu buchstabieren: »K. a. r. l. Bindestrich. Großes W. a. …«

»Ach, Kalle«, sagte sie und nickte einem weiteren Schwarzgekleideten zu, der ihnen eine Flügeltür öffnete, »Namen. Es gibt nicht. Keiner kann finden im Kopf. Aber ich kann finden, erinnern. Für Beispiel Essen. Dinieren. Klöße. Meeenschenfleisch …«

Es gab gebundene Ochsenschwanzsuppe, Rindersaftgulasch mit Kraut, Erdbeertorte, zwei kleine Helle und eine Tasse Kaffee für Karl-Walther. Sie verschlang drei Stücke Erdbeertore, ein Sahnebaiser mit Walnußeis, trank eine halbe Flasche Champagner, spülte mit einem doppelten Cognac nach und tunkte ihre Nase, auf der Karl-Walther ein Universum winziger Sommersprossen zu zählen begann, in eine eigens für sie herbeigeschaffte, gigantische Tasse heißen Kakao. Sie sah ihn unverwandt an. Sie sagte kein Wort mehr. Ihre schwarzen Augen kniff sie zuweilen leicht zusammen, als sei sie kurzsichtig, oder als sei Karl-Walther ein Bild, das sie studieren, sich einprägen wollte. Was hatte sie vor mit ihm, dem Verlassenen, dem Virulenten, dem Heimatlosen? Was sollte er sie lehren, der nichts kannte als sein Unglück?

Das Menschenfleisch saß dicht beisammen, vornübergebeugt, weit zurückgelehnt, lauernd, nasebohrend, rauchend, zungenschnalzend, stöhnend, schwitzend an den größeren, grünen Tischen und spielte Roulette. Sie bat ihn, sich hinter sie zu stellen, und nahm ihren reservierten Platz ein. »Für Glück«, sagte sie, »mach Augen zu und denk dich mich.«

Aber er ließ die Augen offen. Wie das »Dinieren«, das »Sich-den-Mund-mit-der-Serviette-Betupfen«, das »Der-Dame-den-Vortritt-Lassen«, kannte er auch dieses Spiel am grünen Tisch aus dem Kino. Hatte diese Französin nicht kürzlich Millionen verspielt in Monte Carlo, und der Detektiv hatte sich mit dem Buchhalter duelliert? Karl-Walther sah in ein Paar trauriger, brauner Knopfaugen unter einer unnatürlich strohblonden, vogelnestartigen Perücke. Sie gehörten einem Wesen, halb Mann, halb Weib und von obszöner Korpulenz, das ihr direkt gegenübersaß. Sie drehte sich zu ihm um. »Augen zu«, sagte sie lächelnd. Das Spiel wurde angesagt. Das Zwitterwesen schob einen beträchtlichen Packen Jetons auf Rot. *»Rouge«,* murmelte Karl-Walther, »wie in Monte Carlo.« Er starrte auf den schwarzen Lockenkopf unter sich. Ihre kräftige Hand kreiste über dem Tisch und ließ hier und dort einen Jeton fallen. Der Croupier sagte etwas, das sie auch in Monte Carlo sagten. Die Kugel rollte. Wie viele Zahlen gab es bei diesem Spiel der Reichen und Glücklichen? Er beugte sich vor, um sie auf dem Tisch zu zählen, und sah, daß sie bereits gezählt und numeriert waren, sechsunddreißig Felder.

Sie lehnte sich in ihrem Stuhl zurück, und ihr Haar streifte sein Kinn. Ihr Haar roch nach Kakao. Wie viele Sommersprossen wohl ihre Nase sprenkelten? Sechsunddreißig? Und welche war zuerst da gewesen? Die zwölfte? Er schloß die Augen und konzentrierte sich auf die zwölf. Nein, die zweiundzwanzigste. Nein, die siebzehnte. Die siebzehnte Sommersprosse! Er kniff die Augen fest zusammen. Die Kugel kreiste, stolperte, klackerte in ihr Feld.

»Zero«, sagte der Croupier. »Alle einfachen Chancen sind gesperrt.«

Am Tisch erhob sich ein Murren. Das Zwitterwesen verfolgte mit elendigem Blick, wie sein Jetonstapel auf eine Seite des »Rouge«-

Feldes geschoben wurde. »Doppeln«, sagte es mit überraschend wohltönender Stimme. Es drehte sich zum Croupier, hob die Linke, an der ein Edelstein funkelte. Der Croupier schüttelte unmerklich den Kopf. Auch diese Szene hatten Kinoschauspieler schon gespielt.

Das Fräulein Klick stand auf, die Hände voller Jetons. Er ließ ihr den Vortritt. Es machte Spaß. Er lachte ein wenig.

»*Ein* Spiel«, sagte er, »und soviel gewonnen?«

»Genug für mein Lehrer«, sagte sie. »Immer Zero sitzen. Immer. Lebensicheverung.«

An der Kasse neben der Bar erhielt sie viele Geldscheine. Sie knüllte sie zu einem Bällchen zusammen und steckte es sich in die Hosentasche. Holte es wieder hervor, nestelte daran und zog zwei Hundertmarkscheine in die Länge. Gab die Scheine ihm, Karl-Walther. Er nahm sie wie in Trance.

»Was soll ich damit?«

Ihre Augen weiteten und rundeten sich. »Mein Plan«, sagte sie. Ihre Lippen zitterten, auf ihren Wangen erschienen die rosa Zeichen, die er am Morgen im Reisebüro bemerkt zu haben glaubte, sie pulsierte, sie schien zu wachsen. »Ich spreche fünf …«, sie zeigte ihre fünf Finger, »… Sprachen. Aber in Deutschlang leider … nicht Deuiitsch. Ich muß lernen, lernen, lernen.«

Ein hünenhafter Neger trat zu ihr, schlug ihr auf die Schulter. Sie boxte ihn in den Bauch. Er schüttete sich aus vor Lachen. Sie zeigte mit dem Finger auf seinen Wollkopf.

»Big Eddy! Jump any higher today?« sagte sie auf Englisch. Karl-Walther verstand nicht. Aber er lachte mit. Sie war zu komisch. Sie war schön. Sie hatte diese Sommersprossen. Ihre Augen waren so sehr schwarz. Er überlegte, ob die Tränen aus ihren Augen auch schwarz waren, wenn sie weinte. Sicher weinte sie nie. Sie war schön. Überhaupt nicht von dieser Welt. Er gluckste in sich hinein.

Der Neger schlug auch ihm auf die Schulter.

»Gee, boy«, sagte er, *»she de best. She gets me into foh-cus when ah jump, ah look like de blazin' Empire State shootin' for de moon!«*

Karl-Walther freute sich. »Ja, ja«, nickte er. *»She«,* echote er.

»Big Eddy ist eine Hochsprungler«, sagte sie, »ich hab geklickt für der Zeitung bei Sportfest.«

»See yo, ah-round«, sagte Eddy. Er ging schnurstracks zur Bar.

»See you«, sagte sie.

»Ich auch«, sagte Karl-Walther.

Sie gingen die Treppe hinunter. In der Halle stand der Zwitter und telefonierte flüsternd. Als sie an ihm vorbeikamen, senkte sie den Blick. »Nicht kucken«, sagte sie zu Karl-Walther.

»Warum nicht?« sagte er später, draußen an der Luft, die duftete nach einem neuen Land, einer neuen Stadt. Kakao, dachte er, wie ich Kakao doch mag, immer hab ich ihn gemocht, warum trinke ich so wenig Kakao? Er fühlte nach den Geldscheinen in seiner Tasche.

»War Gefahr«, sagte sie. »Morder vielleicht. Er macht Kranken in Krankenhaus … hier …« Sie streckte ihre Hand aus und berührte Karl-Walther am Hals. Zog ihre Hand sacht zurück.

»Ist er Arzt?«

»Professor Davidobski. Spieler. Morder vielleicht.«

Sie bestand darauf, ihn mit der Taxe beim »Walter-Frei-Heim« abzuliefern. Im Auto schwieg sie. Karl-Walther holte die Geldscheine hervor. Wieder mußte er lachen.

»Ihr Plan«, sagte er. »Was ist nun damit?«

»Dein Plan«, sagte sie.

»Mein Plan? Nein, Ihr Plan.«

»Dein Plan, Kalledumm«, sagte sie und zeigte mit dem Finger auf ihre Brust. Er verstand nicht.

»Ich«, sagte sie, »bin *du*. Nicht *Sie*.«

»Nicht ich?«

»Ich muß lernen«, sagte sie. »Von dir Deuiitsch. Von mir: zweihundert Mark und …« Sie hob triumphierend den Zeigefinger, »Ausländisch! Fünf Sprachen! Gut im Reisbüro.«

»Welche Sprachen?«

»*English, Español, Italiano, Français* und Geheimesprache.«
»Welche Geheimsprache?«
»Pssst.«
»Ich bin aber neugierig. Welche Geheimsprache?«
»Pssst. Später.«
»Ich kann aber keine Stunden geben. Ich bin kein Lehrer.«
»Nicht Stunde. Monat. Jahr vielleicht.«
»Aber Sie kennen mich doch gar nicht«, sagte Karl-Walther.
»Ich bin du. Nicht Sie.«

Es war das Jahr des Großen Sportfestes, und bis spät in die Nacht durchströmten die Menschen die Straßen und freuten sich. Der Sportgedanke beseelte sie, sie lenkten ihre Schritte forsch in Cafés und Varietés und berauschten sich an Getränken und Sprachen, die überall gesprochen wurden. Jede Zeitung brachte Nachtausgaben mit neuen Sporthöhepunkten.

Am Kanal kaufte sie eine Nachtzeitung, blätterte ungeduldig. Sie setzte sich auf eine Kanalbank. Er setzte sich neben sie.

Sie zeigte ihm ein Photo in der Nachtzeitung. Ein hünenhafter Neger sprang über eine Latte. »Bäh«, sagte sie, *»no me joda!«*

»Und dieses Photo haben Sie gemacht? Und alle Leute sehen jetzt, was Sie gemacht haben, Fräulein Klick?« Es war aufregend. Es war auch ein wenig unheimlich. Alle Leute konnten sie sehen. Oder was sie gemacht hatte, auch wenn es nur ein Photo war.

»Schlechter Photo«, sagte sie. »Schlechter Zeitung.« Sie warf die Nachtzeitung in den Sand vor die Bank. »MILCH STÄRKT UND ERFRISCHT«, las Karl-Walther im Schein der Straßenlaterne. »DEUTSCHER UND WELTREKORD.«

Sie lehnte ihren Kopf an seine Schulter. Er lachte leise vor sich hin, die Schläfrigkeit kam wieder.

»In deine Sprache«, sagte sie, »was ist Unterscheidung von Leute und Menschen, Menschen und Leute?«

Er wußte es nicht. Ihr Kopf ruhte auf seiner Schulter, und er roch den Kakao und etwas anderes Warmes, von der Haut ihres Halses her: geschältes Holz in der Glut unten am Großen Njassal. Sie erzählte von ihrem Leben. Sie war der erste Mensch, den er kannte, der dies tat, so als sei es ganz selbstverständlich, als sollten es alle wissen. Sie kam aus unvorstellbarer Ferne, aus einem Land im Osten, das hieß Litauen, aus einer Stadt dort, aus einem großen, unermeßlich reichen Haus. Ihre Mama war Spanierin, von edlem Geschlecht, konnte Klavier spielen, Bilder malen, Beatrice Salvo-Sainz. Ihr Papa war ein weitgereister »Entrepreneur« und Philosoph, der mit Fürsten und Staatsmännern dinierte und unter dem Namen Jacques Glickstein in allen Ländern der Welt bekannt war. Sie hatte einen Bruder, den sie über alles liebte, Maximilian, Max, Maxie. Sie selbst hieß Jael Glickstein Salvo-Sainz. Aber Namen waren nicht wichtig, niemand würde sich erinnern, auch sie nicht. Ihr Künstlername war Jali Klick, nach dem Geräusch, das ihre Kamera Rolleicord III machte. Als kleines Kind wollte sie Erfinderin werden, erfand eine Folie, mit der man, wenn man sie vor die Augen hielt und den Kopf hob, den Himmel am Tag schwarz sehen konnte. Sie zählte vierundzwanzig Jahre, von denen sie bereits eines in »Deutschlang« verbracht hatte, dem Land, das ihr als junger Erfinderin in Litauen in ihren Träumen erschienen war. Sie wußte, ihr Glück schlummerte hier.

Tief bewegt begann Karl-Walther seinen Lebensbericht mit der Lüge, daß er sechsundzwanzig sei. Er war zwei Jahre jünger als Fräulein Glickstein Salvo-Sainz, wollte es aber nicht sein. Gar nicht mehr schläfrig, sondern hellwach, mit bebender Stimme berichtete er, so wie er es beim Aufsatzschreiben in Deutsch-Ost gelernt hatte, erstens vom Großen Njassal, dem Fluß, zweitens von den Tieren dort, drittens von den herrschaftlichen Anwesen, die anderen gehörten, viertens vom Städtchen Neu-Langenburg am Nachmittag, fünftens, mit Auslassungen, von den dunklen Kindern, die seine Freunde gewesen waren. Er verschwieg den Freitod seines Vaters aus heiterem Himmel. Er verschwieg Marie-Luise.

»Mehr. Weiter noch.«

»Aber weiter weiß ich gar nichts, Fräulein Glickstein Salvo-Sainz.«

Sie hob den Kopf. Er spürte ihren Blick. »Manchmal geh ich ins Kino«, sagte er.

»Die Kino ist auch Spaß für mich.«

»*Das* Kino«, sagte er.

Er sah sie an. Alles in ihrem braunen Kindergesicht zeigte himmelwärts, die schwarzen Brauen über ihren Augen, die schweren Lider ihrer schwarzen Augen, die Winkel ihres breiten weichen Mundes, die Nüstern ihrer Nase, die Sommersprossen auf ihrer sich kräuselnden Nase. So lächelte sie.

»Mein Lehrer«, sagte sie.

Sie stand auf und streckte sich. Ein kleiner Stein kam durch die Nacht geflogen und traf Karl-Walther an der Schulter. Es tat weh. Er rieb die Stelle.

Sie legte ihre Hand auf die Stelle. »Nix geschehn«, sagte sie. Sie schrieb ihre Adresse auf einen Zettel und verabredete eine Zeit mit ihm, ihrem Lehrer. Er fragte, wie sie nach Hause kommen würde. Sie deutete auf ihre ziemlich großen Füße, atmete tief ein, tief aus. Sie gaben sich die Hand. Er wollte ihre schütteln, aber ihre Hand blieb fest.

Er stand noch immer neben der Bank am Kanal, als sie sich auf der Brücke umdrehte. Er winkte. Sie hielt inne und schaute durch die schwarze Luft hinüber zu ihm. Dann ging sie weiter.

In dieser Nacht konnte Karl-Walther, obwohl er müde war, nicht schlafen. Er hockte am Rand seines schmalen Bettes und las ihren Zettel.

Jali Klick Montag acht Ur!
Bachstrase 14 / 3. Stock
Linker Flügelseite

Er studierte ihre Schrift. Die großen Buchstaben standen steil vorn- oder hintenübergebeugt wie schiefgewachsene Bäume, die kleinen kringelten sich wie Schlingpflanzen. Er suchte ein Blatt Papier, fand keines, da er keines besaß, und schrieb mit dem Bleistift auf seine Hemdmanschette: »Marie-Luise Idekeit«. Er studierte seine Schrift. »Nicht schön«, murmelte er. Auch nicht wuchtig genug, die Buchstaben wie Spuren von kleinen Vögeln. Ausladend schrieb er auf die andere Manschette: »Sero«. Schon besser. Aber sah so die Schrift eines Lehrers aus? Er streifte das Hemd über den Kopf, zerknüllte es und warf es über die Schulter. Dieses Hemd war eines von dreien, und er sah es nie wieder. Nicht am nächsten Tag, nicht in der nächsten Woche, im nächsten Jahr, in allen Jahren.

Im Unterzeug schlich er in die Gemeinschaftsküche. Auf dem Tisch lag die Gitarre. Er zupfte an ihren Saiten.

»Sero«, sang er leise, »Sero, Sero.«

Anderntags, in der Mittagspause, betrat er eine Buchhandlung, die erste seines Lebens. Leute – oder Menschen? – standen und saßen herum und blätterten oder lasen in Büchern. Sie sahen aus, als ob mit ihnen nicht gut Zuckerschlecken wäre. Karl-Walther kannte die roten Ohren der Mitbewohner im Männerwohnheim, die gesträubten Nackenhaare, die zuckenden Muskeln, kannte die Zeichen, wußte, wann es Zeit war zuzuschlagen. Die Leute oder Menschen in der Buchhandlung zeigten keine offene Angriffslust, kein Auge zuckte, als sie gleichmütig aufblickten, um sich dann wieder ihrer Lektüre zu widmen. Aber er spürte, daß sie gefährlich waren, über Leben und Tod entscheiden konnten wie die Krokodile, lautlos, ohne Vorwarnung, gedankenschnell. Ja, es waren ihre Köpfe, von denen Wellen ungeahnter Zerstörerkraft ausgingen, schlummernder Kraft, die, einmal geweckt, in der Lage sein würde, große Schmerzen, großes Leid zuzufügen.

»Was lesen die Lehrer?« fragte er die Verkäuferin.

»Wie bitte?«

»Die Lehrer. Für den Unterricht.«

»In welchem Fach?«

»Nun«, begann er und sammelte alles, was er je gewußt hatte, »in der Sprache, wenn möglich. Zum Beispiel, wenn jemand nicht so gut sprechen kann, es aber lernen muß.«

»In welcher Sprache?«

»Nun, Deutsch, wenn möglich.«

Er verließ die Buchhandlung mit einem dreizehn Kinokarten teuren Wälzer, »Die Deutsche Sprache«. Bis Montag waren noch vier Tage Zeit. Bis zum Ende der Mittagspause waren noch zwanzig Minuten Zeit. Er kam am Zoo vorbei, der gleich neben dem Reisebüro begann. Er machte sich nicht viel aus dem Zoo, weil im Zoo die Tiere anders aussahen als in Afrika. Aber es gab Bäume dort, unter denen man, wenn man ein Buch besaß, gewiß in Ruhe lesen konnte. »Macht eine Mark«, sagte das Fräulein an der Kasse. »Soviel hab ich nicht mehr«, sagte er. »Dann können Sie auch nicht herein«, sagte das Fräulein. Er blieb unschlüssig stehen. Durch das hohe Portalgitter, hinter zwei Elefanten aus Stein, deren Rüssel sich umringelten, erspähte er einen Vogel Strauß auf einem kleinen Geviert bräunlichen Grases. Sein Hals war hoch, so hoch vielleicht wie in Afrika, und doch konnte Karl-Walther ihn nicht wiedererkennen. Hätte er ihm zugewunken, hätte er ebenso irgendeiner Gestalt zuwinken können, die aus der Stadtbahn gegenüber stieg. Lebendige Elefanten vollführten Kunststücke, und die Besucher klatschten Beifall und warfen Erdnüsse. Ein alter Pförtner in grüner Zoouniform zwinkerte ihm zu, zeigte auf »Die Deutsche Sprache« unter Karl-Walthers Arm. »Kommen Sie rein, Herr Student«, zischte er aus dem Mundwinkel, »woll'n mal nicht so sein.« Karl-Walther durfte passieren. »Ist immer noch ein Platz bei uns«, sagte der Pförtner. Er hatte gelbe Augen, die Karl-Walther ernst musterten.

Karl-Walther verweilte unweit des Portals beim Straußenhaus, vor dem eine Bank stand. Der größte Vogel der Welt sah durch ihn hindurch, als sei er Luft. Karl-Walther schlug eine Seite auf, las ein paar Sätze, blätterte weiter. Sprachschatz, las er. Dingwort. Bindewort. Beiwort. Fürwort. Zeitwort. Die Schule in Neu-Langenburg war lange her. Als er schreiben lernte, flimmerten die endlosen Nachmittage in den Schulfenstern, sirrten die Libellen, schakerten die kleinen Vögel, murmelte der Njassal in der Ferne. Der Kaiser war schwer zu lernen, Buchstabe für Buchstabe, wenn man noch nicht schreiben konnte, oft zerbrach ihm die Kreide zwischen den Fingern. Eins und eins ist zwei, sagte der Neu-Langenburger Lehrer, ein kugelförmiger Sachse, der Landkarten liebte, schreibt euch das hinter die Ohren. Und jetzt hatte das Fräulein Glickstein Salvo-Sainz ihn, Karl-Walther-Paßt-Nicht-Auf, Karl-Walther-Träumt, Karl-Walther-Schaut-Aus-Dem-Fenster, zu ihrem Lehrer für nichts Geringeres als Die Deutsche Sprache erhoben. Immerhin, Deutscher war er, in gewisser Weise. Und bis Montag waren noch vier Tage Zeit.

»Kommt in den Zoo!« verkündete ein Schild am Zoo-Ausgang, »Morgens, Mittags, Nachmittags oder Abends! Im Frühling, im Sommer, im Herbst oder Winter! Er hat seinesgleichen nicht!«

»Das ging aber schnell«, sagte der alte Pförtner.

»Keine Zeit«, sagte Karl-Walther.

Er büffelte des Nachts im Männerwohnheim, erschien mit geröteten Augen zur Arbeit, büffelte in jeder freien unbeobachteten Minute im Reisebüro, büffelte in den überfüllten Waggons der Stadtbahn und auf der Bank am Kanal, an dem sie einander erzählt hatten, als sie so gelächelt hatte, als er ihr die zweihundert Mark heimlich wieder zugesteckt hatte, als ihn ein Stein an der Schulter getroffen hatte. Am Montag morgen, in aller Frühe, berauscht von den vielen mustergültigen Sätzen, die er gelesen hatte, begann er einen Brief an Marie-Luise. Mittels und kraft der, wie er hoffte, richtigen Bei- und Fürwörter setzte er ihr auseinander, daß er eine Anstellung als Lehrer gefunden hatte im Land ihrer Träume, das auch das Land der Träume des Fräulein Glickstein Salvo-Sainz war, was er jedoch verschwieg. Er schrieb den Brief nicht zu Ende. Nach der Schilderung seines unaufhaltsamen Aufstiegs fiel ihm nichts mehr ein. Er schob ihn unter den Stapel von Kinoprogrammheftchen, die er sammelte. Der große Willy Fritsch in »Der Kongress tanzt«. Die große Micky Maus in »Lustige Sinfonie«. Er fand ein früher verstecktes Photo von Marie-Luise zwischen den Heftchen. Es zeigte sie als blondes Kind auf der Veranda des Idekeitschen Besitzes in Deutsch-Ost, den Karl-Walthers Vater verwaltet hatte. Ihr langes Gesicht mit den Augen. So ernst, so traurig, als wüßte sie alles, als könnte nichts auf der Welt vor ihr verborgen bleiben, als habe das Kind Marie-Luise bereits der Zukunft der gesamten Menschheit verziehen, und sich selbst, für das Virus der wahren, der unvergänglichen Liebe. Eines Tages wollte er wissen und verstehen, warum sie nicht mit ihm gegangen war, warum sie ihm weh getan hatte. Oder hatte er ihr weh getan? Nicht daß ich wüßte, dachte er. Sie blieb, sie lebte, obwohl er vergessen hatte, wie sie sich anfühlte, ein neuer Umstand, der ihn in seinem Zellenzimmer im Männerwohnheim oft an den Rand des Wahnsinns brachte, im Reisebüro und vor den Leinwänden der Kinos jedoch fast heiter stimmte. Vielleicht war er einer jener »unberechenbaren« Männer, von denen die Schauspielerinnen in den Filmen immerfort schwärmten. Auf dem Schiff, das den Leidenden von Afrika nach Deutschland transportierte, war er sich vorgekommen wie der treueste Trottel unter der Sonne.

Der Tag wollte nicht recht vorangehen. Im Reisebüro erschienen Sportler und wurden von Kollegen bedient, die ausländisch sprachen. Karl-Walther war fest entschlossen, kein Geld für seine Dienste als Lehrer zu nehmen, sondern all die schönen Sprachen zu lernen, die Fräulein Glickstein Salvo-Sainz schon beherrschte. Und wenn es Jahre dauerte. Er rechnete aus: drei Monate Deutsch für sie, drei Monate Ausländisch, Nummer eins für ihn. Zwei Monate, denn sie war Künstlerin und von der Zeitung, Deutsch für sie, drei Monate Ausländisch Nummer zwei für ihn. Einen Monat, bei ihrer Auffassungsgabe, Deutsch für sie, drei Monate Ausländisch Nummer drei für ihn. Eine Woche Deutsch für sie, drei Monate Ausländisch Nummer vier für ihn. Überhaupt kein Deutsch mehr für sie, so daß sie sich ganz auf ihn konzentrieren konnte und auf Ausländisch Nummer fünf und die Geheimsprache, für die er grob geschätzt noch einmal vier bis fünf Monate veranschlagte. Machte ein Jahr, neun Monate und eine Woche.

Gleich nach Geschäftsschluß begab sich Karl-Walther auf den Weg in die Bachstraße, wo er um viertel vor sieben anlangte. Sein Buch »Die Deutsche Sprache« unter dem Arm, lungerte er eine Weile zwischen den Hausnummern 1–8 herum, schwärzlichen bombastischen Bauten mit Balkonen und Verzierungen, in einem konnte man Milch kaufen. Die Bachstraße war schmal und still, eine sogenannte Nebenstraße, und lag in einem Teil der Stadt, den die Einwohner zärtlich-ausländisch »Montebello« nannten. Es schienen alle möglichen Menschen oder Leute dort zu wohnen, deren Berufe er nicht erraten konnte, auch Witwen und Ärzte, wie an Haus- und Türschildern zu lesen stand. Jetzt war es sieben Uhr. Er war zwei Jahre jünger als Fräulein Glickstein Salvo-Sainz, er wollte nicht auch noch eine Stunde zu früh kommen. Das würde keinen guten Eindruck machen. Also schlenderte er zurück zu der Hauptstraße, von der er in die Bachstraße eingebogen war, und guckte in die Schaufenster von Läden mit alten Stühlen, Kommoden, Schränken, Waschtischen. Er kam an einer Kneipe vorbei. Drinnen sangen die Glücklichen ihre Lieder. Es wunderte ihn, daß die Lieder ihn heute nicht traurig stimmten, daß er sich nicht ausgeschlossen fühlte. Er ging weiter. Noch schien die Sonne, aber sie senkte sich schon hinter einem festungsähnlichen Gebäude, und er dachte an die Geschichten, die die dunklen Kinder vom Njassal über die Sonne wußten, daß sie zum Beispiel niemals die gleiche sei, sondern jeden Tag neu geboren wurde in einem unvorstellbar großen Nest auf einem Riesenbaum am Ende der Welt. Welche Geschichten würden sie erfinden, dachte er übermütig, sähen sie die Sonne hinter einem hohen Haus in einer Straße voller Sportler und schwarzgekleideter Weißer und singender Polizeikräfte aufgehen? Die Polizeikräfte waren in jüngster Zeit verstärkt worden, weil die Sportler über Taschendiebstähle klagten. Karl-Walther passierte eine Schutzpatrouille, die in einer Hauseinfahrt wartete. Er wünschte ihnen höflich einen Guten Abend. Ihr Führer bedeutete ihm mit ungeduldigem Handwedeln, daß er weitergehen solle. Um viertel vor acht wagte er es schließlich, vor das Haus

Bachstraße 14 zu treten. Es war alt und grau und nichtssagend, ohne Balkone, jedoch mit einem ekelhaften Relief über der Eingangstür, das einen grinsenden Fettwanst zeigte, der sich Weintrauben in den Mund stopfte. Seltsam, daß sie in solch einem unansehnlichen Haus wohnte. Er las die Namen auf den Klingelschildern. Es gab ein Vorderhaus und zwei Seitenflügel. Im Vorderhaus wohnten Weber, Stachowitz, Dr. Frettich, Schmeil, Hauswart Parusel. Im linken Seitenflügel Lenz, Wittig, Klick, Frenzel. Neben der Eingangstür glänzte ein Emailleschild in der Abendsonne: »Kunstaugen-Institut Dr. Frettich, III. Stock Vorderhaus«.

»Was haben Sie hier zu suchen?« Eine Frau in mittleren Jahren, unschön wie das Haus, steckte ihren Kopf aus einem Fenster im Erdgeschoß.

»Ich möchte zum Fräulein Glickstein Salvo-Sainz«, sagte er. »Ich habe eine Verabredung«, fügte er hinzu.

Die Frau musterte ihn mißtrauisch, als sei er ein Fremder oder ein Taschendieb.

»So was wohnt hier nicht«, sagte sie.

»Aber ich hab's doch auf meinem Zettel stehen. Hier ...« Er gab ihr den Zettel, auf den Fräulein Glickstein Salvo-Sainz Adresse und Uhrzeit der Verabredung geschrieben hatte.

»Ach so, die Klick«, sagte die Frau. Sie verriegelte das Fenster und zog die garstig grauweiß gefleckten Vorhänge zu.

Er klingelte bei Klick. Er hatte ihren »Künstlernamen« glatt vergessen, obwohl er auf dem Zettel stand. Und den Zettel hatte, wie er erst jetzt bemerkte, die Frau behalten. Er klingelte wieder bei Klick. Der Haussummer blieb stumm.

Er klopfte an das Fenster der Frau im Erdgeschoß. Nichts rührte sich. »Mein Zettel«, rief er. Nichts.

Es war jetzt Punkt acht Uhr.

Die Eingangstür wurde aufgeschlossen. Karl-Walther zupfte an seiner Krawatte und straffte seine Kopfhaltung.

Ein Mann mit einer Gießkanne erschien, nickte freundlich, humpelte zu einem Baum vor der Haustür, unter dem er den Inhalt der Gießkanne entleerte. Der Baum war Karl-Walther gar nicht aufgefallen, eine junge Platane, die alt aussah und, obwohl es Sommer war, kaum Blätter und Bommeln trug. Der Mann kam zurück. Er hinkte. Er war klein und sehr hager und hatte ein sonnenverbranntes eckiges, wie aus Holz geschnitztes Kasperlgesicht. Er trug einen merkwürdigen Hausmantel aus teurem Stoff, Seide vielleicht, purpur, mit goldenen Stickereien versehen: nämlich einem langschweifigen Vogel, umkreist von Halbkreisen, Dreiecken, Zöpfen, Schraubstöcken.

»Dreimal täglich gießen«, sagte er, als er Karl-Walthers Verwunderung bemerkte.

»Ich habe eine Verabredung mit dem Fräulein Klick«, sagte Karl-Walther.

»Ich weiß«, sagte der Mann, »Sie müssen der Afrikaner sein. Kommen Sie mit.«

Er führte Karl-Walther den finsteren Hausgang entlang, vorbei an verschlossenen Briefkästen, zu einer Tür.

Plötzlich standen sie im Hof im blauen Dämmerlicht.

»Voilà«, sagte der Mann, *»the garden, Sir.«*

Es war der Garten aller Gärten, ein dunkelgrüner, farbig flammender Dschungel, ein Dickicht aus langgestreckten, kugeligen, kringeligen, saftigen südlichen Pflanzen, Blättern, Palmen, Bäumchen, Zweigen, prallen brennenden, knallenden Blüten, Pflaumen, Früchten, blutroten Blumen, mitten im Hof, umsäumt von einem steinernen Hofweg, aber auch dieser war zu den Hauswänden hin durchbrochen von kleinen Beeten, auf denen Kräuter und Stadtblumen wuchsen.

Der Mann im Hausmantel deutete auf den Dschungel. »Gehen Sie ruhig hinein«, sagte er. Wie in Trance bahnte Karl-Walther sich vorsichtig einen Weg ins Herz des Gartens. Zugedeckt, überwuchert, umschlungen von samtigen Häuten, stacheligen Kugeln, rauhen Zungen, glatten Zungen, sehnigen Armen, feinen transparenten Fasern, berauscht und durchduftet von Lüften, Düften, Häuchen, hatte er für einen Augenblick das Gefühl, alles für immer zu wissen, nichts je erklären zu müssen. Sein Herz schmerzte. Er schaute hinab zur Erde. Ein winziges Tier stand dort ganz starr, ein Reh, es war aus Holz.

»Und all das bei nur drei, vier Stunden Sonne am Tag«, hörte er die Stimme des Mannes.

Karl-Walther schälte sich aus dem Dschungel.

»Ist das Ihr Garten?« sagte er.

»Nein, Ihr Garten«, sagte der Mann.

»Fräulein Klicks Garten also«, murmelte Karl-Walther. Er wußte nicht, warum ihn dieser Umstand so beunruhigte, traurig stimmte, fast müde machte.

»Nein. Ihr Garten, mein Herr. Er steht zu Ihrer Verfügung.« Er führte Karl-Walther zu einem der Beete an der Hofhauswand. Ein paar minderwertige Dotterblumen und viel Unkraut wuchsen dort.

»Das ist Fräulein Klicks Beet«, lächelte der Mann.

Karl-Walther folgte ihm zur Seitenflügeltür. Sie betraten ein von elektrischen Funzeln schwach beleuchtetes, nach dumpfen Dingen riechendes Treppenhaus.

»Alsdann«, sagte der Mann und schloß eine Tür im Erdgeschoß auf, »es hat mich gefreut.« Er legte Karl-Walther die Hand auf die Schulter: »Das können Sie mir glauben. Sie wohnt drei Treppen«, sagte er, bevor er die Tür zumachte.

Karl-Walther las das Namensschild: »K. Lenz«.

Im dritten Stock klemmte an der oberen Ecke des Namensschildes »J. Klick« ein Zettel:

»Bin ich nicht da ab 22 Ur ich bin da«.

Erst bin ich böse, dachte er, dann fange ich mich, dann habe ich eine Idee, es ist immer so. Warum nicht gleich die Idee? Er konnte hinunter in den Garten gehen, der ihm ja von K. Lenz zur Verfügung gestellt worden war. Aber dann kämen vielleicht andere Hausbewohner, so viele Fenster glotzten auf den Hof. Er könnte aber auch hier im Schein des elektrischen Lichtes sitzen bleiben und noch einmal

Satzstellung büffeln und Fürwörter. Ihre Satzstellung und die Fürwörter ließen sehr zu wünschen übrig. Die Regeln in »Die Deutsche Sprache« waren etwas schwer, um nicht zu sagen unmöglich zu begreifen, aber das Buch bot einen reichen Schatz an Beispielsätzen, mustergültigen Sätzen, und er glaubte an Beispiele, liebte Beispiele. Er setzte sich auf den Treppenabsatz vor ihrer Tür und las: »Wem dieser von uns und in erster Linie von mir der Bewegung zugrunde gelegte Wesensinhalt nicht paßt, soll in die Bewegung nicht kommen oder hat sie wieder zu verlassen«. Von mir – der Bewegung – und dann auch noch zugrunde gelegte, und alles gehörte zusammen! Das klang schon. Hat sie wieder zu verlassen. Das war schon etwas Besseres als: soll sie verlassen. Er übte. Wem die von mir zugrunde gelegte Reiseroute nicht paßt, soll sie nicht nehmen oder hat sie zu verlassen.

Er schlief ein und träumte von einer Landkarte, durch die sich ein Zug fraß, auf dessen Lokomotive ein gelbes Licht glühte. Es wurde Nacht über der Landkarte, nur das gelbe Glimmen fuhr fort und fort und fort …

Jetzt war es ein rotgelbes Glimmen, und er mußte husten. Er war wach. Dicht vor seinen Augen die Zigarette, die von den Lippen des Fräulein Glickstein Salvo-Sainz hing.

»Du schläfst. Gut. Ich spät. Schlecht. Deine Gesicht ein Kind träumen, so lieb«, sagte sie.

Karl-Walther sprang auf.

»Wie lange sind Sie schon hier?« fragte er, mit einem Blick auf die offene Wohnungstür.

»Ich schau dich zu weil du schläfst.«

»Ich bin ganz wach«, sagte er. »Und bereit für die erste Unterrichtsstunde. Ich habe ein Buch mitgebracht, das uns helfen wird. Ich hoffe, es gibt auch ausländische Bücher mit Beispielen.«

In ihrer Wohnung klingelte der Fernsprechapparat.

Sie rannte hinein.

Vorsichtig setzte er einen Fuß über die Schwelle. Vor ihm erstreckte sich ein langer dunkler Gang ohne Deckenbeleuchtung, von dem drei Türen in Räume führten. Er guckte in den ersten, die Küche, etwa so groß wie sein Zimmer im Männerwohnheim, aber nicht so aufgeräumt. Das Geschirr von Wochen türmte sich in der Spüle. Ein Kalender hing an der Wand, auf dem waren die Tage des Monats bis zu diesem, ihrem ersten Unterrichtstag, durchgestrichen.

Der nächste Raum schien das Schlafzimmer zu sein. Jedenfalls lag eine Matratze mit zerwühltem Bettzeug auf dem nackten Fußboden. Ihre reiche Familie in Litauen schien nicht recht für sie zu sorgen. Vor der Matratze stapelten sich Bücher und daneben hockte, Wunder über Wunder, auf einem Packen Zeitungen ein Volksempfänger, Karl-Walthers Wunschtraum seit langem. Oft hatte er begonnen anzusparen auf die 78 Mark, die das Gerät kostete, aber der Sog der Kinoschlünde war stärker, und sein Lohn reichte gerade für die zwanzig Abenteuerfilme und Lustspiele im Monat. Dennoch sehnte er sich nach Stimmen, auch wenn er die Münder und die Kleider nicht sehen konnte, Stimmen, die etwas sagten, zuweilen auch nach heiterer Musik, in seinem Zimmer im »Walter-Frei-Heim« zur Nacht.

»Kommt!« rief Fräulein Glickstein Salvo-Sainz aus dem Raum am Ende des Ganges. Hinter der geschlossenen Tür des dritten Zimmers vermutete er das Klo, den Waschtisch. Er lugte schnell hinein, es roch nach Chemikalien, wahrscheinlich entwickelte sie hier ihre Photographien.

Sie lag in einem weinroten Ledersessel, ihre Beine baumelten über der Lehne, sie telefonierte auf Ausländisch.

Das Wohnzimmer war zirka sieben Meter lang und vier Meter breit, und es gab mehr Bücher darin als in der Buchhandlung, die ihm »Die Deutsche Sprache« verkauft hatte. Bücher in Regalen, in Kisten, in Stapeln auf Kommode, Tisch, Fußboden, ein Buch sogar auf ihrem Lockenkopf, sie balancierte es, während sie telefonierte. Das Zimmer war hoch, eine Schreibtischlampe und weiße Kerzen in einem vielarmigen Leuchter spendeten nur wenig Licht, die Tapete war alt und brüchig und gelbbraun mit einem gelben Sternenmuster. Ein warmdunkles ockerfarbenes Zimmer ohne Teppiche und Deckenbeleuchtung, An den Wänden hingen, zwischen den Bücherregalen, vergrößerte Photographien, von Reißzwecken an den Ecken, aber auch kreuz und quer und in der Mitte durchbohrt. Sie zeigten Häuser, Straßen, Fenster, offenbar im Morgengrauen aufgenommen, denn die Straßen waren menschenleer, und aus den Fenstern schaute niemand. Das einzige Zimmerfenster, neben dem der weinrote Ledersessel stand, hatte vier schmutzblinde Scheiben, zwei lange rechteckige und zwei quadratische. Es war geschlossen, der Fensterriegel, an zwei lockeren Schrauben hängend, war mit einer Kordel hundertfach umwickelt. Davor der Schreibtisch mit der Lampe, Papieren, Zeitungen, einer kleinen Kamera, einem Grammophon.

»Kommt, kommt!« Sie winkte Karl-Walther herein, der immer noch auf der Türschwelle verharrte, und sprach wieder in den Hörer: *»Y ahora, tengo que fotografiar un niño muerto … no sabe lo que dice … ya … de acuerdo. Adiós.«* Sie legte den Hörer auf.

Karl-Walther setzte einen zögernden Fuß ins Zimmer.

Sie stemmte sich langsam aus dem Ledersessel und kam ihm, die Augen zu dem Buch auf ihrem Kopf gedreht, Schritt für Schritt entgegen.

»Gut für Equilibrium«, sagte sie, als sie sich endlich gegenüberstanden.

»Für was?«

Sie schüttelte das Buch von ihren Locken und fing es mit einer Hand auf.

»Für Ruhe zwischen schwer und nichtschwer, wie sagst du?«

»Leicht?«

»Leicht.«

Sie zog ihn zu dem weinroten Ledersessel. Erst jetzt bemerkte er, daß an der Wand dahinter eine Weltkarte im Glasrahmen hing. Sie folgte seinem Blick. »Die Welt«, sagte sie.

Er mußte sich in den Sessel setzen, während sie im Zimmer auf und ab ging. Zuerst fragte sie, ob er Hunger habe. Er verneinte. Ihr fiel ein, daß er Durst haben könnte. Nein, auch keinen Durst. Sie kramte in einem Schränkchen, holte eine Flasche hervor, goß ein Glas voll bis zum Rand. »Der Whisky«, sagte sie. Ihre Hand schnappte »Die Deutsche Sprache« von seinen Knien. »Das Buch«, sagte sie und blätterte darin. Ein Zettel fiel heraus. Blitzschnell hob sie ihn auf. »Hm«, sagte sie, »was hier?« Sie las vor: »Drei Monat Deuiitsch Fraulein Glickstein Salvo-Sainz, drei Monat Auslandisch ich, Zwischensumme sechs Monat. Zwei Monat Deuiitsch Fraulein …« Sie las stumm weiter. Karl-Walther versank im Sessel. Die Zeit verging. Sie trank ihr Glas in einem Zug aus, gab ihm das Buch zurück in die rechte Hand, den Zettel, er war blau liniert, in die Linke.

»Meine Schrift«, sagte Karl-Walther, »ist noch nicht so recht.« Er fühlte sich bloßgestellt. Auch war ihm wieder schläfrig zumute.

»Afrikaschrift«, sagte sie.

»Wem die von mir zugrunde gelegte Schrift nicht paßt, soll sie nicht lesen oder hat sie zu … zu …« Ihm fiel das passende Wort nicht ein. Er fängt nicht gut an, dachte er, der Unterricht. Sie stand vor ihm, sie schaute brütend auf ihn hinunter. Konnte auch sie nur mit ihrem Kopf über Leben und Tod entscheiden wie die gefährlichen Kunden der Buchhandlung, große Schmerzen zufügen, großes Leid?

Plötzlich kniete sie vor dem Sessel auf dem Fußboden und legte ihre Hände auf seine Beine. Ihre Hände schwitzten, er fühlte die Feuchtigkeit durch den Stoff seiner Hose. Er roch den Alkohol, den Whisky.

»KaWe«, sagte sie.

»Wie bitte?«

Er starrte über ihren Kopf hinweg ins Zimmer und sah dort nichts mehr. Sein Blick kehrte zu ihr zurück, ohne daß er es wollte. Er versuchte, durch sie hindurchzusehen, wie der Vogel Strauß durch ihn hindurchgesehen hatte, als sei er Luft gewesen.

Sie hielt diesem Unblick stand. Sie nickte. Ihre schwarzen Augen waren leicht zusammengekniffen und schimmerten nicht, sie preßte die Lippen aufeinander, zwei Falten erschienen auf ihrer braunglatten Stirn, rußige Falten, es sah aus, als habe man sie mit Dreck beworfen. Er konnte ihre Sommersprossen nicht finden. Er ahnte, so war sie traurig.

»Wie bitte?« wiederholte er und sah ihr in die Augen und spürte, daß sein Mund ihren Mund sah und seine Stirn ihre Stirn.

»KaWe«, sagte sie. »Leicht.« Sie malte mit dem Zeigefinger ein K in die Luft. Dann ein W.

»K und Karl«, sagte sie. »W und Walther. KaWe.«

»Ach so,« sagte er, »mein Name.«

»Deine Name.«

»*Dein* Name.« Er überlegte. »Ohne e«, fügte er hinzu.

»Dein Name«, sagte sie.

Jemand rief einen anderen Namen, unten im Hof. Sie sprang auf. »Kommt!« sagte sie und rannte aus dem Zimmer. Karl-Walther rannte hinterher.

Sie lehnte aus dem Küchenfenster. Sie trug heute einen Rock, er konnte ein Stück ihrer unbestrumpften Beine sehen, es waren sehr braune Beine.

»Kommt!« rief sie leise. Er stellte sich dicht neben sie. »Kuck«, wisperte sie. Er schob seinen Oberkörper vor, spürte die Kräusellocken an seinen Ohren.

Im Hof stolzierte mit hochgestelltem Schwanz ein schwarzer Kater durch die von einer Hauslaterne und dem Licht aus den Fenstern und dem halbvollen Mond erhellte Dunkelheit. Hinter ihm hinkte, auf Abstand achtend, der Mann im Hausmantel, K. Lenz.

»Freddy!« sang K. Lenz, »Freddy, Freddy!«

Der Kater drehte sich um und setzte seinen Kreisgang um den Dschungel mit gemessenem Schritt fort.

»Jede Abend er so holt die Freddykater«, flüsterte Fräulein Glickstein Salvo-Sainz. »Aber die Freddykater hat Zeit.«

»Der Herr aber auch«, flüsterte Karl-Walther.

»Herr ist Kurz Lenz«, sagte sie. »*¡Hola*, Kurz!«, rief sie in den Hof, »*¿qué tal?*«

»La luna está creciente«, rief Kurz Lenz auf Ausländisch zurück. »Was macht der Deutschunterricht?«

»Pfff«, sagte sie, »leicht.«

»Freddy ist heute mal wieder impertinent«, rief Kurz Lenz.

»Wir helfen«, rief sie und packte Karl-Walther am Arm und zog ihn aus der Küche, aus der Wohnung, die Treppe hinunter. An einem Absatz blieb sie stehen. »Dein-Ge-burt-tag?« fragte sie Karl-Walther, Silbe für Silbe. Er nannte ihr ein Datum.

Als sie unten ankamen, saß Freddy auf der Mauer, die den Hof vom anderen Hof trennte. Fräulein Glickstein Salvo-Sainz sagte dem Tier etwas in einer Sprache mit vielen Rs, es sprang auf ihre Schulter, sie brachte es dem Mann im Hausmantel. Das Tier schnurrte.

»Er hat Respekt vor Ihnen, Jali. Ihre Stimme genügt.« Der Mann im Hausmantel gab ihr einen Kuß auf die Wange.

»Kurz«, sagte Fräulein Glickstein Salvo-Sainz, »hier mein Lehrer KaWe.«

»Wir begegneten uns, wurden einander aber nicht vorgestellt«, sagte der Mann.

»Karl-Walther Kadamecki heiße ich«, sagte Karl-Walther.

»Angenehm, Herr Kadamecki. Kurt Lenz. Ich hörte, Sie kommen aus Afrika?«

»Deutsch-Ost, Herr Lenz«, sagte Karl-Walther.

»Sansibar«, sagte Kurt Lenz.

»Nein. Neu-Langenburg.«

»Nombres«, sagte Fräulein Glickstein Salvo-Sainz.

»Sansibar ist ein Ort der großen Gefühle. Nur zu vergleichen mit Budapest«, sagte Kurt Lenz.

»Freddykater«, sagte sie. Sie kraulte das Tier am Kinn.

»Genug«, sagte Kurt Lenz. »Sie verwöhnen ihn. Ich werde eifersüchtig.«

»Ruhe da unten!« rief eine Männerstimme von oben.

»Alsdann«, sagte Kurt Lenz. Er trug seinen Kater zur Seitenflügeltür. »Das waren früher die Dienstbotenwohnungen«, sagte er. »Ich tanzte den Puck im Sommernachtstraum«, sagte er und war verschwunden.

»Komischer Kerl«, sagte Karl-Walther.

»Nein«, sagte sie, »Kurz ist Künstler, tanzt bei Ballett.«

»Aber er hinkt doch.«

Sie vollführte einen perfekten Spagat auf den Steinen des Hofrundgangs. Ihr Rock rutschte hoch zu den Hüften. Er sah ihre Beine, es waren sehr kräftige Beine. Er sah, daß sie hellblaues Unterzeug trug. An den Rändern war es schmutzig. Dann sah er, es war kein Schmutz, es waren kleine schwarze Haare, die sich unter den Rändern ihres hellblauen Unterzeugs hervorkräuselten. Sie schlug mit der Hand gegen ihren Hüftknochen. »Peng hier!« sagte sie, »Automobil. Seit er hinkt. Sein Herz brochen in zwei Herz.« Sie streckte die Hand nach ihm aus. Er half ihr in den Stand. Sie hielt seine Hand fest.

»Gut war«, sagte sie. »Erste Tag von ein Jahr, neun Monat und Woche.«

»Ich bleibe Ihr Lehrer? Auch wenn ich Ihnen überhaupt gar nichts beigebracht habe?«

Aus einem offenen Fenster wuchs eine Stimme, die er vorher nur als leises Murmeln vernommen hatte, wuchs von Lautsprechern verstärkt und auch in der Tonlage. Es war Heitlers Stimme. Sie wuchs jetzt aus vielen Fenstern, die alle weit geöffnet waren. Er beneidete Fräulein Glickstein Salvo-Sainz um ihren Volksempfänger. Sie konnte Radio hören, Stimmen empfangen, mußte keinen Eintritt zahlen.

»Klar«, sagte sie, so klar und schnell, als sei die deutsche Sprache ihre Muttersprache.

»Nächsten Montag um acht Uhr?« sagte er. »Hier?«

»Klar.«

Er wollte noch etwas sagen, irgend etwas. Er glaubte, er habe sie tief enttäuscht als Lehrer. Auch Kurt Lenz war nicht zufrieden gewesen mit ihm, es hatte ihm keineswegs genügt, daß Karl-Walther aus Neu-Langenburg kam. Und er wollte ihr Fragen stellen. Jetzt fielen sie ihm alle ein. Über den Garten, über den Volksempfänger in ihrem Schlafzimmer, das Grammophon auf ihrem Schreibtisch, über alles, was je geschehen war, wann und wo wußte er nicht genau. Aber sie rannte hoch, um den Haustürschlüssel zu holen. Er hörte ihre Schritte auf der Treppe, sie nahm zwei Stufen auf einmal. Er freute sich auf sie. Dann erschien ihre dunkle Gestalt am Küchenfenster. Ein unerwartet schweres Schlüsselbund traf ihn mitten auf die Brust.

»Tut unter Tier in Garten!« rief sie.

»Auf Wiedersehen!« rief er. Er winkte. Das Küchenfenster war leer. Er hob die Schlüssel auf. Er wußte, unter welches »Tier« im Dschungel er sie legen sollte.

Erst in der Stadtbahn bemerkte er, daß er »Die Deutsche Sprache« bei ihr vergessen hatte.

Dienstag. Ich bin nicht sicher, schrieb er auf ein Blatt Papier im Reisebüro, ob ich dem Fräulein Glickstein Salvo-Sainz überhaupt von Hilfe sein kann. Mein Deutsch ist nicht so gut wie dasjenige, welches in dem Buch steht. Mein Benehmen ist »ungelenk« und auch nicht so gut wie dasjenige, welches ein Fräulein aus guter Familie gewohnt ist. Sie kann einen Spagat und schläft auf dem Fußboden, wo sie Radio hört. Vielleicht hat ihre Familie sie verstoßen.

Mittwoch. Ich war am Abend beim Sportfest im Stadion, schrieb er auf einen Schreibblock, den er sich gekauft hatte, es war knüppeldicke voll. Ich suchte bei den Sportlern unten auf dem Rasen nach Eddy, aber es wurde nicht hoch gesprungen. Mein Platz war zu weit oben. Ich sah alles, was passierte, und doch nichts. Ich übersah oder »überblickte« das Geschehen, erblickte hingegen nichts aus der Nähe. Es waren mindestens einhundert Personen im Stadion, die Photographen waren alles Männer. Sie war nicht dabei. Ich glaube, ich würde sie auch erkannt haben, wenn sie ihre Hosen angehabt hätte. Sie bewegt sich ja wie eine Frau.

Donnerstag. Es ist mir aufgefallen, daß ich mich heute im Kino gelangweilt habe, weil die Geschichte von einem Mann handelte, der mit einem Flugzeug zum Mond fliegt und solche dämlichen Sachen. Es war auch ein stummer Film, und dieser löst keine Begeisterung bei mir aus. Es löst Begeisterung bei mir aus, wenn die Geschichte bei den Wildhütern in Afrika oder in Amerika spielt. Ich bin auch sehr angetan, wenn das Fräulein Glickstein Salvo-Sainz lächelt. Ich darf versichern, es ist eine Angetanheit, welche die von mir zugrunde gelegte Planung des Unterrichts in keinster Weise verändern wird. Bei Aschinger nahm ich eine Erbssuppe mit fünf Brötchen zu mir. Ich erstand nicht das Programmheft zu dem Film.

Freitag. Meine Behausung ist nicht diejenige, welche ich mir wünsche. Die anderen sind anders als ich. M.-L. hatte recht, indem sie formulierte, der zugrunde gelegte Wesensinhalt ist unvergänglich. Die anderen wissen es nicht. Es löst keine Begeisterung bei ihnen aus. Sind einfach saudumm. Ich entschloß mich, Mieter oder Untermieter zu werden. Ich durchblätterte die Zeitung. Diejenige Wohnung, welche ich mir wünsche, stand nicht darin. Morgen wird sie vielleicht drinstehen. Ich durchblätterte das Fernsprechbuch und entdeckte die Rufnummer des Fräulein Glickstein Salvo-Sainz unter ihrem »Künstlernamen« J. Klick. Die Rufnummer ist 221719. Ich hätt ihr doch meinen richtigen Geburtstag sagen sollen, denn es kommt ja doch alles raus. Ich erstand ein weißes Hemd für 8 Mark und ein paar Pfennige. Jetzt wird es mir nicht mehr möglich sein, dem Kino einen Besuch abzustatten in diesem Monat.

Sonnabend hockte er um fünf in der Früh auf seinem Bett und beschloß, das Fräulein Glickstein Salvo-Sainz anzurufen. Es war noch zu früh. Wahrscheinlich erwachte sie spät, wie es die Angewohnheit der Mädchen und Frauen war. Er schlenderte am Kanal entlang zu einem Postamt. Er wartete zwei Stunden, bis es öffnete. Es war immer noch zu früh, aber er faßte sich ein Herz und wählte ihre Rufnummer. Als es am anderen Ende der Leitung einmal tutete, hängte er den Hörer ein. Nein, heute war Sonnabend, der Unterricht würde erst am Montag stattfinden, er war zwei Tage und zwölf Stunden zu früh. Er starrte auf die Wählscheibe mit den Zahlen, aus denen sich Rufnummern zusammensetzten. Er nagte an seiner Unterlippe. Warum hatte er ihr ein falsches Geburtsdatum genannt, ein zu frühes? Der Postbeamte am Schalter zog eine Augenbraue hoch. Karl-Walther setzte sich in eine Ecke des Postamtes und vergrub den Kopf in den Händen, er dachte an einen Geburtstag in Deutsch-Ost, als er auf seinen Vater wartete, der nicht kam und nicht kam, auch als Karl-Walther schon längst im Bett lag und nicht schlafen konnte. Er blickte auf und sah einen Mann um den Fernsprecher herumschleichen. »Entschuldigen Sie«, sagte er, den Mann beiseite drängend, »ich habe ein eiliges Gespräch zu führen, ich bin schon zu spät dran, Sie erlauben ...« Er wählte ihre Rufnummer aufs neue. Diesmal ließ er es tuten. Es tutete und tutete, und sie ging und ging nicht heran. Der Mann beobachtete ihn. »Besetzt«, log Karl-Walther und wollte frisch wählen. »Und das merken Sie erst jetzt? Nachdem ich mir hier geschlagene drei Minuten in den Bauch stehe!« Der Mann übernahm den Fernsprechapparat. Karl-Walther wartete ungeduldig. Er sah, wie sie sich in ihrem Bett streckte, aufsprang, wie es ihre Art zu sein schien, einen schnellen Spagat hinlegte, in ihr himmelblaues Unterzeug schlüpfte, in ihren Rock, ihre Bluse, er sah, wie sie zusammenzuckte und zu sich sagte »Herrje, es ist ja schon spät, jetzt aber fix« und aus der Wohnung rannte. Der Mann telefonierte jetzt schon ewig. Er sagte so gut wie gar nichts, nur manchmal ein »Hm« und ein »Ja« und ein »Möglich«, während sie längst unterwegs war in einer Taxe, um Sportler zu photographieren oder, wie er es in irgendeiner Zeitung vorgestern gesehen hatte, ein Kind am Straßenrand. »Große Stadt« hatte unter dem Bild gestanden und in winzigen Lettern darunter »Photo: J. Klick«. »Hm«, sagte der Mann in den Hörer und hängte ein. Dieser Mann wußte sich nicht zu benehmen, wenn er ein Gespräch auf diese Weise beendete. Als er vom Fernsprecher wegtrat, rempelte Karl-Walther ihn ruppig an. Der Mann, der nach Bier und Kölnisch Wasser roch, knurrte. Karl-Walther zog die Schultern zurück, spannte die Nackenmuskeln. Der Mann verzog sich. Wieder tutete es endlos, er war zu spät gekommen.

Er erreichte sie in den frühen Abendstunden.

»Hallo?« sagte sie, ihren wundervollen Namen verschweigend. Sie klang müde. Hatte er sie geweckt?

»Hier spricht Karl-Walther Kadamecki«, sagte er.

»Wer?«

»Hier spricht Karl-Walther Kadamecki«, wiederholte er.

»Falsche verbunden«, sagte sie.

»KaWe«, sagte er schnell. »Hier spricht KaWe. Ihr Lehrer.«

»Oh, KaWe«, lächelte sie durch den Hörer. Dann schwieg sie. Den ganzen Tag hatte er die mustergültigen Sätze geübt, die er ihr sagen wollte und die darauf hinausliefen, daß er sie einladen wollte zu Kaffee und Kuchen. Von seinen letzten Groschen, was sie nicht wissen mußte. Er begann:

»Es wäre mir ein großes Vergnügen, Fräulein Glickstein Salvo-Sainz, wenn ich Sie ...«

»Ich auch«, sagte sie.

»Wie bitte?«

»Ich denke auch dich. Viel.«

Sie »wünschte« ihn »sehen im Zoo«, um sieben Uhr dreißig, bei den »Katzen«, wie sie sagte. Er wagte nicht zu widersprechen. Kaffee und Kuchen waren im Zoo besonders teuer. Aber er würde sie treffen, er würde sie lächeln sehen. Er würde Magenschmerzen vortäuschen, Sprudel trinken. Es war ihm sowieso schon ganz flau. Vor Aufregung, sagte er sich, habe ich dieses Gefühl im Magen. Nein, vor Hunger, denn so angetan ich auch von ihr bin, ich habe den ganzen Tag nichts gegessen, und das ist es. Außerdem war sie ja nicht das erste Mädchen, mit dem er sich verabredete. Er hatte ein halbes Leben gelebt mit Marie-Luise, es war ihm nie flau dabei geworden, sie hatten von Anfang an alles gewußt über die unvergängliche Liebe, als sie noch Kinder gewesen waren. Auch später: alles gewußt. Wenigstens Marie-Luise, denn er hatte oft nur geahnt, bis sie ihm zu weiterem Wissen verhalf. Eine Einzelheit ihres weißen Körpers kam als Erinnerung zu Karl-Walther zurück, und er schaute schnell aus dem Fenster des Stadtbahnwaggons. »Roß-Großschlächterei Hermann Hanke« las er an einer vorbeijagenden Mauer.

Das Reisebüro war noch geöffnet. Sie arbeiteten bis in den späten Abend. Die Sportler wollten es so. Sie kamen und gingen, zu Lande, zu Wasser und auch in Flugzeugen. Ein Kollege winkte ihm durchs Schaufenster. Karl-Walther lachte. Es war sein freier Tag, und da vorne begann der Zoo.

Er hatte vergessen, daß der Zoo Eintrittsgeld verlangte. Eine Mark. Kaffee oder Kuchen für Fräulein Glickstein Salvo-Sainz. Kein Sprudel für ihn. Er hätte das Hemd nicht kaufen sollen, das er heute trug, ein elegantes Kragenhemd vom Schneider Bikowski, wie das eingenähte Schild bewies, für ein Drittel des ursprünglichen Preises, in einem Geschäft ganz in der Nähe der Bachstraße.

Der alte Pförtner mit den gelben Augen grüßte ihn.

»Sie erinnern sich an mich?« sagte Karl-Walther.

»Klar«, sagte der Pförtner.

»Wissen Sie, wie ich zu den Katzen komme?«

»Klar.«

Es war das Raubtierhaus, und sie wartete bereits auf ihn. Sie saß auf einer Gehegemauer, rittlings. Sie sprang herunter, als sie ihn kommen sah.

»Komme ich zu spät?« sagte er.

»Nein. Ich zu früh«, sagte sie.

Sie gaben sich die Hand.

»Zweite Tag von ein Jahr, zwei Monat und Woche«, sagte sie.

Es war ihm peinlich, daß sie seine Aufrechnung nicht vergessen hatte. Er kam sich vor wie ein Krämer.

»Bitte vergessen Sie doch, was ich mir ausgerechnet habe«, sagte er, »es war nur privat.«

»Kommt!« Sie zog ihn zum Raubtierfreigehege. Ein kleiner Schwarzer Panther saß auf einem Baumstumpf und hob den Kopf zur untergehenden Sonne.

»Sarotti«, sagte sie.

Karl-Walther bat sie noch einmal, seinen Zettel voller Zahlen zu vergessen. Er habe nicht anmaßend sein wollen. Manchmal gerate er ins Träumen, eine Eigenschaft, die ihm schon in der Schule hinderlich gewesen sei, aber auch im späteren Leben, auch im Reisebüro, wo er Reisen verkaufen und nicht von ihnen träumen solle. Die Worte strömten nur so aus ihm heraus, er bildete Sätze, er formulierte, er verteidigte seinen Stundenplan, Monatsplan, Jahresplan, indem er sich selbst anklagte, besonders seine unselige Eigenschaft, vom Kleinen zum Großen zu denken, aus einer Mücke einen Elefanten zu machen. Dieser Vergleich bereitete ihr Freude. Sie lächelte. Sie beruhigte ihn. Natürlich würde sie ihm Ausländisch beibringen. Soviel er wollte. Egal wie lange es dauern würde. »Und Geheimesprache«, sagte sie, ohne daß er danach zu fragen gewagt hätte. Ihr Magen knurrte vernehmlich. Kuchen, dachte Karl-Walther, ich werde sie zu einem Stück Kuchen einladen. Erst jetzt bemerkte er, daß ihm selbst schwindelig vor Hunger war.

Sie kniff die Augen zusammen. Er fürchtete, sie würde wieder traurig sein. Aber sie legte sich die Hand über die Augen zum Schutz gegen die schräg einfallende untergehende Sonne und betrachtete den kleinen Schwarzen Panther. Ihr Haar war so schwarz wie sein Fell. Karl-Walther sagte:

»Sein Fell ist so schwarz wie Ihr Haar, Fräulein Glickstein Salvo-Sainz. Aber das trügt natürlich. Unter seinem Fell ist er gefleckt wie alle Leoparden. Er ist nur ein mißratener Leopard.« Er lachte aufmunternd. »Ein schwarzes Schaf sozusagen.« Er hoffte, auch dieser Vergleich würde ihr gefallen.

»So …« sagte sie.

Der kleine Schwarze Panther sprang von seinem Baumstumpf und fegte einem aufwirbelnden gelbgrünen Blatt hinterher. Sie lächelte. Er konnte sich nicht sattsehen an ihrem Lächeln. »Sie heißt Sarotti«, sagte sie. »Ist geboren.«

Er wußte augenblicklich, was sie meinte. Er war so glücklich, daß er augenblicklich gewußt hatte, was sie meinte, daß er springen und tanzen wollte. Es war nicht so einfach mit ihr. Ausländische Menschen oder Leute sprachen eben anders, in kurzen krausen Sätzen, Karl-Walther fand, daß es einer großen Einfühlungsgabe bedurfte, die geheime Bedeutung dieser komischen Sätze zu enträtseln. Er freute sich wie ein Schneekönig, daß er diese Gabe offensichtlich besaß. Sie meinte: neugeboren.

Die Tiere im Zoo durften nur bis zum Einbruch der Dunkelheit angeschaut werden, dann mußten sie hinein in ihre Häuser, und er wartete geduldig, bis sich Fräulein Glickstein Salvo-Sainz vom Raubtiergehege abwendete. Sie war heute sportlich gekleidet, trug weiße Hosen, auf denen er ein paar Schmutzflecke zählte, einen dunkelblauen Pullover und Tennisschuhe. Sie hatte keine Kamera dabei. Er wußte nicht, ob dies ein gutes oder ein schlechtes Zeichen war. Es ist ein gutes Zeichen, dachte er, denn wenn sie dieses Tier immerzu photographiert hätte, wäre ich mir überflüssig vorgekommen. So hatte er einfach bei ihr gestanden, hatte sie verstohlen von der Seite bewundert und irgendwann ihr reichlich verrotztes Taschentuch aufgehoben, das sie mit dem Ausruf »Immer ich lasse fallen!« fallen gelassen hatte.

Jetzt war es richtig dunkel. Sie führte ihn zu einem Teich. Sie kannte den Zoo gut. Sie entschuldigte sich für einen Moment. Er richtete sich auf eine Wartezeit ein. Mädchen oder Frauen brauchten eben länger dafür. In einem erleuchteten Pavillon mit vielen augenförmigen Fenstern am anderen Ufer des Teiches stimmten Musiker ihre Instrumente. Er konnte die Musiker nicht sehen. Das Stimmen der Instrumente setzte aus. Die Musiker stritten lautstark, einer brüllte den anderen nieder. Plötzlich, früher als erwartet, stand sie bei ihm wie eine pechschwarze Fee, einen Pappteller mit zwei prallen knusprigen Bratwürsten und Senf und Brötchen in der Hand. Sie fielen darüber her, als seien sie Verhungernde.

»Himmelwurst«, sagte sie.

»Wie bitte?«

»Du weißt nicht«, sagte sie schnell und aß weiter.

Die laue Luft roch nach Blumen und Bäumen und Tümpelfäule und Tieren. Auf dem Teich lachten ein paar schlaflose Enten. Die Musiker stritten jetzt musikalisch, eine schabende Sonate erklang. Vom Pavillon am anderen Ufer führte eine gebogene Brücke über den Teich, bunte Lampions schaukelten an Schnüren. Fräulein Glickstein Salvo-Sainz summte die Sonate mit. Ich weiß nicht, dachte er, aber einmal werde ich wissen, einmal werde ich die Sprachen sprechen, und alles, was sie sagen wird, werde ich enträtseln. Karl-Walther wollte sie fragen, wie lange sie schon Gitarre spielte und ob das Lied, das sie in der Gemeinschaftsküche des Wohnheims gesungen hatte, erlernbar wäre für ihn. Er fragte nicht. In der Musikstunde in Neu-Langenburg hatte er Niederlagen einstecken müssen, die ihn zu seiner Verwunderung noch heute quälten, im Traum, aber auch am Tag, in der Menge auf der Straße. Nur nicht dran denken jetzt. Auch war sie ganz versunken, sie preßte ihren Leib an das Geländer, das den Teich umgab, und versenkte ihre Augen im dunklen Wasser, auf dem die Lampions und die Leuchtaugen des Pavillons Klabautergesichter formten. Er dachte an den Dschungel in ihrem Garten.

»Ich liebe hier«, sagte sie.

Er enträtselte, daß sie den Zoo meinte, den Zoo liebte.

»Aber die Tiere im Zoo sind alle gefangen«, sagte er.

»Ja. Sonst sie würden uns fressen.«

Sie gab ihm einen Kuß auf die Wange. Sie legte den Kopf in den Nacken und schaute ihn fragend an, als wolle sie die Wirkung ihres Kusses überprüfen.

»Sie sind wunderschön«, sagte er.

»Ich bin klug. Auch.«

Sie küßte ihn. Sein Mund zuckte zurück, wie von einem Schmerz. Ihre Lippen streiften sein Kinn, sie suckelte daran, er spürte ihre Zungenspitze.

Sie streckte den kleinen Finger ihrer Hand aus.

»Ich habe mich verkussen«, sagte sie. Ihre Augen blitzten. Sie zeigte ihre vielen Zähne. Sie lächelte nicht. Sie grinste wie ein Pirat.

Er berührte ihren ausgestreckten Finger. Niemals würde er sich später erinnern, wie. Mit dem kleinen Finger seiner Hand? Mit den Lippen? In Gedanken?

»Du bist wunderschön, Jali«, sagte er.

Sie war jetzt Jali.

*

»Und du hast wirklich nichts mit ihm, mein Kind?«

»Wenn ich's dir doch sage. Nein.«

»Er ist so ein grauenvoller Mensch.«

»Er ist ein guter Lehrer.«

»Guter Lehrer! Daß ich nicht lache. Er ist ein primitives Schwein. Und dir steht die ganze Welt offen. Hast du schon mal drüber nachgedacht, warum ich dich so mag, warum ich dir helfe, wo ich kann? Ich sag's dir. Weil ich ein ganz klein bißchen auch mal so war wie du, weil ich mich in dich hineinversetzen kann. Weil ich sehen will, wie du es schaffst. Weil ich vielleicht ein ganz klein bißchen eifersüchtig bin auf dich. Aber du verstehst. Nicht auf deine unbestrittenen Leistungen, da komm ich nicht mit. Auf deine Jugend? Na ja. Nein, auf deine *Freiheit*, auf deine Chancen, darauf bin ich eifersüchtig, aber liebevoll, vergiß das nicht. Du hast die große Auswahl, du bist frei. Ich habe überhaupt keine Wahl mehr. Mich tritt man mit Füßen. Aber auch nicht ewig. Der Professor hat mir da was verraten, das auch dich interessieren …«

»Ich dachte, der Professor sei verreist. Hab ihn seit Wochen nicht gesehen. Ich hab ein paar … fachliche Fragen an ihn.«

»Er kommt und geht. Aber verreist ist er nicht. Das wüßte ich. *Ich* führe den GVP.«

»Apropos. Steht mein Termin mit dem Direktor morgen früh?«

»Der findet statt. Dafür sorge ich. Im Vertrauen: Er hat sich in letzter Zeit öfters nach dir erkundigt.«

»Danke.«

»Willst du nicht wissen, was mir der Professor verraten hat?«

»Nein.«

»Es betrifft auch deinen charmanten Ex-Freund Christoph.«

»Nein danke.«

»Na dann. Ich muß Schluß machen. Ich fühl mich scheußlich. Die Menopause wahrscheinlich. Hab die halbe Nacht ferngesehen. Ist es nicht furchtbar, dieser Krieg da unten?«

»Was für ein Krieg?«

»Ich hab einen Anruf auf der anderen Leitung. Tschüß, Kind!«

Dorothee ließ Friederike auflegen und wählte die Nummer des Professors auf K 1.

»Hello?«

Es war die Stimme von Dr. Daniels, dem Zootierarzt. Was hatte er im Büro des Professors, dem dreifach verschlossenen (Schnappschloß, Sicherheitsschloß, Türkette) zu suchen, nach Dienstschluß? Dorothee hatte die beiden erst einmal zusammen gesehen, in der Verwaltung, bei irgendeiner extrem wichtigen Sitzung, an der sogar der Professor teilnehmen mußte. Sie sprachen über irgendwelche veterinären Unwichtigkeiten, der Professor *laying down the law*, Dr. Daniels ganz hüstelnde Bescheidenheit.

»*This ist Doro Matthes* – ich meine, hier ist Dorothee Matthes, ist der Professor zu sprechen?«

»Nein. Ich fürchte nein. Er ist in die Stadt. Kann ich eine Botschaft vermitteln?«

»Nein. Auf Wiedersehn.«

»Oh. Eine Momentchen. Kann ich Sie treffen? Zum Tee? Ich habe gehört von Ihre Probleme mit Ihre *thesis*. Vielleicht ich kann helfen. Es ist nicht meine Art, Kollegen nicht zu helfen.«

»Danke. Aber ich habe überhaupt keine Probleme mit meiner Diss. Ich habe morgen einen Termin mit dem Direktor.«

»Oh.«

Dorothee legte auf und wählte Papagenos Nummer. Er meldete sich nicht. Aber vorhin hatte sie Licht bei ihm gesehen, als sie in der Nähe des Flußpferdannex bei den in ein größeres Gehege umgesetzten Geparden zugange gewesen war. Er haßte das Telefon. Seit er diesen dämlichen Kakadu geklaut hatte, ging er nicht mehr auch nur in die Nähe seines Apparats in der Küche, in der Doro keine Ordnung schaffen konnte. »Ich muß hier Ordnung schaffen«, sagte sie, das verklebte Geschirr und die auf dem Boden liegenden verkrusteten leeren Raviolidosen und die Kaffeesatzspuren an den Wänden im Auge. Papageno lehnte in der Tür, seine Brille putzend, müde. »Du mußt etwas ganz anderes schaffen«, sagte er. »Ach ja. Und was?« Aber er war schon wieder im Wohnzimmer verschwunden.

Sie versuchte es mit ihrem speziellen Klingelzeichen. Keine Antwort. Sie drückte die Gabel herunter und wählte eine Nummer in der Stadt.

»Happy Moments«, sagte eine Frauenstimme.

»Hier Matthes. Ich warte jetzt schon zwei Wochen. Wann liefern Sie endlich?«

»Liefern kostet extra.«

»Das weiß ich. Ihr Kollege sagte mir, ich könnte die Bilder in drei Tagen haben, und nun sind es schon …«

»Ich schaue nach. Bleiben Sie dran.«

Dorothee schaute aus dem Fenster. Es war jetzt dunkel. Frühjahrsdunkel, notierte sie in ihrem Kopf. Anders als im Winter. Wie kriegt die Natur nur dieses Licht hin? Keine stygische Finsternis wie im Winter (selbst wenn der Schnee abstrahlte), eher opak schummernd schweflig, die Bäume und Sträucher und der Robbenfelsen tauchten auf wie ein versunkener Kontinent, sie meinte, die feuchte Erde durch das geschlossene Fenster schnuppern zu können. Der Abend wechselt langsam die Gewänder, erinnerte sie sich. Aber wie ging es weiter? Die ihm ein Rand von Bäumen hält … Sie sah den armen Kerl, den seelenkranken Jochen Wirkus, um das Becken der südafrikanischen Seelöwen schleichen. Du schaust: und von dir scheiden sich die Länder, ein himmelfahrendes und eins, das fällt. Nein, er schlich nicht, er band sich einen Schuh. Papageno war viel zu hart mit ihm, dieser arme Mensch mußte in den Arm genommen, getröstet, beruhigt werden, man mußte ihm *zuhören*. Ihre Liebe zu Papageno, die Liebe ihres Lebens (sie wußte es jetzt), verwandelte die anderen Menschen, verwandelte die ganze Menschheit in Liebebedürftige, die teilhaben mußten. Was ihr unmöglich erschienen war, mußte möglich sein: einmal einen anderen zu wollen als sich selbst, *den* anderen. Das war der gute Weg, und sie ging ihn jetzt. Natürlich konnte Papageno nicht immer Schritt halten, schließlich war er ja auch älter. Sie mußte lächeln. Aber ihre Liebe zu ihm war die Quelle, in der sie, wie sie gestern in ihr Tagebuch geschrieben hatte, ihre Augen wusch. Natürlich konnte sie von ihm nicht verlangen, daß er Rilke liebte. Von Papagenos Belesenheit, die der Professor für Schmerzforschung ihm attestiert hatte, war nichts zu merken. In seiner Wohnung gab es keine Bücher. Er las keine Zeitungen. Einmal sah sie ihn in einem Heftchenroman blättern. Sie rezitierte die wenigen Gedichte, die sie noch auswendig wußte, nackt vor ihm stehend (er sah sie gerne nackt durch die Wohnung gehen), er hörte wohl zu, gab aber kein Zeichen des Erkennens. So wurden wir verträumte Geiger, die leise aus den Türen treten …

»Noch nicht fertig«, sagte die Frauenstimme am Telefon, mürrisch, in der Defensive.

»Das gibt's doch nicht!« sagte Dorothee. »Ich denke, Sie arbeiten rund um die Uhr. Ich denke, Sie sind ein Schnellservice.«

»Rufen Sie morgen noch mal an.«

Dorothee knallte den Hörer auf den Apparat. Ausgerechnet diese Bilder. Vor allem die von ihr selbst, mit Selbstauslöser geschossen. Aber auch die anderen, von den Tieren, von Taiga. Mit Taiga hatte ja alles begonnen damals. An die hundert Photos hatte sie von ihr gemacht und vergrößern lassen (einige bis auf Lebensgröße), auf der Suche nach Hinweisen, egal wie winzig, daß die »Erscheinung« im Wolfsgehege keine Halluzination gewesen war, keine Überreaktion auf die Männer im Zoo, den geisteskranken Professor, den dumpfen Direktor. Sie hatte nichts finden können. Nur auf einem Photo schien Taiga zu lächeln. Der Direktor redigierte sämtliche Aufsätze, die von seinen Assistenten bei Fachzeitschriften zur Veröffentlichung eingereicht wurden, höchstpersönlich. Ihren Versuch einer ethologischen Beschreibung des Phänomens der zwischenartlichen Kommunikation Mensch-Tier am Beispiel Papageno-Schiefhals hatte der Direktor nicht redigiert, sondern schlichtweg verboten. »Wollen Sie Zoologin sein oder Comics schreiben?« Natürlich hatte sie ihm nichts von Taiga erzählt. Das wußte nur Papageno, der jedem Gespräch darüber auswich. Natürlich hatte er ähnliche »Erscheinungen« erfahren, traute sich aber nicht, Doro von ihnen zu berichten, weil er Angst hatte vor ihrem (in diesen Dingen) überlegenen Fachwissen, ihrem analytischen Verstand. Er ahnte nicht, armer Schatz, daß Doro bisher hinter jedes Geheimnis gekommen war, daß nichts vor ihr verborgen bleiben konnte.

Mit Jahresbeginn war Dorothee von einer manischen Wutlust gepackt worden, alles und jeden im Zoo zu photographieren. Sie machte sich nichts vor: sie war keine »Künstlerin«. Viele der hastig geknipsten Photos waren unscharf, Äste, Tierohren, Mistforken ragten schräg ins Bild, Menschen standen verschwimmend in Fernen, manche Tiere wirkten wie Besoffene. Aber die Photos waren nur für sie bestimmt, nur sie saß nachts wach und studierte die farbigen Zeugnisse ihres Lebens und Fortschreitens im Zoo. Was erwartete sie sich? Sie wußte es nicht. Es war fast wie eine schlechte Angewohnheit, wie Rauchen, zuwenig oder zuviel essen, fernsehen. Ihr fiel auf, daß sie nach Photographier-Orgien, Photosichtungs-Marathons regelrecht *verkatert* war, zu Depressionen neigte, weinte. Dann auch wieder lachte. Es gab ein paar herrliche heimliche Schnappschüsse in ihrer Sammlung.

Zwei sich küssende männliche Tierpfleger (irgendwie süß), der »harte« Johannes Schmeckel und ein Tierpflegeranwärter hinter einer Biegung im Raubtierhaus, just in der Neujahrswoche, als die

Parole des Direktors lautete »Wir gehören zusammen«! Friederike, ihr geliebter unmöglicher lustiger Buster Keaton, ihre Freundin, wie sie bäuchlings auf dem Teppich im Büro des abwesenden Direktors irgendwelche gymnastischen Übungen vollführte! So versunken war sie gewesen, daß sie Doros Blitzlicht gar nicht bemerkt hatte. Der Sohn des Direktors, ein seltener Anblick im Garten, wie er eines eisklirrenden Tages in Schal und Mantel im Musikpavillon auf einem Klappstühlchen hockte und *Saxophon* (wie weiland Chris) spielte! Dieses Photo, durch ein augenförmiges Fenster des Pavillons aufgenommen, war besonders gut gelungen, fast »Kunst«, und Doro ließ es vergrößern, um es dem Direktor vielleicht einmal zu schenken, wenn sie bei ihm promoviert hatte. Im Augenfenster gegenüber wurde eine Figur sichtbar. Wer immer diese Figur war, mußte Doro beim heimlichen Photographieren beobachtet haben. Sie rief bei *Happy Moments* an und bestellte weitere Vergrößerungen. Die Figur wurde erkennbar: es war der Direktor. Sie ließ sein Gesicht herausvergrößern und erschrak. Trotz der Grobkörnigkeit des Photos konnte sie deutlich erkennen, daß des Direktors Gesicht haßverzerrt war. Und sein Haß galt nicht ihr, der Zuschauerin, die er möglicherweise gar nicht wahrgenommen hatte. Der Direktor schaute hinab auf seinen Sohn, als sei der Junge ein ekelerregendes, bösartiges Wesen mit drei Köpfen, ein Monstrum, eine Fehlentwicklung, für die er, der Direktor, verantwortlich war, die er geschaffen hatte. Doro verbrannte alle Abzüge.

Leider ließ sich Papageno nicht photographieren, weder offen noch heimlich. Er schien einen sechsten Sinn dafür zu besitzen, wenn sie ihn in einem »unbeobachteten Augenblick« knipsen wollte. Selbst im Suff (aber er trank jetzt weniger) ortete er Doro, egal in welchem Winkel sie sich mit ihrer Kamera versteckt hatte. Einmal schlug er ihr die Kamera aus der Hand, obwohl er jetzt weniger gewalttätig war (was ihn berechenbarer, aber, mußte sie sich eingestehen, auch sexuell unattraktiver machte). Was brauche ich ein Photo von Papageno, sagte sie sich, er ist ja da.

Wer nicht da war, wer überhaupt nicht mehr erschien im K 2, weder im gestärkten weißen Kittel mit gruseliger Kopfbedeckung noch in Zivil, das war der Professor für Schmerzforschung. Allerdings war seine Abwesenheit nur physisch. Dorothee spürte seine Gegenwart, den »finsteren Schatten, den er *vorauswirft*«, wie sie in ihr Tagebuch schrieb, überall, bis in die Knochen. Noch immer geschah es, daß sie anfallartig ihr Zimmer durchsuchte nach dem kleinen schwarzen Mikrophon, das er bei ihr installiert hatte. Irgendwo steckte es. Irgendwo (in seinem K-1-Büro, in der Stadt, in einem Hotelzimmer in Amerika?) saß er und hörte sie ab. Ein weißer Kittel hing wie eine Haut des Professors im Vorraum, neben der ledergepolsterten Doppeltür, die zu den Augenkranken Tieren führte. Auch als seine Augenkranken Tiere vor einigen Wochen aufhörten zu schreien und zu klagen, als sie schlagartig verstummten, alle auf einmal, spürte sie die Macht, die Präsenz des Professors. War das Experiment abgeschlossen? Waren die Tiere tot? Mittels einer Fernbedienung abgeschaltet, ausgeschaltet? Am Abend, als sie verstummten, brach Dorothee in Tränen aus. Sie hatte die Augenkranken Tiere nie zu Gesicht bekommen, aber sie wußte tief im Herzen und hoch im Hirn, daß diese Tiere nicht krank gewesen waren (anfangs jedenfalls nicht), daß es hilflose, ausgelieferte Geschöpfe gewesen waren, deren einziges Verbrechen darin bestanden hatte, Tiere zu sein. Für welches schmutzige Geld, für welchen Scheißkonzern, für welche nichtigen Ehrungen hatte der Professor sie so gequält? Leider, leider hatte sie kein Photo von ihm. Es hätte helfen können bei ihren Nachforschungen über die Identität des Professors. Diese Nachforschungen mußte sie so bald als möglich wieder aufnehmen. Er hatte die Schwestern gekannt, die genialen Schwestern, die diesen Zoo überhaupt erst zu dem gemacht hatten, was er heute war. In den Aquariumsarchiven, die sie dank Friederike nun einsehen durfte, lagerten Berge von Zeitungsberichten über die Schwestern. Seine Identität mußte sich feststellen lassen.

Und ihre Identität, wie stand es damit? Wer war das Findelkind mit dem angenommenen Namen Dorothee Matthes? Eines Nachts stahl sie sich aus Papagenos Bett zurück zum K 2 und schrieb nach einer halben Flasche Rotwein und zur Musik von Keith Jarrett in ihr Tagebuch: 1. Ich bin nicht *Dorothee Matthes.* 2. Vielleicht bin ich eine Reinkarnation von Papagenos Marie-Luise, der ich so ähnlich sehen soll (aber ich glaub eigentlich nicht an den ganzen esoterischen Quark). Außerdem spricht er von dieser inzwischen verstorbenen ersten Liebe wie von einer Außerirdischen, durchaus ironisch übrigens, und er wäre nie Papageno geworden mit ihr, er ist nur Papageno mit mir, ich geb ihm den Sex, den er braucht. 3. Bin ich eine gute Zoologin? Ich weiß es nicht. Die Zoologie ist nicht das Maß aller Dinge. Aber Taiga und Sali und auch das Storchen-Ei, das ich mit Wärmesensoren künstlich bebrüten ließ, und die Augenkranken Tiere – ihre Stimmen sind heiser von langem Mißbrauch, aber sie werden lauter und lauter und sie sagen: »Hört uns zu«. 4. Ich bin auch nicht Dorothee Kadamecki, aber es kann sein, daß ich es werde. 5. Werde ich geliebt? Ja, ja, ja! 6. Erschafft mich diese Liebe in dem Sinne, daß ich gar keinen Namen brauche, keine *beweisbare* Identität, ist diese Liebe der Beweis, daß es mich gibt? Ja, ja und nochmals ja! 7. Warum zweifle ich dann? Warum habe ich oft das Gefühl, ein Nichts zu sein, ein leeres Gefäß, ein Tier eigentlich, das nur einen Tag kennt und keine Vergangenheit? 8. Ist es menschlich korrekt, daß ich Chris nach dem Vorfall in Papagenos Küche nie, aber wirklich nie mehr sehen will? Er scheint zu leiden, aber ich kann nicht die ganze Welt heilen. 9. Ich bin Käthe keinen Dank schuldig. Sie hat mich adoptiert, ihr Mann war Alkoholiker, das war ihre Sache, meine Kindheit war nicht so gut, wie ich es mir oft vormache, sie wollte, daß ich in den Postdienst gehe, sie wollte, daß ich werde wie sie, einsam, hart, mittelmäßig leidend ... In dieser Nacht legte sie ihren Kopf auf den Schreibtisch und knipste sich zehnmal mit dem Selbstauslöser. Mehr Photos waren nicht auf dem Film, sonst hätte sie weiter geknipst. Sie photographierte zehnmal ihren Mund. Ihren geschlossenen, feingeschnittenen, rosafarbenen (blutleeren?), ausdruckslosen (häßlichen?), nichtssagenden Mund. Chris hatte ihren Mund geliebt, verehrt, besungen, alles, was über ihre Lippen kam, jede Silbe, jeden Seufzer, für seine Optimistenfibel gesammelt. Papageno fraß ihren Mund, erstickte ihn, hatte sie auf den Mund geschlagen (es war wieder wie ein jähes Erwachen gewesen). Friederike sagte: »Tu den Mund auf, wenn du sprichst. Du nuschelst so.« Von wem hatte sie diesen Mund, dieses Nuscheln? Wer hat mich gemacht? Ist mein Mund dein Mund, Vater? Wer warst du, wer bist du, wo bist du jetzt?

Wo waren die Photos? *Happy Moments* hatten Hunderte von Mark an ihr verdient. Jetzt begannen sie, schlampig zu arbeiten, über mürrische Telefonfräuleins faule Ausreden verbreiten zu lassen, Mittelmaß – das Schlimmste auf der Welt. Die letzten Abzüge waren miserabel. Der Lieferservice, ein teurer Spaß, klappte hinten und vorne nicht. Doro zündete sich eine Zigarette an. Sie hatte das Selberdrehen aufgegeben, rauchte jetzt aus Packungen, weil sie ihre dreckigen Finger, die braunen Tabakkrümel unter den Nägeln nicht mehr sehen konnte. Sie rauchte schwarze französische Zigaretten, die besten auf der Welt, nichts für Laue und Memmen, entweder oder. Sie überlegte, ob sie masturbieren oder Papageno verführen sollte. Seit er den widerlichen Kakadu bei sich hatte, ließ er sich seltener von ihr reiten, war weniger geil. Sie war geil vom Aufstehen bis in den Schlaf hinein. Wenn er mit ihr schlief, weinte sie vor Erregung. Manchmal weinte er mit. Seit er dem Kakadu das Sprechen beibringen wollte, sang er keine Nilpferdlieder mehr in ihrem Leib, wühlte sich nicht hinein in sie mit seinem Kopf, erzählte keine afrikanischen Geschichten. Oft schien er in ihr zu verharren, als lauschte seine Latte in ihrem Bauch, er fiel in eine Art Trance. Sie setzte ihn wieder in Gang mit den obszönen Wörtern, die er ihr beigebracht – nein, wie eine tote Sprache wieder in ihr zum Klingen gebracht hatte. Chris, ein Puritaner wie alle Optimisten (nur die Verneiner waren gute Liebhaber), säuselte süße Worte in ihr Ohr, wenn es ihm kam, während Doro ihn in Gedanken anbrüllte: Sag, was du machst, beschreib, was wir machen, sag es! Papageno, der gleich bei ihrer ersten Liebesbegegnung sein Innerstes nach außen gekehrt hatte (sie mit Blut befleckt hatte), wußte, was sie brauchte. Keine Poesie (die hatte sie selber), sondern Urlaute, Grunzworte, schmutzige Worte, Spiegel. War sie eine typische »Frau«? O ja, dachte sie, mir sind die Augen aufgegangen.

Sie beschloß, Papageno zu überfallen, auch wenn er ihr das, nach dem Vorfall mit Chris, verboten hatte. Aber es war ein müdes Verbot gewesen, Papageno nicht ganz bei sich an jenem Tag.

An jenem Spätnachmittag hatte Friederike (damals noch Frl. Friederike) mit Chris in Papagenos Chaosküche gesessen und Kaffee mit ihm getrunken, und sie tauschten Höflichkeiten aus, als Doro hereinkam. Sie hatte vergessen, daß Chris bei Papageno angemeldet war. Natürlich fragte sie sich hinterher: Hatte ich es wirklich vergessen oder wollte ich Chris, unbewußt, wiedersehen? Sie kam zu dem Schluß: nein. Auf den Müll mit dem Unterbewußtsein! Doro dachte an Chris wie an eine Figur aus der Geschichte, wie an eine historische Hypothese, über die Hunderte von Büchern geschrieben worden waren, trockener Stoff. Er hätte der Unterzeichner irgendeines Vertrages im elften Jahrhundert sein können, für eine Geschichtsstunde gelernt, für den Rest des Lebens vergessen. Chris stand kreidebleich auf und sagte: »Du? Hier?« Sofort war ihm aufgefallen, daß sie einen Schlüssel zu Papagenos Wohnung besaß. Sofort war ihr aufgefallen, daß er wieder Leichen wusch. Es war nicht der Geruch der Desinfektionsmittel, den er mit After Shave zu einer süßsauren Stunkwolke mixte, die über der ganzen Küche hing. Es waren auch nicht seine leichenweißen Hände. Es war die Totenkluft, die er trug: grauer Anzug, graues Hemd, blankgeschrubbte schwarze *sneakers*, kein Ring, keines seiner Kettchen, keine Armbanduhr. So hatte er, ins Amerikanische übersetzt, in Haydn Midwest ausgesehen, als er ihr weismachen wollte, er arbeite als Kaffeeholer und Treppenterrier in der Pathologie. Er wusch also Leichen, um sich Geld zu beschaffen für die Briefmarken, mit denen er die Briefe vollklebte, die er ihr immer noch schickte (sie öffnete den Abfalleimer, und weg waren sie). Er schlich sich bei Papageno ein, bezirzte Frl. Friederike, daß sie das

Zooverbot auf Lebenszeit aufhob. Klein-Christoph Dalluge schien es ernst zu meinen. Sie hatte ihn lange nicht gesehen. Er wirkte unverändert. Auch seine Wirkung auf Doro, nun da sie ihm von Angesicht zu Angesicht gegenüberstand, war dieselbe: Er tat ihr leid. Sie hätte ihn in den Arm nehmen können, sie hätte ihn trösten können, ihm sagen können, daß alles halb so schlimm sei, daß sie ihm helfen würde, mit Rat, mit Tat, mit Geld, sie hätte ihm die Brille abnehmen und ihn küssen können, auf die romantische Art, wie früher. All das geschah nicht. Plötzlich kippte Frl. Friederike, die die stumme Konfrontation mit stummen Blicken verfolgt hatte, auf Papagenos wackeligem Küchenstuhl hintüber und schlug mit dem Kopf gegen den Küchenschrank und war sofort ohnmächtig. »Seltsam«, sagte Chris, »das ist mir hier auch mal passiert.« Seltsam, dachte Doro, mir auch. In Frl. Friederikes neuem, modischem Kurzhaarschnitt erschien ein roter Fleck am Hinterkopf. »Blut!« rief Christoph. »Wir müssen ihr helfen«, sagte Dorothee. Papagenos einziges Geschirrtuch war zu schmutzstarrend, um es als feuchte Kompresse zu benutzen. Im Badezimmer, in das Chris ihr folgte, fand sie eine ungeöffnete Rolle Mull. Sie verbanden Frl. Friederikes Kopf. »Du wohnst hier?« flüsterte Christoph. »Quatsch«, sagte Doro, »Kadamecki ist Raubtierpfleger, er bildet mich aus, ich leite ein Projekt, Persischer Leopard ... sie kommt zu sich!« Frl. Friederike stöhnte. »Er ist Vogelpfleger«, sagte Christoph. »Von mir aus ist er Vogelpfleger«, sagte Doro, »aber er hat den Persischen Leoparden großgezogen. Er gibt mir Tips.« – »Hier? In seiner Wohnung?« – »Wo sonst? Ich kümmere mich ein wenig um ihn. Er ist krank. Er ist alt.« – »Hat er mich auch mal erwähnt?« fragte Christoph. Sie kannte diesen Tonfall und wußte sofort alles und wußte sofort die Antwort. »Er hat ein paarmal von dir gesprochen. Ihr scheint ja Freunde zu sein.« – »Er ist ein großer Künstler«, sagte Chris. Sie sah ihm an, daß er es, wie immer, ernst meinte. »So gut kenne ich ihn nicht«, sagte sie, »er gibt mir nur Tips. Er ist ein guter Lehrer.« Frl. Friederike quälte sich hoch, sie wollte sich nicht helfen lassen. »Er ist ein abartiger Alkoholiker«, sagte sie, »Dorothee, ich habe mit dir zu sprechen!« Dorothee verarztete Frl. Friederike im Badezimmer. Die Sekretärin des Direktors saß auf dem Rand der Badewanne. Doro stand vor ihr und legte ihr eine vorschriftsmäßige Mullbinde an. »Dorothee«, sagte Frl. Friederike, »du weißt, daß ich große Sympathie für dich hege. Aber ich kann es nicht zulassen, daß du in meinem Zoo, unter den Augen der Belegschaft, ein Verhältnis mit diesem Kadamecki anfängst. Dieser Mensch ist gemeingefährlich. Er steht auf der Abschußliste. Es ist nur noch eine Frage der Zeit. Ich weiß, daß ältere Männer ... ich meine erfahrene Männer einen gewissen Reiz auf junge Dinger wie dich ausüben. Glaub mir, ich weiß es. Aber du hast einen besseren verdient. Einen von deinem Format. Es gibt so viele nette Zoologen hier, die meisten unserer wissenschaftlichen Assistenten sind ledig, einige haben große Zukunftsaussichten, werden vielleicht mal stellvertretender Direktor, an die mußt du dich halten. Also sag mir, daß es nicht wahr ist. Sag mir, daß ich mich irre, was dich und Kadamecki betrifft.« Dorothee sagte ihr, daß sie sich irrte. Herr Kadamecki tue ihr leid, sagte sie, sie habe Schuldgefühle wegen Sali, sagte sie, sie habe ihm Sali nicht wegnehmen wollen, sie kümmere sich um Herrn Kadamecki, daß er hin und wieder etwas Ordentliches zu essen bekomme, er sei ja so hilflos in seiner Sucht. Frl. Friederike kamen die Tränen. Dorothee log weiter, daß sich die Balken bogen, sie steigerte sich in einen Lügenrausch, sie erzählte Geschichten der Barmherzigkeit, der Nächstenliebe, erfand Einzelheiten, die sie selbst überraschten. »... und außerdem habe ich mich heimlich schon bei der Sozialfürsorge erkundigt, was die für ihn tun würden, falls er wirklich seinen Job hier verliert«, schloß sie. Frl. Friederike umarmte sie. An diesem Nachmittag in Papagenos Badezimmer wurden sie Blutsschwestern. »Schau deinen Finger«, sagte Frl. Friederike, »das ist mein Blut. Wir sind Schwestern. Sag du zu mir.« Doro brachte Friederike zur Tür, sie verabschiedeten sich mit einer langen Umarmung, etwas angeschlagen, aber erhobenen Hauptes (das jetzt ein Turban aus Mull krönte) wankte die neue Freundin durch den Schnee Richtung Verwaltung. Sie hatte jede weitere Hilfe der barmherzigen Dorothee abgelehnt. Habe ich mir ihre Freundschaft erschlichen? fragte sich Doro, als sie zurück in die Küche ging. Sie mochte Friederike, nicht nur, weil sie es geschafft hatte, dem Direktor den Passierschein für die Aquariumsarchive abzutrotzen. Sie mochte die traurige, aber nicht verzagende Friederike, sie mochte ihr Buster-Keaton-Gesicht. Die Lügen, die sie ihr aufgetischt hatte, waren keine Lügen. Papageno *war* Doros Nächster, keiner war ihr je so nahe gekommen, ihre Liebe zu ihm war Nächstenliebe, keiner hatte sie je so gerührt, angerührt, berührt. Und hatte sie ihn nicht von Anfang an retten wollen vor seinem Selbst und seinem Suff? Sie warf einen Blick auf die Reihen der leeren Pastis-Flaschen in der Küche. Sie hatten sich merklich gelichtet. Ihr Blick wanderte zu Chris. Er versuchte, den wackeligen Stuhl zu reparieren. Er drehte sich um und sah sie an wie die Tüpfelhyäne, die sie vor kurzem einschläfern mußte. Oder waren diese Vergleiche nicht mehr erlaubt? Nicht mehr erlaubt, dachte sie, nicht mehr erlaubt. Gerade am Morgen noch war sie von der gesamten Runde – Direktor, Obertierinspektor, Daniels usw. – eindringlich ermahnt worden: Zwischenartliche Kommunikation fand nicht statt, konnte nicht stattfinden, war ein Märchen verhaltensforscherischer Lügenbarone. Menschenobhut fand statt, Hege und Pflege fanden statt, und, ja, Kühe wurden nun einmal rauhfutterverzehrende Großvieheinheiten genannt, das war ein Sprachproblem, sonst nichts. Einer hatte sogar Frettich zitiert: »Wenn ein Spermatozoon spräche von dunklen Augen, wir würden es nicht verstehen« – was immer das meinen mochte. Aber Chris schaute sie trotzdem an wie diese todgeweihte Tüpfelhyäne, mit einem Blick, den sie nicht beschreiben, nur interpretieren konnte, wie immer bei den Tieren. Und sein Blick sagte: Töte mich nur, ich weiß, wer du bist, ich weiß deinen Namen, ich werde keine Anklage erheben, aber ich weiß, wer du bist, während du nicht die geringste Ahnung hast, wer ich bin, kein Atom Ahnung hast du. Chris wollte etwas sagen. Sie legte ihren Finger an ihre Lippen, schüttelte den Kopf. Er nickte mit dem Kopf in Richtung Wohnzimmer. Sie nickte bejahend. Wie zwei

Kinder am Weihnachtsabend schlichen sie zur Wohnzimmertür, die immer noch offen stand. Papageno saß an seinem Sekretär, über irgendein Büchlein gebeugt. Nach einer Weile drehte er sich um. Doro bemerkte sofort, daß er jenseits von Gut und Böse war, sinnlos besoffen, die Augen rattenrot, so fürchterlich besoffen, daß er wie unter einem Schock zu stehen schien. Er sagte etwas, sie verstanden ihn nicht gleich. »Noch einmal«, sagte Chris begierig. *»Lovers«,* lallte Papageno, *»just lovers ...«* Dann brach er ab, winkte ab, legte seinen Kopf auf die Schreibplatte des Sekretärs.

»Ich wußte nicht, daß er Englisch kann«, sagte Doro, als sie wieder in der Küche saßen. »Ich schon ...« sagte Chris. Dann sagte er: »Ich muß dir was gestehn. Ich hab mit deiner Mutter gesprochen.« Doro erstarrte. Sie sagte nichts mehr, sie hörte nur zu, wie früher. Er stand im *engen* Kontakt mit ihrer *Mutter. Käthe,* er nannte sie *Käthe*, machte sich solche Sorgen um *ihre Tochter*. Sie hoffte, wie Chris übrigens auch, daß die Assistentenzeit *ihrer Tochter* in diesem garstigen Zoo bald vorüber sei. Sie fand, wie Chris übrigens auch, ihre *Tochter* habe sich sehr verändert. Sie hatte ihm *Kinderphotos* von *ihrer Tochter* geschickt. Sie wünschte, *ihre Tochter* würde ihr häufiger schreiben, es genüge ja eine *Postkarte*. Auch Chris wünschte, sie würde ihm häufiger schreiben, nach heute sei doch klar, daß sie und er füreinander bestimmt seien. Er und Käthe waren der Meinung, man müsse sich seinen Partner *erarbeiten*, die Situationen in einer *Beziehung* müßten *durchgearbeitet* werden. Doro stand wortlos auf und ging zur Haustür. Chris folgte ihr. Sie sagte ihm, daß sie ihn nie nie wieder sehen wolle. Sie meinte es ernst. Sie gab ihm eine schmetternde Ohrfeige und schubste ihn hinaus. Sie schrie: »Raus! Raus!« Er stolperte in den Schnee. Hinter ihr stand Papageno in der Diele und lallte: »Dasselbe gilt für dich.«

Natürlich ging sie am nächsten Tag zu Papageno. Er war besserer Laune. Sie zog sich vor ihm aus. Er hatte poetische Anwandlungen. »Du bist nackt«, sagte er, »bis auf deine verhangenen Augen.« So was sagte er sonst nie. Sie lachte verlegen. Es paßte nicht zu ihm. Sie schliefen miteinander. Er fiel wieder in Trance. Dann verzog er sich zu seinem Kakadu.

Dorothee wählte Papagenos Nummer. Noch immer meldete er sich nicht. Aber sie wollte ihn. Sie hatte ein wenig Angst vor morgen. Würde der Direktor die Rolle des Doktorvaters nun endlich übernehmen? Soviel hing davon ab, ihr ganzer Zeitplan hing davon ab. Mein Lebensplan, dachte sie, hängt davon ab. Ich muß Ende des Jahres promovieren. Die Dissertation ist fast zur Hälfte geschrieben, und er hat noch nicht mal die Güte besessen, zu meiner Gliederung Stellung zu nehmen. Friederike hatte ihr den Termin nach langem Hin und Her endlich verschaffen können. Heute nacht konnte Papageno sie vitalisieren. Der dumme Kakadu war nur wieder eine seiner Fluchten. Wie damals die Lüge, er liebe eine andere Frau, er sei »versprochen«. Er flüchtete vor ihr, weil sie gut für ihn war. Ein Mensch, dachte Doro, der sich Jahre, Jahrzehnte wahrscheinlich, so viele Schmerzen zufügt wie Papageno (täglicher Suff, täglicher Katzenjammer), weiß nicht mehr, was gut für ihn ist, und schreckt davor zurück wie vor einer unangenehmen Wahrheit oder einer Zahnbehandlung. Sie lachte.

Der Kakadu bedeutete natürlich etwas. Von Doro erweckt, wollte Papageno an die alte Legende anknüpfen, noch einmal Kagu-Held sein, ihr imponieren. Sie liebte ihn dafür. Aber er mußte es nicht übertreiben.

Sie verschloß ihr Zimmer und suchte den Lichtschalter im K-2-Vorraum. Es gab nur einen, und der befand sich in der Nähe der ledergepolsterten Labortür des Professors. Doros Nachtblindheit wurde im Frühjahr schlimm und erreichte im Sommer ihren Höhepunkt, obwohl sie kiloweise Karotten aß. Sie hatte keine Zeit für das Herumsitzen in Wartezimmern von Augenärzten. Der verwaiste weiße Kittel des Professors schimmerte vor ihr auf. Sie strich mit der Hand darüber und ertastete etwas in der Kitteltasche. Sie griff hinein. Ein Stück Papier. Mit ausgestreckten Armen, das Papier in ihrer Rechten, durchquerte sie auf Zehenspitzen den Vorraum. Sie fand den Schalter für die K-2-Außenbeleuchtung. Vor dem Haus faltete sie den Zettel auseinander. Eine Notiz. Sie las (es war die trügerisch harmlose, fast kindlich wirkende Handschrift des Professors):

Orgasmus-Tablette gegen Schmerzen
(alles bricht zusammen)

Sie ging wieder ins Haus und schob den Zettel zurück in den weißen Kittel.

Vielleicht haben sie ihn abgeholt, dachte sie auf ihrem Weg zum Flußpferdannex, der Mann ist ja vollkommen wahnsinnig.

Wie würzig die Erde roch, wie saftig die Luft.

»N'Abend.«

Doro fuhr herum. Hinter ihr stand Jochen Wirkus. Wie lautlos der kleine Kerl sich bewegte. War er die ganze Zeit hier herumgeschlichen, seit sie ihn vorhin am Robbenfelsen gesehen hatte?

»Ich bin's«, sagte er.

»Wie geht's dir, Jochen?«

»Sie müssen's ernst meinen mit ihm. Sie müssen. Denn wenn wer's nich ernst meint, wenn nur *einer's* nich ernst meint, das is' wie'n Loch. Aber wenn wer's ernst meint, das is' die Liebe«, sagte Jochen Wirkus. Er starrte auf seine Schuhe. »Nur Leichen«, fügte er hinzu, »die sind leicht.«

»Das stimmt«, sagte Doro. Sie wußte, wie es um Jochen stand. Die Belegschaft war gespalten in die Groben, die Witze über ihn rissen, die Gescheiten, die darüber diskutierten, ob Psychoanalyse, Gestalttherapie oder gar Elektroschocks angesagt waren, und die Pragmatiker (angeführt von Friederike), die ihn für nicht länger tragbar hielten. Doro befürwortete eine psychotherapeutische Behandlung und – bei Nichterfolg – seine Entlassung. Ein psychisch defekter Tierpfleger, das lehrten die Grundsätze der Tiergartenbiologie, konnte zu einer Bedrohung ausarten. Auch wenn er nur Vögel pflegte. Er konnte das Betriebsklima vergiften. In Amerika hatte es den Fall Waldo gegeben: Kinderwagen verschwanden in einem kalifornischen Zoo, wurden ohne Inhalt aufgefunden, das FBI schaltete sich ein, die Beamten entdeckten Überreste der Babys in der Futterkammer des Bärengeheges, wo der Bärenpfleger Waldo sie am Spieß gebraten und verzehrt hatte. Der Zoo hatte schließen müssen.

Die Frage war: Was wußte Jochen über sie und Papageno?

»Aber erkläre mir«, sagte sie, »mit *wem* muß ich's ernst meinen?«

»Sie hab ich nich gemeint. Sondern die!« Er zeigte zum Himmel, an dem hinter dahinjagenden Wolken ein paar Sterne daran erinnerten, daß es sie noch gab.

»Ach, Jochen«, sagte Doro, »willst du nicht nach Hause gehen?«

»Doch«, sagte Jochen. »Wissen Sie, daß er kommt?«

»Wer?«

»Conte kommt. Ich hab's gewußt. Hab's immer gewußt.«

Jochen tippte an eine imaginäre Jockeymütze und ging weiter. Doro wollte ihm etwas nachrufen, irgend etwas. Vielleicht: Hab keine Angst, Jochen, es wird alles gut! Oder: Wir werden dich pflegen, Papageno und ich, wir werden dir helfen! Aber Jochen war bereits zu weit entfernt.

Ihr Schlüssel paßte noch. Papageno hatte sein Türschloß nicht (wie mehrmals angekündigt) ausgewechselt.

Die Zimmertüren waren geschlossen. Kein Schein aus Schlafzimmer und Küche. Sie vermutete ihn im Wohnzimmer, beim Kakadu.

Er mußte gekocht haben. Doro witterte Kartoffelbrei, Fleisch. In der dunklen Diele streifte sie Schuhe und Socken ab, stieg aus ihren Jeans, zog den Pullover über den Kopf, schlängelte sich aus ihrem Slip. Nackt schlich sie in die Küche und fand den Lichtschalter.

Der Fußboden war übersät mit Kleeblättern. In Gedanken setzte sie sein Kleeblattgeschirr zusammen, das er wie alle seine Habseligkeiten per Katalog beim Wunderversorgungs-Center bestellt hatte: zwei Tassen, keine Untertassen, zwei Teller, eine Schüssel, zwei Krüge, keine Kanne, ein Glas. Wie es aussah, hatte er den Küchentisch mit einer einzigen Bewegung leergefegt. Vorsichtig, auf Zehenspitzen, umrundete sie den Tisch. In der Mitte stürzte ein Kartoffelauflauf in sich zusammen. Sie untersuchte den Auflauf. Hackfleischboden, Paprikaschicht, überbackener Kartoffelbrei. Eine winzige Ecke war gegessen.

Doro klaubte eine Gabel vom Fußboden und verputzte den Auflauf im Stehen und beobachtete sich dabei im Küchenfenster. Bissen um Bissen wanderte ihren Hals hinab, ihr rechter Unterarm streifte die warme Wölbung ihrer rechten Brust. Sie hob den Kopf. Ihr ausdrucksloses (geheimnisvolles?) Gesicht verriet nichts. Sie dachte: Ich bin, wo ich immer sein wollte, ich bin nackt, ich habe Lust, ich esse, was der Mann, den ich liebe, gekocht hat, es schmeckt seltsam wie von einem falschen oder falsch verstandenen Rezept, aber ich bin jung und ich weiß viel und ich kann viel und nichts wird mich aufhalten und ich werde alles ergründen.

Im Wohnzimmer brannte eine Kerze, eine Neuanschaffung, in einem der Flügelfenster. Papageno lag auf seiner Luftmatratze, die Hände hinter dem Kopf verschränkt. Er langte nach der Brille, die neben ihm lag, und setzte sie auf. Er trug die Strickjacke, die Doro ihm geschenkt hatte (ihre alte Amerika-Strickjacke, gekauft im *Mall* von Haydn, Ohio). Sie atmete aus.

Es war ein Schweigen im Raum, so wach wie nie zuvor. Die Lebewesen verbrannten still ihren Sauerstoff. Die Dinge im Halbdunkel schwiegen. Das Schweigen des Kakadus schien das Schweigen der Dinge zu verdoppeln. Die Kerze brannte.

Doro fühlte sich wie Doro als Kind, traurig und glücklich in einem. Sie begriff nicht, was geschah, und sie war glücklich darüber. Sie schaute an ihrem Körper hinab, und ihre Nacktheit war ihr in diesem Augenblick fremd, wie ein Bild aus einer fernen Zukunft, einem verborgen schlummernden Zeitalter, einer neuen Welt. Sie hatte einen Gedanken.

»Manchmal denke ich«, sagte sie, »daß es gar keinen Sinn des Lebens gibt. Immer suchen wir nach diesem Sinn. Sogar die alten Ägypter oder die Steinzeitmenschen haben danach gesucht. Jochen guckt in die Sterne. Du säufst. Ich studiere. Die Mediziner kennen die Körper. Die Physiker kennen die Gesetze. Die Chemiker kennen die Stoffe. Die Künstler ziehen eine große Show ab, als ob alles eine Bedeutung hätte. Aber vielleicht sind das alles nur dumme Fragen. Ein Zeitvertreib. Auch die physikalischen Gesetze: ein Zeitvertreib. Wir wissen ja noch gar nichts, ich geb's ja zu, über das, was in den Tieren vorgeht, von denen wir abstammen. So eine Wölfin, die denkt nicht wie wir. Denken ist natürlich das falsche Wort. Wenn wir tot sind, das ist doch alles Kompost dann, was wir gewesen sind. Vielleicht wissen die Tiere mehr über so was. Wissen ist natürlich das falsche Wort. Ich meine, wenn nun die ganze Erde, das ganze Leben, die ganze Geschichte keinen anderen Sinn hätte als den Kompost? Auch die Schönheit – nichts als Kompost. Die Liebe – ein Zeitvertreib. So eine Wölfin wie Taiga, wenn sie mich anguckt, denk ich manchmal, sie guckt mich an wie ein Stück Wald, ein Stück Erde, wie Kompost. Eine Maschine, das ist interessant. Die läuft so vor sich hin, sinnlos. Und alles, was es gibt, auch das Universum, läuft so vor sich hin, warum muß es einen Sinn haben?«

»Wir müssen über zwei Dinge reden«, sagte Papageno. »Erstens über dich. Und zweitens über mich.«

»Und wenn es keinen Sinn hat, vielleicht wäre uns dann wohler. Wir könnten einfach so spazierengehn, oder? Wir könnten ficken, ohne an die Nachkommen zu denken, die ganze Genetik, was wer von wem erbt, das wär uns total egal.« Doro schob ihre Hand zwischen ihre Schenkel und preßte, aber sie spürte nichts.

»*Total*«, sagte Papageno, »das sagst du gern. Aber ich hör's nicht gern. Und ich mag's nicht, wenn du in meiner Gegenwart denkst. Denk zu Hause, nicht bei mir. Wir müssen über zwei Dinge reden, über dich und über …«

»Ich liebe dich so, Papa«, sagte Doro. »Willst du mich heiraten? Ich will dich heiraten. Ich mach meinen Doktor und dann laß ich die ganze Wissenschaft sausen und bin nur noch für dich da. Wir werden zusammen arbeiten. Ich werd Tierpflegerin. Wir bringen sämtlichen Kakadus das Sprechen bei.«

Sie hockte sich neben Papageno.

»Komm mir nicht zu nah«, sagte Papageno.

»Was hast du?«

»Nichts.«

»Wie alt bist du wirklich? Fünfzig?«

»Wie wär's mit einundfünfzig?«

»Glaub ich nicht.«

»Ich weiß nicht«, sagte Papageno. Er begann zu weinen. Er nahm seine Brille ab und wischte die Tränen aus seinen Augen. Erst jetzt bemerkte Doro, daß seine Augen rot und geschwollen waren. Aber er roch nicht nach Pastis. Vielleicht hatte er viel geweint. Sie streckte die Hand nach seinem Kopf aus, aber er zuckte zurück. Er zündete sich eine Zigarette an, die seltsam roch. Sie sah ihn selten rauchen.

»Willst du mich heiraten, Papa?«

»Ich glaube nicht.«

»Warum nicht? Ist mein Angebot nicht überwältigend für dich? Ich würde soviel aufgeben. Ich wette, du hast noch nie in deinem Leben ein besseres Angebot bekommen.«

»Wir müssen uns trennen. Ich hab noch soviel zu tun.«

»Das sagst du einmal die Woche. Merkst du nicht, daß das nur ein Spruch ist? Ich weiß, du hast dir viel vorgenommen mit deinem neuen Vogel. Aber du mußt mir nichts beweisen. Noch weniger mußt du dir was beweisen. Du hast Zoogeschichte geschrieben mit dem Kagu. Jeder weiß, was du kannst. Alle verehren dich.«

»Alte Weiber verehren mich.«

»Aber alte Weiber waren auch mal jung.«

»Das ist ja das Schlimme.«

»…«

»Wir müssen uns trennen. Es hat nichts mit dem Molukken zu tun. Es ist die verdammte Zeit, die mir wegläuft.«

»Aber sie läuft dir nicht weg. Ich stell mich vor dich und halt sie fest.«

»Und du lenkst mich ab, du läufst nackt durch meine Wohnung, du machst Kniebeugen am offenen Fenster, ich kann gar nicht mehr hinsehen.«

»Die alte Platte«, sagte Doro. »Merkst du nicht, daß du dich ständig wiederholst? Seit wir uns lieben, willst du dich von mir trennen. Am Anfang war es aufregend. Jetzt ist es nur noch langweilig, wenn du so redest.«

»Es hat keinen Sinn.«

»Doch hat es einen Sinn!«

»Eben hast du gesagt, nichts hat einen Sinn. Liebe ist Scheiße, hast du gesagt.«

»Hab ich *nicht* gesagt. Ich hab nur gesagt, es wär schön, wenn das Leben gar keinen Sinn hätte. Und ich hab nicht gesagt, Liebe ist Scheiße.«

»Na gut. Dann eben Kompost.«

»Manchmal stellst du dich so dumm, daß mir übel wird. Übrigens: Mir *ist* übel. Ich hab von deinem Auflauf gegessen.«

»Dann muß ich einen neuen machen«, murmelte Papageno abwesend.

Doro spürte, wie ihr der Speichel in den Mund schoß. Sie würgte und erbrach sich auf Papagenos Campingtisch. Der Kakadu plusterte sein Gefieder auf. Doro kniete und rieb ihren Bauch in Kreisen.

»Ich wisch das gleich weg«, sagte sie. »Einen Moment noch.«

»Deine Stimme sagt mir, daß es keinen Wahnsinn gibt auf der Welt. Aber trotzdem. Es ist zu spät, wir müssen uns trennen.«

Doro spuckte ein paar Hackfleischkörner auf den Teppich.

»Es ist diese Marie-Luise«, sagte sie. »Du trauerst ihr immer noch nach, alter Dummkopf. Ich weiß es, denn manchmal sagst du ihren Namen im Schlaf. Ich erinnere dich an sie. Aber ich bin ich, und …«

»Ich sage ihren Namen im Schlaf?!«

»Jawohl. Tust du.«

»Marie-Luise. Ich sage ›Marie-Luise‹?«

»Ja.«

»Komisch …«

»Und ob das komisch ist! Okay, sie war klasse. Aber sie ist tot. Du hast sie verlassen, und sie ist in der Klapsmühle gestorben vor Kummer. Ich kann ja verstehen, daß du dich irgendwie schuldig fühlst, aber *let's face it,* du kannst die Vergangenheit nicht zurückholen, und außerdem war sie nicht die Richtige für dich, sonst wärst du ja bei ihr geblieben. Nein nein, du bringst da was durcheinander. Mich hast du gesucht. Deine Marie-Luise war nur ein Schatten, eine Vorbotin …«

Papageno knirschte mit den Zähnen. Doro stand auf und ging zum Sofa gegenüber und setzte sich hin. Sie hatte Angst. War sie zu weit gegangen? Sie zählte zusammen: die Kerze im Fenster, der Auflauf in der Küche, Papagenos verheulte Augen. Vielleicht war es irgendein Jahrestag, den er mit seinen Erinnerungen feierte (immerhin kannte sie ihn noch kein volles Jahr), vielleicht war es Marie-Luises Todestag. Weiß der Geier, dachte sie wütend, es kann auch der verfluchte Alk sein, eine Art Delirium. Vielleicht sieht er Gespenster. Sie fror. Sie ging in die Diele und zog sich an. Ihr war schwindlig. Als sie ins Wohnzimmer zurückkam, hatte sie das Gefühl, daß sie nicht mehr so genau wußte, wer sie war.

»Liebst du mich?« sagte sie.

»Ich kann nicht mehr«, sagte Papageno. Er hockte jetzt vor dem Campingtisch. Er tunkte einen Finger in ihr Erbrochenes und leckte ihn ungerührt ab.

Doro wurde von einem Weinkrampf geschüttelt.

Papageno zog die Haydn-Strickjacke aus und warf sie achtlos ins Eck. Er kam auf sie zu. Ging an ihr vorbei. Sie packte seinen Arm. Er riß die Hand hoch. Sie duckte sich. Er spannte seine harte Hand um ihren Hinterkopf.

Vor ihren Augen leuchtete die halbkreisförmige wurmweiße

Narbe auf seinem Unterarm wie eine Schrift, ein geheimes Mal. Ein Tierbiß, hatte Papageno erklärt. Welches arme Tier war so töricht gewesen, seine Fänge in Papagenos Arm zu schlagen, in dem giftiges, vergiftetes Blut durch die Adern rollte?

Er drückte ihren Kopf, sacht, wie er manchmal, selten, ihre Brust mit seiner Hand umspannte, und drückte.

»So ist es«, sagte er. »Mach's gut.«

Doro richtete sich zu voller Größe auf. Er reichte ihr bis zu den Brauen. Sie spuckte ihm ins Gesicht.

Dann war sie draußen im Zoo. Nie wieder würde sie sich später erinnern, ob er etwas gerufen hatte. »Dreck!« Hatte er das gerufen? Oder gewispert, und es hatte nur wie ein Ruf in ihren Ohren geklungen? Sie rannte blind. Bei den Löwen blieb sie stehen, um zu verschnaufen. Ihr Blick klärte sich. Turnusgemäß hinkten die Hyänen über die Freianlage, die Nächte gehörten ihnen.

Vorsichtig befühlte sie ihr Haar. Kotzspuren an ihrem Kopf. Waschen, Kopfwaschen, Händewaschen, alles waschen. Sie lief zum weiten Areal der Affenbehausungen, wo ein Bronzebär Wasser spie. Fehlanzeige. Es war noch nicht Frühjahr genug für den Bär zu speien. Sie kramte in ihren Jeans nach einem Taschentuch und fand Papagenos Schlüssel. Das gezackte Metall in ihren langen schmalen weißen (besudelten?) Fingern glänzte.

Eine Gestalt näherte sich. Doro tauchte seitwärts in den Büschen unter. Die Gestalt schlenderte vorbei. Es war der Obertierinspektor, sein Luftdruckgewehr im Anschlag, unterwegs auf Krähenjagd.

Im Gebüsch roch es nach jungen tropfnassen Zweigen und nach der Erde. Sie faßte mit beiden Händen in die Erde. Die feuchten Krumen und Klumpen waren noch kühl, aber sie besänftigten, sie reinigten. Doro grub ein kleines Loch. Was quält dich, Doro? Stimmt etwas nicht, was vorher stimmte? Was will Papageno? Was willst du? Was hat er dir getan? Er hat dir seine Schlüssel gelassen, nicht mehr und nicht weniger. Schlüssel schließen Türen auf, bei Tag und bei Nacht, ob es dir gut geht oder schlecht, und was du hinter den Türen vermutest, erwartest, befürchtest, wird dein sein, bedenke, ob du es willst oder nicht. Das ist eines der Gesetze, kein Philosoph hat es je ergründen können. Zwei Schlüssel hast du, sie müssen dir vorerst genügen. Es ist nicht zu erwarten, daß sie Junge bekommen. Wie viele Schlüssel gibt es in diesem Zoo? Wurden sie gezählt? Werden es mehr und immer und immer mehr?

Ihre Hand stieß auf ein Ding in der Erde. Ein kleiner Schatz, dachte sie, der käme mir jetzt recht. Reifen, Ringe, Ketten, mit denen ich mich schmücken kann. Es war nur eine alte Blechschachtel. Etwas Kleines klapperte verloren darin. Sie versuchte die Schachtel zu öffnen, aber das Blech war eingerostet. Sie steckte sie in ihre Tasche.

Als sie aus dem Gebüsch schlüpfte, begannen die Siamangs zu jodeln. Doro erinnerte sich nicht, daß es eine Weisung von oben gab, diese empfindlichen Tiere so früh im Jahr über Nacht in den Außenkäfigen zu belassen. Sie machte sich eine Notiz im Kopf, den Direktor morgen darauf hinzuweisen.

Um den Unlustkomplex Flußpferdannex schlug sie einen weiten Bogen. Im Schaufenster der Souvenirbude am Robbenfelsen hing der vergilbte Schutzumschlag des Standardwerks des Direktors. Zootiere und ihre Krankheiten. Angeblich hatte er seit seiner Jugend daran gearbeitet. Der Direktor war ein großer Sammler, hieß es. Doro hörte gedämpftes Plätschern und Prusten aus einem der Robbenbecken. Sie ging den Lauten nach. Die Kegelrobben vergnügten sich, untypisch erregt zu dieser späten Stunde. Ein Robbenjunges glitschte auf den Beckenrand, starrte Doro an, tauchte wieder weg.

Doro wollte weitergehen, als sie am Beckenwall etwas Weißes entdeckte, ein Schriftzeichen, ein großes D. Sie folgte dem Buchstaben, trat mehrere Schritte zurück, um die neue Anti-Tier-Schmiererei lesen und (als erste?) melden zu können. Mit weißer Sprühfarbe stand auf dem Beckenwall geschrieben: DORO ICH LIEBE DICH! Groß und deutlich, quer drüber, weithin sichtbar.

Unbegreiflicher Papageno. Dummer Junge. Er konnte es ihr nicht ins Gesicht sagen, mußte es bei Nacht und Nebel an den Robbenfelsen spritzen (wie ein Tier, das sein Revier markiert), sich damit der Gefahr aussetzend, für den »Schmierer« gehalten zu werden, nach dem allerorten fieberhaft gefahndet wurde, seit er einer trächtigen Banteng-Kuh mit roter Farbe aufs Fell gesprüht hatte: »DIE BRUT VERNICHTEN!« Daß der »Schmierer« aus den eigenen Reihen kam, darüber waren sich nun alle (stillschweigend) einig. Das Banteng-Verbrechen mußte bei Tag und im Stall verübt worden sein. Keiner von draußen wäre so nah an das Tier herangekommen. Friederike, sonst keine Unke, befürchtete als nächstes tätliche Übergriffe auf die Tiere, Schlachtung, Mord. Jochen Wirkus stand ganz oben auf der Liste der Verdächtigen, aber eine heimliche Untersuchung seines Zimmers hatte keine Hinweise erbracht. Doro glaubte keine Sekunde, daß Jochen der »Schmierer« war. Eine Minute, vielleicht länger, zog sie Christoph in Erwägung. Er haßte den Zoo, war eifersüchtig auf »Doros Tiere«. Das Banteng-Verbrechen klärte auch diesen Verdacht: Chris war einer von draußen.

Natürlich mußte die Schrift verschwinden, sofort. Niemand wußte von Doros und Papagenos Liebesgeschichte. Möglich, daß der Professor für Schmerzforschung etwas ahnte, schließlich hatte er Doro auf Papageno aufmerksam gemacht. Sollte er ahnen, soviel er wollte.

Schwarze, besser noch steingraue Farbe mußte her. Aber woher nehmen? Sie besaß keinen Schlüssel zu den Handwerksstätten auf dem Wirtschaftshof. Ihr fiel die blaue Farbe ein, mit der sie ihre Zimmerdecke streichen wollte, als sie das K 2 bezog. Einer der guten alten Vorsätze, der überholt worden war von den Ereignissen.

Sie fand Farbtopf und Farbroller in ihrem Wandschrank, eilte zurück zum Robbenfelsen, begann das »D« ihres Vornamens mit dunkelblauer Farbe auszulöschen. Sie war beim »R« angelangt, als eine Stimme hinter ihr sagte:

»Hände hoch und langsam umdrehen.«

Es war die Stimme des Obertierinspektors, Doro drehte sich langsam um, den Farbroller in der Rechten.

»Frl. Matthes!?«

Der Obertierinspektor ließ sein Luftdruckgewehr sinken. Wahrte aber Abstand. Doro zeigte auf die Farbrolle, zeigte auf die Schrift am Robbenwall, wollte erklären, brachte keinen Ton hervor.

»Das ist eine Überraschung«, sagte der Obertierinspektor.

»Ja. Ich meine: nein. Ich meine: gut. Gut, daß Sie vorbeikommen. Ich versuche nämlich gerade …«

»Jetzt wird mir einiges klar«, sagte der Obertierinspektor.

»Was wird Ihnen klar? Nichts ist klar! Ich will nur …«

»Wissenschaftler«, sagte der Obertierinspektor. »Ich wußte immer, daß es nur ein Wissenschaftler sein kann. Keiner von uns Praktikern würde das perverse Zeugs an die Wände schmieren. Aber Wissenschaftler, die haben einen Haß auf alles, was lebt, auf alles, was …«

»Moment mal. Sie glauben doch wohl nicht, daß ich das hier hingepinselt habe? Ich versuche ja gerade, es zu übermalen, damit es die Besucher morgen früh nicht sehen. Außerdem, lesen Sie doch! Das ist doch keine abartige Anti-Tier-Parole!«

»O ICH LIEBE DICH«, las der Obertierinspektor laut vor. »Wenn Sie das nicht abartig finden … ich werde dem Herrn Direktor melden. Der Herr Direktor wird staunen. Wahrscheinlich wird er die Polizei einschalten. Was Sie betrifft, Matthes, Sie stehen bis auf weiteres unter Arrest und dürfen das K 2 nicht verlassen, bis der Herr Direktor entschieden hat, was mit Ihnen geschehen soll.«

»Sind Sie wahnsinnig? Was glauben Sie, wen Sie vor sich haben? Ich bin keiner Ihrer Tierpfleger oder sonstigen Handlanger. Ich unterstehe Ihnen nicht. Ich bin wissenschaftliche Assistentin. Und morgen früh habe ich zufällig eine Besprechung mit dem Direktor, bei der ich ihm das hier erklären werde und mich …«

»Ich werde dem Herrn Direktor melden«, wiederholte der Obertierinspektor ungerührt.

»… und mich aufs Schärfste …«

»Die Meldung wird gemacht.«

»... aufs Schärfste gegen Ihre Unterstellungen, gegen Ihr ganzes frauenfeindliches Verhalten verwehren werde!«

»Wir werden sehen«, sagte der Obertierinspektor. »Ich habe Hoheitsrecht im Garten. Sie nicht. Deshalb rate ich Ihnen, sich hier schleunigst zu verpissen.«

Doro beschloß, sich nicht weiter provozieren zu lassen. Männer wie den Obertierinspektor mußten kluge Frauen in die Leere zurücklaufen lassen, aus der diese vereinsamten verhinderten Menschen kamen. Dort in der Leere, im körperlosen schwerelosen sinnlosen Raum, den sie »Macht« nannten, produzierten ihre funzeligen Hirne Wahnvorstellungen, Regierungserklärungen, Parolen und Skatregeln, dort tagträumten sie von Zeugung und warteten (meist vergeblich) auf die anti-gravitationale Elevation ihrer schlappen Schwänze und andere Anti-Erlebnisse.

Sie bückte sich nach ihrem Eimer mit der blauen Farbe. Der Obertierinspektor schüttelte stumm den Kopf. Hieß sie mit einer herrischen Gebärde, auch die Farbrolle dazulassen. Bitteschön, dachte sie, amüsier dich damit in deiner Leere. Erleichtert, beinahe glücklich, ließ sie ihn stehen.

Die Männer, die ich heute nacht traf, schrieb sie später (nach einer heißen Dusche) in ihr Tagebuch, sind alle nicht, wie mein Vater ist oder war. Mein Vater ist *nicht* geistig verwirrt wie Jochen, ich würde es spüren. Mein Vater ist *nicht* so krank (arm dran) wie Papageno, aber auch nicht so mutig. Wäre er mutig, hätte er sich mir gezeigt, auch als Toter noch. Mein Vater war *kein* Wichtsack wie der Obertierinspektor, sonst hätte er mich von eigener Hand »aufgezogen«, es wäre ihm wichtig gewesen, mich unter Arrest zu stellen. Ich werde meinen Vater hier nicht finden.

Sie klappte das Tagebuch zu. Sie las noch einmal die Sali-Synopse, die sie dem Direktor vor langer Zeit eingereicht hatte. Sie las beide Fassungen, die deutsche und ihre englische Übersetzung. Ihr (zu amerikanisches?) Englisch hatte fast Standardwerkformat.

»Ich habe mich im Griff«, sagte sie.

Sie warf sich auf den Fußboden und stemmte dreißig schnelle Liegestütz, zehn davon mit Händeklatschen.

Sie begann mit Rumpfbeugen, als sie in ihrer Jeanstasche die Blechschachtel kneifen fühlte.

Es war eine altmodische Zigarettenschachtel der Marke »Muratti Privat«. Ein kleines Ding, vielleicht ein Edelstein aus der Epoche, als man Zigaretten in solchen Schachteln kaufte, klapperte darin. Doros Taschenmesser versagte beim Öffnen des rostigen Blechs. Mit ihrer Taschenlampe leuchtete sie sich den Weg zum ehemaligen Großen Behandlungsraum, der jetzt die Küche war, in der sie den Lichtschalter fand und ein langes scharfes Messer. Sie setzte sich an den Besprechungstisch, an dem nie je etwas besprochen worden war, kratzte mit dem Messer am Deckel, versuchte ihn anzuheben, es half nichts. Sie stieß die Messerspitze hinein. Mit einem kaum hörbaren Seufzer entwich ein Hauch von Luft. Sie bohrte, hebelte, der Deckel ging auf.

In der Schachtel lagen ein Zahn und ein Zettel. Der Zahn sah aus wie von einem kleinen Säugetier. Doro untersuchte ihn. Er war gut erhalten, gelb angelaufen, er roch nicht übel. Es war ein menschlicher Milchzahn. Sie entfaltete den Zettel. Sie las:

Meine Mama immer mich schimpft seit ich ein Kind weil ich mein Zähne mit 2 Finger zog. Hier das ist einer. Das einzige was ich habe noch. Es soll dir bringen ein Glück. Sei nie traurig. Es ist nie einfach. Sonntag es ist besonders schwer. Aber keine Tränen ohne Augen.
J.

Doro legte den Milchzahn auf ihre Handfläche und berührte ihn sanft mit einer Fingerspitze.

»Es ist alles gesagt«, sagte sie leise, »alles schon mal gesagt …« Sie wußte nicht weiter.

Eine Flaschenpost, dachte sie nach einer Weile, von Unbekannt an Unbekannt, an mich. Von einem Kind an mich. Ein Kind hatte vor vielen Jahren (als Doro noch gar nicht lebte?) seinen Milchzahn im Zoo begraben und ihn als Glücksbringer für den Finder bestimmt. In krakeliger Kinderschrift mit grüner Tinte hatte das Kind, des Schreibens kaum mächtig, hatte J. (Julia? Jana? Joseph?), offenbar an einem Sonntag, ihre oder seine jungen schwierigen Gedanken dem unbekannten Finder zugeeignet. Ob J. sich noch erinnerte, wie ihre oder seine kleinen Hände das Loch gebuddelt und Vaters Zigarettenschachtel mit der Botschaft und dem Zahn in einer gewiß feierlichen Zeremonie beerdigt hatten? An diesem Tag war dieser Zahn J.s wichtigster Besitz gewesen, wichtiger als alle Puppen oder Brummkreisel oder Eisenbahnen oder Zinnsoldaten oder womit man sonst in der Vergangenheit spielte. Ob J. noch lebte? Was war das für ein Laut?

Aus einer schwer zu bestimmenden Ferne hatte ein unterdrückter Schrei Doro hochschrecken lassen. Kam dieser einzelne Schrei aus dem Zoo oder, näher, aus dem K 2 oder, näher noch, von der Rinde ihres Großhirns? Sie lauschte. Nichts. Sie lächelte. Das Kinderkauderwelsch über »Augen« und »Tränen« hatte ihre Phantasie (überreizt nach einem weiteren Tag der Wirren) aufflackern lassen. Die Tiere des Professors waren fort, tot, beides.

Im Bad bettete Doro den Milchzahn auf Watte, legte den Zettel dazu und polierte die Blechschachtel mit Waschbenzin. Sie dachte an ihre Kindheit bei der grauhaarigen Frau, die sich ihre Mutter nannte, und wie sie ihre geheimsten Dinge, ihr Poesiealbum und nicht gegessene ekelhafte Tafeln und Täfelchen aus Schokolade (Schokolade stank und schmeckte zum Kotzen und sah zum Kotzen aus), unter dem Bett versteckte, wo die grauhaarige Frau abergläubisch nicht saubermachte. Sie kroch in ihr K-2-Bett, unter das sie vorher die Schachtel geschoben hatte, ihren neuen Glücksbringer. Ihr alter Glücksbringer, ein Kieselstein von den Ufern des Erie-Sees, war den Weg aller Christophgeschenke gegangen: in den Mülleimer.

Er hatte ihr keine Sekunde Glück gebracht. J. würde ihr Glück bringen.

In dieser Nacht träumte Doro, daß sie mit einem Hund eine enge, schräge Kopfsteinpflasterstraße hinaufging. Wie schwarz der Himmel war, gleich würde ein Gewitter herabbrechen. Es war Sommer. Wie blau der Himmel war, gleich würde es Frühling sein. Der Hund an ihrer Seite biß sie ins Bein, um ihre Aufmerksamkeit auf sich zu lenken. Es tat nicht weh. Der Hund war Taiga. Die Weißwölfin trug einen Umhang wie ein Haushund. Zwischen ihren Fängen zappelte etwas. Doro beugte sich hinunter, um nachzuschauen, was Taiga gefangen hatte.

Es war kein Tier. Es war das Ende einer Hundeleine, die Taiga verschluckt hatte. Erst jetzt bemerkte Doro, daß die Lederleine Taigas Zunge ersetzte, und sie schrie laut um Hilfe für die gequälte Kreatur. Hinter Fensterscheiben tauchten Köpfe auf und unter wie in einem Aquarium. Tatsächlich schienen die Köpfe in einer sämigen Suppe hinter den Fenstern zu schwimmen, umkreist von Kartoffelhälften und Mohrrüben. Doro hob ihr Gesicht zum Himmel. Ein grauer großer Mond hing über ihr zum Greifen nah, er berührte fast die Giebel der Häuser und war übersät mit Kratern, aus denen es graue Flocken schneite, die die Erde nicht erreichten, sondern von unsichtbaren unfühlbaren Kräften zu dem Mond zurückgesogen wurden.

Doro erwachte und starrte auf ihre Zimmertür. Das Holz knisterte. Das ganze K 2 war erfüllt von einem vibrierenden langgezogenen einzigen Laut, einem gedrückten *Heulen*, das aus allen Kehlen gleichzeitig kam. Ein nie gehörter Chor aus unzähligen verschiedenen Wesen, Stimmen, aus Tiefen ließ die Luft erzittern und das Herz. Doro riß den Mund auf und versuchte zu schreien. Mit Entsetzen hörte sie, daß sie sang, einen heulenden wölfischen Gesang, während ihr Tränen des Mitleids und Selbstmitleids über die Wangen liefen.

Die Augenkranken Tiere waren zurück. Und mit ihnen, Doro

spürte es mit jeder Faser, ihr Herr und Folterknecht, der Professor für Schmerzforschung.

»Sie können ihm ausrichten, daß er hier für seinen Vortrag hervorragende … Moment mal …« Friederike hielt die Hand über die Telefonmuschel und fragte Doro: »Wie heißt das auf Amerikanisch: Bedingungen, Technik, Lautsprecher, einfach alles? Es ist für einen Vortrag.«

»Facilities.«

»Danke …*good facilities* wird er vorfinden. Wir wissen, was wir einem Conte Condoli schuldig sind … wir können also mit ihm rechnen? Danke, danke, vielen tausend Dank. Ja, bitte schicken Sie uns die Vertragsbedingungen umgehend zu. *Good bye.«*

Doro sah zu, wie Friederike eine Notiz in ihrem Terminkalender zelebrierte. Ihre Hand mit dem vergoldeten Füllfederhalter (das Lady-Modell zum Boß-Modell des Zoodirektors) kreiste über dem Tagesblatt, fixierte eine Uhrzeit, dann kratzte die Feder hart, gewalttätig.

Doro verfolgte mit halb geschlossenen Augen den Lauf der Feder. Sie befand sich im Zentrum des Zoos. Auch wenn Friederike ihre Freundin war: Hier wurden die Entscheidungen getroffen, diese Feder kratzte auch Abmahnungen, Todesurteile, Verschickungsverfügungen, Entlassungen. Natürlich auf Geheiß des Direktors, der gleich, in den nächsten Minuten, eine Entscheidung fällen würde, von der Doros Zukunft abhing.

»Wer ist dieser Conte Condoli? Ich glaube, ich hab seinen Namen schon mal gehört«, sagte sie.

»Ich würde an dir zweifeln, Schatz, wenn du ihn nicht schon mal gehört hättest. Conte ist …«

Auf Friederikes Schreibtisch gab der Summer Laut.

»Du kannst jetzt rein. Viel Glück. Ich drück dir die Daumen.«

»Wie ist seine Laune?«

»Aufgeräumt.«

»Und du weißt noch nicht? Der Obertierinspektor hat noch nicht …?«

»Rein mit dir.«

Doro betrat, zum ersten Mal seit ihrer Einstellung im Zoo, das Büro des Direktors. Es war halb verdunkelt von anthrazitfarbenen, halb zugezogenen Vorhängen. Sie stolperte fast über einen Leuchtglobus von enormen Ausmaßen, an dem verschiedenfarbige Magnetscheiben hafteten. Afrika war kaum sichtbar unter ihnen. Die linke Wand bestand nur aus Phototapete, weidende Watussi-Rinder bei Sonnenaufgang in der Serengeti. Am anderen Ende des langgestreckten Raumes saß der Direktor schattenhaft hinter einem monströsen Ebenholzschreibtisch und las Zeitung. Vor dem Schreibtisch stand ein spartanischer Holzstuhl. Doro setzte sich ohne Aufforderung. Sie hatte sich vorgenommen, sehr sehr forsch zu sein. Und fordernd. Und zäh. Und nur wenig weiblich.

Der Direktor las ungerührt weiter. Sollte er lesen in seiner Leere. Doro ließ ihren Blick über ein niedriges Bücherregal wandern, das zur Linken des Direktors an der Hinterwand stand und ausschließlich seine Werke enthielt. »Krankheiten der Zootiere«, »Bonobo Verhaltensstudien« (ausgezeichnet mit drei Akademie-Preisen), »Der Orang Utan in der Gemeinschaft«, »Haustierkrankheiten«, »Der moderne Zoo – Eine Streitschrift«, »Das maximal resistente Miniaturschwein – Ein Zuchtbericht« und so weiter. Dazu die populärwissenschaftlichen Bestseller wie »Das Einmaleins der Schöpfung« und »Das ABC der Tiergärtnerei«.

»Heute ist Montag«, sagte der Direktor, ohne von seiner Zeitung aufzublicken. »Montag melden sich die meisten krank, passieren die meisten Unfälle, wollen sich mehr Paare als sonst scheiden lassen. Vielen gibt dieser Tag aber auch Kraft. Die Einsamen vom Wochenende treffen im Betrieb auf andere Einsame und sind nicht mehr einsam. Hm, hm. Interessant.«

»Aber heute ist Dienstag«, sagte Doro forsch.

»Aber diese Zeitung ist von Montag«, sagte der Direktor. Seine

Stimme klang noch höher als sonst. Mit den fahrigen, schlackernden Bewegungen, die er sich neuerdings zugelegt hatte (bei der Runde schien er manchmal zu hüpfen), sprang er vom Schreibtisch auf und steckte die Zeitung in einen Apparat, der neben seinem Schreibtisch am Fenster stand. »Schreibgutvernichter – Schneidwerk Piranha« las Doro. Die Zeitung erschien in Schnipseln auf einer Rutsche, ein Automatismus bewirkte, daß sie von einem ausfahrenden Papiercontainer verschluckt wurden.

Der Direktor blieb neben dem Schreibgutvernichter stehen.

»Wie ich höre, gehören Sie nicht zu den Einsamen. Sie lieben. Sie sprühen unsere Gehegewände mit reiner Poesie voll. O ICH LIEBE DICH! Und? Wird Ihre Liebe erwidert?«

»Hören Sie, ich …«

»Ich brauche nichts zu hören«, sagte der Direktor. »Ich WEISS. Ich weiß alles, was hier vorgeht.«

»Aber Sie haben eben selbst gesagt: ›wie ich höre‹. Und ich wollte nur meine Version schildern«, sagte Doro zäh.

»Ich kenne Ihre Version. Ich kenne alle Versionen aller wissenschaftlichen Assistenten seit Zeitenanfang. Versionen über Versionen über Versionen. Man langweilt mich. Wollen auch Sie mich langweilen? Oder wollen Sie mit mir über Ihre Dissertation sprechen?«

Doro starrte auf die Joggingschuhe des Direktors, in denen seine unvorstellbar ungestalten Füße stecken mußten.

»Ich will nur mein Recht«, sagte sie fordernd. »Ich habe das nicht an die Robbenmauer gesprüht, ich war gerade dabei, es auszulöschen, zu übertünchen …«

»Sondern wer hat es an die Robbenmauer gesprüht? Können Sie mit einer Version aufwarten, die ich noch nicht kenne?«

»Ich … ich weiß es nicht.«

»Aber ICH weiß es.«

»Und? Wer war's?«

Der Direktor sprang zu seinem Schreibtisch. Er schien unschlüssig, ob er sich in seinem Schreibtischthron niederlassen oder stehenbleiben sollte. Er setzte sich.

»Wollen mal sehen. *Akustische Untersuchungen über das Knacken der Extremitäten beim Bongo.* Nein, das ist nicht Ihre Dissertation, diese Dissertation ist schon FERTIG. Was haben wir denn noch? *Photoanalytische Untersuchungen der Tigerstreifung bei Nacht.* Ideen muß man haben. Darauf muß man erst mal kommen, nicht wahr. Aaah. Hier haben wir die Ihre: *Neue tiergartenbiologische Untersuchungen über die Bewegungsstereotypien der Großkatzen.* Sogar zweisprachig. Die Frage ist, Fräulein Matthes, gibt es diese Stereotypien überhaupt? Und wenn es sie gibt, warum heißt es dann bei Ihnen NEU?«

»Wie bitte?«

»Denken Sie nicht, ich hätte Ihre Synopsis nicht gelesen. Ich habe sie aufmerksam gelesen. Aber wenn ich Ihr Doktorvater sein soll, muß ich schon ein paar Fragen stellen dürfen, nicht wahr. Ein paar klitzekleine Frägelchen.«

Der Direktor lachte geckernd. Plötzlich kreischte er aus Leibeskräften: »WASSER!«

Sofort ging die Tür auf, und Friederike erschien, als habe sie auf dieses Stichwort gewartet. Sie trug ein Tablett mit einer Flasche Mineralwasser und zwei Gläsern. Sie schenkte erst dem Direktor, dann Doro ein und verschwand. Der Direktor trank sein Glas in einem Zug leer.

»Wasser«, sagte der Direktor, »ich liebe Wasser. Wie es duftet. Wie es den Knorpel kitzelt. Geben Sie mir eine Minute, und ich sage Ihnen mit verbundenen Augen, welches Mineralwasser ich trinke. Geben Sie mir zwei Minuten, und ich überfliege rasch noch einmal Ihre Synopsis.«

Wenn der Direktor sprach, klang es, als stünde seine Stimme kurz vor dem Durchbruch, dem Stimmbruch. Es geschah, für Augenblicke, daß ein tiefer Laut den Direktor überraschte. Dann schien er in sich hineinzulauschen. Darauf folgten Kiekser, die dem Direktor peinlich waren, bei denen er an die Decke blickte.

Während er las oder so tat, als ob er lese, studierte Doro die Phototapete. Die Watussi-Rinder drängten sich mächtig im Vordergrund. Im Hintergrund, vereinzelt auf der Steppe, stand ein schwarzer Baum. Es war etwas Merkwürdiges an diesem Baum, aber Doro wußte nicht zu sagen was. Der Direktor hüstelte.

»Ich will nicht abstreiten, daß es diese Bewegungsstereotypien gibt, Fräulein Matthes. Aber ich glaube, Sie sind sich der Tragweite Ihrer Behauptung nicht bewußt, wenn Sie sagen, daß solche Stereotypien nur in Tiergärten auftauchen. Ich bin Ihrer Ansicht, daß für die Unterbringung der Großkatzen neue architektonische Wege gegangen werden müssen. Wer wäre ich, wenn ICH, ausgerechnet ICH dagegen wäre! ICH, der ich solange ich denken kann für den artgerechten modernen Zoo plädiere. Aber die Stereotypien ... Sie legen zuviel Gewicht auf die Menschenobhut, Matthes, Sie glauben noch immer diesen Unsinn, daß das Verhalten der Pfleger und Wissenschaftler sich in irgendeiner Weise auch auf das Verhalten unserer Schutzbefohlenen auswirkt. Kümmel 1944. Eine der dümmsten Veröffentlichungen aller Zeiten. Wenn Kümmel gewußt hätte, welche Verwirrung er damit stiften würde, gerade in den Köpfen junger sensibler Frauen ... nein, nein. Gehen Sie raus, gehen Sie nach Afrika. Auch dort laufen die Löwen im Quadrat, glauben Sie mir. Andererseits ... es gibt Ansätze in Ihrer Synopsis, die sich vertiefen ließen. Sie zeigen eine gewisse Begabung zum Gehegebau, Sie scheinen neuer Ideen fähig. Das muß gefördert werden.«

»Vielen Dank. Was jedoch die Stereotypien betrifft, möchte ich noch mal auf Johnston 1967 verweisen. Ich bin mir des zweifelhaften anthropomorphen Ansatzes von Kümmel durchaus bewußt. Aber Johnston hat nachgewiesen, daß zum Beispiel Jaguare im Bronx Zoo Richtung und Tempo ihrer Bewegungsstereotypien zyklisch wechselten, als in einem Zyklus von zwei Monaten überraschenderweise drei Tierpfleger starben und durch andere ersetzt zu werden hatten.«

»Johnston. Ich kannte Johnston. Seine Frau überschwemmt meinen Briefkasten noch heute mit den nachgelassenen Schriften ihres großkotzigen Gatten. Wußten Sie, daß der gute Johnston selbst an schweren Bewegungsstereotypien litt? Bei einem Essen im Plaza in New York schüttete er sich ohne erkennbaren Grund mehrere Male hintereinander Salz auf die rechte Hand. Fragen Sie meine … wo waren wir stehengeblieben? Ich bin bereit, Ihr Vater …«

»Und Ihre eigenen Hinweise auf Großkatzenstereotypien in der ersten Auflage von *Krankheiten der Zootiere*? Da schreiben Sie – und es taucht in den folgenden Auflagen immerhin weiter als Fußnote auf –, daß die Schwestern einen schweren Fall von Bewegungsstereotypie bei einem Schneeleoparden a) durch gewisse Gehegeveränderungen und b) durch persönliche Versuche heilen konnten. Leider haben Sie nicht ausgeführt, worin diese persönlichen Versuche bestanden.«

»Ich war jung, Fräulein Matthes. Die Schwestern hatten mich unter ihrer Fuchtel. Sie machen sich keine Vorstellung, wie es damals hier zuging. Die Schwestern waren meilenweit entfernt von irgendeiner wie auch immer gearteten Systematik, Wissenschaftlichkeit, geschweige denn brauchbaren Analytik. Sie heilten Tiere noch durch Handauflegen, zu Deutsch: sie hatten saumäßiges Glück. Sie waren Frauen. Sie hatten Glück.«

»…«

»Sie können mir ruhig glauben. So war es. Die persönlichen Versuche der völlig überschätzten sogenannten Schwestern waren Hokuspokus. Ich habe sie in der ersten Auflage nur erwähnt, weil ich irrigerweise glaubte, den alten Mädels noch etwas schuldig zu sein. Immerhin ließen sie mich in Frieden meinen Forschungen nachgehen, als ich so jung war wie Sie, Matthes, nein, jünger, viel jünger! Fassen wir zusammen, denn ich habe nicht den ganzen lieben langen Tag Zeit für Sie. Was Ihre Dissertation betrifft, so gelten folgende Parolen. Parole eins: Unterscheidung zwischen angeborenen und erworbenen Stereotypien, mit eindeutiger Betonung auf den angeborenen. Parole zwei: Raus mit Kümmel, Johnston und Konsorten. Zitieren Sie meinetwegen mich, dann aber bitte auch die Abschnitte über meine erfolgreiche Heilung der statischen Ataxie bei Servalen. Parole drei: Geben Sie mir. Überschütten Sie mich. Neue Ideen zum Gehegebau für Großkatzen, speziell Außengehege. Mir gefallen Ihre Ansätze zur verglasten Abenteuer-Röhre. Parole vier: Verstricken Sie sich nicht.«

»Entschuldigen Sie, aber ich dachte, meine Gliederung …«

»Ich spreche nicht von Ihrer Gliederung. Ich spreche von Ihrem persönlichen Verhalten in meinem Zoo. Ich habe Ihnen das Taronga-Park-Projekt Persischer Leopard übertragen. Kümmern Sie sich darum. Kümmern Sie sich nicht um Vogel und Robbe.«

Die Stimme des Direktors schrillte beim Wort »Vogel«. Er richtete seinen Blick zur Zimmerdecke. Doro dachte: Er kann einem auch irgendwie leid tun, mit dieser Stimmbehinderung ist er lebensuntauglich, eigentlich. Er krakelte eine Notiz an den Rand ihrer Synopsis. Von ihrem tiefen Sitz vor seinem Bombastikschreibtisch versuchte sie etwas zu erspähen. Ihr Blick reichte nur bis zu einem Zettel, der weiter vorne lag. Sie las:

Mittagbrot Montag:
Hirschkeule Waidmanns Art mit arabischen Schweinespätzle
Mombasa im Herbst Adler mit Mordshunger

Mombasa im Herbst. Das hatte er gesehen. Aber gab es Adler in Tansania? Mochte es sein, daß die deutschen Siedler dort Adler gezüchtet hatten in Deutsch-Ostafrika? Sie mußte Papageno fragen. Der Direktor schrieb weiter. Er sagte beiläufig:

»Sie wissen, mein Neues Nachttierhaus. Ginsterkatzen. Bengalkatzen. Denken Sie nach. Ich will Eins-A-Gehege, verglast, undurchdringliche Biotope …«

Doro überlegte, wie sie auf diesen Antrag reagieren sollte. Immerhin war der Bau des Neuen Nachttierhauses (man munkelte, es sollte das aufwendigste der Welt werden) ein Projekt der Frau des Zoodirektors, sie war die treibende Kraft. Wer würde die Aufträge vergeben: sie oder er? Das jüngste Gerücht besagte, sie sei zwar zurückgekehrt, wohnte aber mit einem afrikanischen Lover in der Stadt. Wenn das stimmte, warum wirkte der Direktor dann so überdreht, so fröhlich fast, tänzelte auf Turnschuhen durch den Zoo? Meinte er, freie Bahn zu haben, endlich aus dem Schatten der Frau (die mehr auf dem Kasten hatte als er) heraustreten zu können? Wie widerwärtig und widernatürlich die Ehe war, jeder ein Schatten des anderen, alle Eheleute wurden zu Gespenstern, und die Polizei hatte ihre Finger im Spiel, denn sie beglaubigte ja diese Form der Symbiose. Die Ehe war eine Erfindung der Polizei, Trauscheine entsprangen dem Handschellendenken der Polizei. Doro wollte Papageno in menschenleerer Stille heiraten, in einem Bergdorf ohne Beamte, vielleicht konnte ein einsamer Schäfer sie trauen. Es würde eine Hochzeit des tiefsten Gedankens sein, die erste Ehe auf Erden, sie würden alles noch einmal neu erschaffen. Papageno hatte Wildheit und Kühnheit genug, und sie sowieso.

»Undurchdringliche Biotope, hm«, sagte Doro, »da gibt es in den Staaten Versuche mit perenierender Bepflanzung, die …«

»Wir sind hier nicht in Disneyland. Ich will Natur, egal was sie kostet. Des Grases Blumen, wie der Dichter singt. Undurchdringlich für den Besucher insofern, als er sich verdammt noch mal Mühe geben muß, die Bengalkatze im Gestrüpp ausfindig zu machen. Vergessen Sie nicht die dritte der drei Hauptaufgaben jedes modernen Zoos. Wie oft muß ich euch wissenschaftlichen Assistenten das noch einbleuen!«

»Didaktik«, sagte Doro müde.

Der Direktor schraubte kopfschüttelnd seinen penisdicken schwarzen Füllfederhalter zu. Eines seiner Telefone klingelte. Er kraulte den Sauerkohl an seinem Kinn.

»Wird wohl für mich sein, Matthes, oder?«

Sie stand auf. Er stand auf. Sie war groß. Er war größer. Er warf ihr einen Blick zu, der vieles bedeutete, nur nicht: Ich bin auf deiner Seite, Dorothee Matthes. Es war der jahrtausendealte leere (Leere durch Machtfülle) Blick der Männer: Ich habe die Macht, du hast einfach nur Glück, aber strapaziere dein Glück nicht, denn auch dein Glück liegt in meiner Macht, und obwohl ich unendlich müde bin, schau ich dir in die Augen, Kleines, auch das Telefon habe ich erfunden, die Sprache übrigens auch, Glück hast du, mir beiwohnen zu dürfen.

Sie hatte ihren Doktorvater gefunden.

Sie schloß die Augen und sah die grauhaarige Frau, die sich als ihre Mutter ausgab, in einem von Maschendraht eingezäunten, kümmerlich kleinen Geviert Hühner füttern. Nicht mehr lange, und ihre Findeltochter würde *Doktor* Dorothee Matthes sein, immer noch Frau unter falschem Namen, aber mit echtem Doktortitel.

Der Direktor hob den Telefonhörer ab. In einer Art Geheimsprache erklärte er seinem Anrufer (»Was ist mit Planquadrat H?«, »Wofür bezahle ich Sie eigentlich?«), daß er mehr von ihm verlangte, viel mehr, noch mehr. Mit einer Handbewegung bedeutete er Doro, daß ihre Anwesenheit in seinem Büro nicht länger erwünscht war.

Sie nahm sich viel Zeit. Packte ihre Aktentasche. Band ihren rechten Schuh. Verweilte vor der Phototapete. Sollte sie, was Papageno ihr prophezeite, einmal Zoodirektorin werden, würde sie dieses hohle Büro verwandeln in etwas Wirkliches, Wohnliches. Sie wußte nur noch nicht, wie. Sie wußte nicht, was Wohnen war. Sie hatte ihr Leben in Wohnheimen verbracht, war nirgends zu Hause gewesen, auch das K 2 war nur ein Provisorium. Sie gestand sich ein, daß sie keine Vorstellung davon hatte, wie gewohnt wurde, wenn gewohnt werden konnte, dauerhaft. Für Tierbehausungen habe ich Ideen genug, dachte sie, da wird es wohl auch für mich als Mensch reichen.

Die Tiere auf der gigantisch vergrößerten Photographie, die weidenden Watussi-Rinder, sahen nicht wie Tiere aus. Nur auf kleinen Schnappschüssen sahen Tiere wie Tiere aus. Die Watussi-Rinder standen leblos, steinern, hölzern, schwarzen Hütten gleich. Doro wollte sich abwenden, als sie ein visueller Ruf erreichte. Er kam von dem afrikanischen Baum in der Ferne, und sie hatte plötzlich das Gefühl einzutreten in die Phototapete, die nur eine Pforte war zu einer nächtlichen Steppe, an deren äußerstem Ende eine Aurora Morgenlicht verhieß. Langsam, Schritt für Schritt, ging sie auf den Baum zu. Erst jetzt erkannte sie, daß sie erwartet wurde.

Später (ich bin weit gegangen, so weit, und bin vergangen) fiepste ihr Doktorvater: »Fernweh?«

»Auf Wiedersehn. Auf Wiedersehn.«

»Warum so inbrünstig, Matthes? Natürlich werden wir uns wiedersehen. Aber jetzt entschuldigen Sie mich. Ich habe zu arbeiten. Lassen Sie sich von Frl. Friederike einen Termin für … sagen wir …« Der Direktor schien in seinem Kopf zu kramen, dort aber nichts finden zu können. Er wedelte mit der Hand. Es sah aus, als dirigierte er einen nicht anwesenden Chor. Keinem Mitarbeiter war entgangen, daß er in letzter Zeit fahrig wirkte, verhuscht.

Als Doro durch die Doppeltür kam, fand sie das Vorzimmer leer. Es war ihr recht. Sie wollte allein sein. Nicht alles konnte sie mit Friederike besprechen.

Auf der Treppe traf sie Dr. Daniels. Der Zootierarzt machte ein ernstes Gesicht. Er glaubte doch wohl nicht, sie damit beeindrucken zu können. Sie murmelte ein höfliches »Guten Tag« . Er bat sie, ihm in sein Büro »zu folgen«. Sie sagte, sie habe keine Zeit (es stimmte, vielleicht zum ersten Mal in ihrem Leben). Er sagte, es gehe um eine ernste »Angelegenheit«.

In seinem Büro schwieg er sich erst einmal aus, während sein Gesicht verschiedene Mutationen des Ernstes durchspielte. Doro meinte auch einen *touch* Triumph zu erkennen, als er endlich sagte:

»Es ist etwas sehr, sehr Fürchterliches geschehen, ich habe es erst gestern nacht erfahren, ich habe es zu keinem Menschen noch nicht erzählt, weil Sie sollten die erste sein …«

Doro dachte: Er ist alles, was ich mir als junges Mädchen unter einem prinzlichen Retter vorstellte, der mich vom Winzgehöft meiner falschen Mutter entführen würde, eines Tages, hinaus in die sogenannte Welt, aus der die Zugvögel kamen, die auf den Giebeln des Ein-Schalter-Postamtes von Straßendorf ganz besonders kurze Pausen einlegten. Er sieht, wie wir Frauen so sagen, gut aus (wir sagen nie: »schön«), ist drahtig, kräftig mit Hundeenergie, er verfügt über eine gewisse außerfachliche Klugheit, möglicherweise sogar Bildung, die ihn aus der Masse des Angebots hervorhebt, er kann staunen oder tut so, als könnte er es, er ist Ausländer, er raucht Pfeife. Und doch fehlt ihm etwas, das mein trauriger versoffener Papageno hatte, als er mir die Jeans vollblutete, um mir seine Liebe zu erklären. Es fehlt ihm Wildheit, Wahrhaftigkeit, Wut, eine Lebensgeschichte mit pechschwarzen Punkten, Gefährlichkeit.

»Es geht um den Persischen Leoparden«, sagte Dr. Daniels. Er legte eine nicht zu lange, aber auch nicht zu kurze Pause ein. »Dieser Leopard ist sehr schwer erkrankt worden.«

Doro dachte: mein Projekt, mein erstes eigenes Projekt, meine Dissertation, mein geliebter Sali.

»In Sydney«, fügte Dr. Daniels hinzu.

»Ich habe mit den Kollegen von den Taronga-Park telefoniert heute nacht …«

»Sagten Sie nicht gestern nacht?«

»Die Nacht zwischen gestern und heute, also wie sagt man in Deutsch? Heute nacht? Gestern nacht?«

»Ich weiß es nicht«, sagte Doro. Sie dachte: Papageno, sein Tier, er hat es mir anvertraut, es darf nichts Ernstes sein.

»Ist es ernst?« sagte sie.

»Man hat noch nicht ganz gefunden. Man denkt, es könnte eine Virus sein. Der Leopard und sein neue australische Freundin verpaarten sich ganz gut am Anfang. Dann ist es zweimal vorgekommen, daß der Leopard beim Aufreiten einen *break down* hatte. Dann sein Verhalten war wie Pseudowut, auch sehr schlechte Herztöne beim Rhythmus, gar keine Nahrungsaufnahme. Er ist sehr schwach. Sie beobachten ihn.«

»Kann es mit dem Transport zusammenhängen?« sagte Doro. »Habe ich einen Fehler gemacht? Ich meine, ich war verantwortlich für den Transport.«

»Transportschaden nach so lange Zeit, nein nein. Eine Virus. Es ist so ein *Pech*, finden Sie nicht? Wo die Nachzucht auf die Erde überall so kompliziert ist.«

»Weiß der Direktor schon Bescheid?«

»Nein nein. Sie sollten die erste sein ...«

»Es ist so seltsam«, hörte sich Doro sagen, »ich habe ihn gehört, nein, gesehen, nein, erlebt, gerade ...«

»I beg your pardon?«

»Was können wir tun, Dr. Daniels?«

»Hier gebe ich Ihnen die Telefonnummer von meinem Kollegen in Sydney. Vielleicht sollten Sie ein Gespräch anmelden über unser Frl. Friederike. Und selbstverständlich stehe ich immerzu zu Ihre Verfügung, Dorothee. Wenn Sie Fragen haben. Sie können mich auch nachts anrufen, immerzu ...«

»Danke. Sollten wir ihn zurückholen?«

»Sie leiten das Projekt. Sie sollten entscheiden. Aber in dem momentanen Zustand von diesem Leopard würde ich abwarten. Das lange Fliegen würde er vielleicht nicht überleben.«

»Ich muß einen Bericht für den Direktor und den Reviertierpfleger und den Obertierinspektor schreiben. Bitte notieren Sie Ihr Gespräch mit dem Kollegen in Sydney und legen es mir dann in mein Fach.«

Dr. Daniels griff in die Tasche seines Jacketts und zog ein gefaltetes Blatt heraus. Sie standen sich gegenüber. Er drückte ihr das Blatt sacht gegen das Brustbein.

»Hier ist es schon. Gestern nacht habe ich gleich notiert. Oder ... heute nacht? Wie sagt man bloß?«

»Danke. *We stay in touch. See you ...«*

Doro stürmte aus seinem Büro.

Im Zoo begegneten ihr Menschen, die etwas von ihr wollten. Vor dem Raubtierhaus, in das sie sich zurückziehen wollte, um nachzudenken, fing sie der Pfleger Johannes Schmeckel ab und platzte vor debiler Wichtigtuerei und unverhohlener Schadenfreude, als er ihr Bockwurst kauend ins Gesicht bellte, daß der Südtrakt des Hauses auf Befehl »von oben« neu gekachelt werde und ihre Verhaltensstudien diese Woche damit »gestorben« seien. Auf dem Weg zum Vogelhaus, wo sie Papageno anzutreffen hoffte, fragten Besucher, Mann und Frau mit zwei zappeligen Schokoriegel fressenden Kindern, warum es keine Biber zu sehen gebe, wenn doch Biber auf dem Schild am Gehege stand. »Weil die Biber erst am Spätnachmittag rauskommen«, sagte Doro. »Aber dann ist es ja schon dunkel«, riefen ihr die Kinder mit vollen Mündern hinterher. Bei den Eisbären in der Nähe des Vogelhauses, das sie nun doch gemieden hatte, weil sie Papageno die traurige Nachricht von Sali nicht *heute* beibringen wollte, wurde sie von einem wissenschaftlichen Assistentenkollegen der übelsten Sorte zu einer »Pyjamaparty« im Tropenhaus eingeladen, »streng geheim«.

Wie würde Papageno reagieren, wenn er von der Krankheit seines Ziehkindes erfuhr? Würde er, wie so oft, die Schuld den Wissenschaftlern zuschieben (also ihr)? Tiere und Wissenschaft, meinte Papageno, das gehe nicht zusammen, gehe nie zusammen, ebensowenig wie Menschen und Ärzte, weil es keine Sprache, keine Verständigung gebe zwischen Opfern und Tätern (so drückte er sich aus). Und Mitleid, Mitleiden, argumentierte Doro, zähle das nicht, sei das keine Grundlage für sinnvolle Tiergärtnerei, sinnvolle Forschung, behutsames Anknüpfen zwischenartlicher Beziehungen? Mitleid, meinte Papageno, sei ein Trick der Täter, Mitleid existiere in Wirklichkeit nicht, die Täter sagten Mitleid und meinten etwas anderes, nämlich schamlose Freude, daß sie die Täter seien und nicht die Opfer. »Es gibt nur Schuld, auch so ein abgelutschtes Wort«, sagte er, »und die teilst du dir zu, und über die kann keiner sprechen, keiner auf der Welt, das kannst du mir glauben.« So kraus und kaputt waren seine Gedanken, aber er hatte eben nie Denken gelernt, das hielt sie ihm zugute und wußte, daß sie es ihm nach und nach beibringen würde. Einmal nach einem wundervollen Fickspiel (sie hatte gewollt, daß er sie ein bißchen malträtierte), als er erschöpft dahindämmernd an seiner Pastisflasche nuckelte, hatte sie ihn gefragt: »Wenn wir einander weh tun, erkennen wir dann nicht was? Zum Beispiel, daß wir uns lieben?« Aber er konnte ihren Denkprozessen noch nicht folgen, denn er hatte nur geantwortet: »Bilde dir bloß keine Schwachheiten ein.« Und jetzt würde sein Haß auf die Wissenschaft neue Nahrung erhalten. Von Anfang an war er gegen das Taronga-Park-Projekt gewesen, es paßte in sein Täter-Opfer-Schema. Doro hatte ihn fragen wollen, ob sein Versuch, dem Molukken-Kakadu das Sprechen beizubringen (wenn es das war, was sich hinter der verschlossenen Tür seines Wohnzimmers abspielte), nicht auch Experiment, Forschung, also »Wissenschaft« sei. Sie wollte ihn so viele Dinge fragen, von denen er und nur er etwas wußte, ohne sich dessen bewußt zu sein. Aber er blockte ab, machte sich kleiner, primitiver, als er war, nannte sogar sich selber (einen Tierpfleger!) »Täter«. Doro vermutete dahinter ein weiteres Männlichkeitsspiel, ein reizvolles jedoch, ein spannendes, in dem sie die zentrale Rolle spielte. Sie beschloß, ihm später von Sali zu erzählen, wenn mehr bekannt war über Diagnose und Prognose. Außerdem: Er wollte sie ja nicht mehr sehen, »nie wieder«. Seine Laune würde, wie immer, vorübergehen; jetzt gerade kam sie ihr gelegen. Wenn es soweit war, würde er es von ihr erfahren, in einer tief empfundenen Stunde, sie würde ihn trösten, ihm beistehen, ihn (wenn es sachlich halbwegs zu vertreten war) aufrichten, indem sie ihm das Gefühl gab, daß nur er Sali retten konnte, mit fernmündlichen Ratschlägen, mit guten Gedanken, mit … ihr würde schon etwas einfallen. Sie machte sich keine Sorgen, daß andere ihn informieren könnten. Es war ein ungeschriebenes Gesetz in diesem Zoo, daß über kranke Tiere nicht gesprochen wurde. Die Direktion dachte nach, handelte und schwieg. Zootierarzt und betroffener Pfleger tauschten sich allenfalls in gedämpftem Veterinärdeutsch aus. Leise und eindringlich wurden die alten Damen, die ihr erkranktes Lieblingstier vermißten und vor allen anderen Zoobesuchern lautstark jammerten, beiseite genommen und mit sanften Lügen beruhigt. Über den

Tod von Tieren wurde nur gesprochen, wenn es sich bei dem Abgang um ein wertvolles Schautier handelte und die entsprechend groß aufgemachte Presseveröffentlichung eine Spendenflut für Neuanschaffungen erwarten ließ. Alle sonstigen Abgänge waren entweder auf unbestimmte Zeit »verreist« oder zur »Beobachtung« hinter den Kulissen. Und tatsächlich funktionierte diese Politik. Nach wenigen Tagen schon, wenn die Information nur oft genug wiederholt wurde, fragte keiner mehr. All das hatte Doro zu Beginn ihrer Arbeit nicht geschmeckt, aber sie hatte es schlucken müssen, denn mit der Routine kam die Einsicht, daß es so sein mußte, und Doro liebte Einsichten. Mit jeder neuen Einsicht schien sie stärker zu werden, aus sich selbst herauszuwachsen, ein Stück Zoo zu erobern.

Sie hastete nach Hause. Ihr Tagebuch wartete. Sie ignorierte den Obertierinspektor, der auf seinem Damenfahrrad bei den Bongos um die Ecke bog. Sie mußte niederschreiben, daß es kein Zufall war: Salis plötzliche Erkrankung und das, was sie im Büro des Direktors vor der Phototapete erlebt hatte. Oder *in* der Tapete? Sie dachte an ein Gedicht aus der Zeit, als sie Gedichte las und lernte, aus körperlicher Lust und um die Wortschleuder Christoph Dalluge abzuwehren. *Und auf einmal steht es neben dir.*

Sie fand ihr Zimmer offen. An ihrem Schreibtisch saß der Professor für Schmerzforschung. Er telefonierte. Er trug einen weißen, steif gestärkten Kittel. Von seinen Armen baumelten Drähte mit winzigen vielfarbigen Verbindungssteckern. Die Drähte führten zu stählernen Manschetten oder Armreifen, die unter den Ärmeln des Kittels hervorschimmerten.

Ihre Gedanken jagten in verschiedene Richtungen. Drittens: Wie ist er hereingekommen? Fünftens: Ist mein Tagebuch noch in der Schreibtischschublade? Neuntens: Wer ist »mein lieber Freund«? Ist es sein lieber Freund oder *mein* lieber Freund? Achtens: Kann er überhaupt noch lurchiger, grünolivener, tiefentierischer aussehen? Viertens: Sollte ich ihn nach dem versteckten Mikrophon fragen? Zweitens: Sollte ich ihn ein für allemal zur Rede stellen und ihm mit irgend etwas drohen? Zehntens: Aber mit was? Sechstens: Kann er mir helfen, die Sali-Geschichte ohne Direktor in Angriff zu nehmen, ohne lange Überseetelefonatanmeldung bei Friederike? Siebtens: Liebe ich Sali noch, denke ich noch an ihn wie früher, als er das einzige Tier war, das meiner persönlichen Obhut unterstellt wurde?

»Ich muß dieses Gespräch jetzt beenden, mein lieber Freund. Eine junge Gelehrte hat soeben das Zimmer betreten und sie macht einen leicht krausen Eindruck. Auf Wiedersehen.« Der Professor ließ den Hörer auf die Gabel fallen, als werfe er ein langweiliges altes Spielzeug weg. Er sagte:

»Ein Roman des achtzehnten Jahrhunderts, nennen wir ihn *Tristram Shandy*, spielt sich auf Ihrem Gesicht ab.«

»Da Sie ja hier ein- und ausgehen, werden Sie inzwischen wissen, daß ich nur Gedichte mag«, sagte Doro. »Lyrik«, fügte sie hinzu. Ihr war speiübel.

»Gereimte *und* Ungereimte?«

»Erstens«, antwortete Doro, »wie sind Sie in mein Zimmer gekommen?«

Zwischen den dunklen ledernen Lippen des Professors erschien seine rote Zungenspitze und war sofort wieder verschwunden. Er streckte die Arme aus, als wollte er in die Hände klatschen. Die herabhängenden Drähte aus hauchdünnem Kupfer vibrierten. Er legte seine Handflächen und Fingerspitzen aneinander und deutete mit einer Kopfdrehung von null komma null fünf Grad auf Doros Bett.

»So setzen Sie sich doch bitte, Kollegin Matthes. Ich bin im Besitz eines Universalschlüssels.«

Doro setzte sich auf die Bettkante und rieb vorsichtig ihren Bauch. »Auch zu den Zimmern?« sagte sie. »Ich dachte, es gibt nur einen Universalschlüssel zu allen Tierhäusern und Einrichtungen ...«

»Nach einem Leben, das durchaus seine Rückschläge kannte, nach ungezählten erbaulichen und weniger erbaulichen Odysseen, nach der Beantwortung dämlicher Fragen in Googol-Potenz und nach ebenso unzählbar vielen *rencontres* im Menschengewimmel habe ich mir das Privileg des Ultra-Universalschlüssels an wenigstens *einem* überschaubaren Ort erobert, um nicht zu sagen verdient.«

»Aber zu den Privatzimmern …?« begann Doro.

»… gibt es nur diesen einen Universalschlüssel, dessen stolzer und verantwortungsvoller Besitzer ich bin«, führte der Professor fort. »Sehe ich aus wie ein Eindringling, ein Schnüffler, ein Verletzer der Privatsphäre, die so privat in diesem Zoochen ja nun auch wieder nicht ist?«

Er bot ihr (Absicht oder Instinkt?) sein Profil dar, seine Augen mit den langen schwarzen Wimpern schienen geschlossen zu sein. Er sah aus wie ein Kunstwerk. Wie eine antike Statue oder was immer die Leute in der Vergangenheit angemacht hatte. Er war schön. Und doch bist du so ein Ekelpaket, dachte Doro, und der Verletzer alles Guten, woran Menschen je geglaubt haben, aller Ideale, aller Schönheit.

»Mein Labortelefon ist kaputt. Ich war gezwungen, Ihres zu benutzen für ein unaufschiebbares Gespräch mit meinem Börsenmakler«, sagte der Professor.

»Wie lange sind Sie schon wieder im Lande?« erkundigte sich Doro höflich, sich an das Geschrei der Augenkranken Tiere in der letzten Nacht erinnernd. Es ist gut, dachte sie, daß meine Wut jetzt kalt ist. Anders ist ihm nicht beizukommen.

Der Professor schien die Augen zu öffnen und aus Doros Fenster zu schauen.

»Wieso? Ich war die ganze Zeit im Lande. Immer im Lande. Ich habe eine Menge Arbeit. Eben flog ein Vogel an Ihrem Fenster vorbei, er hatte etwas im Schnabel, einen Wurm wahrscheinlich.«

»Und? Wie stehen Ihre Aktien, Herr Professor?«

»Das wird sich noch herausstellen. Der Krieg hat ja gerade erst angefangen.«

»Welcher Krieg?«

»Eine gute Frage. Man verliert die Übersicht. Diese kurzen Erschöpfungspausen zwischen den numerierten und den nicht numerierten Kriegen, die wir Frieden nennen, sind ja geradezu beunruhigend. Es verwirrt uns Aktionäre, wenn die Geschichte solche Pausen einlegt.«

»Wollen Sie mich auf den Arm nehmen?«

»Noch nicht. Noch nicht gleich.«

»Ha, ha und nochmals ha.«

»Kürzlich trafen sich über tausend Frauen aus ganz Deutschland im hiesigen Congressgebäude. Zufällig war ich dabei, während ich Sie nicht unter den Teilnehmerinnen ausfindig machen konnte.«

Doro mußte aufstoßen. Ein Schluck Morgenkaffee stieg die Speiseröhre hoch und schwappte auf ihre Zunge. Sie würgte. Der Professor drehte sein Gesicht zu ihr und beobachtete ihren Hals. Sein Blick war sanft. Seine Stirn war glatt.

»Sie waren auf einem Frauenkongress, Professor?«

»Warum nicht? Wir Aktionäre müssen auf dem laufenden bleiben. Sie diskutierten den ganzen Tag über Sexualität und Gewalt, frauenfeindliche Medienarbeit und Leichtlohngruppen, und auch wie Diaphragmen eingesetzt, mit Hausmitteln Kinder abgetrieben oder Trychomonaden beseitigt werden. Anschließend gab es einen bunten Abend mit Tanz und homoerotischen *soft pornos*, dem ich aber leider fernbleiben mußte, da ich nicht überall gleichzeitig sein kann.«

»Waren Sie letzte Nacht im Labor? Ich habe Ihre Tiere gehört. Sie haben Laute von sich gegeben. Schreckliche Laute.«

»Schläft ein Lied in allen Dingen.«

»Sind Tiere Dinge?«

»Warum so aggressiv gegen mich, der es gut mit Ihnen meint? Ich sehe Ihnen an, daß Sie einen schweren Tag hatten. Leider wieder nicht in den Aquariumsarchiven, zu denen Sie jederzeit Zutritt haben und wo Sie mehr Wissen erwartet, als Sie für möglich halten. Dort werden Sie die Antwort auf Ihre Frage finden, was Tiere sind.«

»Ich habe tagsüber kaum Zeit. Und ich habe Probleme. Mein Persischer Leopard Sali ist …«

»Wer spricht von tagsüber, wenn es sich doch nachts am besten studieren läßt?« unterbrach sie der Professor. Er stand auf und ging betont langsam, so daß sie ihm ausgiebig zuschauen konnte, vor ihr hin und her. Sein gesteifter weißer knirschender Kittel und die herabbaumelnden elektrischen Drähte verstärkten den Eindruck, daß der Wahnsinn selbst ihr Zimmer durchschritt. Wenn ich bloß seinen richtigen Namen wüßte, dachte sie. In den Aquariumsarchiven würde er vielleicht zu finden sein.

»Aber nachts ist der Direktor da«, sagte sie.

»Nicht heute nacht«, sagte der Professor und blieb vor ihr stehen. Sie schnupperte unauffällig. Wie immer kein Chemikaliengeruch. Sie suchte seinen Kittel nach Blutflecken ab. Es gab keine. Es waren elektrische Experimente, die er durchführte, um für die geldgierigen fortschrittshörigen Pharmakonzerne und ihre Aktionäre, zu denen er nach eigenem Eingeständnis selbst gehörte, Schmerzen zu erforschen, nein, Schmerzen zu *erzeugen*. Vielleicht testete er auch die Wirksamkeit neuer Waffen, daher sein Interesse an Kriegen. Es war allgemein bekannt, daß Tiere für wehrtechnische Versuche mißbraucht wurden. Hier auf K 2 wurde im Namen des ominösen Fachgebiets Schmerzforschung gefoltert. Hirnfolter an Dingen, die einst Tiere gewesen waren, Mitgeschöpfe, Freunde. Im Namen dieser unbekannten Freunde, im Namen der Menschenwürde mußte sie ihm das Handwerk legen. Sie mußte seinen richtigen Namen herausfinden und seine Biographie bloßlegen. Dann mußte sie ihn isolieren wie ein krankhaftes Gewächs, einen Tumor. Das Herausschneiden würden andere besorgen. Und mochte er auch mit dem Direktor im Bunde sein, sie hatte ihre Freundin Friederike, und niemand nahm es mit der Wahrheit so genau wie diese treue, aufopfernde Seele. Der Professor war geisteskrank und würde sich über kurz oder lang verraten. So lange blieb ihr nichts anderes übrig, als sein Spiel zu spielen, von dem sie, wenn sie ehrlich war, auch profitiert hatte, weiter profitieren konnte. Besaß er das Privileg des Ultra-Universalschlüssels, so besaß sie das Privileg, in der Nähe des Schlüsselhalters auf K 2 zu wohnen.

Und wenn der Direktor mit ihm aufflog? Wenn sich herausstellte, daß der Direktor ein vom Professor angestifteter Mittäter war? Den Professor würden sie in die Klapsmühle stecken, aber den Direktor? Hinter Gitter? Er war ihr Doktorvater. Sie brauchte ihn. Oder würde seine fabelhafte Frau übernehmen? Wußte seine Frau, egal wo sie jetzt steckte, von den Machenschaften ihres Mannes?

»Heute nacht«, sagte der Professor, »ist unser Direktor bei einem Diner in der Stadt, um ein paar Schecks für sein Neues Nachttierhaus einzusammeln. Sturmfreie Bude also.«

Er setzte sich neben Doro aufs Bett. Sie rückte ein Stück zur Seite. Er zog einen Notizblock aus der Kitteltasche und schrieb etwas auf. Einer seiner Drähte zitterte über ihrem Bein. Er reichte ihr den Zettel. Es war eine ziffernreiche Telefonnummer, eine ausländische.

»Das ist die Rufnummer meines Freundes Professor Loring vom Riverbanks Zoo in Columbia. Er wird …«

»Loring! Sie kennen Loring?«

»Zufällig kenne ich ihn, ja. Und wie Sie wissen, führt er das internationale Zuchtbuch des Persischen Leoparden. Was Sie nicht wissen: Aus den Aquariumsarchiven, von Apparat vier, gleich neben der Wohnung des Direktors, können Sie nach Herzenslust Ferngespräche führen, ohne über die Zentrale zu gehen. Also rufen Sie Loring an, bestellen Sie einen Gruß von Mousey, und er wird mit Ihnen sprechen. Nach unserer Zeit wäre es am besten gegen Mitternacht, er ist ein Frühaufsteher.«

»Mousey?«

»So nannte mich seine verstorbene Frau. Aber sagen Sie ehrlich, *in puris naturalibus*: Sehe ich aus wie eine Maus?«

»…«

»Telefondiagnosen sind natürlich wenig wert, auch wenn die Möglichkeit einer Konferenzschaltung zwischen Riverside und Sydney und dem Aquariumsarchiv besteht. Aber ich bin sicher, daß allein die Erwähnung seines Namens dazu führen wird, daß die Kollegen in Sydney ihre Anstrengungen um Sali verdreifachen.«

»Woher wissen Sie, daß Sali krank ist?« sagte Dorothee und hielt sich den Bauch. Wieder wollte der Morgenkaffee hinaus, und etwas anderes, ein Klumpen heilloser hilfloser Angst.

»Bevor ich meinen Börsenmakler konsultierte, rief unser junger englischer Freund, der Zootierarzt, bei Ihnen an. Ich erlaubte mir, das Gespräch entgegenzunehmen. Ich hörte am Klingeln, daß es wichtig war. Und ich hatte recht.«

»Sie haben ein erstaunliches Gehör.«

Der Professor schüttelte den Kopf. Die Krankheit in seinem Kopf flüsterte ihm wohl ein, den verzweifelt Bescheidenen zu spielen.

»Nein, Dorothee. Eben nicht«, sagte er fast verzweifelt, fast echt (womöglich hatte er wirklich einen Hörfehler, was seine oft schroff abwesende Art erklären würde). »Ich höre noch immer sehr, sehr schlecht. Aber ich arbeite daran.«

Doro stöhnte. Die Schreie seiner Augenkranken Tiere hatten ihn taub gemacht, und er war so dreist, sich darüber zu beklagen.

»Sie sind mir böse, daß ich Dr. Daniels' Anruf entgegengenommen habe?«

»Nein, nein, *nein*. Seit einem Jahr versuche ich, an Professor Loring heranzukommen. Ich schreibe ihm Briefe. Bisher kam nur eine lauwarme nichtssagende Antwort von seiner Sekretärin.«

»Er schreibt nicht mehr. Er telefoniert. Er ist ein kranker Mann, leidet Qualen, kann sich nur mühsam fortbewegen, lebt von kleingehackten Wurzeln.«

Der Professor begann die herabhängenden Drähte um seine Handgelenke zu wickeln. Er schien dabei versonnen zu lächeln (weiterhin bot er ihr nur sein Profil) wie eine Großmutter, die Wolle aufwickelt.

»Erforschen Sie auch menschliche Schmerzen, Professor?« sagte sie. Es war grotesk. Hier saß sie und *plauderte* mit ihm. »Ich meine, könnten Ihre Forschungen Ihrem Freund helfen? Jenseits aller Tabletten? Beschäftigt sich die Schmerzforschung auch mit den psychologischen Aspekten des Schmerzes, ich meine …«

»Ich weiß, was Sie meinen«, sagte der Professor. Seine Stimme kam von weit her, als müßte sie wie bei einem Überseetelefonat um den halben Erdball reisen, um Doro zu erreichen. »Aber es gibt wenig Kunde von da, liebe junge Kollegin. Am Anfang war es ein dumpfer Schmerz, ein Weh. Allein in den Wäldern. Eine Ahnung, daß es andere gab, in anderen Wäldern. Ahnungen wie Migräneanfälle. Steine, die sprechen. Angst. Krämpfe und Beklemmungen. Dann die Entdeckung des Ich. Schlimmer Schmerz, konzentrisch, nicht enden wollend. Stellen Sie sich vor, Sie seien ein lebendiges Stück Materie, sagen wir ein Holz, und würden unablässig mit einer Kreissäge bearbeitet, von oben nach unten, von unten nach oben, bis Sie kreischen, winseln, stammeln: Ich, Ich, Ich! Dürer malt sich selbst. Ungeheuerlich. Aber es kommt noch besser. Die Entdekkung der Erde, genannt Welt. Furchtbarer, fächerförmiger Schmerz. Übelkeit. Magenkrämpfe, Greuelerbrechen. Weltkriege, Weltkrisen. Mongolen studieren an der Humboldt-Universität. Das Aufkommen der Abstraktion. Der Muskelkater *per se*, nicht wahr? Millionen Enden, nennen wir sie Nervenenden, verknoten sich, Schnürschmerzen vom Feinsten. Der Gesang der Nachtigall? Das tut weh. Wo? Wir wissen es nicht. Aber dann: Stimmen aus Lautsprechern auf Marktplätzen, Schmerzen sogar im Schlaf. Dumpfes Pochen, Schwarzblick, Demenz, Selbstfraß, Tränen aus Blausäure. Und wir sind noch nicht am Ende, noch nicht ganz … Aber alles halb so schlimm. Wie Frettich sagt: Wenn es ein Spiel ist, soll es Spaß machen.«

Der Professor streckte seinen rechten, Doro abgewandten Arm nach vorne und wirbelte den letzten der Drähte spindelschnell um sein Handgelenk wie ein Zirkusartist.

»Wie heißt Frettich eigentlich mit Vornamen?«

»S Punkt N Punkt.«

»Und was bedeutet das?«

»Das sind seine Initialen. Mir ist entfallen, wofür sie stehen.«

»Aber Sie kannten ihn, oder?«

»Kennen ist zuviel gesagt. Keiner kannte ihn. Ich habe seine Schriften studiert.«

»Manchmal glaube ich, da ist was faul an Frettich.«

»Wie kommen Sie darauf?«

»Weibliche Intuition.«

»Weib-liche In-tui-tion«, wiederholte der Professor langsam, als erinnerte er sich an eine tote Sprache.

»Manchmal glaube ich, daß dieser Frettich nie gelebt hat.«

»Finden Sie seine Axiome denn so lebensfremd?«

»Nein. Ich meine: doch. Ich glaube, daß es ihn gar nicht gibt, nie gegeben hat, daß er eine Erfindung ist, der wir alle – auch Sie, Professor – aufgesessen sind. Es ist doch verdächtig. Es gibt keine Bücher von ihm.«

»Es gab Werke.«

»Haben Sie eines?«

»Mehrere.«

»Könnten Sie mir eins leihen? Der ganze Zoo zitiert diesen Frettich. Ich würde gern dazugehören.«

»Frettichs Werke sind nicht entleihbar. Aber dies hier werden Sie brauchen.«

Der Professor hielt ihr einen silbrigen Kugelschreiber mit eingebauter Taschenlampe unter die Nase. Er schaltete die Taschenlampe ein. Das Licht war sehr stark. Doro beschirmte instinktiv ihre Augen. Der Professor richtete den Lichtstrahl auf ihren Bauch. Sie nahm ihm das Spielzeug aus der Hand (die Haut seiner Hand fühlte sich an, als trage er Samthandschuhe).

»Benutzen Sie die, um den Augenkranken Tieren in die Augen zu … sehen?«

»Nein«, sagte der Professor. »Das Licht in den Aquariumsarchiven ist dürftig. Und da Sie nachtblind sind, Fräulein, empfiehlt sich die Mitnahme dieses unscheinbaren Megastrahlers, den mir ein Freund von der NASA schenkte, viele Monde ist es her. Sie sind zu jung für Frettich, das dürfen Sie mir glauben. Was ist wichtig für eine junge Zoologin, die gerade Gefahr läuft, das erste ihr persönlich anvertraute Tier zu verlieren, weil es in einem öden Subkontinent die Nahrungsaufnahme verweigert? Die Futterkunde. Im achten Bassin links, einstmals Schwertfische, lagern tonnenweise Berichte der erfahrensten Futtermischer, die es je gab. Wo die Veterinärmedizin versagte, erzielten diese antiken Tierpfleger oft erstaunliche Erfolge. Schwandt, Krog, König, Meier, der unvergessene Schweine-Paul. Des Schreibens kaum kundig, kritzelten sie dennoch ganze Kladden voll mit unschätzbar wertvollen Rezepturen und Konjektanen, von denen die Wissenschaft nur träumen konnte. Sie waren Bauern, Förster, Zirkusleute, sie hatten …«

»Woher wissen Sie, daß ich nachtblind bin?«

»… sie hatten den richtigen Riecher für die Viecher, wenn ich auch einmal reimen darf. Eine Dissertation über Bewegungsstereotypien der Großkatzen in Gefangenschaft. Schön und gut. Wenn wir jung sind, fasziniert uns das Spektakuläre, weil wir uns selbst für so spektakulär halten. Wir alle haben diese knalligen Themen gewählt, weil wir knallartig bekannt werden wollten. Es sei uns verziehen. Aber der Weg ist länger, als wir gemeinhin annehmen. Auch das Leben ist nicht, wie der Volksmund sagt, kurz, sondern lang, unsagbar lang. Ich glaube, Sie erwähnten Ihre Nachtblindheit in einem unserer guten Gespräche, die immer besser werden, wie ich finde.«

»Bin ich deswegen ein Augenkrankes Tier?«

»Wie meinen?«

»Sie haben schon verstanden, Professor. Übrigens war meine Nachtblindheit heute morgen auf merkwürdige Weise wie weggeblasen, als ich im Büro des Direktors …«

»Ja …?«

»Ach, nicht so wichtig. Unter uns, ist sein Büro nicht grauenvoll geschmacklos eingerichtet? Dieser Schreibtisch! Diese Vorhänge! Und die Phototapete, weidende Watussi-Rinder bei Sonnenaufgang …«

»Ich kenne seine Phototapete. Aber warten Sie, bis Sie seine Wohnräume sehen. Da prallen zwei hundsföttische Geschmäcker aufeinander.«

»Ich verzichte zugunsten armer Negerkinder.«

Moritz Schuller, geb. 1918 in Wilna. Begann 4jährig mit dem Violinspiel und wurde von den Professoren Max-Ludwig Schuller, Caspar Haas (Paris / Mexiko), Ivan Geller (New York) und Friedbert Engler (Bern) ausgebildet. Im Alter von 9 Jahren Aufnahme reger Tourneetätigkeit, die ihn durch die USA, Mittelamerika, Südamerika, Indien, Neuseeland, Australien und Europa führte, wo er Paganinis sämtliche 24 Capricen an einem Abend zu spielen pflegte. Studierte Komposition bei Friedrich Kreis und Paul Hindemith. Studium der Medizin, Chemie, Biologie und Philosophie in Boston, Paris, Berlin, Wilna, Wien und bei S. N. Frettich in Olanchito, Yoro (Honduras). Praktizierender Psychiater in Madras (Indien) und xxx.

Hier war der Ort mit einer Schreibmaschine ausge-xt worden. Und zwar bevor die Presseabteilung diese alte (aber nicht zu alte) Broschüre *Zu Gast in unserem Zoo* broschiert und herausgegeben hatte. Doro las weiter:

Begründete mit James E. Bayless die Rückkoppelungs-Schmerzforschung, die er später allein weiterentwickelte und als »Reizsummations-Schmerzforschung« etablierte. Arbeitete auf den Gebieten Psychopharmakologie, Ethologie und Grundlagenforschung der Unterhaltungselektronik. War maßgeblich beteiligt an der Entwicklung des Neuroleptikums xxx mit verminderter paradoxer Reaktion durch Eingriff in die dopaminerge Reizübertragung von extrapyramidalen Motoneuronensystemen sowie des ersten stereophonen Kumulationskopfhörers für autistische und verhaltensgestörte Kinder. Er erhielt zahlreiche Preise und Auszeichnungen, u. a. in Italien, Spanien, Österreich, Großbritannien, Portugal, Türkei, Indien, USA, El Salvador, Mexiko, Belize, Honduras, Uruguay und der Dominikanischen Republik. Er ist 1. Ehrenmitglied der Psychiatrischen Gesellschaft Saloniki (Griechenland) und Ehrenbürger der Städte Pueblo, Colorado (USA) und Olanchito, Yoro (Honduras), wo er auch zum Huesped-Distinguido der philosophischen Fakultät ernannt wurde. Professor Schuller lebt zurückgezogen und scheut jede Publicity. Über seinen Besuch in unserem Zoo sagt er: »Ich habe als junger Mensch schöne Augenblicke hier verbracht. Ich werde ein wenig forschen und bin besonders stolz, dem wissenschaftlichen Nachwuchs mit meinen bescheidenen Mitteln auf die Sprünge helfen zu dürfen.«

Du wirst dich noch wundern, dachte Doro, wenn ich dir auf die Sprünge helfe. Kein Zweifel, er war es. Schuller hieß er. Ein Allerweltsname. Bekannt vielleicht in Olanchito, Yoro in Honduras. Wo lag das überhaupt? Vielleicht gab es Honduras gar nicht. Sie würde in ihrem Atlas nachschlagen. Jedenfalls bot dieser Lebenslauf des Wahnsinnigen reichlich Stoff zum Recherchieren. Sie war sich zwar hundertprozentig sicher, daß er die Hälfte darin frei erfunden hatte (der Professor ein Geigenwunderkind? Lachhaft!), doch auch seine Lügen und Retuschen (kein Wunder, daß er »jede Publicity« scheute) würden sie auf seine Spur führen. Und seine geisteskranke Spur führte von seinen Tätigkeiten als Psychiater, Schmerzforscher und Pharmakologe (die sie ihm glaubte) direkt zur Folter der Augenkranken Tiere im Auftrag seiner alten Brötchengeber von der Pharmaindustrie Italiens, Spaniens, Österreichs, Großbritanniens, Portugals, der Türkei und so weiter und so fort. Oder der einheimischen Pharmaindustrie? Es fiel doch auf, daß er in aller Welt »Preise und Auszeichnungen« eingeheimst hatte (vermutlich in Millionenhöhe), nur in Deutschland nicht. Wo er im größten Zoo gewiß nicht zufällig »ein wenig forschte«. Dieser Preis stand noch aus. Er war zurückgekehrt in den Zoo, wo er als junger »Mensch« schöne »Augenblicke« erlebt hatte, um für die deutschen Pharmabosse sein Meisterstück abzuliefern, vielleicht auch für die Militärs. Doro las ungern Zeitung und machte sich nichts aus Politik, aber sie fand es ungerecht, wenn die Großen, vor allem die Pharmabranche, ihre Profite auf dem Rükken der gequälten Tiere erwirtschafteten. Sie hatte noch nie etwas von »Rückkoppelungs-Schmerzforschung« oder »Reizsummations-Schmerzforschung« gehört. Okay, sie konnte nicht alles wissen. Sie wußte, was »Reizsummation« war. Ein alter Hut aus der Verhaltensforschung. Schlüsselreize, die ein- und dieselbe Verhaltensweise auslösten, konnten sich in ihrer Wirkung gegenseitig fördern. Irgendwer hatte Silbermöwen ein paar Ei-Attrappen untergejubelt und festgestellt, daß Größe *und* Fleckung *und* Grundfärbung der Eier die für die Möwe typische Eirollbewegung wechselseitig verstärkten. Je größer und gesprenkelter *und* grünstichiger das Ei, desto wilder rollte die Möwe. Na und? Was hatte das mit Schmerzforschung zu tun? Sie würde in der Bibliothek nachforschen. Mal sehen, was Herr Moritz Schuller veröffentlicht hatte.

Natürlich quälte sie sich nicht durch die Kladden der alten Tierpfleger, wie es ihr der Professor empfohlen, wenn nicht gar regelrecht aufgetragen hatte. Aber hätte das Wunderkind, das sämtliche vierundzwanzig Capricen Paganinis an einem Abend spielte, hätte der Schüler Frettichs anders gehandelt? Wäre er jetzt so reich und berühmt (in den dubiosen Kreisen, in denen er verkehrte), wenn er Schweine-Pauls alte Schweinefutterrezepte anstelle von Medizin, Chemie, Physik, Philosophie und Komposition studiert hätte? Alle erfolgreichen Männer, wußte Doro, halfen Frauen (aber auch nicht allen) auf die Sprünge, indem sie ihnen weismachten, es gelte, das Handwerk zu lernen, von ganz unten anzufangen, während sie immer gleich ganz oben anfingen, oben in ihrer Leere, wo krankhafte Selbstdarstellungen wie die des Professors zusammengelogen und menschheitsbeglückende Pläne und aufklappbare Playboyworte wie »Reizsummations-Schmerzforschung« geschmiedet wurden, die ihnen lebenslang als Wichsvorlagen dienten.

Doro hockte auf einem Klappstühlchen im dritten Bassin rechts in den Aquariumsarchiven, wo früher Riesenschildkröten ihre wundervolle Drehung um die eigene Achse im Wasser vollführt haben mochten, wo aber nun staubige Stapel Zooannalen lagerten, Pressematerial vor allem, Zooführer, Broschüren, Hefter mit eingeklebten Zeitungsausschnitten, Photomappen. Doro, die Gedrucktes blitzschnell überfliegen und entscheiden konnte, ob es wichtig für sie war oder nicht, war schnell fündig geworden. Auf ihren Knien lag die Broschüre »Zu Gast in unserem Zoo«, Nummer 143, mit dem pathologischen Lebenslauf des Professors. Es gab kein Photo. Sie hatte keins erwartet. Verbrecher ließen sich nicht gern photographieren. Zu ihren Füßen wartete ein Hefter mit Ausschnitten der Boulevardpresse zum tragischen Tod der Schwestern, bereits an der richtigen Stelle aufgeschlagen.

Im ehemaligen Aquarium herrschte der Horror. Die ehemaligen Bassins, in denen die Akten lagerten, waren schwarze gezackte Löcher und durch verbogene, rostige, aus dem zerschossenen Mauerwerk ragende Eisenstangen schwer zugänglich. Drei Bassins in der Eingangshalle, die auch zur Wohnung des Direktors führte, waren restauriert und mit Stahlgittern versehen worden, hinter denen sich wertvolle Bücher, ausgestopfte Tiere, kleine Plastiken befanden, die Tiere und Menschen aus vergangenen Zeiten darstellen sollten. Ein einzelnes funzliges Deckenlicht tauchte den langen Erdgeschoßboulevard mit seinen ausgebombten Bassins in ein trübes grauviolettes Licht. Wenn Doro ihre Hand ausstreckte, nahm diese Hand keine Gestalt an, sondern schien sich in einer grauvioletten Staubwolke aufzulösen. Neben den Bassins hingen schiefe Schilder mit verblichenen Legenden wie »Riesenwasserschildkröte«, »Südsee-Panorama« oder »Waran«. Irgendwo im Haus fiepste es. Mäuse, Ratten vielleicht.

Doro stellte sich vor, daß in diesen finsteren vergessenen Gewölben Verhöre stattfanden. Oder Treffen von geheimen Männerbünden, deren Vorsitzende Familienväter, Geigenvirtuosen und Schmerzforscher in einer Person waren. Sie stellte sich vor, wie sie, Doro, den enttarnten, entlarvten Professor hier verhörte, Tage, Nächte. Gekettet an rostige Eisenstangen leugnete und log der Professor weiter und bog sich die Wahrheit zurecht, aber dann entblößte Doro ihre (zu großen?) Brüste und schrie ihm ins Gesicht: »Schau her, du Narr! Das ist die Wahrheit! Sprich sie mir nach!«

Sie schüttelte sich und photographierte den »Lebenslauf« des Professors mit ihrer Pocketkamera mit eingebautem Sensorblitz. Ihr Herz klopfte wild. Photographieren erregte sie auf eigenartige Weise, wie als Kind, wenn sie etwas Verbotenes für sich entdeckt oder bei anderen aufgedeckt hatte. Im Augenblick der Entdeckung oder Aufdeckung hatte sie gehechelt wie ein junger Hund. Nichts auf der Welt durfte geheim bleiben vor ihr. Auch die Geheimnisse nicht, die in ihr selbst verschlossen waren und die sie nur entschlüsseln konnte, wenn sie die Geheimnisse der anderen, der Mitmenschen, gnadenlos aufdeckte. Warum das so war, wußte sie nicht und würde es wohl erst in ihrer letzten Nacht auf Erden wissen, wenn sie sich erinnerte an einen Tierblick aus endender Nacht, der ihr galt, als sie eine junge Frau gewesen war.

Doro nahm den Hefter mit den Zeitungsausschnitten über die Schwestern zur Hand und knipste den NASA-Strahler des Professors an.

> 30 TAGE KEIN FRESSEN!
> TIGER FIEL WÄRTER AN!
>
> Nicht nur wir Menschen, auch die Tiere müssen in unserer Stadt Hunger leiden. Im zu großen Teilen verwüsteten Zoo brach ein Tiger aus dem Raubtierkäfig aus und fiel seinen Wärter, Herrn Hilbe, an. Der Tiger hatte 30 Tage keine Futterzuteilung erhalten. Wärter Hilbe büßte seinen rechten Arm ein und erlitt schwere Gesichtsverletzungen. Dennoch ist er willens, weiterhin als Wärter in unserem Zoo seinen Dienst zu versehen. »Ich verdanke mein Le-

ben Frau Dr. Winter und Frau Dr. Streng. Sie sind dazwischengegangen, als der Heinrich mich zum dritten Mal packte. Ich habe gar nicht bemerkt, daß mein Arm schon futsch war«, sagte der beherzte Hilbe im Krankenbett. Unsere Zoodirektorinnen kamen gerade noch rechtzeitig. Frau Dr. Winter feuerte aus ihrer Dienstwaffe, dem alten Karabiner ihres Vorgängers Geheimrat Bisenius, zwei Warnschüsse ab, während Frau Dr. Streng dem Tiger eine Fangleine um den Hals warf und beruhigend auf das Tier einredete. »Natürlich werden wir Heinrich behalten«, sagte Frau Dr. Winter auf Anfrage. »Er ist unser Liebling. Gewiß hat er es nicht böse gemeint. Das Tier war halt ausgehungert.« Wärter Hilbe will das Krankenlager bald verlassen, um nach Kräften beim Wiederaufbau unseres Zoos mitzutun. »Solche Frauen, wie es unsere beiden Direktorinnen sind, die läßt man nicht im Stich. Irgendwann werden die Zeiten auch wieder besser«, sagte Hilbe. Die Zoodirektion ruft die Bevölkerung zu Spenden auf. Geld, Naturalien (auch Holz!), alles ist willkommen, um die Gebäude wenigstens notdürftig wieder herzurichten und die verbliebenen Tiere halbwegs satt zu kriegen.

Das mußte nach dem Zweiten Weltkrieg gewesen sein. Doro kannte die meisten Heldentaten der Schwestern aus dieser Zeit. Gleich bei ihrem ersten, noch heimlichen, Besuch in den Aquariumsarchiven hatte sie die Tagesberichtsbücher der Schwestern entdeckt und Seite für Seite abgeschrieben, wenn sie auf Erstaunliches gestoßen war. »… und beruhigend auf das Tier einredete …«, das war der Stil der Schwestern gewesen. Sie hatten nie aufgegeben.

Ein unscharfes Photo zeigte den Wärter Hilbe im Krankenhausbett. Sein Kopf war fast völlig zubandagiert. Was wohl aus ihm geworden war? Papageno mußte ihn noch gekannt haben. Papageno sprach nie über die Schwestern. Manchmal kam es Doro in den Sinn, ihn mit geschickten Fangfragen auf dieses Thema, in diese Zeit zurückzulocken. Er erinnerte sich nicht. Es schien, als habe er den

Wiederaufbau des Zoos verschlafen, obwohl er doch (wie sie aus den Annalen wußte) das Vogelhaus, das gesamte Vogelrevier beinahe eigenhändig »aus dem Nichts hervorgestampft« hatte. Es gab Photos von den Ausschachtungsarbeiten für das neue Vogelhaus nach dem Weltkrieg: Papageno war immer dabei.

Sie blätterte Jahre weiter. Sie wollte mehr über den mysteriösen Tod der Schwestern wissen. Beim Blättern stieß sie auf ein fahles Photo, das die beiden im Zoo des Geheimrats Bisenius zeigte. Sie saßen an einem Tisch im Freien und lächelten einer Person zu, die auf dem Photo nicht zu sehen war. Es mußte bei einem Sommerfest oder beim alljährlichen Pfingstfrühkonzert aufgenommen worden sein, denn im Hintergrund erkannte Doro Menschenmengen. Die Schwestern lächelten leise, vorsichtig, fast scheu, als sei die angelächelte Person ein heimlich Verehrter, Geliebter, ein Unerreichbarer. Es gab Photoalben von den Sommerfesten und Pfingstfrühkonzerten, und Doro wollte das Original haben, denn sie erkannte in diesem Lächeln Züge ihrer selbst. Sie würde später danach suchen. Vom äußersten Ende des Erdgeschoßboulevards drang durch eine Tür ein Fiepsen. Was, wenn die Ratten sie anfielen? Sie lauschte. Das Fiepsen war nicht mehr zu hören. Auch kein Rascheln. Und doch stimmte etwas nicht in diesem ehemaligen Aquarium. Sie kam sich vor wie in einem der Filme, in die Chris sie so gerne geschleppt hatte, weil er es liebte, wenn sie sich vor Schrecken die Augen zuhielt und an ihn klammerte. Sie spuckte auf den Boden des staubigen Bassins und las weiter.

Nur vier Tage vor ihrem Tod tauchten die Schwestern in der Zeitung auf. Es war eine lapidare Schmonzette.

WARUM VIELE TIERE IM ZOO KEINEN NACHWUCHS HABEN

Bei manchen Tieren nutzt die beste Pflege nichts – sie bleiben allein. Unsere Zoodirektorinnen geben Antwort

Die Liebe im Zoo. Bei Pavianen, Raubkatzen und Ziegen klappt sie reibungslos, jedes Jahr stellt sich Nachwuchs ein. Bei anderen Tieren nutzt auch die hingebungsvollste Pflege nichts – sie bleiben kinderlos. Die Zoodirektorinnen Dr. Winter und Dr. Streng (im Volksmund: »Strenger Winter«): »Für die Nachwuchsprobleme gibt es die verschiedensten Gründe. Einige Tiere sind allein, andere zu alt, manche Männchen brauchen einen Nebenbuhler, sonst haben sie keine Lust auf Liebe.« Ein Sorgenkind ist der Schuhschnabel. Der Storchenvogel aus dem tropischen Afrika lebt allein in der Fasanerie. Vogelpfleger Karl-Walther Kadamecki: »Früher hatten wir ein Pärchen, das so gerne ein Küken gehabt hätte, daß es sogar ein Pfauen-Ei bebrütete. Dann starb ein Partner, und es lohnt sich nicht, aus einem anderen Zoo einen neuen Vogel auszuleihen – unser Schuhschnabel ist schon zu alt.« Einsam ist auch ein Kagu – und wird wahrscheinlich auch Junggeselle bleiben. Der Kranich-Vogel von einer Pazifik-Insel ist der letzte in einem Zoo überhaupt. Seine Verwandten aus der Heimat dürfen nicht mehr ausgeführt werden. Im Elefanten-Haus wohnt seit Herbst ein Bulle, der mit den fünf Elefanten-Kühen Nachwuchs zeugen soll. Die Zoodirektorinnen: »Seit Jahren mußten unsere Elefanten-Mädels in andere Zoos geschickt werden, um Abenteuer zu erleben. Wir hoffen, daß der neue Bulle und die Kühe sich mögen. Aber wir sind uns nicht sicher …«

Doro erinnerte sich an letzte Tagesberichtsbucheintragungen der Schwestern. »Wir haben Angst, daß Kenny so weitermacht …« Kenny war besagter Elefantenbulle. Sie hatten auch Angst um Frieda, eine alte Löwin, an der sie besonders hingen. »Angst wegen Friedas Verhalten …« Und der heutige Zoodirektor? Hatte Angst vor Doros Dissertation, weil sie ein paar unangenehme Fragen zur Großkatzenhaltung stellte. Hatte Angst, daß er nicht richtig oder gar nicht zitiert werden würde. Wäre ich doch früher geboren worden, dachte Doro, ich hätte mit den Schwestern arbeiten können. Ich hätte sie vielleicht sogar *retten* können.

SCHOCK IM ZOO
DIREKTORINNEN TOT

Tot aufgefunden wurden in den gestrigen Abendstunden die Zoodirektorinnen Frau Dr. Winter und Frau Dr. Streng. Nach einer ersten Meldung der Polizei starben sie an einer Fischvergiftung. Aus ganz Deutschland und dem Ausland trafen Beileidsbekundungen ein. Bürgermeister und Oberfinanzdirektor kondolierten der Zoobelegschaft.

Es war ein Sommertag gewesen, ein guter: viele Besucher, lachende Kinder, strahlende Sonne. Tags darauf regnete es. Die Zeitungen meldeten:

WAR ES SELBSTMORD?
Der Tod der Zoodirektorinnen gibt Rätsel auf

Haben sich Dr. Winter und Dr. Streng, langjährige Direktorinnen unseres Zoos, selbst vergiftet? Laut Aussage der Zooverwaltung waren sie gestern mittag zu einem Fischessen »auswärts« eingeladen gewesen. Als sie in den Nachmittagsstunden in den Zoo zurückkehrten, hätten sich beide nicht wohl gefühlt und in ihre Direktorenwohnung im ehemaligen Aquarium zurückgezogen, wo man sie gegen Abend in ihrem Schlafzimmer tot auffand. Der Gerichtsmediziner: »Wir ermitteln noch. Der Tod trat durch Atemlähmung ein. Ein Doppelselbstmord ist nicht mehr völlig auszuschließen, zumal in den einheimischen Restaurants wohl kaum Fische verwendet werden, die zu solch einer letalen (›letal‹ = tödlich, Anm. d. Red.) Vergiftung, besonders in dieser kurzen Zeitspanne, führen können.«
»Sie waren völlig überarbeitet. Ich habe auch mal gesehen, wie sie weinten«, sagte ein Zoomitarbeiter, der ungenannt bleiben will. Tatsächlich sollen »die Schwestern«, wie sie in Zookreisen oft ge-

nannt wurden, zeitlebens an immer wiederkehrenden »Depressionen« gelitten haben, so der Mitarbeiter (›Depression‹ = Niedergeschlagenheit, Anm. d. Red.). Es war der Polizei bisher nicht möglich, das Fischrestaurant zu ermitteln, in dem die beiden Frauen zum Essen eingeladen worden waren. Auch der Gastgeber ist weder dem Direktionssekretariat noch den engsten Mitarbeitern bekannt. »Wir gehen davon aus, daß es dieses Fischessen nicht war, das den Tod herbeiführte«, sagte Hauptkommissar Schwandt, der die Untersuchung leitet.

Am nächsten Tag taten sie so, als wüßten sie mehr, als wüßten sie alles.

LIEBESKUMMER UND SCHULDEN
Das geheime Leben der Zoodirektorinnen

Ihre Verdienste um unseren Zoo sind unumstritten. Sie waren hervorragende, auch im Ausland hochgeachtete Zoologen.
Doch wo viel Licht ist, ist auch Schatten. Wie die Ermittlungen der Kripo zum Tod von Dr. Winter und Dr. Streng ergaben, führten die Frauen hinter der Fassade des Erfolgs ein Leben, das alles andere als ordentlich zu nennen ist. Es gilt als sehr wahrscheinlich, daß beide Lesbierinnen waren (›Lesbierin‹ = Frau, die sich nicht zum anderen, sondern zum eigenen Geschlecht hingezogen fühlt, Anm. d. Red.). Offenbar hatte sich eine der beiden dennoch mit einem Mann eingelassen, was zu einer ausweglosen Lage und schließlich zum Doppelselbstmord der Lesbierinnen führte. Hauptkommissar Schwandt: »Wir haben derlei schon öfter bei Frauen mit solchen Neigungen erlebt.« Außerdem wurde bekannt, daß »die Schwestern«, wie sie von ihren Angestellten genannt wurden, erhebliche Privatschulden hatten, die von mißglückten Aktienspekulationen herrührten. Die Obduktion der Leichen hat inzwischen ergeben, daß die Frauen an ihrem Todestag tatsächlich als letztes Fisch verzehrt hatten. »Wir gehen aber davon aus, daß

die Lachsforellen den Tod nicht verursacht haben. Die Frauen starben an einer akuten Atemlähmung, wie sie nur durch ein entsprechend starkes Gift hervorgerufen werden kann. Wir haben in den Wohnräumen kein Gift gefunden, wissen aber, daß überall im Zoo solches Gift für Befugte verfügbar ist, zum Beispiel im Tierkrankenhaus«, sagte Hauptkommissar Schwandt. Der Aufsichtsrat des Zoos und der Oberfinanzdirektor haben inzwischen mit der Suche nach einem Nachfolger für den Zoodirektorenposten begonnen. Obwohl die Stelle öffentlich ausgeschrieben ist, gilt als sicher, daß der neue Direktor aus den Reihen der im Zoo arbeitenden Oberassistenten kommen wird.

Die Lokalpresse brachte keinen einzigen Nachruf. Wer lesbischen Liebeskummer und »Privatschulden« hatte, konnte damals wohl auch allenfalls mit übler Nachrede rechnen. Der Nachfolger stand längst fest. Mit ihren wundervollen Tierbüchern und Reisebüchern hatte die Frau des Direktors dafür gesorgt, daß ihr Mann, der einstige Oberassistent, problemlos in den Sattel gehievt wurde. Ihr Ruhm färbte auf ihn ab. Die Männerbündler im Aufsichtsrat glaubten insgeheim sowieso nicht, daß seine Frau die Bücher geschrieben hatte. Kurz nach seiner Amtseinführung legte der Direktor bereits sein Standardwerk »Krankheiten der Zootiere« vor, worin er seine Lehrerinnen und Gönnerinnen, die Schwestern, mit Fußnoten abspeiste. Und doch war sein Buch nur unkonventionell und »modern« und ein durchschlagender Erfolg, weil in ihm die vom Einzelfall, vom namentlich benannten Einzeltier (Kenny, Frieda) ausgehende, *liebevolle* Un-Methodik der Schwestern weiterlebte, eine Art schöpferischer Liebe zum Mitgeschöpf und allen seinen Krankheiten aus Not und ohne Not. Früh, sehr früh hatten die Schwestern erkannt, daß die Verhaltensforschung etwas mit Liebe zu tun hatte, mit der Liebe zum Beobachten und zum Beobachteten. Mutig hatten sie behauptet: Mehr mit Liebe hat die Verhaltensforschung zu tun als mit Wissenschaft. Und ebenso früh hatten die Schwestern erkannt, daß die Verhaltensforschung die Zootiere aus der Gefangenschaft der Menagerie befreien würde, indem man ihnen Gehege baute, die ihrem natürlichen Verhalten gerechter wurden, und indem man ihre durch die Gefangenschaft entstandenen Anomalien (zum Beispiel Bewegungsstereotypien) und Krankheiten artgerechter behandelte oder am besten gar nicht erst aufkommen ließ. Der Direktor sprang auf diesen Zug und fuhr eine Weile mit. In vielen seiner zahllosen Veröffentlichungen spielte er sogar den Lokomotivführer. Seine Fähigkeit (oder die seiner Frau?), Subventionen heranzuschaffen, Sponsoren, immense Erbschaften zugunsten der Tiere, verwandelte den Zoo bald in eine gigantische Baustelle und, als alles fertiggestellt war, in einen der »modernsten« und »artgerechtesten« der Welt, ein weltzoologisches Zentrum, wo munter gezüchtet, geforscht und promoviert wurde. Dann, so wußte Doro von Friederike, wurde aus dem Öffner der Stallungen und Gehege ein manischer Sammler, der die soeben entzerrten Tieranlagen von neuem vollzupacken begann, um seinen Ruf als »Vorreiter des Gemeinschaftsgeheges« und »Weltmeister der Nachzüchtung bedrohter Arten« zu hegen und zu pflegen. »Die Reichen werden halt immer gieriger, sie können nie genug bekommen«, sagte Friederike. Aber es steckte mehr dahinter. Doro vermutete, daß der Direktor nur so tat, als sei er Zoologe, als liege ihm etwas am Wohl seiner Schutzbefohlenen. Die Zoologin war seine Frau (auf den Photos in ihren Büchern stand er verloren in Afrika herum, eine Randfigur). Er war der Architekt. In Wahrheit ging es ihm darum, sich ein Denkmal zu setzen, ein Baudenkmal. Die wenigen Einzelheiten, die über sein Großprojekt Neues Nachttierhaus durchsickerten, ließen keinen Zweifel daran. Es würde das teuerste, gigantischste, artenreichste (manche meinten sogar: artenkomplette) Nachttierhaus der Neuzeit werden. Heute morgen noch hatte er sich abfällig über Disneyland geäußert (»Ich will Natur, Matthes, egal was sie kostet«), während er doch insgeheim schon von Direktorland träumte, einem Natur*museum*, in dem Fleisch und Blut nicht mehr die Hauptattraktionen waren, sondern ein elektronisches Leit-

und Richtsystem und mannshohe Fernsehschirme, über die seine hohlen Parolen flackerten. *Er* war zum richtigen Zeitpunkt geboren worden, war in den richtigen Schafspelz in der richtigen Hammelherde geschlüpft, um sein männliches Mütchen zu kühlen, seine Leere zu stopfen, seiner Eunuchenstimme Resonanz zu verleihen. Ohne es zu wissen oder zu wollen, hatten ihm die Schwestern dabei geholfen.

Doro schob den Kugelschreiberstrahler in ihren Mund und notierte mit Bleistift auf einen Zettel: 1. Wer war der »Gastgeber«, wer hat die Schwestern »auswärts« zum Fischessen eingeladen? 2. Wer war der Mann (wenn es ihn gab), in den sich eine der Schwestern verliebt hatte? 3. Welche Schwester? 4. Können Neuroleptika in Verbindung mit Barbituraten zu einer Atemzentrumslähmung führen? 5. Was für Aktien waren das, mit denen sie angeblich spekulierten? 6. Gab es einen Hintermann bei diesem Geschäft?

»Es war Mord«, flüsterte sie ins ehemalige Bassin der Riesenwasserschildkröten.

Sie entstaubte ein paar ledergebundene Prachtbände, die Hochglanzphotos von Zoofesten enthielten. Sie fand das Lächeln der Schwestern wieder, in einem Band mit Goldaufdruck: »Große Empfänge im Zoo, I–III«. Da saßen sie in großer Runde an einem festlich gedeckten Tisch neben einem Faschingsjecken oder Schauspieler in wallenden Gewändern. Es war ein Schwarzweißphoto, aber man konnte sehen, daß der Jeck, den die Schwestern gar nicht beachteten, dunkel geschminkt war, als sei er eben einer Vorstellung des »Othello« entstiegen. Mühsam entzifferte Doro die Sütterlinhandschrift unter dem Photo: *Offizieller Empfang für Seine Hoheit, König Razanullah, durch Geheimrat Prof. Dr. Bisenius und Oberassistenten Dr. Winter und Dr. Streng.*

Der Kostümierte war also der König. Auf einer Bühne im Hintergrund, in einem muschelartigen Konzertpavillon, wurde ihm von einem Knabenchor mit Schülermützen ein Ständchen gebracht. Der Chorleiter sah aus wie eine fette Frau in Männerkleidung und dirigierte mit dem Gesicht zum Publikum. Doro suchte den legendären Tierfänger Bisenius (in seinen Memoiren nannte er sich »Tiervater«) und entdeckte ihn drei Plätze neben Razanullah. Des Königs Tischnachbarin war eine junge Schönheit mit wilden dunklen Locken, die als einzige Person auf dem Photo direkt in die Kamera schaute und lachte. Razanullahs Frau?

Nein. Sie schmiegte sich an einen schmächtigen bebrillten Burschen mit steifem Kragen und schiefer Krawatte, der betreten auf die Tischdecke starrte, wo zwischen den Kaffeetassen und Kuchentellern die junge Schönheit zärtlich seine Hand hielt. Die Schwestern lächelten scheu einem rundlichen männlichen Wesen unbestimmbaren Alters zu, der ihre eindeutig bewundernden Blicke gar nicht wahrnahm, sondern mit einem Gesicht, als würde im nächsten Augenblick die Welt untergehen, in Richtung Razanullah glotzte. Er wirkte wie ein Fremdkörper in der festlichen Runde, trug ein zerschlissenes aufgeknöpftes Hemd und eine Schiebermütze und war braungebrannt, und seine schwarzen Knopfaugen waren weit aufgerissen. Doro erkannte ihn sofort. Es war der Professor für Schmerzforschung.

Sie dachte: Aber weder war er Professor damals, noch für Schmerzforschung. Er muß jung gewesen sein, ein junger Mann, ein Student wie ich. Seine Klamotten: jung. Die trotzig nach hinten geschobene Schiebermütze auf seinem Kugelkopf: jung. Wie kann sich eine Kopfform so verändern? Heute hatte er dieses schmale, ausgehungerte orientalische Sündergesicht. Was fanden die Schwestern damals an ihm, daß sie so schmachtend hinüberlächelten, keusch und kokett zugleich?

Es war keine Sensation, den Professor dort sitzen zu sehen. Er hatte zugegeben, die Schwestern gekannt zu haben. Und doch haftete dem Photo etwas Ominöses an, etwas düster Prophetisches. War er der Mann gewesen, in den sich die eine von ihnen verliebt hatte? Um ihre Liebe erst Jahrzehnte später, kurz vor ihrem frühen gewaltsamen Tod, zu bekennen? Waren sie *beide* verliebt in ihn gewesen? Und wie hatten sie ihn genannt? Moritz? Mousey? Seltsam, so ein altes Photo. Wie ein Abschiedsbrief wirkte es auf Doro, die ganze Tischrunde wie eine Gesellschaft unmerklich, heimlich Winkender. Und er? Der Professor war kein Mann, der sich »verliebte«, soviel stand fest. Möglich, wahrscheinlich sogar, daß Mousey die Perversitäten des gesamten Universums kannte (und praktizierte?) und sich derwischartig durch die Weltgeschichte gevögelt hatte. Auf dem Photo machte es nicht den Eindruck, daß dieser Tag einer seiner »glücklichen Augenblicke« im Zoo der Vergangenheit gewesen war, mit denen er in seinem Lebenslauf protzte. Finster, nein: entsetzt, nein: todtraurig starrte er zu König Razanullah hinüber. Was hatte er an dem grotesken Scheich auszusetzen, der die junge Schönheit neben sich mit einem milden »weisen« Lächeln beschenkte? Moment mal. Schnell blätterte Doro das Album durch. Vom Razanullah-Empfang, von dieser Tischrunde, gab es nur dieses eine Photo. Sie konzentrierte sich auf den Blick des Professors. Sie benutzte ihren Bleistift als provisorischen Winkelmesser. Es war nicht Razanullah, den der Professor meinte, es war die ins Objektiv der Kamera lachende junge Frau neben dem König. Razanullahs Tochter? Die Tönung der Haut, ihre Augen, das schwarze Haar ... gut möglich, daß sie Prinzessin Razanullah war. Jedoch zärtelte sie eindeutig verliebt mit dem Milchbart an ihrer Seite, streichelte seine Hand. Wer immer Razanullah gewesen sein mochte, wohl kaum hätte er seine Tochter diesem unausgegorenen Unterling anvertraut, einer besonders nichtssagenden Gestalt des ohnehin nichtssagend gestalteten mitteleuropäischen Stamms. Irgend etwas an ihm kam Doro bekannt vor. Die Art, wie er den Kopf senkte (Papageno tat das, wenn er nicht weiterwußte), ein Loch in die Tischdecke linste. Des Professors Weltuntergangsblick zu der händchenhaltenden Schönheit, die weder die Königin noch die Prinzessin sein konnte, kam aus tiefster Seele, wenn er eine solche besaß. Doro versenkte sich in seinen Blick, lenkte seinen Blick auf sich selber, indem sie in die dunklere Haut der Schwarzhaarigen schlüpfte, die geradeheraus den Photographen anlachte. Aus den Augenwinkeln nahm sie das Starren des Professors wahr. Was willst du von mir, Moritz Schuller, was hast du mir zu sagen? Doro erzwang eine minimale Kopfdrehung von ihrer lachenden Geschlechtsgenossin. Der Blick des Studenten der Medizin, Chemie, Physik und Komposition an diesem Sommertag sagte: Auf Wiedersehen.

Und nun fühlte Doro die Liebe ihres linkischen Tischnachbarn, die wie eine Last auf ihm lag, spürte seine halb zur Faust geballte Hand, roch seinen Schweiß, seine Angst, seine Aufregung, seine heimliche Lust und wußte, daß er ihr gehörte. Sie entfernte sich aus dem Photo. Sie hielt es weit von sich fort. Sie legte einen Zeigefinger an sein Gesicht. Sein Kopf war gesenkt, er schämte sich, er war ihr Geliebter, er war Papageno.

»Apparat vier«, murmelte Doro. »Ich muß Loring anrufen. Es ist nach Mitternacht.«

»Sali«, sagte Doro, »du schönes schönes armes Tier. Du mußt gesund werden. Du darfst nicht – von mir – gehen.«

»Du schönes – schönes – Tier«, sagte sie.

»Warum hast du mich belogen, Papa?«

Ich werde Sali retten, dachte sie. Ich werde mit Loring reden. Ich werde nach Sydney fahren, und wenn ich es selbst bezahlen muß. Ich werde dieses schönste aller Tiere gesundpflegen und es lieben und beruhigend auf es einreden.

Sie pulte an dem Photo im Album. Es wollte sich nicht lösen. Sie riß die Seite mitsamt dem Photo heraus. »Happy Moments« mußten es abphotographieren und eine Vergrößerung, ein Poster für sie anfertigen. Können zwei Frauen, dachte Doro, verschiedener, gegensätzlicher aussehen als Marie-Luise und ich? Sie sah ein wenig aus wie du, hatte Papageno gesagt, wenn sie zuviel nachdachte, damals in Afrika. Doro liebte Marie-Luise. Sie war ihre Vorgängerin gewesen, sie hatte Papageno auf Doro vorbereitet, sie war dafür gestorben. Blutjung, wie Papageno gesagt hatte, in einer Nervenklinik in Afrika. »Ich liebe eine andere Frau, ich bin versprochen«, das war Weihnachten gewesen, vor der langen Nacht im Vogelhaus an Silvester, als sie nackt in Decken gelegen hatten, die nach Vogelfedern rochen, nach Flügeln, Schnäbeln. Natürlich wußte sie, daß er Marie-Luise meinte, seine Kinderliebe von den Ufern des großen Njassal in Afrika. Schon bevor er von ihr zu erzählen begann wie ein Geständiger, der sich Erleichterung verschaffen will, war sie hinter dieses Geheimnis gekommen, es war so einfach gewesen, er sprach von Marie-Luise im Schlaf, rief ihren Namen, als er zum allerersten Mal seinen Samen in Doros Bauch spritzte. Es hatte sie erregt und ergriffen. Sie wußte, sie war seine letzte und erste Liebe, sie besaß seine Vergangenheit und seine Gegenwart. Marie-Luise war ihre Freundin, ihre Verbündete, ihre Zwillingsschwester, es gab keinen Grund zu Eifersucht und Trauer. Marie-Luise hatte ihn vorbereitet auf Doro, war seine erste Berührung mit Doro gewesen. Dorothee Matthes war seine erste und letzte Liebe. Sie liebte ihn auch für Marie-Luise. Sie liebte seinen Samen. Es gab an ihrem Körper keinen Flecken, an dem er seinen alten Samen, (sie liebte diesen Ausdruck) mit ihrer Hilfe, auf ihr *Kommando* nicht verspritzt, vergossen, verrieben, eingerieben hatte. Sie ließ sich balsamieren von seinem alten Samen, und es erregte und ergriff sie, wenn sie dabei an Marie-Luise dachte, ihre Zwillingsschwester, die zu jung gestorben war, um diese Lust, dieses Verschwimmen zu erleben.

Doro berührte mit einer Fingerspitze das lachende fremde Gesicht auf dem Photo. Ihr Finger zuckte zurück.

Nie und nimmer hatte Papageno die Fremde auf diesem Photo verlassen. Die fremde Marie-Luise, die wahre Marie-Luise hatte ihn verlassen. Sie konnte es nicht mehr aushalten mit einem, der sich ihrer Liebe und Kraft schämte. Nie und nimmer hatte Papageno in einem »Reisebüro« gearbeitet, wie er behauptete. Er war von Anfang an Tierpfleger gewesen, hatte von Anfang an alle hier gekannt, die Schwestern, den Professor, Menschen von Format, während er ein milchgesichtiger kurzsichtiger Wicht gewesen war. Marie-Luise mußte ihn irgendwann »entdeckt« haben, so wie Doro einst Chris entdeckt hatte, um ihn sich zu halten wie einen Schüler, einen Zögling, ein Jungchen wie Chris.

Doro sprang aus dem Bassin. Sie stand im Erdgeschoßboulevard und hielt ihren Kopf. Sie japste. Sie dachte: Ich bin aus dem Bassin gesprungen wie ein Fisch, ich bin an Land und ersticke und japse. Ich habe mein Element nicht mehr.

Ein Jungchen wie Chris. Es war der reine Ekel. Es war der ungeheuerlichste Verrat, der schlimmste Verlust. Keine Zwillingsschwester mehr. Keine Ur-Doro, die ihr half, die sie band und bestätigte, keine Vergangenheit mehr. Schon wieder keine Vergangenheit mehr. Keine Flußpferde.

Ganz Afrika brach in ihr zusammen. Keine Flußpferde. Kein großer Fluß. Keine Flußpferdlieder. Keine Geschichten. Der Milchbubi auf dem Photo, der der junge Papageno war, hatte nie und nimmer seine Jugend in Afrika verbracht. Er sah aus wie der verklemmte, gestaltlose Sohn irgendeines kleinen Beamten. Seine Afrikageschichten waren Lügen. Sie wußte, welche Schmerzen er litt, wenn er an Marie-Luise dachte. Sie konnte seine Schmerzen greifen. Sie selbst war ein Teil dieser Schmerzen. Gewesen.

Hätte es eine afrikanische Marie-Luise gegeben, mit der er in Afrika aufgewachsen wäre, er wäre nach ihrem tragischen Tod nicht als Tierpfleger, als Tierpfleger*anwärter* in diesem Zoo gelandet, und keine schwarzhaarige Prinzessin Razanullah hätte seine Hand halten dürfen. So gut kannte sie ihren Papageno.

Nein, er kam aus Deutschland wie alle anderen auch. Die Frau auf dem Photo war Marie-Luise und kam aus Deutschland, lebte vermutlich noch, war eine Fremde für Doro, schön zwar, kräftig und lustig, aber natürlich auch arg oberflächlich, wie ihr eitles Lächeln in die Kamera bewies. Sie war nicht Doros Vorgängerin und Zwillingsschwester, sie war eine, die ihn verlassen hatte. Dem die Männer Razanullah und Schuller Blicke zuwarfen, »weise« Blicke, »Abschieds«-Blicke, Männerblicke. Alles Theater, ohne Belang. Klar waren sie scharf auf dieses flotte City-Girl mit den blitzenden Zähnen, die sie für den Photographen entblößte. Was hatte der Professor Moritz Schuller, damals Student, mit ihr gehabt, daß er so belämmert zu ihr hinstarrte? Wahrscheinlich perversesten Sex. Konnte nicht begreifen, daß sie ihr Herzchen an einen wie Papageno hängte. Aber Doro begriff.

Ein Jungchen wie Chris. Ein Mitleiderreger. Einer, der, einmal erweckt, zum Optimisten auf Lebenszeit werden würde, zu einer Klette ohnegleichen. Wie viele Tage oder Wochen nachdem dieses Photo aufgenommen worden war, hatte sie ihn verlassen? Das wüßt ich zu gern, dachte Doro. *Really*.

Und er jammerte ihr heute noch hinterher, fiepste ihren Namen im Bett mit Doro!

Vielleicht bin ich ein wenig ungerecht. Er war ein Lügner, ein Säufer (alle Säufer waren Lügner, der Suff hatte ihn zu dieser Lügerei, diesem Verrat getrieben), aber keine Klette. Und ein guter Liebhaber. Sie hatte es ihm beigebracht, das schien sonnenklar: Marie-Luise (schlau hatte er Doro ihren Nachnamen verheimlicht, weil sie natürlich noch lebte und Doro dahinterkommen könnte) sah danach aus *as if she knew a trick or two*. Sie hatte ihn verlassen, und er hatte den Suff entdeckt und war im Zoo hängengeblieben und träumte von seinem Sommertag mit Marie-Luise und hielt sich für »versprochen« und behandelte die Frau, die ihn wirklich liebte, wie den letzten Dreck. Die Frau, die den alten Papageno liebte. *Shit,* wie alt er war! Wirklich alt, Friederike hatte recht, ein alter Mann. Klar mußte sie an ihn geraten nach einem Jungchen wie Chris. Aber der Gedanke, daß er als junger Mann ein Jungchen wie Chris gewesen war …

Sie japste wieder. Sie ging zum Bassin und griff sich das Photo und ihre Pocketkamera und den Kugelschreiberstrahler und den Bleistift und ihren Notizblock. Ein sehr lautes Fiepsen, auf keinen Fall Ratte, kam aus dem Raum am Ende des Erdgeschoßboulevards. Es klang wie ein Tier in Not.

»Fuck you all!« rief Doro und marschierte auf die Tür zu, hinter der sie jetzt eine Frau krächzen hörte: »Das ist gemein. So hundsgemein!« Doro, kurz davor, die Tür aufzureißen, hielt inne. Was, wenn an den Gerüchten etwas dran war, daß der Direktor seine Frau im ehemali-

gen Aquarium gefangen hielt? Es war der richtige Ort dafür. Dann muß ich sie *befreien*, dachte Doro, diese große bedeutende Frau und Wissenschaftlerin.

»Du hast im Ritz gesessen, echten Lachs gegessen. Alles ohne mich!« hörte sie die Frau des Direktors *singen*, offenbar völlig von Sinnen. Doro erinnerte sich an merkwürdige weibliche Töne, die in letzter Zeit nachts wie Geisterrufe aus einer der ehemaligen Fischfutterkammern im ehemaligen Aquarium drangen. Hier folterte er sie, zwang ihr seinen Willen auf, setzte sie unter Drogen.

»Das ist gemein. So hundsgemein!« jaulte die Stimme.

Der Schlüssel steckte im Schloß. Unvorsichtig vom Direktor. Doro überlegte, ob sie anklopfen sollte. Wenn es die Frau war, würde sie sich in einem schrecklichen Zustand befinden und vielleicht einen Schock erleiden beim Anblick einer Fremden.

»Du tanzt im Alcazar mit Scheich Ramadar. Alles ohne mich! Das ist gemein. So hundsgemein!«

Und ich? dachte Doro, werde ich einen Schock erleiden? Habe ich nicht genug entdeckt für heute nacht? Mord an den Schwestern, Marie-Luise eine Nutte, Papageno ein gewöhnlicher Deutscher, kein Fluß, keine Nilpferde, keine Geschichten, keine Vergangenheit mehr, reichte das nicht? Reichte es denn nie? Oft erschrak sie vor ihrem inneren Zwang, sich hinter Türen zu denken, die verschlossen waren. Mäuschen spielen, nannten es die vielen Kinder, die sie, mehr als jedes andere Kind, gewesen war. Neugierde, beschloß die grauhaarige Frau, ihre falsche Mutter, »Käthe«, mußte drastisch behandelt werden, wenn sie solche Ausmaße annahm. Doro plauderte über die Nachbarn, als sei sie das Adoptivkind der ganzen Welt. »Käthe« brachte ihre »Tochter« Doro zu einem Psychiater, der ein halbes Jahr lang Tischtennis mit ihr spielte. »Ein gesundes Interesse«, hörte Doro den Psychiater zur grauhaarigen Frau sagen, »am vermeintlichen Leidensdruck der Mitmenschen will ja noch nichts heißen. Obwohl es einiges heißen könnte. Sehen Sie, und deshalb möchte ich, daß Dorothee noch ein weiteres halbes Jahr mit mir zusammenarbeitet.« Natürlich fügte sich ihre »Mutter«. Immerhin stand in den Zeitschriften, daß eine neue Zeit angebrochen war, mit neuen Krankheiten, und ihre Doro trug das Zeichen dieser Zeit eben viel schwerer als andere, normale Kinder. Doro spielte weiter Tischtennis mit dem selbsternannten Therapeuten. Sie schlug ihn 21 zu 6, 21 zu 2. Sie war vierzehn. Er küßte sie. Sie wußte, was er vorhatte, in ihren Gesprächen mit ihm hatte sie mehr über den harmlosen hübschen Kerl herausgefunden als er je über sie. Beim eigenen Aufschlag, tief über die Tischtennisplatte gebeugt, sah sie ihm in die Augen und verschaffte sich ihre eigene Therapie, indem sie ihr kleines Laster (frühkindlicher sensitiver Beziehungswahn) auf den Therapeuten ausdehnte. Er merkte nichts, er konnte ein Huhn von einem Ei nicht unterscheiden.

»Nachts um drei hältst du die Gäste frei. Alles ohne mich! Das ist gemein. So hundsgemein!«

Doro lächelte und drückte behutsam die Türklinke herunter. Die Tür war nicht verschlossen.

Sie erkannte das Zimmer sofort wieder. Ein längliches schmales hohes fensterloses Zimmer. Die nackt von der Decke baumelnde Glühbirne mit Orangefarbe bemalt, das Licht vorzeitliche Höhle. Die Eierkartons zur Schallisolation an den Wänden, die Kartons schwarz bemalt. Auf dem Bierfaß die brennende Kerze, der überquellende Aschenbecher, das mit schimmeliger Flüssigkeit halbvolle schmutzblinde Glas. Der Notenständer. Die Poster der Saxophonisten Lester Young, Charlie Parker, Ben Webster, Paul Gonsalves, Paul Desmond mit ihren verschieden großen »Hörnern«. Die zwei Klappstühle, der eine geklaute Barhocker. Auf dem Fußboden die leeren Thunfischdosen, Erdnußbuttergläser, die Stereoanlage, die Lautsprecher, der braune Saxophonkoffer hochglanzpoliert. Die Couch … die muffige durchgesessene (diesmal dunkelgrüne) Sperrmüllcouch. Das Kissen … das eine einzige runde oder quadratische (diesmal herzförmige) Kissen für dieses und jenes, vor allem für jenes. So hatten sie alle ausgesehen, in Amerika, in Deutschland, die identischen Zimmer von Christoph Dalluge. Und hätte er eine Millionenerbschaft gemacht (aber von wem, Chris, von wem?), diese Zimmer wären geblieben, hier hätte er weiter gelebt und geträumt und seinem Optimismus gefrönt und Saxophon gespielt.

»Sekt und Grappa saufen mit von Hohenstaufen. Alles ohne mich. Das ist gemein. So hundsgemein!«

Auf der dunkelgrünen Sperrmüllcouch lag der Direktor und sang im Falsett zu einem leise mithämmernden Rhythmus aus der Stereoanlage. Er trug sein mittlerweile berühmtes braunes aufknöpfbares Wams (es war aufgeknöpft) mit den goldenen Buchstabenstickereien und eine schwarze Unterhose. Er sog an der zigarrendicken Karikatur eines Joints. Er war *sky-high*.

»Ich habe auf dich gewartet, Indogermanin«, sagte er.

»…«

»Du blutest.«

»Wo?« sagte Doro.

»An deiner Hand.«

Doro hob ihre Hand. Aus einem Schnitt tropfte Blut auf den Fußboden. Die Eisenstangen im Bassin.

»Aber das macht nichts«, sagte der Direktor, »ich weiß, du bist in Trauer wegen deines lieblichen Leoparden.«

»Noch ist er nicht tot«, sagte Doro leise. Jetzt erst erkannte sie, daß der Direktor halb nackt vor ihr lag und einen Joint rauchte und in anderen Sphären schwebte. Der halbnackte Direktor sah anders aus als andere Männer, irgend etwas fehlte. Ungeniert ließ sie ihre Augen über ihn wandern. Der Rauschebart war da, aber …

»Ja, und dieses NOCH ist unendlich grausam, nicht wahr? Es verhüllt etwas.«

… aber ansonsten war der Direktor völlig, gänzlich, total haarlos. Nicht die Spur eines Härchens auf seinem Brustkorb, seinen Armen, seinen Beinen, seinem Bauch. Er sah aus wie ein riesenhaftes Neugeborenes mit Bart. Doro gluckste in sich hinein. Der Direktor gluckste mit.

Doro hatte einen Lachkrampf. Der Direktor lachte herzhaft mit. Sie prustete. Der Direktor klatschte sich auf die Schenkel.

»Es ist alles so egal«, prustete Doro.

»Es ist gemein«, schrillte der Direktor, und die Lachtränen liefen ihm aus den Augen, »so hundsgemein!«

»Und egal!« sang Doro.

»Wir sind alle Kinder von Gänsen!« Der Direktor schüttete sich aus vor Lachen. »Die Betretenheit dieser Gänse, wenn sie bemerken, daß sie mit uns keine Zukunft haben! Weil wir schlau sind. Weil wir ein ÜBER-ICH haben und es auch benutzen! Weil wir höflich sind zu unseren Müttern!«

»Scheiß Über-Ich«, sagte Doro.

»Du sagst es, du indogermanische Überraschung, du. Willst du an meiner Haschischzigarette ziehen? Feinster Afghane von den Mäusen von Pompeji.« Der Direktor streckte seinen langen nackten haarlosen Arm mit dem Kanonenrohr-Joint aus. Doro bediente sich. Er schmeckte nach Amerika. Sie sog noch einmal. Sie kicherte. Der Direktor war eine tragische Figur, ein Vollidiot, aber er hatte Sinn für Humor, das war ihr schon heute morgen aufgefallen. Er hatte Sinn für Humor. Er lachte an den falschen Stellen, das war es ja eben, oder nicht? Er machte Witze an den falschen Stellen. Nein, er machte Witze, und alle lachten, nur er lachte nicht. Nachdem alle gelacht hatten, starrten alle betreten ein Loch in die Tischdecke wie Papageno auf dem *fucking photo*. Weil der Witzemacher nicht lachte. Dann, nach Tagen und Wochen und Jahren, lachte der Direktor. Das war Sinn für Humor, verflucht noch mal.

»Wohnt Chris hier?« sagte Doro und setzte sich zum Direktor auf die Couch. Sie rauchten.

»Ach, wenn er doch Chris hieße! So ein schlichter schöner Name, so ein unschuldiger Name! Aber Junior macht mir nur Sorgen, nur Kummer.«

»Ihr Sohn wohnt hier?«

»Ja, mein HERR SOHN.«

Doro mußte wieder lachen. Sie sagte: »Ich denk, Sie sind in der Stadt, um …«, sie wurde von einem Lachkrampf geschüttelt, »um Geld fürs Neue Nachttierhaus aufzutreiben.«

»Nein, mein Herr Sohn ist in der Stadt. Ich bin nicht in der Stadt. Immer ist ER in der Stadt, ich darf nicht, ich kann nicht. ER zieht seine miese kleine Schau ab, seine Potenzdemonstrationen. ER will Musiker werden. ER will die Menschheit beglücken. Wird schon sehen, was er davon hat.«

Der Direktor sang: »Du hast im Ritz gesessen, echten Lachs gegessen. Das ist gemein. So hundsgemein!«

»Widerlich gemein.«

»Die Musik meines Herrn Sohnes. Alles sehr schöne hohe Stimmen. Was hast du da?«

Er berührte vorsichtig, beinahe ehrfürchtig die Pocketkamera, die an einer Schlaufe von Doros Handgelenk baumelte.

»Meine Pocketkamera«, sagte Doro.

»Keine gestellten Photos bitte. Da mußt du mich schon mal bei der Arbeit erwischen. Und das ist nicht so einfach.«

Sie lachten eine Weile gemeinsam.

Mit dem unglaublich sicheren *timing* des geborenen Komikers wurde der Direktor schlagartig ernst. Er wartete Doros letzten Lacher ab und sagte:

»Glaubst du an mein Neues Nachttierhaus?«

»Ja, ich glaub dran.«

»Warum?«

»Weil Sie immer bekommen, was Sie wollen.«

»Schön wär's.«

»Sie haben zwar die Schwestern *nicht* umgebracht, nein, Sie waren es nicht, das sagt mir meine weibliche Intuition, aber Ihre Frau hat es geschafft, Sie zum weltberühmten Zoodirektor zu machen, und das ist es, was Sie wollten, und Sie haben es bekommen.«

»Du sprichst in etwa die Wahrheit. Ich empfinde Liebe für meinen Adler. Hochachtung für dich. Mittelschwere Verachtung für meinen

Sohn. Ich erkläre dich zu meiner Tochter, ich schlage dich hiermit zu meiner Tochter, und du SCHLÄGST mich zu deinem Vater.«

Der Direktor fingerte in seiner Wamstasche und holte ein paar bunte Pastillen hervor. Er schob eine in seinen Mund. Er schluckte sie herunter. Sein Bart vibrierte.

»Eine Pille?« sagte er.

»Was sind das für welche? Trip? *Speed?*« Es war egal. Er war ein Vollidiot, aber ein begnadeter Komiker. Sie vertraute ihm.

»Gute Pillen. Sehr gute Pillen.«

Doro nahm eine gelbe. Gelb wie Eigelb, dachte sie.

»Was machen die Gelben?« sagte sie, nachdem sie das Ding heruntergeschluckt hatte.

»Die Gelben machen Mut. Du wirst die Königin der Nacht seitwärts singen können. Du wirst SINGEN wie der erste Mensch!«

»Was haben Sie für eine genommen?«

»Meine war blau und reinigt die Ohren. Ich werde HÖREN.«

Irgendwann nach einem langsamen Tanz zu einer langsamen Musik, den sie allein im Stehen und er im Liegen auf der Couch tanzte, verließen sie Christophs Zimmer, das auf Chris wartete, der immer wieder heimkommen würde, seine Brille putzen, seine Hände waschen, von Liebe, love, l'amour stammeln. Sie ging neben dem Direktor unter Wasser spazieren, sie ging seitwärts wie ein Krebs.

Der Direktor war ein Mensch. Wovon war er Direktor? Er war ein Mensch am Meeresboden, auf irgendeiner Suche. Sie blieben stehen, eine Höhle glotzte sie an. Bassin, sagte Doro, ehemalige Fische. Als ich ganz ganz klein war, schenkte man meiner Mutter einen Goldfisch in einem schäbigen durchsichtigen Plastikbeutel und der konnte kaum mehr atmen und sie aber ja. Das war gemein, so hundsgemein. Der Bartfisch, der Direktor, verteilte Pillen, eine für sich, eine für sie, eine für den Krebs.

»Hier begann meine Karriere«, sagte er. »Ich zählte Fische in den alten Zeiten als Unterunterassistent. Hunderte, Tausende Fische. Sha la la oh oh oh, sha sha sha-la-la …«

»How we loved that sha la song«, sang Doro. *»We used to sing all summer long when we were young.«* Was war los mit uns?

Irgendwann kamen sie in ein schwarzes Zimmer ohne Wände aber mit freischwebenden Tierköpfenzähnenzungen. Doro schlug einem der Tiere auf die Schnauze. Es will mich fressen. Ihr Begleiter, der nackte Mann, ließ Licht kommen, ein dunkelviolettes. Das sind ja Samttapeten, und sie sind völlig schwarz, und das Zimmer hört nicht mehr auf, und das da neben dem schwarzen Bett ist ein Folterinstrument.

»Wie wahr. Ich rackere mich jede Nacht darauf ab.«

Wie eklig stählern und ölig es schimmert. Hier will kein Kind zur Ruhe sich betten. Der kleine Krebs huscht in die Ecke, und ich stelle alle meine Antennen hoch, es sind andere Tiere in dieser Modderhöhle, noch nicht zu sehen sind sie, noch nicht. In dieser subatlantischen Höhle, so sub wie nie, ein weißliches wurmiges Tier, es ist das Nicht-Tier, kann sprechen. Das formlose wesenlose Noch-Tier wartet, lauert, es ist verhüllt. Ich muß es finden, erkennen, entlarven.

Da schaut ein Saurier zum Fenster herein. An seinem alten Hals klettert ein Kind empor, guckt mich an.

Zwei Vögel wollten Hochzeit feiern und warteten auf die Botschaft der Symbole, die Zweige, das Blatt, ich meine: die Würmer. Sie hatten einander so lieb. Liebe, du trennst die Wesen.

»Das ist meine Fitnessbank, Matthes, du großes gefährliches Chromosomenmonster, du. Mein Zoo hat mir diese Bank zum Weihnachtsfest geschenkt. Keine Angst, das ist nur eine Maske. Willst du dich einmal, nur einmal auf meine Fitnessbank setzen? Sie ist auch ein Geschenk von dir, auch du hast dafür bezahlt. Zieh dich aber vorher aus. Behalt deine Hosen an. Aber nur halb. Ich lege jetzt ein Dia ein, schau es dir an, es ist ein echter Stich von de Bry. Hier ist es. Hilfe! Guck mal, die vielen Kannibalen! Sind sie nicht wunderbar vertieft in ihr Spiel? Sind sie nicht aufregend BEI DER SACHE, oder? Wenn ze Kanniballs cooked Käptn Cook, ha ha. Gegrillte Leiche, Würstchen,

Rippchen. Ich liebe den da hinten besonders, der die Hoden frißt. Und das Hirn hat er sich auch gleich gekapert! Adler liebt das Kind, das die Hand frißt, wie es an den Fingern knabbert, das böse Kind. Sieh dich satt! Wie groß du bist, wie kräftig. Schau mich nicht so an, das Leben selbst hat die Regie übernommen, das weiß doch jeder. Setz diese Maske auf, ist sie nicht atemberaubend grün und schwarz und rot? Und wie sie von innen RIECHT, nicht wahr? Es ist unsere wertvollste Maske, ein hohes Gut der Kultur, frühe oder späte Mayas, ich erinnere mich nicht, ich habe keine Zeit. Komm, zier dich nicht. Ich rackere mich jede Nacht allein hier ab. Riecht sie nicht nach Exkrement, ist es nicht lange her?«

»Erschrick nicht. Was du jetzt hörst, ist der unsterbliche Ezio Pinza. Verdi. Erlaubst du, daß ich mitsinge? *Infelice! e tu credevi* … Das ist meine Stimme jetzt, ich SINGE.«

»Erschrick nicht, das ist nur für mich.«

»Erschrick nicht, das ist nur zum Knebeln.«

»Erschrick nicht, das ist nur zum Abbinden der Adern.«

»Erschrick nicht, wenn wir jetzt langsam zum Wesentlichen kommen.«

*

Der Professor für Schmerzforschung bewegte sich hin und her vor dem Freigehege der Löwen. Er trug Jeans und ein blauweiß kariertes Holzfällerhemd. Er war schlank wie eine Pinie, geschmeidig wie eine Schlange, jung wie ein Student, einsam wie ein Prinz. Er blieb stehen. Ein früher Löwe blickte auf.

Doro verbarg sich hinter einem vogelbesessenen Baum. Oben in der Krone jubilierten sie. Hoffentlich hatte der Professor Doro nicht gesehen. Was trieb ihn um im Zoo?

Sie wankte im werdenden Licht zum Vogelhaus. Sie wußte, dort war es warm. Wenn Papageno sie fand, gut. Wenn nicht, egal. Ihr war sowieso nicht mehr zu helfen.

Im Vogelhaus setzte sie sich auf eine Bank und öffnete den Knopf ihres Hemdärmels. Die Uhr auf ihrer Haut sagte sieben. So spät schon. Sie würde zu spät zur Hochzeit des Professors kommen. Als sie das Konservatorium hechelnd erreichte, saßen alle schon kerzengerade dort und warteten auf den Beginn der Zeremonie. Der Professor betrat die Bühne. Er trug einen Hochzeitsfrack. Unter seinem linken Arm klemmte eine Geige. Eine schwarzhaarige junge Schönheit, Marie-Luise, erschien und setzte sich an den Flügel. Dann huschte Papageno herbei und stellte sich dienstfertig neben die Schönheit zum Notenumblättern. Der Professor begann zu geigen. Er geigte ein trauriges Lied, das aus drei Tönen bestand, eine orientalisch anmutende Idee. Die Männer stöhnten. Die Frauen fielen in Ohmacht. Doro fiel in Ohnmacht. Als sie erwachte, spielte der Professor immer noch. Sie fragte sich: Wo ist seine Braut? Der Professor beendete die Melodie. Die Menschen klatschten nicht. Alle schwiegen ergriffen. Wo ist seine Braut?

Jemand zupfte an Doros Hosenbein. Ein kleiner schwarzer Pudel saß zu ihren Füßen. Er hatte feuchte braune Augen. Sie gab ihm einen Tritt und sagte: Hau ab, Viech, ich hasse deine Rasse, ich hasse alle Pudel! Der Pudel sagte: Ich bin ein entflohenes Augenkrankes Tier. Doro fiel auf die Knie und umhalste den Pudel. Sie sagte: Mein Bruder, hast du die Braut gesehen? Das Tier schwieg lange. Dann sagte es: Ich arbeite noch an ihr, Dorothee.

»Dorothee.«

»Ja?«

»Sind Sie wach?«

»Ja.«

»Dann machen Sie die Augen auf.«

»Ja.«

»Ist Ihnen nicht gut?«

»Doch. Nein. Ich weiß nicht. Ich glaube, ich habe den Herrn Direktor umgebracht.«

Der Professor hockte vor der Bank, auf der Doro saß. Er wippte auf seinen Absätzen hin und her. Er trug einen seiner weißen Kittel und darüber einen extravaganten leichten zitronengelben Cashmere-Mantel. Er fühlte Doro den Puls. Er knipste eine kleine Lampe an und leuchtete ihr in die Augen. Er bat sie, Aaahhh zu machen. Sie gehorchte. Ihr war sowieso nicht mehr zu helfen.

»Sie sollten keine Drogen nehmen, Matthes. Sie sind nicht mehr im Wilden Westen bei Ihren College-Freunden. Eine gute Suppe würde Ihnen guttun.«

Doro suchte die kranken Knopfaugen des Professors. Sie waren heute hinter einer dunkel getönten Hornbrille verborgen. Er legte ihren Arm behutsam in ihren Schoß zurück. »Sie sind groß und kräftig«, sagte der Professor. »Sie sollten mehr essen.«

Doro würgte wieder, aber es wollte nichts heraus. »Ich habe den Herrn Direktor umgebracht«, sagte sie.

»Schlafen Sie sich aus.«

»Es ist die Wahrheit. Er ist tot. Ich habe ihn erschlagen.«

Der Professor stand. Er reichte ihr etwas, sie nahm es blindlings aus seiner Hand und legte es sich auf den Schoß.

»Das lag im Schmutz vor dem Eingang. Es wird wohl Ihnen gehören. Warten Sie hier. Ich bin gleich zurück.«

Ich habe den endgültigsten Filmriß der Geschichte, dachte Doro. Aber ich weiß, daß er tot ist. Grauenvolle Dinge sind geschehen. Ich muß auf *Speed* gewesen sein, aber ich besitze kein *Speed*, hab nie welches besessen. Vor ein paar Tagen hat der Direktor mit mir über meine Doktorarbeit gesprochen (vergiß sie), dann war da die Phototapete … Sie erinnerte sich jetzt in jeder Einzelheit an die Phototapete, und ihr Herz begann zu stolpern.

»Ich war nicht auf *Speed*«, sagte sie, »ich war hypnotisiert!«

»Toll!« sagte eine Stimme.

Die alte Frau stand ein paar Meter entfernt. Sie wandte Doro den

Rücken zu. Ihr Finger pulte am Maschendraht eines Vogelkäfigs. Der Vogel, es war Schiefhals, kam und ließ sich an Kopf und Brust kraulen. Er tanzte schweigend. Die alte Frau war *grauhaarig*, und für einen Augenblick fiel Doro der Horror an. Es ist meine falsche Mutter, es ist die grauhaarige Käthe, das Strafgericht versammelt sich bereits. Dann begann die Frau ein kleines Lied zu singen, und Doro atmete erleichtert auf.

Es hat deine Wiege einst gestanden,
ganz geflochten aus Glück.
Und deine Mutter und dein Vater
kommen wohl niemals zurück.
Lju lju lju, lju lju lju, lju.

Der Papagei wiegte sich zur traurigen Melodie. Er öffnete den Schnabel. Die alte Frau gab ihm eine Mandarinenscheibe. Natürlich war das strengstens verboten. Sie riskierte Zooverbot auf Lebenszeit, der Direktor ließ nicht mit sich spaßen, machte keine Ausnahmen, auch nicht bei den nachlaßwilligen alten Frauen und Schiefhals-Fans. Das mußte man ihm immerhin zugute halten. Er war konsequent, kein Besucher durfte die Tiere füttern. Wurde einer beim Füttern eines Tiers erwischt, war es das letzte Tier, das er in diesem Zoo gesehen hatte.

Die alte Frau trennte sich von Schiefhals. Sie hatte einen merkwürdigen Gang für eine alte Frau, athletisch, von den Fußballen abrollend, wie eine Indianerin. Sie drehte sich noch einmal um. Sie hatte ein rundes Kindergesicht, sie wirkte ein wenig wie ein verwirrter Clown. Sie trug eine Sonnenbrille. Ob sie blind war? Dann kann sie mich nicht sehen und meine Tränen, dachte Doro. Erst jetzt bemerkte sie, daß sie die ganze Zeit leise geweint hatte auf ihrer Bank. Die alte Frau sagte:

»Es wird gut werden, alles. Wissen Sie, wie ich zum Freiflugraum komme?«

»Geradeaus und links«, sagte Doro.

Sie hörte das Flappen der Schwingtüren, die in den feuchten nachgemachten Dschungel führten. »Ach, Papageno«, sagte Doro. »Ich war gebannt.«

Auf ihrem Schoß lag ein brauner wattierter bespritzter Umschlag. Sie öffnete ihn und fand ihre Pocketkamera, Notizzettel und ein Photo. Sie erinnerte sich an das Photo. Da saß Papageno, der Lügner, und starrte ein Loch in die Tischdecke.

»Egal«, sagte sie.

Sie erinnerte sich an ihre geheimen Nachforschungen im ehemaligen Aquarium. Schiefhals krächzte. Er sprach nur selten in Doros Gegenwart. Auch er war schon hier gewesen, als das Photo aufgenommen wurde. Alle waren schon hier gewesen. Sie erinnerte sich an Christoph Dalluges Zimmer im ehemaligen Aquarium, das jetzt der Sohn des Direktors bewohnte. Sie erinnerte sich an den Joint und die bunten Tabletten. Gelb wie Eigelb. Aber das war es nicht gewesen. Ich war *gebannt*. Und später erst die Stimme des Direktors.

Sie hatte eine Stimme an ihrem Ohr gehört, die Unglaubliches von ihr verlangte, von Muskeln, Gliedmaßen. Sie hatte wild den Kopf geschüttelt. Von Löchern, Höhlen, Zähnen, von Äpfeln, reinbeißen bis aufs Blut. Es hatte einen Kampf gegeben. Es hatte ein Fasterstikken unter einer muffigen Maske gegeben. Einen Film oder ein Gemälde von einer gigantischen Feuersäule, die aus dem Meer stieg. Sie hatte den Direktor mit einem schweren Gegenstand erschlagen, aber mit welchem? Sie war zu einem Fenster gegangen, vor dem ein Drache wachte, an dessen Hals Friederike hing. Das konnte natürlich nicht sein. Den Drachen gab es, es war die Iguanodonplastik vor dem ehemaligen Aquarium. Aber wie sollte Friederike da hinaufkommen? Das Gesicht ihrer Freundin war verzerrt gewesen von Anstrengung, Erregung, Haß. Doro war geflüchtet. Vielleicht war sie irgendwo zusammengebrochen. Sie hatte eine rote Lampe gesehen über einer Ruinenlandschaft, nur waren die Ruinen klein gewesen, als seien es die Ruinen der Paläste von Liliput. Ratten oder Mäuse lebten dort. Sie hatte einen gullivergroßen Zeigefinger hineingesteckt und war sanft gebissen worden. Da war sie erwacht aus ihrem Traum und hatte gewußt, daß der Direktor tot war, von ihr erschlagen.

Hatten wir Sex? fragte sie sich. Hatte es etwas mit Sex zu tun? War ich nicht nackt, halbnackt? Hat er mich vergewaltigt? Habe ich eine Chance vor Gericht? Oder war ich so *gebannt*, daß ich ihn aus reiner Mordlust umgebracht habe? Doro griff an die Stelle, wo sie unter der Haut und dem Fleisch und den Knochen ihr Herz vermutete. Es schlug doppelt so schnell wie sonst. Ich bin hineingetreten in das Bild und bin *auf den Baum zugegangen*, die größte Kraft, die es überhaupt gibt, hat mich zu diesem Baum gezogen, und doch bin ich noch nie so *frei* gewesen wie während der wenigen Schritte, die ich brauchte, um den Baum zu erreichen.

Das alles ist geschehen, ich habe es erlebt, und es ist im Grunde egal, was sie mit mir machen werden, wie lange ich im Gefängnis sitzen werde, was aus meiner dummen Doktorarbeit wird, welche Bewegungsstereotypien *ich* hinter Gittern entwickeln werde. Auch wenn mich niemand besuchen kommt (die grauhaarige Frau wird sich zu Tode schämen, ihre »Tochter« eine Mörderin, eine Chef-Mörderin dazu), außer Chris vielleicht.

Der Gedanke an Chris beruhigte sie. Sie fühlte sich ihm näher, verbundener, jetzt, da sie den Direktor umgebracht hatte. Chris war ein Ausgestoßener wie sie, eine Hyäne wie sie, verpottet, angespien, optimistisch, überlebensfähig. Guter alter Chris, du bist mir um den halben Erdball hinterhergejagt, als sei ich deine Belohnung. Hast Leichen gewaschen. Wäschst immer noch Leichen. Es gibt keine Belohnung für uns.

Der Professor betrat das Vogelhaus wie ein Besucher. Er sah sich nach allen Seiten um, neugierig, welchen Vogel er wohl zuerst besuchen sollte. Er schlenderte zu Schiefhals und begrüßte ihn mit einem Satz in einer fremden Sprache. Doro verstand nicht. Es klang respektvoll. Schiefhals schien zu nicken. Er war ungewöhnlich schweigsam heute.

Der Professor setzte sich neben sie auf die Bank. Er legte ihr eine Hand auf die Schulter. Er trug, wie Doro aus den Augenwinkeln bemerkte, dunkelblaue Lederhandschuhe. Er seufzte kaum hörbar.

»Ist die Polizei schon da?« sagte Doro.

»Sollte die Polizei irgendwann einmal da sein, wird es zu spät sein«, sagte der Professor ins Vogelhaus.

Sie schwiegen.

»Ich habe Angst vor Ihnen, Professor«, sagte Doro plötzlich.

»Vor mir? Und nicht vor dem Direktor?«

»Der Direktor ist tot.«

»Der Direktor ist nicht tot. Er sitzt in seinem Büro und staucht einen armen Gärtner zusammen. Er ist nicht totzukriegen.«

»Soll das ein Scherz sein?«

»Nein. Erzählen Sie mir, was geschehen ist.«

»Ich weiß es nicht. Es war ein ganzer Tag, eine ganze Nacht. Ich habe Drogen genommen, ich weiß nicht was für welche. Ich habe den Direktor erschlagen.«

»Sie haben den Direktor nicht erschlagen. Er ist quietschfidel. Er läßt Sie grüßen.«

»Er läßt mich *grüßen*?«

»Sie sollen sich mit Dr. Daniels zusammensetzen, um eine *hot line* zu errichten zwischen Sydney und hier. Der Persische Leopard ist ein wertvolles Tier.«

»Sali. Ich hab ja Sali ganz vergessen.«

»Konnten Sie Professor Loring erreichen?«

»Nein. Und der Direktor lebt?«

»Er lebt. Sie klingen ein wenig enttäuscht. Wäre es Ihnen lieber, er wäre tot?«

Doro dachte: Dann wäre alles einfacher, aber das darf ich nicht denken. Ich würde ins Gefängnis kommen, ich hätte Frieden, ich könnte Papiertütchen kleben, ich hätte mein Zuhause, ich müßte mich nicht mehr entscheiden, ich müßte nicht fortwährend versuchen, *gut* zu sein. Mein Ich, dieser Knoten, würde einfach platzen. Sie sagte:

»Ich fühl mich so benommen, so gleichgültig ist mir alles, so hab ich mich als Kind manchmal gefühlt. Als ob ich gar nichts zu suchen hätte auf der Welt.«

»Wir kommen auf dieses Phänomen noch zurück. Jetzt möchte ich gern wissen, was geschehen ist. Und haben Sie keine Angst vor mir. Ich weiß, auf viele Menschen wirke ich befremdend. Am Ende werden Sie sehen, daß alles, was ich tue, seine durchaus altmodische Berechtigung hat, denn ich bin und bleibe ein unverbesserlicher Menschenfreund.«

Doro erschauderte. Die Stimme des Professors klang wie die eines jungen schüchternen Mädchens.

»Haben die Geschehnisse der Nacht etwas mit diesem Photo zu tun?« sagte der Professor. Er hielt das von Doro entwendete Razanullah-Photo dicht vor sein bebrilltes Gesicht. Dann legte er es zurück in Doros Schoß.

»…«

»Es ist ein besonders altes Photo«, sagte der Professor mit sonorer Stimme wie ein Gutachter. »Sehen Sie, da bin ich. Auch ich war einmal jung und wußte nicht, was ich auf diesem Planeten als nächstes tun geschweige denn sagen sollte. Wie Sie.«

»Wer ist sie? Wie war sie?«

»Ich meinte Sie, Kollegin Dorothee.«

»Nein, ich meine die Frau auf dem Photo. Marie-Luise.«

»Marie-Luise …«

»Egal. Ich habe gestern morgen … wahnsinnig lange her kommt mir das vor … da habe ich etwas gesehen, nein, erlebt, beim Direktor im Büro, in der Phototapete …«

»*In* der Phototapete?«

»Ich kann nicht darüber reden. Keiner wird mir glauben. Ich würde es auch nicht glauben, wenn ich es nicht selbst erlebt hätte. Ich werde versuchen, darüber zu schreiben. Dann dürfen Sie es vielleicht einmal lesen.«

»Ich würde mich freuen. Aber was genau ist geschehen letzte Nacht in unserem ehemaligen Aquarium? Abgesehen davon, daß Sie meinen gut gemeinten Rat …«

»Sie haben gesagt, der Direktor sei in der Stadt Geld sammeln!«

»… nicht befolgt und sich wieder mit wenig lehrreichen alten Photos beschäftigt haben anstatt mit den Annalen der Tiergärtner. Sie haben Drogen vom Direktor genommen wie ein kleines Mädchen vom nächstbesten Spielplatzkinderschreck. So weit, so gut. Aber was war dann?«

»Wenn Sie sowieso schon alles wissen …«

»Ich weiß viel zu wenig! Ich will viel mehr wissen! Lassen Sie sich doch nicht jedes Wort aus der Nase ziehen. Sie haben einen *cafard*, das ist verständlich nach all den Explosionen, die in Ihrem limbischen System stattgefunden haben. Wahrscheinlich haben Sie Erinnerungslücken. Aber Sie stehen nicht unter Schock, ich hätte Sie sonst unverzüglich behandelt. Also sprechen Sie.«

»Ich war gebannt. Ich stehe unter einem Bann.«

Der Professor nahm seine Hand von ihrer Schulter.

»Quatsch mit Soße. Was hat er von Ihnen verlangt? Haben Sie Vertrauen, Sie sprechen zu einem Arzt.«

»Widerliche Sachen hat er von mir verlangt. Es ekelt mich. Ich ekle mich vor mir selber.«

»Nennen Sie mir die Spielzeuge.«

»Was?«

»Die Einzelheiten.«

»Es war eine Maske da, die ich aufgesetzt habe, ich weiß nicht warum. Es ist Blut geflossen, ich weiß nicht, es roch komisch, gar nicht wie unser Blut. Plötzlich war ein Meer da, und eine Feuersäule stieg aus dem Meer in den Himmel.«

»Tierblut? Roch es, schmeckte es nach Tierblut?«

»Ich weiß nicht, wie Tierblut schmeckt.«

»Kommen Sie, Matthes, stellen Sie sich nicht dumm. Jeder weiß, wie Tierblut schmeckt.«

Doro beugte sich vornüber und weinte hemmungslos. Sie dachte an Sali.

Sie dachte an Papageno. Sie waren beide weit fort. Würde er sie je wieder berühren können? Und wenn, würde sie eines Tages zappeln im Netz seiner Verstellungen und falschen Vergangenheiten, als Frau Papageno, wie sie es sich so sehr gewünscht hatte?

»Es war der Tod der Liebe«, sagte sie. »Alles ging unter. Alles war weg. Alles, was mir wichtig ist. Nichts war mehr da.«

Doro schaute auf. Der Professor kniete vor ihr, eine weiße Statue, auf der ein dunkler Kopf lebte. Er hatte seine getönte Brille abgenommen. Er sah ihr in die Augen. Er hatte die schönsten Augen, die ein Wesen, Mensch oder Tier, haben konnte, schimmernde schwarze Kreise auftauchend aus weißer Flüssigkeit, reiner Milch. Kreise so schwarz, daß weder Pupille noch Iris zu erkennen waren. Er gestattete ihr nur einen kurzen Blick. Er stand auf und ging zu Schiefhals. Doro fühlte sich in etwas Weiches gehüllt. Der Professor hatte seinen Cashmere-Mantel um ihre Schultern gelegt.

»Es ist an der Zeit, daß ich Sie ein *bisserl* überrasche, Dorothee«, sagte er aus einiger Entfernung.

»Eine Botschaft vom Direktor?« hörte sich Doro sagen, »hat er abgelehnt? Ist er nicht mehr mein Doktorvater?«

»Ihr Unterbewußtsein feiert heute ein fröhliches Fest. *Pater semper incertus est.* Aber machen Sie sich keine Gedanken. Sie werden bei unserem Direktor promovieren. Auch wenn Sie sich mehr mit meiner Biographie als mit Ihrem Thema beschäftigen, nicht wahr? Nun, auch ich habe mir erlaubt, Ihren Lebensweg hinreichend zu rekonstruieren, und mich entschlossen, Ihnen zu helfen. Es ist eine schwierige, eine delikate Angelegenheit, die gewisse Gefahren in sich birgt, doch halte ich Sie für mutig genug. Was wissen Sie über Ihre Eltern?«

»…«

»Mut, Matthes.«

»Sie sind tot.«

»Ich sagte Mut. Wurden Sie denn nicht ausgesetzt wie eine unerwünschte Katzenbrut? Hat man Sie nicht praktisch in einer Mülltonne gefunden? Verlassen und verstoßen von grausamen Eltern?«

»Meine Eltern sind tot. Meine Mutter ist bei meiner Geburt gestorben. Mein Vater kurz danach.«

»Sie wissen mittlerweile genau, daß es anders gewesen sein muß. Selbstverständlich haben Sie keine Beweise. Ihre Adoptivmutter hat dafür gesorgt. Aus Liebe, wie üblich. Der Schaden ist kaum zu reparieren, den Mutterliebe anrichten kann. Die Lügen der Mütter nehmen kein Ende. Was nutzt die Liebe nach der Lüge? Wie dem auch sei, noch ist es vielleicht nicht zu spät. Ich glaube, es ist von Wichtigkeit für Sie, daß Sie Ihre wahren Eltern kennenlernen und selbst entscheiden, ob diese Leute grausam waren oder asoziale Analphabeten oder Verzweifelte. Ob Sie ihnen verzeihen oder nicht. Was meinen Sie, Kollegin?«

»Sie sind meinem – Vater – auf der Spur?«

»Ich glaube, ja.«

»Wie denn?«

»Ich habe recherchieren lassen. In welchem Monat sind Sie geboren?«

»Im März.«

»Schon wieder eine Party, die demnächst ausfallen muß. Sie sind im Dezember geboren. Von Mutter X. Mutter Y hat Sie von der Säuglingsstation eines städtischen Waisenhauses in Empfang genommen im März. Was hat sie Ihnen erzählt?«

»Daß meine Mutter bei meiner Geburt gestorben ist und mein Vater kurz darauf. Das mit meiner Mutter habe ich geglaubt. Von meinem Vater weiß ich, daß er noch lebt.«

»Sie wissen es?«

»Ich fühle es.«

»Und fühlen immer noch, daß Sie gar nichts zu suchen haben auf der Welt?«

»Nein. Früher hab ich viel Fernsehen geguckt. Als Kind, meine ich. Ich hab am liebsten Nachrichtenbilder gesehen, Katastrophen, Flugzeugabstürze, Naturkatastrophen. Ich war ganz verrückt nach blutigen Filmen. Liebesfilme und Tierfilme konnte ich nicht ausstehen. Ich weiß gar nicht, warum ich Ihnen das erzähle. Was haben Sie herausgefunden? Und warum wollen Sie mir helfen? Ich habe mein halbes Leben davon geträumt, daß mein Vater kommt und mich holt.«

»Und die andere Hälfte Ihres bisherigen Lebens, was haben Sie da geträumt?«

»Ich weiß nicht ... daß *ich* ihn hole, daß *ich* ihn finde. Daß ich ihn irgendwie *rette* ... wo hat man mich gefunden?«

»In einem offenen Karton auf dem Hof eines Kindergartens, der wegen Masern geschlossen hatte.«

»Ist das wahr?«

»Ist das wahr?« echote Schiefhals aus seinem Käfig. Die anderen Vögel, die schweigsam das Gespräch der Menschen verfolgt hatten, kreischten Beifall. Ein ohrenbetäubendes Getöse hob an.

»Mehr als wahr«, rief der Professor zu Doro herüber, »das ist amtlich.«

»Aber wenn es amtlich ist, warum ...«

»Warten Sie ...« Er zog eine schwarze Kugel aus seiner Kitteltasche und hielt sie in die Höhe. Die Vögel verstummten schlagartig. Für einen Augenblick sah der Professor aus, als habe er einen immensen Verlust erlitten.

»Warum sollten sich Eltern, die so was gemacht haben, dazu bekennen?«

»Vielleicht waren sie verzweifelt. Vielleicht waren sie jung. Menschen können nicht nur, wie Schimpansen, in den Spiegel schauen und sagen: Das bin ich – sie können auch in ihren Kindern ein Ebenbild sehen und ein Ebenbild dessen, was sie einmal waren oder sein werden. Die Folge ist oft ein schlimmer Schock. Es nutzt nichts, daß Sie hysterisch heulen, Matthes. Mut! Tatsachen! Entscheidungen!«

»Ich – lag – in – einem Karton …«

»Ich habe bei meinen äußerst behutsamen Recherchen vorgegriffen und Ihren Eltern, wenn sie sich denn melden sollten, Straffreiheit zugesichert. Ich hoffe, das ist in Ihrem Sinne, Dorothee. Oder hegen Sie Rachegelüste? Doch wohl nicht, wie ich hoffe. Rachegelüste und Verhaltensforschung schließen einander aus. Zudem habe ich eine Belohnung in nicht unbeträchtlicher Höhe avisiert.«

»Geld? Die sollen auch noch Geld dafür bekommen, daß sie mich umbringen wollten?!«

»*Soyez raisonnable*. Es geht nicht um ›die‹, es geht um Sie. Nur Sie werden entscheiden, ob Sie verdammen oder verzeihen. Na, ist das nichts?«

»Ich kann das aber nicht zurückzahlen. Wieviel ist es denn?«

»Zwanzigtausend Mark.«

»Das geht nicht. Die habe ich nicht. Werd ich nie haben.«

»Selbstverständlich unverzinst und als kleines Mut-Darlehen von mir auf unbegrenzte Zeit. Eines Tages werden Sie genug verdienen. Sie werden bekannt sein, Titel, Ehrungen, Preise, denken Sie an die Fernsehimperien, die einige Ihrer Kollegen von der Zoologenfront für sich errichtet haben, weltweiter Naturschutz, weltweite Gewinne. Dann werden Sie zurückzahlen können, was ich Ihnen mit leichter Hand gern leihe. Und sehen Sie das Ganze nicht allzu dramatisch. Denken Sie immer daran, daß Sie es sind, die am Ende entscheiden. Ob Sie Ihre Eltern annehmen, sollten sie sich melden, liegt allein in Ihrer Macht. Nur wenige Kinder haben diese Macht der Ablehnung oder Annahme dessen, was sich da als Vater und Mutter anheischig macht.«

»Und wie soll das gehen? Alles wird anders werden. Ich werde mein Leben umdenken müssen, meinen Paß ändern, mein Geburtsdatum, meinen Namen …«

»Namen haben sich als unwirklich erwiesen im Laufe der Geschichte. Pässe sind das Papier nicht wert, auf dem sie gedruckt werden. Geburtstage sind sentimentaler Unfug, erfunden von der Bonbonindustrie. Todestage – die Domäne der kulturverarbeitenden Industrie – sind ebenso nichtig. Nichts, was zählt, zählt … wie Frettich sagt. In der Tat werden Sie, wie Sie so hübsch formulieren, Ihr Leben ›umdenken‹ müssen. Eine einmalige Gelegenheit, die auch nicht jeder erhält. Fangen Sie nicht von vorne an, sondern von hinten.«

»Und wie soll das funktionieren? Ich meine, wer organisiert das? Sie?«

»Ich habe die Sache ins Rollen gebracht. Den Rest müssen Sie tun. Ich werde zahlen, wenn es soweit sein sollte. Meine Zuträger sieben die Spreu vom Weizen. Wer sich bei Ihnen meldet, ist ein aussichtsreicher Kandidat, davon können Sie ausgehen. Ich verlange nichts, nur eine kleine Gefälligkeit, die auch in Ihrem Interesse liegt. Sie müssen mir versprechen, endgültig Abstand zu nehmen und zu halten von diesem externen Jüngling, der hier neuerdings herumgeistert wie ein Schatten.«

»Sie meinen Chris. Christoph Dalluge?«

»Unter dieser Bezeichnung scheint er zu fungieren.«

»Das ist sowieso vorbei.«

»Versprechen Sie es mir trotzdem.«

»Versprechen, versprechen …«

»*We, too, make noises when we laugh or weep; words are for those with promises to keep.* Er ist nicht der richtige Mensch für Sie. Haben Sie Vertrauen zu einem erfahrenen Lebenswissenschaftler. Dieser Mensch wird Ihre Karriere als Zoologin zunichte machen, wenn Sie ihn auch nur in Ihre Nähe lassen.«

Der Professor stand nahe bei Doro und streckte seine jetzt nackte, olivfarbene Hand aus. Sie wischte sich die tränenfeuchten Finger an ihrer Hose ab und berührte leicht die Handfläche des Professors. Seine Hand schnappte zu wie ein Echsenmaul und umschloß ihre Finger. Dann war er bereits wieder an der Tür. Doro starrte auf ihre Hand, die schwerelos und feucht über ihrem Schoß schwebte.

»Auf Wiedersehen«, sagte der Professor. »Schlafen Sie sich erst einmal aus.«

»Sie wissen alles, und ich weiß nichts«, sagte Doro.

»Das kommt Ihnen nur so vor.«

»Sie wissen von Chris. Sie wissen, daß ich Waise bin. Sie sind meinem Vater auf der Spur …«

»Ich muß jetzt gehen, Matthes. Die Arbeit ruft.«

»Können Sie wirklich Geige spielen? Sie haben mir doch gesagt, daß Musik krank macht.« Ich werde unvorsichtig, dachte Doro. Die Augen fielen ihr zu, ihr Kopf war leicht wie ein Luftballon und schien über der Welt, über Städten und Ländern zu schweben. Von weit unten hörte sie den Professor rufen: »Gute Reise!« Oder rief er: »Gute Speise!«?

Mit ausgestreckten Armen wie eine Schlafwandlerin war Doro in die Phototapete des Direktors eingetreten wie in einen hohen Raum, wie in einen leeren Hotelspeisesaal vielleicht, in dessen hinterster Ecke ein Tisch noch gedeckt war für das Mitternachts-Souper mit einem geheimen Gastgeber. Die Watussi-Rinder weideten unter langsam verschwindenden Sternen. Es war noch Halbnacht über der Serengeti. Eine tiefrote Aurora kündigte den Feuerball an. Der Baum stand schwarz, seine Dunkelheit war aus allen Farben der Welt zusammengesetzt. In seiner ausladenden Krone glühte gelb ein schrägstehendes Augenpaar. Sie rannte zu dem Baum, sie trat vor den Baum. Der Leopard kauerte auf einem Ast. Alles an ihm schien zu vibrieren, seine Flanken, sein fleischfarbener Nasenspiegel, sein schwarz gebänderter Schwanz. Er war ein versteckter, ein geheimer Leopard. Weder die weidenden Watussi-Rinder noch die Besucher des Zoodirektors hatten ihn je bemerkt. Sie sprach zu ihm, offen und frei. Sie erzählte von ihrem schwierigen Leben, von den Gedanken in ihrem Kopf, von den Wörtern, die Gedanken übereinanderschichteten wie Steine zu einem Turm, der nie fertig wurde. Wie müde das machte, wie endlos es dauerte, wie weh es tat, wie sinnlos alles war, das Denken, das Sprechen, das Leben. Während sie sprach, hörte sie eine zweite Stimme entstehen. Der Leopard auf dem Ast schnurrte. Sein Schnurren wuchs mit Nachhall zu einem mächtigen Summen, das die Luft über der Erde erfüllte, und bald die Welt und das Himmelszelt, wie sie waren an diesem frühen Morgen. Die zweite Stimme umfing und umspielte ihre Worte und Gedanken und Erinnerungen wie ein längst vergessener, immer wieder zurückgewünschter Gesang. Sie fühlte sich getragen, begriffen, erklärt, geliebt. Nicht von menschlichem Begreifen, menschlicher Liebe sang der Summton des Leoparden. Sie schloß ihre Augen.

*

Wollt ihr wissen, wie es mir geht? Mir geht es GUT. Auch gestern und vorgestern ging es mir gut. Ich habe sechs Kilo abgenommen. Wie konnte ich früher bloß so gierig sein und immer schlingen, schlingen, schlingen? Diese Welt ist mir jetzt ganz fremd, Schinken, Spaghetti, Mehlklöße, Gasherd, Fraß. Es ekelt mich, wenn ich die Menschen vor ihren Portionen sehe, jeder vor seinem Haufen auf seinem Teller, wie sie ihre Visagen demütig senken und ihre Zähne ins Blaukraut schlagen und ihre Zungen in den Kartoffelbrei stecken. Ihr macht es besser, ihr macht es uns vor, ihr habt das Essen kultiviert, vorsichtig saubernagen tut ihr. In euren zerfallenen Palästen stinkt es nicht nach Hackbraten mit Bandnudeln und Jägersoße. Wenn nicht gerade schwanger, legt ihr euch flachbäuchig zur Nachtruhe, ihr erwacht mit klaren Köpfen, flink spähen eure Äuglein in die Runde, ihr schaut nach, ob mein Schatz noch da ist.

Ja, er ist noch da. Platz meiner Hand! Ich will mir ein Gramm zu Gemüte führen. Ich will, daß die Welt gut ist. Gut sehen muß ich die Welt, dann ist sie auch gut.

Es war die Mittagszeit. Der Direktor kniete in seiner Küche vor dem Käfig der Mäuse von Pompeji, den sein mißratener Sohn als Dreikäsehoch entworfen und erbaut und später vergessen hatte, bis es ihm vor kurzem eingefallen war, eine größere Menge des kriminellen Rauschgifts »Haschisch« dort zu verstecken, im Sand am Fuße des Miniatur-Vesuvs. Der Direktor entdeckte das Versteck zufällig, als er ein paar Mäuse zwecks Populationsregulation entnahm. Wie lange Junior das Rauschgift dort schon lagerte, wußte er nicht. Er wußte, was »Haschisch« war. Adler hatte es ausprobiert wie fast alles unter der Sonne. Obwohl »Haschisch« ein orientalisches Übel war, eine Geißel der Menschheit wie die Völlerei und der Alkohol, hatte es den Direktor interessiert, auf diese Weise ein Lebenszeichen von Junior zu entdecken. Sein Sohn konnte ihn noch überraschen. Nicht, daß er Junior plötzlich mehr liebte: Der schweigende Unsichtbare, den Adler in die Welt geworfen hatte, war und blieb ein Experiment, ein fehlgeschlagenes leider, denn Junior würde nie sein Nachfolger, nie der neue Direktor werden. Er spielte jetzt Saxophon und machte sich weiterhin hassenswert, schweigend und unsichtbar. Von unerbittlicher nackter Aufrichtigkeit gegen sich selbst seit Zeiten Anfang, gestand sich der Direktor ein, daß aus einer Verbindung wie der zwischen ihm und Adler kein liebenswerter Mensch hatte entsprießen können, wenn die Bezeichnung »Mensch« auf Junior überhaupt zutraf.

»Und doch muß er einen guten Kern haben«, sagte der Direktor zu den an seiner Hand nibbelnden Mäusen von Pompeji, »muß er Liebe empfinden können, denn er hat euch diesen wundervollen Käfig geschenkt.«

Er rollte seine »Haschisch«-Zigarette. Es war ein schwieriges Unterfangen geblieben, soviel er auch übte. Von seinen Reisen mit Adler wußte er, daß es dieses Rauschgift auch als Öl gab, zu träufeln auf jede x-beliebige Zigarette. Er telefonierte schon deswegen, die Wirkung sollte um ein Vielfaches intensiver sein. Aber auch das herkömmliche »Haschisch« war nicht ohne. Kurz nach Weihnachten hatte er Juniors Versteck entdeckt. Seitdem bedienten sich Vater und Sohn aus derselben offenbar unerschöpflichen Quelle in den Kulissen des untergegangenen Pompeji. Zu verschiedenen, unerforschlich entgegengesetzten Zeiten natürlich. Der Direktor sah Junior so gut wie nie. Aber er sah seine Fingerspuren im Mäusekäfig. Ahnte Junior, wer sein heimlicher Gast an der Tafel war? Ahnte Junior, daß er zweifach entlarvt war: als krimineller Rauschgiftraucher und krimineller Parolenschmierer? Durch das Fenster des Nilpferdhausfuttersilos hatte der Direktor ihn an die Robbenmauer pinseln sehen: »DORO ICH LIEBE DICH«. Dreifach entlarvt, denn auch Junior lüstete also nach der Zoohure mit der Unschuldsmiene. Daß Papageno es mit ihr trieb, war ein offenes Geheimnis. Dr. Daniels rutschte unruhig auf seinem Hosenboden hin und her, wenn die Hure zur abendlichen Besprechung erschien. Der geistesgestörte Vogelpfleger Wirkus schlich nachts ums K2, wo sie ausgerechnet im Labor des sittenstrengen Professors untergebracht war. Der sie ihm, dem Direktor, allerdings regelrecht als Adler-Ersatz anempfohlen hatte. Nun, als Mann von Welt erkannte wohl sogar der Moralhüter Maurice eine Hure, wenn er sie sah. Diverse Gärtner machten ihr Augen.

Dabei war sie als Hure minderwertig. Phantasielos, unbegabt. Was sahen die anderen in ihr? Sie beherrscht ja noch nicht einmal die einfachsten Spielregeln, wunderte sich der Direktor. Viel zu früh, noch bevor er den zweiten Blutbeutel aufschlitzen konnte, hatte sie ihm einen Schlag versetzt, und auf den Kopf, wie ungeschickt. Nachdem er wieder zu sich gekommen war, mußte er den Rest der Nacht, die so verheißungsvoll begonnen hatte, seinen wertvollen Darminhalt einsam auf dem Lokus entleeren. Natürlich würde er sie schleunigst entlassen. Sie war eine verweichlichte denaturierte Vertreterin der neuen Generation und würde reden, Details herumerzählen. Ihm war nicht entgangen, wie sie schon um das Vertrauen von Frl. Friederike buhlte. Aber Fritzie konnte schweigen, es blieb ihr auch nichts anderes übrig, wollte sie nicht als Tippse im städtischen Tierheim enden. Er überlegte kurz. Er konnte die Matthes als

Doktorandin an einen seiner Kollegen in der Provinz w… Aber vorher mußte er ihr noch ein paar ihrer tatsächli… lichen Ideenansätze zur verglasten Abenteuerröhre für… zen entlocken. Damit ließe sich im Neuen Nachttierhaus e… fangen.

Der Direktor rauchte. Die Welt war gut, die Menschen waren im großen und ganzen gut, die Tiere sowieso, das Zeitalter war gut. Es hatte schon bessere gegeben, aber auch dieses war gut. Davidobski war letzten Endes gut. Vielleicht tot? Aber letzten Endes gut. Er hörte das liebe Ticken seiner Uhr. Gleich würde der Obervermessungsingenieur des Bauamtes zum Essen kommen. Die Mikrowelle war startklar, der Tisch im Wohnzimmer gedeckt. Der Obervermessungsingenieur war im Augenblick der wichtigste Mensch auf der Welt, denn von seinen Vermessungen, seiner Expertise, seinem Urteil hing ab, ob der Direktor den zusätzlichen Hektar Bauland zugesprochen bekam und die Weltwunderversion seines Neuen Nachttierhauses verwirklichen konnte oder nur die kastrierte Version. Der Baugrund gehörte der Stadt, eine Erweiterung des Zoogeländes auf seine ursprüngliche Vorkriegsgröße würde notwendig sein. Vor dem Krieg hatte dort das legendäre alte Affenpalmenhaus gestanden. Jetzt war das Gelände eine Wüstenei jenseits der nördlichen Zoogrenze. Eine Hotelkette und eine Versicherungsgesellschaft kämpften seit Jahren darum, keine würde den Zuschlag erhalten. Die Zoolobby war stark. Der Bürgermeister verehrte Zebras. Die Politiker kamen zum Pfingstkonzert und ließen sich mit Kindern vor den Seelöwen und Robben photographieren. Ihre Wähler, die Väter und Mütter, wollten den größeren, moderneren Zoo. Das Neue Nachttierhaus war angekündigt als Weltsensation. Aber nur der Obervermessungsingenieur würde grünes Licht geben können. Warum das so war, entzog sich der Kenntnis sowohl des Direktors als auch seiner Architekten. Eine Verordnung aus grauer Vorzeit, die Alchemie der Technokratie. Das Vermessungswesen schien eine Geheimlehre zu sein, noch geheimer als die Tiergartenbiologie. Dem Obervermessungsingenieur eilte der Ruf voraus, er angesichts von Tieren Angst und Haß empfand. Wahrscheinlich war er als Kind von Hunden gebissen, von Katzen gekratzt, von Wellensittichen in die Finger gehackt worden, wahrscheinlich zu Recht. Nun, die Pläne waren ihm vorgelegt und ein Zeitraum für seine oberumständlichen Vermessungen festgesetzt worden. Auch er im Grunde ein gutes Menschenkind, dachte der Direktor, betraut mit einer unmenschlichen Aufgabe. Wie damals Davidobski. Der arme unselige Chorleiter und Kontratenor hatte vor einer unmenschlichen Aufgabe gestanden, als er dem jungen Direktor das Singen beibringen sollte, den klaren Ton, der die Menschheit beglücken würde. Mußte er ihm nicht danken, anstatt ihn zu verfluchen und zu fürchten? Fürchte dich nicht, Feuerle, ich bin bei dir, hatte Davidobski in jeder Stunde »Stimmbildung« gefleht, während seine beringten Finger unter den Hosenbund des jungen Direktors wanderten.

So haben die Menschen alle ihre kleinen Schwächen, dachte der Direktor. Er warf eine Handvoll Körner in die Ruinen der Mäuse von Pompeji. Er hatte Davidobski vergeben. Gewiß, der Chorleiter war ein kleiner homosexueller Tunichtgut, ein kleiner Schwindler auch, und das Leben hatte ihn bestraft, indem es ihn seiner Heimat beraubt und außer Landes verbannt hatte. Mama ging zur Polizei, erinnerte sich der Direktor, und schon am nächsten Tag hieß es, der Chorleiter Theodor Davidobski sei verreist, auf unbestimmte Zeit. Natürlich saß er immer noch in Monte Carlo, das stand fest, und schlürfte seine Austern. Er sang so wunderwunderschön. Ich muß ihn finden, ich muß ihm sagen, daß ich ihm vergeben habe, ich will ihn noch einmal singen hören. Wie alt er jetzt wohl sein mag? Vielleicht tot? Er hat mir jedenfalls nicht die Stimme gestohlen, meine hohe klare Stimme ist ein Naturereignis, sie ist außergewöhnlich wohlklingend, schokkierend schön für jeden, der sie zum ersten Mal hört, ich kann es an den Gesichtern ablesen. Und sie entwickelt sich. Ich scheine in den Stimmbruch zu kommen. Das sind die Pillen.

Kurz nachdem er angefangen hatte, »Haschisch« zu rauchen, waren dem Direktor durch eine glückliche Fügung rotbraune Kapseln in die Finger gefallen, bei der Suche nach dem Lederzeug in Adlers Nachttischschränkchen. Guten Mutes hatte er sofort ein paar davon mit Sprudelwasser eingenommen. Er ekelte sich jetzt vor Spirituosen und konnte sich nicht erklären, warum er monatelang gesoffen hatte wie ein Hund. Adlers Glückspillen, erinnerte er sich, so nannte seine böse kleine Frau die kleinen Dinger. Wunder bewirkten sie. Er litt sehr unter der Trennung, aber unter dem Einfluß der Glückspillen konnte er verstehen, warum Adlerchen so mir nichts dir nichts mit dem Klammeraffen nach Afrika geflogen war, und er befahl der Detektei Dreier & Diderici, ihre Anstrengungen zu verdreifachen, damit er seiner Frau endlich sagen konnte, daß er auch ihr vergeben hatte und sie verstand und sie zurückwollte. Die Detektive verdreifachten ihre Vorschußforderungen, aber was zählte das, wo sie bereits mehrere heiße Spuren in Planquadrat F verfolgten? Er hörte »Die Frau ohne Schatten« von der Schallplatte und sang die Partie des Kaisers mit Caruso und die des Wächters mit Lensing, eine ganze glückselige Nacht. Die Arbeit ging ihm von der Hand wie nie, sogar die Routine machte Spaß, die morgendliche Runde, der Papierkrieg, das mahnende Memorandum an den lichtscheuen wissenschaftlichen Assistenten, der kleine Plausch mit dem dienstältesten Kontrolleur. Seine Untergebenen strahlten ihn an. Sogar Maurice lächelte und schaute ihm zum ersten Mal von Mann zu Mann in die Augen und machte ihm ein fürstliches Geschenk, es lag eines Morgens in der Schreibtischschublade: ein Batzen Röhrchen und Gläschen randvoll mit großartigen Pillen in allen Farben und Formen, an deren Entwicklung er als Professor für Schmerzforschung gewiß kräftig mitgewirkt hatte, der Schlingel. Frl. Friederike blieb die Nervensäge, die sie war, aber sie hatte ihr altes Blitzen. Kräftige knackige Tierpflegeranwärterinnen drehten sich verstohlen nach ihm um. Die Zoohure suchte ihn ganz ohne Order des Nachts im ehemaligen Aquarium auf. Er verdoppelte die tägliche Applikation von Bräunungslotion und entdeckte in einer illustrierten Zeitschrift, daß die Menschen jetzt Sportanzüge in Papageienfarben trugen und sich und der Welt so gefielen. Er kaufte sich einen. Dazu einen aparten Pullover mit goldenen Stickereien. Er tat etwas für seine Figur und lief vor Sonnenaufgang vom ehemaligen Aquarium bis zu den Eisbären und zurück, wobei er »seine Zeit« stoppte. Er nahm eine rotbraune und eine weiße, wie ein winziges Brot aussehende Pille und gab eine wundervolle Parole aus: ICH WILL EURE FREUDE SEHEN.

Wenn Davidobski noch lebt, beschloß der Direktor, während er beobachtete, wie zwei Mäuse hinter einer umgestürzten Säule von Pompeji kopulierten, darf er beim Zoopfingstkonzert eine Arie singen.

Es klingelte. Der Direktor löschte seine Zigarette mit Wasser und warf sie in den Abfalleimer. Er schob das karge, aber gesunde Mahl in die Mikrowelle und ging zur Tür. Aus den Augenwinkeln sah er, daß die Mäuse weitermachten. War das Käfigglas schalldicht, oder war die Lust der Mäuse so verschieden von der des Menschen?

Vor der Tür stand ein überraschend Junger, Kurzer, Dicklicher, der nach Parfum roch.

»Kommen Sie herein, mein lieber verehrter Herr Obervermessungsingenieur«, sagte der Direktor. »Und gehen Sie gleich dort hinein. Vorsicht. Nicht über das Fell stolpern. Es ist ein Moschusochsenbabyfell, ein Geschenk des Staatspräsidenten von … jedenfalls sehr selten.«

Der Obervermessungsingenieur stieg vorsichtig über das Fell, das vor der Wohnzimmertür lag. Er trug einen Aktenkoffer aus Krokodillederimitat. Innerlich kopfschüttelnd ging der Direktor in die Küche, um das Essen zu holen. Mit dieser armen Kreatur würde er spielend fertig werden.

Der Direktor servierte Putengeschnetzeltes mit Sojasprossen in Aluminiumschalen. Der Obervermessungsingenieur erhob sich halb und setzte sich wieder. Der Direktor lächelte ihm gütig zu. Wurde man Obervermessungsingenieur aus Berufung? dachte er.

»Ich habe mich noch nicht vorgestellt, Herr Direktor. Mein Name ist Naulin. Der Obervermessungsingenieur ist verhindert. Ich bin sein Assistent. Ich bin beauftragt, Erkundigungen einzuholen über die Abweichungen.«

»Lassen Sie es sich schmecken«, sagte der Direktor. Er leckte an einem kleinen Stück weißen Fleisches. Wie konnte es das Bauamt wagen, ihm den Untervermessungsingenieur zu schicken! Und von welchen Abweichungen faselte er? ER war die Abweichung.

»Es schmeckt vorzüglich«, sagte der verfettete Untervermessungsingenieur. Wahrscheinlich lebte er von Eisbein und Bier. »Und es schmeckt kalorienarm. Genau wie hier auf dem Fähnchen steht: ›Das moderne Essen ohne Genußeinbuße‹.«

»Auf welchem Fähnchen?«

»Das *star-spangled-banner* hier ... es ist ins Gemüse gefallen.«

Der Direktor stocherte in seinen Sojakeimlingen. Kein Fähnchen. Wieso hatte der Untervermessungsingenieur eines?

»Wann wird der Obervermessungsingenieur mit den Vermessungen anfangen?« sagte der Direktor.

»Die Vermessungen werden von mir und meinem Team durchgeführt«, sagte der Untervermessungsingenieur. »Um zu den Abweichungen zu kommen ...« Er wuchtete seinen Aktenkoffer auf den Tisch und schob seinen Teller beiseite. Er zog Papiere und einen Taschenrechner aus dem Koffer wie ein »Maître de Plaisir«. Er lächelte versonnen. Der Direktor hob die Hand. Die fette moderne arme Kreatur glotzte ihn an.

»Aber ich erwartete eigentlich den Obervermessungsingenieur«, sagte der Direktor.

»Der Obervermessungsingenieur tritt später in Erscheinung«, sagte der Untervermessungsingenieur, als sei das Bauamt eine Theateranstalt. »Wenn alles von mir geprüft ist.« Er wartete die Wirkung seiner Worte ab.

»Es gibt nichts zu prüfen. Vermessen Sie. Die Zeit drängt.«

»Aber die Abweichungen gefallen uns nicht. Gar nicht ...«

»Was reden Sie denn immer, Mann! Das Gelände ist mir zugesagt.

Die Stadt ist einverstanden. Der SOUVERÄN ist einverstanden, er ist ein Freund meines Zoos.«

»Der Regierende Bürgermeister hat hier nicht die Entscheidungsgewalt, Herr Direktor. In den mir vorliegenden Plänen für ein … Nacht-tier-haus … wird nur die Hälfte des Nordgeländes beansprucht. Diese Pläne wurden abgezeichnet von Ihrer werten Gattin. Vor Ablauf des vergangenen Geschäftsjahres reichten nun Sie, Herr Direktor, neue Pläne ein, in denen abweichend von den Plänen Ihrer Frau Gemahlin plötzlich das ganze Gelände bebaut werden soll sowie … lassen Sie mich das verifizieren … die angrenzende Tankstelle, deren Abbruch Sie fordern für, ich zitiere, ›Mitarbeiterquartiere‹. In den Plänen Ihrer verehrten Frau Gemahlin und … Co-Direktorin … sind diese Quartiere nicht vorgesehen. Und … bitte lassen Sie mich zu Ende ausführen, Herr Direktor … der insgesamt durchaus vernünftige Plan Ihrer werten Gattin, mit dem wir leben können, sieht vor, daß das alte, kleinere Nacht-tier-haus unter dem, hm, Affenhaus, also im Keller, wie ich vermute, bestehen bleibt für sogenannte ›kleinere Arten‹. Nun bin ich kein Zoologe, aber das Bauamt fragt sich, wozu Sie, Herr Direktor, diese Riesenfläche eigentlich brauchen? In der von Ihrer verehrten Frau Gemahlin beigelegten Liste der unterzubringenden Nacht-tiere steht nichts von Dinosauriern oder … aber das ist nur ein Scherz … Riesenschlangen à la Loch Ness …«

»…«

»… sondern es steht dort etwas von Wüstenspringmäusen, Galagos, Plumploris und, hm, Pottos. Außerdem von …«

»Mein lieber Herr UNTERvermessungsingenieur, diese Pläne sind veraltet. Seit langem veraltet. Bereits auf der Internationalen Zoodirektorenkonferenz im Frühjahr vorigen Jahres habe ich dargelegt, daß wir das artenreichste Nachttierhaus der Neuzeit planen, so wie es meine Millionen Zoobesucher und die interessierte internationale Öffentlichkeit und Forscher und Lehrer aus aller Welt und nicht zuletzt der SOUVERÄN von mir erwarten. Als zoologisch Unkundigem fallen Ihnen natürlich nur Eulen und Fledermäuse ein, wenn man Sie nach Nachttieren fragt. Ich aber plane GEMEINSCHAFTS-GEHEGE, BIOTOP-GEHEGE von nie gesehener VIELFALT und mit nie gesehener LICHTQUALITÄT und mit einem LICHTGEFÄLLE zwischen Tag und Nacht, wie es größer nicht sein kann. Ich plane ROTES LICHT, das die Tiere praktisch nicht wahrnehmen – und nicht das übliche blaue oder grüne Licht der Feldwaldundwiesen-Nachttierhäuser. Allein die Technik und das technische Wartungsinstrumentarium, das mir vorschwebt, beansprucht ein Drittel der von mir geforderten Fläche. Die Neuanschaffungen von Tieren für mein Neues Nachttierhaus überschreiten bei weitem einen Etat von zwei komma vier Millionen Mark, Geld, das Sponsoren bereits zugesichert haben – und Sie faseln von der Erhaltung einer dummen Tankstelle!«

»Aber Ihre Frau Gemahlin …«

»Sie ist nicht im Lande. Und wenn sie im Lande wäre …«

»Wir hörten, sie sei mit langwierigen Unterseeforschungen befaßt und …«

»Und selbst, wenn sie im Lande wäre, würde sie meine Pläne selbstverständlich voll unterstützen, wie sie es immer getan hat.«

»Hm.«

»Was murmeln Sie, Mann! Sie sollen vermessen, und zwar schnell! Die Tiere werden nicht ewig warten, es gibt Lieferfristen, die Logistik ist minutiöse Generalstabsarbeit, die Sponsoren belagern mich, wir müssen mit den Ausschachtungsarbeiten beginnen!«

»Ist Ihre momentan nicht anwesende verehrte Gattin Co-Direktorin in diesem Zoo oder nicht?« Der Untervermessungsingenieur blätterte in seinen Papieren und runzelte seine schwammige Stirn. Der Direktor, heiter gestimmt, aber zunehmend unwillig, den Unterling amüsant zu finden, beschloß, das Gespräch zu beenden.

»Ich muß in mein Büro. Ich werde Sie zur Tür begleiten. Richten Sie dem Obervermessungsingenieur von mir aus, daß ich von ihm ERWARTE …«

»Welche Stimme hat Ihre Frau im Aufsichtsrat des Zoos?«

Der Direktor dachte: Adler schnippt mit den Fingern, und die imbezilen »Honoratioren« des Aufsichtsrates wedeln mit ihren Schwänzen. Aber ICH muß die Dekrete erlassen, schriftlich. Er hörte seine Stimme brechen, als er sagte:

»Eine Stimme. Wie ich.«

»Wie sind die Machtverhältnisse in diesem Zoo, Herr Direktor? Ich meine: Zwischen Ihnen und Ihrer hochgeschätzten Gattin? Immerhin liegen uns zwei völlig verschiedene Planungen vor. Sind die Machtverhältnisse egalitär?«

»Nein!« schrie der Direktor. »ELITÄR, guter Mann, ELITÄR! Ich bin der Chef! Und jetzt entschuldigen Sie mich. Ich habe zu arbeiten. Ich werde noch heute beim SOUVERÄN anrufen ...«

Ungerührt packte der Untervermessungsingenieur seine Unterlagen zusammen. Er stand auf und verbeugte sich artig. Sein Blick fiel auf das ungegessene Putengeschnetzelte. Er zog sein Fähnchen aus den Sojasprossen und hielt es mit spitzen Fingern hoch und wagte zu lächeln. »Darf ich das mitnehmen?« sagte er. »Wir werden uns eingehend beraten. Sie hören von uns, Herr Direktor. Einen guten Tag.« Der Direktor blieb am Tisch sitzen. Er sagte nichts. Er hörte die Wohnungstür ins Schloß fallen.

Der Staat, dachte der Direktor auf dem Weg zum Verwaltungsgebäude, ist wahnsinnig geworden und gehört abgeschafft. Der Staat ist schwammig, frißt Eisbein, säuft Bier, spricht Kauderwelsch, wird zudringlich wie eine parfümierte Puffmutter, sammelt unsinnige Papiere in Koffern aus Krokodilimitat und leidet an sensitivem Beziehungswahn. Der Staat gehört in ein Gemeinschaftsgehege mit all den anderen dummen Staaten, die Politiker gehören kastriert und drastisch reduziert auf die geringstmögliche Gehegepopulation, sie gehören angekettet bei Tag und bei Nacht, die Amtsstuben gehören entzerrt und entziefert und desinfiziert, die Telefongebühren gehören abgeschafft und die Steuern auch, das Land muß wieder mir gehören und der Natur und denen, die sie schützen, und den Sängern. Parteien und Wahlen gehören abgeschafft, Sänger sollen uns verwalten und die Dekrete vorsingen, die Futterrationen gehören drastisch gekürzt, die Produktion von neunundneunzigkommaneun Prozent der Imitate, die wir Waren nennen, gehört verboten, Sänger sollen uns speisen, Forscher und Lehrer und …

Der Direktor blieb wie angewurzelt stehen. Bei den Maras und Wasserschweinen und possierlichen Zwergkänguruhs war die niedrige Gehegemauer vor dem tiefen Graben mit einer neuen Schmiererei verunstaltet worden.

Tiere verreckt!
Menschen: Bildet Banden!

Wie bei der trächtigen Banteng-Kuh war Junior entschieden zu weit gegangen. Er verliert den Verstand, dachte der Direktor, wenn ich ihn nicht unverzüglich fürchterlich bestrafe. Ich kann ihn nicht an den Pranger stellen, das würde MEINE Autorität untergraben, aber ich muß ihn zwangsmaßregeln, bevor er den Zoo in Verruf bringt. Er ist ein armes junges Schwein, es gibt so viele davon heutzutage, lauter fehlgeschlagene Elternexperimente. Neunundneunzigkommaneun Prozent der Eltern gehören kastriert bzw. zwangssterilisiert. Der Planet ist überbevölkert mit degenerierten Hosenscheißern, die grauenvolle Musik hören und technokratische Berufe ergreifen. Auch Adler und meine Person wußten nicht, was wir taten, als wir Junior beschlossen. Wir waren jung, es war eine dieser Nächte in Afrika, wir spielten mit den Heringen, das Zelt brach zusammen, wir lachten, es war eine andere Welt, wir waren so ERSTAUNT über unsere geheimen Gemeinsamkeiten, wie zwei Tiere von verschiedenen Kontinenten, die sich unmöglich begegnen können und doch begegnen. Und herausfinden, daß sie sprechen können, und auch noch dieselbe Sprache. Ein Fisch und ein Vogel, die herausfinden, daß sie statt Schuppenhaut und Gefieder ein FELL haben. Der Direktor stöhnte.

Ich will dich wiederhaben.

Das Vorzimmer war frei von Frl. Friederike. Ihre Aktenmappe hockte gedrungen in der Ecke, sie trieb sich also irgendwo im Gebäude herum. Der Direktor setzte sich hinter seinen Schreibtisch und überlegte, ob er dem Regierenden Bürgermeister einheizen sollte. Besser ich hebe mir das schwere Geschütz, das ich zweifelsohne besitze, für später auf. Besser ich schreibe dem Obervermessungsingenieur einen Brief, der ihm die völlige Sinnlosigkeit seines intriganten Tuns vor Augen führt. Das externe Telefon klingelte. Es war der Kammerjäger. Zum x-ten Mal in dieser Woche mahnte er an wegen der Rattenplage.

»Hören Sie, Herr … Es gibt keine Rattenplage bei uns im Zoo. Wie oft soll ich Ihnen das noch sagen!«

»Wissen Sie, daß wir fünfunddreißig Millionen Ratten in der Stadt haben?« beharrte der Kammerjäger weinerlich auf seiner fixen Idee.

»Das ist Ihr Problem.«

»Innerlich habe ich seit Jahren darauf gewartet«, sagte der Kammerjäger an seinem Ende der Leitung, und der Direktor erschauerte bei dem Gedanken, wie es an diesem Ende aussah. Er blätterte im Notizblock, den ihm Frl. Friederike neben das Telefon gelegt hatte.

»Natürlich hat mein Herr Doktor der Humanmedizin, was mein Vorgesetzter beim Gesundheitsamt ist, ständig abgestritten, daß wir eines Tages …«

ANRUF FRL. MATTHES: Sie möchten zurückrufen. Es geht um einen Termin (seit wann rufen WIR wiss. Assist. zurück???)

ANRUF KONSUL DeMOLL: Belgischer Hochadel mit 2 Töchtern, die Verhaltensforschung studieren, wegen persönlicher Führung durch den Zoo (ich habe höflich hingehalten)

… aber Ratten sind nun mal meldepflichtig …«

»Ah ja …« murmelte der Direktor.

ANRUF PROFESSOR (zum 4. Mal diese Woche): Bittet um Privattermin heute abend bei glasierter Lammbrust

»... würde ich mich freuen, wenn Sie sich des Problems selbst annehmen könnten und mir die Ratten im Zoo ...«

ANRUF REGIERUNGSDIREKTOR DR. ABRAHAM: Erbittet dringend Rückruf!

ANRUF MRS. ZONDEK-RUDDY aus Fort Lauderdale USA wegen Spende für Vogelhaus

»... jede einzelne Ratte muß gemeldet werden!«

»Hören Sie, mein Freund, selbstverständlich werden meine Leute Ihnen alle Ratten melden, die sie sehen. Wie Sie vielleicht wissen, produzieren wir auch ein paar tausend Futterratten pro Woche oder Tag oder gar Stunde, ich habe den Überblick verloren ... sollen wir die auch melden? HA HA HA! Nur ein Scherz. Auf Wiedersehen.« Der Direktor legte auf und nahm eine stecknadelkopfkleine Pille, die ihn munter machen sollte. Er fühlte sich zu weich und zu wohlig für den Arbeitstag. Er wünschte sich zurück zu den Mäusen von Pompeji. Ich sollte mich wieder als Philosoph betätigen, dachte er. Wie früher. Ich sollte zwei drei Stunden Pause am Tag einlegen und mich vor den Käfig der Mäuse von Pompeji setzen und eine neue Gedankenschule gründen.

Frl. Friederike war zurück. Ihre Schreibmaschine klapperte. Der Direktor sagte in die Sprechanlage: »Geben Sie mir Frau Zondek-Ruddy in Florida.« Dieses steinalte Wickelkind hatte Deutschland irgendwann verlassen und in Amerika irgendwann Mr. Ruddy geheiratet, einen Möbelfabrikanten und Multimillionär. Natürlich hatte sie ihn überlebt. Die Frauen versuchten und schafften es immer wieder. Ein zähes, gnadenloses Pack, aber so muß es sein, das Leben ist Kampf, freute sich der Direktor, und obwohl dem Mann in fast allen Belangen unterlegen, oder gerade deshalb, finden MANCHE

Frauen in sich einen harten spitzen Stein, den sie ihr Leben lang schleifen und polieren. Undurchdringlich. Gefährlich. Nicht von dieser Welt.

»Hellooo?« sagte die Zondek-Ruddy.

»Wie geht es Ihnen, gnädige Frau?«

»Ach, Herr Direktor, Sie wissen ja nicht, Sie wissen nicht …«

»Erzählen Sie, meine Teuerste …«

Natürlich wußte der Direktor. Er wußte, daß die sehr junge Mrs. Zondek-Ruddy ihre Kindheit im Zoo verbracht hatte, als Tochter eines der ersten Aktionäre war ihr der freie Zooeintritt auf Lebenszeit in die Wiege gelegt worden. Er wußte, daß sie Vögel liebte, besonders Papageien, besonders Schiefhals. Er wußte, daß sie Amerika haßte. Er wußte, daß sie einsam war. Er wußte, daß sie krank war, zu krank, um zurückzukehren in den Schoß der Zootierfamilie, an den Ort ihrer ersten Liebe, wie sie dem Direktor in einem ihrer regelmäßigen Telefonate gestanden hatte. Er wußte, sie war fünfzehn gewesen, der Jüngling achtzehn, beide Amateurzoologen, die schon dem alten Geheimrat mit ihren kindischen Fragen gehörig auf den Geist gegangen waren. Die Nachfolgerinnen des Geheimrats, die grauenvollen »Schwestern« Winter & Streng, kamen recht bald nach dem Krieg in den Genuß ihrer ersten, noch kleinen, noch Prä-Ruddy-Spende: zehn Dollar für ein Schild auf einer Bank vor dem Vogelhaus, auf dem ihr Vorname, Vera, und der des Jünglings, Paul, herzförmig umrahmt, eingraviert waren. Allein die Erhaltung dieses Schildes kostete sie fünftausend Dollar im Jahr, denn viele drängten nach, viele wollten sich auf diese Weise im Zoo »verewigen«. Der alte Ruddy trat auf den Plan, und mit ihm kamen beträchtliche Spenden. Der alte Ruddy trat ab, und fette Brocken seines Vermögens wechselten über den Atlantik. Immer zweckgebunden, meist für das Vogelhaus. Natürlich gab der Direktor das Geld nach SEINEM Ermessen aus. Natürlich gelang es ihm stets, Mrs. Zondek-Ruddy von der Richtigkeit seiner Verfügungen zu überzeugen. Schon lange war der alte Ruddy tot, nicht mehr allzulange, und Mrs. Zondek-Ruddy würde ihm folgen. Der

Direktor machte sich berechtigte Hoffnungen auf das gewaltige restliche Ruddysche Vermögen.

»... und die Preise und dieser fürchterliche Krieg dort unten und diese Kulturlosigkeit und diese törichten Ärzte ...« hörte der Direktor kurz in Mrs. Zondek-Ruddys Monolog hinein.

»Besonders die Ärzte«, murmelte er mitfühlend, während er weiter in Frl. Friederikes Memo-Block blätterte.

ANRUF VERHOVEN: Schabrackentapir-Transport (s. Unterschriftenmappe)

ANRUF TIERPFLEGER WIRKUS: Will wissen, ob man die Welt noch retten kann

ANRUF PROFESSOR (2. Mal heute): ERSUCHT um Termin noch heute, Mitternachts-Souper (ich habe zugesagt ...)

Ach, du Scheiße, dachte der Direktor. Wenn der Professor »ersuchte«, halfen keine Ausreden. Aber was sollte das sein, ein »Mitternachts-Souper« im ehemaligen umgebauten Eiscafé? Etwa die bereits angekündigte glasierte Lammbrust? Wie unangenehm. War Maurice nicht Vegetarier? Man wußte es nicht so genau. Er war alles und nichts. Unberechenbar wie das Wetter. Hoffentlich wollte er nicht wieder therapieren, der Direktor brauchte keine Therapie mehr. Er mußte unbedingt vorher ein Schläfchen einlegen.

»... kennen Sie noch das schöne Lied aus den Zwanzigern, Herr Direktor? Sie singen es so ausdrucksvoll. Ich habe es eine Ewigkeit nicht gehört ...«

Stimmt nicht, Kleine, dachte der Direktor, du hast es vor einem Monat gehört, das Gespräch kostete DM 128,–. Aber das Lied gehörte zum Ritual, und am Ende der Rituale warteten Ruddys Dollars in einem großen Topf hinter dem Regenbogen. Der Direktor sang mit heller klarer ausdrucksvoller Stimme:

»Don't let it bother you
If now and then
You may stumble, never grumble
Count from one to ten …
A frown is a smile upside down
Turn that frown upside down
And smile, sing: ladi-dadi-dadi
dadi-sing-sing-sing …«

»Und genau das soll mein geliebter alter Schiefhals singen, wenn er *official zoo-greeter* geworden ist!« rief die Zondek-Ruddy mit tränenerstickter Stimme.

»Wie bitte?«

»Ja, das ist doch der Grund meines Anrufs!«

»Man richtete mir aus, teuerste Freundin, es ginge um eine kleine Spende …« sagte der Direktor und verfluchte Frl. Friederike und hörte, wie sich die Telefoneinheiten addierten.

»Aber mein Ansinnen ist ja selbstverständlich mit einer Spende verbunden, mit einer großen! Schauen Sie, ich war im Zoo von San Diego …«

Der Direktor schaute es. Reichster Zoo der Welt. Aber nicht artenreichster. Ein miserabler Zoo, ein toter Zoo, ein IMITAT. Die Tiere vielleicht maschinell gesteuerte Attrappen.

»… vor vielen Jahren, als ich noch gut gehen konnte. Und da sah ich ihn, den klugen Papagei, der am Zooeingang auf seiner feinen Stange saß und die Besucher begrüßte. Er sagte ›*Hi, folks*‹ und ›*Have a nice day*‹, was diese törichten Amerikaner eben so sagen. Nun kam mir die Idee, daß unser Schiefhals in unserem Zoo dasselbe tun könnte, nicht wahr? In unserer schönen alten Sprache, die mir so schmerzlich abgeht. Ist das nicht eine famose Idee?«

»Eine grandiose Idee. Aber es wird nicht gehen. Leider.« Ich werde ausgerechnet eine Shownummer aus San Diego kopieren, dachte der Direktor. Ich werde ausgerechnet diesem psychisch kranken Vogel

Gelegenheit geben, meine Besucher zu beleidigen. Ich wer gerechnet Kadamecki adeln, indem ich ihn mit diesem Schw beauftrage.

»Warum nicht, lieber Herr Direktor? Es geht Schiefhals doch gut? Er ...*lebt* doch noch?«

»Ja. Aber ...«

»Es ist so beruhigend zu wissen, daß er noch lebt. Als ich ein junges Mädchen war, gab ich ihm eine Apfelsinenscheibe, und er machte so hinreißend den Reichspräsidenten nach.«

»Er hat sich verändert. Leider. Er singt jetzt unanständige Lieder und ...«

»Wie reizend! Was singt er denn? Können Sie mir eins vorsingen?«

»Ich fürchte nein. Außerdem ist er zu wertvoll, liebe Frau Zondek-Ruddy, um ihn Wind und Wetter auszusetzen. Das verstehen Sie doch?«

»Und wenn er in einem geräumigen Käfig säße, für den ich selbstverständlich aufkommen würde?«

»Die Kinder würden ihn mit Steinen bewerfen.«

»Niemals! Das tun unsere Kinder nicht! Nicht einmal die Studiker. Haben Sie vergessen, daß wir ein altes Kulturvolk sind? Und wo bleibt Ihre Autorität als Direktor? Wirklich, ich muß mich wundern ...«

Die Zondek-Ruddy fiel in ein tiefes Schweigen jenseits des Atlantiks. Der Direktor kannte dieses Schweigen. Es bedeutete ihm vornehm, wer die Prinzessin der vielen Dollars hinter dem Regenbogen war. Sie konnte recht unangenehm werden, das alte Mädchen.

»Ich werde gründlich – sehr gründlich – darüber nachdenken. Aber Sie wissen, wie mich mein Neues Nachttierhaus fordert, wie es mich auffrißt, wie es mich buchstäblich den LETZTEN PFENNIG kostet ...«

»Die in Aussicht gestellten hundertfünfzigtausend Dollar sind bereits unterwegs zu Ihnen. Und weitere hunderttausend werden folgen. Ich gebe meinem Sekretär noch heute Order. Und schicken Sie mir eine Photographie von Schiefhals als *official zoo-greeter*. Und auch eine Tonbandaufnahme seiner Begrüßungsworte ... und seiner neuesten Lieder ...«

Zwei Stunden Schlaf, dachte der Direktor, nachdem er das verwirrte Geschöpf endlich abgefertigt und den Hörer aufgelegt hatte, und eine halbe Stunde, auf der Fitnessbank, das brauche ich jetzt. Vielleicht auch ein paar Takte vom »Sommernachtstraum«, die alte Aufnahme mit Davidobski als Puck, bei der der Chorleiter seine ganze herzzerreißende Atemtechnik zum Einsatz brachte, sein Zwerchfell börtelte und inwendig umstülpte, daß es eine Lust war, gurrte und gackerte und karjohlte, schluchzte und höhnte und stöhnte. Der Direktor hatte die alte Schellackschallplatte, auf der die Stimme seines alten Peinigers konserviert war, »aufgespürt« wie ein Rutengänger. Statt der Rute hatten seine Stimmbänder unkontrolliert zu vibrieren angefangen, er hatte ein zweigestrichenes C gesungen und das Artefakt unter Stapeln alter Weißwäsche seiner Mutter entdeckt. Er hatte die schwarze Scheibe betastet und war mit dem Finger die Rillen nachgefahren und war erfaßt worden vom schneller und schneller kreisenden Strudel der Vergangenheit des Hasses und des Virtuosentums. Eine kurze Epoche, lehrten ihn die Pillen. Aber eine große Epoche, gab er zu bedenken. Aber zu Ende, sagten die Pillen. Wirklich? fragte er, können Haß und Virtuosentum je aufhören zu existieren? Hör auf deine Stimme, antworteten die gelben Pillen. Er hörte. Seine Stimme klang sehnsüchtig. Noch einmal, nur einmal, Davidobskis Stimme hören. Denn Davidobski war GUT. Er war einer der großen Kontratenöre der Vergangenheit. Nicht tief mußten Stimmen sein, sondern hoch. Das hatte sein alter Widersacher ihm, dem jungen Direktor, begreiflich machen wollen. Was gäbe er heute darum, ihn wiederzufinden und ihm zu sagen, daß er ihn jetzt verstand, daß er ihm vergeben hatte.

Ich muß dafür sorgen, daß die Gedenktafel an seinem Haus in der Stadt poliert wird, daß ein Behältnis für frische Blumen daneben angebracht wird.

»Ich hab' dich singen gehört. Hast du wieder für die Zondek-Ruddy gesungen? Warum singst du nie für mich?«

Frl. Friederike stand in seiner Bürotür. Sie kam herein, schloß und verschloß die Tür mit ihrem Verwaltungsuniversalschlüssel und setzte sich auf die äußerste, dem Fenster zugewandte Kante seines Schreibtischs. Das zögerliche Sonnenlicht ließ hier und dort die silbrigen Nieten an ihrem schwarzen Lederanzug aufblitzen. Sie knallte ein dickes rosa Fleischerpaket auf seinen Schreibtisch und zerrte und fetzte mit ihren grün lackierten überlangen Fingernägeln daran herum, bis ein bombastisches Stück ekliger schwarzroter Blutwurst zum Vorschein kam. Sie nahm sie in beide Hände und biß ab. Ihr Kopf ruckte vor und zurück, der kurze schwarzgefärbte Schopf ihrer Männerfrisur wippte kriegerisch. Sie sah aus wie das Urbildnis einer Harpyie.

Der Direktor hatte die Metamorphose seiner Sekretärin vom hausbackenen Engerling zur modernen Tarantel in Schwarz mit gemischten Gefühlen verfolgt. Es schlummerten Schönheit und Gewalttätigkeit in ihr, er schien sich nicht getäuscht zu haben vor vielen Jahren, als er sie in den Genuß einer raschen Affäre mit ihm kommen ließ. Andererseits machte das »neue« Frl. Friederike die anderen Kühe im Stall kopfscheu. Die anderen Sekretärinnen in der Verwaltung, vor allem die älteren Damen, klagten über ihr »herrisches« und »exzentrisches« Auftreten. Es spielten sich »Dinge« ab, die dem Direktor hintertragen wurden. Ein japanischer Pekari-Experte auf Stippvisite hatte mit ihr in »eindeutiger« Position »aus dem Fenster gehangen«, worunter sogar der Direktor sich nun gar nichts vorstellen konnte. Sie las »pornographische Hefte« offen an ihrem Schreibtisch, und es störte sie nicht, daß der Obertierinspektor und andere »wichtige« Leute um sie herumstanden und ihr dabei »zuschauten«. Sie monopolisierte so »demokratische Geräte« wie den Photokopierer und den Hauscomputer. Zuweilen trug sie »farbige Kopfhörer«, unter denen laute »perverse« Musik »hervorquoll«. Eine besonders Wagemutige forderte gar Frl. Friederikes Entlassung, nicht ahnend, daß sie einen Herzenswunsch des Direktors aussprach. Aber er konnte sie nicht entlassen, sie würde reden, sie würde diese Schnellaffäre aus grauer Vorzeit an die große Glocke hängen, und noch einiges andere mehr, von dem nur er und sie wußten. Sie und der Professor, beide Fremdkörper, Bazillen, beide unkündbar.

»Mußt du so laut schmatzen?«

»Ach, sind wir wieder per ›du‹, weil ich dich eingesperrt habe?«

»Du hast mich eingesperrt?«

»Tu nicht so, als ob du es nicht gesehen hättest. Hier ist der Schlüssel. Ich könnte ihn aus dem Fenster werfen. Ich könnte ihn verschlukken … schau, was ich gefunden habe, wie eigenartig …«

Frl. Friederike zeigte auf ein besonders ekelerregendes Fettauge in ihrem Blutwurstklumpen.

»Warum stopfst du dich mit Abfällen voll, die nicht mal meine Tiere anrühren würden?«

»Weil ich einen Bärenhunger habe, mein kleines Rotkehlchen. Warum fickst du wissenschaftliche Assistentinnen, die nicht mal den Unterschied zwischen Hundeleine und Handschelle kennen?«

»Was faselst du da … und seit wann ist es erlaubt, in meiner Gegenwart schmutzige Wörter zu gebrauchen?«

Also hatte Matthes ihren Mund nicht halten können. Und mit dem Instinkt der geborenen Zoohure hatte sie ausgerechnet Frl. Friederike ins Vertrauen gezogen, in ihr wahrscheinlich ihre »Beschützerin« sehend, ihren Zuhälter. Natürlich ging es um ihre Dissertation, irgendwelche Pfotenkrämpfe bei Raubkatzen. Alle wollten sie seine Vaterschaft für ihre dummen und zuweilen putzigen Ideen, wollten sein Ja, seinen Brief und sein Siegel. Er gähnte. Wie müde ihn die Menschen machten.

»Müde, Rotkehlchen? Hier hab' ich was, das wird dich aufmuntern.«

Sie zog das Fettauge aus der Wurst. Es war kein Fettauge.

»Sieht verdammt nach einer Fingerkuppe aus, oder?« sagte Frl. Friederike und streckte ihm eine weißliche gargekochte Daumenkuppe entgegen, an der noch ein Stück Fingernagel hing. »Weiblich«, konstatierte sie, »aua! Das hat bestimmt ein ziemliches Hallo in der Fleischfabrik gegeben.« Dem Direktor in die Augen sehend, entfernte sie mit den Zähnen den Fingernagelrest, spuckte ihn auf seinen Schreibtisch, steckte die Daumenkuppe in ihren Mund, kaute sie langsam und knurpsend durch und schluckte sie herunter. Der Direktor fiel zuerst in eine lächelnde, dann in eine keuchende Trance.

»Das gefällt dir, mein Geliebter, stimmt's? Wann gehen wir mal wieder zusammen aus? Außerdem ödet mich meine Wohnung an. Ich will zu dir ziehen.«

Der Direktor schüttelte wild den Kopf.

»Wenn du willst, können wir uns die Matthes zusammen vornehmen.«

Der Direktor schlug die Beine übereinander. Warum klingeln die Telefone nicht? dachte er, sie klingeln doch sonst rund um die Uhr. Er beugte sich vornüber unter die Schreibtischplatte und biß schnell in eine Pille. Sie schmeckte süß, nach einer Frucht, deren Name ihm entfallen war.

»Ja, jetzt krümmst du dich. Aber SIE kommt nicht wieder. SIE bumst deinen scharfen schwarzen Zögling in irgendeinem Zelt auf der Serengeti. Und die ganze Stadt weiß es.«

»Niemand außer mir und dir weiß es.«

»Papageno weiß es.«

»Er wird dafür bezahlen.«

»Der Professor weiß es.«

»Woher weißt du das?«

»Weil er es mir erzählt hat. Weil er dachte, ich weiß es nicht. Der Obervermessungsingenieur weiß es.«

»Wie kann er es wissen?«

»Weil ich es ihm erzählt habe.«

»Ich warne dich, Fritzie.«

»Und ich warne dich.«

»Willst du als Tippse im städtischen Tierheim enden?«

»Und du, Alpha-Tier, willst du als Eintagsfliege enden?«

»Ich werde nicht dulden, daß ...«

»Als Frührentner? Als Vermischte Nachricht? Als Abziehbildchen in Haferflockenpackungen?«

Ein Telefon klingelte. Frl. Friederike schien es nicht zu hören. Der Direktor legte die Hand hinter sein Ohr.

»Ist das nicht das Telefon? Hören Sie es auch, Frl. Friederike? Darf es sein, daß wir nicht erreichbar sind? Nein, ES DARF NICHT SEIN! Also, hopp hopp, an die Arbeit.«

Frl. Friederike glitt von seinem Schreibtisch und federte zur Tür. Im Vorbeigehen versetzte sie dem Globus einen gemeinen Hieb, so daß er sich wie wahnsinnig um die eigene Achse drehte.

»In fünfzehn Minuten beginnt die Wochensitzung ›Neues‹ im kleinen Sitzungssaal«, sagte sie. »Und – *Conte ist coming*!«

»Wer?«

Sie war schon hinaus. Er hatte die Wochensitzung, bei der der aktuelle Stand der Planungen für sein Neues Nachttierhaus besprochen wurde, völlig vergessen. Was war heute los mit ihm? Warum sehnte er sich so nach Schlaf? Eines seiner Telefone klingelte.

»Regierungsdirektor Dr. Abraham. Ich stelle durch«, flötete Frl. Friederike.

Der Direktor ahnte dunkel, worum es ging, und probte blitzschnell im Kopf seine Defensivtaktik. Er hatte es Maurice und sich selbst versprochen.

»Hallo?« meldete er sich defensiv.

»Abraham. Ich bat um Rückruf ...«

»Die Termine jagen sich, mein lieber Abraham. Das Neue Nachttierhaus, Sie wissen ...«

»Trotzdem sind wir einigermaßen befremdet über Ihr beharrliches Schweigen in dieser Angelegenheit. Die Verleihung ist beschlossen, die Zeremonie muß bis spätestens Sommerende stattgefunden haben. Ich brauche ein Datum. Jetzt.«

»Es gibt da gewisse Bedenken meinerseits und auch in meiner Belegschaft ...«

»Uns interessieren doch Ihre internen Querelen nicht, Herr Direktor. Aber gut – nennen Sie mir Ihre Bedenken.«

»Herr Kadamecki ist ein Problem für uns. Seine unbestrittenen Verdienste, die allerdings auch recht lange zurückliegen, sind ihm zu Kopf gestiegen. Er trinkt. Seine Arbeitsmoral läßt zu wünschen übrig. Er neigt zu Gewalttätigkeit ...«

»Ich kenne keinen von euch Zoologen, der nicht zu Gewalttätigkeit neigen würde. Oder haben Sie die unschöne Szene vergessen, die wir beim letzten Besuch des Bundespräsidenten in Ihrem Zoo das Mißvergnügen hatten miterleben zu dürfen?«

Der Direktor knirschte mit den Zähnen. Typisch für diese Amtsschimmel, daß sie nie ein Auge zudrücken konnten, nichts vergaßen, über alles Buch führten wie manisch-depressive Hausfrauen. Sie gehörten allesamt abgeschafft. Der Staat gehörte abgeschafft. Der Bärenpfleger hatte dem Bundespräsidenten nur freundschaftlich auf die Schulter geklopft. Der Bundespräsident, ein Sülzkopp sondergleichen und geborener Aerophagiker, hatte angeblich tagelang Schwierigkeiten beim Atemholen gehabt. Wahrscheinlich war seine Ansprache vor dem Eisbärengehege dem Pfleger auf die Nerven gegangen.

»Es besteht Grund zu der Annahme, daß Herr Kadamecki psychisch schwer derangiert ist, und deshalb ...«

»Ich kenne keinen von euch Zoologen, der nicht ...«

»Ich protestiere! So nicht, Abraham, SO NICHT!«

»Nun gut. Dann vielleicht so: Wenn Herr Kadamecki durch Ihre Verzögerungstaktik das Bundesverdienstkreuz nicht erhalten sollte, garantiere ich Ihnen, daß der Zuschuß aus Bundesmitteln für Ihr Neues Nachttierhaus gestrichen wird.«

»Moment mal. Der ist zugesagt. Schriftlich. Vor drei Jahren.«

»Sie sagen es, Herr Direktor. Vor drei Jahren. Neue Umstände sind eingetreten. Im Zuge der Sparmaßnahmen könnten wir uns gezwungen sehen, die Zusage – mit großem Bedauern – zurückzuziehen.«

»Warum seid ihr alle so wild darauf, Kadamecki das Bundesverdienstkreuz zu verleihen?«

»Sie haben Ihres schon erhalten. Gönnen Sie es nun auch anderen.«

»Ja, ja. Aber warum ausgerechnet Kadamecki?«

»Einflußreiche Herrschaften im In- und Ausland wünschen es. Sein Einsatz für diesen Vogel, diesen Kulu, war ein frühes, sozusagen beispielgebendes Engagement für die bedrohte Natur, für das anzustrebende proportionale Verhältnis Mensch–Natur und für die private Initiative, die unser Staat so bitter nötig hat.«

»Ich möchte nicht mit Ihnen streiten, aber …«

»Ich sehe, wir verstehen uns. Ich erwarte Ihren Terminvorschlag für die Verleihungszeremonie binnen sieben Tagen. Wir sehen uns dann in Ihrem wunderschönen Zoo. Guten Tag.«

Dem Direktor, nicht gewohnt, daß man ihn am Telefon einfach abhängte, entfuhr ein schriller Schrei.

»Die Sitzung!« rief Frl. Friederike von nebenan.

Gähnend schleppte sich der Direktor in den kleinen Sitzungssaal. Frl. Friederike folgte ihm, einen Stapel Akten im Arm. Die nächsten zwei Stunden blieb er nur wach, weil Frl. Friederikes grausam kratzende Füllfeder direkt neben ihm jedes Wort mitschrieb, das geäußert wurde.

Die Zooarchitekten, gute Leute, erläuterten knapp ihr Konzept für das Gemeinschaftsgehege südamerikanische Streifeneulen, australische Wombats und nordafrikanische Fenneks.

Ein lichtscheuer graphomaner wissenschaftlicher Assistent fühlte sich von inneren Stimmen getrieben, Haare zu spalten.

»Wir können doch Wildhunde nicht mit Vögeln zusammenlegen«, sagte er.

Dr. Daniels räusperte sich. Frl. Friederikes Feder hielt kurz inne. Der Direktor nickte seinem Zootierarzt zu.

»Es handelt sich nicht eigentlich um einen Wildhund«, sagte er. »Wie Sie bekannt sein dürfte, Herr Kollege, er vertritt wegen sein lupinen Pupille eher die Gattung Fuchs.«

»Bei allem Respekt, Herr Dr. Daniels, aber dann ist er nur ein *Abkömmling* des Fuchsstammes und vertritt seine eigene Gattung«, wandte der wissenschaftliche Assistent ein.

War ich auch einmal so? dachte der Direktor. Jung, zitierwütig, krank vor Ehrgeiz, verliebt in die eigene Stimme? Nein. Mir ging es von Anfang an nur um die Sache.

»Hauptsache, die Viecher beißen sich nicht«, sagte Johannes Schmeckel, der Reviertierpfleger Raubtiere.

Und die Sache ist GUT, dachte der Direktor.

»Wie werden die Owlen reagieren, Herr Kadamecki?« sagte Dr. Daniels. Papageno, heute hinzugezogen wegen der Eulen, zuckte die Achseln. Wenn er überhaupt zu Sitzungen erschien, schwieg er sich aus.

Auch die wenigen faulen Äpfel im Korb machen die Sache nicht schlecht.

»Die Eulen werden sich die Fennekwelpen greifen, wenn wir nachzüchten«, sagte der Obertierinspektor düster.

»Werden sie nicht, weil wir unterirdische Höhlen und Flachgänge für die Fenneks vorgesehen haben«, sagten die Zooarchitekten.

Das Gleichgewicht, das gute alte Gleichgewicht, dachte der Direktor. Das einzige, worauf ich mich verlassen kann, auch wenn alles drunter und drüber zu gehen scheint.

»Sie pflanzen nie fort in Menschenobhut«, sagte Dr. Daniels.

»Haben Sie 'ne Ahnung!« sagte Johannes Schmeckel.

»Da sich die Fenneks nicht nur von Kerbtieren, sondern auch von Vögeln, gelegentlich sogar von Hühnern ernähren, stellt sich hier wohl eher die Frage, was unseren wertvollen Streifeneulen zustoßen könnte in diesem – es tut mir leid – nicht sehr tiergartenbiologisch konzipierten Gemeinschaftsgehege«, sagte der wissenschaftliche Assistent.

»Kadamecki!« bellte der Obertierinspektor. »Könnte den Streifeneulen etwas zustoßen?«

»Es ist ja Nacht ...« murmelte Papageno.

»Beantworten Sie meine Frage!«

»Alles ist möglich«, murmelte Papageno.

Und immer wieder finde ich jenes Wunder, das sich Menschwerdung nennt. Ein winziges Leuchten, ein schwaches Stimmchen, erste Worte, dann gar Sätze, und fertig ist der kleine Sapiens.

»Was zu beweisen wäre«, sagte der wissenschaftliche Assistent.

»Unsere Planungen beruhen auf den Vorgaben des Direktors«, gaben die Architekten zu bedenken.

»Und das ist GUT SO«, sagte der Direktor. »Ihr könnt mir schon vertrauen. Ihr könnt mir schon glauben, liebe Leute, daß ich WEISS, was ich tue. Der Gehegeentwurf Nummer ...«

»Zwölf«, sagte Frl. Friedrike.

»... zwölf ist angenommen. Welches Gehege steht nächste Woche auf der Tagesordnung?«

»Das Original-Dachboden-Gehege mit Abenteuer-Effekten für die Flughunde«, sagte Frl. Friederike. »Außerdem ein Referat des Diplom-Physikers Dr. Siegfried Hanke, Bielefeld, über Licht und Schatten in Stufenregelung.«

Nach der Sitzung, draußen im Gang, vor dem aus der Wand ragenden kühnen Kopf der Säbelantilope, fielen sie über ihn her. Der Obertierinspektor führte brummige Beschwerde über »Kompetenzüberschreitungen« des Garteninspektors, der die nördliche Aussicht auf die Pelikane mit Zierstauden »verbaut« habe. Der Direktor ordnete ein Schlichtungsgespräch in seinem Büro für den nächsten Vormittag an. Dr. Daniels erinnerte behutsam an seinen längst fälligen ersten »Urlaub« auf irgendeinem Atoll, von dem er seit Jahren phantasierte. Der Direktor vertröstete ihn auf den Winter, die wahre Jahreszeit für Fernreisen. Die Zooarchitekten präsentierten Restaurantrechnungen in astronomischer Höhe und baten um Gegenzeichnung. Der Direktor hielt ihnen einen kurzen Vortrag über die Verachtungswürdigkeit der Völlerei und befahl ihnen, als die geistigen Menschen, die sie waren, die Rechnungen vor seinen Augen zu zerreißen. Der wissenschaftliche Assistent flehte um einen Termin zwecks Besprechung einer »wichtigen Veröffentlichung« aus seiner graphomanen Feder. Der Direktor erklärte ihm den Unterschied zwischen Masse und Klasse. Johannes Schmeckel beschuldigte Kadamecki, mehr im Raubtierhaus »herumzuhängen« als in seinem eigenen Revier. Der Direktor schaute über die Schulter, um Kadamecki zur Rede zu stellen. Kadamecki war verschwunden.

Er stand im Büro des Direktors am Fenster. Er weinte.

Der Direktor konnte das nicht ertragen und rief nach dem harten Frl. Friederike. Wo steckte die Harpyie, warum bewachte sie sein Büro nicht?

Er hatte Papageno lange nicht gesehen. Der Vogelpfleger hatte sich verändert. Seine grauen Haare waren gewaschen und gekämmt. Er stank nicht nach Schnaps. Er trug eine Art Hemd und eine Art Krawatte unter seinem abgewetzten Tweedjackett, er trug halb gebügelte Kordhosen. Seine Stiefel sahen immer noch gefährlich aus, waren jedoch geputzt worden. Die Zoohure? Nein. Keine Frau, und schon gar nicht die Matthes, hätte diesen Rundumschlag bei Papageno fertiggebracht. Er hielt sich unnatürlich gerade. Er wirkte wie ein zehnmal sitzengebliebener Schüler, der es noch einmal versuchen wollte. Schön und gut, dachte der Direktor, auch du, Papageno … aber was sage ich Maurice? Er hat mir hoch bezahlt dafür, daß du das Bundesverdienstkreuz nicht bekommst. Natürlich sind meine Entscheidungen nicht käuflich. Meine Entscheidungen stehen fest, lange bevor die Menschen versuchen, sie zu beeinflussen oder mir abzukaufen. Und meine Entscheidung ist mein Neues Nachttierhaus. Du bekommst dein Verdienstkreuz, deine Urkunde, deine Feier. Alles staatlich, alles nichts wert. Die Frage ist: Was bekommt Maurice? Irgend etwas muß ich ihm anbieten, muß ich ihm – wie ich ihn kenne – opfern. Er ist der Professor für Schmerzforschung, betraut mit Sonderaufgaben. Er ist sehr mächtig. Er ist der Mächtigste neben mir, er betreibt Grundlagenforschung. Er hat Geld wie Heu, er hat alles, was soll ich ihm schenken, was soll ich ihm opfern? Das muß ich heute beim Mitternachts-Souper mit ihm klären, wenn ich bis dahin vor Müdigkeit nicht umgefallen bin. Dann kann ich dir eröffnen, Papageno, welche Auszeichnung dich erwartet, und deine schlichten Tränen werden schnell versiegen.

»Warum weint ein Veteran wie du?« fragte er seinen Vogelpfleger.

»Der Zoo«, sagte Papageno und wandte sich vom Fenster ab und setzte sich auf die Fensterbank und betupfte sein Gesicht mit einem Papiertaschentuch, »ist anders geworden.«

»Was meinst du: anders geworden?«

»Er hat sich verändert.«

»Und darum weinst du? Der Zoo verändert sich jede Minute, jede Sekunde. Du bist lange genug hier, um das zu wissen.«

»Ich hab's nie wirklich gewußt. Wann kommt mein Persischer Leopard zurück?«

Der Direktor ging zu seinem Schreibtisch. Er dachte: Er weiß noch nichts von Salis Krankheit, aber er spürt etwas. Das kann es geben zwischen Pfleger und Tier. Es kann noch ganz andere Widerwärtigkeiten geben zwischen Mensch und Tier, endlose Bluträusche und barfüßige Wanderungen in die Vergangenheit, von denen niemand weiß außer mir. Sein Blick fiel auf den halbverzehrten Klumpen Blutwurst, den Frl. Friederike ABSICHTLICH auf seinem Schreibtisch liegengelassen hatte.

»Willst du etwas essen, Papageno? Leckere Blutwurst?«

»Danke.« Papageno kam herbei wie ein alter Hund und schnappte sich den Brocken vom Tisch und würgte ihn mühsam herunter. »Wann kommt mein Persischer Leopard zurück?«

»Demnächst.«

»Wirklich?«

»Ja.«

»Ich glaube, Sie lügen.«

Es war die alte Papageno-Stimme, aggressiv und primitiv und menschenverachtend. Vielleicht waren Hemd und Haarwäsche und geputzte Stiefelspitzen nur eine Maskerade, auch das demütige Getue und die Tränen nur ein Vorspiel für Mord und Totschlag. Der Direktor lächelte.

»Wir haben eine Abmachung. Du hast sie nicht eingehalten. Ich wollte, daß du Junior etwas von deinen unleugbaren Prinzipien einbleust. Und was ist geschehen? Er spielt auf einer Tröte wie ein Narr.«

»Ihr Sohn ist nicht erreichbar für mich. Er hat auf keinen meiner Versuche reagiert.«

»Welche VERSUCHE?«

»Ich hab versucht, mich mit ihm zu treffen. Nicht oft, das geb ich zu. Er war nie da. Ich hab ihm auch geschrieben. Er hat nicht geantwortet.«

»Dann bemühe dich weiter.«

»Und mein Leopard? Er sollte bis zum Frühjahr zurück sein. Wie geht es ihm in Sydney? Warum höre ich nichts? Die Jungens vom Raubtierhaus sagen, er wird für immer fort bleiben, weil's ein Geschäft gibt zwischen Ihnen und dem Zoo dort. Stimmt das?«

»Natürlich nicht. Sie ziehen dich auf. Sie haben die Schnauze voll von dir. Du weißt, wie sensibel Raubtierpfleger sind.«

»Auch Frl. Matthes weiß nicht, wie es ihm geht. Und Sie haben ihr doch das Projekt übertragen …«

Papageno sprach jetzt wieder mit weinerlichem Tonfall. Der Direktor drehte sich in seinem Schreibtischstuhl und starrte angeekelt auf die Phototapete. Matthes. Wenigstens vor Papageno konnte sie ihren Mund halten. Aber es würde nicht lange dauern und sie würde die Wahrheit über Salis Zustand herausstöhnen, wenn sie von Papageno wieder einmal beschlafen wurde.

»Wenn du etwas über deinen Leoparden wissen willst, der nicht dein Leopard ist, kommst du zu MIR. Frl. Matthes weiß nur, was ich ihr an Informationen weitergebe. Oder glaubst du, ich überlasse einem Anfänger, noch dazu einer Anfängerin, ein derart wichtiges und schwieriges Projekt?«

»Ich hab's ihr eigentlich auch nie so recht geglaubt«, sagte Papageno. »Sie tut so, als wüßte sie, was Wahrheit ist. Schönheit. Aber sie ist nur eine Wissenschaftlerin.«

»Wahrheit und Schönheit ...« sagte der Direktor sinnierend und erlitt einen neuen Müdigkeitsschock.

»Sagen wir: Schönheit.« Papageno hörte sich jetzt gar nicht schön an. Er stieß die Worte hervor wie eine kapitale Drohung. Er ging zum Regal mit den Erstausgaben des Direktors, zog den Band »Der Orang-Utan in der Gemeinschaft« heraus und zerriß ihn in zwei Hälften. Der Direktor sah den enormen Bizeps des unscheinbaren, brilletragenden Klassenletzten anschwellen. Papageno ließ die Buchhälften achtlos fallen.

»Sie schulden mir einen Persischen Leoparden«, sagte er und ging zur Tür.

»Du schuldest mir eins komma null Molukkenkakadu. Oder denkst du, ich würde so einfach darüber hinwegsehen, daß du neuerdings seltene teure Vögel für deine privaten Zwecke mißbrauchst?«

Papageno zuckte die Achseln und knallte die Tür hinter sich zu.

»Frl. Friederike!« rief der Direktor.

Er rief vergebens.

Ich werde ihn entlassen, wenn die armseligen Staatsdiener ihm das Ding umgehängt haben, eine Sekunde danach, dachte der Direktor, während er sich bückte und die zwei sauber getrennten Hälften seines Buches auflas. Es war ein wundervolles Buch, er hatte es Rita, seinem geliebten Orang-Utan-Weibchen, gewidmet: »Für Rita – eines Tages kannst du lesen«. Keiner hatte gewagt zu lachen oder auch nur zu schmunzeln. Rita war seine Entdeckung und seine Muse gewesen und jetzt weltberühmt. Ihr besonders plastisches, beinahe vorhersehbares Verhalten in der Käfiggemeinschaft wurde häufiger zitiert als Friedrich Schillers »Bürgschaft«. Die »Rita-Welle«, der »Rita-Bogen«, der »Rita-Sack«, die »Rita-Camouflage« waren Standardbegriffe der Verhaltensforschung. Der Direktor legte das geschundene Werk auf seinen Schreibtisch, um es gleich morgen an einen tüchtigen Buchbinder schicken zu lassen.

Er brauchte dringend, sofort ein paar Stunden Schlaf vor dem Besuch bei Maurice, dem ersten seit langer Zeit. Er brauchte Sammlung auf der Fitnessbank, ein Zigarettchen »Haschisch«, ein paar beruhigende Präventivpillen für die glasierte Lammbrust.

Frl. Friederike steckte den Kopf zur Tür herein. Sie lächelte huldvoll. Der Direktor starrte mißtrauisch.

»Ich habe eine Bitte«, sagte sie. Alarmglocken schellten im Kopf des Direktors.

»Willst du zu allem Überfluß auch noch eine Gehaltserhöhung?«

»Ich bitte um eine Minute für einen jungen Gast«, sagte Frl. Friederike. Sie öffnete einem blassen Burschen die Tür, der noch müder zu sein schien als der Direktor. Ohne Aufforderung taumelte er ins Büro und ließ sich in einen der Besuchersessel unter dem Globus fallen.

»Dieser junge Freund unseres Zoos hat Ihnen etwas zu sagen«, verkündete Frl. Friederike.

»Frl. Friederike!« rief der Direktor.

Sie war schon verschwunden.

Der Direktor tat so, als habe er den Ungebetenen nicht bemerkt. Er beugte sich über die Unterschriftenmappe und malte ein Schiff an den Rand irgendeines Schreibens.

Der junge Müde machte keine Anstalten, den Sessel zu verlassen und sein Anliegen dem Direktor aufrecht stehend vorzutragen. Er behauchte eine Nickelbrille und begann sie zu putzen. Noch ein Brillenträger. Also kein Tierpflegeranwärter. Ein Externer. Exzentrisch gekleidet, nein: in einer Art Unkleidung steckend. Trug er einen grauen Faltenrock oder zu weite Hosen? War das ein Sabberlätzchen oder ein zu kurz geratenes Unterhemd? Wenn Frl. Friederike ihn hereinließ, mußte er irgend etwas darstellen. Handelte es sich vielleicht um ein Sponsorenenkelkind? Einen Aufsichtsratsmitgliedsprößling? Der Direktor beschloß, ihn sich näher anzuschauen, und durchmaß mit energischen Schritten sein langgestrecktes Büro. Er blieb neben dem Globus stehen. Vierundzwanzig Magnetscheiben zeigten die unaufhaltsamen Fortschritte der Detektei Dreier & Diderici in Afrika. Sie würden Adler einfangen, damit er ihr sagen konnte, daß er ihr vergeben hatte und sie brauchte und einige ihrer Vorschläge für sein Neues Nachttierhaus brauchbar fand.

»Wie geht's denn immer?« richtete er das Wort an den Grauen. »Was ist das für ein Gefühl, jung zu sein?«

»Danke«, sagte der Blasse. Er sah aus, als würde er jeden Augenblick zusammenklappen. Sein graues Unterhemd zierte ein rotes rundes Ansteckschild: *»Conte is coming«*. Er roch nicht unangenehm. Der Direktor schnupperte. Formalin. Genießerisch sog er den altvertrauten Duft ein.

»Ist Jungsein ansteckend?« erkundigte sich der Direktor. »Kommst du gerade aus dem Krankenhaus?«

»Ich bin ein Freund Ihres Sohnes. Und ich muß 'ne Erklärung abgeben.«

Der Direktor trommelte mit den Fingern auf den Nordpol.

»Mein Sohn hat Freunde?«

»Ich war's, der ihn zu dem Spruch angestiftet hat, den mit Tee, ich meine Doro ich liebe dich und so. Das hat er für mich an die Robbenmauer gepinselt. Weil Tee gegenüber wohnt, damit sie's sehen kann. Das wollte ich Ihnen sagen. Mit den anderen Sprüchen hat Ihr Sohn nichts zu tun. Ich hätt's ja selbst getan, aber wo ich doch schon Zooverbot habe …«

»ZOOVERBOT? Von wem ausgesprochen?«

»Frl. Friederike. Aber sie hat es inzwischen aufgehoben.«

»AUFGEHOBEN? Das wird ja immer toller!«

»Ich appelliere an Sie als Direktor dieses … Zoos. Bitte bestrafen Sie Ihren Sohn nicht. Bitte lassen Sie mich ab und zu Tee besuchen, ich meine Dorothee Matthes. Sie ist meine Verlobte. Sie ist so schutzlos alldem hier ausgeliefert. Bitte.«

»Zooverbot …« sagte der Direktor leise. »Weißt du eigentlich, was das bedeutet? Zooverbot. Das ist etwas sehr sehr Schlimmes. Das ist das Schlimmste, was dir geschehen kann. Deswegen haben sich Menschen das Leben genommen oder sind ins Irrenhaus eingewiesen worden vor Schmerz. Selbstverständlich hast du kein Zooverbot, denn nur ich kann es aussprechen. Beruhigt dich das?«

»Ich kann Tee besuchen, wann immer ich will?«

»Dorothee Matthes? Jederzeit. Aber versprich dir nicht zuviel. Sie ist, wie soll ich sagen, sehr populär, deine Verlobte. Warum heiratest du sie nicht und ziehst mit ihr aufs Land?«

»Ich hab kein Geld. Ich bin kein Wissenschaftler.«

»Wovon lebst du?«

»Ich arbeite im Krankenhaus ...«

»Als Krankenpfleger?«

»Als ... Leichenwäscher im Klinikum, in der Patho ...«

»Stop! Sprich es nicht aus.« Der Direktor schaltete die Innenstrahler des Globus an und besah sich den jetzt mattfarbig gesprenkelten »Freund« Juniors und des Zoos genauer.

»Ich heiße Christoph Dalluge«, sagte der »Freund«. Es klang, als legte er ein umfassendes Geständnis ab. Der Direktor schaltete das Licht wieder aus.

»Was tut ihr, du und Junior?«

»Ich höre ihm zu. Er wird mal ein großer Saxophonist. Einer der ganz Großen.«

»Bist du krank?«

»Nein. Ich mein's ernst. Er hat das absolute Gehör. Er hat mehr *drive* in seinem kleinen Zeh als andere ...«

»Ob DU krank bist, habe ich gefragt, Trottelchen!«

»Ich? Ich bin müde in letzter Zeit. Hab' immer Kopfschmerzen. Da ...« Er zeigte mit beiden Fingern auf seine beiden Schläfen. »Kann ich mit Ihnen joggen?«

»Was?«

»Sie sehen aus, als wollen Sie gerade zum Joggen. Ich lauf 'ne Runde mit. Tut mir vielleicht gut. Wir können bei Tee vorbei, kann ja sein, daß sie uns zusammen joggen sieht und endlich kapiert, daß ich ihren geliebten Zoo nicht hassen kann, wenn ich mit dem Zoodirektor jogge.«

»Wegen der Kopfschmerzen läßt du dich von Dr. Daniels, unserem Arzt, untersuchen. Er wird dir ein paar … Mittel geben. Wegen der Kleidung wendest du dich an Frl. Friederike. Wegen der Formalitäten sprichst du mit dem Obertierinspektor. Zum Arbeitsantritt meldest du dich im Zoorestaurant. Ich erwarte Pünktlichkeit und nochmals Pünktlichkeit. Ferner Ehrlichkeit bei der Abrechnung. Und das Füttern der Tiere ist VERBOTEN.«

»Bieten Sie mir einen Job an?«

»Da ist es wieder, dieses Wort. Ein Lehnwort aus dem Englischen. Wo es soviel bedeutet wie: Aushilfsarbeit, mal hier, mal da. Etwas für Memmen und geschiedene Tippsen. Ich biete dir einen BERUF an. Der Frühling ist da. Du wirst Würstchen verkaufen. Später vielleicht auch Eis am Stil. Mein ältester Würstchenverkäufer ist seit Kriegsende bei mir, ein gestandener Mann, der immer ein offenes Ohr für die Sorgen seiner Kundschaft hat. Traust du dir zu, diese Aufgabe zu bewältigen?«

»Und ob! Jederzeit! Mann!« Der neue Zooling wollte aufspringen, aber er kippte kränklich vornüber und stieß mit dem Schädel gegen den Globus, der sich drehen wollte, vom Direktor jedoch daran gehindert wurde. »Und kann ich dann auch im Zoo wohnen? Das wär' das Absolute!«

»Im Zoo wohnen nur meine Tierpfleger und Assistenten, und auch nicht alle. Noch bestimme ich, wer hier wohnen darf und wer nicht. Das Absolute ist nicht erreichbar, es ist ein Geschenk. Und jetzt hopp hopp zu Dr. Daniels. Du findest ihn im unteren Stockwerk oder unterwegs zu einem hilfsbedürftigen Tier.«

Der Direktor streckte seine Hand aus. Der Kranke ergriff sie und zog sich daran in den Stand. Er wankte zur Tür.

»Und wenn ich dir einen Rat geben darf: Überdenke deine Einstellung zu meinem Sohn. Er ist nicht der, der er zu sein scheint. Sein Einfluß ist ein schlechter. Sein …«

»Sie werden sich noch wundern, Herr Direktor! Er wird der Größte! Ich sag's Ihnen, ich versteh' was davon. Ciao!«

Der Direktor ging zurück zu seinem Schreibtisch, auf dem zwei Telefone kontrapunktisch klingelten. Manchmal fällte er Entscheidungen blitzschnell, intuitiv, beinahe freudvoll. Er hatte Freude verspürt beim Anblick des kranken jungen Menschen, der bald schon gesund sein würde. Ehrlich war er. Der Direktor hatte ihm sofort geglaubt, daß Junior nur für diese eine an Matthes gerichtete Schmiererei verantwortlich war. Erleichterte ihn diese Entwicklung des Falls? Nicht gerade sehr. Wäre Junior der »Schmierer« gewesen, die Bestrafung hätte in aller Stille stattfinden können. Der wirkliche Täter lief noch frei herum und besudelte Tier und Garten. Trotzdem mußte Junior natürlich bestraft werden. Wofür? Der Direktor ertappte sich bei dem Gedanken, daß Junior bestraft werden mußte für seine beispiellose Dämlichkeit. Wäre es wenigstens seine eigene Verlobte gewesen, man hätte ein Auge zudrükken können. Aber es war die Verlobte des neuen Würstchenverkäufers und ehemaligen Leichenwäschers, und es war nicht irgendein Mädchen, sondern die Zoohure. Er mußte lernen zu lieben, sein Junior.

Der Würstchenverkäufer hatte ihn auf eine neue Parole gebracht, die er gleich nach Beendigung des laufenden Parolen-Kanons ausgeben würde. Er zog sein dunkelblaues liniertes Parolenheft hervor und trug ein: »DAS ABSOLUTE SCHENKEN!«

Dann schnappte er nach beiden Telefonen gleichzeitig, obwohl ihm fast die Augen zufielen. Auch die Aussicht auf ein Überkreuztelefonat machte ihn nicht munter. Elende Routine.

»Der Abendkurier, Herr Direktor. Unser Reporter meldet eine neue anarchistische Grafitti-Serie bei Ihnen …«

»Lüge. Übertreibung. Bleiben Sie dran …«

»Vogelpfleger Wirkus ist mit einem Zelt aufs Dach des Vogelhauses gezogen und weigert sich herunterzukommen. Es sieht nach einem akuten Anfall aus. Bitte helfen Sie uns!«

»Ich kann mich nicht um jede Kleinigkeit kümmern. Nüchtern Sie ihn aus. Bleiben Sie dran, Obertierinspektor …«

»… so schnell können Sie die Grafitti gar nicht mehr wegweißeln, Herr Direktor, daß wir sie nicht schießen können. Wir haben hier ein paar erstklassige Photos und wollen sie bringen. Sie halten jetzt lange genug den Daumen drauf. Die Öffentlichkeit hat ein Recht …«

»Nein, hat sie nicht. Bleiben Sie dran …«

»… jetzt baut er ein riesiges Maschinengewehr auf und richtet es gegen uns! …«

»Stoppen Sie ihn! Stoppen Sie ihn! Ich bin sofort da! … Genügt es Ihnen nicht, von uns mit den schönsten Tierphotos …«

»Ach, hören Sie auf mit Ihren Tierphotos! Die Öffentlichkeit hat ein Recht auf umfassende Information, und selbst Ihre guten Beziehungen zum …«

»… nein, es ist ein Fernrohr, er hat ein Fernrohr aufgebaut, ein gigantisches, er richtet es nach oben …«

»… Presseclub und zum Pressesprecher des Bürgermeisters können Ihnen da nix helfen. Außerdem fragen wir uns, warum Sie nicht schon längst die Polizei …«

»… er hat ein Messer, Jagdmesser, zirka fünfzig Zentimeter, oder ist es ein Schwert? … Er schwingt das Schwert …«

»Keine Polizei. Es ist eine interne Angelegenheit. Wo kommen wir hin, wenn wir immer gleich nach dem Staat schreien? Ich warne Sie. Ich werde Ihnen die Leviten lesen, wenn Sie diese Photos ohne meine Genehmigung veröffentlichen …«

»Die freie Presse hat die Schnauze voll von Ihren Warnungen. Wir nehmen sie nicht mehr ernst, Ihre Drohungen. Wir gehen mit den Photos in Druck. Die Polizei kann dann …«

»… er hat das Schwert hingelegt und einen kugelförmigen Gegenstand aus seiner Jacke geholt, sieht aus wie eine Handgranate … sollen wir die Polizei …?«

»KEINE POLIZEI! DER STAAT IST ZUM STERBEN VERURTEILT! Der Staat ist krank. Kränker als Wirkus. Ich bin sofort da!«

»… das ist interessant, was ich da eben durch Ihre Handmuschel gehört habe, Herr Direktor. Wir schicken Ihnen gleich morgen einen Interviewer. Ich sag's ja immer: unser guter alter Zoo! Da tut sich was, da ist was los! Aber die jungen Kollegen glauben mir nicht. Die schreiben über schicke Restaurants und …«

»Auf Wiedersehen. Ich warne Sie.«

»… jetzt spielt er mit der Handgranate. Er wirft sie hoch … und fängt sie … auf! Er wirft sie hoch … und fängt sie …«

»Bin schon unterwegs!«

»… auf! Und wirft sie hoch …«

Der Direktor stürmte ins Vorzimmer. Frl. Friederike war nicht da. Er stürmte zurück in sein Büro, sein Schlüsselbund hervorzerrend, öffnete seinen Privatschrank und riß seine Bullpeitsche von den zwei eisernen Haken.

Er spürte den Boden erzittern, als er in vorbildlicher Laufhaltung, Arme kurz angewinkelt, Kinn nach oben, von den Fußballen abrollend, Richtung Vogelhaus donnerte. Kein Besucher kreuzte seinen Weg. Sein Zoo war schon geschlossen. GUT. Er war auch nicht mehr müde. SEHR GUT. Ich werde Wirkus von diesem Dach holen. Ich werde ihm ein wenig weh tun müssen, aber es ist nur zu seinem Besten. Er wird sich drei Monate bei vollem Gehalt in seiner Kammer von meinen Peitschenhieben erholen dürfen, um kein unnötiges Aufsehen zu erregen, und dann ab in die geschlossene Anstalt. Ich schenke dir das Absolute, Wirkus. Eines Tages wirst du mir dafür danken. So bleibt alles im Gleichgewicht.

Vor dem Südtrakt des Vogelhauses hatte sich eine kleine Gruppe versammelt und starrte hoch zum Flachdach, wo Wirkus ein kleines knallgelb bemaltes Campingzelt aufgeschlagen hatte. Der Vogelpfleger stand in einer knielangen, silbrig glänzenden Jacke still im abendlichen Dämmerlicht und preßte die Handgranate gegen sein Ohr, als lauschte er in sie hinein. Er trug seine Jockey-Stiefel. Von einem mannshohen Stativ ragte ein professionell aussehendes Riesenfernrohr in den Himmel und verlieh der wahnsinnigen Dachszene etwas

Vertrautes, Altbekanntes. So glotzten sie seit Jahrtausenden. Der Himmel war bewölkt.

»Haben Sie schon mit ihm gesprochen?« fragte der Direktor den Obertierinspektor leise.

»Wir haben es versucht. Er antwortet nicht.«

»Wir waren höflich und behutsam«, sagte Frl. Friederike.

»Warum haben Sie mich nicht früher gerufen? Warum sind Sie vor mir hier?« herrschte der Direktor seine Sekretärin an.

»Weil Sie in einem Meeting waren«, flüsterte sie.

»Was meinst du?« sagte der Direktor zu Papageno. »Du kennst ihn am besten. Ist es eine Handgranate oder ist es keine?«

»Schwer zu sagen.« Papageno warf einen Blick auf die Bullpeitsche, die dem Direktor wie eine Riesenschlange um den Hals hing.

»Ich habe das Blasrohr mit mir«, sagte Dr. Daniels. Hinter ihm an einem krähenbesessenen Baum lehnte der neue Würstchenverkäufer. Er nickte dem Direktor zu wie einem alten Bekannten. »Dosis für zwei Elefanten.«

»Sind Sie von allen guten Geistern verlassen, Mann! Davon erholt er sich nie!«

»Aber wir uns auch nicht, wenn er das Handgranade wirft«, gab Dr. Daniels zu bedenken.

»IST es eine Handgranate, Papageno? Hast du je eine bei ihm gesehen?« sagte der Direktor.

»Kann sein. Ist aber nicht wahrscheinlich.«

»Ich brauche, Licht. Schafft Licht herbei«, sagte der Direktor. Der Obertierinspektor verschwand im Vogelhaus. Jochen Wirkus schien keinen der ängstlich zu ihm hinaufstarrenden Zooleute zu bemerken. Er lauschte an seiner Bombe. Der Obertierinspektor kam zurück mit zwei Standscheinwerfern aus dem Freiflugraum. Er begann sie auf das Flachdach auszurichten.

»Nicht auf das Dach!« sagte der Direktor. »Auf mich!«

Der Obertierinspektor schüttelte deprimiert den Kopf und tat wie ihm geheißen. Der Direktor zog, von zwei Seiten angestrahlt, langsam die schwere Bullpeitsche über seine Brust, bis die fransige Spitze im Staub vor seinen Füßen lag.

»JOCHEN WIRKUS!« rief er. »SIEH MICH AN, WENN ICH MIT DIR SPRECHE. ICH BIN DEIN DIREKTOR.«

Wirkus fuhr zusammen. Seine Hand mit der Handgranate fiel hinab. Alle außer dem Direktor duckten sich.

»Du legst jetzt schön sachte deine Handgranate auf das Dach und kommst AUGENBLICKLICH herunter. ODER ICH SETZE NIE WIEDER AUF SIEG!«

»Handgranate?« sagte Jochen Wirkus. Er sprach mit normaler Lautstärke. Der Gegensatz zum Forte des Direktors war frappierend. Was geht hier vor? dachte der Direktor. Alle Blicke waren auf ihn gerichtet.

»Ja, deine Handgranate. Gib sie uns«, sagte er.

»Aber ich hab keine Handgranate. Ich hab nur'n Astraldetektor. Hier …«

Er streckte seine Hand mit dem granatenähnlichen Gegenstand aus. »Es ist *keine* Handgranate!« flüsterte der Obertierinspektor.

»Sieh mich an, wenn ich mit dir spreche!«

»Aber ich seh Sie doch an. Kann Sie aber kaum sehen, is' so hell. Was woll'n Sie von mir? Ich hab Urlaub gut, von den ganzen Überstunden.«

»Ich will, daß du vom Dach steigst und dein Astraldings mitbringst. Und zwar plötzlich. Was glaubst du eigentlich, wer du bist, daß du …«

»Ich weiß schon, wer ich bin«, sagte Wirkus. »Und Sie wissen's auch. Ich bin vom Planeten Rill. Ich sollt euch vorbereiten auf uns Rillies, aber's hat nich geklappt. Ihr wollt nich. Ihr seid gemein. Ich weiß, daß ihr mich foltern wollt, damit ich die Geheimnisse verrate, die dem Weltall schaden. Aber dafür hab ich die Selbstzerstörungsmaschine. Wenn sie mich nich holen kommen, explodier ich.«

»Also doch eine Bombe …« flüsterte der Obertierinspektor.

»Ja, in seine Kopf«, flüsterte Dr. Daniels. »Schizophrenbombe. Was wir brauchen, ist ein *shrink*.«

»Wir werden dich jetzt holen kommen«, sagte der Direktor. »Und du wirst NICHT explodieren.«

»Die Rillies werden mich holen. Ich empfang ihre Signale. Sie sind auf'm Weg. Ich hab nix verraten. Es ist nix geschehn.«

»Wir kommen jetzt«, sagte der Direktor leutselig und machte seine Peitsche bereit.

»Wenn ihr kommt, explodier ich, ich versprech's euch!« sagte der Vogelpfleger.

»Er hat eine Bombe«, flüsterte der Obertierinspektor. »Wenn wir da raufgehen, jagt er sich und uns alle in die Luft.«

»Hm«, sagte Dr. Daniels.

Urplötzlich, ohne Vorwarnung, demonstrierte der Direktor die hohe Kunst der Bullpeitsche. Mit afrikanischem Knall schnellte sie durch die Luft. Ächzend löste sich die Regenrinne vom Flachdach und fiel herunter.

Wirkus trat interessiert an den Rand des Daches und starrte auf die Stelle, wo eben noch eine Regenrinne gewesen war. Er hob die Hand und preßte die Bombe gegen sein Ohr. Er schaute gen Himmel und rief: »Il-ri-tan! Chil-ri-tan!«

Der Direktor holte zu einem zweiten Hieb aus. Er schwitzte. Aber er brauchte die Scheinwerfer. Sie halten mich wach und helfen mir bei der Konzentration, dachte er. Dann dachte er, und erschrak: Das Gleichgewicht ist in Gefahr.

»Nich!« rief Wirkus. »Ihr habt nich kapiert. Ich hab geliebt. Erinnert ihr euch, wie das war? Kommt mir nich zu nah, oder ich explodier. Der Countdown läuft …«

»Es ist besser, ihn zu lassen«, flüsterte Dr. Daniels.

»Und wenn er ewig dort oben bleibt?« flüsterte der Obertierinspektor. »Er scheint sich häuslich dort einrichten zu wollen. Wir haben morgen Besucher.«

»Nur die, welche hier in den Innenhof zu die lachende Hänse kommen«, flüsterte Dr. Daniels. »Wir können zusperren. Was wir brauchen, ist ein *shrink*.«

»Ein was?« murrte der Obertierinspektor.

»Ein Psychoanalytiker, *sorry*«, erklärte Dr. Daniels.

»ICH FRAGE DICH: WAS WILLST DU?« rief der Direktor. Wieder erschrak er. Er dachte: Von der kleinsten Lebenseinheit bis zu den allerfernsten Galaxien gehorchen alle den gleichen Bewußtseinsgleichgewichtsgesetzen, nur jedes Bewußtsein antwortet darauf mit seinem spezifischen Gewicht, und an einem dieser Schnittpunkte steht der Mensch in seinem Wäldchen.

Unschlüssig spielte der Direktor mit seiner Peitsche. Das vielfach gespaltene Ende züngelte im Staub vor seinen Füßen. Los kommt Nagefar, im Riesenzorn rast die Schlange, dachte der Direktor.

Papageno trat ein paar Schritte vor, bis er dicht unter dem Dach stand.

»Läuft der Countdown noch, Jochen?«

»Papa?«

»Läuft der Countdown noch?«

»Papa, ich hab Angst. Werden die mich lieb haben wie früher auf Rill? Ich hab Angst, ich explodier zu früh. Hilf mir, Papa.«

»Läuft der Countdown noch? Du kannst es mir sagen. Ich kann kein einziges Geheimnis verraten, denn ich weiß keins. Aber ich weiß, daß du zum großen Flug antreten willst. Und ich bitte dich, warte noch. Ich flieg mit dir zusammen. Wenn du auf mich wartest. Sofort ist zu früh. Also: Läuft der Countdown noch?«

»Momentchen, Papa ...« Wirkus zog seine silbrige Jacke aus und sein blaues Tierpflegerhemd mit der gelben Armbinde und sein weißes Unterhemd. Er hatte die Bombe auf den Boden gelegt.

»Gut gemacht, Papageno«, hörte der Direktor den Obertierinspektor neben sich flüstern. »Achtung, Herr Direktor, jetzt können Sie ihn sich schnappen.«

Wirkus zerrte an seinen Jockey-Stiefeln. Sorgfältig stellte er sie nebeneinander wie für den Nikolaus. Er zog seine Hose und seine Unterhose aus. Er begann, vom Kopf abwärts, seinen Körper zu betasten.

»Jetzt!« zischte der Obertierinspektor und stieß den Direktor in die Seite. Der Direktor beachtete ihn nicht. Lächelnd genoß er das Schauspiel. Natürlich war Wirkus ein Schüler Papagenos. Das hätte er sich früher denken können. Papageno wußte mehr über das Gleichgewicht als der kleine Mann mit der Bombe. Denn eine Bombe hatte der Direktor entdecken können, eine sehr gefährliche, weil noch unfertige, fehlkonstruierte Bombe. Sofort ist zu früh, dachte er. Papageno hatte recht. Papageno überraschte ihn immer wieder.

»Countdown läuft nicht mehr«, verkündete Wirkus.

»Geh schlafen, Jochen«, sagte Papageno. »Du hast noch Zeit.«

Wirkus hob die Hand und machte sie auf und zu wie ein Kleinkind. Papageno antwortete mit derselben Geste. Wirkus verschwand in seinem gelben Zelt.

»Scheinwerfer aus«, sagte der Direktor. Er schwitzte wie ein Schweinebraten. Davidobski hatte sich dieser Qual mehrmals die Woche unterziehen müssen und dabei auch noch gesungen. Ob ich den Anforderungen gewachsen wäre, die an einen großen Sänger gestellt werden? fragte sich der Direktor. Wahrscheinlich war es zu spät für diese Frage.

»Warum haben Sie ihn nicht vom Dach gepeitscht, als er splitterfasernackt war, Herr Direktor?« bedrängte ihn der Obertierpfleger. »Was machen wir jetzt?«

»Ist das, was er behauptet zu sein ein Astral-Detektor eine Bombe, Herr Kadamecki?« wandte sich Dr. Daniels an Papageno. »Haben Sie etwas erkennen können?«

»Es ist keine Bombe. Keine Bombe im herkömmlichen Sinn«, begann Papageno, »sondern ein …«

»Ein Mechanismus«, unterbrach ihn der Direktor. Er bemerkte Papagenos Blick. »Den Innenhof für alle sperren. Du fütterst die Lachenden Hänse persönlich, Papageno. Und du holst ihn mir da herunter. Ich sehe mir das eine Woche mit an, keinen Tag länger.«

»Soll ich einen Psychoanalytiker herbeibringen?« fragte Dr. Daniels.

»Tun Sie, was Sie nicht lassen können«, sagte der Direktor.

»Und wenn er das Schwert benutzt?« sagte Frl. Friederike vieldeutig. Sie hatte den Vorfall in hinterster Reihe, wie es sonst nicht ihre Art war, an der Seite des neuen Würstchenverkäufers verfolgt, der noch immer am Baum lehnte.

»Ja, eben. Er hat ein Schwert«, sagte der Obertierinspektor. »Oder was es sonst ist. Jedenfalls eine *Waffe*. Herr Direktor, die Polizei könnte die Sache in null komma nichts bereinigen. Von mir aus auch mit Hilfe irgend so eines Psychos.«

»Ich habe Ihnen bereits gesagt: keine Polizei. Seit dem Doppelhinscheiden meiner bedauernswerten Vorgängerinnen hat es hier unter MEINER Führung keinen Polizeieinsatz mehr gegeben. Das hat natürlich gute Gründe. Denken Sie einmal darüber nach, wenn Sie heute abend zu Bett gehen, denken SIE ALLE darüber nach.«

»Ich kannte die Schwestern noch ...« sagte der instinktlose Obertierinspektor aus blindem Unverständnis der Lage.

»UND?« Der Direktor würde nicht dulden, daß dieser brave Grobklotz, der einer seiner besten Leute war, irgendwelche Lieder auf die schauerlichen »Schwestern« und die »guten alten Zeiten« anstimmte. Diese Zeiten waren gar nicht gut gewesen, nur alt. Diese kessen Väter, die ihre griechisch geformten Riesennasen viel zu hoch trugen und in Männerberufen der Unmoral Vorschub leisteten, mußten endlich begraben werden und begraben bleiben. Die Zoohure hatte eine gewisse Ähnlichkeit mit einer von ihnen; ein weiterer Grund, warum sie in Bälde zu verschwinden hatte. Vielleicht nahm ihm sein neuer Würstchenverkäufer diese Angelegenheit ab.

»Soll ich spielen? Vielleicht hilft es ...« sagte eine zaghafte Stimme, die allen wie ein Schreck in die Glieder fuhr.

Junior, ausgerechnet der Unsichtbare, war am Schauplatz des Geschehens erschienen. Angekommen nach beschwerlicher Reise, denn er schleppte seinen Saxophonkoffer und wirkte ramponiert und erhitzt. Aufgetaucht aus dem Nichts, denn niemand hatte ihn kommen hören oder sehen. Er blickte zum Dach mit dem gelben Zelt. Der Direktor las Gefühle im Gesicht seines Sohnes, Erstaunen, Sorge, Vorfreude. Junior stellte seinen Koffer ab und umarmte den neuen Würstchenverkäufer. Der Direktor maß die Entfernung mit den Augen. Die Bullpeitsche knallte. Junior fiel auf die Knie. Eine rote Blutspur lief über sein weißes Leibchen oder Unterhemd oder was immer das junge Gemüse heutzutage die Stirn hatte, der Menschheit als Kleidung darzubieten. Er wimmerte leise.

»Hallöchen«, sagte Frl. Friederike.

Die Männer sagten nichts. Der Obertierinspektor schien zu nikken, als wüßte er insgeheim, was im Direktor vorgegangen war. Dr. Daniels schaute in die Ferne, ihn schien der Hieb an etwas Schönes zu erinnern, er schien zu träumen. Papageno schien unbewegt, aber der Direktor sah, wie seine Nackenmuskeln sich spannten und seine Haare sich sträubten. Geh JETZT auf mich los, Papageno, hol dir deinen Peitschenhieb, Strafe muß sein, es ist deine letzte Chance. Papageno nahm seine Brille ab, steckte sie in die Brusttasche seines Tweedjacketts und ging.

»Du kommst gleich mit ins BÜRO«, sagte der Direktor zu Junior und setzte sich in Bewegung. Junior folgte ihm schweigend in ein paar Metern Abstand.

Der Direktor gestattete sich einen Umweg. An den Elefanten, Hühnern und Giraffen vorbei führte er seinen Sohn zum Felsengehege der Maras, Wasserschweine und Zwergkänguruhs. Vor der Schmiererei blieb er stehen. Ohne daß es einer Aufforderung bedurft hätte, trat Junior neben seinen Vater. Gemeinsam, schweigend, lasen sie: »Tiere verreckt! Menschen: Bildet Banden!« Nein, Junior hatte diese Untat nicht zu verantworten. Er hatte seinen Saxophonkoffer abgestellt und schien im Gehege der Zwergkänguruhs die Tiere zu zählen.

»Wo ist Wally?« sagte er.

»Wer ist Wally?« sagte der Direktor.

»Ein Junges. Hat erst vor 'ner Woche aus dem Beutel geschaut.«

Der Direktor machte auf dem Absatz kehrt und marschierte los. Sein mißratener, unsportlicher, untauglicher Sprößling keuchte ihm hinterher. Wally. Warum hat mir niemand gesagt, wer Wally ist?

Im Vorzimmer entnahm der Direktor dem Erste-Hilfe-Kasten eine Flasche Jod und goß die Hälfte in die lange tiefe böse Wunde auf Juniors Rücken. Dann hieß er ihn am Fenster stehen und setzte sich selbst hinter seinen Schreibtisch.

»Ich hoffe, du weißt, wofür dieser Hieb war, Junior ...«

»Ehrlich gesagt, nein.«

»Ehrlich gesagt, nein«, echote der Direktor. »Ehrlich gesagt, ich weiß es auch nicht so genau. Es ist ein Tag der spontanen Entscheidungen. Ich dachte, du könntest mir helfen. Ich dachte, du wüßtest, wofür dieser Hieb war.«

»...«

»Laß uns gemeinsam nachdenken.«

Der Direktor strengte seinen müden Kopf an und kam zu keinem Ergebnis. War es Juniors Gesicht gewesen, der Ausdruck von Sorge, dann Vorfreude? Vorfreude auf was? Aufs Saxophonspielen für den kleinen Mann im gelben Zelt?

»Du mußt nicht denken«, sagte der Direktor, »daß ich dich peitschte, weil du im Auftrag deines sogenannten Freundes einen Liebesschwur an die Robbenwand gesprüht hast, gerichtet an eine Frau, die für mich arbeitet. DAFÜR wirst du die nächsten zwei Monate jeden Nachmittag im Gnu-Gehege arbeiten, bis der allerletzte Handschlag getan ist. Und stell es dir nicht einfach vor.«

»Aber ich muß üben«, sagte Junior.

»Das kannst du dann nachts tun.«

»Bist du high, Paps?«

Der Direktor knipste eine seiner Schreibtischlampen an und

starrte zu der schlaksigen Figur drüben am dunklen Fenster, die sein Sohn sein sollte. Erst jetzt erkannte er, wie sehr Junior sich verändert hatte. Der unsichtbare Mitbewohner des ehemaligen Aquariums wurde sichtbar. Die Cashmerepullover waren dem jetzt blutstreifigen Leibchen gewichen, das über dem Nabel endete wie mutwillig abgeschnitten. Seine »Blue Jeans« sahen aus, als sei er mit ihnen an mehreren Zäunen hängengeblieben. Seine rückgratlos schlaffe, insgesamt knochenlose Haltung sprach nicht dafür, daß er überhaupt wußte, was ein Zaun war. Anstelle der Pferdeledermokassins von Alden aus Massachusetts trug er Sandalen. Seine Haare wuchsen formlos in alle möglichen Richtungen und waren weder kurz noch lang, weder blond noch rot noch schwarz, sondern mausbraungrau. Sein Gesicht hatte jene gespielte oder originäre Eiseskälte verloren, die so sehr Adler war. Und auch jenes schöne Staunen, jenes immerwährende Sichwundern, das so sehr der Direktor war. Sein Gesicht glich jetzt einer bartlosen bleichen Fläche, über die Regungen wie kurze Kinobilder huschten. Regungen, die nicht von innen kamen, sondern von der Welt darauf projiziert wurden. Seine Stimme klang weder naßforsch noch verschüchtert, weder hoch noch tief, sondern merkwürdig körperlos. Er schien leise auf einem Ton zu summen wie ein sterbendes Insekt. Er war weder Knabe noch Mann, weder Junge noch Mädchen, noch Mann noch Frau. Junior war völlig GESCHLECHTSLOS.

Diese Beobachtung, diese Erkenntnis, dieser Umstand beunruhigten den Direktor nicht. Im Gegenteil. Im Haushalt der Natur schien doch ein kleines Fach noch frei zu sein, eine kleine Nische, in die das Resultat seines Experiments mit Adler hineinpaßte. Adler würde sich gewiß freuen. Junior war erzeugt worden, um beide Geschlechter zu trösten.

»Hast du zufällig einmal wieder Post von der Mutter bekommen?« fragte der Direktor.

»Nein. Fehlt sie dir immer noch?«

»Ja. Willst du mich nicht trösten?«

»…«

»Willst du nicht für mich spielen auf deinem Saxophon?«

»Wenn du es ertragen kannst …«

»Bist du so schlecht?«

»Nein, so gut.«

»Dann wollen wir es lieber lassen. Und vergiß die Gnus nicht!« rief ihm der Direktor nach. »Jeden Nachmittag!«

»Ja ja«, hörte er die Unstimme seines Sohnes an der Tür.

Der Direktor machte sich eine Notiz. Persönliche Order an den Gnu-Pfleger: Junior hatte von Schulschluß bis Sonnenuntergang hart zu arbeiten, er hatte insbesondere, nach vorheriger Anleitung, beim Einbringen der Tiere in ihre Stallungen am Abend dabei zu sein. Die Gnus in ihre Behausungen zu bringen war eine der gefährlichsten Aufgaben im Zoo und würde aus Junior zwar keinen Torero, vielleicht aber einen passablen Kotaufnehmer machen. Als Musiker hatte er nicht die Spur einer Chance. So stümperhaft, so völlig hoffnungslos, so total talentlos war noch kein Mensch unter der Sonne mit einem Instrument umgegangen. Junior, soviel stand fest, würde nicht »der Größte« werden, wie es der neue Würstchenverkäufer prophezeit hatte.

Das interne Telefon klingelte. Unten am Empfang war bereits die Nachtschicht angetreten. Der Nachtpförtner meldete einen »Herren von der Bank«. Morgen, übermorgen Frl. Friederike fragen. Der Herr von der Bank sei aber privat hier, es gehe »um alles«.

»Um alles? Was ist denn los, Mauff?« sagte der Direktor, als sein persönlicher Bankberater vor ihm Platz genommen hatte. Mauff war zum ersten Mal in seinem Büro. Als braver Bankberater wurde er hin und wieder zu einer offiziellen Zoofeier eingeladen, wo er sich gerne im Glanz der »Honoratioren« sonnte. Die Phototapete, für gewöhnlich großes »Ah« und »Oh« auslösend, schien ihn zu beunruhigen. Er drehte den Besucherstuhl seitwärts von ihr fort. Was den Direktor beunruhigte, war die Kluft, in der Mauff steckte. Statt seines korrekten zweireihigen Angestelltenanzugs trug er grünrot karierte Hosen, einen eigelbfarbenen Pullover und eine weinrote Wildlederjacke. Freizeit, diese Falschmeldung, dieser leere Wink, mit dem der todkranke Staat die Steuerzahler an sein Sterbelager lockte, stand quer über Mauffs Kleidung geschrieben. Doch sein Gesicht sprach von heimlicher, unheimlicher Arbeit nach Geschäftsschluß. Was taten Bankangestellte, wenn sie nach Geschäftsschluß arbeiteten? Sie fälschten Bilanzen, sie verschoben Aktien, sie trieben ihr Unwesen im monetären Untergrund. Brauche ich eine dieser Tätigkeiten, dachte der Direktor, ist die Lage so ernst, wie stehen meine Aktien?

»Ich komme in meiner Freizeit zu Ihnen«, sagte Mauff, »bevor die Knochenbrecher zu mir kommen.«

»Die …«

»Die Revision. Vorige Woche hat Ihre Frau, zweifelsohne mit Ihrer Zustimmung, Ihre sämtlichen Konten bei uns aufgelöst und alle Wertpapiere abgestoßen, zu einem guten Kurs, wie Sie wissen. Nun kennen wir kurzfristige Liquiditätsprobleme und lassen besonders unsere langjährigen Kunden, mal so gesagt, nicht im Regen stehen. Ganz besonders, wenn es sich um den Erwerb von Land in Afrika handelt. Ich darf mir die Bemerkung erlauben, daß es uns sehr leid tut, daß Sie diese Investition nicht über uns abgewickelt haben, obwohl unsere Auslandsabteilung gerade für Afrika …«

»Wann, sagten Sie, war meine Frau bei Ihnen?«

»Vorige Woche, gleich am Montag … aber ich dachte, Sie …«

»Ja ja. Schon gut. Es hat alles seine Richtigkeit. Wo liegt das Problem?«

»Nun, tja, es sind, mal so gesagt, Kosten aufgelaufen, ziemliche Kosten … es vergeht kaum ein Tag ohne die Scheckeinreichung einer gewissen Detektei Dreier & Diderici, das sind bis dato einhundertzwanzigtausend Mark … hinzu kommen die Kosten für Ihre von Ihrer Frau natürlich nicht liquidierten, sondern nur beliehenen Immobilieninvestitionen … das sind noch einmal dreißigtausend Mark im Monat … und da sich das Volumen Ihrer Barabhebung inklusive der kanadischen Dollar und des Sparkontos Ihres Sohnes summa summarum auf eine halbe Million Mark beläuft, sehen wir ohne neue Sicherheiten gewisse Probleme bei der Erhöhung Ihrer Kreditlinie ...«

»Wie hoch ist meine Kreditlinie?«

»Zweihunderttausend, und sie ist fast erreicht, mal so gesagt, sie ist erreicht.«

»Meine Frau ist ... sofort nach Regelung unserer geschäftlichen Angelegenheiten ... abgereist. Ich muß gestehen, ich hatte soviel Arbeit, daß ich mich um alle diese Vorgänge noch nicht ausreichend kümmern konnte. Ich nehme an, Sie können mir sämtliche Unterlagen noch einmal zur Einsicht vorlegen ...«

»Ja, hat Ihre Frau Ihnen denn nicht ...«

»Sie hat. Sie hat. Aber ich bin überbelastet, Mauff. Jetzt, da Sie mir die Lage so plastisch schildern, die unser ... Landkauf in Afrika ausgelöst hat, will ich doch noch einmal persönlich ...«

»Selbstverständlich, Herr Direktor. Nur leider, mal so gesagt, die Zeit drängt. Die Revision steht ins Haus. Wir brauchen neue Sicherheiten. Gewiß kein Problem für Sie. Wie mir die charmanten Damen Ihrer Presseabteilung voriges Jahr bei Ihrem herrlichen Sommerfest im Vertrauen sagten, planen Sie eine größere weltweite Fernsehserie ...«

»Für diese Serie habe ich keine Zeit. Und die Damen meiner Presseabteilung habe ich entlassen.«

»Oh ...«

»Ich mache meine Pressearbeit jetzt selber.«

»Ah. Nun, welche Sicherheiten aus Ihren diversen Einkünften hätten wir denn da noch? Wie war das mit dem populärwissenschaftlichen Bestseller, den Sie fast fertiggestellt haben?«

»Das dauert noch eine kleine Weile. Erst muß ich mich um mein Neues Nachttierhaus kümmern. Besagtes populäre Werk wird sich übrigens mit der Entstehung dieser beispiellosen artenkompletten Wunderwelt beschäftigen ...«

»Gestatten Sie mir die Frage, was ist das, ein Nachttierhaus?«

»Hier zeige ich den Menschen mit einem einzigartigen Kunstgriff die Tiere der Nacht. Aber am Tag. Durch ungeheuer komplexe, unvorstellbar kostspielige Verwandlungen des Lichts glauben die nachtaktiven Tiere, es sei Nacht, wo es in Wirklichkeit aber Tag ist. Ich werde Arten herbeischaffen, die noch kein Auge je erblickt hat.«

»Das wird meine Zwillinge interessieren. Sie sind ganz vernarrt in Tiere. Um auf die Sicherheiten zurückzukommen ...«

»Wieviel will die Bank von mir?«

»Nun ... bei einer Sicherheit von rund dreihunderttausend, besser vierhunderttausend aus zu erwartenden, vertraglich abgesicherten Einkünften ...«

»Diese Einkünfte sind augenblicklich nicht zu erwarten.«

»... oder aus einer Bürgschaft oder anderen Quellen würden wir Ihre Kreditlinie um, sagen wir, hunderttausend aufstocken können, bis Sie uns dann den Kaufvertrag für Ihren Grund und Boden in Afrika vorlegen. Eine Entscheidung übrigens, zu der ich Sie nur beglückwünschen kann, wenn wir auch, mal so gesagt, den kleinen Wermutstropfen schlucken mußten, daß Sie die Abwicklung ...«

»Bis wann?«

»Übermorgen.«

»Hätte Ihre Auslandsabteilung meiner Frau ... und mir ein anderes, ein besseres Stück Land in Afrika empfohlen? Anders gefragt: Nennen Sie mir ein paar Alternativen.«

»Wozu?«

»Zu meinem ... unserem Stück Land.«

»Aber das kann ich nicht.«

»Und warum nicht?«

»Weil ich nicht weiß, wo Sie investiert haben. Es würde mich, mal so gesagt, auf rein privater Basis außerordentlich interessieren, wo der Zoodirektor investiert, wenn er nach Afrika geht. Kenia? Gabun? Südafrika? ... Madagaskar?«

»Das bleibt mein Geheimnis. Schicken Sie mir trotzdem ... ich meine, schicken Sie mir im Interesse einer raschen Lösung alle Unterlagen noch einmal zu, Mauff.«

»Wird erledigt. Ich freue mich, ich bin, mal so gesagt, geradezu erleichtert, daß Sie offensichtlich keinerlei Probleme sehen und wir bis übermorgen die neuen Sicherheiten haben.«

»Jaja. Wenn Sie mich jetzt … ich habe zu arbeiten …«

Mauff sprang auf.

»Aber sicher doch, Herr Direktor. Bin schon unterwegs. Bis übermorgen dann. Tiere nachts zu filmen – einfach genial! Auf Wiedersehn.«

»…«

»Ganz kurze Frage, Herr Direktor. Das ist eine tolle Stoppuhr, die Sie um den Hals tragen. So eine suche ich schon lange. Wo kann ich so was kaufen?«

»…«

»Habe schon verstanden, Herr Direktor. Sie und Ihre kleinen Geheimnisse. Alsdann …« Mauff schritt beschwingt hinaus. Er glaubte, er hätte seinen Hals schon aus der Schlinge. Dem war nicht so. Mauffs Sorgen trösteten den Direktor jedoch nicht, sie wogen zu leicht gegen seine BESTÜRZUNG.

Adler war hier gewesen, bei der Bank, fast in Rufweite des Zoos. Und er hatte nichts gewittert, nichts geahnt, nichts gewußt. Er, der Weltrekordler im Einfangen entlaufener Tiere. Er, der zwei flüchtige Schwarze Klammeraffen mit traumwandlerischer Sicherheit in einem Tunnel der Untergrundbahn gefunden und gestellt hatte wenige Stunden nach ihrem Ausbruch, so daß eine Meldung, ein Hinzuziehen von Feuerwehr und Polizei gar nicht nötig gewesen waren. Er, der ungezählte seltene und seltenste Vögel von den unmöglichsten Bäumen und Fahnenstangen und Fernsehantennen geklaubt hatte. Er, der saufende, nicht zum Dienst angetretene Tierpfleger mit dem Instinkt eines Bluthundes aus ihren Gaststätten am Rande der Stadt zerrte. Er, der wittern konnte gegen den Wind, Herzen schlagen hörte in tausend Kilometern Entfernung.

Adler war hier gewesen und natürlich sofort wieder dorthin zurückgeflogen, wo ihr Liebhaber wartete, in seinem Versteck, der Klammeraffe, auf ihrem, seinem, unserem Stück Land. Wo sie ihm wochenlang erzählen würde von all dem Übel, das sie angerichtet hatte. Wo Yondoko, der Buntspecht, sich den Schnabel brechen würde beim Zerhämmern des Steins, der das Versteck verschloß.

Während Mauff die ganze Tragweite ihres Verrats enthüllt hatte, war der Direktor mit all seinen vierzehn Sinnen unterwegs gewesen in der Stadt. Sie war nicht mehr da. Welche Tarnung konnte sie benutzt haben, daß er sie am vergangenen Montag nicht gerochen hatte? Habe ich ihre Witterung verloren? Hat sie sich VERÄNDERT? Treibt sie sich vielleicht doch noch irgendwo IN DER NÄHE herum? Ich muß logisch denken, dachte er. Ein alter Hut, aber manchmal half es. Sie räumt meine Konten leer, über die ich ihr selbst die Vollmacht gegeben habe. Sie will Land in Afrika kaufen, sie wollte immer Land in Afrika kaufen. Sie hat ein Verhältnis mit dem Klammeraffen Koffi, das mir nicht recht klar ist. Der Klammeraffe kennt mich anders, als sie mich kennt, und wird sich gehütet haben, mitzukommen. Er wartet in seinem, in ihrem, in unserem Versteck auf sie in Afrika. Sie kann es kaum erwarten, wieder bei ihm zu sein, aus Gründen, die mir nicht recht klar sind. Die Taschen voller Geld, nimmt sie die nächste Maschine nach Nairobi oder Dar es Salaam oder Kinshasa. Es ist egal, wohin. Sie weiß, daß ich ihren Flug verfolgen kann, ein Anruf beim Flughafen genügt. Der Klammeraffe holt sie ab, und in einem vier Meter hohen Landrover verlieren sie sich in den Weiten des Kontinents, von dem sie in einem ihrer possierlichen Bücher geschrieben hat, er sei dunkel und leuchte gleichzeitig.

Wo hatten Dreier & Diderici gesteckt, Detektive und Nassauer? Ihre letzten Berichte kamen aus Planquadrat J. Ganz nah dran seien sie, die Kreise würden kleiner, ein weiterer kleiner Spesenvorschuß sei erforderlich. Er war ihnen nicht gram. Adler kannte Afrika besser als die Detektive. Nicht ganz so gut wie er, aber gut genug für die Detektive. Erst jetzt erkannte er, daß sein Plan, Adler auf einen Ort, einen Punkt einkreisen zu lassen, fehlschlagen würde Dreier & Diderici würden über die von ihnen vorgeschlagenen Planquadrate nicht hinauskommen. Mit dieser Erkenntnis wich seine Bestürzung urplötzlich einer Luftigkeit, fast einer Leere, im Kopf, der sich von seinem Körper zu trennen und hinüber zum Globus zu fliegen schien.

Der Direktor lachte. Sein Kopf kam zurückgeflogen, setzte sich auf seinen angestammten Platz. Der Direktor wurde ernst. Der Direktor versuchte, vor Lachen zu GRÖLEN. Schließlich einigte er sich mit seiner Gesamtheit auf ein Lächeln. Dieses Lächeln, beschloß er, würde er fortan beibehalten, ganz gleich, was er tat. Natürlich verstand er Adler, und vergab ihr, und verstand sie. Auch eine Bewunderung hegte er für sie. Juniors Sparkonto aufzulösen, das war schon ein Schritt. Sie wußte instinktiv, was Junior jetzt nötig hatte. Die Auflösung seines Sparkontos flankierte seine Verschickung ins Gnu-Gehege aufs beste. Sie war eine gute Mutter.

Der Direktor war jetzt nicht mehr ganz so müde. Adlers Tat, ihr Eingriff, hatte ihn erfrischt. Sie hatte ihm ein Zeichen gegeben. Auch wenn er ihre Witterung zeitweilig verloren haben sollte, er sah das Zeichen. Die Zeit spielte, wie immer zwischen ihm und ihr, keine Rolle. Schon eher der Raum. Vielleicht war diese Welt im großen und ganzen doch zu klein für sie beide. Darüber würde er später nachdenken.

Auch wenn ich ihm vergeben habe, kann ich immer noch Schadenersatz und Wiedergutmachung von Davidobski fordern, wandte der Direktor sich dem leidigen Geldproblem zu. Er schuldet mir meine Stimme, wie sie gewesen wäre wenn. Wie sie hätte sein können sofern. Wie sie die Menschheit beglückt hätte falls. Ich werde dem alten Chorleiter nicht auf die Nase binden, daß die tiefe Stimme veraltet, daß die Epoche der hohen Stimmen angebrochen ist. Von den Tantiemen, die sich in der Zwischenzeit aus seinen Schallplattenaufnahmen angehäuft haben, muß er unendlich reich sein. Vierhunderttausend ein Pappenstiel für ihn.

Wo steckte Davidobski? Unter der Erde vielleicht? Oder eingeäschert, in Rauch aufgegangen? Kurz vor Weihnachten hatte der Direktor einen feisten Greis beobachtet, der vor dem Löwenfreigehege im Schnee kniete und nach etwas suchte. Die Ähnlichkeit mit Davidobski war verblüffend gewesen und hatte den Direktor entsetzt und erregt erschauern lassen. Aber der Feiste war ein Imitat gewesen. »Ich habe meine Eintrittskarte verloren«, hatte er gehüstelt und sinnentleert weiter im Schnee gewühlt. Ein Theodor Davidobski hätte ein solches Verhalten nicht an den Tag gelegt. Der »richtige«, der »typische« Davidobski wäre zum Krötenwünschelbrunnen geeilt und hätte ihn singend mit Goldstücken gefüllt. Immerhin, die Imitate waren bereits unterwegs, schwärmten schon aus in seinem Zoo. Ein Zeichen, daß der Echte nicht weit war, bald zurückkehren und um Vergebung flehen und sie auch erhalten würde, verbunden mit einer kleinen Spende von fünfhunderttausend. Überall in der Natur kündigten die Imitate und die Duplikate, ja sogar die Doppelgänger den Formgeber an, nichts anderes war die von den wissenschaftlichen Assistenten so pusselig mißgedeutete Evolution. Manchmal, wenn er Davidobskis östlich klagenden Kontratenor aus dem rauschenden Grammophon wie von vorzeitlichen Winden an sein Ohr getragen hörte, wußte der Direktor, daß er seinen früheren Lehrer und Liebhaber nicht länger zu suchen brauchte, ebenso wie er ihn nicht länger zu fürchten brauchte. Der Chorleiter Professor Theodor Davidobski würde zurückkehren, und diesmal nicht im Traum, und nicht als Tier, sondern in Fleisch und Blut und bei Stimme und bei Kasse.

Zu spät allerdings für die Bank und ihre unsinnigen Forderungen. Er würde bei Gelegenheit ein Wörtchen reden mit dieser selbsternannten »Revision«. Er war der Direktor. Seine Kreditlinie war hochzulegen, höher als hoch, unbegrenzt hoch. Verglichen mit seinem Zoo waren die »Unternehmen« der Wirtschaft kurzlebige Kaffeekränzchen, Kindergartenausflüge den Fluß hinunter in lecken Faltbooten. Vielleicht genügte die Androhung, sämtliche Sponsorengelder nicht mehr über die Bank laufen zu lassen, um Mauff und Konsorten gefügig zu machen. Er kannte seine Zondek-Ruddys; wenn er es wünschte, würden sie ihre Millionen auch in Schubkarren und Säcken heranschaffen wie als Kinder die Eicheln für das Wild. Andererseits mußte er Adler den Rücken decken, schnell, ohne viel Aufhebens. Das Stück Land in Afrika, das ihn auf noch zu klärende Weise mit seiner Frau und seinem ehemaligen Protegé, ihrem Klammeraffen, verband, durfte nicht zum »Thema« werden. Desgleichen nicht die Schmierereien im Garten. »Presse mundtot machen« notierte er sich. Er ließ sich mit dem Wirtschaftshof verbinden und eine Kolonne schlaftrunkener Gärtner ausschwärmen, die jüngste und alle möglicherweise neu aufgetauchten Schmierereien wegzuweißeln, zuzuspachteln, abzuschmirgeln. Ein letztes Mal an diesem Tag spielte er mit seinen Telefonen und substrahierte ein paar seiner wissenschaftlichen Assistenten von ihren aufgeblähten überflüssigen Dissertationen, damit sie die nächtlichen Patrouillen verstärkten. Er nahm eine gelbe und eine rosa Pille und zerkaute sie, um ihr Innerstes zu schmecken. Sie schmeckten nach nichts. Dann machte er sich auf den Weg zum Professor für Schmerzforschung.

Er wählte den längsten Weg. Der Professor verurteilte zu frühes Kommen ebenso wie zu spätes. Es hatte geregnet. Aus unsichtbaren Winkeln, von Sträuchern und Bäumen, wehten Wassertropfen den Direktor an. Er sang ein Liedchen. *»A smile ist a frown upside down, turn that frown upside down, and sing, sing ladi-dadi-dadi-dadi-dadi sing sing sing!«* Die Biber hatten ihre Burg verlassen, hockten am Ufer ihres Tümpels, nagten an den Überresten eines ihrer Jungen, des schwächlichsten eines Wurfs von dreien, grüßten den vorbeigehenden Direktor, indem sie kurz ihre Köpfe hoben. Zwei putengroße Krontauben und ein Schreitvogel standen still um einen Abfallkorb. Sie waren Teil eines Experiments. Krontauben, Störche, in ferner Zukunft vielleicht auch Tschajas, sollten in der warmen Jahreszeit heraus aus Gehege und Freiflugraum und spazierengehen auf den Wegen, wenn der Zoo geschlossen hatte. Der Direktor blieb neben dem Miniaturblockhaus unweit der Fasanerie stehen. Dank des Abgangs eines Geparden, der seiner Launen wegen aus dem Raubtierhaus hierher verbannt worden war, beherbergte das Blockhaus bereits einen Schatz seines Neuen Nachttierhauses, den überempfindlichen Tamandua, für Besucher natürlich noch tabu. Ob er ihm einen raschen Besuch abstatten sollte? Nein, es ging auf Mitternacht. Der Direktor kam zum Vogelhaus, einem immer wieder erweiterten Gebäudekomplex, an dessen Südseite sein Zoo langsam zu Ende ging mit dem Kinderzoo und dem umgebauten Eiscafé des Professors. Er kam zu dem Baum, an dem sein neuer Würstchenverkäufer vorhin gelehnt hatte, kalkweiß glänzend und fiebermatt transpirierend. Er kam zu der STELLE, wo Junior plötzlich aufgetaucht war mit seinem »Alt«-Saxophon wie eine Erscheinung. Der Obertierinspektor hatte den Innenhof des Vogelhauses weisungsgemäß mit einem Holzgitter absperren lassen. Der Direktor stieg darüber hinweg. Sofort gab ein lachender Hans Laut. Der Direktor zischte, der Vogel verstummte. Auf dem Flachdach kauerte Wirkus in eine rote Decke gehüllt vor seinem Fernrohr. Der Direktor folgte dem verwirrten Blick des ahnungslosen Vogelpflegers. Die dichte Wolkendecke wies jetzt wulstige Löcher auf. Ein wenig Flitterkram war schwach sichtbar. Sosehr er sich auch müht, dachte der Direktor, er wird das Lesen nicht mehr lernen. Der Direktor entfernte sich achselzuckend.

»Brochette«, sagte der Professor für Schmerzforschung und wedelte mit zwei lichterloh brennenden Fleischspießen, *»flambée.«*

»Paß auf, daß du meinen Bart nicht ankokelst«, sagte der Direktor. »Glasierte Lammbrust wurde mir avisiert.«

»Lamm, ja. Glasiert, nein. Flambiert.«

Sie saßen im völlig finsteren umgebauten Eiscafé an einem Tisch in der hintersten Ecke, gedeckt für eine Person. Die einzige Lichtquelle war eine elektrische Kerze, zur Rechten des Direktors an die Tischplatte geklemmt. Das Stromkabel verlor sich wie ein feiner schwarzer Spinnenfaden in der Dunkelheit des Raumes.

»Noch einmal kurz auf die Toilette, bevor der Schmaus beginnt?« erkundigte sich der Professor.

Der Direktor schüttelte den Kopf. Dieser Maurice! Immer zu Scherzen aufgelegt. Und wie komisch er aussah in seinem zitronengelben Jackett mit dem schwarzen Seidenhemd und der weinroten Krawatte, wie ein in die Jahre gekommener Zuhälter. Die grotesk wuchtige Sonnenbrille aus dem Horn der artengeschützten Meeresschildkröte und der rotgoldene, hufeisenförmig mit Rubinen besetzte Ring am kleinen Finger der rechten Hand verstärkten diesen Eindruck. Wen »spielte« er heute? Längst hatte der Direktor die »Therapie« des Professors für Schmerzforschung durchschaut. Wiener und Schweizer Kokolores mit einem Schuß Hypnose, etwas Frettich-Sülze und ein paar »Rollenspielen« aus der Idiotenküche der amerikanischen Populärpsychologie. Schon möglich, daß Maurice ihm helfen wollte, »den Schmerz« zu lindern, den er fortwährend in ihm »zu fühlen« vermeinte. Aber dafür hätte er früher aufstehen müssen, der Spaßvogel. Glaubte er wirklich, er wüßte mehr als der Direktor? Lachhaft. Welche Versuche auch immer er hier in des Direktors Zoo mit seinen angeblich »augenkranken« Tieren durchführte, er konnte unmöglich mehr wissen als der Direktor selbst. Fachspezifisch, also FACHIDIOTISCH, über Schmerzforschung vielleicht. Ganz gewiß aber nicht über tierisches beziehungsweise menschliches Verhalten, und längst gar nicht über das Verhalten des Alpha-Tiers. Natürlich ging es um Machtspielchen. Uninteressant. Der Professor hatte eine momentane, durch Völlerei und Trunk gesteigerte Schwäche des Direktors nach Adlers überstürzter Abreise im vorigen Jahr genutzt, um ein bißchen psychologischen Budenzauber zu veranstalten. Er hätte es sich sparen können. Der Direktor duldete ihn mit Gelassenheit als den Zweitmächtigsten im Zoo, Maurice war eine Persönlichkeit, schillernd, charmant, amüsant, steinreich, eine Zierde für den Zoo. Es sprach allerdings nicht für seine Versuche, daß sie von höchsten, geheimen STAATLICHEN Stellen Deutschlands und des Auslands unterstützt wurden. Oder Maurice hatte die marode Volltrottelbande, die sich »Staat« nannte, gründlich übers Ohr gehauen, was wahrscheinlich war. Die Crème de la crème der internationalen pharmazeutischen Industrie bezuschußte ihn in einer Art *joint venture* und in einem Ausmaß, das der Direktor nur erahnen konnte, da weder diese Zahlen noch die Forschungsergebnisse des Professors über seinen Schreibtisch gingen. Die Versuche, deren Ende nicht abzusehen war, bildeten keine »Reihe«, wie sonst üblich, sondern einen »Kreis«, hatte man den Direktor informiert. Es handelte sich sowohl um die Erforschung von »Schmerzzuständen auf höchstem Tableau« als auch um die Erprobung »geeigneter Instrumentarien« zur Grundlagenforschung auf den häßlichen Gebieten der »Psychophysik« und der »Integralen Introspektion«. Nun gut. Der Professor entnahm dem Zoo keine Tiere, er hatte seine eigenen mitgebracht, vermutlich Primaten, dem Geschrei nach. Eitel wie er nun mal war, hatte der Professor den Direktor anfangs regelrecht gedrängt, sich sein K-2-Labor anzuschauen. Einmal wäre es fast zu einer Besichtigung und dem zu erwartenden sterbenslangweiligen »begleitenden wissenschaftlichen Vortrag« gekommen, aber der Professor hatte glücklicherweise im letzten Augenblick wegen auswärtiger Verpflichtungen absagen müssen. Er kam und ging, reiste ab und reiste an, wie es ihm paßte, auch das ging in Ordnung, solange er selbst oder seine Geldgeber es bezahlten. Nicht in Ordnung war die hündische Verehrung, die die wissenschaftlichen Assistenten des Direktors dem Professor entgegenbrachten, ob sie ihn nun der Scharlatanerie ziehen oder nicht. Auch hier: Machtspielchen. Hin und wieder bedeutete Maurice dem einen oder anderen der armen Narren, er würde die Vaterschaft über ihre Doktorarbeiten übernehmen, und schuf Unruhe, Mißgunst, ungesunden Ehrgeiz in ihren Reihen. Natürlich dachte er nicht im Traum daran, wie er dem Direktor augenzwinkernd gestand, er wollte sie nur »ein wenig anfeuern«. Kaum einer, der nicht danach gierte, das K-2-Labor von innen zu sehen. Zwei Einbruchsversuche mit fast fatalen Folgen hatte es bereits gegeben. Der Obertierinspektor berichtete dem Direktor von »Hochspannungssicherheitstechnik« rund um das Labor. Kaum einer, der der Zoohure ihre Kammer auf K 2 nicht neidete und sich fragte, warum ausgerechnet sie, die Neue, das Privileg erhalten hatte, in unmittelbarer Nähe des Professors zu wohnen. Maurice hatte es so gewollt. Fachidiot, der er war, hielt er Frauen wahrscheinlich für ungefährlicher und leichter zu handhaben. Heute werde ich den Spieß einmal umdrehen, dachte der Direktor. Er nahm einen der ekelhaften Fleischspieße vom Teller und richtete ihn scherzhaft drohend gegen den »Zuhälter« Maurice.

»Erinnerst du dich? Du hast gesagt, die Zoohu ... Kollegin Matthes sei verliebt in mich.«

»Matthes?« sagte der Professor geistesabwesend. Er spielte mit einem flachen länglichen schwarzen Gegenstand. »Oh. *Die* Matthes. O ja. Sehr sogar. Sie müssen sie nur etwas härter drannehmen, dann werden Sie es merken.«

Der Direktor tat so, als beiße er in den Fleischspieß. Er ignorierte das silberne Besteck. Seine Lippen, seine Zungenspitze bekamen Kontakt mit dem flambierten Lammfleisch. Es war unangenehm, unangenehm, unangenehm.

»In der Tat, Maurice. Ich werde sie hart drannehmen. Ich werde sie VERSETZEN. In die Provinz. Sie taugt nichts.«

»Hm. Es klaffen Milchstraßen zwischen unseren Worten und unseren Taten. Schmeckt's?«

»Ehrlich gesagt: nein. Was ist das für ein grüner Brei auf meinem Teller?«

»Avocadomus. Ist das Mineralwasser nicht spritzig? Ich habe es aus Edinburgh mitgebracht, extra für meinen Direktor.«

»Wie rührend. Ja, es zischt ganz prächtig. Um nun auf die Matthes zurückzukommen, sie ist eine Enttäuschung, aber das konntest du natürlich nicht vorausahnen, weil du ...«

»Ich habe Davidobski gefunden«, sagte der Professor.

»Ja ja«, sagte der Direktor und gab sich Mühe, nicht laut loszulachen. »Wie geht's ihm denn immer?«

»Keine Ahnung. Ich habe nur einen Schnappschuß und eine vorläufige Adresse. Ich bin mir nicht hundertprozentig sicher, ob er es ist. Aber ich erkenne Ihre Freude, lieber Direktor, und ich freue mich mit Ihnen. Auch muß ich Ihnen sagen, daß Ihr *Lächeln* mir sehr gefällt. Es ist ein gutes Zeichen. Wir sind ein gutes Stück weitergekommen.«

»Wie wahr, wie wahr. Ißt du heute gar nichts? Ach ja, ich vergaß, du bist ja Vegetarier.«

»Rotarier. Immer noch *hören* Sie recht schlecht, mein lieber Freund. Dennoch sollte man, um mit Plutarch zu sprechen, ein Wesen um eines kleinen Bissen Fleisches willen nicht der Sonne und des Lichtes berauben und jener Spanne an Leben und Zeit, für die es in die Welt hineingeboren wurde, um sich an ihr zu erfreuen.«

»Plutarch? Der Grieche? Ein degeneriertes Denken. Was sagt der große Frettich zum Thema Fleisch?«

»Wenn es Davidobski ist, geht es ihm nicht gut. Er leidet an einer chronischen Kehlkopfentzündung, an …«

»Kehlkopfentzündung! Wie sinnig!«

»… Zwölffingerdarmgeschwüren, Herzrhythmusstörungen, Arthrose in den Hüftgelenken, lumbalem Bandscheibenprolaps, Schilddrüsenüberfunktion, leichtem Asthma bronchiale, grünem Star und dem psychisch bedingten sogenannten Kleinkindschielen. Selbstverständlich bleibt Kollegin Matthes hier, bis sie ihre Promotion abgeschlossen hat und bis alles gut geworden ist. Davidobski ist außerdem suizidgefährdet. Ich nehme an, Sie werden bald von ihm hören. Ich bin zwar kein Berufsdetektiv wie Frank Dreier oder Bernhard Diderici, aber aus meiner kurzen Zeit in Hollywood kenne ich die Symptome, die den geübten Spurenleser zu dem halben Kilo Barbituraten führen, ehe sie geschluckt werden, zu dem offenen Fenster, ehe aus ihm gesprungen wird, zu der entsicherten Waffe, ehe sie abgefeuert wird, zu dem Schwert, ehe damit Harakiri begangen wird, zu der geknüpften Schlinge, bevor der Hals hineingesteckt wird. Habe ich irgend etwas vergessen? Ich glaube nicht, kann mich aber …«

»Woher weißt du, wer Dreier & Diderici sind?«

»… irren. Sie, ich meine die Menschen, übertreffen sich immer wieder selbst, wenn sie den Entschluß gefaßt haben, den Tod durch eigene Hand dem Tod durch Artgenossen vorzuziehen.«

»Was hast du in Hollywood gemacht?«

»Ich aß zu Mittag mit Bill Holden. Erinnern Sie sich, *my director*, daß ich es war, der Ihnen Dreier & Diderici empfahl? Ich holte die beiden zu Hilfe, als ich vor Jahren meine Cousine suchte. Als Detektive Mittelmaß, als Anwälte dem Feld um Längen voraus.«

»Seit wann hast du eine Cousine?«

»Noch einen Spritzer Mineralwasser? Oder muß ich an Ihrer Kooperationsbereitschaft zweifeln?«

»Was hast du mir diesmal hineingeträufelt?«

»Nichts Weltbewegendes. Ein neues Analgetikum. Etwas Chlordiazepoxid. Zum Nachtisch gibt's noch ein besonderes Leckerchen.«

»Ich hatte einen schweren Tag.«

»Ich weiß.«

»Wenn du alles weißt, kannst du mir bestimmt vierhunderttausend leihen. Ich brauche sie bis übermorgen. Nein, da wir heute schon heute haben, brauche ich sie bis morgen.«

»Ich hörte, der Vogelpfleger Wirkus ist aufs Dach des Vogelhauses gezogen und droht, sich mit einer Bombe in die Luft zu jagen.«

»Wenn du deine Jalousien hochziehst, kannst du ihn sehen. Ich hoffe, die Zoobesucher können ihn nicht sehen. Ich habe Kadamecki die Sache anvertraut. Er wird ihn vom Dach holen.«

Der Direktor lächelte, und es lächelte überall in ihm. Das hab ich fein gemacht, dachte er. Wie ich von der locker hingeworfenen Bemerkung, daß ich einen schweren Tag hatte, sofort auf die vierhundertausend kam, listig abwartete, bis er mir die Zoomeldung des Tages noch einmal meldete, um dann übergangslos mein zweites Problemchen, Papageno, ins Gespräch zu bringen. Heute führe ich Regie. Werde immer wacher. Die Mittelchen, die er mir ins Wasser gemixt hat, tun mir gut. Er weiß, daß er mich nicht mehr enthemmen kann, die Therapie ist beendet für alle Zeit. Der Direktor spürte, wie in seinem linken Sportschuh der große Zeh mitlächelte.

»Kadamecki …« sagte der Professor, sein schwarzes Imponierspielzeug auf den Tisch legend. Er wird nervös, dachte der Direktor, er spürt, wie ich ihm entgleite. Ich habe alle Trümpfe in der Hand. Er will die Zoohure, um hier mit ihr in seinem düsteren umgebauten Eiscafé wer weiß was anzustellen. Oder er will sie tatsächlich als Assistentin, auch er wird nicht jünger. Elementare Biologie, Maurice, nicht dein Fach, nie dein Fach gewesen. Der Professor sah heute sehr »alt« aus in seiner Aufmachung. Das hatte natürlich nichts zu bedeuten, denn er verfügte über Pillen, wahrscheinlich aus seiner Zeit in Hollywood, die ihn verjüngen konnten. Aber nur für Augenblicke, ha! Und nur seinen Körper, nicht seinen Geist. Das bezeugte sein Geschwafel über Davidobski. Er brachte ihm Mutmaßungen über Davidobski, er brachte ihm, dem Direktor, die alte Mär…

»Ich sehe«, sagte der Professor, »daß Sie mein Mahl verschmähen. Sogar mein mühsam zubereitetes Avocadomus.«

»Nur die Armen essen. Wir Reichen ziehen unsere Kräfte aus anderen Vergnügungen, nicht wahr, Maurice?« konterte er das Ablenkungsmanöver des Professors. Ohne Netz vollführte er den dreifachen Salto mit doppelter Schraube und sagte: »Wie damals, als wir dieses kleine Ratespiel um HOHE Einsätze spielten, erinnerst du dich, Maurice? Als ich dir versprach, daß Kadamecki das Bundesverdienstkreuz nicht erhalten würde.« Der Direktor spürte seinen Bauchnabel grinsen. »Er erhält es nun aber DOCH.«

»Interessant.«

»Es macht dir nichts aus? Immerhin hast du teuer dafür bezahlt.«

»Ich habe meine Auffassung geändert. Das Kreuz wird eine spezielle Erfahrung für ihn werden.«

»Ich entlasse ihn eine Sekunde nach der Verleihungszeremonie.«

»Das braucht es höchstwahrscheinlich gar nicht. Der Zoospitalismus wird für seinen Abgang sorgen.«

»Der was?«

»Die sich unweigerlich einstellenden, irreparablen Schäden durch zu langen Zooaufenthalt.«

»...«

»Nehmen wir den Vogelpfleger Wirkus. Ich untersuchte ihn vor einiger Zeit und schenkte ihm ein Fernrohr. Abgesehen davon, daß sein Enzephalisationsquotient bei merkwürdigen null komma vier Prozent und damit weit unter dem bei Hominiden üblichen Standard liegt, leidet er an einem Syndrom, das wir das ›Gravitationsschmerzsyndrom‹ nennen. Für Sie als Laien: Stellen Sie sich vor, daß Ihnen jeder Schritt auf Erden psychische und demzufolge auch physische Schmerzen bereitet.«

Der Direktor trank sein Glas in einem Zug leer. Noch während er das Glas abstellte, schenkte der Professor nach. Der Direktor spürte die Berührung einer warmen, fast heißen Hand.

»Sag bloß, du glaubst Wirkus diesen außerirdischen Unsinn?«

»Nein, nein. Ich stelle nur fest, daß besagtes Gravitationsschmerzsyndrom sich bei einem für den Turf geborenen Jockey einstellt, nachdem er Jahre mit gefangenen Vögeln im Vogelhaus verbracht hat. Nun hat seine Psyche die Leiter weggeworfen, auf der er wenigstens ein paar Stufen hinaufklettern wollte.«

»Er hat eine Bombe. Und du schenkst ihm noch ein Fernrohr dazu.«

»Lieber Freund und Direktor, wir beide wissen, daß es keine Bombe ist, die zerfetzte Leiber hinterläßt. Mit *seiner* Bombe würde etwas anderes außer Kraft gesetzt werden.«

Der Direktor spürte, wie er lächelte und wie sein Knie gleichzeitig düster nickte. »Wie können wir ihm helfen?«

»Nobelpreis«, sagte der Professor. Erst jetzt erkannte der Direktor, daß die einzelne elektrische Kerze sich in BEIDEN dunklen schildpattgerahmten Brillengläsern seines Gegenübers spiegelte. »Wer das sagt, erhält den Supernobelpreis, sozusagen ein Abonnement auf den Nobelpreis.«

»Kadamecki wird ihn herunterholen, auch ohne Nobelpreis.

Auf seine Art. Mit seinem Kauderwelsch. Wenn nötig mit Gewalt.«

»Kadameckis profunde Halbbildung wird nur einen Teilerfolg erzielen. Kadameckis … Normalität hat ihn bislang davor bewahrt, Wirkus zu folgen. Das könnte aber immer noch geschehen. Leider hatte ich bis dato keine Gelegenheit, Kadameckis Gehirn zu untersuchen, genauer: seine neuronalen Systeme, ganz genau: sein limbisches System. Für Sie als Laien: Es löst Lust und Trauer aus.«

»Ach nein«, sagte der Direktor ruhig, während seine Barthaare sich vor Lachen kringelten. Du würdest dich wundern, Klugscheißer. Papageno höchstpersönlich hatte die »Bombe« entworfen, damals, als er mit seinem Kagu in Quarantäne ging. Hatte sie entworfen und erkannt, daß es eine Fehlkonstruktion war, daß sie zu früh kam. Außer ihm war Papageno der einzige, der wußte, WIE das Gleichgewicht außer Kraft zu setzen war. Möglicherweise hatten Winter und Streng, die »Schwestern«, auf ihre genußsüchtige flüchtige fahrige Weise darüber nachgedacht. Aber sie waren tot. Papageno wußte um das WIE, wußte, welcher Mittel es bedurfte, welcher monströsen … Schmerzen. Konnte es sein, daß sich hinter des Professors Grundlagenforschung über »Schmerzzustände auf höchstem Tableau« und »Integraler Introspektion« nichts Geringeres als die Suche nach diesem WIE verbarg? Oder war er gar schon weiter, jenseits der Grenzen? Dem Geschrei seiner »augenkranken« Primaten nach zu urteilen: nein.

»Wenn Sie nicht wollen, daß die Gleichgewichtsbombe platzt«, erriet der Professor nur scheinbar seine Gedanken, »und Ihre Mitarbeiter und bald dann auch Ihre Besucher anfangen, sich ernsthaft mit den Rillies, sprich mit den Tieren zu ›unterhalten‹, müssen Sie Wirkus aus dem Verkehr ziehen, und zwar schnell.«

»Soll ich ihn entlassen?«

»Er würde wiederkommen.«

»Soll ich ihn einschläfern lassen?«

»Eine Reise nach Afrika zu Ihrer Frau würde genügen.«

»…«

»Sie staunen. Sein, sagen wir: Eifer könnte sich dort *verlieren*. Die Vögel fliegen. Die Rillies auch. Alles ist unterwegs. Keine ›Geheimnisse des Weltalls‹ zu verraten, weil keiner da ist, der sie hören will. Und der erdhaft stabilisierende Einfluß Ihrer Frau ist auch nicht zu unterschätzen. Ich nehme an, *sie* braucht die vierhunderttausend.«

»Nein, ich. Sie hat meine Konten leergeräumt, um da unten ein Stück Land zu kaufen.«

»Das nimmt sich nicht viel. Deutsche Mark oder Dollar?«

»Deutsche Mark.«

»Verklagen Sie sie doch.«

»Worauf soll ich klagen? Das Land gehört mir jetzt ebenso wie ihr. Was sie getan hat, ist völlig legal. Und ich weiß nicht mal, wo es liegt. Und die von dir empfohlenen Detektive, die das herausfinden sollen, kann ich nicht mehr bezahlen.«

»Warum schreiben Sie nicht einen Ihrer populärwissenschaftlichen Bestseller? *Publish or perish*.«

»Was ist nun, Maurice? Ein Darlehen von vierhunderttausend. Ein Klacks für dich. Oder bist du gar kein Multimillionär?«

»Ich bin es jedenfalls nicht geworden, indem ich Darlehen verteilt habe, um es zu beweisen.«

»Das Land in Afrika als Sicherheit …«

»Irrtum. Das wird Ihre Bank als Sicherheit beanspruchen.«

»Nenn mir deine verdammten Bedingungen.«

»Ich habe keine, denn ich vergebe keine Darlehen in dieser Größenordnung. Nicht einmal an einen großen Mann wie Sie.«

»Und wenn wir darum spielen wie damals?«

»Lieber Freund, da ging es um ein paar lumpige Tausender. Und Ihr Einsatz war murksig.«

»Ich könnte meine Einsätze erhöhen. Wieviel wäre dir zum Beispiel das Verbleiben der Matthes wert?«

»*Niente*. Es kostet mich ein Fingerschnippsen, und sie ist meine Assistentin.«

»Und warum ist sie es noch nicht?«

»Ich habe meine Gründe. Hören Sie, Direktor, es gibt nichts in Ihrem Zoo, *absolut* nichts, womit Sie mich bewegen könnten, Ihnen vierhunderttausend Deutsche Mark zu leihen. Ich bin allerdings dafür bekannt, meinen Angestellten und freien Mitarbeitern in aller Welt recht fürstliche Gehälter beziehungsweise Honorare zu zahlen …«

Der Direktor lächelte und blieb ruhig. Unter der Tischdecke stießen seine geballten Fäuste wüste Drohungen aus. Sie ihrerseits waren bekannt dafür, an recht langen Armen zu hängen und recht schlimm zuschlagen zu können, wenn es unumgänglich war.

»Willst du mich kaufen? Als ANGESTELLTEN?«

»Iwo. Von kaufen kann keine Rede sein. Und nie würde ich es wagen, dem Direktor dieses Zoos eine Anstellung anzubieten. Nein, nein. Ich brauchte eine Testperson für ein kleines harmloses Experiment. Aber vergessen wir's. Ich habe mich zu entschuldigen für meine Impertinenz. Manchmal geht der alte wilde Forscher mit mir durch. Sie kennen das selbst und werden mir verzeihen.«

»Ich vergebe dir.«

Was immer das »limbische System« war, es schickte leise Schauer von Wonne und Wollust in die Fingerspitzen des Direktors. Er tastete sich vor.

»Also wäre ich FREIER Mitarbeiter?«

»Wie meinen?«

»Sollte ich mich dazu entschließen, dir ein erstes und unwiderruflich letztes Mal bei deinen … Forschungen … zu helfen, wäre ich ein freier Mitarbeiter, oder? Das ist in der Tat amüsant und erinnert mich an längst vergangene Zeiten. Ich muß gestehen, es kribbelt mir in den Fingern. Natürlich bin ich teuer. Ich bin der Direktor. Du kennst meinen Preis.«

»Ich kenne und akzeptiere ihn.«

»Gut. Oder nicht gut. Kommt drauf an. Zwei Fragen. Erstens: Wenn du bereit bist, mir diese beträchtliche Summe für ein wie du sagst ›kleines harmloses Experiment‹ zu zahlen, was verstehst du dann unter klein und harmlos? Geht es um meine Augen?«

»Ja.«

»Du müßtest wissen, daß ich Manipulationen an meinen Augen unter keinen Umständen zulassen werde.«

Der Professor unterdrückte ein Gähnen. Er wirkte dabei wie ein armes mongoloides Baby mit Sonnenbrille. Unter seinen Lippen waren keine Zähne zu erkennen. War sein Hollywoodgebiß in Wirklichkeit ZahnERSATZ?

»Ich werde Ihre Augen nicht anfassen.«

»Auch nicht mit Instrumenten belästigen?«

»Ihre Augen werden weder manuell noch mit Instrumenten berührt.«

»Auch nicht mit Strahlen?«

»Wo denken Sie hin! Sie müssen sie nur offen halten.«

»Also eine Art Sehtest. Wie beim Augenarzt.«

»Genau. Die zweite Frage?«

»Erstens: Morgen ist die Zahlung bei der Bank fällig. Zweitens: Ich habe nicht den ganzen Tag Zeit, bei dir im Labor zu hocken. Wir sollten also früh anfangen. Ich schlage vor: um sechs auf K 2.«

»Nein, nein. Das machen wir gleich hier und jetzt.«

»HIER? Ohne Versuchsanordnung? Ohne sterile Instrumente? Ohne Licht? Ohne Kittel?«

»Ich habe Ihnen versprochen, daß ich ohne Instrumente arbeiten werde. Das Licht reicht aus.«

»Ich werde nicht an irgendeinen Stromkreis angeschlossen und bekomme Elektroschocks?«

»Aber, aber …«

»Und du bist in der Lage, das Geld morgen anzuweisen?«

»Eine Anweisung würde zu lange dauern. Ich gebe Ihnen nachher einen Barscheck.«

»Barscheck. Und du weißt, was du tust?«

»Wie soll ich das verstehen?« Der Professor spielte wieder mit dem länglichen schwarzen Gegenstand, an dem der Direktor eine Reihe von Knöpfen erkannte. Aus der Außentasche seines zitronengelben Jacketts holte er einen harmlos wirkenden Kassettenrecorder und legte ihn vor sich auf den Tisch.

»Ich meine, als Forscher und Millionär. Das Experiment wird mich nicht schädigen? Der Scheck wird gedeckt sein?«

»Ach, mein guter alter Freund«, seufzte der Professor. Noch immer nahm er die Sonnenbrille nicht ab. Erst jetzt erkannte der Direktor, daß sie wohl zu diesem Mitternachts-Souper gehörte wie der einzelne Tisch, die einzelne Kerze. Sie bedeckte mehr als die Hälfte seines Gesichts. Ein lächerliches Requisit seiner überholten, nicht mehr erwünschten »Therapie«-Versuche. »Nun kennen wir uns schon so lange …«

Eben nicht, dachte der Direktor. Zwar hatte er den Professor als Studenten und Intimus der »Schwestern« gekannt, aber nur flüchtig, denn er selbst war noch Sängerknabe gewesen und seine Begeisterung für den Zoo, den er später einmal führen sollte, hatte vor allem der mit Ornamenten und Ideogrammen verzierten Konzertmuschel im »alten« Zoo gegolten. Dann hatte er Maurice Jahrzehnte nicht gesehen, bis er plötzlich in seinem Zoo aufgetaucht war, betraut mit Sonderaufgaben, Grundlagenforschung. Respektierten sie einander? Wohl doch. Wie zwei letzte Veteranen einer fast oder gänzlich ausgestorbenen Spezies, deren Wege sich zu ihrer eigenen Verwunderung immer wieder kreuzten. Wie zwei NICHT-staatliche Institutionen, die ihre Arbeit vor der jeweils anderen zu schützen wußten. Aber ICH werde heute nacht Einblick in seine Arbeit erhalten, obwohl ich es nie wollte; nicht aus Respekt, sondern weil sie mich ablenken könnte von meiner eigenen. Nun, so gut kannte er seinen Professor doch, daß er sich keine wesentlichen Erhellungen versprach, egal was gleich folgen würde. Das Eigentliche würde er sich, wie immer, merken.

Der Professor griff in die Innentasche seines weiterhin schrillen zitronengelben Jacketts und zog einen gewöhnlichen Umschlag hervor. Keine Verwandlungen heute? Er verrührte ein weißes Pulver in der Mineralwasserpfütze des Direktors.

»Dies bitte kauen wie früher den Wein und dann langsam hinunterschlucken.«

»Was ist das?« Der Direktor schnupperte an seinem Glas mit der milchigen Tinktur. Sie roch nach überhaupt nichts.

»Ein Mittel, das sowohl die Sehkraft als auch die Bereitschaft zum Sehen erheblich verstärkt.«

Dem Direktor gefiel das Wort »erheblich« nicht.

»Haben es außer deinen Augenkranken Tieren schon andere eingenommen? Menschen zum Beispiel?«

»O ja. Seine Pharmakologie, Toxikologie, Pharmakokinetik und sein Metabolismus wurden bereits vor zweitausend Jahren untersucht.«

»Seine TOXIKOLOGIE? Wie heißt das Zeug denn?«

»Namen …«

»Na schön. Immerhin hast du mir einen Batzen Pillen geschenkt, die mich samt und sonders überzeugt haben.«

»Eben.«

Der Direktor setzte das Glas an seine lächelnden Lippen. Er kaute die Flüssigkeit. Sie schmeckte nach überhaupt nichts. Er schluckte sie herunter.

»Und was jetzt?«

»Die Wirkung wird gleich einsetzen. Ein wenig Musik kann dabei helfen.« Der Professor drückte einen Knopf auf dem länglichen schwarzen Ding. Es war eine simple Fernbedienung.

Auch der Professor kochte nur mit Wasser. Das mußte man sich merken. Das ganze Brimborium, und in Wirklichkeit bediente er sich nur überall erhältlicher Billigprodukte der Unterhaltungselektronik.

Aus den vier Ecken des umgebauten Eiscafés erklang gedämpfte Musik der Art, wie Hauseigentümer sie in ihren Fahrstühlen oder Supermarktbesitzer in ihren Markthallen einsetzten, um von etwas abzulenken oder etwas zu insinuieren, auf jeden Fall aber, um zur allgemeinen Hirnschrumpfung beizutragen.

»Wie lasch, Maurice. Hast du nicht etwas weniger Paralytisches? Verdi? Oder meinetwegen Mozart?«

»Es ist Musik mit weniger als sechzig Taktschlägen in der Minute. Das erzeugt tiefe Entspannung. Ihr Gehirn schaltet von der linken, logischen Hälfte auf die rechte, schöpferische um.«

»Ha ha. Und? Wann erklärst du mir deinen Versuch?« Nicht zum ersten Mal fragte sich der Direktor, ob Maurice noch bei klarem Verstand war. Warum SCHENKTE er ihm die vierhunderttausend nicht gleich? Natürlich war er heimlich verliebt in den Direktor. Der Versuch, der Test, das Experiment waren seine Art der Liebeswerbung. Die ganze sogenannte »Wissenschaft« des Professors für Schmerzforschung war nichts weiter als eine hilflose unglückliche verunglückte Liebeswerbung um jedermann und niemanden. Armer Narr. Er hatte nicht die leiseste Ahnung, was Schmerzen waren. Jedes seiner Augenkranken Tiere wußte mehr darüber. Aber auch jede frei geschlüpfte, frei lebende Ameise.

»Ich bin mit meinen Erklärungen längst am Ende …« sagte der Professor.

Aha, er gab es zu.

»… aber Sie noch nicht, wenn ich Sie richtig einschätze. Ich werde Ihnen ein paar Abbildungen zeigen, die vor Ihnen kaum einer beziehungsweise gar keiner gesehen hat …«

Sauereien wahrscheinlich.

»… und Sie werden sagen, was Sie sehen …«

Wenn's weiter nichts ist.

»… wundern Sie sich nicht, wenn Sie Ungewöhnliches sehen …«

Ja ja. Fliegende Fische und das Einhorn und Weißkopfseeadler.

»… auch Wirkus hat klein angefangen …«

Was? Wer?

»Was? Wer?«

Es ist gar nichts zu sehen, aber zu hören, wie diese widerwärtig kraftlose Musik aus den dunklen Ecken da quillt und herüber-KRIECHT. Quillt und kriecht. Südliche Gesänge. Östliches Röcheln. HALBTÖNE.

»Ich höre Halbtöne! Abschalten!«

In den kleinen Lichtkreis der elektrischen Kerze wurde ein Bild gelegt. Weißer Untergrund mit verschlungenem gelben Schriftzug. Schon begann der Schriftzug zu summen. Eine Armee von Halbtönen robbte über den Fußboden, jedes Stuhlbein, jede Deckung nutzend.

»Sie wollen zu MIR! In meine OHREN«

»Ruhig. Betrachten Sie die Abbildung und sagen Sie mir laut und deutlich, was Sie sehen ... alles, was wir je vorhatten ...«

Der gelbe Schriftzug summte: »HAPPY MOMENTS«. Der Schriftzug hob an, seine Buchstaben einzeln vorzusingen in gellenden schwellenden hoch hoch hoch strebenden Halbtonschritten – derweil die ANDEREN Halbtöne an seinem Bein hinaufkrochen, ungezählte dissonante auflösungsbedürftige kleine Sekunden.

Er hörte seine eigene Altstimme beschwichtigen, einlullen, abwehren: »Happy moments, happy moments, happy moments, happy moments, happy moments, happy moments, happy moments ...«

»*Ritardando*, lieber Direktor ... alles, was wir je vorhatten ...«

»Alles, was wir je vorhatten ...« sprach er nach.

»... alles ...«

»... alles ...«

Bis zu den Mandeln aufgerissen schob sich Davidobskis Rachen über »HAPPY MOMENTS«, und aus seinem Rachen klagte ein in Mark und Bein nachbebender eifersüchtig inbrünstig hoffnungslos liebender Kontratenor:

»Ich bringe euch die alte Mär / Wenn ihr was zahlt, freut mich das sehr ...«

»Halbtöne ... abschalten ... ich kann nicht mehr sehen ...«

»Ruhig. Es ist nur eine kleine Nachtmusik ... alles, was wir je planten ...«

»Alles, was wir je planten …« sprach er nach.

»… planten …« sagte der Professor leise.

»… was wir je planten …«

»Diese Abbildung zeigt Mutter und Sohn.«

»Ich höre sie.«

Meine Hosen sind voller Halbtöne, dachte der Direktor. Adler saß mit Junior auf dem Schoß auf einem Klappstühlchen vor einem Zelt in der Abendsonne in Afrika. Adler tuschelte. Junior tickte. »… ist etwas schiefgegangen … wird noch mehr schiefgehen … tut mir so leid …« tuschelte Adler, während das Kind auf ihrem Schoß nickte und tickte. Tuscheln und Ticken umspielten einander wie zwei Stimmen in einem beiseite gesungenen Duett, den Zuhörer gleichzeitig lockend und verbietend.

»Abschalten!«

»Tja, wenn es ginge. Aber es geht nicht«, hörte er den Professor traurig murmeln. »Hier Ihre Freundin.«

In den schillerndsten Farben begann die Orang-Utana aus ihrem Leben zu erzählen.

»Nein! Kein Tier! Nicht Rita!«

»Was sehen Sie? Beschreiben Sie es laut und deutlich. Alles, was wir uns je wünschten …«

Die Halbtöne krochen über seine Arme und vermehrten sich und vermehrten seine Arme zu Flügeln.

»Ich bin allein, ich bin allein, ich bin allein, ich bin allein, ich bin allein …« echote es von den Wänden in Ritas Käfig. Die Orang-Utana zog ihre Lippen über die Zähne und lächelte ohrenbetäubend. »Wink mir zu, wink mir zu, wink mir zu, wink mir zu, wink mir zu«, hallte es von den Kachelwänden.

»Ich HÖRE sie. Die Bilder singen und sprechen und stöhnen.«

»Ruhig … alles, was wir uns je wünschten …«

»Alles, was wir uns je wünschten …«

»… alles …«

»… ja, alles …«

Hinauf hinauf die Halbtöne! Nie wieder quäken, mäuseln, hüsteln, fiepsen, nie wieder seufzen, Schluß mit dem Schluchzen, nicht atmen, denken! Flügellos jetzt, in kurzen blauen Hosen und weißem Hemd, stand der Sängerknabe auf der Bühne in der Konzertmuschel im alten Zoo, in einer Schar von Imitaten in gleicher Kluft sofort als der spätere Direktor zu erkennen, sein Mündchen halb geöffnet, und vorsichtig, fast ängstlich, seiner Sache wenig sicher, quäkte er in die frühe Morgenluft beim Pfingstkonzert: »… alles, was wir je vorhatten, alles, was wir je planten, alles, was wir uns je wünschten, alles, was wir je wollten … es ist so unwichtig heute … wie einfach wär's gewesen, einfach gut zu sein.«

Ein nie gekannter, nie für möglich gehaltener Schmerz von menschlichen Lauten brüllte in seinem Kopf, und in seinem Kopf allein, so daß er ihn abreißen wollte. Er hörte Haare, die in Flammen aufgingen.

Er hörte die Lieder von Kindern, die sich aus hohen Fenstern stürzten. Er hörte Knochen auf einen Haufen fallen. Die Halbtöne erreichten seine Ohren, und er verlor das Bewußtsein.

»Habe ich geschlafen?«

»Fünf Stunden.«

»Trotzdem fühle ich mich nicht erfrischt.«

»Das sind die Nachwirkungen meines Sehtests.«

»Ach ja, der Sehtest. Wie ist er verlaufen?«

»Gut.«

»Was soll ich damit?«

»Das ist Ihr Scheck.«

»Vierhunderttausend … guter alter Maurice! Wann rückzahlbar?«

»Überhaupt nicht. Es ist Ihr Honorar für den Test.«

»…«

»Sie können sich nicht erinnern?«

»Nur schwach.«

»Interessant.«

»Tu nicht so überlegen. Sind meine Augen in Ordnung? Wie steht's mit meiner Sehschärfe?«

»Gut.«

»Nicht SEHR gut?«

»Gut genug.«

»Ich muß gehen. Ich freue mich, daß wir uns so gut verstehen, Maurice. Und die vierhunderttausend, das kannst du dir leisten? Kein Wort darüber, bitte. Ich habe heute die Presse im Haus wegen dieser dummen Schmierereien. Und von Wirkus wissen sie noch gar nichts.«

»Die Handhabung der Öffentlichkeit kostet unsereinen mehr und mehr Kraft. Hier ist Ihr Nachtisch.«

»Was ist das?«

»*Speed*.«

»Und was ist *Speed*?«

»Ein harmloses Anregungsmittel.«

»Ich habe zu danken.«

»Keine Ursache.«

»Nein, nein. Bleib sitzen. Du siehst müde aus.«

Der Professor sah aus wie eine Mumie. Etwas rann unter dem Rand seiner Sonnenbrille hervor, ein Tropfen Flüssigkeit. Löste er sich in seine wie auch immer gearteten Bestandteile auf?

»Bleib sitzen. Ich finde meinen Weg allein. Sag, warum wolltest du mich so unbedingt zum Mitternachts-Souper bei dir haben? Du wolltest deine THERAPIE fortsetzen, gib's zu. Ha, angeschmiert! Ich brauch keine Therapie mehr. Mir geht's gut.«

»Ich wollte Sie nur ansehen.«

»Kannst du überhaupt etwas sehen durch deine komische Brille?«

»Ja.«

»Und? Was siehst du?«

»*Solus rex*. Lächelnd.«

Immer wenn ich von Maurice komme, fühle ich mich erbaut und in gehobener Stimmung, dachte der Direktor, nachdem er, denn der

Tag brach an, im welken Schmutzgrau des umgebauten Eiscafés elegant wie ein Eintänzer zwischen den vielen leeren Tischen hindurchgewedelt war zur Tür, die er behutsam schloß, um den Professor in seiner mumienhaften Starre nicht zu stören. Es hatte geregnet. Die Erde roch, wie Erde zu riechen hatte, nach sich selbst. Berti, ein Zicklein aus dem Kinderzoo, sprang über den Gehegezaun der Hawaigänse. Natürlich waren es nicht des Professors Mittelchen. Es ist Maurice' rührende Hilflosigkeit, mit der er mich heimlich liebt und verehrt, er, der berühmte Forscher und Mann von Welt. Armer Narr. Alle reißen sich um ihn, aber zu mir ist er gekommen, mich hat er gewollt, meinen Zoo, weil ich ihn nicht wie einen Narren aussehen lasse. Im Gegenteil, ich respektiere ihn, auch wenn seine sogenannte Schmerzforschung Mumpitz ist. In Wirklichkeit arbeitet er an der Entwicklung von modernen Medikamenten, die er an seinen »Augenkranken Tieren« klinisch prüft. Hierfür, dachte der Direktor, bin ich gerne bereit, ihm die rechtliche Grundlage zu liefern. Er fühlte nach dem Scheck in seiner Tasche.

»Er hat Geld wie Heu, Berti. Die Narren scheffeln es nur so«, sagte er zu dem Zicklein im Hawaigansgehege. »Und du? Bist mal wieder ausgerissen?«

Berti sprang um einen Busch herum, der sich heftig bewegte. Der Direktor starrte eine Weile auf diesen Busch. In der Ruhe ringsum wirkte der hin und her schaukelnde und jetzt Erde speiende Busch sonderbar, deplaziert, bedrohlich. Sehe ich richtig, oder ist ein winziges Stück Natur wahnsinnig geworden? dachte er. Berti versuchte, sich hineinzuzwängen, und jetzt erkannte der Direktor die Gestalt, die im Busch kniete und mit einer Kinderschaufel in der Erde buddelte. Es war Papageno, der arme Hund. Buddelte mal wieder, war mal wieder rückfällig geworden, suchte seine Flasche. Er würde ihn nicht abhalten. Vielleicht soff er sich noch vor der Bundesverdienstkreuzverleihung zu Tode.

Aus dem Vogelhaus kam ein Krächzen: »Jali will Eis!«

Papageno schreckte hoch. Blitzschnell ging der Direktor in die

Hocke und in Deckung hinter dem Gehegezaun. Sein Vogelreviertierpfleger drohte mit der Kinderschaufel zum Haus, in dem Schiefhals weiterplapperte. »Es ist nicht fair«, murmelte Papageno und begann, mit beiden Händen in der Erde zu wühlen.

Der Direktor schlich geduckt zum Südeingang des Vogelhauses und zückte seinen Universalschlüssel. Er wollte dem Fabelvogel ins gelbe Auge sehen. Er wollte erleben, wie der beste Sprecher von allen Vögeln seinem Ruf gerecht wurde und den richtigen Ausspruch zum richtigen Geschehen vortrug. Berti war ihm gefolgt und wollte mit hinein. Der Direktor fuhr ihm sacht über die spitzen schwarzen Hörner. »Du bleibst draußen. Ich will nicht, daß du die Vögel aus ihrem Halbschlaf reißt.« Er schlüpfte hinein und verschloß die Tür von innen. Berti leckte an der Glasscheibe.

Im Vogelhaus herrschte die übliche morgendliche Halbschlafstille, die feuchte Luft vibrierend von den Papageien und Sittichen und Kakadus in Trance, ein kurzes Kollern hier, ein Stöhnen da, ein vereinzelter Flügelschlag. Schiefhals spreizte einen Fuß ab, als der Direktor vor seinen Käfig trat. Der alte Afrikaner mit der skeptischen Kopfhaltung zeigte sein Auge.

»Jali will Eis! Sofort!« sagte er im Singsangtonfall.

Der Direktor dachte: Ich habe heute nacht Stimmen gehört, die ähnlich klangen. Alte Lieder von der Steppe, alte Jakolieder, alte Kral-Lieder. Dann dachte er: Wo dieser Vogel geschlüpft ist vor zwei Menschenaltern, da ist Adler, da ist unser Stück Land. Dieser Vogel hat zu mir gesungen heute nacht, ich erinnere mich, und hat mir Photos gezeigt oder Bilder in mir wachgerufen von der Steppe. Junior ist in Afrika geboren. Es war nach der Großen Regenzeit.

»Ich muß mein Land sehen, mein Stück …« sagte der Direktor. Seine Stimme brach. Wollte er sich jetzt einstellen, hier im Vogelhaus, sein Stimmbruch? Er spürte, wie er schamhaft errötete. Nicht vor all den Vögeln. Aus heiterem Himmel begann Schiefhals zu singen:

»We fly away to Monte Carlo
Although Français we cannot parlo …«

Der Graupapagei tanzte auf seiner Stange, langsam wiegte er sich im Takt eines unbekannten Liedes von einem Unbekannten aus unbekanntem Zeitgewimmel. Der Direktor hörte wissend zu, sein Gesicht gegen das Käfiggitter schmiegend. Niemand kannte die Namen und die Geschichten der Menschen, die lebten.

Er mußte nach Afrika.

*

Dr. Daniels öffnete die Bauchhöhle in der Medianlinie. Die Geburt hatte sich verzögert. Das Pumaweibchen verweigerte die Nahrung, trank zuviel, ihr Atem roch ebenso faulig wie ihr schokoladenfarbener Ausfluß. Mit der Cap-Chur-Injektionspistole hatte Dr. Daniels das Tier intramuskulär immobilisiert. Der Kaiserschnitt würde dreißig Minuten dauern. Dorothee stand mit einer Vetalar-Spritze bereit, um nachzuinjizieren, falls Komplikationen eintreten sollten. Der Engländer öffnete den Uterus, er lächelte.

»Wußten Sie, Kollegin Matthes, daß Conte kommt? Ich habe mir erlaubt zu reservieren einen Platz für Sie neben mir in Reihe Nummer eins.«

Doro beugte sich vor und erkannte drei tote Feten im Zustand fortgeschrittener Zersetzung. Der Fäulnisgestank trieb ihr Tränen in die Augen, wie vorhin, als sie zwei junge Frauen in ihrem Alter bei den Pelikanen beobachtet hatte. Die Frauen, Freundinnen, umarmten sich zur Begrüßung, umfaßten die Hüften der anderen und beugten sich weit zurück und starrten einander an, als sähen sie sich zum ersten Mal. Doro hatte das traurige Gefühl, nicht zu ihnen zu gehören. Traurig, aber wahr. Am Abhang, der zum Teich führte, schnappte ein blauäugiger Pelikan nach dem Schild »Vorsicht! Pelikane beißen!« Arm in Arm schlenderten die Freundinnen über die Holzbrücke, die zum Menschenaffenhaus führte. Abgesehen von Friederike hatte Doro keine Freundin. Sie war sich selbst die einzige Freundin, nur mit dem Waisenkind aus Straßendorf konnte sie befreundet sein, das einsamste Kind der Welt brauchte ihre nachträgliche Freundschaft, ihre erinnerte Freundschaft nötiger als Mitschülerinnen und später Kommilitoninnen und heute junge Frauen von heute. Sie hatte den Milchzahn in der Blechschachtel unter ihrem Bett hervorgeholt und trug ihn jetzt immer bei sich. Vielleicht war es ein Mädchenmilchzahn. Vielleicht war J,. die ihren Milchzahn im Zoo beerdigt hatte, eines der stillen Kinder im Lande gewesen wie Doro. Sie hatte die Watte entfernt, und der Zahn klapperte in seiner Büchse in ihrer Jeanstasche.

Es war Doros erste Assistenz bei einer Geburt. Sie hatte sich darauf gefreut, ein Pumajunges mit ihren Einmalhandschuhen aus dem Leib des Weibchens zu ziehen und es hoch in die Luft zu heben wie auf den Photos in den Tierbüchern, ein neues Wesen, Fleisch und Blut zurückgekehrt aus dem Nichts. Manchmal wußte sie: Sie mußte eine Familie gründen. Nur so konnte sie die beklemmende Vorstellung loswerden, daß ihre »wirklichen« Eltern noch lebten, irgendwo, daß sie Namen hatten, Gesichter, Angewohnheiten, Berufe, ein *Telefon*. Oder waren sie im Gefängnis oder tot? Der Professor machte sich wieder einmal rar. Es war anständig von ihm, daß er ihr helfen wollte, das Rätsel ihrer »Herkunft« zu lösen, aber war es ein Rätsel? War er, der Professor, nicht das größere Rätsel? Doro hatte sich vorgenommen, ihre Doktorarbeit in Rekordzeit zu beenden und dann mit Papageno über alles zu sprechen: Liebe, Ehe, Nachwuchs. Sie hatte mehrere Nachrichten für ihn. Es schien unmöglich, an ihn heranzukommen. Er spielte wieder einmal »Ende«, der Lügner und Betrüger. Betrog sich selbst mit seinem Molukkenkakadu und wahrscheinlich mit falschen Erinnerungen an die Frau auf dem Razanullah-Photo, die angeblich tote Marie-Luise. Hatte sein Türschloß auswechseln lassen. Doro mochte nicht klingeln wie eine Fremde. Im Vogelhaus konnte ein intimes Gespräch nicht zustande kommen. Seit Jochen Wirkus vor ein paar Wochen aufs Dach gezogen war, lungerten hinter der Absperrung Menschen herum, die sie nicht mochte (der Obertierinspektor, der Sohn des Direktors, Fremde, Chris). Sie schlief schlecht.

»Es werden in den seltensten Fällen lebende Früchte entwickelt«, sagte Dr. Daniels, »wenn die Geburt sich so lange zögert. Und wir haben eine Uterusruptur. Können Sie mir assistieren bei einer Hysterektomie?«

»Ich weiß nicht …«

»Sie können. Es ist nicht schwer. Lirum larum Löffelstiel, wer das nicht kann, der kann nicht viel.«

»Ich finde es nicht komisch, Dr. Daniels.«

Sie schlief schlecht. Oft hörte sie ein Pochen an der Tür des K 2, oft schrien die Augenkranken Tiere, einmal schaute sie an sich hinunter und sah einen winzigen Blutstropfen, der in ihrem Bauchnabel schwamm. Wußte Papa von ihrer Schreckensnacht im ehemaligen Aquarium, von dem versuchten Totschlag am Direktor? Ihr Liebster hatte sie belogen, Marie-Luise kam nicht aus Afrika und lebte noch. Aber alle Menschen logen, wenn sie von ihrer Vergangenheit erzählten, Lügen war hier kein bewußter Prozeß, sondern Ausdruck einer Angst, die bis in die Höhlen der Vorzeit zurückreichte und von der Doro seit ihrer Kindheit geplagt wurde: der Angst vor Schmerzen und der Wiederholung von Schmerzen. Daß sich nie etwas ändern, daß alle Schmerzen immer wiederkehren würden, Zahnschmerzen, Kopfschmerzen, Wundschmerzen, Wachstumsschmerzen. So log und bog man sich seine Vergangenheit zurecht, um künftige Schmerzen nicht doppelt, dreifach, x-fach zu erleiden. Als typischer Fachidiot klammerte der Professor für Schmerzforschung in seinem Werk *Stimulus Summation Pain Research*, das Doro sich nach einigem Hick-Hack von einem blasierten Kollegen geliehen hatte (andere Schriften des Professors waren nicht zu finden gewesen, weder in der Zoobibliothek noch über die Fernleihe), den Begriff Angst = Zukunft aus. Lebewesen, Mensch und Tier, seien, was den Schmerz betraf, Vergeßlichkeitsautomaten, alles Physische und Psychische sei auf Schmerzvergessen ausgerichtet, das Schmerzerleben habe keinerlei Auswirkungen auf das Zeitempfinden, der Schmerz an sich sei ein Automatismus und so weiter und so weiter blah blah blah. Sie hatte erst anderthalb Kapitel gelesen und wenig Lust auf die folgenden fünfzehneinhalb. Jedes Kind wußte, wie lang die Zeit werden kann, wenn der körperliche oder seelische Schmerz nicht nachließ, und wie man sich das *merkte* für alle Zeit, und wie man bis in die Zellen hinein Angst behielt vor der Wiederholung. Schmerz vergessen definierte der Professor nicht als Angst = Zukunft = Verdrängung, sondern als automatisches, bewußtloses Programm, Schmerz und Schmerz vergessen seien ein und dasselbe, die Psyche sei in bezug auf physische und psychische Schmerzen ein »schlafender Automat« und nur bei »bestimmten Geisteskrankheiten in einen minimalen Wachzustand zu befördern«. Lachhaft. Es war das Kauderwelsch eines Scharlatans, eines Hobby-Philosophen. Sie hatte ein wenig nach hinten geblättert und nur noch Bahnhof verstanden. Wie ein Kind, dem man zu Weihnachten statt eines Chemiekastens ein paar Lexika geschenkt hat, jonglierte der Professor mit Termini und Sätzen und Formeln aus der Biochemie, Neurologie, Psychiatrie, Psychologie, Genetik, Ethologie, Kybernetik und sogar *Phonetik* herum. Das Interessanteste an dem Buch war die Vita des Autors auf der Umschlagseite. Kein Wort über seine Vergangenheit als Wunderkindviolinenvirtuose, kein Wort über seine Verbindung zu Frettich, der im Buch seitenlang zitiert wurde. Das Buch roch nach Angst, Angst, Angst. Sie hatte die Seiten, den Einband unter ihre Nase gehalten und geschnuppert. Es stank nach Angst. Welche seiner Schandtaten der Vergangenheit wollte Maurice Schuller mit seinem »berühmten Standardwerk« vergessen, verdrängen? War er selbst einer »bestimmten Geisteskrankheit« zum Opfer gefallen und empfand nun, seiner Theorie zufolge, in seiner »minimal erweckten Psyche« Schmerzen? War der schlafende Automat aufgewacht? Drogen. Doro tippte auf die Drogen, die der Professor entwickelte oder mitgeholfen hatte zu entwickeln. Es war bestimmt kein Zufall, daß der Direktor derzeit bunte Pillen verteilte wie Bonbons. Sie steckten unter einer Decke, der Zoodirektor und sein Schmerzforscher, und die Decke war groß genug, um auch noch den dritten im Bunde zu verstecken: den Fettwanst der Pharmaindustrie. Und jetzt ließ sie sich helfen vom Folterknecht der Augenkranken Tiere, akzeptierte stillschweigend, daß die Suche nach ihren »wirklichen« Eltern mit seinem Blutgeld finanziert wurde. Habe ich Mitleid mit dem Monster, dachte sie, trotz allem, was ich über es weiß? Vielleicht war auch Maurice Schuller, der Mann mit den vielen Lebensläufen, ein Waisenkind. Waren Wunderkinder nicht dasselbe wie Waisenkinder?

»Ach, lächeln Sie doch einmal für mich, Kollegin«, sagte Dr. Daniels. »Ich habe schon festgestellt, daß Sie nicht Sinn für Humor haben. Hatten Sie Haustiere?«

»…«

»Also«, seufzte er, »injizieren Sie nach. Dann nehmen Sie das Karton dort und stellen es neben mein Bein hier. Dann müssen Sie so halten, während ich so schneide …«

Gemeinsam entfernten sie Uterus und Feten und warfen das tote Fleisch in den offenen Karton. Gemeinsam wuschen sie sich die Hände über dem nagelneuen hellblauen Doppelwaschbecken im K 1.

»Warum betrachten Sie sich im Spiegel, Dorothee?«

Doro starrte in den Spiegel, als sähe sie sich zum ersten Mal. Daß ihr nicht übel war. Blut, Gestank, das Herumschneiden in der Bauchhöhle konnte sie verkraften, sie war nicht zimperlich.

Aber die Sinnlosigkeit. Die Wiederholung. Der *Karton*.

»Um zu sehen, ob ich noch da bin.«

»Auf die reizendste Weise sind Sie da.« Dr. Daniels berührte ihre Schulter. Dazu benutzte er den Ringfinger und den kleinen Finger seiner linken Hand. Mit der rechten Hand schob er eine Pfeife in seinen

Mund. Unter der dunkelgrünen Gummischürze trug er ein kariertes Hemd mit einer sandfarbenen Wollkrawatte. Er hatte einen rosafarbenen Hals.

Gemeinsam mit dem Raubtierpfleger Hanne Schmeckel, der draußen gewartet hatte, schleppten sie das Pumaweibchen in den Krankenkäfig. Gemeinsam gingen sie zum Mittagessen. Es war ein sonniger Tag, und sie trugen ihre Tabletts auf die hintere Terrasse des Zoo-Restaurants. Die Zoobesucher, ältere Erwachsene, keine Kinder, trugen Sonnenbrillen und tranken Bier, Weinschorle, Kaffee. Sie aßen Wiener Schnitzel mit Pommes Frites, Paniertes Fischfilet mit Kartoffelsalat, Königsberger Klopse mit Reisrand oder das Tagesmenu, »Spinatauflauf Toskana«. Doro löffelte die oberste marmorne Schicht von ihrem gigantischen, geologisch alptraumhaft anmutenden Eisbecher »Muscheltraum«. Sie legte den Löffel auf den Unterteller. Schokoladenschichten warteten. Ein Wind fuhr in die Bäume rings um den See; noch war die Insel in seiner Mitte verwaist. Erst bei einer Temperatur von fünfundzwanzig Grad im Schatten wurden die Schwarzen Klammeraffen aus dem Tropenhaus geholt und in Höchstsicherheitskäfigen auf Ruderboote verladen und am Ufer der birkenbestandenen Insel ausgesetzt. Im vergangenen Sommer war es noch inspirierend gewesen, als Zooneuankömmling auf einer Bank zu sitzen und den Schwarzen Klammeraffen bei ihren acht Meter weiten Sprüngen von einer Baumkrone zur anderen zuzuschauen. Sie hatte Zukunftspläne geschmiedet, enorme Sprünge in die Zukunft.

Doro konzentrierte sich auf einen Baum im Restaurantgarten, an dessen Stamm ein orangenes Plakat mit lila Schrift gepinnt war. Daniels und Schmeckel erzählten ihr Anekdoten aus Praxis und Leben. Irgendwann verstummten sie und rückten ihre Stühle so zurecht, daß sie ein Gespräch unter Männern hätten anfangen können. Doro entschuldigte sich stumm und ging zur Toilette im Keller. Sie öffnete die Kabinentüren, um sich zu vergewissern, daß sie allein war. Dann setzte sie sich auf eine schwarze Klobrille aus Plastik und betastete mit beiden Händen ihren Kopf. Durch das geöffnete Kellerfenster blies der Wind herein, sie kniete vor der Kloschüssel nieder und versuchte sich zu übergeben.

Halb verborgen hinter Würstchenessern winkte Chris ihr zu, als sie auf dem Weg zu K 2 am Barasingha-Gehege vorbeikam. Das war einmal ihr Held gewesen. Sie erinnerte sich nicht mehr. Seit sie wußte, daß er mit der grauhaarigen Frau *telefoniert* hatte, hatte sie auch den Kontakt zu Straßendorf abgebrochen. Warum nicht mit einem Schlag sich befreien von alldem? Warum hast du gelogen, Papageno? Du bist nie in Afrika gewesen. Chris wusch keine Leichen mehr, sondern verkaufte heiße Würstchen bei den Barasingha-Hirschen, deren goldbraune weichfellige Leiber von flirrenden Auren aus Sonnenlicht und Blattgrün umgeben waren. Wie alle Verfehlten haßte Chris die Natur, ihre Gewalt, ihr Warten, ihr So-Sein. Er lebte auf in Städten, unter Menschen, in Dramen. Jetzt hatte er sich im Zoo eingeschlichen, wahrscheinlich mit Friederikes Hilfe. Noch war er friedlich (sein Blick jedoch weiterhin mahnend, *strafend* optimistisch). Mit dem Teleobjektiv ihrer Kamera hatte sie ihn etwas in ein Notizheft kritzeln sehen. Vermutlich hielt er sich noch immer für einen »Künstler«. Sicher meinte Friederike es gut, sie war eben ein ältliches Mädchen und kuppelte gern. Wie einsam sie sein mußte, allein mit sich in ihren schrecklichen jugendlichen Lederhosen. Doro hatte sie bei Kuchen und Likör ins Vertrauen gezogen und ihr (fast) alles über die Horrornacht mit dem Direktor erzählt. Gewisse Einzelheiten wollte sie dem in der Liebe so unerfahrenen Fräulein nicht zumuten. Friederike hatte Doros Hand gehalten und fest gedrückt. Im Gegenzug vertraute ihr die Chefsekretärin das Neueste aus der Verwaltung an, Papageno betreffend, und es war kein Gerücht. Es war die wichtigste und beste aller Nachrichten, die sie ihm überbringen mußte. Die schlimmste kam aus Sydney. Sali wurde kränker und kränker. Noch wußte Papa überhaupt nichts. Wie würde er reagieren? Er hatte das Tier von Hand aufgezogen und später vergesellschaftet. Mehr als jeder andere im Zoo hatte er ein Anrecht zu erfahren, wie es um seinen Zögling stand. Für den Persischen Leoparden tat Doro, was in ihrer Macht als Projektleiterin stand. Sie telefonierte mit Professor Loring im Riverbanks Zoo und richtete ihm Grüße vom Professor für Schmerzforschung aus. Ja, Loring wußte, wer »Mousey« war. Und in Sydney wußte man, wer Loring war. Sali erhielt *top priority*. Loring, beeindruckt von Doros Engagement für das Einzeltier, bot sogar an, seine Beziehungen spielen zu lassen und ihr einen Flug nach Sydney zu verschaffen. Doro antwortete ausweichend. Die Dissertation (vor allem aber Papageno). Ein wenig vielleicht auch die Aussicht, bald ihren »wirklichen« Vater zu sehen, für immer zu spät, aber immerhin.

Chris pfiff ihr eine Melodie hinterher. Sie drehte sich nicht um. Sie mußte einen Brief an den Direktor schreiben. Seit Tagen laborierte sie daran. Sehr verehrter Herr Direktor, es tut mir aufrichtig leid, Ihnen in bewußter Nacht nicht gesagt zu haben, daß ich Ihre Gefühle für mich leider nicht erwidern kann. Sehr geehrter Herr Direktor, Ihr Schweigen zeigt mir, daß auch Sie den peinlichen Vorfall in bewußter Nacht ad acta legen wollen. Sehr geehrter Herr Direktor, ich sehe von einer Anzeige gegen Sie wegen sexueller Nötigung und/oder Unzucht mit Abhängigen ab und verlange die sofortige Entfernung des Würstchenverkäufers Christoph Dalluge aus dem Zoo.

Kein Gericht würde ihr glauben. Ebensogut konnte der Direktor Anzeige gegen sie erstatten, wegen versuchten Totschlags. Daß er es nicht tat, längst getan hatte, ließ tief blicken. Die Drogen-Connection. Friederike hatte laut gelacht über Doros Verdacht, im Zoo würden neuartige Drogen entwickelt und an Tieren getestet. Friederike hatte ihr Mut gemacht, die Dissertation zu beenden; selbstverständlich sei »der Alte« weiterhin ihr Doktorvater. »In diesem Zoo ist schon vor dir kräftig gebechert worden, Dorolein. Und kleine Flirts mit dem Chef, die gab's auch schon.« Doro hatte ihr erzählt, daß der Direktor nach gemeinsamem Genuß von Bier und Aufputschmitteln »zudringlich« geworden sei, worauf sie ihm einen »Stoß« versetzt habe. Dem Direktor, hatte Friederike sie beruhigt, tue eine kleine Ohrfeige von Zeit zu Zeit ganz gut. Schlecht sei nur der Einfluß des Vogelpflegers

Kadamecki, hüstel hüstel. Mit Tierpflegern tue man »so was« nicht. Bewundernd spreche der Direktor von Doros Talent als Gehegebauerin.

Wie im Traum hatte Doro in den Nächten nach der Nacht, während es an der Tür pochte und die Augenkranken Tiere schrien, ein Bengalkatzen-Gehege für das Neue Nachttierhaus skizziert, komplett mit der von ihr erfundenen Abenteuer-Röhre, einem für den Besucher einsehbaren, bepflanzten Verbindungsgang zwischen zwei Käfigen, einem Hindernispfad, der höchste Anforderungen an die Intelligenz der Tiere stellte. Das Hindernisinstrumentarium würde jede Woche wechseln.

An der Glastür des Nilpferdhauses hing ein orangenes Plakat. Doro las die lila Schrift:

Gastvortrag im Zoo Restaurant
CONTE CONDOLI
»Auf der Suche nach Zusammenhängen«

In ihrem Zimmer tanzte der Staub im Sonnenlicht. Wenn es doch wieder Winter wäre, dachte Doro. Ich bin nicht vorbereitet auf diesen plötzlichen Frohsinn. Sie zwang sich zur Arbeit und schrieb eine glänzende Passage über die Raubkatzenbeobachtungen der Schwestern, und langsam wurde es dunkel. Sie wählte Papagenos Nummer.

»Hallo?« meldete sich Chris.

Sie hängte ein. (Im Sekundenbruchteil bevor sie einhängte, meinte sie Chris einen sehr langen Satz sehr schnell flüstern zu hören.)

Es war kein gutes Zeichen, daß Papageno sich mit Chris abgab. Hatte er sich schon angesteckt beim Optimisten? Was redete Chris ihm ein? Doro unterschätzte den Charme der Schlaffheit und des Tagträumens nicht, den Chris spielen lassen konnte, wie es ihm gefiel. Sie wollte Papageno nicht schlaff, nicht auf vage Weise in die ganze Menschheit verliebt wie Chris. Sie wollte ihn, wie sie ihn kennengelernt hatte: zynisch, verzweifelt, ein Zerbrochener und ein Zerbrecher, Wildtöter und getötetes Wild, niemals niemals demütig. Vor ein paar Tagen hatte sie, hinterm Robbenfelsen verborgen, beobachtet, wie Chris mit zwei vollen Einkaufstüten bei ihm klingelte und wie ihm geöffnet wurde. Wirkus war Papas Einkäufer gewesen, hatte die Konserven und Flaschen herangeschleppt für seinen vermeintlich besten Freund. Jetzt ließ der ihn auf dem Vogelhausdach öffentlich Selbstmord begehen, ein Kakadu war ihm wichtiger. Niemand wußte, was Wirkus vorhatte. Der arme Mann gehörte in eine Anstalt. Es hieß, daß er sich und das halbe Vogelhaus in die Luft jagen würde, wenn man ihm zu nahe käme. Der Direktor zeigte ungewöhnliche Langmut. Nur wenige durften durch die Absperrung, um einen Blick auf Wirkus zu werfen. Seltsamerweise gehörte Chris zu diesen wenigen. Oder eben nicht seltsamerweise, denn jetzt schlich er sich bei Papa ein. Wirkus war nur kurze Zeit Tagesgespräch gewesen. Die Isolation, die Absperrung, die gesamte große und komplexe Unternehmung, die der Zoo jeden Tag war, hatten dafür gesorgt, daß von Wirkus sehr bald gesprochen wurde wie von einem Zootier. Man war sich einig, daß nur Papa es schaffen würde, Wirkus zu füttern, ihn zu locken und einzufangen.

»Noch ein Grund, daß du dich wichtig fühlen kannst«, sagte Doro. Sie richtete die Schreibtischlampe auf den Kleiderschrank. »Und bald wirst du mich vor Wichtigkeit gar nicht mehr kennen.« Sie starrte sich hinein in das postergroße Razanullah-Photo, das jetzt statt ihres Spiegels an der Innentür des Schrankes hing. *Happy Moments* hatten gute Arbeit geleistet. Das Milchgesicht Karl-Walther Kadamecki, das sich aus irgendeinem Grund für die kecke Marie-Luise schämte, rauchte »Muratti Privat«, eine Packung lag neben seiner Hand, die Marie-Luise umklammert hielt. Doro hatte recherchiert. »Muratti Privat« war in der geschichtlichen Epoche, in der das Photo aufgenommen worden war, eine sündhaft teure Zigarette gewesen, eine Zigarette für die Reichen. Marie-Luise sah aus, als ob sie reich hätte sein können. *Happy Moments* hatten einen Ring an ihrem Zeigefinger vergrößert, einen merkwürdigen schlangenförmigen Ring, über und über mit Brillanten besetzt. War er ihr bezahlter Liebhaber gewesen? Er schaute schuldig drein, schuldbewußt. Sie hatte ihn in der Hand, hatte seine Hand in ihrer beringten Pfote, die Schlange.

Doro studierte das Photo, bedachte, bebrütete das Photo, oft stundenlang. Sie befragte das Photo wie ein Orakel. Die grauhaarige Frau, ihre angebliche Mutter, saß so Abend für Abend vor dem Fernseher, als könnte sie eine geheime, nur für sie bestimmte Botschaft daraus empfangen. Wie lautete die Botschaft für Doro, was sprach das Razanullah-Photo? Hände weg von Papageno? Vorsicht vor Lügnern und Betrügern?

Marie-Luise war schuld.

Anfangs hatte Doro noch mit ihr gefühlt. Was konnte Marie-Luise dafür, wenn sie den Jammerlappen neben sich so nachhaltig enttäuscht hatte, daß er es noch Jahrzehnte später nicht verwinden konnte und sich ihren Selbstmord wünschte? War sie nicht schon gestraft genug gewesen, sich überhaupt mit ihm eingelassen zu haben? Hätte Moritz Schuller, der ihr einen schmachtenden Abschiedsblick schenkte, nicht viel besser zu ihr gepaßt? Selbst als lebende Deutsche strahlte die vermeintliche afrikanische Selbstmörderin mehr Lebensgier und Weltgier aus als der junge Tierpfleger Papageno. Die Tatsache, daß er mit den Schwestern am Razanullah-Tisch saß, bewies, daß er schon damals im Zoo gearbeitet haben mußte, als Unterling, erhoben durch die Liebe oder Lust der reichen (und einflußreichen) Marie-Luise, die vorher offensichtlich ein Verhältnis mit dem jungen Professor gehabt hatte. Und dann, *by degrees, ever so slowly,* wie die klügste Bengalkatze der Nacht, witterte Doro Maries-Luises Schlechtigkeit, Verdorbenheit, Fremdheit, Krankheit. Marie-Luise im Zentrum des Photos, als einzige in die Kamera schauend, war nicht das lustige frische Fräulein von nebenan, als das sie sich zu tarnen versuchte. Sie war der Urheber der Wehmut, von der die Tischrunde wie von einer plötzlichen Krankheit befallen zu sein schien. Ihretwegen fühlte sich Papageno schuldig; wer weiß, was sie mit dem jungen Kerl trieb. Ihretwegen litten die Schwestern, denn sie hatte den von ihnen angehimmelten Studenten Moritz Schuller verhext. Ihretwegen trauerte Moritz Schuller, weil sie ihm versprochen hatte, seine Karriere zu fördern mit ihrem vielen Geld, und nun aus irgendeinem dunklen Grund den Tierpflegeranwärter Karl-Walther Kadamecki vorzog. Ihretwegen lächelte König Razanullah, bei näherer Betrachtung, nicht weise, sondern besorgt, als sei sie wirklich seine Tochter, aber ihm und dem Königreich verloren für alle Zeit.

Marie-Luise. Sie war nicht ihre Vorgängerin, ihre Schwester. Sie war ein dunkelgelocktes Flittchen, eine Zerstörerin, und sie lebte natürlich noch. Und Papageno wußte, daß sie lebte, und konnte sie nicht vergessen, sie sprach aus ihm im Schlaf. Ihretwegen belog er Doro. Er wollte Doro seine Demütigung nicht eingestehen, erfand lieber ein tragisches und erotisches Afrika für seine Schmerzen, inspiriert von den Legenden auf den Gehege-Schildern, vom Prusten der Nilpferde nebenan in ihrem gekachelten Planschbecken. Erfand afrikanische Lieder und Selbstmorde, brachte afrikanischen Vögeln das Sprechen bei, kleidete sich dunkel und soff bis zum *blackout*. Jeder Feld-, Wald- und Wiesenpsychologe konnte sich mit Leichtigkeit einen Reim darauf machen. »Muratti Privat« und der funkelnde Schlangenring, die blitzweißen Beißer und die leicht zusammengekniffenen schwarzen Augen und die dunkle Pfote auf seiner weißen Tatze – wie krank ihn das gemacht hatte.

Sie wählte seine Nummer. Wie wenig dazugehörte, aus Liebe krank zu werden. Der Körper, das Fleisch, die Knochen, die Flüssigkeiten, eine zufällige Komposition, gesteuert von verderbten Gedanken, aber auf die zufällige Komposition des Gesichts fällt kurz nur ein Sonnenstrahl, oder es fällt Regen und wäscht für einen Augenblick das Zufällige weg, und ein Bild entsteht, und die Gedanken freuen sich, sie dürfen daran arbeiten, dürfen das Bild zusammensetzen und fest fügen, aus einem Augenzwinkern, einer gekräuselten Lippe die sogenannte Liebe eines Lebens formen. Offensichtlich spielte auch Geld eine Rolle.

»Hallo?« meldete sich Chris.

»Papageno bitte«, sagte Doro.

»Ich muß dich sprechen.«

»Ich dich aber nicht.«

»Es ist so schwer, dich immerzu zu sehen und nicht mit dir sprechen zu können.«

»Dann kündige. Verkauf deine Würstchen in der Stadt. Am besten in Rio.«

»Seltsam, daß du Rio sagst, Tee. Gerade hab ich Papa erzählt, daß Conte …«

»Was ist?« sagte Papageno.

»Ich muß dich sprechen. Dringend.«

»Wozu?«

»Ich hab ein paar Nachrichten für dich.«

»Komm rum und erzähl sie Chris. Ich hab zu tun.«

»Nein. *Du* kommst rum.«

»…«

»Ich hab keine Lust, deinen neuen Freund Chris bei dir zu treffen. Er kotzt mich an.«

»Ihr solltet euch aussprechen. Ihr zwei allein.«

»Du mußt dich schon zu mir bemühen, Papa, denn es geht um *deine* blöde Zukunft.«

»Spuck's aus und laß mich in Frieden.«

»Nicht am Telefon.«

Papageno seufzte und hängte ein.

Doro verriegelte den Kleiderschrank. Sie wählte eine Musikkassette von Keith Jarrett aus. Sie ließ ihr Strohrollo herunter, und in ihrem Zimmer sah es aus wie in einer Strohhütte. Sie zündete eine Kerze an. Sie ordnete ihre Papiere. Sie vermißte ihren Spiegel, den sie einem Kollegen für seine Studien im Affenhaus geschenkt hatte. Sie betrachtete eines der Photos, das sie mit Selbstauslöser geschossen hatte. Auf dem Photo lächelte sie (zu dünnlippig?) und war sehr bleich.

Papageno klopfte an ihr Fenster. Sie ging in den Vorraum, um ihm aufzumachen. Er war nüchtern. Bei seinem letzten und bisher einzigen Besuch im K 2 war er sturzbetrunken gewesen. Er behauptete, er könne Krankenhäuser, auch ehemalige umgebaute, nicht ausstehen. Sie wußte es besser. Er hatte Angst vor ihren Papieren und Büchern.

Er stellte den Kassettenrecorder ab.

»Ich kann keine romantische Musik hören«, sagte er.

»Heißt das, du kannst sie nicht hören oder du kannst sie nicht leiden?«

»Hol mir was zu trinken.«

»Hol's dir selber.«

Sie standen sich gegenüber wie schon oft. Kinder vor einer Schlacht, bevor sie sich lieben.

»Ist er da?«

»Wer?«

»Wer schon? Der Professor.«

»Nein. Verreist. Aber seine Tiere schreien weiter. Es ist grauenvoll.«

»Immer um die gleiche Zeit?«

»Nein … nicht um die gleiche Zeit. Jetzt wo du's sagst, fällt's mir wieder ein. Irgendwas war neu. Sie schreien unregelmäßig, überraschend.«

Doro streckte ihre Hand nach Papageno aus. Er berührte die Hand. Seine Finger waren voller Tintenflecken.

»Wir leben an einem schrecklichen Ort, nicht wahr, Papa?«

»Nein. Du lebst an einem schrecklichen Ort. Ich nicht.«

»Hol dir was zu trinken.«

Er zögerte. Es war das alte geliebte Zögern vor dem Überfall. Sie brauchte ihn nur anzusehen, ihn atmen zu hören, um zu wissen, daß er sie reinigen würde vom Direktor. Es war ihr egal, wie sie es nannten heute nacht, an wen er dachte dabei. Vielleicht konnte auch sie ihm helfen, vielleicht konnte sie seine Angst packen, seine Angst vor der Wiederholung der Schmerzen, sie packen am Schopf, wie ein dunkles böses Biest. Er hustete seinen alten Vor-Husten.

»Fick mich«, sagte Doro.

Sie erschraken.

Doro wehrte sich, als er an ihrem Hemd zerrte. Er ohrfeigte sie. Sie küßte ihn. Er wand sich und warf sie aufs Bett. Sie behielten ihre Kleider an und blieben stumm. Papageno spritzte auf die indianische Wolldecke. Doro masturbierte weiter, bis es ihr kam. Die Blechschachtel in ihrer Jeanstasche klapperte. Papageno stand auf und ging in die Küche. Sie sprang vom Bett wie eine befreite Katze. Sie ließ die Rollos hoch, setzte sich in ihren Schreibtischstuhl, drehte sich eine Zigarette. Sie dachte: Es ist nicht schlimm, es ist nicht schlimm, wir haben soeben entdeckt, daß wir uns lieben, alles wird anders sein jetzt.

»Dein Kühlschrank sieht aus wie ein Mausoleum für halbe Portionen.« Papageno hockte sich neben das Bett auf die Erde und nahm einen tiefen Zug aus einer zwei Wochen alten halbvollen Kakaoflasche. Doro nickte. Sie ernährte sich unrichtig, konservenweise, würfelweise, aß nichts auf, kotzte heimlich. *Talking to the toilet* nannten es ihre *roommates* in Haydn, Ohio.

»Siehst selbst aus wie eine halbe Portion«, sagte er. »Nicht mehr so proper wie früher.«

»Findest du? Dafür siehst du viel gesünder aus.«

Oder waren es nur Hemd und Jackett? Er trug sogar eine Krawatte. Seine Augen hinter den Brillengläsern schauten klar, wie frisch gewaschen, neu in den Schädel gesetzt, ein neues Paar blaue Augen. Die Haut straffer, die Lippen nicht mehr aufgesprungen, er schien ernsthaft weniger zu trinken.

»Warum hast du mich die ganze Zeit ausgesperrt und gemieden?« sagte Doro. »Ich möchte dabei sein, wenn du dich änderst.«

»Du würdest vom Schlamm in die Jauche kommen.«

»Ich versteh dich nicht.«

»Du hast Nachrichten? Schieß los.«

»Ich hab gehört, der Kea wird oft als Test-Ausbrecher eingesetzt. Ich möchte mir einen ausleihen, um ein Gehege zu testen, das ich entworfen habe. Wenn ich es bauen darf.«

»War das alles?«

»Eben im Bett … auf dem Bett … waren wir wie die Kinder, hast du gemerkt?« sagte Doro.

»Unsinn. Es ist dieses Krankenhaus. Ich hasse Krankenhäuser. Ich sehe dein Zimmer und sehe die blutigen Fliesen und den Operationstisch und die Leichenkammer mit den Tieren in Plastiksäcken. Ich rieche die Chemikalien und sehe die Lederriemen und Beinschienen. Da wo jetzt deine Küche ist, haben sie ihre Besprechungen gehabt und das Fleisch exotischer Tiere verkostet im Namen ihrer Wissenschaft, sie haben …«

»Du bekommst das Bundesverdienstkreuz Erster Klasse.«

»Erspar mir die dummen Scherze deiner wissenschaftlichen Abteilung. Spuck lieber die Wahrheit aus. Kommt er zurück?«

»Der Professor? Natürlich kommt er zurück. Nur weiß keiner wann. Aber mach dir keine Gedanken, er würde es nicht wagen …«

Und ob er es wagen würde, dachte Doro. In ihren Träumen und auch in ihren Tagträumen spielten sich Szenen ab zwischen Papageno und dem Professor. Immer stand sie unbeteiligt beiseite, nackt aus dem Fenster schauend. Hinter ihr zerschlug Papageno eine Pastis-Flasche auf dem Echsenhaupt des Professors, sie hörte den Professor leise zischen und dann röcheln und verenden, während Papageno keuchte und schnaubte.

»Ich spreche von Sali. Angeblich bist du Projektleiterin *gewesen*. Kommt er zurück? Oder habt ihr ihn verschachert?«

»Papa, es ist wahr. Du kriegst wirklich dieses Kreuz.«

»Lenk nicht ab. Kommt er zurück? Und wann?«

»Empfängst du Botschaften von Sali? Ich mein's ernst. Hast du einen inneren Kontakt mit ihm wie ein … Vater, eine Mutter?«

Papageno vergrub seinen Kopf in den Armen.

»Ich brauche ihn«, murmelte er. »Ich *brauche* ihn. Ich komm nicht weiter ohne ihn. Versprich mir, daß er zurückkommt.«

»Das kann ich dir nicht versprechen. Ich habe nicht die Macht.«

»Du hast mehr Macht als ich.«

»Nicht, nachdem du das Bundesverdienstkreuz erhalten hast.«

»Mach mich nicht krank. Mach nicht, daß mein Kopf abfällt von mir. Versprich mir, daß er zurückkommt. Bitte.«

Doro setzte sich zu ihm auf den Fußboden. Sie legte ihren Kopf an seinen Arm. Sein Jackett roch nach Kakao. Immer noch verbarg er sein Gesicht vor ihr.

Doro sagte: »Schaust du dir auch manchmal die Besucher an und fragst dich, warum sie andere Berufe haben als wir? Ich meine, warum sie Besucher sind und wir nicht?«

Papageno rollte seinen Kopf hin und her.

»Besonders am Sonntag«, sagte Doro.

»Bitte«, sagte er.

Es war das erste Mal, daß er sie so um etwas bat. Gefordert hatte er schon oft. Sie würde mit diesem Jungen ihr »Leben teilen«, wie die Erwachsenen sagten. Der Kakadu tat ihm gut, sie mußte ihr Urteil revidieren, der Kakadu schien Papageno die Zunge zu lösen und nicht umgekehrt. Schau her, wie ich lächele, du Kindskopf. Es wird alles anders sein jetzt. Er hatte sich die langen strähnigen Haare gestutzt, mit einer Gartenschere, wie es aussah. Wie klein er da hockte. Wie kräftig seine Arme waren. Wie gut er noch ohrfeigen konnte. Er sehnte sich nach Sali, er sehnte sich nach dem richtigen Tier, der Persische Leopard war schöner als Marie-Luise, wilder auch, dankbarer auch. Was war Sali anderes als ein Symbol? Es war natürlich kein Zufall, daß Karl-Walther, kaum war sein Ziehkind fort, selbst ein Ziehkind wurde, Doros Geliebter, fixiert auf ihre Brüste wie kein Mann zuvor (Chris hatte Angst vor ihren Brüsten gehabt, hatte sie abgewehrt mit wedelnden Händen). Es war auch kein Zufall, daß er nach einigen Affentänzen und Männlichkeitsritualen Doro jetzt um Sali anflehte. »Du hast mehr Macht als ich.« Es ist unglaublich, dachte Doro, er bittet mich um mich.

»Ich versprech es dir«, sagte sie.

Wenn Sali starb, würde der Schmerzschock Papageno die Augen öffnen, und er würde wissen, wen er die ganze Zeit gemeint hatte, geliebt hatte. Es war zu früh, ihm von Salis Krankheit zu erzählen. Erst mußten sie einander neu entdecken, sich einrichten im neuen anderen. Es war alles völlig anders, als sie gedacht hatte. Es war, als seien sie auf einmal die ältesten Freunde, Kinderfreunde, Zwillinge, die ihre Klamotten tauschten, und gleichzeitig ein offizielles erwachsenes Liebespaar. Kein Wunder, daß sie gewisse lustvolle Spiele, auf die kein Mensch verzichten sollte, erst wieder neu erfinden mußten. Die Nilpferdlieder waren schön gewesen, selbst als lügende Lieder. Die Nilpferdlieder waren nur der *Anfang* gewesen.

»Sag einen Pfand«, sagte Papageno.

»Was?«

»Sag zum Beispiel: Ich versprech es dir oder du bekommst alle meine Bücher.«

»Ich versprech es dir. Oder du bekommst meinen Glücksbringer.«

»Was ist das für ein Glücksbringer?«

»Ein Zahn.«

»Das genügt mir nicht.«

»Ich versprech es dir. Oder du bekommst ...«

Zwei schnell hintereinander abgefeuerte Schüsse knallten im K 2. Sie waren so ohrenbetäubend laut, so nachhallend, daß der ganze Zoo sie gehört haben mußte. Sie kamen aus dem Labor des Professors.

Doro sprang auf und verriegelte ihre Tür. Als sie sich umdrehte, stand Papageno kreidebleich an die Wand gepreßt. Er hielt ein Springmesser.

»Was machen wir jetzt?« flüsterte Doro.

»Er soll ruhig kommen«, sagte Papageno.

»Was?«

»Komm doch!« brüllte Papageno.

»Still!«

»Was der Mann *weiß*!« sagte Papageno. »Wie der Mann *plant*. Ausgerechnet jetzt ...«

»Aber er weiß gar nichts. Und er ist verreist. Hundertprozentig. Friederike hat's mir erzählt. Er ist auf einem Kongreß.«

Papageno lachte bellend. Er warf sein Messer. Es bohrte sich in Doros Zimmertür.

»Bist du wahnsinnig?« flüsterte Doro. »Ich sag dir, er ist nicht hier. Ich spüre, wenn er hier ist, ich hab einen Riecher für ihn entwickelt. Einbrecher!«

»Du dumme Nuß. Kein Mensch kommt da rein. Das ganze Labor steht unter Starkstrom. Entweder er hat sich endlich erschossen oder er wollte uns warnen.«

Papageno ging zur Tür und zog sein Messer aus dem Holz. Er wollte die Tür öffnen. Doro zerrte ihn zurück.

»Warnen? Wovor?«

»Daß es jetzt gleich fürchterlich zur Sache gehen wird.«

»Warum sollte er uns was tun? Er mag mich. Und er wird sich wohl kaum mit dir anlegen wollen.«

Die Drogen, dachte sie. »Er entwickelt Drogen da drin. Niemand glaubt mir, aber das ist der Beweis. Es geht um Drogen. Es *sind* Einbrecher. Ich scheiß auf deinen Starkstrom. Sie haben die Augenkranken Tiere erschossen. Ruf in der Verwaltung an. Hol den Obertierinspektor, er hat ein Gewehr.«

Papageno schüttelte den Kopf. Er öffnete das Fenster und stieg hinaus. Die Bogenlampe vor dem K 2 brannte beruhigend. Die Luft roch nach Regen. Eine Robbe prustete leise. Es war das einzige Geräusch. Der Zoo atmete friedlich wie immer.

»Bleib hier. Ich bin gleich zurück. Er wird dir nichts tun. Er mag dich.«

»Sieh dich vor.«

Er lachte wieder. Die Sache schien ihm mittlerweile Spaß zu machen. Und doch hatte er im ersten Augenblick angstvoll und aggressiv reagiert. Was wußte er wirklich über die Experimente des Professors? Mehr, als er zugab? (Er gab zu, eine »Theorie« zu haben). Keinesfalls war er ein Mittäter, er liebte die Tiere zu sehr. Aber er konnte ein Mitwisser sein.

Im K 2 war es totenstill. Wie viele Augenkranke Tiere hatten dran glauben müssen? Zwei? Wenn Papageno in zwei Minuten nicht zurück war, würde sie den Obertierinspektor rufen. Sie begann die Sekunden zu zählen. Ich sitze hier wie in einem Versteck, dachte sie. Vorhin habe ich nur sein Mitgefühl herausfordern wollen, als ich sagte, wir würden an einem schrecklichen Ort leben. Aber jetzt ist es wahr. Wir sitzen in einem schrecklichen Versteck, und niemand wird uns je finden. »Es ist nur der Zoo«, sagte sie laut.

Papageno pochte gegen die Fensterscheibe. Sie ließ ihn herein. Er knuffte sie in die Seite.

»Kopf hoch, Matthes. Wir sind noch mal davongekommen. Hanne schleicht durch die Nacht. Auf Rattenjagd wahrscheinlich. Du kennst ihn. Er ist ein wandelndes Waffenarsenal.«

»Aber die Schüsse kamen aus dem Labor.«

»Oder von Hanne, der *vor* dem Labor eine Ratte abgeknallt hat. Was sehr viel plausibler ist. Von einer seiner Selbstmordpartys rannte er weg und schoß die Zoolaternen aus, reihenweise.«

»Papa, du weißt genauso gut wie ich, daß diese Schüsse hier im Haus abgefeuert wurden. Hast du draußen was Verdächtiges gesehen?«

»Ich hab Hanne gesehen, und das genügt mir. Die Laborfenster sind unversehrt. Ich sag dir noch mal, wenn da jemand einsteigt, wird er gegrillt.«

»Dann ist es vielleicht doch der Professor gewesen?«

»…«

»Er ist geisteskrank. Er hat sich erschossen. Du hast es selbst für möglich gehalten.«

»Ich halte prinzipiell alles für möglich.«

»Laß die Sprüche.«

»Ist kein Spruch. Wenn er da drin ist, ist er tot oder …«

»Oder …?«

»Oder er wartet.«

»Worauf?«

»Es war Hanne«, sagte Papageno. »Bestimmt. Aber ich geh jetzt in den Vorraum. Du bleibst hier.«

»Ich denk nicht dran.«

»Willst du dir anschauen, wie er sein Gehirn über die Wände verteilt hat?«

»Ich komm mit bis zum Vorraum.«

»Auf deutsch, du kommst mit bis zu deiner Zimmertür.«

»Das alles scheint dir einen Riesenspaß zu machen.«

»Es ist ein Spaß. Hannes Spaß.«

Sie ließ ihn hinaus und wartete an ihrer Tür. Er fand den Lichtschalter. Der Vorraum sah fast aus wie immer; Papageno hatte vergessen, die Tür zur Küche zu schließen. Neben dem Eingang zum Labor hingen zwei weiße Kittel des Professors. Sie hingen dort unverändert, unbenutzt seit Tagen. Papageno drehte sich zu ihr um.

»Und du bist sicher, er mag dich?«

»Nicht so laut«, flüsterte Doro.

Papageno trat vor die ledergepolsterte Labortür. Er legte sacht sein Ohr an die Tür. Doro verspürte den unsinnigen Wunsch, ihn zu photographieren.

»Sie ist gepolstert«, wisperte sie. »Es ist eine Doppeltür.«

Papageno berührte die Tür mit der Hand. Nach einer Weile sagte er: »Professor«. Es klang müde, mickrig. Keine Antwort, kein Laut. Er stand vor dem Labor wie ein Schüler vor dem Schultor am ersten oder letzten Schultag seines Lebens. Das Jackett und die Krawatte verstärkten den Eindruck. Er starrte auf seine Stiefel. Doro versuchte sich an einen Satz zu erinnern, den er eben gesagt hatte, aber der Satz fiel ihr nicht ein. Die Stille war beklemmend. Das kleine Licht brannte trübe. Erst jetzt erkannte Doro, wie niedrig das K 2 gebaut war. Sie standen in einem Keller. Papageno war in einen Schlummer gefallen, seine Hand lag auf der gepolsterten Tür. Auch Doro konnte nur mühsam die Augen offen halten.

Tief einatmen und leise pfeifen, Doro.

Irgendwann kam er zurück. Sie saß an ihrem Schreibtisch und malte Männchen.

»Er ist nicht da«, sagte sie, »also lebt er.«

»Scheint so«, sagte Papageno.

»Schläfst du bei mir heut nacht? Ich hab Angst vor Schüssen. Auch wenn's Hanne war.«

»Muß das sein?«

»Bitte.«

Die Schüsse (natürlich war es Hanne gewesen) erwiesen sich als Glücksschüsse in schlechten Zeiten. Doro spürte, daß es keine guten Zeiten waren, Papageno zu lieben. Alles würde anders werden. Sie wußte plötzlich, daß die Schüsse Salven gewesen waren für einen Abschied. Sie würde nie wieder mit ihm sprechen wie früher, offen, vertrauensselig, hungrig und voller Staunen. Rilke war tot. Die Nilpferdlieder hatten in Wahrheit nie existiert. Karl-Walther gehörte ihr. Sie hatte Lust auf einen Cognac.

»Aber ohne Schmus«, sagte er. »Ich bin müde.«

»Hast du nicht gesagt, du hältst prinzipiell alles für möglich«, sagte Doro und fand, daß ihre Stimme schon anders klang, sicherer, wissenschaftlicher, dabei erfrischend kindlich, wie ein Kind, das ein Kind nachäffte.

Sie konnte nicht einschlafen. Sie beobachtete ein paar Stunden den schlafenden Papageno. Er hatte ihr keinen Kuß gegeben. Er schlief so tief wie nie, auf dem Bauch, den Kopf zur Wand gedreht. Sie dachte nach über seinen Rücken, den er immer noch viel zu krumm machte für die Vögel. Seine Berufung war Sali, er mußte zu den Raubkatzen. Sie dachte nach über seinen Hinterkopf, seinen rechten Arm, die weiße Narbe an seinem Unterarm. Sie entschied, daß es die Verletzung durch einen Vogel war, die er nicht eingestehen wollte.

Sie klatschte laut in die Hände. Er rührte sich nicht. Sie sprang aus dem Bett und spielte Musik. Sie tanzte durchs Zimmer. Sie ging in die Küche, wo der Professor eine Flasche teuren Cognac aufbewahrte. Sie ballte die Faust in Richtung Labor.

In der Küche trank sie ein halbes Wasserglas »Hennessy« im Stehen. Er schmeckte seifig. Sie hatte Cognac süß in Erinnerung. Chris hatte das Zeug gesoffen, als sie aus Amerika zurückgekommen waren. Auch Chris war tot. Sie beschloß, freundlicher zu ihm zu sein und ihm zu helfen, einen vernünftigen Beruf zu finden.

Auf dem Rückweg durchsuchte sie die Taschen der zwei gesteiften weißen Kittel, fand aber nichts. Sie trat vor die Labortür und versuchte nachzuvollziehen, was Papageno gedacht haben mochte, als er »Professor« gesagt hatte. Sie war bereit zu wetten, daß er sich den Professor tot wünschte, sein Gehirn über das Labor verteilt, die Augenkranken Tiere frei. Nicht wie ein Mittäter, sondern wie ein armseliger Mitwisser hatte Papageno vor dem Labor gestanden und sich gewünscht, endlich entlastet zu werden, die Last der Mitwisserschaft ein für allemal loszuwerden.

Wütend ruckelte Doro an dem Türknauf, er ließ sich drehen, und *die Tür ging auf*.

Doro zuckte zurück. Die zweite Tür starrte sie an, dicker und weißer gepolstert als die erste.

Anklopfen geht nicht, dachte sie.

»Professor?« sagte sie.

Nein, kein Laut. Er war nicht da. Sie konnte sich auf ihre Antennen verlassen.

Oder »wartete« er, wie Papageno gesagt hatte? Waren die Schüsse ein Lockruf gewesen für eine von langer Hand vorbereitete Falle? Wie der Mann *plant*, hatte Papageno gesagt. Sollte sie ihren Partner wecken?

Vorsichtig bewegte sie den Knauf der zweiten Tür. Auch sie ließ sich öffnen. Doro schob ihren Fuß vor und bewegte die Tür ein paar Zentimeter nach innen.

So, vornüber gekauert, sprungbereit, den Fuß in der Tür, verharrte sie eine lange Zeit. Sie dachte: Es geht nicht um mich, es geht um etwas, das wichtiger ist als ich. Wenn ich hineingehe, auch wenn mir etwas zustößt, wird der Spuk vorbei sein, werden die Augenkranken Tiere frei sein. Nebenan schläft Papageno. Wenn mir etwas zustößt, wird er den Professor umbringen. Aber ich kann mich auf meinen sechsten Sinn verlassen und auf Friederikes Informationen: Der Professor ist nicht da. Und die Augenkranken Tiere sind eingesperrt. Ich muß mich auf ein Grauen vorbereiten, das ich wahrscheinlich mein Leben lang nicht vergessen werde. Keine Tränen jetzt (sie fühlte, wie ihre Augen sich füllten), es ist soweit, es geschieht alles auf einmal, es ändert sich alles in einer Nacht, genauso wie ich es mir immer gedacht und gewünscht habe, nichts wird im Zoo je wieder so sein wie es war.

Sie öffnete die Tür.

Ein lichtloser Gang wartete auf sie. Sie kämpfte gegen ihre Angst. Vor dem Unbekannten durfte man Angst haben. Hier war diese Urangst nicht erlaubt, denn sie wußte, was sie erwartete, es waren nicht die ersten Labortiere der pharmazeutischen oder der kosmetischen Industrie, die sie sehen würde, nicht die ersten Affen oder Hunde oder Katzen oder Meerschweinchen mit Elektroden im Kopf, mit entfernten Lebern und Nieren, heraushängenden Herzen, blau angelaufenen Zungen, befallen von Schüttellähmung oder apathisch leidend in Zwangskäfigen, Zwangsjacken, auf Maschinen gestreckt, die Gliedmaßen hundertfach gebrochen, die Augen blind oder nicht mehr in ihren Höhlen, das Fell zerfressen, die Wunden schwärend von Salben und Säuren, die Stimmen bis zur Unkenntlichkeit zerstört oder ganz erloschen. Sie dachte an die furchtbaren Helme und kopfbedekkenden Apparaturen des Professors. Der Anblick der Augenkranken Tiere würde über alles Vorstellbare hinausgehen, aber Angst war nicht erlaubt, denn das von Menschen gemachte Prinzip, das dahinter waltete, war ihr bekannt. Sie konzentrierte sich auf den fensterlosen Gang, der das Licht des Vorraums abwies wie ein schwarzer Schild. Sie erinnerte sich an den Tag ihrer Ankunft, als sie einen kurzen Blick in das Innere dieses Gangs hatte erhaschen können; sie erinnerte sich an unterseeische Farbwechsel. Vielleicht wurden diese erzeugt von der Starkstrom-Sicherheitsanlage, die Papageno erwähnt hatte. Sie zog einen Hausschuh aus und warf ihn in den Gang. Nichts. Sie zog den zweiten Schuh aus und warf ihn an die nicht sichtbare linke Wand.

Sie wartete. Sie sagte: »Professor.«

Sie betrat den Gang.

Ein Gedanke schoß ihr durch den Kopf und ließ sie erstarren. *Warum waren die Türen nicht verschlossen?*

Wozu Starkstrom, wenn jeder einfach ins Labor spazieren konnte? Ihr wurde schlecht vor Angst.

War die gepolsterte Doppeltür für sie geöffnet worden? Oder war sie schon immer offen gewesen, *die ganze verfluchte Zeit?* Die zweite Möglichkeit machte ihr stärker angst, als sie es je in ihrem Leben gekannt hatte. Ein großangelegtes Experiment, erinnerte sie sich an die Worte des Direktors bei ihrer Ankunft. War das ganze K 2 ein einziges Experiment, waren nicht die Augenkranken Tiere die Versuchsobjekte, sondern ihre Besucher?

Aber hier bin nur ich, dachte sie, abgesehen vom Experimentator. Bin ich ein solch großangelegtes Experiment wert? Was will man von mir? Wer hat mich ausgewählt? Ich lebe unter einem falschen Namen, mein Vater hieß nicht Matthes. Wie lange haben sie es geplant? *Und bin ich es wert?*

Sie wurde gepackt wie ein Mensch des Mittelalters von einem niederschmetternden Ohnmachtsgefühl, einer tonnenschweren Traurigkeit, sie hörte Stimmen. Es war, als sagten alle Menschen, die sie je gekannt hatte, und alle, die sie noch kennenlernen würde, und ihr Vater war auch dabei, als sagte dieser Teil der Menschheit einmütig: Nein, du bist es nicht wert.

Sie ging in die Knie. Ihr Körper war ein schwarzer fühlloser Klumpen. Mein Tod wird erbärmlich sein.

»Taiga«, sagte sie.

Sie lehnte ihren Kopf gegen die Wand, und etwas Merkwürdiges geschah. Die Wand glitt zur Seite, ein Licht begann zu schimmern, dann zu blenden.

Sie starrte in das Schwanzauge eines gelbsilbrigen Pinzettfischs.

Doro sprang auf. Zu beiden Seiten des Gangs fuhren die Wände, die, wie sie jetzt erkannte, stählerne Rollos waren, in die Höhe. Der

Korridor, in dem sie stand, war niedrig und lang und führte zu einer schlichten Holztür mit einem Vorhängeschloß, zum Labor. Die Korridorwände waren aus Panzerglas. Hinter dem Glas befand sich die tropische Tiefsee.

Die Meerespflanzen wedelten einander zu, sichtbare und versteckte Lichtquellen ließen Korallenriffe erglühen, wie Irrwische schnellten und zuckten die Wimpelfische, die Fuchsgesichte, die Einhornfische, die Bodengucker. Ein Garibaldifisch glitt an ihrem Gesicht vorbei; er schien zu lächeln.

Sie drehte sich um. Auf der anderen Seite entdeckte sie einen Riesenzackenbarsch in Symbiose mit einem winzig kleinen Putzerlippenfisch. Ein Schiffshalter stand still im Becken, als wartete er auf den nächsten Wal, um sich an ihm festzusaugen und durch die Meere zu reisen. Im Hintergrund verschwand ein Zwergrotfeuerfisch in einer Felsspalte, vor der eine Zeitung lag, die ins Aquarium gefallen sein mußte. Doro drückte ihre Nase gegen die Scheibe. Oben schloß das Becken mit einem Stahlgitter ab, darüber konnte sie Stahlklappen ausmachen. Es gab also Wartungsgänge. Alles sah blitzblank neu aus.

Ihr Blick fiel auf die Zeitung vor dem Zwergrotfeuerfischfelsen. Es war keine Zeitung.

Es war ein Photo unter Glas. Es war das Razanullah-Photo, leicht vergrößert, das als Poster in ihrem Kleiderschrank hing. Eine Barbe suckelte daran und schwänzelte weiter. Das Photo hatte sich verändert. Papageno fehlte. Er war nicht herausgeschnitten, sondern wegretuschiert worden.

Hinter der Holztür am Ende des Gangs setzte ein Murmeln ein. Es klang, als murmelte eine Menschenmasse oder als brodelte eine Masse in einem unvorstellbar großen Kochtopf. Dann begannen die Augenkranken Tiere zu heulen.

Doro hastete durch die Doppeltür hinaus, sie jagte in ihr Zimmer. Papageno schlief wie ein Toter. Sie verschloß ihren Kleiderschrank.

Jetzt begannen die Augenkranken Tiere zu schreien. Bald war das ganze K 2 erfüllt von den Schreien der Tiere hinter der Holztür mit dem altmodischen Vorhängeschloß.

Doro setzte sich an ihren Schreibtisch. Sie malte einen Fisch, dann zwei. Sie kramte nach Farbstiften und füllte die Fische bunt aus.

Ein paar komplizierte Gedanken klopften an, aber sie ließ sie nicht herein. Sie füllte den zweiten Fisch gelb und rot. Jetzt erinnerte sie sich.

Sie erinnerte sich an Christophs schnell hingeflüsterten Satz, kurz bevor sie den Telefonhörer aufgelegt hatte.

»Die Fische sind voll von Meer, und deshalb haben wir keine Fischereiflotte und keinen Hafen, und ich liebe dich.«

Sie ließ sich auf ihre Kosten mit Professor Loring verbinden.

Sie mußte Sali retten.

Sie mußte nach Sydney.

*

Vera Zondek-Ruddy
Fort Lauderdale, Fla.

Sehr geehrter Herr Direktor,
mit Befremden nehme ich zur Kenntnis, daß Sie es auch nach Erhalt meiner Spende nicht für nötig befanden, mir zu bestätigen und nachzuweisen, daß unser geliebter Chiefhals Official Zoo Greeter geworden ist. Ich hoffe doch sehr, daß er ist! Ich schicke Ihnen ein Photo des San Diego Zoo Greeter's »King Tut«, ein wundervoller Bird, den der berühmte Tiersammler Frank »Bring-'em-Back-Alive« Buck 1925 in Singapore erwarb. Ich warte auf Ihre Meldung! Hochachtungsvoll Vera Zondek-Ruddy

Mein lieber Sohn,
was immer Dir Dein Vater über mich erzählt, glaube ihm nicht.
Ich bin auf einer langen, schönen, gefährlichen Reise. Ich sehe Schönheiten in der Natur, die wenige Menschen in ihrem Leben sehen. Vergiß nie, daß auch der Mensch zur Natur gehört, daß auch der Mensch schön sein kann. Nicht nur äußerlich, sondern innerlich, in seinem Tun. Lerne die Augen aufzumachen.
Der Scheck in diesem Brief ist für Dich allein. Erzähle Deinem Vater nichts davon. Wenn Du mir schreiben willst, gib Frl. Friederike den Brief. Kein Wort zu Deinem Vater.
Ich umarme Dich
Deine Mutter

DIREKTION. SEKRETARIAT.

Wochenparole (lfd. Nr. 25/1176)
»KEIN WORT!« (betr. Wirkus)
Friederike v. Russak

(Dottergelbes Briefpapier)
Ms. Dorothee Matthes
Haydn Midwestern University
Haydn, Ohio
U.S.A.
z. Zt. K 2

Papa, du hast gesagt, meine Briefe seien zu lang. Du sagtest, ich solle Dir überhaupt nicht mehr schreiben. Und wenn ich mich befrage – Du hast recht. Es ist nicht mehr die Zeit für Briefe. Wir erfahren uns jetzt anders. Ich traute mich nicht, Dich etwas zu fragen, als wir uns das letzte Mal sahen (die Schüsse, erinnerst Du Dich?).

Ich will Dich um etwas bitten. Ich verspreche Dir, es ist das letzte Mal, daß ich Dich brieflich mit einer Bitte belästige. Beantworte mir die folgenden Fragen ehrlich! (Damit es Dich nicht zuviel Zeit kostet, habe ich Dir Möglichkeiten zum Ankreuzen gegeben):

1. Du warst nie in Afrika. Warum hast Du gelogen?
a) Weil ich mich interessant machen wollte
b) Weil es zu meinen sexuellen Praktiken gehört (die Afrika-Nummer)
c) Weil ich mich schäme (z. B. meiner Herkunft)

2. Marie-Luise war anders als ich. Und sie hat nie Selbstmord begangen. Warum hast Du gelogen?
a) Weil mir die Wahrheit über M.-L. heute noch weh tut
b) Weil ich Angst vor ihr habe
c) Weil ich sie mir insgeheim zurückwünsche

3. Willst Du mir die Wahrheit sagen (wer Du bist, woher Du kommst)?
a) Ja, aber später
b) Nein, es tut zu weh
c) Vielleicht

4. Was weißt Du vom Tod der Schwestern?
a) Es war ein Unfall (Fischvergiftung)
b) Es war Mord
c) Der Mörder war …

Ich werde bald auf eine längere wissenschaftliche Reise gehen, die mich unter anderem auch nach Sydney führt. Dort werde ich Sali all Deine Liebe in einem einzigen langen Blick übermitteln. Wir sehen uns, bevor ich fahre. *All love*
Deine Doro

(Photokopie des Razanullah-Photos mit wegretuschiertem Karl-Walther, Rückseite der Photokopie)
Kadamecki!
Wo warst Du damals? Wo bist Du heute?
Ich warte.
Der Professor

Liebe Friederike,
ich war geschäftlich in der Stadt, bestimmt wirst Du davon erfahren. Es tut mir leid, daß wir uns nicht treffen konnten, aber die Zeit war aus Dir gewiß verständlichen Gründen zu kurz.
Bin jetzt wieder postlagernd Nairobi zu erreichen.
Hoffe, es geht Dir gut.
Deine Thea
P. S. Bitte schicke mir eine Locke von Junior

DEUTSCHE ZOOLOGISCHE GESELLSCHAFT

Sehr geehrter Herr Direktor, wieder einmal steht unsere Jahresversammlung an. Wir wären stolz und froh, wenn Sie auch diesmal den Festvortrag halten könnten. Das Thema dieses Jahres lautet:
»DER ZOO DER ZUKUNFT«
Für einen verbindlichen Bescheid wären wir dankbar.
Hochachtungsvoll
Der Vorstand

(Postkarte mit dem Saxophonisten John Coltrane)
Lieber Chris!
Zusammen werden wir über die Welt fliegen!
Dein Junior

Hasso-Gerhard von Hünersdorff
Schloß Reißenstein / Reißenstein Castle
Schwarzwald / Black Forest
Deutschland / Germany

Verehrtes Fräulein Matthes,
mit Bedacht wähle ich meine Worte, wenn ich Ihnen mitteile, daß es sich m. E. bei Ihrem verstorbenen Herrn Vater um den Legationsrat Dr. Franz Immel gehandelt hat. Ich unterhielt seinerzeit mit dem sehr geschätzten Legationsrat Dr. Franz Immel geschäftliche Kontakte. Sollten Sie seine Erbin sein, würde es mich und meinen Sohn freuen, Sie alsbald hier auf Schloß Reißenstein begrüßen zu dürfen.
Auch für den Fall, daß die Agentur R., die sich um den Nachweis äußerst kundig bemüht, noch einige Zeit benötigt, um diesen zu führen, sind Sie mir als Wissenschaftlerin und mögliche Tochter meines unglücklichen Geschäftsfreundes Immel jederzeit herzlich willkommen.
Hochachtungsvoll
Hasso-Gerhard v. Hünersdorff
und Sohn Rasso

P. S. Beiliegend finden Sie unseren Prospekt »Schloß Hotel Reißenstein – Das Flair der Vergangenheit« zu Ihrer gefälligen Beachtung.

DIREKTION. SEKRETARIAT.

Liebste Thea,
in Eile. ER hat eine Neue, eine wissenschaftliche Assistentin namens Dorothee Matthes. Ich habe sie des öfteren spät nachts oder früh morgens aus Eurer Wohnung schleichen sehen.
Du brauchst Dir also überhaupt keine Vorwürfe zu machen. Ich beneide Dich so um Deinen Süßen in Afrika.
Sieht IHM wieder mal ähnlich, sich das Billigste vom Billigen zu nehmen; der ganze Zoo lacht sich kaputt. Sie ist saudumm, will aber natürlich bei ihm promovieren.
Sei gegrüßt und umarmt von
Deiner Friederike v. Russak

(Fernschreiben)
ATTN. HERR DREIER
ALLE AKTIVITÄTEN B. A. W. EINSTELLEN MEIN ERSCHEINEN IN PLANQUADRAT G IN KÜRZE GEPLANT. SPESEN GERING HALTEN.
ZOO DIREKTION. DER DIREKTOR.

Käthe Matthes
Straßendorf/Eifel

Lieber Christoph!
Ich gebe ja zu ich habe Dich unterschätzt aber es war schwer genug mit Dorothee weil sie nach Amerika gegangen ist. Ich bin verrückt und krank vor Sorge was unsere liebe Tochter so macht und was du schreibst wie gefährlich der Zoo ist. Bitte bitte gib gut acht auf unseren Schatz! Ich schicke dir das Geld wir haben ja nicht viel das ich dir am Telefon versprochen hab. Gib gut acht daß sie sich gut ernährt sie muß gut essen. Wir haben das siehst du ja unsere Mei-

nung über Dich geändert und freuen uns daß Du jetzt weiterkommst im Leben und ein Restaurant aufmachst und wenn Du unser Kind heiraten willst wir haben nichts dagegen und geben Dir ihre Hand bevor es zu spät ist.
Viele Grüße
Käthe Matthes

(Dottergelbes Briefpapier)
Ms. Dorothee Matthes
Haydn Midwestern University
Haydn, Ohio
U.S.A.
z. Zt. K 2

Sehr geehrter Herr Direktor,
wie Ihnen Prof. Dr. Dr. Loring inzwischen gewiß mitgeteilt hat, besteht die Möglichkeit, daß ich auf Kosten des zuchtbuchhaltenden Riverbanks Zoo und mit Unterstützung Professor Dr. Dr. Lorings nach Sydney fliege, um die dortigen Kollegen bei der Behandlung und Pflege unseres Persischen Leoparden »Sali« zu unterstützen. Ich glaube, ich könnte im Taronga Park Zoo, der ja bei weitem nicht über unsere Kapazitäten verfügt, weiteres Material für meine Dissertation sammeln, und zwar gemäß Ihren Ratschlägen, für die ich mich noch einmal bedanken möchte.
Ich bitte also um Freistellung für ca. sechs Wochen.
Mit freundlichen Grüßen
Dorothee Matthes
P.S. Ich glaube, ich hatte bei unserer Begegnung im ehemaligen Aquarium ein Bier zu viel getrunken – ich vertrage nun mal nichts. Jedenfalls kann ich mich an nichts mehr erinnern und hoffe, ich bin Ihnen nicht allzusehr auf die Nerven gefallen.

(Zettel)
Professor! Bitte noch etwas Geduld. Nicht mehr lange.
K.-W. Kadamecki

Familie Sachs

Liebe Dorothee,
kann es denn sein??!! Ist es möglich, daß unser Schmerz endlich ein Ende hat??!!
Ja, es ist so! Wir sind uns ganz sicher!
Du bist unsere Tochter!
Viele Jahre haben wir verzweifelt nach Dir gesucht, seit Du von einem Wahnsinnigen als Baby entführt wurdest!!! Wir hatten schon alle Hoffnung aufgegeben, aber nun hat uns die Agentur Ros wieder Hoffnung gemacht! Diese Schweizer sind schon seriöse und gründliche Leute! Was wir alles für Fragen beantworten mußten! Aber wir sind uns *ganz* sicher Du bist es! Sobald die Agentur Ros Dich freigibt zum Kennenlernen, wirst Du es auch sofort spüren! Stell Dir vor, Du hast noch eine kleine Schwester bekommen, die Manjana! Leider geht es uns finanziell sehr schlecht. Oft wissen wir gar nicht, wie wir das Essen bezahlen sollen und die Miete. Dein Papa hat seine Arbeit immer wieder verloren, ohne sein Verschulden! Und ich kann ja nicht arbeiten, weil ich mich um Jacqueline und Manjana kümmern muß. Aber das ist jetzt nicht so wichtig. Mein Herz schlägt wie verrückt, seit ich es weiß, daß Du *lebst* und wir bald wieder vereint sein werden! Die Agentur Ros sagt, Du darfst uns schreiben. Bitte warte nicht, sondern schreib uns gleich heute!! Deine Dich über alles liebende Mutter Giesela
und Dein Vater Horst Sachs
Liebe Grüße, Schwesterherz, von Deiner Jackie!
Manjana Sachs

Hadi Kumal Enterprises

Hallo Träumerin, hallo Friederike,
Ich glaube, Sie suchen einen Mann nicht auf der Erde sondern aus dem Himmel!
Ah, träumen sollte Mensch auch manchmal, weil Träume sind die Soße des Lebens.
Trotzdem melde ich mich von der Erde. Sie haben mich mit Ihrem intelligenten Brief beeindruckt, den mir mein Freund Maurice übermittelt hat.
Ich bin Geschäftsmann und Moralist.
Ich würde mich auch freuen, wenn wir uns kennenlernen könnten.
Hadi Kumal

DIREKTION

Papageno,
ich teile Dir – streng vertraulich – mit, daß Du das Bundesverdienstkreuz Erster Klasse erhalten wirst. Die Auszeichnung wird Dir im Zoo verliehen, im Beisein mehrerer Honoratioren (= wichtiger Leute). Frl. Friederike nennt Dir Termin und Kleidervorschrift.
DER DIREKTOR

*

»Und dann die Geschichte, wo der Mörder nich der Gärtner is', sondern der Garten selbst …«

»… und der Garten sagt: …«

»Der Garten sagt: Die Blumen sehen so nach draußen aus im Garten!«

»Und was sagt die Schwarzdrossel?«

»Die Schwarzdrossel, die Schwarzdrossel … hm. Gib mir'n Moment, Papa, gleich hab ich's. Sie sagt … sie sagt …«

»Tawiet, tawiet!«

»Tawiet! Genau!«

»Und nicht, wie manche meinen, ›Schau mich an, schau mich an‹.«

»Du bist schlau, Papa. Woher weißt du das alles? Du weißt 'ne Masse für 'nen Menschen.«

»Nenn mich nicht mehr Papa. Nenn mich K. W.«

»Siehst du den Stern da?«

»Ja.«

»Wir Rillies nennen ihn ›Das Hauptquartier der Faulheit‹. Niemand arbeitet da. Und sie haben ein Sprichwort: kerrr-lek.«

»…«

»Es bedeutet: Rauchen verboten!«

»Du verkohlst mich.«

»Na ja, 'n bißchen.«

»'n bißchen viel.«

»Nich viel, ehrlich. Siehst du *den* Stern da?«

»Hm.«

»Schau an meinem Finger lang.«

Karl-Walter legte seine Wange an Jochens Finger und schaute hinauf in den Nachthimmel. Wie viele Sterne sich heute die Ehre gaben.

»Der da oben im Großen Rauch.«

»Ist das ein Sternbild?«

»Na klar. Ihr kennt's nur noch nich.«

»Ja. Ich seh ihn jetzt.«

»Rauchen verboten«, sagte Jochen Wirkus ernst. Er war alles andere als geistesgestört. Sie saßen auf dem Dach des Vogelhauses, wie jede Nacht. War es die erhöhte Stellung ein paar Meter über dem Erdboden, war es das Fernrohr, sprachen die Sterne? Der ehemalige Jokkey besaß einen Weitblick, eine weit vorausschauende innere Ruhe und einen Sprachwitz wie vor ihm nur Jali. Natürlich befand er sich in allerhöchster Gefahr. Und nicht nur, weil er jede Nahrung außer Traubenzucker und Apfelsaft verweigerte. Karl-Walther brachte ihm beides und rauchte ununterbrochen.

»Es ist nich gut für die Menschheit, wenn die Menschen in Rauch aufgehn, Papa.«

Es war auch nicht gut, wenn Menschen einander Bundesverdienstkreuze verliehen. Karl-Walther hatte den Direktor angerufen und ihm mitgeteilt, daß er das Ding ablehnte. Darauf begann die große Zeit der Furie Friederike v. Russak. Sie schickte ihm Memos. In schwarzen Lederhosen, schwarzem Hemd, schwarzer Lederweste, in Lederstiefeln lauerte sie ihm auf, belagerte die Küche im Vogelhaus und die Wohnung im Nilpferdannex, drohte mit Entzug des Molukken, gab ihm zu verstehen, seine Tage im Zoo seien gezählt, wenn er das Kreuz nicht annähme. Er blieb gleichmütig und stumm und renitent. Er wußte, wem er die »Auszeichnung« verdankte.

Er suchte Doro im Raubtierhaus. Vielleicht konnte das verrückte Huhn, das ihm spinnerte Fragebögen schickte, wirklich ein einziges, nämlich dieses Mal helfen. Sie war dicke mit Frl. Friederike, sie mußte der Chefsekretärin klarmachen, daß er das Verdienstkreuz nicht annehmen würde, und wenn man ihn aufs Rad flocht oder ins Gnu-Gehege verbannte wie Junior oder ihm den Molukken wegnahm. Daß er nicht entlassen werden konnte, dafür stand wie ein Schutzwall die Schar der alten Schiefhals-Verehrerinnen.

Im Raubtierhaus war ein großer Aufruhr an diesem Tag, ein neuer Schwarzer Panther, der erste seit vielen Jahren, war antransportiert worden aus einem befreundeten Zoo. Karl-Walther konnte Doro nicht finden. Vielleicht hatte sie bereits ihre wissenschaftliche Reise angetreten. Um so besser. Er würde allein mit dem Direktor fertig werden. Matthes benahm sich mehr und mehr wie eine tragische Glucke, wie eine Kreuzung aus Anna Karenina und Marie-Luise, und merkte gar nicht, daß sie nur ein armes komisches Hühnchen war, aus dessen kleinem vorwitzigen Schnabel die Worte »Fick mich« mitleiderregend lachhaft klangen. Er hatte die Lust an ihr verloren.

Als »Gustav«, der Schwarze Panther, in Salis ehemaligen Käfig gelassen wurde, warf Karl-Walther dem Raubtierhauschef Hanne Schmeckel einen Blick zu. Schmeckel grinste. Karl-Walther sagte: »Ich hoffe, ihr habt einen guten Platz für Sali, wenn er bald zurückkommt.« Schmeckel grinste. »Ja, in der Tiefkühlkammer.« Fünf Raubtierpfleger mußten die beiden trennen.

Gustav warf sich gegen die drei Wände seiner neuen Behausung und gegen den feinen Maschendraht. Dann sprang er hoch und starrte mit glühenden gelben Augen hinunter zu seinen Pflegern. Kein Knurren und kein Fauchen, doch nahm Karl-Walther die Witterung der mächtigen muskulösen Katze auf und griff sich ans Herz. Das Tier roch, mitten im Mai, nach Eiswinter. Als käme es vom Nordpol. Als sei Weiß seine Farbe und nicht das Schwarz, unter dem noch die Musterung des Leoparden matt zu erkennen war. Der Schwarze Panther sprang ab und setzte sich in die hinterste Ecke seines Käfigs, die Augen fest auf Karl-Walther gerichtet. Dort blieb er eiskalt hocken, hellwach und sprungbereit bis in die letzte Faser, als sei er aus freiem Willen erschienen, als hätte er eine Verabredung. Der Henker ist gekommen, dachte Karl-Walther.

»Ich habe meinen Tod gesehen«, sagte er abends zu Christoph Dalluge, der mit hohem Fieber in Karl-Walthers Bett lag. Christoph lachte bitter. Er, Christoph, liege im Sterben und wo sei Tee, er wolle nicht abkratzen, ohne Tee noch einmal gesehen zu haben. »Es gibt so viel, das ich ihr sagen muß.« Er spielte irgendeine Filmszene nach, aber in Karl-Walther zog sich alles zusammen, und er schloß sich im Wohnzimmer ein. Tatsächlich sah der Junge erbärmlich aus, blutleer, schleppte sich aber jeden Morgen zu seinem Würstchenstand im Garten. Karl-Walther gab ihm hohe Dosen Novalgin und Cortison, die einzigen Allheilmittel, die er außer Pastis gegen Liebeskummer kannte. Natürlich war Christoph nicht krank im Sinne der Schulmedizin. Er hatte Leichen gewaschen und verbotene Mauern überklettert, um bei seiner Dorothee zu sein, er liebte die überspannte Doppelgängerin von Marie-Luise Idekeit wirklich und schien sich verantwortlich für sie zu fühlen. Ich habe ihr weh getan, sagte er hundertmal am Tag. Karl-Walther schloß sich im Wohnzimmer ein. Wir tun weh, uns und anderen, allein weil wir geboren sind, sagte er oft. *Fucking bullshit*, gab Christoph zurück. Karl-Walther beobachtete ihn mit gemischten Gefühlen. Er selbst hatte eine Jugend nie erlebt (er hatte eine Kindheit gehabt an einem Fluß weiser als die Welt). Die Jugend Christophs interessierte ihn als Tierpfleger. Sie verhielten sich anders, die Jungen der Menschen. Sie dachten, bevor sie handelten. Sie planten immerzu. Sie waren krank vor Angst und Anstrengung, was sie als nächstes sagen oder tun sollten auf dem Planeten. Sie setzten sich Ziele und maßen ihr Verhalten an Vorstellungen und standen vor dem Spiegel in Verstellungen. Krieger, müde schon vor der Schlacht, suchten sie Leid und Romantik und fanden oft die falschen Feinde und die falschen Bücher. Christophs Feinde waren die Tiere. Er las Gedichte und, seit neuestem, Frettich. Karl-Walther kannte das alte Manuskript und wußte, wer es Christoph gegeben hatte. Angeekelt und fasziniert zugleich beobachtete er, wie der Junge sich als Würstchenverkäufer abarbeitete, wie er sich fügte in das Unvermeidliche, so wie Karl-Walther sich gefügt hatte vor langer Zeit, ohne auch nur den Hauch einer Jugend gekannt zu haben.

Christoph war nach und nach bei Karl-Walther eingezogen. Anfangs hatte er nur die Einkäufe erledigt und die leidigen Abhebungen von der Bank, seit der Lohn nicht mehr in der handlichen Tüte gezahlt wurde. Das waren früher Jochens Aufgaben gewesen. Im Gegensatz zum wettsüchtigen Wirkus rechnete Christoph gewissenhaft ab und mahnte sogar die Lieferung einer neuen Stehlampe fürs Wohnzimmer beim Wunderversorgungs-Center an. Später brachte er außer Konserven und dem hellen Bier, das Karl-Walther jetzt in kleinen Schlucken trank, seine Bücher. Es folgten Schallplatten, ein Grammo- und ein Saxophon, Hemden und Unterzeug in einem Seesack, farbige Kerzen und ein gerahmtes Photo, das ihn und Matthes mit düsteren Mienen vor einem Campingzelt in »Colorado« zeigte. »Richtig ausgelotet haben wir unsere Liebe erst in Colorado«, sagte Christoph.

Karl-Walther hatte kaum Widerstand geleistet. Wenn er helfen konnte, Doro mit Christoph wiederzuvereinen, um so besser. Warum sollte nicht wenigstens eine Liebesgeschichte gut enden in diesem Jahrhundert? Die beiden gehörten zusammen wie Blume und Mai. Sie hörten dieselbe sentimentale Musik, lasen dieselben aufwallenden Gedichte, versenkten ihre Gedanken in dieselben Untiefen, träumten denselben Traum, nämlich ihn, Karl-Walther, zu »verändern«, zu »formen«. Wohinter natürlich der gemeinsame Wunsch nach Kindern steckte. Schon stapelten Christoph und Junior Milchflaschen in der Küche. Junior trank kalte Milch wie ein Verdurstender, Christoph füllte das Waschbecken mit Milch und weichte seine Hände darin ein, angeblich um sie geschmeidig zu machen für das Saxophonspiel. Karl-Walther vermutete, daß er sie von den Leichen reinigen wollte. Spät nachts, wenn Christoph schlief, fand Karl-Walther sich manchmal am Küchentisch sitzend vor einer Tasse warmem Kakao, den er nicht trank, weil er mißlungen war.

Als Christoph krank wurde, besuchte Junior ihn täglich. Er bat Karl-Walther um einen Schlüssel und bekam ihn. Er spielte Christoph auf dem Saxophon vor, seltsame Tonfolgen und vogelartige Schreie drangen an Karl-Walthers empfindliche Ohren. Es waren Tonleitern, die Junior spielte oder übte, Leitern, in denen wichtige Tonsprossen fehlten, und doch stiegen sie höher und höher, bis sie in einem langgezogenen schrillen Triller explodierten. Es war die erste Musik, die er seit Jali hören konnte. Einmal bat er Junior um musikalische Begleitung, während er an der Geschichte schrieb. Junior tat, wie ihm geheißen, und stellte sich hinter Karl-Walter ins Wohnzimmer und spielte. Er konnte die Tränen nicht sehen, die Karl-Walther weinte. Das ist deine Stimme, sagte er zu dem, was von Jali übrig geblieben war, zu ihren Sätzen in der wild ausschlagenden krakeligen Schrift.

Der Sohn des Direktors sah jetzt aus wie ein Mädchen, wie seine eigene Schwester, hätte er eine gehabt. Er war schweigsam wie der Molukke. Vor beiden, dem Molukken und Junior, verspürte Karl-Walther eine vage, unbestimmbare Angst. Hatten sie sich heimlich verbündet gegen ihn? Juniors Musik war schön. Der Molukke war schön. Er zwang sich, nicht darüber nachzudenken.

Er hatte zu arbeiten. Tagsüber mußte er im Vogelhaus doppelt schuften, seit Jochen aufs Dach gezogen war. Im Freiflugraum, über dem sich Jochens Lager befand, hörte er den Rillie plötzlich hell auflachen. Ein Psychiater sprach von zehn bis zwölf und von zwei bis vier mit Wirkus. Bei diesen einseitigen Gesprächen, denn Jochen sagte kaum etwas, saß der Psychiater auf einem mitgebrachten Klappstühlchen, während sein Patient auf dem Dach hin und her ging. Gleich nach Dienstschluß schrieb Karl-Walther Jalis Geschichte »Die Erfindung von Tieren« zu Ende. Es wollte ihm nicht gelingen. Er hatte vergessen, worauf sie hinauswollte, welches Ende sie im Kopf gehabt hatte. Einst hatte er es gewußt. Er las dem Molukken ihre Sätze vor. Der Kakadu hörte schweigend zu. Er zog das gemeinsame Tagebuch hervor und schnupperte daran. Mit dem Duft von Jalis Haarwaschmittel kamen Bilder, Sätze, mehr aber Empfindlichkeiten seiner Haut, vom Phänomen Gänsehaut bis zu Phantomküssen auf seine Stirn und seine geschlossenen Augen. Dann sprang er auf und rauchte eine Zigarette nach der anderen.

Nachts grub er im Zoo nach ihren Blechschachteln mit den Liebesbriefen und Botschaften. Er fand keine einzige.

Um sich aufzumuntern, besuchte er Jochen auf dem Dach. Gleich in der ersten Nacht hatte Jochen ihn heraufgelassen. Niemand durfte es wissen, das hatte er seinem Kollegen versprochen. Bei Regen saßen sie in seinem gelben Zelt, und Jochen erzählte von seinem Heimatplaneten Rill. Er hatte so viel zu erzählen. War die Nacht klar, saßen sie draußen unter den Sternen, und Karl-Walther erzählte von Jali. Er hatte so viel zu erzählen. Manchmal nickte Jochen und zeigte nach oben.

Natürlich besaß er weder eine Bombe noch eine Handgranate noch irgendeine andere Waffe außer einem Plastikschwert. Der »Mechanismus«, der alles zerstören würde, Jochen zuerst, war nicht sichtbar, aber Karl-Walther wußte jetzt, daß dieser Mechanismus existierte. Wenn er tief genug tauchte im Meer, vorbei an schwebenden, steigenden, fallenden Kommoden und Nachttischen und leeren Kakaobüchsen und Landkarten aus der Bachstraße 14, sah er den Grund, immer unerreichbar, aber da lag er schneeweiß am Ende der Meeresfinsternis, und auf dem Grund streckte die einzige Pflanze, die es noch gab, ihre Blätter und Blütenblätter aus, es war keine Meerespflanze, sondern eine Butterblume von der Erde, und er wußte, wenn er mit letzter Anstrengung den Grund berührten könnte, so könnte er sie pflücken, und das Meer würde auslaufen wie eine Badewanne, aus der man den Stöpsel zieht.

»Bitte nich«, sagte Jochen.

Endlich sind sie Freunde geworden, dachte Karl-Walther, der ehemalige Jockey und der ehemalige Angestellte des Reisebüros.

»Kannst du mir noch'n Gefallen tun?« sagte Jochen, als Karl-Walther seine halbgerauchte Zigarette vom Dach geworfen hatte.

»Kommt drauf an.«

»Ich will runter.«

»Aber warum denn?« sagte Karl-Walther. Er hatte für alles gesorgt. Traubenzucker, Apfelsaft. Wirkus pinkelte vom Dach und schiß spärlich in ein Campingklo, das Karl-Walther in der Nacht leerte und säuberte. Der Gedanke, daß Wirkus nicht mehr auf ihn warten würde … »Du gefällst mir gut hier, hoch oben«, sagte er.

»Hoch oben? Das sind'n paar Meterchen, Papa.«

»Und schon ändert sich die Perspektive.«

»Is' mir egal. Ich will Conte hören.«

»Auf der Suche nach Zusammenhängen? Wozu? Du kennst die Zusammenhänge.«

»Und danach will ich wieder rauf«, sagte Jochen. »Kannst du das für mich machen? Ich mein, daß keiner mich sieht?«

»Wie stellst du dir das vor? Der Vortrag findet im Zoo-Restaurant statt. Ausverkauft, wie ich höre.«

»Dieser Idiot!«

»Wer? Conte?«

»Nein. Der Direktor. Nimmt Geld für Conte. Und wenn ich mich als Küchenjunge verkleide und mich hinterm Buffet verstecke? Gibt doch'n Buffet, oder?«

»Anzunehmen.«

»Und du schmuggelst mich abends in 'nem Heukarren zum Restaurant und auf'm selben Weg wieder zurück. Ich setz mir meine rote Brille aus der Heimat auf, hier ...«

Jochen zeigte ihm eine bonbonrote Plastikbrille mit rosa Gläsern. In die Brillenbügel hatte er »Rill« geritzt. Karl-Walther war beeindruckt. Er dachte an die Photokopie des Photos, die der Professor ihm in den Briefkasten gesteckt und die er sofort zerrissen hatte. Jali neben Razanullah, und Karl-Walther einfach wegkopiert, so als ob es ihn nie gegeben hätte damals. Er besaß keine Photos von Jali, kein einziges, und war dem Professor in die Falle gegangen und hatte das Photo aus Angst und verletztem Stolz zerrissen, anstatt seinen Kopf neu hineinzuritzen, wie Jochen »Rill« in seine Brille geritzt hatte.

»Auf Rill sind wir schlau«, sagte Jochen.

»Du hast mir alles über Rill erzählt, aber ...«

»Alles? Noch nich mal'n siebenhunderttausendstel!«

»... aber nicht, wie die Rillies aussehen.«

»Na, so wie ich.«

»Aber ich dachte immer, du hast unsere Menschenform nur angenommen, um nicht aufzufallen als Rillie-Kundschafter.«

Jochen dachte nach. Er sah Karl-Walther dabei in die Augen. Jochens Augen in seinem abgemagerten bärtigen Gesicht wirkten unnatürlich groß und rund, wie die eines Kaninchens. Seine Haarmähne erinnerte an ein Pony. Der Psychiater, der ihn vom Innenhof des Vogelhauses lautstark behandelte, fertigte Zeichnungen an, auf denen Jochen aussah wie ein Fabelvogel. Der Psychiater konnte nicht wissen, wie nah er der wahren Gestalt Jochens gekommen war.

»Ich darf nich zuviel verraten«, sagte Jochen. »Es gibt diese Geheimnisse, du weißt, die können dem All schaden. Aber wir sind aus Fleisch und Blut, und so geh ich auch zurück nach Rill.«

»Ich beneide dich.« Karl-Walther umarmte Jochen. Dann ließ er die Strickleiter herunter. »Bleib doch noch«, sagte Jochen.

»Ich muß nach Haus.«

*

In der Nacht, bevor das Fräulein Glickstein Salvo-Sainz, jetzt Jali, ihn mit Sack und Pack zu sich in die Bachstraße 14 holte, besuchte Karl-Walther, jetzt K. W., einen Rummelplatz, den man in Deutschland Volksfest nannte. Er hatte kein Geld, aber er wollte unter vielen Leuten sein. Vor einer Bude blieb er stehen. Er las:

Die Sensation des Jahrhunderts! Eintritt nur 10 Pfennig!

Das Volk versammelte sich vor der Bude und wartete in einer langen Schlange. Alle waren begeistert. K. W. zückte sein kleines Notizheft, das er jetzt immer bei sich führte für die Sätze, und schrieb: »Die Sensation des Jahrhunderts!« Die Leute lachten ihn an und schlugen ihm auf die Schulter. Glücklich lief er durch die von Fackeln hell erleuchteten Straßen der Stadt bis zum Kanal, wo das »Walter-Frei-Heim« auf ihn wartete und ein Buch auf dem Tisch in seinem Zimmer. Das Buch hieß »Gedanken der Griechen«, und Jali hatte es ihm geschenkt. Es war zwar alt und zerfleddert, aber er sah darüber hinweg. Es war schon das zweite Buch, das sie ihm schenkte, und sie war nicht reich. Das erste Buch hieß »Weiß man denn, wohin man fährt« und war geschrieben worden von einem Herrn Geißler. Es hatte zwei Mark gekostet. Es war ein Roman voller Charme und feinsinnigem Humor, von Autos und von Liebe.

K. W. las den Roman in einer Nacht.

Er schlief nur noch selten, die Begeisterung und Angetanheit waren übermächtig. Müdigkeiten suchten ihn heim aus heiterem Himmel, und er legte seinen Kopf auf Jalis Schulter, ganz gleich wo sie sich befanden.

Er legte seinen Kopf auf ihre Schulter in einer Nachtbar, der »Kakadu«-Nachtbar. *»Eso nos mantendrá despiertos«*, sagte Jali. Aus den Augenwinkeln sah er sie lächeln. Ihre Zähne, die weißer waren als die Zähne anderer Leute, funkelten feucht. Ihre Sommersprossen tanzten.

Das große Sportfest dauerte sechzehn Tage. Als es vorbei war, sprach Jali besser Deutsch. Sie verbrachten die Abende und die Nächte miteinander in den singenden Straßen und Lokalen und Gärten, im Zoo, im Park, unter Laternen, unter Kiefern an einem See, in einer Baumkrone wippend auf einem starken Ast und waren begeistert und angetan. Und sprachen und sprachen, bis es Zeit war zum Küssestehlen. Jali küßte gern, aber er mußte ihr die Küsse stehlen, darauf bestand sie. Wie er kam sie von weit her, doch war sie eine Verspielte, eine Künstlerin, nicht ganz normal. Sie lehrte ihn eine Frage in der Sprache Englisch, als erste Anzahlung auf die vierunddreißig deutschen Sätze, die er ihr beigebracht hatte. *»Isn't this world a crazy place?«* Er schrieb die Frage in sein Notizheft. Seine Schrift wuchs anständig. Einmal wollte sie nicht küssen und schüttelte den Kopf, und K. W. fragte sich angstvoll, ob er etwas falsch gemacht habe, ob es zu Ende sei. Immer wieder kam diese Angst, wenn er ihre Zigaretten rauchte oder vergaß, ihr die Tür aufzuhalten, oder sich nicht erinnern konnte, welche Sätze er gerade geäußert hatte.

Es war in der Nacht, als das Sportfest seinen feierlichen Abschluß im Stadion fand. An diesem Abend wollte Jali nicht photographieren. Sie saßen in einer Menge von Leuten, wie K. W. sie noch nie gesehen hatte. Es mußten Millionen sein, das gesamte Volk war da. Unten auf dem Rasen marschierten winzig die Sportler und winkten, leider konnte man ihre Gesichter nicht erkennen, auch nicht Big Eddys Gesicht. Scheinwerferstrahlen wanderten suchend am Nachthimmel. Ein Feuerwerk begann, und stehend sangen die Leute die Lieder. Da wollte K. W. ihr einen Kuß stehlen. Sie schüttelte den Kopf und preßte die Hand vor ihren Mund. Ihre schwarzen Augen waren voller Tränen, und endlich konnte K. W. die Frage nach der Farbe ihrer Tränen klären: Sie waren nicht schwarz. Sie sei so ergriffen gewesen, sagte sie später, sie habe den Flügelschlag einer großen Stunde gespürt. Sie wußte, was Flügel waren, aus dem Zoo. Keine Küsse bei Ergriffenheit, notierte er sich im Kopf.

Auch K. W. fühlte sich ergriffen von der Freude und Lustigkeit der Leute im Reisebüro, in der Stadtbahn, auf der Straße. Sogar die Mitbewohner im »Walter-Frei-Heim« lächelten, wenn er sich zu ihnen gesellte und mit ihnen Schüttelreime aufsagte in der Gemeinschaftsküche, wo flackernde Kerzen die Gesichter der Männer aufleuchten ließen, die sich am Leben freuten, das sie so stiefmütterlich behandelt hatte. Er fühlte sich nicht mehr einsam, und Afrika begann zu verblassen. Auch schien er im Herzen zu gesunden, das Virus schüttelte ihn nicht mehr, die lähmenden Träume wanderten dorthin zurück, von wo sie wie giftige Wolken gekommen waren, in die Vergangenheit. Alles, vor allem Jali, sprach dafür, daß Deutschland nun doch das Land seiner Träume werden würde. Vielleicht bin ich ein bißchen verliebt, dachte er.

Diese großen Entwicklungen geschahen in kürzester Zeit, in drei Wochen, die ihm manchmal vorkamen wie ein einziger rasender Tag einschließlich der rotierenden Nacht, meistens jedoch wie ein Leben so lang.

»Leben ist länger, als man denkt«, sagte Jali.

War sie zu klug für ihn? Er hoffte, sie würde gerecht sein. Sie schrieb ihm einen Brief, den sie im Reisebüro vorbeibrachte, ihr Gesicht war ernst. Er hatte Angst, den Brief zu öffnen. Dann öffnete er ihn doch, während seiner Mittagspause, vor dem Raubkatzengehege, auf dem das Schwarze Pantherjunge Sarotti, das sie bei ihrer ersten Verabredung im Zoo gesehen hatten, in der Sonne döste. Sie schrieb:

K. W. die Tage werden mich immer kurze
dir zu geben was ich dir alles geben will. W
eine ganzes Leben oder mindestens.
J.

Er las den kurzen Brief dreißig Mal, bis er ihm
ein langer Brief. War das ein Liebesbrief? Oder machte sie
der lustig über seine Planung vom ersten Tag, den Unterric be-treffend? »Neunte Tag von zwei Jahr, zwei Monat und Woche«, hatte sie gemurmelt nach gestohlenen Küssen im Wipfel eines Baumes, als er längst nicht mehr mitzählte. Er entschied, daß es eine moderne Art von Liebesbrief war. Nun mußte er antworten. Er hatte nicht ganz verstanden, was sie meinte, worauf sie hinauswollte. Sie hatte eben nicht nur krause Locken, auch in ihrem Kopf ging es kraus zu. Er wollte ihr schreiben, daß sie schön war, entschloß sich jedoch dagegen, denn es klang frivol und fiel unter das Gesetz der Vergänglichkeit. Er wollte ihr schreiben, daß er angetan war von ihr und Begeisterung verspürte in ihrer Gegenwart. Er wollte ihr schreiben, daß es weitergehen, daß es nicht aufhören sollte.

Was war »es«? Dies zu formulieren erwies sich als garstige Hausaufgabe. Zettel um Zettel flog zerknüllt in den Papierkorb. Er fand ein paar passable Satzbauten in seinem Wälzer »Die Deutsche Sprache«, konnte sie aber nicht um die Ausdrücke ergänzen, die er aus den Lautsprechern auf den Plätzen hörte und mit denen er Jalis Klugheit ansprechen wollte.

Er blätterte in dem zerfledderten Buch, das sie ihm geschenkt hatte, »Gedanken der Griechen«. Also Gedanken von Leuten, die schon ewig mausetot waren. Auch er sparte auf ein Geschenk, eine Schallplatte für ihr Grammophon, sie hörte so gern Musik und sang seltsame Lieder. Seit jenem Unterrichtsabend hatte sie ihn nicht mehr zu sich nach Hause eingeladen. Dafür lud sie ihn zu Getränken, Speisen, in den Zoo und einmal auch ins Kino ein, »Frau in Freiheit«, ein

…n aus dem jüngsten Wien, der Kampf einer Gattenmör-
…mit dem Leben.

Einer der griechischen Gedanken gefiel ihm, weil die dunklen Kinder am Njassal so redeten. Konnte er ihn einfach abschreiben? Sie kannte doch gewiß das Buch, zerlesen wie es war, sie las die deutsche Sprache besser, als sie sie sprach. Er wagte es.

Liebe Jali!
Der Grieche Plato sagt: »Schaust nach den Sternen empor, mein Stern. O wär ich mit tausend Augen der Himmel, ich säh nieder mit ihnen auf dich«. Das wollte ich Dir nur sagen. Ferner wollte ich ausführen, daß ich große innige Genugtuung habe und nicht will, daß die erhabenen Ideale der Menschheit, die wir haben und die Jahrtausende überbrücken, aufhören.
Viele Grüße – Dein Karl-Walther

Es vergingen zwei Tage, an denen sie nicht im Reisebüro erschien. Auch im Zoo, den er in der Mittagspause und abends besuchte, konnte er sie nicht finden. War sein Brief verlorengegangen? Der alte gelbäugige Zoopförtner zwinkerte ihm zu und ließ ihn umsonst hinein. Der Pförtner und Jali erzählten sich Geschichten, sie brauchte keinen Eintritt zu bezahlen, sie nannte ihn Opa, aber ihr richtiger Opa war tot. Er machte sich Sorgen. War sie krank? Verreist? Ohne ihn? Sie redete ununterbrochen vom Reisen.

Hab Vertrauen, sagte er sich, sie hat dir einen weiblichen Brief geschrieben. Er kannte den Brief auswendig. Erhabene Ideale. Und auch sie wollte ihm etwas geben.

Er mußte unter Leute und ging auf den Rummelplatz. Alle waren glücklich. Die Sensation des Jahrhunderts kostete nur zehn Pfennig. Er hatte keine zehn Pfennig. Und doch durfte er teilhaben, durfte er sich freuen mit den Volksfreunden vor der Bude, sie schlugen ihm auf die Schulter und lachten ihn an, als sei er ihr Bruder, als habe er alle Feste des Lebens schon immer mit ihnen gefeiert.

Er holte Jalis Buch aus dem Männerwohnheim und trug es spazieren. Er konnte nicht schlafen. Er ging die ganze Nacht. In der Bachstraße blieb er vor ihrem Haus stehen. Vielleicht geschah ihm ein Glück, und der Tänzer Kurt Lenz schloß ihm die Tür auf wie damals. Dort, am Ende des Ganges, hinter den dunklen Scheiben, lag sein Garten, sein Dschungel. Oder Jali spürte, daß er nah war, und kam herunter. Ach was, lachte er und ging weiter. Jetzt waren die Straßen leer. Mein Stern, sang er. Seine Stimme klang ihm nicht schlecht in den Ohren. Er schlug das Buch auf und sang ein paar griechische Gedanken. Er fühlte sich leicht.

Anderntags räkelten sich dicke braune Bären vor seinen Augen und machten ihn müde, und er nickte während seiner Mittagspause im Zoo ein. Es war das erste Mal, daß er zu spät zur Arbeit kam. Das Fräulein Klick, nein, es sei nicht dagewesen, sagte sein Kollege unwirsch, als habe ihm K. W. eine lästige Frage gestellt. Auch K. W. spürte die Last. Daß sie nicht kam, nicht antwortete, sein Vertrauen auf eine harte grausame Probe stellte und ihm angst machte.

Abends im Stadtbahnabteil entdeckte, erblickte, erspähte, gewahrte, fixierte er ein Photo, das sie geknipst hatte, und richtete sein Augenmerk, heftete seinen Blick darauf. Es war ein Photo von ihm.

Es war ein Photo in der Zeitung. Es zeigte ihn, wie er spielerisch abwehrend, lachend, kindisch, äffisch seine Hand nach ihrer Kamera ausstreckte. Moment mal! stand unter dem Photo. Er war außer sich vor Scham und Furcht, behielt aber sein Gesicht in der Gewalt in der Stadtbahn. Das durfte sie nicht tun. Alle Leute würden ihn erkennen auf der Straße. Bei der nächsten Station stieg er aus und ging, den Blick aufs trübe Wasser gerichtet, am Kanal nach Hause. Es war eine Zeitung, die auch in Deutsch-Ost gelesen wurde.

Im Heim schloß er sein Zimmer ab und starrte die Wände an. Sie waren nicht mehr nackt, sondern behängt mit Zetteln in seiner Handschrift. Vorbildliche Sätze hatte er abgeschrieben, um sie auswendig zu lernen. Es waren Sätze aus »Die Deutsche Sprache« und »Gedanken der Griechen« und »Weiß man denn, wohin man fährt« und aus den Lautsprechern. Eine dumpfe Müdigkeit bemächtigt sich meiner, dachte er. Die Sterne leuchten zwar in unzähliger Zahl, las er, verblassen jedoch gegenüber dem Meer von Licht, in das der Deutsche Hof getaucht ist. Straßentief gestaffelt stehen die Leute vor dem Standquartier. Er gähnte bis zur Maulsperre und sank in sich zusammen. Alle schlaflosen Nächte der Begeisterung rächten sich jetzt, geballt kam die Müdigkeit. Er versuchte den Arm zu heben, aber der Arm war wie Blei. Rächten sich jetzt, dachte er.

Jali kam, kurz bevor er einschlafen konnte. »Klopft, klopft!« rief sie hinter seiner Zimmertür.

Sie kam mit Kurt Lenz. Der Tänzer und Gärtner besaß einen alten DKW. Er half Jali und K. W., die zwei Kartons und den Koffer die Treppe des Männerwohnheims hinunterzutragen und in seinem Auto zu verstauen. Auf der Treppe begegneten sie keinem Aas. Wenn sich doch einer blicken lassen würde, dachte K. W., ich könnte den anderen erzählen, wie sie mich abgeholt haben mit einem Auto. Ich könnte ihnen erklären, warum Kurt Lenz hinkt.

Sie fuhren los. K. W. drehte sich um und schaute aus dem Rückfenster. Einer kam aus der Tür, und K. W. winkte wild, hier bin ich, hier fahr ich, hier war ich. Er war stolz, aber es war ihm auch mulmig. Sein ehemaliger Mitbewohner hatte ihn nicht gesehen, er war auf die Straßenecke zugetorkelt und dahinter verschwunden.

»Schneller«, sagte Kurt Lenz, »wir haben erst sechzig Sachen drauf. Wo ist die nächste Rennstrecke? Wo ist der nächste Baum? Komm, süßer Tod …«

»Ach, Kurz«, sagte Jali und jagte mit kreischenden Reifen in die nächste Kurve.

»Ich meine ja nur«, sagte Kurt Lenz. Er drehte sich zu K. W. um. Sein Kasperlegesicht roch wie frisch geschnitzt, nach einem herben Parfum. »Wo das Leben schon gefährlich genug ist, nicht wahr, Herr Kadamecki?« K. W. nickte höflich.

Als sie in der Bachstraße 14 vorfuhren, war es noch immer nicht richtig dunkel. Die unschöne feiste Frau, die K. W. bei seinem ersten Besuch Jalis Zettel gestohlen hatte, lehnte breitbeinig an der Hauswand. Auf ihrem grauen Kittel sprangen weiße Lämmchen umher. »Sie müssen sich melden!« Sie zeigte auf K. W., der erschrak. »Nicht bloß auf der Wache, auch bei mir. Ich muß wissen, was alles hier wohnt. Also … ich warte.«

»Darf ich vorstellen«, sagte Kurt Lenz mit einer Verbeugung vor der Frau, »Herr Karl-Walther Kadamecki aus Deutsch-Ost.«

»Von den Mamelucken?« sagte die Frau angeekelt.

»Frau Parusel«, sagte Kurt Lenz zu K. W., »unsere Wächterin.«

Jali verschwand mit K. W.s Koffer im Hausflur.

»Gestatten«, sagte K. W., »Karl-Walther Kadamecki aus Neu-Langenburg. Mein Vater war Land- und Forstwirt.«

»Papiere«, sagte Frau Parusel.

K. W. gab ihr seine Papiere. Sie steckte sie in ihre Kitteltasche. Sie war eine diebische Elster. Seine Nackenhaare sträubten sich. Kurt Lenz gab ihm einen Klaps auf den Arm. »Na, dann wollen wir mal. Sie gestatten, Frau Parusel? Der Vetter von Fräulein Klick wird müde sein.« Er zog ihn in den Hausflur. »Meine Papiere«, sagte K. W., »diese Frau stiehlt.« – »Psst«, machte Kurt Lenz und zog ihn tiefer in den Flur. Die Haustür zum Seitenflügel fiel ins Schloß. Durch die Glasscheibe konnte K. W. sehen, wie draußen auf der Straße ein blondes Mädchen vorbeiging. Es hielt sich sehr gerade. »Diese Frau hat drei Söhne im Krieg verloren. Sie wird Ihnen Ihre Papiere wiedergeben.«

Am Rande des duftenden Dschungels im Innenhof stellte K. W. seine Kartons ab. Er wußte nicht weiter. Er hatte Angst, nach oben zu gehen. Warum hatte er nur diesen Brief geschrieben? Wurden Träume im Land der Träume immer so fix wahr? Aber wovon hatte er denn geträumt? Er starrte blind in den üppigen, saftigen, farbig züngelnden Garten. Er wußte es nicht mehr.

»*Great expectations,* mein Freund«, sagte Kurt Lenz. Er lachte leise und bückte sich, um ein Unkraut zu rupfen, aber es war kein Unkraut zu sehen. Er hob die Hand und öffnete sie leer. Dann zupfte er K. W. am Ärmel und entfernte sich hinkend zum Eingang des Seitenflügels. »Der Vetter aus Dingsda ist da«, sagte er und verschwand.

Nach einer Weile folgte ihm K. W. ins Haus. Er betrat die erste Treppenstufe, die knarrte. Stufe für Stufe stieg er in den dritten Stock. Jalis Tür war angelehnt. Ein großer Stern aus Silberpapier klebte daran. Was wollte sie von ihm?

Sie lag in ihrem weinroten Ledersessel, ihre Beine baumelten über der Lehne. Sie trug ein dunkelblaues Kleid mit weißen Punkten, das er noch nicht kannte. War es neu?

»Ach, K. W.«, sagte sie.

»Warum bin ich hier?« sagte er.

»Die Wohnung«, sagte sie, »der Wohnung, des ... Wohnungen?«

»Die Wohnung, der Wohnung, die Wohnung.«

»Ach.«

»Die Wohnungen der Wohnungen der Wohnungen. Und so weiter.«

»Kein Mensch«, sagte sie, »hat auf den Ast geklettert mit mich. Kommt. Wir wollen uns die Augen geben.«

Er stellte seine Kartons ab. Wo war sein Koffer? In ihrem Schlafzimmer mit der Matratze auf dem nackten Fußboden? Er fragte sich, ob er alle Zettel von der Wand seines Zimmers im Männerwohnheim mitgenommen hatte. Er fragte sich, was nun aus seinem Kochtopf werden würde, den sie vergessen hatten. Er fragte sich, wieviel Pfennige ihm Paul noch schuldete, zehn oder zwanzig? Die Liste der Fra gen wurde immer länger.

»Kommt!«

Er ging zu ihr. Aus dem weinroten Sessel schaute sie hinauf und hinauf und hinauf, bis ihm schwindelig wurde.

»So du willst mit Sternen auf mich sehen?« sagte sie.

Er setzte sich vor sie auf den Fußboden. Es war eine andere Jali, die ihn konzentriert, mit gerunzelter Stirn und leicht zusammengekniffenen schwarzen Augen musterte, eine sehr junge Jali, ein Kind. Ihm war, als müßte er sie trösten.

»Der blöde Brief«, sagte er. »Ich entschuldige mich.«

»Der schönste Brief«, sagte sie. »Mein Stern. Kein Mensch hat mich so gezeichnet.«

»Nur ein griechischer Gedanke«, sagte K. W.

»Ach, K. W., wir sind jung!«

»Ich weiß nicht, du vielleicht.«

»Wir sind pfundig!«

»Pfundig?«

»Staun, was? Ich lerne deine Sprache.«

»Das erfüllt mich mit Genugtuung.«

»Toll!«

Sie streckte ihre Hand aus.

Er sagte: »Warum hast du mein Photo zur Zeitung gebracht, wo alle mich sehen können? Das sollst du nicht tun.«

»Aber schau das Photo. Kein Mensch hat dich so geschaut wie ich.«

»Ja, ja«, sagte er. *»Moment mal«,* sagte er bitter.

»Wie du lachst. Wie du mein Auge zumachen willst.«

»Aber das will ich nicht.«

»Doch ja. Kein Mensch hat dich so geschaut wie ich.«

»Wie denn?«

Er fiel neben ihr in den Sessel, er hatte Angst, daß es der Fall in eine Ohnmacht war, daß er im Krankenhaus aufwachen würde. Ihm war schwarz vor Augen, oder waren es ihre Augen? »Wie ich dich liebe«, sagte Jali. Sie küßte seine Augen. »Weil ich dich liebe«, sagte sie. Sie versuchten, daß ihre Augen einander küssen sollten, aber es ging nicht. Ihre Wimpern berührten sich. »Flügelschlag«, sagte sie. War sie wieder ergriffen? »Schon als ich Kind war wie ich dich liebte«, sagte sie. Sie war so schön, daß sie ihm fast unheimlich war. Er hielt sie weit von sich fort. Sie nickte unmerklich. »Wie ich dich suchte«, sagte sie. Er legte seinen Kopf an ihre Schulter wie in all den vergangenen Wochen. Er küßte die kleinen weißen Punkte auf ihrem Kleid. Wenn er ihre Schönheit vergessen konnte, nur für einen Augenblick, denn auf ewig wollte er sie nicht mehr vergessen, wenn er nur ihr Kleid sah oder die braune Haut ihrer Schulter, war ihm so wohl und war er endlich gesund und liebte er sie. Noch verwirrte ihn das Wort oder erinnerte ihn vage an eine Verwirrung sämtlicher Sinne und Gedanken, schlimmer als die Malaria. Aber er sagte: »Du hast gewonnen, Jali.«

»Nein, wir.«

»Wir«, sagte er.

»Lern mit mir«, sagte sie, »wir.«

»Du wirst perfekt«, sagte er.

Sie streichelte seinen Hals. Sie küßte ihn dort. Er bekam eine Gänsehaut. Zwischen ihren Zähnen erschien ihre Zungenspitze.

»Erste Stunde von Geheimesprache«, sagte sie. »Der Sprache Name ist Amorisch.«

»Nie gehört«, sagte K. W. »Wo liegt das Land?«

»Hier.« Ihre Zunge zeichnete ein Herz auf seine Gurgel. Wieder waren sie einander sehr nah. Er konnte Jali nicht mehr erkennen, Abschnitte ihrer Haut sah er, einen Winkel ihres Mundes, ein kleines schwarzes Haar unter der Wölbung ihrer Brust, ihren Bauchnabel, den feinen dunklen Flaum auf ihrem Bauch. Sie zog ihn an der Nase und lachte heiser.

»Stehl mich«, sagte sie.

Er stahl sie. Später stiebitzte er sie. Dann raubte und klaute er sie. Sie trugen einander heim wie halbtote zuckende warme Beutetiere. Morgens, oder war es schon wieder Abend, machten sie lange Finger und kaperten sich im Halbschlaf. Es dauerte Tage. An der Tür klingelte und klopfte und bummerte es, vom Hof riefen Kurt Lenz, Frau Parusel, Jalis Freunde und Kollegen, der Fernsprechapparat stand so lange nicht still, bis sie ihn in Kissen gewickelt unter die Badewanne schoben. Sie beschlossen, nicht zu baden. Sie aßen viel. Jali kochte vom einzigen, was da war. Sie kochte Kartoffelaufläufe und Kakao. Die Wohnung begann eigentümlich zu riechen. Zoo, meinte Jali. Harem, meinte K. W. Sie war hunderttausend Frauen für ihn. Sie war die

Sensation des Jahrhunderts. Den Geruch einsaugend, senkte sie ihren Blick, er mochte ihre schweren Augenlider. Sie gingen auf neue Diebestouren, Jali spielte Schallplatten, Jazz, Ragtime, lernte K. W., *»Jelly Roll«*, sagte sie, *»play, Jelly, play!«* rief sie, *»Kitten on the keys«*, sang sie, *»Dizzy fingers«*, stöhnte sie. Sie beschlossen, das Radio nicht anzustellen. Jali las ihm aus einem Buch vor, er hatte sich etwas Griechisches gewünscht, weil Plato ihm Glück gebracht hatte. Er bringt jedem Glück, meinte Jali. Aber hör dir die Sage von Melampus an. »Schlangen leckten als er schlief sein Ohr und er konnte die Vögelsprache verstehn.« K. W. wurde rot. Sie war die erste Frau, die er so sprechen hörte.

Sie sagte erstaunliche Sachen.

»Monito«, nannte sie ihn auf Spanisch und meinte Äffchen. Er ließ es zu. Immerhin war Spanisch die Sprache ihrer Frau Mutter. *»Gordito«* hieß Dickerchen, und sie nannte ihn so, wenn sie ihn fütterte mit klitschigen zwiebelduftenden Kartoffelscheiben.

Sie sagte: »Mein Gedächnetz.«

»Gedächtnis«, korrigierte er.

»Mein Gedächtnis läßt zu Wunsch übrig«, formulierte sie.

»Zu wünschen übrig«, korrigierte er, aber das Falsche hörte sich schöner an. Er beschloß, sie weniger zu korrigieren.

»Keine Schnittenblumen in meine Wohnung«, sagte sie.

Sie sagte: »Die Mäntel sagen, Gewissen ist eine Erfindung von uns.« Er verstand nicht. »Ledero«, sagte sie.

»Mach nicht, daß mein Kopf abfällt von mir«, sagte sie.

Er wollte ihr sagen, daß er sie beschützen würde, solange er lebte, aber sie war schon eingeschlafen. Er sah ihr eine Zeit lang beim Schlafen zu. Dann machte er ein Zeichen über ihr, das kam ihm ganz plötzlich in den Sinn, einen Kreis über ihrem Kopf, zu ihrem Schutz. Wenn sie schlief, sah sie ein wenig aus wie die dunklen Kinder unten am Großen Njassal, ihr Mund war so breit und weich, ihre Lider waren schwer, ihre Locken wild. Ihre Dunkelheit schien aus allen Farben zusammengesetzt, die es gab.

»Und ich bin also dein Vetter«, sagte K. W. am Morgen, bevor er wieder zur Arbeit ins Reisebüro ging. Jali hatte ihm eine Krankschreibung verschafft. Einer ihrer Bekannten war Arzt. Sie kannte die ganze Stadt persönlich und beim Namen.

»Die Parusel«, sagte sie nur.

»Dann laß uns heiraten«, sagte er.

Sie sah ihn verständnislos an. Vielleicht kannte sie das Wort nicht. Er nahm sich vor, es ihr ein andermal zu erklären.

Sie war die Sensation des Jahrhunderts. Sie verzieh ihm sogar seine Lüge. »Ihr kleiner Vetter ist ja nur zwei Jahre jünger als Sie«, sagte die häßliche Frau Parusel, als sie ihm seine Papiere zurückgab, als Jali und er aus dem Haus gingen. Es war ein klarer sonniger Tag in »Montebello«, dem Stadtteil seiner Träume. Er wohnte mit ihr in Montebello. Sie lächelte. Er hätte ihr jede Sommersprosse einzeln vom Gesicht küssen können, so glücklich war er. Sie wollten zur Stadtbahn, kamen aber nicht weit. »Stehl mich.«

»Und du nimmst es mir nicht übel, daß ich meinen Geburtstag falsch gesagt habe?« sagte K. W. in ihren Armen. Sie hatten Amorisch gesprochen, die Geheimsprache, bis ihnen die Gesten ausgingen. Sie schüttelte den Kopf. »Auch«, sagte sie, »mein Gedächnetz läßt zu wünschen übrig.« Es stellte sich heraus, daß sie bei der Schilderung ihrer Familienverhältnisse damals am Kanal leicht übertrieben hatte. Ihre Familie war nicht reich. Allerdings auch nicht arm, eher verarmt. Schuld war ihr Vater, den sie nur »Glickstein« nannte. Sie habe noch eine Rechnung offen mit Glickstein, meinte sie. Sie schien ihn zu hassen. Mama Beatrice kam nicht aus adligem Geschlecht, sondern war eine spanische Tänzerin, die am Memelstrand vom Meer träumte. Sie tanzte Flamenco in litauischen Salons. Schuld war Glickstein, der mehrere Vermögen verspielt hatte. Und woher kamen diese Vermögen? wollte K. W. wissen. Jali blies Zigarettenrauch in die Luft.

Sie sprach fernmündlich mit ihren Bekannten von der Zeitung. Sie bat ihren Bekannten, den Arzt, die Krankschreibung für K. W. um einen Tag zu verlängern. Mußte es sein, meinte K. W., daß sie so viele

Bekannte hatte? Sie sah ihn verständnislos an. Dann lachte sie sich halbtot. »Ach, K. W.«

»Geld«, sagte sie und schüttelte nackt am Schreibtisch sitzend ihre leere Herrenbrieftasche aus Krokodilleder.

»Arbeit«, sagte sie, »macht mich frei. Aber ohne Maß sein, ohne Ziel, faul macht mich eine Sklavin.«

Sie liebte ihre Arbeit und wollte reich und berühmt werden. K. W. fand, daß sie schon berühmt genug war. Er hatte ihr verziehen, es aber nicht vergessen, daß sie sein Photo an die Zeitung verkauft hatte.

»Reisen«, sagte Jali vor ihrer gerahmten Weltkarte an der Wand. Sie legte eine Schallplatte auf ihr Grammophon. Traurige Musik, die sie heiter zu stimmen schien, erklang. »Bruckner«, sagte sie. Zur Musik dieses Bruckner mußte er ihr von Afrika erzählen. Er redete sich die Seele aus dem Leib für seine Jali, er redete und redete, und die Kreise um Marie-Luise wurden enger und enger, und er brach ab. Ich schaue dein Afrika, meinte sie, deine Tiere. Schreib es auf, meinte sie. Ich kann nicht, sagte er. Du kannst, meinte sie. In diesem Augenblick hatte er Angst vor ihr. Wollte sie, daß er ein anderer sei? Sie war eine berühmte Künstlerin, alle kannten sie. Ihn kannte niemand. Aber allen ihren Bekannten wollte sie ihn vorstellen, es war die Liebe des Jahrhunderts. K. W. dachte an das Volksfest, an die zehn Pfennig, die er nicht gehabt hatte für die Sensation des Jahrhunderts, und er bekam einen kurzen Schreck vor der Zukunft.

An diesem Tag, als sie gelobten, beide am kommenden Morgen brav zur Arbeit zu gehen, brachte ihm Jali bei, wie man ein dickes Buch auf dem Kopf balancierte »für Equilibrium«. Sie meinte Gleichgewicht. Sie meinte Haltung. Eleganz.

Sie nahm ihm für immer die Furcht vor den Büchern an diesem Tag, als sie beide nackt durchs Zimmer stolzierten und ihren langen Flur entlang, Bücherstapel auf ihren Köpfen.

»Kann man auch lesen«, sagte sie, als sei es nebensächlich, nicht etwas, das sie von ihm verlangte. Wochen später fand er das erste Buch unter seinem Kopfkissen, es hieß »Tess von den D'Urbervilles« und war geschrieben worden von einem Engländer, den sie »liebte«, Thomas Hardy aus England, es durften keine Engländer nach Deutsch-Ost. Sie waren schuld an den Hungersnöten und Epidemien, nachdem Lettow-Vorbeck sich hatte ergeben müssen.

»Kann man auch schreiben«, sagte sie am Tag, bevor sie ihre verschiedenen Arbeiten wieder aufnehmen wollten. Sie hielt ihm ein paar Seiten unter die Nase. »Die Erfindung von Tieren« las er in ihrer Krakelschrift. Dann hatte sie ihm die Seiten schon wieder aus der Hand gerissen. Er döste im weinroten Ledersessel. Ich lebe mit einer Verrückten, dachte er glücklich. Meine Jali, dachte er. Mein Fräulein Jael Glickstein Salvo-Sainz. Konnte man solch einen verrückten Namen überhaupt führen? Konnte man alle diese Bücher in den Regalen und auf dem Fußboden lesen? Behandelt sie mich gerecht? dachte er.

Sie kam zurück. »Ja«, sagte sie, als könnte sie Gedanken lesen. Sie zeigte ihm ein Büchlein mit einem roten Plastikeinband mit der Aufschrift »Monte Carlo, September–September«. Er blätterte darin. Es waren nur leere Seiten, ein Kalender. »Hier wir schreiben unsere Liebe«, sagte sie. Nie im Leben, dachte K. W., ich mach mich doch nicht freiwillig zum Narren, sie wird mich auslachen und verachten, und alles wird aufhören. Der Kalender war ein Geschenk der »Villa Monte Carlo«, wo Jali damals mit »Sero« Geld gewonnen hatte. »Villa Monte Carlo« stand kleingedruckt auf der ersten Innenseite. »Es ist alles da, was eine verwöhnte Großstadtmenschheit über die Langeweile einer Nacht hinwegführen kann, die ihr in die Zeit zwischen Tag und Tag ein wenig Süßigkeit des Vergessens träufelt.«

»Gibt es nicht mehr das Büchlein«, sagte Jali, die mit ihm gelesen hatte. »Ich habe gerettet diese Exemplar.«

Tage später begann er seine erste Eintragung mit den Worten: »Deine Wohnung zeichnet sich dadurch aus, daß sie Platz hat. Es löst Begeisterung bei mir aus, daß alle Sachen so sind wie du …«

Es wurde Herbst, und Jali schrieb in ihr gemeinsames Tagebuch:

Ich bin sicher unsere Träum letzte Nacht wir würden herausfinden
es waren dieselbe Träum.

Sie lebten ein wunderbares glückliches langes Leben. Immer länger wurde es nach vorne, in die Zukunft hinein, die sie sich jeden Tag und jede Nacht erzählten, als habe sie bereits stattgefunden. Das machte Lust auf neue Zukunft, Zukunftsnachschub, und so wurde ihr Leben immer länger.

»Sind wir schon unsterblich«, sagte Jali.

Jali hatte gewonnen. Ein Kampf hatte nicht stattgefunden. K. W. ließ sich von ihr mitreißen. Sie war schön und klug und hatte auch traurige Augen, und ein Leben ohne Traurigkeit war unvorstellbar. Sie gab ihm traurige Bücher zu lesen, die sie liebte. Nur traurige Bücher sind gute Bücher, meinte sie. Sie hielt seine Hand, als er zum ersten Mal in seinem Leben über einem Buch weinte. »Kleiner Sinclair, paß auf!« las er, und die Buchstaben verschwammen vor seinen Augen wie das Wetter draußen vor dem Fenster. »Mach die Augen zu, Sinclair!« – »Das Verbinden tat weh«, las K. W. und Jali las mit ihm, sie saßen umeinandergefaltet im weinroten Ledersessel. »… aber wenn ich manchmal den Schlüssel finde und ganz in mich selbst hinuntersteige … dann brauche ich mich nur über den schwarzen Spiegel zu neigen und sehe mein eigenes Bild, das nun ganz Ihm gleicht, Ihm, meinem Freund und Führer.« Danke, Jali, sagte er. Sie glühte vor Traurigkeit und Freude.

Sie gingen in Bars, wo Jali bestens bekannt war und Kredit bekam. Hatten sie Geld, warfen sie damit um sich. Sie kauften Bücher, Schallplatten, sie gingen ins Kino, sie spielten. Unter Jalis Anleitung lernte K. W., den Lauf der kleinen weißen Elfenbeinkugel in der Villa Monte Carlo zu ignorieren, die Augen zu schließen und dem Glück eine Geschichte zu erzählen, wie sie es nannte. Er erzählte dem Glück die Geschichten der dunklen Kinder vom Njassal und gewann. Sie tranken Champagner, Whisky, Jamaica Rum, Pastis. Sie übten Amorisch auf der blau gekachelten Herrentoilette der Villa Monte Carlo. Als sie nach Hause kamen, war der Strom abgestellt. Sie hatten die Rechnung nicht bezahlt. K. W. ließ sich einen Vorschuß geben, der nie zu den Elektrizitätswerken gelangte. Sie verpfändeten den Volksempfänger zum dritten Mal, lebten von Kakao und Kartoffeln, lasen bei Kerzenlicht. Dann kam wieder ordentlich Geld herein. Für einen Photoauftrag auf dem Land wurde Jali von einem Mann in einem Horch-Achtzylinder abgeholt. Sie kroch um das Auto herum und sogar unter das Auto wie ein dummes Kind. Der Mann lächelte nachsichtig. K. W. hatte Lust, ihm die Fresse zu polieren, aber etwas in Jalis Blick hielt ihn zurück. Es war ein Notblick, der sagte: Dieser Mann ist gefährlich. K. W. ging in die Eckkneipe und trank ein frühes Bier. Es war Samstag, und die Männer waren freundlich, fuhren keine Achtzylinder, klopften ihm auf die Schulter. Jali mied die Kneipe. Sie hätte auch nicht hineingepaßt. Er trank ein viertes und fünftes Bier und grübelte nach über Jalis Notblicke. Anfangs meinte er, es läge an seinem wenig weltklugen Benehmen, und sie wollte ihn schelten mit ihrem Blick. Das fand er nicht gerecht. Sie stritten. Jali gewann. Rittlings auf ihm sitzend belehrte sie ihn, daß es Leute gab in der Stadt, mit denen nicht gut Kirschen essen war. Sie kannte diese Leute, sie mochte sie nicht, aber sie mußte für sie und mit ihnen arbeiten, wollte sie ihren guten Namen als Photoreporterin und ihre Zukunft als berühmte Kunstphotographin nicht aufs Spiel setzen. Er, K. W., kam aus Afrika, er wußte nichts von solchen Sachen. Und ob, dachte K. W. in sein leeres Bierglas. Er erkannte Jalis Notblick sehr wohl. Auch die Natur konnte diesen Blick machen unten am Njassal, die Tiere plötzlich verschwunden, die Bäume starr wie Statuen, die Pflanzen blaß, der Fluß innehaltend, vor einem großen Unwetter. Jali kehrte bester Laune und mit frischem Geld zurück. »Kommt«, sagte sie, »Pferde stehlen.« Das sagten sie, wenn sie ausgingen. Als sie an Kurt Lenzens Wohnung vorbeikamen, hörten sie ihn Klavier spielen. Er spielte meistens Walzer. Plötzlich brach er mitten im Lied ab. Jali gab K. W. einen raschen Kuß. Draußen wartete der Horch-Fahrer. Er führte sie in ein teures Restaurant. Er konnte spanische Sätze bilden und unterhielt sich mit Jali über Spanien. K. W. war hundemüde. »Ich würde mir das Angebot, das ich Ihnen gemacht habe, noch einmal durch den Kopf gehen lassen, Fräulein Klick«, sagte der Horch-Fahrer. »Mein falsches Gedächnetz«, sagte Jali. »Ich kann mich nicht mehr erinnern.« K. W. gähnte. Ihr Gedächtnis war in der Tat miserabel. »Es gibt gute Institute für Gedächtnisübungen«, sagte der Horch-Fahrer. »Methode Mettner. Auch Ihnen sehr zu empfehlen«, wandte er sich an K. W., »wie ich höre, arbeiten Sie in einem Reisebüro und wollen Sprachen lernen.« K. W. nickte. »K. W. lernt Englisch«, sagte Jali. »Zurück zur Sache«, sagte der Horch-Fahrer, »überlegen Sie gut. Immerhin sind Sie als Sephardin auch ...« Jali schenkte dem Mann ein Lächeln, das K. W. gar nicht gefiel. Es war viel zu schön für ihn. Andere Leute kamen an ihren Tisch und redeten über ein neues Theaterstück. Jali kannte alle Schauspieler persönlich, auch die Kinoschauspieler. Sie knipste sie für die Zeitung. Als die Leute merkten, daß K. W. niemanden kannte außer Jali, ließen sie ihn links liegen. Er suchte Jalis Blick. Ihre Augen wanderten hin und her, sie strahlte und zeigte ihre Zähne, und später war sie beschwipst.

Im Fußbodenbett hielt sie sich an den Matratzenrändern fest in dieser Nacht und jammerte, das Schiff gehe unter. K. W. war böse auf sie und fühlte sich gekränkt, aber er sprang über seinen Schatten und tröstete sie. Sie stieß ihn fort. In Litauen, sagte sie, offensichtlich stinkbetrunken, lebten sie und ihre Leute von der Erinnerung. Die Erinnerung sei das einzige, was ihnen geblieben sei. K. W. beschwor die Zukunft. Sie wollte nichts hören. »Und mein Gedächnetz ausgerechnet ist so schlecht«, sagte sie.

Am nächsten Tag, frühmorgens, fand er eine wundersame Eintragung in ihrem gemeinsamen Tagebuch, das auf Jalis Schreibtisch neben einem Aschenbecher lag, in dem er siebzehn Zigarettenstummel zählte. Sie war nachts aufgestanden, um zu schreiben:

Mi amor. This city means nothing without you.

Zwei Lexika auf dem Kopf balancierend, trug er das Tagebuch wie ein Geschenk zum weinroten Ledersessel und übersetzte den ersten englischen Satz seines Lebens.

Jali hatte gewonnen. Unter ihren Satz schrieb er:

Es ist merkwürdig, mit dir allein zu sein und trotzdem sind Menschen dabei. Und wir können nicht zusammen sein und uns anfassen. Und es ist ein Abstand zwischen uns, der gar nicht da ist zwischen uns. Weißt du, was ich meine? Antworte mir.

Sie antwortete ihm auf Amorisch, auf Spanisch und Englisch und Italienisch und Französisch, sie kannte keine Hemmungen. Er konnte sich nicht mehr vorstellen, je mit einem anderen Menschen zusammen zu sein, mit einem Menschen, der nicht ausländisch war. »Warum hab ich dich nicht früher getroffen?« sagte er. »Dunkel und drohend wie du sprichst«, sagte sie. Er zwang sich zu einem heiteren Gesicht. Es stimmte: Er hatte an Marie-Luise gedacht.

Mit Jali sprach es sich so leicht. Oft lasen sie einander von den Lippen ab, was sie sagen wollten, bevor sie es noch gesagt hatten. Sie lachten über die Sprache, die Sprachen, das Sprechen. Nur so, meinte Jali, indem man lachte über die Sprachen, die Regeln, die Bedeutungen, die Bemühungen, konnte man wirklich glücklich sein und ein »guter Mensch«. K. W. wünschte sich nichts sehnlicher, als ein guter Mensch zu werden. Er spürte, er war auf dem besten Weg.

»Ein Hund«, sagte Jali beim Fleischer.

»Huhn, Huhn …« flüsterte K. W. neben ihr.

»Sag ich ja. Ein Hund bitte!«

Der Fleischer zuckte die Achseln und wandte sich dem nächsten Kunden zu. K. W. verdrehte die Augen. Jali dachte nach.

»Eine Mutter der Eier bitte«, sagte sie.

K. W. schüttete sich aus vor Lachen. Auch der Fleischer schmunzelte. Und die anderen Kunden im Geschäft, die grimmige Gesichter gemacht hatten, als Jali und K. W. hereingekommen waren, schmunzelten. K. W. kannte die grimmigen Mienen. Die einfachen Volksfreunde hatten Angst vor Künstlern wie Jali, weil sie dazu noch Lebenskünstlerin war. Wie stolz sie ihn machte. Er ließ sich hineinfallen in ihre Welt.

Jalis Welt bestand aus Schauen und Staunen. Schaun wir mal hier, sagte sie. Schaun wir mal dort hinein. Schau doch, K. W.! Stets trug sie eine Kamera bei sich, die sie aber kaum benutzte, wenn sie mit K. W. unterwegs war. Sie hatten nie wieder über das Zeitungsphoto gesprochen. Jali besaß einen Presseausweis, der ihr viele Türen öffnete und den sie gut sichtbar an ihrer Kleidung befestigte. Das war K. W. peinlich, denn er wollte nicht gar zu sehr auffallen. Er fiel schon genug auf mit Jali. Alle drehten sich um, alle beneideten ihn. Sie war so schön, so klug, so lustig. Er konnte sie jetzt lange anschauen und sich an ihrer Schönheit freuen, ohne Angst zu haben. Am liebsten hatte er es, wenn sie aus einiger Entfernung auf ihn zukam. Dann war es immer, als sähe er sie zum ersten Mal.

Die wichtigste Tür, die Jalis Reporterausweis ihnen öffnete in diesem November, war die des Zoos. Der gelbäugige Pförtner, den Jali »Opa« nannte und der früher Platzanweiser im Kino gewesen war, winkte sie an den anderen Besuchern vorbei in den Garten, in dem Jali jeden Baum, jeden Strauch und jedes Geschöpf kannte. Es verging kaum ein Tag, an dem sie sich nicht im oder vor dem Zoo trafen, während seiner Mittagspause, nach Dienstschluß, am Abend. Oft waren sie frühmorgens die ersten Besucher. In ihrer Gesamtheit machte sich K. W. nichts aus den gefangenen Tieren, die durch ihn hindurchschauten, als sei er Luft. Es waren arme Tiere, er hatte gesehen, wie sie gefangen wurden in Deutsch-Ost. Jali wollte davon nichts hören. Natur war Natur, meinte sie, Kolkrabe blieb Kolkrabe. Aber sein Käfig ist winzig, und in der Natur hat er Platz, gab K. W. zu bedenken. »Nur in deine Kopf«, sagte sie. Es gab einzelne Tiere, Jalis Privatzoo, die er mochte. Sie starrten ihn zwar ebenso leer an wie die anderen, nicht jedoch Jali, die ihnen Äußerungen und Bewegungen und sogar Tänze entlocken konnte. »Wir hatten einen kleinen Zoo in Kaunas«, erzählte sie, »da bin ich mit meiner Mutter.« In ihrer Kindheit hatte sie von dem großen Zoo in »Deutschlang« geträumt. Einer ihrer Zukunftspläne hieß natürlich Afrika. Wenn K. W. nicht einschlafen konnte, weil Jali noch nicht zu Hause war, stellte er sich ihr Gesicht vor auf der Steppe beim Anblick einer schreitenden Giraffe am Abend. Du wirst weinen vor Glück, Jali. Sie benahm sich seltsam mit den Zootieren. Sie sprach mit ihnen wie mit Leuten. Er machte sie darauf aufmerksam. »Nein, es sind Menschen«, sagte sie. Jeden Tag besuchten sie Sarotti, das Schwarze Pantherbaby. Jali rannte geduckt hin und her vor der Gehegemauer, und das Tier duckte sich mit, lauerte und sprang, lauerte und sprang. Auch hier übte K. W. Kritik. »Es springt ins Leere«, sagte er. »Nur in deine Kopf«, wiederholte sie. Sie besuchten Schiefhals, einen verformten Graupapagei, der sprechen konnte. Im Vogelhaus war es unerträglich laut von all den anderen Vögeln, aber Jali saß geduldig vor dem Papagei und lehrte ihn Sätze wie »Jali liebt K. W.«, »Jali ist klug«, »Jali Klick Klick«, »Jali will Eis«. Der häßliche Vogel mit der schiefen Kopfhaltung rieb seinen Schnabel am Käfiggitter, und Jali streichelte den Schnabel. K. W. fühlte sich hingezogen zu einer kranken Harpyie und dem Kolkraben im winzigen Käfig. Der Rabe war das einzige Tier im Zoo, das K. W. in die Augen schauen konnte und nicht vor ihm zurückwich.

»Sie wissen«, sagte Jali. »Sie riechen dich.« Er wußte nicht, was sie meinte.

Während die meisten Tiere in Paaren gehalten wurden, waren ihre Tiere allein: das von der Mutter verstoßene Pantherbaby, der Papagei, die häßliche Harpyie, der arme Rabe.

Der Rabe war K. W. ein Rätsel. Er gab dem Vogel ein kleines Stück Wurst, und der Vogel gab es ihm zurück, nachdem er es vorher mehrmals in seinem elendigen Käfig verscharrt und wieder ausgebuddelt hatte. »Es ist ein Rätsel«, sagte K. W. Jali stand stumm daneben. Wenn der Rabe seinen glänzenden schwarzen Schnabel durch die Gitter steckte, wich sie zurück. K. W. rieb den Schnabel des Raben. »Er beißt nicht«, versicherte er Jali.

Bei Regen suchten sie Unterschlupf im hohen Affenpalmenhaus, dessen Dach ganz aus Glas war. Der Regen prasselte auf die Scheiben, die Palmen schwitzten, es war schwül auch im Winter und roch nach süßen Früchten und Affenscheiße. Im Affenpalmenhaus kamen sie stillschweigend überein, daß sie die Affen nicht zu sehen wünschten, den Affen nicht gegenübertreten wollten. Jali versteckte sich hinter meterhohen Palmen, und K. W. mußte sie finden. Einmal fand er sie nicht. Er rief ihren Namen. Er durchsuchte jeden Winkel. Sie war nicht da. Er trat ins Freie, es regnete. Fluchend rannte er durch den menschenleeren Zoo. Es wurde dunkel. Seine Mittagspause war weit überschritten. Dann sah er sie.

Sie hatte sich hinter dem Standbild eines Drachens versteckt, der vor dem Aquarium die Besucher eher abzuschrecken als einzuladen schien. Ihr schwarzer Lockenkopf lugte hinter einem der Füße des Drachens hervor, wo sie in ihrem Versteck hockte. Er rief ihren Namen. Sie richtete sich auf und kam ihm langsam entgegen. Er rannte wütend auf sie zu. Beide versprühten sie Regentropfen.

»Stehl mich«, sagte Jali.

»Du bist wahnsinnig!« brüllte K. W. »Weißt du, wie lange ich nach dir gesucht hab? Ich muß ins Reisebüro.«

»So?« Sie lächelte und zeigte auf seinen triefenden billigen Mantel, seinen durchnäßten Anzug. Das brachte ihn noch mehr in Rage.

»Ich will deinen dämlichen Zoo nicht! Dein Zoo macht mich krank. Und die Tiere in deinem Zoo sind auch krank. Ich will Afrika.«

»Du warst glücklich in Afrika?« sagte sie und nahm seinen Arm.

»Ja, war ich.« Er beruhigte sich. Er durfte sie nicht anbrüllen. Sie war verrückt. Sie war Jali. Er schüttelte ihren Arm ab.

Sie sagte: »Ich glaube die Menschen die gingen nach Afrika waren unglückliche Menschen.«

Dieser Satz traf ihn tief. Er mußte an seinen Vater denken. Er ging ein paar Schritte. Jali ging neben ihm. Sie hörten auf zu reden und bemerkten ihre Umgebung. Es war dunkel. In den Tierställen brannten Lichter. Es waren überall Ställe, überall Lichter. Der Regen hatte sich in Schneeflocken verwandelt. Jalis Haar wurde weiß. Sie fror, auf ihren braunen Wangen erschienen rote Zeichen wie Feuerquallen.

»Was ist eine Sephardin?« sagte K. W.

»Eine Jüdin von Spanien«, sagte Jali.

»Aber Juden sind doch verboten.«

»Quatsch!«

»Doch!« Er zog sie fort. Das Schneetreiben wurde dichter. Sie ließ sich von ihm ziehen und zerren, einen langen Weg um das Raubkatzenhaus, in dem die Türen schlugen und die Katzen knurrten, vorbei am großen Konzertgarten und bis zum Zoo-Restaurant am Teich, wo sie ihm den ersten von vielen Küssen gegeben hatte unter den Lampions.

Er zeigte ihr ein Schild: *Juden unerwünscht.* Das Schild war frisch gemalt worden nach dem Sportfest.

»Da«, sagte er.

Jali kniff die Augen zusammen, als könnte sie die dicken Buchstaben nicht lesen.

»Na und?« sagte sie.

»Der Mann hat gesagt, du bist eine Sephardin«, sagte K. W. Er hatte plötzlich große Angst.

»Welche Mann?« Sie warf ihm einen Blick zu. Es war der Notblick.

»Der Mann mit dem Auto, dem Horch.«

»K. W., dieser Mann ist gefährlich. Hör jetzt auf.«

»Ich hab Angst.«

»Mußt du auch. Dieser Mann ist gefährlich.«

»Wer ist er?«

»Von die Partei«, sagte sie und schüttelte ihr Haar. Ihre Locken schimmerten feucht, sie waren schwärzer als je zuvor.

»Er ist ein Mantel«, sagte sie. »Ledero. Leder aus Kunst. Geheim Leder. Er sperrt Menschen ein.«

»Was will er von dir? Er hat gesagt, du sollst darüber nachdenken, was er will.«

»Ja ja«, sagte Jali. »Er sagt immer so. Er kennt nicht meine Freunde. Andere Freunde. Höher wie er.«

»Was will er von dir?«

»Nach Spanien«, sagte Jali. »Für ihn. Du schweigst. Du darfst das nicht wissen. Dieser Mann ist gefährlich.«

»Nach Spanien? Weil du ein Jude aus Spanien bist?«

Sie lachte. »Ach, K. W. Ich bin berühmt. Ich bin Jali Klick.«

»Aber wenn du ein Jude bist, dann bist du unerwünscht.«

»Halb nur«, sagte Jali.

K. W. sah die Leute vor Jali und ihm zurückweichen. Und sah, wie er sie beschützen würde vor den Leuten. Er dachte an die dunklen Kinder von Deutsch-Ost, mit denen er gespielt hatte, bis man ihm sagte, es sei nicht gut. Aber es war gut, er wußte es. Eine Sephardin, dachte er, eine echte Sephardin. Die Sensation des Jahrhunderts. In Gedanken flehte er sie an: Sag bitte die Wahrheit. Spiel nicht Jali die Sephardin wie du manchmal Jali die Große spielst oder Jali die Weise.

»Was heißt halb nur?« sagte er.

»Glickstein!« zischte Jali.

»Dein Vater ist ein Sephard?«

»Glickstein ist Jude«, sagte Jali. K. W. wußte, daß Glickstein sie und ihren Bruder Maxie im Stich gelassen hatte. Ihr Vater schien ihm sehr viel gefährlicher zu sein als der Horch-Fahrer.

»Darum hat der Mann gesagt, du bist eine Sephardin … weil dein Vater aus Spanien ist.«

»Mein Vater ist von Litauen«, sagte sie müde. Log sie? Es herrschten komplizierte Verhältnisse in ihrer Familie.

»Und deine Mutter?«

»Du weißt doch, K. W. Von Spanien und nicht Jüdin und wenn du sein willst ein Jude muß die Mutter der Eier …«

»Mach jetzt keine Späße!«

»… eine Jüdin sein«, sagte sie. »Also bin ich halb nur.«

»Egal. Ich werde dich beschützen.«

»Danke. Aber ich glaube, besser ich beschütze dich.«

Sie umarmten sich. Sie wiederholten ihren allerersten Kuß und dachten sich die Lampiongesichter auf dem Wasser. Er leckte an ihren Zähnen. Das Leben war aufregend mit Jali Klick.

»Es tut mir leid, daß ich vorhin gebrüllt habe«, sagte er. »Ich konnte dich nicht finden.«

»Mein Plan«, sagte sie und zog ihn fort. Er ließ sich ziehen und zerren zum Drachendenkmal vor dem Aquarium. Sie zeigte ihm die Stelle, wo sie sich versteckt hatte. Zigarettenstummel lagen dort in einer leeren Blechschachtel Muratti Privat. Sie lehnte sich an den Drachenfuß. Wollte sie, daß er sie hier stiebitzte, hier im Zoo?

»Wenn wir streiten …« begann sie.

»Wir streiten doch nicht«, sagte er.

»Doch wir tun. Du merkst nur nicht.«

»Unsinn. Wir sind glücklicher, als die Polizei erlaubt.« Er hoffte, sie würde lachen. Sie liebte seine Vergleiche aus Deutsch-Ost und der Kneipe. Er wartete.

»Wenn wir streiten schlimm und keiner weiß wie weiter und wo der andere ist wir treffen hier. Oder …« Sie schüttete die Stummel aus der Zigarettenschachtel und spuckte hinein. »… oder wir schreiben Liebe auf einen Zettel und graben hier ein.« Sie hockte sich hin und wühlte mit ihren kräftigen Händen ein Loch in die Erde und legte die Schachtel hinein. »So …«, sagte sie und schüttete das Loch über der Schachtel zu. Sie schaute zu ihm hinauf. *»Understood?«* Sie nagte an ihrer Unterlippe.

»Yes, sir!« sagte K. W.

»Ich liebe dich.«

Er liebte sie auch. An Weihnachten schenkte er ihr ein Buch, »Gedanken der Juden«, über das sie sich nicht besonders zu freuen schien. Mehr Spaß machte ihr seine selbstgeschnitzte Flußpferdflöte. Er erklärte ihr, daß die Flußpferde, spielte man die Flöte richtig, plötzlich erwachten und sogar ihr Maul aufsperrten. Sie feierten bei Kurt Lenz. Jali wollte die Flöte sofort ausprobieren, aber der Zoo hatte geschlossen. »Immer ich vergesse«, sagte sie. Sie schenkte ihm ein Photo von sich als Kind, auf dem sie unschön, fast böse in die Kamera starrte. Es war rührend, wie sehr sie daran hing, wie feierlich sie es ihm überreichte. Er hatte nicht vor, es sich jeden Tag anzuschauen. Dann kam die Überraschung. Sie schenkte ihm einen dreimonatigen Abendsprachkurs in Englisch. Der mußte ein Vermögen gekostet haben. Auch Kurt Lenz war beeindruckt. »Hätte man mir solch einen Kursus vor ein paar Jahren geschenkt, ich wäre längst in Hollywood«, sagte er. Aber Jali hatte noch ein Geschenk. Sie machte es sehr spannend. »Alles hinsetzen!« kommandierte sie und leerte ihr Whiskyglas. Aus rotem Seidenpapier wickelte sie ein altes blaues Notizheft voller Fettflecken und Eselsohren. K. W. und Kurt Lenz beugten sich vor. *Diario* war in ausladender, fast verblichener Bleistiftschrift über das Heftchen geschrieben. Es war nicht Jalis Schrift. »Tagebuch«, sagte Kurt Lenz. Jali sagte: »Wann ist den genaue Tag, wann du geboren bist in Afrika?« K. W. nannte den genauen Tag und das Jahr. Sie wußte es eh schon. »Sieht!« sagte sie und schlug die erste Seite des Heftchens auf. Dort war in Krakelschrift das Jahr zu lesen, in dem er geboren war. Sie blätterte. »Und den genaue Tag war … Mittwoch!« Sie zeigte das Heft. Eine Zahl kugelte sich am oberen Rand. Es war sein Geburtstag. Darunter stand geschrieben:

Miércoles. Hoy Jael tiene mucha fiebre.

K. W. sah Jali fragend an.

»Ich ahne und vermute«, sagte Kurt Lenz.

»Meine Mutter«, sagte Jali. Sie hatte Tränen in den Augen. War sie beschwipst?

»Das ist das Unglaublichste, das ich je gehört habe«, sagte Kurt Lenz. »Darauf müssen wir trinken.« Er schenkte die Whiskygläser voll. Jali weinte.

»Was ist los?« sagte K. W.

»Ich übersetze«, sagte Jali schluchzend. »Mittwoch – heut – hat Jael – hohes – Fieber – bekommen.«

»Kolossal«, sagte Kurt Lenz.

»Nicht?« schluchzte Jali.

K. W. starrte verständnislos vom einen zur anderen. Was hatten sie? Er fühlte sich wie ein Dummkopf.

»Dummkopf!« sagte Jali. »Als du geboren bist, ich hatte hohes Fieber!«

»Na und?«

Jalis schluchzte und lachte jetzt gleichzeitig. Sie japste. Sie machte Geräusche wie im weinroten Sessel bei schwerem Raub. K. W. grinste.

»Mein Freund«, sagte Kurt Lenz. »Wie jung Sie sind.« Zu Jali sagte er: »Ich freu mich so für euch beide, *muchacha*.«

»Die Liebe des Jahrhunderts«, sagte Jali in beinahe makellosem akzentfreien Deutsch. Ich kann mich des Eindrucks nicht erwehren, erinnerte sich K. W. an einen seiner Sätze aus der Satzaufbauzeit, daß sie das auswendig gelernt hat. Silvester kam. Sie waren auf Künstlergesellschaften eingeladen. Jali wollte in der Bachstraße bleiben. Sie hörten Musik im Radio. Ein Redner begann eine Rede, und K. W. drehte am Radioknopf. Die Rede war überall. Er schaltete das Radio aus. Jali las ein Buch, es hieß »In 80 Tagen um die Welt«. Auch wenn Jali nur ein halber Jude war, mußten die Redner erst Frieden mit ihr schließen, fand K. W., bevor er ihnen wieder zuhörte. Er schloß das Fenster, denn auch im Hof war die Rede. Später schrieb Jali an ihrer Geschichte »Die Erfindung von Tieren«, oder war es bereits eine neue Geschichte? Sie tat sehr geheimnisvoll damit. Ich kann ihr trauen wie keinem anderen Menschen, dachte er, durch dick und dünn kann ich mit ihr gehen, sie wird mich nicht im Stich lassen, auch ihre Schönheit wird mich nicht mehr verlassen. Heimlich holte er das gemeinsame Tagebuch und schrieb Jali zur Überraschung am nächsten Morgen, dem Neujahrsmorgen:

Das Jahr meines Erwachsens geht zu Ende. Ich bin wach. Ich kann nicht mehr in Träumen leben, denn ohne daß ich es wußte, warst du mein einziger Traum und er ist wahr geworden.

Um Mitternacht öffnete sie die Fenster. In der Bachstraße wurde ein Feuerwerk gezündet und erleuchtete auch den Hof und den schneebedeckten Dschungel in seiner Mitte. Unter der dichten Schneedecke auf den Pflanzen war das kleine Reh aus Holz gewiß ganz trocken geblieben. Maunzend jagte Freddy ins Haus. Kurt Lenz ängstigte sich seit Weihnachten, der Feuerwerkskrach könnte seinen Kater verschrecken, kopflos machen. Jali war schweigsam. K. W. ließ sie in Ruhe. Er ahnte, sie reiste in achtzig Tagen um die Welt. Wenn Jali las, ging die ganze Welt unter, und sie allein wußte, wo sie sich befand. Doch dann kam wieder alles anders. Sie legte das Buch fort und lockte ihn zu sich in den weinroten Ledersessel und las seinen Tagebucheintrag laut vor. Merkwürdig, er schämte sich nicht. »Endlich du hast verstanden«, sagte sie. Er hoffte, er hatte. Aber was?

»Als du geboren bist, ich war wach schon zwei Jahre. Und du bist geboren in Afrika, und ich habe gefühlt bis in Kaunas, daß du kommen bist, meine Liebe zu sein.«

Sie holte ihre Weltkarte von der Wand, löste die Karte aus dem Rahmen und zeichnete mit Rotstift und Lineal eine Linie zwischen Litauen und Deutsch-Ostafrika.

»So war das«, sagte sie.

Er studierte die Linie noch, als Jali längst eingeschlafen war. Die rote Linie verlief quer über die Länder und Meere der Welt. Konnten Gedanken so weit reisen, Kindergedanken, Babygedanken? Sie hatte Fieber gehabt, hoch mußte es natürlich gewesen sein, am Tag, als er auf die Welt kam. Jali die Romantische. Er hatte das dumpfe Gefühl, daß hohes Fieber kein gutes Omen für eine Liebe war, aber wenn die Idee ihr Spaß machte und sie es für ein gutes Omen hielt, wollte auch er daran glauben.

Die ersten drei Monate des neuen Jahres lernte er einmal in der

Woche Englisch nach einer modernen, streng wissenschaftlichen Methode in einem Sprach- und Psychologieinstitut, wo man ihm einen Hut aus Blech aufsetzte, in dem eine Stimme sagte: *»Good morning. How do you do?«* Er wunderte sich, wie viele streng wissenschaftliche Institute es in Deutschland gab. Ein Stockwerk unter dem Sprach- und Psychologieinstitut gab es das »Institut für Stimmbildung – streng wissenschaftlich nach Original-Methode D. – vormals Institut Prof. Davidobski«. Noch ein Stockwerk tiefer befand sich das »Institut für Geheime Kräfte – streng wissenschaftliche Methode Mettner«. An der Tür klebte ein Plakat: »Jeder Mensch hat Geheime Kräfte«.

Jali hörte seine englischen Vokabeln in der Dunkelstunde ab. So nannte sie die Stunde des schwindenden Abendlichts kurz vor der Nacht. Sie saß mit übereinandergeschlagenen Hosenbeinen am Tresen im Reisebüro und blätterte in Reiseprospekten und rauchte und fragte: »Der König?«, »Die Butter?«, »Die Katze?« The King, the Butter, the Cat, flüsterte K. W. Der Chef des Reisebüros nickte ihm aufmunternd zu, in der Annahme, K. W. spreche Ausländisch mit Jali, die eine besondere Kundin war. Einmal brachte der Chef des Reisebüros unaufgefordert Reiseprospekte von Spanien, und K. W. erschrak. »Für Sie, Fräulein Klick«, sagte der Chef.

Er ließ sich nichts anmerken. Aber er hatte Angst, daß sie nach Spanien reisen würde, um den Auftrag für den gefährlichen Horch-Fahrer zu erledigen. Er würde allein zurückbleiben und sie nicht beschützen können. Überall in der Stadt sah er die Schilder, daß Jali nicht erwünscht sei. Hätte sie eine Bäckerei gehabt, wovon sie träumte, weil sie so gerne Kuchen aß, wäre es nicht erwünscht gewesen, bei ihr Kuchen zu kaufen. Es wäre auch nicht erwünscht gewesen, die Geschichten zu lesen, die sie heimlich schrieb. Sie sei nicht klug, hieß es, sondern gerissen und hinterlistig. Er wußte es besser. Sie war die klügste Frau des Jahrhunderts. Es war auch nicht erwünscht, mit ihr tanzen zu gehen, sie zu küssen, sie zu heiraten. Er ging oft mit ihr tanzen, und sie sprachen jetzt viel vom Heiraten. Jali wünschte sich eine

Hochzeit in einem weißen Kleid in Afrika. Das schien K. W. keine gute Idee zu sein. Warum konnten sie nicht in Deutschland heiraten, sie war ja nur halb unerwünscht und hatte Freunde in hohen Ämtern, und ihre Photos erschienen in allen Zeitungen, lustige und traurige Photos von Tieren, Häusern und Menschen und manchmal auch Maschinen. Nein, Afrika mußte es sein. Sie machte sich völlig falsche Vorstellungen von Afrika. Große Schmerzen konnten einem dort zugefügt werden.

Glickstein war schuld. Immer wieder sagte sie: Warum hat meine Mutter diesen Mann geheiratet? Ein Lügner und Betrüger und Halodri sei ihr Vater. Und warum hatte sie geflunkert damals am Kanal und Glickstein als einen Philosophen und »Entrepreneur« dargestellt, der mit Fürsten und Staatsmännern in aller Welt speiste? Weil sie sich so für ihn schämte, sagte sie. Ich habe noch eine Rechnung offen mit ihm, sagte sie. K. W. hatte Angst vor ihrem Vater. Was, wenn er plötzlich auftauchte aus heiterem Himmel? Wie sah die Rechnung aus, die Jali noch mit ihm offen hatte? Was, wenn er K. W. nicht leiden konnte und Jali gegen ihn aufhetzte? Vielleicht hatte er Macht, auch wenn er mehrere Vermögen verspielt hatte, vielleicht speiste er mit Heitler. Jalis Familie war K. W. unheimlich. Sie hatte ihren Notblick, wenn sie von ihrer Familie sprach, und er bohrte nicht nach. Wen sie wirklich von ganzem Herzen liebte, außer K. W. natürlich, war ihr jüngerer Bruder Maxie, den K. W. manchmal für eine Erfindung hielt. Wo steckte Maxie jetzt? In Litauen, sagte sie. Aber die Monate vergingen, und Maxie sprach fließend Englisch in England und war auch schon in Afrika gewesen oder dorthin vorausgereist. Wie kam es dann, daß Maxie keine Ansichtskarten schrieb? Ach, Maxie haßte Ansichtskarten, er spielte Gitarre und sang Lieder dazu. Jali merkte nie, wenn K. W. zweifelte. Er hatte sein Gesicht gut in der Gewalt. Er versuchte, ein guter Mensch zu werden. Jeder Mensch verfügte über Geheime Kräfte, sagte die Methode Mettner. Er behielt vieles für sich, die Demütigungen in den Musikstunden in Neu-Langenburg, den Freitod seines Vaters, Marie-Luise. Tief in seinem Kopf lebte die Furcht, daß

Jali eines Tages von ihm denken und sprechen könnte wie von Glickstein, wie von einem schlechten Menschen.

In Jalis Augen war jeder Mensch ein guter Mensch, der schauen konnte. Nur wer schauen konnte, war fähig zu fühlen, erklärte sie K. W. und beruhigte ihn im selben Atemzug, daß er selbstverständlich zu den Schauenden gehörte. K. W. wußte nicht, ob das stimmte. Nur mit Jali konnte er schauen, sie öffnete ihm die Augen hundertmal am Tag. Das sagte er ihr. Sie strahlte. Hatte sie vergessen, beharrte er in kühner Selbstanklage, wie lange er die Lampe nicht sah, die sie gekauft hatte? Sie nahm seine Hand und legte sie auf ihre Brust. »Du schaust da«, sagte sie. Er wurde rot. Er konnte sich nicht sattsehen an ihren Brüsten. Er knöpfte ihre Bluse auf. »Nein«, sagte sie. Sie machte ihre Augen zu. Dann machte sie ihre Augen wieder auf, und sie waren dunkler denn je. »Tiefer du schaust«, sagte sie. Er nahm sich vor, diesen Satz und diesen Augenblick nie zu vergessen.

Dostojewski war ein Schauender, den Jali besonders bewunderte. K. W. schüttelte innerlich den Kopf. Dostojewski war ein Schwachsinniger, das sah jedes Kind, mit einem ulkigen langen Bart und Schimpansenaugen und langen Haaren, und er konnte Knoten in seine Arme und Beine machen. Er saß jeden Tag auf der gleichen Bank im Zoo und fütterte die Spatzen und die Krähen mit Brotkrümeln. Jali setzte sich zu ihm und erzählte ihm mit kehliger Stimme spanische Geschichten. Dostojewski konnte weder hören noch sprechen, davon war K. W. überzeugt, das war ein Geisteskranker, vielleicht ein heimlich gefährlicher, der in die Irrenanstalt gehörte. Immer versuchte K. W., etwas abseits stehend, Jali mit Gesten zum Weitergehen zu bewegen, aber sie wollte nicht. Dostojewski, umringt und umflattert von Spatzen und Krähen, die sogar auf seinem Kopf landeten, lächelte ewig und verstand gewiß nur Bahnhof. Abends verließen ihn die Vögel, und er guckte wie blöd in die Sterne oder starrte in die Erde, doppelt blöd. Immer saß er da auf seiner Bank am Robbenfelsen. Im Sommer versammelten sich sogar die Möwen um ihn, denen es oft gelang, Fische aus der Luft zu fangen bei der Robbenfütterung. Jali hatte nun mal einen Narren gefressen an dem Narren. »Kannst du mich hören, du schwachsinnige Vogelscheuche?« fragte ihn K. W. einmal, als Jali nicht dabei war. Dostojewski lächelte. Der Geheimrat ging vorbei, gefolgt von seinen Assistenten. K. W. trat schnell zur Seite. Jali kannte den Geheimrat. Es wunderte K. W., daß der Geheimrat diesen Dostojewski in seinem Zoo duldete. Jali gab dem Irren sogar Geld. »Was schaut er denn, dein Dostojewski?« wollte K. W. wissen. Die Natur, meinte Jali. Nie im Leben, dachte K. W., der etwas dagegen hatte, daß der Irre in Jalis Verein der Schauenden aufgenommen worden war. Es gab einmal einen Dichter, erzählte Jali, der Franz hieß und den Vögeln von der Liebe dichtete. Und die Vögel tanzten auf ihren Flügeln und spielten und sangen. Da schaute Franz ihnen zu und vergaß sein Gedicht. »Beste Gedicht von Franz«, sagte Jali, »sein Sprache wahr, sein Ton leicht.« Quatsch mit Soße, meinte K. W. Sie küßte ihn. Süß bist du, wenn du eifersüchtig bist, Geliebter.

»Du bist nur eifersüchtig!« zischte Jali. Sie hatte ihren Koffer gepackt, um für eine Photoreportage nach Süddeutschland zu reisen. Zwei junge hübsche Männer, zwei Köpfe größer als K. W., holten sie in der Bachstraße ab. Sie besaßen ein Sportkabriolett, es war noch viel zu kalt dafür, diese Angeber. Sie wollten die Nacht durchfahren. K. W. wollte mitfahren. Oder Jali sollte bleiben. Jali gab sich Mühe und gab sich lieb. Schau doch, es ist mein Beruf. K. W. wiederholte: Mitfahren oder bleiben. Er versperrte ihr die Tür. Sie drängte sich an ihm vorbei, es tat weh. Er rannte zum Küchenfenster und rief ihr nach: »Dann bin ich nicht mehr da, wenn du zurückkommst!« Jali ging über den Hof, ohne sich umzudrehen, taub für seine Worte. Wahrscheinlich lächelt sie blöde, dachte er. Weiber, dachte er nachts in der Kneipe. Die Volksfreunde stimmten ihm zu. Vielleicht sollte ich ihr einen Schreck einjagen und für ein paar Tage zurück ins »Walter-Frei-Heim« ziehen, dachte er. Die Volksfreunde waren begeistert. Sie spendierten K. W. Bier und Schnaps. Es wurde eine lange Nacht, und in der Kneipe war es heiß wie in einem Backofen. Die Gesichter der Volksfreunde wurden rot und röter und drohten zu platzen vor Begeisterung. Sie teilten schon die Leute ein, die K. W. beim Packen helfen sollten. Ihre Hilfsbereitschaft und Freundschaft war überwältigend. Er ließ anschreiben und bestellte zwei Lagen für alle. Dann schlug einer vor, daß er nicht nur seine Habe mitnehmen, sondern dem Weib etwas stehlen sollte, an dem ihr Herz hing, eine Brosche vielleicht oder ein Kleid, angekrochen würde sie kommen auf allen vieren. Diese Vorstellung machte K. W. so krank vor Liebe, daß er aufs Klo rannte und sich übergab. Es war das erste Mal in seinem Leben, daß er sich übergab, und er fühlte sich elend wie ein Hund und schämte sich. Als er zurückkam, warteten sie und wollten Taten sehen. Er ließ eine neue Lage anschreiben. Er hoffte, der Schnaps würde sie so benebeln, daß sie den Plan vergaßen. Aber nun wollten sie alle mitkommen zum Packen. Sie umringten ihn und stemmten ihn hoch und trugen ihn auf die Straße. Lieder singend zogen sie zur Nummer 14. Sie stellten K. W. auf die Beine. Die Schlüssel, lallte einer. K. W. sah seine Chance. Hab sie verloren, sagte er. Dann klingeln wir, riefen sie. Dann wird es Ärger geben mit der Polizei, sagte er. Dann klettern wir am Haus hoch, riefen sie. Aber ich wohne im Seitenhaus, sagte er. Jetzt starrten sie ihn feindselig an. K. W. war betrunken und müde, und es war ihm übel. Er seufzte. Es schien ihm, daß er bereits zurückgekehrt war ins Männerwohnheim. Ohne Vorwarnung schlug er einen der Volksfreunde nieder. Die anderen heulten auf und bildeten einen Kreis. Der Mann kam schwankend hoch und wollte Rache. K. W. trat ihm gegen das Schienbein und verpaßte ihm einen Schwinger. Blut spritzte. Die anderen brüllten Beifall. Haut ab, sagte K. W. Sie klopften ihm auf die Schulter und verzogen sich. K. W. half dem Mann, den er blutig geschlagen hatte, auf die Beine. Ich bin kein schlechter Mensch, sagte er. »Du bist ein Fotzenlecker«, sagte der Mann. Im Hof wartete Kurt Lenz. Er trug seinen Hausmantel mit den goldenen Stickereien, dem langschweifigen Vogel, den Halbkreise, Dreiecke, Zöpfe und Schraubstöcke umkreisten. K. W. wurde schwindelig, und er setzte sich ins Gras am Rande des Dschungels. »Jali ist verreist«, sagte er. »Es war nicht zu überhören«, sagte Kurt Lenz. »Es tut mir leid«, sagte K. W. Es tat ihm so leid, daß er weinen wollte, aber er beherrschte sich. »Ihr beide lebt gefährlich«, sagte Kurt Lenz und hinkte ins Haus. Freddy folgte ihm wie ein guter kleiner Schatten, der genau wußte, zu wem er gehörte.

»Wir müssen klären«, sagte Jali leise, als sie nach zwei Tagen zurückkam.

K. W. hatte die Wohnung saubergemacht. Sie blitzte und roch nach Scheuerpulver. Er hatte ihr eine Blume in einem Topf gekauft. Er war im Zoo gewesen und hatte mit dem Papagei Schiefhals gesprochen, wie sie es tat. Konnten Tiere helfen?

»Ist es zu Ende mit uns?« sagte er. Er fühlte eine Traurigkeit, als wäre es wirklich zu Ende, und Jali war so schön wie nie. Sie saß im weinroten Sessel. Er stand im Zimmer.

»Ach, K. W.«

Er kniete vor ihr.

Sie stieg über ihn hinweg und holte eine Mappe und setzte sich neben ihn auf den Fußboden und zeigte ihm Photographien, die er noch nie gesehen hatte.

»Deine?« sagte er.

Sie nickte. Er sah einen Stein, ein Blatt, eine Tür, eine Wolke, einen Schuh, eine Lokomotivpfeife, Rauch, einen Wassertropfen, ein winkendes Mädchen auf einem Dampfer.

Jali erzählte ihm, ganz dicht an seinem Ohr: Es gab Dinge, die wir nur einen kurzen Augenblick schauten, einen Augenblick so winzig wie ein Haar in unserem Leben oder eine Ameise. Aber auch das Haar hatte seinen Schatten und die kleine Ameise ihren Zorn, und in unserem Herz wußten wir, daß diese kurz geschauten Dinge wichtiger waren als die Dinge, die Folgen hatten, und wir würden uns immer an sie erinnern, weil sie uns erinnerten, wie schön das Leben war und wie weh es tat und daß nichts blieb, wie es war.

»Aber deine Photos bleiben, wie sie sind«, sagte K. W., »und wir können sie uns immer anschauen.«

Jali schüttelte den Kopf. Ihre Locken kitzelten seine Nase.

»Nur erinnern«, sagte sie.

»Aber wir bleiben«, sagte er.

Sie lachte und warf ihn auf den Boden und zerrte ihm Hemd und Hose vom Leib. »Wartet«, sagte sie und verschwand im Badezimmer.

K. W. blätterte in ihren Photos. Die Wolke gefiel ihm besonders. Aber auch der Rauch. Die Wolke war allein an einem großen Stück Horizont, eine kleine Wolke, knuffig wie ein Kopfkissen. Der Rauch sah auf den ersten Blick aus wie eine bleifarbene griechische Säule, und sie stieg merkwürdig schräg in den Himmel, und man mußte schon Phantasie haben, um sie als Rauchsäule zu erkennen. Er drehte das Photo hin und her, bis ihm klar wurde, wie sie es geknipst hatte, von ganz unten, im Liegen wahrscheinlich.

Jalis schwarzer Schopf erschien im Türspalt. »Licht aus«, sagte sie. Er gehorchte. Es war Dunkelstunde, das Zimmer lag im Dämmerlicht, die Möbel wirkten wuchtiger, als sie waren. Jali kam herein. Zuerst dachte er, sie habe sich als Gespenst verkleidet. Dann erkannte er, daß sie ihren nackten Körper in ein netzfeines durchsichtiges Tuch gewickelt hatte. Ihr Gesicht war eine Maske. Sie war stark geschminkt. Sie schminkte sich sonst nie. Ihre Augenlider waren schwarz, ihre Lippen orange angemalt, die Haut braungrün. An ihren Handgelenken klirrten Armreifen, nein, es waren Ketten, nein, es waren metallene Bänder, auf denen kleine dunkle Schellen klingelten. Sie begann vor ihm zu tanzen wie eine Wilde aus ihrem Buch über die Naturvölker. Ihre doppelt schwarzen Augen waren starr auf ihn gerichtet, und er schaute weg. Sie tanzte um ihn herum, seinen Blick suchend, sie blieb stumm, die einzigen Geräusche im Zimmer waren das Klingeln der Schellen und das Trappeln ihrer Füße und das leise Wehen des Tuches, als sie sich schneller und schneller drehte und einen Wind erzeugte, einen Sog. Er senkte den Blick. Ihr Tanz war ihm peinlich. Er sah, daß sein Schwanz stand, und wollte sich auf den Bauch drehen. Sie hockte sich vor sein Gesicht. Er riß an dem Tuch. Sie schob ihren Bauch an sein Gesicht. Er stieß sie fort. Er sagte: »Was machst du, Jali?« Sie warf sich in den Sessel, außer Puste. Zum ersten Mal, seit sie sich liebten, fragte er, ob er sie stehlen dürfe.

Oft war sie ihm fremder, als er es für möglich gehalten hatte. Er liebte ihre Fremdheit, aber es gab Grenzen. Was machst du, Jali? Wer bist du, Jali? Das waren Fragen, die er Marie-Luise nie gestellt hätte. Der Englischunterricht war beendet, und er quälte sich mit einem Lexikon durch eine Detektivgeschichte von Conan Doyle. Jali verehrte Sherlock Holmes und war überzeugt, daß er wirklich existierte, wo doch alle Welt wußte, daß er eine Erfindung war. Im Ernst, sagte K. W., glaub mir, es gibt ihn nicht.

»War eine dunkel stürmisch Nacht«, antwortete Jali. »Sherlock Holmes saß vor sein Kamin. Da! Klopft klopft an sein Tür. Herein? Ein trübe Tasse trat ein. K. W.! rieft Sherlock Holmes, *the one man I fear in Europe*!«

Es war Zeit für Zukunftsnachschub, sie spürten es beide, höchste Zeit für neue Pläne. Wochenlang hatten sie nicht in ihr gemeinsames Tagebuch geschrieben, was sie füreinander fühlten. Jetzt überraschte jeder den anderen mit wundervollen Ideen. Reisen war von Jali als dekadent entlarvt worden. Nur Idioten reisen, meinte sie. Guck sie dir an, deine Kunden. K. W. mußte ihr zustimmen. Wer heutzutage alles reist, sagte sie. Hast ja recht, Jalischatz. Geld, viel Geld war die neue Idee. K. W. sollte frei sein vom Reisebüro. Sie sollte sich nur ihrer Kunst widmen, anstatt die Zeitungen mit Schnappschüssen zu beliefern. Lotterie, schrieb K. W. ins Tagebuch. Bankraub, schrieb Jali. Und er: Juwelenraub. Und sie: Eisenbahnraub. Und er: das ganz große Ding drehen. Und sie: einen Film drehen. Eines Nachts, als er nicht schlafen konnte, weil sie noch nicht zu Hause war, blätterte er Monate und Monate voraus im Tagebuch und schrieb unter irgendein Datum: »Ich vermisse dich.«

»Jali will Eis!« kreischte der Papagei Schiefhals im Zoo. K. W. wartete auf sie, zwei Eistüten in der Hand, die langsam ausliefen. Ein

Vogelwärter kam vorbei. »Der Vogel darf kein Eis essen«, sagte er. »Das Eis ist für meine Verlobte«, sagte K. W. Der Vogelwärter grinste. Sie rauchten zusammen eine Zigarette. Dann erschien Jali. Sie machte ihr geheimnisvollstes Gesicht. Der Vogelwärter konnte den Blick nicht von ihr lassen. K. W. zog sie fort. Hinter den Palmen im Affenpalmenhaus erzählte sie ihm flüsternd von dem großen geldbringenden weltverändernden Einmal-im-Leben-Pokerspiel. Ein Freund aus der »Unterwelt« hatte ihr den Tip gegeben. Dann geht es da nicht sauber zu, meinte K. W. Doch doch, in besagtem Spielclub verkehrten auch Bürger, Zahnärzte und Mäntel. Wenn die Mäntel dort verkehrten, konnte eigentlich nichts schiefgehen, sinnierte sie. Aber sei sie denn dort erwünscht? gab K. W. zu bedenken. Geld sei immer erwünscht, sagte sie, man müsse nur schnell welches auftreiben, für das große Spiel. Gleich hier im Zoo könnten sie anfangen bei Jalis Bekanntem, dem reichen Studenten Maurice. Als sie das Affenpalmenhaus verließen, sah K. W. aus dem Augenwinkel einen Affen, der ihm zuwinkte. Er blieb stehen.

»Dieser Affe hat mir eben zugewinkt«, sagte er.

»Kommt! Wir haben keine Zeit«, sagte Jali.

»Aber es stimmt!«

»Pfff.«

»Der Affe hat mich gemeint! Hast du was zum Füttern dabei?«

»Vergißt den dummen Affen. Kommt.«

Sie trafen Jalis Bekannten, den reichen Studenten Maurice, im Eiscafé. Er schien auf sie gewartet zu haben. Jali stellte sie einander vor:

»Maurice. Mein Bekannter.« Sie nannte nie Nachnamen. Ihr Gedächtnis war miserabel. Wahrscheinlich hatte sie sogar seinen vergessen. »K. W. Mein Liebster.«

Maurice, der möglicherweise einen Horch-Achtzylinder fuhr, jedoch häßlich wie die Nacht war und ein Student, pumpte ihnen hundert Mark. Er bestellte Eisbecher für alle. Er nannte Jali »Fräulein Klick«. Er schien nicht ganz richtig im Oberstübchen, leckte immerzu an einem Bleistift und kritzelte etwas in ein Büchlein. Er hatte ein bleiches Teiggesicht mit dunklen traurigen Knopfaugen. Sein Mund hatte etwas Weibisches. Er schien zahnleidend zu sein, K. W. zählte drei grau angelaufene Vorderzähne. Er trug eine Lederjacke und eine Ledermütze, unter der sich rotbraune Locken kringelten. Er studierte Biologie, weshalb er viel Zeit im Zoo verbrachte. Er drückte sich gewählt aus, behandelte Jali höflich, schien sich aber besonders für K. W. zu interessieren. »Ich hörte, Sie lesen Spinoza …« sagte er, K. W. hatte nicht die leiseste Ahnung, von wem er sprach. »Ja, er liest«, sagte Jali schnell. »Aber Spinoza ist verboten …« sagte Maurice und sah K. W. direkt in die Augen. War sein harmloses Äußeres nur Tarnung, gehörte er zu den Gefährlichen? »Oh«, sagte Jali. »Ich hörte, Sie arbeiten in einem Reisebüro …« Er schien eine ganze Menge gehört zu haben. »Ja, aber lange nicht mehr«, sagte Jali. K. W. wurde es zu dumm. »Würde es Ihnen etwas ausmachen«, baute er seinen eigenen Satz, »wenn wir die Unterhaltung ein andermal fortsetzen? Wir sind in Eile.« Der Student sprang auf und trat hinter Jalis Stuhl. Was führte er im Schilde? Jali rückte ihren Stuhl ein wenig nach hinten, und wie auf ein geheimes Zeichen zog Maurice den Stuhl soweit unter ihrem Po hervor, daß sie bequem aufstehen konnte. Er verbeugte sich vor ihr. Als sie außer Hörweite waren, sagte K. W.: »Wo hast du den denn aufgegabelt? Der ist ja zum Totlachen.« – »Ist immer hier«, sagte Jali, »kommt, wir brauchen mehr!«

Sie versetzten den Volksempfänger, K. W.s neuen Anzug, Jalis Kleid mit den weißen Punkten und, nach langem Zögern, das Grammophon. Kurt Lenz steuerte zwanzig Mark bei. »Achtzig du kriegst zurück, Kurz«, sagte Jali. Aber es reichte ihr noch nicht. Diesmal würden sie alles auf einmal gewinnen, Berge von Geld, Freiheit vom Geld, ein langes glückliches Leben. Dafür brauchten sie Spielgeld »im Hintergrund«. Sie klapperte die Zeitungen ab und ließ sich Vorschüsse geben. Eine Zeitschrift, stellte sich heraus, schuldete ihr gar noch das Honorar für Photos, die sie während der »Schneller«, der großen Automobilausstellung, geschossen hatte. »Autobahnfähige

Windform« stand unter den Photos. Langweilig, sagte Jali. Es waren keine Achtzylinder dabei.

Am Abend des Pokerspiels kochte Jali Badewasser, und sie stiegen gemeinsam in die dampfende Wanne, sprachen Amorisch in der Wanne, fraßen und rauchten und schliefen in der Wanne. Irgendwann wachte K. W. auf. Kerzen brannten im Badezimmer. Jali saß ihm gegenüber im Wasser, das jetzt eine trübe Tunke war von den langen Stunden und den Absonderungen ihrer Liebe. Jali starrte ihn an, als sei er ein Wesen aus dem All. Von ihren Locken fielen Tropfen auf ihre Wimpern.

»Was starrst du so?«

»Ich bin zu schlecht für dich«, sagte sie.

»Nein. Du bist zu gut für mich, Jali.«

Das Pokerspiel begann um Mitternacht in einer Suppenküche an einem blankgescheuerten Holztisch. Sie saßen auf Holzbänken. Der reiche Student war da, dieser Maurice. Hast du gewußt, daß er mitspielt? flüsterte K. W. Jali schüttelte den Kopf. Sie schenkte den Herren ein artiges Lächeln. An eurer Stelle würde ich mich in acht nehmen, dachte K. W. Es waren drei Herren, der Student und eine aufgetakelte Vettel, deren strohblonde Perücke aussah wie ein Vogelnest. Sie erinnerte K. W. an einen Augenblick in seiner Liebe zu Jali, aber er wußte nicht an welchen. Ein Herr im Frack tauschte Jetons gegen Bargeld. Er wirkte wie eine Erscheinung in der schmierigen Suppenküche. Was hatte Maurice hier zu suchen, warum studierte er nicht Biologie, anstatt gegen seine eigenen hundert Mark zu spielen? Artig lächelnd kassierte Jali siebzig Mark mit einem Damen-Drilling gegen Doppelpaare und einen Buben-Drilling. K. W., der ihr gegenüber saß, spielte klein klein, schleppte, paßte, sie hatten es so verabredet. *»My shining hour«*, hatte sie gesagt, *»you'll know when it comes.«* Sie sprach Englisch während der gesamten Partie. Die Mitspieler nahmen es zur Kenntnis, als hätten sie nichts anderes von ihr erwartet. Die drei Herren verloren kräftig gegen Jali, um wenig später doppelt und dreifach zurückzugewinnen. *»New deck«*, sagte Jali. Der

Befrackte öffnete ein frisches Kartenpäckchen. K. W. hatte mitgerechnet. Jali war nicht viel geblieben. Sie würden die nächsten Monate ohne Luxus auskommen müssen, ohne Musik, ohne Volksempfänger. Kakao und Kartoffeln, insgeheim freute er sich darauf. Die drei Herren taten so, als seien sie einander fremd, aber K. W. stellte Ähnlichkeiten und Gemeinsamkeiten fest. Sie trugen identische Anzüge, identische Krawatten, kritzelten Zahlenkolonnen in identische winzig kleine Notizbücher. Sie rauchten nicht, sie tranken nicht. Sie sprachen, wenn überhaupt, mit monotonen Stimmen,wie Telefonisten. Verlust und Gewinn registrierten sie mit derselben Gleichmut. Sie kamen K. W. vor wie Büroangestellte, die für ihren Chef spielten, der Wichtigeres zu tun hatte. Die Vettel mit der Vogelnestperücke hatte nur verloren. Egal welches Blatt sie keuchend zeigte, die anderen lagen höher. Sie warf K. W. einen schwitzenden hilfesuchenden Blick zu. Jetzt erinnerte er sich. Sie war das Zwitterwesen vom Roulette in der Villa Monte Carlo. »Morder vielleicht«, hatte Jali damals gesagt. Jali die Detektivin. Sie las zu viel Sherlock Holmes. K. W. schob seinen letzten Zehn-Mark-Jeton in die Mitte. Die drei Herren verdoppelten, Maurice ging mit, ebenso der Zwitter. Jali verdoppelte. K. W. rechnete fieberhaft. Ihre Reserven waren erschöpft. Sie spielte mit Geld, das es nicht gab, sie spielte *va banque*. Die drei Herren verdoppelten ihrerseits. Wieder ging Maurice mit. Der Zwitter präsentierte dem Befrackten seine Armbanduhr. Der Befrackte nickte. Jali verdoppelte. Wasser und Brot im Gefängnis würde es geben anstatt Kakao und Kartoffeln im Bett. Die drei Herren verdoppelten ihrerseits. Der Zwitter zog einen Rubinring von seinem kleinen Finger und warf ihn angeekelt in die Tischmitte. Alle warteten auf Maurice. Der Student lächelte Jali zu und zauberte ein dickes Bündel Banknoten aus seiner Lederjacke und bettete es sanft auf den Haufen. »Ihre Einsätze, Damen und Herren, und meine tausend Mark zum Sehen«, sagte er. Der Zwitter sank stöhnend in sich zusammen.

Maurice blufft, dachte K. W., wir haben kein Limit, er will den Pott kaufen. Die drei Herren musterten Maurice von oben bis unten. Ihr dreifaches »Passe!« hörte sich an wie ein eisiger Dreiklang. K. W. atmete aus. Das war's. Geld kam zu Geld, und die Welt war wieder in Ordnung. Das Gefängnis würde ihnen erspart bleiben. Maurice war Jalis Bekannter. Sie konnten ihm die Spielschulden in kleinen Raten zurückzahlen. Dann tat Jali etwas Fürchterliches.

»I want to see«, sagte sie.

Sie wollte sehen, sie stieg mit tausend Mark ein, die es nicht gab, nie geben würde, die sie nie im Leben zurückzahlen konnten. K. W. suchte ihre Augen, aber sie hatte nur Augen für Maurice. Blicke wechselten zwischen den beiden, Pokerblicke. Täuschte sich K. W., oder nickte der Student ihr unmerklich zu? Nein, er nickte sich selbst zu, siegesgewiß.

»I'm good«, sagte Jali zu dem Befrackten.

»Scheck? Schmuck?« sagte der Befrackte.

»Geht in Ordnung«, sagte Maurice.

»My shining hour«, sagte Jali und deckte vier Zehnen auf.

Maurice schüttelte den Kopf. Er schien sich zu wundern. Er deckte eine Herz Sieben auf. Dann einen Herz Buben. Und einen Herz König. Die Herz Neun.

»Möglicher *Flush«,* sagte der Befrackte gierig.

Maurice drehte die letzte Karte um. Es war eine Kreuz Dame.

»Ein Herz fehlt«, sagte er.

Spielen habe nichts mit Glück zu tun, meinte Maurice auf der Straße, sondern sei eine Einübung in das Handwerk der Charakterdeutung.

Das ist mir zu hoch, sagte K. W., geben Sie es doch zu, Sie haben geblufft und verloren, Pech für Sie. In den Bäumen begannen sich die Vögel zu unterhalten, der Morgen dämmerte. Vor ihnen kletterte Jali auf eine Laterne und schaute in die Runde wie ein Eroberer. »Reiche Leute sind wir!« rief sie. Maurice atmete tief ein. »Und? Wohin werden Sie beide reisen?« fragte er K. W. Ach, wir machen uns nichts aus Reisen, sagte K. W., nur Idioten reisen. Wir haben unsere Phantasie, sagte er. Maurice wollte etwas sagen, wahrscheinlich irgend etwas Neunmalkluges, aber in diesem Augenblick stolperte der Zwitter aus der Suppenküche. Er sah Jali auf der Laterne und stellte sich unter die Laterne und klagte. Nichts sei ihm geblieben, klagte er, nicht einmal der Rubinring. Sein Lebenswerk sei zerstört und seine Karriere und sein Ruf, alles habe man ihm genommen, selbst den Rubinring. Jali kletterte höher. Der Zwitter versuchte ihr nachzuklettern. Sie trat mit dem Fuß nach ihm. Er rutschte ab. Ich bin es, jaulte er, ich bin es doch! Er war ganz offensichtlich geisteskrank. »Verschwindet!« zischte Jali. Der Zwitter verschwand. Es war, als hätte ihn die Straße verschluckt, so plötzlich war er verschwunden. Maurice streckte die Hand aus. »Auf bald«, sagte er.

Sie sahen ihn oft. Meistens saß er im Eiscafé im Zoo und lernte und schrieb. Jali und K. W. setzten sich zu ihm, und man unterhielt sich über die Tiere und alles mögliche, Filme, Schallplatten, Namen. Maurice sammelte originelle Namen. »Kunstaugen-Institut Dr. Frettich«, sagte K. W., »bei uns im Haus«. »Köstlich«, sagte Maurice.

Maurice stellte kluge Fragen über Afrika. K. W. erzählte ihm alles. Jali schlürfte Milch mit Grand Marnier und lächelte in sämtliche Himmelsrichtungen. Einmal erzählte K. W. in ihrem Beisein von den dunklen Kindern am Njassal, von ihren Dörfern, und wie er und Marie-Luise ein und aus gegangen waren in den Dörfern. Natürlich sagte er nicht Marie-Luises Namen. Er sagte »eine Bekannte«, und Jali lächelte, und er fühlte sich ungeheuer erleichtert. Maurice machte sich Notizen. Obwohl er Biologie studierte und jeden Tag im Zoo war, schien er den Zoo weniger gut zu kennen als Jali und K. W. Sie zeigten ihm ihre Verstecke, aber nicht alle, und die Kolumbus-Eiche, unter der sie oft saßen und ihr neues Spiel spielten: Lern mein Gesicht auswendig. Eine Holztafel vor der Eiche zeigte den Werdegang der Eiche. Sie hatte schon lange im Zoo gestanden, bevor Kolumbus Amerika entdeckte. Aber da habe es den Zoo noch gar nicht gegeben, meinte Maurice. Spielverderber, sagte K. W. Jali sagte nichts. Sie nagte an ihrer Unterlippe. »Etwas mehr Einfühlungsvermögen, Maurice«, flüsterte K. W., »Sie haben ihr die Laune verdorben.« Maurice pflückte ihr eine Blume.

Nach ihrem großen Gewinn war Jali so guter Laune, daß sie hin und wieder Streit bekamen. Sie warf das Geld mit beiden Händen zum Fenster heraus, buchstäblich, denn eines Nachts ließ sie es Geldscheine regnen im Hof. Sie hatten Pastis getrunken, und Jali hatte in bester Laune versucht, mit ihrem leeren Glas das kleine Holzreh im Dschungel zu treffen. Das Glas zersprang auf den Steinen. »Ich muß doch sehr bitten!« rief Kurt Lenz von unten. Er suchte Freddy. Jalis Stimmung schlug um. »Mußt du nicht bitten, Kurz!« rief sie und warf eine Handvoll Geldscheine in den Hof. »Hier! Es ist nur Geld!« K. W. war außer sich. Er befahl ihr, hinunterzugehen und sich bei dem Hausgenossen zu entschuldigen. Sie zeigte ihm ihren Hintern. »Geht du doch!« schrie sie, »Duckmaus!« Psst, sagte K. W., nicht so laut. Frau Parusel hatte sie bereits mehrmals verwarnt und war nur zu beruhigen gewesen, als K. W. ihr einen Schein in den Kittel mit den springenden Lämmchen steckte.

Aber auf jeden Streit folgte die Versöhnung, und sie war jedesmal so tränenreich tiefsinnig jauchzend räuberisch schön, daß Jali und K. W. süchtig wurden nach Versöhnungen. Sie stritten über Geld und versöhnten sich drei Tage lang. Sie stritten über Dostojewski, den Jali in aller Öffentlichkeit auf den Kopf geküßt hatte, und versöhnten sich eine ganze Woche. Sie tranken Pastis, nackt im weinroten Sessel, und wurden ausfallend und unflätig und versöhnten sich an Ort und Stelle. Sie stritten am Fernsprechapparat, und die Versöhnung fand auf den Seiten ihres gemeinsamen Tagebuchs statt, in das sie, als hätten sie eine stillschweigende Abmachung, nie ein böses Wort, nie ein Wort der Kritik schrieben. Ich liebe dich, sagten sie viele Male am Tag. Ich werde dich immer lieben.

Dann lud Maurice K. W. zu einer Fahrt ins Grüne ein. Maurice fuhr ein schneeweißes Sportkabriolett mit schwarzen Ledersitzen und einem Armaturenbrett aus Mahagoni. Das Tollste war seine Hupe. Ein Notenschlüssel aus Silber zierte das Lenkrad. Wenn man auf den Notenschlüssel drückte, erklang eine jubilierende Melodie. Sie rasten über die Autobahn und später über die Landstraßen, und K. W. drückte den Notenschlüssel und rief »Platz dem Landvogt!« Maurice trat aufs Gaspedal. Die Autos vor ihnen krochen feige am Straßenrand entlang. Sie parkten den wertvollen Wagen und wanderten über die Wiesen. Maurice trug einen Picknickkorb. Er war wie verwandelt in der Natur, er sprach wie ein normaler Mensch und nicht wie ein Student. K. W. erzählte ihm alles über Afrika. Diesmal nannte er Marie-Luises Namen, schließlich war man unter sich, unter Männern. Maurice hatte eine teure Feinkostapfeltorte gekauft und einen fruchtigen Rotwein. Sie saßen unter einem Baum, Maurice erklärte K. W. mit einfachen Worten Wissenswertes über das Leben der Insekten, sie boten einander das »Du« an. K. W. erzählte von Jali. Wie klug sie war. Wie schön. Wie sie ihm half, ein guter Mensch zu werden. Maurice glühte vor Begeisterung und Anteilnahme. Die Liebe des Jahrhunderts, sagte K. W. Nicht leicht zu finden, sagte Maurice. Worauf du einen lassen kannst, sagte K. W. Oder zwei, sagte Maurice. Sie tranken auf gute Freundschaft. Unter Freunden, sagte Maurice, kannst du mir Jael für einen Abend ausleihen? Mit Vergnügen, du Schlingel, sagte K. W. Aber wer war Jael? Pardon, Jali, sagte Maurice. K. W. hätte sich die Zunge abbeißen können. Er hatte Jalis Namen glatt vergessen.

Namen sind Schall und Rauch, erläuterte K. W. auf der Rückfahrt, was Jali ihn gelehrt hatte. Jali und er glaubten nicht an Namen. Maurice nickte. Er mußte zu einem Fischessen der Zoologischen Gesellschaft im Zoo-Restaurant am kommenden Samstag und bat K. W., Jali als Tischdame mitnehmen zu dürfen, damit er nicht dumm ausschaute. Es war rührend, wie er K. W. um Erlaubnis bat. Genehmigt, sagte K. W. und drückte den Notenschlüssel so heftig, daß Maurice um ein Haar die Kontrolle über den dahinrasenden Wagen verloren hätte.

Am Samstag abend stand Jali in ihrem von der Pfandleihe ausgelösten dunkelblauen Kleid mit den weißen Punkten vor dem

Spiegel und schminkte ihre Lippen zartrosa. K. W. fand, daß ihre Lippen bleiben sollten, wie sie waren. Auch kritisierte er, daß sie das Kleid mit den weißen Punkten trug. Sie besaß andere Kleider. Warum mußte es ausgerechnet »sein« Kleid sein? Du willst Streit, ich spür's, sagte Jali. K. W. fühlte sich ertappt. Er war eifersüchtig. Sie trug den Rubinring des Zwitters am kleinen Finger, den sie für K. W. noch nie getragen hatte. Er wollte Streit und Versöhnung, bevor sie mit Maurice Fisch essen ging. Aber sie schlang ihre Arme um seinen Hals und sagte: Lern mein Gesicht auswendig. Sie würde nicht spät kommen. Zoologen hatten keine Ahnung von Tieren. Tischdame zu sein war langweilig.

K. W. ging auf ein paar Bierchen in die Kneipe. Seit der Nacht, als er einen der Volksfreunde niedergeschlagen hatte, wurde er dort mit besonderem Respekt behandelt. Die Volksfreunde konnten nicht wissen, daß er ihren Kumpan aus verzweifelter Liebe blutig geschlagen hatte, und er schämte sich ihres Respekts, den er nicht verdiente. Er tränkte sie auf seine Kosten und war stolz, als der Wirt ihm eine Flasche Pastis zeigte, die stets ausschließlich für ihn reserviert sein würde.

Als er nach Hause kam, war Jali noch nicht zurück. Er war müde und wollte schlafen, aber er konnte nicht einschlafen ohne Jali. Er setzte sich in den weinroten Ledersessel und versuchte, sich Jalis Gesicht vorzustellen. Nicht immer gelang es ihm. Ihre Schönheit war eine Zumutung.

Ihre Augen waren braun, dann schwarz, je nach Laune des Lichts.

Er fiel in einen Halbschlaf. Vor ihm tanzte auf und nieder wie ein Lampion ihre Maske, die orangenen Lippen, die braungrüne Haut, die Kohlestücke in ihrem Kopf. Er stellte eine Leiter an ihr Gesicht und kletterte hinauf und schrubbte ihr Gesicht mit Scheuerpulver, bis es weiß war wie ein Engerling. Schau, wie schön du jetzt bist.

Er wachte auf. Es war nach Mitternacht. Er lief ins Schlafzimmer. Das Bett am Boden war leer. Er stand in der dunklen schmalen Küche und trank aus einer Flasche. In der Küche roch es nach ihrem Haarwaschmittel und nicht nach Essen. Er tigerte hin und her hinter ihrem Schreibtisch. Er kramte in ihren Photographien und fand zwei von dem Irren, dem Dostojewski, der blöde in ihre Kamera lächelte. Was sah der Irre? Sah er die Jali, die K. W. sah? Oder »schaute« er mehr von Jali als K. W.? Das war nicht menschenmöglich. Was schaute Maurice in diesem Augenblick? »Tiefer du schaust«, hatte Jali gesagt, zu ihm, ihrem K. W., ihrem heimlichen Verlobten, zukünftigen Ehemann. Er suchte nach der Mappe mit den winzigen Augenblicken, der Wolke, dem Rauch, aber er fand sie nicht.

Er fand, tief in ihrem Schreibtisch, eine ihrer Geschichten, »Die Erfindung von Tieren«, in einem Hefter, den sie mit einer Kordel verschnürt hatte. Verboten. Er riß die Kordel auf. Ein kleines braunes Photo fiel heraus. Es zeigte einen jungen breitgesichtigen verliebt lächelnden Mann mit dunklen Knopfaugen und einem weibischen Mund. Er hielt ein Baby im Arm. Der Mann ähnelte Maurice. Das Baby war schwarz gelockt, dunkel wie ein Schimpanse, es war Jali. Langsam, mit klopfendem Herzen, wie eine Spielkarte, drehte er das Photo um. Auf der anderen Seite des Photos kringelte und kugelte sich Jalis Schrift. Er versuchte das Wort zu entziffern. »Tata«. Ihre Schrift war eine Zumutung, und sie sprach zu viele Sprachen. Er drehte das Photo hin und her, schneller und schneller, Jali, Tata, Jali, Tata.

»Glickstein«, sagte er.

Verrat, dachte er. Der liebende Vater, das häßliche Baby, die Sprachen, die kein Mensch verstand, die Kompliziertheit der Familienverhältnisse, das kleine gemeine braune Photo in seinem Versteck. Versteckt vor ihm, hinterlistig ihm vorenthalten, um ihn zu täuschen, sein Mitleid nicht zu verlieren. Die traurige Geschichte vom Vater, der sie verlassen hatte, in Wahrheit eine glückliche Geschichte vom verliebten Tata, der sie nie verlassen würde, vielleicht bereits unterwegs war, jede Sekunde an die Tür klopfen konnte. Und K. W. hatte ihren großen Kopf umarmt und sie getröstet, wenn sie weinte über ihre grausame Kindheit. Wenn das Leben nicht zu sein scheint, wie es einmal war, vielleicht ist es dann, wie es einmal zu sein schien, sagte Jali. Tiefer du schaust, sagte sie. Welche traurigen Geschichten erzählte sie Maurice, jetzt um zwei Uhr morgens?

Was verbarg sie noch vor ihm? Er nahm sich ihre Geschichte vor. »Die Erfindung von Tieren« hatte sie quer über die erste Seite gekrakelt. Auf der zweiten Seite eine Widmung: »Meinem Mensch«. Auf der dritten Seite begann die Geschichte. Er las:

Der Garten war leer.

Er hörte ihren Schlüssel im Türschloß. Eilig wickelte er die Kordel um das Bündel Seiten und warf es in die Schreibtischlade.

Jali tänzelte herein. Sie war beschwipst. Sie hatte einen Schluckauf.

»Stellt dir vor – hick – was Maurice hat! Eine Maschine für die Stimme! Ich spreche in ein Rohr und – hick – sofort meine Stimme kommt zurück!«

Er verlangte zu wissen, wo sie gewesen sei, einen genauen Bericht über jede Minute. Sie zeigte ihm einen Vogel und wollte ins Bett. Sie sah das kleine braune Photo auf dem Schreibtisch. Sie nahm es in die Hand und hielt es dicht vor ihre Augen, als sei sie eine halbblinde Großmutter. Warum hast du nicht gefragt, sagte sie, ich hätte es dir doch gezeigt. Warum spionierst du, warum machst du mich klein?

»Wer ist ›dein Mensch‹?« sagte K.W.

Sie schwieg.

»Es steht in deiner dummen Geschichte. Wer ist ›dein Mensch‹?«

Sie schwieg.

»Wer ist dein verdammter Mensch?« brüllte er. »Maurice? Der Mann mit dem Horch? Oder kenn ich ihn gar nicht?«

»Kennst ihn gar nicht«, sagte sie müde.

»Wer ist dieser miese gemeine dein Mensch?« brüllte er.

»*¡Ojalá que te trague la tierra!*«

Sie spuckte ihm ins Gesicht.

Er gab ihr eine harte bösartige Ohrfeige, sie segelte in den Sessel.

Es tat ihm leid, und er beugte sich über sie, um ihre Wange zu berühren. Sie biß in seine Hand. Es tat weh, aber er behielt sein Gesicht in der Gewalt.

»Dein Hand ist aus Holz«, sagte sie überrascht.

Dann biß sie in seinen Arm. Es war kein kleines kurzes Schnappen, es war der Anfang eines schlagenden schneidenden bohrenden tollwütigen nicht enden wollenden Bisses. Er schrie vor Schmerzen. Ihre Zähne gruben tiefer und tiefer, sie hatte sich in ihn verbissen, sie schüttelte seinen Arm wie eine Hyäne ihre tote Beute. Aber sie war keine Hyäne, sie war ein Mensch, und er winselte um Erbarmen, um Mitleid, bitte laß los, laß los. An ihrem Hals traten die Muskeln und Adern hervor. Er weinte, er sabberte, er würgte auf ihren schwarzen Schopf, und dann hatte er keine Stimme mehr und wußte, er würde nie wieder sprechen, nie wieder denken, so sehr löschte der Schmerz sein Wesen, sein Selbst, sein Ich aus.

Weder Jali noch er konnten sich später erinnern, wie lange der Biß gedauert hatte. Als sie seinen Arm ausspuckte, sein Blut ausspuckte, taumelte er stumm durch das Zimmer und fiel auf einen Stuhl und kippte mit dem Stuhl hintüber und schlug mit seinem Kopf gegen die scharfe Kante eines Bücherregals.

Das Bettzeug war blutgetränkt. Jali holte kalte Kompressen für seinen Kopf. Sein Unterarm war blau verfärbt und unförmig angeschwollen. Jali schüttete eine ganze Flasche Jod über die Bißwunde. Der Biß vom Menschen sei giftiger als der vom Tier, meinte sie, der menschliche Mund sei schmutzig. Sie pustete über seinen Arm. *Sana sana, culito de rana,* sang sie, *si no sana hoy, sanará mañana.* Sie streichelte ihn und stiebitzte ihn vorsichtig und langsam wie ein einzelnes rohes Ei. Sie weinte, als er einen zitternden saftlosen Höhepunkt erreichte. Sie wischte sich die Tränen aus den Augen. An ihrem kleinen Finger funkelte der Rubinring.

Sie stellte sich ans Schlafzimmerfenster und sagte:

»Ich verliere meine Beherrschung und …«, sie machte eine Geste, das ganze Zimmer, das ganze Haus, die ganze Stadt umschreibend,

»… und meine Beherrschung, sie ist nicht mehr zu finden, nirgends, nie.«

»Ach, Jali«, sagte er, »komm ins Bett.«

Sie lag mit dem Gesicht zur Wand, erschöpfter noch als er, ihre Haare klebten, sie schwitzte wie ein Kleinkind. K. W. biß die Zähne zusammen. Immerhin, sie hatten sich versöhnt.

»Willst du mir sagen, wer dein Mensch ist?« flüsterte er, nachdem Zeit vergangen war und sie lange geschwiegen hatten.

»Du bist. Alle meine Geschichten sind für dich.«

»Und du? Wer bist du?« flüsterte er.

»Eine andere Geschichte.«

In dieser Nacht träumte er, zum ersten Mal seit er Jali kannte, von Marie-Luise, von ihren verhangenen blauen schmalen prüfenden Augen.

*

»… DIE MÖGLICHKEITEN DES MENSCHEN SIND UNBEGRENZT. IN DEN LETZTEN PAAR MILLIONEN JAHREN HAT SICH EIN QUANTENSPRUNG DER EVOLUTION VOLLZOGEN, UND VIELE MENSCHEN KOMMEN MIT DEN VERÄNDERUNGEN DER SPIRITUELLEN STRAHLUNG NICHT ZURECHT. TIERE, VOR ALLEM NORDISCHE, PASSEN SICH DIESEN SPIRITUELLEN STRAHLUNGSNEUZUSTÄNDEN BESSER AN, WESHALB SIE MIT VORSICHT ZU BEHANDELN SIND. IHR SEID WISSENSCHAFTLER. WISSET: ICH STEHE IM WIDERSPRUCH ZUM WISSENSCHAFTLICHEN WELTBILD. DENN IN UNS HABEN WIR EINEN GÜRTEL, DER UNS VOR ZUVIEL LICHT UND ERKENNTNIS SCHÜTZT …«

»Das kann ja heiter werden.«

»Er sieht aus wie ein vom Blitz erschlagenes Schaf.«

»Nein, wie ein Neunbindengürteltier im Hochzeitskleid.«

»Ich finde, er sieht aus, als hätte man eine Fuhre Blumenkohl auf der Bühne abgeladen.«

»Er scheint zu schweben. Vielleicht ist er eine Specksteinstatue auf Urlaub.«

»Psst. Das ist Conte Condoli.«

»Er kommt aus Cambridge.«

»Nein, eigentlich aus Indianapolis.«

»Er kommt aus einem Reservat in Indien.«

»Ich hab gehört, er heißt in Wirklichkeit Willrich Plundke und kommt aus Celle.«

»Ja. Aus Zelle sechzehn in der Klapsmühle.«

»Wieso gerade sechzehn?«

»Spirituelle Intuition.«

»Wer hat den Spinner überhaupt eingeladen?«

»Der Direktor. Auf der Suche nach Zusammenhängen.«

»Die Deutsche Bank. Auf der Suche nach einer Pointe. Da an der Seite sitzt einer ihrer Chefs und grinst.«

»Der ist hier wegen des Neuen Nachttierhauses.«

»Sag ich ja.«

»Matthes sitzt mal wieder erste Reihe. Dicht am Professor.«

»Ich hab gehört, der Professor und der Direktor wollen sich um sie duellieren.«

»Wer von beiden sie rausschmeißt?«

»Nein. Wer ihr Doktorvater wird.«

»Schade.«

»Mir hat sie gesagt, sie hätte die Frau des Direktors lieber als Doktorvater gehabt als den Direktor.«

»Die Frau des Direktors ist verschollen bei den Pygmäen.«

»Da irrst du dich. Die Pygmäen sind verschollen.«

»Ich hab gehört, die Frau des Direktors nimmt an einem bemannten Raumflug teil. Mit zwei komma null Mantelpavianen.«

»... WIEDER WEIST DER WEG IM UNIVERSUM DER MÖGLICHKEITEN UND IM UNIVERSUM AN SICH GEN NORDEN. TIEF IN DER ERDE VERWURZELT UND GLEICHZEITIG AUF EINER HÖHEREN EBENE DES SEINS STEHEND WIE ZUM BEISPIEL AUCH DAS HAUSSCHWEIN DURCH DEN WACHHUND DER ATEM-HARMONIE, SIND DIE NORDEN NICHT VON UNGEFÄHR IN DER LAGE GEWESEN, SPIRITUELL – ALSO ALS WANDERNDE SEELEN –, ABER AUCH IM HARMONISCH-KÖRPERLICHEN SEINSZUSTAND BIS CHARTHUM UND ÄTHIOPIEN VORZUDRINGEN IN DEM, WAS ICH DEN SONNENWAGEN-*CHANNEL* NENNE, DER SICH HERUMROLLEND BEWEGT VON LINKS NACH RECHTS. DANN WEITER ZUM PERSISCHEN GOLF UND BIS INDIEN, WO SIE SOGLEICH DIE SPIRITUELLE FÜHRUNG ÜBERNAHMEN. DORT SCHUFEN DIE ERLEUCHTETEN NORDEN DENKMÄLER HÖCHSTER SEINSSTUFEN IM GRANDIOSEN ATEMKONTAKT MIT DER UNENDLICHKEIT ...«

Rein finanziell betrachtet, dachte der Direktor, könnte ich allein aus den Spenden und Nachlässen, die mir im letzten Jahr zufielen, den gesamten Tierbestand in meinem Garten erneuern.

Es waren immerhin vier komma acht Millionen Mark zusammengekommen. Und nun hatte die Deutsche Bank auch noch angeboten, sein Neues Nachttierhaus als Mitsponsor mitzufinanzieren, weil sie sich dem Zoo historisch verbunden fühlte. Sie würde sich ihr Denkmal im nördlichen Flügel des Neuen Nachttierhauses setzen, im schwer umkämpften städtischen Gelände.

Der Direktor warf einen Blick zur Seite. Da saß einer der Oberen der Deutschen Bank, ein Duzfreund von Maurice, und lächelte versonnen, so als verläse dieser Conte Condoli eine für die Bank äußerst positive Bilanz. Maurice saß zwei Plätze neben dem Direktor, der neben Frl. Friederike saß. Neben Maurice saß die Zoohure, neben der Zoohure saß der Zootierarzt. Auf dem Podium, halb versteckt hinter einer mannshohen Lautsprecherbox, kauerten Junior und der Würstchenverkäufer Dalluge. Was hatten sie hier zu suchen, ging die Jugend von heute nicht lieber ins Kino, anstatt mit fiebrigen Gesichtern einem debilen Transsexuellen in weißer Unterwäsche zu lauschen? Natürlich war dieser Conte Condoli, dessen bürgerlicher Name W. Plundke lautete, ein Scharlatan, der Direktor hatte in seiner Zeit einige kommen und gehen sehen. Aber den werd ich mir bei der Stange halten, dachte er, der kann mir noch nützlich sein. Wenn sogar die Deutsche Bank erschien. Und überall in den hinteren Reihen wisperten seine geistig minderbemittelten Assistenten ehrfurchtsvoll. Und ganz hinten, überzeugte er sich mit einem raschen Blick, saßen ausnahmsweise einträchtig seine Tierpfleger und warteten auf die Eröffnung des Kalten Buffets. Unauffällig führte er sich zwei gelbe Pillen zu.

»… UND ICH FRAGE EUCH, IHR WISSENSCHAFTLER, WENN IHR DIE STANDBILDER EINES CÄSAR, EINES AUGUSTUS, ABER AUCH EINES CICERO UND VORHER NOCH EINES PLATO ANSEHT – HABEN DIESE MANIFESTATIONEN IRGENDEINE ÄHNLICHKEIT MIT DEN EINGESESSENEN BEWOHNERN ITALIENS ODER GRIECHENLANDS? NEIN! DAS WAREN KEINE EINGEBORENEN! DAS WAREN DIE LETZTEN GROSSEN ZEITREISENDEN RÜCKWANDERER NORDISCHER SPIRITUALITÄT NACH DER LETZTEN EISZEIT …«

»Wissen Sie, was er meint, Professor?«

»In etwa. Esoterik, das vertikale Gewerbe. Zu neunundneunzig komma neun Prozent *big business*. Es ist Ihnen gestattet, mir zu glauben, Kollegin. Auch ich verdiente einst an diesem Gewerbe. Und nicht schlecht.«

»Übrigens, ich möchte mich nochmals bedanken für den Kontakt zu Professor Loring.«

»Keine Ursache. Wann fliegen Sie?«

»Bald. Professor Loring ist dabei, alles vorzubereiten. Waren Sie schon mal in Sydney?«

»Ja.«

»Als Kind?«

»Wie kommen Sie darauf?«

»Nur so ... hören Sie, jetzt spricht er über Tiere ...«

»... VON DER KLEINSTEN LEBENSEINHEIT BIS HIN ZU DEN ENTFERNTESTEN GALAXIEN GEHORCHEN ALLE NORDEN DEN GLEICHEN BEWUSSTSEINS-SCHWINGUNGEN AUF DEN DREI SEINSEBENEN ERDE-ASTRAL-MENTAL. DER NORDE STEHT WACHE AM TIER. MIR IST ES AM ANFANG MEINER THERAPIE-BEMÜHUNGEN IM ASTRALEN OFT GESCHEHEN, DASS ICH VON TIEREN, DIE VON DER SÜDLICHEN, ALSO DER SOGENANNTEN WISSENSCHAFTLICHEN DENKUNGSART GEQUÄLT WURDEN, BUCHSTÄBLICH AUF DIE HÖRNER GENOMMEN WURDE. DA ABER IM ASTRALEN BEREICH EINE ECHTE VERLETZUNG NICHT MÖGLICH IST, BLEIBT EIN SOLCHER ZWISCHENFALL FÜR DEN NORDEN-THERAPEUTEN EIN EHER WILLKOMMENES ZWISCHENSPIEL. RASCH KANN MAN DAS MENTAL DES TIERES WIEDER EINFANGEN. MIT HILFE DES MENTALS WIRD DANN DIE HARMONIE DES VERUNGLÜCKTEN UNGLÜCKLICHEN TIERES, SAGEN WIR DES RINDES, WIEDERHERGESTELLT UND DER STERBENSAKT, DAS HEISST DIE SELBSTFINDUNG ENDGÜLTIG ERMÖGLICHT WERDEN. WAS IST NUN ABER DIESES SELBST? EIN KREIS ...«

»Der Kreis! Der Kreis! Das ist alles! Mehr gibt's nicht!«

»Wer war das?«

»Irgendeiner von hinten. Ein Tierpfleger.«

»Nein, es kam vom Kalten Buffet.«

»Ein Schwarzer am Kalten Buffet.«

»Seit wann beschäftigen wir Schwarze am Kalten Buffet?«

»Ich hab gehört, es gibt Frl. Friederikes Blutwurstsoufflé.«

»Du allegorisierst. Weißt du was, was wir nicht wissen? Sind neue Entlassungen geplant?«

»Nein doch. Sie hat dieses Blutwurstsoufflé am Schwestern-Gedenktag vor drei Jahren gemacht.«

»Wißt ihr, was Frettich über Blutwurst sagt …?«

»Ich dachte, der Schwestern-Gedenktag ist abgeschafft worden?«

»Meine Cousine promoviert seit fünf Jahren an der Sorbonne über Frettich. Sie sagt, wer sich auf Frettich einläßt, wird immer komplizierter, während draußen alles einfacher wird, zum Beispiel die Brötchen teurer werden, die Menschen aber auch mehr verdienen.«

»Frettich ist nicht ungefährlich.«

»WOLLT IHR DIE TOTALE GESAMT-INDIVIDUALITÄT? DANN BENUTZT NICHT MEHR EUREN SOGENANNTEN GESUNDEN MENSCHENVERSTAND, BENUTZT EUREN UNGESUNDEN MENSCHENVERSTAND!«

»Können vor Lachen.«

»Der ist in Wirklichkeit ein Büttenredner, ich sag's euch.«

»Nein, ich hab gehört, er ist Schweinezüchter.«

»Hey Conte! Bravo! Bravo!«

»*Vivat*, Conte!«

»Mehr, Conte, mehr!«

»DER KREIS UM DAS SELBST DES HAUSSCHWEINS BESTEHT AUS ETWA NEUNHUNDERT EINZELTIEREN, VON DENEN DIE EINE HÄLFTE AUF DER EINEN, DIE ANDERE HÄLFTE …«

»Jetzt spricht er über Schweinehälften.«

»Blutwurst, sag ich ja.«

»… AUF DER ANDREN SEITE DES LEBENS IHREM ERFAHRUNGSEINSATZ DIENEN. DIE ASTRALE SEITE IST DABEI BEMÜHT, EINE SCHUTZFUNKTION AUSZUÜBEN. DIE KREISE UM DAS SELBST DES RINDES ZÄHLEN ETWA ZWEITAUSEND TIERE ODER WESENHEITEN. HAT DAS SELBST EINES KREISES DAS ERFORDERLICHE GESAMTSPEKTRUM AN ERFAHRUNGEN GESAMMELT, ENTSTEHT AUS SEINEN EINZELWESEN EINE NEUE WESENHEIT. AUS DEN FERTIGEN WESEN-

HEITEN DER HAUSSCHWEINE, RINDER UND GNUS ENTSTEHEN DANN ALS NÄCHSTE STUFE MENSCHEN, DIE WIEDERUM EINEM ERFAHRUNGSKREIS ZUGEORDNET SIND …«

»Jetzt legt er sich mit Darwin an.«

»Nein, mit Darwin und dem Direktor.«

»Bravo, Conte!«

»*Go*, Conte, *go*!«

»… DIE FORTENTWICKLUNG DES MENSCHEN, BEI ABGESCHLOSSENER REIFUNG, ERFOLGT AUF DIE GLEICHE WEISE ZU NORDEN-MAGIER-ODER-GURU-FORMEN. ES BILDET SICH DAS NEUE ZENTRALBEWUSSTSEIN DES NORDEN MIT EINER ZWANGSLÄUFIG DARAUS ENTSTEHENDEN SPIRITUELLEN FÜHRUNGSROLLE UND MEISTERROLLE, DIE GEKENNZEICHNET IST DURCH IMMER HÖHERE FORMEN DES HEILENS UND AHNENS UND DES ZULASSENS …«

Irgendwann endete Herr Plundke seine reichlich gängige Rede mit einem rhythmischen Singsang, begleitet von Tonbandmusik. Der Singsang bestand aus den Worten: »CONTE CON-DOLI« – »CON-TE CONDO-LI«, »CON-TE CO-NNNN-DOOO-LI«. Freundlicher Applaus begleitete den Transsexuellen zum Kalten Buffet. Der Direktor erhob sich und winkte den Professor herbei.

»Ein gelungener Abend, Professor. Vielen Dank.«

»Er war heute nicht in Bestform. Auf einem Frauenkongress, der kürzlich stattfand, riß er die Frauen zu Begeisterungsstürmen hin.«

»Das will ich meinen.« Der Direktor rief in den Saal: »Das Buffet ist eröffnet!«

Nachdem er den Herren von der Deutschen Bank auf die Zoospezialität, Frl. Friederikes *Mousse au Bœuf*, hingewiesen hatte, verschwand der Direktor auf der Toilette, wo er vor dem Spiegel stehend sein Gesicht zurechtzog. Während er Conte Condoli nicht zugehört, den Scharlatan bei seinem Vortrag dafür um so genauer beobachtet hatte, waren dem Direktor Gedanken über das Altern durchs Gemüt gezogen wie gewitterschwangere Wolken. War Davidobski wirklich so alt und krank, wie der Professor gesagt hatte? Oder hatte das schwabbelige schwule Schwein seinen Corpus und, schlimmer noch, seine Stimme konservieren können? Condoli-Plundke sah ihm vage ähnlich. Während des Vortrags »Auf der Suche nach Zusammenhängen« hatte der Direktor eine vage geschlechtliche Erregung verspürt.

Als er in den Saal zurückkam, sah er seine Leute fressen und hörte sie flüstern. Die Raubtierpfleger rempelten die Affenpfleger an. Der Reviertierchef Robben und Flußpferde unterhielt sich leise mit dem Herrn von der Deutschen Bank. Der Obertierinspektor flüsterte Frl. Friederike etwas ins Ohr. Maurice und Conte Condoli steckten die Köpfe zusammen. Die Zoohure glühte in einem leisen Gespräch mit Dr. Daniels. Der Würstchenverkäufer Dalluge und Junior maßen sich mit einem nicht enden wollenden Blick.

Nur Kadamecki stand allein da mit einem Glas Milch in der Hand. Der Direktor seufzte. Manchmal kam es ihm vor, als sei die Menschheit nichts weiter als ein wilder Stamm, dessen Mitglieder sich gegenseitig ein und dieselbe Botschaft weitergaben, bis diese Botschaft wieder beim ersten ankam, der ihre Bedeutung inzwischen vergessen hatte.

III

Menschen, die reisen

Es wartete im deutschen Zoo ein Vogel, der nicht fliegen konnte. Er konnte sprechen und warten.

Er war ein Naturtalent im Warten, denn die Natur hatte ihn mit mehr Lebenszeit ausgestattet als andere Tiere auf der Erde. Hätte die Natur sprechen können, in der Sprache, die der Vogel später lernte, sie hätte zu ihm gesagt: Du wirst »alt«, und ich habe meine Gründe dafür. Einer dieser Gründe war der deutsche Zoo.

Der wartende Vogel kam aus einem Ei in Afrika. Seine ersten Laute brachte er hervor in hohen Bäumen, im Kreis von Vögeln, die ihm ähnlich waren. Damals hieß seine Sprache Kreisch.

Reisende entdeckten den Vogel. Sie zögerten nicht lange. Sie fingen ihn und stutzten ihm die Flügel. Das erste Menschenwort, das er hörte, war: »Warte«. Dann sah er ein Netz segeln durch das unsichtbare Element, das er atmete, und hörte: »Gleich haben wir ihn.« Jetzt hieß seine Sprache Deutsch.

Damals reisten wir schon mit Dampfschiffen und erreichten fast immer den Ort unserer Bestimmung. Reisen war wichtig, besonders für uns räumlich Eingeengte, damit wir uns ein Bild machen konnten von der Weite der Welt. Auch wollten wir uns ein neues Bild machen von uns selbst, denn wir hatten das alte gründlich satt, das alte Knochenhaufenbild. In den neuen Gesichtern der Eingeborenen weit entfernter Länder erblickten wir ein anmutiges Staunen, und aus ihren Mündern hörten wir Fragen, die wir beantworten konnten und gern beantworten wollten. Es gefiel uns, reisend den Reichtum der Natur zu entblößen, zum Beispiel in Natur und Tier, und wir vergaßen nie, Andenken mit nach Hause zu nehmen.

Der Vogel reiste im Bauch des Dampfschiffs zusammen mit vielen anderen Tieren, darunter kranken und toten und dem Tod geweihten, denn Reisen hieß immer auch Opfer bringen. Sein Käfignachbar war ein junger Löwe. »Warte«, sagte der Vogel. Er reiste auf einer damals viel befahrenen Route um das Kap der Guten Hoffnung direkt in den deutschen Zoo, direkt zu uns, direkt in unsere Geschichte.

Wie die Menschen unvermittelt und ohne es zu wissen auftauchen in den Träumen anderer fremder Menschen, so tauchte der Vogel auf im Zoo.

Man nannte ihn Graupapagei. Man legte eine feingliedrige Kette um sein Bein und setzte ihn auf eine Stange in einen Käfig. Beim Anketten geschah ein kleines Unglück. »Warte«, sagte der Vogel, und der Anketter schlug mit einem Stein nach ihm. Seitdem trug der Vogel seinen Kopf schief auf dem Hals.

Er begann zu warten. Die Natur hatte ihn mit einer langen Lebenszeit ausgestattet. Hin und wieder sagte er: »Warte.«

Dann kamen neue Wörter.

Jeden Tag besuchten ihn Hunderte von Menschen, Tausende im Sommer. Kinder besuchten den wartenden Vogel, Eltern, der Kaiser besuchte ihn. Alle, die ihn sahen, wurden von einem unstillbaren Fernweh heimgesucht, geplagt, geschüttelt, von der Lust auf Horizonte und Himmel und Reichtum und Schönheit und Federn. Begabt mit der Fähigkeit zur Nachahmung der menschlichen Sprache, nährte er ihre Sehnsucht, indem er Sätze und Seufzer wiederholte und wiederholte und wiederholte.

Dieser Vogel kann sprechen, verstanden wir ihn, alle wie wir da waren oder sind, laßt ihn uns füttern.

Wir fütterten ihn mit Nüssen, Orangenscheiben, Körnern und Witzen, Schulaufgaben, Liebesschwüren, Aufrufen, Liedern. Bis auf die Nahrung gab er uns alles zurück.

Der Wiederholung müde, wandten wir uns anderen Tieren zu. Wir reisten und reisten und reisten dorthin, wo er hergekommen war, auf der Suche nach einem neuen unstillbaren Fernweh.

Warte.

Wait a moment now!

Ya es más tarde de lo que pensaba.

Vor bullernden Öfen, mit unstillbarer Sehnsucht den Vogel aus der Fremde vor Augen, stellten wir uns am Ende unserer Wege, unsere Zehen immer noch zuckend und unsere welken Arme den Flügelschlag nachahmend, die Frage: Ergibt das Reisen einen Sinn? Hätte der aufrechte Gang, hätte der aufrechte Stand nicht genügt? Aufrecht zu stehen auf einem Stück Steppe und dort zu verharren im hohen Gras, wo wir einst Freunde und Feinde schon von weitem erspähten?

Wir wissen es noch nicht. Unsere Geschichte kommt ungezählte Kilometer zu spät.

Die Zeit verging.

Im Zoo fiel eine graue Feder.

Der Vogel wartete.

Er wartete, im sprachlosen Einverständnis des Tieres mit dem Plan der Natur, auf die vorgeschichtliche Riesenschlange, die ihn heimbringen würde.

*

»Und du bist wirklich im Dezember geboren? Irgendwie schade. Der März war der Fischemonat. Fische und Jungfrauen, du weißt schon. Hast du eigentlich mein Geschenk bekommen?«

»Ja. Danke.«

»Ich meine, hat es dir *gefallen*?«

»Nein.«

»Oh.«

»Ich bin nicht mehr empfänglich für deine Musik.«

»Es war Juniors Sax. Du hättest dich wenigstens melden können. Es ist zwei Monate her. Ich meine, wenn du verreist gewesen wärst ...«

»Ich reise in Kürze.«

»Wann?«

»Vier, fünf Tage. In spätestens einer Woche.«

»Dann bist du ja nicht zum Pfingstkonzert hier …«

»Nein.«

»Ich dachte, wir könnten vielleicht die Gelegenheit nutzen und uns richtig aussprechen in der Menschenmenge. Wo du unter vier Augen nicht mit mir sprechen willst.«

»Kümmere dich lieber um deinen Umsatz an Pfingsten.«

»Schön, daß du dich um meinen Umsatz sorgst, Tee.«

»Hör auf, mich Tee zu nennen. Ich muß jetzt Schluß machen …«

»Dorothee.«

»Ich heiße nicht Dorothee.«

»Dann heiß ich auch nicht mehr Chris.«

»Kindskopf. Weiß der Geier, wie ich heiße. Ich war ja ein Baby. Haben Babys Namen? Giesela vielleicht. Jacqueline. Manjana.«

»Manjana?«

»Sie schreiben, sie wollen meinen richtigen Vornamen als Überraschung aufheben, wenn wir uns treffen.«

»Kann ich dabei sein? Ich sag auch nichts. Ich kann dir helfen. Du weißt, ich habe einen siebten Sinn.«

»Früher waren es neun. Du bist bescheiden geworden.«

»Ich mag's, wenn du lächelst.«

»Ich lächele nicht. Ich sitze über meiner Diss und vergewaltige sie.«

»Das darfst du nicht tun. Das muß alles ganz spontan kommen. Papa ist auch so einer, schreibt und schreibt und dann kommt nur so'n lumpiger Satz raus.«

»Er schreibt? Was?«

»Irgend so eine Geschichte …«

»…«

»Er tut wahnsinnig geheimnisvoll. Aber ich helf ihm. Ich sag ihm, daß Schreiben wie Saxspielen ist. *Cool flow*.«

»Schreibt er über den Molukken?«

»Wen?«

»Über den Kakadu in seinem Zimmer.«

»Nein, über Pferde. Glaub ich.«

»Heißt eines der Pferde Marie-Luise?«

»Warum bist du so scharf drauf, was er schreibt?«

»Wir sind Kollegen. Kümmere dich um deine Würstchen und frag nicht so blöd.«

»Wir leben in einer Demokratie ... Seh ich dich noch, bevor du nach Australien düst?«

»Wie heißen die Pferde, über die er schreibt? Hat er dir was gezeigt, eine Seite oder zwei? Ich meine, du bist doch jetzt sein Freund, sein Berater.«

»Warum bist du immer so ironisch, Tee? Früher warst du ...«

»*Fuck* früher. Auf Wiedersehn.«

»Warte! Ich sitz hier gerade an seinem Sekretär. Ich schmul mal.«

»Schmulen ist verboten.«

»Dann laß ich's eben ...«

»...«

»Keine Angst, er ist nicht da. Pflanzt neuerdings Büsche. Nachts! Der Mann ist irgendwie genial. Soll ich schmulen?«

»Ja.«

»Okay. Ihr Zooleute seid irgendwie krank. Immer mehr wissen wollen als der andere, immer informiert sein. Und diese Blicke, wenn sie an meinem Stand vorbeischleichen. Immer auf der Flucht, als hätten die Schiß, daß alle Tiere auf einmal ausbrechen und ihnen zeigen, was power ist. Und du bist so anders, Tee. Du gehörst einfach nicht zu denen, die machen dich kaputt. Papa ist wirklich die einzige Ausnahme, dem ist der Zoo egal, der ...«

»Da wäre ich mir nicht so sicher. Sagst du mir nun, was er geschrieben hat? Ich habe keine Zeit.«

»Okay okay ... hier ist eine Seite ... aber das ist nicht seine Schrift, das sieht aus wie von 'nem Kind gemalt ... hier ist seine Schrift ... hier hab ich einen Satz ... *Der Trainer der Pferde der Reiter der Apokalypse wußte nicht weiter ...*«

»Und? Weiter?«

»*Der Trainer der Pferde der Reiter der Apokalypse, nicht weiter wissend, versank in Gedanken, die* … ach, du liebe Zeit!«

»Weiter.«

»Weiter geht's nicht. Den Satz hat er eins, zwei, drei, vier … *fünf* Mal hintereinander geschrieben … Weißt du, von welchen Trainern oder Pferden er da spricht?«

»Nein. Mach's gut.«

»Warte! Hier hinten steht noch was, so winzig, daß man's kaum lesen kann. *Knusprige Mandelbutterplätzchen – Mehl und Backpulver getrennt.* Und unten noch: *Freddys Krallen sahen aus wie Apollos Fingernägel* … kennst du ein Tier namens Freddy? … *Plato sagt* …«

»Was sagt Plato?«

»Weiß nicht, da bricht er ab. Völlig irre. Aber das ist ja das Geniale an ihm, diese Art, die er hat, immer abzubrechen, und dann ist man gezwungen, selbst weiterzumachen. Tee … er meint, daß wir beide uns mal aussprechen sollten, er hat so einen *Weitblick*. Er meint, wir würden noch stark miteinander verbandelt sein, wie Ringkämpfer, wie Verwandte, verletzungsmäßig und so, konkurrenzmäßig, sonst würde ich nicht Würstchen verkaufen hier im Zoo, meint er, und du hättest längst gekündigt und wärst in einen anderen Zoo gegangen, und das müssen wir uns *anschauen*, dann wird alles gut, ich meine, versteh mich nicht falsch, dann könnten wir uns, wenn wir immer noch wollen, auch besser trennen, wenn wir das alles mal aussprechen, weil wir ja nie darüber gesprochen haben, ich meine, *du* hast nie was gesagt, nur diesen einen blöden Brief hast du mir geschrieben letzten Winter, aber der gilt nicht, das warst nicht du selbst, und es ist so wichtig, man selbst zu sein, schau dir Papa an, er ist immer er selbst, aber du bist einfach abgehauen, und ich saß da und wußte überhaupt nicht, *warum*. Und du mußt zugeben, daß wir diesen Weitblick im Moment gar nicht haben, obwohl wir gefühlsmäßig noch so eng sind, dabei wär's gut, wenn …«

»Stehst du noch in Kontakt zu Käthe Matthes?«

»Nein.«

»Wir sprechen uns – vielleicht –, wenn ich zurück bin. Und dann zum letzten Mal. Ich will dir nicht weh tun. Ich geb zu, ich wollte dir weh tun, damals. Aber jetzt will ich nur, daß wir uns sauber auseinanderdividieren.«

»Wann bist du zurück?«

»In drei, vier Monaten.«

»So lange? Aber dann …«

Doro legte auf. Sie war müde wie noch nie in ihrem Leben. Es war keine Müdigkeit wie von geistiger oder körperlicher Arbeit, von Sport, Sex oder anderen Leistungen. Ihre Müdigkeit war wie eine Schlafkrankheit. In ihrem Gedächtnis wirkte ein Virus. Was sie sich alles merken wollte, wie wenig sie sich merken konnte. Mehrmals am Tag fielen ihr die Augen zu, als wollten sie nichts mehr sehen, nichts mehr zu tun haben mit Doros Zielen und den Vorstellungen, die sie sich von ihrer Umgebung machte. Sie hatte den Taronga Park Zooführer gelesen. Bilder vom Taronga Park Zoo in Sydney fielen wie Folien, wie Photonegative auf die Seiten ihrer Doktorarbeit, die jetzt schon im Schriftbild aussah wie ein überlanges Pamphlet, das alle Revolutionen der Menschheitsgeschichte überdauert hatte und auf die nächste wartete. Taronga Park wartete an einem Hügel, gegenüber von Victoria Harbour, gegenüber vom Sydney Opera House. Im Halbschlaf hörte sie eine Altstimme, die Koloraturen übte, ein Tenor kam hinzu, die beiden Stimmen umspielten einander und wurden langsamer und langsamer, als kämen sie von einem Tonbandgerät, dessen Batterien ausliefen. Und noch ein Detail: Für den Fall, daß Sali gesunden sollte, womit nicht zu rechnen war, denn er befand sich in einem Koma, hatte ihr Dr. Daniels ein Tonband mit Paarungslauten Persischer Leoparden zur Verfügung gestellt. Die Schreie, erklärte Daniels, konnten bei Raubkatzenmännchen Brunfterscheinungen auslösen. Dann noch sieben Milligramm pro Kilo Librium für das Weibchen, um ihm die Angst zu nehmen, und die Paarung war perfekt. Ihr Visum für Australien war perfekt. Die Impfungen perfekt, ohne Nebenwirkungen. Ihre Arbeit über die Bewegungsstereotypien bei Großkatzen neu auf die Linie des Direktors ausgerichtet, perfekt. Dann die Nachforschungen, sie standen baldigst bevor, über den Verbleib der Marie-Luise Idekeit, der sie, wenn sie noch lebte, und sie lebte noch, von Frau zu Frau gegenübertreten wollte, mit welchem Ziel, das wußte sie noch nicht genau. Extrem wichtig waren die überfälligen Nachforschungen über den gewaltsamen Tod der Schwestern, den Mord an den Schwestern, den sie aufzudecken hatte, der Mörder mußte jener noch Unbekannte sein, der die Direktorinnen zum Fischessen eingeladen hatte am Tage ihres Todes, die Archive im ehemaligen Aquarium konnten weitere Aufschlüsse geben, aber eigene Befragungen altgedienter Zoomitarbeiter sowie die Hinzuziehung eines Anwalts, vielleicht sogar eines Detektivs, waren unerläßlich. Die Wochenparole des Direktors, gerade hereingekommen, DER PLUMPSACK GEHT UM!, eine Drohung?, Papageno, den sie sehen (und berühren?) mußte, bevor sie nach Sydney reiste, um sicherzustellen, daß er auf sie wartete und weiter ruhig und nüchtern an seinem Molukken arbeitete und an den rührenden symbolischen Geschichten, die er für sie schrieb, anstatt ihren Fragebogen zu beantworten. Das Razanullah-Photo, in dem er, wie ihr erst jetzt aufging, nicht schlaff und schamvoll, sondern aktiv betroffen den Blick senkte zur klammernden Pranke der Marie-Luise, weil ihm klar geworden war, daß er am Haken zappelte, daß dieses nuttige leichtsinnige Wesen aus der mondänen Halbwelt ihn gekapert hatte und es gleichzeitig weiter mit allen in der Runde trieb, einschließlich des Königs *himself*. Ihre eigenen frühen Photos aus dem Zoo, Tiere für sich, die mit unverzeihlicher Verspätung von »Happy Moments« geschickt worden waren. Ein niedliches Bild von Taiga, ihrer geliebten Weißwölfin, wie sie hinter einem Baum hervorguckte, der domestizierte beste Freund des Menschen und der Blinden bereits in ihrem Blick zu erahnen. Immer enger die Kreise, die Familie Horst und Giesela Sachs um ihre (vermeintliche?) Tochter zog. Photos zeigten ihre (mögliche?) Schwester Jacqueline Sachs, einen mißmutigen Teenager *out of love*, in ihrem armseligen engen Zimmerchen an einer besonders hohen, ordentlich aufgeräumten Schreibplatte, ein paar Millimeter Zunge herausstreckend. Mama Giesela, eine prüfend schauende (skeptische?) Frau, streckte das Baby Manjana Sachs dem Photographen entgegen. Von Vater Sachs war momentan kein Photo vorrätig, es war angekündigt und versprochen. Von Moritz Schuller, Geigenwunderkind, Drogendealer, Geheimnisträger, Aquaristiker, Professor für *angewandte* Schmerzforschung, möglichem Mörder, gab es auch momentan kein Photo, nirgends, in keiner wissenschaftlichen Zeitschrift, keinem Buch, desgleichen nicht von seinen deformierten, zu Tode geschundenen Augenkranken Tieren. Die Entlarvung des Professors, der sich von seinem sadistischen Treiben bei der Betrachtung der Süßwasserfische und eines alten Marie-Luise-Photos erholte, stand ganz oben auf ihrer Liste der Dinge, die erledigt werden mußten. Sie schrieb zwei Briefe an Familie Sachs, immer wieder auf die bevorstehende *lange* Reise nach Sydney, Australien, hinweisend, und schickte einen Verrechnungsscheck über fünfhundert Mark zur Linderung der schlimmsten Not. Sie berichtete dem Professor für Schmerzforschung in einem Telefonat; er schien die ganze Angelegenheit vergessen zu haben, erinnerte sich aber wieder und gratulierte (sich selbst?) unter Vorbehalt. Mehrere Briefe an die grauhaarige Käthe Matthes in Straßendorf entworfen und ihren Gatten den Alkoholiker wieder mit keinem Wort erwähnt. Inhalt: Vergiß mich, vergiß dich, versauern sollst du, ich habe mir dich nicht ausgesucht, ich habe mir dein elendes Straßendorf und dein Elend hinter dem Postschalter und deine paar elenden Hühner nicht ausgesucht, okay, es waren auch zwei Ferkel dabei. An Papageno denken, sie hatten soviel Zukunft und auch eine bewegte Vergangenheit, eine kurze große Epoche mit Kriegen und Katastrophen, wie sie manche Menschen überhaupt gar nie erleben durften, an ihn denken, wie sie ihn gerne sah, in dem Photo im Schnee mit seinem tapsigen Flaschenfritzen Sali, sie hatte ihm das Photo letzten Winter gestohlen. Tiere und Menschen zusammen abgelichtet, und die Menschen sahen verändert aus. Wie? Unbedingt merken: gelöster, *unbewußter*, wie nach dem Ficken. Ihre Masturbationsphantasien, sie tat es jetzt bis zu zehnmal am Tag, ebenfalls wert erinnert zu werden, zogen in den Dezember und überraschten sie dort mit lauter Papagenos in weißen Bärenfellen (Eisbär?), aus denen gebogene erigierte Tierpimmel ragten, fragend, lockend, und zurückrollten wie Papierschlangen vom Jahrmarkt, wenn sie zu lange brauchte, um zu kommen. Er ging nicht mehr ans Telefon. Chris erledigte das. Chris spielte Hausdiener, Würstchenverkäufer, er spielte einen »guten Menschen«. Papageno allein wußte, wie stimulierend Schweigen war.

Doro legte sich angezogen in ihr Bett. Vielleicht bin ich so müde, dachte sie, seit ich weiß, daß ich im Dezember geboren wurde.

Fünf Tage später wachte sie an einem anderen Ort auf.

Sie öffnete die Augen und sah einen kupfernen Raum, kupferne Schemen, kupferne Luft, wenn es Luft war und nicht kupferne Erde. Zum ersten Mal in ihrem Leben verspürte sie das Verlangen nach dem Tod, sie liebte den Tod und hatte ihn nötig, es war ein reines, körperliches Gefühl, wie Durst, wie Geilheit, und in der Zeit, die ihr noch blieb, würde es ihr nie wieder geschenkt werden von ihrem Körper so wie an diesem Tag, als sie in der Erde gewesen war.

»Unser Murmeltier ist aufgewacht.«

»Wurde aber auch Zeit.«

»Bereiten Sie die Injektion vor.«

»Kommt sofort.«

»Pupillen.«

»Rücken Sie den Tropf beiseite.«

»Puls.«

»Hören Sie mich? Können Sie mich hören?«

»Wir binden sie jetzt los.«

Doro öffnete die Augen ein zweites Mal und sah, wie Dr. Daniels lederne Riemen von ihren Handgelenken und Knöcheln löste. Es waren die Riemen, mit denen zuweilen große Katzen festgebunden wurden.

Dr. Daniels trug einen weißen Kittel. Einer von Doros Assistenkollegen beugte sich über sie.

»Hören Sie mich? Können Sie mich hören?« Die Stimme kam von der anderen Seite. Sie rollte ihren Kopf herum. Ein Mann stand dort in seiner Leere. Seine Miene verriet hundert Prozent Expertentum und einen Hauch milden Interesses. Eine Brille hing auf seiner Brust. Seine junge Glatze schimmerte rosig. Er kam ihr bekannt vor.

»Ich höre Sie«, sagte sie.

Sie hörte ihre eigene Stimme und brach in Tränen aus. Ihre Stimme klang so schön. Leicht und klar und herzergreifend hell und leise durch alle Dinge dringend. Es war die Stimme eines singenden Vogels. Ich werde nie wieder Worte brauchen, dachte sie.

»Weinen Sie ruhig. Es muß ja heraus. Wir unterhalten uns später. Ich bin Dr. Strauß.«

»Dr. Strauß ist Psychiater, aber erhalten Sie keine Schock, liebe Dorothee«, sagte Dr. Daniels.

»Tell him to fuck off«, sagte Doro.

»Dr. Strauß behandelt Sie-wissen-schon-wen und war so freundlich, nach Ihnen zu sehen, und bietet seine Hilfe an für ... äh ... später«, sagte Doros Assistenten-Kollege.

Jetzt erinnerte sie sich an den Glatzköpfigen. Er saß Tag für Tag im abgesperrten Innenhof des Vogelhauses auf einem Klappstühlchen und analysierte Jochen Wirkus, der auf dem Dach spazierenging.

Was ist mit mir geschehen?

»Ich bin müde«, sagte sie.

Sie versuchte sich im Bett aufzustützen, aber es war kein Bett, es war ein Operationstisch auf Rollen, in ihrem linken Arm steckte die Kanüle für einen Tropf, und sie war nackt. In einer Ecke des Raumes, der, wie ihr jetzt aufging, der Aufwachraum für frisch operierte Tiere im K 1 war, saß mit übereinandergeschlagenen Beinen der Professor für Schmerzforschung. Er trug einen Smoking.

»Erstens«, sagte Dr. Strauß, »machen Sie sich keine Gedanken. Was mit Ihnen passiert ist, hat keinerlei organische Ursachen, soweit wir feststellen konnten. Zweitens, es ist kein Nervenzusammenbruch im landläufigen Sinne. Drittens, wir kennen Zustände von Katalepsie, also Schlafstarre, bei gewissen, nun, sagen wir einmal psychischen Derangements, aber auch bei manchen Feldwaldundwiesendepressionen. Hatten Sie kürzlich eine Depression? Viertens, wir haben Ihnen ein kreislaufstärkendes Mittel injiziert, denn Sie haben fünf Tage durchgeschlafen und werden etwas wacklig auf den Beinen sein. Fünftens, ich würde mich gern mit Ihnen austauschen, von Mensch zu Mensch, wenn Sie es später möchten. Sechstens …«

»Wovon spricht dieser Mann?« sagte Doro. »Bitte helfen Sie mir, Professor.« Sie wiederholte »… Professor«. Ihre Stimme klang immer noch nachtigallen.

»Ich weiß nicht, wovon er spricht, Matthes. Ich bin eben erst hereingekommen«, sagte der Professor aus seiner Ecke.

»Ich habe fünf Tage geschlafen?«

»Und Nächte«, sagte der Professor.

»Warum bin ich im Tierkrankenhaus?«

»Ich dachte, Sie würden es vorziehen, im Zoo zu bleiben«, sagte der Professor.

»Ich denke, Sie sind eben erst gekommen?« sagte Doro.

»Ich fand Sie im Dornröschenschlaf«, sagte der Professor, »vor fünf Tagen. Sie sahen etwas blaß um die Nase aus, etwas tot. Ich untersuchte Sie und konnte nichts Besorgniserregendes feststellen. Dr. Daniels hat Sie dann hierher transportiert und abwechselnd mit Dr. Strauß die Wache an Ihrem … Bett gehalten. Der Direktor ist informiert.«

»Meine Sachen …?« sagte Doro.

»Oh«, sagte Dr. Daniels.

Der Assistenten-Kollege und Dr. Daniels rannten in verschiedene Richtungen. Der Kollege brachte ihr Hemd. Dr. Daniels brachte ihre säuberlich zusammengefalteten Jeans, auf denen ihre Socken lagen. Unter den Socken schaute ein Zipfel ihres Slips hervor.

Doro zog sich langsam an. Dr. Daniels, Dr. Strauß und der Kollege wandten sich hüstelnd ab. Der Professor saß nicht mehr in seiner Ecke. Sie spürte, daß er hinter ihr stand, auf der anderen Seite des Operationstisches. Sie ließ sich zurückfallen. Der Professor beugte sich über sie.

Seine Augen waren rund und pechschwarz und lebten nicht mehr, sondern blickten immerjung und immerlieb wie die eines ausgestopften Tieres. Er beugte sich noch tiefer über sie. Will er mich küssen? dachte Doro.

»Nein«, sagte der Professor. »Ihnen fehlt nichts. Außer diesem Gegenstand vielleicht.«

Er legte eine Blechschachtel auf ihre Brust.

Sie griff danach und erkannte die Schachtel und schüttelte die Schachtel. Es klapperte.

»Mein Glücksbringer«, sagte sie.

»Wo haben Sie ihn her?« sagte der Professor.

»Ausgegraben, hier im Zoo. Es ist nur ein Milchzahn.«

Der Professor berührte die Blechschachtel. Dann strich er mit seinen Fingerspitzen über Doros Stirn. »Glück«, sagte er leise.

»Finden Sie, daß meine Stimme sich verändert hat?« sagte Doro.

Der Professor richtete sich auf. Sofort stand Dr. Daniels neben ihm.

»Ich werde die Kollegin nach Hause leiten«, sagte Dr. Daniels. »Ich kann sie auch tragen, wenn sie sich zu schwach fühlt.«

»Ihre Stimme hat sich nicht verändert«, sagte der Professor.

»Ich kann auch einen Pferdewagen ordern.«

»Aber ich finde, sie klingt … heller.«

»Oder sie sitzt auf dem Rücksitz von meinem Fahrrad.«

»Kommt Ihre Stimme Ihnen fremd vor?«

»Nein, nein. Nur heller … schöner.«

»Ich kann auch eine *stretcher* ordern.«

»Vielleicht können Sie sich nicht mehr an Ihre Stimme erinnern«, sagte der Professor. »Vielleicht haben Sie Ihre Stimme vergessen im Schlaf.«

»Interessant«, sagte Dr. Strauß, hinzutretend.

Der Professor zog ein Miniaturmesser aus seinem Smoking und durchtrennte mit einem schnellen Schnitt das Band, an dem die Brille des Dr. Strauß baumelte. Die Brille fiel zu Boden. Der Professor hob sie auf und reichte sie Dr. Strauß mit einer knappen Verbeugung.

»Buen viaje«, sagte er von der Tür und nickte Doro zu und war verschwunden.

»Grotesker Mensch«, sagte Dr. Strauß, hochrot. »Kann mir einer erklären, welche Position er hier im Zoo einnimmt? Ich werde mich beschweren.«

»Das würde ich nicht raten«, sagte Dr. Daniels ruhig. »Er ist der Professor.«

»Na und? Er hat versucht, meine Brille kaputtzumachen. Er ist mit einem Messer auf mich losgegangen.«

»Was hat er gesagt?« sagte Doro.

»Und drittens, haben Sie seine Augen gesehen, dieses schizoide Starren? Dieser Mann ist eine Gefahr für andere und möglicherweise auch für sich selbst.«

»Was hat er gemeint?« sagte Doro. *»Buen viaje ...«*

»Gute Reise«, sagte Doros Kollege. »Gute Reise heißt das. Ehe ich's vergesse: Der große Loring hat für Sie angerufen. Sie möchten zurückrufen.«

Dr. Strauß warf einen Blick auf seine viereckige Armbanduhr.

»Feierabend«, sagte er.

Doro lehnte es ab, sich nach Hause begleiten zu lassen. Sie mußte im K-1-Aufwachraum hin und her gehen, bis die Männer sich davon überzeugt hatten, daß ihr Gang sicher genug war. Dr. Daniels steckte ihr einen Brief zu. Sie flüchtete in den Garten.

Im Zoo wimmelte es von Menschen. Es schien Wochenende zu sein, der Kleidung nach ein Sonntag. Sie schlug den kürzesten Weg zum K 2 ein. Gerade noch rechtzeitig sah sie Chris. Er hatte seinen Würstchenstand eigenmächtig von den Barasinghas zu den Robben verlegt. Sie dachte: Wie gut, daß er mich nicht nackt auf diesem Operationstisch gesehen hat, fünf Tage und Nächte lang. Aber warum war Papa nicht gekommen? Wußte er, was geschehen war? Oder dachte er, sie sei schon abgereist? Hinter dem Gehege der Watussi-Rinder spähte sie hinüber zu seiner Tür. Als er nach fünf Minuten noch immer nicht herausgekommen war, zog sie sich tiefer in den Garten zurück.

Zoobesucher kamen und umringten sie. Alle schlabberten ekliges Schokoladeneis, die Kinder hatten braun verklebte Münder. Doro ließ sich auf eine Bank bei den Büffeln fallen. Die Büffel taten so, als grasten sie auf ihrem Sandstreifen vor den indianischen Totempfählen. Eine wenig wertvolle Gans watschelte vorbei, blieb stehen, machte kehrt und kam auf Doro zu.

Sie schaute weg. Vielleicht würde die Gans vorbeigehen. Nein, sie stellte sich neben Doros Fuß.

»Kschsch«, sagte Doro.

Ein Kind kam gelaufen, ein verfettetes verhausschweintes Kind, und wollte die Gans streicheln.

»Kschsch«, sagte Doro.

Das Kind rannte schreiend zu seiner Mutter, einer kochsüchtigen liebessüchtigen Mutter, und klagte.

»Kschsch«, sagte Doro.

Die Gans zeigte Doro ihr kluges kleines Auge.

Doro sprang auf und flüchtete weiter. Sie rannte jetzt sehr schnell und wunderte sich darüber, weil sie gleichzeitig sehr müde war. Was habe ich vergessen, dachte sie im Rhythmus ihrer Schritte, was habe ich vergessen, vergessen, und was nicht, nicht? Die Zoobesucher strömten ihr entgegen und umringten sie und erinnerten sie an Scheußlichkeiten wie Schokoladentafeln und Schokoladenstücke mit Buchstaben und endlose Sonntage in Straßendorf und das Auswechseln eines dunkelbraun getränkten Tampons im Gebüsch auf einer Anhöhe und sengende Ohrfeigen im Sommer und Hamster in Trommelkäfigen und wunde juckende Mundwinkel und erstickende Goldfische in Plastikbeuteln und bluttriefende abgeschlagene Hühnerhälse und klebrige Pingpongbälle und ein häßliches Kleid und unwahre Eltern. Dann sah sie ein Schild »Zutritt für Unbefugte verboten!« und setzte, wissend, daß sie befugt war, wie eine Hürdenläuferin über die Absperrung.

Sie warf sich keuchend auf einen Rasen. Ein früher Regenwurm zog sich in die Erde zurück. Kschsch.

Ein Vogel geckerte. Es war der Lachende Hans in seinem Käfig. Erst jetzt ging ihr auf, wo sie sich befand. Sie bettete ihren Kopf ins Gras und schloß die Augen. Ihre Angst, wieder einzuschlafen, war ebenso mächtig wie ihre Sehnsucht nach jahrelangem Dauerschlaf. Aufwachen, wenn alles geschehen war. Im Dezember, wenn der Schnee ihre Wangen schrecken würde, *happy birthday, Doro Sachs.* Manjana Sachs, sie erinnerte sich, ihre Babyschwester. Der noch nicht sichtbare Vater Horst. Darf ich vorstellen, Horst, mein Vater, Karl-Walther Kadamecki, mein Mann. Papageno, mein Mann, Giesela, meine Mutter. Papa, mein Mann, Jacqueline und Manjana, meine Schwestern. *Long time no see.*

Sie rupfte ein paar Grashalme. Was war geschehen? Es gab nur drei Möglichkeiten. Erstens, der Professor hatte eine seiner Drogen an ihr getestet, der Kühlschrank im ehemaligen Besprechungszimmer bot genügend Möglichkeiten. Zweitens, der Professor hatte eine seiner Drogen benutzt, um sie in bewußtlosem Zustand zu vergewaltigen, nackt auszuziehen, auf den Mund zu küssen. Drittens und wenig wahrscheinlich, es war Katalepsie und somit das erste Anzeichen einer beginnenden endogenen Psychose. Und *viertens*, sie zog den aufs neue aus der Erde kriechenden Regenwurm in die Länge, der Professor wollte sie *beseitigen*, weil er entdeckt hatte, daß sie im Gang zu seinem Labor gewesen war, kurz vor der verschlossenen Tür, hinter der er sein Unwesen trieb.

Der Schlüssel zu allem war Vergeßlichkeit.

Der Professor hatte vergessen, seine doppelten Polstertüren zu verschließen. Oder hatte er es nicht vergessen? Doro wußte, daß auch sie etwas vergessen hatte, aber was? Sie wußte soviel, aber seit sie wußte, daß sie im Dezember geboren war, wurde ihr schwarz im Kopf sowohl bei besonderen wissenschaftlichen als auch bei bestimmten privaten Gedächtnisanstrengungen. Wissenschaft und Leben vermischten sich auf ungesunde Weise. Bevor sie vom Professor für fünf Tage und Nächte in diesen Tiefschlaf befördert worden war, hatte sie in ihrer Doktorarbeit einen Absatz über den durch Haltung in fünf Quadratmeter Käfig veränderten Biorhythmus eines Sibirischen Tigers begonnen, der mit dem völlig sinnlosen Satz endete, daß Chris in der Urzeit fünfundvierzig seidene Krawatten besaß, die er aufgrund von Platzmangel im Kleiderschrank über ihre Hemden hängte. Sie sah Papageno mit Sali im Schnee, das Photo lag in ihrer Schublade zuoberst, und weinte. Sie summte ein winterliches Lied und verspürte Sehnsucht nach dem Polarkreis. Sie vergaß ihren Familiennamen. Kollegen sagten »Matthes« und sie mußte *nachdenken*, wer gemeint war. Sie vergaß einfache chemische Formeln. Längst hatte sie sämtliche Gedichte vergessen.

Sie mußte nach Sydney. Loring hatte ihr den roten Teppich ausgebreitet für ein Vierteljahr mit dem todkranken Sali. Sie würde die vom Direktor verleugneten und totgeschwiegenen Thesen der Schwestern über die mögliche Heilung von Bewegungsstereotypien von Großkatzen durch zwischenartliche Kommunikation neu zur Diskussion stellen. Sali würde vielleicht nie wieder gesund werden, aber er würde der Wissenschaft (und damit dem Leben) einen großen Dienst erweisen, denn seine speziellen Fehlhaltungen, sein viel zu langes Aufrechtstehen im Käfig zum Beispiel, hatten ihr bereits vor dem Abtransport nach Sydney gar nicht gefallen, und sie hatte genau Buch geführt. Außerdem würde es sich gut auswirken auf ihre Liebe zu Papageno, wenn sie eine Zeitlang getrennt waren und traurig.

Papageno war nicht zu vergessen. Nur manchmal mußte sie sich anstrengen, sein Gesicht zusammenzusetzen, denn sie trafen einander ja kaum noch, es war wie ein stillschweigendes Einverständnis, es war eben eine weiträumige stillschweigende Liebe, Papageno verstand so viel vom Schweigen, es war so anders als bei Chris mit seinem optimistischen Hang, seinem Zwang zu Nähe und Sprache.

Sie zog den Brief aus ihrer Hosentasche, den Dr. Daniels ihr zugesteckt hatte. Mal sehen, wie *er* es anstellen wollte. Aber der Brief war nicht von ihm, sondern trug den Stempel der Verwaltung. Eine Nachricht vom Direktor? Sie drehte sich auf den Rücken. Der Himmel über ihr war blaurot, wie spät mochte es sein? Der Direktor hatte ihr schriftlich eingereichtes Gesuch um die Reiseerlaubnis telefonisch beantwortet. *Ja, aber* war des Direktors Botschaft. Ja, aber Prof. Lorings Name dürfe in Doros Doktorarbeit keinesfalls in Zusammenhang mit dieser Reise erwähnt werden. Ja, aber er erwarte jede Woche einen detaillierten Bericht (jede Woche!). Ja, aber ihre sämtlichen Pläne, Entwürfe, Zeichnungen, Notizen über die verglaste Abenteuerröhre müßten im Zoo verbleiben, für den Fall, daß ihr etwas zustoße. Mit keinem Wort ging er auf Doros Postskriptum ein. Wahrscheinlich hatte er die Horrornacht längst vergessen. Ihr war ein Stein vom Herzen gefallen. Nun konnte er sie nicht mehr entlassen. Der Direktor war ein einsamer Mensch. Er tat ihr leid.

DIREKTION. SEKRETARIAT.

Sehr geehrte Herren Wissenschaftliche Assistenten!
Pfingsten steht vor der Tür, und wie jedes Jahr veranstalten wir das große Pfingstfrühkonzert (Beginn: 6 Uhr 30!) rund um das Zoo Restaurant. Wie jedes Jahr sind Sie für verschiedene Aufgaben eingeteilt, die pünktlich und gewissenhaft zu erfüllen sind. Sie finden Ihr Aufgabengebiet sowie Zeit und Ort des Einsatzes in der Spalte hinter Ihrem Namen.
i. A.
Friederike v. Russak

Merkwürdig, daß Friederike sie nicht im K 1 besucht hatte, als sie fünf Tage und Nächte im Koma lag. Auch die Ausklammerung der »Dame« in der Anrede des Rundschreibens schmerzte, denn selbst wenn Doro nicht mitwirken konnte, weil sie Pfingsten längst in Sydney sein würde, gehörte sie doch zur Abteilung der Wissenschaftlichen Assistenten und war die einzige Assistentin. An den Rand hatte die Freundin nur gekritzelt: »Hallo, Süße! Wir sehen uns. Gruß F.«

Es wäre Doros erstes Pfingstkonzert im Zoo gewesen. Sie hatte viel Ungutes darüber gehört. An die dreihunderttausend Besucher wälzten sich durch den Garten, trampelten die Blumen platt, steinigten die Tiere, die zu diesem Anlaß extra sediert werden mußten, soffen und fraßen an langen Tischen und schunkelten, während auf der Konzertbühne grausige Blaskapellen und Tanzorchester stampften und töteten. Ehrengäste und die dazugehörigen Zeitungsreporter hielten Einzug im Garten, die Politiker ließen sich mit Tierbabys photographieren, der Direktor signierte an einem Sondertisch seine Bücher.

Nun, sie würde in Sydney sein.

»Schöne Titten hast du.«

Doro drehte den Kopf. Auf dem Dach des Vogelhauses saß der kleine Jochen Wirkus. Seine Beine baumelten über die Regenrinne. Er trug ein weißes Gewand, eine Tunika wie ein alter Römer oder Grieche. Unter der Tunika bewegte sich seine rechte Hand auf und ab. Doro schaute sich im abgesperrten Innenhof um. An einem leeren Vogelkäfig lehnte das kleine Klappstühlchen des Psychologen Dr. Strauß. Und, gut, in einer Ecke stand Papagenos lange kräftige Holzstange zur Rettung entflogener Schützlinge, die auf hohen Zoobäumen saßen und nicht herunterkommen wollten.

»Findest du?« sagte sie.

»Und ob. Vom Feinsten deine Titten.«

Doro schaute weg.

»Ach, Jochen«, sagte sie, »willst du nicht nach Hause gehn?«

»Gleich«, stöhnte Jochen, »gleich.«

Natürlich war Doro nicht befugt, sich im Innenhof des Vogelhauses aufzuhalten; außer dem Direktor und diesem Hobbypsycho Dr. Strauß und Papageno durfte niemand zu Wirkus. Es wollte auch niemand. Wirkus war kein Thema mehr. Er machte keinen Lärm. Manche hielten ihn für tot.

»Erinnere ich dich an jemand?« fragte Doro plötzlich und stand auf, drehte aber Wirkus weiter den Rücken zu.

Der Geisteskranke antwortete nicht.

Doro ging ein paar Schritte hin und her und schaute vorsichtig über die Schulter.

Auch Wirkus ging hin und her. Er ahmte ihren Gang nach. Auf seinem gelben Zelt hing schlaff in der Windstille ein Fähnchen, offensichtlich selbstgemacht.

Doro blieb stehen. Wirkus blieb stehen. Er sah starr geradeaus. Er schien zu lächeln.

»Hier bin ich«, sagte Doro.

Er schaute zu ihr und lächelte.

»Findest du, daß meine Stimme sich verändert hat?« sagte Doro.

»Sag mal was«, sagte Wirkus.

Doro überlegte. Dann sagte sie:

»Ich verreise bald. Sehr weit weg. Nach Australien.«

»Allein?«

»Ja. Und – findest du meine Stimme irgendwie anders?«

»Ich reis nie allein. Werd auch diesmal nich allein reisen.«

»Wo soll's denn hingehen, Jochen?«

»Morgen is' Pfingsten. Übermorgen auch. Überübermorgen kommen sie mich holen. Vielleicht'n Tag oder zwei später. Ich kann sie schon sehn am Himmel.«

»Die Rillies?«

»Klar, Mann. Papa sagt, er kommt mit. In Gedanken. Aber das is' viel, findst du nich?«

»Viel?«

»Na, mehr als wenn er gar nich mitkommt, oder?«

»Moment mal. *Morgen ist Pfingsten*?«

»Ja doch. Ich kann's von hier oben sehn. Am Restaurant baun sie um. Würd gern meinen Nashornvogel mitnehmen und den Schuhschnabel. Hast du mal'n Nashornvogel in Freiheit gehört?«

»In Freiheit? Nein, aber wenn morgen Pfingsten ist ...«

»Aber ich. Vor'n paar Jahren is' einer ausgebüchst und trotz der beschnittenen Flügel von dem hat der sich angehört wie'n Hubschrauber so laut.«

»Das kommt daher, daß ihm sein ganzer großer Körper als Resonanzboden dient. Ich muß gehen, Jochen, mach's gut.«

Doro stieg über die Absperrung. Wirkus winkte ihr zu. In seinem weißen Gewand auf dem Dach vor dem wolkenlosen Abendhimmel wirkte er wie ein winziges winkendes Denkmal.

»Bleib doch noch«, sagte Wirkus.

»Komm doch runter, wenn du unter Menschen willst«, sagte Doro. »Ich hab's eilig.«

»Deine Stimme ...!« rief Wirkus, aber Doro war schon zu weit entfernt, um ihn sehen zu können und den Rest zu verstehen.

Sie fuhr mit dem Finger die Liste der Wissenschaftlichen Assistenten in Friederikes Rundschreiben hinunter. Die Aufgaben beim Pfingstkonzert reichten vom »Geleiten des Souveräns an seinen Platz« über die »Betreuung der Sponsoren und potentiellen Erblasser im VIP-Bereich« bis zum »Wachdienst im Tierkinderzoo, verschärft«. Sie suchte ihren Namen. Tatsächlich, da stand er.

Matthes, D.: Leierkastenspiel am Haupteingang, 6 Uhr bis 11 Uhr.

Man nahm also ihre Reise an höchster Stelle nicht sehr ernst. Sie rannte zum Verwaltungsgebäude, wo weder Friederike noch der Direktor noch der Obertierinspektor noch Dr. Daniels für sie zu sprechen waren. Die Vorbereitungen, erklärte ihr eine Sekretärin, als sei Doro völlig verblödet, es seien die Vorbereitungen. Nach langem Hin und Her durfte sie mit Loring in Amerika telefonieren, der sich aus tiefem Schlaf meldete, jedoch bestens informiert zu sein schien. Die Reise sei um eine Woche verschoben, das sei aber gar nicht schlimm, in Sydney stünde weiterhin alles bereit für sie, dem Persischen Leoparden gehe es eher schlechter, das habe aber noch nicht das Ende zu bedeuten. Er wünschte ihr viel Spaß beim Leierkastenspielen. Doro ließ den Obertierinspektor im Garten anpiepen, aber er meldete sich nicht. Sie rief den Professor in seinem Büro auf K 1 an, keine Antwort. Sie fragte die Sekretärin, was sie sich unter einem Leierkastenspiel am Haupteingang vorzustellen habe, aber das dumme Stück zuckte nur die Achseln. Doro machte ihr eine Szene. Ob sie wisse, wer sie, Dorothee Matthes, sei? Wie man dazu komme, ihr ohne sie zu fragen eine solch hirnrissige Aufgabe zu übertragen? »Ziehen Sie lieber Ihr kleines Schwarzes an«, sagte die Sekretärin, »da kommen eine Menge Leute.«

Im K 2 erwog sie kurz, Papagenos kostbares Schweigen zu brechen, und wählte seine Nummer, hängte aber auf, bevor Chris »Chris« sagen konnte.

Sie untersuchte ihr Bett und versuchte, nicht an den Professor zu denken, der sie im Koma vorgefunden und »untersucht« hatte. Sie aß eine halbe Banane.

Gegen Mitternacht erreichte sie endlich Dr. Daniels. Das Leierkastenspiel sei eine herausragende Betätigung, formulierte er, jedes Jahr entbrenne ein Kampf darum, denn Pressephotographen von nah und fern würden sie und das Schimpansenbaby in alle Zeitungen des Landes auf die »lustige Seite« bringen. Welches Schimpansenbaby? Und überhaupt, sie sei krank, er sei Arzt, er müsse ihr ein Attest ausstellen. Nein, antwortete er feige, sie sei gesund, er habe sich selbst davon überzeugen können, sie solle jetzt einen *wink* schlafen, um morgen früh die Gäste fröhlich und frisch zu begrüßen, der Direktor lege erfahrungsgemäß größten Wert auf ein gelungenes Leierkastenspiel am Haupteingang, er werde gewiß persönlich vorbeischauen, um sich mit dem Schimpansenbaby photographieren zu lassen. Ob man unter Umständen ein kleines Glas Sherry am Nachmittag gemeinsam genießen könne?

Doro schlief drei Stunden.

Der langgezogene Schrei eines einzelnen Augenkranken Tieres weckte sie. Sie saß im Bett, bis der Schrei abrupt endete, als habe der Professor dem Tier die Kehle durchgeschnitten, blitzschnell wie er Brillenbänder durchschnitt. Wie tief mußte ihr Fünftageundnächteschlaf gewesen sein, daß selbst die Leidensschreie der Augenkranken Tiere sie nicht hatten wecken können?

Müde quälte sie sich aus dem Bett und öffnete ihren Schrank, um ihr Aussehen im Spiegel zu prüfen. Halb blind starrte sie in das Razanullah-Photo. Fröhlich und frisch, jung und schön, gesund und munter lächelte Marie-Luise in die Kamera. Sie trug ein dunkles Kleid mit weißen Punkten, sie trug den brillantbesetzten Schlangenring. Wenn ich aus Sydney zurück bin, dachte Doro, werde ich Papageno heiraten. Dann werde ich diese Marie-Luise suchen und finden und ihr von Angesicht zu Angesicht gegenüberstehen und werde sie …

Erschöpft kramte sie in ihren wenigen Klamotten. Sie stieg in ein Paar Jeans und zog sich eine dunkelblaue Bluse von »Wannamaker's« über. *Ich werde sie entlassen*, dachte Doro.

Gerädert erschien sie um sechs am Haupteingang, der gleichzeitig der Hauptausgang war. Eine über alle Maßen erschreckende Szenerie erwartete sie dort.

Vor den Toren, vor den hohen schmiedeeisernen Gittern mit den funkelnden Spitzen, zwischen den beiden langsam zerbröselnden Elefanten aus Stein, wogte eine unüberschaubare, tief gestaffelte, dicht gedrängte, vieltausendköpfige, bonbonbunte, schokoladenverschmierte, pfefferminzlutschergestreifte, eierfarbenbekleckste, behängte, gegürtete, gewandete, gestiefelte, gespornte, gerüstete, murrende, murmelnde, grunzende, gurgelnde, keifende, kreischende, johlende, juchzende, furzende, rülpsende, stieläugige, schielende, gaffende, grimassierende, zähnefletschende, scharrende, stoßende, zuckende, wabbelnde, leibhaftig erschienene Menge. Das Volk, der einzige Alptraum, vor dem sie sich im Zoo bisher in Sicherheit gewähnt hatte, begehrte Einlaß.

Auf Zooseite hatte sich das gesamte Aufgebot der alten Säcke versammelt, die vom Direktor »Wärter« genannt wurden, die in Wirklichkeit jedoch nur Eintrittskarten abrissen und steifbeinig herumstanden und in Gedanken Doros Brüste betatschten. Sie trugen Paradeuniformen mit schwarzen Armbinden, auf denen in alter deutscher Schrift die Worte »Seid willkommen« golden glänzten. Der Direktor schien einen Sonderposten identischer tomatengroßer Armbanduhren unter ihnen verteilt zu haben, auf die sie alle zwei Sekunden wichtige Blicke warfen, um sich danach bedeutungsvoll zuzunicken.

Wenige Meter hinter ihnen, im weiträumigen Areal zwischen Nashorngehege und Elefantendressurplatz, hatte man ein hohes schafottartiges Podest errichtet, auf dem ein knallroter Leierkasten thronte. Das Podest war umkauert von Heerscharen kamerabehängter Photographen. Eine sechssprossige Leiter führte hinauf.

Neben dem rechten Kassenhaus war eine neue Käfigkonstruktion in die Erde gerammt worden, ein rundum verglastes Vogelbauer von gigantischen Ausmaßen.

Aus dem linken Kassenhaus trat ans frühe Licht des Tages der Obertierinspektor im Sonntagsstaat. Um seinen Bierbauch klammerte sich ein Schimpansenjunges in Windeln.

Die Menge stieß einen Lustschrei aus.

Der Obertierinspektor sah Doro, verzog angewidert sein Gesicht und kam mit dem Affen auf sie zu. Sie wich ein paar Schritte zurück. Er zerrte das Windeltier von seinem Bauch und streckte es Doro entgegen. Doro schüttelte den Kopf.

»Da. Nehmen Sie. Aufs Podest mit Ihnen!«

»Ich denk nicht dran. Gehn Sie doch selber rauf.«

Der Obertierinspektor zog Doro zur Seite. Das Schimpansenjunge schlang einen langen Arm um ihren Hals und entblößte seine Zähne zu einem sedierten Grinsen.

»Hör zu, du miese kleine Fotze, du gehst jetzt da rauf, oder ich sorg dafür, daß du die nächsten drei Monate im Wirtschaftshof Brötchen einweichst«, sagte der Obertierinspektor.

»Fick dich ins Knie, du Wichser«, sagte Doro. Ihre Stimme klang wundervoll, wie der Ruf der freien Lerche, die sich in den Himmel emporschraubte über alle Dinge auf der Erde.

Dem Obertierinspektor traten die Augen aus dem Kopf.

»Ja! Und jetzt geben Sie ihr den Affen!« rief eine Stimme.

Unvermittelt stand Doro in einem Blitzlichtgewitter. Der Obertierinspektor bekam einen Hustenanfall und spuckte graugelben Schleim ins Gras. Er reichte ihr das Tier und wandte sich keuchend ab. Die Photographen knipsten. Das Schimpansenjunge vergrub seinen Kopf in Doros Nacken. Sein Fell war klebrig.

»Wir öffnen«, hörte Doro den Obertierinspektor bellen. Sie war jetzt umringt von Photographen. Sie ließ sich zum Podest drängen, Hände schoben sie auf die Holzleiter, eine einzelne Hand half ihr hinauf, der Affe zitterte. Eine andere Hand führte ihre Hand zur blankgeputzten alten Kurbel des Leierkastens. Sie begann zu drehen. Der Affe streckte seine Hand nach der Kurbel aus. Die Photographen knipsten. Das Volk jubelte. Tausende umringten das Podest. Tausende strömten vorbei. Kinder wurden in die Luft gehoben und grabschten nach Doros Füßen. Ein Photograph setzte den Affen auf den Leierkasten. Doro drehte die Kurbel. Eine Art Melodie ertönte. Das Volk begann zu singen und rhythmisch zu klatschen. Luftballons stiegen.

Und in der Luft knisterte und knackte und rauschte es jetzt ohrenbetäubend. Das Pfingstvolk erhob die Köpfe. Doro hörte auf zu kurbeln. Etwas Ungeheuerliches bereitete sich vor in der Luft. Näherten sich Jochens Rillies aus dem Weltraum? Eine alle anderen Laute der Welt an diesem Morgen auslöschende Stimme sagte, und sagte es, wie Doro erst jetzt aufging, aus zwei mächtigen Lautsprechern, die seitlich in den Bäumen installiert waren:

»Papageno ist da.«

Das Volk raste. Eine Kette von Wärtern mußte den Vogelkäfig absperren.

»Schiefhals«, sagte Doro.

Sie stand allein mit dem Affenkind. Die Photographen und das sich übel vermehrende Volk umringten den Graupapagei, der zu ihnen gesprochen hatte. Sie warteten. Was würde er als nächstes sagen? Er hat *deinen* Namen gesagt, Geliebter, dachte Doro. Darauf hast du so lange gewartet und jetzt bist du nicht da. Wo bist du? Von ihrem Podest suchte sie ihn in der Menge. Nach kurzer Zeit schloß sie die Augen. Alle Menschen sahen aus wie Papageno. Das Affenkind klammerte sich an sie, es klagte leise, es war ihr lästig. Es klebte und roch ungut nach dem Rasierwasser des Obertierinspektors, und seine haarigen Arme und Hände waren überall gleichzeitig. Wie nah der Mensch ist, dachte sie, den »süßen« Blick des neugeborenen Primaten meidend, wie nah Chris ist.

Aus der Ferne, auf dem Hauptweg vom Büffelgehege, näherte sich eine jubelnde, tanzende, springende, Konfetti werfende Teilmenge, in deren Mitte der Direktor schritt. Doro begann zu kurbeln, aber im andauernden Mikrophonrauschen aus Schiefhals' Käfig ging ihr Geleier unter.

Der Direktor sah aus wie einst in den Büchern seiner Frau. Er trug seine berühmten klobigen Stiefel, seine berühmte Afrikalederweste, und sein Bart war gestutzt. Hier kam der Ernest Hemingway des Zoos, und sein Gang und sein Gestus sagten: Ich! Schaut auf Mich! Ich!

Der Direktor ignorierte Doro auf dem Podest. Er steuerte, seine Teilmenge im Gefolge, auf den monumentalen Vogelkäfig zu, und die Mengen vereinigten sich jubilierend. Wärter schirmten den Direktor ab vor Händen, die nach ihm greifen wollten, die sich, flehend fast, nach ihm ausstreckten, einmal seine Lederweste zu berühren, seinen Bart. Aber die Hände griffen ins Leere. Der Obertierinspektor reichte dem Direktor ein schnurloses Mikrophon.

»Die Presse zu mir!« sagte der Direktor ins Mikrophon. Sofort schlugen die Wärter eine Bresche. Auch die Photographen schienen sich vermehrt zu haben. Breitbeinig, die Arme mal vor der Brust verschränkt, mal in die Hüften gestemmt, stellte sich der Direktor einem minutenlangen Blitzlichtgewitter. Doro bekam eine Gänsehaut. Dieser Mann war, trotz all seiner Macken, eine Weltberühmtheit, einer der ganz großen Tierväter, wenn nicht der größte, und er war *ihr* Doktorvater. Sie bemerkte, daß sie instinktiv eine stramme Haltung eingenommen hatte. Auch ich werde meinen Weg gehen, sagte sie zu sich und dem Affenkind. Auch ich werde Großes vollbringen.

»DIE MODERNE TECHNIK ...« begann der Direktor. Ein Ja aus tausend Kehlen stieg in den Himmel. »DIE MODERNE TECHNIK ZERSTÖRT MENSCH UND NATUR«, fuhr der Direktor fort. Im Zoo erhob sich ein nie gehörtes zustimmendes Wutgeheul. »ABER ...« Es wurde still. »ABER ICH ...« Erneute Jubelstürme unterbrachen den Direktor, und mit dem perfekten Timing des genialischen Redners wartete er den Höchstpegel der Begeisterung ab, bevor er weitersprach: »ICH MACHE MIR DIESE TECHNIK UNTERTAN UND SCHENKE EUCH HEUTE EINE NEUE WELTSENSATION ...« Er hob seinen Arm und zeigte auf das High-Tech-Vogelbauer, das jetzt von starken Scheinwerfern angestrahlt wurde, die ebenfalls in den Bäumen hingen. Aus der Menge fuhren wie Säulen der Neuzeit zwei Fernsehkameras in die Höhe. Doro und das Volk hielten den Atem an. »ICH SCHENKE EUCH DAS SPRECHENDE TIER, DEN LEGENDÄREN GRAUPAPAGEI, DEN HUNDERTJÄHRIGEN, ICH SCHENKE EUCH DEN ERSTEN ZOOFÜHRER DER WELT, DER EIN VOGEL IST. SEINE STIMME WIRD BIS IN DEN LETZTEN WINKEL DES ZOOS ZU HÖREN SEIN!« Beifallsstürme begleiteten seine Worte.

»Bravo!« rief Doro. Ihre Stimme klang hell wie die eines wunderschönen, vom Schicksal begünstigten, musisch hochbegabten, ernsten Kindes. »Bravo, Herr Direktor! Bravo, Schiefhals!«

Bravo, Papageno, dachte sie, und ihre Augen füllten sich mit Tränen der Rührung und Freude. Papagenos Lebenswerk war vollendet. Sein geliebter Schiefhals war der absolute Superstar des Zoos geworden.

»SPRICH, MEIN FREUND!«

Das Wunder geschah.

Der schwierige Vogel, der selten nur seine Künste auf Befehl zum besten gab, sprach.

Seine Stimme schien aus Hunderten von Lautsprechern im ganzen Zoo zu schallen.

»Jali will Eis«, sagte er.

Eis! heulte es aus tausend und abertausend Kehlen in den Himmel. Jali will Eis!

Man bahnte dem Direktor einen Weg. Kein Assistent, keine Friederike, kein Reviertierpfleger, kein Obertierinspektor wieselte um ihn herum. Er war allein gekommen. Er ging allein. Die Fernsehkameras schwenkten und folgten seinem Weg in den Garten. Es ist ein großer Augenblick in der Geschichte des Zoos, dachte Doro, und ich bin dabeigewesen. Wieder teilte sich die Menge. Ein Stoßkeil stürmte dem Direktor nach. Eine Tausendschaft blieb bei Schiefhals und wartete auf seine nächsten Worte. Menschenmeere wogten hinter den hohen Gittern des Haupteingangs.

Doro kurbelte weiter ihren Leierkasten, das Schimpasenbaby am Hals. Kaum jemand beachtete sie. Schiefhals sagte nichts mehr. Ab und zu krächzte er. Doro träumte mit offenen Augen. Eines Tages würde *sie* einen Zoo leiten. Der Direktor hatte ihr ein großes Talent für den Käfigbau bescheinigt. Vielleicht würde sie sogar *diesen* Zoo leiten. Ihre Doktorarbeit würde weltweites Aufsehen erregen, davon war sie überzeugt. Ihr Thema war ein heißes Eisen. Außerdem war es ein Beweis für ihre Modernität, ihren Avantgardismus. Sie mußte als *enfant terrible* die fest geschlossenen Reihen der Männer in ihrer Leere durchbrechen. Gleichzeitig mußte sie menschliche Größe zeigen, indem sie die dunklen Machenschaften im Zoo des weltberühmten Direktors aufdeckte, ohne Rücksicht auf die Folgen für ihre Karriere. Es würden kurzfristige Folgen sein. Sie mußte die Krise suchen, um gestärkt und mit einem bekannten Namen aus ihr hervorzugehen. Merk dir das, Doro, dachte sie, suche die Krise.

Nach geraumer Zeit entdeckte sie eine auffallend dunkle Gestalt in der Menge. Die Gestalt trat auf den Vogelkäfig zu. Die Wärter ließen die Gestalt passieren. Die Gestalt untersuchte den Käfig. Als die Gestalt sich umdrehte, machten die Menschen ihr rasch Platz, so als fürchteten sie sich vorm Schwarzen Mann, als hätten sie Angst, von ihm berührt zu werden. Es war der Professor.

Er kam auf das Podest zu. »Geben Sie mir den Affen«, sagte er. Doro, froh, das Tier endlich loszuwerden, reichte ihm den Affen. Er warf ihn achtlos einem Wärter zu. Er reichte ihr die Hand für die sechs Sprossen der Holzleiter.

Sie sprang vom Podest.

Der Professor grinste jungenhaft.

»Kommen Sie, Matthes, ich möchte Sie dem Souverän vorstellen«, sagte er. »Es kann nie schaden, einen Politiker kennenzulernen, solange er noch jung ist – und solange man selbst noch jung ist.«

Der Professor führte sie in den Garten. Wieder wichen die Leute zur Seite. Was für ein Tag, dachte Doro. Der Professor trug heute enganliegende schwarze Jeans mit einem breiten schwarzen Ledergürtel, den eine nach echtem Silber aussehende ziselierte Gürtelschnalle zierte. Er trug ein schwarzes Flanellhemd mit silbernen Druckknöpfen, einen schwarzen Stetson und eine dunkle Sonnenbrille. Er trug *Cowboystiefel*, schwarze natürlich. Er war braungebrannt, als käme er gerade aus Hollywood oder von einem Viehtreck aus Texas. Er sah verdammt gut aus.

»Sie sehen aus wie ein Schauspieler«, sagte Doro.

»Ich bin ein Schauspieler«, sagte der Professor, »spiele allerdings nur vor privatem Publikum. *Stagefright*.«

Sie kamen zum Gehege der Weißwölfe. Es war so umlagert, daß kein Wolf zu sehen war. Doro rief: »Taiga!« Das Volk drehte sich zu ihr um. Taiga sprang auf den höchsten Felsen des Geheges und witterte in die Runde.

»Erstaunlich«, sagte der Professor.

Sie gingen weiter.

»Lieben Sie eigentlich Tiere?« fragte Doro.

»Im Rahmen des Zumutbaren«, sagte der Professor, zügig ausschreitend. Doro spürte, daß er das Thema nicht vertiefen wollte. Ein Schwachpunkt natürlich. Die Augenkranken Tiere. Sie mußte eine Liste seiner (wenigen?) Schwachpunkte anlegen.

Der Professor zeigte auf einen schwimmenden Eisbär, der ihn zu erfreuen schien. Sie hatten einen Umweg eingeschlagen, wie Doro erst jetzt bemerkte. Sie ließen die Fasanerie hinter sich und gingen unter alten Bäumen an den Kranichkäfigen entlang, wo Doro zum ersten Mal Papageno begegnet war.

Und zum ersten Mal gehe ich mit dem Professor für Schmerzforschung im Zoo spazieren, dachte sie. Wie wirken wir auf die Besucher? Wie Vater und Tochter? Nein, ich bin zu weißhäutig, zu unspektakulär auch. Wie ein Liebespaar? Sie fühlte sich plötzlich selbst als Besucherin und erschrak bis in die Knochen. Um irgend etwas zu sagen, sagte sie:

»Das sind mächtig alte Bäume, nicht wahr?«

»*Allons enfants,* tut nicht so wichtig«, sagte der Professor, »die Erde war schon vor euch da …«

»Aber der Baum da, der ist mindestens fünfhundert Jahre alt«, sagte Doro. Sie sagte: »Unter diesem Baum hat mich Papageno mal geohrfeigt.«

»… und auch das Wasser war schon richtig, hipp hipp, hurra!« sagte der Professor, der jetzt ein sehr schnelles Tempo vorlegte, so daß Doro, die bisher noch mit jedem Menschen Schritt hatte halten können, ins Keuchen, fast ins Straucheln kam.

»Was macht Familie Sachs?« sagte der Professor über die Schulter.

»Ich wußte nicht, daß Sie …«

»Arme Leute«, sagte der Professor. »Werden sich freuen, Sie zur Tochter zu bekommen.«

»Aber ich weiß ja noch gar nicht – wir müssen uns ja erst treffen, es ist noch viel zu früh …«

»Im Gegenteil.« Der Professor wich derwischartig einem Pulk betrunkener Burschenschaftler aus. Er sprang über eine Absperrung am Zebra-Gehege und strebte auf die Stallungen zu. »Kleine Abkürzung.« Er öffnete eine Tür und lief geduckt durch einen dunklen feuchten endlosen Gang. Doro folgte ihm hechelnd. »Nicht so schnell!« rief sie. Der Professor bog um eine überraschende Ecke, hinter der eine weitere Tür wartete. Er zückte seinen Universalschlüssel. Außer Atem lehnte sich Doro gegen ein Gatter. Ihre herabbaumelnde Hand ertastete etwas, eine fellige Flanke, und sie zuckte zurück. Der Professor trat in einen hellen Hof. Doro drehte sich um. Aus dem Verhau an der Biegung des Stallganges schob sich das gebleckte Gebiß des Esels, den sie zufällig berührt hatte.

Der Professor öffnete ein hölzernes Rundtor. Sie befanden sich an der Ostseite des Gnu-Geheges, sie befanden sich auf einem schmalen Stück Rasen mitten im Gnu-Gehege. Nur ein Graben trennte sie von der Herde, ein lächerlich schmaler Graben für ein rasendes Gnu. Doro begann leicht hin und her zu schwanken. »Ich bin so müde«, sagte sie. »Ich habe kaum geschlafen.« »Ich will schlafen.« »Ich will hier nicht sein.«

»Pssst«, sagte eine Stimme.

Neben ihr stand der Sohn des Direktors mit einer Mistgabel, die in seinen schlaffen kleinen Händen merkwürdig deplaziert wirkte. Er trug die Montur eines Tierpflegeranwärters.

»Bitte leise. Sie sind schon gereizt genug«, sagte der Sohn, auf die Gnus deutend. Er nahm nicht die geringste Notiz vom Professor, der fasziniert den Flug einer frühen Biene über den gefährlichen Gnu-Hörnern verfolgte.

»Dreihundert Milligramm Rompun«, sagte der Professor, »und jedes Gnu legt nach zwei Minuten ab.«

»Chris will Sie sprechen«, flüsterte der Sohn Doro zu. »Er hat sich solche Sorgen gemacht wegen Ihrer Krankheit. Er war selbst ganz krank. Ich mach mir Sorgen um ihn. Er ist nachher im Konzertgarten. Bitte, sprechen Sie mit ihm!«

»Wann endet dein Dienst?« sagte der Professor schneidend. Die Gnus hoben ihre Hauer.

Der Sohn schenkte weder dem Professor noch seiner Frage Beachtung. Er suchte Doros Blick, er machte ein jammervolles beschwörendes Gesicht. Was ist aus dem frischen jungen Saxophonspieler geworden, den ich heimlich photographiert habe? dachte Doro.

»Die Gemeinsamkeit zwischen der Tanzsprache der Bienen und der Zeichensprache der Affen und Affenartigen und der Wortsprache des Menschen«, sagte der Professor, »liegt darin, daß durch die Verwendung von Zeichen eine Information auch in Abwesenheit des gemeinten Objekts weitergegeben werden kann, daß also die Nachrichtenübermittlung nicht an den Ort und die Zeit des Geschehens gebunden ist. Kommen Sie, Matthes, der Souverän wartet.«

Sie kletterten über die Gehegemauer. Sofort bildete sich eine Besuchertraube. Menschen mit vorwurfsvollen Mienen umringten sie. Unerhört, einfach einzudringen in die Gehege der armen Tiere. Wenn das alle täten, nicht auszudenken der Schaden, der den Tieren zugefügt werden würde. Der Vorfall müsse gemeldet werden.

Aus den Augenwinkeln sah Doro, daß der Professor seine Sonnenbrille absetzte. Dann trat er mit einem Cowboystiefel fest auf, als wollte er Mäuse verscheuchen. Die Empörten öffneten den Kreis und ließen sie murrend passieren. »Es ist der Professor«, hörte sie eine alte Frau wispern.

Im Konzertgarten herrschte Konzertpause. Auf der überdachten Bühne, die einer Muschel nachempfunden war, wurde umgebaut für die nächste Nummer. Aus den Bühnenlautsprechern und aus Lautsprechern in den Bäumen ertönte von Zeit zu Zeit Schiefhals' Krächzen und Kollern. Noch hatte er keine neue Nachricht für die Pfingstbesucher. An langen weißen Gartentischen soffen und fraßen sie. Eine rothaarige Vettel zwängte sich durch die Menge, ein ausladendes Tablett im Anschlag, auf dem fingerhutkleine mit Weinbrand gefüllte Plastikbecher wie für eine Schluckimpfung aneinandergereiht waren. »Herztropfen!« rief sie, »Herztropfen!«

»Herztropfen, schöner Mann?« Die Rothaarige rieb ihren gewaltigen Busen am schwarzen Flanellärmel des Professors.

»Sie kommen wie gerufen«, sagte der Professor. »Geben Sie der jungen Dame hier zwei Herztropfen.« Doro protestierte. Der Professor zauberte einen Hundertmarkschein auf das Tablett. »Der Rest ist für Sie.« Doro nahm zwei der Fingerhüte vom Tablett. Täuschte sie sich, oder schüttelte die Rothaarige unmerklich den Kopf? Täuschte sie sich, oder beschwor die Rothaarige sie mit flehendem Blick, den Zoo auf der Stelle zu verlassen? Sie kippte die Schnäpse.

»Auf Familie Sachs«, sagte der Professor. »Ich würde mir die Direktoren und Professoren und Lorings dieser Welt nicht als Eltern wünschen, sondern die Familie Sachs.«

»Haben Sie inzwischen mit Loring gesprochen?«

»Nein.«

»Wie weit sind Ihre Versuche? Werden Sie … noch da sein … wenn ich zurück bin?«

»Meine Versuche?« Der Professor zog Doro weiter. »Wovon sprechen Sie? Sprechen Sie.«

»Wie bitte?«

»Sprechen Sie. Sprechen Sie weiter. Kommt Ihnen Ihre Stimme immer noch verändert vor?«

»Ich weiß nicht … ich hör nicht hin im Moment.«

»Hier sind wir nun. Bitte beachten Sie: Dieser streng bewachte Bereich ist unterteilt in den *upper* VIP-Bereich und den *lower* VIP-Bereich. Der *upper* hat, wie Sie sehen, Batisttischdecken, silberne Kaffeelöffel, *Petits Fours*, Champagner, Barolo, Smirnoff, König Pilsener. Der *lower* muß sich mit Dornkaat und den Würstchen Ihres ehemaligen Liebhabers Christoph Dalluge begnügen. Dort am Tisch des Direktors im *upper* sitzt der Souverän.«

Einer von Doros Kollegen führte sie und den Professor an den Tisch des Direktors. Etwa siebzehn Personen in graublauer oder grauweißer oder grauschwarzer Kleidung befanden sich in angeregter Unterhaltung. Neben dem Regierenden Bürgermeister waren zwei Plätze freigehalten worden. Doro schwante Schlimmes. Sie hatte eine heitere Runde der engsten Zoomitarbeiter erwartet, mit dem

Bürgermeister als externem Mittelpunkt. Aber die Augen der auf die anderen Tische im oberen VIP-Bereich verteilten engsten Mitarbeiter verfolgten jede ihrer Bewegungen, als der Professor sie dem Bürgermeister vorstellte und der Bürgermeister aufstand und ihr den Platz neben sich anbot und sie sich setzte und der Professor seinen Stuhl umdrehte und sich rittlings neben sie hockte. Sie schaute über ihre Schulter und nickte Friederike zu und verdrehte die Augen und zuckte die Achseln. Friederike saß an der Grenze zum unteren VIP-Bereich, an einem Tisch mit dem Futtermeister. Verwaltungstypen wie der grottenmolchige Prokurist und der jecke Vorsitzende des Aufsichtsrats und der Vorsitzende der tierärztlichen Vereinigung saßen am Nebentisch. Der Obertierinspektor saß etwas weiter hinten in einem Kreis alter Damen. Im unteren VIP-Bereich kauerten die Reviertierpfleger, die auftretenden Künstler und die Reporter und Pressephotographen. Papageno saß neben Hanne Schmeckel, vor sich eine Eisschokolade. Er starrte über den nahen See, wo wilde Enten starteten und landeten.

Der Direktor thronte am Tischende. Er nickte Doro zu, während sie den Bürgermeister begrüßte, und setzte seine Unterhaltung mit einem übergewichtigen weißhaarigen weibischen Mann fort, der zur Rechten des Direktors unruhig auf seinem Stuhl hin und her rutschte.

»… sind Sie zu diesem Beruf gekommen?« sagte der Bürgermeister.

»Ein Naturtalent«, sagte der Professor.

»Unter Ihrer Ägide …« sagte der Bürgermeister.

»Nein, nein, dem Direktor gebührt die Ehre, sie entdeckt zu haben«, sagte der Professor.

»Ah ja … Respekt, Respekt. Ich kann mir vorstellen, daß das weibliche Element auf die Tiere unseres Zoos einen besseren Einfluß hat als das männliche«, sagte der Bürgermeister.

»Wir arbeiten noch daran«, sagte der Professor.

Erst jetzt ging Doro auf, daß man über sie sprach. Sie nickte abwesend und bestellte ein Glas Champagner, das erste ihres Lebens.

Es kursierten Gerüchte über den Regierenden Bürgermeister. Die einen sagten, er hasse den Zoo, weil er als kleiner Junge ins Robbenbecken gefallen sei, wo ihm eine aggressive Kegelrobbe mit ihren messerscharfen Zähnen die Geschlechtsteile abgebissen habe. Die anderen sagten, er liebe den Zoo, weil er hier als Jurastudent vor dem Zebragehege die Mutter seiner Kinder kennengelernt habe. Doro hörte ihm eine Weile zu. Er war eine langweilige Tüte. Er redete, als seien sämtliche Verbindungen in seinem Kopf unterbrochen, in Sentenzen, die aus der Leere kamen und in die Leere zurückführten. Natürlich gefiel er sich so. Er rief einen Mann herbei, der Doros Namen in ein Notizbuch schrieb.

Der Champagner schmeckte, und sie bestellte ein zweites Glas. Dankend lehnte sie die schokoladeschwarzen und giftgrünen *Petits Fours* ab, und die silberne, ein Flußpferd darstellende Schale wanderte über den Tisch zu einem jungen Mann, der sich gleich drei auftat. Er kam ihr bekannt vor, und sie erinnerte sich. Conte Condoli trug heute einen grauen Nadelstreifenanzug und eine hellblaue Krawatte mit rosafarbenen Flamingos. Daß er diese Krawatte an diesem Tisch tragen durfte, verlieh dem Scharlatan einige Bedeutung. Nur der Direktor, das war Konvention und Gesetz zugleich, durfte Krawatten mit Tiermotiven tragen, bei festlichen Gelegenheiten. Abgeschminkt machte Condoli wenig Eindruck. Sein teigiges Gesicht und die rote Nase verrieten den heimlichen Alkoholiker, auch zeigten seine beringten Hände einen leichten Tremor. Der Professor war ihrem Blick gefolgt.

»Jeder Hof braucht seinen Narren«, sagte er.

»Ist er nicht ein Schatz, unser Professor?« sagte der Souverän, der diese Bemerkung auf sich bezog. »Wo stehen Sie heutzutage politisch, Professor?« Doro warf einen Blick auf den Schritt seiner weißgrauen Kammgarnhose. Waren noch Eier darin versteckt, oder hatte er die Mutter seiner Kinder und seine Kinder klonen lassen?

»Wo ich politisch *stehe*? Wovon sprechen Sie? Meistens liege ich, und meistens richtig.«

»Köstlich, Professor. Köstlich.«

Seit sie wußte, daß sie im Dezember geboren war, machte sich Doro, zum ersten Mal seit ihrer Geburt, Gedanken über das Phänomen der menschlichen Schwangerschaft. Erst ficken, dann tragen. Erst kaufen, dann bezahlen. Erst das Vergnügen, dann die Arbeit. Und die Welt war so groß. Überall taten die Menschen dasselbe, zu jeder Stunde, in jedem Augenblick, auch wenn sie meinten, sie täten etwas anderes, etwas Verschiedenes, etwas Neues. Vielleicht sollte sie ein Kind austragen, um es dann mit der Post an eine x-beliebige Adresse aus dem Telefonbuch zu schicken, vielleicht würde das der Angst vor der Wiederholung die Schärfe nehmen, vielleicht würde es Schule machen und begabte Menschen wie sie, Genies vielleicht, hervorbringen? Der Monat Dezember war ein guter Monat, die Weihnachtspost brachte die ganze Welt durcheinander.

»Ist er nicht köstlich?« Der Bürgermeister, zehn Jahre älter vielleicht als Doro, lächelte ihr gönnerhaft zu.

»Ja«, sagte Doro.

»Er hat mich seinerzeit in New York Henry Kissinger vorgestellt. Köstlich. Herr Direktor! Habe ich Ihnen schon erzählt, daß mich unser gemeinsamer Freund hier seinerzeit in New York Henry Kissinger vorgestellt hat?«

Der Direktor ließ von seiner Unterhaltung mit dem weibischen Übergewichtigen ab, der einen hilfesuchenden Blick zum Professor auf die Reise schickte. Als sein Blick endlich ankam, hob der Professor seinen kleinen gebräunten Zeigefinger. Der dicke alte Mann sank in sich zusammen. Was hatten die beiden miteinander? Wer war dieser Zwitter? Er mußte wichtig sein, wenn er zur Rechten des Direktors saß (zur Linken saß die Frau des Zoodirektors, aber ihr Platz blieb leer).

»Aber das ist ja großartig«, sagte der Direktor zum Bürgermeister. »Laden Sie ihn ein, wenn wir das Neue Nachttierhaus eröffnen.«

Der Bürgermeister lächelte dünn. Der Direktor wandte sich wieder dem dicken Alten zu.

»Ist das Erweiterungsgelände sicher?« sagte der Professor leise an Doro vorbei.

»Was wäre Ihre Meinung, Professor? Wir haben noch nicht entschieden«, sagte der Bürgermeister ebenso leise. Doro lehnte sich weit zurück. Insgeheim notierte sie: Sie stecken *alle* unter einer Decke und mauscheln. Der Direktor tat ihr trotzdem leid. Was immer er an Schlimmigkeiten zu verantworten hatte, seine Arbeit und seine Fürsorge galten den Tieren, die der Professor nur »im Rahmen des Zumutbaren« liebte.

»Meine Meinung …?« sinnierte der Professor. »Ich rufe Sie demnächst an. Kellner! Smirnoff für alle!«

Zwei silberne Kübel mit afrikanischen Ornamenten wurden vor dem Bürgermeister und dem Direktor auf den Tisch gestellt. In gehacktem Eis steckten rotweiße Flaschen. Geeiste Gläser wurden gereicht. Der Kellner schenkte ein. Der Direktor erhob sich und sagte:

»Auf mein Wetter! Ist es nicht schön wie jedes Jahr an diesem Tag? Mein Wetter!«

Ihr Wetter! applaudierten die Herrschaften.

Anfeuerungsrufe wurden im unteren VIP-Bereich und im Konzertgarten laut, als auf die Bühne eine Band stürmte, deren Zugpferde singende rothaarige Zwillingsschwestern waren, die sich die Seele aus den Leibern sangen. Die Menschen schunkelten. »Und jetzt alle!« riefen die Zwillinge.

Doro trank und schüttelte sich. Wodka. Sie spülte mit Champagner nach. Dr. Daniels bahnte sich mit Verbeugungen nach allen Seiten einen Weg durch den oberen VIP-Bereich zum Tisch des Aufsichtsratsvorsitzenden und des Vorsitzenden der tierärztlichen Vereinigung. Er zwinkerte Doro zu. Sie hob die Hand. Ihr war schwindlig. Sie testete ihre Stimme.

»Stimmt es, daß zu Ihrer Zeit große Künstler im Zoo aufgetreten sind, Professor?«

»Zu meiner Zeit? *Laissez-moi rire*!«

»Die Menschen«, sagte der Regierende Bürgermeister. »Die Freude der Menschen.« Er erhob sich kurz und setzte sich wieder.

»Die Masse Mensch«, sagte der Professor und lächelte sein seltenes Lächeln. Seine Zähne funkelten. Er sah fantastisch aus. Hinter der Absperrung drängten sich die Besucher, um einen Blick auf den Bürgermeister zu erhaschen. Die Frauen verschlangen den Professor mit sehnsüchtigen Blicken; manche träumten mit offenen Augen und Mündern. Das kindische Verhalten der Frauen brachte Doro an den Rand einer unangenehmen Erinnerung, aber sie schaute nicht über diesen Rand.

»Was Menschen so machen …« sagte sie und wußte nicht weiter.

»Jaaa?« Der Souverän war ganz Ohr.

»Ich meine … ich … die Menschen …«

»Sie meint, was Menschen so machen, wenn der Tag lang ist und die Musik erbarmungswürdig«, sagte der Professor.

»Ich meine … was Menschen so machen … Papierhütchen, Schokoriegel, selbstklebende Etiketten, ich meine, da stehen doch Schicksale dahinter.«

Der Regierende Bürgermeister nickte zustimmend. »Immerhin leben wir in einer Demokratie«, sagte er.

Der Professor, der weder seinen Wodka noch seinen Champagner angerührt, ja noch nicht einmal die Tischdecke berührt hatte, drehte sich eine Zigarette. Sie war in weniger als acht Sekunden fertig. Tabak und Blättchen wanderten zurück in seine schwarzen Jeans. Er entzündete das perfekt gerundete Stäbchen mit einem goldenen Sturmfeuerzeug. Er paffte und reichte die Zigarette an Doro weiter.

»Da. Probieren Sie mal.«

Doro, die ihre französischen Zigaretten vergessen hatte, zögerte nicht lange. Sie inhalierte tief. Dann lachte sie leise. Es war ein Joint. Es war das Feinste vom Feinen, Zigarettentabak gesoßt mit Haschischöl. Eines mußte sie dem Professor lassen, er schreckte vor nichts zurück. Direkt unter der Nase des Souveräns einen Joint zu rauchen!

»Hier riecht es seltsam«, sagte die leere Tüte, die das Volk zum Bürgermeister gewählt hatte.

»Herbal cigarettes«, sagte der Professor.

»Bronquites«, sagte Doro.

»Nun, dann …«

»Gut für das limbische System«, sagte der Professor.

»Gut für die Freude«, sagte Doro. »Für die Freude der Menschen.«

»Hm.«

»Gut für das, was Frettich sein ›Ewiges Wien‹ nennt. Die Vorstellung von den Objekten, in alle Ewigkeit bedingt durch das Subjekt.«

»Ach so.«

Ein Photograph blitzte den Bürgermeister bei diesem »Ach so«. Als seien sie von einer geheimen Losung angelockt worden, tauchten weitere Photographen aus dem, wie es Doro schien, Nichts auf und schleuderten Blitze gegen die Tischrunde, pausenlose gewalttätige elektrische Entladungen. »Lächeln!« riefen sie Doro zu, und sie wußte, wie bleich ihr Gesicht war, wie schief (abgrundtief häßlich?) ihr Mund.

»Goodbye, Michelle, my little one …«

Die rothaarigen Zwillingsschwestern sangen eng umschlungen, ihre Köpfe schoben sich vor dem Mikrophon zusammen, aus zwei roten Mundhöhlen quoll die süße Soße ihrer Ballade. Doro umklammerte ihr Wodkaglas. Die Menschen hinter der Absperrung blickten böse, gierig. Sie schloß die Augen.

»Goodbye, Papa, it's hard to die
when all the birds sing in the summer sky …«

Der Professor legte seine Hand auf ihre Hand. Seine Hand war weich und lind wie die eines Kindes. Sie spürte, wie er die Zigarette aus ihren Fingern löste. Dann war seine Hand verschwunden. Sie blickte auf und sah in die schwarzen runden kleinen Augen des Wesens, das neben dem Direktor saß und Doro den Hilferuf des völlig verzweifelten, in die Enge getriebenen, irr gewordenen Tieres zusandte. Sie schaute schnell weg. Sie dachte: Ich liebe Papageno, aber er ist nie bei mir, nur in meinen Gedanken, er ist so ungleichzeitig. Sie versuchte sich nach ihm umzudrehen. Das Wesen neben dem Direktor stieß eine Kaffeetasse um.

»We had joy, we had fun, we had seasons in the sun
But the stars we could reach were just starfish on the beach ...«

Es gelang ihr, sich umzudrehen. Chris hockte oder kniete neben Friederike im unteren VIP-Bereich, sie redete auf ihn ein. Sein Gesicht war schweißgebadet und leichenblaß, seine Brille beschlagen. Er trug den weißen Kittel des Würstchenverkäufers. Papa hatte den Kopf auf seinen Tisch gelegt und schien zu schlafen.

»Auch das noch«, sagte der Professor neben Doro. »Ein Amateur.«

»Ist das nicht der Sohn unseres Direktors?« sagte der Regierende Bürgermeister.

Auf der Bühne näherte sich der Sohn des Direktors dem Mikrophon. Er hatte sein Saxophon über seine Tierpflegeranwärterkluft gehängt. Er schien direkt von der Arbeit im Gnu-Gehege zu kommen. Die Zwillingsschwestern und ihre Band wußten offensichtlich nicht, wer er war und was er wollte. Er trat zu ihnen und streckte seine Hand aus, als wollte er sie anfassen. Das gefiel den Schwestern nicht. Sie tänzelten ein paar Schritte rückwärts. Der Sohn wandte sich dem Publikum zu und sagte ins Mikrophon: »Ich möchte gern ein Lied für Sie spielen.« Das Publikum schwieg abwartend. Doro hörte den Direktor am Tischende leise stöhnen. Die Zwillingsschwestern zuckten die Achseln und falteten mit gespielter Gleichmut ihre Hände. Der Schlagzeuger und der Bassist verdrehten die Augen und legten einen schnellen Rhythmus vor, wohl um die Sache schnell hinter sich zu bringen. Der Sohn des Direktors winkte ab. Trommeln und elektrischer Bass verstummten. Der Sohn begann zu spielen, eine langsame Tonleiter. Beim siebten Ton produzierte er einen Kiekser und setzte von neuem an. »Üben!« riefen die Leute.

Der Sohn spielte eine Tonleiter, die höher und höher stieg und wichtige oder unwichtige Töne ausließ, so daß der Eindruck einer Vergeßlichkeit oder Unsicherheit entstand. Das Publikum buhte. Er wiederholte die Tonleiter in einer anderen Tonart, die mit einem der tiefsten Töne einsetzte, den Doro je gehört hatte. Wieder schraubte er sich in die Höhe, und jetzt ging Doro auf, daß die fehlenden Töne wichtige Töne waren und daß ihr Fehlen die Musik machte, wenn es Musik war und nicht etwas gänzlich anderes, Unerhörtes. Auf einem Ton, so hoch und durchdringend klar und langgezogen, wie sie ihn einen Menschen, mit oder ohne Instrument, noch nie hatte hervorbringen hören, setzte völlig unvermutet von ganz unten eine zweite Tonleiter, eine *zweite Stimme* ein, die nur aus den fehlenden wichtigen Tönen der ersten bestand, die der Sohn gleichzeitig wiederholte. Und Laut für Laut, denn es waren keine Töne mehr, es waren Stimmen an der Grenze zur Sprache, ergänzten sie einander und wiederholten und wiederholten sich in unerträglich wiederklingenden Höhen im unsichtbaren Element Luft, bis sie sich in einem nicht enden wollenden Triller vereinigten, der aus allen Schallwellen der Natur zu bestehen schien, den bekannten und den unbekannten, von den lebenden Dingen und den toten.

Doro faßte sich an die Kehle.

Die Wirkung dieser Darbietung auf die Menschen im Zoo war bemerkenswert. Zuerst waren es wenige, die sich von ihren Plätzen erhoben, dann immer mehr, und schließlich standen sie alle aufrecht im Garten wie eine witternde Herde und nickten sich selbst und einander zu, als würden sie diesen Gesang, diesen Ruf kennen, als würden sie ihn wiedererkennen. Doro erkannte ihn wieder. Es war ihre Stimme vom Aufwachen nach fünf Tagen und Nächten Schlaf.

Die Menschen am Tisch des Direktors reagierten unterschiedlich. Der Bürgermeister machte eine interessierte Miene. Als im Garten die ersten aufstanden, erhob auch er sich. Die meisten folgten seinem Beispiel. Der sichtlich betrunkene Conte Condoli schwankte und mußte sich an seiner Stuhllehne festklammern. Neben ihm hatte der verzweifelte alte Mann die Augen geschlossen und stand mit dem Rücken zum Sohn des Direktors. Der Professor und der Direktor blieben sitzen. Aus dem Gesicht des Direktors sprach der blanke Haß.

Doros Augen suchten Papageno. Im unteren VIP-Bereich schien man besonders ergriffen zu sein, es kam zu tumultartigen Szenen. Einer kippte mit seinem Stuhl hintüber. Es war Chris.

Dann sah Doro, daß Papageno Chris in den Schwitzkasten nahm. Sie sprang auf.

Hanne Schmeckel packte Papageno am Kragen, riß ihn hoch und verpaßte ihm einen Schwinger. Papageno antwortete mit einem krachenden Kinnhaken. Die beiden stießen zwei Tische um und taumelten auf den oberen VIP-Bereich zu.

Chris stürzte sich von hinten auf Papa und zerschlug ein Bierglas auf seinem Kopf. Chris schrie: »Du hast Tee gefickt, du Sau! Und ich hab gedacht, du bist mein Freund!«

Papa gab ihm einen fürchterlichen Tritt in den Magen, und Chris landete zu Füßen des Bürgermeisters. »Er hat Tee gefickt!« brüllte Chris.

Sofort war der Bürgermeister umringt von drei Kellnern, die ihn hinter die Absperrung zogen.

Auf der Bühne begann der Sohn des Direktors eine neue Tonleiter. Noch hatten die Besucher den Aufruhr im VIP-Bereich nicht bemerkt. Doro beugte sich über Chris. Blut quoll aus seinem Mund. »Sag, daß sie lügt!« stöhnte er, »sag, daß sie nicht recht hat!«

»Und ob ich recht habe«, sagte Friederike neben Doro. Chris stieß ein Wimmern aus.

Ein über und über mit Kameras behängter Photograph bestieg den Stuhl, auf dem vor kurzem noch der Souverän gesessen hatte.

Der Souverän wurde von den drei Kellnern im Eiltempo durch die heranstürmende Menge geleitet.

Der Sohn des Direktors brach sein Solo ab.

Hanne Schmeckel bekam Unterstützung von seinen Raubtierjungs. Vier hielten Papageno fest, während Schmeckel sich an ihm austobte. Doro zog Schmeckel an den Haaren. Schmeckel gab ihr eine Kopfnuß.

Der Professor erledigte Schmeckel mit einem einzigen Handkantenschlag. Der Chef des Raubtierhauses brach zusammen wie von einer Axt gefällt und blieb mit verrenkten Gliedmaßen liegen.

Papageno nahm sich zwei der Raubtierjungs vor, die ihn festgehalten hatten. Mit der Spitze seines Cowboystiefels traf der Professor die beiden anderen am Kinn. Sie segelten durch die Luft und landeten krachend auf dem Salatbuffet.

Doro sah Friederike an, die den Kampf lächelnd verfolgte. Doro knallte ihr eine. »Du kotzt mich an!« schrie sie. »Und du mich erst, du kleine Nutte!« zischte Friederike und trat Doro gegen das Schienbein.

Doro begann auf Friederike einzudreschen. Sie war um einiges größer als die Chefsekretärin und durchtrainiert von Jahren täglichen Joggens, Squashspielens, Hanteltrainings und Stretchings in Haydn, Ohio.

Der Obertierinspektor versetzte Doro einen fürchterlichen Schlag auf ihre Brüste und rammte sein Knie in ihren Unterleib. Doro ging in die Knie und sah, wie Chris den Obertierinspektor ansprang. Der Obertierinspektor schüttelte ihn ab und trat ihm mit seinem Schuh ins Gesicht. Chris wälzte sich am Boden.

Der Professor, immer noch ohne einen Kratzer, brach dem Obertierinspektor den rechten Arm. Es knackte vernehmlich. Der Obertierinspektor brüllte vor Schmerz. Der Professor, zwanzig Kilo leichter als der Obertierinspektor, stemmte den Mann und warf ihn in den Teich.

Das Volk wogte hinter der Absperrung und johlte und schrie sich heiser vor Begeisterung.

Doro schleppte sich zu Chris. Er sah schlimm aus. Sie begann zu weinen, ihre Tränen tropften auf sein blutiges Gesicht. »Hat Junior nicht schön gespielt?« stöhnte Chris. Doro nickte.

»Er sieht hinter die Dinge«, sagte eine tiefe Stimme hinter ihr.

Sie drehte sich erschrocken um. Aber es war nur der alte Mann, der neben dem Direktor gesessen hatte. »Und sein Herz«, der Alte griff sich ans Herz, »antwortet mit … Poesie.«

»Kommen Sie, mein Freund«, sagte der Professor. Er nahm die Hand des alten Mannes und führte ihn fort.

Doro wischte sich die Tränen aus dem Gesicht.

Chris, Papageno, Hanne Schmeckel und mehrere Raubtierpfleger lagen blutend im oberen und unteren VIP-Bereich. Der Obertierinspektor watete torkelnd an Land, sein rechter Arm hing schlaff und schief herunter.

Der Direktor und Frl. Friederike waren nicht zu sehen.

Doro ging nach Hause und schlief zweiundzwanzig Stunden. Sie wurde vom Telefon geweckt.

»Man erwartet Sie in einer Stunde im Kleinen Sitzungssaal«, sagte Frl. Friederike und hängte auf.

»Schlange«, sagte Doro.

Sie machte sich Sorgen um Papa. Immerhin hatte er die Schlägerei angefangen. Es war nicht seine erste gewesen. Oft genug hatte der Direktor ihm mit Entlassung gedroht. War das Maß voll? Vielleicht ist es gut für ihn, wenn er entlassen wird, dachte sie, vielleicht ist es gut für uns. Sie könnten sich eine Wohnung in der Stadt nehmen, die Doro als Zweitwohnung nutzen würde, solange sie noch im K 2 an ihrer Dissertation arbeitete. Papa könnte die Wohnung einrichten, während sie in Sydney war. Sie lächelte bei der Vorstellung, welche Scheußlichkeiten er aus dem Katalog seines Wunderversorgungs-Centers bestellen würde. Sollte Sali in Sydney sterben, würde er die Nachricht von seinem Tod in einer Stadtwohnung viel gefaßter aufnehmen, das war sicher.

Als sie durch den Zoo zur Verwaltung ging, mußte sie oft stehenbleiben und tief Luft holen. Immer noch war ihr schwindlig, und sie sah kleine grüne Kreise vor ihren Augen und hörte heisere Stimmen. Dann ging ihr auf, daß die Stimmen Gekrächze waren, das aus Lautsprechern in den Bäumen kam. Sie hatte Schiefhals' Ehrung völlig vergessen. Papas Lebenswerk war abgeschlossen. Gewiß würde der Direktor auf die Presse und die alten Damen Rücksicht nehmen und Papa einen nach außen würdevollen Abgang verschaffen. Seine Zeit im Zoo war um. Der Zoo tat ihm nicht gut.

Sie erinnerte sich an Chris' blutiges Gesicht und wurde so von Mitleid geschüttelt, daß sie erneut stehenbleiben mußte. Warum war er nicht in Amerika geblieben? Warum hatte er ihre Warnung nicht ernst genommen und den Zoo gemieden? Auch ohne Friederikes Indiskretion wäre er sehr bald dahintergekommen, daß Doro Papageno und keinen anderen liebte. Sie hätte es ihm zum geeigneten Zeitpunkt selbst gesagt. Natürlich war das frigide Frl. Friederike verknallt in Chris und erhoffte sich Belebung durch seine Jugend. Sie war schuld an der Schlägerei und mußte ebenfalls entlassen werden. Aber das würde der Direktor nicht übers Herz bringen.

Papa und ich werden uns eine Stadtwohnung nehmen, dachte Doro, und eine Zeitlang für Chris sorgen und ihm helfen, wieder auf die Beine zu kommen. Er könnte sein Medizinstudium fortsetzen.

Im Sitzungssaal hatte sich eine kleine Gruppe versammelt. Offensichtlich wollte der Direktor die Angelegenheit nicht an die große Glocke hängen. Papageno, dessen Gesicht geschwollen war, der eingegipste Obertierinspektor, Dr. Daniels und Doro saßen weit voneinander entfernt und schwiegen. Der Professor erschien, ohne guten Tag zu sagen. Er stellte sich ans Fenster. Er trug einen frisch gestärkten Kittel. Vielleicht würde der Direktor auch ihn ermahnen. Des Professors Brutalität hatte Doro nicht überrascht. Dieser Mann war der gefährlichste von allen.

Doro flüsterte Dr. Daniels, der drei Plätze weiter saß, zu: »Wo waren Sie eigentlich, als es losging?«

»Oh, ich«, sagte Dr. Daniels, »ich folgte einem menschlichen Bedürfnis und befand mich für *gentlemen*.«

Der Direktor trat ein, gefolgt von Frl. Friederike und Conte Condoli, der denselben Anzug wie vorgestern trug. Was hatte der Scharlatan hier zu suchen? Die drei setzten sich ans Kopfende des Konferenztisches. Frl. Friederike zückte ihren Stenogrammblock. Der Direktor sah aus dem Fenster.

»Ich begebe mich in Bälde für zwei Wochen nach Afrika«, begann er, »aber vorher gibt es hier ein Großreinemachen.«

Doro schaute zu Papageno hinüber. Er hielt den Kopf gesenkt. Seine Brille war am Bügel mit Leukoplast umwickelt.

»Ich nehme an, Sie haben die Zeitungen von heute gelesen«, sagte der Direktor, immer noch aus dem Fenster sehend. Er wirkte ruhig, entspannt, fast heiter. »Natürlich wird wieder einmal maßlos übertrieben. Wir hatten schon spektakulärere Kloppereien. Aber glauben Sie, es macht dem Souverän Spaß zu lesen, daß er von einem Tierpfleger mit den Worten – ich zitiere – ›Ich fick dich, du Arsch‹ angefallen wurde? Glauben Sie, es macht mir Spaß, den gestrigen Tag ausschließlich damit zu verbringen, aufgebrachte und oder verängstigte Gönner meines Zoos zu beruhigen?« Er beantwortete seine rhetorische Frage gleich selber. »Nein, es macht mir keinen Spaß.«

Er zeigte auf Dr. Daniels. Der Zootierarzt lächelte.

»Dr. Daniels wird während meiner Abwesenheit kommissarisch den Zoo leiten.«

Der Obertierinspektor schnaufte. Der Direktor sagte:

»Matthes, Sie sind entlassen. Sie werden in einem hübschen kleinen Zoo im Saarland Ihre Dissertation beenden.«

»Matthes ist nicht entlassen«, sagte der Professor vom Fenster, bevor Doro richtig klar wurde, was der Direktor soeben verfügt hatte. Der Direktor schien draußen vor dem Verwaltungsgebäude einen Vogel entdeckt zu haben, dessen Flug er interessiert verfolgte.

»Matthes ist entlassen«, wiederholte er.

»Ist sie nicht«, sagte der Professor.

»Oh doch!« brüllte der Direktor, »denn sie ist ein FLITTCHEN und stört DAS GLEICHGEWICHT.«

»Lieber Direktor«, sagte der Professor, »ich gebe Ihnen mein Wort, daß Sie die längste Zeit Direktor in diesem Zoo gewesen sind, wenn Sie Kollegin Matthes entlassen.« Er sagte es nicht drohend, sondern traurig, als läge ihm das Schicksal des Direktors sehr am Herzen. Frl. Friederike schaute interessiert von ihrem Stenogrammblock auf. Der Obertierinspektor begann zu knurren wie ein Hund. Doro sagte:

»Ich geb ja zu, daß …«

»Sie haben nichts zuzugeben, Kollegin«, sagte der Professor. »Der Direktor hat sich bei Ihnen zu entschuldigen, daß er Sie so unflätig beschimpft hat – und wir warten, Herr Direktor …«

»Bist du wahnsinnig geworden, Maurice?« Es ekelte Doro mitanzusehen, wie es im Kopf des Direktors arbeitete. »Was glaubst du, wer du bist? Glaubst du, nur weil du …«

»Ich glaube, ich bin – im Gegensatz zu Ihnen, Herr Direktor – in der Lage zu wissen, wer ich bin«, sagte der Professor. »Auch einige andere hochmögende Personen wissen, wer ich bin. Rufen Sie den Souverän an oder den Bundeskanzler oder den Bundespräsidenten dieses Landes, und sie werden Ihnen sagen, wer ich bin. Die Kollegin Matthes bleibt und wird, dessen bin ich sicher, bei Ihnen, lieber Herr Zoodirektor, mit *summa cum laude* promovieren. Natürlich erst, nachdem Sie sich bei ihr entschuldigt haben.«

»Bitte nicht«, sagte Doro zum Professor, zum Direktor, zu Papageno, zu Dr. Daniels, zum Obertierinspektor. »Bitte nicht.« Tränen traten ihr in die Augen. Sie sah, wie Papageno sich zum Professor umdrehte. Häng nicht so an seinen Lippen, dachte sie, hängt doch alle nicht so an seinen Lippen.

»Ich bin noch nicht fertig«, sagte der Professor. Alle hingen an seinen Lippen. »Nicht mehr tragbar für diesen Zoo ist die Kanaille, die sich Obertierinspektor nennt. Sie ist zu entlassen, fristlos, heute, sofort.«

»Ich mach dich alle, du aufgeblasener Klugscheißer, ich bring dich um, ich zertret dich wie ein Insekt, ich …« stammelte der Obertierinspektor. Er quälte sich von seinem Stuhl hoch. »Sagen Sie doch etwas, Herr Direktor! Helfen Sie mir doch!«

»Sie machen hier niemanden mehr alle«, sagte der Professor. Er sah auf seine Uhr. »Ich habe extrem wenig Zeit. Sind wir uns einig, Direktor?«

Der Direktor zog Frl. Friederikes Stenogrammblock zu sich und riß die erste beschriebene Seite ab und faltete sie sorgsam zusammen. Frl. Friederike zitterte am ganzen Körper, ihre übergroßen Ohrringe schaukelten, sie schien sexuell erregt zu sein.

»Sie sind bis auf weiteres beurlaubt«, sagte der Direktor zum Obertierinspektor.

»Entlassen«, sagte der Professor.

»Entlassen«, sagte der Direktor. »Ich werde die Funktionen des OT selbst übernehmen, bis meine Frau ihre Arbeit in Afrika beendet hat. Matthes, es tut mir leid, daß ich Sie vorhin beschimpft habe. Ich erwarte Ihre Dissertation mit Freude. Papageno, ich verlange von dir, daß du Schiefhals beibringst, anständig Guten Tag zu sagen sowie …« Der Direktor kramte in seiner Lederweste und zog einen kleinen Zettel hervor, »… sowie den Satz: ›Willkommen im artenreichsten Zoo der Welt‹. Ich erwarte ferner von dir, daß du Wirkus vom Dach holst. Die Sitzung ist geschlossen.«

Der Direktor verbeugte sich, als habe er Applaus für einen Vortrag erhalten, und verließ den Sitzungssaal. Frl. Friederike und Conte Condoli folgten ihm auf dem Fuße.

Dann ging der Professor hinaus. Doro rannte ihm hinterher. Sie hörte, wie Papageno »Nicht!« rief. Sie holte den Professor an der Treppe ein. Er setzte sich eine dunkle Brille auf. Er war völlig erschöpft, wie so oft, wenn sie ihn sah. »Danke«, sagte sie, »aber …«

»Danken Sie nicht mir«, sagte der Professor. »Danken Sie dem Direktor. Entschuldigen Sie mich.«

*

»Sag das noch mal.«

»Nein, es reicht.«

»Bitte, sag es noch mal, damit ich's glauben kann.«

»Also gut. Es war nichts. Es war nur eine Affäre. *Un cri de cœur. A blackout. Lo siento mucho.*«

»Nicht so schnell. Und sie hat wirklich gesagt, daß sie mich noch liebt?«

»Nicht wörtlich. Aber es ist offensichtlich.«

»Und ihr werdet euch nie nie nie wiedersehen? Versprichst du mir das?«

»Trottel. Wir arbeiten hier. Natürlich seh ich sie von Zeit zu Zeit. Aber sie wird dieses Haus nicht mehr betreten.«

»Und der Direktor wollte sie wirklich entlassen? Schade, daß er's nicht getan hat. Dann würde alles *gut* werden und dann würde sie auch nicht nach Sydney fahren und wir könnten uns eine Wohnung in der Stadt nehmen, ich würde 'ne Menge Geld machen, wenn ich Junior promote.«

»Ich will nicht *promoted* werden.«

»Dann schreib ich Gedichte für deine Platten-*Covers*.«

»Ich will keine Platten aufnehmen.«

»Verstehst du das, Papa? Er will nicht berühmt werden. Dabei ist er der *coolste* Saxophonist seit … seit …«

»Ich bin nicht *cool*. Ich weiß nicht, was mit mir los ist. Ich will nur spielen. Es ist eine Art von … Liebe.«

»Und dabei hat er noch nicht mal 'ne Braut. Obwohl er sie alle haben könnte, alle!«

»Den wahren Dichter küßt die Muse ohne Rock und ohne Bluse«, sagte Karl-Walther.

Wie gut ich mich verstellen kann, dachte er. Die Jungens glauben an mich, sie verehren mich. Sie bringen frischen Wind ins Haus. Aber ich verstelle mich. Ein Fetzen von Jalis Rock, ein Fetzen von Jali selbst, und ich könnte ihre Geschichten vollenden, ich könnte alle Geschichten vollenden.

»Alle …« sagte er abwesend.

»Sag ich ja«, sagte Chris. »Alle.«

»Keine«, sagte Junior.

Es war Sommer, und der Molukke war tot. Die Wochenparole lautete: HERBST. Jeder wußte, was der Direktor meinte. Die Vorbereitungen liefen auf Hochtouren. Noch im Herbst sollten, rechtzeitig vor der Bodenhärte, die ersten Ausschachtungen für das Neue Nachttierhaus beginnen. In zwei Monaten würde der nördliche Teil des Zoos, zu dem auch Vogelhaus und Fasanerie gehörten, eine einzige Baustelle sein. Die ersten Vermessungstrupps schlenderten durch den Garten und tauchten mittags im Zoo-Restaurant auf. Sie mieden die Zooleute, sie sprachen leise, sie warteten auf ihren Obervermessungsingenieur. Das Neue Nachttierhaus würde fünfzehn neue Tierpfleger aus anderen Zoos bringen. Der Reviertierpfleger Neues Nachttierhaus sollte aus den eigenen Reihen kommen. Aussichtsreiche Kandidaten für diesen Prestigeposten, so blubberte es in der Gerüchteküche, waren Hanne Schmeckel, der Revierchef Robben und Pinguine und Karl-Walther. Natürlich würde er diese Berufung ebenso ablehnen wie das Bundesverdienstkreuz, dessentwegen Frl. Friederike ihn im Auftrag des Direktors bedrängte und bedrohte. Er habe sich um das Land, den Staat, die Tiere, das Gemeinwesen verdient gemacht, erklärte Frl. Friederike, als sie ihm half, den Molukken heimlich zu verscharren.

Karl-Walther wußte es besser. Er blieb bei seinem Nein.

Der Molukke war stumm gestorben, wahrscheinlich an der Newcastle-Krankheit, sein Hals hatte zum Schluß ausgesehen wie ein verbogener Korkenzieher. Der Abgang wurde nicht gemeldet. Frl. Friederike nahm die Sache in die Hand. Der Direktor war bereits »mit einem Bein in Afrika«, er konnte stündlich dorthin aufbrechen, und es sollte vermieden werden, daß sein designierter Stellvertreter Dr. Daniels von der Entführung des Kakadus Wind bekam. Frl. Friederike wies Karl-Walther an, bei der Winterinventur zu mogeln.

Natürlich steckte hinter dem neuen Kumpan-Verhalten der Chefsekretärin nichts als Eigennutz. Nach der Schlägerei beim Pfingstkonzert hatte sie einiges gutzumachen. Sie wollte diejenige sein, die Karl-Walther zur Annahme des vermaledeiten Kreuzes überredete. Schon bot sie an, ihm bei der »Entfernung des Irren vom Dach« behilflich zu sein. Und auch sonst – er könnte ihrer vollen Unterstützung sowie der »uneingeschränkten« Unterstützung des Direktors gewiß sein. Wenn er etwas auf dem Herzen habe, er solle nur zu ihr kommen, Tag und Nacht könne er kommen. Auf eine merkwürdige, nicht durchschaubare Weise war er plötzlich wieder wichtig geworden für die Zooführung, fast wie nach seiner Kagu-Heldentat. Er bekam Ersatz für Jochen im Vogelhaus, einen Jungtierpfleger aus dem Tapir-Gehege, dessen Traum es war, in Abendkursen das Abitur nachzuholen und die Universität zu besuchen, um dort die »Kombination« Biologie und Publizistik zu studieren. Außerdem durfte sich Karl-Walther seine Arbeitszeit noch freier einteilen als früher. Völlig überraschend wurde er in einem internen Rundschreiben des Direktors als der Held gepriesen, der den Souverän beim Pfingstkonzert vor einem »Attentat« des Obertierinspektors gerettet hatte. Der ehemalige Obertierinspektor arbeitete jetzt dem Vernehmen nach auf dem städtischen Schlachthof. Karl-Walther buddelte nachts den Zoo um und machte sich seine Gedanken. Einmal fand er eine Blechschachtel und hatte das fürchterlichste Herzflattern, das schlimmste Vernichtungsgefühl seit Jahren, aber es war eine Schachtel voller Murmeln, und er glaubte nicht, daß sie Jali gehört hatten und eine geheime Botschaft für ihn bereithielten. Trotzdem schüttete er sie in einen Lederhandschuh und beschwerte damit die Seiten mit den Sätzen der Geschichten, die nicht enden konnten.

Vormittags im Vogelhaus saß er in der Futterküche, die einst Jochens Domäne gewesen war, und brütete über Jalis Geschichte, die mit dem Satz begann: »Der Garten war leer«. Er mied Schiefhals' leeren Käfig, er mied das plötzlich aufklappende Auge der stummen Molukkenwitwe, und es kam ihm manchmal vor, als sei er nur noch ein Gast im Haus der Vögel, das er selbst mit aufgebaut hatte. Und als seien alle Sätze, die er an Jalis Sätze hängte, nur arme Verwandte in ihrem großen reichen Haus, in ihrem großen Spielcasino der Sprache, in dem sie lange Treppen hinauf und hinab sprang, immer zwei drei Stufen auslassend und ihm zurufend: »Kommt, K. W.! Wir haben keine Zeit.« Nicht weit vom Vogelhaus, im umgebauten ehemaligen Eiscafé, wurde Jalis Stimme gefangengehalten.

Der Professor für Schmerzforschung hatte Karl-Walther am Morgen vor der meisterhaften Demütigung des Direktors angerufen. Das war natürlich nicht aus heiterem Himmel geschehen. Der Professor bereitete den Machtwechsel vor, und Karl-Walther sollte es als erster wissen. Von Anfang an mußte es des Professors Ziel gewesen sein, den Direktor abzulösen und den Zoo zu übernehmen, um den Boden zu bereiten für das Duell, die Rache, das Experiment, die Folter oder was immer dem Sadisten vorschwebte. »Ich habe Jaels Stimme auf Tonband«, hatte er durchs Telefon gesagt.

Nach und nach entwickelte Karl-Walther seinen Plan.

Er wollte im Zoo bleiben. Er hatte die fürchterlichen Schwestern überlebt, er hatte den Direktor überlebt, er würde auch den Professor überleben. Er wollte den Zoo Meter für Meter umgraben, ihn durchpflügen nach Blechschachteln, er wollte im Garten mit Jali verdursten und verhungern. Er wußte, daß sein Henker gekommen war – und es war nicht der Professor.

Er wußte, daß er ein Opfer bringen mußte. »Die Erfindung von Tieren«, die mit dem Satz begann: »Der Garten war leer« und nach drei Seiten mitten in einem seltsamen Satz abbrach. Diese ihre zweite unvollendete Geschichte, der sie die Widmung »Meinem Mensch« vorangestellt hatte, würde er zu Ende schreiben und dem Professor opfern. Er würde sodann den Professor um Sali bitten. Der Professor hatte die Macht, den Persischen Leoparden aus Sydney zurückzurufen. Und er würde noch einmal Jalis Stimme hören. Dann, in einem anderen Sommer, konnte er den Henker aufsuchen.

»Du bist dran.«

»Nein, du bist dran.«

»Papa ist dran. Papa, Abwaschtag!«

Karl-Walther warf eine Tasse nach Chris, der sie geschickt auffing. Sie saßen in der Küche. Junior hatte gekocht, Fischstäbchen auf Reisrand. Die Küche war Juniors Übungsraum und die Stätte, wo er abends seinen Schlafsack entrollte. Chris hatte das Schlafzimmer bekommen. Sein Gesicht war leichenbleich, und er litt an Fieberschüben und Schwindelanfällen. Ein Virus, meinte Dr. Daniels und verschrieb Antibiotika. Sie würden nicht helfen. Karl-Walther kannte das Virus.

Die Jungens kannten jetzt Jali, ihre Umrisse, die Umrisse der Geschichte. Es war kein »Geständnis« vorausgegangen, keine »Einweihung« in Jali. Chris und Junior waren nicht »neugierig«. Karl-Walther weinte viel. Sie trockneten seine Tränen. Junior spielte seltsame Tonleitern, die Karl-Walthers Starre lösten, seine Zunge lösten. Es war ihm wohl dabei. Er beschrieb sie in Umrissen, der Molukke lebte noch, er beschrieb sie wie ein Gespenst. Chris wollte wissen, ob sie ihn verlassen hatte. Karl-Walther antwortete nicht. Junior dachte lange nach und wollte dann wissen, welche Farbe ihre Haare gehabt hatten. Karl-Walther war ihm dankbar dafür und sagte: schwarz.

Chris hatte ihm sein Abenteuer mit Dorothee Matthes verziehen. Besser du als ein anderer, sagte er in der Nacht, als Karl-Walther reinen Tisch machte. Natürlich mußte Chris sein Bild von der Matthes früher oder später korrigieren. Seine Tee war nicht das schutzbedürftige Waisenkind, für das er sie hielt. Sie suchte ihre Väter und fand sie. Trotzdem gab er den beiden gewisse Chancen, wenn die wissenschaftliche Assistentin aus Sydney zurück war. Denn ebenso wie sie ihre Väter suchte, suchte sie ihre Söhne, und es mußten schwierige Söhne sein. Chris war im Grunde harmlos, aber er würde die Vorstellung von sich als einem schwierigen Menschen, einem »Künstler«, bis zur Hochzeit aufrechterhalten können. Es galt, seiner Tee die Augen neu zu öffnen für ihn; deshalb hatten sie mit Frl. Friederike die Schlägerei an Pfingsten inszeniert.

Natürlich wußte Junior nichts davon. Ich werde die Böse sein, hatte Frl. Friederike zufrieden gelächelt, das kommt mir sehr gelegen, ich wachse in der Krise, ich muß Boden gut machen. Sie verfolgte ihre eigenen dunklen Ziele in diesem Zoo, aber vielleicht wartete am Ende eine Helligkeit auch für sie, wie Junior später meinte. Du mußt kräftig zuschlagen, hatte Chris tollkühn von Karl-Walther verlangt, verpaß mir einen Schwinger, der mich direkt vor Tees Füße wirft. Hanne Schmeckel und seine Horde waren einkalkuliert, einfach weil sie Schlägereien liebten. Nicht einkalkuliert war der Umstand, daß Dorothee neben dem Bürgermeister sitzen würde. Nicht einkalkuliert war der Angriff Dorothees auf Frl. Friederike, noch weniger das Eingreifen des Obertierinspektors und schon gar nicht die blitzartige Brutalität des Professors. Seite an Seite hatten sie gekämpft, Karl-Walther und der Professor, um sich aufzubewahren für den späteren schlimmeren Kampf gegeneinander.

Immerhin, die Matthes hatte ihre Reise ein zweites Mal verschieben müssen, nachdem sie den ersten Termin verpaßt hatte, weil sie, laut Frl. Friederike, fünf Tage an den Folgen eines kolossalen Alkoholkaters gelitten hatte. Immerhin wäre sie um ein Haar entlassen worden, was sie für Chris wieder in den Bereich des Möglichen rückte. Sie hatte ihn sogar angerufen und sich nach seinem Befinden erkundigt. Die neu aufkeimende Hoffnung des Jungen, der Würstchen verkaufte, nur um in ihrer Nähe zu sein, kannte keine Grenzen. Für Karl-Walther war es das unrühmliche, aber überfällige und notwendige Ende einer überflüssigen Affäre, auf die er sich nie hätte einlassen dürfen. Das Mädchen war gut im Bett, die Frau erinnerte ihn zu schmerzlich an Marie-Luise Idekeit und an seine Kindheit und an den Anfang vom Ende eines anderen Anfangs. Glücklicherweise besaß sie Takt und Stolz und machte ihm keine Szenen. Wenn er sie im Zoo sah, dann nur aus der Ferne. Sie lächelte ihm wissend zu. Er lächelte wissend zurück. Mittlerweile war sie wahrscheinlich in Sydney, um Sali von ihm zu grüßen. Er nahm sich vor, Chris und ihr zur Hochzeit einen Schnellkochtopf zu schenken.

»Ich hab hier was für dich«, sagte Junior. Er kramte in seinem Rucksack. Er gab Karl-Walther einen Scheck. Karl-Walther las: »DM

10 000,– an Überbringer«. Der Scheck war unterschrieben von der Frau des Direktors. »Er ist von meiner Mutter«, sagte Junior.

»Das sehe ich. Aber was soll ich damit?«

»*Wow!*« sagte Chris. »Damit können wir deine erste Platte selbst finanzieren.«

»Nein, er ist für Karl-Walther«, sagte Junior.

»Wie kommt deine Mutter dazu, dir soviel Geld zu geben?« sagte Karl-Walther.

»Vielleicht fühlt sie sich schuldig, weil sie meinen Vater und mich verlassen hat. Aber sie weiß gar nicht, wer ich bin. Sie hat's nie gewußt.«

»Wie kommst du darauf, daß sie euch verlassen hat? Vielleicht steht sie schon morgen vor der Tür«, sagte Karl-Walther.

Junior zeigte auf den Scheck in Karl-Walthers Hand.

»Ich will, daß Jali morgen vor der Tür steht. Damit kannst du sie doch … suchen.«

Wenn ich dem lieben Jungen nur sagen könnte, dachte Karl-Walther, daß ich Jali eben nicht suchen kann. Ich kann nur auf sie warten. Aber es ist zu spät.

»Es ist zu spät.«

»Warum? Es gibt doch Detektive. Mein Vater beschäftigt zwei Detektive, die meine Mutter suchen.«

»Ich werde Jali nicht von Detektiven suchen lassen.«

»Dann gibt es noch den Suchdienst vom Roten Kreuz. Ich hab mich erkundigt. Gib dem Roten Kreuz das Geld als Spende, und sie suchen für dich.«

»Behalt deinen Scheck. Chris hat recht. Du solltest dein Talent fördern lassen. Nimm Saxophonunterricht.«

»Er hat recht, Junior«, sagte Chris. »Laß uns von der Knete eine Platte produzieren, die die Welt noch nicht gehört hat.«

»Wenn du dich schämst, könnt ich zum Roten Kreuz gehen und die Suchanzeige für dich aufgeben.«

Karl-Walther stand auf und sammelte die Teller ein. Manchmal war ihm Junior unheimlich. Auch die Tonleitern, in denen Töne fehlten – unheimlich. Er sagte: »Wer hilft mir abtrocknen?«

Er wusch jeden Teller, jedes Glas, jede Gabel und jedes Messer gründlich von allen Seiten und noch einmal und noch einmal. Die Jungens trockneten ab. Chris stimmte ihr Lied an. Sie sangen es jeden Abend, zuerst nur die Jungens und schließlich auch Karl-Walther. Sie sangen:

»Papa was a rolling stone
Wherever he laid his head was his home ...«

Über den Scheck wurde nicht mehr gesprochen. Später, als er an seinem Sekretär saß, fand er ihn zwischen Jalis Seiten. Sie hätte gewußt, was damit zu tun gewesen wäre. Sero, Sero, Sero.

Am nächsten Morgen trennten sie sich vor dem Nilpferdannex. Chris mußte zum Zoo-Restaurant, seinen Würstchenwagen holen. Junior trottete davon in Richtung Gnu-Gehege. Karl-Walther tat so, als marschiere er nordwärts zum Vogelhaus, aber bei der Kolumbus-Eiche schlug er einen Seitenweg ein und kauerte bald darauf kindlich vor dem Innenkäfig des Schwarzen Panthers Gustav. Der Neuankömmling schlief zusammengerollt auf seinem Hochsitz, Zeichen seines Selbstbewußtseins. Besonders die großen Katzen brauchten normalerweise Monate, bis sie sich in ungewohnten Käfigen aus der hintersten Ecke wagten. Lassen wir ihn schlafen, sagte Karl-Walther zu sich und seinem kurzen Schatten, seinem kaputten Herzen, das er dem Panther versprochen hatte in dem Augenblick, als er ihn zum ersten Mal sah.

Das Tier war heute zu nichts nutze. Es atmete ruhig und verströmte Wärme, Lauwärme, lauwarmes Südamerika beinahe. Es war heute nur ein Tier, wie es von dem überwiegenden Teil der Menschheit propagiert wurde, ein biologisches Ereignis vielleicht, aber heute kein Erzeuger großer Schmerzen, kein Nachlaßverwalter. Später würden Besucher kommen und, wenn sie gut gefrühstückt hatten, ein kleines wurmendes Weh verspüren bei seinem Anblick, das gemeine Maulaffenfernweh nach einer Natur und Wildheit, die es nie gegeben hatte, die eine Erfindung der Menschen war und für die sie sich doch wie die Lemminge immer wieder auf Reisen begaben. Die Freiheit, die sie suchten, hatte nie existiert, die ganze Welt war von Anfang an ein Zoo gewesen, wie der Direktor gelegentlich vor Tierpflegeranwärtern betonte. Aber die meisten reisten und verloren sich in der Ferne und in einer vagen Liebe zum Tier, die nichts anderes war als Selbstverleugnung. Sie leugneten bis zu ihrem letzten Atemzug, daß sie selbst Tiere waren und daß alle Tiere überhaupt nur da waren, um große Schmerzen zu erzeugen, jeder Spatz auf der Straße konnte das, konnte mit einem einzigen Blick den nächstbesten Nobelpreisträger für Physik töten und *vice versa*. Die Reviere auf diesem winzigen Planeten waren abgesteckt worden, lange bevor das sogenannte menschliche »Bewußtsein« sich erhob und großkotzige Begriffe wie Freiheit an die Wände schmierte. Es gab keine Freiheit im Leben der Tiere. Es gab keine Freiheit in der Paarung. Es gab keine Freiheit in der Liebe, wenn es Liebe überhaupt gab. Es gab keine Freiheit im Tod. Jali hatte das gewußt, sie konnte Tiere nur hinter Gittern ertragen. »Sonst sie würden uns fressen«, hatte sie gesagt, Jali, sein fünftes Element.

Was es gab, waren tote Tage im Leben jedes Tiers, Abwehrtage, an denen es allen Versuchen wehrte, mehr in ihm zu sehen, als es war. Gustav hatte heute einen solchen Tag. Karl-Walther ließ ihn sein.

Er brauchte sich nicht zu sorgen. Sie waren einander versprochen. Sie hatten einander gesehen und die Witterung aufgenommen, die Rollen waren verteilt, die Reviere abgesteckt. Von Frl. Friederike wußte er, daß Gustav gut in Form war. In dem Zoo, aus dem er kam, hatte er zuerst seine Brut und dann sein Weibchen zerfleischt. Schwarze Panther waren selten und eine Attraktion, der Direktor hatte den Killer für zwei komma null seiner maximiert resistenten Miniaturschweine bekommen, die das Schweinehaus fast am laufenden Band produzierte.

Auf allen vieren kroch Karl-Walther aus dem Raubtierhaus, um Gustav nicht zu wecken durch eine aufrechte Bewegung. Früh am Morgen, bevor die Besucher kamen, waren die Tiere besonders empfangsbereit, auch wenn sie scheinbar schliefen. Früh am Morgen entschieden sich Freundschaften und Feindschaften für den Tag.

Er machte einen weiten Bogen um den Eingangsbereich, wo Schiefhals sich in seinem grotesken Neubaukäfig vor zwei hochempfindlichen Mikrophonen ausschwieg. Seit seiner ersten Durchsage für Karl-Walther, die ein Hilferuf an Jali gewesen war, hatte der Papagei den Schnabel nicht mehr aufgetan. Wahrscheinlich steckte hinter seinem Schweigen nichts weiter als der Schock des Umzugs nach so vielen Jahren und der ungewohnte Käfig. Aber bei Schiefhals konnte man nie wissen. Mehr als bei jedem Affen war bei ihm der Mensch nicht fern und des Menschen Selbstverleugnung und des Menschen Größenwahn. Wartete er einen besonderen Zeitpunkt ab für seine nächste Durchsage? Überall im Zoo hingen Reklameplakate, die behaupteten, daß Schiefhals alle drei Stunden für dreißig Minuten »auf Sendung sei«, aber aus den Lautsprechern tönten nur Krächzer, Flügelschlag und das unheimliche Geräusch, das der Vogel erzeugte, wenn er sich schüttelte.

Karl-Walther nahm den Auftrag des Direktors, Schiefhals das Guten-Tag-Sagen beizubringen, sehr ernst. Auch wenn der Direktor seine Kohorten gegen den Professor versammelte und Papageno ganz gewiß dazugehörte, durfte er sich, solange der Direktor noch an der Macht war, keine Fehler mehr erlauben. Natürlich dachte er nicht im Traum daran, Schiefhals tatsächlich dieses »Guten Tag« abzuverlangen, das der Vogel, hätte er gewollt, sowieso rund um die Uhr hätte aufsagen können. Er würde vielmehr selbst ein Tonband besprechen und es mit Frl. Friederike, die ihre Hilfe bereits zugesagt hatte, heimlich im Käfig installieren. Keiner konnte den Vogel so gut imitieren wie Karl-Walther. Ihre Stimmen würden gemeinsam verlöschen an einem Sommertag in einem anderen Sommer. Das gefiederte Monstrum durfte nicht als letzter übrigbleiben.

Im Vogelhaus eilte er wie immer mit gesenktem Blick am ehemaligen Käfig des Veteranen vorbei.

Er kam hinzu, als der Ersatzpfleger für Jochen sich einer Panama-Amazone erwehrte, deren Käfig er reinigte.

»Der Piepmatz wird zudringlich«, rief er. »Sagen Sie mir, was ich tun soll.«

Du sollst dich nicht erwehren, dachte Karl-Walther. Du sollst dich nicht ängstigen vor deinem Leben und den Gefährten deines Lebens. Du sollst dich mit nichts abfinden und du sollst dich mit allem abfinden. Du sollst dich im Garten nützlich machen und zusehen, daß er nicht leer bleibt.

»Vögel fliegen einen an«, sagte er, »aus Liebe. Wenn jemand nach mir fragt, ich bin oben auf dem Dach.«

Ebenso ernst wie den Auftrag, Schiefhals dumme Sprüche über Lautsprecher verbreiten zu lassen, nahm Karl-Walther die Mission, seinen Freund Jochen vom Dach zu holen. Sein Plan war einfach. Er würde zu einer kleinen Notlüge greifen müssen, die das Problem zvar nicht löste, mit Sicherheit aber Aufschub garantierte, vielleicht so lange, bis der Professor den Garten übernommen hatte. Jochen interessierte den Professor nicht. Er würde sich in aller Ruhe nach einer neuen Stelle umsehen können. Karl-Walther spielte mit dem Gedanken, ihm die zehntausend Mark von Junior zu schenken.

Jochen schlief noch. Karl-Walther ließ sich im Schneidersitz vor dem gelben Zelt nieder und beobachtete die zusammengerollte Gestalt seines Gefährten und Schutzbefohlenen. Eine Art Sack bedeckte sein Gesicht, darunter atmete Jochens Mund, das Sacktuch einsaugend und ausstülpend. Die femininen Finger des ehemaligen Jockeys waren ineinander verknotet, als habe in der Nacht ein Kampf zwischen seinen Händen stattgefunden. Ich werde zu dir stehen. Ich werde nicht von dir gehen.

Wie jedes Mal suchte Karl-Walther das Dach systematisch ab. Er glaubte nicht, daß Jochen nach dem Vortrag des Esoterikers das Dach noch einmal verlassen hatte, aber er wollte Sicherheit. Was, wenn ihm die Rillies plötzlich eingaben, daß es keinen Sinn mehr habe, auf sie zu warten, daß er den Selbstzerstörungsmechanismus auslösen sollte? Er fand nichts. Jochen hatte Karl-Walthers altes Kofferradio auseinandergenommen und eine Antenne oder eine Plastik daraus geformt, aber der Apparatismus schien ungefährlich zu sein. Jochens Nest war sauber, es war ein friedliches Lager, Jochen wartete immer noch. Karl-Walther erinnerte sich an den Morgen, als alle Vögel im Vogelhaus geschwiegen hatten wie Wartende, die wußten, daß sie nicht mehr lange warten mußten. Damals hatte er Jochen kopfüber im Flamingoteich gefunden. Gab es diese Rillies wirklich? Wenn Schiefhals möglich war, warum sollte es keine Rillies geben? Das Schlimme war nur, daß sie sich nicht zeigten und nie zeigen würden.

Er schaute wieder in Jochens Zelt. Jochen atmete. Der Sack war kein Sack, sondern der Hosenboden von Jochens alter Reithose.

Karl-Walther ging zum Fernrohr und richtete es vom Himmel auf den Garten. Er konnte Chris erkennen, der bei den Barasinghas hinter seinem Würstchenwagen saß und las. Das Gnu-Gehege lag versteckt hinter hohen Bäumen. Bald würde Junior die Tiere herauslassen und die Innenställe reinigen, die Seuchenmatte frisch desinfizieren, das Datum und etwaige Vorfälle im Tagesberichtsbuch eintragen, dem Revierchef Kaffee kochen. Er schwenkte zum Nilpferdannex. Etwas Glitzerndes verbarg sich im Gebüsch am Teich der Kanadischen Gänse. Es war zu groß und zu lang für eine Blechschachtel. Es schien ein Messer zu sein. Die Gänse hatten es noch nicht entdeckt, sie schliefen unter ihrem Hochnest. Er mußte es nachher entfernen. Er schwenkte zum Kolumbus-Baum, den sie einst beinahe bis zur Hälfte hochgeklettert war. Er hatte unter dem uralten Baum gelegen und unter ihren Rock gespäht und versucht sich vorzustellen, wie sie aussehen würde, wenn sie alt war. Es war ihm nicht gelungen, ihre braunen Beine über ihm in den Ästen, ihr dunkler Schopf zwischen den Blättern, ihre Stimme die Vögel lockend, nachahmend, neckend, bis sie ihr alle geantwortet hatten, alle auf einmal. Er schwenkte weiter und sah direkt in das Gesicht des Professors, der vor der Tür seines Eiscafés stand. Es waren nur wenige Meter. Maurice winkte ihm zu. K. W. setzte das Fernrohr ab.

»Auf eine Minute. Nachher. Ich warte hier im Café.«

Karl-Walther nickte: Ja.

Würde er ihre Stimme hören dürfen, ein Wort nur? Gab der Professor eine Kostprobe? Würde er das Wort, wenn er es hörte, überleben?

»Papa, ich mach mir Sorgen. Sie messen im Zoo rum. Woll'n die bauen? Woll'n die die Landung verhindern?«

»Sie messen fürs Neue Nachttierhaus.«

»Glaub ich nicht. So'n Nachttierhaus ist nicht so groß, daß sie von den Eisbären bis zur Eiche messen. Aber'n Raumschiff, das ist so groß. Warum kommt der Direktor nich? Immer kommt nur dieser bekloppte Arzt. Aber das is' kein Arzt, das is'n Irrenarzt. Die denken, ich tick nich richtig.«

»Darüber wollte ich mit dir sprechen. Darf ich?«

Karl-Walther kroch ins gelbe Zelt, aus dem Jochen den Kopf herausgestreckt hatte. Im Zelt roch es nach Schnaps.

»Du trinkst?« sagte Karl-Walther.

»Du nich?«

»Kaum noch. Wo hast du den Fusel her?«

»Hat mir Conte geschenkt. Nach seiner Rede. Er is' ein Großer, ein Norde. Alles kommt von Norden.«

»Hör zu, Jochen. Wer kommen wird, das sind die Bullen. Der Direktor gibt dir nicht mehr lange. Er will dich einsperren lassen.«

Karl-Walther wartete, bis seine Drohung Raum gewonnen hatte in Jochens Schädel. Er sah ihn denken. Seltsam, daß es ihm nichts mehr ausmachte. Jochen war beinahe schön, wenn er dachte, er sah entspannt aus wie ein suckelndes Kleinkind.

»Aber ich habe Gegenmaßnahmen getroffen«, sagte Karl-Walther. »Ich werde mit den Rillies Kontakt aufnehmen …«

Das war der kritische Punkt. Er setzte sein unschuldigstes Gesicht auf und wartete. Er versuchte, an die Rillies zu glauben.

Jochen lächelte.

»Ich hab's immer gewußt, daß du das kannst. Ich hab's gewußt. Du bist mein Freund. Du hast'n guten Kern. Das All mag dich. Ich werd ihnen morsen, daß du Kontakt aufnimmst.«

»Ich bin dein Freund. Ich werd die Rillies bitten, umzukehren und nächsten Sommer wiederzukommen. Oder kannst du das selbst?«

»Ich?«

»Du.«

»Ich hab den Mechanismus nich verraten, ehrlich nich.«

»Den Mechanismus, der das Weltall gefährdet?«

»Genau den. Hab ihn nich verraten, kannst du ihnen sagen.«

»Also darf ich mit ihnen verhandeln?«

»Du bist mein Freund.«

»Ich sag dir was, Jochen, aber es muß unter uns bleiben. Wenn du ein Jahr wartest, komm ich vielleicht mit, und nicht nur in Gedanken.«

»Ehrlich?« Jochen nahm Karl-Walthers Hand und untersuchte sie wie ein Affe bei der Fellpflege. »Und das sagst du nich nur, damit ich runterkomme?«

»Ich meine, was ich sage.« Es stimmte. Vielleicht drei oder vier Sommer später, aber es stimmte.

»Mensch, Papa! Wir beide! Zusammen! Auf Rill! Nimmst du deine Kleine mit?«

»Wen?«

»Du weißt schon, die mit den Titten.«

»Nein. Ich nehme die andere mit.«

»Die, mit der du keine Kinder hast?«

»Ja.«

»Aber die andere hat schöne Titten.«

»Zählt das auf Rill?«

»Na klar!«

»Wir werden Rill gemeinsam erobern. Wir werden nicht allein sein. Ich werde Geschichten schreiben. Gibt es Vögel auf Rill?«

»Aber es geht nich«, sagte Jochen.

»Was geht nicht?«

»Sie sind schon zu weit gereist, Papa, sie können jeden Tag hier sein, jede Stunde, jede Minute, jede Sekunde, jede …«

»Ich werd mit ihnen Kontakt aufnehmen. Ich werd ihnen sagen, daß sich die Reise lohnt, wenn sie ein zweites Mal kommen, weil wir dann zu zweit sind. Okay?«

»Es geht nich. Das All is' in Gefahr, wenn ich hier bleibe. Ich hab hier nich nur faul rumgesessen auf dem Dach. Ich hab durch mein Fernrohr geguckt. Ich hab alles gesehn.«

»Was hast du gesehn?«

»Wie sie im Zoo messen. Wie sie sich anschreien. Wie sie wollen, daß die Rillies nich landen. Wie sie alles absuchen. Sogar du. Du buddelst Löcher.«

»Ich habe dir doch gesagt, was ich suche. Nur Liebesbriefe.«

»Red kein Scheiß. Du bist der Revierchef. Du mußt machen, was die sagen. Du buddelst Löcher für die Leichen.«

»Reg dich ab, Jochen. Ich bin dein Freund. Es gibt keine Leichen.«

»Wird's aber geben, massenweise. Ich hab meine Maschine, damit kann ich in die Erde sehn. Der ganze Zoo ist voller Leichen.«

»Friedhöfe sind voller Leichen, Jochen. Nicht unser Zoo.« Karl-Walther sah den Kagu in dem Haufen aus Hölzchen, die sich der Vogel zum Sterben zusammengesucht hatte. Er sah den Molukken in dem Loch, das er mit Frl. Friederike gegraben hatte.

»Vertrau mir, Jochen. Ich werd mit ihnen reden.«

»Kannst nich reden mit Leichen.«

»Dummkopf. Ich meine die Rillies. Du mußt mir vertrauen.«

»Ich vertrau dir ja. Aber sie kommen. Heute wahrscheinlich. Es is' zu spät für Verhandlungen.«

»Paß auf. Wenn sie heute nicht kommen und morgen und übermorgen, gibst du mir dann eine Chance, mit ihnen zu reden? Überleg es dir. Ich komm morgen wieder, dann werden wir sehen.«

»Schaff mir diesen Irrenarzt vom Hals. Macht 'nen sehr schlechten Eindruck, wenn der Typ da sitzt, wenn sie kommen.«

»Ich schaff ihn dir vom Hals. Und du überlegst es dir. Abgemacht?«

»Ich weiß nich. Morgen bin ich vielleicht schon weg. Und wenn … bist du in Gedanken bei mir, wie du's versprochen hast?«

»Ich werd immer bei dir sein. Komm. Laß dich umarmen.«

Karl-Walther stieg die Leiter hinunter, und Jochen zog sie langsam auf sein Dach. Im Innenhof des Vogelhauses lehnte an einem Käfig das Klappstühlchen des Psychiaters, der auf Jochen angesetzt war. Karl-Walther brach das Stühlchen in zwei Stücke und warf die Stücke in die Mülltonne. Wie lange würde der Direktor brauchen, um seine Frau in Afrika einzufangen? Wieviel Zeit blieb Karl-Walther noch, um Jochen vom Dach zu holen? Vielleicht sollte er eine Rillie-Botschaft erfinden. Würde ein Satz aus Jalis unvollendeter Geschichte helfen? Ihre Sätze lasen sich alle wie Botschaften von einem anderen Stern.

Der Professor wartete vor dem ehemaligen umgebauten Eiscafé. Karl-Walther stellte sich neben ihn. Sie standen vor dem Eiscafé wie zwei Holzfiguren vor einem Wetterhäuschen. Sie blickten geradeaus. Der Professor steckte Karl-Walther einen Umschlag in die Overalltasche. Etwas Leichtes war darin, kein Tondband. Der Professor sagte:

»Der Mann auf dem Dach steht kurz vor dem Gravitationskollaps. Wirst du ihm helfen?«

»…«

»Ich habe dir ein kleines Geschenk zugesteckt. Vergangenheitsnachschub.«

»Wann übernimmst du die Macht?«

»Die Macht? Kannst du dich etwas genauer ausdrücken?«

»Wann kann ich ihre Stimme hören?«

»Früher oder später.«

»Wie wäre es mit … jetzt?«

»*Jetzt* ist ein Wort, das ich aus deinem Munde nicht erwarte und nicht zu hören wünsche.«

Sie standen und schwiegen. Das Schweigen schien die ganze Zeit zu umspannen zwischen damals und jetzt. Karl-Walther fühlte eine alte Müdigkeit, und sein Herz raste nicht mehr. Er faßte Gedanken.

Bevor ich auf dieser Türschwelle einschlafe, überlegte er, sollte ich ihn vielleicht totschlagen. Mein Angriff käme aus heiterem Himmel, ich wäre im Vorteil. Ich könnte das Tonband stehlen und ihn dem Direktor ausgestopft auf den Schreibtisch legen.

»Wie blau der Himmel ist«, sagte der Professor.

Ich könnte ihn mit dem Direktor gemeinsam verscharren, wir hätten einen Bund fürs Leben, der Direktor und ich.

»Darf ich mich entfernen?« sagte der Professor.

»Dir verdank ich doch dieses Verdienstkreuz, oder?«

»Das verdankst du dem Land, in dem du so rücksichtslos überlebst und um das du dich verdient gemacht hast.«

»Aber du könntest dafür sorgen, daß diese Verleihung annulliert wird.«

»Warum sollte ich? Es wird dir gut stehen. Auf Wiedersehen«, sagte der Professor.

»Auf Wiedersehn.«

Der Professor entfernte sich in Richtung Haupteingang. Karl-Walther wartete, bis er hinterm Kinderzoo verschwunden war. Er ahnte, daß die Tür zum Eiscafé offen war. Er drehte den Türknauf. Sie war offen. Den oberen Rand der Tür zierten altmodische Abziehbildchen von Katzen, Teddybären, jungen Hunden, Lämmchen. Der Professor arbeitete mit allen Tricks. Karl-Walther ging nach Hause.

Am Tümpel der Kanadischen Gänse suchte er nach dem glitzernden Gegenstand im Gebüsch, den er durch Jochens Fernrohr gesehen hatte. Es war ein Messer. Es war blutig, das Blut noch nicht trocken. Karl-Walther vergrub es an Ort und Stelle. Dann kontrollierte er die umliegenden Gehege.

Zwei Königspinguine trieben der Länge nach aufgeschlitzt an der Wasseroberfläche in ihrer Freianlage. Einer lebte noch, er paddelte in Pein mit dem schwach zuckenden Flügel.

Karl-Walther alarmierte den für die Pinguine zuständigen Robbenpfleger, beantwortete seine Fragen, begleitete ihn zur Verwaltung, beantwortete die Fragen von Dr. Daniels, begleitete ihn zur Pinguinanlage, half bei der Bergung der Tiere, unterschrieb ein Kurzprotokoll und eine Schweigepflichterklärung und ging nach Hause. Er saß in der Küche vor einem Glas Milch, in das er mehrmals gedankenlos seinen Finger tauchte. Er war müde. Er sah Juniors Schlafsack am Küchenboden liegen und schlüpfte hinein. Pinguin, der Vogel, der spazierengeht und nur im Schlaf fliegt.

Er träumte, daß er bis zum Meeresboden tauchte und mühelos Wasser atmete wie ein Fisch. Nein, er trank es, aber er platzte nicht davon. Unmengen Wasser strömten in seinen Mund, er schluckte mühelos, er schluckte das Meer und das Meer schluckte ihn. Er war glücklich. Auf dem Meeresboden stand in kindlicher Krakelschrift geschrieben: Geschehen ist nichts. Das war die Botschaft, auf die man oben wartete, er mußte sie nach oben bringen. Er versuchte zu steigen, aber das Wasser versperrte ihm den Weg, es machte halt vor seinem Mund, es ließ sich nicht mehr schlucken. Er bewegte seine Flossen in höchster Not.

»Geschehen ist nichts!« rief er, auftauchend.

»Man hat mir zwei meiner Tiere bestialisch hingemetzelt, und du sagst, es sei nichts geschehen«, sagte eine Stimme.

Karl-Walther öffnete die Augen. Oben saß der Direktor mit Chris und Junior am Küchentisch. Eine Kerze brannte, ihr Licht funkelte in Gläsern voll von dunklem Wein. Es roch nach frisch gebackenem Brot. Draußen war es dunkel, das Fenster stand weit offen, Insekten übermittelten sich knisternd und pispernd ihre schrecklichen Botschaften im tickenden Garten.

»Er tut so, als sei er wegen der armen Pinguine hier. Aber er ist wegen mir hier«, sagte Junior.

Karl-Walther dachte nach. Manchmal wußte er nicht, wer Junior war, warum er bei ihm wohnte, woher er kam. Er war der Sohn des Direktors. Ein schweres Los.

»Der Herr Direktor fährt morgen nach Afrika«, sagte Chris. »Wir haben ihm zu Ehren afrikanisches Brot gebacken nach dem Rezept in deinem alten Kochbuch aus Afrika.«

»Es ist ein deutsches Kochbuch«, sagte Karl-Walther und schälte sich aus dem Schlafsack.

»Stimmt's, du bist wegen mir hier?« sagte Junior zu seinem Vater. Der Direktor, im Rembrandtlicht der drohende Schemen eines Riesen aus einer anderen Zeit, kraulte seinen Bart.

»Ich habe meine Gründe«, sagte er.

»Er hat die Mäuse von Pompeji gebracht«, sagte Chris.

»Wen?«

»Meine Mäuse«, sagte Junior, »erinnerst du dich nicht, Papa? Die hab ich als Kind gezüchtet. Ich wollte Zoodirektor werden wie mein Vater. Aber ich hab kein Talent für Tiere.«

»Du hattest ein außergewöhnliches Talent für Tiere«, sagte der Direktor. »Stundenlang habt ihr euch angestarrt, die Mäuse und du. Oft hast du gesagt, du möchtest bei ihnen in den Ruinen wohnen. Du hast dich immer viel zu klein gemacht in der Welt. Und jetzt spielst du atonale Musik und wohnst in einer Kommune.«

»Wo?«

»Er meint unsere Wohngemeinschaft«, sagte Chris.

Karl-Walther holte einen Stuhl aus dem Wohnzimmer und setzte sich an den Küchentisch. Es paßte ihm nicht, daß der Direktor hier eingedrungen war und mit den Jungens Wein trank und selbstgebackenes Brot aß bei Kerzenlicht, als sei er nicht der Direktor, sondern einer von ihnen. Und wer sind wir? Pinguinschlächter bestenfalls, Bundesverdienstkreuzträger schlimmstenfalls. Noch weniger paßte ihm, er wußte nicht warum, daß der Direktor ihn schlafend gesehen hatte.

»Kommune«, sagte der Direktor aufgeräumt.

Und noch dazu im Schlafsack seines Sohnes. Den Direktor schien das Chaos in der Küche zu amüsieren, aus seinem Riesenhalbdunkel heraus schien er die Kerze mit großen Augen zu verschlingen, er schien sich wohlzufühlen in Gesellschaft der langhaarigen Jungens. Chris schenkte dem Direktor scheue lächelnde Gesichte, Junior hatte den Blick gesenkt und machte einen spitzen Mund und sah aus wie ein Duplikat seiner selbst als jungfräuliches Mädchen.

»Ich bin so nebenbei aufgewachsen«, murmelte Junior.

»Das stimmt nicht«, sagte der Direktor. »Du bist stets deine eigenen Wege gegangen. Wenn du im Jahr zehnmal den Mund aufgemacht hast, war das ein Rekord.«

»Und wurde ins Zuchtbuch eingetragen«, sagte Junior.

»Ach, Junior«, seufzte der Direktor. Karl-Walther vermutete, daß er insgeheim stolz war auf seinen Sohn, den künstlerischen Triumphator des Pfingstkonzerts.

Man rauchte. Die Jungens rollten Zigaretten. Der Direktor entzündete eine winzige stubblige Reisepfeife. Er trug ein Khakihemd und seine Lederweste. Er war mit einem Bein in Afrika, das Karl-Walther nicht wiedersehen wollte, weil Reisen obszön war. Außerdem gab es Afrika nicht mehr.

»Ich hatte eine schöne Kindheit«, sagte er. »Es ist mir ein Rätsel, warum kaum ein Mensch für immer dort bleibt, wo er seine Kindheit verbracht hat. Es ist der einzige Ort, der wirklich ist.«

»Frettich sagt, die Kindheit ist eine Erfindung der herrschenden Klasse, um den Massen billig ein falsches Unglück zu schaffen, mit dem sie ihr Leben lang zu tun haben, so daß sie sich nicht um die Geschichte kümmern«, sagte Chris.

»Interessant«, sagte der Direktor.

Chris hob einen belehrenden Zeigefinger und schenkte dem Direktor gleichzeitig ein scheues Lächeln. »Frettich sagt, Freud ist ebenfalls eine Erfindung, eine Maschine, die sich selbst zerstören wird, wenn das, was Frettich das Über-Unglück nennt, eintritt.«

Der Direktor blies eine Rauchwolke über den Tisch zu Karl-Walther.

»Frettich ist arm dran«, sagte Junior.

»Hast du ihn gelesen?« sagte Chris. »Nein. Du hast ihn nicht gelesen. Also kannst du auch nicht urteilen.«

»Dir fällt ein Umschlag aus der Tasche«, sagte Junior zu Karl-Walther.

»Ja, ein Umschlag«, sagte Chris. »Mach ihn auf.«

Karl-Walther legte den Umschlag vor sich auf den Küchentisch. Es war ein hellblauer Umschlag. Das Papier fühlte sich teuer an. *»The St. Moritz – Central Park South«* war in dunkelblauen Lettern eingeprägt.

»Aufmachen, aufmachen!« riefen die Jungens. Sie liebten Post wie alle Kinder, die nie welche bekamen, außer an ihrem Geburtstag, wenn sie Glück hatten.

Karl-Walther öffnete den Umschlag und zog ein großes schwarzweißes Photo heraus. Er sah sofort weg.

»Hm«, sagte Chris.

Junior zog vorsichtig an einer Ecke des Photos, so daß er es zu sich drehen konnte. Er warf einen kurzen Blick darauf und schob es zu Karl-Walther zurück. Karl-Walther fühlte die Hand des Jungen, die an seiner entlangstrich.

»Moment mal«, sagte der Direktor und griff nach dem Photo. »Das kann doch nicht sein! Das gibt's doch nicht! Da bin ja ich!« Er zeigte. »Seht ihr, da bin ich. Da in der ersten Reihe.«

»Du trägst kurze Hosen«, sagte Junior.

»Sie waren schon als Junge sehr groß«, sagte Chris.

»Wo hast du das Photo her, Papageno?« sagte der Direktor.

»…«

»Mach mir eine Kopie, einen Ausschnitt, bis ich zurück bin. Das ist ja toll. Ich.«

»Freut es dich?« sagte Junior zu seinem Vater.

»Natürlich freut es mich. Auch ich habe auf dieser Bühne gestanden, wie du siehst. Auch mir jubelten die Menschen zu wie dir. Der Apfel fällt nicht weit vom Stamm, wie die Alten sagen. Ich war ein guter Sängerknabe.«

»Wer ist der Ausländer?« sagte Chris. »Er hat eine schöne Tochter. Waschechte Prinzessin, würde ich sagen. Aber nicht mein Typ.«

»Das war … hilf mir, Papageno …« sagte der Direktor.

»Seine Hoheit König Razanullah«, sagte Karl-Walther.

»Razanullah«, sagte der Direktor. »Davidobski, das war mein Chorleiter, ein fabelhafter Mensch, befahl uns, Weihnachtslieder zu singen. Obwohl wir Sommer hatten. Da, seht, die Blätter an den Bäumen und meine kurzen Hosen. Aber der König liebte deutsche Weihnachtslieder.«

»Und sie strahlt so«, sagte Chris. »Aber irgendwie zu schön, ich meine, irgendwie hochnäsig.«

»Ist sie das?« sagte Junior zu Karl-Walther. Dann beantwortete er sich seine Frage selbst. »Ja. Das ist Jali.«

Chris schnappte nach dem Photo.

»*Das* ist Jali?«

»Pssst«, sagte Junior.

»Junior«, sagte der Direktor, »warum hältst du Papagenos Hand? Ich wünsche nicht, daß du seine Hand hältst.«

»Ich hab sie mir ganz anders vorgestellt«, sagte Chris. »Irgendwie älter. Und ernster.«

»Kannst du nicht schweigen?« sagte Junior.

»Laß meine Hand los, bitte«, sagte Karl-Walther. Er drückte Juniors Hand und zwinkerte ihm zu. Junior zog seine Hand zurück. Er sagte:

»Du solltest das Bild nicht behalten.«

»Aber es ist das einzige, das er hat«, sagte Chris.

Junior schüttelte stumm den Kopf.

»Dürfte ich erfahren, was das Getue soll?« sagte der Direktor. »Das ist MEIN Photo. Natürlich werde ich es behalten. Wer ist diese Person, von der ihr sprecht?«

»Nicht«, sagte Junior, »sag ihren Namen nicht.« Karl-Walther trank einen Schluck Wein aus Juniors Glas. Er spürte, daß er drauf und dran war, sich in den Jungen zu verlieben. Er sehnte sich nach Juniors Hand. Er sah, wie sie im Zoo spazierengehen würden, Hand in Hand, und er sich, vielleicht, von Junior einen Kuß auf die Stirn geben lassen würde. Junior könnte ihm Tonleitern vorspielen. Als Junior ein Kind war, hatte K. W. ihm Flußpferdlieder vom Njassal vorgesungen. Vielleicht hatte er dem Kind auch selbstvergessen von Jali erzählt, er wußte es nicht mehr.

»Wer ist diese Person, diese Jali, wie ihr sie nennt?«

»Eine alte Bekannte«, sagte Karl-Walther.

»Alte Bekannte?« Der Direktor griff, die Fingerabdrücke auf Jalis Gesicht vermehrend, nach dem Photo. Er hielt es dicht vor seine Augen. »Alte Bekannte …« sagte er und wippte hin und her mit seinem Stuhl. »Ach, ihr Jungchen, was wißt ihr schon von meinem Zoo? Wir alle haben hier unsere Liebe gefunden oder verloren, der eine früher, der andere später. Stimmt's, Papageno?«

Der Direktor kippte mit dem Stuhl hintüber. Sein Kopf schlug krachend gegen den Küchenschrank. Er war sofort ohnmächtig.

»Ich hol den Verbandskasten«, sagte Chris. Er stand auf, gähnte, streckte sich, schlenderte los.

Der Direktor hing, ein gigantisches Bein über der Lehne, schief zwischen Stuhl und Küchenschrank, als wollte er eine Brücke darstellen. Sein Mund war zu einem Oh geöffnet.

Junior hatte sich nicht gerührt. Er schaute aus dem Fenster und lauschte dem Ticken des Gartens. Er schien zu brüten, er machte ein langes Gesicht, er sah einen Augenblick aus wie Marie-Luise.

»Liebst du deinen Vater?« sagte Karl-Walther.

»Ich weiß es noch nicht. Im Moment tut er mir leid.«

»Mir auch.«

»Ich meine nicht wegen der Kopfschmerzen. Er wird traurig sein in Afrika. Er glaubt, Afrika ist wichtig. Aber es hat ihn immer enttäuscht.«

»Mein Vater hat sich in Afrika erhängt.«

»Warum?«

»Ich weiß es bis heute nicht.«

»Vergiß ihn. Du mußt sie finden. Du mußt überall nach ihr suchen, dann findest du sie. Zerreiß das Bild. Ich schlaf heut nacht draußen. Ich will nicht dasein, wenn er aufwacht.«

Junior kletterte aus dem Fenster und sprang in den Vorgarten.

»Junior?«

Junior steckte seinen Kopf zum Fenster herein. Die Kerze flakkerte vor seinen zusammengekniffenen Augen, so wie sie vor Karl-Walthers zusammengekniffenen Augen flackerte.

»Ich glaube, ich liebe dich«, sagte Karl-Walther.

»Schlaf gut«, sagte Junior. Er hob seine Hand und verschwand im Garten.

Der Zoo ist viel zu groß, dachte Karl-Walther zum ersten Mal in seinem Leben, als er zusammen mit Chris den Direktor des Zoos ins Schlafzimmer trug. Zu groß für Menschen. Wir überschauen ihn nicht. Wir verlieren uns in ihm. Chris verkauft Würstchen, und seine Dorothee studiert Tiere. Junior schläft in einem Busch, und unter ihm ruht die Blechschachtel, nach der ich suche. Jochen wartet auf die Rillies, und die Rillies landen auf dem Erweiterungsgelände für das Neue Nachttierhaus und finden ihn nicht. Ein Mörder ist unterwegs, und wir finden ihn nicht.

»OH.«

Der Direktor war aufgewacht. Er rieb seinen Kopf und lächelte in sich hinein. Hatte er den Verstand verloren? Er bedeutete Chris, ihn zuzudecken. Chris wuchtete das Federbett auf den Riesen.

»Setzt euch zu mir und erzählt mir eine Gutenachtgeschichte«, sagte der Direktor. »Ich schlafe heut nacht hier.«

»Erledige du das, Chris. Und stell den Wecker. Er darf sein Flugzeug nicht verpassen.«

»Sag mir Gute Nacht«, sagte der Direktor.

»Nacht«, sagte Karl-Walther.

»Nein. Wie du es als Kind gelernt hast. GUTE Nacht.«

»Gute Nacht.«

»Und jetzt die Geschichte«, sagte der Direktor.

»Hm … Es war einmal ein Junge in … in Afrika …«

»Sehr gut. Weiter.«

»… der spielte wunderschön auf seiner Mundharmonika, und eines Tages …« fuhr Chris fort.

Karl-Walther ging ins Wohnzimmer und schloß die Tür hinter sich und erschrak. Auf dem Campingtisch stand ein Käfig, der

Molukke war zurückgekehrt oder nie gestorben, das hieß, alles alles wiederholte sich bis zum Knochenkotzen oder nichts war geschehen.

Dann ging ihm auf, daß es ein anderer Käfig war, eine viereckige Konstruktion. Er machte Licht und machte es sofort wieder aus. Da huschten winzige Schatten in Miniaturruinen herum. Waren das die »Mäuse von Pompeji«? Er konnte sich nicht erinnern. Ich hätte mich mehr um Junior kümmern sollen, als er ein Kind war. Er hatte Vertrauen zu mir, seine kleinen Füße trotteten neben mir her durch diesen viel zu großen Zoo.

Er hörte Jochens Stimme: »Die, mit der du keine Kinder hast?« Wer weiß das, Jochen, keiner weiß das, noch nicht mal die Rillies, und keiner wird es je wissen.

Karl-Walther dachte an die Kerze in der Küche. Wie weit sie wohl war?

»… vierhunderttausend Menschen waren ins größte Stadion der Welt gekommen, um ihn zu hören, und sogar die Queen war gekommen, und seine Mundharmonika aus echtem Gold an die Lippen setzend …« hörte er Christophs Stimme aus dem Schlafzimmer.

Auf dem Küchentisch ersoff die Flamme in ihrem Wachs und ließ Jalis Gesicht, bevor sie erlosch, ein letztes Mal aufleuchten. Er schaute aus dem Fenster. Der Zoo stellte sich schlafend. Am Himmel wie immer die öden Sterne, ein paar mehr als sonst, zum Sterben langweilig. Die Sommerinsekten unermüdlich manisch ihre grausamen Botschaften übermittelnd im Sommerdunkel.

Er schlüpfte in Juniors Schlafsack und bettete seinen müden Kopf auf das Photo. Schon war er ihren glitzernden Zähnen, den gefährlichen, ganz nahe, und bald würde er ihre Stimme hören. Er küßte das Photo. Dann ließ er seine Gedanken zu Gustav, dem Schwarzen Panther wandern.

Im Morgengrauen packte ihn der Direktor am Genick und riß ihn aus seinen Gedanken und aus Juniors Schlafsack.

»Ich weiß nicht, was ich davon halten soll, daß du im Schlafsack meines Sohnes schläfst«, sagte der Direktor. »Komm mit.« Er stampfte zur Haustür. Vor der Tür begann er mit Kniebeugen und hielt Karl-Walther an, mitzutun.

»Wir gehen jetzt durch den Garten«, sagte der Direktor. Es klang wie ein Verdikt.

Karl-Walther war viele Jahre nicht mehr mit dem Direktor durch den Zoo gegangen. Er hatte vergessen, wie weit der Direktor ausschreiten konnte. Dem Direktor gefiel es an diesem frühen Morgen, seinen gesamten Zoo zu inspizieren. Der Boden erzitterte unter seinen Füßen. Wahrscheinlich hatte er Flugangst. Bis nach Afrika waren es ungezählte Kilometer. Karl-Walther keuchte hinterher. Der Direktor rief den Tieren, die über Nacht draußen geblieben waren, im Vorbeigehen Grußworte und Parolen zu. Er weckte die in den Häusern schlafenden Tiere, indem er mit seinem Universalschlüssel gegen Gitter und Stangen und Balken schlug. Beim Standbild des Iguanodon vor dem ehemaligen Aquarium blieb er endlich stehen.

»Hör zu, du Wicht«, sagte er, »ich mach dich zum Obertierinspektor, wenn du tust, was ich dir sage.«

Obertierinspektor wäre nicht schlecht, stimmte Karl-Walther schnell das Angebot auf seinen Plan ab. Ich hätte noch mehr Freiheiten. Ich könnte Leute abstellen zum Buddeln. Ich könnte Jochen eine Stelle in einem anderen Zoo verschaffen.

»Und Ihre Frau? Fahren Sie nicht nach Afrika, um Ihre Frau zurückzuholen? Wollten Sie ihr den Posten nicht anbieten?«

»Machst du Witze? Meine Frau wird forschen, forschen, forschen. Und reisen, reisen, reisen. Denkst du, sie gibt sich mit Kleinigkeiten ab? Aber du – du wirst dich mit Kleinigkeiten abgeben für den Rest deines Lebens. Glaub nur nicht, die Stellung eines OT wäre ein JOB, wie man heutzutage sagt. Aber vorher holst du mir Wirkus vom Dach, wenn nötig mit Gewalt.«

»Es wird ohne Gewalt gehen.«

»Das glaube ich nicht. Aber ich will kein Aufsehen, und ich will nicht, daß Wirkus schlecht von mir denkt.«

»Warum sollte er?«

»Ich habe mit diesem Hanswurst, dem Polizeipräsidenten, telefoniert. Er hat mir vier Leute eines SONDERKOMMANDOS versprochen, das werden die üblichen Pfeifen sein, aber sie sind diskret und werden dir helfen, wenn er nicht freiwillig herunterkommt. Natürlich übernimmst du die volle Verantwortung. Ich werde nicht in Erscheinung treten.«

»Damit Jochen nicht schlecht von Ihnen denkt?«

»Jochen darf nicht schlecht denken von seinem Zoodirektor. Thema erledigt. Nächster Punkt. Du nimmst dieses Kreuz an.«

»Nein.«

»Doch.«

»Nie im Leben.«

»Dann verbringst du den Rest deines Lebens auf einer Bank in einem STAATLICHEN PARK mit Spatzen und Krähen! Dann werde ich dich nämlich UNEHRENHAFT entlassen, und du kannst dir deine Pension von den Spatzen und Krähen im Park holen. Ist das klar?«

Er blufft, dachte Karl-Walther. Aber ich werde eine Erklärung abgeben, die alle zufriedenstellt.

»Ich werde eine Erklärung abgeben, warum ich das Kreuz nicht annehme. Wer immer mir das eingebrockt hat, wird nichts tun können. Und meine alten Damen werden ergriffen sein. Es wird eine gute Erklärung.«

»Du wirst in meinem Zoo keine Erklärungen abgeben. Du wirst brav deine Ehrung entgegennehmen und diese sogenannte Nationalhymne mitsingen und damit hat sich's.«

»Nein.«

»Papageno. Du hast eigentlich zu tun, was ich dir sage. Aber du warst immer ein passabler Tierpfleger und bist wahrscheinlich im tiefsten Inneren ein guter Kerl. Deshalb frage ich, dein Direktor, dich jetzt und hier und nur dieses einzige Mal: WARUM NICHT?«

»Weil ich schuldig bin«, sagte Karl-Walther. Er sagte es zum ersten Mal in seinem Leben laut in die Luft. Es klang kläglich.

»Papperlapapp. Woran? Am Ausbruch des Vesuv? An der japanischen Heuschreckenplage? Am Untergang des Abendlandes?«

»Es ist etwas Privates.«

»Es gibt nichts Privates.«

»Es ist etwas Persönliches.«

»Es gibt nichts Persönliches. Es gibt nur die Familie der Tiere und ihre Pfleger. Wann wird das endlich in deinen Schädel gehen? Sag mir, was du angestellt hast, und ich bügle das aus.«

»Ich kann es nicht sagen. Ich kann es nicht ausdrücken.«

»Dann bist du auch nicht schuldig, basta. Hat es was mit diesem Vogel zu tun, dem Kagu?«

»…«

»Na bitte. Wußt ich's doch. Das ist Schnee von gestern. Ich verstehe durchaus, daß auch Schnee von gestern überfrieren kann, um im Bild zu bleiben. Doch gerade die Sensiblen, wie ich und du, müssen sich hüten vor der Glorifizierung der Fehler der Vergangenheit. Weil wir so sensibel sind, neigen wir nämlich dazu, aus Mükken Elefanten zu machen, um im Bilde zu bleiben. Du mußt dir das AUSBRENNEN wie einen Egel. Der Kagu ist tot. Du kannst nichts mehr für ihn tun. Schiefhals ist dein Los, das weißt du und wehrst dich dagegen. Weil er uns alle überleben wird, weil du Angst hast, er könnte dich überleben. Du magst nur tote Vögel. Denkst du, das habe ich nicht längst durchschaut? Das war mir sonnenklar, als du dich GEGEN MEINE ANWEISUNG mit diesem Kagu eingekerkert hast. Wenn die Neukaledonier ein paar Kagus übriggelassen hätten, ich wäre so nett und ließe dir einen kommen, damit du ihn füttern könntest.«

Der Direktor gab dem Iguanodon-Standbild einen Tritt.

»Tot«, sagte er. »Ein Denkmal. Siehst du? Ich trete es, und es schreit nicht. Wir sind uns also einig.«

»Wer? Wir? Nein.«

»Wir werden sehen ...« Der Direktor streckte seine Pranke aus. Zum ersten Mal in seinem Leben gab Karl-Walther dem Direktor die Hand.

*

Es war der vierte Tag. Noch immer wollte Davidobski seine Austern nicht anrühren. Auch den Schampus lehnte er ab. Ebenso verweigerte er Datteln und Feigen. Er aß überhaupt nichts. Nun gut, er war fett genug. Eine kleine Diät konnte nicht schaden.

Kühlschrank und die exorbitant kostspielige, extra angeschaffte Kühltruhe waren randvoll mit erlesenen kulinarischen Spezialitäten aus aller Herren Länder, Hummer und Austern wären nur die Vorspeisen gewesen zu den unaufhörlichen Diners bei Festbeleuchtung und Musik, von denen der Direktor so lange geträumt hatte. Gleich nach seiner Parole »HERBST IV« hatte er einen Schnellkochkurs mittels modernster audiovisueller Technik absolviert. Von der klassischen *Vichyssoise*, die er Davidobski jetzt im Hochsommer natürlich kalt zu kredenzen gedachte, über *Paupiettes de veau au cerfeuil* bis zu *Coq au Riesling à ma façon* und den zeitlosen *Dolci Budino Di Ricotta* oder *Mostaccioli* beherrschte er binnen einer Woche ohne die Zuhilfenahme irgendwelcher Psychopharmaka ein enormes Repertoire und fragte sich wiederholt, warum er sich diese schöpferischen Orgien bisher versagt hatte. Das Kochen, das Mischen und Mengen, Temperieren, Abschmecken, vor allem aber das Warten und Lauern erzeugten FREUDE, wie in grauer Vorzeit die Ethologie. Große Köche und große Sänger, eröffnete er Davidobski bei einem Maulbronner Eilfingerle, hatten etwas gemeinsam: Sie beseelten das orale Verhalten. Davidobski winkte ab. Er, der in den besten Häusern der zivilisierten Welt gespeist hatte, bat am ersten Tag um Thunfisch aus der Büchse.

Der Direktor war außer sich. Er verwickelte den greisen, geistig aber hellwachen Chorleiter in einen philosophischen Disput über die Nichtexistenz von Thunfisch aus der Büchse, das FEHLEN von Thunfisch aus der Büchse in der Kosmogonie, IN PRINCIPIO waren die Erhaltung der Art, das Hüten des Gartens und das Hüten des Feuers die grundlegenden Drillingstriebe, er zitierte sogar den frivolen Frettich: »Die Drei macht alle Dinge«. Davidobski wollte nichts hören.

Auch seine eigene Stimme wollte er nicht hören. Der Direktor hatte die Schallplatten, das Davidobski-Vermächtnis, restaurieren lassen. Alle Arien und Duette und auch die östlichen Lieder waren von Fachleuten in einem Tonstudio für einen horrenden Betrag Geldes geräuschentzerrt und auf ultramoderne Tonbänder überspielt worden. Davidobski hielt sich die Ohren zu.

Nun gut, er war alt. Der alte Künstler hatte das Recht, sein Frühwerk zu widerrufen, so wie der Direktor die maximiert anfällige Nacktratte widerrief. Natürlich konnte er noch singen. Manchmal in der Nacht vernahm der Direktor aus Juniors Zimmer die vertrauten klagenden herzzerreißenden angeschluchzten Töne, mit denen Davidobski ihn und ganz Deutschland einst zur Raserei gebracht hatte.

Davidobski wohnte nicht nur in Juniors Zimmer, er litt darin. Ein klein wenig Leiden würde dem Stimmbandzerstörer nicht schaden. Dennoch ließ der Direktor die Plakate der Negersaxophonspieler entfernen und hängte Reiseplakate von Monte Carlo, Nassau und dem Taj Mahal auf. Wieder hatte sein alter Peiniger etwas zu bemängeln.

»Ihr Diener hat mich geschlagen«, sagte er.

»Das hört man nicht gerne«, sagte der Direktor.

»Ich wollte nur spazierengehen und mir Tiere anschauen.«

Der Direktor schüttelte den Kopf. Das kam gar nicht in Frage, daß Davidobski den Zoo unsicher machte und womöglich Tieren und Pflegern seine östlichen Lieder vorsang. Auch könnte er stürzen, mit dem Kopf aufschlagen, sich das Hüftgelenk brechen, ohnmächtig werden. Zwar hatte Maurice einmal mehr maßlos übertrieben bei seiner Schilderung des desolaten Gesundheitszustandes, in dem sich der

Chorleiter angeblich befinden sollte. Doch neigte Davidobski tatsächlich zu sturzflutartigen Schweißausbrüchen, hervorgerufen durch Angstneurosen und Schuldgefühle, um seine Augen war es schlecht bestellt, er stank aus dem Mund, wenn er hechelte, und wiederholt demonstrierte er den Griff ans Herz wie früher auf der Bühne.

»Und ich will nicht auf diese schreckliche Fitnessbank.«

»Das tut Ihnen aber gut, Maestro.«

»Ich dachte, Sie wollten sich mit mir unterhalten. Ich dachte, ich sei Ihr Gast. Ich wußte nicht, daß Sie mich einsperren und foltern würden.«

»Na na.«

Die Heimkehr des Chorleiters Professor Theodor Davidobski zu seinem Direktor war eine undramatische Angelegenheit gewesen. Maurice brachte ihn als Gast zum Pfingstkonzert. Unterhalten Sie sich mit diesem Mann, sagte Maurice, dieser Mann wird Ihr Trauma beenden und Sie die Liebe der Menschen wieder erfahren lassen. Der Direktor erkannte Davidobski, der sich jetzt »Herr Klein« nannte, sofort. Und sofort, ohne lange abzuwägen, aus dem Bauch heraus, drohte er ihm mit TOTALER ENTLARVUNG. Dann schlug er andere Töne an. Man mußte sich aussprechen. Er lud den großen Sänger und gefährlichen Scharlatan ein, auf unbegrenzte Zeit sein Gast zu sein. Überraschenderweise sagte Davidobski zu. Wie aus der Pistole geschossen kam sein JA. Der Direktor gab ihm Juniors Zimmer, dessen Fenster von Adler mit Schutzgittern versehen worden waren, eine weise Voraussicht. Die erste Aussprache fand bei *Gigot à l'anglaise* und leichtem Bordeaux statt. Davidobski ignorierte das köstliche Mahl und leugnete alles. Der Direktor drehte das Tonband lauter, es gab »Rigoletto«, und sang mit. Ob dem Chorleiter nichts auffiele? Ob sich des Direktors Stimme nicht verändert habe? Ich bin's, Feuerle. Davidobski leugnete. Der Direktor schickte ihn ungegessen zu Bett.

Natürlich war Maurice schuld. Der größenwahnsinnige Professor für Schmerzforschung gab einfach nicht auf, wollte den Direktor »therapieren« um jeden Preis, wozu wahrscheinlich auch seine amüsante kleine Einlage bei der nachpfingstkonzertlichen Sitzung zu zählen war. Er würde dem alten Davidobski geraten haben, sich besonders widerspenstig zu verhalten. Seit jeher meinte Maurice, der Direktor leide an einem »Davidobski-Trauma«, einer Art fehlgeleiteten, falsch ausgerichteten Liebe, das nur durch gnadenlos ausgerichtete einseitige Liebe zu heilen sei. In gewisser Hinsicht hatte er sogar recht. Der Direktor verlangte aufrichtige Liebe von Davidobski, also Eingeständnis der Selbstschuld, aber nicht um ein »Trauma« aufzulösen, sondern um seine Stimme neu auszurichten, extrem auszurichten, es war ihm jetzt gleich ob in die Höhe oder in die Tiefe. Was ihm vorschwebte für die anstehende Reorganisation seines Zoos, war eine extrem leise, kaum hörbare, aber durchdringende Stimme, eine Stille gebietende Stimme, eine STILLE ERZEUGENDE Stimme. Natürlich hatte Maurice von Stimmen keine Ahnung, außer vielleicht in Zusammenhang mit Stimmzählungen. Wahrscheinlich dachte er, es stehe drei zu null für ihn. Aber er irrte sich. Es stand nach wie vor null zu null, das Gleichgewicht blieb gewahrt, auch in den unwesentlichen Einzelheiten. Hatte sich der Direktor nicht insgeheim oft genug gewünscht, den zwar braven, aber völlig uninspirierten Obertierinspektor loszuwerden? Wäre es nicht voreilig gewesen, die begabteste Statistikerin seines Zoos zu entlassen? Die Matthes hatte ihm noch vor Pfingsten ein paar Entwürfe ihrer neuen Abenteuerkäfigkonstruktionen für das Neue Nachttierhaus geschickt. Der Käfig hatte sich, bei näherer Betrachtung, als Träumerei erwiesen, die teuer kommen würde. Aber ein Blick auf ihre Theorie des Käfigs, auf die Auswahl und Auswertung ihres statistischen Materials, und der Direktor wußte: Diese junge Frau konnte jonglieren und fälschen und verdrehen wie keine zweite, ihr Talent, vielleicht sogar Genie lag nicht im Umgang mit der Natur, sondern im Umgang mit der formalisierten Natur. Bei richtiger Anleitung würde sie bald in der Lage sein, jede spinnerte, gegen seinen modernen Zoo gerichtete Theorie oder Bewegung im Keim zu ersticken. Noch hatte sie ein paar Flausen im Kopf. Er mußte ihr einen Computer schenken.

Was Maurice betraf, so schuldete der Direktor ihm noch ein wenig Geld. Es würde bald, und in Massen, hereinzuströmen beginnen. In einem Telefonat nach der Entlassen-Nicht-Entlassen-Sitzung hatte der Professor angedeutet, daß seine Versuche nicht ewig dauern würden, daß sie im Gegenteil bald abgeschlossen seien. Es wurde Zeit. Natürlich würde Maurice irgendwann wiederkommen, sie waren füreinander bestimmt. Aber darüber machte er sich jetzt keine Gedanken. Das stand auf einem anderen Blatt.

Jetzt zählte nur das Neue Nachttierhaus und die damit verbundene Reorganisation seines Zoos. Auch Adler in Afrika mußte noch ein Weilchen warten.

»Ich besitze ein Stück Land in Afrika«, sagte er.

»Wie schön für Sie«, sagte Davidobski.

»Wenn das hier vorbei ist, würde ich Ihnen vielleicht gestatten, dort Ihre Ferien zu verbringen.«

»Wie überaus großzügig, junger Mann. Aber ich möchte nach Hause.«

»Sie haben kein Zuhause, Davidobski. Ihr Leben lang sind Sie von einem Triumph zum anderen gewandert und von einer Katastrophe in die nächste.«

»Wie oft soll ich Ihnen noch sagen, daß mein Name Klein ist. Willy mit Ypsilon Klein.«

»Sie verstanden es schon immer vorzüglich, sich zu tarnen.«

»Das ist mein Beruf.«

»Aaha! Sie geben es also zu?«

»Ich will nicht auf diese Fitnessbank. Bitte nicht!«

»Seien Sie nicht so grob mit ihm, Conte.«

Der Direktor trat zur Seite, als Conte Condoli den alten Quälgeist am Schlafittchen packte und zum Schlafzimmer zerrte.

»Ich seh Sie heute abend, Davidobski. Es gibt *Lachsforelle à la Comédienne*. Ein Rezept Ihres Freundes Maurice.«

»Ich kenne keinen Maurice. Bitte, nicht auf die Fitnessbank!«

Der Direktor lachte aufmunternd. Davidobski lachte nicht mit.

Schade, dachte der Direktor, er hat viel von seiner Persönlichkeit eingebüßt. Wieviel Sinn für Humor wir doch damals hatten.

Frl. Friederike löffelte einen Magerquark. Trotz ihrer einseitigen, gedankenlosen unschöpferischen Ernährung wirkte sie fit und erheiternd auf ihn und leicht lusterzeugend. Trotz der beträchtlichen Hitze war sie in enges schwarzes Leder gewandet, es war fast rührend, wie sie ihm zu gefallen trachtete. Ihre neueste Errungenschaft, eine schwarzlederne Schiebermütze mit einer Kordel aus Katzengold, lag auf ihrem Schreibtisch. Der Direktor setzte sich auf die Kante des Schreibtischs und auf diese Mütze. Frl. Friederike grinste. Er blätterte in ihrer Mittagszeitung.

»Wie geht's unserem Conte?« sagte sie.

»Merk es dir für alle Zeit, mein kleiner Kapitän, daß Conte Condoli MEIN Conte ist.«

Der Direktor, von Maurice auf die Talente des Scharlatans aufmerksam gemacht, hatte Conte Condoli übernommen, wie er früher oder später alles und jeden übernahm, was einige Menschen ihm ankreideten oder mißgönnten. Davidobski hatte recht: Condoli war auch des Direktors Diener. Willrich Plundke, der sich ausbat, ihn nicht nur in der Öffentlichkeit, sondern auch »unter vier Augen«, wie er meinte, Conte Condoli zu nennen, war ein kleiner Glücksfall und durfte im Gästezimmer des Direktors wohnen, bis Maurice seine Experimente beendet und das ehemalige Eiscafé geräumt hatte. Dort würde er einziehen und die Öffentlichkeitsarbeit des Zoos für den Direktor übernehmen. Der Direktor warf sich vor, seine Öffentlichkeitsarbeit sträflich vernachlässigt zu haben. Unwesentliche Skandälchen wie die Ausschreitungen beim Pfingstkonzert wurden schnell vergessen, auch der Volltrottel, der sich Souverän nannte, würde schnell vergessen werden. Aber das Neue Nachttierhaus mußte bereits im zeitlichen Vorfeld den Menschen eine Gänsehaut wollüstiger Vorfreude über ihre arbeitsgekrümmten Rücken jagen, sie mußten den Augenblick der Einweihung herbeisehnen und von nichts anderem mehr sprechen, so wie es früher gewesen war, als er ihnen die Eisbärenanlage, den Kinderzoo und das maximiert resistente Miniaturschwein geschenkt hatte. Conte Condoli war der rechte Mann für diese Arbeit. Er glaubte an den Schwachsinn, den er in anfallartigen Schüben hervorbrachte, und darum konnte er nützlich sein. Man mußte nur die Inhalte vertauschen, und er würde Wunderbares und Wichtiges aus dem Herzen des Gartens künden. Die intelligente Kontinuum-Parole »HERBST« war seine Idee gewesen. Plundke-Condoli träumte von einem »spirituellen Norden«, ein uralter Hut, aber die wohlhabenden Anhänger des modernen Spiritualismus verstanden Bahnhof und sprangen auf Condolis Zug wie die Lemminge. Der Direktor würde Condoli nur einen Gefallen tun, wenn er den Zug umlenkte in Richtung Zoo. Vielleicht konnte aus dem Scharlatan ein Stellvertreter des Direktors im Fernsehen werden, ein glaubwürdiger Mensch für das Gleichgewicht?

»Wir stehen wieder in der Zeitung«, sagte der Direktor.

»Unter *Es haben geheiratet*?«

»Die Pinguin-Morde. Ein gewissenloser Lump von Schreiberling behauptet, nein, schlimmer, er INSINUIERT, daß eine Verschwörung der Tierpfleger im Gange ist, daß es um GEHALTSFORDERUNGEN geht. Grotesk.«

»Ich habe mir Gedanken gemacht«, sagte Frl. Friederike. »Ich glaube nicht, daß der oder die Schmierer identisch sind mit dem Pinguin-Mörder. Warum keine Schmiererei diesmal? Warum keine Morde damals?«

»Ich glaube, ich verstehe durchaus die Mentalität dieses Schmierers und Mörders, denn natürlich handelt es sich um ein und dieselbe Person«, sagte der Direktor. »Es ist ein sich steigerndes, wohlüberlegtes und inszeniertes Schauspiel. Es hat Methode. Ich würde, wollte ich den Zoo schädigen, genauso vorgehen. Interne Verunsicherung und externe Verunsicherung, am Ende steht die kollektive Selbstzerfleischung und der Kampf der Besucherhorden gegen Personal und Tiere.«

»Gegen Tiere?«

»Ja, siehst du denn nicht, daß es darauf hinausläuft? Weißt du nicht, daß es am Ende hinausläuft auf die Angst vor dem Schutzlosen? So war es immer. Es hat Beispiele dafür gegeben in meinem Zoo.«

»Die Schwestern …?«

»Nenne ihre Namen nicht. Ja.«

»Aber das war ein ganz anderer Fall. Die Schwestern haben …«

»Genug jetzt. Sobald Papageno Obertierinspektor ist, wird er Schmierer und Mörder den Garaus machen, darauf kann ich mich verlassen.«

»Und wenn er selbst der Irre ist?«

Und wenn du selbst die Irre bist, dachte der Direktor. Aber mit welchem Ziel sollte Friederike solche Untaten begehen? Sie hatte, was sie zu wollen glaubte. Er hatte seine Reise nach Afrika erneut verschieben müssen. Er hielt sie bei Laune mit gewissen kurzen körperlichen und telefonischen Zuwendungen. Er tolerierte ihre zweite Jugend mit all ihren absonderlichen Auswüchsen. Es ging ihr gut. Es mußte ihr Interesse sein, diesen Zustand zu einem Dauerzustand zu machen. Adler würde sie auf der Stelle entlassen, wenn Adler zurückkehrte, womit in den nächsten Wochen zu rechnen war, laut Dreier & Diderici. Der Schwarze Klammeraffe, den sie vor ihm retten wollte, den er zu seinem Oberassistenten und Sohn hatte heranziehen wollen, hatte sie verlassen. Sie befand sich weder bei seinem Stamm noch auf dem eigenen Stück Land. Sie irrte in Afrika herum.

»Papageno ist es nicht. Laß trotzdem die Wachen vor Schiefhals' Käfig verschärfen.«

Er mußte nach Afrika, um sie AUFZULESEN und nach Hause zu bringen. Er würde reisen, wenn er mit Davidobski fertig war.

»Die Besucher werden langsam ungeduldig, weil er noch immer nicht spricht.«

»Verschärftes Warnschreiben an Papageno. Desgleichen übrigens an den Obervermessungsingenieur, aber höflich in der Formulierung. Außerdem internes Rundschreiben an alles, was denken kann. Du mußt mir diesen Vortrag schreiben, DER ZOO DER ZUKUNFT.

Hol dir in meinem Namen Ideen von den Mitarbeitern. Glaubt diese dumme Gesellschaft wirklich, ich präsentiere ihnen meine Ideen über den Zoo der Zukunft schon HEUTE? Einfaltspinsel.«

»Auf deinem Schreibtisch liegt ein Päckchen von Matthes.«

»Mach nicht so ein finsteres Gesicht. Oder doch. Mach ein finsteres Gesicht. So ist es gut. Noch finsterer. Gute Fritzie.«

Der Direktor ging in sein Büro und schloß die Tür. Er erledigte drei Telefonate, warf das Matthessche Konvolut, offensichtlich die erste Fassung ihrer Dissertation, ungelesen in den Papiergutvernichter »Piranha«, studierte ein provencalisches Kochbuch, rauchte eine Pfeife und dachte nach über Davidobski und das Jungsein. Er gestand sich ein, daß er den gefährlichen Chorleiter vor allem deshalb nicht in den Garten ließ, weil er wußte, daß der Zwitter unweigerlich den Weg zu Papageno finden würde, nicht um Papagenos willen, sondern weil dort, strahlender als alle Kunstwerke der Welt, augenblicklich das Jungsein seines Sohnes und des Würstchenverkäufers Christoph Dalluge stattfand, in seltsam anrührenden Augenblicken wie dem Verzehren von Brot und Wein bei Kerzenschein und dem leichten Spiel der wahrheitsunkundigen schwerelos perlenden Worte und dem Suchen nach Sinn in alten Konfigurationen auf alten Photographien und, über allem, in der Musik.

Der Direktor, der sich in der Jugend Musikverbot auf Lebenszeit auferlegt hatte, um der Natur gewachsen zu sein und weil Davidobski ihm die Stimme ruiniert und gleichzeitig die Musik unrein gemacht hatte mit seinen schweißfeuchten wandernden Händen, verstand die Musik seines Sohnes und liebte jeden FEHLENDEN TON und haßte die LEICHTIGKEIT dieser Musik, das FEHLEN jeder INDIVIDUALITÄT in Juniors kanonartigen Tonleitern. Es war, wie die Zeitungen einen Tag nach Pfingsten berichteten, eine »sehnsüchtige« Musik, ja ja, aber sie drückte nicht die Sehnsucht des schmachtenden Jünglings Junior aus, sondern war die Sehnsucht selbst. Wie grauenvoll. Die Intervalle! Der Direktor erschauderte. Der ganze Garten hatte an diesem Sonntagmorgen einem von Junior angestimmten Instrument geglichen, selbst die Sibirischen Tiger in ihrem Gehege gegenüber der Konzertmuschel hatten ihre Köpfe erhoben und Köpfchen gegeben wie degenerierte Hauskatzen und GENICKT. Später hatte er einen Vari im Kugelkäfig gesehen, der sein Gesicht der Sonne entgegenstreckte wie ein verdammter Mallorcatourist und DIE ARME HOB. Die merkwürdige Harmonie in der Atonalität! Unsichtbar kreisende pythagoräische Planeten waren über dem Zoo erschienen, als Junior spielte.

Natürlich hatte Junior die Musikalität seines Vaters geerbt, war aber damit an die ÖFFENTLICHKEIT getreten, anstatt sich selbst zu disziplinieren und ein Musikverbot aufzuerlegen, um den Plan des Direktors mit zu erfüllen und um das Gleichgewicht zwischen Zoo und Zoobesucher nicht zu stören. Schon kamen Anfragen herein, wann er wieder AUFTRETEN würde im Garten.

Papageno war schuld. Der enthemmte Vogelpfleger übte einen ungünstigen Einfluß aus auf Junior. Seine Tag und Nacht markerschütternd flötenden Schützlinge, das gesamte singende und summende Vogelhaus, immer schon der Hort von Unruhe und Unruhestiftern, hatten Kadamecki anfällig werden lassen für sinnlose Sehnsüchte nach mehr Schönheit, mehr Weib, Wein und Gesang, mehr Herzensfutter. Ebenso wie es bei Wirkus zur Sehnsucht nach eigenem Flügelschlag geführt hatte. Und nun zärtelte Papageno mit Junior, schlief in Juniors Schlafsack auf einem Photo, das den Direktor als jungen Sängerknaben in Reihe eins zeigte und als Urbild Juniors. Nun nahm Junior Papagenos Hand und liebte ihn mehr als seinen Vater. Nun hatte sich Junior in den Vogel aller Vögel verwandelt und spielte Papageno ein Lied. Und er selbst, der Direktor, war es gewesen, der die beiden zusammengebracht hatte damals in den ersten Tagen nach Adlers Flucht.

Als Junior am Pfingstsonntag seine Musik gemacht hatte, oder besser: als die Musik ihn gemacht hatte, hatte der Weltmeister des Schluchzens, Kontratenor Theodor Davidobski, neben dem Direktor gesessen und schien ergriffen zu sein wie alle anderen. Nie und nimmer durfte er auch nur einen Schritt hinaus in den Garten setzen. Wenn Davidobski und Junior je als Duo eine Bühne betreten würden, konnte der Direktor den Zoo schließen, die Tiere entlassen.

Unvorstellbares Leid wäre die Folge.

Er schaute auf seine Uhr. In Afrika sprangen jetzt die Leoparden auf die Bäume. Mußte er Sorge um Adler haben? Er horchte in sein inneres Afrika. Nein. Sie irrte umher, aber sie war sicher.

Es wurde Zeit, die *Lachsforelle à la Comédienne* vorzubereiten. Er ließ Friederike mit den Briefen kommen und unterschrieb, nachdem er jeden einzelnen Wort für Wort gelesen hatte.

»Brauchst du noch Vorab-Parolen? Wann fliegst du?« sagte Friederike. Sie trug ihre vom Gewicht des Direktors leicht zerknautschte Ledermütze.

»Wann ist die Kreuzverleihung an Papageno?«

»In drei Wochen.«

»Ich muß es noch vorher schaffen. Buch mich auf einen Flug in sechs Tagen.«

»Irgendwelche Vorab-Parolen?«

»Was faselst du denn immer? Nein.«

»Ich denke nur, falls du länger in Afrika bleibst ...«

»Du hast Angst, nicht wahr?«

»Ja. Du aber auch.«

»Ich? Ja, aber nicht vor dir.«

»Vor deiner Gemahlin?«

»Ich habe Angst vor keiner Frau, weil ich der Frau erlaube, mir ein wenig Angst einzuflößen in meinen Mußestunden.«

»Und wovor oder vor wem hast du Angst, mein Rotkehlchen?«

»Ich habe Angst vor der modernen Demokratie. Ich habe Angst vor dem Obervermessungsingenieur, diesem Heini, der seine Spähtrupps losgeschickt hat, Externe in öffentlichen Kleidern und mit öffentlichen Augen, die meinen Zoo durchstreifen und nicht vermessen, sondern nachdenken, wie sie mir diesen oder jenen Seitenflügel meines Neuen Nachttierhauses beschneiden können.«

»Hast du schon mal daran gedacht, den Professor um Hilfe zu bitten?«

»Davidobski? Außer mit Geld kann er nicht …«

»Ich meine den Professor für Schmerzforschung. Kostet ihn doch ein Lächeln.«

»Gegen einen Obervermessungsingenieur wie das Exemplar, mit dem wir es zu tun haben, kann selbst der Schmerzforscher nichts ausrichten. Und von Anfang an stand für mich fest, daß ich ihn nicht haben will im Neuen Nachttierhaus, weder vorher noch nachher.«

»Obwohl er so gut hineinpassen würde.«

»Obwohl er so gut hineinpassen würde … Fritzie, erwarte mich in fünf Minuten auf meiner Toilette. Nimm deine neue Mütze mit. Husch, husch.«

Noch wanderten Besucher in Scharen die Wege entlang, als der Direktor seinen frühabendlichen Kontrollgang antrat. Die Besucher trugen bunte sommerliche Kleidung und schleppten allerlei Unfug durch seinen Zoo, Sonnenschirme und Kühltaschen und Kinderwagen und Photoapparate und Plastikenten auf Rädern und illustrierte Zeitschriften. Noch herrschte die Schulferienzeit und damit Ruhe vor den Bütteln der Biologie, den halbgebildeten gemeingefährlichen Lehrern. Der Direktor ließ eine Mutter entfernen, die ihrem Früchtchen erlaubt hatte, die Pampashirsche mit Sand zu bewerfen. Auf dem Wirtschaftshof suchte ihm sein Futtermeister einen besonders gutgewachsenen Salatkopf aus. Der Direktor inspizierte die zwei Beete, eines für Kresse, eines für Dill, die er hatte anlegen lassen. Ein Abgang, eins komma null Koboldmaki, wurde von einem seiner arbeitsscheuen Assistenten lieblos in die Tiefkühlleichenkammer geworfen. Er belehrte den Rohling über die Würde dieses Augenblicks und hieß ihn, den Bruder Tier noch einmal in die Kammer zu legen.

Er umrundete das Vogelhaus. Vor der Absperrung zum Innenhof standen wie immer Besucher und stierten und scharrten ratlos, als würde ihnen der Blick auf ein besonders seltenes Tier verwehrt. Der

Direktor zerstreute die Menge eigenhändig, ohne seine Stimme einzusetzen.

Aus den Augenwinkeln die mannshohen Plakate wahrnehmend, die die Sensation des sprechenden Zooführers Schiefhals verkündeten, kam er zum Menschenaffenhaus. Die Besucher zeigten ihr typisches faxenhaftes Verhalten, sie wußten es nicht besser. Rita, seine Orang-Utana, winkte einem feisten Mongolen zu, der wie ein Gummiball vor ihrem Käfig auf und nieder hüpfte. Der Direktor fragte den Ausländer leise, ob er hier zur Unperson werden wolle. Der Mann, keines deutschen Wortes mächtig, entrüstete sich. Der Direktor ließ das Haus räumen.

Als er allein war, drückte er sein Gesicht gegen die Glasscheibe, die ihn von Rita in ihrem Einzelkäfig trennte.

»Ich werde nicht zulassen, daß die anderen Orangs dir etwas zuleide tun«, sagte der Direktor.

Rita spielte ihm heute Davidobski vor, ihre Erscheinungsformen veränderten sich von Mal zu Mal. Ihre Zähne bleckend und das kupferne Haargehänge ihrer langen Nippel streichelnd, legte sie einen passablen Adler hin, von Zeit zu Zeit.

Ritas vermehrte Salivation, ihr Augenrollen, das beinahe übelwollende Lächeln waren schlimmster Vorkriegs-Davidobski. Sie tanzte schreiend im Kreis.

»Ja, ich weiß, meine Liebe«, sagte der Direktor. »Du willst, daß ich ihn härter herannehme, den Davidobski. Ich würde gern auf einen Sprung zu dir hereinkommen, aber ich muß für Davidobski kochen, also: Auf Wiedersehen! Und du brauchst gar nicht so zu tun, als könntest du durchs Glas greifen und mich würgen. Das ist Panzerglas aus Belgien, das beste.«

Als er die Haustür schloß, war Rita weiterhin mit ihrem Tobsuchtsanfall beschäftigt, sie spielte jetzt Papageno, wie er früher war, sie spielte King Kong, sie verwandelte sich in die Menschen und Tiere, die des Direktors Last und Freude waren.

»Warum sprichst du nicht, Schiefhals?«

»Wieso?«

»Warum sagst du nicht Guten Tag?«

»Ich war zuerst in Afrika.«

»Nein, ich.«

»Guten Tag«, der Papagei schaute über die Schulter des Direktors.

»Guten Abend. Wie lustig, daß wir uns hier zufällig treffen.«

»Ah, Maurice. Ich glaube, der Vogel …«

»Im Garten bitte *Professor*.«

»… hat eben Guten Tag zur mir gesagt … aber es sind doch gar keine Besucher mehr da, warum soll ich dich nicht Maurice nennen, du Mistkerl?«

»The Night Has A Thousand Eyes.«

»Ja, Augen, aber keine Ohren. Was meinst du, sollten wir ihn unter Drogen setzen?« Der Direktor deutete auf Schiefhals, der in seinem modernen Käfig am Haupteingang saß. Auf Zondek-Ruddys Wunsch zierten den Käfig rosafarbene Tapeten mit Teddybärmuster. Der alte Graupapagei war heute besonders grau, er hatte den Kopf eingezogen und bestand nur aus Gefieder.

»Irgendwelche Applikationen werden nicht nötig sein, Herr Direktor«, sagte der Professor für Schmerzforschung. »Das Tier hat einen Langzeitschock. Irgendwann wird er aufwachen und mehr sagen, als Ihnen lieb ist.«

»Du sagst es wie eine düstere Prophezeiung.«

»Es ist eine düstere Prophezeiung. Dieser Vogel hat sein Repertoire noch lange nicht ausgeschöpft. Er hat noch eine Menge zu sagen. Sie werden es sehen, vielleicht auch hören.«

»Soviel Stuß kann ihm Papageno doch gar nicht beigebracht haben«, sagte der Direktor.

»Kadamecki, das ist nur eine Episode. Bedenken Sie, wie alt der Vogel ist. Er hat das Versiechen der Träume gehört.«

»Das was?«

Sie waren ein Stück gegangen und befanden sich bei den Volieren der Raubvögel. Der Professor blieb vor einem kleinen Erkerkäfig stehen. Ein Kolkrabenpärchen, beide pechschwarz aufschimmernd, stand still neben einem Nest ohne Gelege.

»Wie seltsam«, sagte der Professor. »Diesen Käfig kenne ich noch gar nicht. Ist er neu?«

»Alt, wie du siehst.«

»Aber an anderer Stelle als früher?«

»Ja. Ebenso wie du. Tut es dir inzwischen leid, daß du mich nach Pfingsten vor meinen Mitarbeitern gedemütigt hast?«

»Sie wissen genau, daß es keine Demütigung war, sondern eine Morgenlaune und ein kleiner Wink.«

»Nun gut. Launen und Winke müssen erlaubt sein. Wir leben schließlich in einer Demokratie.«

»Eben drum.«

Der Direktor sah dem Professor, der heute keine Sonnenbrille und keine getönten Gläser trug, in die Augen. Diese Augen sprühten lebenslustig und waren jugendlich geweitet. Der Professor zwinkerte dem Direktor zu. Er trug ein zitronengelbes kurzärmeliges Seidenhemd zu knielangen, dunkelblaugrün karierten Hosen, seine Socken waren blau, seine schmalen Füße steckten in Sandalen aus geschwärztem Lurchleder oder was immer es war.

»Was machen die Experimente?« sagte der Direktor.

»Bald abgeschlossen.«

»Noch in diesem Jahr?«

»Es scheint fast so.« Der Professor hockte vor dem Rabenkäfig und steckte einen dunkelbraunen hageren harten Finger durch den Draht.

»Vorsicht. Sie hacken, wenn sie sich bedroht fühlen«, sagte der Direktor.

»Sie hacken auch aus anderen Gründen«, sagte der Professor. »Wußten Sie, mein Direktor, daß Raben meine ersten Versuchstiere waren hier im Zoo vor langer Zeit?«

»Wie grauenvoll.«

»Nein, nein. Ich beobachtete sie nur beim Kampf um einen Fleischbrocken. Sie hießen R 1 und R 2.«

»Wie phantasievoll.«

»Ich erlasse Ihnen übrigens Ihre Schulden bei mir«, sagte der Professor und ging weiter. »Ich hinterlasse ungern Schulden.«

»Das ist eine noble Geste, Maurice.«

»*Professor* bitte. Da hinten gehen Pfleger. Da vorne steht Ihr Sohn.«

»Du läßt die Schulden sausen. Läßt du auch deine Therapieversuche sausen, Professor?«

»Wie ich Ihnen bereits *inter pocula* sagte: Sie brauchen keine Therapie mehr.«

»Und Davidobski? Soll er nicht mein TRAUMA heilen?«

»Ach was. Ihr beide müßt euch nur einmal gründlich aussprechen. Besonders über die Mutter.«

Der Direktor dachte: Er wird es NIE aufgeben. Über die Mutter.

Gleich wird er von Freud sprechen, dann unweigerlich von Frettich, den Widerleger Freuds. Sie lehnten am Zaun des Gnu-Geheges, in dem Junior im sicheren Schutz einer halb geöffneten Stalltür stand und auf das Hereinkommen der Gnus wartete. Sie machten keine Anstalten, sondern schienen dem Gespräch des Direktors mit dem Professor zu lauschen. Mal sehen, wie er es anstellt, dachte der Direktor, mal schauen, was er gelernt hat außer Kanons.

»Wie fanden Sie Juniors musikalische Darbietung?« sagte der Direktor.

»So la la«, sagte der Professor. »Nur Menschen machen Musik. Wenn er einen Gnu-Chor dirigieren könnte, mein Beifall wäre ihm gewiß. Aber er kann, scheint es, noch nicht einmal diese lächerlich kleine Gnu-Herde in ihre Stallungen und zu ihrem wohlverdienten Heu bringen, der arme Junge.«

Der Professor sah dem Direktor lange in die Augen. Der Direktor erblickte einen steinigen dunklen Tunnel, an dessen Ende zwei schrägstehende Augen in weiter Entfernung warteten. Eins der Augen klappte zu, und der Direktor trat auf einen spitzen Stein.

»Wir betreten zusammen die endlosen Straßen der Vergangenheit«, hörte er den Professor am Rande seiner Wahrnehmung sagen.

»Der Geschlechtstrieb«, sagte der Direktor. Der Tunnel wurde immer länger. »Der tierischste aller Triebe.«

»Nicht wahr? Es gibt keine brauchbaren Unterschiede mehr zwischen Mensch und Tier. Übrigens: Ihr Sohn versucht es jetzt mit einer Heugabel, mit der er vorsichtig gegen die Stallwand klopft.«

»Was sagte Frettich über Freud? Können wir weitergehen? Können wir das Ende dieses moderigen Tunnels erreichen? Ich muß kochen. Ich muß Mandeln kleinhacken.«

»Jetzt versucht er es mit Händeklatschen, der Simpel. Frettich sagt, darin Lorenz vorwegnehmend, und zwar wie immer um Jahrzehnte, daß Freud eine Grube gegraben hat, in die er stieg, um sich selbst zuzuschütten.«

»Die Luft ist zum Ersticken. Ich seh die Hand vor Augen nicht. Gebt Gedankenfreiheit, Sire.«

»Geduld, lieber Direktor. Die Gnus scheinen Ihrem Sohn *carte blanche* zu geben, sie scheinen sich auf die Heugabel zu freuen. Und was macht er? Schade ... er stellt sie fort und ruft den Gnus zu, sie sollen friedlich in ihre Stallungen ziehen. Tierpsychologie und Menschenpsychologie, es gibt keine brauchbaren Unterschiede mehr. Mensch und Tier scheinen sich moralanalog zu verhalten. Sie besitzen nicht nur ein gemeinschaftliches Urbild, Baupläne und so weiter, nein, sie sind wirklich ein und dasselbe. Nicht mehr Verwandte, sondern Doppelgänger. Natürlich liegen die Machtverhältnisse etwas schief zugunsten der Fabrikanten, sagen wir von Werkzeugen. Aber ein paar Erschütterungen, Naturkataströphchen, und *mus musculus* und *rattus norvegicus* werden zeigen, daß die Überlegenheit des Menschen eine Scheinüberlegenheit war. Aber das wissen Sie ja alles.«

»Und hier unten im Tunnel sind Millionen von Ratten! Weiß ich wirklich alles? Sag es mir!«

»Die letzte Bastion, der sogenannte *Geist*, hat sich als naiver Köhlerglaube selbst entlarvt in einer relativ kurzen Spanne von Zeit. Wußten Sie das?«

»Natürlich! Sag mir, was ich nicht weiß.«

»Ihr Sohn probiert es jetzt mit Intentionsbewegungen. Er geht hinein … und hinaus … hinein … und tatsächlich, da kommt er wieder heraus. Die Gnus schauen ihm mit mildem Interesse zu. Reden Sie mit Davidobski über die Mutter. Ich bezweifle, daß Sie alles über den Geist wissen oder den Ungeist, den großen Bruder des Geistes. Reden Sie über die Mutter. Es wird keinen Hund mehr hinter dem Ofen hervorlocken, aber es könnte Ihnen eine Portion gnadenloser Liebe vor der *Mousse au Chocolat* bescheren.«

Der Professor klatschte begeistert in die Hände. Der Direktor hörte, wie das Licht in seinem Kopf angeknipst wurde. Dann wurde es hell. Junior hatte es geschafft, ein Gnu in den Stall zu treiben. Oder war es von selbst hineingegangen?

»Das bleibt natürlich alles unter uns«, sagte der Direktor.

»Ich habe das Gefühl, daß unsere Geheimniskrämerei sinnlos geworden ist. Aber ich wehre mich. Warum das Spiel verloren geben, wenn es noch ein paar Enttäuschungen gibt, die wir leichten Herzens genießen können«, sagte Maurice.

»Leichten Herzens?«

Der Professor schenkte dem Direktor ein mädchenhaft scheues, hinreißend junges Lächeln.

»Mein alter Freund, Direktor, wie gut Sie meine abgestandene *Charade* zuweilen durchschauen.«

»Wir haben beide Verjüngung bitter nötig, Maurice.«

»Wahren wir die Form. Noch bin ich der *Professor*.«

Ein Storch ging vorbei.

»Ach, Maurice …«

»Sprechen Sie mit Davidobski über Ihre Mutter. Das ist mein letzter Rat.«

Der Direktor streckte seine Hand aus, um die Hand des großen Forschers zu ergreifen, vielleicht nur zu berühren.

Aber der Professor befand sich bereits in seinem Rücken, wo er eine kindische Grimasse schnitt. Dann sah der Direktor ihn den Hauptweg entlanghüpfen, seinem ehemaligen Eiscafé entgegen.

Gab es wirklich keine brauchbaren Unterschiede mehr zwischen *homo sapiens* und *rattus norvegicus*? Hatten drei Krisen genügt, um das Gleichgewicht zu einer altmodischen Einrichtung zu machen, einem Anachronismus? Der Direktor, der dem durch und durch konventionell veranlagten Tier den modernen Zoo geschenkt hatte und die Avantgarde der Tierliebenden anführte und gleichzeitig dem Besucher seine Grenze, die Gehegemauer, zeigte, konnte den Pessimismus des Professors nicht teilen. Nun gut, Maurice erforschte Schmerzen. Wozu er sie erst einmal erzeugen mußte. Aber er, der Direktor, heilte Schmerzen und verteilte MODERNE HOFFNUNG unter Tier und Besucher. Überall in der Welt kannte man sein Konzept und ging gerne in den Zoo oder reiste gar in SEINEN deutschen Zoo, um sich zu verlieben mit dem Ziel der Fortpflanzung, den Garten zu hüten mit dem Ziel der Abgrenzung der Arten, das Feuer zu bewahren mit dem Ziel sinnvoller kultureller Rekreation. Daran konnten die drei Krisen, Goethes Tod sprich Darwins erste Reise, Freuds Grube und Heinroths Taubenpsychologie sprich Anfänge der vergleichenden Verhaltensforschung nichts ändern. Aber es mußte sie geben, die großen Forscher, stimmte er sich selbst versöhnlich, damit er sich von ihnen abgrenzen konnte. Und natürlich mußte es IHN geben, seinen Maurice, seinen geistreichen steinreichen trickreichen »Therapeuten«.

Er hat mir die Schulden nicht umsonst erlassen, dachte der Direktor, diese nur scheinbar großzügige Geste ist in Wahrheit ein Wechsel auf die Zukunft, wann immer sie stattfinden wird zwischen uns. Mit dem Erlassen der Schulden hat er den Grundstein für eine neue »Therapie« gelegt. Es würde eine immense Erleichterung sein, ihn fürs erste loszuwerden, wenn das Neue Nachttierhaus in Bau ging.

Sollte er eines Tages wiederkehren, würde er kein so leichtes Spiel haben wie dieses Mal, keinen KRANKEN KORRUPTEN STAAT, der ihm das Tor zum Zoo aufstieß. Zeit würde vergangen sein, und Maurice müßte, der Direktor schmunzelte, sich etwas Neues einfallen lassen.

»Üben, Junior!« rief der Direktor seinem einseitig begabten Sohn zu. »Du mußt endlich lernen, wie man sie abends hineintreibt. Denn du wirst sehen, sie morgens herauszulassen ist noch gefährlicher!« Junior hatte erst zwei Gnus im Pferch. Die übrigen verharrten wie Standbilder im Abendschummer und verbreiteten eine flimmernde Aura um ihre Hörner. Aber es waren nur Schwärme von Bremsen, Wespen und anderen Insekten.

Der Direktor spazierte langsam nach Hause. Sollte Davidobski ruhig warten. Hatte er, sein unschuldiges Opfer, nicht auch geduldig gewartet all die Jahre auf den Augenblick, da er ihn fangen würde? Er haßte den greisen Chorleiter nicht mehr. Aber er wollte gewisse Dinge von ihm, gewisse Geständnisse, *Zu*geständnisse, bevor er ihn entließ.

»Sie kommen spät«, sagte Conte Condoli, als der Direktor die Küche betrat. »Der Alte quengelt schon. Er will sich die Beine im Zoo vertreten.«

»Kommt nicht in Frage. Hat er seine Streckübungen absolviert? Was ist das für eine entsetzliche Musik?«

Von der Tonbandmaschine des Direktors und über die Lautsprecher, die er seiner Körpergröße hatte nachbilden lassen, drang in alle Ecken des ehemaligen Aquariums ein monotoner Zweitonsingsang, den Condoli mit geschlossenen Augen mitsummte.

»Das ist der Gesang der Asinge. Erweitert das Erde-Astral-Mental«, sagte Condoli.

»Es ist mir egal, welche Küchenschabe da singt. Er hat es unverzüglich abzustellen und diese Kräuter hier KLEINZUHACKEN!«

Der Direktor warf Condoli die Kräuter vor die Füße. Er hielt die andere Hand vor, um den Salatkopf vom Wirtschaftshof hinterherzuwerfen, aber diese Hand war leer. Habe ich den Salat verloren? dachte er. Dann erinnerte er sich, und seine Wut war groß, daß Maurice mit etwas jongliert hatte, als er den Hauptweg entlanggehüpft war.

Er schickte Condoli zum Wirtschaftshof, einen neuen Salatkopf herbeizuschaffen.

Wo früher die Mäuse von Pompeji in den antiken Ruinen kopuliert hatten, thronte jetzt die technisch hochwertige Tiefkühltruhe, dreimal so geräumig wie das Tiefkühlschränkchen, das ihm Adler hinterlassen hatte und zu dem sie noch den Schlüssel bei sich führte auf ihrem ziellosen Herumirren in Afrika. Entzückt betrachtete der Direktor den Inhalt. Hühnchen, Kaninchen, Entchen, Putchen, Lämmchen, Schweinchen, Kälbchen und diverse Meeresfrüchtchen. Er entnahm der Truhe zwei Lachsforellen, taute sie in der Mikrowelle in null komma nichts auf und machte sich an die Arbeit, ein weiteres Gedicht aus der *Grande Cuisine* unter seinen Händen entstehen zu lassen. Er lauerte den Schalotten auf, die er mit Weißwein und *Fumet de poisson* und Wermut (*Comédienne*) zusammen aufkochte. Die Schalotten mußten hinaus, er duldete keine Schalotten in Gänze oder in Resten bei der Präsentation eines Fisches. Desgleichen duldete er, wie auch Maurice, keine Kartoffeln als Beilage. Nackt und pur, umflossen vom wichtigsten Element, der *Sauce*, kam der Fisch auf den Tisch.

Condoli stopfte seinen Wanst mit »Hamburgern« und »Hot Dogs«, es war ihm also nicht zuzutrauen, einen jungen Salat schlicht und gleichzeitig raffiniert anzurichten. Der Direktor zupfte zärtlich den Salat, während er anderhändig kleine Stücke Tafelbutter mit dem Schwingbesen unter die *Sauce* zog.

»Ins Eßzimmer mit dir, Tisch decken. Vom Tonband heute Davidobski als Ming Ti in *Der Kaiser von China*, dann übergangslos als Tante in *Charleys Tante*. Als Beleuchtung zwei hohe Kerzen. Eine eisgekühlte Flasche Bollinger. Der Nachtisch fällt aus. Kein Kaffee. Wir bleiben im Eßzimmer. Türen stets offen halten, damit die Musik laut, aber nicht zu laut hörbar ist. Du darfst ihn dann holen.«

Der Direktor servierte selbst, als Condoli den Chorleiter hereinführte. Condoli ging in der Tat recht unsanft mit ihm um. Nun gut, ein wenig spirituelle Einschüchterung würde Davidobski daran erinnern, wer er war und wo er sich befand. Davidobski hatte bereits ein paar Pfunde verloren, seine Lippen zitterterten, er schien unablässig zu murmeln, die gefährlichen Finger zuckten.

Der Direktor entließ Condoli mit einer Handbewegung und hob sein Glas.

»Der erste Toast des Abends auf die Freunde, die dieses köstliche Mahl nicht mit uns genießen können!«

»…«

»Kennen Sie eigentlich meine Frau? Nein, natürlich nicht. Sie kam später. Sie ist ein hervorragender Wissenschaftler, ein guter Schriftsteller und kann, wenn auch etwas derb, kochen. Kennt die Welt. Ist überall gewesen, wie Sie, Verehrtester.«

»Ich war nur in Amerika. Könnte ich ein Thunfischbrot haben?«

»VERSTELLUNG! Sie waren in Monte Carlo. Sie waren in Baden-Baden. Sie waren in Nassau. Wo immer ein Roulett-Tisch stand, da waren Sie. Und Thun, der nichtexistente Fisch, war nicht Ihr täglich Brot. Sie schlürften Austern mit gebörteltem Zwerchfell, fraßen Hummer mit umgestülptem Mund. Während ich und das deutsche Volk Hunger litten. Nicht, daß es etwas ausmacht. Hungern ist gesund. Schärft den Verstand, bringt Ordnung in die Gedanken. Aber kommen wir endlich zur Sache. Reden wir über unsere Mütter.«

»Könnten Sie diese enervierende Musik etwas leiser machen? Oder einfach abstellen?«

Davidobski hielt sich die Ohren zu. Das nahm der Direktor mit Schadenfreude und Bestürzung zur Kenntnis. Er schämte sich der Schadenfreude, aber sie war »psychologisch« verständlich. Wenn Davidobski nicht des Direktors Stimme zersetzt hätte, würde heute der berühmteste Zoodirektor der Erde den Kaiser von China singen. Er war bestürzt, weil der große Künstler, der mit seiner Stimme das Tor aufgestoßen hatte zu einer anderen Welt, diese seine Stimme nicht mehr hören konnte. Hatte Davidobski in der anderen Welt, zu der er das Tor aufstoßen konnte wie kein anderer Sänger seiner Zeit, unschöne Erfahrungen gemacht?

»Es ist Ihre Musik, Davidobski. Wir werden sie gemeinsam hören. Sie regt mich an. Ich sollte, weil ich selbst nicht singen kann, aus

Gründen, die Ihnen bekannt sind, vielleicht komponieren. Eine Fuge vielleicht.«

»… In seinem schönen Geiste sich selber zu bespiegeln …« murmelte Davidobski.

»Werfen Sie mir Eitelkeit vor?«

»Leonore«, sagte Davidobski. »Was wollen Sie von mir?«

»Sie nennen mich Leonore, Sie krötiger Lüstling? Ich will GELD von Ihnen. Aber das ist nur die Ouvertüre. Ich will …«

»Ich habe kein Geld. Ich dachte, Sie würden mir etwas geben.«

Hat Davidobski den Verstand verloren, oder ist das nur sein alter, endlich wieder aufkeimender Humor? dachte der Direktor. Er tupfte sich den Mund ab, die *Sauce* war ihm gelungen. Er hob sein Glas. »Einen Toast auf Ihren wiedergefundenen Humor, Davidobski!«

»Mein Name ist Klein. Mein Vorname …«

»Ach, Namen. Wer war Ihre MUTTER? Erzählen Sie von Ihrer Mutter.«

»Was *wollen* Sie von mir?«

»Fünfhunderttausend aus Ihrer Schatulle in Monte Carlo. Und ein schriftliches Schuldbekenntnis. Dann errichte ich Ihnen ein Denkmal. Aber das kann warten. Zunächst: Wer war Mutter?«

»…«

Der Direktor sah aus den Augenwinkeln, daß Condoli in der Tür gestikulierte. Hatte er dem Scharlatan nicht jede Einmischung untersagt? Natürlich spürte Plundke in seiner Mittelmäßigkeit, daß dem Direktor ein Scharlatan von Weltrang gegenübersaß, und suchte Befruchtung.

»Was ist?«

»Ihr Sohn ist am Telefon. Es ist wichtig.«

»Nicht jetzt!«

»Er weint.«

Die Vorstellung seines weinenden Sohnes erregte den Direktor sehr. Was ging vor in Papagenos Behausung, spielten sie mit neuen unbekannten brauchbaren tempestuösen Temperamenten, erfanden sie neue Empfindungen? Er konnte es alles sehen: Sie weinten und knirschten mit den Zähnen und hielten einander die Hände. Und Kadamecki, dem alten Vogel, wuchsen neue Flügel. Es war eine schreiende Ungerechtigkeit. Der Direktor ging zum Telefon.

»Du weinst?« sagte er.

»Ich kann nicht mehr bei den Gnus arbeiten, ich kann das nicht, ich will da raus, laß mich bitte raus«, sagte Junior.

»Erst wenn du gelernt hast, sie morgens hinauszulassen und abends hineinzutreiben. Und wenn du wieder bei mir wohnst. Momentan habe ich einen Gast, aber da du so gerne auf Küchenböden schläfst ...«

»Dann gib mir wenigstens eine Woche frei. Ich soll bei einem Festival auftreten und ...«

»Kommt nicht in Frage. Ende.«

Früher oder später würde Junior verstehen, warum der Direktor so unerbittlich zu sein hatte. Nur durch Selbstdisziplinierung konnte man die Musik überleben. Würde Junior auch den Rest verstehen?

Davidobski saß in sich zusammengesunken am Eßtisch und spielte mit einem Zipfel des Tischtuchs. Der Direktor setzte sich ihm gegenüber auf seinen angestammten Stuhl und sagte:

»Ich kann Ihnen sagen, es ist nicht einfach. Sie haben keine Kinder, Sie wissen nicht ...«

»Ich habe einen Sohn«, sagte Davidobski.

»Da ist er wieder, der gute alte Davidobski-Witz!« lachte der Direktor. »Nun vermehrt ihr euch auch schon. HA!«

»Wir?«

»Ja! Ihr! Ihr von der anderen ... vom anderen ... Stern. Tun Sie nicht so. Sie wissen genau, was ich meine.«

»Hören Sie, Herr Direktor, mir langt es. Ich habe kein Geld. Ausgerechnet ich! Ich bin nicht mehr Ihr Gast. Ich möchte gehen. Sagen Sie Ihrem Diener, daß er mein Köfferchen holen soll.«

»Ihr Köfferchen, Sie Sadist! Ich zertrete Sie wie eine Wanze. Ich sperre Sie in die Keller des Tierkrankenhauses zu den Ratten. Es sind sehr tiefe Keller.«

Davidobski begann zu weinen.

»Denn der Regen, der regnet jeglichen Tag«, klagte er leise.

»Ich werde Sie ersäufen wie eine Mißgeburt. Ich werde Sie in kleine Stücke hacken und postlagernd abgeben. Conte wird Ihnen Elektroschocks verabreichen …«

Davidobski heulte auf. Der Direktor wartete gespannt. Gleich.

»… Conte UND ich werden Ihnen Elektroschocks verabreichen und Sie danach im Ofen auf kleiner Flamme garkochen …«

Gleich würde Davidobski, denn er heulte schon, er brachte sich schon in Form, eines seiner fühligen östlichen Lieder vortragen. Schauerliche Lieder waren es, aber der Direktor wollte sie noch einmal hören, sie erinnerten ihn an seine kleinen Träume, als er klein war.

»Sing, Davidobski, sing!«

»Sie sind ja meschugge«, sagte Davidobski und trocknete seine Tränen. Er zuckte die Schultern. »Ich muß mich fügen. Werde ich leben? Mein Sohn ist tot. Nur Isabelle ist mir geblieben.«

Der greise Chorleiter sprach wie mit sich selbst, als säße er nicht im Eßzimmer des Direktors, sondern stünde auf einer Bühne und hielte innere Zwiesprache an der Rampe.

»Alle meine Freunde sind tot«, deklamierte Davidobski. »Albert Krumm, Gershon Schwander, Fred Bisenius, der große Emil, Moissi ist tot, Walter Hasenclever, Max Sonnenfeld, Bruno E. Werner, Kurt Lenz, Maria Gräfe, Eugen Fraenzel, Charlie …«

»GENUG! Das Tischtuch war zerschnitten zwischen uns. Sehen wir zu, daß wir es heute und für alle Zeit zusammenflicken. Ich will Ihre AUFRICHTIGE GNADENLOSE LIEBE, Herr Professor Davidobski. Ich will ein schriftliches Liebesgeständnis und Schuldgeständnis. Ich will einen keuschen Kuß auf meine Stirn, nein, besser: Ich will, daß Sie meine Hand halten. Und ich will fünfhunderttausend Mark als Wiedergutmachung, und zwar für mein Neues …«

»Wiedergutmachung *wofür*? Dafür, daß kein Mensch mir ein Engagement gab in Amerika? Daß ich betteln gehen mußte? Daß meine lieben Eltern …« Davidobski legte einen bühnenreifen »trockenen« Weinkrampf hin, »… in Rauch aufgegangen sind? Daß ich, oh diese Schuld …«

»Jetzt reicht es aber. Singen Sie. Als Schauspieler waren Sie nie erste Garnitur.«

»… schon weit fort war, als das geschah? Dafür, daß die Lichter ein für allemal erloschen an der Place des Vosges? Daß sie meine Genitalien verstümmelten? Daß ich in New York im Rinnstein schlief? Oh. *In the nightmare of the dark, all the dogs of Europe bark.*«

»Nicht so schnell. Sie geben also zu, daß Sie schuld haben? Das ist gut. Die Erklärung liegt in meinem Schlafzimmer. Sie werden sie nachher unterschreiben. Was Ihre Genitalien betrifft: Unrecht Gut gedeiht nicht, kann nicht gedeihen. Was nun Ihre Mutter betrifft …«

»Meine arme Mutter.«

»Auch meine Mutter war arm.«

»…«

»Meine Mutter sparte sich das Essen vom Munde ab, damit Sie mir Gesangsunterricht geben konnten, damit Sie meine Stimme korrigierten. Und als …«

»Ich habe nie Gesangsunterricht gegeben. Ich kann nicht singen. Ich habe meine arme Mutter geliebt.«

»Und mich? Haben Sie auch mich geliebt?«

»…«

»Natürlich haben Sie mich geliebt. Widernatürlich geliebt. Weshalb meine Mutter Sie von der Polizei abholen ließ, was nur recht und billig war.«

»Ich werde Sie anzeigen«, stöhnte Davidobski. »So einer wie Sie gehört hinter Gitter. Es muß doch noch Gerechtigkeit geben. Schließlich leben wir in einer Demokratie.«

»Sie wollen MICH anzeigen, Fettsack? Ich sperr Sie in den Rattenkeller. Ich werf Sie den Wölfen zum Fraß vor. Ich laß Sie ins Gnu-

Gehege werfen. Und vorher knöpf ich Ihnen jeden Pfennig ab, den Sie haben.«

Das schien Davidobski zur Vernunft zu bringen. Er straffte sich. Er wurde endlich ernst. Der Direktor konnte nicht anders, er mußte lächeln. Im Hintergrund sang Davidobski vom Band *Charleys Tante*. Wenn er meine Bedingungen erfüllt, werde ich ihn zu einem Unvergeßlichen machen, wie es dem Künstler Davidobski gebührt.

»Bitte nicht. Das Honorar ist ohnehin schon mickrig genug. Ich bin seit zweiundzwanzig Jahren arbeitslos. Ich lebe von der Hand in den Mund. Nie habe ich Geld genommen von diesem Staat, nie habe ich auch nur …«

»Gut«, sagte der Direktor. »Der STAAT IST KNECHTSELIG UND KRANK. Männer wie Sie und ich brauchen ihn nicht. Wir vergessen den Staat, wir negieren ihn, wir warten seinen Abgang ab und besingen danach sein FEHLEN, nicht wahr?«

»Ich erhalte nur hundertzwanzig Mark am Tag.«

»Es ist mir egal, was Sie angeblich erhalten. Ich will an Ihre Reserven, Davidobski, ich will Ihr Blut. Das sind Sie mir schuldig. Wie gefällt Ihnen meine Stimme?«

»Darf ich telefonieren?« sagte Davidobski.

»Unter gar keinen Umständen.«

»Und wenn ich … in Monte Carlo anrufe?«

»Das ist etwas anderes.«

Ich habe ihn, dachte der Direktor. Er gibt seinen Widerstand auf. Er wollte schon mehrmals telefonieren, aber noch nie mit Monte Carlo, wo seine ausländischen Tantiemen sich unter der gleichgültigen Sonne vermehren und vermehren. Regeln wir also erst das Finanzielle, dachte er, und dann ab ins Schlafzimmer und die Geständnisse unterschreiben. Er rief Condoli.

»Professor Davidobski will mit Monte Carlo sprechen. Ist die Haustür verschlossen? Behalte ihn im Auge.«

Condoli führte Davidobski hinaus. Der Direktor löschte eine Kerze. Er zog Davidobskis Teller zu sich und verzehrte die kalte

Lachsforelle. In der Halle telefonierte der weitgereiste Chorleiter auf Französisch. Rache mußte kalt genossen werden. Obwohl der Direktor, wie er sich kannte, selten auf Rache sann. Er wollte SCHRIFTLICHE Zusagen und Geständnisse, um ein für allemal schwarz auf weiß den Beweis zu besitzen, daß Davidobski existierte und bereute. Vor allem, daß er existierte. Keiner Erinnerung war zu trauen, Erinnerungen waren wertloser Firlefanz, eine Erfindung der Frau, Wahrheit war nicht in ihnen. Es war eine gigantische Schmuggelei von Lügen und Selbsttäuschungen und Sentimentalitäten, die Erinnerung. Nur an ihren FOLGEN oder an ihrem FEHLEN ließen sich Ereignisse festlegen, der Rest war süßliche Programmusik, wie das Geklimper des Robert Schumann in seinen »Kinderszenen«, dem einzigen verläßlichen Hausmittel gegen den Professor für Schmerzforschung.

Davidobski war so lange her. Der Direktor hatte Millionen Menschen in seinen Zoo kommen und ihn wieder verlassen sehen. Keiner war Davidobski gewesen. Keiner hatte ihm seine Kindheit wiedergebracht. Natürlich waren Kindheit und frühe Jugend, besonders die des Direktors, nichts weiter als ominöse Aggregatzustände, flüssige Zustände immer, milchige und rote Rinnsale, die versickerten oder der Verdunstung anheimfielen. Wenn ein Tropfen übrigblieb, gut. Man konnte ihn einfrieren in der Tiefkühltruhe neben den Brüstchen von Hühnchen. Ihn hervorholen und gegen das Licht halten und rätseln: War ich das? Langweilig, aber die Mehrzahl der Menschen machte einen Volkssport daraus, und es gab eine Wissenschaft davon und eine blühende Industrie.

Was zählte, waren die Folgen. Die Stimme des Direktors, hell unter Drogen, in nüchternem Zustand kieksig, stets kurz vor dem Stimmbruch, war der Beweis für die Existenz von Chorleiter Professor Theodor Davidobski und war der Beweis dafür, daß der Direktor tatsächlich eine Kindheit gehabt hatte, woran sein Adler nie so recht hatte glauben wollen. »In deiner Kindheit warst du bestimmt ein alter Baum«, sagte sie. Ein Weihnachtsbaum, schlug er vor. »Ein alter

Baum mit langen Wurzeln«, sagte sie. »Und deine Eltern vom Winde verwehte Bommeln oder unbekannte Blaualgen.« Die Kindheit des Direktors war ein Rätsel für sie. Er sprach nie von seiner Mutter.

Da Davidobski in der zerstörten Stimme des Direktors lebte und ungeheuerlicherweise sogar fortlebte, mußte etwas GESCHEHEN sein. Ein Ereignis, dem mit Erinnerung oder Rache nicht beizukommen war, mußte stattgefunden haben, ein Austausch zwischen ihnen beiden, eine Osmose von Schuld und Liebe.

Davidobski zerstört Stimme. Davidobski ist schuld. Direktor wird Stimme zerstört. Direktor antwortet mit Liebe sein Leben lang, zu Mensch und Tier. Konnte es so gewesen sein?

Davidobski liebt Direktor. Davidobski ist schuld, denn er ist schwul. Direktor wird Liebe zerstört. Direktor antwortet mit Stimme, aber Stimme ist nicht mehr da. Direktor auferlegt sich Musikverbot und wird Direktor.

Condoli führte Davidobski zurück an seinen Platz, eigentlich Adlers Platz. Der Chorleiter schien neues Selbstbewußtsein geschöpft zu haben. Er machte ein wichtiges Gesicht. Er preßte seine weibischen Negerlippen zusammen.

»Nun, was sagen Ihre Vermögensverwalter in Monte Carlo?« sagte der Direktor.

»Ich bin nur ein arbeitsloser Schauspieler«, sagte Davidobski. »Ich werde dafür bezahlt, Ihr Gast zu sein. Man zahlt mir hundertzwanzig Mark am Tag. Ihre Mutter, Herr Direktor, war eine Lügnerin und Verräterin und Mörderin. Und wenn Sie mich nicht gehen lassen, machen Sie sich lächerlich und werden von niemandem mehr ernst genommen. Gute Nacht.«

Davidobski stand auf.

Der Direktor blieb sitzen. »Conte«, sagte er. Condoli erschien. »Bringen Sie Professor Davidobski in sein Zimmer. Verschließen Sie das Zimmer.«

»Mich schüchtern Sie nicht mehr ein, Sie Narr! Was sind Sie denn gegen mich? Ein Popanz, ein dummes Kind mit einem angeklebten

Bart, das Zoodirektor spielt. Ich habe bessere Rollen gehabt, das können Sie mir glauben.«

»Ich glaube Ihnen, Davidobski«, sagte der Direktor und zog vorsichtig an seinem Bart. »Aber Sie hatten ein kleines Publikum im Vergleich zu meinem. Und glauben Sie MIR, daß Sie hier bis zum WELTUNTERGANG bleiben werden, wenn Sie mir nicht schriftlich Ihre Schuld eingestehen, ganz zu schweigen von dem Geld, das Sie mir schulden. Schaff ihn mir aus den Augen, Conte.«

»Wir werden sehen!« rief der greise Sadist und Kontratenor, als Condoli ihn durch die Halle schleifte.

Der Direktor blieb am Eßtisch sitzen und wartete. Er befahl Condoli, das Tonband abzuschalten. Condoli zog sich ins Gästezimmer zurück, um Fernsehen zu schauen.

Stundenlang wartete der Direktor. Er dachte an seine Mutter, die eine brave Frau gewesen war. Seine Mutter hätte es nicht zugelassen, daß ihr Sohn die Pampashirsche mit Sand bewarf. Er dachte an seinen Sohn, der seine Jugend bei Papageno vertonte, jeder Ton ein Tropfen, jede Tonleiter ein System von Abschieden. Er dachte an seine Frau, die in Afrika umherirrte und nicht wußte, daß sie in Sicherheit war. Er dachte an Rita und an das Versiechen der Träume der Jugend und an das Trutzbündnis, das er mit seiner Orang-Utana gegen den Rest der Menschheit geschlossen hatte, zur Rettung des Gleichgewichts in der Natur.

Endlich begann Davidobski zu klagen. Noch einmal öffnete sein östliches Lied das Tor zu einer anderen Welt, und der Direktor weinte im Dunkeln.

»Ja. Wir werden sehen.«

*

Ich kann meine Stimme kaum noch hören, ich höre sie immer schlechter, immer schwächer. Ob ich schwerhörig werde? Aber die Stimmen der anderen höre ich laut und deutlich. Nur meine eigene klingt wie durch verschlossene Türen oder wie vom Ende eines Saals. Wenn ich daran denke, wie die Lehrer in der Schule und die Profs in der Uni mich immer blöd anmachten, meine Stimme sei so tonlos, weiß ich nicht, ob sie mich in ihrer Leere nicht hören konnten oder ob sie recht hatten. Ich fand meine Sprechstimme ganz passabel, aber nie so umwerfend wie nach den 5 x 24 Stunden Schlaf. Es war so, als würde nicht mehr *ich* sprechen, sondern als würden Menschen und Tiere und Pflanzen und Steine durch mich sprechen. Ich hatte das Gefühl, widerzuhallen und zu vibrieren wie ein Instrument. Es war ein Gefühl von Freiheit, ich glaube, ich hätte *alles* sagen können, alles, was auf dem Planeten überhaupt gesagt werden kann, ohne Angst haben zu müssen, ob es stimmt, was ich sage, ob es wahr ist, ob man es mir übelnimmt. Ich muß diesen Fünftageschlaf noch mal versuchen. Wenn es Drogen waren (vom Professor), muß ich sie mir beschaffen. Könnte es sein, daß so ein totenähnlicher Schlaf die Stimme verschönt, befreit? Der Professor ist übrigens »auf einen Sprung nach Japan«, und heute nacht werde ich mal wieder forschen in den Archiven. Diesmal wird mich der Direktor nicht stören, er ist »mit einem Bein in Afrika« oder schon dort, ist egal, ich habe Daniels gesagt, wo ich bin, er ist der Stellvertreter des Direktors, was soll mir also passieren? Die Sache mit Daniels: Ich wußte gar nicht, daß ich eine so gute Schauspielerin bin! Heute wieder mit Loring telefoniert (ich fliege jetzt 100%ig nächste Woche) und x Briefe an Karl-Walther begonnen, und keiner ist es wert, von *ihm* gelesen zu werden. Ich weiß doch, wie sehr er Pläneschmieden haßt, das würde ihn erschrecken, wenn er (zwischen den Zeilen) meinen Plan erkennen würde. Unsere Liebe ist so unendlich, wir brauchen keine Briefe, wir brauchen noch nicht mal Sprache wie die anderen (Chris), die sich ihre Liebe kaputtquatschen, wir stehen darüber, wir kommunizieren durch Schweigen, wir …

Doro blätterte die Seite in ihrem Tagebuch um und wollte weiterschreiben, aber die erste Zeile der folgenden Seite war bereits beschrieben. Dort stand:

Wer über See geht, wechselt den Himmel, nicht den Charakter.

Es war *nicht* ihre Schrift. Es war nicht Chris' Schrift (wie hätte seine Schrift auch in ihr dreimal verschlossenes *neues* Tagebuch kommen sollen). Es war nicht Karl-Walthers Schrift. Es war keine Schrift, die sie kannte. Sie zählte die Seiten. Die Schrift erschien auf Seite 82. Sie untersuchte die Schrift. War es möglicherweise ein Gag oder Markenzeichen oder Sinnspruch der Herstellerfirma, war die Schreibschrift aufgedruckt? Nein, Füllfederhalter mit kleinen Verwischungen bei den zwei »m« in »Himmel«, grüne Tinte. Eine nichtssagende, weder betont weibliche noch männliche Schrift der Art, wie sie Kreditkartenmuster zierten: Herr Mustermann, Frau Musterfrau. Das Nichtssagende des Schriftbildes bildete einen unheimlichen Kontrast zum drohenden Inhalt des Satzes. Achtung, drohte der Satz, du hast keinen oder einen schlechten Charakter. Wage es ja nicht, drohte er weiter, nach Sydney (über See) zu fliegen, du wirst dir (mir?) nicht entkommen. Es war der häßlichste, gemeinste, hinterhältigste Satz, den sie je gelesen hatte. Und wie er zusammentraf auf Seite 82 mit ihren unmittelbaren Reiseplänen und ihrem großen geheimen Plan, Karl-Walther Amerika zu zeigen, nach der Hochzeit. Sie fühlte sich hilflos vor Wut und Scham, es war, als hätte ihre beste Schulfreundin (die sie nicht hatte) sich heimlich ihres Poesiealbums (das sie nie gehabt hatte) bemächtigt und hineingeschrieben: »Ich hasse dich«.

Sie las alle Tagebucheintragungen bis Seite 82, ihre Zeit in diesem Zoo zog an ihr vorüber, und sie fühlte sich hilflos vor Scham und auf seltsame Weise alt, als sei alles geschehen, als habe ihr Leben längst stattgefunden, als könne nach diesem Haß-Satz nichts Neues mehr kommen, das nicht schon geschehen oder bekannt war, aller Welt bekannt wie ein offenes Buch, und alle Welt lachte sich halbtot über die dumme Dorothee, die immer noch Pläne schmiedete und an die unendliche Liebe glaubte.

Sie strich den Satz durch.

Hinter ihren dicken Strichen wirkte er noch häßlicher, wie hinter Gefängnisgittern.

Sie weißelte ihn mit Korrekturflüssigkeit aus.

Das Grün der Tinte schimmerte immer noch hervor.

Sie riß die Seite aus ihrem Tagebuch und zerknüllte sie und hielt ein Streichholz daran und warf den brennenden Papierball aus dem Fenster.

Wer immer das geschrieben hatte, mußte auch ihr Tagebuch gelesen haben. Der Satz war eine Drohung. Wer ihn geschrieben hatte, war ihr Todfeind. Es *konnte* nur der Professor sein. Er besaß den Oberuniversalschlüssel, hatte selbst vor ihr damit geprahlt. Aber wie hatte er 1. das Schloß der Schreibtischschublade, 2. das Schloß der Stahlkassette, in der sie das Tagebuch mit ihrem Sparbuch und ihrem Paß aufbewahrte, und 3. das Schloß des Tagebuchs geöffnet? Sie holte eine Lupe und untersuchte die drei Schlösser. Kein Kratzer, kein noch so feiner.

Sie versuchte, die vielen Situationen zu rekonstruieren, als der Professor an ihrem Schreibtisch und sie auf ihrem Bett gesessen hatte. Nein, trotz seiner Derwischschnelligkeit hätte sie es wahrgenommen, wenn er seinen Füllfederhalter (den er gar nicht besaß, in seinen Kitteln steckten nur Kugelschreiber) gezückt, sich über ihr Tagebuch gebeugt und seelenruhig diesen Satz hineingeschrieben hätte, dabei seine ihr wohlbekannte Schrift verstellend.

Sie rekonstruierte den Weg des Tagebuchs. Gekauft in Haydn, Ohio. *My Diary For The Revolution* stand auf dem Einband, das Geschäft lag in der Morgan Street. Es hieß *Hit Or Miss* und gehörte Melissa Green. *Green,* dachte Doro, grün wie grüne Tinte. Sie lachte erleichtert. Es war natürlich ein Scherz von Melissa, der Chaosbraut, die im *Hit Or Miss* jede Art von College-Bedarf deckte, vom Schreibblock bis zu Hasch und LSD.

Aber Melissa konnte kein Wort Deutsch, nein, konnte sie nicht. Sie haßte die *germs*, wie sie die Deutschen nannte, mit Ausnahme von Doro. Sie hielt Rilke für einen Schokoriegel.

Chris.

Wenn Chris seine Sauklaue wirklich so verstellen konnte, er hätte den Satz trotzdem nicht in dieses Tagebuch schreiben können, weil Doro es gekauft hatte, als er per Frachter und auf Umwegen bereits zurück nach Deutschland fuhr. Sie war vier Wochen später geflogen, und das Tagebuch hatte sich nicht in ihrem Gepäck befunden. Es war Monate später gekommen, als sie Chris längst verlassen hatte, in einer Kiste mit ihren Büchern.

Karl-Walther.

Wenn er es doch wäre, dachte sie. Ich würde es ihm verzeihen, ich würde mich *freuen*, der Satz nähme sofort eine neue *gutartige* Bedeutung an. Wie lautete er noch schnell? Wer reist, ändert seinen Charakter? Nein: Wer sich auf hohe See begibt, wechselt seinen Charakter. Oder so ähnlich. Wenn Karl-Walther das wirklich geschrieben hatte (mit enorm verstellter Schrift, denn seine war Sütterlin), war es keine Drohung, sondern eine Liebeserklärung. Er war eifersüchtig, er hatte Angst um sie, er hatte Angst, daß sie nicht zu ihm zurückkehren würde. Und war er nicht der süßeste Heimlichtuer, hatte er früher nicht kleine Botschaften für sie versteckt, zwischen ihren Papieren und Büchern, eine Feder von Schiefhals, ein benutztes Kondom, und immer wieder Sand und kleine Steine aus seinen Taschen? Es mußte Karl-Walther sein, es gab keine andere Erklärung. Sie wußte, daß er litt wegen ihrer Reise. Wie vorsichtig und scheu und traurig er die Hand hob, wenn sie sich von ferne sahen, wie er nicht mehr zurückzwinkerte, wenn sie ihm aus der Nähe zuzwinkerte. Wahrscheinlich hatte er es in der Nacht geschrieben, als sie so *schockiert* erkannt hatten, daß sie zusammengehörten. Sie ließ ihr Tagebuch aufgeschlagen liegen, wenn sie mit ihm war; einmal hatte sie sogar gewollt, daß er eine bestimmte Seite lesen würde.

Doro las ihr Tagebuch ein zweites Mal, mit anderen Augen. Es war hier wenig Zufall, fand sie, es war hier Bestimmung am Werk. Im Reich der Tiere hatten sie einander gefunden, in der Republik der Tiere, wie Doro gerne sagte, wo die Lämmer sich mit den Wölfen vertrugen, die Falken Flügel an Flügel mit den Tauben flogen, die Fische mit den Bibern schwammen und die Schwäne geselligen Umgang mit den Schlangen pflegten. D'Ablancourts Darstellung war eine ihrer Lieblingsgeschichten. Natürlich mußte Karl-Walther ein Haar in der Suppe finden, das machte ja seinen Charme aus! »Und was fressen die Tiere in dieser Republik?« »Idiot!« sagte Doro. »Es ist nur ein Gleichnis für unsere Liebe. Ich bin der Schwan, und du bist die Schlange.« »Hättest du wohl gerne«, sagte er. Sie hätte ihn anspringen können vor Lust, wenn er so redete. Sie hatte ihn angesprungen.

Sie schaltete den ohne Ton laufenden Fernseher ab, in dem irgendein Film über Inzucht zu laufen schien, denn die Schauspieler sahen alle gleich aus und verdrehten alle auf dieselbe Weise die Augen nach oben. Sie steckte den NASA-Kugelschreiberstrahler des Professors ein. Vielleicht würde sie ihm mit diesem seinem eigenen Werkzeug heute auf die Schliche kommen. Daniels hatte ihr einen guten Tip gegeben (natürlich hatte sie ihn nicht eingeweiht).

Daniels lag eine Woche zurück. Karl-Walther würde es nie erfahren. Er würde bald »im Ruhestand« sein, endlich frei vom Zoo, frei für Doro. Sie mußte sich um eine Wohnung in der Stadt kümmern, sobald sie aus Sydney zurück war.

Vor einer Woche hatte Doro die schüchternen Anfragen des Dr. Daniels erhört und sich mit ihm »auf ein Glas Sherry« verabredet. Sie hatte gute Gründe. Es ging um Karl-Walther, um die Zukunft. Sie bat ihn zu sich ins K 2. Der Engländer schien verunsichert. Es sei doch auch bei ihm »sehr nett«, wandte er ein. Wahrscheinlich wollte er sie mit seiner Büchersammlung und Pfeifensammlung und Tierpräparatensammlung beeindrucken. Doro bestand auf K 2. Erstens wollte auch sie ihn beeindrucken, immerhin wohnte sie neben dem Labor des Professors, und zweitens hoffte sie, daß ebendiesem Professor der Besuch des neuen Direktor-Stellvertreters nicht verborgen blieb.

Nach der Schlägerei beim Pfingstkonzert und der Sitzung zwei Tage später wußte Doro, daß große Veränderungen anstanden im Zoo. Warnglocken läuteten. Glocke Nr. 1 spielte das Lied vom gefährlichen Männerbund Direktor–Professor. Doro zweifelte keine Sekunde daran, daß der Showdown zwischen Professor und Direktor (»Matthes ist entlassen« – »Nein, sie ist nicht entlassen«) ein abgekartetes Spiel, eine Inszenierung gewesen war mit dem Ziel, den Professor als ihren Wohltäter darzustellen und sie von seinen Experimenten abzulenken (1.a) und gleichzeitig zu warnen vor der *geballten* Macht der beiden (1.b). Glocke Nr. 2 spielte das Lied vom Untergang ihrer Karriere, solange Karl-Walther im Zoo blieb (2.a), solange Doro ein Verhältnis mit ihm hatte (ihn liebte, 2.b) und solange Frl. Friederike selbst insgeheim hinter Karl-Walther her war (2.c). Erst jetzt ging Doro auf, daß das giftige alte Mauerblümchen *die ganze Zeit* nur Karl-Walther geliebt hatte. Die blitzenden Blicke damals in Karl-Walthers Küche, die neckenden Tiraden, ihre »derbe« Aufmachung! An Pfingsten war sie explodiert und hatte versucht, den armen Chris zu mißbrauchen, um einen Keil zwischen Doro und Karl-Walther zu treiben. Warnglocke Nr. 3 spielte das Lied von Vorsicht und Umsicht. Jetzt nur noch die richtigen Schritte, Dorothee Matthes. Der Menschenfeind und Tierquäler Prof. Moritz Schuller wollte garantiert nicht Zoodirektor werden. Er wollte weiter Millionen scheffeln und nach Japan jetten und mit augenkranken Tieren experimentieren und zu allem, was gut war, sein affektiertes angeekeltes *Nein* sagen und, Voyeur der er war, zuschauen, wie sich die anderen blamierten oder kaputtmachten oder kaputtliebten. Okay, manchmal konnte er nett sein. Daß er ihr half, ihre Eltern zu suchen, das war anständig. Auch der Rauswurf des Obertierinspektors. Und ein paar andere kleine Gefälligkeiten, die er ihr erwiesen hatte. Aber der kommende Mann war Dr. Daniels, ein unbeschriebenes Blatt, spezialisiert auf Nachttiere, neutraler Ausländer. Wenn das Neue Nachttierhaus erst fertig war, würde der Direktor abheben und nicht mehr ansprechbar sein. Die Einweihung von Schiefhals' neuem Käfig war nur ein Vorgeschmack auf den »Zoo der Zukunft« des Direktors gewesen. Daniels würde den Direktor daran erinnern, *wer* die verglaste Abenteuerröhre erfunden hatte. Große Veränderungen standen an. »HERBST V« lautete schon die Parole. Es war toll. Sie hatte geglaubt, in ihrem knappen Jahr im Zoo viel erlebt zu haben, aber sie erlebte immer noch mehr. Die Krise der »Entlassungssitzung«, die Pläne, die Möglichkeiten, das Glück, die Liebe! Alles zusammen, es war toll.

Doro buchstabierte ihren Plan von A bis G.

A: Dr. Daniels für sie einnehmen, als Frau und Wissenschaftlerin (ihm beim Sherry Einblick gewähren in ihre Doktorarbeit).

B: Dr. Daniels davon überzeugen, daß Karl-Walther früher oder später, besser früher, pensioniert werden mußte, weil 1. sein Herz nicht gesund war und weil er 2. nach der Verleihung dieses Ordens berühmt genug sein würde, um eine ernsthafte Konkurrenz für Daniels darzustellen beim Kampf um den Posten des Obertierinspektors und vielleicht sogar des permanenten Stellvertreters (stimmte natürlich nicht).

C: Die auf Profit angelegte Allianz Professor–Direktor entlarven, mit der Aufdeckung jedoch warten, bis sie sicherer im Sattel saß.

D: Inzwischen aber dem Professor und dem Direktor zu verstehen geben, daß sie wußte, was gespielt wurde.

E: Mit Hilfe Prof. Lorings die verglaste Abenteuerröhre weltweit bekannt machen als ihr Werk, sie sich wenn möglich patentieren lassen und viel Geld damit verdienen.

F: Karl-Walther in Sicherheit bringen, in eine Wohnung in der Stadt, ihn heiraten, ihm Amerika zeigen, ihn lieben, hart arbeiten.

G: Sich mit der Frau des Direktors verbünden (die große Unbekannte in ihrer Rechnung) und eines Tages den Zoo der Schwestern wieder aufleben lassen, als Ko-Direktorin.

Daniels kam mit süßem Sherry und rosa Nelken. Er roch nach Pfeife, es ging schnell. Er zog sich sofort wieder an und bestand darauf, daß das Licht »schwumig« blieb (er hatte sein Jackett über die Schreibtischlampe gehängt). Er wollte Doro heiraten, nachdem er sie seiner Mutter in Norwich vorgestellt hatte. Noch nicht gleich, sagte Doro und kam zur Sache.

»Aber Papageno muß bleiben«, sagte Daniels. »Was wäre der Zoo ohne ihn? Und er hängt so an sein Leopard.«

»Einfacher Vorschlag«, sagte Doro. »Ich fahre nach Sydney. Sowieso. Komme zurück und behaupte, das Tier ist tot. Okay?«

»Aber Papageno …«

»Dann gibt es nichts mehr, das ihn hier hält. Sein richtiger Name ist übrigens Karl-Walther.«

Es kostete sie viele Worte und Gesichtsverrenkungen und die langweiligsten Küsse ihres Lebens, den Dummlack davon zu überzeugen, daß er der kommende Mann war. Erst als sie durchblicken ließ, daß sie nicht umsonst »Tür an Tür« mit dem Professor für Schmerzforschung wohnte und das Gras ganz oben wachsen hörte, lächelte er versonnen und wiederholte seinen kindischen Heiratsantrag. Sie zeigte ihm das Inhaltsverzeichnis ihrer Doktorarbeit und erläuterte einige ihrer Hauptthesen. Diese Arbeit würde Aufsehen erregen. Er stopfte seine Pfeife und stimmte ihr zu. Der Direktor hatte diese Dissertation höchstpersönlich in Auftrag gegeben, bediente sie sich einer kleinen Notlüge. Daniels pfiff leise durch die Zähne, er tat das zirka zehnmal in dreißig Minuten. Dann habe er, Daniels, sich schwer getäuscht im Herrn Direktor, er habe gedacht, das Thema der Interaktion von Tier und Pfleger sei für den Herrn Direktor ein rotes Tuch. Doros Arbeit sei revolutionär. Wieder begann er mit seiner Mutter in Norwich, einer Psychologin. Daniels, sagte sie, deine Mutter muß warten, große Ereignisse werfen ihre Schatten voraus. Diese Redewendung war ihm unbekannt, er zog sein Hemd aus, warf es über das Jackett auf der Lampe und wollte »noch einmal«. Sie spielte die Scheue und entzog sich. Das gefiel ihm, und er begann einen Monolog zu halten über seine Karriere Norwich – Ipswich – Cambridge und daß der Direktor ihn in der Tat als Experten für Nachttiere gerufen habe und daß er sich durchaus vorstellen könne, einmal den Tierarztkittel mit dem Ko-Direktorenstuhl zu tauschen, und was für ein wundervolles »Team« Doro und er abgeben würden im Zoo der Zukunft. Doro beschloß, daß sie ihr Tagesziel erreicht hatte, und warf ihn hinaus. Daniels küßte ihre Nasenspitze, in die er verliebt zu sein behauptete *since I first saw you, darling Dorothy, or may I call you Dotty?*

No way, Danny, dachte Doro und sülzte noch eine Weile mit ihm auf der Türschwelle. Aber der Professor ließ sich nicht blicken.

Danach rief er sie abends und morgens mit vorherigem Klingelzeichen an, verhielt sich aber zurückhaltend im Garten, bis auf die rosa Nelke, die er ständig im Knopfloch trug. »Der Jaguar hat Zahnschmerzen, holt Nelke«, sagte Johannes Schmeckel. Bald hieß es: »Hast du Nelke gesehn?« oder »Nelke weiß, was man da macht.« Der kommende Mann würde keinesfalls der bleibende Mann sein, aber das lag auch nicht in Doros Absicht. Nelke sollte Obertierinspektor werden und Karl-Walther sanft entlassen. Er sollte ihr helfen, ihre Abenteuerröhre im Neuen Nachttierhaus zur Geltung zu bringen.

Das Leben machte Spaß.

Karl-Walther war traurig, wie es sich für einen Liebenden gehörte, schwach hob er die Hand aus der Ferne, hinter ihm ringelte ein junger Elefant seinen Rüssel und zwinkerte Doro zu. Es war ein Symbol. Natürlich hatte der Elefant nichts mit ihr und Karl-Walther zu schaffen, alle Gedanken des Elefanten waren elefanten. Seine Schönheit war unwirklich. Würde ein Maler den Elefanten »realistisch« malen, wäre das eine Korruption der Realität. Nur geheim sein war wirklich schön. Nach und nach würde sie Karl-Walther Geheimnisse offenbaren, die Stadt, die Wohnung, Amerika. Er hatte den Zoo seit Ewigkeiten nicht verlassen, seit Jahrzehnten, nur sein komisches Versandhaus Wunderversorgungs-Center verband ihn mit der Welt. Sie würde für ihn sorgen.

Einmal in der Woche, dachte sie auf dem Weg zu den Archiven im ehemaligen Aquarium, werden wir gemeinsam den Zoo besuchen wie ganz normale Besucher, an meinem freien Tag (wenn ich mir einen freien Tag nehmen kann), vielleicht mit der kleinen Manjana

Sachs, ihrer Halbschwester. Sie stellte sich vor, wie Karl-Walthers ehemalige Kollegen ihn beneiden würden dafür, daß er es geschafft hatte, und um sie. Sie stellte sich den Applaus der anderen Besucher vor und ihr Flüstern: Da geht Karl-Walther Kadamecki, der Legendäre – und seine Frau ist Dorothee Matthes (Sachs? Kadamecki? Sachs-Kadamecki?), die kommende Frau im Zoo.

Im dunklen Aquarium kroch sie, den Taschenstrahler im Mund, in verschiedene ehemalige Bassins. Sie suchte Personalakten, Protokolle über Einstellungsgespräche. Daniels hatte sie auf die Idee gebracht. Sie wolle einen historischen Artikel über den Zoo von einst schreiben, einen typischen Arbeitstag der Schwestern rekonstruieren, wen könne sie interviewen? Um das herauszufinden, müßte man die Personalbögen durchsehen, schlug Daniels vor, nicht alle Pensionäre seien ja tot. Und die Personalbögen aus dieser Zeit lagerten in den Aquariumsarchiven. Mit etwas Glück würde sie vielleicht Protokolle von Einstellungsgesprächen finden, die in den Tagen vor dem Mord an den Schwestern geführt worden waren. Immerzu bewarben sich alle möglichen Leute um eine Stelle im Zoo, warum sollte das früher anders gewesen sein? Hatte sie erst einmal eine Handvoll Namen, konnte sie die Typen besuchen, sollten sie noch am Leben sein, und ausfragen über die letzten Tage der Schwestern, wenn sie aus Sydney zurück war.

Sie entdeckte ein zweites Bassin mit Photoalben und säuberlich eingeklebten Zeitungsausschnitten aus der Zeit der Schwestern und fiel gierig über das Material her. Einen Zeitungsartikel schrieb sie ab, sie könnte ihn noch in ihre Doktorarbeit einbauen, sobald der Direktor ihr die erste Fassung mit seinen Korrekturwünschen zurückgab. Es war eine hübsche Fußnote mit *human touch* für das Interaktionsschema Pfleger–Tier.

MUTTERKREUZ FÜR LÖWIN

Der König der Tiere, der Löwe, zeigt es allen Zweiflern und liberalistisch-materialistischen Vertretern der Zwei-Kinder-Ehe! Die zahlreiche Fortpflanzung der Art ist in der Natur eine Selbstverständlichkeit, besonders bei den Löwen, gilt es doch, das edle Erbgut zu erhalten.

Am gestrigen 12. August fand in unserem Zoo eine Ordensverleihung der heiter-possierlichen Art statt, die gleichwohl gleichsam sinnbildlich verdeutlicht, daß Familiengründung und Fruchtbarkeit wie im völkischen Staat so auch in der Natur keine Privatsache, sondern oberste Pflicht an der Gemeinschaft sind.

Für ihren vierten Wurf in eineinhalb Jahren mit insgesamt acht Jungen erhielt die Löwin »Karin« das Mutterkreuz in Gold.

Die Naturkundler im Zoo wiesen darauf hin, daß dieser bedeutsame Zuchterfolg nur möglich gewesen sei dank des idealen Verständnisses innerhalb der hiesigen Löwengemeinschaft.

Die wahren Mütter des Erfolges freilich sind unsere Zoo-Direktorinnen Dr. Winter und Dr. Streng, denen der Gauleiter die hohe Auszeichnung für diese Energieleistung in einer kleinen Feierstunde überreichte.

»Wir sind damit führend in der Welt«, sagte Direktorin Dr. Winter, die das mustergültige Gebärverhalten der Löwin »Karin« auf drei Faktoren zurückführte: die reibungslose Vergesellschaftung aller bisherigen Jungen in der Löwengruppe zum ersten, die täglich bis zu 50 Deckakte mit dem zuchterprobten Leitlöwen »Richard« zum zweiten und drittens die intensive Betreuung durch Pfleger und Direktion. Diese Betreuung reicht von gutem Zureden über Spezialfutterverabreichung bis zu neuesten wissenschaftlich-psychologischen Versuchen mit trächtigen Raubkatzen überhaupt. Wir wünschen den drei gerade geborenen Löwen-Rabauken ein langes Leben, gratulieren und sagen: Weiter so!

Da war sie wieder, die wundervolle Handschrift der Schwestern. Ihr Festhalten an der Kommunikation mit dem *einzelnen Tier* auf einem extrem hohen wahrnehmungspsychologischen Plateau. Doro machte sich ein paar Notizen. Das Kapitel »Vergesellschaftung von Jungtieren« in ihrer Doktorarbeit durfte ruhig länger werden. Hier, bei dieser allerschwierigsten zoologischen Aufgabe, griffen die Interaktionsschemata Pfleger–Tier besonders.

Sie wühlte weiter. Photos von Festtafeln mit Karl-Walther und Marie-Luise fand sie keine. Marie-Luise war eine Episode in seinem Leben gewesen. Weltfremd und typisch Mann verherrlichte er sie fort und fort, um seinem frauenarmen Leben einen romantischen Touch zu geben. In Wirklichkeit liebte und verehrte er Doro. Nicht ohne tiefen Grund hielt er Chris praktisch gefangen. Chris sollte keine Chance haben, Doro nach der Pfingstenthüllung wieder für sich zu gewinnen. Auch den genialen Sohn des Direktors hielt er gefangen. Kein Musiker sollte für Doro spielen und sich womöglich in sie verlieben. Karl-Walther ließ seine Muskeln spielen. Wie sie seine Muskeln liebte.

Sie fand die Personalakten im ersten Stock, in den ehemaligen Terrarien für das Kriechgetier, wie sinnig. Es herrschte eine gewisse Ordnung in der Bezifferung und Nomenklatur, so daß sie bald einen Band mit Schreibmaschinendurchschriften der letzten Einstellungsgespräche der Schwestern entdeckte. Sie blätterte ungeduldig vor bis zum Tag des Mordes und las:

> Tierwärterbewerber J. Wirkus, 23 Jahre, von kleiner Statur, geheilter Hodenbruch, Zähne schlecht, Haut grindig pigmentiert, fahriges Sprechen, Lügner und charakterlich unfest. Seine Erfahrungen als Jockey und Stallknecht beim Zirkus (s. Unterlagen) sprechen jedoch dafür, W. probehalber anzustellen und gleichzeitig den Revierchef Huftiere anzuweisen, ihn gut im Auge zu behalten.

Wirkus.

Doro ließ die Kladde wütend fallen. Hätte Karl-Walther bloß nicht so verstockt geschwiegen über die Schwestern. Er mußte doch wissen, es mußte ihm doch zu *denken* gegeben haben, an welch tragischem Tag sein geisteskranker späterer Helfer im Büro der Schwestern erschienen war. Gemeinsam hätten sie Wirkus ausquetschen können, ob er etwas wußte, ob er etwas mitgekriegt hatte über die Verabredung der Schwestern zum Mittagessen mit ihrem Mörder.

Aber noch war es nicht zu spät, noch spazierte Wirkus auf dem Dach des Vogelhauses herum und hielt den ganzen Zoo zum Narren mit seinen psychopathologischen Lügen (schon von den Schwestern im Ansatz erkannt, von wem sonst?). Es war falsch, Karl-Walther die Sache mit Wirkus zu überlassen, er hatte ein zu weiches Herz. Der Mann gehörte in eine Zwangsjacke und abtransportiert in eine gute Nervenklinik, wo Doro und Karl-Walther ihn später sonntags besuchen und ihm Obst und Zukunftsromane mitbringen würden.

Sie hob den Berichtsband auf und stellte ihn zurück ins Terrarium. Hier war er sicherer als bei ihr. Dann jagte sie durch den duftenden Zoo, über dem ein voller Mond heute besonders tief hing wie ein starker Scheinwerfer. Es ist vielleicht ein historischer Moment, dachte Doro. Wenn Wirkus etwas weiß, werde ich den Mord an den Schwestern aufklären und über Nacht berühmt sein.

Sie sprang über die Absperrung. Ein kleines Licht, eine Kerze, brannte im gelben Zelt des Kranken und ließ es aussehen wie ein Lampion. Das Fernrohr ragte steil und gefährlich in den Nachthimmel wie ein Maschinengewehr.

»Jochen«, sagte sie. »Jochen Wirkus.«

Auf allen vieren kroch Wirkus aus seinem Zelt. Gleich bellt er den Mond an, dachte Doro.

»Wer bist du?« sagte Jochen. War seine Geisteskrankheit ins Endstadium getreten, daß er sie nicht mehr erkannte?

»Ich bin's doch, Dorothee Matthes.«

»…«

»Ich will dich was fragen. Über die Schwestern.«

»…«

»Du erinnerst dich doch, nicht wahr? Die Schwestern. Sie haben dich damals eingestellt.«

»…«

»Erinnerst du dich an den *Tag*, als sie dich eingestellt haben? Weißt du noch, wann das war, ich meine die *Uhrzeit*?«

»…«

»Sie hatten eine Verabredung zum Mittagessen, erinnerst du dich?«

»…«

»Sie sind gestorben. Weißt du noch?«

»…«

»Bestimmt hast du sie gemocht. Alle haben sie gemocht. Es ist ganz einfach, Jochen. Wir alle, die sie gemocht haben, auch die Rillies … wollen wissen, mit *wem* sie an dem Tag zum Mittagessen gegangen sind. Vielleicht hast du was gehört. Vielleicht gab es einen Telefonanruf. Oder irgend jemand hat dir was erzählt …«

»Zeig mir deine Titten.«

»Ich denk nicht dran. Versuch dich zu erinnern, Jochen. Es ist *sehr* wichtig. Auch für die Rillies. Für das ganze Universum.«

»Zeig mir deine Titten.«

Er weiß etwas, dachte Doro triumphierend. Mit dem siebten oder achten Sinn des Schwachsinnigen spürt er, daß er etwas haben kann für sein Wissen. Sie zog ihr T-Shirt über den Kopf.

Immer noch hundeartig kroch Jochen zur Dachrinne. Gleich würde er sich einen runterholen. Nicht zimperlich sein, Doro. Denk an die Schwestern, sie waren unendlich *kühn*.

Der Mond kann doch nicht wärmen, dachte sie, und trotzdem habe ich das Gefühl von großer Wärme auf meinen Brüsten und nur auf meinen Brüsten.

»Ich vermiß dich so«, sagte Jochen.

»Das tut mir aufrichtig leid. Und … ist dir was eingefallen?«

»Es is' ein Rätsel«, sagte Jochen.

»Genau. Und ich will es lösen. Und du hilfst mir dabei.«

»Ich hab nachgedacht«, sagte Jochen. »Wer'n Rätsel nich weiß, der quatscht drüber. Und wer drüber quatscht, der weiß es nich.«

Doro senkte den Blick auf ihre Brüste, die zu pulsieren schienen, es zeichneten sich Schlangenlinien auf ihnen ab, Wellenlinien wie unter Wasser vom Mondlicht und den Bäumen und den verborgenen Schattenwerfern im Zoo, und sie wurden wärmer und schwerer, und Doro liebte ihre Brüste.

»Schön, nicht?« sagte sie.

»Is'n Rätsel, wie die Tiere sich alle verstecken können. Man sieht gar keins.«

»Im Zoo können sie sich nicht verstecken, Jochen.«

»Doch.«

»Aber sie sind da. Siehst du, hier ...« Sie zeigte auf die Zeichen auf ihren Brüsten.

»Irgend so'ne komische Forelle hat sie eingeladen, nein, ich glaub, es war der Professor.«

»*Was* sagst du?«

»Ich war im Büro und irgend so'ne Sekretärin hat zu der Frau Direktor gesagt, vergessen Sie nich, der Professor hat angerufen, heut gibt's Forelle.«

»Warum hast du das nicht gleich gesagt, Jochen. Warum hast du das nicht viel *früher* gesagt?«

»Hat mich niemand gefragt.«

»Auch nicht die Polizei?«

»Papa muß dich mitnehmen. Du mußt mitkommen nach Rill.«

»Ja, ja. Wir kommen dich besuchen. Versprochen.«

Doro winkte Wirkus zu und verließ, vorsichtig nach allen Seiten Auschau haltend, den Innenhof des Vogelhauses. Ihr Verdacht hatte sich bestätigt. Und es mußte *der* Professor sein, denn nur er führte diesen Titel wie einen Namen, Professor war sein Name. Bei einem anderen Professor hätte die Sekretärin der Schwestern gesagt: »Herr

Professor Müller oder Meier hat angerufen.« Nur der Professor für Schmerzforschung und Mord war *der Professor*. Natürlich würde Wirkus als Zeuge von keinem Gericht der Welt akzeptiert werden; er hätte ebensogut ein wirklicher Außerirdischer sein können, niemand würde ihm glauben. Aber der Professor wußte, was er getan hatte, und sie mußte ihn aus der Reserve locken, ihm eine Falle stellen, ein verstecktes kleines Tonband bei sich tragen. Die Vorstellung, den Professor *aus der Reserve* zu locken, ließ sie springen vor Freude. Er glaubte, er sei davongekommen, und scheffelte seine Millionen und hielt sich für das tolle Rumpelstilzchen.

»Die waren nich ganz richtig im Kopf«, rief Jochen ihr nach. Sie drehte sich um und winkte ihm noch einmal zu.

Sie fühlte eine Erleichterung, daß es nicht der Direktor war. 1. Der Direktor hatte Großes geleistet für den Zoo und die Zoologie, es wäre Doro nicht leicht gefallen, sein Lebenswerk zu zerstören und damit auch das Lebenswerk seiner ihm haushoch überlegenen Frau. 2. Es war schwerer, an den Direktor heranzukommen (während der Professor konstant Kontakt zu Doro hielt), es hätte sie auch irgendwie mehr Überwindung gekostet, ihn ans Messer zu liefern, ihn in aller Öffentlichkeit zu entlarven. 3. In der Horrornacht in seiner Wohnung hatte sie ihn beinahe (in Selbstverteidigung) totgeschlagen, das hätte er benutzen können, um den Spieß umzudrehen.

Jochen rief vom Dach, aber sie war zu weit entfernt, um seine Worte zu verstehen. Das kleine gelbe Lampionzelt schien zwischen den Bäumen zu schweben. Eigentlich war Wirkus zu beneiden. Aber das Motiv. Warum hatte der Professor die Schwestern gekillt, welchen Vorteil konnte er davon gehabt haben? Es mußte einen rationalen Grund für seine furchtbare Tat geben, er war kein Mensch, der sich von Gefühlen hinreißen ließ, er war überhaupt kein Mensch im herkömmlichen Sinne. Das Razanullah-Photo ließ den Schluß zu, daß beide Schwestern unsterblich in ihn verliebt gewesen waren und ihn angehimmelt hatten, schon damals, als er noch Student gewesen war. Vielleicht litt er an einer viel schlimmeren Geisteskrankheit als der krude Jochen. Doro hatte die engen schwarzen Tunnel, die sich hinter seinen Augen öffneten und direkt in seinen Kopf führten und zu einem zweiten Paar schrägstehender weißer Augen, nicht vergessen. Vielleicht (sehr wahrscheinlich) haßte er Frauen und mußte sie auf die eine oder andere Weise vernichten. Vielleicht wollte er auch sie vernichten. Vielleicht war seine Hilfe bei der Suche nach ihrer Familie nur ein Köder oder eine Falle. Und die offenstehenden Doppeltüren an jenem Abend, die Experimente an den Augenkranken Tieren – alle seinen seltsamen Gespräche mit ihr, sein Eintreten für ihr Verbleiben im Zoo, waren das nicht alles Anordnungen für ein einziges großangelegtes Experiment, dessen Objekt Doro war? Hatte er ein ähnliches Experiment mit den armen Schwestern durchgeführt?

»Die Maske werd ich dir vom Gesicht reißen, Moritz Schuller«, sagte sie.

»Er hat Paganinis sämtliche vierundzwanzig Capricen an einem Abend gespielt«, sagte sie zu Schiefhals, vor dessen neuem Käfig am Haupteingang sie jetzt stand. »Er hat bei Frettich in Olanchito studiert, wo immer das ist. Vielleicht müssen wir Frettich auftreiben, wenn er noch lebt, und ihn befragen über den Geisteszustand des Professors und ihn als Zeugen benennen.«

Schiefhals war wach, aber er schwieg. Nachts waren die Mikrophone ausgeschaltet. Warum sprach er nicht jetzt, intim, von Vogel zu Mensch, durch die kassenhausähnlichen Löcher im Käfigglas? Sie blickte in sein gelbes Auge. Er hielt ihrem Blick stand. Sie starrte und starrte. *But he's outstaring me,* dachte sie. Sollte sie Loring von ihrer Entdeckung berichten, daß sein alter Freund Mousey ein Mörder war? Loring, ein Südstaatler, schien ein gerechter Mensch zu sein. Der Blick des Graupapageien wollte nicht enden.

»Erinnerst du dich nicht, Schiefhals?« sagte Doro, »an die Silvesternacht? Du warst so lustig. Karl-Walther und ich hatten den Eindruck, du freust dich über unsere Liebe.«

Der Papagei blieb stumm. Wie eine kleine unheimliche graue Eminenz hockte er auf seiner Stange. Erst jetzt ging Doro auf, daß ihre

Brüste immer noch nackt waren und sie ihr T-Shirt in der Hand hielt. Rasch schlüpfte sie hinein und sprintete nach Hause.

Im Gras vor dem K 2 lag etwas winziges Weißes. Ein neuer Zaubertrick des Professors? Vorsichtig stieg sie über den Zaun. Es war nur ein vom Feuer verschonter Fetzen ihrer Tagebuchseite. Wer mit dem Schiff fährt, wechselt den Charakter. Karl-Walthers sorgenvoller Satz. Wie instinktsicher ihr geliebter Mann war, diese Worte in mühevoll verstellter Schrift genau an die Stelle ihres Tagebuchs zu setzen, wo sie tatsächlich eine der letzten Eintragungen vor der großen Reise nach Sydney schrieb. Das war kein Zufall, sondern Fügung, Bestimmung. Doro ging ein paar Schritte auf den Flußpferdannex zu. Es brannte noch Licht bei ihm. Sie verbarg sich hinter einem Busch und wartete. Das Küchenfenster stand offen. Eine hohe Kerze brannte. Sie sah einen Schatten an der Küchenwand, Chris. Dann sah sie, daß eine dunkle Figur aus dem Fenster lehnte. Es war der Sohn des Direktors. Er murmelte etwas. Doro strengte ihre Ohren an.

»Komm doch, komm doch«, murmelte der Sohn.

Hatte er sie entdeckt in ihrem Busch? Sie schlängelte sich hinaus und robbte rückwärts über den warmen Boden. Ihre Brüste schmerzten vor Lust.

Auf Umwegen erreichte sie das K 2.

Sie rief bei Karl-Walther an. Diesmal war es seine Stimme.

»Ja?«

»Ich liebe dich«, sagte sie und hängte auf.

Wie schön Karl-Walther war, nicht äußerlich, aber in den Antworten, die er dem Leben gab.

Sie zog sich aus und schlüpfte in ihren gestreiften Pyjama von »Wannamaker's« und in ihre Hausschuhe mit dem Schottenkaro. Wie gut, daß ich meine Hausschuhe wiederhabe, dachte sie.

In diesem Augenblick fiel ihr ein, was sie *vergessen* hatte.

Es waren ihre Hausschuhe.

Damals, als sie eingedrungen war in den Aquariengang zum Labor des Professors, als die Augenkranken Tiere zu schreien anfingen, hatte sie bei ihrer Flucht ihre Hausschuhe *dort* vergessen, in der Zentrale der Schmerzen, der Gewalt und des Wahnsinns.

Und nun steckten ihre Füße in ihnen. Also mußte der Professor sie zurückgebracht haben. Er ist mir wieder einen Schritt voraus, dachte sie, zwei Hausschuhschritte voraus, aber ich lasse mich nicht mehr beeindrucken von seinem Bangemachen. Ich bin ihm auf der Spur, ich bin ihm ganz dicht auf der Spur.

Im Bett fühlte sie sich plötzlich sehr allein. Niemand wird mir helfen. Es ist eine Botschaft des Professors, daß meine Hausschuhe wieder hier sind, die ich bei ihm vergessen habe in der Tiefsee. Aber was hat sie zu bedeuten?

Sie dachte an die Schwestern, die Tier und Menschentier gut zuredeten, und schlief ein.

*

(Nadeldruckerausdruck)
DER POLIZEIPRÄSIDENT

Sehr geehrter Herr Direktor, wie mir die für Ihren Zoo zuständige Kontrollbehörde, die Oberfinanzdirektion, mitteilt, häufen sich in der öffentlichen Einrichtung, die Ihr Zoo nach § 65/IIa-c Landesverwaltungsgesetz darstellt, die kleindelinquenten Delikte durch Gesetzesübertretungen. Ich möchte Sie dahingehend informieren, daß ich um ein baldiges Gespräch ersuche, damit wir uns nachdrücklich über diese Vorkommnisse hinreichend auszutauschen in der Lage sind, zumal ich. Seien Sie versichert, Herr Direktor, daß die Polizei alles in ihrer Macht Stehende unternehmen wird, um die Ruhe und Ordnung in Ihrer öffentlichen Einrichtung wiederherzustellen.
U. A. w. g.
Der Polizeipräsident

(Normpostkarte)
Lieber Christoph,
warum meldest Du Dich nicht hast Du meine Postanweisung von über 150 Mark bekommen? Wie geht es unserer Doro sie meldet sich überhaupt nicht wir sind in allergrößter Sorge. Wann ist Eure Heirat wir wollen doch dabei sein.
Viele Grüße
Käthe Matthes

Dr. Heinz Harg
Wissenschaftlicher Assistent
An den Herrn Direktor *persönlich*

Sehr geehrter Herr Direktor,
für Ihren Vortrag anläßlich der Verhandlungen der Deutschen Zoologischen Gesellschaft über das Thema »DER ZOO DER ZUKUNFT« übersende ich Ihnen mit beiliegendem Manuskript ein paar Gedankenansätze. Ich halte besonders meine Ausführungen über den »Mut zur Modernität« für geeignet, bei der Tagung der Dt. Zoolog. Gesell. das nötige Aufsehen zu erregen.
Ich bitte um Ihre wohlwollende Stellungnahme.
Hochachtungsvoll
Dr. Heinz Harg, Wissenschaftlicher Assistent

Anlage:
»DIE ZOOLOGISCHE ZEITENWENDE« (154 S. Manuskript)

Christoph Dalluge
c/o Karl-Walther Kadamecki

Liebe Dorothee,
ich bin maßlos enttäuscht von Dir. Klar, ich habe Papa verziehen, er hat es nicht so gemeint, es war nur ein sexuelles Ding für ihn. Aber mein Vertrauen und das Feeling, das tiefe tiefe Bewußtsein, daß wir uns mit unseren Gedanken und unserem Schweigen wirklich *berühren* können wie mit Händen, das hat schwer gelitten.
Ich zweifle und ich leide.
Liebst Du mich noch? Gib es jetzt ehrlich zu. Antworte mir.
Chris

P. S. Ich werde nicht mehr lange hier sein. Ich gehe mit Junior auf Tournee, als sein Manager. Wir haben hochdotierte Angebote von überall, auch aus den Staaten.

CONTE CONDOLI
– Der Erleuchtete –

Hochverehrtes Frl. Friederike,
ja, es wird eine Zeit geben, da das atmende Leben den Tand und Flitter der Unstaunenden überwindet, da wir die Macht übernehmen, wir, die astralen Norden, die fertigen Wesenheiten unter den Unsuchenden.
Ich danke Ihnen, Schwester im Geiste, für Ihren Erfahrungseinsatz und das aufschlußreiche Gespräch im Zoo Restaurant.
UNGEDULD FÜHRT ZUR ENTKÖRPERUNG, GEDULD ZUR VERKÖRPERUNG
sagt
CONTE CONDOLI

(Dottergelbes Briefpapier)
Ms. Dorothee Matthes
Haydn Midwestern University
Haydn, Ohio
U.S.A.
z. Zt. K 2

Sehr geehrter Professor Schuller,
es fällt mir nicht leicht, Ihnen diesen Brief zu schreiben. Seit meiner Einstellung hier im Zoo haben Sie sich – auf Ihre Art – sehr um mich gekümmert, vielleicht zu sehr (aber das werden Sie am besten wissen).
Ich danke Ihnen für die finanziellen Mittel, die Sie aufgewendet haben, um mir bei der Suche nach meinen »wahren« Eltern behilflich zu sein. Ich werde Ihnen diese Summe in voller Höhe und zu dem dann gültigen Zinssatz p. a. mit Zinsen zurückzahlen.
Ich bin mir noch nicht vollständig im klaren über die Motive, die Sie dazu gebracht haben, mir zu helfen, besonders auch bei der Sitzung, als man mich entlassen wollte (aber Ihnen werden diese Motive dafür um so klarer sein).
Es sind nun aber Umstände eingetreten, die mich zwingen, auf alle Höflichkeitsfloskeln zu verzichten.
Ich muß Ihnen mitteilen, daß ich etwas über Ihre Vergangenheit weiß, das Sie interessieren wird.
Auch wenn Sie enorme Anstrengungen unternommen haben, Ihre wahre Identität und Ihre Biographie kunstvoll zu verschleiern, so kommt doch eines Tages alles ans Licht, und Sie sind intelligent genug zu wissen, daß Sie keine Ausnahme bilden.
Es handelt sich um einen sehr dunklen Punkt in Ihrer Vergangenheit. Ich habe gründlich recherchiert und mein Wissen schriftlich festgehalten (Sie werden wissen, wovon ich spreche).
Das Original meiner Niederschrift und eine Kopie befinden sich a) per Einschreiben mit Rückantwortschein auf dem Weg zu einem Rechtsanwalt und b) an einem sicheren, nur mir bekannten

Ort, von dem aus die Kopie an eine große deutsche Illustrierte mit internationaler Verbreitung geschickt würde, sollte mir etwas zustoßen. Ich schlage vor, daß wir uns nach meiner Australienreise an einem *neutralen* Ort treffen, um in dieser Angelegenheit Klarheit zu schaffen.
Dorothee Matthes

(DIN-A5-Umschlag)
Liebes Frl. Friederike,
meine Mutter schrieb mir, daß ich einen Brief an sie Ihnen geben soll.
Bitte schicken Sie den Brief in dem Umschlag an meine Mutter.
Vielen Dank.
Ihr Junior

(geöffneter Briefumschlag)
Liebe Mutter,
bitte hilf mir! Bitte komm zurück und hilf mir! Ich habe eine Kraft in mir, die Musik, die mich fortreißt. Ich leide darunter, aber es ist auch irgendwie, als ob ich keine andere Wahl habe, ich muß meine Musik spielen. Vater will sie mir verbieten. Er hat mich jetzt in den Sommerferien als Pfleger zu den Gnus gesteckt, die mich nicht verstehen, wie sie ihn oder Dich verstehen. Ich bin völlig fertig und brauche Dich wie noch nie vorher. Bitte komm zurück und hilf mir! Ich übe nachts heimlich bei Karl-Walther Kadamecki, der ein bemitleidenswerter, aber feiner Mensch ist. Manchmal spiele ich nachts auf den Straßen in der Stadt, und viele Menschen hören mir zu.
Ich liebe Dich.
Dein Junior

Hasso-Gerhard von Hünersdorff
Schloß Reißenstein / Reißenstein Castle
Schwarzwald / Black Forest
Deutschland / Germany

Hochverehrtes Fräulein Matthes,
wie mir die Agentur R. mitteilt, kommt mein hochgeschätzter, verstorbener Geschäftsfreund Dr. Immel als Ihr Vater nicht in die engere Wahl.
Nichtsdestotrotz, liebes Fräulein, gefällt uns – meinem Sohn Rasso und mir – die Idee, Sie hoffentlich in nicht allzuferner Zukunft einmal bei uns auf Schloß Reißenstein begrüßen zu dürfen.
Verstehen Sie mich bitte keinesfalls falsch, wenn ich Ihnen sage, daß wir von Ihrer Photographie und von Ihrem einnehmenden Wesen, wie es in den Unterlagen der Agentur R. zum Ausdruck kommt, schlichtweg begeistert sind. Oft sitzen wir am Großen Kamin und sprechen über Sie, verehrtes Fräulein.
Obwohl durch die vielen in- und ausländischen Besucher unseres Schlosses gerade zur Sommerszeit erheblich in Anspruch genommen, sind wir, mit Verlaub, ein typischer »Junggesellen«-Haushalt.
Der langen Rede kurzer Sinn: Das Schicksal scheint uns in Gestalt der Agentur R. zusammengeführt zu haben, und nun sollten wir einander auch kennenlernen.
Schloß Reißenstein und seine zwei »Eremiten« erwarten Sie!
Hochachtungsvoll
Hasso-Gerhard v. Hünersdorff
und Sohn Rasso
P. S. Beiliegend finden Sie den Stammbaum derer von Hünersdorff.
Wir sind ein *klein wenig* stolz auf die direkte Verbindung zu Charles Joseph Seigneur de Châtillon.

DIREKTION

Abmahnung
Sehr geehrter Herr Kadamecki,
da Sie trotz mehrmaliger Ermahnung, sich kollegial zu verhalten und Ihre ganze Arbeitskraft zum Wohle des Gartens einzusetzen, sich weiterhin obstinat zeigen, kündige ich Ihnen hiermit an, Sie bei Nichtbefolgung meiner Anordnungen fristlos zu entlassen.
Mit freundlichen Grüßen
DER DIREKTOR (nach Diktat verreist)

(beigefügter Zettel, handschriftlich)
Und ich MEINE es diesmal! Das Kreuz oder die Gosse, Du hast die Wahl. Und schaff mir Wirkus vom Dach. DER DIREKTOR

(Postkarte, Zoo im Winter)
Ihr lieben Sachsens, sozusagen mit einem Bein in Australien, will ich Euch doch noch schnell schreiben, daß ich mich so sehr über Euren Blumenstrauß gefreut habe. Der Bote brachte ihn direkt in den Zoo, und die Tiere, liebe kleine Manjana, die haben vielleicht Augen gemacht. Gebt Euer weniges Geld bitte nicht für Geschenke aus (DM 700,– sind unterwegs zu Euch). Bis ganz bald, ich schreibe aus Sydney.
Eure Dorothee

Prof. Dr. M. Schuller, Sc.D.
Pain Research / Neurosciences

Lieber Freund,
auch mich hat merkwürdigerweise Ihr Rundschreiben erreicht, in dem Sie die Mitarbeiter auffordern, Ideen zu äußern zum Thema »Der Zoo der Zukunft«, das ein uralter Hut ist.
Hier mein bescheidener Beitrag: Der Zoo hat keine Zukunft.
Gruß Maurice

Dr. Stuart Daniels

My beloved Dotty,
nun ist es schon wieder her, seit wir uns in den Armen lagen.
Ich kann nicht gut Briefe schreiben, ich bin kein poet.
Aber ich will sagen, daß wir zusammen die Welt erobern können
und auch diesen wundervollen Zoo, der mir Dich schenkte.
You simply must meet my mother in Ipswich. Ihr habt so viel gemein.
I love you
xxx
Stuart

DIREKTION. SEKRETARIAT.

Liebste Thea,
danke für Deinen Kurzanruf aus Amerika. Ich werde die Adresse hüten wie meinen Augapfel. *Wann* wirst du wieder in Afrika sein? Ich habe einen schönen Film im Fernsehen gesehen und kann verstehen, daß Land und Menschen Dich reizen. Aber ist es da unten nicht schrecklich heiß? Tut mir leid, daß Dein schwarzer Hammer Dich verlassen hat. Vielleicht war er seelisch einfach zu unreif für Dich. Hier ist wie immer alles bestens. ER widmet sich ganz der Arbeit, ganz der alte. Ich war etwas baff, als du sagtest, der Zoo interessiere Dich nicht mehr sonderlich. Andererseits kann ich Dich verstehen. Es ist doch recht öde hier.
Eine lange Umarmung von Deiner
Friederike v. Russak

Christoph Dalluge
c/o Karl-Walther Kadamecki

Meine über alles geliebte Tee,
ich bereue es sehr, den letzten Brief an Dich geschrieben zu haben.

Am selben Tag noch, als ich ihn in Deinen Briefkasten steckte, wußte ich, daß es ein ganz oberflächlicher Brief war. Es kam mehreres zusammen, Depressionen, Schreiben im Affekt, grenzenlose Dummheit, da ich nicht ein bißchen weiterdachte, und mehr.
Es tut mir *sehr* leid und ich finde es enttäuschend, daß ich so einen Brief verfaßt, solche Gedanken gehabt habe; kann man daraus nicht lernen?
Wenn Du es noch willst – ich möchte weiter einfach nur für Dich da sein.
Chris

(Zettel, handschriftlich)
Maurice,
ich hoffe, der Gärtner bringt Dir diese Zeilen. Ich finde, der Spaß geht etwas zu weit, und es ist beileibe kein Spaß mehr.
Get me out!
Dein Willy S. Klein

(Dottergelbes Briefpapier)
Ms. Dorothee Matthes
Haydn Midwestern University
Haydn, Ohio
U.S.A.
z. Zt. K 2

Sehr geehrter Herr Direktor,
kurz bevor ich mich aufmache zum Taronga Park Zoo, möchte ich Ihnen noch einmal danken für das Vertrauen, das Sie trotz meiner Verfehlungen in mich setzen. Ich bin äußerst gespannt auf Ihre Bemerkungen zu meiner Dissertation; leider habe ich bisher noch keine Nachricht von Ihnen, aber wie ich höre, sind Sie ja auch auf

dem Sprung. Wenn Sie aus Afrika und ich aus Sydney zurückkommen, hoffe ich auf ein Gespräch über die Dissertation und meine verglaste Abenteuerröhre. Zum Thema »Der Zoo der Zukunft« fällt mir – ich bin ganz ehrlich – noch nichts ein. Ich bin ja jung und muß meine Erfahrungen noch machen.

Aber ich bin bereit zu lernen, begierig zu lernen. Und ich bin stolz und froh, den besten Lehrer der Welt zu haben: Sie.

Mit freundlichen Grüßen

Dorothee Matthes

(Fernschreiben)

ATTN. HERR DREIER

BITTE MICH ABZUHOLEN AIRPORT DAKAR KOMMENDEN MONTAG. BEGLEICHUNG DER ENDABRECHNUNG VOR ORT. CHARTERN SIE EINMOTORIGE CESSNA.

ZOO DIREKTION. DER DIREKTOR.

(Aktennotiz Direktionssekretariat)

Liebes Rotkehlchen,

mich hast du ja nicht gefragt, aber ich sage Dir trotzdem, wie ich mir unseren zukünftigen Zoo vorstelle. Er ist leer – bis auf uns beide und die Tiere. Und ich bin sicher, Du weißt, was ich meine, und wirst mir diesen Zoo eines Tages schenken.

Oder willst Du lieber, daß die Tiere frei herumspazieren und sich *uns* hinter Gittern anschauen?

Kuß und Biß

Deine Fritzie

Vera Zondek-Ruddy
Fort Lauderdale, Fla.

Sehr geehrter Herr Direktor,
was glauben Sie, wie ich vor Freude gleich dreißig Jahre jünger wurde, als ich die Zeitungsausschnitte las und die Photos sah von meinem Schiefhals als *Official Zoo Greeter*. Ach was, fünfzig Jahre jünger!
Selbstverständlich ist es nicht, daß ich komme, um die Laudatio auf den guten Kadamecki zu halten. Ich wollte eigentlich nicht zurück, *you can't go home again,* wie der Dichter sagt. Ich habe Angst, daß mich die Erinnerungen umbringen.
Aber als tapfere alte Preußin werde ich die Reise auf mich nehmen, für meinen guten Zoo und für Sie und den braven Kadamecki.
Mein Sekretär wird Sie in Kenntnis setzen, wann und wo Sie mich abholen können.
Hochachtungsvoll
Vera Zondek-Ruddy

DIREKTION

Sehr geehrter Herr Regierungsdirektor Abraham,
beiliegend finden Sie Termin und Programm der Festveranstaltung anläßlich der Verleihung des Bundesverdienstkreuzes an unseren Tierpfleger Herrn Karl-Walther Kadamecki.
Namhafte und einflußreiche Freunde und Gönner meines Zoos sowie die Vertreter von Hörfunk, Presse und Fernsehen haben ihr Erscheinen zugesagt.
Hochachtungsvoll
DER DIREKTOR (nach Diktat verreist)

(Kunstpostkarte, Philips Wouwerman, Winterlandschaft mit Holzsteg)
»Geduld: es kreist der leise Zeiger, und was verheißen ward, wird sein …«
Kurz bevor ich fliege, mein Karl-Walther, mein Schweiger, mein Einziger, diese Rilke-Zeilen für Dich. Ich werde Dich immer lieben.
Deine Doro

DIREKTION. SEKRETARIAT.

Lieber Hadi Kumal,
Augenblick Fessel Charisma Dankbarkeit Einfach Freiheit Genuß Norden Heute Jetzt Liebe Härte Astral Offenheit Ferne Nähe Mental Härte Ruhe Sein Tiere Übermut Vogelfrei Wald Zuhause.
Ich sage noch nicht ja. Ich sage: vielleicht.
Friederike v. Russak

(Zettel)
Professor! Es ist bald soweit. Ich habe etwas Gleichwertiges zur Stimme. Eine Geschichte.
K. W. Kadamecki

*

Damals, als der Braunbär, Petzi hieß er, ausbrach, das war auch im Sommer, ein Sonntag, der Zoo besuchervoll. Bären schwammen gern und gut. Petzi hatte sich im Wassergraben erfrischt und dabei mit der Pranke gegen die Eisenbetonsicherung eines Überlaufrohres geschlagen, das nach Regenfällen ein Ansteigen des Wasserspiegels verhinderte. Die Anlage war alt, fünfzig Jahre vielleicht, der Beton bröckelte. Die darunterliegenden Eisenstangen boten der Bärin plötzlich Halt, so daß sie mit den Vorderpranken die Beckenbrüstung erreichte und sich hochzog. Eine bleiche Mutter fiel in Ohnmacht, als sich einen Meter vor ihr plötzlich die gewaltige Krallenpranke über die Gehegemauer schob, gefolgt vom mächtigen Kopf mit den spitzen Zähnen. Die Welt jenseits ihres schützenden Reviers wirkte wie ein Schock auf die Bärin, orientierungslos stürmte sie auf den wenige Schritte entfernten Kinderspielplatz zu, wo sich gespenstische Szenen abspielten. Mütter und Väter stolperten in die Buddelkästen, grapschten nach ihrer kreischenden sabbernden Brut, suchten Dekkung hinter Klettergerüsten und Schaukeln, verschanzten sich hinter den Kinderwagen. Petzi, größer als der Direktor und drei Zentner schwer, schnappte nach einem fallen gelassenen Photoapparat und trug ihn am Riemen wie eine Beute fort. Zusammen mit zwanzig anderen Tierpflegern und dem blasrohrbewaffneten Zootierarzt nahm Karl-Walther die Verfolgung auf. Die Bärin, so schien es ihm, hüpfte wie ein Känguruh, oder träumte er? Sie drang ins Vogelhaus ein und richtete sich drohend auf, als sie die Ansammlung der Menschen im Sonntagsstaat sah. Merkwürdigerweise gerieten die Vögel nicht in Panik, sie verstummten einfach. Nur Schiefhals nicht, er sprach, irgendein Kauderwelsch. Die Bärin drehte ab, trabte weiter an den Kamelen und Tropenbären vorbei zu den Nashörnern, zu den Antilopen, zu den Greifvögeln, dann schnurstracks zum ehemaligen Aquarium, die Besucher vor sich hertreibend. An der Iguanodon-Statue hielt sie inne und schaute nach oben. Galt ihr Blick dem Saurierdenkmal oder den vier Frontfenstern der Direktorenwohnung im ersten Stock? Karl-Walther und die anderen kreisten Petzi ein, richteten Harken, Mistgabeln, Schaufeln gegen sie, wahrten aber Abstand. Aus dem ehemaligen Aquarium trat die Frau des Direktors ganz in Schwarz, ein Gewehr im Anschlag. Sie schüttelte unwirsch ihre graublonde Mähne und spuckte ihre gelbe Zigarette aus. Die Bärin witterte etwas und richtete sich wieder auf. Die beiden standen sich gegenüber wie vor einem Duell unter der Mittagssonne. Reichlich verspätet torkelte der Bärenpfleger heran. Nicht schießen, lallte er. Petzi erkannte seine Stimme und drehte den Kopf. Der Pfleger schwankte zu ihr, schien sie schützen, umarmen zu wollen. Mit einem einzigen Schwinger schlug er die Bärin k. o., sie kippte um wie ein nasser Sack. Die Frau des Direktors verschwand wortlos im ehemaligen Aquarium. Der Direktor blieb unsichtbar. Draußen heulten die Feuerwehrsirenen, aber kein Feuerwehrmann setzte einen Fuß in den Zoo. Der Zootierarzt wagte einen Schuß aus seinem Betäubungsblasrohr. Zu sechst schleppten sie Petzi, begleitet von glühenden Besuchern, zurück zum Bärengehege. Der Bärenpfleger hielt ihren Kopf. Sie bekam Stubenarrest, bis der neue Überflußrohrverputz getrocknet war.

Und damals das Gorilla-Weibchen, Karl-Walther hatte ihren Namen vergessen, das einen langen Weg gekommen war. Erworben von einem Matrosen beim Würfelspiel in Sansibar, als Zahlungsmittel benutzt in einem Puff in Marseille, dem Direktor angeboten von der Puffmutter in einem persönlichen Schreiben, erreichte es den Zoo halbtot, gehüllt in einen hellblauen Kunstpelzmantel. Es verreckte noch in derselben Nacht auf dem gelben Kachelfußboden des Kleinen Behandlungsraums im K 2.

Und als der Zoo ein paar Wochen nach Kriegsende wiedereröffnete, weinten die Besucher am leeren Käfig des Schimpansen Raimund, den eine Brandbombe zerfetzt hatte.

Karl-Walther sah sie sterben, jahrein, jahraus. Die geboren wurden, ließen die Toten vergessen, aber nicht alle. Der Direktor hielt feierliche Ansprachen über den Ewigen Kreislauf, das Große Gleichgewicht. Beides existierte nicht. Sarottis Verschwinden unterbrach den Kreislauf auf ewig. Rätsels Tod warf Karl-Walther endgültig aus dem Gleichgewicht. Diese Nacht hatte er von dem Kolkraben geträumt, er hielt eine Murratti-Schachtel im Schnabel, und Karl-Walther kniete flehend vor dem Vogel. Rätsel schüttelte den Kopf wie ein

Mensch und zerhackte die Schachtel und zerrte einen Brief heraus und zerfetzte den Brief und fraß ihn. Karl-Walther sah einzelne Buchstaben im Schlund des Raben verschwinden, kein einziges Wort konnte er zusammensetzen. Von vier bis fünf am Morgen stand er stocksteif und still im Wohnzimmer und wartete auf eine Herzattacke. Sie kam nicht. Junior kam und nahm ihn bei der Hand und führte ihn in die Küche, wo eine Tasse Kakao auf dem Tisch dampfte. Chris schlief noch. Junior half Karl-Walther beim Anziehen, wieder hatte das Wunderversorgungs-Center zwei Nummern zu groß geliefert. Er band ihm die schwarze Krawatte. Wußte der Sohn, was der Vater tat? Sie sprachen über Jali. Karl-Walther erzählte von Jali und den Tieren, wie sie nichts hören und nichts wissen wollte von den Arten, wie sie darauf beharrte, daß jedes einzelne Tier auf einem Skizzenblock entstanden sei, »erfunden« worden sei. Und der Erfinder? sagte Junior. Jali sagte: Immer der Mensch, der das Tier anschaut. Juniors Saxophon ruhte auf dem wackeligen Küchenstuhl. Karl-Walther und Junior starrten das Saxophon an, während Jali über die Erfindung von Tieren sprach. Wußte Junior, was Karl-Walther an diesem Morgen tun würde? Woran dachte er? Ich dachte gerade, sagte Junior, wie glücklich Jali sein wird, wenn sie dich wiedersieht. Du mußt sie suchen.

Karl-Walther flüchtete aus der Küche. Er verbrachte die nächsten Stunden im Garten, er wußte nicht wo, die ersten Tiere wurden herausgelassen und sahen durch ihn hindurch, als sei er ein Fremder. Ziellos im Zoo, das war schlimm. Er kam sich vor wie der erste Besucher. Irgendwann führten ihn seine Füße zum Vogelhaus.

Es wurde Zeit, und er stieg die Leiter hinauf.

Jochen hörte Tanzmusik aus dem Kofferradio, das Karl-Walther ihm geschenkt hatte. Es war ein altes, einst hellgrünes, jetzt schmutzig graugelbes Radio mit einem kreisförmigen Lautsprecher aus beigefarbenem Tuch hinter einem kleinen Gitter. Karl-Walther schaute durchs Fernrohr. Der Himmel war blau, aber nicht nah. Er schwenkte zum Eiscafé. Der Professor war nicht zu sehen, aber Karl-Walther wußte, er war da, er beobachtete, er wartete, er wußte.

Nicht Jochen, ich hätte aufs Dach meines Vogelhauses ziehen sollen, vor Jahren schon, dachte Karl-Walther. Ich hätte ihre Stimme längst, der Professor wäre nie der Professor geworden, statt eines Fernrohrs hätte ich ein Gewehr mit Zielfernrohr aufstellen können. Das Duplikat Matthes wäre mir erspart geblieben. Vielleicht auch der Suff. Wer säuft schon auf Dächern?

»Sie sind da, Jochen.«

»Endlich. Hab sie nich gesehn. Wo sind sie?«

Karl-Walther staunte, wie ruhig Jochen blieb. Was hatte er erwartet? Einen Veitstanz? Geisteskrankheit, nichts als der gesunde Hunger nach ein paar Erklärungen am Wegesrand, und waren es nicht die Ränder von Irrwegen allesamt?

»Hinterm Haus sind sie.«

»Sind durch die Erde gekommen, was? Haben sich durchgebohrt. Machen sie manchmal mit Planeten.«

»Das wußte ich noch nicht«, sagte Karl-Walther. »Warum?«

»Luftabwehr. Raketen. Die Gefahr. Ich geh packen.«

»Willst du den ganzen Krempel mitnehmen?«

»Na klar.«

»Wirst du auf Rill ein Kofferradio brauchen, ein Zelt, ein Gummischwert, ein Fernrohr?«

Jochen dachte nach.

»Doch, werd ich«, sagte er. »Erinnerungen. Ach, Papa, es is' ja gut, daß sie mich endlich holen, aber es is' auch traurig, findst du nich? Der Zoo is' so schön. Die Pferde werden mir fehlen, die Vögel auch. So'n flauschiges Gefieder und so'n weiches Fell und du fühlst das Herzchen schlagen und kannst sie richtig anfassen. Es tut mir so leid.«

Karl-Walther half ihm, das Zelt abzubauen. Sie stießen mit den Köpfen zusammen und lachten. Es war merkwürdig, daß der ungewaschene Jochen, der zuletzt gestunken hatte wie eine offene Kloake, heute anders roch, nach Zimt und Milch und Butter, wie ein Kind vielleicht duftete, ein weißes Kind. Die Kinder am Njassal rochen aufregend nach Blattgrün und Flußfäule.

»Was tut dir leid?«

»Weiß nich. Alles.«

»Das Fernrohr ist ziemlich schwer. Willst du's wirklich mitschleppen? Haben sie auf Rill nicht unvorstellbare Superfernrohre?«

»Klar haben sie die. Aber es is' ein Geschenk vom Professor.«

»Was hat er gesagt, als er's dir schenkte?«

»Er hat gesagt, daß ich alles im Auge behalten soll.«

»Zum Beispiel was?«

»Was was was! Du fragst heut wie'n Bekloppter. Alles. Gibt's nie genug von. Bin so froh, daß ihr mitkommt.«

Jochen stellte das Kofferradio auf sein zusammengefaltetes gelbes Zelt. Süßliche Geigenklänge wehten übers Dach wie ein angesäuselter Wind.

»Ich komm nicht mit, Jochen. Nur in Gedanken, wie ich's dir versprochen hab. In Gedanken. Aber ich habe dir auch versprochen, daß ich nachkomme. Das Versprechen halt ich.«

»Und warum trägst du heut 'nen schwarzen Anzug? Hast du noch nie getragen, seit wir uns kennen, wir beide.«

»Es gibt nachher eine Feier.«

»Ach so. Is' ja klar. Aber das Fernsehen is' nich da, oder?«

»Kein Fernsehen, keine Presse, wie versprochen.«

»Aber alle feiern, was? Kann ich mir vorstellen. Die werden sich Hannes Selbstmordfusel hintern Knorpel schütten und sagen: Die Rillies waren da. Is'n großer Tag. Kommt deine Kleine mit, die mit den Titten?«

»Nein. Jali kommt, später.«

»Ich glaub nich, daß es die gibt«, sagte Jochen.

»Was meinst du damit?«

»Ich hab nachgedacht, Papa. Ich glaub nich, daß es die gibt.«

Karl-Walther brach der Schweiß aus allen Poren. Sein Herz raste. Jochens Mund stand offen. Der Kolkrabe hackte in die Blechschachtel und zerfetzte den Brief, die Botschaft, Buchstabe für Buchstabe. Was wußte der irre Jochen? Konnte er in die Vergangenheit sehen wie andere Irre in die Zukunft? Oder hatte der Professor, der einzige, der wußte, wie es weiterging, ausgerechnet Jochen offenbart, wie es weiterging?

»Ist sie tot?« sagte Karl-Walther. Er wartete die Antwort nicht ab, sondern ging zum nördlichen Rand des Daches. Die schrecklich schönen Vögel kreischten.

»Mein armer Alter.« Jochen stand neben ihm und zupfte an seinem Ärmel. »Armer Papageno. Sie ist nich tot. Es gibt sie nur nich. Nimm lieber deine Kleine mit den Titten mit.«

»Pack deinen Krempel und laß uns verschwinden.«

Karl-Walther warf das gelbe Zelt vom Dach. Das Kofferradio landete unsanft auf dem Weg und sprach jetzt Nachrichten.

»Wie sehn sie aus?« sagte Jochen. Er schien vor der Antwort Angst zu haben.

»Wie du.«

Der Psychologe Dr. Strauß hatte Karl-Walther auf diese Frage vorbereitet. Es ist von elementarer Wichtigkeit für die künftigen Verarbeitungsstrategien und Bewältigungsmechanismen des Kranken, meinte Dr. Strauß, daß ihm ein kreativer Spielraum gelassen wird. Merken Sie sich, Kadamecki, die Rillies sehen aus wie Menschen. Aber sie haben etwas, das wir nicht haben, das die Phantasie des Kranken anregt. Dr. Strauß hatte die silbrigen Mäntel vorgeschlagen. Der neue Hofnarr des Direktors, Conte Condoli, setzte noch einen drauf und bestand auf meditativer Beschallung, was immer das sein mochte. Sie warteten hinter dem Haus.

»Stimmt das auch?« sagte Jochen.

»Na ja. Ein bißchen anders als du sehen sie schon aus.«

»Hab ich mir gedacht. Weißt du, alle Reisenden sehn aus wie Menschen, aber sie sind keine, is' ja klar. Wer von Rill fortreist, muß da durch. Durch so'nen Apparat, da verpassen sie uns die Als-Ob-Hülle.«

»Gut. Können wir?«

»Das is' wichtig, Papa. Wir können nur reisen mit der Als-Ob-Hülle. Sonst würd uns ja jeder gleich erkennen.«

»Klar. Ich nehm das Fernrohr. Nimm du den Rest.«

Jochen betrachtete lange den Rest. Es waren sein Gummischwert, ein kleiner Kocher, ein Stapel Zukunftsromane, das Campingklosett, Kerzen, ein Malblock mit einem angefangenen Pferdebild, Buntstifte, ein Plastikbecher, ein selbstgemachter Papierwimpel, der am Zelt gehangen hatte, eine nackte Frau aus irgendeiner Zeitschrift.

»Ich glaub, ich nehm nur mein Schwert, falls der Direktor kommt«, sagte er.

Mach dir keine Sorgen, Mensch, dachte Karl-Walther, wenn einer nicht kommen wird, dann ist es der Direktor. Er weiß, daß er sich auf mich verlassen kann. Er weiß, daß du keine Handgranate hast. Aber es hatte gedauert, bis Karl-Walther Dr. Strauß davon überzeugen konnte.

»Der Direktor wird nicht kommen. Er bereitet die Feier vor.«

»Wie schön. Dann hat er mir verziehn.«

Der Schwarze Panther tötet durch Genickbiß, dachte Karl-Walther. Dann erst verzeiht und zerfleischt er. Meine Reise wird kürzer sein als deine, aber dafür habe ich sie jahrzehntelang vorbereitet. Jochen ist nicht viel Zeit geblieben auf seinem Dach. Er wird nichts merken. Dr. Strauß und Konsorten haben auf alles eine Antwort, die schaffen den Planet Rill mit links.

Jochen trug seinen ehemals weißen Umhang mit einem Gürtel, in dem das Gummischwert steckte. Karl-Walther trug zum ersten Mal seit seiner Zeit im Männerwohnheim »Walter Frei« einen Anzug. Sie stiegen die Leiter hinunter. Aus dem Kofferradio kam die Stimme einer Frau, die fiepsend die Stadt Paris besang. Nur in Paris, sang sie, habe sie ihre Liebe gefunden, nur dort sei Liebe überhaupt möglich. Karl-Walther schluckte. Er sagte:

»Weißt du noch, Jochen, der Pfau auf dem Fußballplatz? Hast du ihn damals nicht geholt?«

»Das war'n Ding. Aber es war gar kein Pfau, es war 'ne Großtrappe. Schwerster Flugvogel der Welt. Der Schiedsrichter hielt ihn für'n Pfau ohne Schwanz.«

»Und wie war das, als du ihn geholt hast?«

»Weiß nich mehr.«

»Weißt du noch, der harte Winter? Täglich nur neunhundert Besucher? Wie die Tiere fast durchdrehten?«

»Die Affen kriegten 'nen Koller, die langweilten sich zu Tode, wie wenn man den Fernseher abstellt.«

»Die Babys klammerten sich an die Pfleger.«

»Und unsre Amazonaspapageien kriegten 'nen Koller ohne die Besucher, ich weiß noch, wie sie an ihren Federn rissen und sich die Flügel kahlhackten.«

»Die Robben und Seelöwen starrten trübsinnig in den grauen Himmel.«

»Der Direktor kriegte 'nen Koller.«

»Die Giraffen machten ihre Hälse noch länger, es hieß, man könnte sie in der Innenstadt sehen.«

»Sind nach'm Krieg wirklich Löwen in der Stadt spazierngegangen?«

»Unsinn.«

»Doch. Hungrige Löwen sind da rumgelatscht. Die Schwestern soll'n sie eingefangen haben, und danach hatten sie Angst vor Tieren.«

»Gerede.«

Jochen klemmte die zusammengefaltete gelbe Zeltplane unter seinen Arm, er trug das Kofferradio. Karl-Walther schaltete es aus. Sie standen vor der Absperrung und zögerten.

»Warum zögerst du?« sagte Karl-Walther.

»Und du?« sagte Jochen.

»Weißt du noch«, sagte Karl-Walther, »wie wir den riesigen Regenwurm fanden? Das muß genau hier gewesen sein. Wir brachten ihn in den Freiflugraum.«

»Es war 'ne Schlange. 'ne Blindschleiche.«

»Übertreib nicht.«

»Weißt du noch«, sagte Jochen und überstieg die Absperrung, »wie die Nashornvögel gebrütet haben? Das Weibchen hat sich eingemauert. Das Männchen mußte es füttern durch so'n Loch. Als der Nashornvogel ausrückte, das werd ich nie vergessen, das klang wie'n Hubschrauber überm Zoo.«

Sie kamen an die Ecke.

Jochen bog um die Ecke.

Karl-Walther schloß die Augen und wußte mit einem Mal, auf einen Schlag alles über Ecken. Als sei er auf einen spitzen Stein getreten, erinnerte er sich an seine Kindheit in Afrika und sah ihre verschlungenen Wege. Unten am Großen Njassal gab es keine Ecken. In Neu-Langenburg gab es Straßen und Straßenecken, hinter denen immer ein Unheil wartete. Schweinchen Schibuffke, der verhaßte Bäckersohn, stärker als alle, lauerte hinter der Ecke. Karl-Walthers Vater lehnte hinter einer Ecke und sprach mit sich selbst. Was er wohl sagte? Marie-Luise bog überraschend um eine Ecke, bleich wie ein Gespenst, und schien durch Karl-Walther hindurchzugehen, aber in Wirklichkeit umarmte sie ihn nur. Vorsichtig bog Karl-Walther um eine Ecke und sah, wie ein schwarzer Mann ein Zicklein umarmte, als sei es ein Mensch, sein Kind. Hab acht vor Ecken, Jochen.

Er öffnete die Augen.

Vier Männer in langen silbrigen Lackmänteln umringten Jochen. Sie schwiegen. Jochen befühlte ihre Mäntel. Dr. Strauß stand abseits und photographierte die Szene. Conte Condoli, in einem wallenden weißen Gewand mit goldenen Stickereien, trat zu der Gruppe und legte Jochen die Hand auf den Kopf und murmelte etwas. Die Männer sprachen irgendeine Phantasiesprache, sie schienen scherzen zu wollen in dieser Sprache. Jochen schnappte nach Conte Condoli wie ein Hund. Dann wollte er ausbrechen, aber die Außerirdischen verdrehten ihm die Arme auf dem Rücken. Jochen trat mit seinen kurzen Beinen und schrie in Todesangst. Dr. Strauß winkte Karl-Walther stumm mit dem Kopf herbei. Karl-Walther blieb, wo er war. Aus den Augenwinkeln sah er den Professor vorbeigehen. Er trug denselben Anzug wie Karl-Walther. Er ging vorbei wie ein Schemen. Niemand schien den Professor zu bemerken. Die Außerirdischen brüllten Jochen auf Deutsch an. Jochen spuckte und trat um sich. Aus seiner Nase quoll Blut. Er sah Karl-Walther und schrie um Hilfe.

Karl-Walther stützte sich auf das Fernrohr. Mit spitzen Fingern nahm Conte Condoli das gelbe Zelt, das jetzt mit Fußabdrücken übersät war, und trug es zum nächsten Abfalleimer.

»Papa! Die haben dich geleimt! Das sind keine Rillies! Das sind Menschen!«

Dr. Strauß machte eine Spritze fertig, hielt aber Abstand. Jochen war es gelungen, einem der Außerirdischen in die Hand zu beißen, er kämpfte, wie Karl-Walther noch nie einen Mann hatte kämpfen sehen, er wehrte sich wie der sterbenskranke Fuchs damals, den zwei Tierpfleger nicht aus seinem Käfig kriegten, weil er seine Zähne in alles schlug, was sich bewegte, Harken, Fußknöchel, Schuhe, Harken haltende Hände. Erst die Schwestern schafften es aus sicherer Entfernung mit einem mörderischen Wasserstrahl.

Jochen wand sich im Sand, nach allen Seiten tretend und schnappend. Er kroch auf Karl-Walther zu. Die Außerirdischen packten seine Beine.

»Hau ab, Papa! Bring dich in Sicherheit! Sie haben dich geleimt! Es sind Menschen!«

Die Außerirdischen hoben ihn in die Höhe und streckten seine Gliedmaßen, so daß es einen Augenblick aussah, als würde er fliegen mit weit ausgebreiteten Schwingen. Dr. Strauß suchte sein Ziel und entschied sich für Jochens Wade, in die er die Spritze jagte.

»Ruhig, mein Freund«, sagte Dr. Strauß. »Diese Wesen sind gekommen, um dich heimzubringen. Es sind Rollos von deinem Planeten Roll. Du willst doch zurück nach Roll, du willst doch seine saftigen Wiesen wiedersehen, nicht wahr?«

Erst jetzt bemerkte Karl-Walther, daß er zu weinen schien, sein Gesicht war feucht, er spürte Tränen über seine Wangen kullern, aber sein Herz fuhr nicht diesen teleskopischen Stachel in seine Brust wie sonst, und seine Magenschmerzen, sie hielten sich in Grenzen. Ich weine systematisch, dachte er.

»Ich werd das Geheimnis nich verraten!« schrie Jochen, als sie ihn forttrugen. »Ich könnt euch alle erledigen, wenn ich's täte! Aber ich tu's nich!«

Beim Tierkinderzoo bogen sie um die Ecke. Anscheinend wollten sie ihn durch den Wirtschaftshof nach draußen bringen. Ein Auto würde warten.

»Ich hab's dir versprochen!« rief Karl-Walther. »Ich komme nach!« Doch sie waren schon zu weit entfernt, und Jochen konnte ihn vielleicht nicht mehr hören.

*

In der Nacht, als K. W. vom Küchenfenster beobachtete, wie Kurt Lenz im Dschungel einen jungen Mann küßte, entwickelte Jali Photographien in ihrer Badezimmerdunkelkammer. Er beschloß, das Gesehene für sich zu behalten. Kurt Lenz war Jalis Freund, und K. W. wollte nicht, daß sie einen Schock erlitt.

Er war aufs äußerste empört. Wie konnte Kurt Lenz ihnen das antun? Gab es nicht schon genug Schlechtigkeit auf der Welt, die Tierquäler und Kindsmörderinnen, die fetten Reichen, die lebenden Engländer, die Bolschewiken, die untreuen geschminkten Frauen, die Franzosen, die Verfasser unanständiger Romane? Es gab große gestorbene Engländer, Thomas Hardy zum Beispiel, oder Chesterton, oder Rudyard Kipling. Jali schaffte ihm alle Bücher herbei, die dieser Kipling geschrieben hatte, und K. W. las im weinroten Sessel, im Zoo, im Bett und sogar beim Radiohören und im Kino, mit einer Taschenlampe. Jali beobachtete ihn dabei, aus ihren Augenwinkeln. Er sah es, aus seinen Augenwinkeln, ließ sich jedoch nichts anmerken. Er las langsam. Sie machte es ihm nicht zum Vorwurf. Sie las schneller, als die Polizei erlaubte. Er fand es nicht gerecht, daß sie so schnell lesen konnte, während er oft eine geschlagene Stunde über einer Seite saß, mit Mühe einen Satz auswickelnd wie ein Weihnachtsgeschenk. Einmal las er in der Kneipe, bei einem Glas aus der für ihn reservierten Flasche. Den Volksfreunden schmeckte es nicht, daß er in einem Buch las, anstatt mit ihnen zu reden von zu Hause und vom enormen Eingespanntsein in das Leben und in das Große Ganze. Er beschwichtigte sie mit einem Satz, den er im Radio gehört und sich sofort notiert hatte für Leute wie die Wächterin, die Frau Parusel, die Jali und ihm mit Mißtrauen und Mißgunst begegnete: »Fürderhin, liebe Freunde, werde ich die kostbaren Stunden, die ich mit euch verbringe, dazu benutzen, um mich von der Stimmung im Volke zu überzeugen, und werde das tiefe Erlebnis der ungeheuren Verbundenheit, die mir von euch entgegenschlägt, wohl zu schätzen wissen.«

Es war spät im Sommer, und alle waren eingespannt. Eingespanntsein war groß in Mode. Alle arbeiteten, alle gaben ihr Bestes, sogar die Tiere im Zoo schienen wie ausgewechselt, sie waren lustig und quicklebendig und schauten K. W. so manches Mal in die Augen. Das Schwarze Pantherjunge Sarotti, das Jali und er jeden Tag besuchten und das Jali gern zu Hause gehütet hätte, weil sie eben eine Frau war, vollführte wildbockige Sprünge wie eine junge Gazelle aus Deutsch-Ost auf seiner Anlage. Der Kolkrabe, den sie Rätsel getauft hatten, weil er immer so geheimnisvoll tat, vergrub überall in seinem Käfig Fleischbrocken und grub sie wieder aus. K. W. ließ ihn Silberpapier und Zigarettenstummel vergraben, das machte Freude. Die Harpyie, die Jali *vieja harpía* nannte, schien krank zu sein, verfiel in plötzliche Zuckungen, bemühte sich jedoch auf das innigste, den Besuchern trotz ihrer abgrundtiefen Häßlichkeit zu gefallen, indem sie ihre Kopffedern hochstellte. Der Papagei Schiefhals plapperte den lieben langen Tag, und sie brachten ihm bei, auf die Laute »Li-li« Jalis oder K. W.s Versteck zu verraten, wenn sie im Zoo Verstecken spielten und nachdem sie ihm das Versteck vorher zugeflüstert hatten. Es war gewiß verboten, dem Vogel so was beizubringen, aber wer wollte schon dahinterkommen?

Die Eingespannteste von allen war Jali. Sie photographierte immerfort, als hinge ihr Leben von Photographien und nicht von K. W. ab, dabei waren es doch nur schwarzweiße Schnappschüsse von irgendwelchen Leuten. Die Menschen verlieren ihre Gesichter, meinte sie in ihrem lustigen Deutsch, und ich fange sie wieder ein. Arbeiten machte ihr Spaß, sie war plemplem. K. W. erklärte im gemeinsamen Tagebuch und mündlich feierlich, daß Liebe seine wahre Arbeit sei. *You've kissed my tears away*, lehrte ihn Jali. Er quälte sich durch die Tage im Reisebüro, als wären es beschwerliche Reisen, er verfolgte den Lauf der Uhrzeiger, er existierte für die Stunden mit Jali, die behauptete, eine Stunde sei dasselbe wie ein ganzes Leben oder mehr. Immer sagte sie solche weisen Sachen, von denen man sich keine Vorstellungen machen konnte. Marie-Luise war klüger gewesen, klarer, hatte immer Einsen auf dem Zeugnis gehabt in Mathematik und Deutsch. Heimlich probierte K. W. einige von Marie-Luises Klugheiten an Jali aus, aber sie reagierte nicht, sie war taub für die großen Probleme der Menschheit. Trotzdem war sie nicht auf den Kopf gefallen, sie las schnell, kannte Kipling, wußte von Ländern, sprach Sprachen, zeigte sich auf das beste vorbereitet in Unterhaltungen.

Ihre Schönheit beunruhigte K. W. zuweilen. Männer drehten sich nach ihr um, das war schlimm genug. Noch schlimmer war die Vergänglichkeit ihrer Schönheit, die K. W. vorausahnte. Sie hatte etwas Südliches, also Vergängliches, vielleicht auch Oberflächliches. Sie sang: »Sei doch meine kleine Episode, zwei drei Tage bist du bei mir Mode«. Sie kannte schrecklich viele Menschen. Würde sie ihn wirklich für immer und ewig lieben, wie sie behauptete? War sie dazu fähig? Sie zog ihn zum Holzreh in Kurt Lenzens Dschungel und stahl ihn dort, am hellichten Tag. Der Dschungel duftete und schien explodieren zu wollen. Ihr schwarzer Lockenkopf bewegte sich auf und nieder im Dickicht der Blüten und Blätter wie ein Tier. Plötzlich traf ihn ihr Blick. Er schämte sich. Ihre Augen waren so groß und rund wie die der Afrikatiere, die auf Flucht spezialisiert waren.

Sag die Wahrheit, sagte K. W. oft zu ihr. Sie lachte ihn an und warf fünf Stücke Zucker in ihre überschwappende Kaffeetasse.

Beide hatten sie ihre Heimlichkeiten. Jali sparte Geld, er kannte das Versteck, sie stopfte die Scheine in ein ausrangiertes Ofenrohr in der Rumpelkammer am Ende der Diele. Immer knüllte sie Geldscheine zu kleinen Bällchen, es war ihr nicht abzugewöhnen. K. W. zählte die Bällchen im Ofenrohr. Wenn sie für ein Weihnachtsgeschenk sparte, würde es ein besonders großes werden. Heimlich schrieb sie ihre Geschichten, die sie nicht mehr in ihrem Schreibtisch, sondern zuerst hinter den Büchern und dann unter Kopfkissenbezügen vor ihm verbarg, zusammen mit der Photographie ihres glücklich grinsenden Vaters Glickstein, der seit jener Nacht kein Thema mehr war. Weiterhin krakelte sie auf die erste Seite ihrer Geschichten die Widmung »Meinem Mensch«. Dieser Mensch war angeblich K. W., der diesbezüglich seine Zweifel hegte, wenn er die Narbe auf seinem Unterarm betrachtete und in tiefes Brüten fiel.

Sie sprachen nie wieder über die Nacht, als sie ihn gebissen hatte. Nur einmal sagte Jali, nicht ohne Stolz: »War der Biß des Jahrhunderts.« K. W. stimmte ihr zu. Der Biß des Jahrhunderts für die Liebe des Jahrhunderts.

Das Jahrhundert war jung, und es gab viel zu lernen. Jali lehrte ihn »Schauen« und Bücher und daß eine Stunde vielleicht wirklich ein Leben war im Dschungel im Hof oder im weinroten Sessel, wenn sie einander raubten mit Klauen und Zähnen. K. W. wollte mehr lernen, anderes lernen. Er wollte mehr Sicherheit im Umgang mit sich selbst, so daß Jali seiner nicht überdrüssig würde und ihn verließe. Also besuchte er heimlich einmal die Woche das Institut für Geheime Kräfte nach der streng wissenschaftlichen »Methode Mettner«. Jali wähnte ihn in der Kneipe, die sie nie betrat. Im Institut, dem das Privatinstitut für praktische Menschenkenntnis und Rassenkunde angegliedert war, wollte er alles über die Liebe lernen, was es zu lernen gab, vor allem, wie man Jali davon abhalten konnte, ihn zu verlassen. Der Unterricht fand in einer ehemaligen Küche in einer Wohnung zwei Stockwerke unter dem Sprachinstitut statt, wo K. W. Anfang des Jahres Englisch gelernt hatte. Der Lehrer war ein runder Mensch mit einer ständig beschlagenen Brille, weil er so arg schwitzte, und hieß Herr Koebke. Wenn er hereinkam, mußten K. W. und die anderen aufstehen und sagen »Ich erstrebe einen durchdringenden Blick und auch große Willensstärke«. Dann wurde der Raum verdunkelt, Kerzen brannten, es roch nach Weihnachten, der Geruch und das schwere Atmen der anderen Schüler machten einen müde. Die anderen Schüler hatten keine Jali, das sah K. W. sofort. Sie benutzten unanständige Wörter und darbten. K. W. nahm allen Mut zusammen und fragte Herrn Koebke, ob das, was Liebende wußten, nicht alles war, was es zu wissen gab, so wie es ihm Jali beigebracht hatte.

Was man im Tagesjargon Liebe nenne, wußte Herr Koebke, sei beim hergelaufenen Menschen eine reine Nervensache. K. W. notierte sich die famose Formulierung »hergelaufener Mensch«. In Deutsch-Ost sprach man zwar Deutsch, aber kein so gewähltes. Die Nerven des hergelaufenen Menschen, lernte er, seien von ungesunden unwerten alltäglichen kleinen Erregungen derart überreizt, daß sie immer wieder bis auf das äußerste nach oberflächlichem Kontakt verlangten. Dies aber sei keine Liebe. Für den neuen Menschen, den er aus K. W. formen wollte, sei Liebe Willenskraft und Tüchtigkeit gepaart mit Überlebenswillen und Stärke. Die Frau, die diese dem Mann angeborenen Tugenden nicht im Mann hervorbringe und hüte, sei ein Verderbnis. Es gelte, überkommene Vorstellungen, daß die Liebe ein Sich-fallen-lassen bedeute, zu überwinden. Die hochwertige Liebe, notierte sich K. W., sinnt nicht oberflächlich auf Genuß, sie ist nicht hohl und öde im Inneren, sondern hat zum Ziel die Reproduktion. Er wagte nicht zu fragen, was »Reproduktion« hieß, nicht vor den anderen, die es vielleicht wußten.

In der Stadtbahn auf dem Nachhauseweg fertigte er eine Liste an. Erstens: Jali war oft überreizt, verlangte oft nach oberflächlichem Kontakt. Zweitens: Zugegeben, es machte Spaß. Drittens: Wir dürfen uns nicht immer nur fallen lassen.

»Was ist Reproduktion?« fragte er Jali.

Sie zeigte ihm die Photographien, die sie entwickelt hatte, während er Zeuge geworden war, wie Kurt Lenz im Dschungel einen jungen Mann küßte.

»Sieht«, sagte sie. »Das ist. Von ein einziges Negativ, Hunderttausende Photos kann ich reproduzieren. Ist es nicht schön?«

»Aber es muß etwas mit wahrer Liebe zu tun haben.«

»Es hat auch.«

Jali kochte Kassler mit Klößen und Soße, und er schlug im Lexikon nach.

»Du mußt die Wahrheit sagen lernen«, sagte er beim Essen. »Die Reproduktion hat mit dem Photographieren nichts zu tun. Es ist die Fortpflanzung.«

»Nicht nur«, sagte Jali. »Schmeckt's?«

Sie aß so schnell, wie sie las.

»Wollen wir nachher Radio hören oder Grammophon?« sagte Jali. »Und uns rauben?«

»Ach, Jali. Du verstehst mich nicht.«

»Aber ich liebe dich.«

Das stimmte. Aber war es wahr? Sie sagte das jetzt immerzu, wie ein Papagei, wie Schiefhals im Zoo. Merkte sie nicht, wie sehr er um die Wahrheit, also die Unvergänglichkeit, ihrer Liebe kämpfte, wie sehr sie seine Arbeit geworden war, seine Weltanschauung, an der es noch manches zu verbessern gab? Sie war nicht auf den Kopf gefallen und brachte ihm Bücher und sprach viele Sprachen, doch jenseits dieser Dinge hatte er aufgehört, ihr Schüler zu sein, merkte sie das nicht? Sie spielte eine Schallplatte.

»Hat sich öfter gedreht um sich selbst als die Erde um die Sonne«, sagte sie.

Wieder eine Unwahrheit. Sie besaß die Schallplatte erst seit ein paar Wochen. Es war eine Opernaufnahme, »Die Afrikanerin« von einem Meyerbeer, die Sänger künstelten sich die Seele aus dem Leib und kannten Afrika gar nicht, denn dort sang man anders. Zwanzig

Jahre, meinte Jali bewundernd, habe Meyerbeer an dieser Oper gearbeitet. Sie war angetan von Rekorden, besonders in der Kultur, sie nannte ihm Zahlen. »Tausende von Dialekten«, sagte sie und hielt ihm ein Buch unter die Nase, »die Naturvölker beherrschen Tausende von Dialekten.« K. W., der sich heimlich mit Charakterkunde beschäftigte, wußte, warum Zahlen sie faszinierten. Das Vergeßliche in ihrem Charakter, das Oberflächliche, verlangte nach einem Gegengewicht, damit das Bild, das sie sich von ihrem Charakter machte, nicht aus dem Gleichgewicht fiel. Gleichgewicht, Equilibrium, Balance, das waren Begriffe so recht nach ihrem Geschmack. Inzwischen beherrschte auch K. W. den Trick, mit drei schweren Büchern auf dem Kopf nackt durch die Wohnung zu spazieren, meist mit steifem Schwanz, denn sie tänzelte lockend voran. So geht man durchs Leben, sagte sie. Sollte es ein Scherz sein?

Sie hatte ihm die Haare geschnitten und aus seinen Haaren ein schmales Armband gewirkt, das sie ihm schenkte. Sie streifte es ihm über den Arm mit der Narbe und küßte die Narbe. Beide waren sie insgeheim stolz auf den Biß des Jahrhunderts und daß ihre Liebe diesen Biß überlebt hatte. Als sie ihm die Haare schnitt im Badezimmer, war es Sonntag und Nachmittag, und die Luft flirrte vor Hitze. Das Fenster war weit geöffnet. Im Hof machte es Plong. »Aha«, sagte Jali, »Kurz stimmt sein Klavier.« K. W. fiel in einen Halbschlaf vor dem Spiegel. Strähne um Strähne fiel auf den Fußboden, Jalis kräftige Hand strich über seine Stirn, nach Äpfeln im Regen roch ihre Hand, Ton auf Ton fiel und verhallte, wie in einen tiefen Brunnen fielen die Töne, und die Schere schnitt. Pling, sagte Jali. Und Plong, murmelte K. W. Wir haben zwei Stimmen, dachte er, ihre und meine, und manchmal, jetzt, wartet die eine Stimme, bis die zweite folgt. Sind wir ein Paar, oder sind wir Menschen so einsam wie die Erde, die der merkwürdigste Ort ist, seit Jali darauf geboren wurde? An diesem Sonntag sagte er: Das Klavierstimmen ist mir unheimlich, mach das Fenster zu. Jali wollte zuerst wissen, warum es ihm unheimlich sei. Nie befolgte sie seine Befehle. Er stellte sich dumm und behauptete, er wisse nicht warum, er könne es nicht in Worte kleiden. Das gefiel ihr. Sie schloß das Fenster. Ganz für sich, später in ihren Armen, formulierte er im Kopf: Das Klavierstimmen erinnert mich an ein Herz, das aufhört zu schlagen, es erinnert mich an den Tod meines Vaters aus heiterem Himmel, pling plong und du bist weg. Warum war Jali überhaupt erst geboren worden, wenn sie ihn doch verlassen würde mit Glickstein, ihrem lächelnden Vater, oder mit »meinem Mensch«, der K. W. nicht sein konnte, weil sie ihn oft genug damit stichelte, er sei in Wahrheit ein Tier? Wie immer, wenn sie ihm die Haare geschnitten hatte, konnte er sich im Spiegel nicht wiedererkennen, er sah aus wie ein blödes Kind. »Siehst du aus wie ein kleiner Junge«, sagte sie und rieb seinen Schwanz und ließ die Schere fallen. Es waren meist Sonntage, an denen er sich fragte, ob sie vielleicht ernstlich krank sei, geisteskrank.

»Ich muß dich beschützen«, sagte er.

Jali lag im weinroten Ledersessel und hörte »Die Afrikanerin« von Meyerbeer, der auf jeden Fall krank gewesen sein mußte, wenn er zwanzig Jahre seines Lebens damit zugebracht hatte, dieses Geplärre zu komponieren. Und so etwas bewunderte sie.

»Vor was?«

»Vor dir selbst.«

»Das«, sagte sie, »wird nicht einfach.«

»Ich verfüge über Kräfte«, sagte er, »von denen du nichts weißt.«

Sie gingen früh zu Bett, wo sie sich raubten und Radio hörten. Jali liebte die Reden über das Große Ganze. Bald, wenn sie erst richtig berühmt war, würde sie ein Teil davon sein. Ich werde im Radio sprechen und meine Photographien beschreiben, Millionen werden mir zuhören, und ich bekomme die Haut der Gans, wenn ich daran denke, daß du mir dann zuhörst, *monito*, sagte sie. Ich werde Filme drehen, meinte sie, die ganze Stadt, das ganze Land werde ich von oben filmen wie ein Vogel, und er wird mir die Hand schütteln. Aber er haßt Juden, sagte K. W., auch halbe, auch viertel, achtel, sechzehntel, niemand weiß warum, es ist ein großes Geheimnis. »Du weißt nicht«, sagte Jali, »er haßt Glickstein, nicht mich, ich bin Jali Klick, meine Photos sind in alle Zeitungen, ich bin spanisch.« Sie war immer etwas anderes. Auch ihre Mutter, erzählte sie, war nicht nur Tänzerin, sondern zudem noch Wahrsagerin, Handleserin, Hellseherin. Alle Menschen sind gleich, sagte K. W. Jali lachte ihn aus. Er fand, daß es Zeit war für einen kleinen Schock.

»Kurt Lenz hat einen jungen Mann geküßt, vorhin im Dschungel. Ich hab's genau gesehen.«

»Ja. Kurz liebt so.«

»Es ist schlecht. Es ist krank. Aber das scheint dir nichts auszumachen.«

»Es ist nur Liebe«, sagte Jali, »es ist wie andere Stadt, wo du noch nie warst, andere Geheimesprache.«

Sie wollte ihn küssen, aber er wehrte sich.

Sie stritten eine Woche über Kurt Lenz und seine ungute unreine unwahre Liebe, die Jali die Stirn hatte, mit K. W.s und ihrer Geheimsprache Amorisch gleichzusetzen. Nach Maurice und dem Biß des Jahrhunderts verwandelten sich die Streits in kraftkostende Kleinkämpfe, zermürbende Stellungskriege, bei denen fliegende Fetzen von spitzen Bemerkungen abgelöst wurden. Auch die Versöhnungen dauerten länger, das tat wohl, und meistens entschuldigte sich Jali, das tat besonders wohl. K. W. hatte Maurice seitdem nicht wiedergesehen, nur einmal saß er an einer langen Tafel beim Empfang eines orientalischen Königs im Zoo, zu dem der Geheimrat Jali eingeladen hatte. K. W. durfte mitkommen. Er nickte Maurice zu. Hinterher durfte Maurice nicht mit, als der König zu einem privaten Essen in seine Villa im reichen Viertel der Stadt einlud. Im Institut für Geheime Kräfte und praktische Menschenkenntnis hatte K. W. eine Formulierung aufgeschnappt, die er benutzte, wenn Jali beiläufig Maurice erwähnte: »Maurice verfügt nur über ein kleines geistiges Zentimetermaß«, sagte K. W.

Jali meinte nein, aber sie sagte es nicht laut. Ihr Deutsch wurde besser, und K. W. brachte ihr bei, daß man nicht immer gleich mit allem herausplatzte, was einem so durch den Kopf schoß. Das gehörte sich nicht. Wir sind immer noch Fremde, sagte er oft, und müssen die Wahl unserer Worte in der Öffentlichkeit unseres Gastlandes wohl überlegen. Auf einem Zuckerbeutel im Zoo-Restaurant entdeckte K. W. in winziger Schrift die ungünstigen Eigenschaften ihres Sternzeichens: rachsüchtig, unbeherrscht, schwer versöhnlich, triebhaft. Auch ihre günstigen Eigenschaften trafen mehr oder weniger zu: Forschergeist, Willenskraft, Gemütstiefe, Fleiß. Frau Parusel bemängelte den verwahrlosten Zustand von Jalis kleinem Beet im Hof am Rande des Dschungels, es sei ein Schandfleck für das ganze Haus. Immer wenn Frau Parusel etwas zu ihr sagte, schien Jali lächelnd zu ertauben. »Wenn man in einem anderen Land ist«, sagte Frau Parusel, »hat man sich anständig und korrekt zu benehmen.« K. W. überzeugte Jali davon, daß die widerliche Vettel in diesem Punkt recht hatte. Auch führten die Nachbarn Beschwerde bei der Wächterin, namentlich Herr Wittig von unten und das Ehepaar Fraenzel von oben, über Jalis laute Musik und ihre wilden Schreie, die sie zuweilen beim Lesen ausstieß oder beim Entwickeln in der Dunkelkammer und immer, immer bei schwerem Raub. K. W. setzt Frau Parusel höflich, aber bestimmt auseinander, daß es sich bei seiner Kusine, dem Fräulein Klick, immerhin um eine stadtbekannte Künstlerin handelte, daß er aber gleichwohl dafür Sorge tragen würde, daß sie ihr Temperament etwas zügelte.

»Kusine!« sagte die Wächterin, »daß ich nicht lache!« K. W. fragte, ob sie wisse, wie viele einflußreiche hochgestellte Freunde er und Jali hätten. Es tat ihm in der Seele weh, denn es waren Jalis Freunde, und einer von ihnen war gewiß ihr »Mensch«, dem sie ihre heimlichen dummen Geschichten widmete. Die Parusel kuschte. Auch sie hatte den Horch-Fahrer nicht vergessen, den Mantel, der Jali nach Spanien locken wollte für einen »Auftrag«, sich glücklicherweise aber nicht mehr blicken ließ in letzter Zeit. K. W. legte sein Ohr an den Fußboden und lauschte nach unten zu Wittig. Der Mann, den Jali und K. W. noch nie zu Gesicht bekommen hatten, schien überhaupt keine Geräusche zu erzeugen. Keiner, noch nicht einmal die Parusel, kannte seinen Beruf. Vielleicht war er gefährlich, ein Mantel. Was war Gefahr? Niemand wußte es genau, es war ein großes Geheimnis in K. W.s Land seiner Träume. In Deutsch-Ost gab es klare Gefahren: die Natur, die Tiere, die Engländer. Ähnliche Gesetzmäßigkeiten hatten im Männerwohnheim »Walter Frei« geherrscht. Man wußte, woran man war, wenn die Armmuskeln spielten und die Nackenhaare sich sträubten. Im Großen Ganzen war Gefahr entweder ein Gerücht oder sie lag in der Luft oder in Jalis Notblicken. Auf jeden Fall war die schlimmste Gefahr im Land die des schlechten Gewissens, und mit Recht, denn nur mit einem guten Gewissen konnte man ein guter Mensch sein und bleiben. K. W. verstand jetzt seinen Musiklehrer aus Neu-Langenburg, den Erzeuger grausamster Gewissensqualen. Man wird älter, dachte er, und versteht auf einmal seine Lehrer. Wie ulkig. Wie weise aber auch eingerichtet vom Leben. Dem Musiklehrer mußte er nackt vor der ganzen Klasse ein Lied vorsingen, das nicht von den schwarzen Kindern am Njassal stammte, sondern vom deutschen Liedgut, und nackt mußte er dastehen, um sich klar darüber zu werden, welcher Hautfarbe er war. Man würde nie ein guter Mensch, wenn man sich nicht auf seine Wurzeln besann, sagte der Musiklehrer, man würde immer ein Umhergetriebener sein mit einem schlechten Gewissen. Dein schlechtes Gewissen steht dir ins Gesicht geschrieben, Karl-Walther Kadamecki, also singe mir ein gutes Lied. Damals hatte K. W. sterben wollen. Heute war er im Begriff, ein guter Mensch zu werden, endlich, nach so langen Qualen, nach Marie-Luise, die vielleicht nicht mit ihm gegangen war, weil ihm sein schlechtes Gewissen ins Gesicht geschrieben stand.

»Ist eine Maus, Herr Wittig«, sagte Jali, »oder Gespenst von Maus.« Über alles mußte sie ihre Scherze machen, und nicht immer konnte K. W. lachen.

Die Fraenzels von oben waren Apotheker und sahen aus wie Zwillinge, obwohl sie doch verheiratet waren. Sie wirkten eingespannt und auf das tiefste bewegt wie alle. Sie warteten am Treppenabsatz, bis Jali und K.W. heruntergekommen waren, grüßten zuvorkommend, aber stumm und setzten vorsichtig erst zwei, dann vier Füße auf die Treppenstufe. Sie waren ungefährlich und außer Gefahr. Die Leute von Gegenüber waren Unbekannte, sie gehörten zum vornehmeren Vorderhaus, ihre Dienstmädchen entleerten die Ascheimer im Hof. Es war ungerecht, wie viel Geld manche Leute ihr eigen nannten oder tatsächlich besaßen. Das Kunstaugeninstitut Dr. Frettich arbeitete ständig hinter verdunkelten Fenstern, was wohl in der Natur der Sache lag. Der Doktor Frettich selbst fuhr einen Mercedes und war älter, als die Polizei erlaubte, mindestens hundert Jahre war er. Kurt Lenz war ein Abartiger, darauf beharrte K. W. in einer ganzen Woche Kleinkrieg mit Jali. Um die Ernsthaftigkeit seines Standpunktes zu demonstrieren, blieb er sogar einen Spätnachmittag dem Zoo fern, und endlich war Jali ausreichend schockiert. Es kam zu einer festlichen feuchten Versöhnung wie früher. Sie kochte Kakao und servierte ihn mit Herzen aus Schlagsahne. Im Bett sprachen sie, nicht zum ersten Mal, von den Kindern, die sie haben würden. Zwei, sagte K. W. Mindestens sieben, sagte Jali. Er prüfte ihre Augen. Sie schien es ernst zu meinen. Sieben sind zuviel, sagte er. »Stiehlt mich noch mal«, sagte Jali. Sie entschuldigte sich für ihre Fahrlässigkeit in Fragen des guten Gewissens und gab zu, daß Kurt Lenz alles andere als normal war. K. W. versprach seiner weinenden Jali, sie am nächsten Tag nach der Arbeit zur gewohnten Stunde im Zoo zu treffen. Sie hatte eine Blechschachtel am Drachendenkmal vergraben wie bei jedem Streit, und jetzt buddelte sie die Schachtel mit bloßen Händen aus und gab ihm den Zettel zu lesen. Ihre Fingernägel waren schwarz. Ihre Hände waren kräftig. Zu welch ungeahnten Zärtlichkeiten diese unweiblichen Hände fähig waren.

> Ich will bei dir stehen immer. Sei doch nicht bös. Es ist Wurst. Alle Meinungen sind Wurst. Ich liebe dich. Ich will bei dir stehen immer. Eben ein klein Regenwürm schaut aus der Erde, wenn du doch sehen könntest wie schön er auch ist!

Das hätten wir auch eine Woche früher haben können, sagte K. W. müde. Wie umständlich Jali das Leben machen konnte, wie kraftlos er sich fühlte, wenn sie widersprach und widersprach und so tat, als wüßte sie alles besser. Längst hatte Herr Koebke vom Institut ihm erklärt, daß eine Jugend in Deutsch-Ost ein Zapfhahn für besondere geheime Kräfte sei, die K. W. nur in Ernst und Stille anzuzapfen brauchte, um den meisten genußsüchtigen oberflächlichen Alltagsmenschen haushoch überlegen zu sein. Er faltete den Zettel zusammen. Jali mußte ihm versprechen, mit Kurt Lenz zu brechen. Sie setzte sich auf den Erdboden neben dem Drachen und weinte hysterisch. »Kurz ist mein längster Freund in Deutschlang«, heulte sie. War das wieder einer ihrer Scherze? K. W. bestand darauf: der Abartige oder nie wieder Zoo. Jali rannte fort. K. W. nahm sich Zeit mit der Verfolgung. Er kannte alle ihre Verstecke. Sie mußte lernen, daß man nicht alles haben konnte im Leben. Man konnte nicht sieben Kinder haben und mit einem Abartigen befreundet bleiben. Wahrscheinlich war Glickstein schuld an den Mängeln ihres Charakters. Und sie wußte es und haßte ihn dafür. Aber warum lächelte der knopfäugige Glickstein so glücklich auf der Photographie mit Jali? Vielleicht war er froh, seine mangelhafte Lebensweise weitervererbt zu haben und über die Welt zu verstreuen. Immerhin gab es noch Bruder Maxie, der jetzt angeblich wieder nach Litauen zurückgekehrt war von seinen Reisen. Wie sah ihre Mama aus? Jali hatte kein Photo, es sei denn, es gab in der Wohnung Geheimfächer. K. W. machte sich auf die Suche nach Jali. Bei Schiefhals war sie nicht, auch nicht im Affenpalmenhaus. Gerne vergoß sie Tränen unter Bäumen. Die vertrauten Tiere grüßten ihn aus ihren Käfigen. Er grüßte zurück. Der Zoo war schon famos. Eigentlich waren die Tiere gar nicht gefangen, hatte ihm Jali wieder und wieder erklärt, sie genossen ein Leben ohne Angst vor Feinden, und nur die Menschen sahen die Gitterstäbe, die Tiere dachten, es seien Bäume oder Zweige ihres Reviers. Außerdem brauchen wir Tiere, meinte Jali, denn sie erzählen von unserer Liebe. Diesmal glaubte ihr K. W. Oft hatte er tatsächlich das Gefühl, daß es sich bei den Tieren in Windeseile herumsprach, wenn Jali und er im Zoo waren, und sie schon sehnsüchtig auf ihren Besuch warteten wie alte Familienmitglieder.

Keine Spur von ihr bei der Kolumbus-Eiche, kein Schnitzeljagdzeichen. Ein frühes gelbes Blatt fiel ihm vor die Füße. Er hob es auf und schnupperte daran. Es roch nach Jalis Schoß, nach ihrem Süden. Sie hatten lange ein Wort gesucht für ihr Geschlecht. Die gängigen waren vulgär oder biologisch, unromantisch. »Mein Süden«, sagte sie, *»al sur de Jali«*. Sie war eine Künstlerin, und nie würde und wollte er ihr haushoch überlegen sein. Er verehrte sie jetzt mehr denn je, ihre Schönheit, ihre Augen, ihr Mund, ihre Haut flößten ihm keine Furcht mehr ein, sie war aus Fleisch und Blut wie alle anderen. Er verehrte ihre Einstellung zum Leben, wenn es daran auch noch so manches zu verbessern gab, vor allem ihre Einstellung zur Wahrheit. Verehrungswürdig waren ihre Gemütstiefe, ihr Forscherdrang, ihre Willenskraft, ihr Fleiß. Die Mühe, die sie sich gab. Lange Zeit hatte er nicht begriffen, warum sie ausgerechnet ihn liebte, der so verwirrt und gewöhnlich war und arm. Oder war er anders? Wenn sie von ihm sprach, vor ihm und vor anderen, schilderte sie ihn wie ein Fabelwesen. K. W. liest wie kein Mensch auf der Welt, er schert sich nicht um schöne Sätze, sagte sie, er liest um sein Leben. K. W. hat Afrika gesehen. K. W. ist ein Denker, alle Philosophen und Klugscheißer, die lebenden und die toten, können einpacken, wenn K. W. zu schreiben anfängt, und er wird, er wird. K. W. hat in seinem kleinen Finger mehr Kraft und Fühl, als ihr je haben werdet, ihr Jammerlappen. K. W. hat das Leben gesehen. K. W. hat Afrika gesehen, er ist sogar dort geboren, da staunt ihr, was? Du bist ich, sagte sie zu ihm, wenn ich sein dürfte, was ich sein könnte. Du bist alles, was ich sein wollte. Du bist mein Fuß, mein Kopf, mein Süden. Du bist mein sechstes Element, sagte sie in ihrem wispernden Entdeckertonfall, und auf ihrem Gesicht erschienen rote Male. Das alles bin ich nicht, sagte K. W. klug, das alles nennt man Liebe, und die macht bekanntlich blind. Sprüche, sagte sie, kommt, macht mich blind.

Allerdings war auch Herr Koebke vom Institut für Geheime Kräfte und praktische Menschenkenntnis der Ansicht, daß in K. W.

enorme »Potenzen« schlummerten. K. W. schlug das Wort im Lexikon nach. Es bedeutete mehr als Möglichkeiten, es bedeutete Mächtigkeiten.

Jali saß neben Dostojewski dem taubstummen Spinner auf der Bank. Sie weinte nicht mehr. Als K. W. näherkam, rannte sie fort. K. W. zuckte die Schultern. Es war nicht ihr erster Streit im Zoo. Die Tiere würden alles heil machen, die Tiere schienen Jali zu besänftigen, zu bändigen, so daß sie weniger rachsüchtig, unbeherrscht, triebhaft und schwer versöhnlich war. »Oft ich bin fassungslos«, sagte sie und trat einen Schritt zurück, »vor dem Tier.« Er übersetzte sich ihren Satz. Sie meinte: Es gab noch etwas Wichtigeres auf der Welt als Jali Klick. Es gab Schiefhals' zum Kraulen hingestreckten Kopf und seine zaghaft geöffnete Kralle und das unberührbare Pantherjunge Sarotti, das ließ, in schwarzes Fell gehüllt, alle viere von einem Baumstamm baumeln unter der lampionroten Abendsonne.

Dostojewski war nicht nur von allen guten Geistern, sondern auch von den Spatzen und Krähen verlassen, seit die Zoodirektion mit aller zu Gebot stehenden Härte Jagd machte auf die Störenfriede und Eierdiebe. Wie ein entlaubter Busch, über den man Lumpen geworfen hatte, hockte er auf seinem Platz und lächelte immer noch blöde. K. W. setzte sich neben ihn. Er hatte keine Eile. Noch war der Zoo geöffnet. Sie würde es nicht wagen, hinauszugehen. Keiner von ihnen hatte das bisher gewagt. Das ungeschriebene Gesetz lautete: Egal was geschieht, wir bleiben im Zoo und finden uns dort. Vorsicht, dicke Luft, sagte Opa der Platzanweiser am Eingang, wenn K. W. zu spät kam, sie ist bei den Raubtieren. Früher wies ich den Leuten die Plätze im Kino an, sagte er, und jetzt schicke ich euch Verliebte zu den Tieren. Es ist eine sinnvolle Tätigkeit, sagte Opa. Er schenkte Jali Süßigkeiten, als sei sie ein Kind. Na, du Oberarschloch, sagte K. W. zu Dostojewski. Der von Jali Verehrte roch nach süßem Rauch. K. W. schnitt ihm eine Grimasse. Ohne seine Spatzen und Krähen wirkte er noch mehr wie ein Fremdkörper im Zoo, die Mütter mit ihren Kinderwagen machten einen Bogen um ihn. Warum saß er immer noch hier und verunzierte die Anlagen mit seinem Anblick? Ksch ksch, machte K. W. Der Lumpenhaufen, von dem Jali allen Ernstes behauptete, er könne »schauen«, nur weil ein paar bekloppte Krähen sein verfilztes Haar mit einem Nest verwechselten und sich darin niederließen, drehte sich zu ihm. Das hatte er noch nie getan. Konnte er hören wie ein normaler Mensch? Dann muß ich mir die Wahl meiner Worte zukünftig wohl überlegen, dachte K. W.

»Ich war einst Lokomotivführer«, sagte Dostojewski.

K. W. flüchtete.

»Die Eisenbahn«, rief ihm Dostojewski nach.

»Stell dir vor, dein Dostojewski kann reden!« sagte K. W., als er Jali zusammengesunken auf einer Bank vor Sarottis Gehege ohne Sarotti fand. Sie starrte ins Leere, merkwürdig wirr und entmenscht. K. W. setzte sich neben sie. Er fühlte Mitleid, zwang sich aber zu einem durchdringenden Blick.

»Du kennst meinen Standpunkt«, sagte er. »Wir müssen unser Gewissen rein halten. Kurt Lenz ist kein guter Umgang für uns.«

Jali flüsterte etwas.

»Was hast du gesagt?«

»Du bist nur eifersüchtig«, sagte Jali leise.

»Ich? Eifersüchtig? Wie kann ich eifersüchtig sein auf einen hinkenden Abartigen? Oder … war er bei den Orgien?«

»Nein nein. Er war nur da, als niemand da war sonst, als ich kam in das Haus, und er sprach Spanisch und wir lachten.«

»Und er war wirklich nicht bei den Orgien?«

Jali hatte K. W. von aufregenden verderbten Orgien erzählt, die in der Stadt stattgefunden hatten. Bei einer war sie gewesen, lange bevor sie wußte, was Liebe war und daß K. W. bereits auf dem Weg war von Afrika zu ihr, ihrem Geliebten seit Weltenanfang. K. W. wollte die Einzelheiten hören. Sie aßen Thunfisch im Bett, und Jali schilderte die Einzelheiten, und danach wollte er sie stehlen, aber sie wollte nicht, sie sagte, ihre Liebe zu ihm sei etwas Hohes. Er gab ihr recht. Sie hörten Radio und starrten einander so lange an, bis sie ihre Gesichter wieder auswendig konnten. Dann lachten sie und schliefen eng umschlungen ein.

»Bedeutet etwas, daß wir so lange über Kurz streiten, aber was?« sagte Jali.

»Der Streit ist vorbei. Ich dachte, das wäre klar. Oder war er doch bei den Orgien?«

»Nein.«

»Liebst du mich noch?«

»Ja.«

»Wirklich?«

»Ja.«

»Du klingst nicht überzeugend.«

»Ich bin traurig. Wegen Kurz.«

»Kurz, Kurz, Kurz. Ich wünsche nicht, daß du weiter mit ihm sprichst. Auch seine Einladung zum Essen werden wir absagen. Schreib eine Karte, daß wir nicht können, und wirf sie in seinen Briefkasten. Er wird schon merken, wie wir denken.«

»Wie du denkst.«

»Aber gestern hast du genauso gedacht. Du hast dich sogar entschuldigt für deine Fahrlässigkeit in Fragen des guten Gewissens. Und ich bleibe dabei. Entweder du brichst mit Kurt Lenz oder ich gehe nie wieder mit dir in den Zoo.«

»Warum tust du mir weh? Bedeutet etwas, aber was?«

»Ich tu dir nicht weh. Bald wirst du einsehen, daß es gut so ist. Vergiß nicht, daß du berühmt bist. Daß du einen Ruf zu verlieren hast. Und all unsere Pläne, unsere Zukunft …«

»Hör zu, K. W.«, sagte Jali. »Kurz ist mein Freund. Aber ich tue wie du sagst. Für unsere Zukunft. Aber hör zu, ich nehme dich vom Wort.«

»Beim Wort«, sagte K. W. »Und ich bin dein Freund und niemand sonst.«

Jali lachte. Ihre Stimmungswechsel waren typisch sowohl für ihre Gemütstiefe als auch für ihre oberflächliche Unbeherrschtheit. Auch Herr Koebke war dieser Ansicht.

Sie gingen zu Fuß nach Hause. K. W. kaufte ihr eine Bockwurst mit Kartoffelsalat. Sie aß im Gehen. Er hatte Lust auf ein Bierchen. Vor der Kneipe gab er ihr einen Abschiedskuß. Die Kneipentür stand offen. Die Volksfreunde spendeten Applaus.

»Du bist nicht mein Freund«, sagte sie. »Du bist mein Liebster. Der Unterschied dazwischen ist groß wie der Mond.«

Immer mußte sie das letzte Wort haben.

In der Badewanne sagte sie später: »Der Unterschied ist größer, als die Polizei erlaubt.« Sie zänkelten ein wenig über den Begriff der Freundschaft und seine Bedeutung für Mann und Frau. K. W. stellte sich dümmer, als er in Wirklichkeit war, und ihre Augen lachten wieder. Sie versprachen einander fünf Kinder und die Wahrheit.

Es war nur eine Frage der Zeit und des Geldes, bis sie heiraten würden. Herr Koebke vom Institut lehrte nicht nur den durchdringenden Blick und große Willensstärke, er versprach seinen Schülern auch bessere höhere Stellungen im Großen Ganzen. Ihr seid dazu ausersehen, sagte er, die alten Tattergreise, die heute noch eure Chefs sind, morgen bereits zu ersetzen. Zum ersten Mal in seinem Leben fühlte K. W. sich jung. Er würde es auch mit den Behörden aufnehmen, die eigenartige, schwer durchschaubare Gesetze vor das Heiraten stellten wie Barrieren, besonders für Sepharden und Deutsche. Daß Jali nur ein halber Jude war, schien die Behörden nicht zu interessieren. Bis K. W. Direktor des Reisebüros war, mußten halt ihre einflußreichen Freunde helfen, sosehr ihn das auch wurmte.

»Sind wir privilegiert gemischt«, formulierte Jali.

»Von der Wiege bis zur Bahre: Formulare!« bereicherte K. W. ihren Schatz deutscher Sprichwörter.

»Leben ist länger, als man denkt«, sagte Jali.

In den nächsten Wochen erwähnten sie den Namen des Abartigen aus dem Erdgeschoß kein einziges Mal. K. W. nickte ihm reserviert zu, wenn er ihn im Hof oder an der Haustür traf. Obwohl er oft Sehnsucht nach der betörenden Mitte des Dschungels hatte, blieb er standhaft und ließ die Pflanzen allein. Es sind nur Pflanzen, dachte er, und es kann kein guter Garten sein, wenn er Kurt Lenz gehört. Jali hatte die Einladung zum Essen schriftlich abgesagt. K. W. vertraute ihr, schaute aber vorsichtshalber aus dem Fenster, wenn sie vom Einkaufen kam und er Kurt Lenz im Dschungel wußte. Der hinkende Homosexuelle in seinem obszön bestickten Hausmantel rief ihr etwas aus Spanisch zu. Jali senkte ihren Lockenkopf und streichelte den schwarzen Kater Freddy und eilte ins Haus. Charakteristisch für Kurt Lenz, daß er das unschuldige Tier benutzte, um Jalis Mitleid zu erregen.

Jali kochte auf ihrem neuen Gasherd, den sie gleich nach ihrem kolossalen Gewinn im feierlich versprochenen letzten Pokerspiel ihres Lebens gekauft hatte. Ihr neuestes Kochbuch war eine zerfledderte Broschüre aus dem vorigen Jahrhundert und hieß »Afrika kulinarisch«. K. W. war gerührt, als sie allerlei ungenießbare Breis und Fladen auftischte. In Deutsch-Ost aßen wir Kassler mit Sauerkraut und dicker dunkler Madeirasoße, sagte er. Sie briet Kassler und schüttete eine halbe Flasche Rotwein in die Soße. Torkelnd servierte sie um Mitternacht. Auch das Sauerkraut schmeckte mehr nach Wein als nach Kraut. K. W. mußte in die Küche gehen, um nachzuschauen, ob alle Gashähne abgestellt waren und auch der Haupthahn. Sind abgestellt, sagte er. Schau lieber noch mal nach, sagte Jali. Sie lagen längst im Bett. Jali hatte Angst vor Explosionen. Glickstein war schuld. Als er sie und ihre Mutter und Bruder Maxie verließ, mußten sie eine Zeitlang in einer Fabrikhalle unterkommen, wo es einen großen Gasofen gab. Jali und ihre Mutter blieben die ganze Nacht wach und schnüffelten an dem Ofen, weil sie glaubten, er könne eine lecke Gasleitung haben. Meine Mama, sagte Jali, ist die beste der Welt. Wo war ihre Mama jetzt, wollte K. W. wissen, warum schrieb sie nicht? Sie träumt von Spanien, sie träumt vom Meer, sagte Jali. Dann flüsterte sie: »Ich sag dir die Wahrheit, *gordito*, meine Mama kann nicht schreiben. Auch lesen nicht.« K. W. dankte ihr und beschloß, einen günstigen Zeitpunkt abzuwarten, um auch ihr eine Wahrheit zu schenken und das Allernötigste von Marie-Luise zu erzählen.

Wer war deine Liebe vor mir? fragte Jali oft. War eine, sagte sie, ich kann's fühlen. Ein hübsches Afrikamädel? mutmaßte sie. Schwarz wie Freddy? Ach, K. W., ich liebe Afrika. Er fand es nicht gerecht, daß sie so leicht über Afrika reden konnte, während er es hatte erleiden müssen.

Ihre Zeitungsphotos zeigten eingespannte Leute in der Stadt. Sie bauten und montierten und schwitzten und versammelten sich auf ihren Photos. Er las keine Zeitung. Sie verschlang jede einzelne Zeile. Aber sie sprachen nicht darüber. Nur einmal vertraute Jali ihm an, daß sie aus sicherer Quelle wisse, daß Heitler schlecht schlafe. Das sei eine Eigenart von Genies. Vielleicht schläft er überhaupt nicht, flüsterte sie. K. W., der morgens nicht aus den Federn kam, fühlte sich angegriffen. Es konnte nicht jeder ein Genie sein, und außerdem erzählten ihre Freunde von der Zeitung nur Unwahrheiten. Heitler sah überhaupt nicht müde aus. »Aber er ist«, sagte Jali. Zeitungen sollten verboten werden, sagte K. W. Dann mußt du auch mich verbieten, meinte Jali. Ich hätte Lust, dir das dumme Photographieren tatsächlich zu verbieten, wenn ich erst Direktor des Reisebüros bin, sagte er und dachte daran, wie er sich geschämt hatte, als er in der Stadtbahn sein Gesicht in der Zeitung entdeckte, »Moment mal«. Er konnte ihr diese Eigenmächtigkeit nicht verzeihen, obwohl sie schon über ein Jahr zurücklag. Aber er behielt seinen Groll für sich. Er würde dafür sorgen, daß seine zukünftige Frau ein gutes Gewissen bekam, er würde ihr wenn nötig ein gutes Gewissen verschaffen. Fast schien sie auf dem richtigen Weg, denn eines Morgens beim Frühstück warf sie die Zeitung in die Ecke und sagte:

»Ich hasse, was ich tue. Es ist nicht recht. Ich hasse die Masse. Und doch ich klicke sie. Aber einzeln will ich auch nicht sein. Stiehlt mich, K. W., jetzt gleich. Wir arbeiten nie wieder, nie!«

»Können wir uns das leisten, Jali?«

»Wir pfiffen auf die Arbeit!«

»Wir sprechen Amorisch«, sagte K. W. Er freute sich auf den Winter. Jali hatte versprochen, ihm Spanisch beizubringen. Sein Englisch wurde besser mit jedem Buch von Kipling und Hardy, durch das er sich kämpfte. »Wir pfeifen auf diesen Tag und leben nach unseren eigenen Gesetzen, und wir können es uns leisten, weil wir so fleißig waren.«

Jali sprang auf und rief: *»¿Tienes tiempo? ¡Sí! ¡Claro que sí!«*

Sie knöpfte ihr Kleid auf und gab ihm ihre Brust. Er saugte. Ihre Brust roch nach Babyöl und schmeckte wie süße Butter.

»Dieb! Räuber! *Thief! ¡Ladrón!*« stöhnte sie im weinroten Sessel. »Ach, Carlito.« Sie rollte das R. Sie legte ihre Hand auf ihren Bauch. *»En mi sur puedo sentir mi segundo corazón.«*

Sie wusch ihre Haare. Das gemeinsame Tagebuch fiel ins Waschbecken. Sie retteten es. So schöne Dinge standen darin, die sie immer wieder lasen. Aber die neuen Eintragungen ließen auf sich warten, eine Art Schreibstillstand war erreicht, das Leben zu anstrengend, die mündlichen Mitteilungen und Gefechte, so lautete die stillschweigende Übereinkunft, waren erregender, eine große Herausforderung an Geist und Gefühl. K. W. nahm sich vor, am selben Abend in das Tagebuch zu schreiben, wie oft er von ihrer gemeinsamen Zukunft träumte. Vorausgesetzt das Tagebuch war bis zum Abend trokken.

Sie planten den Tag, das liebten sie beide. Was wollen wir anstellen? Ein Höhepunkt sollte den anderen jagen. Erst das Unangenehme, sagte K. W. und rief im Reisebüro an, um sich krank zu melden. Jali brauchte niemanden anzurufen, sie war frei wie der Wind. Er würde viel Geld verdienen für sie, so daß sie nie wieder für die Zeitungen arbeiten müßte, sondern regelmäßig zu Hause, künstlerisch.

Heute wollten sie in ein Kaufhaus gehen, in ein Museum, ins Kino, in ein feines Restaurant, später vielleicht in den Zoo. Aber welches Kaufhaus? Es gab so viele. Welches Museum? Das Naturkundemuseum, schlug K. W. vor. Dort sei es ihr unheimlich, meinte Jali, warum nicht in die Gemäldegalerie? Dort schlafe ich ein, sagte K. W., merkwürdig, wie die alten Bilder immer noch nach Farbe riechen und der Geruch so müde macht. Dann sehen wir den Kriminalfilm! Oder doch lieber den Mumienfilm? Nein, die Komödie. Radiohören und ins Kino gehen. Raub im Stehen und danach Radiohören und fressen. Du kaufst ein. Nein, du. Wir kaufen beide ein. Im Restaurant werden wir aber bedient. All die Leute im Restaurant. Stimmt. Wir fahren aufs Land, mit der Bahn. Wir klettern auf die Bäume. Erst mal trinken wir einen Kakao. Ach was, wir trinken einen Whisky. Zwei Whisky. Wir hören Schallplatten. Au ja. *Play, Jelly, play*. Küß meinen Süden. Aber du auch meinen. Ob Doktor Frettich hinter seinen Vorhängen steht und uns beobachtet? Wie schön du bist. Du aber auch. Nein, ich bin zu klein. Nackt bist du größer. Nackt riechst du nach geschältem Holz. Wie du strahlst. Wie ich deine vielen Zähne liebe, jeder an seinem Platz. Ich liebe deine Nase. Ich liebe deine jungen jungen jungen schwarzen Augen. Ich liebe deine blauen blauen blauen Augen. Ich liebe deinen Kopf. Ich liebe deine Haare. Ich liebe deine angeknabberten Fingernägel. Ich liebe deine Krawatten. Ich liebe dein dunkelblaues Kleid mit den weißen Punkten. Ich liebe deine braunen, braunen … Ich liebe deinen harten, harten … Ich liebe deinen Mund, wenn er O macht. Ich liebe deinen Mund, wenn er A macht. Ich liebe deinen Gang. Ich hasse meinen Gang. Aber ich liebe ihn. Ich liebe deine Hände. Ich liebe meine Hände auch, sie sind das einzige, was ich liebe. Ich liebe dein ungeschminktes natürliches Gesicht. Ich liebe deine Natur. Ich liebe das Grau in dem Blau deiner Augen. Ich hasse meine Augen. Ich liebe deine Augen, sie haben Afrika gesehen. Ich liebe deine Augen, sie schauen alles. Ich liebe uns. Ich uns auch. Zusammen sehen wir alles.

»Wer singt da?«

»Titta Ruffo. Sie singt *All'erta, marinar*. Ist Meyerbeer. Die Afrikanerin. Zwanzig Jahre hat er …«

»Ich weiß. Ich liebe deinen braunen Arm.«

»Kommt!«

Er hörte ihr Herz schlagen unter ihrer linken Brust. Sie hatten aus der Bettdecke ein Zelt geformt. Jalis kräftige Beine bildeten die Zeltstangen. Sie hatten nicht aufgepaßt. Würde sie schwanger werden? Im Schneedunkel des Bettzelts wollte sie, daß er seine Augen auf ihre

Augen bettete, aber es ging nicht. Sie nibbelte an seinem Ohr. Langsam und leise erzählte sie ihm die Geschichte von den Knusprigen Mandelbutterplätzchen. Mandelbutter und Butter trafen einander im Topf. Sie schmolzen dahin vor Liebe. Brauner Zucker regnete vom Himmel. Mehl und Backpulver rieselten. Flaumige Liebe mit Ei und Vanille. Babymandeln urplötzlich in der Welt wie alle kleinen Tiere. »Bällchen formen«, wisperte Jali, »jedes Plättchen mit Gabel auf Blech drücken und backen, aber nur zwölf Minuten.« Gewürfelt und geröstet, sagte sie. Gemischt und geliebt. Ach, K. W., ich breche zusammen. Sie brach zusammen, und aus dem Zelt wurde ein Iglu. Sie hoben ihre Hintern und furzten im Chor. Sie stellten das Radio an. Es gab Beethoven. Jali dirigierte mit Händen und Füßen. Jali drückte die schwarzen Punkte aus, wie sie K. W.s Mitesser auf seinem Rücken nannte. Dann durfte er ihren Rücken absuchen. Vier schwarze Punkte. Die winzigen weißen Würmchen mit dem schwarzen Kopf brachen aus ihrer Haut. Mehr, sagte sie, fester, es muß bluten, erst dann sind sie wirklich weg. Er drückte. Sie seufzte wohlig. Im Radio hörten sie, daß es Nachmittag war.

»Eigentlich wir könnten mal wieder in den Zoo«, sagte Jali todernst, als sie sich anzogen.

K. W. umarmte sie, seine gedankenlesende Jali. Ihr Kopf klebte an seinem Kopf. In diesem Augenblick fand er, sich selber sprechen hörend, die wahrsten Worte, die er je zu ihr gesagt hatte. »Wir sind Bruder und Schwester.« Er spürte, wie sie nickte.

Im Zoo spielten sie Verstecken. Trickreich war Jali an diesem Abend. Mit verschiedenen Zeichen an verschiedenen, nur ihnen bekannten Ecken und Flecken führte sie ihn in einem großen Kreis im Zoo herum und in die Irre, denn sie stand die ganze Zeit wie eine Statue vor Sarottis Gehege. Irgend jemand mußte ihr geholfen haben. Nein nein, sagte sie, ich war schneller als ein Blitz. Sie tranken Kakao aus der Thermosflasche.

Sie besuchten die Harpyie, aber ihr Käfig war leer. K. W. war auf das tiefste beunruhigt. Der häßliche kranke Raubvogel, dessen

Krankheit ihn seltsamerweise immer schöner erscheinen ließ, hatte er den Kampf um die Gunst der Besucher aufgegeben? Ohne *vieja harpía* war der Zoo unvorstellbar. Er suchte nach einem Tierwärter. Der vorbeischlendernde junge Mann in der Wärteruniform erklärte, er sei nicht zuständig, nur für die Känguruhs sei er zuständig. K. W. wurde laut. Was für ein mieser Zoo, wo die eine Hand nicht wußte, was die andere tat. Er verlangte die Harpyie zu sehen. Der Wärter antwortete unflätig. K. W. versuchte es mit Geduld und Sanftmut. »Diese Harpyie liegt mir sehr am Herzen. Ich besuche sie jeden Tag. Sie kann doch nicht einfach so mir nichts dir nichts verschwinden. Haben Sie doch Verständnis, ich muß wissen, wo sie ist, wie es ihr geht, ob sie noch lebt!« Der Wärter sagte: »Ich habe keine Zeit, aber wenn sie einen Abgang gemacht hat, ist das Schild morgen weg, dann wissen Sie's genau, mein Herr.« K. W. starrte auf das Schild. Es zeigte eine Zeichnung der Harpyie als junger gesunder Vogel vor einem Andenpanorama. Er drehte sich verwirrt um. Jali stand etwas abseits, sie hielt die Thermosflasche. Sie schien ihn zu beobachten wie eine Fremde. »Sag doch was«, sagte K. W., »sie ist doch auch deine Freundin, unsere Harpyie.« Jali schüttelte sich, als wollte sie irgendeinen unguten Gedanken loswerden. Dann kam sie zu K. W. und tröstete ihn. Gleich morgen früh würde sie nachschauen und ins Reisebüro kommen und ihm sagen, daß die Harpyie wieder in ihrem Käfig saß und alles beim alten war. Sie zog ihn fort. Sie war schweigsam auf dem Weg zu Schiefhals, der K. W. aufheitern sollte.

»Was denkst du gerade?« sagte K. W.

»Humanity appears on the scene. Hand in hand with chaos.«

»Jali. Ich mache mir wirklich große Sorgen um die alte *Vieja*.«

»Oder nicht?« sagte Jali.

»Wie bitte?«

»Wir benutzen Tiere, oder nicht? Auch ich.«

»Meinst du, weil wir sie essen? Das tun die Tiere doch auch mit den anderen Tieren. Das hat uns doch der Geheimrat persönlich erklärt. Das ist doch die Natur.«

»Essen ist nicht schlimm. Das Suchen ist schlimm, es tut so weh. Wir suchen Unschuldigsein bei den Tieren, wir wollen wiederfinden.«

»Ich versteh nur Bahnhof.«

Jali lachte.

»Bahnhof verstehen, das ist lustig.«

»Ich meine, ich versteh nicht, was du eben gesagt hast.«

»Ich versteh schon. Weißt du was?«

»Wasser ist naß.«

»Nein, Unschuldigsein ist langweilig. Deshalb wir brauchen den Chaos und den Berg.«

»Den Berg?«

»Wo man runterfällt.«

Sie redete wieder einmal krauses Zeug. Aber sie hielt seine Hand, und seine Hand fühlte sich geborgen wie ein junger Vogel unter ihren kräftigen Fingern.

Schiefhals war in Hochform. Er tanzte und sang wie ein Clown im Zirkus. Er sang:

Somos todas prostitutas, bien hijas de puta
La la la la la

»Das kann er nur von dir haben«, sagte K. W., »was heißt es?«

»Nichts. Wollen wir verreisen?«

»Es ist zu spät, es ist doch schon Abend.«

»Weit verreisen. Mit der Eisenbahn. Mit dem Schiff. Wo immer du sagst, denn du arbeitest im Reisenbüro.«

»Ich denke, wir finden Reisen dekadent?«

»Vielleicht wir finden nicht mehr ganz so dekadent.«

»Denk an deine Karriere und an unsere Zukunft«, sagte K. W.

Jali steckte ihren Finger in den Papageienkäfig. Schiefhals hüpfte von seiner Stange und schaukelte zum Gitter. Sie kraulte seinen schiefen Kopf.

»Willst du verreisen mit mir?« sagte sie zu dem Vogel. »Hör zu, ich lerne dich das neue Lied.«

Wenn Jali sang, wurde K. W. schläfrig. Er starrte in die rote Höhle ihres Schlundes und hörte, wie Töne und Laute und Worte dort unsichtbar herausgeschleudert wurden und in der Luft einzeln voneinander Abschied nahmen. Daß Menschen singen konnten, war ein Wunder der Natur, aber vielleicht nicht vorgesehen von der Natur, also eine Laune, denn die Stimmbänder waren ja eigentlich zum Reden da, durch die Rede unterschied er sich ja vom Tier, der Mensch. K. W. fielen die Augen zu. Es mußte an Jalis warmer kehliger Stimme mit den rollenden R's liegen. So war es schon am ersten Abend gewesen, als sie ihn einfach in der Küche des Männerwohnheims überfallen und die fremde Gitarre genommen und für ihn und die anderen gesungen hatte. Es war eine blau angemalte Gitarre gewesen. Sie besaß keine eigene Gitarre in der Bachstraße und wollte auch nicht, daß er ihr eine schenkte. Sie sang:

We fly away to Monte Carlo
Although Français we cannot parlo …

Über Jalis Stimme erklang das Läuten einer Glocke. Opa der Platzanweiser fuhr mit seinem Rad durch den Zoo und rief: Alle Besucher werden gebeten! Der Garten schließt!

Sie stürmten aus dem Vogelhaus und rannten Opa hinterher. Opa ließ sie gewähren. Sie nannten es »die letzte Runde«. Jali durfte die Glocke läuten. Es gab kaum etwas, das ihr mehr Spaß machte im Zoo. Sie hielt die schwere Messingglocke mit beiden Händen über ihrem Kopf und schwang sie hin und her und läutete so laut, daß Opa sie zur Ordnung rufen mußte.

Als sie den Haupteingang erreichten, sah K. W. Maurice. Der Student schlenderte seelenruhig zum Straußenhaus. Die Gesetze der normalen Sterblichen schienen für ihn nicht zu gelten. K. W. lenkte Opas gelben Blick auf den Lackaffen. Opa schüttelte den Kopf: »Der darf hier bleiben, der wohnt jetzt hier.« Jali winkte Maurice zu. Er winkte zurück. Es war ungerecht, daß er im Zoo bleiben durfte, während Jali und K. W., die viel ältere Rechte besaßen, ausgesperrt wurden. Und wohnen durfte er im Zoo, was Jalis allergrößter Traum war. Gewiß verfaßte er irgendwelche langweiligen Abhandlungen über die Tiere. Auf der Straße sah K. W. ihn durch die Eingangsgitter vor dem Straußenhaus herumlungern, das über und über mit altägyptischen Vögeln und Menschen bemalt war. Hatte er Jali vorhin beim Versteckspiel geholfen, bestanden noch Kontakte zwischen den beiden, quasselte sie weiter in sein Gerät, das die Sprache aufnahm, sang sie vielleicht in dieses Gerät? Wieder las Jali seine Gedanken. Maurice sei ihr völlig wurst, meinte sie. Aber sie habe ihm doch gerade eben zugewinkt. Pfff, das sei so ihre Art, sie winke den Menschen halt zu. »Maurice ist melanchomisch und das kann ich nicht brauchen«, sagte sie. Auch arbeite er ausschließlich mit seinem Kopf, das sei nicht gesund auf die Dauer. »Ach, soll er sich doch wegarbeiten«, sagte K. W. »Fangt mich!« rief Jali, und sie rannten den ganzen Weg nach Hause und rannten Leute über den Haufen und wurden von Hunden und Verwünschungen verfolgt.

Jali stürzte sich auf die Briefe, die der Postbote durch den Türschlitz geworfen hatte. Sie bekam für ihr Leben gern Post. Kaum ein Tag verging, an dem ihr nicht einer ihrer vielen Bekannten in irgendeinem Winkel der Stadt schrieb und das Geschriebene dann auch noch in einen Umschlag steckte und ihr schickte. Manche Briefe durfte K. W. lesen, andere nicht. Er las sie heimlich alle. Er fand, daß er ein Recht dazu hatte als ihr zukünftiger Ehemann. Eheleute sollten keine Geheimnisse voreinander haben. Hätte er einen Brief bekommen, Jali hätte ihn lesen können, sooft sie wollte. Die Briefe ihrer Bekannten handelten von Theaterpremieren und Ehekrächen und Büchern und anderen Bekannten und neuen Filmen, und die Namen darin waren abgekürzt. V. sagt, L. will nicht mehr. Hast Du B. gefragt, ob es ihm ernst war am Sonntag? Die Person, die Dich gestern nacht betrunken anrief, war nicht ich, sondern ein gewisser E. A.P. Man bestellte Grüße an K. W. unter der Abkürzung P. S.

Jali warf ein paar Briefe achtlos auf den Boden. Die schon wieder, sagte sie. Und der auch noch. Und diese Malerin belästigt mich seit Wochen, daß ich ihre dummen Bilder klicke und ihr häßliches Gesicht dazu. K. W. kannte die Malerin. Jali und sie leckten einander die Wangen bei jeder Begegnung im Café. Mit Charakterfestigkeit und Wahrheit hatte Kunst nicht viel am Hut, wahrscheinlich, weil Kunst schön sein mußte, das lag so in ihrer Natur. Die Künstler hatten meist einen mangelhaften Charakter und verachteten das Volk und taten, als seien sie Könige und brauchten dann zwanzig Jahre, um eine jaulige Oper zu komponieren. Aber Jali war auf dem Weg der Besserung. Rechnungen und Mahnungen, die früher sofort in den Papierkorb gewandert waren, öffnete sie jetzt und schrieb die Beträge in ein Büchlein. K. W. steuerte seinen Anteil bei, und die Rechnungen wurden bezahlt. Der Gerichtsvollzieher grüßte sie höflich auf der Straße.

In der Nacht schreckte K. W. hoch. Jali lag nicht wie gewohnt an seinen Rücken gekuschelt. Er fand sie im Wohnzimmer an ihrem Schreibtisch. Leise schlich er zurück ins Bett und stellte sich schlafend, als sie wenig später unter die Decke kroch. Er wartete, bis sie eingeschlafen war. Auf ihrem Schreibtisch lag nicht, wie er erwartet hatte, eine ihrer Geschichten, sondern das gemeinsame Tagebuch. Es war getrocknet und roch jetzt nach Haarwaschmittel. Das war außer Kernseife der einzige fremde Duft, den sie an ihrem Körper riechen wollte. Parfum, meinte sie, sei »für Sinnlose«. Es spreche nicht den siebten Sinn im Menschen an, sondern nur den ersten oder zweiten. Jali hatte geschrieben:

> Diesen Tag, diesen Tag wir teilten komplett. Was ich getan habe war, daß ich diesen Tag gebreitet habe wie ein Teppich und aufgehangen haben an die Wände meines Gedächnetz. Ich sah die Schein in deine wunderbare Augen. Wir hatten Probleme, große

Probleme. Aber alles ist gut gegangen und noch mehr. Zu viele unglaublige schöne Worte haben wir diesen Tag gesprochen. Mein Gewicht konnte mich kaum auf dem Boden halten. Ich flog sehr hoch.

K. W. datierte seine Antwort einen Tag voraus. Sie sollte nicht wissen, daß er gleich nach ihr geschrieben hatte.

Wir werden Mann und Frau sein. Noch sind wir nur ein Liebespaar, aber das größte aller Zeiten. Die Zukunft der Menschheit ist unsere ureigenste Aufgabe, indem wir dazu schreiten werden zu heiraten und eine große Zukunft haben. Der Tag gestern bestärkte meine Person in der Annahme, daß du meine Frau sein wirst, wie es sich gehört. Wir sind zu Höherem bestimmt, auch ich.

Er strich das Wort »Annahme« durch, bis man es nicht mehr lesen konnte, und schrieb darüber: »Überzeugung«. Er hatte eigentlich noch eine kleine Warnung geben wollen vor den »großen Problemen«, von denen Jali schrieb und die so groß ja nun auch nicht waren. Meide Maurice, meide Kurt Lenz, meide alle, die uns übel wollen, meide die Liebesbeschmutzer. Aber im Tagebuch stand nur Gutes, und so sollte es bleiben. Wenn sie einmal alt waren, würden sie sich daran erfreuen.

Kurt Lenz blieb ein Problem. Ausgerechnet von ihm erhielt K.W. seine erste Post in der Bachstraße, in Deutschland. Immer wieder hoffte er, zwischen Jalis Post einen Brief aus Neu-Langenburg zu finden, von seiner Mutter oder von Marie-Luise, denn er hatte seine neue Anschrift im »Walter-Frei-Heim« hinterlassen. Aber Neu-Langenburg schien kein Interesse zu haben an K. W.s Fortkommen im Land seiner Träume. Und nun ersuchte der Abartige um eine Unterredung »von Mann zu Mann«, auf dickem hellgelben Briefpapier mit der Abkürzung K. L. in der linken oberen Ecke des Blattes. K. W. entwarf mehrere Absageschreiben. Dann entschloß er sich, Kurt Lenz ein für allemal Jalis und seine Meinung zu sagen. Immerhin lebte man im selben Haus, die Fronten hatten geklärt zu werden. Zuvor fragte er jedoch die Parusel aus, in der Hoffnung, ein paar Trümpfe mehr in der Hand zu haben. Die Wächterin wußte alles. Das Schwein, ereiferte sie sich, und die Lämmchen auf ihrem Kittel hüpften mit jedem ihrer keuchenden Atemzüge, das Schwein wird vom Doktor Frettich nur geduldet, weil das Haus einmal seinen Eltern gehörte, bevor der Doktor es kaufte. Grauenvolle Einzelheiten kamen ans Tageslicht in Frau Parusels kleiner Portierswohnung. Siebenmal in der Woche sieben verschiedene Jünglinge, als er noch tanzte. Die Lustknaben, wie Frau Parusel sie nannte, trieben es sogar im Garten, im Dschungel, untereinander, wenn Kurz Lenz seinen Spaß mit ihnen gehabt hatte. Nach seinem Unfall kam nur noch einer, ein Lustknabe aus kriminellen Kreisen, der frech behauptete, er sei sein Neffe. Frau Parusel hüstelte. K. W. erzählte ihr von seinen Heiratsplänen. Das stimmte sie milde. Der wichtige Herr würde schon alles richten. Welcher wichtige Herr, wollte K. W. wissen. Der Herr mit dem teuren Auto, mit dem Jali und er befreundet waren. Selbstverständlich, sagte K. W. Er besuchte Ihre Verlobte jede Woche, sagte die Parusel. Eine Glocke dreimal so groß wie Opas Zooglocke läutete in K. W.s Kopf Alarm. War es der Horch-Fahrer, der gefährliche Mantel, vor dem sie selbst Angst hatte? Warum hatte sie ihm nicht berichtet von seinen Besuchen? Er, K. W., war ihr Beschützer und kein anderer. Jali mußte lernen, ihm zu vertrauen, auch in Dingen der Diplomatie. Herr Koebke vom Institut hatte K. W. diplomatisches Geschick gepaart mit eisernem Durchsetzungswillen bescheinigt. Aber Diplomatie, lehrte Herr Koebke, hörte irgendwann auf, und dann sprach das Gesetz der Wildnis, in der es kein Entweder und kein Oder gab. Frau Parusel kochte Kaffee. K. W. freute sich insgeheim, daß er die mißgünstige mißtrauische Wächterin endlich auf seiner Seite hatte. Sie tranken einen Enzianschnaps zum Kaffee. Hinter den Gardinen sah er Jali vorbeigehen und hörte, wie sie die Haustür aufschloß. Frau Parusel goß ihm einen zweiten Enzian ein und holte ein zerlesenes Heftchen aus ihrer Kommode, das sie in der Mülltonne gefunden hatte. Wie die Tiere, sagte sie und blätterte für K. W. die entsetzlichen Seiten um. Es waren Photographien von Männern, die Schweinereien machten mit anderen Männern. Wer konnte diese Scheußlichkeiten photographieren? Gab es Kollegen von Jali, die sich dafür verdingten? Er beschloß, sie nie danach zu fragen, solange er lebte. Und so was liest er, unser Herr Lenz, sagte Frau Parusel. K. W. versprach ihr, Kurt Lenz von der Abartigkeit seines Tuns und von der Ablehnung der Mieter zu überzeugen. Vielleicht gab es einen Arzt für diese krankhaften liebesbeschmutzenden würdelosen Enthemmtheiten. Pah, Arzt, sagte die Parusel, dagegen hilft nur die Polizei. K. W. wehrte ab. Er hatte Angst vor der Polizei, die sich in letzter Zeit unhöflich und mißgünstig benahm. Vielleicht gab es ein Sanatorium für Leute wie Lenz, sagte er.

»Ich mache mir Sorgen um Jali«, sagte Kurt Lenz am Abend. »Deshalb habe ich Sie zu diesem Gespräch unter vier Augen gebeten, lieber Freund. Mir scheint, Sie wissen nicht und können es auch nicht wissen, da sie ja erst seit kurzem aus Deutsch-Ostafrika gekommen sind, auf welch dünnem Drahtseil Jali balanciert.«

K. W. spürte, wie seine Nackenhaare sich sträubten. Er hatte gute Lust, dem unverschämten Kerl gehörig die Fresse zu polieren. Jali wußte nichts von seiner Verabredung mit Kurt Lenz. Sie saß oben und schnitzte einen Leoparden aus Holz und wähnte K. W. in der Kneipe bei den Volksfreunden.

»Ich bin aufs äußerste empört«, sagte er, »daß Sie die Stirn haben, Jali da mit hineinzuziehen. Sie ist eine anständige Frau. Und wann und wo und wie wir Balancieren üben, das geht Sie einen feuchten Kehricht an.«

»Ich verstehe nicht, lieber Freund …«

»Ich bin keinesfalls Ihr Freund, Herr Lenz. Zwischen Nachbarschaft und Freundschaft besteht ein Unterschied wie von hier bis zum Mond. Ich bin gekommen, um Sie zu warnen. Wenn Sie Ihre unguten Taten nicht einstellen und bereuen und in ein Sanatorium gehen, werde ich uns vor Ihnen zu schützen wissen, notfalls mit Gewalt.«

»Was reden Sie da für einen Unfug! Sie wisssen wohl nicht, wen Sie vor sich haben? Ich war zweiter Solotänzer beim Deutschen Ballett. Ich habe es nicht nötig, mich von einem Neu-Langenburger, der nie ein Opernhaus von innen gesehen hat, beleidigen zu lassen. Es geht auch gar nicht um Sie, Kadamecki, es geht um Jali. Ich mag Jali. Sie ist eine Freundin. Sie ist ein verwirrtes Wesen, das in einer Traumwelt lebt. Seit einiger Zeit meidet sie mich, wohl weil sie glaubt, ich stünde auf der anderen Seite. Gewiß, ich verfüge über Verbindungen zu einflußreichen Herrschaften in hohen Stellungen. Aber Sie müssen Jali klarmachen, daß ich diese Verbindungen zu ihrem Wohl nutzen werde und mich stets schützend vor sie stellen werde – vor Sie beide, auch wenn mir Ihr Benehmen heute mißfällt und, ehrlich gesagt, schon immer mißfallen hat. Aber ich will nicht richten. Wo die Liebe halt hinfällt. Wenn ein großartiger Mensch wie Jali Sie liebt, müssen Sie Charakterzüge besitzen, die mir bisher verborgen geblieben sind. Ich glaube an das Gute in jedem Menschen. Und nun wollen wir, wie der unsterbliche Winnetou sagt, das Kriegsbeil begraben, und ich werde Ihnen ein paar praktische Ratschläge für die Zukunft geben. Die Lage ist ernst geworden. Deutschland und seine Insassen …«

K. W. reichte es. Er brüllte: »Ausgerechnet Sie wagen es, von Liebe und Charakter zu faseln, wo doch jeder weiß, daß Sie ein Abartiger sind!« Er holte zu einem Faustschlag aus, besann sich jedoch. Er würde sich an dem ekelhaften Krüppel nicht vergreifen, auf dessen schweinischem Schoß der unwissende Kater Freddy saß und fauchte. Leuten wie Kurt Lenz mußte es verboten werden, Tiere zu halten.

»Sie sind noch dümmer, als ich dachte«, sagte Kurt Lenz. Sein Gesicht war käsebleich, seine Lippen zitterten. K. W. frohlockte. Er hatte ins Schwarze getroffen.

»Wir werden noch sehen, wer hier der Dumme ist, Sie alter schwuler Sack!«

»Ach, laß mich in Ruhe.« Der Widerling quälte sich aus seinem Sessel und wich zurück zur Wand, die behängt war mit Photographien von tanzenden Männern in weißen Unterhosen. »Kleiner dummer Spießer. Arme Jali.«

»So redest du nicht ein zweites Mal mit mir, Lenz, das kann ich dir versprechen«, sagte K. W.

»Ja ja«, sagte Lenz und tat gelangweilt, so als wisse er alles und K. W. nichts. K. W. pflanzte sich vor dem Krüppel auf und starrte ihn stumm und durchdringend an. Er witterte die Angst des Abartigen und verbuchte sie als Erfolg. Klare Verhältnisse waren geschaffen worden. Er wollte gerade gehen, als sein Blick auf eine gerahmte Photographie fiel, die Lenz in weißen Unterhosen im Kreise anderer Männer zeigte, die Fräcke trugen und ihn beglückwünschten. Einer der Männer sah aus wie Glickstein, er hatte dieselben dunklen Knopfaugen und dasselbe weibische Lächeln wie Jalis Vater auf der alten braunen Photographie in ihrer Schublade. Dann entdeckte K. W. den Ring an seiner Hand. Es war der Ring, den Jali beim Pokern gewonnen hatte, es war der Ring des Zwitters, von dem Jali glaubte, daß er ein Mörder war. »Sommernachtstraum« stand unter der Photographie, »v. l. n. r. Veit, Dr. Schneider, Hunger, Lenz, Prof. Davidobski, George, Scherping«. Eine feine Gesellschaft charakterloser Künstler, alle guter Laune, alle mit falschem Lächeln, alle gefährlich harmlos aussehend wie die Krokodile im Buchladen, wo K. W. vor langer Zeit das Buch »Die Deutsche Sprache« gekauft hatte, um Jalis Lehrer zu werden.

»Wo ist der Ring?« sagte er, zurück in seiner Wohnung.

Jali schnitzte an ihrem Leoparden. Es war ein kleiner Leopard. Es sollte Sarotti werden.

»Verkauft«, sagte sie.

»Aber der muß ja ein Vermögen gebracht haben. Haben wir nicht Geld genug?«

»Kann man nie genug haben von.«

»Früher hast du Geld verachtet.«

»Ja früher. Heute ist heute.«

»Was hast du mit dem Geld gemacht?«

»Gespart hab ich's. Hast du vergessen unsere Pläne?«

»Aber wir wollen doch kein Haus kaufen. Und wenn ich erst Direktor im Reisebüro bin, können wir von meinem Gehalt die tollsten Sachen machen.«

»Ich will reisen.«

»Schon wieder? Du reist doch andauernd und photographierst.«

»Nur in Deutschlang. Ich will weiter reisen.«

K. W. war müde vom Duell mit Kurt Lenz. Er hatte keine Lust, über Urlaubsreisen zu reden. Morgen würden sie wieder kommen und sich nach fernen Ländern erkundigen im Reisebüro. Und Herr Koebke sah, wie Jali vor einem Jahr, eine gewisse Charakterlosigkeit im Reisen. Man sollte im Lande bleiben, sagte ein Sprichwort, und sich redlich nähren. Vor dem Schlafengehen salbte K. W. Jalis Brüste mit Babyöl ein. Es war ein neues Spiel. Er wog ihre Brüste in seinen Händen. Er würde sich keinen Zentimeter fortbewegen. Jali hatte genug, um ihn zu nähren, für immer.

Erst Wochen später sagte Jali im Zoo: Du warst bei Kurz. K. W. sagte nichts. Sie wolle nicht streiten, sagte Jali, aber das nächste Mal müsse er sie mitnehmen. Kurz sei ihr Freund, und gewiß könne sie ihn von K. W.s Standpunkt überzeugen. »Ich habe Würde zu verlieren«, sagte sie. Das Problem erledigte sich von selbst. Eines Tages war Kurt Lenz verschwunden. Er sei verreist mit unbestimmtem Ziel, hieß es im Haus. Frau Parusel und K. W. wußten es besser. K. W.s Worte hatten ihre Wirkung nicht verfehlt. Der Liebesbeschmutzer ließ sich in einem Sanatorium kurieren. K. W. mußte eine Quittung für seine Möbel und den anderen Krimskrams ausstellen, der von Packern abgeholt wurde. Zum Glück war Jali unterwegs für die Zeitung. Sie hätte sich nur unnötig aufgeregt. So freute sie sich mit »Kurz«, daß er eine weite Reise unternehmen konnte, und wartete wie ein Kind auf Postkarten von ihm. Sie nahmen den Kater Freddy in Pflege, mit dem sich Jali lange Stunden auf Spanisch unterhielt. Freddy war sofort ihr Kater und ihrer allein. Er behandelte K. W. mit vornehmer Zurückhaltung. »Endlich«, sagte Jali, »ich habe eins von den Tieren zurück von meiner Kindheit.« Wie viele sie denn gehabt hatte? »Nicht zu zählen«, sagte sie. Frau Parusel verfügte, daß K. W. und Jali sich um den Dschungel zu kümmern hatten. »Dann lernt Ihre Zukünftige wenigstens, wie man einen Garten hegt«, sagte sie. Es war Spätsommer, und sie jäteten etwas Unkraut. Meistens aber schleppten sie Decken und die Thermosflasche und Bücher in den Dschungel und ließen es sich gut gehen im üppigen Dickicht, auf das die Sonne nur selten schien. Jali zog ein Unkraut aus der Erde und hielt es in die Höhe und gähnte. »Langweilig«, sagte sie, »wir hegen nächste Sommer mit Kurz.« Einmal schaute K. W. aus dem Küchenfenster nach einem Platzregen, der viele der exotischen Pflanzen rund um das kleine Holzreh niedergepeitscht und zerknickt und erschlagen hatte, und er sah, daß der Dschungel mehr und mehr verkam. Es war schade, daß Jali ihren Fleiß und ihre Willenskraft nicht für den Garten einsetzte, aber man konnte nicht alles haben. Jali, die gern von »Grand Hotels« mit großer Bedienung träumte, wusch die Wäsche und kochte von Tag zu Tag besser. Sie kochte Hühnersuppe mit Eierstich, Wiener Schnitzel mit Kartoffelbrei und Soße, sie kochte gigantische Schokoladenpuddings, die sie im Bett aßen. Sie reparierte den Volksempfänger, dessen Inneres nach schmorenden Leitungen roch. Sie stieg aufs Dach, ganz allein, als im September frühe kalte Tage kamen und der Ofen nicht zog. Sie wartete nicht auf den Kaminkehrer, sondern warf Steine in den Kamin. Es funktionierte, der Ofen zog wieder. Sie schnitzte ein Pferd, eine Giraffe und Freddy.

Das Leben auf Tuchfühlung mit einem Tier war anders, als K. W. es sich vorgestellt hatte. In Deutsch-Ost hatte sein Vater jede Art von Getier im Haus verboten, denn das Haus gehörte nicht ihm, er war nur der Gärtner. Im Zoo waren Tiere auf tiefe ernste Weise schön, weil man ihnen nicht zu nahe kommen durfte. Freddy aber brachte Ratten und Mäuse nach oben, die aus aufgeschlitzten Bäuchen blutiges Gekröse hinter sich herschleppten, deren Köpfe halb abgenagt waren und die dennoch, eine schleimige Blutspur hinterlassend und von Freddy gelangweilt beobachtet, die Wände emporkrochen, bis er sie mit einem Hieb seiner schwarzen Tatze wieder auf den Fußboden klatschte, wo das Drama weiterging. Jali störte sich nicht daran. »Ist normal«, sagte sie. Freddy war ihr Kind. Aber der Dreck, der Gestank? »Ist gesund«, sagte Jali.

Es wurde Herbst, und K. W. fragte sich, ob er seine Harpyie je wiedersehen würde. Noch immer hing das Schild mit ihrem Namen und Konterfei am verwaisten Käfig. War sie vielleicht noch am Leben? Jali und K. W. spielten Verstecken rund um das Tierkrankenhaus in der Nähe der Robbenbecken, in der Hoffnung, durch eins der Fenster vielleicht die Harpyie auf ihrem Krankenlager zu erspähen. Wen sie erspähten, war Maurice, der in einen Glaskäfig starrte, in dem zwei Meerschweinchen, die winzige Lederhosen trugen, seltsame aufrechte Tänze vollführten. K. W. wußte nicht zu sagen, warum sein Herz so an der Harpyie hing. Jali zog ihn zum Raben Rätsel, um ihn aufzuheitern. Ihr Respekt vor Rätsel war nach wie vor groß, sie wagte sich nicht in die Nähe des Gitters und seines scharfen Schnabels. Auch Jali hatte einen Verlust zu beklagen, denn der Irre Dostojewski saß nicht mehr auf seiner angestammten Bank. K. W. fand es nicht gerecht, daß sie wegen Dostojewskis Verbleib einen Brief an den Geheimrat höchstpersönlich schrieb. Um der Harpyie willen war sie nicht dazu bereit gewesen. Der Geheimrat antwortete nicht, obwohl Jali Porträtphotographien von ihm angefertigt hatte und er sie zu allen großen Zoofesten »nebst Begleitung« einlud, ein Zustand, der sich ändern würde, wenn Herr Koebke recht behielt und K. W. eine große Laufbahn einschlug. Dann würde er nicht mehr Begleitung sein. Ihn selbst würde man einladen um seinetwillen. Zwei Assistenten des Geheimrats, Frau Winter und Frau Streng, antworteten. Herr Ebers, wie Dostojewski in Wirklichkeit hieß, sei keineswegs gewaltsam entfernt worden, wie Jali in ihrem ulkigen Brief angedeutet habe, sondern sei eines Tages aus unerfindlichen Gründen dem Zoo ferngeblieben, der dem armen Manne freien Eintritt gewährte, und seitdem nicht wieder aufgetaucht. Jali weinte und klagte, als sei er gestorben. Ihre tiefe und wahre Traurigkeit rührte K. W. so sehr, daß er vorschlug, Dostojewski in der Nacht zu suchen. Insgeheim war er froh, daß die unheimliche Lumpengestalt nicht weiter den Zoo verunzierte, und hoffte, daß Jali ihre Meinung über den geisteskranken »Schauenden« gründlich änderte, wenn sie ihn in einer schmierigen Suppenküche oder in der Gosse wiederfand. Aber zu seinem Erstaunen gab es keine Suppenküchen mehr und auch keine Gosse. Im Großen Ganzen sollte kein Volksfreund bedauernswert oder ein Dieb sein. Das Große Ganze, lehrte auch Herr Koebke jeden Mittwoch abend, und besonders die Jugend brauchte Vorbilder und nicht menschliche Zerrbilder, um die natürlichen Anlagen entfalten zu können. K. W. tröstete Jali. Er wußte, wo sie Dostojewski suchen mußten in einer Stadt ohne Suppenküchen und Gosse. Wenn es einen Ort gab, wo der Geisteskranke sich hinflüchten konnte, so war es das Männerwohnheim, und das stand noch. Mit Schaudern dachte er daran, wie er selbst halb wahnsinnig geworden war vor Schmerz im »Walter Frei-Heim«.

»Ich werde heute abend in mein altes Männerwohnheim gehen und dort nach ihm suchen«, sagte er.

Jali wollte mit. K. W. stellte sich vor, wie die anderen vor Neid noch blasser und kränker werden würden, wenn er gut gekleidet und mit einer neuen Ausdrucksweise und Hand in Hand mit der schönsten jungen Frau des Jahrhunderts im Männerwohnheim aufkreuzte.

»Also gut. Komm mit. Aber fordere die Männer nicht heraus.«

Sie fuhren mit der Stadtbahn zum »Walter Frei-Heim«. Ein Dostojewski alias Ebers wohnte nicht im »Walter Frei«. Auch die alten Mitbewohner seines Stockwerks waren verschwunden. Männer in Uniformen saßen in der alten Küche und tranken eine Runde nach der anderen auf die Zukunft, ununterbrochen prosteten sie der Zukunft zu. »Das ist ein Wort, das ich vor dir gar nicht kannte«, flüsterte K. W. Jali ins Ohr. Sie umarmte ihn. In Gedanken dankte er ihr noch einmal dafür, daß sie ihn damals vom Männerwohnheim erlöst hatte. Aus eigener Kraft wäre er nicht dazu fähig gewesen, damals.

Sie zog ihn fort. Die Männer wollten sie noch nicht einmal anschauen, so vertieft waren sie ins Prosten. Oder lag es daran, daß sie ein halber Jude war? Sah man ihr das an? Nein, das mit dem Judesein war nur Propaganda. Morgen würden sie vielleicht auf die Leute schimpfen, die nicht singen konnten. Es war wie in der Schule. Aber ein gerechter Zorn sollte alle hartherzigen glücklich lächelnden Glicksteins treffen, das war die Welt Jali schuldig.

»Du bist doch der Kadamecki«, sagte der Wohnheimpförtner. »Warte, ich hab was für dich.«

K. W. war es peinlich, daß der Pförtner ihn so schnell erkannt hatte. Jali merkte, daß es ihm peinlich war, und lächelte. Wie gut sie ihn verstand, ohne ihn zu schelten für seine kleinen Schwächen. Der Pförtner schob eine Postkarte durch sein Guckloch. Es war eine Ansichtskarte der Hauptstraße von Neu-Langenburg unter einem blauen Himmel. Wie blau der Himmel war.

»Die kam gleich, nachdem du weg bist«, sagte der Pförtner.

»Aber ich habe Ihnen doch meine neue Adresse hinterlassen, damit man mir die Post nachschickt«, sagte K. W. Der Pförtner schlug sein Guckloch zu, die Ansichtskarte fiel auf den Fußboden. Jali hob sie auf. Wie blau der Himmel war.

»Sieht!« sagte Jali. »Post aus Afrika!« Sie hatte die Karte umgedreht und betrachtete mit fernwehen Augen die Briefmarke. K.W. erkannte die Schrift auf der Karte. Es war nur ein Satz. Es wurde ihm schwindlig und übel zugleich. Wann werde ich diesen Satz lesen? dachte er. Jetzt gleich, vor Jali? In der Stadtbahn? Wo werde ich diesen Satz lesen? Im Zoo vor den Straußen? Nein, das wäre falsch und ungerecht und verdorben. Im Wohnzimmer, wenn Jali schläft? Nein, undenkbar, in der Bachstraße kann ich diesen Satz nicht lesen. Im Reisebüro, morgen früh, wenn es mir wieder besser geht? Oder ich fahre am Wochenende aufs Land, alleine, und dort lese ich ihn. Er steckte die Karte ungelesen in sein Jackett und fuhr mit Jali nach Hause. Wie blau der Himmel war.

»Ist eine schlimme Nachricht?« sagte sie.

»Nein. Nur ein Gruß aus der Heimat«, sagte K. W. Er fühlte sich jetzt leicht und frei und mächtig, so als habe er Macht über alle

Dinge und Menschen, und alle Dinge und Menschen waren gut. Er umarmte und küßte Jali in der Stadtbahn, er drückte sie, er lachte, sie lachte, alle lachten. Jali war begeistert. Er begann von Afrika zu erzählen, vom Njassal. Sie glühte. Afrika, sagte sie leise. Er schwatzte und schwatzte und ging, als sie in die Bachstraße einbogen, schnurstracks in die Kneipe. Ich warte auf dich, rief Jali ihm winkend nach.

K. W. begrüßte die Volksfreunde und redete mit ihnen, als sei es ein ganz gewöhnlicher Abend. Er bestellte eine Runde, die Volksfreunde bestellten eine Runde. Sie tranken auf die Freundschaft und den Fußballverein und die Zukunft. Es dauerte Stunden. Irgendwann ging K. W. aufs Klo. In die Wand über den Pinkelbecken hatten die Volksfreunde unanständige Verse und Zeichnungen geritzt, die das weibliche Geschlecht in den Schmutz zogen. Er riegelte sich in der Toilettenkabine ein. Es war stockfinster. Er zündete ein Streichholz an. Das Rathaus von Neu-Langenburg flammte auf. Er drehte die Karte um und riß ein zweites Streichholz an. Ihre kleine aufrechte schnörkellose Schrift. Ein drittes Streichholz.

Es tut mir so leid.
M.-L.

Er saß eine Zeitlang im Dunkeln auf der Klobrille und stellte sich vor, wie sie an ihrem Stehpult in der Mansarde des Idekeitschen Anwesens ihre Feder in das Tintenfaß getaucht und ihre graublauen verhangenen Augen, die alles gesehen hatten, bevor es überhaupt geschehen war, auf die Karte gerichtet und den einen Satz niedergeschrieben hatte. Er entzündete ein letztes Streichholz und konzentrierte sich auf ihren abgekürzten Namen. Sie hatte so einen klangvollen ernsten Vornamen, und nun stand dort nur »M.-L.« Und der Satz. Er zwang sich mit eiserner Willenskraft, jetzt nicht über den Satz nachzudenken. Es gab tausend Deutungsmöglichkeiten. Er würde ein Leben lang brauchen, zu erraten, zu enträtseln und schließlich zu erkennen, was sie meinte. Er bekam Nasenbluten. War sein Leben denn lang genug für die Aufgabe, die Marie-Luise ihm gestellt hatte? Er fing sein Blut mit den Händen auf und wußte, daß es die letzten Reste des Virus aus seiner Seele spülte, wenn der Körper eine Seele besaß, worüber Jali und er nächtelang stritten. Etwas Neues hatte begonnen. Er dachte: Es gibt nichts Neues, außer dem, was man vergißt. Er hatte Marie-Luise nicht vergessen. Etwas Altes hatte begonnen. Aber es begann mit derselben Frage: Warum bist du nicht mit mir gekommen nach Deutschland, ins Land unserer Träume?

Warum hast du mich Jali gelassen?

Was hat das alles für einen Sinn?

Jali schlief, als er am Schlafzimmer vorbei ins Wohnzimmer ging, um allein zu sein. Er versteckte die Ansichtskarte unter dem Teppich. Freddy wollte sie mit der Pfote hervorziehen, also schob er sie tiefer unter den Teppich. Er setzte sich in den weinroten Sessel. Sobald er sich darüber klar wurde, wo er saß, sprang er auf und setzte sich an den Schreibtisch. Er wollte etwas schreiben, einen langen Brief vielleicht oder eine Abhandlung über Marie-Luise, aber das Wohnzimmer war zu klein für seine Gedanken, er brauchte einen Saal, eine Halle. Jalis ausländische Bücher vollgedruckt mit langen Sätzen in krausen Sprachen starrten ihn von allen Seiten an. Er legte seinen Kopf auf die Schreibtischplatte. Wie spät war es jetzt in Deutsch-Ost? Lebte sie noch bei ihren Eltern? Es tut mir so leid. Tut es dir so leid, daß du willst, daß ich zurückkomme? Tut es dir so furchtbar leid, daß du mir nachkommst? Wird es klingeln, und du stehst vor der Tür, atemlos, die langen schmalen Augen durch mich hindurchschauend in die fremde Wohnung? Tut es dir einfach leid und du wolltest mir das sagen? Nein. Du schreibst keine Ansichtskarte von Neu-Langenburg und diesen einzigen rätselhaften Satz, ohne etwas Wahres damit sagen zu wollen. Deine Wahrheiten waren immer Rätsel. Aber so klar und wahr, wenn ich erkannte, was du meintest, so endgültig wie Todesurteile. Willst du mir sagen, daß es kein Entrinnen gibt?

Darf ich nicht sein ohne dich, auch wenn wir uns nie wieder sehen? Es tut mir so leid, daß ich dir weh getan habe, lebe damit, ich sag's dir noch einmal, es tut mir so leid, daß ich dir weh getan habe, laß uns so leben.

Er hob den Kopf wie von einer Schwerarbeit. Jali stand in der Tür. Sie sagte:

»Etwas hat zu mir gesprochen in der Nacht.«

»Geh zu Bett, Jali. Ich komm gleich nach.«

»Nein. Es hat gesprochen, daß wir fort müssen, *monito*.«

»Nenn mich nicht immer so. Ich bin kein Affe. Ich bin ein Mensch. Die Tiere sind im Zoo. Sie schlafen.«

»¿Qué clase de persona eres?«

»Verschon mich heute. Bitte.«

»¿Podría hablar contigo?«

»Hör auf.«

Jali warf sich in den weinroten Sessel. Ihr hellgelbes Nachthemd war voller Kakaoflecken und Schokoladenpuddingflecken. Freddy sprang auf ihren Schoß. Sie streichelte ihn, und er schnurrte.

»Sind wir Deutschen die einzigen, die gut sind zu Tieren«, sagte sie. Sie langte hinüber zum Grammophon und spielte ihre grauenvolle Opernplatte.

»Zwanzig Jahre hat Meyerbeer ...«

»Ich weiß.«

»Was du *nicht* weißt, Dummkopf, Tezcatlipoca ließ die Musik von der Sonne bringen, auf eine Brücke aus Walfischen und Schildkröten auf die Erde, auch für dich.«

»Ich habe jetzt keine Lust auf deine Märchen.«

»Afrika ist das Lösungsrätsel«, sagte Jali. »Wir können nicht heiraten hier. Ich weiß das jetzt. Meine Freunde sagen, es ist nicht gut für dich. Wir müssen nach Afrika. Ich wußte immer. Die Postkarte ist ein Zeichen. Ich liebe Afrika so.«

»Du kennst es nicht. Du würdest dich zu Tode langweilen. Es ist kein Land für dich. Auch nicht für uns.«

»Ich sehe, du hast eine große Angst. Komm zu mir.«

»Laß mich in Ruhe.«

»Meine Freunde sagen, es ist auch nicht gut für mich, wenn wir in Deutschlang heiraten.«

»Es heißt Deutschland, Jali. Deutschland. Viele Menschen auf der Welt würden ihre rechte Hand hergeben, um hier zu sein. Viele Menschen träumen von Deutschland.«

»Du arbeitest für Deutsche Arbeit Front. Du könntest Afrika arrangieren.«

»Das Amt gibt uns keine Reisen nach Afrika. Es kann doch nicht einfach jeder kommen und nach Afrika reisen.«

»Aber du kannst. Afrika ist deine Heimat.«

K. W. knallte den Deckel des Grammophons zu. Die Nadel kratzte über die Schallplatte.

In dieser Nacht erinnerte sich K. W. im Traum an den Wasserfall. Er machte einen Ausflug mit Marie-Luise. Sie erreichten einen Wasserfall, und Marie-Luise blies einen grünen Luftballon auf und warf ihn hinunter. Ein Wind kam auf und spielte mit dem grünen Ballon im schillernden Licht über dem Wasserfall. Ich werde dich immer lieben und ehren, sagte K. W. Marie-Luise lachte ihn aus. Dann wurde sie ernst. Im Traum küßte sie ihn, aber K. W. zermarterte sich am nächsten Morgen den Kopf, ob sie ihn auch in der Wirklichkeit der Vergangenheit geküßt hatte. Marie-Luise ging sparsam um mit Küssen.

Zum Glück mußte Jali nach Süddeutschland reisen, um den Parteitag zu klicken, so daß er eine Woche allein nachdenken konnte über den Satz, der unter dem Teppich auf ihn wartete. Der Horch-Fahrer holte Jali ab. K. W. war aufs äußerste empört. Der Horch-Fahrer behandelte Jali höflich, fast unterwürfig verhielt er sich. Kleine Gesten jedoch und Blicke verrieten, daß er sich insgeheim über Jali amüsierte und sie sich über ihn. Hatte er ein Verhältnis mit ihr? Unvorstellbar. K. W. räumte den Frühstückstisch ab, während die beiden Zigaretten rauchten und sich über das schöne Wetter unterhielten, das wie bestellt sei für »die Tage, die vor uns liegen.« Jali sagte schnell: »Der Parteitag.« Der Horch-Fahrer nickte amüsiert.

K. W. wußte die Postkarte mit dem Satz unter dem Teppich, und dieses Wissen genügte ihm. Er ging zur Arbeit. Sobald er zurück war, durchsuchte er die Wohnung von oben bis unten nach Dingen, die Jali möglicherweise vor ihm versteckt hielt. Er fand einen mit dem Heitler-Zeichen gestempelten Brief, offenbar vom Horch-Fahrer. Es war kein Liebesbrief, oder doch? Der Horch-Fahrer, der ein Mantel von der Geheimen Polizei war, lud sie ein zu einem »vertraulichen Gespräch« über die »Angelegenheit Spanien«. War er der Freund, der ihr die unsinnige und völlig unmögliche Idee in den Kopf gesetzt hatte, nach Afrika zu reisen? Er fand eine von Jali beschriebene Seite auf Spanisch und entdeckte seinen abgekürzten Namen: K. W.

Er versuchte die Seite mit Jalis Wörterbuch zu übersetzen. Er brauchte zwei Stunden für den ersten Satz. Der erste Satz lautete:

> Ich bin klein und mein Vater steht vor mir und wir reden Deutsch und ich sage: Eines Tages werde ich nach Amerika gehen.

Der Satz, in dem er die Buchstaben »K. W.« entdeckt hatte, war noch länger. »Hungriger K. W.« übersetzte K. W. Dann gab er auf.

Er fand ein neues Geldversteck mit frischem Geld, wahrscheinlich der Erlös für den Ring, den sie beim Pokern gewonnen hatte. Er fand ein sonderbares Bündel hinter zwei Reihen Büchern. Es enthielt einen unangenehm riechenden blutverkrusteten weißwollenen Schlüpfer von Jali. Dieser Fund widerte ihn so sehr an, daß er die Suche nach weiteren Beweismitteln aufgab und in die Kneipe ging. Einem der Volksfreunde war die Mutter gestorben, und man trank auf ihre Wärme und Güte. Alle hatten etwas zu erzählen über ihre Mütter. Als K. W. an die Reihe kam, beschrieb er Marie-Luise. Meine Mutter ist die Wahrheitsliebe in Person, sagte er, sie weiß die Wahrheit schon im voraus. Er beschrieb Marie-Luises Augen. Die wäre mir unheimlich, sagte ein Volksfreund. K. W. schlug ihn auf der Stelle nieder. Die anderen waren begeistert. Er galt als gefährlich in der Kneipe. Man behandelte ihn mit Respekt. Man wollte es sich nicht mit ihm verderben. Er verfügte über mehr Geld als die anderen. Er war verlobt mit einer geheimnisvollen Frau, die große Tiere kannte. Sie war Ausländerin, das sah man sofort, eine stolze Spanierin. Sie stammte aus einem adligen Geschlecht. Ein paar Tropfen sephardisches Blut rollten in ihren Adern, das machte sie nur interessanter. Jeder der Volksfreunde kannte einen liebenswerten Halbjuden, oder einen Viertel oder Achtel oder Sechzehntel. Nur die Pfandleiher waren schlimm und die Schmierfinken von der Zeitung und die Besserwisser, die das Land zu verlassen hatten. Wer mochte schon mit solchen Leuten leben? K. W. galt als belesen, gebildet. Die größten Dichter waren tote Engländer. Die Volksfreunde nickten heftig. Einen Kopf muß der Mensch haben, aber ein Arschloch hat er auch. K. W. notierte sich das treffliche Sprichwort.

Er verbrachte jeden Abend in der Kneipe. Es fiel ihm leichter, über Marie-Luises Satz nachzudenken, während er mit den Volksfreunden redete und die Ansichtskarte unter dem Teppich ruhte. Keinesfalls wollte er Trübsal blasen über dem Anblick des blauen Himmels von Deutsch-Ost. Marie-Luise verfügte über geheime Kräfte. Vorsichtig weihte er Herrn Koebke vom Institut in sein Dilemma ein. Es könne sein, daß er zwei Frauen liebe, von denen die eine über geheime Kräfte verfügte und die andere über geheime Sprachen. Die eine hier, die andere weit fort, aber dennoch tief in seinem Herzen lebendig. Es bestehe die Möglichkeit, daß er eine rasche Entscheidung treffen müsse. Solange sie dir die Kraft nicht rauben, nimm sie beide, riet Herr Koebke. Er hatte nicht den rechten Sinn für das schwierige Weibliche. Das Große Ganze war ihm wichtiger und vertrauter. Es müssen dir vor Liebe zum Großen Ganzen die Tränen aus den Augen brechen, lehrte er seinen Lieblingsschüler K. W., dann wirst du dich über das Niedere hinwegsetzen können. K. W. verließ das Institut in großer Gewissenspein. Lebte er falsch mit Jali, eine niedere Lebensform, und hatte er es nicht immer geahnt? War die Triebhaftigkeit nicht ein Grundzug ihres Charakters?

Er kam zu einer Zwischenlösung. Rom war auch nicht an einem Tag erbaut worden. »Es tut mir so leid« bedeutete, daß Marie-Luises Tür in Neu-Langenburg wieder für ihn offen stand. Er konnte sich nicht vorstellen, daß sie nach Deutschland kommen würde. Sie hätte es nicht mit einer Ansichtskarte von Neu-Langenburg angekündigt. Nein, er sollte kommen und ihr den Verrat verzeihen und sich erklären lassen, warum sie ihn im Stich gelassen hatte. Er vermutete, daß es an den damaligen Mangelhaftigkeiten seines Charakters lag. Wie grausam jedoch, daß ihn Marie-Luise gerade, als er sein Glück gefunden zu haben glaubte und Jalis Schönheit, also Vergänglichkeit ertragen konnte, an die unvergängliche Unausweichlichkeit ihrer wahrheitssuchenden Existenz erinnerte. Es tut mir so leid, daß ich dir weh getan habe, laß uns in dieser Wahrheit leben, sie ist unvergänglich. Zum ersten Mal tat ihm Marie-Luise leid. Sein ungefestigter Charakter hatte sie um das Land ihrer Träume gebracht, furchtbar mußte sie gelitten haben. Wie sehr das Leiden verband. Und sie war so fern, so unerreichbar in der Ferne. Wie blau der Himmel war, unter dem sie lebte und an ihn dachte und ihm Ansichtskarten schrieb. Noch hatte er sich mit Jali nicht offiziell verlobt. Aber er war ihr im Wort. Sie mußte ihm schon gute Gründe geben, daß er sein Wort guten Gewissens brechen konnte. Man löste die Liebe des Jahrhunderts nicht so holterdipolter auf, denn es war ein großes Jahrhundert. Und selbst wenn, selbst wenn Glickstein sein Glück zurückforderte oder der Horch-Fahrer sie nach Spanien entführte oder sie seiner überdrüssig würde: Konnte er nach Deutsch-Ost zurückkehren und sich dem Blick der langen schmalen prüfenden Augen aussetzen nach allem, was er erlebt und getan hatte? Nur um vielleicht ein zweites Mal verlassen zu werden, was, Wahrheit hin, Wahrheit her, seinen sicheren Tod bedeuten würde? Seine Sehnsucht nach Marie-Luise war ebenso stark wie seine Angst vor ihr. Er kam zu der Lösung, daß es am besten wäre, einstweilen im Lande zu bleiben und sich redlich zu nähren und

Jalis Charakter zu verbessern und sie im Auge zu behalten und Marie-Luise einen tiefen Brief zu schreiben. M.-L. würde nicht schlecht staunen, wenn sie seine gestochene Handschrift sah, sein diszipliniertes Deutsch las, in das er einige englische und spanische Wörter einzuflechten gedachte. Er hatte schon mehrere Briefanfänge im Kopf. Auch das Papier würde sie beeindrucken. Als die Packer den Krempel des Abartigen holten, hatte er sich erlaubt, das dicke hellgelbe Briefpapier einzubehalten, von dem er nur einen Zentimeterbreit abzuschneiden brauchte, um die Abkürzung K. L. links oben zu tilgen.

Jali und er waren verabredet am Tag ihrer Rückkehr, zum Spazierengehen im Zoo. Sie erschien nicht. Das Reisebüro hatte schon lange geschlossen, und er stand sich immer noch die Beine in den Bauch wie ein Volltrottel. Er ging allein zum Zoo. Opa der Platzanweiser erwartete ihn. »Ihr Augenstern hat angerufen, Herr Student«, sagte er, »sie mußte noch Freddy füttern. Sie kommt gleich.« Wie komisch, daß der Alte ihn immer noch für einen Studenten hielt.

Sie kam mit dem Horch-Fahrer. K. W. kochte. Der Mantel öffnete ihr die Autotür wie einer Königin. K. W. mußte zuschauen wie ein Blöder. Der Horch-Fahrer lachte kurz und hob die Hand zum Gruß der Volksfreunde. K. W. grüßte nicht zurück.

»Mir reicht's jetzt«, sagte er vor Schiefhals' Käfig.

Bester Laune rieb Jali ihren Kopf am Käfiggitter. Der Papagei zupfte zärtlich mit seinem Schnabel an einer schwarzen Locke. Es war eigentlich ein schöner Anblick, aber K. W. rief sich zur Ordnung. Erst mußten ein paar Dinge geklärt werden.

»Mein Haar ist ein Nest für Schiefhals«, sagte Jali.

Ihr Haar wuchs und wuchs, und sie schnitt nur die Spitzen ab. Bald würde sie aussehen wie ein Struwwelpeter von den Hottentotten. Und sie benahm sich auch so.

»Ein Papagei und eine Frau sind eins«, plapperte sie. »Ein Mann und eine Frau und ein Papagei sind eins. Ich hab dich so vermißt, K. W. Die Menschen sind eine Enttäuschung immer wieder.«

»Wer ist ›dein Mensch‹?«

»Du.«

»Lüg nicht so unverschämt«, sagte K. W. »Der Horch-Fahrer ist es. Ich hab's genau gesehen. Die Frage ist, welche Maßnahmen ich ergreifen werde.«

»Wir gehn nach Afrika«, sagte Jali. »Das ergreifst du.«

»Hure«, sagte K. W. Es tat ihm nicht leid.

»Du willst Streit? Schade. Ich hab mich gefreut wie eine Schneebiene auf unser Wiedereinigung.«

»Sag doch einmal in deinem Leben die Wahrheit! Was hast du mit dem Horch-Fahrer?«

Jali befreite ihren Kopf von Schiefhals' Schnabel. Sie versuchte K. W. zu umarmen.

»Hure«, sagte er. Es tat ihm immer noch nicht leid.

Sie tischte ihm ein langes Lügenmärchen auf. Der Horch-Fahrer sei mehr als gefährlich. Er habe die Macht, sie gegen ihren Willen nach Spanien zu schicken in geheimer Sache. Wenn sie nach Spanien geschickt würde, wäre es ihr Ende. Nein, nicht ihr Tod, sondern das Ende von Jali und K. W. Nie würde sie ihn wiedersehen, nie die Bachstraße, nie Freddy. Der Horch-Fahrer habe ihr gedroht. Trotz ihrer Bekanntheit und ihrer einflußreichen Freunde könne er ihr große Schwierigkeiten machen. Er könne sie sogar verhaften, übertrieb sie unverschämt. Und obwohl die Mäntel sich nicht mehr lange halten würden, wie sie aus zuverlässigen Quellen erfahren habe, sei die Gefahr so groß, daß sie lieber heute als morgen nach Deutsch-Ost wolle. Sie schämte sich nicht einmal, den Zoo, in dem K. W. tiefe und wahre Stunden mit ihr verbracht zu haben glaubte, für ihre Lügen zu mißbrauchen. Mehr als alles andere auf der Welt, sagte sie, werde ihr der Zoo fehlen in Deutsch-Ost. Wenn man ihn nur mitnehmen könne. Ob K. W. »auf ihrer Seite« stünde, wenn sie gleich morgen nacht Schiefhals entführte? Noch lieber hätte sie Sarotti entführt, aber sie sah ein, daß dies unmöglich war. Wir müssen schnell handeln, sagte sie, es ist mein Verhängnis, daß ich zu viele Sprachen spreche. Sie haben mich in ihrer Gewalt, sagte sie. Wer? wollte K. W. wissen. Sie warf ihm den Notblick zu. Vielleicht lag ein Körnchen Wahrheit in ihrer Geschichte. Aber wenn der Horch-Fahrer sie bedrängte, war es ihre Schuld. Warum ließ sie sich mit so einem ein? Warum fuhr sie in seinem Auto und gestattete, daß er ihr die Tür öffnete wie einer Königin? K. W. dachte an den Brief des Horch-Fahrers, den er in der Wohnung gefunden hatte. Es war natürlich ein chiffrierter geheimer Liebesbrief. Er dachte an das Bündel hinter den Büchern, den blutverkrusteten Schlüpfer. Sollte sie ihre Suppe allein auslöffeln.

»Schön und gut«, sagte er. »Aber ich denke nicht daran, nach Afrika zurückzugehen. Wenn du unbedingt reisen willst, das Amt für Reisen und Wandern bietet über Weihnachten eine Sonderschiffpassage nach Madeira für hundertsechzig Mark. Ich könnte sie uns für hundertvierzig beschaffen.«

»Du verstehst nicht«, sagte Jali. »Wir müssen aus dem Land. Warum hast du Angst vor deine Heimat? Ich sehe deine Angst. Sag sie mir. Ich helfe dir. Sind wir zwei Angsthabende.«

Wovor er wirklich Angst hatte, war der Abend. Schon im Zoo sträubten sich sein Kopf und sein Mund, sie zu küssen. Die Vorstellung, daß der Horch-Fahrer sie eine Woche lang in Süddeutschland geküßt hatte, widerte ihn an. Vielleicht hatte er sie sogar gestohlen. Natürlich würde sie es nie zugeben. Ihre sonderbare Liebe zu K. W. schloß die Liebe zur Wahrheit nicht ein.

Im Bett am Abend weinte sie, als er sie nicht rauben wollte. Er brachte es noch nicht einmal über sich, sie zu berühren, ihre Nase, ihr Ohr.

»Liebst du eine andere Frau?« sagte Jali. »Oft man schiebt die Schuld auf den nächsten und meint sich selbst.«

K. W. dachte gründlich nach. Nein, man konnte nicht sagen, daß er eine »andere« Frau liebte. M.-L. war keine andere Frau, sie war die Frau an sich, und sie war weit fort, und er stieg mit ihr nicht in Horch-Limousinen und hatte sie seit Ewigkeiten nicht geküßt und würde sie wahrscheinlich nie wieder küssen in seinem Leben, wenn nicht ein Wunder geschah. Aber es drängte ihn, eine Wahrheit zu sagen über M.-L. Er erzählte Jali von einer Kinderfreundin, die er Maria nannte, weil er ihren wahren Namen nicht aussprechen wollte vor der nackten Jali. Er schilderte unbeschwerte Badefreuden am Njassal mit Maria und den schwarzen Kindern. Jali hörte ihm lächelnd zu. Sie war keine Spur eifersüchtig. Er überraschte sich dabei, daß er vom ersten Kuß erzählte, den M.-L. ihm gegeben hatte. Noch immer lächelte Jali. Es war ein guter Kuß, sagte er.

»Wer ist M.-L.?« sagte Jali.

»Wieso?«

»Nun ich kenne Maria. Aber wer ist M.-L.?«

Er stellte sich taub.

»Hast du Maria noch lieb?« sagte Jali.

Er beschloß, die Wahrheit zu sagen.

»Ich habe Angst vor ihr.«

»Das ist dasselbe«, sagte Jali.

K. W. stand auf und zog sich wieder an und ging grußlos in die Kneipe und trank mit den Volksfreunden gegen die Schlechtigkeit der Welt und der Weiber. Sie hingen an seinen Lippen. Man sollte die Weiber annullieren, sagten sie. Die Weiber sind nur schädliche Fresser, sagte der Wirt. Die Weiber sollte man sichten und sieben und nur die besten dürfen uns küssen, wenn überhaupt, sagte K. W. und trank unter großem Beifall seinen neunten Schnaps.

Dann kam der Stein geflogen.

Die Tür flog auf, draußen regnete es in Strömen. Ein Pflasterstein flog über ihre Köpfe und zertrümmerte die Flaschen im Regal hinter dem Tresen.

»*¡Ojalá que te trague la tierra!*«

»Den Schaden bezahlst du mir, Kadamecki«, rief der Wirt.

»Was hat sie gesagt?« riefen die Volksfreunde.

Jali war im Regen verschwunden. K. W. warf Geld auf den Tresen und stolperte hinaus.

»Schnapp sie dir!« riefen die Freunde. »Mach sie alle! Sie wollte uns erschlagen! Zahl's ihr heim!«

Sie war nirgendwo aufzutreiben. Sie war nicht auf der Straße, nicht in der Wohnung, nicht im Dschungel. K. W. riß die Kordel vom Fensterkreuz und riß das Fenster auf und riß die Kordel von einem Bündel ihrer vollgekritzelten Seiten und warf die Seiten aus dem Fenster in den Regen. Er torkelte zum Sessel, um die Weltkarte von der Wand zu reißen, und stolperte über eines ihrer Bücher. Er riß Bücher aus ihren Regalen und warf sie in hohem Bogen aus dem Fenster. Er packte Freddy und wollte ihn hinterherwerfen, aber der Kater kratzte und spuckte, und er ließ ihn fallen.

Am nächsten Tag fand eine Versöhnung alten Stils statt. Jali weckte ihn mit Küssen. Er wußte nicht, wo er sich befand. Was war geschehen? »Nichts ist geschehen«, sagte Jali. Sie kochte ihm Kaffee und dann Kakao und einen Schokoladenpudding. Gemeinsam trugen sie die durchweichten Seiten und Bücher nach oben. Die Handschrift auf den Seiten war zerlaufen. »Muß ich noch mal schreiben«, sagte Jali, »macht nichts, vielleicht sollte es so sein.«

»Wie kannst du noch an uns glauben?« sagte K. W. zerknirscht. »Wie kannst du noch an irgend etwas auf der Welt glauben?« Er hatte den Urgroßvater aller Katzenjammer, sein Kopf brüllte wie ein kranker Löwe.

»Ich glaube nicht. Ich weiß«, sagte Jali. »Ich bin klug.«

Sie raubte ihn, bis er vor Schmerzen schrie. »Hört zu!« rief sie über ihm mit verzerrten Zügen, »hört mir zu!« Aber sie sagte nichts. Später stiebitzte er sie sacht und leise wie der Urgroßvater aller Diebe der Nacht.

»Ach, K. W.«, sagte sie.

»Hört mir zu«, sagte sie, »ich bleibe hier, weil ich dich liebe. Für unsere Kinder.«

K. W. fühlte den alten Trieb, sie zu beschützen. Er nahm sie in die Arme und sagte: »Alles wird gut.«

»Ich bitte darum«, sagte Jali.

Sie lachten viel und gingen ins Kino und in den Zoo, der ganz leer war, und Jali photographierte K. W. im verwelkten Dschungel und er ließ es geschehen.

Die Wochen vergingen, der Winter kam. Sie behandelten sich jetzt höflich und zuvorkommend, wie zwei kranke Kinder, es herrschte Waffenstillstand. K. W. entdeckte neue Geldverstecke in der Wohnung. Jali arbeitete wie besessen. Mehrmals sah er M.-L. auf der Straße, und jedesmal hatte er ein Gefühl in der Brust, als fahre ein Stachel aus seinem Herz, und jedesmal war sie es nicht. Sie lebte in Afrika, es tat ihr leid, ihre Tür stand offen, sie war eine Gewißheit, aber eine ferne. Eine Rückkehr nach Afrika kam nicht in Frage, jedenfalls nicht dieses Jahr. Nächstes Jahr? Er wäre vor Angst vergangen. Die Reise nach Afrika wäre gewesen wie ein Flug zur Sonne, zum alles versengenden Feuerball am Himmel. Der Horch-Fahrer ließ nichts von sich hören. Jali beteuerte, nicht von ihm gestohlen worden zu sein während des Parteitags in Süddeutschland. Es kostete sie große Überwindung, aber K. W. fand es nur gerecht und auch anständig von ihr, ihren vornehmen Fuß in die Kneipe zu setzen und eine Runde für alle auszugeben. Die Volksfreunde knurrten, als sie Jali sahen. Sie brach das Eis, indem sie, wie es ihre Art war, jeden nach seinem Vornamen fragte und ihm dann zuprostete. Man trennte sich singend. Der Wirt sagte, sie sei ihm jederzeit willkommen. Aber ohne Stein, sagten die Volksfreunde. Jali grinste ihr Piratengrinsen. Sie war auch noch stolz auf den Schrecken, den sie ihnen allen eingejagt hatte. Aber eigentlich, meinte sie später, wollte sie nicht mehr in die Kneipe gehen. Sie hoffte, K. W. würde verstehen. Er fragte sich, was es da zu verstehen gab.

Überraschend kam ein Päckchen in der Vorweihnachtszeit. Es war an Jali und K. W. gemeinsam adressiert. Sie packten eine Schachtel teurer Lebkuchen aus. Sie suchten den Absender auf dem Packpapier, er war nicht zu finden. Zwei Briefumschläge waren an der Lebkuchenschachtel befestigt, auf dem einen stand »Jael«, auf dem anderen »K.-W. Kadamecki«.

»Ich weiß, von wem das ist!« sagte Jali.

K. W. riß seinen Brief auf. Es stand nur ein Satz da.

Fröhliche Weihnachten wünscht Ihnen
Maurice Schueler

Jalis Umschlag war dicker. Sie öffnete ihn nicht, sie steckte ihn in ihre Hosentasche.

»Ich wußte gar nicht, daß er Schueler heißt«, sagte K. W. »Komischer Name. Schueler. Schulbub.«

»Dein Name ist auch komisch«, sagte Jali. »Kann man kaum aussprechen.«

Das stimmte. Er haßte seinen Namen. Er war froh, daß Jali ihn gelehrt hatte, daß Namen unwichtig und unwirklich seien.

»Willst du mir nicht vorlesen, was er dir geschrieben hat?« sagte er.

»Pfff. Privatbrief.«

»Jali ...«

»Ach, K. W. Ich liebe, daß du eifersüchtig bist. Das zeigt mich, wie sehr du mich liebst. Aber sieht, es kann auch zuviel sein. Maurice ist ein Freund. Stellt dir vor, er schreibt ein Buch.«

»Woher weißt du das?«

»Er hat es mir gesagt, im Zoo. Ich meine, er schreibt ein Buch im Zoo.«

»Worüber?«

»Seine Gedanken. Auch ich bin drin. Über mein Klicken. Es ist ein Buch der Philosophie. Er schreibt, die Welt ist Photo. Nein. Wenn es die Welt nicht gibt, es gibt kein Photo. Schlau, nicht?«

»Ich glaube, er hat sie nicht mehr alle.«

»Er ist klug, das mußt du auch sagen, K. W. Er ist Student, aber er ist auch schon Doktor in ein anderes Fach. Er ist Arzt. Facharzt für Mythologie. Und er ist nett, daß er Küchlein schickt.«

Wie süß sie Küchlein sagte.

Er glaubte ihr, daß sie nichts mit Maurice hatte. Der Eierkopf besaß zwar Geld wie Heu, aber nicht genug Mumm für Jali. Dennoch war er neugierig, was in dem Brief stand. Früher oder später würde er es herausfinden.

Er ließ Freddy eine Ecke Lebkuchen vorkosten. Konnte man denn wissen, ob Maurice ihn, K. W., nicht vergiften wollte aus Haß und Neid? Jali lachte sich halbtot. Sie gab Freddy den Rest des Lebkuchens.

»Bekommst du schönes Fell, Freddykater, von K. W.s Eifersucht.«

Jali verschmähte die Reise nach Madeira, die K. W. vorgeschlagen hatte. Sie wollte Weihnachten zu Hause bleiben. Wir gehen in den Zoo und schenken allen Tieren etwas, die wir kennen, sagte sie. K. W. war aufs äußerste gespannt, was sie ihm zu Weihnachten schenken würde. Mit dem vielen versteckten Geld in der Wohnung konnte sie ihm einen Kleinwagen kaufen. Er ahnte, daß ein Teil des Geldes für ihre wirren Afrikaträume bestimmt war, doch bestimmt nicht alles. Sie wußte, daß er kraft seiner Stellung im Reisebüro und weil er aus Deutsch-Ost stammte, jederzeit eine günstige Route und Passage nach Afrika für sie beide beschaffen konnte.

Sie wollte einen kurzen Dankesbrief an Maurice schreiben. Sie bat K. W. um Formulierungshilfe. Wie rührend, daß sie glaubte, den eingebildeten Spinner beeindrucken zu können.

»Schreib doch selber«, sagte K. W. »Du schreibst doch Geschichten. Warum nicht einen Brief an Maurice?«

»Er benutzt Wörter, die kein Mensch kennt«, sagte sie und zeigte K. W. einen wissenschaftlichen Artikel, der mit »M. Schueler« unterzeichnet war. Darin standen Ausdrücke wie »schlechthinniglich« und Wendungen wie »es ist, was ist, eine Istheit ohne Sein«.

»Sehr geehrter Herr Schueler«, diktierte K. W.

»Nein. Wir müssen schreiben, wie wir ihn nennen, wenn wir über ihn sprechen. Maurice. Und weil er liebe Lebkuchen geschickt hat, müssen wir schreiben ›Lieber Maurice‹.«

»Lieber Maurice«, diktierte K. W., dem Maurice mitsamt Anrede gestohlen bleiben konnte, »in Beantwortung deines Geschenkes vom

14.12. möchten wir zum Ausdruck bringen, daß wir aufs äußerste beglückt waren. Wir wünschen auch dir ein …«

»Auch dir und deinem Buch«, sagte Jali.

»… auch dir und deinem Buch ein gesegnetes Fest und ein Frohes Neues Jahr. Hochachtungsvoll …«

»Mit lieben Grüßen.«

»Jali …«

»Also dann: mit guten Grüßen.«

»So schreibt man aber nicht, wenn es einem ernst ist. Man schreibt ›Mit vorzüglicher Hochachtung‹.«

»Klingt nicht nach Weihnachten, oder?«

»Schreib jetzt. Mit dem Ausdruck inniger Verbundenheit grüßen Jali Klick und Karl-Walther Kadamecki.«

»Jali und K. W.«, sagte sie.

»Ach, schreib, was du willst.«

Er las, was sie geschrieben hatte. Der Brief wimmelte von Rechtschreibfehlern. Maurice würde sich königlich amüsieren. Sollte er.

Er kratzte sein schroffes steiles eindrucksvolles »Karl-Walther Kadamecki« neben ihr krakeliges »Jali«.

Am Weihnachtsmittag spielte Sarotti im Schnee. Jali duckte sich, und das Schwarze Pantherjunge sprang so hoch, daß es mit allen vieren einen Augenblick in der Luft zu stehen schien. K. W. ließ die beiden allein, um noch etwas in der Stadt zu erledigen. Der Stapel Schallplatten mit romantischer und künstlerischer Musik lag schon festlich verpackt zu Hause auf dem Gabentisch. Jali wollte ihr Geschenk erst später dazulegen. Es würde also kein Auto sein. Vielleicht ein neuer Sprachkursus? Hoffentlich nicht ein weiteres Tagebuch ihrer Mama. K. W. betrat das Schmuckgeschäft und tauschte den Ring, den er an einem Sommertag gekauft hatte, in eine Halskette um. Dann leistete er sich ein Schnitzel mit Beilage und kaufte schließlich eine Kerze. Jali hatte Obst und Erdnüsse und Fleischbröckchen für die Tiere besorgt. Er fand sie mit ihrer Tüte auf der Bank vor Sarottis Gehege. Ihr Gesicht war in ihrem Teddymantel vergraben. Schlief sie? Nein, sie träumte mit offenen Augen.

Zuerst ging es zu Schiefhals.

»Affenpalmenhaus«, sagte der Vogel.

»Wir spielen nicht Verstecken heut«, sagte Jali und schenkte ihm Erdnüsse und eine Pflaume und wünschte ihm frohe Weihnachten. Schiefhals ließ die Geschenke achtlos liegen. Hatte er etwas anderes erwartet, wünschte er sich vielleicht Datteln oder teure Zirbelnüsse? Wir dürfen ihn nicht verwöhnen und verweichlichen, meinte K. W. Jali meinte, Schiefhals warte auf jemanden, vielleicht auf seinen Wärter. In der Tat saß der Papagei in der hintersten Ecke seines Käfigs wie steingeworden. »Affenpalmenhaus«, wiederholte er. Es ist heute nicht mit ihm zu reden, sagte Jali.

Sie warfen die kleinen Fleischbrocken auf Sarottis Anlage. Er würde sie morgen finden, er war schon in den Innenkäfig gesperrt worden. Jali bewegte ihre Lippen, sie murmelte etwas auf Spanisch.

Es war Jalis geliebte »Dunkelstunde«, erhellt vom Schnee. In der Villa des Geheimrats neben dem Aquarium flackerten Kerzen in den Fenstern. Eine Überraschung erwartete K. W. am Fuße des Drachendenkmals. Unter einem Busch saß ein winziger Schneemann, der eine Murattischachtel wie einen Hut trug. Jalis Augen leuchteten, sie lächelte. In der Schachtel lag die Photographie der Wolke, die K. W. so gefiel. In die Wolke hatte Jali geschrieben: »Meinem Mensch« und hatte ein Herz daneben gemalt.

»Damit hast du mir eine große Freude bereitet«, sagte K. W. Aber die Worte »Meinem Mensch« erinnerten ihn heute an M.-L., er wußte nicht warum, es gehörte sich nicht, daß er jetzt an sie dachte, wo Jali sich so über das Geschenk freute, das sie ihm gemacht hatte. Sie zeigte mit ihrem Finger auf die Worte in der Wolke.

»Du bist mein Mensch«, sagte sie. »Du und immer.«

Schmückte M.-L. gerade die Idekeitsche Zweimeterweihnachtspyramide unten im großen Salon? Dachte sie an ihn und die vielen Weihnachtsfeste, die sie von Kindheit an heimlich in der Nacht am

Njassal gefeiert hatten, als ihre mißgünstigen Eltern und sein vorsichtiger Vater längst schliefen?

K. W. steckte seine Kerze in den Schnee vor dem leeren Käfig der Harpyie und zündete sie an. Jali und er standen davor und gedachten des häßlichen kranken Vogels, der auf Nimmerwiedersehen verschwunden war. Aus sicherer Entfernung sah Jali zu, wie er Rätsel den Raben mit Fleischbrocken fütterte. Das kluge Tier hatte nichts Eiligeres zu tun, als die Geschenke sofort in verschiedenen Winkeln seines Käfigs im Schnee zu verscharren.

Von weitem hörten sie Opas Glocke.

»Wir werden gebeten«, sagte Jali und nahm K. W.s Hand. »Der Garten schließt.«

»Willst du die Glocke läuten?« sagte K. W.

Sie schüttelte den Kopf. Er sah, daß sie traurig war. Warum nur? Warum machte Weihnachten die Leute so humanitätsduselig, sogar lustige und ironische Leute wie Jali? Er zog sie zu den Pavianen, die auf ihrem Felsen im Dunkeln hockten wie kleine graue Menschen. Opa radelte vorbei. »Ich wünsch euch was«, rief er. K. W. winkte ihm zu. Als er sich umdrehte, sah er, wie Jali einem Pavian eine Mandarine zuwarf. Das Tier saß ganz nahe und schälte die Frucht, und Jali sprach zu ihm auf Spanisch. Der Pavian hielt die geschälte Mandarine mit beiden Händen, aber er fraß sie nicht. Er hörte Jali zu. Sie stand sehr aufrecht, ihr Kopf war hoch erhoben, ihre schwarzen Locken schimmerten feucht, ihre weißen Zähne blitzten wie am ersten Tag. Jali legte die Handflächen aneinander und verbeugte sich vor dem Affen. Sie war so schön und so fremd wie noch nie in diesem Augenblick, und K. W. verlor seine Gedanken an sie, alle und für immer. Euch, die ihr Jali seht, müssen die Tränen aus den Augen brechen vor Liebe zum Großen Ganzen, zur Erde, zur Natur, zur ganzen Menschheit. Dann dachte er: Sie ist lebensgefährlich, sie ist die Gefahr des Jahrhunderts, sie ist einfach zu schön, ihr Inneres wie ihr Äußeres, vielleicht ist sie krank, vielleicht ist sie krank wie die Harpyie, und jeder, der sie anschaut, muß sterben.

Dabei war sie nur eine junge Frau mit zu großen kalten Füßen. Mit abgeknabberten Fingernägeln. Mit einem mangelhaften Charakter. Mit Flausen im Kopf.

Aber wer dich gesehen hat, ist nicht mehr derselbe, dachte er.

Jali kam zu ihm. Es waren nur ein paar Meter durch den Schnee.

»Dieser Pavian wird sich an mich erinnern«, sagte sie.

»Wir alle werden uns an dich erinnern«, sagte K. W.

Sie küßten sich. Der Kuß glich ihrem ersten Kuß im Zoo unter den Lampions, die Gesichter malten auf dem schwarzen Teich. Es war ein scheuer Kuß, der sich entwickelte und zu Riesengröße wuchs und musikalisch begleitet wurde wie auf der Kinoleinwand. Jali schmeckte nach Kakao und Tabak und Mandarine. Ihre Haut roch nach geschältem Holz.

Draußen auf den Straßen, durch die sie schweigend gingen, war der Schnee überfroren. Weihnachtslieder wurden gesungen hinter den Fenstern. Frau Parusel war zu sehen, wie sie allein vor einem kleinen Weihnachtsbaum saß, auf dem als einziger Schmuck ein Papiermascheevogel saß. Ihr Sohn war im Krieg gefallen, und Kurt Lenz hatte erzählt, daß die Parusel glaubte, seine Seele wohne jetzt in einem Vögelchen.

»Was Kurz wohl heut macht?« sagte Jali, als sie Freddy aus dem schneebedeckten Dschungel holten. »Bestimmt ißt er Austern und trinkt Champagner in Amerika. Er hat Lebensart.«

Ja ja, dachte K. W. Sein Zorn auf den Liebesbeschmutzer hatte sich in Rauch aufgelöst und war zu einer kleinen grauen Wolke geworden, die nur manchmal durch sein Gemüt zog. Er wünschte den Ärzten, die ihn im Sanatorium behandelten, eine glückliche Hand.

Sie freuten sich über ihre Geschenke. Jali freute sich über die Kette und die Schallplatten. K. W. freute sich über die goldene Uhr, die ein Vermögen gekostet haben mußte. Sie tranken Wein und Whisky und aßen einen Berg Lebkuchen, die Jali gebacken und extradick mit Schokolade überzogen hatte. Es war abgemacht, daß K. W. kurz in die Kneipe schauen würde, wo eine kleine Weihnachtsfeier für die Einsamen unter den Volksgenossen stattfand. Danach wollten Jali und er einen Spezialauflauf essen und die Schallplatten hören. Sie machte sich in der Küche zu schaffen. Leise ging er die Treppe hinunter und lauschte an Herrn Wittigs Tür. Wenigstens Weihnachten mußte er doch Geräusche hervorbringen, Licht brannte jedenfalls. Er konnte nichts hören. Dieser Wittig. Konnte es sein, daß er gar kein Mantel war, sondern das Gegenteil, ein von der Polizei Gesuchter, ein Mörder, ein Volksfeind, ein noch schlimmerer Abartiger als Kurt Lenz?

In der Kneipe feierten die Einsamen und tranken auf die Grausamkeit des Schicksals, dem sie jeden neuen Tag die Stirn bieten wollten. K. W. schämte sich insgeheim, daß er Liebe im Überfluß hatte. Die nahe, oft zu nahe Liebe – und die ferne. Er gab eine Runde nach der anderen aus. Die Volksfreunde starrten neidvoll auf seine goldene Uhr. K. W. erzählte ihnen, wie schwer er hatte arbeiten müssen an seinem Charakter und kämpfen müssen mit dem Schicksal, um diese Uhr zu erlangen. Auch er war ein Einsamer, Ausgestoßener gewesen. Aber vor dem Morgengrauen war die Nacht immer am dunkelsten. Die Volksfreunde hingen an seinen Lippen, und er redete sich in einen Rausch. Sein Leben zog an ihm vorüber, die Demütigungen, der Verrat, die Ablehnung, das Verlassensein, die Musikstunden. Jeder Mensch, schloß er, verfügte über geheime Kräfte. Er hob sein Bierglas mit der linken und sein Schnapsglas mit der rechten Hand und prostete ein dreifaches Hurra auf Herrn Koebke vom Institut, den besten Menschenkenner und Lehrer der Stadt, des Landes, der Welt. Beschwingt taumelte er zur Bachstraße 14.

Dort lag Jali wie tot auf dem Küchenfußboden. Die Backofentür stand offen. Es roch nach Gas. K. W. schloß den Backofen und untersuchte die Gashähne. Sie waren alle geschlossen. Er schnupperte an der Gasleitung. Sie schien dicht zu sein. Er schnupperte an der schwer atmenden bewußtlosen Jali. Sie war stinkbesoffen. Wie konnte sie sich nur so gehen lassen, und zu Weihnachten? Er fand eine leere Whiskyflasche im Wohnzimmer. Er ging zurück in die Küche. Jetzt erst bemerkte er, daß Jali anders aussah als sonst.

Er schleppte sie ins Schlafzimmer. Was hast du getan, Jali, wie konntest du das mir und dir antun? Sie schlug die Augen auf und schloß sie wieder. Sie sah aus wie ein kleines Mädchen. Ihre wilden Locken waren nicht mehr. Sie hatte ihre Haare abgeschnitten. Sie sah aus wie ein kleiner Junge mit dem Gesicht eines Mädchens. Statt der schwarzen Schlangen kräuselten sich eng an ihrem Kopf kurze schwarze Würmchen. Es war ein beklagenswerter Anblick.

K. W. ging ins Wohnzimmer, um nachzuschauen, wieviel sie wirklich getrunken hatte. Wie lange war er fort gewesen? Nur vier Stunden. Auf dem Schreibtisch rollte eine angebrochene zweite Whiskyflasche, zur Hälfte geleert. Sollte er einen Arzt rufen? Jali konnte eine Menge vertragen, sie war an Whisky gewöhnt. Aber eineinhalb Flaschen, war das nicht zuviel für eine Frau, für ein Mädchen, für ein Kind? Er untersuchte sie, hob ihre Augenlider an, fühlte ihren Puls. Er wußte nicht, wie man einen Puls zählte, hoffte jedoch auf Lebenszeichen. Sie schien nicht in Lebensgefahr zu schweben, sie schwebte wie die schlimmste Schnapsdrossel und lallte jetzt unverständliches Zeug. Er legte seinen Mund an ihr Ohr. »Geschenk«, vernahm er. »Mein Geschenk.« Er zeigte ihr die goldene Uhr. »Hier ist dein Geschenk. Ich habe es nicht verloren.« Sie schüttelte langsam den Kopf, sie sabberte. Dann übergab sie sich in seinen Schoß. K. W. hielt ihre Stirn. Er redete beruhigend auf sie ein. Sie rollte zur Seite und zog ihre Knie an ihre Brust und wimmerte.

K. W. rannte ins Bad, um seine Hose zu säubern und feuchte Tücher für Jali zu holen. Im Waschbecken stand eine hohe braune Tüte, auf die sie etwas gekrakelt hatte. Er las:

Mein Geschenk

Er öffnete die Tüte. Ihre Haare waren darin. Sie dufteten noch nach ihrem Haarwaschmittel, in das sie ihren Schopf heute früh »für Weihnachten« getunkt hatte. Er griff in ihre toten Haare und steckte ein paar Locken geistesabwesend in seine Hosentasche und brachte die Tüte ins Wohnzimmer und versteckte sie in der Kommode unter seinen fünf Hemden. Später würde er ein besseres Versteck finden. Auf dem Gabentisch war die einzige Kerze, die sie angezündet hatten, heruntergebrannt. Das zerlaufene Wachs bildete ein seltsames Gesicht auf dem Teller, mit dem Docht als Mund, dessen winzige Winkel hochgezogen waren zu einem Lachen oder Lächeln und Jalis Daumenabdrücken als Augen. Es war ein Gesicht zum Fürchten, entstanden aus einer harmlosen Kerze.

Der Brief von Maurice lag daneben, der Umschlag war geöffnet. K. W. zögerte nicht lange. So weit wie Jali heute nacht gegangen war, konnte er allemal gehen, indem er ihre dumme Post las. Ein Papier fiel auf den Boden. Er hob es auf. Es war ein Scheck, ausgestellt auf den Namen Jael Glickstein Salvo-Sainz, über den Betrag von zehntausend Reichsmark. Es war ein Vermögen.

Bis in die Zehenspitzen zitternd las K. W. den Brief.

Liebe Jael –
mit großer Sorge höre ich von B., daß die Lage sich wohl drastisch zuspitzt.
Leider konnte ich zum verabredeten Treffen nicht pünktlich erscheinen; ein Gespräch mit dem Geheimrat zog sich in die Länge. Als ich kam, warst Du schon gegangen. Vielen Dank für Deinen Gruß. Ja, ich werde den Sinn Deiner wundervollen Photos eines Tages »schauen«, da bin ich mir ganz sicher. Sie inspirieren mich immer wieder. Sie sind zu schade für alle Zeitungen der Welt.
Du sollst wissen, daß ich Deine Entscheidung gegen Palästina und für K. W. akzeptiere und respektiere. Ich begreife nicht ganz seinen Hintergrund (Deutsch-Ostafrika), bin jedoch beeindruckt, ja betroffen von dem Berge versetzenden Glauben, den Du in ihn setzt.
Aber glaube mir, daß Ihr beide jetzt buchstäblich Berge versetzen, will sagen dieses Land verlassen müßt. B. meint, daß die spanische Angelegenheit nur der Anfang sei.

Du mußt K. W. von der Lebensnotwendigkeit Eurer sofortigen Emigration überzeugen. Wenn er nicht nach Afrika will – es gibt immer noch Amerika. Mit ein wenig Glück könnte ich Bürgen besorgen.
Ich verstehe, daß Du ihn nicht drängen willst, um, wie Du sagtest, Eure Liebe nicht zu gefährden. Aber ein zu langes Zögern gefährdet Dein Leben, Jael. Du wirfst mir Deutschenhaß (also Selbsthaß) vor und hoffst immer noch, daß die Tatsache, daß Du eine Halbjüdin bist, Dein Bleiben und Arbeiten in diesem Land ermöglichen wird. Ich appelliere an Deinen glasklaren Verstand und vor allem an Deine Augen, die soviel Wahrheit sehen. In diesem Land ist nichts Halbes mehr möglich.
Bitte nimm den Scheck. Wir haben oft darüber gesprochen. Vergiß unseren lächerlichen Streit, für den ich mich heute noch schäme. Nein, ich wollte Dich nie »kaufen«.
Der heute mehr denn je mißverstandene und mißgedeutete Nietzsche postulierte die »Fernstenliebe«. Obwohl ich ihn damit leicht verfälsche – *so* darf ich Dich doch lieben? Aus unüberbrückbarer Ferne, Dich sicher und glücklich wissend auf einem anderen Kontinent.
Ich werde immer zu Dir stehen wie an jenem Abend, als wir im Zoo zusammen aßen und Du mich verzaubertest. Mit einem Mal war mir der Kopf nicht mehr so schwer, und ich erinnerte mich daran, wie jung ich noch bin. Wie unbeschwert Du in mein Tonaufnahmegerät gesprochen hast!
Ich werde an Dich denken, überall.
Dein Maurice

P. S.: G. höchstpersönlich erwähnte bei einem Dinner in den Zoofestsälen im Zusammenhang mit einer anfallartigen Tirade gegen die »Weiblinge« unter den ihm unterstehenden Künstlern Deinen Freund und Nachbarn K. L. Es ist in gewissen Kreisen ein offenes Geheimnis, daß der arme K. L. auf entsetzliche Art und Weise zu Tode gebracht wurde.

*

»... NUR WER DIE NATUR SCHÜTZT IN EINER ZEIT, DA WELTWEIT RAUBBAU AN UNSEREN NATÜRLICHEN RESSOURCEN BETRIEBEN WIRD, WIRD VOR DER GESCHICHTE BESTEHEN. UND HIER SCHLIESST SICH DER KREIS HIN ZUM ZOO, IN DEM SIE, HOCHVEREHRTER HERR DIREKTOR, IHRE SCHÜTZENDE UND FÖRDERNDE HAND ÜBER TIER UND TIERPFLEGER GLEICHERMASSEN HALTEN. DIE LEISTUNGEN DES MANNES, DEN WIR HEUTE EHREN, BEDÜRFEN VON REGIERUNGSSEITE KEINES KOMMENTARS. MEIN VORREDNER, DER VEREHRTE VORSITZENDE DER DEUTSCHEN ZOOLOGISCHEN GESELLSCHAFT, HAT DIE REIN FACHLICHEN VERDIENSTE KARL-WALTHER KADAMECKIS KUNDIG GESCHILDERT, INDEM ER BESONDERS AUF DIE ...«

»Kadamecki sieht irgendwie bedripst aus.«

»Ich wette, er säuft wieder.«

»Er sieht aus wie ein Schwein vor der Schlachtbank.«

»Sie sollten Pflegern keine Orden verleihen. Damit werden diese Leute psychisch nicht fertig.«

»Interessantes Thema für einen Essay. Der preisgekrönte Pfleger. Die Stabilität der Labilität bezogen auf Leute mit einem Halbwissen in Biologie.«

»Oder mit einem Halbwissen in Ethologie.«

»Nicht auszudenken.«

»Ich wette, er wird wieder saufen.«

»Nein, er wird Obertierinspektor. Frl. Friederike hat so etwas angedeutet ...«

»Vielleicht wird er stellvertretender Direktor. Dann können wir ihn beraten als seine *Berater*.«

»Nicht so laut. Der Direktor sendet Warnblicke.«

Es ist nicht viel Größe versammelt in diesem Saal, dachte der Direktor. Das Leben der meisten Menschen, besonders derjenigen, die sich für intelligent halten oder denen der STAAT sich nicht entblödet, Intelligenz zu bescheinigen, ist blinde Vorwärtsmechanik. Wenn ich meinen Assistentenhaufen anschaue, graust es mir vor der Zukunft des Planeten. Ihre Gedanken vermehren sich wie die Kaninchen. Sie glauben, es seien neue Gedanken, aber sie sind unfähig zu neuen Gedanken. Neue Gedanken und neue Nachttierhäuser entstehen nur, wenn man den Mut hat, immer wieder und mit Inbrunst und mit Wollust dieselben Fehler zu machen. Man muß seine Fehler, seine Ur-Fehler und Ur-Ur-Fehler, mit leichten Variationen, wiederholen und wiederholen, wie die Evolution selbst, deren bestgehütetes Geheimnis gerade darin besteht, daß sie saudumm ist. Dann entsteht, mit etwas Glück, oder FORTUNE, wie Maurice sagen würde, vielleicht etwas Neues. Das weiß dieser neunmalkluge moderne Haufen natürlich nicht. Wie sie schon dasitzen in ihren karierten Sakkos mit den vier Kugelschreibern in der Ziertuchtasche. Die Zoohure trägt sogar ein Kleid und schlägt ihre säulenartigen Beine übereinander. Und neben mir labert der STAAT in Gestalt dieses armseligen Frühstücksbeamten Dr. Abraham. Das Abendland geht in mir unter, wenn ich ihm noch länger zuhören muß. Er ist ebenso krank wie das Gebilde, für das er sich verdingt, das die Anämie erfunden hat wie Robert Koch die Tuberkulose. Auch er glaubt und erstrebt, sich immer weiter blind nach vorwärts verbessern zu müssen, anstatt ordentlich seine Fehler zu wiederholen, bis mit etwas Glück vielleicht etwas Neues entsteht, ein Bienenstaat zum Beispiel mit ein paar hundert taubstummen Königinnen, die wir nach alter Väter Art straffrei meucheln dürfen. Und mein zukünftiger Obertierinspektor, der Geehrte des Tages, blinzelt dumm hinter seiner Brille und weiß nicht, wie ihm geschieht. Aber wenigstens er hat eine gewisse Begabung zur Wiederholung. Das Tier ist nicht mehr fern bei ihm, es scheint schon durch mit Hauern und Drang und Verlangen nach Raum. Vielleicht werde ich ihn eines

Tages erschießen müssen. Und die Jugend ist vertreten in Gestalt des Würstchenverkäufers, der das exorbitant teure warme und kalte Buffet bewacht und sich die Mütze eines Kochs aufgesetzt und weiße Hosen angezogen hat. Blinde Vorwärtsmechanik auch bei der verkleidungssüchtigen Jugend, der vielbesungenen, allesamt wundervolle potentielle Wiederholungskönner, aber vom STAAT und seinen »Pädagogen« unrettbar infiziert.

»... DES BEISPIELHAFTEN EINSATZES FÜR DAS MITGESCHÖPF, DEN KARGO, DER SCHON DAMALS EIN ÄUSSERST BEDROHTER VERTRETER DER GATTUNG VOGEL WAR. SO IST DAS MITGESCHÖPFLICHE SINNEN KADAMECKIS STETS MOTOR SEINES FACHLICHEN TRACHTENS GEWESEN. NACH DER KURZEN VERLEIHUNGSZEREMONIE WIRD MEINE NACHREDNERIN, WERDEN SIE, LIEBE VEREHRTE FRAU ZONDEK-RUDDY, DIE EIGENTLICHE LAUDATIO HALTEN, DIE DEN MENSCHEN KARL-WALTHER KADAMECKI IN DEN MITTELPUNKT STELLT. LASSEN SIE MICH AN DIESER STELLE, LIEBE VEREHRTE FRAU ZONDEK-RUDDY, MEINEN TIEF EMPFUNDENEN GANZ PERSÖNLICHEN DANK UND DEN DANK DES BUNDESPRÄSIDENTEN DAFÜR AUSSPRECHEN, DASS SIE NACH JAHR UND TAG DIE BESCHWERLICHE REISE AUF SICH GENOMMEN HABEN, UM IN DEN ZOO UND DAS LAND IHRER KINDHEIT ZURÜCKZUKEHREN, EIN LAND, IN DESSEN NAMEN IHNEN UND ANDEREN UNSÄGLICHES LEID ZUGEFÜGT WURDE. AUCH SIE ALS NICHT-ZOOLOGE HABEN DAMIT MITGESCHÖPFLICHES DENKEN UND HANDELN BEWIESEN.«

»Ist das üblich, Musik?«

»Keine Ahnung. Der Professor soll das Festprogramm arrangiert haben. Er kennt sich da aus. Hat alle Ehrungen erhalten, die's überhaupt gibt.«

»Bis auf den Nobelpreis.«

»Schafft er noch. Locker.«

»Er ist der einzige, der keine Krawatte trägt.«

»Aber sein Peru-Pullover war sicher auch nicht billig.«

»Ist das üblich, atonale Musik?«

»Das ist gar keine Musik. Das sind Vogelstimmen.«

»Wie originell.«

»Hast du gehört? Eben war da auch ein Fauchen dazwischen.«

»Nein, es war ein Zischen.«

»Eher ein Pfeifen.«

»Nein, ein Zischen. Und ein Fauchen.«

Der Direktor lehnte sich weit zurück. Dr. Abraham stank bestialisch. Es mußte ein Parfum sein, aber es stieg dem Direktor in die Nase wie eine Wolke aus Millionen zerstampfter Katzenafterdrüsen. Kein Wunder, daß sich vorhin bei der kurzen Zooführung das Bongo wie toll aufgeführt hatte vor dem Popanz. Den Regierungsdirektor hatte das Verhalten des Tieres amüsiert. Mit weit ausholenden Gesten war er neben dem Direktor durch den Garten gegangen. »Und was haben die anderen verbrochen?« hatte er gesagt, gutgelaunt auf die Tiere in der Runde zeigend. Sollte er vor sich hinwitzeln wie weiland Davidobski, der Direktor hatte den Regierungszuschuß für das Neue Nachttierhaus in der Tasche. Davidobski war in eine Klinik eingeliefert worden. Er hatte bis zum Schluß frech behauptet, nicht Davidobski zu sein, sondern ein arbeitsloser Schauspieler namens Willy Klein. Angeblich hatte ihn der Professor dafür bezahlt, eine Woche beim Direktor zu wohnen und »Davidobski zu spielen«. Eine besonders dumme Ausrede. Maurice therapierte allein, er brauchte keine Handlanger. Davidobski hatte es dem Direktor mit Brief und Siegel gegeben: Er, Theodor Davidobski, habe sich ungut benommen gegen den Direktor, als der Direktor ein Kind war. Er, Theodor Davidobski, schulde dem Direktor des Direktors Stimme. Danach hatte er den nichtsnutzigen, ziemlich erschöpften Alten in eine Klinik einweisen lassen. Die Freilandtierstimmen dauerten eine Ewigkeit. Der Direktor lauschte kurz hinein. Lemuren. Südöstliches Afrika, Madagaskar wahrscheinlich. Er hatte ein solides Streichquartett von Brahms vorgeschlagen, etwas ohne Gesang jedenfalls, aber nein, Maurice mußte die Versammlung mit Lemurenschreien und Froschgequake traktieren. Aber immer noch besser als Gesang oder Juniors Saxophonspiel. Der Direktor wußte seinen Sohn bestens aufgehoben bei der Gnu-Sonderschicht. Für die Dauer der Feierstunde versahen in fast allen Revieren die Tierpflegeranwärter den Dienst. Die Revierchefs und gestandenen Pfleger sollten ihrem alten Kumpan Papageno huldigen, seine Auszeichnung sollte ihnen Ansporn sein. Junior war also allein verantwortlich für die Gnus und würde nicht noch einmal, wie beim Pfingstkonzert, plötzlich auftauchen und die Versammlung stören und betören. Er dachte an Juniors Brief. Wohl weil sie vorgab, eine Frau zu sein und Junior ihr törichterweise deshalb vertraute, hatte er sich zwecks Beförderung seines Jammerbriefes an Adler ausgerechnet an Frl. Friederike gewandt. Konnte sein spezialbegabter Sohn nicht eins und eins zusammenzählen? Es war doch wohl klar, daß die Sekretärin des Direktors keine Geheimnisse vor dem Direktor hatte. Der Direktor würde Adler den Brief bringen, wenn er im tiefen Winter, wenn der Boden hart war, vielleicht nach Afrika reiste. Er würde es nicht zulassen, daß sein eigen Fleisch und Blut vor den Massen Musik machte. Er würde ihm diese QUAL ersparen. Man sah ja, wohin die Musik sogar einen Theodor Davidobski gebracht hatte. Adler würde ihn unterstützen, sobald er ihrer habhaft geworden war. Sollte sie noch ein bißchen durch Afrika irren und darauf warten, daß er sie holte. Es gab Wichtigeres in dieser Zeit als das Durcheinanderspiel von Mann und Frau. Er sah den Obervermessungsingenieur im Publikum, einen jungen Dachs namens Avemann. Avemanns offizieller Auftritt im Zoo hatte keine drei Minuten gedauert. Man war unter der Kolumbus-Eiche zusammengekommen wie zu einem politischen Gipfeltreffen. Natürlich hatte der Direktor zuvor mit dem Souverän telefoniert. Avemann, der junge Wichtsack, wiederkäute ein Kaugummi. Er besaß ein elektronisches Gerät von der Größe eines Stücks Seife, auf dem er per Tastendruck eine winzige Grafik aufleuchten ließ. Er spuckte seinen Kaugummi aus und sagte »Okay«. Die Erdarbeiten für das Neue Nachttierhaus waren im Gange, die Wochenparole lautete »FIEBERHAFT«. Für die Entscheidungsschlacht mit dem Spätherbst und dem Winter plante Conte Condoli »WINTER I« sowie II und III. Noch war die Erde hinlänglich leicht, und die Erdarbeiter kamen gut voran. Sie stammten aus aller Herren Länder und beschmutzten die Anlagen und sprachen Kauderwelsch, waren aber kostengünstig. Der Direktor inspizierte das riesige Ausschachtungsareal jede volle Stunde.

»ICH DARF ANNEHMEN, DASS DIE AMÜSANTE BESCHALLUNG DAMIT BEENDET IST ...? JA? MEINE DAMEN UND HERREN, ICH NEHME JETZT DIE VERLEIHUNG DES BUNDESVERDIENSTKREUZES ERSTER KLASSE DER BUNDESREPUBLIK DEUTSCHLAND AN HERRN KARL-WALTHER KADAMECKI VOR. HERR KADAMECKI, WOLLEN SIE BITTE VORTRETEN ... DAS BUNDESVERDIENSTKREUZ ERSTER KLASSE DER BUNDESREPUBLIK DEUTSCHLAND AN HERRN KARL-WALTHER KADAMECKI, DEN AUFOPFERNDEN UND VORBILDLICHEN TIERPFLEGER, DEN TATKRÄFTIGEN HELFER BEIM WIEDERAUFBAU DES ZOOS IN SCHWERER ZEIT, DEN COURAGIERTEN KÄMPFER FÜR JEDES EINZELNE TIER, DAS SEINER OBHUT ANVERTRAUT WURDE ... KARL-WALTHER KADAMECKI, SIE HABEN SICH UM DIE BUNDESREPUBLIK DEUTSCHLAND VERDIENT GEMACHT.«

Erstaunlich, wie beliebt der alte Suffkopp immer noch ist bei den Leuten und der Belegschaft, dachte der Direktor, als der donnernde Applaus einsetzte. Erst jetzt bemerkte er, daß Pressephotographen und ein Fernsehteam vor dem Podium ihr Unwesen trieben. Der Direktor hatte die Presse nicht eingeladen. In Bälde würde er selbst vor die Kameras treten und die gigantischen Pläne für das Neue Nachttierhaus in allen Einzelheiten präsentieren. Er wollte keine Wiederbelebung der Kagu-Legende. Wer hatte die Medien hereingelassen?

Der Applaus donnerte weiter, die Leute erhoben sich von den Sitzen. Der Direktor stand auf und ließ sich mit Kadamecki photographieren. Papageno war völlig durchgeschwitzt und schien unter akuter Atemnot zu leiden.

»Reiß dich zusammen, Mensch!« flüsterte der Direktor im Blitzlichtgewitter. Er beruhigte das Publikum, indem er ans Mikrophon trat und sich räusperte.

»MEINE DAMEN UND HERREN, DIE LAUDATIO HÄLT EINE BEDEUTENDE GÖNNERIN UND FREUNDIN DES ZOOS, DER WIR UND BESONDERS ICH VIEL ZU VERDANKEN HABEN. ICH BIN SICHER, DASS UNSER GUTER PAPAGENO, DEN WIR HIER UNTER DEM NAMEN KADAMECKI JA KAUM KENNEN, NICHT WAHR, EINVERSTANDEN SEIN WIRD, WENN ICH BEHAUPTE, DASS EIN KLEINER TEIL DER EHRUNG, DIE ER SOEBEN ERFAHREN HAT, AUCH DIESER FRAU ZUKOMMT. ICH REGE AN, DASS MAN IHR EINE MINIATURNACHBILDUNG DES AN PAPAGENO VERLIEHENEN ORDENS ALS ERINNERUNGSSTÜCK FERTIGEN LÄSST UND NACH FORT LAUDERDALE SCHICKT, VON WO SIE HEUTE ZU UNS GEKOMMEN IST. BITTE, HOCHVEREHRTE GNÄDIGE FRAU ZONDEK-RUDDY, UNSERE AUFMERKSAMKEIT UND UNSERE HERZEN GEHÖREN IHNEN …«

Der Direktor war mit drei Schritten bei seinem Stuhl und setzte sich und seufzte. Noch immer belagerten die Pressephotographen das Podium. Er hoffte, daß sie gut im Retuschieren waren. Es gab Photos von der Zondek-Ruddy vor ihrem Anwesen in Fort Lauderdale, aber kein Photo konnte einen auf die Ausgeburt an Häßlichkeit vorbereiten, die jetzt zum Rednerpult wankte und unter ihrer schief sitzenden blonden Kräuselhaarperücke harpyiengleich ins Publikum äugte. Ihr syphilitisch zerfressenes Gesicht verzog sich zu einer haßerfüllten Grimasse, aber in ihrer Stimme klang ein Lächeln. Die Natur beliebte zu scherzen. Das Gleichgewicht war hergestellt.

»LIEBE FREUNDE, ES IST LANGE HER ... SO LANGE HER ... HÖRST DU MICH, PAULCHEN? ... UND MEINE AUGEN FÜLLEN SICH MIT TRÄNEN UND ICH BIN NUR EIN PAAR STUNDEN IN MEINER HEIMATSTADT UND *ALL I DO IS TO SAY HELLO TO THE NAMES OF STREETS THAT HAVE CHANGED SO MUCH* ... KAISER-WILHELM-STRASSE, KÖNIGIN-LUISE-STRASSE, BISMARCKSTRASSE, GOETHESTRASSE, SCHILLERSTRASSE, BEETHOVENSTRASSE, KANTSTRASSE, HINDENBURGSTRASSE, AUGUSTE-VICTORIA-STRASSE, PAPPELALLEE, KASTANIENALLEE, LINDENALLEE, FICHTENSTRASSE, BIRKENWEG, EICHENALLEE, EBERESCHENWEG ...«

»Ist die alte Fregatte wirklich so reich?«

»Noch reicher.«

»Vielleicht vergibt sie auch Privatstipendien.«

»Mach dir keine Hoffnungen. Sie steht ausschließlich auf den Direktor.«

»Armer Direktor. Sie sieht aus wie eine Kreuzung aus Iwan dem Schrecklichen und Jochen Wirkus.«

»Wirkus ist vor einer Stunde abgeholt worden.«

»Kein Scherz?«

»Kadamecki hat die Aktion geleitet. Dieser Amateurpsychiater Strauß hat's mir erzählt.«

»Dann hat er das Bundesverdienstkreuz verdient.«

»Ich wußte gar nicht, wie viele Baumsorten es gibt.«

»Nein, jetzt ist sie beim Obst angekommen.«

»Sie sieht aus wie Rasputin auf der Flucht.«

»Sie sieht aus wie das Resultat eines genetischen Experiments aus der Frühzeit. Mendel. Eine deformierte Riesenerbse.«

»So stelle ich mir Frettich vor.«

»Frettich soll ausgesehen haben wie eine Pflaume.«

»Frl. Friederike ist schon hinten am Buffet zugange.«

»Es gab auch Massenmorde.«

»Das sind erstens alte Kamellen und zweitens liegt es in der Natur. Aggression, Flucht, Sexualität.«

»Habt ihr gesehen? Matthes trägt ein *Kleid*.«

»Sieht aus, als habe sie geweint.«

»Gefühle zeigen ist wieder angesagt.«

»Ich habe ihr die Sydney-Nummer nie recht geglaubt. Alles nur Angabe. Von wegen Loring.«

»Loring hat mit ihr telefoniert. Ich war selbst dabei.«

»Aber sie sitzt immer noch hier.«

»Und weint.«

»Loring ist schwul.«

»Attila der Hunne. Oder Dschingis Khan.«

»Alle Kriege der letzten hundert Jahre haben nicht so viele Todesopfer gefordert wie das Rauchen im gleichen Zeitraum.«

»Ihre Möpse sind gewaltig. Der Professor soll einen Gipsabdruck von ihnen gemacht haben.«

»Wie kommst du darauf?«

»Weil er Gips im Wirtschaftshof bestellt hat. Keiner weiß wofür.«

»Der Professor ist entfleucht, als die Photographen kamen.«

»Milliardäre lassen sich nicht gern photographieren.«

»Habt ihr gesehen? Er fährt neben seinem Fiat neuerdings einen Maserati.«

»Kennt ihr nicht seinen lachsfarbenen Bentley?«

»Jetzt treibt sich auch Dr. Daniels schon am Buffet herum.«

»Er soll Matthes einen Handkuß gegeben haben.«

»Nein, es war ein Schuhkuß.«

»… UND DAS KLEINE GÄSSL, DAS ES NICHT MEHR GIBT UND DAS HOCH-KIRSCHGÄSSL HIESS. LIEBE FREUNDE, VERZEIHT MIR. ICH BIN JA HIER, UM EINEN GROSSEN MANN ZU EHREN, DEM ICH ERST VOR EINER HALBEN STUNDE ZUM ERSTEN MAL PERSÖNLICH DIE HAND SCHÜTTELN DURFTE. ES IST EINE DERBE, ABER GUTE HAND. GEWISS, ICH HABE VON IHM

GEHÖRT, WER HAT DAS NICHT? UND MEIN GUTER ALTER FREUND, DER HERR DIREKTOR, SCHICKTE MIR ZEITUNGSARTIKEL UND EINEN LEBENSLAUF. KARL-WALTHER KADAMECKI WURDE DIE TIERLIEBE BUCHSTÄBLICH IN DIE WIEGE GELEGT, DENN ER WUCHS IN AFRIKA AUF. FREUNDE UND WEGGEFÄHRTEN AUS DIESER ZEIT WISSEN ZU BERICHTEN, DASS ER BEREITS ALS SIEBENJÄHRIGER ARME FLÜGELLAHME ODER VON EINGEBORENEN GESTEINIGTE VÖGEL IM HAUSE SEINER FAMILIE BEHERBERGTE UND GESUNDPFLEGTE. UND DAS ZEIGT AUFS NEUE, WAS ICH AUF MEINEN LANGEN WEGEN UND REISEN IMMER WIEDER BESTÄTIGT FAND, DASS NÄMLICH WIR DEUTSCHE ALS EINZIGE AUF DER WELT EINE ANSTÄNDIGE EINSTELLUNG ZUM TIER HABEN. DANN ZOG ES UNSEREN PAPAGENO, WIE ICH IHN NUN AUCH NENNEN DARF, IN DIE WEITE WELT HINAUS. UND WIE DER MÜDE ALTE *MARINER* FAND ER SEINEN HAFEN. ER FAND IHN IN DIESEM ZOO …«

»Der müde alte wer?«

»Ich wette, er ist sturzbesoffen. Er sieht aus, als würde er jeden Augenblick zusammenklappen.«

»Ist Kadamecki wirklich als erstem die Aufzucht des Schrei-Seeadlers gelungen?«

»Alte Kamellen.«

»Conte Condoli stopft eine Riesenscheibe Hinterschinken in sich hinein, der Fettwanst.«

»Ist er schon im GVP?«

»Nein, er ist die Geheimwaffe.«

»Schlau vom Direktor.«

»Frettich war besser. Obwohl wir ihn nie gesehen haben.«

»Die Zeiten ändern sich.«

»Frettich hätte Conte mit zwei Sätzen auseinandergenommen.«

»Er hätte Ping-Pong mit ihm gespielt. Einundzwanzig zu Null.«

»Hat Kadamecki den Kappengeierkäfig wirklich selbst gebaut?«

»Die Alte behauptet es jedenfalls.«

»Die Rede ist ihr vom Direktor untergejubelt worden.«

»Tatsache ist, daß er Schiefhals das Sprechen beigebracht hat.«

»Genau. Das bewußte Sprechen.«

»Psst. Nicht so laut.«

»Aber Schiefhals schweigt.«

»Schweigen ist wieder angesagt.«

Der Direktor hörte der Zondek-Ruddy mit wachsendem Unbehagen zu. Immer wieder schweifte sie zurück nach Afrika. Papageno der Held der Savannen. Papageno der scharfäugige Tierbeobachter. Papageno der eigentliche Begründer der Verhaltensforschung. Er hatte ihr geschrieben: Sagen Sie, daß Kadamecki in Afrika geboren wurde, die Lokalpresse weiß es, aber sie hören es immer wieder gern. Wir sind der einzige deutsche Zoo, der einen Tierpfleger aus Afrika sein eigen nennt. Wäre der schwarze Klammeraffe nicht mit Adler durchgebrannt, ich hätte ihn zum ersten echten afrikanischen Oberassistenten gemacht. Es mußten der Blutorgien zu viele gewesen sein, daß er Adler so schnell den Laufpaß gegeben hatte. Ein begabter Junge, dieser Koffi, der Wiederholung nicht abgeneigt, aber wie alle Afrikaner zu schwatzhaft, und dann dieses fortwährende Lachen an den unpassendsten Stellen. Hinten am Buffet spielte dieser hergelaufene Engländer den Genießer und bandelte mit Conte an. Zwei alte Wärter in der Zooparadeuniform bewachten den Ehrentisch, an dem nach der Zeremonie der STAAT in Gestalt des stinkenden Abraham die engsten Mitarbeiter des Direktors zu infizieren versuchen und des Direktors Lauchcrèmesuppe, Lungenhaschee, Koteletts à la Plotzoff und Feigenmus verkosten würde. Die Zondek-Ruddy hatte Milchreis mit Zucker und Zimt bestellt, und der Direktor hatte angeordnet, daß ihrem Wunsch entsprochen werde. Jetzt faselte sie wieder von Paulchen. Der gesamte Westtrakt des Neuen Nachttierhauses sollte »für die Ewigkeit« auf einer raffiniert beleuchteten Messingplatte den Namen ihrer Jugendliebe tragen, Paul Eipper. Der Direktor verstand die Regung wohl, hatte er doch eigene Schritte für eine entsprechende

Verewigung des großen Sängers Davidobski eingeleitet. Aber sein Neues Nachttierhaus war keine Litfaßsäule für postume Privatbotschaften, und er würde die Tafel entfernen lassen, sobald die Zondek-Ruddy in die ewigen Jagdgründe eingegangen war. Sie hatte keine Nachkommen, und ihre Anwälte waren, wie alle Anwälte, käuflich. Vier einigermaßen manierlich aussehende Erdarbeiter in Lodenjakken, die noch aus der Zeit des Geheimrats stammten, bezogen Aufstellung, um am Ehrentisch zu servieren. Wann würde die alte Vettel endlich Papageno seinen Dankesspruch aufsagen lassen?

»… UND SCHLIESSLICH DER EINFÜHLSAME UMGANG MIT DEM *STAR* DES ZOOS, UNSEREM GELIEBTEN *ZOO GREETER* SCHIEFHALS, ÜBER ALLE JAHRE, BEI WIND UND WETTER, IN GUTEN WIE IN SCHLECHTEN ZEITEN, HIELT ER DEN WUNDERBAREN VETERANEN BEI GUTER GESUNDHEIT UND BEI LAUNE, SO DASS DIESES WELTWUNDER UNTER DEN VÖGELN SEIN GENIE ZUR FREUDE VON GENERATIONEN ENTFALTEN KONNTE. ALS ICH SCHIEFHALS ZUM LETZTEN MAL SAH VOR MEINER … ALS ICH IHN ZUM LETZTEN MAL SPRECHEN HÖRTE, SAGTE ER MIR EINE KLEINE LIEBESBOTSCHAFT INS OHR, DIE PAULCHEN UND ICH IHM BEIGEBRACHT HATTEN. JETZT SINGT ER, WIE MAN MIR GLAUBWÜRDIG VERSICHERTE, GANZE PARTIEN AUS DEM »FIDELIO«. LIEBER PAPAGENO, SIE SEHEN ZWAR AUS WIE *FILTHY MAC NASTY*, ABER WIR LASSEN UNS VON DER ÄUSSEREN SCHALE NICHT TÄUSCHEN. SCHON IN MEINER KINDHEIT WAR DER TYPISCHE TIERPFLEGER EIN RAUHER BURSCHE, BEKANNT FÜR SEINE DERBE SPRACHE UND SEIN GUTES HERZ. DER HERR VON DER REGIERUNG SAGTE VORHIN, DASS DER KREIS SICH IMMER ZUM ZOO SCHLIESSE. WIE RECHT ER HAT! UND VOR ALLEM DEN JUNGEN MENSCHEN UNTER IHNEN MÖCHTE ICH DAHER NACH EINEM LANGEN BEWEGTEN … LEBEN ZURUFEN: GEHT IN DEN ZOO! ER HAT SEINESGLEICHEN NICHT! UND AUCH FÜR UNS, PAUL-

CHEN, SCHLIESST SICH DER KREIS. ES IST ZWAR, WIE MIR DER DIREKTOR BEDEUTET HAT, NOCH GEHEIME KOMMANDOSACHE, SOVIEL DARF ICH ABER SAGEN: DIE SCHÖNHEIT STIRBT, JEDOCH DIE SCHÖNHEIT LEBT FORT. JEDER, DER GELIEBT HAT, WIRD MICH VERSTEHEN. DU HAST MICH WIEDER, GELIEBTER, AN DEM ORT, DER NUR UNS GEHÖRTE. ICH WERDE GEHEN, ABER DU WIRST FÜR IMMER HIER BLEIBEN UND NOCH IN JAHRHUNDERTEN VON UNSERER LIEBE KÜNDEN ...«

Dr. Abraham führte die schluchzende Zondek-Ruddy vom Podium. Der Direktor streckte seine Hand aus und berührte sanft den Ärmel ihres schauderhaft smaragdenen Kostüms, als sie vorbeiging. Papageno trat, wie es der Direktor ihm befohlen hatte, ans Rednerpult. Die Photographen bildeten einen dichten Pulk vor dem Podium. Das Fernsehteam ließ einen zusätzlichen Scheinwerfer aufflammen. Papageno wischte sich den Schweiß vom Gesicht. Zum Glück war er nüchtern. In seinem schwarzen, viel zu engen Anzug wirkte er wieder wie ein Schulbub, der vor seiner Klasse ein Gedicht aufsagen sollte. Der Direktor verdrehte die Augen. Papageno zog seinen kleinen Zettel aus der Tasche.

»ICH DANKE FÜR DIE EHRUNG, DIE MIR ZUTEIL WURDE. ICH MÖCHTE KEINE LANGEN WORTE MACHEN. ES IST ALLES GESCHEHEN ... ICH MEINE, ES IST ALLES GESAGT. ZUM SCHLUSS MEINER AUSFÜHRUNGEN MÖCHTE ICH SAGEN, DASS DER GRIECHE PLATO WUSSTE, DASS MAN, WENN MAN SICH NUR AN EINES WIEDERERINNERT, WAS DIE LEUTE DANN LERNEN NENNEN, MAN AUCH ALLES ANDERE WIEDERFINDET, WENN MAN NUR DEN MUT NICHT VERLIERT UND DIE MÜHE NICHT SCHEUT.«

Das Gespräch am Ehrentisch kreiste kurz um Tiere, dann um das Hühnerei, dessen Frische und Geschmack nachließ, dann um Äpfel, denen dasselbe Schicksal drohte, dann um die Demokratie, dann um die Auslegung eines englischen Witzes, den Dr. Daniels erzählte, dann um Urlaubsreisen unter extremen Bedingungen, wie Dr. Abraham sie zur Herausforderung seiner selbst unternommen hatte. Der Direktor ließ es kreisen. Gedankenlos schaufelten sie sein Essen in sich hinein, als gäbe es so etwas Gutes alle Tage. Dr. Abraham hatte es auf die Zondek-Ruddy abgesehen, und der Direktor verfolgte seine Annäherungsversuche mit Argwohn. Er würde sich das Zondek-Ruddy-Vermögen nicht in letzter Sekunde vom STAAT abjagen lassen, darauf konnte der labernde Regierungsrat Gift nehmen. Dr. Abraham beschwor die enormen Leistungen der deutschen Demokratie und wiederholte wie ein aufgezogener Plüschteddy: »Wir leben schließlich in einer Demokratie.« Der Direktor erinnerte sich an eine glänzende Bemerkung des abwesenden Maurice und gab sie zum besten.

»Es mag wohl wahr sein, lieber Dr. Abraham, daß Sie in einer Demokratie leben. Aber die meiste Zeit verbringen die Menschen in einem terroristischen Kleinstaat, den man Familie nennt.«

»So spricht der Verhaltensforscher«, sagte Abraham zur Zondek-Ruddy in einem Tonfall, der Vieldeutigkeit ausdrücken sollte.

Die Zondek-Ruddy schwieg. Ihre Rede hatte sie völlig erschöpft. Mehr als das, was sie gesagt hatte, schien sie heute nicht zu sagen zu haben. Sie löffelte ihren Milchreis und überstrahlte alle mit ihrer Häßlichkeit.

»Nein«, sagte der Direktor, »so spricht mein Professor für Schmerzforschung, der nächste oder übernächste Nobelpreisträger für Medizin.«

»Wo ist der Herr Professor?« sagte Abraham. »Ich hätte ihn gern begrüßt.«

»Er hat zu arbeiten«, sagte der Direktor.

Die Zoohure, die der Direktor statt seiner allzu martialisch aussehenden und protokollarisch unlegitimierten Sekretärin als weibliche Tischverzierung neben Abraham gesetzt hatte, mischte sich ein.

»Bitte verzeihen Sie, aber auch ich habe zu arbeiten. Wäre es sehr unhöflich, wenn ich mich noch vor dem Dessert entferne?« sagte sie. Das Lungenhaschee schien ihr nicht bekommen zu sein. Sie sah aus, als müßte sie sich im nächsten Augenblick, nein SOFORT übergeben.

»Husch, husch, an die Arbeit«, sagte der Direktor. Ein Erdarbeiter zog ihren Stuhl zurück. Sie suchte das Weite. Mehr und mehr mendelte sie sich in Richtung Ewiger Wissenschaftlicher Assistent: krötig, schnippisch, grämlich, kaltblütig und knechtselig. Was fand Maurice an ihr, anders gefragt: Was hatte er mit ihr vor?

»Sagen Sie mir, lieber Papageno, wo waren Sie … im Krieg?« sagte die Zondek-Ruddy plötzlich.

Papageno, der Geehrte zur Rechten Dr. Abrahams, hatte die Gespräche schweigend verfolgt und an seinem Sektglas genippt, das noch immer halbvoll war. Niemand hatte ihn angesprochen, niemand hatte seine Gesprächsbeiträge sonderlich vermißt. Er ist der Hanswurst des Tages, dachte der Direktor, das Opfer des Tages. Irgendwelche Herrschaften, die sich für hohe Herrschaften hielten, waren übereingekommen, einem aus dem Volk das Ding umzuhängen, um zu demonstrieren, welch guten Überblick sie von ihrer vermeintlichen Höhe aus hatten. Der Direktor, der als einziger einen guten Überblick besaß, weil er das Gesetz der Wiederholung befolgte, das unabänderlicher griff als das Gesetz der Schwerkraft, die aufzuheben sich blinde Mechaniker bereits anheischig machten, würde seinen gefährlich tiernahen künftigen Obertierinspektor zwar irgendwann wie einen tollwütigen Hund erschießen müssen, aber heute tat er ihm doch leid. Wie tapfer der obstinate Kerl sich gegen die Verleihung gewehrt hatte. Er würde ihn fürstlich belohnen, Papagenos Stern würde noch einmal aufgehen und leuchten, bevor er in einem Komposthaufen in einem für die Besucher unzugänglichen Winkel des Gartens oder in einer dunklen Futterküche voller Schaben erlosch wie der jedes Tierpflegers vor ihm.

»Ich war nicht im Krieg«, sagte Papageno. »Ich war hier, im Zoo.«

»Erzählen Sie«, sagte die Zondek-Ruddy. Wie menschenfreundlich von ihr, daß sie Papageno einbeziehen wollte ins Gespräch.

»Da gibt's nicht viel zu erzählen. Herzfehler, untauglich.«

»Er rettete Schiefhals«, sagte der Direktor, »vor einer Brandbombe.«

»Dafür, lieber Papageno«, sagte die Zondek-Ruddy und stellte ihre monströse Handtasche auf den Tisch, »sollen Sie von mir belohnt werden.« Sie schrieb einen Scheck über hundert Dollar aus, starrte Papageno an, als sei er ein Exemplar aus ihrem Gespensterzoo, und hängte noch eine Null daran. Papageno protestierte. Der Direktor trat ihm unter dem Tisch auf den Fuß.

»Danke. Ich danke Ihnen«, sagte Papageno und nahm den Scheck.

»Kaufen Sie sich etwas Schönes«, sagte die Zondek-Ruddy.

»Das Schönste sind Bücher«, sagte Dr. Daniels, der seit längerer Zeit die Kundgabe eines neuen Witzes vorbereitete, jedoch noch nicht zum Zuge gekommen war.

»Wieso Bücher?« sagte Abraham. »Was soll der arme Kadamecki mit Büchern? Fahren Sie in Ihrem Urlaub nach Paris. Oder machen Sie's wie ich, fahren Sie nach Indien. Sie sehen aus, als hätten Sie die Konstitution dafür.«

»Ein Buch ist ein *Sesame* für den Menschen«, sagte Dr. Daniels.

»Oh, shut up, will ya«, sagte die Zondek-Ruddy.

»Kein Buch öffnet sich von allein«, sagte Papageno. Er trank sein Glas Sekt in einem Zug aus. »Das habe ich gelernt«, sagte er.

Die Erdarbeiter servierten das Feigenmus.

Das Gespräch kreiste jetzt um das angeblich Allerschönste überhaupt, die Kindheit. Der Direktor ließ es kreisen.

»Wackelpudding mit Vanillesoße«, sagte die Zondek-Ruddy.

»Speckerdbeeren«, sagte Abraham.

»Peppermints«, sagte Dr. Daniels.

»Und Sie, Herr Direktor?« sagte Abraham hinterlistig.

»Ich«, sagte der Direktor, »habe keine ...«

»Herr Direktor! Wirkus! Und Ihr Sohn!«

Ein alter atemloser Wärter stand ein paar Meter vom Ehrentisch entfernt. Der Direktor sagte:

»Wiederholen Sie!«

Der Wärter schüttelte den Kopf. Jemand drückte ihm ein Glas Sekt in die Hand. Der Wärter ließ das Glas fallen.

»Wirkus!«

»Wirkus ist vom Dach!«

»Wirkus hat sich in die Luft gesprengt!«

»Wirkus ist unterwegs hierher. Er wird uns alle in die Luft sprengen!«

»Ich denke, Wirkus ist abgeholt worden?«

»Wirkus hat ein Maschinengewehr!«

»Wirkus hat eine Bombe!«

»Wer ist Wirkus?« sagte Dr. Abraham.

»RUHE«, sagte der Direktor. Er winkte den Wärter zu sich. Im Saal war es still geworden. Die Mitarbeiter und Gäste und Erdarbeiter schoben sich wie eine lebende Wand zum Ehrentisch. Der Würstchenverkäufer stand hinter Dr. Abraham. Der Direktor witterte die nahende Panik, den Ausbruch der Massen, den Ausbruch der Tiere.

»Wiederholen Sie«, sagte er zu dem Wärter.

»Wirkus ist los. Und Ihr Sohn …«

»HAST DU MIR NICHT GESAGT, DIE ANGELEGENHEIT WIRKUS SEI ERLEDIGT, PAPAGENO? HAST DU MIR NICHT LEBEND ABFAHRT / LEBEND ANKUNFT GARANTIERT?«

»Ich habe ihn heruntergeholt. Die anderen haben ihn mitgenommen. Es ging ziemlich problemlos.«

»ZIEMLICH?«

»Wer ist dieser Wirkus?« sagte Dr. Abraham. »Das verlange ich jetzt zu wissen.«

Durch die Fenster sah der Direktor, wie Besucher den Weg am Raubtierhaus entlangrannten. Andere Besucher kamen ihnen schreiend entgegen.

»DANIELS! HOLEN SIE IHR BETÄUBUNGSGEWEHR. HOLEN SIE AUCH SCHARFE MUNITION. FRIEDERIKE! WO IST FRÄULEIN FRIEDERIKE?«

»Hier.«

»LASSEN SIE DEN ZOO SPERREN! KEINER DARF HEREIN! KEINER DARF HINAUS! TROMMELN SIE ALLE WÄRTER ZUSAMMEN!«

»Aber er ist völlig harmlos«, sagte Papageno. »Er hat keine Waffe. Er hat ein bißchen gekratzt und gebissen. Das war alles. Wenn dieser Dr. Strauß so blöd ist und ihn entwischen läßt …«

Der Direktor stürmte los. Er konnte nicht verhindern, daß die Versammlung ihm folgte. Dr. Abraham überspurtete ihn mit Leichtigkeit. »Wer ist Wirkus?« rief er, rückwärts vor dem Direktor tänzelnd.

»AUS DEM WEG!«

»Er ist tot! Er ist tot!« riefen die Besucher wie von Sinnen.

Eine Menschentraube drängte sich vor dem Gnu-Gehege. Das Wort »tot« erklang überall in der Runde wie eine vergessene und wiedergefundene und immer noch nicht verstandene Parole.

Jochen Wirkus lag tot in der Mitte eines Kreises aus Schaulustigen. Der Psychiater Dr. Strauß beugte sich über ihn.

»Er lebt«, sagte der Externe Dr. Strauß. »Kein Grund zur Sorge.«

Dann bemerkte der Direktor den Wall von Menschen vor dem Gnu-Gehege. »Tot«, »tot«, murmelten sie.

»Der Tod hat nichts Schreckliches, gute Frau, er ist nur eine Wiederholung der Geburt«, sagte der Direktor zu einer weinenden Zoobesucherin, als er sah, was geschehen war.

Ein Blitzlicht zuckte. Das Gnu drehte seinen Kopf. Von seinem rechten Horn hingen blutige Fleischfetzen. Das linke Horn war an der Spitze abgebrochen. Die Spitze steckte wie ein Pfahl in Juniors aufgeschlitztem Bauch und nagelte ihn an den breitstämmigen Kastanienbaum, der dicht vor dem Gehegegraben seine ersten grün verschlossenen Früchte verlor. Junior war tot und starr, aber noch sikkerte Blut aus seinem schmerzverzerrten Mund. Er trug die offizielle Dienstkleidung der Tierpflegeranwärter. Sein linker Arm hing schlaff herunter, der rechte war starr halbhoch auf den Zoo jenseits des Grabens gerichtet, als wollte er auf etwas zeigen.

»Ich verstehe es nicht«, sagte eine Stimme neben dem Direktor. Es war Conte Condoli. »Alles wegen diesem Wirkus. Er ist uns entkommen. Wir jagten ihn durch den Garten. Ihr Sohn harkte hinten im Gehege. Die Gnus waren friedlich. Als Ihr Sohn Wirkus und uns sah, wollte er Wirkus zu Hilfe kommen. Ich verstehe es nicht, ich verstehe es nicht. Es ist nicht unsere Schuld. Das Gnu nagelte ihn an den Baum, wir konnten nichts tun, es sind sechs Gnus, er starb, und wir mußten zusehen. Es ging alles so schnell. Ich verstehe es nicht. Nur wegen diesem Verrückten. Es ist nicht unsere Schuld.«

Der Direktor und das Gnu maßen einander mit einem Blick, der nicht enden wollte.

»Hat er irgend etwas gesagt, gerufen?« sagte der Direktor, ohne den Kontakt zum Gnu zu unterbrechen.

»Er rief ›Warte! Ich helf dir!‹ Oder so ähnlich. Wie konnte er nur so unbedacht handeln! Ich verstehe es nicht.«

Ein zweites Blitzlicht zuckte über die Anlage. Weitere folgten. Die Photoapparate klickten und surrten.

Im Gehege tauchten Dr. Daniels, der Revierchef und seine Tierpfleger hinter den Schutzbarrikaden auf. Dr. Daniels trat einen Schritt hervor und zielte auf das Gnu, während die Pfleger mit Stangen und Rechen die anderen Gnus in die Stallungen trieben.

»Nicht schießen«, sagte der Direktor.

»Wir müssen es töten. Es ist das Gesetz, wenn ein Tier einen Menschen …«

»ICH BIN DAS GESETZ«, sagte der Direktor. »FÜGEN SIE DEM BRUDER TIER KEIN LEID ZU, ODER ICH WERDE *SIE* ERSCHIESSEN.«

Dr. Daniels ließ das Gewehr sinken. Der Direktor und das Gnu nahmen wieder Kontakt auf. Es war vielleicht das schönste Tier, das seine Augen je gesehen hatten, je wieder sehen durften.

Neben ihm stieg ein Gestank auf. Dr. Abraham drängte sich heran und wollte etwas sagen. Der Direktor stieß ihn zur Seite.

Über den Köpfen der Menschen und Tiere setzte ein Knistern

ein. Alle außer dem Direktor hoben die Köpfe zu den Lautsprechern.

»Schiefhals«, murmelte der weinende Würstchenverkäufer. »Herr Direktor, es ist nur die Schiefhals-Durchsage.«

»Junior war und ist dein Freund«, sagte der Direktor leise, ohne seinen Blick vom Gnu zu wenden, das ihm eine lange lange Geschichte zu erzählen begonnen hatte. »Bitte lauf zum Eingang und stell die Lautsprecher ab.«

Aber der Papagei, der seit Monaten verstummt war, brach sein Schweigen. Zum ersten Mal in seinem über hundertjährigen Leben äußerte er sich zum Geschehen über ein modernes Mikrophon. Er sang laut und lustig, und seine Stimme drang bis in den letzten Winkel des Zoos:

We fly away to Monte Carlo
Although Français we cannot parlo …

»ABSTELLEN!« sagte der Direktor. Aber der Vogel wiederholte und wiederholte die zwei Zeilen seines Liedes.

Da wandte sich der Direktor ab. Das Gnu starrte unverwandt auf die Stelle, wo er gestanden hatte. Dr. Daniels setzte sein Blasrohr an und jagte dem Tier einen Betäubungspfeil in die Flanke.

Frl. Friederike stützte eine alte häßliche Frau in einem grünen Kostüm. Die alte Frau heulte auf.

Papageno nickte dem Direktor stumm zu. Dr. Abraham berührte den Arm des Direktors. »Mein tief empfundenes Beileid, Herr Direktor. Es ist entsetzlich. Es ist eine entsetzliche Tragödie. Man sagte mir, Ihr armer Sohn soll ein außergewöhnlicher Musikant gewesen sein. Oh ja …« Dr. Abraham schüttelte geistesabwesend den Kopf. »Der Tod macht uns alle gleich.«

»Nein«, sagte Papageno. »Sie lügen.«

»Du«, sagte der Direktor und schlug Papageno mit einem einzigen Hieb in den Staub, »bist entlassen.«

IV

Tiere, die beißen

Es ruhte in der Erde in tiefem Schlummer ein Tier, riesig von Statur und bissig von Natur, das ein Geheimnis zu sagen wußte. Seine Zeit nahte.

Die alte deutsche Eiche des Zoos spürte sein Nahen bis in die Spitzen ihrer Wurzeln. Die Besucher der Eiche starrten Löcher in die Luft, wo sie Geheimnisse vermuteten. Aber hinter den Löchern aus Luft und hinter den Sternen in ihren Nachtlagern warteten keine Geheimnisse.

So fortgeschritten hatte der deutsche Zoo sich auf der Erde eingerichtet, daß keiner, der ihn besuchte, die Ruhe der Erde in Frage stellte.

Es schien, als habe selbst der Zoodirektor vergessen, aus welchem Material die Besucher hergestellt worden waren.

War es Erde gewesen? Holz, Stein, Wachs?

Wir wissen es noch nicht. Unsere Geschichte kommt um den letzten Ton eines zu stimmenden Klaviers und den letzten Puster einer Posaune zu früh.

Besucher aus Wachs hatten die Angewohnheit, bei der geringsten Entwicklung von Wärme zu schmelzen.

Warum?

Meldet euch und sagt es uns, ihr Glücklichen, die ihr in der Musikstunde nicht geschlafen habt.

Besucher aus Wachs reisten, einem inneren Kreischen folgend, in die sonnigsten Gefilde, ihrer Zerschmelzung, ihrer Vernichtung entgegen. Sie schmachteten nach dem Land der höchststehenden Sonne, erreichten es jedoch in den seltensten Fällen als feste Aggregate – das Land, aus dem der Vogel kam, der mit schiefem Kopf auf seine Heimkehr wartete.

Besucher aus Holz fielen, einem inneren Pochen folgend, jenem

Phänomen anheim, von dem wir mutmaßen, daß es mit dem Wort »Liebe« zur Befriedigung aller beschrieben ist. Das Phänomen, im wesentlichen ein physikalisches, verwandelte die Hölzler in Sopranistinnen und Kontratenöre. Sie wurden zu Tätern der Musik, und ihre höchsten Töne fraßen einander das Element fort, das sie zum Atmen brauchten. Im deutschen Zoo drohte dem jungen Paar, das einst nur den Namen des anderen hatte stammeln können, der Erstickungstod durch Duette und, bald darauf, einsame Arien.

Besucher aus Stein folgten ihrem inneren Schweigen, das laut war und die Welt regierte. Ganz in sich selbst vertieft, dachten und sannen sie, und ihre Gedanken stiegen als Werke hoch, höher und am höchsten wie Blasen und platzten mit einem nie gehörten Getöse überall dort, wo andere Besucher sowie Sachwerte ihnen nicht entfliehen konnten. Schweigend meißelten die Besucher aus Stein ihre Namen in Stein. Die Welt, also die Summe aller Besucher, applaudierte.

Und die Besucher, die aus Erde hergestellt worden waren? Was geschah mit ihnen?

Meldet euch und sagt es uns, ihr traurigen Tröpfe, die ihr in der Geschichtsstunde nicht geschlafen habt.

Das Wachs zerschmolz, das Holz vermoderte, und der Stein zerfiel zu Staub.

Das ist ja schließlich nicht unsere Angelegenheit, sagten die Besucher aus Wachs, Holz und Stein.

Aber sie irrten. Es war ihre Angelegenheit, und zur Strafe, denn Strafe muß sein, Strafe ist eine der wenigen trüben Funzeln, die uns den Weg leuchten, zur Strafe mußten sie, nun allesamt zu Besuchern aus Erde geworden, den deutschen Zoo besuchen bis an ihre Lebensenden. In ihrer Freizeit gossen die Erdler ihre Zimmerpflanzen und fütterten ihre Haustiere und starrten Löcher in die Luft, in der ein Rauch aufstieg, und hörten in ihren Nächten die Knochen der Toten knacken tief unten im deutschen Erdreich, das ein besonderes Reich ist.

Unterdessen bereitete sich im deutschen Zoo ein anderes Reich, das Tierreich, mit der ihm eigenen Gelassenheit auf den Biß in die Besucher vor.

Als die Tiere ihre Fänge, ihre Mäuler, ihre Schnäbel öffneten, um Menschen zu beißen, erwachte auch die Riesenschlange aus ihrem vorgeschichtlichen Schlummer.

Sie raste im Zorn.

Sie gab uns ihr Geheimnis preis. Ihr Geheimnis, daß wir uns nie, solange wir lebten, selbstverständlich waren.

*

Ich gehe schon mal vor, sagte K. W. Nein, wir müssen klären, sagte Jali. Was ist gestern gewesen? Vergiß es, sagte K. W. Ich habe es vergessen, das ist ja das Schlimme, sagte Jali, immer ich vergesse. Immer vergesse ich, korrigierte er sie. Es war der Pfingstmorgen. Sie hatten sich gestritten am Abend zuvor, bei Bier und Whisky. Jalis »Freunde« lobten Jalis neue Photographien, die aussahen wie Flickenteppiche oder als seien ihr beim Entwickeln viele Bilder übereinandergeraten. Man sah Leute in der Luft auf einem Zeppelin tanzen, und die Erde war nicht mehr da, wo sie sein sollte, unten, sondern sie war oben und bestand aus Vögeln und Streichholzschachteln.

Und lauter unwirklich winzige Gasballons der Gebrüder Montgolfier flogen durch die Photographie. Das ist Käse, sagte K. W., du solltest nicht so viel trinken. Jali trank Whisky am Vormittag. Nein, sagten ihre »Freunde«, das ist Kunst. Jali schöpfe aus einer höchst originellen Phantasie, sagten sie. Scheinbar einfach, in Wahrheit aber höchst komplex und Ausdruck eines obsessiven, aber in sich kohärenten Weltsystems, das wir durchaus als private Mythologie bezeichnen dürfen, meinten diese feinen »Freunde«. K. W. notierte sich den Satz, um ihn Herrn Koebke vom Institut für Praktische Menschenkenntnis zu zeigen. Vielleicht konnte der etwas damit anfangen. K. W. fand es nicht gerecht, daß im Suff gemachte Photographien gelobt wurden, während er nur Schelte bekam, wenn er mal ein Bierchen über den Durst getrunken hatte. Die schönen Bilder, die ihm gefielen, gelangen Jali nicht mehr. Keine Wolkensäulen und Türen und lustigen Leute gelangen ihr mehr. Kein Wunder, daß sie nicht mehr gelitten war bei den Zeitungen. Es kamen kaum noch Aufträge. Wenigstens sah sie ein, daß sie selbst schuld war. »Es ist nicht recht, was ich tue«, sagte sie nach fünf Whiskys, »ohne Photos keine Welt, also lasse ich's.« Wenn wir erst Kinder haben, wirst du viel glücklicher sein, beruhigte K. W. das verrückte Frauenzimmer. Zwar sah er in nächster Zukunft keine Kinder in ihrem gemeinsamen Leben, aber man mußte Jali hin und wieder beruhigen. Mit mürrisch gekräuselter Stirne erwartete sie ihn, wenn er von der Arbeit kam.

Er zog sein bestes Jackett an und band sich eine Fliege. Jali lag im Bett und wimmerte wieder. Sie roch nach Whisky und Schweiß. Ihre Augen waren geschwollen, auch ohne daß er ihr eine verpaßt hätte. Ihre nachgewachsenen Haare wucherten wirr, sie kämmte sich nie. Sie bot keinen schönen Anblick.

»Ich brauche eine Stunde«, sagte sie. »Dann gehen wir beide zusammen.«

»Nein, ich gehe schon mal vor«, sagte er.

Er wollte den Zoo eine Weile für sich allein haben. Die Leute sollten ihn sehen. Er war zum stellvertretenden Leiter des Reisebüros befördert worden, dank der geheimen Kräfte, die in ihm schlummerten und die Herr Koebke erweckt hatte. Die Leute sollten sein neues Jakkett sehen und seinen durchdringenden Blick. Jali mit ihrem ewigen Nörgeln und Jammern hätte nur gestört. Überhaupt mußte ein Mann seine Einsamkeit zu schützen wissen und durfte nicht alle seine Kräfte an eine Frau verschleudern. Nur aus der Einsamkeit kam Größe. Die Kreise eines Mannes durften nicht immer gestört werden. Alle großen Männer der Welt und des Jahrhunderts waren auf das tiefste einsam, und keiner störte ihre Kreise. Frauen verwickelten und verhedderten das Leben wie ein Wollknäuel, bei dem man nicht mehr wußte, wo der Anfang war. Gewiß gab es auch klare gerade Frauen, die ihre Männer unterstützten beim Streben nach Einsamkeit und Größe, aber die waren selten. Eine von ihnen, die seltenste, lebte in Neu-Langenburg in Deutsch-Ost.

Das Pfingstfrühkonzert hatte bereits begonnen, als K. W. von Opa dem Platzanweiser an der langen Schlange vor dem Eingang vorbeigewinkt wurde. Immer noch genoß Jali freien Zooeintritt. Sie kommt nach, sagte K. W.

Zu Pfingsten durften manche Tiere heraus aus den Käfigen, das war die tolle Attraktion. Störche gingen spazieren, Maras hüppelten auf einer Wiese, Schimpansen wurden dazu angehalten, ihren Wärtern die Hand zu schütteln, ein Elefant wurde durch die Menge geführt. K. W. besuchte rasch Rätsel den Raben und steckte ein Wurstende durch das Gitter. Der drollige Kerl verscharrte es sofort. Die Flußpferde prusteten in ihrem engen Becken, und K. W. fühlte sich von diesem Anblick derart beleidigt, daß er zu einer knappen Rede anhob. Er sprach von der größeren Schönheit des Flußpferdes am Großen Njassal. Man verstand ihn nicht, die Leute waren zu blöde. Ein gelehrter alter Herr gab zu bedenken, daß der Geheimrat die Flußpferde nach modernsten wissenschaftlichen Erkenntnissen hielt und züchtete. Die Leute nickten. Der Geheimrat, sagten sie. K. W. lenkte ein. Wenn sie dich in die Enge treiben, sagte Herr Koebke, lenke zum Schein ein. Später, wenn deine Angriffsposition besser ist, hau drauf. K. W. nahm sich vor, den neunmalklugen alten Herrn im Auge zu behalten. Vielleicht konnte er ihm irgendwo ein Bein stellen. Die vor den Flußpferden Versammelten hoben horchend die Köpfe. Im Konzertgarten spielte eine Kapelle auf. Das Pfingstkonzert ging weiter.

K. W. erkämpfte sich einen Platz an einem Tisch zwei Tische hinter der langen Tafel des Geheimrats, wo die großen Tiere saßen. Er wartete, bis die zwei Helferinnen des Geheimrats, die Fräulein Winter und Streng, sich zufällig umdrehten, und nickte höflich, aber mit durchdringendem Blick. Die Fräulein lächelten milde und nickten ihrerseits. Sie waren aufrechte klare gerade Charaktere. Frank und frei hatten sie K. W. erklärt, daß sie die Harpyie hatten einschläfern müssen, weil Ansteckungsgefahr bestand. Das Virus der Harpyie war der Grund für die lange Geheimhaltung, erst hatte das Virus untersucht werden müssen. K. W. dankte für die Offenheit. Auch in der Angelegenheit Maurice waren sie seine Verbündeten gewesen.

Gleich nach Weihnachten war K. W. bei Maurice vorstellig geworden. Er wollte ihn knapp fragen, wie lange er schon mit Jali Geheimnisse hatte, und ihn dann blau und blutig schlagen. Maurice' Verrat war ungeheuerlich. Nicht nur traf er Jali heimlich und stahl sie womöglich, nicht nur bezahlte er sie wie eine Hure, er steckte auch hinter ihren nervtötenden Afrika-Plänen, ihrem dummen Fernweh. Er jagte ihr Angst ein, und sie, die früher so mutig gewesen war, glaubte ihm. Wo doch jedes Kind wußte, daß es die Mäntel nur auf Glickstein abgesehen hatten, den sie selber haßte, mit dem sie noch eine Rechnung offen hatte. Dabei wollte Maurice sie nur für sich, sogar den armen abartigen Kurt Lenz zog er in die Intrige hinein und log über ihn, um Jali Angst einzujagen. An den Weihnachtstagen ließ K. W. sich ihr gegenüber nichts anmerken. Er päppelte sie mit Hühnersuppe und scherzte mit ihr und brachte ihr einen kleinen Spiegel ans Bett, damit sie ihre kurzen Haare bewundern konnte. Er tat so, als habe er Maurice' Brief nie gelesen und den Hurenscheck nie gefunden. In der nächsten Nacht schlich er zum Gabentisch. Der Brief war fort. Sie versteckte den Brief, und gewiß komponierte sie schon eine Antwort an den Herr Studenten. K. W. war aufs äußerste empört. Er würde jetzt andere Saiten aufziehen.

Maurice wohnte in einer Kammer des Tierkrankenhauses, in dem die Fräulein Winter und Streng tagsüber Tiere sezierten, um neue Heilmethoden und Zuchtverfahren zu erforschen. Er empfing ihn scheißfreundlich, wie es seine Art war. K. W. kam sofort zur Sache. Seit wann liest du Jaels Briefe? sagte Maurice dreist. Sie hat ihn mir gezeigt, sagte K. W. Er würde dem Verräter und Liebesbesudeler nicht auf die Nase binden, daß er Jali sinnlos betrunken gefunden und daß sie den Brief geöffnet auf dem Gabentisch liegengelassen hatte, damit K. W. ihn lesen konnte.

»Habt ihr darüber gesprochen?« sagte Maurice. »Die Zeit drängt. Amerika wäre möglich, wenn Afrika nicht geht.«

»Nichts geht und niemand geht«, sagte K. W., »außer dir, Verräter. Du gehst, oder ich schlage dich tot. Du gehst, und wir bleiben. Hast du das verstanden?«

»Jael ist in Gefahr.«

»Du lügst, wenn du den Mund aufmachst. Du bist in Gefahr.«

»Ich? Ich habe meine Verbindungen. Aber Jaels Verbindungen sind alle geplatzt. Sie hat auf die Falschen gehört.«

»Nenn sie nicht so vornehm. Sie heißt Jali. Du bist in Gefahr, weil ich dich totschlage, wenn du ihr noch einmal einen Brief schreibst.«

»Ich werde ihr keinen Brief mehr schreiben. Das verspreche ich dir. Du bist eifersüchtig, Karl-Walther, du liebst sie. Glaube mir, daß ich dir dein Glück nicht neide. Aber ihr müßt fort. Nehmt das Geld. Bring Jael in Sicherheit, bevor es zu spät ist.«

»Geld! Ja, davon hast du genug! Damit kannst du dir alles kaufen, die ganze Welt kannst du dir damit kaufen! Aber nicht die Wahrheit. Und nicht Jali. Wir wollen deinen Scheck nicht, wir schicken ihn dir zurück.«

Maurice schüttelte benommen den Kopf, wie es angeschlagene Boxer im Ring taten. K. W. holte zu einem Schwinger aus. Maurice blockte seinen Arm blitzschnell ab. Seine Hand war stark wie ein Schraubstock. Dann ließ er los und schüttelte wieder den Kopf. K. W. schlug ihm ins Gesicht. Maurice hielt still und schloß die Augen. Er schien es fast zu genießen, von K. W. geschlagen zu werden. K. W. verpaßte ihm noch ein paar, den letzten für Marie-Luise, an der Maurice auch schuld war. Denn hätte er den Brief nicht geschrieben, wäre K. W. in seiner Afrika-Planung wesentlich weiter gewesen. Er wollte allein nach Afrika, für einen Monat vielleicht, um herauszufinden, wie leid es Marie-Luise tat. Aber er ließ sich von keinem Studenten vorschreiben, wann und mit wem er zu reisen hatte. Afrika mußte noch ein Weilchen warten.

Maurice wischte sich das Blut von Mund und Nase.

»*Choisir, c'est renoncer à tout le reste, Jael*«, sagte er.

»Wage es ja nicht …« sagte K. W.

Er wartete bis Silvester, denn er wollte das Neue Jahr gleich von Anfang an dazu benutzen, Jalis Charakter zu verbessern. Sie hatte es dringend nötig. Immerhin hatte sie Maurice getroffen und mit ihrer ausländisch verworrenen Art bezirzt. Und hatte »Freunde«, die einander nur in Abkürzungen schrieben und taten, als wüßten sie mehr als andere Sterbliche. Und trank zuviel für eine Frau und arbeitete nicht mehr ordentlich und hielt sich für eine Künstlerin, die sie nie sein würde. Das wußte er jetzt. Er hatte sie, wie Herr Koebke messerscharf analysierte, »idealisiert«. Ich liebe sie eben, sagte K. W., der Herrn Koebke nicht für die letzte Autorität in Sachen Jali hielt. Das ist dasselbe, sagte Herr Koebke. K. W. dachte darüber nach. Wo der Mann recht hatte, hatte er recht. Bei Licht betrachtet, taugten ihre Photographien nicht viel. Nur ihre »Freunde« fanden sie gut und verehrten Jali als »Künstlerin«. Jeder kann auf einen Auslöser drücken und Heitler photographieren, sagte Herr Koebke, aber nur einer kann Heitler sein. Die wahre Kunst ist das Große Ganze, das Land, die Leute, die Stimmung, die deutsche Sprache, es ist ein Gesamtkunstwerk, sagte Herr Koebke. Schnelle Photos für schnellebige Leute, sagte er. Da war etwas Wahres dran. Jali lebte viel zu schnell. Deshalb bewunderte sie auch Meyerbeer, der zwanzig Jahre gebraucht hatte, um die »Afrikanerin« zu komponieren. Nie würde Jali mehr als eine Woche still sitzen können. Ihre Geschichten, aus denen sie ihm jetzt manchmal vorlas, brachen alle nach ein paar Sätzen ab. Ich schreibe sie zu Ende, wenn ich alt bin, sagte sie. War das wieder einer ihrer Scherze? Silvester kam, und K. W. war nicht zum Scherzen zumute. Er wartete, bis um Mitternacht der Volksempfänger die Musik spielte, und gab ihr einen Kuß. Dann setzte er ihr ruhig und völlig Herr der Lage auseinander, daß er es sich versprochen hatte, sie zu beschützen und daß er dieses Versprechen zu halten gedachte. Dazu gehörte, daß er sie vor Maurice und seinem Fernwehvirus schützte. Er gab zu, den Brief gelesen und den Scheck gefunden zu haben. Ich wollte, daß du ihn liest, sagte Jali. Aha! sagte K. W. Damit du mich besser herumkriegst, mit dir nach Afrika zu reisen, was du dir ein für allemal aus dem Kopf schlagen kannst. Nein, sagte sie, wegen Kurz wollte ich, daß du ihn liest. K. W. beruhigte seine weinende Jali. Kurt Lenz war in einem Sanatorium, wo moderne Mediziner seine Abartigkeit behandelten. Wenn sie ihm nicht glaubte, sollte sie Frau Parusel fragen, die ja bekanntlich alles über jeden in der Bachstraße wußte. Jali schwieg. Der Verrat, sagte K. W., ist ungeheuerlich. Hat Maurice dich gestohlen, hast du zugelassen, daß er dir auch nur einen Kuß stahl, geschweige denn mehr? Sag es mir jetzt, sag die Wahrheit. Sie schwieg. Nach einer Weile gab sie zu, den Scheck verspielt zu haben. Zehntausend Mark, mehr als je ein Aas besaß, das wir kannten? Du weißt, wie ich spiele, sagte sie, *my shining hour*. Aber diesmal war das entscheidende Blatt düster, das Glück lichtscheu gewesen. K. W. traute ihr nicht. Sie wirkte seit langem nicht mehr wie eine Spielerin, ihre Geldverstecke waren noch immer gefüllt. Hat Maurice dich gestohlen? wiederholte er. Nein, sagte Jali. Hast du Französisch mit ihm gesprochen? Nein, sagte Jali, *ya no hablo ningun idioma, hasta me estoy olvidando del alemán*. Widersprüchlichkeiten, Halbwahrheiten, wohin er sah, wenn er ihren Charakter unter die Lupe nahm. Oft schien sie sich in ein Kleinkind zurückzuverwandeln, spielte den ganzen Tag mit dem närrischen Kater Freddy, verbrachte Stunden im Bett und nuckelte an einer Kakaoflasche. Einmal, als er sie rasch rauben wollte, erschrak er, so kindlich waren ihre Züge. Ich raube ein Kind, dachte er, ich raube meine Tochter, meine kleine Schwester, ich breche das Gesetz, ich vergehe mich an der Volksgesundheit. Er erließ ein totales unwiderrufliches Entweder-oder-Maurice-Verbot. Mach dir keine Sorgen, sagte sie, ich habe kein Interesse an Maurice. Sie log, wenn sie den Mund aufmachte. Ihre Photographien sollte er »schauen«, in seinem Brief stand es ja schwarz auf weiß, daß sie auch den reichen Nichtsnutz und Liebeslumpen für einen »Schauenden« hielt.

Das Problem Maurice erledigte sich von selbst. Eines Tages war er fort, das Jahr war noch jung. K. W. hatte sich darauf gefreut, ihm einen letzten Hieb zu versetzen, indem er ihm erzählte, was Jali mit seinem Vermögen angestellt hatte. Aber er war fort. Seine Bücher standen jetzt im Behandlungsraum des Tierkrankenhauses. Höflich erkundigte sich K. W. bei den Fräulein Winter und Streng nach seinem Verbleib. Verreist, sagten sie, und hoffentlich für immer, denn so einen können wir hier nicht brauchen. K. W. stimmte ihnen insgeheim zu. Ich war auch nicht gerade sein Freund, sagte er. Die Fräulein tauten auf. Ein aufgeblasener Geck, sagte das Fräulein Winter. Ein Hochstapler und Heiratsschwindler, sagte das Fräulein Streng. Stellen Sie sich vor, er machte mir den Hof, sagte das Fräulein, aber ich ließ ihn natürlich eiskalt abblitzen. Das war weise von Ihnen, sagte K. W. Auf der Einladung zum Pfingstfrühkonzert stand: »Herrn Karl-Walther Kadamecki nebst Begleitung. Sie werden gebeten, Ihre Plätze rechtzeitig vor Beginn des musikalischen Hauptprogramms im Ehrenbereich einzunehmen.« Er zeigte Jali die Einladung nicht, er genoß seinen Erfolg im stillen.

Ihre Hände, die seine Augen von hinten zuhielten, rochen nach Kernseife. »Ich bin«, sagte sie. Die Rückfälle in ihr fehlerhaftes Kauderwelsch wurden häufiger. Er war es leid, sie ständig zu korrigieren, wehrte sich aber aufs entschiedenste gegen die Vergewaltigung seiner Muttersprache, wenn er merkte, daß Jali, in Ermangelung anderer Lebenswerte, ihn damit nur ärgern wollte.

»Ich bin müde«, sagte sie. Sie gähnte enthemmt, ohne sich die Hand vor den Mund zu halten.

»Ich auch«, sagte er.

»Wir sollen nachts nicht streiten. Was ist gewesen? Immer ich vergesse. Hallo, Hans!«

Ein junger Mann, drei Köpfe größer als K. W., ging am Tisch vorbei. Er drehte sich zu ihr um. Er trug ein Buch unter dem Arm. Es war in einen grünen Schutzumschlag gewickelt, auf dem »Nietzsche« geschrieben stand, in schwarzer Tinte. Nietzsche, war das nicht der Mann, den Maurice in seinem Brief erwähnt hatte? Steckten sie alle unter einer Decke? Dieser Hans setzte sich auf den letzten freien Stuhl am Tisch, der im Ehrenbereich von den Fräulein Winter und Streng für K. W. reserviert worden war. Hans sagte nichts. Er legte das Buch in Jalis Schoß. Eine obszöne Geste. Jali löste den grünen Umschlag. Darunter kam ein gelbes Buch zum Vorschein. K. W. las den Titel: »Sie kommt – kommt sie«. Der Verfasser war ein gewisser Sirin, auch er wahrscheinlich ein »Freund«, denn Jali glühte und ein Lächeln kräuselte ihre Nase. Hans wickelte das gelbe Buch wieder in den grünen Umschlag. Er hatte kein Wort gesprochen. Jali kannte eine Menge Taubstumme, wie damals den Herrn Ebers genannt Dostojewski. Sie kommt – kommt sie, war das eine geheime Botschaft für dich? sagte K. W. Ach, K. W., sagte sie. Ich möchte wissen, mit wem du Umgang hast, sagte er.

Auf der Bühne endete der Walzer.

»Und nun die große Sensation!« rief der Ansager. »Direkt aus dem dunklen Erdteil, wo die Löwen brüllen und das Krokodil sein Maul aufsperrt, meine Damen und Herren: Eddy Eden und seine Mau Mau Girls!«

Vier barbusige schwarze Mädchen mit bonbongroßen Bauchnabeln tanzten zu wilder Trommelmusik an der Rampe. Ihre Baströcke raschelten, ihre nackten Füße stampften, K. W. konnte die Haare und die Haut der Mädchen riechen. Es waren echte Afrika-Mädchen, die Schreie ausstießen. Aber nie und nimmer waren es Mau Mau. Ihr Stamm hätte es ihnen nicht erlaubt, nach Deutschland zu reisen und im Zoo zu tanzen. Wie einen erregten Geist sah K. W. Marie-Luise hinter den Mädchen auf und ab gehen. Wer einen Mau Mau sieht, soll schweigen, sagte Marie-Luise in Afrika und wurde bleich unter ihrer blassen Haut. Wollte sie erröten, wurde sie immer sehr bleich. Die Menge johlte begeistert. K. W. spuckte seinen Kaffee in den Sand.

Nun betrat der Sänger Eddy Eden die Bühne. Er trug einen kanariengelben Anzug und hatte sich schwarze Farbe ins Gesicht geschmiert. Die Menge raste. Er war ein Deutscher, der den Afrikaner spielte, dieser Eddy Eden. Er sang:

Es lebt der Eisbär in Sibirien
In Afrika, da lebt das Gnu
Es lebt der Säufer in Delirien
In meinem Herzen lebst nur du …

Marie-Luise verschwand von der Bühne. Sie hatte sich als Kellnerin verkleidet und servierte an der Tafel des Geheimrats. Nur ihre Brüste waren zu groß. Eddy Eden warf ihr zweideutige Blicke zu und schien singend nach ihr zu schnappen. K. W. verstand nicht, warum der Geheimrat es zuließ, daß dieser Eddy Eden im Zoo sein Unwesen trieb und die afrikanischen Mädchen dazu tanzen mußten. Marie-Luises Doppelgängerin stellte einen Humpen Bier vor den Geheimrat. K. W. schaute weg.

»Weißt du noch, Big Eddy?« sagte Jali. »Er ist in Amerika.«

»Wer?« sagte K. W.

»Der Hochspringer vor ein Jahr, elf Monate und ein paar Tagen«, sagte sie. »Ein schwarzer Mann.«

»Tu mir einen Gefallen und photographiere den Tisch des Geheimrats mit der Kellnerin. Es ist ein lustiges Bild.«

Jali protestierte nicht wie sonst, wenn er ein Bild wollte. Sie machte einen Schnappschuß.

»Noch mal«, sagte K. W. »Gib dir Mühe.«

»Bonga Bonga!« rief Eddy Eden. Er winkte eine der schwarzen Tänzerinnen zu sich und zog eine Banane aus seiner Tasche. »Du wollen Banane?« Das Mädchen griff mechanisch nach der Banane und leckte daran. »Du müssen schälen die Banane.« Das Publikum schüttete sich aus vor Lachen. Das Mädchen schälte die Banane. »Bonga Bonga! Du müssen essen!« Das Mädchen biß in die Banane, den Blick starr nach unten gerichtet, zur Tafel des Geheimrats, zu Marie-Luise, die ein Tablett voller leerer Gläser hielt. »Aahh! Guut!« rief die Menge. »Aber jetzt mal im Ernst«, sagte Eddy Eden. Seine blauen Augen folgten Marie-Luise, die sich entfernte. »Kennen Sie den? Kommt ein Affe zum Arzt ...«

»The monkeys are played by professional apes«, sagte Jali.

»Stimmt«, sagte K. W.

Jali nahm seine Hand.

»Ich bin nicht tröstlich wegen gestern abend«, sagte sie. »Du mußt mir verzeihen. Zuviel Whisky.«

»Wir spielen jetzt ein Spiel!« rief Eddy Eden. »Und der Hauptgewinn ist ein nagelneuer Volkswagen! Danken wir unserem verehrten Herrn Geheimrat ...«

Der Geheimrat erhob sich kurz, den Blick starr geradeaus gerichtet. In seinem langen grauen Bart klebte weißer Bierschaum. Die Leute standen auf und umjubelten den Geheimrat. Jali jubelte am lautesten. »Hoch, Geheimerat, hoch Geheimerat!« rief sie. Ihre Liebe zum Zoo kannte keine Grenzen. K. W. hüstelte und zupfte sie am Ärmel ihres Kleides.

»Ja. Sie da beide!« rief Eddy Eden. »Auf die Bühne mit Ihnen! Und dann brauche ich noch zwei weitere Ehepaare!«

»Er meint uns«, sagte K. W. Erst jetzt bemerkte er, daß sie die einzigen waren, die noch standen. Die Fräulein Winter und Streng drehten sich schon nach ihnen um.

»Ich geh da nicht hin«, sagte Jali.

»Sie da! Und Sie da! Und wo bleibt unser erstes Ehepaar?« rief Eddy Eden.

»Aber denk doch, ein Volkswagen!« flüsterte K. W.

»Ich geh da nicht hin.«

»Doch, du kommst mit. Es ist die Chance des Jahrhunderts. Vertrau mir. Ich verfüge über geheime Kräfte. Mit den Idioten werde ich schon fertig.«

Er zerrte Jali zur Bühne. »Und du bist mir wieder gut?« sagte sie.

»Ja. Beeil dich.« An der Stiege, die auf die Bühne führte, begegneten sie den zwei anderen Ehepaaren und ließen ihnen den Vortritt. Eddy Eden nahm sie mit weit geöffneten Armen in Empfang. Die Mädchen aus Afrika waren verschwunden. Die Bühne roch noch nach ihnen. Die anderen Ehepaare mußten ihre Vornamen sagen. Hermann und Bärbel. Erich und Annemarie.

»Karl-Walther«, sagte K. W.

»Jali Klick«, sagte Jali.

»Wo haben Sie Ihre Frau her?« sagte Eddy Eden augenzwinkernd. »Aus dem Kindergarten?« Er schien Jalis Namen nicht zu kennen. Wie schnell der Zeitungsruhm verging. K. W. sah die ernsten Blicke der Fräulein Winter und Streng. Der Geheimrat wandte der Bühne den Rücken zu.

»Nein, aus dem Zoo«, sagte Jali, »hat er mich.«

Die Leute lachten.

»So so. Und aus welchem Gehege?« Eddy Eden zwinkerte den Leuten zu.

»Aus das gleiche, wo du herkommst«, sagte Jali.

Die Leute klatschten sich auf die Schenkel. »Bravo!« riefen sie. Auch K. W. konnte sich ein Lächeln nicht verkneifen.

»Aha. Eine Ausländerin«, sagte Eddy Eden. »Wie man an der Sprache hört. Ich tippe auf Hintermamelukistan.«

»Spanien«, log Jali.

»Bravo!« riefen die Leute.

»Und trägt man die Haare jetzt so in Spanien?« sagte Eddy Eden.

»Nur wenn wir kein Schokolade haben«, sagte Jali.

»Wieso?«

Jali zog mit dem Zeigefinger einen weißen Strich auf Eddy Edens geschwärzter Wange. »Zum Schminken«, sagte sie.

Die Menge kreischte vor Lachen.

»Meine Haare«, sagte Jali ins Publikum, »sind ein Nest für das schönste Vogel, das je gelebt hat in unserem schönen Zoo: Schiefhals!«

»Schiefhals! Schiefhals!« brüllte die Menge. »Hoch lebe Schiefhals!«

»Zur Sache«, sagte Eddy Eden, dem die Lust vergangen war, sich mit Jali anzulegen. »Heute machen wir alles anders herum als letztes Jahr. Die Frauen trinken das Bier, und die Männer singen das Lied und sagen das Gedicht auf. Der Beifall entscheidet, wie immer. Fräulein Dagmar, das Bier!«

Die Kellnerin von der Geheimratstafel erschien auf der Bühne mit neun Humpen Bier. Aus der Nähe sah sie Marie-Luise noch ähnlicher. Ihre langen schmalen Augen mißbilligten das Geschehen. Stolz hob sie ihre gerade Nase. Hoffentlich hatte Jali sie richtig getroffen mit ihrer Kamera.

Erich und Annemarie mußten anfangen. Annemarie schaffte zwei Humpen Bier in knapp einer Minute. Eddy Eden gab Erich zwei Wörter zum Reimen für das Gedicht, »Grüße« und »Füße«. Ich liege dir zu Füßen und lasse dich grüßen, reimte Erich. Eddy Eden klatschte aufmunternd ins Publikum.

»Spanien!« rief ein Mann.

»Spanien, Spanien!« riefen die Leute.

»Auf keinen Fall singe ich ein Lied«, sagte K. W. leise zu Jali, während Erich mit geblähter Brust einen Schlager sang.

»Aber du mußt«, sagte Jali, »es ist die Spieleregel.«

»Auf keinen Fall.«

»Denk an deine geheime Kräfte.«

K. W. dachte an die Musikstunde in Neu-Langenburg. Die ganze Bühne roch nach Afrika. Marie-Luise stand zum Greifen nahe und trug ihr ernstestes Gesicht. Große Schmerzen konnten einem zugefügt werden in Afrika. Verrat lag in der Luft. Die halbe Stadt war im Zoo versammelt, sicher auch der greise Direktor des Reisebüros. Die Fräulein Winter und Streng saßen aufrecht und mit angespannten Mienen. Nur der Geheimrat wandte der Bühne weiter den Rücken zu. K. W. zitterte, ihm war übel, sein Herz pumpte die alte Angst in seine Gliedmaßen.

Jali nahm seine Hand. »Ich wechsle die Spieleregel«, flüsterte sie.

Hermann und Bärbel waren fertig. Bärbel hatte nur einen Humpen geleert.

»Sie sehen aus, als ob Sie einen kräftigen Schluck vertragen können«, sagte Eddy Eden zu Jali. Er hofierte sie jetzt. Er wollte es sich mit dem Publikum nicht verderben.

»Ich kann alles vertragen«, sagte Jali. »Aber mein Mann du darfst nicht singen lassen.«

»Warum?«

»Weil er sonst hier steht statt du nächstes Jahr.«

Die Leute lachten sich scheckig. Sie mochten Jali. Eddy Eden mochten sie nicht mehr so sehr.

»Ist er Sänger?« sagte Eddy Eden dumm.

»Nein, er hat nur Durst«, sagte Jali.

»Bravo!« riefen die Leute. »Laßt ihn saufen!«

»Aber …«, sagte Eddy Eden.

»Laßt mir ein Tropfen übrig, K. W.«, sagte Jali.

»Wehe, du läßt ihr nichts übrig!« brüllten sie.

»Das ist aber gegen die Regeln«, sagte Hermann, und Erich pflichtete ihm bei. Bärbel und Annemarie nickten haßerfüllt.

»Es geht um einen Volkswagen«, sagte Eddy Eden, »gestiftet vom Herrn Geheimrat. Da müssen wir die Spielregeln einhalten.«

Die Menge tobte.

»Nieder mit den Spielregeln!« brüllte einer.

»Spanien!« rief ein anderer.

»Condor!« brüllten sie. »Condor! Condor!«

»Schiefhals«, sagte Jali.

»Schiefhals! Schiefhals!« antworteten sie.

Eddy Eden schickte einen hilfesuchenden Blick zur Tafel des Geheimrats. Aber der Geheimrat antwortete nicht. Sein mächtiger Rükken zeigte keine Regung.

»Gibt mir die Wörter für mein Gedicht, du lahme Ente«, sagte Jali zu Eddy Eden.

»Gib sie ihr, Lahmarsch!«

»Oder wir machen Hackfleisch aus dir!«

»Wagen wie in Volkswagen«, sagte Eddy Eden. »Und sagen wie in sagenhaft.«

»Ist alles gesagt«, sagte Jali.

»Hm«, sagte Eddy Eden.

»Ist alles gewagt«, sagte Jali.

»Lassen wir das als Gedicht gelten?« fragte Eddy Eden vorsichtig ins Publikum.

»Ja!« riefen sie im Chor.

K. W. trank um sein Leben. Wenn Jali doch bloß bald singen würde. Er setzte seinen dritten Humpen an.

»Sauf sie alle, die Krüge! Sauf sie leer!« Die Leute sprangen von ihren Sitzen. Über den Rand des Kruges suchte K. W. Marie-Luises Augen. Sie starrte auf seine Hand, die den Humpen hielt.

»Jetzt bitten wir um ein Liedchen«, sagte Eddy Eden.

»Ist alles gehört«, sagte Jali.

»Gewiß, doch …«

»Ist alles gedacht«, sagte Jali.

»Gib's ihm!«

»Mach ihn fertig!«

»Ist alles möglich«, sagte Jali.

Die Menge jubelte ihr zur.

»Ist alles möglich und alles gleich«, sagte Jali. Sie rannte über die Bühne zu K. W., der schwer zu schlucken hatte an seinem vierten Humpen, und riß Marie-Luise die letzten zwei Krüge aus den Händen und leerte sie unter dem Beifall von Tausenden. Sie rülpste ins Mikrophon. Hermann und Bärbel, Erich und Annemarie verließen die Bühne. Sie wurden mit Bierdeckeln beworfen. Eddy Eden rang die Hände.

»Ich singe euch ein schönes altes Kinderlied«, sagte Jali. Sie wischte den Bierschaum von ihren Lippen und sang:

Zogen einst fünf wilde Schwäne, Schwäne leuchtend weiß und schön. Sing, sing, was geschah? Keiner ward mehr gesehn.

Wuchsen einst fünf junge Mädchen schlank und schön am Memelstrand. Sing, sing, was geschah? Keins den Brautkranz wand …

»Mehr, mehr!«

Jali rülpste wieder.

»Ein andermal«, sagte sie. »Gibt mir den Volkswagen«, sagte sie zu Eddy Eden.

»Hier ist der symbolische Schlüssel«, sagte Eddy Eden und gab ihr einen riesigen Schlüssel aus grauer Pappe. »Der Wagen wird dann nachgeliefert.«

K. W. stand neben Jali und sah zu, wie sie den Pappschlüssel in die Höhe hielt. Die Leute winkten ihr zu, und sie winkte zurück.

»Mußtest du dich vor allen Leuten so zur Schau stellen?« sagte K. W., als sie nachmittags ziemlich betrunken im Bett lagen.

»Stiehlt mich«, sagte Jali.

»Und du hättest dir sämtliche Knochen brechen können.«

Nach ihrer Vorstellung auf der Bühne hatte Jali die Gehegemauer der Wölfe erklettert und ein Wolfsjunges photographiert, das zum Entsetzen aller in den tiefen Graben gefallen war und dort in seinen letzten Zuckungen lag.

»Hast du gehört, wie das Wölf stöhnte?« sagte Jali.

»Nein. Ich war wahnsinnig vor Sorge um dich. Es ist verboten, auf die Gehegemauer zu klettern. Wie leicht hättest du in den Graben stürzen können.«

»Man sieht nie, wenn ein Tier krank ist. Sonst in der Natur es wäre erledigt. Aber das Wölf hatte einen gedrehten Kopf. Ich hab Angst vor den Photos.«

»Entwickle sie trotzdem«, sagte K. W. Marie-Luises Doppelgängerin war auf diesem Film.

»Stiehlt mich«, sagte Jali. Sie schlug die Bettdecke zurück und zeigte auf ihren hellbraunen Bauch. K. W. stand nicht der Sinn danach.

Als Jali den Leuten im Konzertgarten ihren lächerlichen Autoschlüssel aus Pappe zeigte, war er zu einem der Toilettenhäuschen hinter der Bühne gegangen. Dort sah er am Seitenausgang der Bühne einen wehenden Vorhang. Wo der Vorhang abschloß, krallten sich schwarze Zehen in den Sand. Er hörte einen erstickten Schrei und wie ein Kopf gegen eine Bretterwand schlug. Dann schaute Eddy Edens schwarz angemaltes Gesicht mit dem weißen Streifen von Jalis Zeigefinger kurz hervor. Dann wehte der Vorhang nicht mehr, sondern ruckte und zuckte, und eine schwarze Mädchenhand war sichtbar, die schlaff herabhing. »Bonga Bonga«, hatte Eddy Eden gekeucht, »ich werd's dir zeigen, Miststück.«

K. W. betrachtete Jalis Bauch. Ein feiner dunkler unschuldiger Flaum, über den er oft gepustet hatte wie Gulliver über eine winzige Wiese, bedeckte Jalis Bauch.

»Du hast vor allen Leuten gelogen«, sagte er, »als du sagtest, daß du aus Spanien bist.«

»Aber ich habe ein Lied von Litauen gesungen.«

K. W. griff nach seiner Bierflasche und nahm einen Schluck. Jali leerte ihr Whiskyglas.

»A nous deux«, sagte sie.

»Hast du mit Maurice Französisch gesprochen? Immerhin hat er einen französischen Vornamen.«

»Er heißt nicht Maurice.«

»So? Wie heißt er dann?«

»Ich habe vergessen.«

»Du mußt dich ändern, Jali. Du nimmst es mit der Wahrheit nicht genau.«

»Wir brauchen unsere eigen Wahrheit. Wie früher. Die Wahrheit, die uns ähnlich sieht.«

»Sehen sehen sehen! Klick klick klick! Du bist so oberflächlich. Die Wahrheit kann man nicht sehen.«

»Na ja, wir haben den Volkswagen«, sagte Jali und war im nächsten Augenblick eingeschlafen. K. W. zog die Decke über ihren Bauch. Freddy schlich heran wie ein schwarzer Schatten und zwängte sich zwischen ihre Köpfe. Jali begann zu schnarchen. Später stöhnte sie leise. Dann stöhnte das Katzenvieh. K. W. zog sich an und ging in die Kneipe. Er hatte sich mehr von Pfingsten erwartet.

Der Volkswagen verfolgte sie bis in ihre Träume. Ich habe heut nacht geträumt, er steht vor der Tür, sagte K. W. im Sommer. »Geht noch mal hin«, sagte Jali. Sie hatte den Pappschlüssel an die Wand in der Diele genagelt. »Geh du. Ich war schon dreimal da diesen Monat.« Niemand fühlte sich zuständig für den Volkswagen. Der Geheimrat war nicht zu sprechen. Seine Sekretärinnen wußten nichts von dem Autogewinn. Aber ich habe doch nicht geträumt, sagte K. W., ich kann Ihnen gern den Pappschlüssel zeigen, den Herr Eden uns überreicht hat. Wir kennen keinen Herrn Eden, sagten die Sekretärinnen. Die Fräulein Winter und Streng erinnerten sich zwar, meinten jedoch, die Auslieferung eines Volkswagens könne gut und gerne ein Jahr dauern. Mit Verlaub, sagte K. W., so lange möchte ich nicht warten, können Sie nicht beim Geheimrat für mich vorsprechen? Er schreibt ein neues Buch, sagten die Fräulein, kommen Sie im Winter wieder, dann werden wir sehen, was sich machen läßt.

Im Winter werde ich nicht da sein, dachte K. W. Aber Jali konnte sich darum kümmern. Wenn er sie nicht vorher in ein Sanatorium für Trinker eingewiesen hatte. Sie trank Wein und Whisky in Unmengen und wurde biestig und schob alle Schuld auf Glickstein und neuerdings auch auf ihre Mama. Ich wurde in die falsche Familie geboren, sagte sie, meine Mama wollte alles und bekam nichts, und Glickstein wollte nichts und bekam alles, als er uns verließ. Aber dich hat er doch gewollt? sagte K. W., sich an die Photographie des glücklichen Glickstein erinnernd. Niemand weiß das, sagte Jali. Sie lag im Bett und las Bücher, die sie schnell unter die Matratze schob, wenn K. W. hereinkam. Es waren wissenschaftliche englische Werke über die Kindheit des Menschen. Erzähl mir alles über deinen Papa, sagte Jali, erzähl mir alles über deine Mama. K. W. argwöhnte, daß sie nur wieder hinterlistig das Thema auf Afrika bringen wollte, und schwieg sich aus. Du hast große Schmerzen erlitten in deiner Kindheit, mißdeutete sie sein Schweigen. Du hast eine große Angst. Quatsch mit Soße, sagte er und wartete, bis sie ausgelacht hatte, meine Kindheit war die schönste Kindheit der Welt, alle hatten mich lieb. Er dachte an den Brief, den ein böser Mitschüler oder eine falsche »Freundin« Marie-Luise heimlich in den Ranzen gesteckt hatte: »Niemand mag dich, Marie-Luise«. Wie er sie trösten mußte, tagelang, wochenlang, es war der Beginn ihrer Liebe gewesen. Er hatte Marie-Luise einen seltenen Fisch ohne Namen geschenkt, den selbst der Naturkundelehrer nicht kannte. Er hatte den Fisch wie durch ein Wunder gefangen. Nachts am Njassal sitzend, sann K. W. über neue Tröstungen für seine Freundin aus Kindertagen nach, als der kleine Fisch direkt in seine im Wasser hängende Hand schwamm. Er schaffte es, ihn lebend nach Hause zu bringen, und versteckte ihn vor seinem Vater in einem Einweckglas und schenkte ihn am nächsten Morgen Marie-Luise. Sie nannte den Fisch Karlchen. Sie baute ihm ein Aquarium. Sie holte den sich windenden Fisch aus dem Aquarium und gab ihm einen Kuß und warf ihn zurück ins Wasser und gab K. W. einen Kuß.

»Du weinst ja, armer Wurm«, sagte Jali an einem Nachmittag im Aquarium. Für gewöhnlich mieden sie das Aquarium, obwohl es zum Zoo gehörte. Jali mochte keine Kriechtiere. K. W. hatte keine Lust, dem seltenen Njassalfisch dort womöglich wiederzubegegnen. Behauptete der Geheimrat nicht, daß Zoo und Aquarium die artenreichsten der Welt waren? An diesem Nachmittag hatte K. W. seine Jali symbolisch aus dem Zoo verbannt, weil sie biestig und beschwipst war. Er hatte sie zum Eingang gebracht und ihr einen Stoß versetzt und gesagt: »Leute wie du dürfen nicht in den Zoo. Du machst die Tiere kopfscheu. Geh nach Hause und denke über deinen Charakter nach.« Sie hatte versucht, ihn zu beißen, aber er war schneller gewesen. Sie trollte sich. Als sie nicht mehr zu sehen war, sagte Opa der Platzanweiser: »Unschön, wenn Frauen trinken. Vielleicht ist das Fräulein unglücklich. Gehn Sie ihr nach, Herr Student. Man ist nur einmal jung.« Der Alte mit den kranken gelben Augen redete viel, wenn der Tag lang war. Die alten Besserwisser aus Kaisers Zeiten sollten froh sein, daß sie nicht auf der Straße von einem Auto überfahren wurden, meinte Herr Koebke, der für eine Abschaffung des hohen Alters plädierte, das nur noch vor sich hin menschelte und saudumme Ratschläge gab, während der Zug längst abgefahren war. K. W. umrundete die Löwenanlage, um im Zoo-Restaurant ein Bier zu trinken, als er Jalis Gesicht in einem der weit geöffneten Fenster des Aquariums sah. Sie grinste frech auf ihn herunter, die Schlampe. Sie wollte sich durch das Aquarium wieder im Zoo einschleichen, den er ihr verboten hatte. Zu wissen, was falsch war, und es dennoch tun, das war Jali, wie sie leibte und lebte. Er mußte dringend andere Saiten aufziehen. Er fand sie versunken in die Betrachtung eines gigantischen braunschwarz gefleckten Gummiknäuels hinter Glas, das wohl eine Schlange war. Er konnte weder Kopf noch Schwanzende des ekelhaften Wesens erkennen. Er wollte Jali gerade eine Kopfnuß verpassen, als die Schlange sich bewegte. Einer ihrer unzähligen Muskeln zuckte, und eine Schlangenschlaufe entfädelte sich, und ein armdickes Stück Schlange umglitt ein anderes Stück und bildete eine neue Schlaufe. Hast du schon mal so was Sinnloses und Vollkommenes gesehen? sagte Jali. Sie schien, wie es bei ihr geschehen konnte, schlagartig nüchtern geworden zu sein. Es sieht so aus, als ob die Schlange vorne nicht weiß, was sie hinten tut, aber es funktioniert, sagte Jali. Sie weiß es eben doch.

K. W. stand eine Weile mit ihr und beobachtete die Schlange. Sie rührte sich nicht mehr. Er wurde sehr müde. Schlief die Schlange die ganze Zeit?

»Vielleicht sammelt sie Kraft«, sagte Jali.

»Oder sie verdaut.«

»Was fressen die Schlangen … in Afrika?«

»Schlangen können ganze Schweine fressen.«

»Vielleicht hat sie Hunger. Ich würd gern schauen, wie sie ein Schwein frißt.«

»Es ist unglaublich. Sie sperrt ihr Maul auf, und man denkt, da geht nie im Leben ein Schwein rein, aber es geht rein, glaub es mir.«

»Ich glaub es dir.«

Sie hörten auf zu reden und bemerkten ihre Umgebung.

»Wir sind im Aquarium«, sagte K. W.

»¡Joder!«

Sie rannten die Treppe hinunter.

Unten schwammen in vielen Bassins die Fische der Welt, und in ihrer Mitte, wie von einem besonderen Licht angestrahlt, wie ein leuchtendes Zeichen, stand der kleine Njassalfisch regungslos im Wasser. K. W. wollte ihn nicht sehen, nicht in Jalis Gegenwart, es wäre gewesen, als hätte er ihr Marie-Luises Satz laut vorgelesen: »Es tut mir so leid.« Er wollte noch nicht einmal den Namen des Fisches wissen, jetzt, da er ihn leicht herausgefunden hätte, denn es lebte im Zoo kein Tier ohne Namen. Als habe er sich aus seinem Bassin befreit und in einen fliegenden Fisch verwandelt, schien der Njassalfisch im Aquarium zu schweben und zu schimmern. K. W. konnte sich nicht helfen, er weinte. Er setzte sich auf den Fußboden, es war ihm egal, was die Besucher dachten.

Jali setzte sich neben ihn.

»Du weinst ja, armer Wurm«, sagte sie. Sie schien zu spüren, daß er ihre Berührung nicht wollte, und zog ihre Hand zurück. Auch wenn sie sonst zu nichts nütze war, im Unglück konnte man sich auf sie verlassen, sie war begabt für das Unglück. Ohne zu wissen warum, sagte er plötzlich: »Wirst du mich verlassen? Du wirst mich doch nie verlassen, Jali?«

»Wie kann ich dich verlassen? Ich hatte Fieber, als die Sekunde kam, als du geboren wurdest«, sagte Jali.

Er weinte hemmungslos. Warum hatte Marie-Luise kein Fieber gehabt? Warum war er nicht mit Marie-Luise zusammen geboren worden? Warum waren er und Marie-Luise keine siamesischen Zwillinge?

Jali schleppte ihn in eine dunkle Bar, wo es nur Whisky gab und sonst gar nichts. Auch in der Bar stand der Fisch in der Luft. Er glühte jetzt innerlich und wechselte fortwährend die Farbe. K. W. wollte nichts trinken. Jali ließ ihn an ihrem Glas nippen. Der Whisky schmeckte nach ihr, und er bestellte einen und dann zwei und drei.

»Ich sehe einen Fisch«, sagte er.

»Ich sehe dich«, sagte Jali.

»Nein, wirklich. Es ist der Fisch, den ich ihr …«

»Los animales estan ausentes«, sagte sie, bevor er den wichtigsten Satz des Jahrhunderts zu Ende bringen konnte.

»Und was heißt das auf Deutsch?«

»Der Fisch schwimmt nur in dein Kopf.«

»Nein, er …«

»Hast du nicht gelernt, K. W.? Zwischen Menschen und Tieren man begegnet sich nur in Phantasie. Man sagt und die Poeten sagen, weile doch, bist du so schön. Man fäßt an Zipfel oder an das Fell und es nichts da in der Hand, nichts nichts. Aber das Fell bleibt schön, es lebt weiter anders, ohne uns.«

»Nichts, nichts …« sagte K. W., »ohne uns.«

»Ich weiß, du hast Angst vor das Schöne. Es darf dich nicht lassen, du hast Angst, es läßt dich. Schaut mich an …«

Er sah Jali, die auf einem Hocker in einer dunklen Bar saß. Er sah nur ihre Umrisse. Ihre ungezählten Zähne schimmerten, also lächelte sie.

»Faßt mich an …«

Er berührte ihre Schulter. Er dachte daran, daß er sie einmal auswendig gelernt hatte unter der Kolumbus-Eiche im Zoo, ihr Gesicht. Er sah sie jeden Tag, aber ihr Gesicht hatte er vergessen wie alles, was er je auswendig gelernt hatte, wie das Lied in der Musikstunde in Neu-Langenburg.

»Deine Hand ist schwer auf meiner Schulter«, sagte sie.

»Verzeih.«

»Es ist nicht mehr meine Schulter«, sagte sie.

»Entschuldige«, sagte er.

»Unsinn! Ist nicht mehr meine Schulter, weil du gesehn und ihr Fleisch gefaßt hast und ihre Knochen … hick!«

Sie war sinnlos betrunken. Auch er näherte sich diesem Zustand.

»Ist jetzt unsterblich, meine Schulter.«

»Ach, Jali.«

Was würde sein schmaläugiger seltenster Fisch sagen, wenn sie ihn so sehen könnte, betrunken mit einer charakterlosen zu schönen Frau in einer Bar in der Nacht, Jahrhunderte entfernt von unvergänglichen Wahrheiten? Jali blabbelte weiter und buhlte um Wirkung. Sein Unglück zog sie an wie Honig die Biene. Sie war eine Unglücksarbeiterin. Sie bestellte noch einen Whisky und sagte:

»Sind wir unsterblich.«

»Ich will noch einen Viergroschenkaffee trinken«, sagte er. Aber alle Cafés hatten geschlossen.

Sie torkelten nach Hause. Freddy hockte im Dschungel und maunzte und wollte nicht herauskommen. Der Dschungel war jetzt so verwildert, daß es einer Machete bedurft hätte, um sich einen Weg hindurch zu bahnen. Die exotischen Pflanzen wuchsen in die Höhe, als wollten sie eines Tages durch das Küchenfenster schauen. Frau Parusel drohte schon, den Dschungel dem Erdboden gleichmachen zu lassen. Im Winter, sagte K. W., kümmern wir uns um ihn, dann wird es leichter sein. Und er legte seinen kleinen Finger auf eins der springenden weißen Lämmchen in Brusthöhe des Parusel'schen Kittels. Die Vettel grinste unverschämt anzüglich für ihr Alter. Sie sollte sich in acht nehmen. Eines Tages würde sein Volkswagen auf der Straße vor der Haustür stehen.

»Ich will meinen Volkswagen«, sagte K. W., als sie sich gegenseitig die Treppe hochhalfen.

»Wo ist unser Volkswagen?« rief Jali.

»Den Volkswagen her!« brüllte K. W., als sie an der Tür des unsichtbaren Herrn Wittig vorbeipolterten.

Ich bin dein Volkswagen, murmelte Jali im Bett. Sie klaute ihn gegen seinen Willen, gekonnt.

Du bist meine Verbrecherin, sagte K. W. im Halbschlaf. Wo holte sie ihre Körperkraft her? Gab es einen Kraftbrunnen unten im Hof, versteckt im Dschungel …?

Am nächsten Morgen lag das gemeinsame Tagebuch, lange nicht gesehen, neben seinem Frühstücksei, ebenfalls lange nicht gesehen. Jali schlief noch. Was hatte sie geschrieben?

> Heut nacht dein Angst klopfte wieder an die Tür. Wir sagten ihr: Geht weg, es ist zu spät für ein Besuch. Und so sie ging weg. Ich sagte ihr daß sie soll nie nie wiederkommen. Ja, K. W., es ist zu spät für Angst weil wir uns schon gehören für immer oder mindestens für den Rest von unseren Leben.

Wie ein geprügelter Hund und mit verquollenen Augen vom Whisky und vom Weinen machte sich K. W. auf den Weg zur Arbeit. Die Sonne schien jeden Tag, es wurde immer heißer in der Stadt, und eine Reglosigkeit befiel die Leute. Reglos saßen sie in der Stadtbahn und starrten ins Leere und blätterten ihre Zeitungen nicht um. Man gewöhnt sich an alles, dachte K. W. schlaftrunken, sogar an Jali habe ich mich gewöhnt.

Das mußte sich ändern. Nichts war schlimmer als dieses dahinschleichende Leben. Wenn Jali der Elan für eine große Krise fehlte, mußte er ihn aufbringen. Nur in der Krise, sagte Herr Koebke und hatte recht, wuchs der Mann über sich selbst hinaus und es entstand Größe. Das galt auch für die Liebe. Hatten sie nicht ihren Spaß gehabt, er und das merkwürdige Mädchen aus Litauen, als eine Krise und eine Versöhnung die andere jagte? Angst, papperlapap. Und wer ihm gehörte, das würde sich bald entscheiden.

Die Entscheidung, dachte K. W. jeden Morgen beim Aufstehen, es muß eine Entscheidung fallen. Das einzige, was Menschen tun konnten, um Entscheidungen herbeizuführen, war, sie gründlich vorzubereiten. Und so arbeitete er im Reisebüro an seinem Winterplan.

Als stellvertretender Leiter des Reisebüros, der Englisch lesen und sprechen konnte und ein paar Brocken Spanisch dazu, war es ihm ein Leichtes, die richtigen Routen und Anschlüsse für seine Afrikareise zu organisieren. Auch die Urlaubsbescheinigung hatte er schon in der Tasche. Es fehlte noch das nötige Reisegeld, denn das Unternehmen war teurer, als er gedacht hatte. Da die Entscheidung letzten Endes auch Jali zugute kommen würde, würde er sich das Geld von ihr ausleihen, es lag ja genug herum in der Wohnung in kindischen Verstekken. Auch ohne Maurice' Vermögen hatten sie reichlich. Jali weigerte sich, ihm in allen Einzelheiten zu erzählen, wie sie es fertiggebracht hatte, das Vermögen zu verspielen, und an wen sie es verspielt hatte. Er glaubte ihr die Geschichte nicht. Die Zeiten des Glücksspiels waren vorbei, man konnte ins Gefängnis kommen dafür, und recht so, denn man bereicherte sich nicht auf Kosten anderer. Er vermutete, daß sie Maurice vor seiner Abreise noch einmal heimlich getroffen und ihm den Scheck zurückgegeben hatte. Sie hatte K. W. damit einen Bärendienst erwiesen. Es wäre seine Aufgabe gewesen, Maurice den Scheck um die Ohren zu hauen.

Der vergreiste Leiter des Reisebüros war stolz auf seinen Stellvertreter aus Deutsch-Ost und half ihm bereitwillig. Er würde in Gedanken mitreisen, sagte der alte Sack. Einmal Deutsch-Ost sehen, schwärmte er. Seine Tage als Direktor des Reisebüros waren gezählt, aber das wußten nur K. W. und Herr Koebke. Wenn er das nächste Mal krank wird, übernimmst du den Laden, sagte Herr Koebke, und ich helfe dir dabei. Aus guter Quelle wußte Herr Koebke, daß die Familienverhältnisse des alten Sacks nicht in Ordnung waren. Hat er etwa eine Geliebte, der Alte? wollte K. W. wissen. Schlimmer, viel schlimmer, deutete Herr Koebke düster an. Ich will aber normal befördert werden, sagte K. W., der eine Szene mit dem Alten vor allen Mitarbeitern fürchtete. Die Jugend löst das Alter ab, sagte Herr Koebke, das ist normal, so ist es überall in der Natur. Sie hatten mit den Kursteilnehmern einen Zooausflug unternommen. K. W. war nicht wohl dabei, denn er wollte vermeiden, daß Herr Koebke Jali sah, die immer, auch am Mittwoch abend, im Zoo auftauchen konnte. Zum Glück wußte Herr Koebke nicht, was ein Sephard war. Die meisten Menschen, sagte Herr Koebke, mögen keine Juden tief innerlich, aber sie geben es nicht zu. Dieser Satz beschäftigte K. W. lange Zeit. Er besprach ihn sogar mit Jali, ohne Herrn Koebke zu erwähnen, von dessen Existenz sie nichts wußte. Wie K. W. hatte Jali einen erbärmlichen Vater, feige Ratten waren sie, Glickstein und der Selbstmörder Ludwig Kadamecki, der sich aus heiterem Himmel erhängt hatte. Jali pflichtete Herrn Koebke bei, gab jedoch zu bedenken, daß die meisten Juden selbst keine Juden mochten tief innerlich und es ebenfalls nicht zugaben. Aber warum? sagte K. W. Nichts bleibt, wie es ist, sagte Jali, alles ist im Fluß, die Menschen wandern über die Erde und vergessen, wer sie sind. Und das ist gut so, sagte Jali, die wie ihre »Freunde« eine Anhängerin der Moderne war, besonders in der Kunst. Wir müssen die Formen sprengen, sagte sie, es ist alles möglich und alles gleich. Es gab übrigens auch Juden, sagte sie, die gar nicht wußten, daß sie welche waren. Das sind die Glücklichsten, sagte sie. Herr Koebke sah den Zoo mit anderen Augen als Jali und K. W. Er sah ihn mehr wie ein Biologielehrer, und K. W. mußte mehrmals gähnen bei seinem Vortrag über das Tierreich, das ein Abbild des Großen Ganzen war. Endlos sprach Herr Koebke über praktische Menschenkenntnis anhand praktischer Naturkundekenntnis, während sie an K. W.s Freunden Sarotti und Rätsel und Schiefhals vorbeigingen. Im Käfig der *Vieja Harpyia* war jetzt ein ruhelos herumlaufender Vielfraß untergebracht. Immer noch trauerte K. W. um seine geliebte Harpyie. Die Körpermerkmale, sagte Herr Koebke, geben Aufschluß über Zucht und Charakter eines Tieres, das eine Urform des Menschen sei. Beachtet die Backenknochen, die Nasenhöhe, den Nasenrücken, die Nasenbreite, die Dicke der Lippen, die Gesichtsform, die Haarfarbe, die Augenfarbe, die Hautfarbe, die Körperbehaarung, die Augenlage, den Augenabstand. K. W. überraschte seinen Lehrer mit intimen Kenntnissen über Rätsel den Raben. Ich werde euch ein Experiment vorführen, erklärte er den Kursteilnehmern. Er warf Fleischbröckchen in Rätsels Käfig, drehte dem Raben den Rücken zu und sagte exakt voraus, wo der Vogel die Bröckchen verstecken würde. Die Kursteilnehmer waren beeindruckt. Und was soll damit bewiesen sein? sagte Herr Koebke. Nichts, sagte K. W., aber er ist doch drollig, der Rabe, oder? Etwas mehr Ehrfurcht vor der Natur verlange ich von dir, sagte Herr Koebke kopfschüttelnd. Ich bin aus Deutsch-Ost, sagte K. W. trotzig.

Die Photographien der Kellnerin, die Marie-Luise so ähnlich sah, enttäuschten ihn. Wie grausam die Natur sein konnte, daß sie solche Doppelgänger anfertigte. Nur das Echte und Reine zählte, da hatte Herr Koebke recht. K. W. zerriß die Photographien. Im Winter würde er Marie-Luise gegenübertreten, und die Entscheidung würde fallen. Noch war das Land ihrer Träume nicht verloren, noch konnte sie mit ihm gehen, wenn es ihr wirklich leid genug tat. Diese Schicksalsentscheidung mußte in Deutsch-Ost fallen. Natürlich liebte er Marie-Luise mehr als Jali. Aber er würde sich nicht ein zweites Mal von ihr verraten lassen, er war jetzt Manns genug, dem Schicksal ins Auge zu sehen. Wenn Marie-Luise nicht augenblicklich ihre Koffer packte und mit ihm kam und versprach, ihm Kinder zu schenken, würde er nicht zögern, Jali zur Frau zu nehmen, die ihn zwar auch von heute auf morgen verlassen konnte mit einem ihrer »Freunde« oder wenn Glickstein plötzlich vor der Tür stand und sein Glück zurückforderte, deren Charakter sich jedoch noch festigen ließ, während Marie-Luises Charakter hart wie Granit war. Nichts konnte vor Marie-Luise verborgen bleiben, die der Zukunft der gesamten Menschheit verziehen hatte und alles wußte über die Zukunft der wahren, der unvergänglichen Liebe. Manchmal machte ihm sein Winterplan Angst, und er freute sich, wenn er Jali vor dem Spiegel sah, wie sie ihre Sommersprossen zählte. Er und Jali lebten entschieden die Liebe des Jahrhunderts, das ein großes war. Sie ließen sich mitreißen vom Jahrhundert. Marie-Luise war kein Mensch, der sich mitreißen ließ, und seine

Liebe zu ihr war unvergänglich und zeitlos und kannte keine Photographien und Zeitungen und Künste und »Freunde«. Sie erfand keine Worte wie »Stehlen«, sie umarmte ihn stumm, aber ihre Leidenschaft war tiefer, denn sie weinte dabei, während Jali oft lachte auf ihrer Matratze und oberflächliche Sätze sagte wie »Glücklichsein ist ein Beruf« und sich anmalte in der Nacht und Schleiertänze aufführte. Wenn er mit leeren Händen aus Afrika zurückkam, würde er andere Saiten aufziehen und eine gute Frau und Mutter aus ihr machen. Man mußte ihr die Flausen austreiben und ihren Schönheitswahn und ihr Trinken und ihr krankhaftes Fernweh. Wie seltsam, daß er mit Marie-Luise aufgewachsen war wie Bruder und Schwester unten am Njassal und sich doch oft, obwohl er jünger war als sie, wie Jalis großer Bruder fühlte. Noch spielte sie die feine Dame und wußte gar nicht, daß sie seine kleine Schwester war.

Wie einsam wir alle sind, dachte er eines Abends in der Kneipe. Obwohl wir alle immerzu durcheinanderwimmeln und uns Liebesworte ins Ohr flüstern, werden wir alle einsam sterben. Greise Gesichter werden sich über uns beugen in der Stunde unseres Todes, und alle Liebe war umsonst, auch der dunkle Flaum auf Jalis Bauch. Sogar Marie-Luises lange schmale prüfende Augen. Wir werden einsam sein und keiner wird den anderen wiedererkennen. Er kippte seinen fünften Schnaps und verbot sich solche Gedankenlumpereien. Er bestellte eine Runde und erzählte den Volksfreunden Geschichten aus Deutsch-Ost. Sie hingen an seinen Lippen.

Jali war ein Kind des Jahrhunderts und hatte einen sechsten Sinn für alles Neue, für Veränderungen, für Temperaturen. Als spürte sie, daß K. W. einen Plan verfolgte, der auch eine Entscheidung über ihr weiteres Schicksal fällen würde, begann sie sich wieder Mühe zu geben im alltäglichen Leben. Sie kämmte ihre Haare und machte ihm Frühstück und Abendbrot und ließ das Photographieren sein und schrieb fleißig an ihren Geschichten, die sie als Buch zu veröffentlichen gedachte. Sie näherte sich dem Dschungel mit einer Nagelschere. K. W. lachte sich halbtot. Wir haben keine andere Schere, sagte sie, und ich wollte ein wenig Ordnung in das Chaos bringen. Er stiebitzte ihr ein Küßchen. Jetzt, da sein Winterplan feststand und das Schicksal walten würde, zog das Tempo der Tage wieder an, schlich die Zeit nicht mehr so lähmend dahin.

Auch die guten alten Streits flammten wieder auf, im Zoo, zu Hause, auf der Straße. Ich hasse dich, sagte sie, ihm auflauernd vor der Kneipe. Ich liebe dich, antwortete er. Ich hasse dich, sagte sie. Aber er liebt dich, riefen die Volksfreunde aus der Kneipe. Aber ich hasse ihn, rief Jali. Sie biß ihm die Lippe blutig, und er lachte und gab ihr eine Ohrfeige, daß es krachte. Die Volksfreunde spendeten Applaus.

Was denn? Keine Versöhnung? sagte K. W. in der Nacht, komm her, ich raub dich, bis du den Verstand verlierst. Aber Jali wollte keine Versöhnung alten Stils. Sie ging in die Küche und unterhielt sich mit den Töpfen und der Katze. K. W. ging zurück in die Kneipe, wo man mutmaßte, seine »Alte« habe ihn rausgeworfen. Der das behauptete, sagte keinen Mucks mehr, nachdem K. W. seinen Kopf gegen die Wand geschlagen hatte. Wenn irgend jemand meine Frau noch einmal alt nennt, sagte K. W., brech ich ihm alle Knochen. Der Wirt spendierte eine Besänftigungslage.

Dann erschien eines Tages aus heiterem Himmel der Horch-Fahrer im Reisebüro. Er trug keinen Mantel, sondern einen weißen Anzug. Er lud K. W. zu einer Spritztour im Horch ein. Es war Vormittag, und K. W. sagte unwirsch, daß er zu arbeiten habe. Der Horch-Fahrer tuschelte mit dem Leiter des Reisebüros, und K. W. erhielt den Rest des Tages frei. Er dachte an Jalis warnende Worte: Dieser Mann ist gefährlich. Wollte er K. W. zwingen, ihm Jali zu überlassen? Sie waren eine Woche zusammen in Süddeutschland gewesen, sicher war er verrückt nach ihr. Er würde sich wundern. Er konnte soviel drohen, wie er wollte, und seine angebliche Macht demonstrieren, das einzige, was er von K. W. kriegen würde, war eine eingeschlagene Schnauze. Auch Maurice hatte es mit der Autotour versucht und am Ende das Feld räumen müssen. Die psychotechnische Methode des Herrn Koebke wirkte Wunder.

Merkwürdigerweise kannte der Horch-Fahrer Herrn Koebke und ließ K. W. von ihm grüßen. Man hört ja nur Gutes über Sie von Herrn Koebke, sagte der Horch-Fahrer, Sie sollen ja ein ganz patenter und intelligenter Mensch sein. Er fuhr mit K. W. in eine Landgaststätte und ließ auftafeln. Das war natürlich ganz Jalis Stil, das war ihre Welt, dachte K. W., Fressen und Saufen vom Feinsten mit »Freunden«, die bezahlten. Er brachte das Thema auf die Reise nach Süddeutschland. Wenn Sie glauben, sagte der Horch-Fahrer, daß ich ein Verhältnis mit Ihrem Fräulein Braut habe, so irren Sie sich. Diese Direktheit gefiel K. W. Der Horch-Fahrer erzählte von seiner Frau und seinen Kindern und dem Hund. Er schien ein ernsthafter Mensch zu sein. Darf ich auch ganz offen sprechen? sagte Karl-Walther. Ich bitte darum, sagte der Horch-Fahrer. K. W. formulierte, ob es im Bereich des Möglichen liege, daß Jali die Macht der Mäntel überschätzte. Er gebrauchte das Wort »der Geheimen« statt »Mäntel«. Aber wir sind nicht im geringsten geheim, sagte der Horch-Fahrer, jeder kennt uns, fragen Sie Ihre Volksfreunde in der Kneipe an der Ecke. Und selbstverständlich überschätzte Jali die Macht des Horch-Fahrers und seiner Organisation. Politik interessiert mich nicht, sagte K. W., ich bin aus Deutsch-Ost. Auch ich finde Politik überflüssig und langweilig, sagte der Horch-Fahrer. Aber es gab Feinde des Großen Ganzen, es waren schmutzige Feinde, und jemand mußte die schmutzige Arbeit tun, sie unschädlich zu machen. Niemand will Kammerjäger sein und Wanzen vernichten, sagte der Horch-Fahrer, aber Sie werden mir zustimmen, Herr Kadamecki, daß diese Arbeit getan werden muß. Eigentlich habe er Musik studiert, erzählte er, Klavier. Früh jedoch habe er dank Herrn Koebke eingesehen, daß sein Talent nicht ausreichen würde, um ein großer Virtuose zu werden. Es dauert, bis man seinen Platz im Leben findet, nicht wahr, Herr Kadamecki. K. W. gab ihm recht. Auch er hatte hart kämpfen müssen. Der Horch-Fahrer verstand sein Handwerk, das mußte ihm der Neid lassen. Er wußte zum Beispiel, daß K. W. im Männerwohnheim gelebt hatte und bald zum Leiter des Reisebüros aufsteigen würde. Er wußte, daß Jali in dubiosen Kreisen verkehrte. Künstler, sagte der Horch-Fahrer. K. W. pflichtete ihm bei. Der Mann besaß Lebenserfahrung. Er wußte, wer im Zoo das Sagen hatte. Er liebte den Zoo mit allen Fasern seines Wesens. Halten Sie sich an die Fräulein Winter und Streng, riet er K. W., ihnen gehört die Zukunft. Er wußte, wer Maurice war und daß er Jali nachgestellt hatte. Geld sollte verboten werden, sagte er. K. W. nickte heftig. Es zersetzt den Charakter, sagte er. Der Horch-Fahrer gab ihm recht. Aber Sie haben diesen Maurice aus dem Feld geschlagen, sagte er, Sie waren stärker. Das will ich meinen, sagte K. W. Dann sprachen sie über Jali, von Mann zu Mann. Sie müssen gut auf sie achtgeben, sagte der Horch-Fahrer. Ich werde sie immer beschützen, sagte K. W. Es ist uns egal, ob sie halb jüdisch oder indisch oder javanesisch oder grönländisch ist, sagte der Horch-Fahrer, da kann ich Ihnen mein Wort drauf geben. Mir ist es auch egal, sagte K. W. Das weiß ich, sagte der Horch-Fahrer. Er hatte Jali für eine besondere Aufgabe ausgesucht, die nur sie erfüllen konnte. Spanien? sagte K. W. Woher wissen Sie? Der Horch-Fahrer lächelte. Sie sollten zu uns kommen, Sie haben eine gute Nase. Kein Wort zu niemandem, sagte der Horch-Fahrer, es ist eine streng geheime Aufgabe. War diese Aufgabe gefährlich für Jali? Ich will ganz ehrlich sein: ja. Aber ist die Liebe nicht auch lebensgefährlich? sagte der Horch-Fahrer. K. W. sah an seinem Gesicht, daß er nicht scherzte. Der Mann kannte das Leben. Und der Auftrag in Spanien war viel weniger gefährlich als die Verweigerung des Auftrages. Schauen Sie, sagte der Horch-Fahrer, ich mag Ihr Fräulein Braut. Doch nicht jeder in seiner Organisation dachte so. Jalis Vater war ein steckbrieflich gesuchter Heiratsschwindler, den sie sich zuerst schnappen würden. Glickstein! sagte K. W. Ihre Mutter war eine spanische Hure mit Verbindungen zur spanischen Unterwelt. Aber ihre Mutter lebt in Litauen, sagte K. W. Schon lange nicht mehr, wußte der Horch-Fahrer. Langsam dämmerte K. W., warum Jali den Auftrag in Spanien nicht annehmen und lieber nach Afrika wollte. Sie schämte sich für ihre Mutter, die keine Tänzerin, sondern eine Hure war. Also machen Sie ihr klar, wie wichtig ihre Mitarbeit ist, sagte der Horch-

Fahrer, und wie gefährlich es für sie und ihre ganze Familie ist, wenn sie ablehnt. Er hatte ihren Bruder Maxie nicht erwähnt. Vielleicht gab es Maxie gar nicht, vielleicht war er eine Erfindung von ihr, wie so vieles. Ich werde mein Bestes tun, sagte K. W. und dachte an seinen Winterplan. Das Schicksal, ein Doppelschicksal, würde entscheiden, in Afrika und in Spanien, was mit ihm und Jali geschah. Beide würden sie in lebensgefährlicher Mission unterwegs sein. Und reisen Sie ruhig nach Deutsch-Ost, sagte der Horch-Fahrer, ich werde dafür sorgen, daß man Ihnen keine Steine in den Weg legt. Also wußte er auch das. K. W. bekam schreckliche Angst. Konnte der Horch-Fahrer Marie-Luise verhindern? Sie können mir vertrauen, sagte der Horch-Fahrer, ich komme aus demselben Stall wie Sie, Kadamecki. Er hob sein Glas zu einem Prost auf Herrn Koebke. K. W. vertraute ihm. Der Horch-Fahrer meinte es gut. Er hätte Jali ja auch einfach verhaften und gewaltsam nach Spanien schaffen können. Aber er kannte das Leben und sah, wie gut sich Jalis Auftrag und K. W.s Winterplan fügten. K. W. beruhigte sich. Nein, der Horch-Fahrer würde Marie-Luise nicht verhindern. Man trennte sich mit festem Händedruck. Der Horch-Fahrer gab ihm eine Telefonnummer. Und vergessen Sie nicht, Sie haben nicht mehr viel Zeit, sagte er.

K. W. wartete bis zum Wochenende. Jali und er wollten einen ganzen Samstag im Zoo verbringen wie früher, mit Thermosflasche und belegten Broten. Jeder hatte sein Buch zum Lesen. Jali las »Menschen unter Glas« von Eckart von Naso, den Roman eines verarmten prinzlichen Rennfahrers. K. W. las *»The Mayor of Casterbridge«* von Thomas Hardy, den Roman eines Säufers, der seine Frau verkaufte, um später Bürgermeister zu werden. Am Nachmittag sollte ein großes Versteckspiel im gesamten Zoo steigen, wie früher. Es ist das einzige Glücksspiel, das ich noch spiele, sagte Jali. Sie gingen ins Vogelhaus, um Schiefhals das Versteck Nummer 1 beizubringen. K. W. schummelte beim Losen und ließ Jali gewinnen. Er wollte, daß sie sich als erste versteckte. So hatte sie Zeit zum Nachdenken über das, was er ihr gleich sagen würde.

Sie kraulte Schiefhals am Kopf und prägte ihm murmelnd ihr Versteck ein.

Sie hatten das Vogelhaus für sich. Bei dem schönen Wetter waren alle Besucher draußen in der Sonne. Unser eigenes Vogelhaus, dachte K. W., wer hat schon sein eigenes Vogelhaus?

»Auf die Plätzen fertig los!« sagte Jali.

»Noch einen Moment, *gordita*«, sagte K. W.

Sie ließ sich neben ihn auf die Bank vor Schiefhals' Käfig fallen. »Jali will Eis!« sagte der Vogel. Jetzt nicht, sagte Jali und raubte K. W. einen langen Kuß. Er probierte seinen durchdringendsten Blick. Sie antwortete mit ihrem Notblick. Er nahm alle seine geheimen Kräfte zusammen und erzählte ihr in groben Zügen von seinem Treffen mit dem Horch-Fahrer. Er verschwieg die peinliche Wahrheit über ihre Mutter, darüber konnte er sie später ausfragen. Er verschwieg seinen Winterplan.

Jalis Gesicht verzerrte sich auf nie gesehene Weise. Ihre Augen verloren alle Funken, so als habe man sie ausgeknipst oder als sei sie plötzlich blind geworden. Wie eine schiefe Wunde klaffte ihr Mund, in dem Zähne nicht mehr zu entdecken waren. Sie wirkte wie eine gefährliche Gemütskranke. Zum ersten Mal, seit er sie kannte, sah sie häßlich aus.

»Du Idiot!« schrie sie. »Ich hab dir gesagt, er ist gefährlich. Kein Wort du darfst ihm glauben! Aber klein K. W. geht in weite Welt hinein wie Hänsen Klein und macht Politik. Ich hab dir gesagt, Politik ist nur für Idioten und Schweine. Wir kümmern uns nicht um Politik! Aber Hänsen Klein weiß immer besser und stolpert über Stock und Stein ausgerechnet mit *ihm*!«

»Beruhige dich. Er ist ein ehrlicher Mann. Er will uns nur helfen. Er hat …«

»Helfen? Laß mich lachen! Du Idiot! Du Elefant im Laden! Bis heute nur ich war in Gefahr. Jetzt sind wir beide.«

»Sprich nicht mit mir in diesem Ton. Du bist nicht meine Lehrerin. Vielleicht erinnerst du dich, wer dein Lehrer ist. Ich wiederhole, er ist ein ehrlicher Mann. Ich habe Charakterkunde studiert, ich kenne mich aus. Gewiß ist der Auftrag in Spanien gefährlich, aber einer muß ihn erledigen. Du solltest stolz sein, daß man dich unter Millionen Leuten erwählt hat. Das Leben ist nun mal gefährlich. Wir beide wissen das. Es ist Kampf. Die Liebe ist auch gefährlich, lebensgefährlich.«

»Und so einer wie dich wollte mich beschützen …« murmelte sie.

»Ich werde dich immer beschützen. Ich halte mein Versprechen. Auch in Spanien werde ich dich beschützen.«

»Wie denn? Idiot!«

Er dachte einen Augenblick nach.

»Mein Schicksal wird dich beschützen«, sagte er.

»Hör auf, Süßeholz zu rispeln, mir wird schlecht«, sagte sie.

»Das Schicksal ist größer als wir. Mein Schicksal ist besonders groß und wird dich beschützen. Und wenn du daran nicht mehr glaubst, bist du verloren und ich suche mir eine andere Frau.«

»Fang gleich an damit. Da draußen sie laufen alle und warten auf dein große Schicksal, Hänsen Klein.«

»Du bist dir des Ernstes der Lage anscheinend nicht bewußt.«

»Ich muß nach Spanien wie ein dummes Politikschwein«, sagte sie leise. »Sonst sie machen mich zu einem Juden und dich auch. *¡A la mierda!* Mein Leben war so gut, ich war berühmt …«

»Berühmtsein zersetzt den Charakter«, sagte K. W. und sah sie durchdringend an. In ihrem Gesicht war eine Starre eingetreten, es glich jetzt einer Totenmaske, der Maske eines Müden.

»Und vergiß nie, du bist nur ein halber Jude«, sagte er. »Und es ist ihm egal, ob du ein Engländer oder Grönländer oder Franzose bist oder ein halber Jude.«

»Ich muß fort.«

»Ja. Nach Spanien. Bald. Bringen wir es hinter uns.«

»Wir?«

»Ja. wir. Eines Tages werde ich dir erklären, was ich damit meine. Das Schicksal wird entscheiden.«

»Du erklärst lieber gleich, weil ich denken muß. Oh, wie ich hasse, wenn ich schnell denken muß!«

»Glickstein«, sagte K. W. Er würde nicht von seinem Winterplan sprechen. Er durfte das Schicksal nicht herausfordern, es nicht beim Namen nennen. Aber er hatte noch den Glickstein-Trumpf im Ärmel.

»Was ist mit ihm?«

»Er wird gesucht. Und obwohl du ihn haßt, wird es dir doch nicht recht sein, wenn man ihn ins Gefängnis sperrt, oder?«

»Ich versteh nichts von was du sagst.«

»Die Sache ist die: Wenn du nicht hilfst, in Spanien Ordnung zu schaffen, sperren sie deinen Vater ein.«

»Idiot! Glickstein ist tot!«

»Du lügst!«

»Tot tot tot!«

»Aber seit Jahren erzählst du mir, daß du noch eine Rechnung mit ihm offen hast.«

»Kann man nur mit Toten haben.«

»Ich glaube dir nicht.« Sie entglitt ihm. Er sah es den wieder zu Leben erwachten blitzenden Augen in ihrem dummen Dickschädel an. Er sagte:

»Und was ist mit deiner Mama? Und mit Maxie? Sind die auch tot?«

»Du gemeiner Kerl!« Sie begann zu weinen. Sie tat ihm leid, aber seine Angriffsposition konnte nicht besser sein, und jetzt oder nie würde er sie dazu bringen, diesen leidigen Spanienauftrag zu erledigen.

»Ich weiß nicht, was Maxie treibt«, sagte er, »aber ich weiß zufällig, daß deine Mama nicht in Litauen, sondern in Spanien ist. Du lügst, wenn du nur den Mund aufmachst. Und sie werden deine Mama einsperren, wenn du nicht tust, was sie sagen, denn deine Mama ist …«

»Ich hasse dich wie ich nie gehaßt habe ein Mensch!«

»… eine Hure und keine Tänzerin, wie du sehr wohl weißt. Und rate mal, was sie mit deiner Mama der Hure machen, wenn du nicht tust, was sie sagen? Sie sperren sie ein! Willst du das?«

»Ich will, daß du weggehst von mein Leben. Ich will, daß ich dich nie wieder sehe.«

Sie sprang auf und rannte aus dem Vogelhaus. K. W. ließ sie laufen. Es war ihre unbeherrschte triebhafte Art, immer fortzulaufen, wenn es ernst wurde. Wie ein kleines Kind merkte sie nie, daß man nur das Beste für sie wollte. So war sie, ein schwieriges Kind, so waren die Kinder. Später beruhigte sie sich dann und bat um Verzeihung für ihre Unbeherrschtheit, die sie »mein Temperament« nannte. Er rauchte eine Zigarette und gab ihr einen Vorsprung. Es war ungut von ihm gewesen, den wahren Beruf ihrer Mama als Trumpf zu benutzen, aber er hatte es für ihre Liebe getan, die nur eine Chance hatte, wenn das Schicksal in Afrika und in Spanien seine Entscheidungen fällte. In Jahren und Jahren würde er es ihr erklären. Oder er würde es Marie-Luise erklären. Er würde es ihren Kindern erklären. Eine Stimme, die er nicht kannte, sagte ein Wort in seinem Kopf, an das er sich vage erinnerte. Sero.

»Li-li-li«, rief er in Schiefhals' Käfig. Der Vogel hangelte sich zu K. W. »Li-li-li, verrat mir ihr Versteck.« Schiefhals schien nachzudenken, oder war es nur seine schiefe Kopfhaltung, die diesen Eindruck erweckte? Er schwieg. »Ist es das Affenpalmenhaus? Affen-Palmen-Haus?« »Ist es Sarotti? Sa-rot-ti?« Langsam verlor er die Geduld mit dem Papagei. »Sag es mir, ich habe keine Lust, den ganzen Zoo durchzukämmen.«

Aber er mußte den ganzen Zoo durchkämmen, und der Zoo war gerammelt voll. Er fand sie nicht. Hatte sie das eiserne Gesetz gebrochen und sich draußen versteckt?

Es war Jalis Dunkelstunde, als er nach Hause ging. Vor einem Kino standen die Menschen in einer langen Schlange. Es gab einen neuen Film, und er spielte mit dem Gedanken, sich den Film anzusehen, um Jali tüchtig schmoren zu lassen. Dann machte er sich Sorgen um sie. Vielleicht war sie zu ihren »Freunden« gelaufen und erzählte ungute Geschichten über ihn.

Sie saß im weinroten Ledersessel und schwieg. K. W. ließ sie schweigen und aß ein belegtes Brot und spielte mit Freddy. Der Kater war Jalis Tier und biß ihn. Er gab ihm ein Stück Wurst. Freddy schnappte nach dem Stück und verschwand damit in einer Ecke wie Rätsel der Rabe.

»Er versteckt sein Futter wie Rätsel«, sagte K. W.

Jali schwieg.

»Hast du dich entschieden? Hast du endlich eingesehen, daß ich nur das Beste für uns will?«

Manchmal schwieg sie lange, um ihm ein Gefühl der Machtlosigkeit zu geben, das ihn bis zum äußersten reizte. Dieses schauspielernde Verhalten lag im Charakter aller Frauen, meinte Herr Koebke.

»Du kannst schweigen, solange du willst. Irgendwann wirst du reden müssen. Und dann verlange ich deine Entscheidung für Spanien«, sagte er und ging ins Schlafzimmer, um Radio zu hören. Bald schlief er ein. Der Tag hatte ihn ermüdet. Er träumte von Schiefhals, der ihm mit verstellter Stimme liebe Worte ins Ohr flüsterte. War es Marie-Luises Stimme? Er wachte auf und hörte eine Frau singen.

Jali saß im weinroten Sessel, zu ihren Füßen stand eine Whiskyflasche, auf dem Grammophon kreiste Meyerbeers Oper.

»Ich wollte dich nicht beleidigen, Jali. Aber wir müssen den Tatsachen ins Auge sehen«, sagte er. »Gib mir einen Schluck von deinem Whisky.« Sie schwieg. Er setzte die Flasche an und trank einen Schluck und noch einen. »Deine Mama«, sagte er, »du kannst sie in Spanien auf den rechten Weg bringen. Oder du bringst sie mit nach Hause, und wir bringen sie auf den rechten Weg.«

Jali schwieg.

Es wurde ihm zu bunt, und er ging in die Kneipe.

In der Kneipe war es ihm zu laut, und er ging wieder nach Hause. Jali hatte die Weltkarte mit der roten Linie zwischen Deutschland und Litauen zerrissen. Die Splitter des Glasrahmens waren überall auf dem Fußboden verstreut. Die Schnipsel der Weltkarte hatte sie zu einem Häufchen zusammengekehrt.

»Du bist abscheulich, Jali. Ich schäme mich für dich. Außerdem war es auch meine Karte.«

»Es war meine Karte von Anfang an«, sagte Jali. Endlich hatte sie ihre Sprache wiedergefunden. »Und ich werde dich lassen. Ich lasse dich morgen früh.«

»Das möcht ich sehen, daß du mich verläßt. Ohne mich bist du nichts. Oder glaubst du, deine dummen Freunde werden dir helfen und mit dir in den Zoo gehen und Gutes für dich tun?«

»Ich werde dich lassen. Geh in deine Kneipe. Ich will schlafen.«

»Nein, du wirst nicht schlafen! Du wirst mir zuhören!«

»Ich werde zu Maurice gehen.«

»Wenn du ihn findest, deinen Maurice. Und wenn du zu ihm gehst, bist du eine Hure wie deine Mutter!«

Er zerrte sie an den Haaren zu ihren Geldverstecken. Sie wehrte sich nicht, sie klagte nicht, sie sagte noch nicht einmal »Aua«.

»Da! Dein Geld! Dein Hurengeld! Wieviel hat er dir gegeben für die Nacht, die Stunde, die Minute, dein Maurice?«

»Mach nicht, daß mein Kopf abfällt von mir«, sagte Jali.

Er warf sie gegen das Bücherregal und griff hinter die Bücher und holte den blutverkrusteten Schlüpfer hervor und hielt ihn ihr unter die Nase.

»Und da! Dein Hurenhöschen! Was habt ihr getrieben? Elende Fotze, du!«

Jali begann hysterisch zu kreischen. Ihre Stimme war häßlicher, als er es je für möglich gehalten hatte.

»War ein Kind!« schrie sie. »War dein Kind!«

»Wo? Wie? Lüg nicht, oder ich schlag dich tot!«

Jali setzte sich auf den Fußboden und vergrub ihr Gesicht zwischen ihren Knien. Sie murmelte irgend etwas.

»Du lügst, wenn du den Mund aufmachst. Eben noch wolltest du zu Maurice. Was hat der Schweinehund mit dir getrieben? Hat er dir wehgetan? Ich schlag ihn tot.«

»Du weißt nicht«, sagte Jali.

»Weil du nur lügst und lügst und lügst!«

»Ja, ich lüg! Und ich vergesse. Immer ich vergesse.«

»Du vergißt deine Lügen und sie folgen dir doch. So ist das mit Lügen. Die Wahrheit kommt immer ans Tageslicht. Was hat er mit dir gemacht? Ich zähle bis zehn.«

Sie murmelte wieder.

»Sprich laut und deutlich!«

»Es war nicht mehr das Land. Es war vor Weihnacht. Es war nicht mehr das Land. Afrika ist das Land.«

»Das hat er dir eingeredet, dein Maurice. Aber was hat er mit dir getrieben vor Weihnachten? Und ich Dummkopf war lieb zu dir und habe dich geliebt und wollte …«

»K. W.!« Jali umklammerte seine Beine. Sie war fürchterlich kräftig. Er stand wie in einem Schraubstock.

»Laß mich los. Ich glaube dir nichts mehr. Schau mich nicht so an. Ich kenne deine Schliche. Du bist wie ein Chamäleon. Du bist schön, aber die Wahrheit ist, daß du häßlich bist.«

»K. W., du hast recht. Ich bin nichts ohne dich. Die ganze Welt ist nichts ohne dich. Du tust mir so leid. Ich liebe dich so. Du tust mir so weh. Wenn du mein Herz nimmst, hast du meins und ich hab keins. K. W., du hast recht. Wir müssen nicht nach Deutsche-Ost, wenn du nicht willst. Ich kenne dein Angst. Du tust mir so leid. Wir müssen fort. Wir sterben sonst.«

»Ich will wissen, was er mit dir getrieben hat, dein Maurice. Eben hast du noch gesagt, daß du zu ihm willst. Ich kann dich nur lieben, wenn du mir ganz allein gehörst. Das ist doch wohl nicht zuviel verlangt. Ich finde sein Geld. Ich finde deine Höschen, voller Blut von den Orgien.«

Jali starrte ihm unbeirrt in die Augen. Sie weinte nicht, sie klagte nicht, sie zeigte ihm ihr schönes Gesicht. Welche Verstellung probierte sie jetzt an ihm aus?

»Bitte, K. W.«, sagte sie. »Madagaskar. Ich habe alles gelesen. Es ist einzigartig auf der Welt. Alles ist einzigartig in Madagaskar. Ich sage dir. Die Blumen! Achttausend Blumen! Tausend Orchideen! Die Tiere! Alle Tiere sind einzigartig in Madagaskar. Hundertfünfzig Frösche! Die Hälfte aller Halbaffen der Welt! Die Fledermause! Die Bäume! Die Naturvölker! Alle einzigartig!«

Sie ließ seine Beine los. Er zog sich zur Tür zurück. Sie blieb auf dem Fußboden. Sie kniete jetzt. Es war ein widerlicher Anblick, ihre Schauspielerei.

»Ich hasse dich«, sagte sie. »Und ich liebe dich. Das ist die Wahrheit von alle Wahrheiten. Ich weiß, du weißt auch. Du haßt mich und du liebst mich auch. So sind wir. Einzigartig. Wir gehören nicht hierher. Wir gehören nach Madagaskar.«

In ihren Augen glänzte das Fernweh des Jahrhunderts. Maurice war schuld. Ihm hatte er es zu verdanken, daß Jali das Land verlassen wollte, in dem K. W. mit ihr glücklich sein konnte, wenn das Schicksal es so entschied und wenn sie mit dem Lügen aufhörte. Jali war nur halb schuld.

»Ich hasse dich nicht«, sagte er. »Ich liebe dich. Aber ich bezweifle, ob du überhaupt begreifst, was wahre Liebe ist. Wenn du mich liebst, wie du behauptest, gehst du nach Spanien. Danach sehen wir weiter.«

»Meine Haut, meine Haare sehen weiter in Madagaskar«, sagte Jali. »Du liebst meine Haut und meine Haare. Laß sie gehn nach Madagaskar.«

»Ich hab die Faxen jetzt dicke«, sagte er. »Schlaf dich aus. Morgen reden wir über Spanien. Ich werde dich beschützen. Dir wird nichts geschehn. Morgen kaufen wir eine neue Karte, und du ziehst wieder die rote Linie. Bis morgen. Ich muß nachdenken.«

»Ist eine Insel«, sagte Jali.

Stellt euch vor, mein Fräulein Braut ist übergeschnappt, erzählte K. W. den Volksfreunden in der Kneipe, sie möchte auf einer Insel wohnen. Wenn's geht auf ihrer eigenen, was? sagten die Volksfreunde. Zustände sind das, sagte der Wirt, wie bei den Hottentotten. Die Weiber wollen nur auf die Inseln wegen der schwarzen Schwänze, ich sag's euch. K. W. ermahnte die Volksfreunde, ihre Zungen im Zaum zu halten. Wegen der hunderttausend Bäume und Frösche will sie auf die Insel, sagte er nach seinem vierten Schnaps. Wenn du's sagst, Karl-Walther, sagten die Volksfreunde. Ich werde ihr eine Reise nach Madeira spendieren, sagte K. W., nächstes Jahr, wenn die Kirschen blühen. Paris, sagte ein Volksfreund, dort heißen die Mädels Janine und Nadine. Griechenland, sagte ein anderer, mein Vetter war da als Schiffskoch. Wo liegt Griechenland? fragten die Volksfreunde einander. Niemand wußte es so genau. Der Grieche Plato, sagte K. W., lebte dort.

Leise schlich er die Treppe hoch. Er wollte Jali nicht aufwecken, denn für heute hatte er genug von ihren Lügen und ihrem Fernweh und seiner Ungewißheit, wie ihr wahres Verhältnis zu Maurice ausgesehen haben mochte. Blutig. Freddy kam ihm entgegen. Der schwarze Kater erstarrte kurz, dann jagte er an K. W. vorbei in den Hof. »Madagaskar«, murmelte K. W. Ein ehemaliger Neu-Langenburger Lehrer lebte dort vergessen in der Wildnis. »Sie würden dich auffressen in Madagaskar, Freddy«, flüsterte er dem Kater hinterher.

Sein Schlüssel paßte nicht ins Türschloß. War er bei Wittig gelandet? Er schaute auf das Namensschild aus Messing, das er an die Tür geschraubt hatte. K.-W. Kadamecki / Jali Klick. Was sie brauchte, war ein richtiger Name, jetzt, wo sie nicht mehr photographierte. Glickstein ging nicht. Auch Salvo-Sainz war durch die Mutter belastet. Wenn er sie zur Frau nahm, würde sich das Problem von alleine lösen. Er pochte leise gegen die Tür.

»Geht weg«, sagte Jalis Stimme augenblicklich direkt hinter der Tür.

»Du spinnst wohl! Laß mich rein.«

Er bohrte seinen Schlüssel in das Schloß, aber sie hatte ihren Schlüssel stecken lassen. Er pochte noch einmal.

»Geht weg.«

»Jali. Mach die Tür auf. Ich bin todmüde. Haben wir für heute nicht genug gestritten?«

Sie schwieg. Dann hörte er ein Scharren. Die Klinke bewegte sich und blieb dann stehen.

»Ich stell einen Stuhl. So du kommst nie rein.«

K. W. wuchtete seine Schulter gegen die Tür. Sie war solide. In einem Anfall Kraft schaffender Wut hämmerte er mit beiden Fäusten gegen die obere Türfüllung. Sie splitterte, aber sie hielt. Seine Fäuste waren rot angeschwollen.

Jali lachte hinter der Tür.

K. W. stürmte nach unten und klingelte die Parusel aus dem Bett. Sie log ihm die Hucke voll. Nein, sie habe keinen zweiten Schlüssel zur Wohnung. Nein, sie wisse nicht, wo der nächste Schlosser wohne. K. W. ging in die Kneipe und trank ein paar Schnäpse. Auch unter den Volksfreunden befand sich kein Schlosser. Sie ist sicher nur ein klein wenig beschwipst, sagte K. W., aber ich will in meinem Bett schlafen. Wir helfen dir, sagten die Volksfreunde, gemeinsam kriegen wir die Tür schon auf.

Gemeinsam, zehn Mann hoch, zogen sie zur Bachstraße 14.

»Aber daß ihr euch anständig benehmt und keinen Lärm macht«, sagte K. W.

Auf Zehenspitzen schlichen die Volksfreunde um den Dschungel herum und die Treppe hinauf. Kurz Lenz' Nachmieter, ein alter Volksfreund aus der Kneipe, hatte ihre Stimmen gehört und schloß sich ihnen an.

Sie fanden kaum Platz alle miteinander auf dem Treppenabsatz.

»Wer ist?« sagte Jali hinter der Tür. Jetzt lachte sie nicht mehr. Ihre Stimme klang verängstigt.

»Mach die Tür auf«, sagte K. W. »Oder ich schlage sie ein.«

»Machen Sie die Tür auf, Fräulein«, sagte einer der Volksfreunde, »dann geschieht Ihnen nichts.«

»Wer ist?« rief Jali.

»Wir sind's«, murmelten die Volksfreunde.

»Hilfe!« schrie Jali aus Leibeskräften.

»Sei ruhig!« sagte K. W., »oder willst du das ganze Haus aufwekken? Mach die Tür auf!«

»Hilft mir!«

»Wir wollen dir ja helfen. Aber du mußt die Tür aufmachen.«

Jetzt schwieg sie wieder.

K. W. gab den Volksfreunden ein Zeichen. Gemeinsam warfen sie sich gegen die Tür.

»Hau ruck! Und noch einmal, hau ruck!«

Die obere Türfüllung brach heraus. K. W. starrte in das viereckige Loch. In der Wohnung war es stockfinster. Es roch nach warmem Kakao.

»Los, weiter!« sagte K. W. »Wir müssen das Schloß knacken.«

»Psst«, sagte einer der Volksfreunde, »ich hör was.«

»Sie ist stinkbesoffen, deine Alte«, sagte ein anderer.

Jali schien den Verstand verloren zu haben.

Sie sang.

Es klang wie ein Kinderlied, als singe sie ihrer Puppe ein Schlaflied.

Arrorró mi niño
Arrorró mi sol
Arrorró pedazo
De mi corazón …

»Hau ruck!«

Dann hörte er einen Schrei im Hof wie von einem Tier. Aber es war Jalis Stimme. Er stürmte die Treppe hinunter, zwei, drei Stufen auf einmal nehmend, wie Jali es tat. Sie lag irgendwo im Dschungel und schrie etwas auf Spanisch. Es hörte sich an, als würde ein Schwein abgestochen. Die Parusel erschien. Die Lichter in den Fenstern gingen an. Die Volksfreunde säumten den Dschungel wie ein Spalier. »Aus dem dritten Stock …« murmelten sie fast respektvoll. Der Krankenwagen kam. K. W. stand abseits. Die Krankenwärter kämpften sich in den Dschungel. Jali hatte aufgehört zu schreien.

K. W. faßte einen Gedanken.

Wenn sie tot war, wie würde er es Glickstein erklären?

Sie trugen Jali auf einer Bahre aus dem Dschungel und durch den dunklen Gang an den Briefkästen vorbei. Sie hatten eine Decke über sie gelegt, obwohl es sehr warm war. Ihr Kopf war nicht bedeckt, ihre Augen waren offen.

Er beugte sich über ihren Kopf.

»Es wird alles gut«, hörte er sich sagen. »Ich beschütze dich.«

Sie schien ihn nicht sehen zu können, sie starrte ins Leere. War sie tot?

»Ist sie tot?«

»Wer sind Sie? Ihr Mann?«

»Nein, ihr Cousin. Ist sie tot?«

»Sie können nicht mitfahren, wenn Sie nicht Ihr Mann sind. Aus dem Weg.«

Auf der Straße umringten die Volksfreunde Frau Parusel. Sie unterhielten sich leise. In den Fenstern zur Straße brannte kein Licht. Es standen Schemen hinter den Gardinen.

Er beugte sich wieder über sie.

»Sag mir die Wahrheit, Jali. Lebt Glickstein noch? Bitte sag es mir.«

Jalis Augen starrten durch ihn hindurch wie die Augen der Tiere im Zoo. Sie öffnete den Mund und sagte aus weiter Ferne: »Nein.« Die Tür des Krankenwagens wurde zugeschlagen. Ein Kopf verschwand hinter einer Gardine im Vorderhaus.

K. W. fuhr mit der Stadtbahn zum Krankenhaus, als der Morgen graute. Er hatte die Nacht auf einem Sofa in der Kneipe verbracht. Die Volksfreunde sprachen ihm Trost zu. Wir sind deine Zeugen, sagten sie.

»Immer dasselbe«, sagte der Arzt im Krankenhaus. »Selbstmorde und Schlaganfälle, verheimlicht.«

Was meinte er?

»Es war kein Selbstmord, Herr Doktor«, sagte K. W., während der Arzt seine immer noch geschwollenen Hände untersuchte. »Sie ist beim Fensterputzen aus dem Fenster gefallen.«

»Mitten in der Nacht?« sagte der Arzt.

Er hätte eher fragen sollen: Beim Fensterputzen? Sie putzte nie Fenster. Ein Protokoll wurde aufgesetzt.

Der Arzt schickte K. W. nach Hause. Es war noch zu früh, etwas über Jalis Zustand zu sagen. Sie lebte. Aber sie konnte sich innere Verletzungen zugezogen haben. Auch ihren Kopf mußte man untersuchen. Kommen Sie abends wieder, sagte der Arzt. K. W. dankte ihm und ging nach Hause.

Er untersuchte den duftenden Dschungel. Die üppig wuchernden feuerroten und gelben und grünbraunen exotischen Pflanzen hatten ihren Fenstersturz abgefangen. Er fand eine flache Mulde, einen schwachen Abdruck von Jali in der Erde. Er weinte ein wenig. Die Mulde sah aus wie der Abdruck ihres Körpers im Bett.

Die Wohnung war sauber und aufgeräumt. Nichts erinnerte an den Streit. Das Geld war wieder in seinen Verstecken, den blutverkrusteten Schlüpfer fand er im Abfalleimer neben einer leeren Flasche Whisky. Nur das Küchenfenster stand offen. Er schloß es. Auch das Wohnzimmerfenster war geöffnet. Sie hatte die Kordel gelöst, die das Fensterkreuz zusammenhielt.

Er putzte die Fenster und zuckte bei jedem Schritt auf der Treppe zusammen. Glickstein lebte. Hatte man ihm die Kunde schon überbracht, daß seine Tochter aus dem Fenster gesprungen war? Aber Sie irren sich, sagte er zu Glickstein, Ihre Tochter ist beim Fensterputzen unglücklich aus dem Fenster gefallen. Ich irre mich nie, sagte Glickstein, gib mir mein Glück zurück, du Hund. K. W. wienerte die Fensterscheiben, bis man sich in ihnen spiegeln konnte.

Er kaufte Blumen und fuhr zum Krankenhaus. Rechtzeitig fiel ihm ein, daß Jali keine Schnittblumen mochte, und er warf sie in einen Papierkorb.

»Hast du meine Zahnbürste?« sagte Jali in sein Ohr.

Im Krankenzimmer war es dunkel. Nur eine kleine Lampe über der Tür glomm. Jali umarmte ihn und berührte sein Gesicht. Es schien ihr wieder gut zu gehen.

»Warum?«

»Weil ich bleiben muß eine Woche. Komm und leg dich zu mir.«

»Aber ...«

Er sah sich im Zimmer um. Die anderen Kranken lagen in ihren Betten und rührten sich nicht. Sie sahen aus wie graue Hügel. Er legte sich neben Jali.

»Was sagt der Arzt?« flüsterte er.

»Hab ich nicht gesagt?« sagte Jali. »Sind wir unsterblich. Und ist das Leben länger, als man denkt. Es tut mir so leid, *gordito*.«

»Mir auch.«

»Ein Stück kürzer bin ich«, sagte sie. »Und mein Kopf ist erschüttert.«

»Und hast du innere Verletzungen?«

»Nein.«

»Du hast Glück gehabt, Dummerchen.«

»Heiße ich auch Glückstein.«

Er fragte sie eindringlich und küßte sie dabei und streichelte sie dabei, ob Glickstein noch lebte. Sie habe gelogen, sagte sie, er lebte noch. Und wo? Niemand weiß das, sagte sie, aber fürchte dich nicht vor ihm, uns kann niemand mehr trennen.

Sie schmiegten sich aneinander.

»Stiehlt mich ein kleines bißchen«, sagte Jali und knöpfte seine Hose auf.

»Nicht hier, Jali! Außerdem hast du eine Gehirnerschütterung.«

»Ach, K. W.«

»Ich will deine Sommersprossen wieder zählen.«

»Ich will dein Schüler wieder sein. Und dein Lehrer für neue Geheimesprache.«

»Und wie heißt die neue Geheimsprache?«

»Ist geheim.«

»Ich will nie wieder mit dir streiten, Jali.«

»Ich auch nicht.«

»Ich will dich heiraten. Nächstes Jahr.«

»Übernächste Jahr. Erst ich gehe nach Spanien.«

Er umarmte sie, wie er sie noch nie umarmt hatte, feierlich, wie einen Mann, einen Freund. Er dankte stumm dem Schicksal. Jali war wahr geworden.

»Ich besuche dich jeden Tag nach der Arbeit.«

»Mit Zahnbürste.«

»Es wird eine lange Woche ohne dich.«

»Grüß die Tiere im Zoo.«

»Alle werd ich grüßen, nur Schiefhals nicht. Schiefhals ist schuld. Wenn er mir dein Versteck verraten hätte, wäre ich bei dir gewesen und wir hätten alles geklärt und du wärst nicht gestürzt. Eines Tages dreh ich ihm den Hals um.«

»No lo hagas por favor.«

»Also gut. Ich werd's mir überlegen.«

Er besuchte sie jeden Abend. Sie sprachen über ihr neues gemeinsames Leben. Diesmal würden sie alles richtig machen. Spanien würde Jali nichts anhaben können, denn das Schicksal war auf ihrer Seite und auf der Seite des Großen Ganzen. Er deutete an, daß er im Winter vielleicht für kurze Zeit in Familienangelegenheiten nach Deutsch-Ost müsse.

»Dann werde ich schon zurück sein aus Spanien«, sagte sie.

»Und kannst endlich unseren Volkswagen vom Zoo holen«, sagte er.

»Warte nur«, sagte sie in ihrem knisternden Geheimnistonfall. Auf ihren Wangen erschienen die rotgezackten Feuerquallen.

Einmal sah er sie aus einer Entfernung von hinten in ihrem Morgenmantel im Garten des Krankenhauses. War sie wirklich ein Stück kürzer geworden? Er konnte keinen Unterschied zu früher feststellen. Sie ging sehr langsam. Sie bückte sich und starrte auf die Erde. Was hatte sie entdeckt? Ein vierblättriges Kleeblatt? Sie suchte nach vierblättrigen Kleeblättern noch auf dem geringsten Flecken Grün. Langsam richtete sie sich wieder auf und kratzte ihren Rücken. So würde sie aussehen, wenn sie alt war.

Sie beschlossen, die Zeit vor ihrer Spanienreise zu nutzen und nur noch der Liebe zu leben. Es war ein goldener Herbst, wie man in Deutschland sagte, und eine goldene Zeit für die wiedergewonnene Liebe des Jahrhunderts. Man mußte die Liebe erst verlieren, um sie wieder zurückzugewinnen, sinnierte Jali. Alles, was sie jetzt sagte, klang wahr und ernst, auch wenn sie lachte oder lächelte. Sie war zum Anbeißen schön.

Selten dachte K. W. an M.-L., und nie sprachen Jali und er über den Fenstersturz. Auch nicht, als sie feststellten, daß Freddy wohl für immer verschwunden war. Er war oft herumgestromert, tagelang, aber seit dem Sturz waren Wochen vergangen, und er blieb aus. Jali trauerte um ihn. Sie stellte Futter in den Hof und einmal sogar eine Kerze. Wir holen uns einen neuen Kater, sagte K. W. Nein, sagte Jali, ich will Klavierspielen lernen. Schade, daß mir Kurz nicht sein Klavier gegeben hat, sagte sie, bevor er zur Kur ging. Wie und woher sie es beschaffte, war K. W. ein Rätsel, aber eines Tages stand das Klavier im Wohnzimmer, als er von der Arbeit kam, und Jali saß davor und übte Tonleitern.

»Escaleras«, sagte sie.

Das Wetter schlug um, es regnete ununterbrochen, und sie wurden rasch müde. Sogar im Zoo schliefen sie ein, im Affenpalmenhaus, Jalis Kopf ruhte auf seiner Schulter. Sie verbrachten ganze Wochenenden im Bett mit Bier und Buletten und hörten Radio. Wenn er Jali gestohlen hatte, oder sie ihn, krochen sie auf allen vieren von der Matratze durch die Diele und zum Klavier, wo Jali sich romantische Lieder zusammensuchte auf den weißen und den schwarzen Tasten. Nackt lag K. W. neben dem Klavier auf dem Fußboden und beobachtete ihre großen braunen Füße auf den Pedalen.

»Die Schildkröten hab ich«, sagte Jali am Klavier, »aber wo sind Walfische?«

»Hm?«

»Du weißt, Tezcatlipoca. Er ließ die Musik von die Sonne bringen auf der Walfischschildkrötbrücke.«

»Wenn du es sagst.«

Dann kam der Tag, als sie ihm das Auto schenkte.

Sie hatte begonnen, überall im Zoo Muratti-Schachteln zu verbuddeln. Für später, meinte sie, wenn ich in Spanien bin, dann kannst du sie suchen und finden. Aber der Zoo ist groß, meinte er. Nicht so groß wie unsere Liebe, sagte Jali. An einem verregneten Tag ließ sie ihn durch den Zoo irren auf der Suche nach einer ganz besonderen Blechschachtel. Sie gab ihm Hinweise. Schiefhals fragen. Er fragte den verräterischen Vogel. Jali will Eis, sagte Schiefhals. K. W. suchte am Holzhäuschen, wo im Sommer Eis verkauft wurde. Er fand einen Pfeil, dem er nachging. Jali sprang ausgelassen um ihn herum wie ein junger Schwarzer Panther. Schließlich gelangten sie zum Teich des Ersten Kusses. Aus einer Zeitung hatte sie ein Schiffchen gefaltet, das still am Ufer stand. Vorhin ist es geschwommen, sagte sie. Er stieg über das Geländer und fand im Schiffchen eine Muratti-Schachtel. Sie enthielt einen Schlüssel. Es war ein Autoschlüssel.

Der BMW parkte vor dem Zooeingang. Opa der Platzanweiser öffnete K. W. die Fahrertür. Dann ging er um den Wagen herum und öffnete Jali die Tür des Beifahrersitzes. K. W. steckte den Schlüssel ins Zündschloß. Er paßte.

»Für dich«, sagte Jali. »Für den Schlüssel, der nicht gepaßt hat.«

»Was meinst du?«

»Du weißt schon. Die Nacht.«

Wenn überhaupt, sprachen sie von Jalis Fenstersturz in wohlgewählten Worten. »Der Sturz«, sagten sie. Oder »Die Nacht«. Oder »Der Fall«. Jali sprach gern vom »Flug«. Wie sie »geflogen« war. Sie war stolz auf ihren »Flug«, den sie überlebt hatte. Wärst du in deinem kümmerlichen Gemüsebeet gelandet, sagte K. W., würdest du dir jetzt die Radieschen von unten betrachten. Sie beschlossen, den Dschungel im nächsten Sommer zu hegen und zu pflegen.

»Aber ich kann ja gar nicht autofahren«, sagte K. W. im BMW.

Sie tauschten die Plätze. Jali steuerte den BMW auf die Autobahn. Sie fuhr so schnell, daß einem angst und bange werden konnte. Sie brachte K. W. das Autofahren bei. Wieder und wieder mußte er im Morgengrauen um einen kleinen Platz kurven. Das wichtigste seien die Kurven, meinte Jali. Sie ließ nicht locker, und eines Morgens kurvte er endlich elegant genug um den Platz. Stolz stieg er aus dem BMW. Jali klopfte ihm auf die Schulter.

»Nun kannst du auch das«, sagte sie.

Der BMW schüchterte die Parusel ein und riß die Volksfreunde zu Begeisterungsstürmen hin. Aber Jali hatte ihr ganzes Geld dafür ausgegeben und einen großen Teil der zehntausend Mark. K. W. hatte immer gewußt, daß sie den Scheck nicht verspielt hatte, und als sie es ihm sagte, lobte er sie für ihre Wahrheitsliebe. Er fand es gerecht, daß Maurice letzten Endes büßen mußte für seinen Versuch, Jali zu kaufen und ins Ausland zu locken. Er hätte sich schwarz geärgert, wieviel Spaß sie mit dem Auto hatten. Sie sprachen nie über Maurice.

»Ich werde bald mehr Gehalt bekommen, wenn ich Leiter des Reisebüros bin«, sagte K. W.

Jeden Tag meldete sich Jali bei der Organisation des Horch-Fahrers, um den Spanienauftrag bald hinter sich zu bringen.

»Und? Was hat er gesagt?« sagte K. W.

»Bald«, sagte Jali.

K. W. nickte. Er würde seinen Winterplan verschieben, bis Jali gesund und munter zurück war aus Spanien.

Jali entfernte ihre alten Photographien von den Wänden und verkaufte sie an einen Altwarenhändler.

»Einsamkeit mit Bildern«, sagte sie. »Langweilig.«

»Was meinst du damit?«

»Pfff.«

»Ich fand einige doch sehr schön«, sagte K. W.

»Machen mich einsam«, sagte sie.

»Aber ich bin bei dir.«

Sie schubste ihn in den weinroten Sessel und stahl ihn auf der Stelle. Dann spielte sie Klavier, während K. W. Kaffee kochte. Er war froh, daß er ihn nur für zwei kochte. Seit Wochen planten sie, Jalis »Freunde« zum Kaffee einzuladen. Aber jedesmal, wenn Jali zum Fernsprecher griff, hielt sie inne und sagte: Warum bleiben wir nicht lieber allein? Ja, warum eigentlich nicht? sagte K. W. Und sie brieten Buletten und öffneten die Bierflaschen und sprangen ins Bett wie Fische in ihr Element.

»Die Erfindung von Tieren«, las Jali vor, »von Jali Klick. Meinem Mensch, K. W. Es waren einmal ein junger Mann und eine junge Frau, die suchten die Tiere im Zoo ...«

»Besuchten«, sagte K. W.

»Nein, suchten«, sagte Jali.

»Aber wir müssen die Tiere doch nicht suchen im Zoo. Sie sind doch immer da. *Besuchen* heißt es.«

»Woher du weißt, daß ich uns meine?«

»Wen sonst?«

Es war Nacht, aber nicht neblig, als sie im Fenster einen Feuerschein am Himmel sahen. Irgendwo brennt's, sagte K. W. Am nächsten Tag erfuhr er im Reisebüro, daß ein paar Kaufhäuser angezündet worden waren, wo die Reichen sich zu Tode fraßen. Und die Juden, die auch, sagte ein Angestellter des Reisebüros. Kauft nicht bei den Juden. Ich bin hier der stellvertretende Leiter, sagte K. W., und ich rate Ihnen, Ihre Zunge im Zaum zu halten. Jeder weiß, sagte er, daß keiner die Juden innerlich mag, sogar die Juden mögen innerlich keine Juden, das kann ich Ihnen schriftlich geben. Aber keiner gibt es richtig zu. Oh doch, sagte der Angestellte, ich gebe es zu. Ich mag das Pack nicht. Es gibt solche und solche, sagte K. W., es gibt welche, die verlassen ihre Familie und sind zu ächten oder haben das Land zu verlassen oder sollen es besser gar nicht erst betreten. Es gibt aber auch welche, die nur halbe Juden sind, so wie ich nur halber Deutscher bin, denn ich stamme aus Deutsch-Ost. Und diese Halben lesen Plato und retten Spanien oder verkaufen gute Brötchen und guten Kuchen. Bei ihnen kaufe ich gerne ein. Sie haben sich gegen uns verschworen, sagte der Angestellte. Und sie sind schuld am Untergang der Titanic. Unsinn, sagte K. W., ein Eisberg war schuld am Untergang der Titanic. Nein, ein Goldberg, flüsterte der Angestellte. Scherzte er oder war es ihm ernst?

»Glaubst du, daß die vollen Juden sich gegen uns verschworen haben?« sagte er zu Jali, als sie sich nach Dienstschluß im Zoo trafen.

»Ich weiß es nicht«, sagte Jali. »Aber ich denke nach.« Es regnete, ein kalter Wind blies. Sie trugen ihre Teddymäntel. »Meine Geschichte zerbricht meinen Kopf«, sagte Jali. Der Zoo war menschenleer. Auch tierleer schien er zu sein, die Gehege lagen wie ausgestorben im Regen. »Vielleicht ich sollte schreiben: Sie suchten die Tiere draußen und besuchten die Tiere im Stall«, sagte Jali.

Auch Sarotti war nicht zu sehen, obwohl er, wie die Fräulein Winter und Streng versicherten, als wetterfestes Tier eigentlich nie in den Innenkäfig mußte. Der Regen wurde stärker. Auch unter der Kolumbus-Eiche fanden sie keinen Schutz, von ihren ungezählten Blättern fielen dicke Tropfen.

»Kommt, wir klettern«, sagte Jali.

Sie versuchten es, aber ihre Teddymäntel hatten sich vollgesogen und hingen wie schwere Rüstungen an ihren Rücken. Jali sprang von der untersten Astgabel, auf die sie es immerhin geschafft hatte. K. W. fing sie auf. Ihr Gesicht war braunrot und naß und glühte von einem geheimen Jaliwissen, das mit ihrer Geschichte zu tun haben mußte. Er küßte sie. Ich weiß dein Gesicht jetzt auswendig, sagte er. Und ich deines, sagte Jali. Sie zog einen in Zellophan gewickelten kleinen Photoapparat aus ihrer Manteltasche.

»Bitte!« sagte sie.

»Bitte nicht.«

»Nur eins«, sagte sie. »Du siehst heut aus wie ein großer alter Wasservogel.«

»Ich denke, du wolltest nicht mehr photographieren.«

»Nur eins.«

Er seufzte und stellte sich in Positur.

Sie kniff ein Auge zusammen. Das andere versteckte sie hinter der Kamera. Plötzlich fiel ihm ein, warum er es nicht mochte, wenn sie ihn photographierte. Sie wurde zu einer Einäugigen hinter dem Apparat, sie wurde ihm unheimlich.

»Ich seh den Steinböckberg hinter deine Schulter«, sagte sie. »Das gibt ein Photo!«

Sie drückte auf den Auslöser, aber nichts passierte. Sie untersuchte den Apparat.

»Kaputt«, sagte sie.

»Ich bin untröstlich«, sagte K. W. grinsend.

»Technische Wunder«, sagte Jali und legte die Kamera unter die Kolumbus-Eiche.

»Du kannst doch nicht einfach eine Kamera in den Regen stellen«, sagte K. W.

»War eine billige«, sagte sie.

»Sieht«, sagte Jali, auf den leeren Steinbockfelsen zeigend. »Da müßten wir klettern.«

»Erstens ist es verboten und zweitens ist er zu hoch«, sagte K. W.

Jali nahm seine kalte Hand in ihre kalte Hand.

»Gibt es nur einen höchsten Berg auf der Welt«, sagte sie. »Und wenn du auf ihm nicht stehen bleiben kannst, mußt du herunterfallen. Du kannst nicht zurück in ein kleines Leben. Du kannst nicht mehr niedrig leben. Du bist verloren für alle anderen Berge. Und du warst mein höchster Berg. Kommt, wir trinken ein Kakao.«

»*A nous deux*«, sagte K. W.

»*Todo en tu abrazo*«, sagte Jali.

Am nächsten Tag verließ sie ihn. Sie schrieb keinen Brief und keinen Zettel, sie ging einfach fort. Es war kein Zootag, und er kam von der Arbeit direkt nach Hause, und sie war fort. Sie hatte nichts mitgenommen, noch nicht einmal die Wäsche in ihrer Kommode und ihr dunkelblaues Kleid mit den weißen Punkten und ihre Rolleicord und ihren Koffer, also konnte sie nicht nach Spanien gefahren sein, überstürzt wie früher, als sie noch Photoreporterin war.

K. W. rief das Reisebüro an, entschuldigte sich und verbrachte drei Tage im Bett, das nach Jali roch.

Dann rief er diejenigen ihrer »Freunde« an, von denen er hoffte, daß sie ehrliche Freunde waren. Keiner hatte sie gesehen, keiner hatte von ihr gehört.

Keine Panik, dachte K. W. Vielleicht ist sie doch in Spanien, vielleicht ist ihr Auftrag geheimer als im Kino, und sie mußte alle ihre Sachen hierlassen, weil sie einen falschen Namen benutzte.

Er wählte die Nummer, die der Horch-Fahrer ihm gegeben hatte. Nach langem Hin und Her wurde er mit dem Horch-Fahrer verbunden. K. W. bat ihn um ein Treffen.

Der Horch-Fahrer erschien lächelnd im Zoo-Restaurant und war in Eile. Diesmal wußte er nichts.

»Ich habe keine Ahnung, wo sie steckt«, sagte er.

»Aber sie hat sich doch jeden Tag bei Ihnen gemeldet wegen Spanien. Und ich habe sie zu Spanien überredet. Mir haben Sie es zu verdanken, daß sie jetzt in Spanien ist. Sie können mir vertrauen. Ich sage nichts und zu keinem.«

»Ich wiederhole, ich habe keine Ahnung, wo sie steckt.«

»Aber sie hat sich doch jeden Tag bei Ihnen gemeldet.«

»Nicht daß ich wüßte. Wir haben eine Bessere für Spanien gefunden. Und wenn Sie keinen Ärger wollen, vergessen Sie Spanien, Kadamecki.«

»Es gibt keine Bessere als Jali. Sie spricht neun Sprachen. Zehn Sprachen. Sie kann photographieren und sich verstellen. Sie hat ...«

»Vielleicht gibt es einen Besseren als Sie, Freundchen«, sagte der Horch-Fahrer und stand auf und zog seinen Mantel an.

»Wie darf ich das verstehen?«

»Vielleicht ist sie Ihnen durchgebrannt. Glauben Sie im Ernst, daß Sie der einzige waren? Dieses Früchtchten hat schon ganz andere in den Ruin getrieben, das können Sie mir glauben.«

»Sie lügen!«

»Sehe ich aus wie ein Lügner?«

Nein, er sah nicht aus wie ein Lügner. Er sah gefährlich aus. Gefährliche Leute hatten es nicht nötig zu lügen.

»Tragen Sie es wie ein Mann«, sagte der Horch-Fahrer. »Wir danken Ihnen trotzdem für Ihre Hilfe. Fahren Sie ein paar Monate nach Deutsch-Ost und suchen Sie sich ein ordentliches Mädel. Und grüßen Sie Koebke von mir.«

»Wann kann ich Sie wiedersehn? Vielleicht müssen Sie mir helfen, Jali zu finden, wenn ich sie nicht finde.«

Der Horch-Fahrer lachte schallend.

»Sie können von Glück sagen, wenn Sie mich nicht wiedersehen«, sagte er und ging.

K. W. verschob die Reise nach Afrika. Jede Nacht suchte er Jali in der Stadt. Wochenlang trank er Whisky mit Fremden in dunklen Bars. Der Leiter des Reisebüros kam ihm komisch, und K. W. schlug ihn nieder und wurde entlassen. Er ging zum Institut für Praktische Menschenkenntnis, um Herrn Koebke einzuschalten, aber Herr Koebke gab einen neuen Kursus, in der Tschechoslowakei. Er verkaufte den BMW und durchsuchte die Wohnung. Auch das, was von ihrem Geld übrig war, hatte Jali zurückgelassen.

Er durchlebte eine tragische tränenreiche Zeit, in der er zuviel trank und sich dem Spott der Volksfreunde in der Kneipe aussetzte und in Jalis angefangenen Geschichten las. Ihr Verrat war ungeheuerlich und schmerzte tiefer als Marie-Luises Verrat, denn hier saß er im Land seiner Träume und saß noch nicht einmal auf einem Scherbenhaufen, sondern im weinroten Ledersessel, und Jalis Bücher starrten ihn bunt an, ja, es schien ihm, daß die Bücher in manchen Nächten lächelten und sich untereinander in den fremden Sprachen über ihn lustig machten. *Monito*, hörte er ein Buch sagen. Er warf es aus dem Fenster.

Und konnte noch nicht einmal das nächste Schiff nehmen und nach Afrika reisen. Weil sie ihn gar nicht verlassen hatte, weil sie ihm nur einen Streich spielte.

Und wußte nicht, ob er groß genug war für die Einsamkeit, die ihn jetzt jede Nacht anfiel wie ein Räuber, der ihn nicht beraubte, sondern in den schillerndsten Farben von erregenden Raubzügen erzählte.

Und wollte Jali nicht hassen, weil er sie liebte, mehr als Marie-Luise, viel mehr. Wer war schon Marie-Luise? Ein Gespenst, eine blutleere Zukunftsverächterin aus Neu-Langenburg, eine höhere Tochter aus der Familie, die seinen armen Vater in den Freitod getrieben hatte. Ein Krümel war sie verglichen mit Jali, ein trauriger Rest.

Und konnte nicht mehr in den Zoo gehen, obwohl sie dort eines Tages auf ihn warten und ihn heilen würde. Kein Tier gab es dort, das nicht von ihr sprach, das ihn nicht mit ihren Augen ansah, das nicht Eis forderte für sie.

Weihnachten kam, und Opa der Platzanweiser schenkte dem Verlassenen das einzige Geschenk. Er winkte K. W. zu sich, der wie ein verwundetes Tier vor dem Zoo hin und her lief. Sie kommt wieder, sagte Opa, der K. W.s trauriges Los kannte, ich werde es vielleicht nicht mehr erleben, denn ich bin alt, aber sie kommt wieder. Keiner, der je in diesem Zoo war und noch einen Atemzug tun kann, wird diesem Zoo den Rücken kehren. Sie kommen alle wieder, sagte Opa, Sie werden sehen, Herr Student, wir werden alle zusammensein im Zoo wie eine große Familie.

Dann erzählte er K. W. eine Geschichte. Eines Tages war Jali mit blutendem Finger zu ihm gekommen und hatte ihn um ein Pflaster gebeten.

»Der Rabe hatte sie gebissen«, sagte Opa. »Aber sie strahlte, das Fräulein Klick. Nie hat sie sich getraut, den Raben anzufassen. Und an diesem Tag hat sie ihn angefaßt, und er hat auch gleich kräftig zugehackt. Und sie kam zu mir gerannt und sagte: Stell dir vor, Opa, es tut gar nicht weh. Richtig stolz war sie, das verrückte Fräulein.«

Opa nahm K. W. bei der Hand und führte ihn in den Zoo. Weinend ging K. W. zu Rätsel dem Raben und verbrachte den Weihnachtsabend vor seinem Käfig, bis Opa die Glocke läutete.

Die Parusel lud ihn ein zu einem Punsch, aber er lehnte ab. Die herzlose Frau schien froh darüber zu sein, daß Jali nicht mehr im Haus wohnte.

Silvester betrank er sich in der Kneipe, bis man ihn hinauswarf. Die Volksfreunde wollten seine Freunde nicht mehr sein, weil er seinen Humor und seine Kraft verloren hatte.

Endlich, nach so langer Zeit, lernte er Herrn Wittig kennen. Wie Jali sich gefreut hätte. Herr Wittig war weder ein Geist noch ein Mantel, er war Privatgelehrter und verließ nur selten die Wohnung. Er sah ein wenig aus wie der arme Dostojewski. Herr Wittig gab K. W. Bücher über das Mittelalter, das sein privates Lehrgebiet war, und die Bücher bildeten bald einen Kreis um Jalis Matratze. Auch im Mittelalter hatten die Menschen gelitten an der Liebe, doch sie zogen in den Krieg, um sich zu heilen, und rundum gab es meilenweit keinen Krieg, in den K. W. hätte ziehen können.

Da Herr Wittig ihn an Dostojewski alias Herrn Ebers erinnert hatte, zog K. W. los, um Jalis armen alten Freund zu suchen. Vielleicht wußte er etwas über sie, vielleicht konnten seine geheimen Kräfte des »Schauens« den Ort schauen, wo sie sich jetzt aufhielt.

Es wurde Frühling, und er fand ihn nicht.

Er lebte von Jalis und Maurice' Geld und lernte Spanisch.

Er las Jalis spanische Bücher mit einem Lexikon.

Er plante eine Reise nach Spanien, um ihre Mama zu suchen.

Manchmal träumte er von Glickstein.

Hatte Glickstein am Ende gewonnen und sein Glück heimlich still und leise abgeholt, als K. W. an jenem Schicksalstag ahnungslos Reisen verkaufte?

Wer bist du, Glickstein? Wo bist du? Ist sie bei dir?

Er mußte nach Spanien. Er fühlte, dort war sie.

Das Geld ging ihm aus.

Er arbeitete in einem anderen Reisebüro, aber sein Fernweh nach Spanien wurde so groß, daß er beschloß, nie wieder in seinem Leben in einem Reisebüro zu arbeiten.

Die Miete war zu hoch.

Er mußte ausziehen.

Auf Wiedersehen, Bachstraße 14, schrieb er in das Tagebuch.

Er schenkte Jalis Bücher Herrn Wittig und die Möbel dem Männerwohnheim »Walter Frei«.

In der Rumpelkammer fand er eine Tüte voller Haare. Er ließ die Tüte fallen und verschloß die Rumpelkammer.

Unter dem Teppich fand er eine Postkarte aus Neu-Langenburg. »Es tut mir so leid«, schrieb Marie-Luise. Er zerriß die Postkarte und warf die Schnipsel in den Abfalleimer.

Er fand ein Photo, das ihn zeigte und unter dem »Moment mal« in Druckschrift stand. Er zerriß das Photo und verbrannte die Schnipsel.

Er saß auf seinen Habseligkeiten in der leeren Wohnung und las in Jalis und seinem gemeinsamen Tagebuch. Es roch noch immer nach ihrem Haarwaschmittel, in das es gefallen war. Er blätterte darin. Er fand eine Eintragung, die er noch nicht kannte. Sein Herz raste. Es war krank, hatten die Ärzte festgestellt. Er las:

Ich vermisse dich.

Jetzt erinnerte er sich. Vor langer Zeit hatte er übermütig vorausgeblättert im Tagebuch und diesen Satz unter ein beliebiges Datum geschrieben, damit Jali sich freute, wenn sie ihn später las. Durfte man der Zeit ein solches Schnippchen schlagen?

Offenbar hatte Jali die Eintragung gelesen, denn darunter stand in ihrer krakeligen kugeligen Schrift:

Wie viele Sache konntest du dich überhaupt nicht vorstellen als du dies geschrieben hast?

Er zog in eine Pension in der Nähe des Zoos. Die Fräulein Winter und Streng gaben ihm eine Arbeit als Stallknecht. Nur im Zoo konnte er sein, bis er nach Spanien fuhr. Aber vielleicht war Jali schon in Madagaskar? Heimlich begann er in den Stallungen im Heu versteckt die

Nächte zu verbringen. Die Tiere sprachen wie Jali. Die Menschen waren böse. Er selbst war auch nicht besser. Mit keinem war zu reden. Heitler war ein Genie. Das Essen war schlecht. Jali hatte es gut. Endlich konnte sie nach Herzenslust reisen.

*

»Wo ist der Schlauch?«

»Weiß nicht.«

»Holen Sie den Schlauch.«

Die Lösung des Problems bestand darin, genau das zu tun, was *nicht* von einem erwartet wurde. Hast du Angst vor der Wiederholung? Dann wiederhole die Wiederholung, bis sie sich selbst aufhebt. Das Resultat wird etwas Neues sein. Aufschub, bis auch das Neue seines eigenen Neuseins gewahr wird und nach Wiederholung strebt.

»Hier ist der Schlauch.«

»Wecken Sie die Würmer.«

»Wenn Sie meinen …«

»Ich sagte: wecken!«

Wiege nicht ein Kind in den Schlaf, sondern gleich drei, vorzugsweise Drillinge.

»Julia ist nicht das Problem. *Sie* sind das Problem.«

»Ich?«

»Tun Sie nicht so dumm. Sie haben wieder vergessen, ihr die Pille zu geben.«

»Hab ich nicht.«

»Und das da?«

Doro zeigte auf die drei schlafenden acht Wochen alten Löwenjungen. Überpopulation drohte im Raubtierhaus.

»Weiß auch nicht, wie das passieren konnte.«

Johannes Schmeckel spritzte die ineinander verknäulten Löwen naß, sie zuckten wie tödlich Verwundete, sperrten ihre kleinen Rachen auf, zeigten ihre Fänge, fauchten tonlos.

Drillinge wären gut. Säugen, wickeln, waschen, Karriere unterbrechen, alles nur 1 x 3. Drei Genies von Dorothee Matthes-Sachs-Kadamecki, Zoologin und Zauberin, und Karl-Walther Kadamecki, Sexmonster und liebender Ehemann.

»Wir könnten sie an einen Freizeitpark in Süddeutschland geben«, sagte Hanne Schmeckel.

»Sie einfach aussetzen? Ohne Julia? Kommt nicht in Frage. Holen Sie Dr. Daniels.«

»Sind Sie befugt, Fräulein Matthes?«

»Rufen Sie den Direktor an, Sie Schwachkopf. Natürlich bin ich befugt.«

»Aber wenn Nelke kommt, bedeutet das die Spritze.«

»*That's the idea*, Schmeckel. Wir werden sie einschläfern.«

»Ich könnt jetzt einiges sagen, aber ich sag's nicht. War schon immer gefährlich, was zu sagen im Zoo oder so'n Wurm liebzuhaben. Siehe Papageno. Erst hängen sie ihm das Kreuz um für den Kagu, dann wird er gefeuert.«

»…«

»Stimmt es, daß heute Ihr letzter Tag im Raubtierhaus ist?«

»Da sind Sie froh, Schmeckel, was? Bin Ihnen ganz schön auf die Nerven gegangen, oder? Informieren Sie mich trotzdem in der Sekunde, wenn Sali eintrifft.«

»Jawohl, Fräulein Matthes.«

»Tut mir leid, Schmeckel. Sie sind lange genug im Geschäft. Es ist eine einfache Rechnung. Wieviel Raum, wieviel Stück, wie hoch die Lebenserwartung und so weiter. Also holen Sie Nelke und bringen Sie's hinter sich.«

Doro ließ den verblödeten sentimentalen Revierchef Raubtiere stehen und ging durch das von knurpsenden Freßlauten erfüllte

Raubtierhaus zum hinteren Ausgang. Salis alter Käfig war freigemacht worden, schon hing seine Legende wieder an den Gittern. Wie Karl-Walther vor Freude tanzen würde. Die Kollegen in Sydney hatten ganze Arbeit geleistet. Doro hatte es nicht nach Sydney geschafft. Ihre neue Dissertation nahm sie Tag und Nacht in Anspruch. Sie hielt sich mit Appetitzüglern wach. Als der Anruf aus Australien kam, wußte sie zuerst nicht, von wem die Rede war. Persischer Leopard? Sie steckte mitten in Studien über den philippinischen Prinz-Alfred-Hirsch. Dann rief Prof. Loring selbst an, wie außerordentlich rührend. Sali stand wackelig auf seinen vier Pfoten und schlabberte Wasser in Sydney, zwei Tage später fraß er und war außer Gefahr. Doro wollte die erste sein, die Karl-Walther die Nachricht überbrachte.

Noch dauerte ihr Doppelschweigen an. Lieben hieß schweigen und warten, wenn zwei so seelenverwandte Geschöpfe wie sie und Karl-Walther aufeinanderprallten. Die Vorfreude wuchs, die Seelenverwandtschaft steigerte sich in ungeahnte Potenzen. Sie war bei ihm, in Gedanken. Sie spürte, daß er an nichts anderes dachte als an Doro im Zoo, er war ganz nah, buchstäblich, denn er wohnte in einer Pension unweit des Zoos. Auch das ein Zeichen, daß er ihren geheimen Plan kannte und verstand, ohne daß sie je ein Wort darüber hatte verlieren müssen. Sobald ihre Promotion unter Dach und Fach war, würde sie mit ihm eine Wohnung suchen, ihm Amerika zeigen und ihn dort heiraten, in Arizona vielleicht, in der Weite. Urlaub und Hochzeitsreise könnten zusammengelegt werden. Unter den Sternen Arizonas wollte sie »empfangen« (wie hübsch die altmodische deutsche Sprache doch sein konnte), Drillinge, Zwillinge. Prof. Grabert aus Heidelberg hatte eine neue aufsehenerregende Studie veröffentlicht, nach der die Chancen für Zwillinge oder gar Drillinge proportional wuchsen mit der Intensität des Begattungsaktes, es gab interessante Eckdaten und Fallstudien, die sich aufregend lasen. Sollte Karl-Walther ruhig seine fiktiven Njassalflußpferdlieder prusten beim Ficken, wenn dabei Genies herauskamen. Sie hatte ihm die

Afrikalüge verziehen, obwohl der Direktor sie bei seiner kurzen Abschiedsrede im kleinsten Kreis noch einmal aufgewärmt hatte. Geboren und aufgewachsen in Afrika, in Deutschland zu einem der großen Tierpfleger herangereift. Karl-Walther war bei Nacht und Nebel aus dem Nilpferdannex ausgezogen, am Tag darauf weinte der Zoo, sogar die Tiere meinte sie klagen zu hören. Wie sie vorausgesagt und vorausgewünscht hatte, ging er auf dem Höhepunkt seiner Popularität, nach der Bundesverdienstkreuzverleihung, nach Schiefhals' Erhebung zum Superstar. Die Zeitungen widmeten ihm Schlagzeilen, eine versprach sogar eine Fortsetzungsserie über sein Leben und Wirken im Zoo, die aber bisher noch nicht erschienen war. Wahrscheinlich wartete man pietätvoll, bis die Leute die schaurig übertriebenen Berichte über den Unfalltod Juniors vergessen hatten, der für den Direktor nicht nur ein persönlicher Schicksalsschlag (wie blind es zuschlug in Glück und Unglück, meinten die Zeitungen, aber Doro wußte um das statistische Mittelmaß des Schicksals), sondern auch eine enorme Erschütterung seines sorgsam aufgebauten Public-Relations-Konzepts gewesen war, denn jetzt im Herbst sollten die Zeitungen eigentlich voll sein von Vorberichten über das Neue Nachttierhaus. Statt dessen woben sie an der Legende des »jäh aus seinem genialischen musikalischen Schaffen gerissenen Saxophonisten«, der angeblich mit den Tieren geredet hatte, bevor er seine Soli spielte. Im Zoo kannte man natürlich die wahren Hintergründe. Der Träumer hatte ein paar Sekunden lang nicht aufgepaßt, was bei den Gnus 10:1 tödlich ausgehen mußte, denn sie ließen nicht mit sich »reden«. Noch hatte Doro keine Gelegenheit gehabt, dem Direktor ihr Beileid auszusprechen. Ihr Kontakt zu ihm lief über das Telefon und Memos. Zur Beerdigung Juniors im Zoo neben dem Iguanodon-Denkmal am ehemaligen Aquarium war sie nicht eingeladen worden und befand sich damit in bester Gesellschaft. Hinter den zuletzt für die Wirkus-Absperrung benutzten Holzgattern trug der Direktor seinen Sohn fast allein zu Grabe, noch nicht einmal Frl. Friederike war dabei. Auch die Frau des Direktors (man vergaß immer wieder, daß sie Juniors

Mutter war, daß sie überhaupt eine Mutter war) fehlte. Sie befinde sich mit einem Schock in einem Privatsanatorium, hieß es. Zugelassen waren der Aufsichtsratsvorsitzende, der Obervermessungsingenieur, der Souverän, der Regierungsrat, der Professor und Chris, dessen Aufheulen bis ins K 2 zu hören war. Danach hatte sie nichts mehr von ihm gehört. Auch seinen Würstchenstand gab es nicht mehr. Wo wohnte er, nun, da Karl-Walther ausgezogen war? Drei Testanrufe in der Pension, und immer hatten sich dem Telefon nur Karl-Walthers leicht schlurfende Schritte genähert. Ich lieb dich, mein Alter, sagte sie stumm, bevor sie, sobald er seinen Namen sagte, auflegte. Sie war sich hundertprozentig sicher, daß er wußte, wer da vielsagend aufgelegt hatte.

Es regnete und matschte, und die Blätter fielen in der Dunkelheit. Doro entfernte ein gelbes Blatt aus ihren kurzgeschnittenen Haaren und preßte es an ihre Wange. Am Robbenbecken, in dem ein neues Kegelrobbenpärchen kleine Kreise schwamm, sah sie aus den Augenwinkeln einen Schatten im Gebüsch hinter den Zebrastallungen. Sie blieb still stehen. Der Schmierer und Pinguinmörder lief noch frei herum, vielleicht war das ihre Chance, Chris zu fassen (es mußte Chris sein, denn wer blieb übrig, der Professor?). Den Professor ließen Tiere kalt, warum sollte er sie also aufschlitzen ohne wissenschaftliches Interesse? Außerdem war er kein Herostrat, im Gegenteil, er verwischte seine Spuren. Chris hingegen versicherte zwar, daß er sich »geändert« habe und »lieb« geworden sei, hatte aber in der Pathologie gearbeitet (als Leichenwäscher?) und in Haydn, Ohio, ihre zwei Schildkröten »Hanni« und »Nanni« im Rausch gewaltsam geöffnet.

Wenn ich ihn auf frischer Tat ertappe und, da er mir vertraut und mich braucht, gleich auch noch dingfest mache, habe ich ein für allemal Ruhe vor ihm. Ich werde mit meiner Aussage dafür sorgen, daß er nicht ins Gefängnis, sondern in eine psychiatrische Klinik kommt, wo Karl-Walther und ich ihn besuchen können.

Sie schlenderte um die Robbenanlage wie eine Besucherin und

versuchte den Anschein zu erwecken, als schaute sie die Tiere an, während sie in Wirklichkeit die Ohren spitzte und die Muskeln anspannte. Sie hörte ein ziemlich lautes Rascheln und patschende Schritte, die sich rasch entfernten. Sie sprintete zum Zebragehege. Es war keine Schmiererei zu entdecken, auch kein massakriertes Zebrafohlen. Vom Schatten im Gebüsch keine Spur. Es gab tausend Möglichkeiten, sich hier in der Runde zu verstecken, und sie hatte keine Lust, mit Chris Räuber und Gendarm zu spielen wie in der Spätzeit nach ihrer Rückkehr aus Amerika. Im Matsch zeichneten sich Abdrücke von Gummistiefeln ab. Chris trug oft gelbe Gummistiefel. Sie fand einen kleinen erdverschmierten Zettel, der aussah wie eine Kinokarte und sich bei näherer Untersuchung als U-Bahn-Fahrschein entpuppte. Doro war seit ihrer Ankunft im Zoo noch nie mit der U-Bahn gefahren. Der Fahrschein verströmte einen Duft, der ihr bekannt vorkam. War es ein Parfum? Schüttete Chris nicht jeden Morgen kübelweise *After Shave* der Marke Wiedehopf über Gesicht und Klamotten?

In der Eingangshalle des K 2 brannte Licht. Zwei weiße Kittel des Professors und ein dunkelblauer Cashmeremantel hingen am Garderobenständer. Er war also zurückgekehrt von seiner jüngsten Reise nach Japan, wo er angeblich alle zwei Wochen eine seiner »Firmen«, von Doros Kollegen auch *brain trusts* genannt, inspizierte. Sie glaubte nicht an diese Reisen. Er war die ganze Zeit da, sie konnte seine Anwesenheit im K 2 fühlen. Noch hatte er ihren Brief nicht beantwortet, kein Treffen vorgeschlagen, keine Reaktion gezeigt. Sie waren einander nur bei zwei Gelegenheiten begegnet, bei Karl-Walthers Ordensverleihung und der offiziellen Eröffnung der Baustelle Neues Nachttierhaus. Beide Male hatte der Professor sie keines Blickes gewürdigt. Natürlich versuchte er, Zeit zu schinden, um seine Spuren besser verwischen zu können, nachdem Doro ihm geschrieben hatte, daß sie ihm in Sachen Schwesternmord auf die Schliche gekommen war. Weiterhin schrien seine Augenkranken Tiere zu allen Stunden des Tages und der Nacht und verstummten ebenso abrupt, wie sie begonnen hatten. Es war sonnenklar, daß sie in einem Kreis der Qualen dahinvegetierten, der ein Stromkreis war. Einmal träumte Doro (je weniger sie schlief, desto mehr träumte sie), daß sie die Tiere aus dem Labor befreite. In ihrem Traum fand sie nur Tierleichen, aber von keiner ihr bekannten Tierart, sie sahen eher aus wie tiergewordene Gebrauchsgegenstände: Kaffeekannen, Weinflaschen, Kerzenständer. Unter einem Berg blutiger Tücher und Tupfer lag der Professor, ebenfalls tot, und sie schüttelte und rüttelte ihn rasend vor Wut, daß er sich ihrer Aufdeckung und Rache entzogen hatte, denn er war freiwillig aus dem Leben gegangen, zwischen seinen Zähnen steckte eine zerbissene Giftkapsel. Dann war Karl-Walther gekommen und hatte in einer finster klingenden Sprache eine Art Gedicht aufgesagt, und die Tiere erwachten zu neuem Leben und humpelten, Kaffeekanne, Weinflasche, Kerzenständer, hinaus in die Welt, von der Doro nicht wußte, wie sie aussah, je ausgesehen hatte, so als habe sie das Labor nie verlassen, und Karl-Walther humpelte den Wesen hinterher. Sie wollte ihm folgen, aber sie konnte nicht, ihre Beine waren Menschenbeine, und an der Tür des Labors hing ein Schild zum Weltausgang: Für Menschen verboten, und sie mußte das Verbot befolgen. Natürlich war die Deutung des Traumes, den sie gleich nach dem Zähneputzen in ihrem Tagebuch festhielt, kinderleicht. Plus minus einiger Psychoschrottdetails war es ein Traum von Verstellung (Karl-Walthers Afrikalüge, die dunkle Sprache) und leichten Zukunftsängsten (die ungewisse Welt draußen, die Einrichtung der neuen Wohnung). Die wirkliche Befreiung der Augenkranken Tiere würde wesentlich dramatischer verlaufen, dessen war sie gewiß.

Sie stellte den Fernseher an (nur bei laufendem Fernseher konnte sie sich konzentrieren und die Höchstleistungen vollbringen, die von ihr erwartet wurden) und drehte den Ton auf halbe Lautstärke. Irgendwelche Kriege waren im Gange, ein Hund hatten den Ärmelkanal durchschwommen, das Wetter sollte schlecht bleiben. Sie schluckte zwei Appetitzügler und begann, die Computerausdrucke zu studieren.

In zwei Stunden hatte sie einen Termin beim Direktor, der ebenfalls rund um die Uhr arbeitete. Die ganze Nacht brannte das Licht in seinem Büro, ein Gerücht besagte, daß Conte Condoli ihn mit Hypnose wachhielt. Oder wirkte der Schock über den Tod seines Sohnes arbeitsintensivierend? Wie einsam er war, der Direktor. Wie wenig mutig von seiner Frau, sich gerade in dieser schweren Zeit mit irgendwelchen Psychomacken ins Sanatorium zurückzuziehen. Doro hatte mehr von ihr erwartet. Daß sie nun endlich zurückkommen und ihren durchdringenden (aber wohlwollenden?) Blick auf Doros Arbeit im Zoo richten würde, war ihr zweiter Gedanke nach Juniors Tod gewesen. Ihren ersten Gedanken hatte sie vergessen.

In zwei Stunden mußte sie dem Direktor die ersten vierzig Seiten ihrer neuen Dissertation abliefern. Daß der Verlassene sich überhaupt in dieser schweren Zeit darum kümmerte, wo er so viele Dinge gleichzeitig zu bedenken und zu entscheiden hatte. Sie würde Karl-Walther nie verlassen. Sie sah den Direktor in seiner Einsamkeit und empfand tiefes Mitleid. Wovon er wohl lebte, von seinen Erinnerungen? Von belegten Broten, hastig zwischen zwei Sitzungen verschlungen? Verlassene Liebende saßen oft schweigend stundenlang in einem Sessel oder lagen auf dem Teppich und bissen hinein oder starben in dem Sessel. Von den vierzig ersten Seiten ihrer neuen Doktorarbeit waren dreiundzwanzig bedeckt mit Zahlen, Kolonnen, Formeln, statistischen Formeln. Der Direktor hielt ihre verglaste Abenteuerröhre für noch nicht praktikabel, der Zeit weit voraus. Eines Tages … schrieb er in einem seiner Memos, die jetzt endlich begonnen hatten, mit schöner Regelmäßigkeit in Doros Fach in der Verwaltung dunkelblau aufzuschimmern. DIREKTOR AN MATTHES. Er hatte ihr die Augen geöffnet, wie es nur die ganz großen Lehrer vermochten. Zoologie, und nicht verquaste Philosophie, lautete seine *message* für Doro. Natürlich war er begeistert gewesen von Doros erster Fassung ihrer Arbeit über Bewegungsstereotypien bei Großkatzen. Aber in seinem Memo schrieb er, kurz und genialisch schlüssig, daß dieses negativ besetzte Thema nur zu einem »grandiosen Scheitern« führen könnte, da es der völlig unerforschten Interaktion Mensch–Tier im Zoo gewidmet war. Größere Geister, mit Verlaub, hätten sich daran versucht und seien elendig gescheitert. Um die Interaktion Mensch–Tier im Zoo zu erforschen, bedürfe es einer großangelegten weltweiten feldzugartigen jahrzehntelangen Mammutstudie eines interdisziplinären Teams von Zoologen, Biologen, Veterinären, Humanmedizinern, Ethologen, Tierpsychologen, Architekten, Statistikern, Semiotikern, Schmerzforschern, Tierfilmern, Tontechnikern und außergewöhnlich begabten Tierpflegern. Wenn die Zeit reif war, würde auch sie reifer sein, schrieb der Direktor, und in diesem erlesensten Team der Wissenschaftsgeschichte an leitender Stelle mitwirken. Wollte sie, so schloß er, ihre Laufbahn mit einem grandiosen Scheitern beginnen? Nein, wollte sie nicht. Sie las die Photokopie ihrer ersten Doktorarbeit in Ruhe durch und fand sie, in diesem Licht betrachtet, kümmerlich, dilettantisch (sie *haßte* Dilettanten), anmaßend, bemüht originell, ja sogar in vielen Passagen, die ihre Studien am einzelnen Tier (an Sali) schilderten, geradezu schwülstig.

In drei Stunden hatte sie sich in das vom Direktor vorgeschlagene neue Thema eingelesen, und eine neue Welt tat sich auf. Der Direktor lieferte den Computer gleich mit, das wundervolle Gerät wurde ihr Lehrer, ihr Schüler, ihr Tröster, ihr Freund. »Genetische Analyse eines Tierbestands am Beispiel des Prinz-Alfred-Hirschs« preschte von 0 auf 100 wie ein Gepard, um dann abzuheben wie eine Wildente. Schlagartig, beinahe anfallartig (genialisch?) überschaute sie das neue Gebiet, begriff die Strukturen, sah die Möglichkeiten. Ohne die genetische Analyse des Bestandes einer spezifischen Tierart ging im Zoo gar nichts. Dazu gehörten die Erfassung der Verwandtschaftsverhältnisse, die Beschreibung und Ausdeutung der Alterspyramide, die exakte Berechnung des Inzucht-Koeffizienten und die Feststellung des genetischen Materials, das von importierten Tieren in den Bestand des Zoonachwuchses weitervererbt wurde. Unter Beachtung all dieser Daten konnte der zuchtbuchführende Zoo mit Hilfe des Computerprogramms herausfinden, welche Partner einer weltweit verstreuten Art zur Nachzucht am besten zusammenpaßten. Ziel war der Aufbau von Zuchtgruppen seltener Tiere, für die andere, häufigere, weichen mußten, da der Raum naturgemäß begrenzt war. Doro stürzte sich in diese aufregende Arbeit, sie hatte schon nach wenigen Tagen das Gefühl, sich mit Riesen*sprüngen* dem Schaltzentrum einer gewaltigen Macht zu nähern. Nur mit ihrer Hilfe würde es in Zukunft überhaupt möglich sein, die seltensten aller Tiere zu züchten, ohne sie würde kein Zoo auf Erden eine Zukunft überhaupt erleben. Und Dorothee Matthes, die ewig Mangelhafte in Mathematik, durfte staunen über ihren traumwandlerischen, fast zauberischen Umgang mit Zahlen, Daten, Formeln, Statistik. Die Welt der Reihen und Wiederholungen und Kombinationen stimulierte, erregte sie. Wunder der Vererbung. Nicht die grauhaarige Frau, die vorgab ihre Mutter zu sein und eins und eins nicht zusammenzählen konnte, sondern Horst Sachs, der (momentan leider arbeitslose) Ingenieur, hatte ihr diese schlummernden Potenzen mit auf den Weg gegeben. Es war reine Kunst, es war eine schöpferische Tätigkeit.

Der leise Spätnachmittagsregen hatte sich in einen prasselnden Spätabendregen verwandelt. Irgendwelche Vögel verbargen sich im Gestrüpp und raschelten nervös, als Doro vorbeiging. Sie preßte die vierzig Seiten unter ihrem Dufflecoat an ihre Brust. Es wird kälter, dachte sie, was Karl-Walther wohl gerade macht? Wie sie besaß er eine rasche Auffassungsgabe und würde die Stadt erkunden und seine neue aufregende Situation. Wahrscheinlich war er im Zoo geboren worden. Draußen unter den Menschen mußte er nun, in fortgeschrittenem Alter, aber *young at heart*, eine neue Welt entdecken und erobern, ebenso wie Doro es jetzt tat. In weniger als drei Monaten stand ihre Prüfung bevor, wenn sie die Diss bis dahin schaffte. Der Direktor hatte eine Promotion im Schnellverfahren angekündigt. Wie alle wirklich großen Lehrer und Praktiker hielt er nichts von »Attesten« durch »außenstehende Fachidioten«, als welche er die Prüfungskommission subsumierte.

Das nimmermüde falsche Stück Frl. Friederike (zwar die Chefsekretärin, aber eben doch nur eine *Sekretärin*) war im Vorzimmer mit Schreibarbeiten beschäftigt. Obwohl Weihnachten wirklich noch in weiter Ferne lag (zwei Monate=eine Diss=eine revolutionäre Richtungsänderung in Doros Leben), verschickte sie bereits wieder ihre dümmlichen Mitmachaufforderungen für das »Doppelte Lottchen«, das nun als Singspiel aufgeführt werden sollte. Dem Vernehmen nach hatte sich Nelke für die Rolle eines der Lottchen beworben. Du entsprichst nicht den Vorstellungen, die ich von einem Mann habe, hatte Doro den Engländer aus ihrem Privatleben entlassen, du wirst meinen Anforderungen nicht gerecht. Worauf Daniels das Dümmste sagte, was je ein Mann zu ihr gesagt hatte: »Später vielleicht werde ich deinen Anforderungen entsprechen?« Sollte er seine Mutter in Norwich vögeln.

»Sie können reingehen«, sagte Frl. Friederike.

»Ach wirklich?« sagte Doro und ging hinein.

Der Direktor kniete vor einem Modell des Neuen Nachttierhauses. Er befand sich in Augenhöhe mit dem Eingang des NN, einem Säulengebilde mit Kolbenkreuzen. Schon das Modell wirkte gigantisch in seiner Ausdehnung, es nahm den gesamten hinteren Teil des Büros ein, den früher ein antiker Globus und eine Sitzgrupppe aus Velours verunstaltet hatten. Das fertige NN würde den Nordteil des Zoos beanspruchen und über die Zoogrenzen in die Stadt hineinragen. Der Direktor nahm ihre vierzig Seiten entgegen und setzte sich an seinen Schreibtisch.

»Weiter so«, sagte er, als er die Seitenzahl auf der letzten Seite sah. »Es ist ein offenes Geheimnis, Matthes, daß Sie ein Verhältnis mit Kadamecki haben.«

»…«

»Bevor Sie irgend etwas sagen – dieses Verhältnis interessiert mich nicht. Mich interessieren zwei Dinge. Erstens: Er soll mir die Mäuse von Pompeji zurückgeben, die er hat mitgehen lassen, oder ich verklage ihn. Zweitens: Wenn er verantwortlich ist für die Flucht des Kappengeiers, wenn das sozusagen seine Abschiedsvorstellung war, werde ich ihn nicht nur verklagen, sondern VERNICHTEN. Er hat seinen Universalschlüssel nicht vorschriftsmäßig abgegeben. Wahrscheinlich hat er sich nachts in den Zoo geschlichen und den Geier herausgelassen. Wie sehen Sie die Lage, Kollegin?«

»Welcher Geier, wenn ich fragen darf?«

»Ein Kappengeier, haben Sie keine OHREN? Kreist seit gestern über der Stadt. Noch hat die Presse keinen Wind davon bekommen. Ich habe keine Zeit, mich um alles zu kümmern. Fangen Sie den Geier. Kadamecki soll Ihnen dabei helfen, oder ich kenne mich nicht mehr.«

»Aber meine Dissertation, mein …«

»Die schreibt sich von selbst. Lächerlich, welche Bedeutung heutzutage beschriebenem Papier zugemessen wird, von hier bis zum Planeten Pluto reicht die Eselsbrücke aus Dissertationen dümmlicher Assistenten. Womit ich nicht SIE meine, Matthes. IHRE Dissertation ist von großem Wert für die Zukunft des Zoos. Sie bekommen Funkgeräte, Fangnetze, Leitern, was Sie wollen. Oberstes Gebot: weder die Feuerwehr noch die Polizei einschalten. Verstanden?«

»Wie … wo soll ich … wo ist der Geier jetzt?«

»Was weiß ich? Kreist. Ein neues Exemplar, Flügel noch unbeschnitten. Wenn Kadamecki nicht kooperiert, nehmen Sie seinen provisorischen Nachfolger mit auf die Jagd. Außerdem wird die Vogelwarte helfen. Die Leute dort sind eingeweiht.«

»Na dann …« sagte Doro erleichtert.

Der Direktor schob ihr eine voluminöse Akte über den Tisch.

»Ferner wünsche ich, daß Sie mit Ihrem Computer dieses Material verarbeiten und die nötigen Schlüsse daraus ziehen, sprich: mir Vorschläge machen, wie viele Erdarbeiter ich einsparen kann. Hier sind alle aufgelistet. Erschrecken Sie nicht, es sind unaussprechliche … Namen darunter. Als ob ich etwas zu verschenken hätte, rennen sie mir den Zoo ein, die Erdarbeiter aus allen Ländern der Erde. Also: Arbeits-Koeffizient, Effektivität, Anfälligkeit für sogenannte Krankheiten, will meinen Neigung zu krimineller Krankschreibung, soziale

Verträglichkeit und Assimilationsfähigkeit, Auffälligkeiten. Bis gestern, Matthes, das hat absoluten Vorrang.«

»Und der Geier? Und meine Dissertation?«

»Der Geier wird am besten am frühen Morgen gefangen, in Ihrer Freizeit. Die Dissertation wird überragend, das weiß ich, das Thema ist unfehlbar.«

»Aber ich habe gar keine Freizeit mehr. Ich schlafe kaum noch.«

»MEINEN SIE, ICH SCHLAFE? Ich habe einen Vierundzwanzigstundentag, der in Wahrheit ein Achtundvierzigstundentag ist, und das ist noch stark untertrieben. Also, ich erwarte Ihre Taten und Berichte.«

Der Direktor kam hinter seinem Schreibtisch hervor. Es schien, als wollte er seinen langen Arm um sie legen, aber er ließ es. Er kraulte seinen gestutzten Bart.

»Sehen Sie, Matthes, es bricht eine neue Epoche an. Wir alle müssen unser Bestes geben, um die … Größe früherer Epochen wiederauferstehen zu lassen und sie womöglich noch zu übertreffen. Und Sie befinden sich an vorderster Front. Ob Sie einen Geier einfangen oder eine Statistik erstellen, es dient alles ein und derselben Sache.«

Der Direktor lächelte. Sie hatte ihn selten lächeln sehen. Lachen, ja, aber lächeln, selten. Er tat ihr so leid. Wie sah das Innenleben des Verlassenen aus?

»Herr Direktor, ich bin noch gar nicht dazu gekommen, Ihnen zum Tod Ihres Sohnes mein Beileid …«

»Ja.«

»Es ist schrecklich.«

»Ja ja.«

Der Direktor starrte auf ein Paket, das neben seinem Schreibtisch lag. Es war in rosafarbenes Geschenkpapier gewickelt. »Meinem lieben Direktor« las sie. Sie kannte die Schrift. Es war die Schrift des Professors. Vielleicht war es ein Beileidsgeschenk, das der Direktor noch nicht die Kraft gefunden hatte zu öffnen.

»Wir alle vermissen ihn so.«

»Kondolieren Sie nicht mir, Matthes, kondolieren Sie Christoph. Er ist jung und tragisch veranlagt. Der Tod seines Freundes hat ihn fast um den Verstand gebracht.«

»Sie meinen Christoph Dalluge.«

»Sie wissen sehr wohl, wen ich meine. Er wohnt jetzt in Juniors Zimmer, bis ich weiß … bis er weiß, was er mit dem Rest seines jungen Lebens anfangen soll.«

Chris hatte also noch immer nicht aufgegeben. Jetzt wohnte er schon im Hause des Direktors und, wie geschmacklos, im Zimmer des toten Musikers, der ihm so haushoch überlegen gewesen war an Sensibilität und Begabung. Ich werde ihn schnappen und als Schmierer und Tiermörder entlarven, dachte sie, als sie wieder vor ihrem Computer saß und die Daten der Erdarbeiter zu erfassen begann.

»Jung und tragisch veranlagt«, diese Worte des Direktors hingen ihr nach. War auch sie »tragisch veranlagt«? Gewesen, Doro, gewesen. Jetzt bist du nur noch jung und mitten im Werden einer neuen Epoche und an ihrem Werden unmittelbar beteiligt.

Auch wenn er jetzt *teacher's pet* war, sie wollte Chris nie wiedersehen, nicht als Chris jedenfalls. Als Schmierer und Mörder gerne. Ihr Mitleid vor der Sydney-Reise (manchmal dachte sie: Ich war in Sydney, kann mich nur nicht genau daran erinnern) hatte sich verflüchtigt wie der vage Duft des U-Bahn-Fahrscheins, den sie in diesem Augenblick wieder zu riechen meinte. Es gab keine Lösung des Chris-Problems. Es gab nur den radikalen Abbruch sämtlicher Beziehungen, einschließlich der Telefonate und Briefe. Der U-Bahn-Geruch wurde stärker. Es klopfte an der Tür.

Ohne auf ihr »Herein« zu warten, steckte der Professor seinen Echsenschädel durch die Tür.

»Besuch für Sie, Kollegin.«

Chris natürlich, die gedankenlesende Klette.

»Ich bin nicht zu sprechen.«

»Ich glaube schon«, sagte der Professor und ließ eine vermummte

Gestalt ein. Dann zog er sanft die Tür zu. Sie hörte seine Schritte in der Eingangshalle.

Die vermummte Gestalt roch nach dem Fahrscheinparfum. Alles an ihr tropfte, der häßliche Salz-und-Pfeffer-Mantel, der überlappende schwarze Plastikhut, die Augen. Ihre Füße steckten in Chris' gelben Gummistiefeln. Es war die grauhaarige Frau, es war ihre »Mutter« Käthe Matthes.

Doros erster Besuch von draußen schüttelte sich tropfensprühend wie eine alte graue Hündin. Wie oft hatte sich Doro vorgestellt, daß ihr erster Besuch von draußen ein bedeutender Wissenschaftler sein würde, der ihr gratulieren wollte, oder ein überraschender *prince charming* (das war vor Karl-Walther), der sie vernaschen und vernaschen und vernaschen und bewundern und heiraten wollte. Und nun stand, bestialisch stinkend, das armselige Straßendorf mit seinen zwei Höfen und seinem Legolandpostamt in Gestalt der grauhaarigen Frau hier und wußte wie immer nicht, was es sagen sollte. Der grauhaarigen Frau kullerten sinnlose Tränen aus den blöden Kuhaugen. Doro federte zum Schreibtisch und ließ sich vor ihrem Computer in den Stuhl fallen. Sie nahm einen Appetitzügler. In der ausgestreckten Hand der Frau lagen zwei vom Regen durchweichte Schokoriegel. »Al Amini, Ali«, las sie auf ihrem Computerbildschirm.

»Ich soll dich von Christoph grüßen. Er hat mir seine Stiefel geborgt«, sagte die Frau. »Ich hab dir deine Lieblingsschokolade mitgebracht.«

»Nie ein Wort, nie ein lieber Gruß«, sagte die Frau.

»…«

»Papa läßt dich grüßen. Er konnt leider nicht mitkommen, er hat's mit der Galle.«

»…«

»Was für ein höflicher gutaussehender Mann, der mir die Tür aufgemacht hat. Komisch, ich hatte gar nicht geklingelt.«

»…«

»Und Brümmel und Fanti und Grisi und Rillie lassen dich auch ganz doll grüßen.«

»Sagtest du ›Rillie‹?« sagte Doro.

»Ja. Kennst du denn dein kleines Rillielein nicht mehr? Es war immer dein Lieblingslämmchen. Jetzt ist es groß. Keinen kennst du mehr. Wir machen uns solche Sorgen.«

»Merkwürdig«, sagte Doro.

»Ach, das findest du merkwürdig, wenn deine Mutter sich sorgt, wie es jede anständige Mutter an ihrer Stelle auch tun würde. Wenn sie sich nachts die Augen ausweint und wenn sie ihr einziges Kind vermißt und wenn sie ihm keinen Kuchen schicken darf und wenn …«

»Sprich nicht von dir in der dritten Person. Ich bin nicht dein Kind. Ich hatte ein Tier, das ›Rillie‹ hieß?«

»Es gibt so ein hübsches Photo von dir und Rillie, da warst du gerade zehn.«

»Du hast keine Ahnung, wie alt ich bin, denn ich bin nicht dein Kind.« Was für ein absurder Zufall, daß mein Haustier hieß wie die »Außerirdischen« des Jochen Wirkus, dachte Doro. Oder steckte Chris dahinter? Hatte er der Frau von gewissen Zoogeschehnissen erzählt und benutzte sie dieses Wissen nun, um ihr wieder einmal Angst einzujagen mit einer falschen Vergangenheit, einem falschen Namen, einer falschen Erinnerung? Doro konnte sich an kein Lamm namens Rillie erinnern. Von Anfang an hat die Frau mein Leben gesteuert und erfunden und verfälscht und in den Schmutz von Straßendorf gezogen, wo ich heute noch sitzen würde mit irgendeinem stumpfsinnigen Lamm, wenn ich nicht so hochbegabt wäre und es Amerika nicht gäbe.

»Was heißt das, du bist nicht mein Kind? Du bist das einzige, was ich habe. Du bist meine Dorothee.«

»Ich heiße nicht Dorothee und *ich bin nicht dein Kind*! Das weißt du ganz genau.«

Die Frau begann zu schluchzen. Sie hockte sich auf Doros ungemachtes Bett.

»Alle haben's gesagt, alle haben gesagt, daß der Zoo nicht gut für dich ist, daß sie dir hier den Kopf verdrehen und dich foltern und dir Flausen in den Kopf setzen.«

»Wer sind ›alle‹?«

»Christoph hat's gesagt.«

»Das dachte ich mir.«

»Und jetzt verleugnest du deine eigene Mutter, die dir alles gegeben hat, was eine Mutter ihrem Kind nur geben kann. Liebe, ein Heim, etwas Gutes zu essen, gute Luft, gutes ...«

»Ein Heim, genau! Da hast du mich her, aus einem Heim.«

»Ich hab's dir nie verschwiegen.«

»Mein Name ist nicht Matthes und nicht Dorothee.«

»Aber warum denn nicht? Es ist doch ein schöner Name.«

»Es ist ein provisorischer Name. Bald werde ich meinen richtigen Vornamen wissen.«

»Aber sind Namen nicht ganz gleich, mein Kind? Was wirst du bald wissen? Von wem?«

»Von meinen richtigen wahren Eltern.«

»Die gibt es nicht. Die sind tot. Das sind Verbrecher.«

»Es gibt sie, und ich stehe in Kontakt mit ihnen, und demnächst werde ich sie kennenlernen, und ich habe *Geschwister*.«

Die Frau heulte hemmungslos. Auch Doro mußte weinen. Sie ohrfeigte ihr eigenes Gesicht. Dann biß sie in ihre eigene Hand. Zum Glück hatte sie sich schon lange nicht mehr übergeben müssen. Sie dachte an all die verlorene Zeit mit der falschen Mutter, im falschen Dorf, mit dem falschen Vater, dem Suffkopp. All die Jahre, die sie brav an den lügenden Lippen dieser Leute hing wie die Augenkranken Tiere am Stromkreis des Professors für Schmerzforschung. All die Jahre, in denen ihre Erbanlagen unterdrückt und manipuliert wurden durch falsche Liebe und die Oberbemutterung einer kindersüchtigen Kuh und durch Schokoriegel. All die einsamen nutzlosen Jahre am Arsch der Welt. Sie weinte um sich wie nie zuvor. Gegenüber hockte das Bündel Frau und weinte mit ihr im Chor.

Doro riß sich zusammen. Es war das letzte Mal, daß sie mit Käthe

Matthes irgend etwas gemeinsam tun würde. Es reichte, daß sie mit ihr jeden Abend, eine ganze Kindheit lang, »Der Mond ist aufgegangen« hatte singen müssen.

»Du gehst jetzt. Wir bleiben in Kontakt. Ich werde bald heiraten. Wir schicken dir eine Karte.«

»Wärst du doch bloß nie in den Zoo gegangen. Als Kind wolltest du Bäuerin werden.«

»Du lügst. Ich wollte Detektivin werden.«

Doro half Frau Matthes hoch. Der Gestank ihres »Parfums« vermischte sich mit einem schlimmeren Geruch, den ihr Mantel verströmte, dem Schokoladenkuchengeruch von Straßendorf.

Frau Matthes schlug gegen sie wie ein nasser Sack. Sie schlang ihre feisten Arme um Doros Hals.

»Du heiratest! Das ist gut! Und Christoph ist doch ein lieber Junge, das haben Papa und ich jetzt eingesehen. Wir werden die Hochzeit ausrichten, wir werden …«

»Ihr habt es *zu spät* eingesehen, Mama, zu spät. Damals hättet ihr es einsehen müssen, als ich ihn noch … lieb hatte. Ich heirate nicht Chris, ich heirate einen anderen.«

»Wen?«

»Er heißt Karl-Walther Kadamecki und hat vor kurzem das Bundesverdienstkreuz erster Klasse erhalten.«

»Ich habe von diesem Mann gehört. Chris hat es mir erzählt. Er ist alt, er könnte dein Großvater sein.«

»Stell dir vor, Mama, vielleicht habe ich sogar Großeltern! Wo wir doch keine mehr hatten. Mein Leben lang habe ich mir Großeltern gewünscht. Große Eltern. Aber es wird alles gut. Mach dir keine Sorgen mehr, ich verstehe deine Sorgen, aber mach dir keine mehr. Ich heirate den besten Mann auf der Welt. Er ist der Mann meiner Träume, ich weiß, das klingt kitschig, aber er ist es. Er ist stark, unglaublich stark. Und sanft auch. Und er weiß mehr über das Leben als alle Menschen, die je gelebt haben. Und er ist eine lebende Legende. Und er kann schweigen, wenn es gilt zu schweigen, und reden, wenn es gilt zu reden, das kann sonst niemand, den ich kenne. Und er wird der Vater meiner Kinder, er liebt Kinder, er wird der beste Vater seit Menschengedenken. Und er ist treu, und er ist gut.«

»So einen Mann gibt es nicht.«

»Doch. *My man.*«

»Und ich sage dir, daß es so einen Mann nicht gibt. Die Männer sind alle gleich, sie gehen nur in verschiedene Kneipen. Das wirst du noch lernen, mein armes Kind. Und dieser Kadimecki ist ein alter Mann. Sicher hat er eine andere Frau, sicher war er verheiratet oder ist es noch und verheimlicht es dir. Und wo kommt er her, wenn er so einen Namen hat?«

»Aus Afrika.«

Doro staunte, wie leicht sich Karl-Walthers Lebenslüge wiederholen ließ. Ich bin seine Komplizin, dachte sie, so muß eine gute Ehe anfangen. Sie hörte sich und Chris in der Urzeit in Haydn singen: *»If me and my baby fuss and fight, and next minute we're all right – ain't nobody's business if we do ...«*. Wie alt mochte Marie-Luise jetzt sein, wenn sie noch lebte? Hatte Karl-Walther ihr wirklich die volle Lüge erzählt (ihr Tod im Irrenhaus), oder gab es noch eine andere Lüge? War er mit ihr *verheiratet* gewesen? Nein, eine Luxusnutte wie Marie-Luise hatte etwas Besseres zu tun, als eine gescheiterte Existenz wie Karl-Walther zu heiraten.

»Aber er ist doch am Ende kein Neger?«

»Nein, er kommt aus Deutsch-Ost.«

»Aus dem Osten?«

»Aus Tansania in Afrika.«

»Wo liegt das?«

»Mach dir keine Sorgen, alles wird gut. Wir werden eine große große Familie mit Großeltern und Kindern und Enkelkindern und Urenkelkindern. Wir werden uns alle gegenseitig besuchen, und zu Weihnachten mieten wir eine ganze Hoteletage.«

»Weihnachten im Hotel? Nicht, solange ich noch einen Atemzug tun kann.«

Doro faßte das feuchte Bündel vorsichtig am Kragen und zog es Richtung Tür.

»Alles wird gut. Bald bin ich promoviert, das kannst du allen in Straßendorf sagen. Und daß ich den besten Mann habe, den es gibt.« Sie öffnete die Tür. *»One day we've got eggs and bacon, next day nothing's shakin' – ain't nobody's business if we do …«* sang sie leise.

Als sei sie aus einer vorübergehenden Geistesabwesenheit erwacht, brach die grauhaarige Frau in neue alte Tränen aus. Ihr Weinen steigerte sich zu einem Heulen.

Die Labortüren öffneten sich, und der Professor erschien.

»Helfen Sie mir, Herr!« schrie die Frau. »Meine Tochter verleugnet ihre eigene Mutter. Sie will lieber eine Verbrecherin zur Mutter, die sie ausgesetzt hat wie ein Tier. Sie will einen alten Mann aus Afrika heiraten anstatt den guten Jungen, der sie von ganzem Herzen liebt!«

Die Frau krallte ihre Hände in den Kittel des Professors.

Doro sagte: »Helfen Sie ihr. Sagen Sie ihr, wer Sie sind. Wer mir das Geld gegeben hat, daß ich meine verbrecherische Mutter finde. Helfen Sie ihr. Sie sind doch hier die große Autorität, oder? Diese Frau ist Käthe Matthes, ohne deren Liebe und Fürsorge ich jetzt nicht hier wäre in unserem wunderbaren K 2, Professor. Sagen Sie ihr, wer meine wahre Mutter ist. Ich würd's gern aus Ihrem Mund hören, Professor.«

Der Professor tat etwas Unerwartetes. Er umarmte die Frau, das stinkende nasse Bündel. Es war eine lange, zärtliche Umarmung. Dann gab er ihr einen Kuß auf die Stirn. Sie wurde ruhig. Der weiße Kittel des Professors war nicht mehr so weiß. Er geleitete sie zur Eingangstür. Sie ließ es widerstandslos geschehen. Seine olivfarbene Echsenhand strich über ihre Haare.

»Gute Nacht, mein Kind«, sagte der Professor zu Doros ehemaliger Mutter.

»Ihre Dorothee weiß, was sie tut. Sie ist ein guter Mensch. Sie wird Ihnen noch viel Freude bereiten, darauf gebe ich Ihnen mein Wort«, sagte der Professor. »Und nun … wie die Heldin in ›Vom Winde verweht‹, das wir alle so lieben, schon sagt: Morgen ist auch noch ein Tag.«

Die Frau beugte ihren Kopf und rieb ihre fetten Lippen an seiner Hand. Sie suchte Doros Blick. Doro schaute in die liebessüchtigen Augen, von denen immer noch, nach so vielen Jahren, eine hypnotische Wirkung ausging, eine müde machende, dumm und dämlich machende, hilflos machende, schulderzeugende Wirkung. Diese Augen waren es, die Doro nachts nicht schlafen ließen vor Angst, sie würde sie verlieren, und den Hof verlieren, die Brümmels und Rillies mit denselben blanken liebeskranken Augen, und alles würde sich wiederholen und wiederholen, wenn sie diese Augen verlor, immer würden es Menschen mit solchen Augen sein, Tieraugen, Kuhaugen, Lammaugen, Eselsaugen, deren Liebe sie verstehen und erwidern müßte bis zum Nimmerleinstag. Chris' Augen. Papagenos Augen. Beug dich über mich, Mama, sing mir die gute Nacht, verlaß mich nie. Bleib mir gestohlen, Papa, geh runter von meinem Bett, geh zurück in die Welt, verlier dich dort. Oder sei ein guter Papa, klug, ehrfurchtgebietend, distanziert.

Die Frau winkte ihr. Doro beschloß, sie nicht wiederzusehen, solange eine von ihnen beiden lebte. Sie beschloß, sich dem skeptischen Blick der Giesela Sachs und dem mürrischen Blinzeln des Teenagers Jacqueline Sachs und dem Starren des Kleinkinds Manjana Sachs zu überantworten.

Die Doppeltüren zum Labor waren offen.

Der Professor und Doro standen sich in der Eingangshalle gegenüber. Moritz Schuller lächelte. Es schien heute ihr Tag zu sein. Die Mächtigen lächelten sie an.

»Kommen Sie mit«, sagte Moritz Schuller.

Sie folgte ihm ins Labor.

*

Kaum ein Besucher sah den Direktor an diesem wüst bewölkten Novembermorgen mit seinem bandagierten rechten Arm in der Schlinge. Die wenigen, die ihn sahen, sollten denken, was sie wollten. Es waren ohnehin nur Stammbesucher und Japaner. Die Japaner schienen ihn nicht zu kennen, lasen nicht *Yomiuri Shimbun*. Die Stammbesucher, alte Damen, nickten ihm Anerkennung zu. Gewiß ein Unfall in Ausübung seiner schweren Arbeit zum Wohle der Tiere. Eine der steinalten künftigen Erblasserinnen brach in Tränen aus und griff an ihr Herz. Sie hatte den Unfall im Gnu-Gehege nicht vergessen.

Die meisten hatten den Unfall vergessen. Juniors Tod war eine Zeitlang Tagesgespräch gewesen und Stoff für unsägliche Zeitungsschmonzetten. Dann, urplötzlich wie immer, aus einem Mangel am Willen zur Wiederholung, schrieb und sprach keiner mehr über seinen Sohn. Auch die Adler-Gerüchte verstummten. Das Gleichgewicht, für die Dauer eines Saxophonsolos beim Pfingstkonzert in allerhöchster Gefahr, war aufs neue hergestellt.

Noch an Juniors Sterbetag arrangierte der Direktor alles. Er verfaßte die Einladungen zur Beerdigung im Vorgarten, zu Füßen des Iguanodons. Er ließ Juniors Leichnam restaurieren. Er sorgte für die Verbringung des Gnus hinter die Kulissen, bis Gras über die Sache gewachsen war. An seinem zersplitterten Horn hätte man es erkannt und vermutlich gesteinigt. Er arrangierte seinen Gesichtsausdruck und erkundigte sich nach dem Wetterbericht; ja, es würde sich bewölken, es würde Regen geben. Er kaschierte Papagenos fristlose Entlassung und verschaffte ihm mit einer internen und externen Mitteilung einen altersbedingten Abschied in allen Ehren. Es fiel ihm schwer, er hätte ihn lieber erschossen. Er sah eine Zeitungsserie über Papagenos bewegtes Leben in dem Augenblick voraus, als er ihn vor dem Gnu-Gehege niederschlug, und unterband sie. Offiziell war Papageno jetzt Rentner, aber eine halbe Stunde nach Juniors Tod veranlaßte der Direktor in einem vertraulichen Telefonat mit dem Souverän, daß er keine Rente erhalten würde. Natürlich war Papageno nicht »schuld«

an Juniors Tod, obwohl er durch seine Fahrlässigkeit bei der Entfernung des Jochen Wirkus die Kettenreaktion ausgelöst hatte. Schlimmeres ging auf das Konto seines dienstältesten Tierpflegers: die Verführung Juniors zur Erfindung von TONLEITERN als Untermalung für irgendwelche Gedichte, die der alte Suffkopp schrieb. Die Küche, in der er mit den Jungens hockte und sich und sie an das Jungsein ERINNERTE. Das gleichgewichtsstörende HÄNDCHENHALTEN. Der SCHLAFSACK in der Küche. Summa summarum die Erweckung der Leiden des jungen J. Dafür mußte er nun mit der härtesten Strafe büßen, die es auf Erden gab: Zooverbot auf Lebenszeit. Nicht mehr als ein paar Monate, dann würde der beste Tierpfleger, den der Direktor je hatte, seinem Leben auf die eine oder andere Weise ein Ende bereiten. Es war ein fataler Irrtum gewesen, von Papageno zu verlangen, daß er sich um Junior kümmerte. Natürlich traf den Direktor dafür keine »Schuld«. Er hatte in gutem Glauben gehandelt. Ein roher, tiernaher Mensch wie Papageno … wer konnte ahnen, daß er die Tonleitern aus Junior herausholen würde, die MUSIK, die Urgeißel der Menschheit? Den künftigen Tierpfleger sollte er in ihm fördern, den Pfleger und Heger der Tierheit, die GESANG nicht kannte, mit Ausnahme einiger entarteter Vögel, die nicht wußten, was sie taten. Der Vogel, das unheimlichste und gefährlichste Tier auf Erden, der Unheilverkünder und natürliche Feind des menschlichen Gleichgewichtssinns – ausgerechnet zum Mann, der die Vögel pflegte, hatte er Junior geschickt. Er hätte ihn ebensogut gleich am städtischen Musikkonservatorium anmelden und in ein Internat für Mädchen stecken können. Tschirp tschirp, flöt flöt, tuschel tuschel, er liebt mich, von Herzen, mit Schmerzen, über alle Maßen, kann's gar nicht lassen, ein wenig oder gar nicht. Die Liebe in ihren einfachen, volkstümlichen Formen hatte der Hexenmeister des Vogelhauses in Junior erweckt, den selbstzerstörerischen Drang nach Liebesverkündung und Kontratenor-Arie, anstatt die Liebe zum Bruder Tier, die eine stumme Liebe war wie keine sonst, die der Betrachtung der Schönheit gewidmet war, also des Gleichgewichts, anstatt dem Trieb, fortwährend Nachkommen zu zeugen, ein Programm, das sich als hoffnungslos selbstmörderisch erwiesen hatte.

Noch an Juniors Sterbetag schickte er die Detektive Dreier & Diderici wieder auf die Suche. Adler blieb spurlos verschollen. Man konnte sie noch nicht einmal vom Tode ihres wenig geliebten Sprößlings benachrichtigen. Es war eine Tragödie, aber nur für den Aufsichtsratsvorsitzenden, den Obervermessungsingenieur namens Dr. Avemann und den STAAT in Gestalt des Souveräns und des Regierungsrats Dr. Abraham. Für den Direktor war Trauer nicht die Parole, weder Trauer um Junior noch um Adler. Es tat ein wenig weh, daß der Erbauer des genialen Käfigs für die Mäuse von Pompeji nicht heranreifen konnte zu einem Erbauer größerer Käfige. Es ärgerte, daß man das Experiment Junior nicht länger hatte beobachten können. Trauer hingegen empfand der Direktor nur für das Gnu, das stumm und in Unschuld ein Gesetz gebrochen hatte, von dem es nichts hatte wissen können.

Die Pest in deine englischen Knochen, Daniels, fluchte der Direktor innerlich und rieb seinen bandagierten Arm in der Schlinge.

Was Adler betraf, so hatte er reichlich Ersatz gefunden für das, was sie am besten konnte. Würde sie zurückkehren, womit nach Lage der Dinge nicht zu rechnen war, sie wäre geradezu ein FREMDKÖRPER in der *Ménage*, die der Direktor jetzt führte. Manchmal, fast beiläufig, schweiften seine Sensoren nach Afrika und konnten sie dort nicht orten. Sie war entweder tot oder ausgewichen auf einen anderen Erdteil. Aufregend die Vorstellung, wie sie von wilden Hunden nachts in den Gräsern der Steppe zerfleischt, zerteilt und aufgefressen wurde.

Insgesamt kann ich zufrieden sein, dachte der Direktor. Langsam, aber unaufhaltsam trennte sich die Spreu vom Weizen, verschwand aus dem Garten, was er im Garten nicht haben wollte. Nicht nur Personen, oder was sich heutzutage als Personen ausgab, sondern auch Wege und Winkel und Bauwerke, die ihm schon als jungem Mann mißfallen hatten ob ihrer hervorstechenden HÄSSLICHKEIT und sandenen oder pflanzlichen oder steinernen SELBSTZUFRIEDENHEIT in dieser Häßlichkeit. Sofern Tiere betroffen waren von den Erdarbeiten, wurden sie in andere Gehege umgesetzt oder, schweren Herzens, an kleine gierige Zoos verkauft. Die von ihm selbst erbaute große Eisbärenanlage durfte bleiben, der Westtrakt seines Neuen Nachttierhauses wurde um sie herumgebaut. Im Norden würde nichts bleiben, wie es einmal gewesen war. Hinfort mit dem Tierkinderzoo, in dem die LEHRER mit ihren SCHULKLASSEN nichts anderes im Sinn hatten, als das Fohlen zu steinigen, das Zicklein zu treten und dem Gänslein brennende Zigaretten in den Schlund zu stecken. Hinfort mit dem grotesken Dorf der Meerschweinchen, auch wenn es, wie sich bereits abzeichnete, jahrelange gerichtliche Auseinandersetzungen mit den Nachlaßverwaltern der Spenderin geben würde.

Und auch du, Maurice, mußt weichen. Dein umgebautes ehemaliges Eiscafé wird abgerissen.

Aber der Professor für Schmerzforschung räumte sowieso das Feld. Vor ein paar Wochen hatte er seine Versuche für abgeschlossen erklärt. Die Nachricht schlug bei der Belegschaft wie eine Bombe ein. Wann würde man von den Ergebnissen hören? War der Nobelpreis fällig? Die lichtscheuen arbeitsscheuen Assistenten belagerten das Büro des Direktors. Jeder wollte ein ganz besonders guter Freund des Professors gewesen sein. Der eine hatte ihm sein Vierhundertseitenmanuskript über den Phantomschmerz beim maximiert resistenten Miniaturschwein gezeigt, »und stellen Sie sich vor, Herr Direktor, er hat es tatsächlich gelesen!« Während seiner dreijährigen Arbeit an diesem Manuskript schien es dem retardierten Assistenten nie in den Sinn gekommen zu sein, warum das vom Direktor gezüchtete Miniaturschwein als »maximiert resistent« klassifiziert wurde. Der andere hatte den Professor zum Flughafen gefahren, der dritte seinen Aktenkoffer aus Krokodilleder getragen, der vierte ihn vom Flughafen abgeholt, der fünfte ihm eine Zeitung gekauft. Zu Ehren des Professors gab der Direktor persönlich eine Sonderwochenparole aus, die sein neuer Parolenschreiber Conte Condoli nicht verstand: »HABEN WIR EIN LIED, SINGEN ES ZUSAMMEN«. Es war eine Strophe aus Davidobskis östlichster Arie, und der Direktor wußte genau, was er Maurice damit sagen wollte.

Jetzt, im einsetzenden Nieselregen, der den Zoo langsam, aber unaufhaltsam reinigte von den Duftmarkierungen der Menschen des letzten Jahres, befand er sich ein letztes Mal auf dem Weg zu ihm. Ein vorläufig letztes Mal, denn natürlich würde man einander wiedersehen im Garten. Auf einen Zoo wie den des Direktors konnte eine Eminenz wie der Professor für Schmerzforschung auf Dauer nicht verzichten. Sie hatten sich an der Kolumbus-Eiche verabredet. Maurice wohnte bereits in seinem Penthouse in der Stadt, dem er das armselige Eiscafé stets vorgezogen hatte.

Der Direktor umzirkelte das gigantische Ausschachtungsareal. Noch baggerten die Erdarbeiter emsig. Glücklicherweise führte der November keinen Frühschnee wie im vorigen Jahr. Der schwatzhafte Christoph gestikulierte mit den Erdarbeitern, und der Direktor sah ihm aus der Ferne eine Weile zu. Er hatte seine Pläne mit dem von der Zoohure verlassenen Jungen. Eine wunderbare Wiederholung schauderhaftester östlichster Fehler stand an, endlich.

Dafür mußte die Zoohure erst einmal hinaus aus dem Garten, wofür auch Fritzie heftig plädierte. Nein, sie hatte es verlangt. Und diesmal hatte er ihrem Verlangen nachgegeben. Adler hatte er seinerzeit nicht geopfert für Fritzie; die Matthes konnte sie haben. Seinen ursprünglichen Plan, sie als Zahlenverdreherin für die Öffentlichkeitsarbeit einzusetzen, gab er gerne auf. Ihre Entwicklung zu einer schranzenhaften intriganten Assistentin war unübersehbar. Sie hatte es sogar gewagt, Maurice bei ihm anzuschwärzen, der alleräIteste Hut in diesem Zoo! Ein paar Stunden des Studiums ihrer Dissertation, und der erleuchtete Conte würde alles und mehr über das rechnerische Kalkül wissen, das sich hinter der sogenannten »genetischen Analyse von Tierbeständen« verbarg. Nicht umsonst hatte der Direktor das idiotensicherste Thema des Jahres für die Zoohure ausgewählt. Schnell sollte sie promovieren. Die pharmazeutische Industrie bildete Leute für solcherlei Aufgaben in zwei Wochen aus.

Maurice verspätete sich. Der Direktor langweilte sich an dem tiefen Loch, wo früher die Kolumbus-Eiche gestanden hatte. Die Historiker unter den Menschen vermuteten, daß die Natur sie etwa um die Zeit der Entdeckung Amerikas gepflanzt hatte. Conte war über sich selbst hinausgewachsen bei der publikumssedierenden Veranstaltung für den Abschied vom ältesten Baum im Garten. Eine Gruppe von STAATSBÜRGERN protestierte monatelang im voraus gegen das Fällen der Eiche. Natürlich allesamt Frauen, verschrobene Auslaufmodelle der mittleren Jahrgänge, maßlos enttäuscht, ja abgestoßen von ihrer eigenen Mittelmäßigkeit und von dem Gebilde, dem sie weiter huldigten, dem STAAT. Uninspirierte häßliche Frauen, denen der Mumm zur Wiederholung deftiger Fehler fehlte. Sie stellten »Mahnwachen« zur Rettung der Eiche auf und postierten ihre ekligen johlenden Einzelkinder, die kümmerlichen Kleinstfehler ihres Lebens, »schützend« rund um den Baum. In wenigen Minuten hatte sie Conte alle im Sack. In einem Atemzug verwarf er Planck, Hahn, Heisenberg UND Einstein, erhielt großen Applaus für seine Zusammenhanglosigkeit und bewies dann wieder einmal, warum man ihm landauf landab Unsummen für seine sogenannten »Workshops« hinblätterte. Er sprach, wie weiland Wirkus von den Rillies, von einem indianischen Stamm, dessen »Wesenheiten« mit schweren Angstpsychosen im Astral umherirrten und ihren Baum suchten, um ihn »heimzuholen«. Er machte dem an seinen lügenden Lippen hängenden Weibsvolk tatsächlich weis, daß die alte Zooeiche eigentlich als kultischer Baum in North-Dakota stehen müsse, wohin er sie durch bloße Meditation befördern würde. Das Wort »Meditation« ließ die STAATSBÜRGER erschauern, und sie neigten ihre Köpfe. »Es tut mir so leid, Eiche des Nordens«, beendete Conte seine Rede. Dann singsangte er ein paar Karl-May-Weisen und entschwand. Kein Wort war über das Neue Nachttierhaus gefallen. Der Mann war das Geld wert, das der Direktor ihm schuldete. Sie hatten einen Vertrag aufgesetzt, der Conte an der weltweiten Vermarktung des Neuen Nachttierhauses durch die Medien mit anderthalb Prozent beteiligte.

Maurice näherte sich vom Greifvogelhaus. Ungewöhnlich, daß er von vorne kam und nicht plötzlich hinter dem Direktor stand. Trotz des garstigen Wetters trug er jugendlich leichte Kleidung, ein schwarzes aufgeknöpftes Hemd, dunkle »Jeans« und teure schwarze Mokassins ohne Socken. Eine purpurne Baskenmütze schützte seinen wertvollen Kopf vor Regen. Der Direktor reckte sein unbemütztes Haupt, streckte den Bart vor, hakte die Daumen in seine Wildlederweste. Er hoffte, Maurice würde ihm die Schmerzen nicht ansehen, die ihm diese Haltung bereitete.

»Du siehst aus wie ein Student«, sagte der Direktor. »Ein Student aus reichem Hause.«

»Wir sehen beide aus wie Studenten. Sie wirken auf mich wie ein viriler Jünger eines afrikanischen Stefan-George-Stammes.«

»Eines was?«

»Es ist wahrscheinlich der konstante Mißbrauch von Bräunungslotion, vor dem ich Sie oft genug gewarnt habe. Man kann nicht die ganze Zeit aussehen, als käme man gerade aus Afrika.«

»Ich sehe mich gern so.«

»Ich weiß. Was ist mit Ihrem Arm geschehen?«

»Du weißt noch gar nichts von Rita?«

»Nein.«

Es war bestürzend, daß er nichts von Rita wußte. Wie lange wohnte er schon in seinem *Penthouse*? Die Stunde des Abschieds war tatsächlich gekommen. Er wird mir fehlen, dachte der Direktor. Er war der einzige, auf den ich mich immer verlassen konnte in seiner Unergründlichkeit, seinem Humor und seiner offenkundigen Verachtung für Mensch und Tier.

»Sie ist tot. Erschossen von DANIELS.«

Der Direktor wartete auf die Frage des Professors, aber sie kam nicht.

»Willst du nicht, daß ich dir erzähle, was geschehen ist? Früher konntest du es kaum erwarten.«

»Doch doch. Ich war in Gedanken.«

»Rita hat mich in den Arm gebissen.«

»Zum ersten Mal?«

Der Professor stellte seine Frage beiläufig. Vorsicht, dachte der Direktor. Er forschte in seinem Gedächtnis. Er konnte keinen vergleichbaren Vorfall finden. Ritas Liebesbisse zählten nicht. Das Gedächtnis des Direktors war auf kurze Zeiträume spezialisiert, anders hätte er seinen Beruf nicht ausüben können. Manchmal, selten, zuckten Gewitterblitze und beleuchteten Landschaften, Wesen und Dinge aus dem Diluvium. Zum Beispiel, als Rita ihn gebissen hatte. Es war grauenerregend gewesen.

»Ja, zum ersten Mal. Du bist Schmerzforscher. Was sagst du zu einem Schmerz, der einen ERINNERT?«

»Erinnerungsfluten?«

»Ja. Und du weißt, wie ich das hasse. Erinnerungen sind nur gut, wenn sie der Besinnung auf die Wiederholung von … Mustern dienen.«

»Der Biß, der Schmerz erinnerte Sie an alles?«

An alles, dachte der Direktor. Die Orang-Utana grub ihre Zähne in seinen Arm und ließ nicht locker und sah in eine andere Richtung, sie MIED seinen Blick, und er erinnerte sich an Scheußlichkeiten wie Holzschuhe, Radiosignale, Schwarzleuchtkäfer, Sonette, Bomben, Säulen, Burgen, Dreiecke, Kerzen, Fische, Höhlen, Kolbenkreuze, Keulen, Fischer, Brunnen, Rauchwolken.

»Tu nicht so, als ob du mich wieder therapieren willst. Die Therapie ist abgeschlossen.«

Und seltsam, Maurice' lächerliche Therapieversuche würden ihm fehlen. Maurice besaß den nötigen Humor, der ihm, dem Direktor, abhanden gekommen war. Maurice verspottete die Schmerzen des Direktors, darin bestand die »Therapie«. Aber heute schien dem berühmten Professor für Schmerzforschung Spott nicht angebracht zu sein. Er machte ein trauriges Gesicht, der arme Student aus reichem Hause, als habe man ihm soeben erklärt, er sei bei einer Prüfung durchgefallen oder seine Familie habe ihr Vermögen verloren.

»Ich nehme eine Auszeit und therapiere mich selber«, sagte der Professor.

»Willst du gar nicht wissen, wie es weiterging?«

»Doch doch. Sie erinnerten sich an alles. Das muß hart gewesen sein. Sogenannter Rückkoppelungsschmerz. Ich hoffe, Sie besaßen noch ein paar meiner Pillen zur Beruhigung.«

»Rita hätte meinen rechten Arm ABGEBISSEN, wenn ich ihr nicht geistesgegenwärtig mit meinem linken Arm einen kleinen Nasenstüber verpaßt hätte.«

»Einen Nasenstüber?«

»Das erinnerte Rita daran, wer vor ihr stand.«

»Oder lag? Sich windend in Schmerzen?«

»…«

»Oder kroch? Winselnd und halb bewußtlos vor Schmerz?«

»Ich gebe zu, ich tanzte hin und her.«

»*I won't dance, madame, with you.* Schade, daß ich nicht dabei war.«

In Maurice' Augen, die heute keine Reisen in ihre inneren Tunnel zuließen, blitzte der alte Spott.

»Der Nasenstüber brachte Rita augenblicklich zurück auf den Boden der Tatsachen. Ich verschloß den Käfig und ließ mich von Daniels behandeln. Und dann, als ich längst wieder an der Arbeit war, geht der Kerl doch hin und ERSCHIESST meine Rita!«

»Das hätte er nicht tun sollen.«

»Er streckte sie mit einem GEWEHR nieder wie ein Jäger in einem billigen Buch. Er schoß ihr durchs HERZ. Er rühmte sich auch noch seiner TREFFSICHERHEIT. Ich erklärte ihn zur Unperson. Der Zoo ist ohne Tierarzt.«

»Ich kenne einen Kollegen, Human- *und* Veterinärmediziner. Vielleicht sollten Sie es einmal mit ihm versuchen. Ich stelle gern den Kontakt her. Mein Beitrag zum Zoo der Zukunft.«

»Was du im Scherz sagst …«

»Ich sage es nicht im Scherz.«

»… ist gar nicht so abwegig. Adler, auf Deutsch: meine ehemalige Frau, ging eine Zeitlang schwanger mit dieser Idee.«

»Ich schätze Ihre werte Gattin und bewundere ihren visionären Mut. Das Tier verwandelt sich zusehends in den Menschen, von dem wir noch so gut wie gar nichts wissen. Auch ich nicht, wie ich zu meiner Schande gestehen muß. Wo ist Adlerchen jetzt?«

»Verschollen in Afrika.«

»Keine Sehnsucht mehr nach ihr?«

»Das Leben hat, wie du immer so hübsch formulierst, die Regie übernommen.«

»Doch nicht etwas die Matthes?«

»Die Matthes? Nein. Sie hat mir übrigens Abstrusitäten über dich erzählt. Die alte Leier … an eine Harfe habe ich mich auch erinnert.«

»Die mangelnde Vorstellungskraft einer jungen Zoologin sprich Matthes fällt nicht ins Gewicht.«

»Da hast du recht.«

»Haben Sie sich an Davidobski erinnert, als Rita Sie biß?«

Endlich, dachte der Direktor, endlich fragt er mich. Ich werde ihm die Wahrheit sagen.

»Teilweise.«

»Will sagen?«

»Ich erinnerte mich an den Tag, als Weihnachten war und ich ein Lied singen sollte und Fieber bekam und er vor meinem Bettchen stand und seine Hose aufknöpfte und mir sein Geschlechtsteil zeigte …«

Der Direktor wartete auf die Frage des Professors, aber sie kam nicht. Maurice starrte abwesend in den Abgrund, den die Eiche hinterlassen hatte.

»Willst du nicht wissen, wie es weiterging?«

»Doch doch«, sagte der Professor.

»Sein Geschlechtsteil war WINZIG!«

»Ach nein! In einer unserer Sitzungen sagten Sie unter dem Einfluß eines Cocktails, es sei riesig gewesen.«

»Er ist schuld an meiner Stimme. Übertreibungen sind also angebracht.«

»Sie haben ihm vergeben?«

»Teilweise. Meine Stimme hat noch …«

»Ich meine, Sie haben ihm sein winziges Geschlechtsteil vergeben?«

»Es sah aus wie ein Würmchen und war beschnitten und roch nach Flieder.«

»Es ist nicht gut für Sie, wenn Sie sich an diese lang zurückliegenden Einzelheiten erinnern.«

»Warst du eigentlich auf der Beerdigung meines Sohnes? Ich habe es vergessen.«

»Ich hielt mich im Hintergrund.«

»Sag mir etwas über meinen Sohn.«

»…«

»Das ist ein Befehl. Ich bin der Direktor.«

Der Professor zog ein zerknittertes Bündel Seiten aus der Gesäßtasche seiner »Jeans« und gab es dem Direktor.

»Ihr Sohn war begabt. Ich habe solche abgefeimten Tonfolgen seit der Fuge in As-Dur nicht mehr gehört. Bitte vernichten Sie diese Seiten für mich in Ihrem Schreibgutvernichter.«

»BEGABT? Er war ein GENIE!«

Der Direktor nahm die Seiten und faltete sie und steckte sie in die geräumige Brusttasche seines Buschhemdes.

»Jedenfalls hat er's überstanden«, sagte der Professor. Warum will er heute keinen STREIT? dachte der Direktor. »Und«, sagte der Professor, »er wird das Ende nicht sehen und den Rest nicht verstehen.«

»Das stimmt. Das wird ihm erspart bleiben.«

»Die Kette von Katastrophen«, sagte der Professor.

»Aber das Gleichgewicht wird überleben«, sagte der Direktor.

»Teile davon. Wenige Teile. Winzig wie Davidobskis Geschlechtsteil.«

Und seltsam, auch ich verspüre heute keine Lust, mit ihm zu streiten, dachte der Direktor. Wir haben es zu lange getrieben. Eine Pause wird uns guttun. Der Direktor streckte seine Hand aus. Maurice berührte die ausgestreckte Hand, wie er ein kleines schutzloses Tier berührt hätte, wären ihm Tiere nicht völlig gleichgültig gewesen. Er sah müde UND jung aus. Er war sehr schön.

»Also dann?« fragte Maurice. »Wie gefällt Ihnen übrigens mein kleines Abschiedspräsent?«

»Ich habe es noch nicht ausgepackt. Keine Zeit.«

Der Professor lächelte müde.

»Sie sind trotz all ihrer Unzulänglichkeiten der einzige, auf den ich mich immer verlassen konnte, Sie Volltrottel.«

»Dito.«

Sie umarmten einander. Die Seiten knisterten in der Brusttasche des Direktors.

»Was ist das für ein Manuskript? Irgend etwas Ärgerliches? Ich habe Ärger genug.«

»Ein altes Frettich-Manuskript.«

»Oh. Also etwas Seltenes. Meine Assistenten würden ihre Väter morden, um es in die Hand zu bekommen.«

Der Direktor zog die Seiten hervor und beschirmte sie mit seiner großen Hand.

»Warum S. N. Frettich? Was bedeuten die Initialen?«

»*Status nascendi.*«

Der Direktor lachte aus vollem Halse. Maurice lachte eine kurze Weile mit. Dann entfernte er sich im leisen Regen.

»Warum vernichtest du die Seiten nicht selbst?« rief der Direktor ihm nach.

Maurice drehte sich noch einmal um. Himmel, wie schön er war! Wie jung!

»Ich trau mich nicht«, rief er, »ich brächte es fertig und würde sie aufheben. Außerdem haben *Sie* den Schreibgutvernichter und nicht ich.«

Der Direktor wartete, bis Maurice nicht mehr zu sehen war. Dann machte er sich auf den Weg in die Verwaltung. Der Forschungsbericht des Professors war über seinen Schreibtisch gegangen und weiter an die Stellen, die auf das schmale Bändchen voll unverständlicher, wahrscheinlich nobelpreisverdächtiger Formeln und Diagramme warteten. Es handelte sich um die Beziehungen zwischen Schmerzen und visueller Wahrnehmung, ein Thema, über das Maurice früher schon gearbeitet hatte. Wichtig war die fett gedruckte lobende Erwähnung des Direktors und seines Zoos auf der ersten Seite. Klein und nicht fettgedruckt folgte die lange Liste der Geldgeber, vom gebeutelten Dummlack STAAT bis zu den Herstellern von Aquarien und Importeuren von Zierfischen. Ich habe Ihnen etwas Ungeheuerliches zu melden, hatte Matthes versucht, Maurice anzuschwärzen. Ihre Geschichte war der reinste Unfug. Aber zu ewigem Assistentendasein verurteilte Zoohuren taten alles, um sich wichtig zu machen.

Fritzie erwartete ihn. Sie war damit beschäftigt, die Verglasung des Modells zu wienern. Unter dem Glas erstreckte sich sein Neues Nachttierhaus im *status nascendi*. Er warf Frettichs knittriges Manuskript auf seinen Schreibtisch. War es ein Originalmanuskript, vom alten Frettich selbst getippt? Viele Philosophen bevölkerten die Erde und dachten um die Ecke. Der unvergleichliche Frettich dachte in Kreisen und Kugeln und formulierte danach. Er hielt die Assistenten des Direktors bei Laune. Natürlich hatte Maurice bei der Legende studiert. Die Legende lebte in den Anden, in Amerika, als Perlenfischer auf Kagoshima, war tot, war krank, war in Wirklichkeit eine Frau, war Vegetarier – nur zu Gesicht hatte ihn noch keiner bekommen, und in Buchform veröffentlicht hatte er null komma nichts. Conte behauptete frech, Frettich in Finnland begegnet zu sein, als einem »Seher der Norden«, in einem Zelt, in Felle gehüllt. Alles Kokolores. Mit Sicherheit saß Frettich an seinem Heidelberger Computer, wartete auf Maurice' Monatsscheck und würde die Welt überfallartig mit einer zwanzigbändigen Werkausgabe in Angst und Schrecken versetzen. Natürlich erwartete Maurice vom Direktor, daß der die

Seiten NICHT vernichtete. Irgendeine »therapeutische« Botschaft würde in ihnen versteckt sein, die er in den Jahren, die kommen sollten, suchen mußte. Er blätterte in dem Manuskript.

Fritzie hatte das Büro verriegelt, es war ihm nicht entgangen, sein schwarzer wilder Hund, und ihre harte Lederkleidung aus dem Schrank geholt.

»Du hast mich erschaffen, Mr. Kannibal«, sagte sie.

»Was fummelst du an meiner Hose? Wußtest du nicht, daß Beißen aus der Mode ist? Außerdem hat mich Conte heute bereits völlig erschöpft.«

»Ich beiß ihn dir ab, wenn du die Matthes nicht entläßt.«

»Ist praktisch schon entlassen. Ich benötige nur noch ihre Dissertation.«

»Und wenn du meinen Namen nicht in Stein haust im Neuen Nachttierhaus.«

»Ist arrangiert. Der Friederike-von-Russak-Seitenflügel.«

»Seitenflügel? Kein Trakt? Welche Tiere werden dort untergebracht sein?«

»Zorillas und Baumwollratten, Hüpfmäuse und Stachelmäuse.«

»Igitt.«

»Einzigartige Geschöpfe. Wie du, mein wilder Hund.«

»Und wenn du mich nicht zu dir ziehen läßt, beiß ich ihn dir auch ab.«

»Ist vorgesehen. Laß ab. Ich bin nicht in Stimmung.«

»Und wenn ich den Kragen hole und ein paar Blutbeutel?«

»Nein. Hol mir das Päckchen von Maurice und pack es aus.«

»Warum packst du es nicht selber aus?«

»…«

Er hörte, wie Fritzies grünlackierte lange Klauen das rosafarbene Geschenkpapier zerfetzten.

»Schau doch, wie süß!«

Sie setzte eine ausgewachsene Katze auf Frettichs Manuskript. Der Direktor lehnte sich weit zurück.

»Schaff mir das Katzenvieh aus dem Büro.«

»Ist sie nicht schön gefleckt? So eine schöne Katze habe ich noch nie gesehen. Wie artig sie ist.«

Der Direktor klatschte in die Hände und sagte »Kschsch!«

Die Katze miaute und begann zu schnurren.

»Wie sie nur all die Tage und Nächte in dem Paket überlebt hat ohne Futter und Wasser?« sagte Fritzie.

Der Direktor starrte das Tier an. Dann schloß er es in seine Arme und streichelte es.

»Hol mir die Gebrauchsanweisung.«

»Was?«

»Sie muß noch in dem Päckchen sein.«

Es war ein Wunderwerk der modernen Technik. Es war ein wundervolles Abschiedsgeschenk. Es mußte ein Vermögen gekostet haben. Wie sehr ihm Maurice fehlen würde.

»Lies vor.«

»Wenn Sie den Schlüssel im Schloß Ihrer Wohnung drehen, wacht Ihr Liebling auf. Seine Augen strahlen. Artig gibt er sich nacheinander glücklich, böse, übermütig und nachdenklich. Das ist Petster, das erste computergesteuerte Haustier der Welt. Geboren in den High-Tech-Labors von Tokio, besitzt er ein Computergehirn, das auf Menschen und seine Umwelt spontan und lebensecht reagiert. Petsters zehn verschiedene Verhaltensweisen … soll ich den Stuß weiterlesen? Es ist nur ein Stofftier.«

»Lies!«

»… steuern Sie durch gesprochene Befehle, Musik oder Händeklatschen. Im *Go-Play*-Modus spielt er mit sich selbst, lernt …«

»MUSIK. Lies die Bedienungsanleitung. Schau unter MUSIK nach.«

»… Schalten Sie nun Musik ein, und er tanzt danach …«

»Ist das alles?«

»Ja.«

»Weiter!«

»… lernt bis zu achtundvierzig Bewegungen und Geräusche, tigert durch das Haus dank seines Neugier-Modus und schlummert in seinem energiesparenden Schlafmodus, bis er ein Geräusch hört oder ein Schatten auf ihn fällt. Diese talentierte Katze hat Stereoohren, einen Infrarotdetektor in der Nase, um Hindernisse zu umgehen, und weiches, fleckenabweisendes, feuerfestes Acrylfell. Petster ist immer brav und kratzt nie an den Polstermöbeln. Er ist der ideale Freund und Kamerad für Tierliebhaber.«

Der Direktor untersuchte das wundervolle Wesen. Am Bauch der Katze entdeckte er einen brandzeichenartigen winzigen Stempel.

Made in Japan by Shuller Industries

Der umtriebige Maurice verdiente seine Millionen also nicht nur an der Börse und in der Pharmabranche. Er stellte auch diese fabelhaften Tiere her. Der Direktor konnte es kaum erwarten. Die ganze Nacht würde er mit der Katze spielen und ihr Verhalten auswendig lernen. Und am nächsten Tag: dasselbe Verhalten! Und in hundert Jahren! In tausend Jahren! Ewige Wiederholung. Maurice hatte ihm eine kaum zu beschreibende Freude bereitet. Sämtliche Friedensnobelpreise der nächsten Neuzeit gebührten ihm dafür.

»Und wenn du nur noch mit dieser dummen Maschine spielst, beiß ich dir auch die Eier ab.«

»Eines Tages wirst du verstehen.«

»Wann? Wenn ich bei dir eingezogen bin?«

»Dräng mich nicht.«

»Aber du magst es, wenn man dich drängt.«

»Drangsalieren, ja. Drängen, nein. Hör dir an, was Frettich hier schreibt …«

»Frettich befriedigt mich nicht.«

»… ›Er war der Mann, den es nicht mehr gab. Eine Wolke über seinem Kopf.‹«

»Was soll der Blödsinn? Dich wird es gleich auch nicht mehr geben, wenn ich dir *alles* abbeiße.«

»Nicht! Du tust mir nicht richtig WEH. Ich bin erschöpft. Und solche kreisenden Gedanken soll ich vernichten. Klar, daß er nicht will, daß ich sie vernichte. Er will, daß ich suche. Ich wette, irgendwo steht auch irgend etwas über unseren Petster.«

»Der Professor hat dir gesagt, du sollst ein Manuskript von Frettich *vernichten*?«

»Ja. Hör dir das an: ›Keine Photographie, keine Welt‹. Köstlich. Und er schreibt weiter: ›Von allen Künsten ist die der Camera Obscura am stärksten dem Mitleid geweiht. Laßt uns an ihr zugrunde gehen. Deine Augen stoßen Türen auf in den Straßen‹.«

»Laber laber laber. Gib her.«

Fritzie entriß ihm das Manuskript und jagte es durch den Schreibgutvernichter, bevor der Direktor, die wertvolle Katze auf dem Schoß, einschreiten konnte.

»Schlampe! Stopp das Gerät!« Er war bei ihr und ohrfeigte sie. Fritzie sprang ihn an und bohrte ihre Daumen in seine Augen. Diesmal tat es weh. Der Direktor stöhnte. Sie drosch mit dem internen Telefon auf ihn ein und würgte ihn mit der Telefonschnur und bearbeitete seine erogenen Nieren. Der Piranha fraß Frettich bis zum letzten Wort.

Am nächsten Tag fanden die Erdarbeiter vorgeschichtliche Knochen in Unzahl im Erdreich unter der gefällten Eiche.

*

»Und sie ist wirklich weg?«

»Sie ist noch'n paar Tage geblieben. Dann ist sie zurück.«

»Wo hat sie gewohnt?«

»Hier. Ich hab sie versteckt.«

»Du machst Witze.«

»Doch. Da steht der Schirm, den sie vergessen hat. Und auf der Kommode liegt noch ein Lockenwickler.«

»Wie gräßlich. Wo hat sie sich gewaschen? Hast du sie … nackt gesehn?«

»Es war ganz *easy*. Der Direktor und Conte sind nie zu Haus. Und wenn, kommen sie spät und veranstalten irgendwelche Ringkämpfe oder *Aerobics* oder trainieren auf der Fitnessbank. Abends war sie hier im Zimmer und hat ferngesehen. Tagsüber hab ich sie im Zoo rumgeführt. Sie war ganz vernarrt in die Watussi-Rinder und in Schiefhals. Er hat ihr ein Lied vorgesungen.«

»Hast du sie nackt gesehn?«

»Einmal, ja.«

»Wie sieht sie aus?«

»Komische Frage. Rund.«

»Hat sie viele *Falten*?«

»So genau hab ich nicht hingeschaut.«

»Glaubst du, daß sie jemals mit einem Mann geschlafen hat? Daß einer sie geil fand?«

»Na, sie wird wohl kaum Jungfrau sein in ihrem Alter. Aber geil … ich weiß nicht.«

»Küß noch mal meine Füße.«

»Ich liebe dich.«

»Und jetzt langsam hoch.«

»Ich werde dich immer lieben, solange ich lebe.«

»Quatsch nicht, mach weiter.«

Es war die Nacht vor der mündlichen Prüfung durch die Prüfungskommission. Doro lag mit Chris auf seiner schmalen Matratze in Juniors ehemaligem Zimmer im ehemaligen Aquarium. Es war kein spontaner Entschluß gewesen. Sie gedachte mehrere Fliegen mit einer Klappe zu schlagen. 1. Sie wollte sich vergewissern, daß *die Frau* wirklich fort war. 2. Sie wollte *heimlich* im Haus des Direktors eine

Nacht verbringen. 3. Sie wollte Chris aus ihrem System löschen, endgültig, indem sie sich ein letztes Mal seiner Untauglichkeit und Lebensuntüchtigkeit und Lächerlichkeit vergewisserte. 4. Wenn er der Schmierer und Mörder war, hätte sie es in dieser Nacht erfahren (er war es leider nicht, sein Alibi für den Tag des Pinguinmordes konnte vom Direktor bezeugt werden). 5. Sie wollte sich ein für allemal zu Karl-Walther bekennen. 6. Es war die Nacht vor der Prüfung, und sie brauchte einen schnellen Fick, irgendeinen.

»Das reicht. Laß mich.«

»Ich möchte immer bei dir sein so wie jetzt.«

»Ich hab dir gesagt, diese Nummer ist nur *for the good old times.* Also hör auf zu sülzen.«

»Da sagst du es ja! Daß wir *gute* Zeiten hatten. Du tust zwar, als ob du über den Dingen stehst, als ob du über *uns* stehst, aber *wir* haben nie aufgehört zu existieren, spürst du das nicht? Du glaubst doch nicht im Ernst, daß du zu mir gekommen bist, um über deine Mutter zu reden und den dummen Professor und deine Prüfung und den Geier? Obwohl auch das beweist, daß du eigentlich nur einen Menschen hast, zu dem du kommen kannst, *mich*! Sei endlich ehrlich zu dir selbst, Tee. Du liebst mich. Du bist jetzt nur aufgeregt und durcheinander und spielst eine Rolle, es ist alles zuviel für dich. Aber du liegst in meinem Bett, und vorhin hast du an meinem Ohrläppchen geknabbert wie früher. Morgen bestehst du die Prüfung mit Auszeichnung, und dann fangen wir ganz neu an. Du wirst Oberassistentin, und ich studiere wieder. Tiermedizin vielleicht. Der Direktor hat durchblicken lassen, daß er mir bei meinem Berufsweg helfen will.«

Doro seufzte. Der verfluchte Geier kreiste immer noch über der Stadt, und *X-Mas* war nicht mehr weit. Karl-Walther hatte seine Pension verlassen, mit unbestimmtem Ziel. Er spielte den »Hasch-Mich«, er wollte Doro auf die Probe stellen. Nun, sie würde den Geier auch ohne seine Hilfe fangen.

»Und außerdem – aber das muß jetzt ehrlich unter uns bleiben, okay? – außerdem werd ich bald *reich* sein.«

»Ja ja.«

»Ich habe *tapes* von Junior. Hier im Aquarium aufgenommen, in der Halle. Unheimliche Akustik. Seine ganzen Tonleitern und so. Das Aufnahmegerät war wirklich nicht toll, aber die Plattenfirmen sind verrückt nach Juniors Musik. Sie wollen einen irren Preis zahlen. Und er hat die *tapes* mir vermacht.«

»Er hat ein Testament gemacht?«

»Nein. Er hat sie mir gewidmet. ›Für Chris‹ steht drauf. Ich zieh die Sache noch vor Neujahr durch, und dann sind wir reich und können uns eine Wohnung in der Stadt nehmen. Und dann heiraten wir, und Papa wird unser Trauzeuge. Ich bin ihm nicht mehr böse. Du brauchtest eben mal Abstand von mir und einen älteren Mann, damit du siehst, wie gut ich für dich bin, weil ich jung bin und mich noch bessern kann. Glaub mir, Tee, ich werd mit jedem Tag besser. Wir werden Kinder haben, gute Kinder.«

Doro rollte von der Matratze und suchte ihre Klamotten zusammen. Sie zog sich hastig an. Chris lag mit hinter dem Kopf verschränkten Armen und starrte an die Decke. Sein Gesicht war verzerrt, beinahe häßlich vor Optimismus.

»*Ich* werde Kinder haben, aber nicht von dir, du Jammerlappen. Ich werde Kinder von Karl-Walther haben. Er ist ein Genie. Es werden geniale Kinder. Glotz nicht so blöde, sondern hör mir zu. Ich *liebe* Karl-Walther, wie ich nie wieder einen Menschen lieben werde. Er ist ein … Mann … er hat alles gesehen. Er ist ein Tier. Er macht Sachen mit mir, die dir noch nicht mal im Traum einfallen würden. Er ist ein Wunder. Er war ganz unten, und dann hat er sich wieder hochgearbeitet. Und er *haßt* Platten und Musik und den ganzen Schrott, der dich anmacht. Er steht *über* solchen Sachen. Mit ihm lebe ich *gefährlich*, aber davon hast du keinen Schimmer. Du sagst, du wirst mit jedem Tag besser. Ich hab nichts davon bemerkt. Du bist derselbe langweilige Tränenbettnässer, der du immer gewesen bist. Wie ich mich je mit dir einlassen konnte, ist mir ein Rätsel. Wenn ich dir einen guten Rat geben darf: fang bloß wieder an zu saufen. Im Suff hattest du wenigstens einen Hauch von Mumm und Kraft. Jetzt ödest du mich nur noch an. Ich hab noch nicht mal mehr Mitleid mit dir. Ich hoffe, du hörst mir genau zu und denkst nicht, das sei wieder irgendein Streit oder eine Zwischenstufe in unserer ›Geschichte‹. Ich wollte es dir schon lange sagen. *Ich habe kein Mitleid mehr mit dir.* Du bist mir gleichgültig. Du bist eine Null. Du kannst noch nicht mal richtig bumsen.«

Sie wartete die Wirkung ihrer Worte nicht ab. Sie hatte ihn zu oft heulen und zähneknirschen sehen.

»Du tötest mich!« rief Chris ihr nach.

Dann verreck doch, dachte sie. Ich brauche einen anderen Mann als dich. Ich brauche einen Komplizen, einen Verbrecher.

Sie schlich aus der Wohnung des Direktors und öffnete die Tür des ehemaligen Aquariums mit ihrer Neuerwerbung, dem Universalschlüssel.

Es war ein früher nachtschwarzer Dezembermorgen, und es lag Schnee in der Luft, schon seit Tagen. Vielleicht würde es heute schneien. Doro ging die paar Schritte zum Raubtierhaus. Der Universalschlüssel öffnete alle Türen. Sie trat vor Salis Käfig. Die neue orangene Nachtbeleuchtung ließ den Persischen Leoparden leuchten wie ein Tier aus Stoff. Er schlief nicht. Hatte er auf sie gewartet? Im Käfig nebenan knurrte Gustav, der Schwarze Panther, eine üble Bestie. Sali war ihr Schatz und würde es bleiben. Er war ihr Schutzbefohlener. Sie streckte ihre Hand durch das Gitter. Er war nicht unnahbar wie Taiga, die auf dem Felsen im Wolfsgehege lag und Doro mit Blicken verfolgte. Taiga mußte von einer Frau gepflegt werden. Der unsensible Eisbärenpfleger, der auch für Taiga zuständig war, mußte entlassen werden. Sie würde sich beim Direktor dafür verwenden, sobald er sie befördert hatte, womit gleich nach ihrer Promotion zu rechnen war.

Sali schlich geduckt zum Gitter (noch fremdelte er ein wenig) und schnupperte an ihrer Hand. Doros Vertrauen in ihren Freund war unerschütterlich. Und richtig, nach kurzer Zeit begann Sali seinen Kopf an ihrer Hand zu reiben.

»Gib Köpfchen«, sagte Doro.

Salis Augen waren noch immer leicht getrübt und tränten. Das hatten selbst die Kollegen in Sydney nicht in den Griff bekommen. Seine Augen waren zu »lieb« für Raubkatzenaugen.

»Ich werde die richtigen Tropfen finden, und dann geb ich dir deinen grausamen Blick zurück«, sagte sie zu Sali.

Der Leopard tänzelte seitwärts mit aufgestelltem Schwanz, sprang eine imaginäre Beute an, sprang auf seinen Hochsitz, rollte hin und her. Seine Bewegungsstereotypien schienen ebenso der Vergangenheit anzugehören wie Doros falsch gedachte erste Doktorarbeit. Der Schwarze Panther nebenan zeigte schlimme Stereotypien, manische Killerstereotypien, wenn es so weiterging mit ihm, würde man ihn einschläfern müssen.

»Weißt du was, Sali? Ich werd gar nicht mehr schlafen. Hab ich vor jeder Prüfung so gemacht. Und immer mit den besten Noten bestanden. Ich werd einen Piccolo süffeln und ein bißchen mit dem Computer spielen.«

In ihrem Computer befand sich der detaillierte Bericht über das Unwesen, das der Professor für Schmerzforschung in seinem Labor getrieben hatte. Niemand glaubte ihr, aber das würde sie ändern. Sie war fest entschlossen, die Sache an die ganz große Glocke zu hängen. Wenn der Direktor nicht mitmachte, dann würde sie diese Sache eben anonym oder unter Pseudonym an die ganz große Glocke hängen.

»Seit ich weiß, daß ich im Dezember geboren bin, graust es mir vor gar nichts mehr«, hatte sie noch gescherzt, als sie dem Professor in den Gang zum Labor gefolgt war.

Der Professor war stehengeblieben. Im Gang waren die Aquarien zugegipst worden. Brach der Professor seine Zelte ab? Würde sie sein Labor lebend verlassen?

»Eine Mutprobe für Sie?« sagte er.

»Ja, eine Mutprobe«, sagte Doro.

Und ich habe kein heimliches kleines Tonband bei mir und keine heimliche kleine Kamera, dachte sie. Und niemand wird mir zu Hilfe kommen. Karl-Walther ist nicht mehr im Zoo, Chris ist nicht mehr im

Zoo, Nelke ist eine Memme, Mama weint irgendwo in der Stadt in eine Tasse Kaffee.

Mit einer seiner Derwischdrehungen hockte der Professor plötzlich hinter ihr. Er untersuchte eine winzige Wasserlache auf dem Boden. Sie erinnerte sich daran, wie er, als er zum ersten Mal auf ihrem Bett saß, die kümmerliche Lache ihres Erbrochenen untersucht hatte.

»Schlampig von mir«, sagte der Professor.

»Wozu die Aquarien?« sagte Doro schnell.

»Zur Entspannung nach nervenaufreibender Arbeit. Zur Beobachtung. Zum Spiel. Zur absoluten Ruhe. Es ist traurig, daß man das ehemalige Aquarium nach dem Krieg nicht wieder aufgebaut hat. Als Kind war ich dort sehr glücklich. Finden Sie nicht, daß Fische noch seltsamere unbekannte Wesen sind als Vögel, weil wir sie für stumm halten müssen? Wir haben keine andere Möglichkeit. Was empfanden Sie, als Sie meine Fische sahen, Kollegin?«

»Bin ich Ihre Kollegin?«

»Das wird sich gleich herausstellen.«

»Was dachten Sie sich dabei, als Sie die Labortüren absichtlich für mich offenstehen ließen?«

»Es waren nicht die Labortüren. Es waren die Türen zu den Fischen. Die Tür zum Labor hätten Sie mit jedem beliebigen Dietrich öffnen können.«

»Ich glaube, ich mußte weinen, als ich die Fische sah. Ich weiß es nicht mehr.«

»Schade«, sagte der Professor, »daß Sie mir keinen genauen Bericht Ihrer Empfindungen geben können.«

Doro dachte: Noch kann ich ihm einen Tritt geben und hinauslaufen in den Regen und die Polizei rufen. Der Professor machte sich am Vorhängeschloß zum *Labor* zu schaffen. Er fummelte ewig daran herum. Er schien sich an Doros Angst zu weiden.

»Einen Moment noch«, sagte sie. »Wenn ich die Augenkranken Tiere sehe und mir übel wird, dann kann ich doch zurück in mein Zimmer?«

Und wenn ich ohnmächtig werde? Sie fischte nach dem Bild der Schwestern in ihrem Kopf. Die unerschrockenen Schwestern. Die Frauen, die jeder Gefahr ins Auge sahen, jedem Tier, die sogar dem jungen Professor ins Auge gesehen hatten, oder beinahe, auf dem Razanullah-Photo.

»Sie werden überhaupt nichts sehen«, sagte der Profesor.

»Einen Moment noch«, sagte Doro. »Da lag ein Photo in einem der Aquarien. Wasserdicht versiegelt ...«

»Ja. Und ...?«

»Warum lag es da?«

»Es sah *schön* aus bei den Fischen. Aber das ist etwas Privates, Matthes.«

Der Professor hielt ihr die Tür zum Labor auf. Noch hatte er kein Licht gemacht. Apparaturen glänzten matt im Halbdunkel. Wie eine kleine Karawane zogen Ziffern über einen Computerbildschirm. Es roch nicht nach Tieren, sondern nach Elektrik. Natürlich, der Folter-Stromkreis. Die Tiere hielt der Feinsinnige gewiß geruchsdicht unter Verschluß.

»Einen Moment noch. Und wenn ich die Augenkranken Tiere sehe und werde ohnmächtig? Werden Sie mir helfen? Ich geh da nur rein, wenn Sie mir versprechen, daß Sie mir helfen.«

»Ich wiederhole: Sie werden überhaupt nichts sehen.«

Würde er sie *anfallen* und ihr eine Spritze in den Hintern jagen oder in ihre Brüste mit der Substanz, die seine Tiere augenkrank machte und vor Schmerzen schreien ließ?

»Sie gehen vor«, sagte Doro.

»Ich beneide Sie um vieles«, sagte der Professor und zog einen flachen langen schwarzen Gegenstand aus seiner Kitteltasche, »besonders um Ihre Angst. Meine hat ihre Frische verloren.«

Der Wahnsinnige drückte einen Knopf auf dem schwarzen Ding. Im Labor ging das Licht an.

Das Labor war kleiner, als sie es sich vorgestellt hatte. Es war kleiner als ihr Zimmer. Es war eine Art Verhau, ein Verlies. Das einzige

Licht traf sie aus einem mannshohen Scheinwerfer in der Ecke. Doro beschirmte ihre Augen. Die Decke des Labors hing tiefer als die anderen im K 2, sie mußte neu eingezogen worden sein. Auf Zehenspitzen stehend hätte Doro sie berühren können. An den Wänden stapelten sich Verstärker und hohe Tonbandgeräte und noch höhere Lautsprecherboxen und Hunderte von Tonbändern in Regalen. In einer Nische zwischen den Geräten stand ein Mischpult. Der Computer war in die Wand eingelassen, das Manual ragte hervor wie ein Tablett. Mischpult und Manual wirkten zusammen wie ein modernes Musikinstrument, eine *High-Tech*-Orgel. Der Boden war gefliest, sie erkannte die alten K-2-Fliesen aus der Küche. In der Mitte des Labors stand der einzige Stuhl, ein schlichtes billiges Ding aus Plastik. Neben dem Stuhl lagen die Kopfbedeckungen, die der Professor manchmal trug, die Lederkappen, Taucherhelme, rechteckigen Metallboxen mit den Elektroden, Drähten, Knöpfen, Schaltern, Metallbügeln, Lederriemen, Lampen, Antennen. In der Mitte der Zimmerdecke saß, einer schwarzen Spinne gleich, eine überdimensionale Sprinkleranlage.

Das Ganze sah aus wie ein auf kleinstem Raum zusammengedrängtes Tonstudio. Die Geräte vom Feinsten und Neuesten und Teuersten, aber trotzdem ein Tonstudio.

Wären da nicht die unheimlichen Helme gewesen. Physikalisch-medizinische Helme ohne Frage, Experimentierhelme, Irrenhaushelme, Elektroschockhelme, Folterhelme. Vielleicht befand sie sich nur im *Vorraum* zum eigentlichen Labor. Doro holte tief Luft.

»Wo befinden wir uns?« sagte sie.

»Die Frage ›Wo befinden wir uns?‹, Kollegin, ist der Anfang jeder Erkenntnis und gleichzeitig der Anfang vom Ende«, sagte der Professor.

»Und das ist Ihr Labor? Ihr *ganzes* Labor?«

»Das ist es.«

»Wo sind die Tiere?«

»Nicht sichtbar für die Augen.«

Der Professor zog seinen frisch gestärkten weißen Kittel aus und ließ ihn achtlos zu Boden fallen. Er trug ein rotes Sweatshirt mit dem verwaschenen Aufdruck *Haydn Midwestern University*. Es war Doros Sweatshirt. Sie suchte es seit Wochen. Sie sagte nichts.

Der Professor streifte sich das Sweatshirt über den Kopf. Er trug kein Unterhemd. Seine Brust war, wie Doro es erwartet hatte, olivfarben und unbehaart. Er stieg aus seinen schwarzen Jeans und aus seinen gelben Boxer-Shorts. Er stand nackt vor ihr. Sie schaute weg.

»Sie können meinem Beispiel folgen, es aber auch lassen«, sagte er.

Sie ließ es.

»Wir wenden uns nun der Schmerzforschung zu«, sagte der Professor. »Und Sie sind in diesem Zoo der einzige Mensch, an den ich mich wende.«

»Warum?«

Doro hatte ihn beim Pfingstkonzert in Aktion gesehen. Sie mußte Zeit gewinnen, sich langsam, Millimeter um Millimeter, rückwärts in Richtung Tür bewegen wie eine Schleichkatze. Noch sah sie kein Messer oder Skalpell in seiner Hand. Noch war er damit beschäftigt, Knöpfe auf seiner Fernbedienung zu drücken. In einem der vielen Lautsprecher knisterte es.

»Warum?« wiederholte sie.

Er kam ihr bedrohlich nahe, bückte sich zu seinem Kittel und fischte einen zweiten schwarzen Gegenstand heraus.

Sie sah seinen Penis, er war verstümmelt, kaum als Penis zu erkennen. Er sah aus wie eine zipfelmützenförmige garstige kleine Narbe. Um so größer, fast hypertroph, schaukelte der Hodensack zwischen seinen Beinen.

Doro dachte: Was hat er gesagt? Der Anfang vom Ende? Ich werde von einem impotenten geisteskranken Frauenhasser auf unsägliche Weise zu Tode gefoltert werden, wenn ich jetzt nicht sofort etwas sehr Mutiges tue.

Der Professor kam ihr zuvor. Mit einer fließenden Bewegung nahm er ein Tonband aus einem Regal, suchte und fand einen Knopf auf der Fernbedienung und setzte einen Mechanismus in Gang, der einen stählernen Vorhang von der Decke und vor die harmlose alte Holztür rasseln ließ.

»Warum?« sagte Doro.

»Das gehört zum Experiment. Der Raum muß verschlossen sein. Man muß wissen, daß es kein Hinaus mehr gibt.«

»Warum ich?«

»Weil Sie lernen wollen und vielleicht sogar lernen können«, sagte der Professor.

»Ich will nicht lernen!« Doro begann gleichzeitig zu brüllen und zu schluchzen.

Der Professor berührte behutsam ihren Arm.

Sie sagte: »Mama.« Sie sah die Lippen des Professors, die Mama die Stirn geküßt hatten.

»Sie müssen nicht weinen, Dorothee. Wenn Sie mein Anblick schockiert, schauen Sie weg. Ich arbeite ausschließlich nackt. Es gehört zur Anordnung meiner Experimente. Ich bin gleich soweit. Die Angst und der Schrecken, die Sie im Moment verspüren, weil Sie irrigerweise glauben, ich wollte Ihnen etwas antun, ist nichts im Vergleich zu der Angst und dem Schrecken, den Sie gleich *hören* werden.«

Er sprach in seinem kühlen wissenschaftlichen Tonfall aus seiner männlichen Leere. Er setzte sich in die Mitte des Labors auf den Stuhl. Ein einzelner markerschütternder Schrei, weiblich oder von einem Kind, kam aus einem der Lautsprecher.

Es war ein Menschenschrei, die Worte lauteten:

»Bitte nicht!«

»Der Schmerz«, sagte der Professor, »fragt immer nach der Ursache. Die Lust bleibt bei sich selbst stehen und schaut nicht zurück. Zum Beispiel: Können Sie sich an die Wandlung Ihrer Stimme erinnern, nachdem Sie fünf Tage geschlafen hatten?«

»Nein.«

»Meiner Meinung nach waren die geballten Impfungen vor Ihrer Sydney-Reise die Ursache für Ihren kataleptischen Zustand. Ihre

Stimme klang natürlich wie immer. Aber in Ihren Ohren klang sie anders. An diesem Morgen waren Sie meine junge Kollegin in Sachen Schmerzforschung. Sie fragten sich: Warum klingt meine Stimme anders? Bin ich froh? Bin ich unglücklich? Macht es Spaß? Tut es weh? Sie wachten auf, und etwas hatte sich verändert. Die Stimme, die Sie soeben kurz gehört haben, war die Stimme eines zirka fünfjährigen Mädchens, das sich dieselben Fragen stellte.«

Doro wurde ruhig. Sie erinnerte sich nicht an ihre Stimme nach dem Fünftageschlaf. Damals war sie einfach überarbeitet gewesen. Der Professor war krank, aber nicht gefährlich, sie spürte es. Er war ein Angeber. Hinter seinem ganzen Firlefanz, den internationalen Auszeichnungen, den billigen Zaubertricks, dem esoterischen Mumpitz steckte ein ganz »normaler« Geisteskranker, wie sie es von Anfang an vermutet hatte. Er brauchte diese *Show* für seine Krankheit. Erst jetzt wußte sie mit absoluter Sicherheit, daß er die ganze Zeit verknallt in sie gewesen war, um sie geworben hatte. War er von Geburt an mißgebildet, oder hatte ein Unfall sein Ding so verunstaltet? Jedenfalls war er impotent und erklärte ihr nun seine »Liebe«, indem er ihr seine Schmerzforschung erklärte.

»Schmerzforschung ist im Grunde Assimilationsforschung. Wie richte ich mich ein im Schmerz, wie verschmelze ich mit ihm, wie werde ich so schlimm wie er …«

Aus mehreren Lautsprechern kreischten Schweine, die abgestochen wurden. Der Professor drehte die Lautstärke bis zur Unerträglichkeitsgrenze. Er bewegte einen kleinen schwarzen Ball in seiner Hand. Auf dem Computer erschienen Zeichen, Ziffern. Nein, es waren Schriftzeichen einer Doro nicht bekannten und höchstwahrscheinlich weltweit nicht bekannten Irrensprache.

»Was ich Ihnen hier rudimentär vorführe, ist nur das Prinzip des Experiments. Ich notiere meine Assoziationen und Empfindungen beim Anhören und Erdulden der Laute.«

Der kleine schwarze Ball. Ihn hatte er bei seinem ersten Besuch in Doros Zimmer über ihren Schreibtisch gerollt. Das Phantommikrophon, nach dem sie ewig gesucht hatte. Die ganze Aufregung umsonst. »Mousey« bediente nur eine neuartige Computermaus. Er demaskierte sich, der Professor Moritz Schuller. Sie sagte beiläufig und versuchte fachlich-interessiert zu klingen:

»Weiß der Herr Direktor Bescheid über die … Ausrichtung Ihrer Experimente?«

»Der Direktor weiß alles über Stimmen.«

Jetzt drückte er wieder Knöpfe auf seiner Fernbedienung. In allen Lautsprechern begann es zu knistern. Die Zimmerdecke knisterte, als fräße sich ein Schwelbrand durch sie hindurch.

»Die vielfältigen Laute der menschlichen Stimme verdanken wir dem, was wir das Gehirn nennen. Es steuert in Millisekunden das Zusammenspiel der Muskeln im Resonanzraum von Rachen, Mund und Nase ebenso wie die Spannung der Stimmlippen. Schwankungen in der Tonhöhe, wie beim *Schrei*, können nur mit Spektogrammen oder Melodiediagrammen erfaßt werden. Für das gewöhnliche menschliche Ohr sind die Schwankungen im Melodieverlauf des Schreis nicht hörbar. Das Erstaunliche ist nun, daß Schreie Sprünge machen, wirre, scheinbar regellose Sprünge …«

Von allen Seiten, am stärksten jedoch von *oben*, aus der vermeintlichen Sprinkleranlage, sprangen die Schreie Doro an, einzeln zuerst, abgehackt, abgebrochen, abgewürgt, dann zu einem Chor anschwellend, in dem alle durcheinandersangen, Tausende Stimmen durcheinandersangen, denn seltsam, die Schreie klangen schon nach wenigen Sekunden der Gewöhnung wie das Oratorium eines fürchterlich talentlosen und obendrein geisteskranken Komponisten. Der kleine Raum vibrierte von der Un-Musik. Ein Libretto war nicht herauszuhören, es gellten in Doros Ohren nur Schreie – Schreie – Schreie. Es war der Gesang der Augenkranken Tiere, die es nicht gab. Und diese aufgemotzte Stereoanlage hatte Doro über ein Jahr lang in Angst und Schrecken versetzt. Fast verspürte sie Mitleid mit sich selbst für das lange sinnlose Mitleid, das sie den »Augenkranken Tieren« entgegengebracht hatte, die es nicht mehr gab, nie gegeben hatte.

»Beachten Sie die Sprünge auf dem Computerbildschirm«, sagte der Professor. Sie schaute nicht hin. Was immer er hier »erforschte«, sie verstand eh nur Bahnhof.

»Mit den Methoden der nichtlinearen Dynamik untersucht, können wir ein deterministisches Chaos in den Schreien entdecken. Zu Deutsch: Sie folgen zwar den Gesetzen von Logik und Physik, sind aber in ihrem Verhalten praktisch nicht vorhersagbar. Das Verhalten der Schreie wohlgemerkt, nicht das Verhalten der Schreienden. Letzteres fällt in das Gebiet der Geschichtsforschung, die wir vergessen können, weil sie versagt hat und weiter versagen wird. Solche minimalen Änderungen im Lautmuster eines Schreis können zu dramatischen Endzuständen führen. Kleinste Schwankungen in der Tonhöhe, der Todesschrei. Haben Sie gehört?«

»Ja«, sagte Doro.

Ein einzelner Schrei beendete die Oper des Professors: *»Bitte nicht!«*

Er hockte auf seinem Stuhl und wirkte mehr denn je zuvor wie eine prähistorische Echse. Doro dachte: Er wird uns alle überleben, er besteht aus Wahnsinn, jede einzelne Zelle seines Körpers besteht aus Wahnsinn, der Wahnsinn macht unsterblich. Sie dachte den Gedanken nicht weiter. Wenn das hier die legendäre Schmerzforschung des legendären Professors war, wo lag der Nutzen? Oder war es die reine, die wertfreie Wissenschaft, der er sich verschrieben hatte?

»Seltsam, die Stille, nicht wahr?« sagte er.

»Wo haben Sie die Schreie her? Aus Horrorfilmen?«

Der Professor lachte sein seltenes abgehacktes spotzendes Lachen. In null komma nichts stand er angezogen vor ihr, sein weißer Kittel blendete im Licht des Scheinwerfers. Deine Tricks beeindrucken mich nicht mehr, dachte Doro. Aber wie bekomme ich mein Sweatshirt zurück, das du mir geklaut hast?

»Das ist kein Soundtrack, Matthes. Es ist Wirklichkeit. Es ist geschehen.«

»Also eine Art Chor, den Sie … komponiert haben?«

»Tierschlachthäuser. Menschenschlachthäuser.«

»Und das ist die sogenannte Rückkoppelungsschmerzforschung, die Sie begründet haben?«

»Nein. Die RS ist lange her. Schmerzen von vorvorgestern. Ich versuche, grob gesagt, dem Phänomen des menschlichen Mitleids auf die Spur zu kommen.«

»Indem Sie sich diese Schreie anhören?«

»Jahrelang. Tag und Nacht. Mit speziellen von mir entwickelten Geräten, die Helme dort, die unter anderem meine Hirnströme messen, meine Tränen zählen oder deren Ausbleiben festhalten, meine eigenen Lautäußerungen aufzeichnen und noch vieles mehr.«

»Und für diese Lautstudien bekommen Sie soviel Geld?«

»Lautstudien …? Nun gut, nennen wir sie Lautstudien. Geld? Es ist ein reiches Land, in dem Sie leben, Matthes. Ein paar Leckerchen wie das Zauberwort ›Visualisierung von Schmerzzuständen auf höchstem Tableau‹ für die pharmazeutische Industrie und meine hübschen *ad libitum*-Wortschöpfungen ›Psychophysik‹ und ›Integrale Introspektion‹, und schon regnet es Geld.«

»Aber Sie haben doch Drogen entwickelt, oder?«

»Ich habe in meinem Leben grauenvolle Drogen entwickelt.«

»Und hier nicht?«

»Die Entwicklung von Drogen können wir fürderhin getrost der Evolution überlassen. Sie wird mit ein paar Mittelchen aufwarten, die uns neue Zustände lehren werden.«

»Der blinde Uhrmacher.«

»Die Evolution ist nicht blind. Wissen Sie, was das Wort ›Böse‹ bedeutet?«

»Natürlich.«

»Natürlich. Es liegt in der Natur des Bösen, daß es nur eine Sprachregelung ist, eine Konvention. Das Schweigen gilt es zu untersuchen. Die Müdigkeit. Wenn Sie die Evolution unbedingt zum Sündenbock verklären wollen, Matthes, wie die Psychoanalyse die Kindheit verklärt und vernichtet hat, dann nennen Sie sie den *schweigenden* Uhrmacher.«

Doro sagte:

»Haben Sie meinen Brief erhalten?«

»Ja.«

»Und? Wie stellen Sie sich dazu?«

»Ich hoffte auf Ihr Verständnis. Ihre Lernwilligkeit. Ich hielt Sie für begabt.«

»Jetzt nicht mehr?«

»Die einzige Hoffnung für die Welt ist der Dilettant, und Sie könnten einen großartigen abgeben. Der Dilettant hat ein reines Gewissen. Oder gar keines. Was auf dasselbe hinausläuft.«

»Ich verstehe Sie nicht. Wenn nicht alles täuscht …«

»Dann werden Sie älter, um mich zu verstehen.«

»… haben Sie die Schwestern ermordet. Ich habe Beweise. Und Sie hoffen auf meine *Lernwilligkeit*, mein *Verständnis*?«

»Dreihundert Reichsmark für die Hinrichtung. Hundertachtundfünfzig für die Haftgebühren. Zu zahlen unter Angabe des Aktenzeichens«, sagte der Professor zu seinem Schatten an der Wand. Er schien langsam auszurasten, aber so leicht würde er ihr nicht davonkommen.

»Ganz abgesehen von der Veruntreuung von Forschungsgeldern für Ihr Privatvergnügen in diesem … Verhau, könnte ich Ihnen den Mord an den Schwestern …« Sie dachte nach. Vorsicht war geboten. Noch befand sie sich in seinem Labor, in seiner Gewalt.

»… zur Last legen«, sagte sie.

»Sie studieren gerne Akten, nicht wahr?«

»Ich habe Beweise.«

»Sie haben Vorstellungen. Ihr Leben besteht aus Vorstellungen. Leider sind es die falschen Vorstellungen. Ich habe mehr von Ihnen erwartet. Lassen Sie mich in Ruhe mit den alten Gerüchten über die Schwestern.«

»Ich will wissen, was passiert ist.«

»Ah, Sie wollen *wissen*! Sie verehren die Schwestern und wollen wissen. Also hören Sie zu. Die Damen Winter und Streng starben an unerwiderter Liebe. So einfach war das.«

»An unerwiderter Liebe zu Ihnen? Der Marie-Luise den Schwestern vorzog? Der sie zu einem Fischessen einlud und den Fisch vergiftete?«

Der Professor zog die Augenbrauen hoch, eine nie gesehene Regung in seinem Gesicht. Hatte sie ihn endlich überrascht? Doro fühlte, wie sie bleich wurde. Es war ein erregendes Gefühl.

»Wer ist Marie-Luise? Nein. Die Schwestern waren vielleicht ein wenig verschossen in mich, wie wir früher sagten. Aber ihr Selbstmord hatte gewichtigere Gründe.«

»Es war Mord.«

»Ach, Dorothee, wie sehr Sie sich das wünschen, habe ich recht? Nun, es war dennoch anders. Und ich habe keine Lust, es Ihnen des langen und breiten auseinanderzusetzen. Winter und Streng wünschten sich ein Abschiedsessen mit mir. Ausgerechnet mit mir. Sie wünschten sich Fisch … ausgerechnet Fisch. Sie baten mich um ein Pulver. Ich gab es ihnen. Es wirkte. Das war alles.«

Doro glaubte ihm jedes Wort. Seine schwarzen Knopfaugen waren geschlossen, die dunklen Tunnel dicht. Sie glaubte ihm, weil er so untröstbar traurig »… ausgerechnet Fisch« gesagt hatte. In dieser Traurigkeit lag keine Lüge versteckt.

»Und warum wollten sie sterben?« sagte sie.

»Ich?«

»Die Schwestern.«

»Fragen Sie Ihren Geliebten, Karl-Walther Kadamecki. Er weiß es. Oder den Direktor. Auch er weiß es.«

»Ich frage aber lieber Sie.«

»Winter und Streng litten an einer fortschreitenden schweren Angstpsychose. Vielleicht berufsbedingt. Ich weiß es nicht.«

»Wovor hatten sie solche Angst, daß sie sterben wollten?«

»Vor den Tieren im Zoo.«

»Und das soll ich Ihnen glauben? Die Schwestern waren die größten Könnerinnen auf dem Gebiet der zwischenartlichen Kommunikation. Sie heilten die Tiere, sie verstanden sie, sie redeten mit ihnen.«

»Vielleicht das eine oder andere Wort zuviel.«

»Kommen Sie, Professor. Sagen Sie die Wahrheit.«

»Ich sage die Wahrheit. Sie starben an unerwiderter Liebe.«

Doro glaubte ihm kein Wort. Oder jedes Wort, nur im umgekehrten Sinn. Weil der Professor Marie-Luise Augen gemacht hatte auf dem Razanullah-Photo, weil er die Schwestern all die Jahre keines Blickes gewürdigt hatte, weil er ihre Liebe nicht erwidert hatte, deshalb gingen sie an unerwiderter Liebe elendig zugrunde. Und er hatte ihnen auch noch das Gift geliefert.

»Sind Sie in mich verliebt?« sagte Doro.

»Wo denken Sie hin!«

»Immer noch in Marie-Luise?«

»Matthes, ich gebe Ihnen einen Rat. Ob er gut ist, hängt von Ihnen ab. Adoptieren Sie die Familie Sachs. Heiraten Sie einen Mann, den Sie wirklich lieben, nicht eine Vorstellung. Schenken Sie der Welt Kinder, nicht die verglaste Abenteuerröhre für gefangene Tiere. Ich könnte auch sagen: Lernen Sie warten. Jeder Mensch wird geboren mit der wunderbaren Fähigkeit zu warten. Die wenigsten nutzen sie, mich eingeschlossen. *Wait for the silver lining*. Ein schönes Lied.«

Er ließ den stählernen Vorhang hochfahren und brachte sie zur Tür ihres Zimmers. Er schien in Eile zu sein. Wollte er Spuren verwischen, bevor sie dem Direktor seinen ungeheuerlichen Mißbrauch von Forschungsgeldern und Steuergeldern meldete?

»Was werden Sie nach Ihrer Promotion tun?« sagte er.

»Wir fahren nach Amerika.«

»Wer über See geht, wechselt den Himmel, nicht den Charakter«, sagte er. Der Spruch kam ihr vage bekannt vor.

»Frettich?«

»Horaz.«

»Wer ist dieser Frettich?« fragte Doro, ihre Tür zuziehend.

»Ein Toter, der nichts veröffentlicht hat«, hörte sie die sich entfernende Stimme des Professors.

Dann war alles sehr schnell geschehen. Sie hatte dem Direktor

Meldung gemacht. Der Direktor hatte sie noch nicht einmal ausreden lassen. »Sie verstehen nicht«, sagte er. »Was gibt's da groß zu verstehen?« sagte Doro, »er hat Gelder veruntreut, mit denen wir wichtige Forschungen hätten finanzieren können.« Der Direktor wollte nichts hören. Doro war enttäuscht und bitter. Es war eben alles anders. Das Alter verwandelte die Menschen in Lügner und Betrüger. Sie nahm sich vor, jung zu bleiben wie Karl-Walther. Dann gab der Direktor eine Wochenparole heraus, die »HABEN WIR EIN LIED, SINGEN WIR ES ZUSAMMEN« lautete, und einen Tag später verkündetete Frl. Friederike in einem Rundschreiben, daß der Professor seine »Versuche« abgeschlossen habe und in Kürze den Zoo verlassen werde. Die Allianz der alten Männer dort oben in ihrer Leere hatte wieder einmal zugeschlagen. Natürlich war der Professor vom Direktor gewarnt worden, daß Doro den Betrug aufzudecken gedachte.

Ein letztes Mal derwischte er in ihr Zimmer im K 2, der Professor für sogenannte Schmerzforschung, angeblich um sich zu verabschieden. Es war Doro fast ein bißchen peinlich. Immerhin hatte sie den Stein ins Rollen gebracht. Aber Lügner und Betrüger mußten entlarvt werden, auch wenn sie immer ungeschoren davonkamen, die Moritz Schullers dieser Welt. Wahrscheinlich konnte er noch nicht einmal Geige spielen.

Ein letztes Mal überraschte er sie. Auf ihre nicht ohne frohlockende heimliche Häme gestellte Frage, ob er denn noch immer Paganinis vierundzwanzig Capricen spielen könne, verschwand er wortlos und kehrte kurz darauf mit einer Geige zurück. Er hatte sich sogar in eine Art Virtuosenkostüm geworfen, ein weites weißes Rüschenhemd. Wo bewahrte er nur all seine Klamotten auf? Ihr *Haydn*-Sweatshirt würde sie wohl unter Verlust verbuchen müssen. Er setzte sich neben sie auf ihr Bett und begann zu spielen. Es war eine Melodie, weder alt noch neu und bestimmt nicht Paganini, wild erregend und gleichzeitig traurig, herzergreifend und barbarisch, verträumt und gewagt und ganz entschieden virtuos. Doro hatte noch nie eine Musik gehört, die in ihrer Schönheit so abstoßend war. Der

Ärmel seines Rüschenhemdes rutschte herunter, und sie mußte schmunzeln, als sie sah, daß der vornehme Herr Professor eine Tätowierung trug, irgendeine Nummer am Unterarm. Also war auch er einmal jung gewesen. Sie fragte sich, in welchem Hurenhaus er sich wohl hatte tätowieren lassen. Er beendete sein Geigenspiel mit einem Triller.

»Tartini«, sagte er.

»Bravo«, sagte Doro und applaudierte höflich.

Er schenkte ihr, augenzwinkernd, seinen Universalschlüssel. »Hier«, sagte er, »den werden Sie brauchen können.« Doro freute sich. Sie verzieh ihm ein wenig, in Gedanken.

Jetzt saß sie vor ihrem Computer, einen Piccolo neben sich, und rief ein paar Eckdaten zur genetischen Analyse des Schlanklori-Bestandes ab. In wenigen Stunden würde sie, das wußte sie, die Prüfung mit Bravour bestehen.

Das Telefon klingelte, wie nur Chris es klingeln lassen konnte, andauernd ausdauernd optimistisch. Sie zog den Stecker aus der Buchse.

»Doro antwortet nicht mehr«, ahmte sie Schiefhals' Stimme nach. Sie warf sich auf ihr Bett und überlegte, welches ihrer zwei neuen (und ersten) Kleider sie zur Prüfung anziehen sollte. Das Gelbe mit dem tiefen Ausschnitt? Oder das hochgeschlossene schlichte Schottische?

Im K 2 herrschte Stille. Wenn Stille einen Hall erzeugen konnte, war es eine nachhallende Stille. Ich werde den schauerlichen Gesang der Augenkranken Tiere nie wieder hören. Es gab sie nicht mehr, hatte sie nie gegeben, die Augenkranken Tiere. Und seltsam, sie fehlten ihr, irgendwie.

*

Zeit nach Haus zu gehn, Karlchen-Klein. Ihm war das Geld ausgegangen, und er mußte die Pension verlassen. In seiner Aktentasche befand sich noch Juniors Scheck. Er würde ihn nicht anrühren, solange er lebte und es Spiegel gab, in die er schauen mußte. Der Scheck war, neben den Mäusen von Pompeji, die in der Gepäckaufbewahrung am Bahnhof auf ihn warteten, das einzige Erinnerungsstück, fast schon der einzige Beweis, daß Junior gelebt hatte. Junior, mein Sohn. Junior, der Sohn, den ich verpaßt habe, verloren habe, auf dem Gewissen habe. Ein Gewissenloser, ein ehemaliger Rechtsanwalt, hatte Karl-Walther in der Kneipe gut zugeredet. Klag doch auf Rente, du gewinnst garantiert, wir leben schließlich in einer Demokratie. Ich werde keine Rente einklagen für den Mord an dir, mein Junior.

Karl-Walther verkaufte das Bundesverdienstkreuz an einen Altwarenhändler, es brachte nicht viel. Er verkaufte Briefmarken, aus Deutsch-Ost, die er in seiner Brieftasche, Jahrzehnte nicht zur Hand genommen, entdeckt hatte. Sie brachten mehr.

Dann machte er sich auf die Suche nach Jochen Wirkus, so wie er weiland den irren Dostojewski gesucht hatte. Auch diesmal, eins plus eins gleich null, fand keiner keinen hier draußen.

Der Zoo fehlte ihm körperlich, aber er war sich seiner Schuld an Juniors Tod bewußt und klagte nicht. Das Präservativwort »Bewußtsein« hatte endlich eine Bedeutung gefunden: Er trank bewußt. Endlich ist der Zoo in meinem Kopf, dachte er, das wenigstens habe ich von Jali gelernt. Sein Körper vermißte den Zoo, seine Füße vor allem. Er wollte Jochen um Verzeihung bitten, weil Jochen der einzige Mensch war, den er hier draußen für irgend etwas um Verzeihung bitten konnte. Den Direktor um Verzeihung zu bitten war sinnlos, denn Karl-Walther hatte Zooverbot auf Lebenszeit. Er konnte sich kaum an den Direktor erinnern. Er sah einen Bart, hörte eine hohe Stimme sinnlose Parolen ausgeben. Auch Jochen war schuld an Juniors Tod, des einzigen Kindes, das Karl-Walther je gehabt, wenn schon nicht in die Welt gezeugt hatte. Warum hatte sich Jochen seiner Inobhutnahme so wild widersetzen müssen? Seine Rillies wären ihm ja nicht davongelaufen, sie hätten ja immer und überall auf ihn gewartet. Davongeflogen, korrigierte Karl-Walther seinen Gedanken und leerte das Glas. Dumme Gedanken flogen im Universum herum, von denen man sich gar keine Vorstellung machte. Wär ich geistesgegenwärtig genug gewesen, ich hätte mir Jochens Fernrohr gekrallt, mindestens einen Tausender wert.

Die Kliniken für die Rillie-Sucher blieben ihm verschlossen. Karl-Walther zupfte an seiner Krawatte, rückte seine Brille zurecht. Er ist mein Bruder, sagte er, der Herr Jochen Wirkus, ich komme aus Afrika, ich habe wenig Zeit, ich möchte ihn besuchen, bevor ich nach Afrika zurückkehre. Weisen Sie sich bitte aus, Herr Wirkus, antworteten ihm die Klinikpförtner in ihrem Irrglauben an Einzelheiten. Ihr Säcke, sagte Karl-Walther, woraus, glaubt ihr denn, setzt sich ein Leben zusammen? Es ist ein großer Haufen, ein großes Ganzes, keine Kunde kam je von da, und nichts wird von euch übrigbleiben als eure einzelnen leeren Pförtneruniformen, die dann hier in euren Pförtnerhäuschen herumstehen werden wie leere Tüten. Schaut her, was ich habe, herrschte er die Blindgläubigen an, ich habe eine Aktentasche, da ist alles drin, aber auch wirklich alles. Er flüchtete, als die Pförtner Pfleger in weißen Kitteln heranwinkten.

Es gelang ihm, in eine Klinik einzudringen, mit Hilfe eines ehemaligen Arztes. Die Zimmer der Patienten waren zugesperrt. Im Gemeinschaftsraum bastelten die Beneidenswerten Sterne aus Stroh und Vogel-Mobiles aus Papier. Warum nicht gleich hierbleiben? Der ehemalige Arzt riet flüsternd ab. Kein Bier, keine Weiber, und außerdem mußte man voll plemplem sein und nicht nur halb. Jedenfalls, wo immer Jochen untergebracht war, es ging ihm gut. Er bastelte, er durfte in Ruhe warten.

Um sicherzugehen, suchte Karl-Walther auch in den Männerwohnheimen, die jetzt Obdachlosenasyle genannt wurden. In einem blieb er gleich, der Geruch und das Wort »Asyl« reizten ihn zu diesem vorübergehenden Experiment. Außerdem war die Unterbringung billig. Die Obdachlosen waren arbeitsscheue Trinker und merkwürdig versessen auf das Lesen von Zeitungen. Kaum eine Nachricht oder Geschichte, die sie nicht kannten, egal aus welchem Winkel der Welt sie stammte, kaum ein Schicksal, das sie nicht endlos durchkauten. Alle hatten sie weitreichende komplizierte Pläne für das Land jenseits des Abgrunds. Sie schienen den Abgrund für eine kleine Spalte zu halten, über die man schnell springen konnte. Wie Jali in »Die Erfindung von Tieren« jedoch schlau schrieb, gähnte der Abgrund, und nicht vor Langeweile. Langweilig war nur die Unschuld, schrieb sie. Er arbeitete jeden Tag an der Beendigung der Geschichte, indem er über Junior nachdachte. Er war schuld an Juniors Tod, er war ein Monster, er war der unglücklichste Mensch auf Erden, ein elendiger Menschenwurm, er fühlte sich geistig auf der Höhe wie lange nicht.

Die Bachstraße 14 gab es noch. Sie blieb ihm vorerst verschlossen. Das Haus strahlte weiß wie das neu enthüllte Eisbärendenkmal vor ein paar Jahren im Zoo. Doppelfenster blitzten in der Wintersonne, kein Rauch von Kohleöfen stieg aus dem Schornstein. Eine Klingelleiste, poliertes Messing, protzte an der Wand neben dem Eingang zu den Hinterhofwohnungen. Mit wem oder was waren diese Wohnungen jetzt belegt? Seine Augen huschten über Schilder mit fremden Namen. Er nahm einen Schluck aus seiner Taschenflasche. Was war geschehen? Hätte er nur auf Junior gehört, dann säße er jetzt friedlich im Vogelhaus und suchte das Rote Kreuz. Hatte ihm Junior nicht geraten, das Rote Kreuz zu suchen? Es war so lange her, die Zeit raste, es gab so viel zu tun. Er mußte das Gnu töten, er hatte noch eine Rechnung offen mit dem verdammten Gnu. »Bist du's, Papa?« rief eine Kinderstimme aus der Wand. Ja, hier ist Papa, sagte Karl-Walther, der nachschauen wollte, ob im Erdreich des Dschungels Jalis Körperabdruck noch zu sehen war. Du bist nicht Papa, sagte die Kinderstimme. Ich bin Papageno, ein Freund, rief Karl-Walther in das Sprechgitter. Er drückte alle Klingelknöpfe auf einmal. Niemand öffnete.

Ich werde hier nicht jahrelang stehen und blöde warten, bis irgend jemand kommt und mir die Tür aufschließt, dachte er. Ich habe Wichtiges zu erledigen, ich bin schuld an Juniors Tod, ich muß mich an mir rächen. Der Herzkasper wird mich nicht kriegen und der Professor nicht und das Asyl nicht und die Bachstraße 14 schon gar nicht. Er würde zum Zirkus gehen, dort brauchten sie Tierpfleger. Er hatte keinen Zirkus gesehen auf seinen Wegen durch die Stadt, aber irgendwo mußte es ja einen geben.

Auch die Kneipe gab es noch an der Ecke. Drei Steinstufen führten hinauf. Karl-Walther haßte Stufen. Die Kneipe war auf mysteriöse Weise erhöht worden oder falsch unterkellert, jedenfalls lag sie nicht mehr wie früher zu ebener Erde. Der Tresen war der alte, zwei neue Fenster, eine Wand durchbrochen, mehr Tische, zwei neue Wirte namens Emil und Zwemil und ihr Hund, ein bissiger Dackel. Sie hatte vierundzwanzig Stunden geöffnet, ein Wunder war geschehen. Vierundzwanzig Stunden geöffnet, nach Adam Riese also ein ganzes Jahr, ein ganzes Leben. Was für eine Voliere! Hier saß er, inspiriert vom tragischen, viel zu frühen Tod seines Sohnes und Lieblingssaxophonspielers, und hängte Sätze an Jalis Geschichte »Die Erfindung von Tieren«, die mitten im Satz abbrach. Ihre anderen Geschichtenanfänge hatte er im Zoo, kurz vor seiner Emigration, feierlich bestattet. Er konnte nicht alles mitschleppen in seiner Aktentasche. Jali, die gern mit leichtem Gepäck reiste und nichts mitgenommen hatte, als sie ihn verriet und verließ, würde verstehen. Natürlich waren die vergrabenen Blechschachteln mit den Botschaften eine Erfindung von ihr gewesen. Er hatte den halben Zoo umgegraben im Laufe der Jahre und nur eine gefunden, bei Kriegsende. Diese eine mußte übriggeblieben sein vom Anfang, als sie den Zoo für sich entdeckten, eine Zeit, in die er sich nur mit beträchtlichen Mengen Pastis zurücktrinken konnte. Ein ehemaliger Studienrat und ein ehemaliger Teppichfliesengroßhändler und ein noch nicht ganz ehemaliger Künstler halfen ihm dabei nach Kräften. Ihre Ehefrauen waren auf und davon, und die ehemaligen Ehemänner erzählten Karl-Walther ihre sterbenslangweiligen Leben und ließen Bier anschreiben. Ich trinke nur Pastis, sagte Karl-Walther. Das Wirtspaar Emil und Zwemil, zweieiige Zwillinge, der eine zahnlos, der andere ein Intellektueller, wartete jede Woche vor einem Amt, das sich Sozialamt nannte, und kassierte die Zechschulden bar netto Kasse. Eine sinnvolle Regelung, sagte der ehemalige Studienrat, dem entfallen war, welche Fächer er unterrichtet hatte, so kommen wir nicht auf dumme Gedanken und werden unserer Stammkneipe am Ende untreu. Karl-Walther zuckte die Achseln. Was war aus der Menschheit geworden?

Die Stadt war im großen und ganzen dieselbe geblieben. Viele neue Häuser glichen zwar in ihrer architektonischen Auffassung dem von Karl-Walther miterbauten neuen Vogelhaus oder dem vom Direktor errichteten Tropenhaus für Halbaffen, aber es existierten noch genügend alte. Auch Deutschland war insgesamt wiederzuerkennen. Die Leute hielten immer noch am liebsten Reden. Kloppereien und tränenreiche Verbrüderungen wechselten einander ab. Karl-Walther hielt sich heraus. Er hatte Wichtigeres zu tun als sich über das Rauchen, die Partnerwahl und das Ausgeben von Geldmengen aufzuregen. Der erbittert geführte Kampf, ob das Rauchen auch für Leute, die nicht rauchten, gefährlich sei, flammte überall auf und teilte das Land in zwei verfeindete Lager. Aber zusammen glänzten sie immer noch allesamt wie poliertes Obst, wenn die Wintersonne ein paar vorsichtige Strahlen durchs Kneipenfenster schickte.

Größte Bedeutung wurde der sogenannten Partnerwahl zugemessen. Die Leute wählten ihre Liebe neuerdings, wie sie in der Politik die Redner wählten. Die Wahl schien nach einem komplizierten Verfahren zu verlaufen. Karl-Walther hielt sich heraus, bis eine ehemalige Frau und verlassene Mutter aus gehobenen Marie-Luise-Kreisen ihn für eine Nacht mitnahm in ihre fast völlig möbellose Wohnung, wo Karl-Walther auf einem vieleckigen schiefen schwarzen Tisch zum Geräusch von Tränentropfen einschlief, die aus den Augen der Fremden auf die Tischplatte fielen. Am nächsten Morgen erklärte sie ihm, der einen hundsföttischen Kater hatte, seine Unfähigkeit, mit ihr gleich »Liebe zu machen«, sei das Geheimnis des Beginns einer »optimalen Beziehung« zueinander. Man müsse sich einen »Tick Unschuld« bewahren, damit das Leben dann plötzlich zu einem Feuerwerk werde, bunt und explosiv. Ein Mann, eine Frau, und dann der Blitz, sagte sie, während sie ihm kleine Fische zum Frühstück grillte, wir beide könnten ein irres Paar werden. Mit ekelerregender Offenheit sprach sie über Dinge wie »Sex« und immer wieder über den »Tick Unschuld«, den man sich bewahren müsse. Sie hatte ihn in der Kneipe zwei oder drei Worte schreiben sehen und hielt ihn für einen Dichter. Wir können das Knallpaar des Jahres werden, sagte sie. Langsam dämmerte es Karl-Walther, daß sie insgeheim über Jali und ihn sprach, und er schlug sie nieder und ergriff die Flucht. Die Sprache, die er und Jali gesprochen hatten, war für immer verloren.

Fest in der Hand der Bankiers und Psychologen war das Geld und die innere Einstellung zu den Geldmengen. Geben Sie auch genug Geld aus? lautete die bange Frage auf allen Plakaten. Die ehemaligen Millionäre in der Kneipe verstiegen sich zu der Theorie, daß nur, wer exzessiv Geld ausgebe, nie arm sein würde. Spielten auch sie auf Jali, die Spielerin, an? Er bohrte vorsichtig nach. Nein. Sie redeten über die »Alltagstauglichkeit des Luxus« und ließen ihre wässrigen Biere anschreiben. Emil und Zwemil reservierten Karl-Walther mit zeremonieller Gestik eine Flasche Pastis und malten seinen Namen auf das Etikett. Das Geld, das er für die Briefmarken aus Deutsch-Ost bekommen hatte, war hartes Geld. Die Flasche hielt einen halben Tag. Emil reservierte eine neue. Was schrieb er da auf die Flasche? Ich heiße Karl-Walther, sagte Karl-Walther. Nein, du bist unser Professor, sagte der Zahnlose. Sein intellektueller Bruder, der Kreuzworträtsel entwarf, nickte zustimmend. Du bringst Lebensstil in unsere Kneipe, sagte er, das gewisse Etwas, du kennst das Leben, du warst bestimmt Arzt. Ich bin Tierpfleger, sagte Karl-Walther. Du bist unser Professor, sagte Zwemil.

Im Männerwohnheim, wie Karl-Walther das Obdachlosenasyl in seinen Gedanken nannte, schlief er mit fünf Zeitungslesern in einem Zimmer. Noch in tiefer Nacht hörte er sie wispern: Hast du schon gehört? Weißt du schon das Neueste? In Schweden ist ein Auto gebaut worden. In Amerika ist ein Filmstar gestorben. In Amerika ist in New York in der Wall Street in seinem Büro im zweiundzwanzigsten Stock ein unermeßlich reicher alter Mann gestorben. In Frankreich ist ein Auto gebaut worden. In Rußland liegt der Schnee schon zwei Meter hoch. In China gibt es ein Mittel gegen Blutarmut. In Japan ist ein Mittel gegen graue Haare erfunden worden. In Japan ist ein Auto gebaut worden. Im Zoo wird ein Nachttierhaus gebaut, dachte Karl-Walther. Er träumte von seinen Füßen. Es waren schreckliche traurige Träume. Seine Füße wanderten durch den Zoo und erreichten kein Ende, keine Grenze, keine Mauer, als sei der Zoo größer als die ganze Stadt, das ganze Land. Seine Füße besaßen zehn Augen, an jedem Zeh eines, und die sahen die Hufe und Pfoten und Klauen der Tiere und weinten. Juniors Füße kamen seinen Füßen entgegen, Juniors Zehen bewegten sich wie Saxophonklappen, aber es erklangen nicht seine schönen Töne, die jeder einzeln voneinander Abschied nahmen, Juniors junge Zehen redeten in einer stummen Zeichensprache. Weint nicht, Füße des Papageno. Ein einziger Tod hat keine Bedeutung mehr, sagte Junior unsichtbar von oben, während seine Zehen hoch und runter klappten. Vielleicht waren Karl-Walthers Füße taub, als Strafe dafür, daß sie Augen hatten. In seinen Träumen sehnte sich Karl-Walther nach seinem eigenen Gesicht, aber immer, wenn die Augen seiner Füße aufschauten, war da nur der leere Himmel, noch nicht mal ein Baum war da, und kein Giraffenhals. Er wachte auf und stürzte zum Spiegel über dem Waschbecken.

»Du hast dich irgendwie verjüngt, Papa«, sagte Chris.

»Ich wundere mich selbst.«

»Du siehst richtig *unheimlich* jung aus. Und die langen Haare stehen dir. Du solltest dir einen Pferdeschwanz knoten.«

»Wenn du meinst.«

»Ich bin fast gestorben vor Sorge um dich. Mußt du jetzt trinken? Es ist noch nicht mal acht. Früher hast du nicht so früh getrunken.«

»Mein Jungbrunnen«, sagte Karl-Walther.

»Du siehst tierisch jung aus«, sagte Chris. Er half Karl-Walther beim Anziehen. Die Zeitungsleser waren bereits unterwegs.

»Wie hast du mich gefunden?«

Chris hatte ihn geweckt. Karl-Walther hatte eine Zeitlang gebraucht, um sich zu erinnern, wer Chris war. Juniors Freund. Juniors Vertrauter. In der Küche hatten sie die Köpfe zusammengesteckt und Pläne geschmiedet. Getuschelt. Gekocht. Musik gemacht. In Juniors Schlafsack geschlafen.

»Wolltest du nicht gefunden werden?«

»Nicht von aller Welt. Aber du bist eine Ausnahme. Glaubst du, daß Junior mich liebte?«

»Was für 'ne Frage. Du solltest echt nicht so früh schon saufen. Guck nicht so. Klar hat er dich geliebt. Er hat mich geliebt und dich und vor allem deine Jali. Hast du sie endlich gefunden? Nein, hast du nicht, sonst wärst du nicht hier.«

»…«

»Du suchst sie doch noch, oder? Hast du Juniors Geld? Das mußt du sehr ernst nehmen, Papa, er wollte, daß du sie suchst mit dem vielen Geld.«

»Ich suche noch.«

»Klingt nicht gerade begeistert.«

»Ich suche noch. Ich schreibe ihre Geschichte zu Ende. Was gibt's Neues bei dir?«

Chris überlegte. Karl-Walther sagte:

»Vergiß es. Ich weiß, warum du hier bist. Als wir uns das letzte Mal sahen, hast du kein Wort mit mir gesprochen. Zu Recht. Wenn's mich nicht gäbe, würde Junior noch leben. Wenn ich besser aufgepaßt hätte. Ich mach mir nichts vor. Es ist meine Schuld. Ich hätte wissen sollen, was Jochen für Kraft hat. Ich hätte mitgehn sollen bis zum Auto. Aber ich wollt's nicht sehen. Verstehst du? Wie sie den armen Jochen abtransportieren. Wär ich doch bloß nicht so zimperlich gewesen. Hätt ich bloß besser aufgepaßt. Und jetzt kommst du und haust mir in die Fresse, indem du mir sagst, wie jung ich ausseh. Aber hau mir ruhig in die Fresse, ich hab's verdient. Du kannst dir nicht vorstellen, wie kaputt es mich macht, wenn ich an Junior denke. Er war der einzige Mensch in meinem Leben, der mich geliebt hat. Und ich hab ihn im Stich gelassen. Ich hab's noch nicht mal richtig gemerkt, wie sehr er mich geliebt hat. Schon als Kind, als kleiner Junge, wollte er immer nur bei mir sein. Wir waren unzertrennlich. Er *haßte* seinen Vater. Soviel ich weiß, hat er mit seiner Mutter ein Jahr lang kein Wort gewechselt. Aber zu mir ist er gekommen. Wir waren bei den Tieren, wir waren bei diesem Bären, ich hab seinen Namen vergessen, wir waren bei Schiefhals. Ich hab Schiefhals beigebracht, ihm die Kralle zu geben. Es war so schön, das zu sehen. Junior war so schön. Er hat meine Hand genommen, und wir sind durch den Zoo gegangen. Und dann hab ich alles nur noch falsch gemacht. Er schrieb mir Briefe, als er älter wurde, so mit vierzehn, fünfzehn. Ich hab sie noch nicht mal richtig gelesen. Ich hielt ihn für einen dummen kleinen Schnösel, er wurde seinem Vater so ähnlich, er fing an, Käfige zu bauen, er sprach wie ein alter Mann. Und letztes Jahr oder war es vorletztes, ich weiß nicht mehr, bat mich der Direktor, ihn unter meine Fittiche zu nehmen. *Mich* bat er darum. Und ich hab's vergessen oder verhunzt, ich weiß nicht mehr warum. Hätt ich ihn bloß *gesehen*, wär ich bloß zu ihm gegangen, ich hätte soviel von ihm lernen können, er wäre mein Lehrer geworden, immer wollte ich das, einen richtigen Lehrer, der mir beibringt, wie man sich richtig benimmt, wie man zum richtigen Zeitpunkt am richtigen Ort ist, wie man gut ist zu seinen Mitmenschen und wie man ein *Kind* liebt. Die Liebe zwischen Mann und Frau … ach! Die verwirrt einen nur, die Frauen lügen, es ist wie im Kino, alles nur gespielt. Die Leute glauben, es gibt nichts anderes, auch ich hab das geglaubt. Dabei wollte ich nur ein Kind, das weiß ich jetzt, die ganze Zeit, weil ich mich so gut erinnere, wie grauenvoll … und Junior war mein Kind, und ich hab's nicht gesehen, hab's nicht gefühlt. Hab ihm eine dumme Postkarte geschrieben. War mit meinen Gedanken woanders, während er immer da war und auf mich gewartet hat. Und dann brach diese komische Musik aus ihm raus, die mich ganz krank gemacht hat vor Liebe. Mein Junior, mein Lehrer. Hätt ich bloß auf ihn aufgepaßt, hätt ich mich bloß ins Gnu-Gehege versetzen lassen. Ach was! Ich bin Karl-Walther Kadamecki. Ich hätte das Gnu-Gehege übernehmen können, ohne irgend jemand um Erlaubnis fragen zu müssen, noch nicht mal den Rauschebart. Du hast es gehört bei der Feier, ich bin eine lebende Legende. Ich fühl mich großartig. Es ist noch nicht zu spät. Ein einziger Tod hat keine Bedeutung mehr, sagt Junior. Er tröstet mich nachts im Schlaf. Ich bin wieder voll da. Ich werd ein Kind adoptieren. Ich spar mir den ganzen Murks mit Frauen und Müttern. Ich geh zum Zirkus, im Zirkus gibt's immer Waisenkinder. Und du mußt mir glauben, Chris, ich tu es für Junior, für sein Andenken, ich werde *lernen*, noch ist es nicht zu spät.«

Chris starrte ihn an, als gingen ihm plötzlich die Augen auf. Karl-Walther glühte. Der Junge verstand ihn. Er würde auch Chris helfen.

»Was kann ich dir Gutes tun, Chris? Willst du Tierpfleger werden? Ich kann dir alles beibringen, was ich weiß. Und ich kann dir die Angst vor den Tieren nehmen, das ist wichtig. Die meisten jungen Leute, die Tierpfleger werden wollen, machen sich gar keine Vorstellung, was für eine Angst man bekommt vor den Tieren, wenn die dich wirklich ansehen, wenn die dich wirklich *meinen* nach ein paar Jahren.«

»Ich wohne beim Direktor«, sagte Chris. Sein Gesicht war kreidebleich, er sah alt und krank und ungepflegt aus. Jemand mußte ihm helfen.

»Dann nichts wie raus da.«

»Er wird mir helfen, er hat Pläne mit mir.«

»Er wird dich zum stellvertretenden Oberwürstchenverkäufer machen. Mehr hast du von ihm nicht zu erwarten.«

»Ich bin anderer Meinung«, sagte Chris mit Leichenmiene.

»Wenn du Tierpfleger werden willst, bring ich dich im Zirkus unter. Der Zirkus ist ...«

»Ich liebe Tee. Ich werde sie immer lieben. Und ich weiß, daß sie mich liebt. Es ist nur eine Frage der Zeit. Wir werden zusammen im

Zoo arbeiten. Wir werden ein Paar sein, das sich liebt und zusammen arbeitet. Und das ist *kein* Kino.«

»Du machst dich unglücklich, Chris. Hör auf mich. Vergiß Doro.«

»Nein, ich werde *dich* vergessen.«

»Wie bitte?«

»Ich weiß nicht, was du da eben alles gesagt hast. Ist mir auch egal. Aber ich weiß, daß du *lügst*. Juniors Tod hat nicht das Geringste mit dir zu tun. Es war ein Unfall und ein Zufall. Und du spielst den großen Schuldigen. Und immer, wenn ich mit dir geredet habe, von Anfang an, hast du mich belogen. Oder hast beim nächsten Mal was anderes gesagt. Von Anfang an. Du hast Tee belogen und mich belogen und Junior hast du auch belogen.«

Karl-Walther streckte seine Hand nach Chris aus. Der Junge wich vor ihm zurück wie vorm Schwarzen Mann. Was war geschehen? Irgend jemand hat ihn gegen mich aufgehetzt. Aber wer? Der Direktor? Fürchtete der Direktor seinen Einfluß? War der Direktor mitschuldig an Juniors Tod, weil er es nicht hatte ertragen können, seinen Sohn glücklich bei seinem wahren Vater in der Küche sitzen zu sehen? Zu sehen, wie Junior Karl-Walthers Hand berührte? Karl-Walther küßte eine Stelle auf seiner eigenen Hand. Chris schaute weg.

»Schau mich an, wenn ich mit dir spreche«, sagte Karl-Walther.

»Du sprichst nicht mit mir. Du sprichst mit dir. Kann sein, daß du dir glaubst. Ich glaub dir nicht. Meine Liebe zu Tee ist das einzige, was für mich zählt. Und wenn ich daran denke, daß du mit ihr ... Weißt du, was ich glaube? Ich glaube, daß du gefährlich bist für andere Menschen. Du bist falsch. Gibst es ja selbst zu. Erst wolltest du Junior helfen, dann hast du ihn fallenlassen. Erst hast du Tee weisgemacht, daß du sie liebst, dann hast du mir weismachen wollen, daß du sie nie geliebt hast, und sie fallenlassen. Erst hast du uns die Ohren vollgesülzt wegen deiner Jali, dann sitzt du hier und säufst und suchst sie nicht und wirst sie nie suchen, wie du's Junior versprochen hast und wie wir's geglaubt und gehofft haben ... wir haben so mit dir *gehofft*, aber du hast sie fallenlassen. Du weißt gar nicht, wie ich dich hasse. Aber ich weiß es jetzt. Ich hasse dich. Und Tee haßt dich. Der Direktor haßt dich. Jali haßt dich. Junior haßt dich. Jochen …«

»Du weißt nicht, was du sagst. Du hast keine Ahnung, was ich durchgemacht habe. Ich war schon tot, bevor du geboren wurdest. Zweimal haben sie mir das Herz herausgerissen. Aber jetzt komm ich wieder hoch.«

»Wie Dracula. Wie Godzilla.«

»Wie wer?«

»Ich will dich nie wiedersehen. Du kotzt mich an.«

»Warum bist du gekommen, Chris?«

»Weiß nicht. Wollt vielleicht nur dein Gesicht sehen, wenn ich dir sage, daß ich Tee liebe und heiraten werde.«

»Also Eifersucht. Armer Idiot. Du bist wegen dieser trüben Tasse Matthes gekommen, weil du immer noch eifersüchtig bist?« Karl-Walther zwang sich zu einem Lachen. Bald wirkte der alte Mechanismus, und er lachte schallend wie Schiefhals. Dieser Junge vertrat nur einen Teil der Jugend. Ein sentimentaler Narr, der ein Phantom mit großen Titten liebte. *Junior* stand für die wahre Jugend. Ein ernster prüfender wissender junger Mensch, wissend um die Zukunft, in sich gekehrt, verstehend.

»Ich soll dir vom Direktor ausrichten, daß er die Mäuse von Pompeji wiederhaben will. Sie gehören dir nicht, du hast sie gestohlen. Wenn du sie nicht bis übermorgen am Haupteingang abgeliefert hast, wird er dich verklagen.«

Chris stand schon im Gang, als er diese Ungeheuerlichkeit Karl-Walther ins Gesicht zu sagen wagte. Karl-Walther schlenderte zu ihm. Dann, urplötzlich, schlug er den Kopf des Jungen gegen die Wand. Chris sackte zusammen. Karl-Walther zog ihn wieder in den Stand und drückte ihm mit dem Unterarm die Kehle zu.

»Wie hast du mich gefunden?«

Chris gurgelte: »Direktor … Detektive.«

»Er hat also Angst vor mir, der Direktor, was?«

Chris fiel auf die Knie. Karl-Walther gab ihm einen Tritt in die Nieren.

»Wer weiß noch, wo ich wohne?«

»Nur der Direktor.«

»Komm zurück, wenn du wieder bei Sinnen bist, Jungchen.«

Karl-Walther ging ins Zimmer und wusch sich und zog seine Aktentasche unter der Matratze hervor. Er fuhr zum Bahnhof, holte den Käfig der Mäuse von Pompeji bei der Gepäckaufbewahrung ab und brachte ihn in die Kneipe. Emil und Zwemil richteten eine Ecke auf dem Tresen ein für die Mäuse. Sie waren die Attraktion des Tages. Der bösartige Dackel saß vor der nicht mehr wichtigen Musik-Box und knurrte. Die Musik-Box, ein giftgrün hockender bauchiger Apparat mit Hunderten von Namen und Klingelschildern, spielte rund um die Uhr Märsche, die »Hits« genannt wurden und, schlimmer noch, romantische Musik. Heute hatte ein Dutzend Mäuse in Miniaturruinen die Musik-Box verstummen lassen. Die Ehemaligen drängten sich um den Käfig und stießen Schreie aus, wenn sie eine winzige rosa Schnauze erblickten.

»Daß mir keiner den Käfig anrührt«, sagte Karl-Walther.

»Hast du Experimente mit denen gemacht, Professor?« sagte Zwemil. »Hattest du ein Labor?«

»Beim wem kann ich heut nacht pennen?« sagte Karl-Walther.

Alle Hände gingen hoch. Die Ehemaligen wohnten zur Untermiete oder in Wohnungen gleich nebenan. Zwei wohnten in der Bachstraße, Nummern 12 und 18.

Karl-Walther setzte sich an seinen Ecktisch und holte seine Papiere hervor. Emil servierte ihm einen preiswerten Anisschnaps, die halbe Flasche zu drei Mark siebzig.

»Kreuzworträtsel gefällig?« rief Zwemil vom Tresen.

»Bitte lieber eher nicht«, sagte Karl-Walther,

Er hatte genug Kreuze zu machen. Kreuz hinter Satz zwanzig, abgehakt. Kreuz hinter Sätzen vier und fünf, was hat sie gemeint, was ging vor in ihrem Kopf? Kreuz hinter Matthes, Dorothee, Doro, Tee, abgehakt, ihre Briefe noch im Zoo zerrissen. Doro, Marie-Luises Doppelgängerin. Aber nur äußerlich. Junior war Marie-Luise viel ähnlicher gewesen, innerlich. Auch äußerlich, in gewissen Merkmalen, im Halbdunkel der Küche. Seine schmalen prüfenden Augen. Seine zögerlichen Hände. Junior. Sein Sohn, sein Schutzbefohlener, und Marie-Luise, eine Art Über-Marie-Luise. Vielleicht gelang es ihm, im Zirkus ein ernstes Waisenkind zu finden. Vielleicht war es noch nicht zu spät, sein Leben von Grund auf zu ändern. Aber erst die Arbeit.

Er trank sein Pensum. Er trank jetzt recht viel, war jedoch kein Trinker wie die anderen. Er brauchte das Zeug, um sich zu erinnern, während die anderen Vergessen suchten. Ohne Anisschnaps der Firma Hönicke & Co. wußte er nicht einmal, in welchem Jahrhundert er sich befand.

Er schrieb einen Satz in »Die Erfindung von Tieren«.

Der ehemalige Rechtsanwalt setzte sich unaufgefordert zu ihm. »Warst du mal verheiratet?« sagte er.

Karl-Walther strich den Satz durch und schrieb einen neuen.

»Schreib«, sagte der ehemalige Rechtsanwalt. »Nach Auffassung des Gesetzgebers impliziert die Ehe Auftrag und Verpflichtung auf Lebenszeit. Nur wer beides zu leisten gewillt ist, kann letztlich auch an den Vorteilen der gesetzlichen Ehe teilhaben. Die Klägerin nun hat meinen Mandanten auf das schmählichste …«

»Verpiß dich«, sagte Karl-Walther.

Die Massen, sogar in der Kneipe hatte man keine Ruhe vor ihnen. Jeder Mensch seine eigene Masse. Erst nachdem sie ihn verlassen hatte, begriff Karl-Walther, wie gut Jali ihn geschützt hatte vor den Massen. Sein krankes Herz tat das übrige. Da war ein Loch in seinem Herzen, die Ärzte nannten es Vorhofseptumdefekt. Er mußte nicht in den Krieg. Die Massen zogen in den Krieg. Er arbeitete im Zoo. Nach Jalis Verrat verbrachte er Wochen auf den Bahnhöfen, wo die Fernzüge fuhren. Er klapperte die Reisebüros ab, vielleicht hatte man sie in einem gesehen, ihr eine Reise verkauft. Die Reisebüros waren ratlos. Er schlief im Heu der Zoostallungen. Die Schwestern wiesen ihm eine Pritsche zu, in einer Kammer im Keller des Tierkrankenhauses. Ein fürchterlicher Gestank kam aus der Kammer nebenan. Er brach die Tür auf und fand ausgeweidete und frisch ausgestopfte Tiere. Seine alte Harpyie war auch dabei.

Nur noch zweimal verließ er den Zoo.

Das eine Mal, mitten im Krieg, folgte er einer Frau in die Stadt, die ihn an Jali erinnerte. Sie war es nicht, aber er war krank vor Hoffnung und liebte seine Krankheit und folgte der Stimme seiner Krankheit durch die Straßen. Frauen, die vage wie Jali aussahen, trugen Weihnachtssterne an ihren Kleidern. Die Stimmung war schlecht. Es gab jetzt Ärger auch für halbe Juden.

Später hörte er von Massenmorden. Typisch für die Massen, daß sie einander mordeten. Natürlich war Jali nicht in Rauch aufgegangen, ihr gemeinsames Tagebuch duftete noch, und sie war viel zu schlau. Sie hatte ihn verlassen, saß in Afrika und trank Kakao mit einem anderen Mann. Als er von den Massenmorden hörte, beschloß er, den Mördern alle Knochen zu brechen, wenn sie Jali auch nur ein Haar gekrümmt hatten. Aber Jali lebte, und es war schwer, Mörder zu suchen, wenn man von fünf Uhr morgens bis acht Uhr abends im Zoo arbeitete. Vielleicht lebte sie mit dem Horch-Fahrer, vielleicht hatte der Horch-Fahrer ihn angelogen. Niemals hätte er Jali beschützen können wie Karl-Walther. Ein Jahr nach ihrem Verrat hatte er gehört, daß Juden und auch halbe Juden ihre Volksempfänger abliefern mußten, und er hatte geweint auf seiner Pritsche im Keller des Tierkrankenhauses. Das war schlimm für Jali, wo sie so gerne Radio hörte. Die Zeit heilte tatsächlich Wunden. Sie heilte die Wunde des Verrats, den sie an ihm begangen hatte. Nicht heilen konnte die Zeit seine Sehnsucht, ihre Schönheit mit Händen zu fassen, sie zu rauben und Amorisch mit ihr zu sprechen.

Er verließ den Zoo ein zweites Mal, lange nach Kriegsende, um ein paar Wochenenden auf dem Flughafen zu verbringen, wo Leute aus Afrika, Amerika und anderen Ländern ankamen. Es war die Zeit seines größten Leidens. Er verzieh Jali alles, alles. Es war gerecht, daß er jetzt litt und Angst vor den Vögeln hatte und vor anderen Tieren. Die Liebe selbst, der grausame Fabelvogel, war schuld. Sie war zu schön gewesen.

Der Kagu wurde krank, und Karl-Walther schloß sich mit ihm ein und versuchte ihn zu retten. Er schrieb an Jalis Geschichten. Der Kagu starb, beinahe heimlich. Er hatte sich zum Sterben unter einem Haufen Herbstlaub und Zweigen versteckt. Damals dachte Karl-Walther: Wird mein Tod auch so sein? Werde ich mich verkriechen müssen, um sterben zu können? Er wollte das Unmögliche. Er wollte, daß Jalis Gesicht das letzte sei, was er auf Erden sah.

Noch sprach sie zu ihm, aus dem Schnabel des Papageis Schiefhals. Wirres Zeug, Jali-Sätze, kein Amorisch. »Heitler« sagte Schiefhals zum Bürgermeister nach dem Krieg. Die Schwestern hängten ein Schild an seinen Käfig. Die Meinung dieses Vogels entspricht nicht der Meinung der Zoodirektion, hieß es auf dem Schild, das kurze Zeit später wieder entfernt wurde. Schiefhals lernte Lieder von den Schulkindern. Er war ein häßlicher Vogel. Jali hatte alle Schönheit der Welt für sich gepachtet, auch die Schönheit der Tiere. Er schrieb ihr einen Brief, den er an das Hauptpostamt von Nairobi schickte. Empfindest Du es nicht manchmal selbst als ungerecht, daß Du so schön bist? schrieb er. Komm zurück, schrieb er.

Oder schrieb er »Komm nicht zurück«?

Die Alpträume begannen und entwickelten ein seltsames Eigenleben, fast eine Geschichte, die nicht aufhören wollte und sich wie eine Schlange in den Schwanz biß. Er führte Buch über die Alpträume, numerierte sie, bestellte im Wunderversorgungs-Center Aktenordner.

»Alp Nummer null«, sagte Karl-Walther.

»Noch einen?« rief Emil vom Tresen.

»Noch zwei. Was würdest du tun, wenn du in der Stadtbahn sitzt und plötzlich dein Bild in der Zeitung siehst? Und darunter steht: ›Moment mal!‹. Und alle Leute in der Stadtbahn erkennen dich.«

»Peter Lorre in ›Der Verlorene‹«, sagte Zwemil.

»Ich würde mich freuen«, sagte Emil, »daß ich endlich berühmt bin. Daß jeder mich erkennt und sagt, da ist Emil. Vorher hätt ich mir aber noch mein Gebiß reingeschoben.«

»Aber du hast nicht gemerkt, daß du photographiert worden bist. Es ist ein heimliches Photo.«

»Dann eben ohne Gebiß«, sagte Emil.

»Das Recht am Bild«, sagte der ehemalige Rechtsanwalt.

»Gibt es das?« sagte Karl-Walther, »im Gesetzbuch?«

»O ja.«

»Der Professor weiß eben auch nicht alles«, sagte ein anderes Massenmitglied.

Das Recht am Bild, dachte Karl-Walther. Das hätte ich früher wissen müssen, vielleicht wäre mir vieles erspart geblieben.

Am Nachmittag kroch er auf allen vieren aus der Kneipe, weil er Angst vor den Stufen hatte. Emils und Zwemils Dackel zerrte an seinem Hosenbein, schnappte nach seiner Aktentasche. Karl-Walther wankte zur Bachstraße 14 und drückte alle Klingelknöpfe gleichzeitig. Nichts geschah. Zeigt euch! brüllte er hinauf zu den glotzenden Doppelfenstern im Vorderhaus.

Er wanderte zu einem Kanal. Seine Füße taten treu ihre Arbeit. Er setzte sich auf eine Bank am Kanal und leerte eine Flasche Rotwein ohne abzusetzen. Auf der anderen Seite des Kanals winkten Männer aus einer Fabrik. Sie riefen irgend etwas. Warum mußten Männer immer rufen?

Er untersuchte den Inhalt seiner Aktentasche. Er fand den Apfel nicht, der ihm gestern oder heute vor die Füße gerollt war. Er hatte seit Tagen nichts gegessen. Ich bin sowieso zu schwer, dachte er. *Gordito.* Er las in Jalis und seinem gemeinsamen Tagebuch. Die Wörter verschwammen vor seinen Augen. Der ganze Kitsch, den sie geschrieben hatten, eine Lektüre für Hausmädchen. Liebesgesülze. Jali quatschte sowieso zuviel. Immer nur Worte, Worte. Und das Tagebuch duftete noch. Es war nicht auszuhalten. Er warf das Tagebuch in den Kanal. Sollten die Fische es lesen. Alles Erfindungen, Jalis Erfindungen. Photographien! Photographen! Künstler! Freunde! »Alles Mumpitz«, ahmte er Schiefhals' Stimme nach.

Er wanderte zurück zur Kneipe und beschloß, einmal in seinem Leben der Professor zu sein, bevor er zum Zirkus ging.

Und ich werde euch erklären, warum Reisen und das Haschen nach Erinnerung ein und dasselbe sind: eine Illusion.

Wenn man reist, sich also auf das äußerste obszön verhält in den Zeiten, in denen wir leben, aber das erwähne ich nur *de paso*, fällt man der Täuschung anheim, sich auf eine Schönheit zuzubewegen, also auf die Vergänglichkeit *in summa*, während man sich in Wirklichkeit von etwas wegbewegt, nämlich dem Geheimnis der redlichen Nährung, des still sich umgrenzenden Ich, wie jeder Pennäler aufzusagen weiß, von der Wahrheit, die nur außerhalb des Käfigs existiert, draußen im Ich. Wenn man sich erinnert, an eine schöne Frau zum Beispiel, entfernt man sich immer weiter vom Objekt der Erinnerung, bis man erkennt, daß nichts mehr übrig ist von der Schönheit, daß die Erinnerungssucht sie *abgenutzt* hat, nur ein matter Schein in schwummrigem Licht ist da vielleicht, es ist zum Heulen. Beides, Reisen und das Haschen nach Erinnerung, sind nichts anderes als Käfige, Volieren, umzäunte Gehege. Ich bin frei, ich kann reisen, sagt ihr. Ich brauch die Gegenwart nicht, ich kann mich erinnern, sagt ihr. Irrtum! Nur als Besucher, also als Draußenstehender, kann man die Freiheit erkennen und die Gegenwart oder Wirklichkeit und kann ein geistig einwandfreies illusionsloses Leben führen. Besucht den Zoo, er hat seinesgleichen nicht. Reist nie, erinnert euch nie, plant nie zu weit nach vorne. *Despair young, and never look back*. Der Vorteil, ein Professor und Greis zu sein wie ich, besteht darin, keine Pläne machen zu müssen, abgesehen von einer Zirkusvorstellung hier und einer da. Eine bittere Ruhe, die ich zugegebenermaßen gern als Weisheit tarne.

Diese Rede und die darauf folgenden Runden vom feinsten Pastis erschöpften ihn und seine Geldmittel.

Er suchte und fand ein Hinterzimmer, wo er mit Juniors zehntausend Mark zehnmal hintereinander auf Zero setzte. Die Null kam nicht, und sein Herz setzte nicht aus vor Angst. Er erhielt fünfzig Mark vom Croupier. Für die Heimreise, sagte der Croupier. Er kaufte zwei Flaschen vom Feinsten. Er kaufte einen Mantel für sieben Mark bei dem Altwarenhändler, dem er sein Bundesverdienstkreuz praktisch geschenkt hatte.

In diesen Mantel gehüllt, trauerte er die Nacht durch auf einem Kinderspielplatz. Er gestand sich ein, daß er trank, um zu vergessen.

Die Erinnerungen flogen ihn an.

Kolibris flogen ihn an, altdeutsche Möwchen, Schönsittiche, Rußköpfchen, Elfenbeinsittiche, der große Ara, die Streifeneule, der Rabe, die Harpyie. Der Schuhschnabel hinkte über den Spielplatz. Der Kagu lief wie irr im Kreis im Sandkasten und versuchte zu fliegen, das rote Auge war starr auf Karl-Walther gerichtet. Der Nashornvogel rotierte über den Dächern mit dem Geräusch eines Hubschraubers. Junior hing am Klettergerüst und sagte: Ich hasse dich.

Karl-Walther vergrub sein Gesicht in einer alten Zeitung und las: Karl-Walther Kadamecki wurde nicht zerfleischt – Sein Körper wies seltsamerweise keine nennenswerten Bißwunden auf, nur eine kleine am Unterarm, als habe ihn der Schwarze Panther sanft mit sich fortziehen wollen.

Als es endlich hell wurde und in den Geschäften die Weihnachtssterne aufflackerten, um dann fortzuleuchten für die Dauer eines ganzen Tages, wanderte Karl-Walther zurück zur Kneipe. Er besaß keinen Pfennig mehr. Emil und Zwemil zahlten ihm zwanzig Mark für die Mäuse von Pompeji, deren Käfig sie auf ein Brett über der Musik-Box stellten. Emil dübelte eine zusätzliche Lampe in die gegenüberliegende Wand. Die Mäuse, hervorgelockt von vierundzwanzigstündiger Bestrahlung, erwachten zu neuem Leben in ihren Ruinchen. Ein Mann wie du, Professor, sagte Zwemil, wird sich doch so kurz vor Weihnachten was pumpen können. Denk nach. Wo sitzen deine Freunde von früher? Es half nichts, Karl-Walther ließ den ehemaligen Arzt bei Dorothee Matthes im Zoo anrufen. Sie kommt in dreieinhalb Stunden, sagte der Arzt. Im Klo der Kneipe wusch Karl-Walther seine Haare mit Geschirrspülmittel und band sie mit geschlossenen Augen zu einem Pferdeschwanz. Ein Rasierapparat ließ sich nicht auftreiben.

Von den zwanzig Mark trank er sich Vorfreude an. Er schob die Seiten mit Jalis und seiner Schrift zusammen und steckte sie in die Aktentasche. Er ordnete seinen Ecktisch. Das Glas blieb halbvoll griffbereit stehen, die Flasche setzte er hinter seinem Stuhl ab. Er ging, etwas unsicher auf den Beinen, zum Tresen und kippte drei Bärenfang auf Rechnung. Er unterhielt sich angeregt mit dem ehemaligen Arzt. Er versetzte dem Dackel einen Tritt unterm Tresenhocker. Der Arzt bestellte eine Runde, auf eigene Rechnung. Seine unbezahlten Zettel hatten die Höhe eines Kartenspiels erreicht. Ich wusch meine Hände in horrenden Honoraren, sagte er. Wer kommt, Professor? Ein hohes Tier? sagte Emil. Eine Freundin, sagte Karl-Walther. Emil stellte eine Kerze auf den Ecktisch. Vergiß später nicht, sie anzuzünden, sagte er. Zwemil legte einen Kreis von Plastiktannenzweigen um die Kerze.

Ich werde sie über meinen baldigen Eintritt in den Zirkus informieren und mir einen Hunderter leihen, dachte Karl-Walther. Sie wird ihre Vorstellung geben, sich verbeugen und gehen. Er hatte vergessen, wie sie aussah. Er sah ein blasses Gesicht, hörte eine hauchige Stimme. Ihre Titten waren nicht von schlechten Eltern, dachte er. Sie nimmt das Leben zu schwer, erinnerte er sich. Ehrgeizig, humorlos, tierabweisend. Talentiert vielleicht als Tragödin auf einer Provinzbühne in zwanzig Jahren.

Plötzlich stand sie neben ihm. Sie legte ihre Hand auf seine Schulter und musterte die anderen mit interessierter, fast verfressener Miene. Karl-Walther zog sie schnell zu seinem Tisch. Er half ihr aus dem Mantel. Sie trug ein Kleid, ein Kleinmädchenkleid mit Schottenkaros und weißem Rundkragen. Sie kniff ihre Augen zusammen. Der prüfende Blick. Der ernste Mund. Die klare weiße Haut. Die gerade griechische klassische wahre Nase. Und in allem, jedem Blick, jeder

Geste, der leisen Stimme, dem leichten Stirnrunzeln: Junior. Die Erfüllung aller Träume. Ein weiblicher Junior.

»Ich habe über uns nachgedacht«, sagte sie und küßte seine auf dem Tisch liegende Hand.

»Ich auch«, log er.

Hör nicht auf, meine Hand zu küssen, verzeih mir. Ich habe noch nie in meinem Leben so geliebt wie jetzt. Zeig mir dein Stirnrunzeln und bleib immer so ernst. Trage nur hochgeschlossene Kleinmädchenkleider und zeig niemandem deine wundervollen Brüste außer mir.

Bleib immer so, wie du jetzt aussiehst, bleib wahr. Bleib du selbst und bleib Junior. Verzeih mir.

Er sagte:

»Du bist die Liebe meines Lebens, wußtest du das?«

»Du auch«, sagte sie. »Ich habe nachgedacht. Ich habe die mündliche Prüfung bestanden und Sali ist zurück.«

»Wir nehmen uns eine Wohnung in der Stadt«, sagte er.

»Freut es dich gar nicht, daß Sali zurück ist?«

»Sehr! Ich bin überglücklich. Wir nehmen uns …«

»Du bist ziemlich betrunken, nicht wahr?«

»Ach was! Wie gut, daß wir uns so lange nicht gesehn haben, daß wir nachdenken konnten und unsere Entscheidung treffen. Wir nehmen uns eine Wohnung in der Stadt, ich werde beim Zirkus arbeiten, wir werden Kinder haben, du wirst alle meine Kinder haben, drei bis vier schaffst du mit Leichtigkeit.«

Er sah durchs Kneipenfenster einen Rillie, der einen Kinderwagen schob. Der Rillie winkte ihm zu.

»Vielleicht noch nicht gleich. Hör zu, Karl-Walther, ich habe nachgedacht und bin zu dem Schluß gekommen, daß wir erst ein paar Dinge zwischen uns klären müssen. Wir müssen …«

»Du nennst mich Karl-Walther? Du wundervolles Wesen! Keine Frau seit Marie-Luise hat mich je Karl-Walther genannt. Ich hasse Papageno. Was willst du trinken?«

»Nichts. Wir müssen über Marie-Luise sprechen.«

»Emil! Bring Doro einen feinen süßen Likör!«

»Ich habe Angst vor Marie-Luise. Das ist mir jetzt klar. Ich meine, ich könnt nett zu ihr sein, wir könnten sie pflegen, wenn sie beispielsweise krank ist. Aber ich habe Angst, du würdest dich wieder in sie verlieben. Neu verlieben.«

»Ich hab mich soeben bis über beide Ohren neu in sie verliebt. Küß mich.«

»Da siehst du's. Du kommst von dieser Frau nicht los. Und all die Lügen, die du mir über sie erzählt hast.«

»Von wem sprichst du?«

»Von Marie-Luise.«

»Marie-Luise ist tot. Die wahre Marie-Luise sitzt vor mir.«

»Du lügst, wenn du den Mund aufmachst. Du warst nie in Afrika. Sogar bei der Bundesverdienstkreuzverleihung hast du gelogen. Auch Marie-Luise ist nie in Afrika gewesen. Sie lebt. Sie ist schön, schöner als ich. Sie hat schönere Haare als ich. Und schwarze Haare.«

»Marie-Luise sah aus wie du. Willst du mich heiraten?«

»Du lügst und lügst. Sie sieht aus wie eine orientalische Prinzessin.«

»So sah Jali aus.«

»Wer ist Jali?«

»Eine andere Geschichte. Hätt' ich dich bloß früher …«

Emil brachte einen Likör. Kopfschüttelnd zündete er die Kerze an und arrangierte die Plastiktannenzweige neu. Karl-Walther jagte ihn mit einem Fußstampfen davon. Dorothee Matthes kippte den Likör in einem Zug. Karl-Walther tat es ihr nach und leerte sein Glas. Er würde nie wieder allein sein, und Papageno war tot.

»Hätt ich dir bloß nie erlaubt, daß du mich Papageno nennst wie die anderen. Hätt ich dich bloß früher gefunden. Wär ich bloß nie diesem Dostojewski mit seinen Rillies auf den Leim gegangen, dann könnten wir jetzt zusammen im Zoo leben und zusammen arbeiten. Aber es ist nicht zu spät. Falls ich keinen Zirkus finde … komisch, daß es keinen Zirkus gibt …«

»Was hat Dostojewski mit uns zu tun?«

»Er ist schuld. Schaust nach den Sternen, mein Stern und so weiter und so fort. Wär ich bloß gleich zur Feier gegangen und hätt die Drecksarbeit den anderen überlassen.«

»Hätte. Wäre. Wenn. Falls. Ich hab Angst vor dir. Du bist nicht mehr der alte.«

»Chris sagt, ich seh ausgesprochen jung aus.«

»Chris ist ein Trottel. Du siehst aus wie eine alte Frau. Seit wann trägst du einen Pferdeschwanz? Und du säufst wieder wie früher und bist so weinerlich.«

»Es ist das Weihnachtsfest. Es sind die Kolibris. Es ist der Kagu. Der Kagu ist schuld.«

Karl-Walther brach in Tränen aus. Seine Nase begann zu bluten.

»Paß doch auf!« Dorothee Matthes rückte ihren Stuhl nach hinten. Karl-Walther sah durch seine Tränen, wie Blut an seiner Krawatte hinabrann. Er warf die tränenverschmierte Brille fort. Sie landete am Tresen.

»Heirate mich.«

»Vielleicht solltest du wirklich zum Zirkus gehn, du Clown. Seit ich hier bin, hast du mich noch nicht einmal angefaßt.«

»Dein Kleid …« sagte Karl-Walther.

»Was ist mit meinem Kleid?«

»Es ist so schön, so schön.« Ein Weinkrampf warf ihn hin und her auf seinem Stuhl.

»Elektroschocks!« schrie er. »Noch eine Runde!«

Eine körperlose Stimme sagte knisternd: »Hallo wir?«

Doro sah aus dem Fenster, seine über alles geliebte Giraffe sah *nachdenklich* aus dem Fenster.

»Ich brauche einen Mann, der mein Lehrer ist. Und mein Schüler. Ich brauche einen Komplizen, einen Verbrecher. Du bist wie Chris geworden. Du hast vergessen, daß ich eine Frau bin. Du jammerst mich voll und träumst dir was zurecht, aber ich will *action*. Ich will …«

»Wir werden das Knallpaar des Jahres«, sagte Karl-Walther vorsichtig. Er wollte sie nicht beleidigen.

»… ich will keinen besoffenen Hamlet. Du warst ein so … abnormer Verbrecher, du hast mich so hineingezwungen in deine brutale Welt, es war so aufregend und anders und geil. Als ich herkam, war ich so geil auf dich, ich hab mir vorgestellt, daß wir's gleich hier auf dem Klo treiben, ohne lange zu quatschen. Aber wahrscheinlich kriegst du keinen mehr hoch. Du solltest zum Arzt gehn, du bist Alkoholiker, du bist impotent, du schüttest diese gelbe Suppe in dich rein, du siehst aus wie eine alte aufgedunsene Frau, du siehst aus wie meine ehemalige Mutter, du bist …«

»Ich bin alles, was du willst. Ich liebe dich. Ich bin der schlimmste Verbrecher, der je gelebt hat.«

»Hallo wir da draußen?« sagte die körperlose Stimme.

Dorothee Matthes fischte ein Kofferradio aus ihrem Mantel.

»Ja?« sprach sie in das Radio.

»Bei Hertie. Dritte Etage. Junge Mode«, meldete das Radio.

»Verstanden. Ich muß los, Karl-Walther. Wir haben den Geier. Es tut mir leid.«

»Komm mit mir nach Deutschland. Heirate mich.«

»Es tut mir leid. Wirklich.«

»Nimm mich mit nach Deutschland.«

»Ich kann dich nicht mehr sehen.«

Sie zog ihren Mantel an.

»Ich werd auf dich warten, immer.«

»Tu dich mit Chris zusammen. Könnt ihr zusammen warten.«

»Kannst du mir hundert Mark pumpen? Kriegst sie gleich morgen früh zurück.«

Sie gab ihm, ohne daß er sie darum gebeten hätte, dreihundert. Die Kneipentür fiel ins Schloß. Das Publikum raunte. Karl-Walther warf den Tisch um.

Alle wachten auf und beschlossen, bis zum neuen Jahr durchzusaufen. Alle wachten auf und gingen ans Werk wie die Sieben Zwerge.

Ich mach dir die Brille heil.

Ich putz dir deine Krawatte. Emil, einen Klaren.

Ich mach dir Musik.

Ich paß auf dein Geld auf.

Ich erzähl dir einen Witz, den besten.

Ich hatte mal eine Frau.

Ich bestell uns dreifache Bärenfang.

Karl-Walther war völlig klar. Noch nie hatte er so über den Dingen und Schlangen und Menschen gestanden. Die Erfindung von Tieren? Nichts leichter als das. In wenigen Minuten würde er sich an seinen Tisch setzen und Jalis stümperhafte Anfänge brillant zu Ende führen.

Versteht ihr denn nicht?

Er begann von Afrika zu erzählen.

Keiner kann den Großen Njassal mit nach Deutschland nehmen. Aber eine Frau könnte man mitnehmen, den Njassal hinauf bis zum Meer.

Wenn etwas weh tut, sagte er, wiederholt es.

Wenn ihr verlassen werdet, verraten, verkauft und verschaukelt, seht zu, daß euch dasselbe noch einmal geschieht.

Dann seid ihr immun und könnt ihn wieder hinunterschwimmen, den Njassal, heim.

Man muß alles wiederholen.

Ich rekapituliere: Der Garten war leer.

Es folgen nun einige Sätze, sagte er, die charakteristisch sind für die Zeiten, in denen wir lebten und die sich zu wiederholen scheinen, um uns alle hier zu immunisieren.

Zum Beispiel: Es war einst ein großer Maler im Garten, der die Tiere malte, als der Garten noch leer war.

Oder: Kein Tier, das er malte, war so schön, daß es nicht noch ein schöneres Tier gab.

»In der ganzen Chose war von Anfang an der Wurm drin«, sagte ein Ehemaliger.

»Ich hatte mal eine Frau. Als sie endlich weg war, hab ich eine Woche durchgemacht, so erleichtert war ich.«

»Meine sitzt immer noch zu Hause und pennt.«

»Im Sitzen?«

»Sie zählt die Haare, die ihr ausfallen. Ich langweile mich zu Tode zu Hause.«

»Wirf sie raus.«

»Warum sehen Juden Pornos immer am liebsten rückwärts?«

»Ich hab einen Porno gesehn mit Pferden.«

»In Japan haben sie ein Auto gebaut.«

»Weil sie so gerne sehen, wie das Geld zurückgegeben wird.«

»Louis Armstrong ist tot.«

»Der war komisch.«

»Pornos sind auch komisch. Wie die sich immer bewegen.«

»Bewegst du dich nicht?«

»Die Trainer der Pferde der Reiter der Apokalypse bestellten einen Bärenfang und sagten: Wir haben zu arbeiten.«

»Der Professor, der arme. Ich hatte mal eine Frau.«

»Ich auch.«

»Trinken wir noch einen.«

»Wie spät ist es?«

»Keine Ahnung.«

»Ich weiß es, aber ich sag's dir nicht. Verdirbt die Stimmung.«

»Gib dem Hund ein Bier.«

»Ja, ich will sehen, wie er Bier schlabbert.«

»Eine Runde für den Hund.«

»Legt eine Schnapsleitung zu den Mäusen.«

»Weil sie so gerne sehen, wie das Geld zurückgegeben wird.«

»Die meisten Menschen verstehen überhaupt keinen Spaß.«

»Die wenigsten.«

»Kaum einer.«

»Ich muß doch sagen, wieviel Humor wir damals hatten.«

»Meine Mutter sagt, ich hab gelacht, als ich geboren wurde.«

»Kaum zu glauben, daß du geboren wurdest.«

»Aber die Frauen sind alle krank.«

»Die meisten.«

»Alle.«

»Machen aber Spaß, oder?«

»Zu spät.«

»Verdirbt die Stimmung.«

»Bei Anruf Spaß.«

»Perlen.«

»Keines.«

Karl-Walther saß an seinem Ecktisch. Die Sieben Zwerge hatten den Tisch gründlich saubergemacht, die Kerze entfernt, die Aktentasche auf ihren angestammten Stuhl gestellt. Meine Brille sitzt auch wieder auf meiner Nase. Er breitete die Seiten vor sich aus. In den Jahren waren schon ein paar Sätze zusammengekommen, zwanzig vielleicht, mit den durchgestrichenen vielleicht vierzig. Er nahm die Brille ab, um seine Handschrift im Wandel der Zeiten, in denen wir lebten, zu untersuchen. Das große A, was hatte es durchmachen müssen! Mal stand es gravitätisch aufrecht, und eine Art Turm oder Antenne wuchs aus seiner Spitze; mal verneigte es sich vor dem folgenden Buchstaben, oder war es krank und wollte kotzen? Dann verleugnete es sich und kam nur klein geschrieben daher.

ameisen

Aber im großen und ganzen war es nicht totzukriegen, das große A. Er verglich es mit Jalis A, das aussah wie ein großes Hufeisen. Nein, das war das Lied in der Musik-Box, ein neuer »Hit«. Ihr A sah aus wie ein Scheunentor. Hat sich immer erhaben gefühlt über die Sprachen, die gute alte Jali, dachte er, und über die Tiere auch. Warum schrieb er, so kurz vor seiner Zirkusnummer, noch immer an dieser vermaledeiten Geschichte? *Meinem Mensch* las er, und anfallartig kamen die Antworten. Ich werd's dir zeigen, lautete eine. Der dumme Dackel zerrte an seinem Hosenbein. Karl-Walther gab ihm einen Tritt, das Tier schlidderte jaulend über den Fußboden. Ich bin dein Mensch, lautete eine andere. Er war dein Mensch. Der da war dein Mensch. Ich werd's euch allen zeigen, wer der Mensch ist. Die Musik-Box wollte ein Ende nicht finden, das zu seinem Trost bestimmte Lied war zwar nicht von Meyerbeer, würde aber mehr als zwanzig Jahre leiern. Die Sieben Zwerge sangen leise mit.

Ich seh das Eisen, das mein Pony trug.
Dieses Eisen, das ich selbst ihm schlug.
Sein Zaumzeug rostet jetzt im Stall,
doch ich seh mein Pony überall.

Die Ameisen waren so klein, daß die Hand des Malers keine Tiere malen konnte, die noch kleiner waren. Ursprünglich, in Jalis Fassung: *Die Ameise so klein, daß der Hand des Maler müde wurde, zu müde für noch ein Tier und noch ein Tier, vielleicht auch kleiner.* Ihre Sätze in ein verständliches Deutsch zu übertragen, war seine Arbeit während der langen Totenwache am Kagukäfig gewesen. Damals schaute ihm Jali über die Schulter, manchmal fiel sie von hinten über ihn her, ihr schwarzer Lockenkopf überwucherte die Seiten. Nicht so stürmisch. Doch doch, du wirfst meine Geschichten zum Fenster hinaus. Nein, ich schreib sie alle zu Ende, alle zehn, so gewissenhaft, wie der Lehrer in Neu-Langenburg es mir beigebracht hat. Schreibt: Der Kaiser residiert in einem Palast in Deutschland, dem Land unserer Väter und Vorväter.

Der Kagu war nur bedingt zu retten, aufschubweise. Sein Leben war nicht länger gewesen, als der Vogel gedacht hatte. Ich war ein Meister im Mischen von Mixturen, dachte Karl-Walther, der Meister aus dem Vogelhaus. Aber keine half. Man hielt mich für einen Exzentriker, weil ich mich mit dem kranken Vogel eingeschlossen hatte und niemanden hereinließ. Ich wurde eine lebende Legende. Alte Frauen stellten mir Selbstgebackenes aufs Fensterbrett, legten kleine Geschenke auf die Seuchenmatte vor der verschlossenen Tür, Pillendöschen mit verwegenen Initialen, die Taschenmesser ihrer Toten, Söhne, Männer, Enkel, aus der Zeit, als Marie-Luise und ich geboren wurden. Als der Kagu noch lebte, wußte ich kaum mehr, wer Marie-Luise war. Dann kam Dorothee Matthes.

Er nickte sich zu. Doppelgänger und Wiederholungen darfst du nicht meiden, willst in Frieden du von hinnen scheiden. Das alte Halfter und das alte Eisen des Ponys hörten nicht auf, an der Wand zu hängen im leisen müde machenden Chor der Sieben Zwerge. Ich hatte immer zwei Eisen im Feuer, dachte er, und das war vielleicht falsch. Niemand ist mit mir nach Deutschland gekommen, sogar Dorothee Matthes nicht, die so deutsch war, daß es knackte. Ich mußte allein das Land meiner Träume finden. Bis auf die kurze Zeit mit Jali draußen in der Bachstraße war es ein gutes Land, der Zoo. Früher die Kameradschaft im Zoo, das Zusammenhalten der Pfleger gegen die Schwestern und dann den Direktor, die vielen Witze, wie haben wir gelacht. Das Licht aus dem schießschartenkleinen Fenster eines Pflegers in der Winternacht, die Wege verschneit, der wartende Pfleger mit dem Wein und den Nüssen. Wie viele Millionen Schritte bin ich auf diesen vertrauten Wegen gegangen, wie oft sah ich den Bär, den Vari, den schwarzgelockten Hokko, die Maras bei Sonnenaufgang? Was, du hast noch nie Schnee gesehn? sagte Jali, heiser vor Entdeckungslust, Kolumbuserregung. Sie zeigte ihm, wie man einen Schneeball buk und einen Schneemann baute. Marie-Luise zeigte ihm, wie man Blumen in Bücher preßte, so daß sie noch nach Jahren schön waren wie im Augenblick des Pflückens. Er las zum millionsten Mal:

> Also Tiere müssen erst erfunden werden. Weil, wenn die Tiere abwesend sind

Da hörte ihre Geschichte auf. Welche Hand hatte ihre Hand im Schreibfluß unterbrochen? War es seine Hand gewesen? Die Hand, die Amorisch beherrschte, winkender kleiner Finger? Oder die Hand des Unbekannten, an dem er sich nie würde rächen können? Die Hände der Uhr?

Er schrieb auf ein liniertes Blatt: Der Maler malte dich so schön, daß du mir unheimlich warst, als ich dich zum ersten Mal sah.

Wieder biß der Dackel in sein Bein. Karl-Walther sah Zwemils warnenden Blick und sprach höflich mit dem Tier, mit Untertönen jedoch, die nur ein Tierpfleger beherrschte. Der unbelehrbare Hund sprang kläffend auf seinen Schoß. Karl-Walther sagte ihm etwas ins Ohr. Der Dackel schnappte wild um sich. Dann schnappte er nach Jalis Geschichte. Karl-Walther zog den Hund am Schwanz. Der Hund sprang vom Tisch, die Seiten im Maul. Karl-Walther versuchte ihn zu streicheln, zu besänftigen mit silberhellen Untertönen, es wird Würstchen vom Himmel regnen für dich. Der Dackel schüttelte das Bündel Seiten wie eine Beute. Behutsam, so langsam wie noch nie in seinem Leben streckte Karl-Walther die Hand aus. Dann griff er zu. Der Dackel war schneller, war kräftiger. Knurrend zerfetzte er die Widmung: *Meinem Mensch*. Karl-Walther schlug ihm die Faust auf den Kopf. Der Dackel jaulte. Die Sieben Zwerge packten Karl-Walther und verdrehten ihm die Arme. Seelenruhig, fast mit Bedacht, als sei Jalis Geschichte ein besonderer Weihnachtsschmaus, zerfetzte der Hund Satz für Satz, Wort für Wort die halbvollendete Geschichte.

Natürlich kann ich sie auswendig, dachte K. W. nach ein paar Runden Bärenfang, aber plötzlich war Weihnachten, und er hatte sie vergessen.

Ich werde in den Zoo gehn, dachte er, Weihnachten war ich immer im Zoo, ich habe ja meinen Schlüssel.

Er trank mit ein paar neu hinzugekommenen Ehemaligen. Wie erstaunlich weit die Welt der Berufe war. Ehemaliger Heizungsmonteur. Ehemaliger Oberflächeningenieur. Ehemaliger Rechnungsprüfer. Ehemalige Raumpflegerin. Ehemaliger Konsul. Ehemaliger Ordnungshüter. Ehemaliger Schauwerbegestalter. Ehemalige Gartenarchitektin. Ehemaliger Lebensversicherungskaufmann. Ehemaliger Glas- und Fensterreiniger.

»Und was willst du, Maurice? Suchst du Streit? Suchst du Jali? Sie ist nicht hier.«

»Einen Moment.«

Maurice stand im Zentrum der Kneipe, zwischen den Mäusen von Pompeji und dem Haupteingang. Er händigte Banknoten aus. Jeder bekam eine, manche sogar zwei.

»Guter alter Maurice. Nie kleinlich. Nie in Verlegenheit. Immer erhaben.«

Maurice setzte sich neben K. W. Er roch nach teurer Seife. Er trug einen weiten Lodenmantel, den er nicht auszog. Wie viele Pistolen, Gewehre, Maschinengewehre ließen sich in einem solchen Mantel verstecken?

»Du siehst aus wie ein Förster.«

Wenn er mich umbringt, dachte K. W., bring ich ihn vorher um. Ich habe meine Freunde hinter mir. Scheiße, er hat meine Freunde gekauft, gerade eben. Dann bring ich ihn draußen auf der Straße um, hinterher. Warum hat er mir keine Banknote gegeben?

Maurice legte ein Kofferradio auf den Tisch. Hatte er es aus der Luft gegriffen?

Emil und Zwemil buckelten herbei, jeder trug ein leeres Tablett.

»Was wünschen der Herr?« sagten sie.

»Whisky«, sagte Maurice.

»Deutschen oder ausländischen?«

»Schottischen.«

»Und du, Professor?«

»Pastis«, sagte K. W. »Vom Feinsten.«

»Du zahlst«, sagte er zu Maurice.

Maurice schob eine Banknote unter K. W.s Arm. K. W. lugte vorsichtig. Es waren tausend Mark.

»Gibst du mir eine Zigarette?«

K. W. gab ihm eine.

»Am Kiosk steht, daß alle Deutschen guten Willens aktiv rauchen sollen oder es sein lassen sollen oder im Passiv rauchen sollen, ich weiß nicht mehr.«

Emil und Zwemil brachten eine Flasche Whisky, eine Flasche Pastis vom Feinsten und zwei funkelnde Sektgläser. Maurice schenkte ein.

»Die Deutschen guten Willens sind die geborenen Passivraucher«, sagte er.

»Was willst du von mir? Wenn du mich umbringst, bring ich dich auch um.«

»Ich wollte dich nur sehen. Prost.«

»Prost.«

Sie schwiegen eine Weile. Durchs Kneipenfenster sah K. W. einen Rillie, der sich als Weihnachtsmann verkleidet hatte und ein Reklameschild hochhielt.

»Wenn ihr mal nicht wißt«, las K. W. laut, »wo der andere ist, ihr findet ihn wo? Natürlich im Zoo.«

»Und?«

»Nichts. Nur ein Reklameschild. Ein Rillie hat es draußen vorbeigetragen.«

»Merkwürdige Menschen, diese Rillies«, sagte Maurice. »Hast du Wirkus gefunden?«

»Ich hab ihn gesucht.«

K. W. erinnerte sich. Junior war tot. Wirkus, sein geisteskranker Hilfspfleger, war schuld. Er hatte ihn gesucht, um sich ein schriftliches Schuldbekenntnis zu holen, damit der Direktor seinen besten Tierpfleger wieder einstellte.

»Bleibt einem das Bundesverdienstkreuz auch, wenn man es verkauft hat?« sagte er.

»Selbstverständlich. Du kannst sogar die Urkunde verkaufen.«

»Daran habe ich nicht gedacht. Dann hätte es sicher mehr gebracht.« K. W. suchte in seiner Aktentasche. Die Urkunde war verschwunden. Vielleicht hatte er sie einzeln verkauft. Immer diese Einzelheiten, an die man denken mußte.

»Findest du nicht auch, daß diese ganzen Einzelheiten ungerecht sind?« sagte er.

Maurice trank seinen Whisky und schenkte sich nach. K. W. beschloß, das vornehme Getue zu lassen, und trank aus der Flasche. Die Musik-Box spielte einen »Hit«.

»Ich kann romantische Musik nicht mehr hören«, sagte er. Seine Augen liefen schon wieder über.

»Du lebst schon recht lange, nicht wahr? Ein langer Weg von Deutsch-Ost bis in diese gemütliche Ecke.« Maurice berührte seinen Arm. K. W. zuckte zusammen. Jetzt fiel es ihm wieder ein. Maurice war der Mann, der wußte, wie es weiterging.

»Du bist doch *der* Maurice, oder? Sag die Wahrheit. Du bist nicht ein ehemaliger Heizungsmonteur, der mich verarschen will? Du bist der Mann, der uns das Auto geschenkt hat.«

»Das Auto?«

»Ich darf nichts verraten. Bist du Maurice?«

»Ja, ich bin's, Maurice. Ich habe ihre Stimme.«

»Und? Wie ging es weiter?«

»Ich weiß es nicht.«

»Aber du hast mal gesagt … im *Zoo* hast du gesagt, daß du weißt, wie es weiterging. Und? Wie ging es weiter? Lebt meine Verlobte noch?«

»Wart ihr wirklich verlobt?«

»Da staunst du, was? Vor dem Drachendenkmal. Anno neunzehnhundertund … ich weiß nicht mehr. Lebt sie noch?«

»Kaum anzunehmen. Ich denke nicht darüber nach.«

»Du hast aber gesagt, du weißt, wie es weitergeht.«

»Ich wollte dich leiden lassen.«

»Warum? Was hab ich dir getan?«

»Es tut mir leid, Karl-Walther.«

»Hab ich nicht schon genug gelitten? Was hab ich dir getan?«

»Entscheidend sind nicht deine Taten oder Untaten, sondern wie du dich selbst dabei *wahrgenommen* hast. Das gilt für dich wie für mich«, sagte Maurice.

»Was meinst du wahrgenommen? Ich war immer wahr.«

»Nein nein. Du hast dich überhaupt nicht wahrgenommen. Das

ist dein Trick gewesen. Oder du bist einfach so geboren worden. Wir wissen nichts, werden nie etwas wissen, das ist mein Geschäft. Aber du … dein Trick war, daß du dich nicht wahrgenommen hast. Lachend durch die Weltgeschichte. Und ein paar Tränen, wenn's konveniert. Und das bis zur ersten Klasse in der Grundschule unter der Erde. *The grave. The dark school.*«

»*The grave* …? Drohst du mir?«

»Wie kann ich *dir* drohen? Du bist mein ein und alles. Du bist alles, was übrig ist.«

»Bist du blau? Bin ich blau? Was redest du?«

»Es war dein Gesicht, das sie als letztes gesehen hat, das weiß ich. Egal, wo sie … zuletzt war. Kein Mensch hat dich je so geliebt wie Jael. Kein Mensch wollte dir vorangehen wie Jael. Keiner wollte sterben für dich wie sie. Dein Gesicht … Darf ich dein Gesicht anfassen?«

Maurice strich ihm einmal über die Wange. Erst jetzt bemerkte K. W. die schwarzen Lederhandschuhe, die der Geschichtenerzähler trug.

»Ich habe hier ihre Stimme. Ich wollte, daß du sie hörst, bevor ich das Land verlasse.«

Maurice schob sein Kofferradio in die Mitte des Tisches. Es war ein winziges Radio. Unecht, dachte K. W. Alles unecht.

»Moment mal!« sagte eine Frauenstimme.

Dann kam ein Rauschen und das Klappern von Messern und Gabeln auf Tellern.

»Ich bin Jali«, lachte die Frau.

»Das ist alles«, sagte Maurice. »Mehr habe ich nicht.«

»Das gibt's doch gar nicht.«

»Das ist ihre Stimme. Aufgenommen im Zoo-Restaurant. Bei Schellfisch in Dillsauce. Natürlich habe ich sie gesucht. Und suchen lassen. Das ist alles.«

»Gibt's doch gar nicht. Die Stimme hast du dir gekauft. Alles nur gekauft. Unecht. Das ganze Radio ist unecht. So ein kleines Radio gibt's gar nicht. Warum bist du wirklich hier? Was willst du von mir?«

»Kannst du dich an den Zoo erinnern?«

»Blöde Frage. So ein schöner Zoo.«

»Ich wollte dich verneinen. Und mit dir reden. Und dich verneinen. Und mit dir reden. Verstehst du?«

»Nein. Du bist blau und unecht. Du bist noch nicht mal Maurice.«

»Mein Name war Mauryiz Schueler. Meine Schwester hieß Reizel. Sie habe ich auch nicht gefunden.«

»Wenn ihr mal nicht wißt, wo der andre ist, ihr findet ihn wo? Natürlich im Zoo«, sagte K. W. »Warum hast du Jali soviel Geld gegeben? Haben wir ein Auto für gekauft.«

»Ein Auto …«

»BMW. Hab die Farbe vergessen. Aber wenn du Maurice bist, bin ich dir nicht mehr böse. Prost.«

»Danke«, sagte Maurice. »Ich muß gehen. Wenn du mal nicht weißt, wer du bist und was du hier sollst, der Traumcocktail ist sieben Teile Carbon, siebzehn Hydrogen, ein Teil Nitrogen und 3 Teile Oxygen.«

Er ließ seine fast volle Whiskyflasche stehen, und K. W. steckte sie schnell in seine Aktentasche.

»War das dein Chef von früher?« sagten die Ehemaligen am Tresen. K. W. gab eine Runde für sie alle aus. Er war reich. Sicherheitshalber ließ er die Echtheit des Scheins von Zwemil prüfen. Ist echt, sagte Zwemil. Wirklich? sagte K. W.

Ich werd Weihnachten nicht in der Kneipe verbringen wie die Trinker, dachte K. W. Ich geh in den Zoo. Ich hab noch eine Rechnung offen mit Glickstein. Und ich will Sarotti Mandarinen bringen.

Kauft mir Mandarinen, zwei Kilo!

Wir tun alles für dich, Professor.

Kernlose Mandarinen!

Wenn du meinst.

Vom Feinsten!

Noch drei, nein, vier.

Macht insgesamt sieben.

Zwölf für alle und drei für die da hinten.

Sieben und fünfzehn für alle, macht insgesamt fünfzig.

Häng das Schild raus.

Die Rillies sprachen nicht Deutsch. Sie sprachen überhaupt nicht. K. W. kam sich vor wie in der Fremde. Alle Rillies hasteten an ihm vorbei oder wichen vor ihm zurück oder taten so, als sei er Luft. Er stellte sich neben einen Rillie am Kiosk und prostete ihm mit dem Flachmann zu. Der Rillie sah durch ihn hindurch. Riesenschlange im Zoo entdeckt! las K. W. Armer Sarotti. Sie wird ihn fressen.

Sonst fressen sie uns nämlich, sagte er zu dem Rillie.

Schweigend wandte ihm der Rillie den Rücken zu.

Ist es hier immer so dunkel?

Im Zoo war es dunkel.

Vielleicht war es gar nicht der Zoo.

Ich hab mich verlaufen.

Wo ist Gustav der Killer? Verreist? Wahrscheinlich.

Aber da hockte auf einer langen Stange Glicksteins Gehäuse.

Ich werd dir den Hals umdrehn, Glickstein.

»Warte«, sagte Glickstein.

K. W. hämmerte gegen die Scheibe, bis seine Hand blutete.

Er benutzte den schweren Anhänger des Universalschlüssels und den Universalschlüssel selbst, um ein Loch in die Scheibe zu schlagen, durch das er greifen konnte.

»Jali will Eis!« schrie Glickstein.

Verdammt, weck nicht alle auf!

»Jali will Eis!«

Alle wachten auf und schlugen K. W. und schimpften ihn. Alle waren blau und glaubten, er sei ihr Vater.

Grün und blau schlugen sie ihn.

Er gab ihnen nach Kräften zurück.

Glickstein war verstummt.

Ich krieg dich noch, Glickstein! Kannst ruhig blöde lächeln.

Kannst glauben, du wärst glücklich. Wenn du's nicht erwartest, *genau dann* steh ich vor deiner Tür und dreh dir den Hals um.

Alle warfen ihn aus dem dunklen Zoo auf die dunkle Straße.

Alle warfen ihm seine Aktentasche hinterher.

Er wanderte durch die fremde Stadt.

Bachstraße 14, las er.

Hier wohn ich, sagte er.

Er drückte alle Klingelknöpfe auf einmal.

»Du armer Mensch.«

»Komm mit.«

»Wir helfen dir.«

»Der arme Mensch. Wir müssen ihn behandeln. Hol Joschi.«

»Joschi, hol dein Verbandszeug.«

»Legt ihn hier auf den Futon. Vorsichtig.«

»Wir müssen ihn ausnüchtern.«

»Ein Obdachloser.«

»In seiner Aktentasche sind nur zwei Flaschen und ein paar alte Photos.«

»Sieht aus wie in Pennsylvania. Das weiße Herrenhaus.«

»Schau mal, der irre Baum, ich tippe auf Afrika.«

Afrika, sagte K. W. Deutsch-Ost.

Er wachte auf, und viele junge Leute standen um ihn herum und wünschten ihm Frohe Weihnachten. Sie boten ihm Essen an. Er wollte kein Essen.

»Ich bin traurig«, sagte er.

»Du armer Mensch. Können wir dir irgendwie helfen?«

»Ich hatte einen Traum«, sagte K. W.

»Erzähl ihn uns, bitte!«

»Ich träumte, daß ich zu Hause bin in Afrika. Ich lag in meinem Bett in der Kammer im Erdgeschoß. Es war die Dunkelstunde. Die Sonne war noch nicht aufgegangen. Eine alte Frau saß an meinem Bett. Und draußen konnte ich die Flußpferde hören, obwohl man sie gar nicht hören kann in meiner Kammer, der Fluß ist viel zu weit weg.

Die alte Frau hatte einen Kugelschreiber, einen gebogenen Kugelschreiber. Damit bin ich in deine Kammer gekommen, sagte sie. Sie war die älteste Frau, die ich je gesehen habe. Sie legte den Kugelschreiber auf meinen Kopf und lachte. Sie sagte: Ich bin zu dir zurückgekommen. Alles, was du tun mußt, ist, mich wiederzuerkennen. Da erkannte ich, daß es Jali war.«

K. W. wollte weiterschlafen, aber er konnte nicht. Er lag auf einer Matratze. Die jungen Leute ließen ihn nur ungern gehen. Er versprach ihnen, sie bald zu besuchen.

»Wir haben dich gern«, sagten sie.

»Du kannst immer zu uns kommen. Du kannst auch hier wohnen.«

Der Hinterhof erinnerte ihn noch schrecklicher.

Ich habe in Kurt Lenz' Wohnung auf einer Matratze gelegen, dachte er.

Der Dschungel hatte sich in Nichts aufgelöst. Fahrräder standen dort und eine Rutschbahn für Kinder.

Der Hof schien enger geworden zu sein, kleiner. K. W. lächelte über seine Dummheit. Hatte er wirklich geglaubt, daß die Welt je wieder weiter, breiter, größer werden würde, so wie damals mit Jali?

An der Kneipentür hing ein Schild: »Geschlossene Gesellschaft«. Er rief: »Ich bin's. K. W.« Es ist der Professor, hörte er Emil in der Kneipe sagen. Man öffnete ihm. Weihnachten war in vollem Gange, die Köpfe wogten.

»Kommst nicht allein hoch die drei Stufen?« sagte Emil. »Wart, ich helf dir.«

»Es ist nur die erste Stufe. Ich hasse Treppen.«

»Würd ich auch, wenn ich so voll wär wie du.«

Emil sagte: Eins, Zwei, Drei und Hopp. Er führte K. W. die Stufen hinauf.

In der Kneipe wollte K. W. allein an seinem Ecktisch sein. Er verlangte eine Flasche vom Feinsten und ein Glas. Ein sauberes Glas, bitte.

Zum ersten Mal steckte er fünfzig Pfennig in die Musik-Box. Er kannte das Lied. Jelly Roll hatte es gespielt und Fatsy Wetsy Waller.

Moment mal, dachte er. Wie blöd ich ausgeschaut habe auf dem Photo. Schönheit bist du nicht, hatte Jali gesagt. Schönheit ist nur, wenn man glücklich ist. Nein, meine Schwester, man photographiert ihn nicht gleich am Anfang, einfach so, fast nebenbei, den Menschen, den man liebt. Aber ich verzeih dir.

Please don't talk about me when I'm gone
Though our love ceases from now on.
If you can't say anything real nice
Just don't talk at all, that's my advice …

Jelly Roll spielte es besser. Es war nicht dasselbe. K. W. ging aufs Klo, um sich für Weihnachten herzurichten, aber er hatte vergessen, daß es auf dem Klo keinen Spiegel gab. Er benetzte sein Gesicht mit Wasser aus der Kloschüssel. Er löste seinen Pferdeschwanz und warf das Gummiband in den Abfalleimer. Zuoberst im Abfalleimer lagen immer noch Schnipsel der Geschichte. Feld, las er in ihrer kugeligen Schrift. Sein Herz hämmerte, und er rieb seine Brust an der Wand. Die Schnipsel im Abfalleimer warteten auf den einzigen Menschen, den es noch gäbe, den lesenden Müllmann.

Dicht vor seiner Nase hatte jemand etwas in die Wand geritzt. K. W. nahm seine Brille ab, um es entziffern zu können. Die Schrift wirkte eigentümlich kindlich, eine gestochene Schrift wie aus einer Fibel.

Die Muschi von Krissi ist rund und hat Haare

K. W. setzte seine Brille wieder auf. Er räusperte sich. Er wollte etwas sagen. Er sagte:

»Es tut mir so leid, Jali.«

In der Kneipe sangen sie jetzt Weihnachtslieder. K. W. saß an seinem Tisch und hörte eine Weile zu, bis er über dem Chor eine andere Stimme vernahm, eine zweite, nie gehörte Stimme, die alle Stimmen der Welt umspielte und ergänzte und umfing, so daß keine mehr allein singen mußte. Er öffnete die Augen und sah einen bellenden Dakkel.

K. W. hob sein Glas und trank auf die alten Zeiten.

*

DIREKTION. SEKRETARIAT.

Liebste Thea,
wir, der ganze Zoo, sind überglücklich, daß Du Dich gemeldet hast, endlich! Auch wenn ich keinem je Deine neue Anschrift in Afrika verraten werde, so mußte ich doch zumindest IHM Dein Lebenszeichen mündlich weitergeben.
Ich trauere mit Dir um Deinen Sohn, den Du so unendlich geliebt hast und den wir, der ganze Zoo, ob seines heiteren Wesens so sehr mochten. Wie furchtbar, daß Du von seinem Tod erst viele Wochen später im Busch erfahren hast, wo wohl nur Dir fremde Schwarze zugegen waren. Es ist eine hübsche Idee, einen Baum in Afrika nach unserem Junior zu benennen. Bitte schicke mir ein Photo! Hier geht, grausam aber wahr, das Leben weiter. Ja, ER hat es wohl ganz gut verkraftet, daß Du IHN (für immer???) verlassen hast. ER arbeitet wie ein Besessener. Wir, der ganze Zoo, sind in Aufregung. Sicher hast du von den Knochenfunden gelesen, die Nachricht ging ja um die Welt. Es ist noch alles sehr geheimnisvoll und geheim.
Sei umarmt von
Deiner Friederike v. Russak

(Kunstpostkarte, Van de Venne, Der Winter)
Ihr lieben Sachsens,
ein frohes Neues Jahr wünsch ich Euch! Ich kann es kaum erwarten, alle 3 Großereignisse in meinem Leben mit Euch zu feiern! Das Buch über die Hunderassen der Welt hat mir viel Freude bereitet. Bis bald, ich bin so furchtbar aufgeregt!
Eure Dorothee

(geöffneter Briefumschlag)
Aktennotiz: Dieser Brief wurde irrtümlich von mir geöffnet, da er verworren adressiert war. Bitte zur Weiterleitung an das Postfach des Professors in New York.
FvR

Willy S. Klein
c/o Kurhaus Dahme, Ostsee

Lieber Maurice,
der Arzt (es sind auch hier alles Pfuscher) hat mir gesagt, daß ich nicht mehr lange zu leben habe. Du weißt, die röntgenologischen »Versuche«. Ich spiele hier eine kleine Rolle in »Charleys Tante«, es wird wohl meine letzte sein. Kalt ist es. Weißt Du noch meine great expectations, als Du mich Bill Holden vorstelltest? California war schön. Ich werde Dir nie vergessen, was Du alles für mich getan hast. Wir beide haben alles gesehen, und wir haben keine Trauer mehr. Aber wir müssen Mitgefühl haben, das müssen wir behalten, sonst wäre alles noch sinnloser. Der Zoodirektor, zu dem Du mich geschickt hast, ich habe ihn gehaßt. Und doch empfand ich auch Mitleid für ihn. Sind wir nicht seltsam konstruiert? Gab es diesen Professor Davidobski wirklich? Ich kannte einen Davidobski, Gershon, der mir eine Pfefferminzstange schenkte in Kaunas. Er war 1,90 m groß und mein Idol, da Boxer.
Bitte habe Mitgefühl für meine Isabelle, sie ist mein einziges Kind,

sie weiß nicht, was geschah, sie lebt immer noch in Jerusalem, sie glaubt, ich sei tot schon lange, ihre Mutter hat es ihr eingeredet. Du hast Geld und Einfluß und Macht, bitte sei ihr gut und kümmere Dich um sie. Ich schicke Dir mein liebstes Photo von ihr. In Jerusalem, damals als sie ein kleines Kind war, hast Du gesagt, sie würde Dich furchtbar erinnern an ein Mädchen, das du geliebt hast. Bitte vergiß das Furchtbare, mein lieber Maurice. Isabelle ist jetzt fünfundzwanzig, sie weiß nicht, was geschah, ihre Mutter war so rebellisch, eine Sabra eben.

Ich mache mir auch Sorgen um Dich. Du bist noch härter geworden mit der Welt, mit der Zeit. Immer führst Du die Menschen an der Nase herum. Du weißt alles, und ich weiß nichts, aber ich weiß noch etwas. Wir werden uns alle verwandeln, sogar Du! Du glaubst, Du seist böse. Nun, das einzige Böse, das du je getan hast, war, mir Schauspielunterricht zu geben, Du Schuft.

Kümmere Dich um Isabelle, ich bitte Dich!

Leb wohl.

Dein Willy S. Klein

DEUTSCHE ZOOLOGISCHE GESELLSCHAFT

Sehr geehrter Herr Direktor,

die Anfragen und Gerüchte reißen nicht ab, und wir möchten Sie höflichst bitten, uns noch vor der von Ihnen geplanten Pressekonferenz weiterführende, genauere Informationen über die einerseits sensationellen, andererseits höchst merkwürdigen Wirbelfunde in Ihrem Garten zu übermitteln.

Sie, sehr geehrter Herr Direktor, wissen, welch eine furchtbare Zeiterscheinung die Populärwissenschaft ist. Wir glauben, es liegt im Interesse aller Zoologen und der Zoologie, wenn wir kollegial klären, wer wann mit welcher Meldung an die Öffentlichkeit tritt.

Hochachtungsvoll

Der Vorstand

TARA RECORDS
Munich/Germany

Lieber Chris,
hier die Cover-Entwürfe und der Clip für den Sound des Jahrhunderts. In L. A. sind sie furchtbar heiß auf more of the good stuff. Hey, Chris, wir lieben Dich, aber wir glauben Dir nicht, daß Du nur dieses eine Tape von JUNIOR besitzt. Wer A sagt, muß auch Bäh sagen. Hey, wir finden es ganz toll, wie Du bisher mitgeholfen hast, aber JUNIOR ist das Universum, und wir brauchen mehr mehr mehr davon!
Wir sind nächste Woche im MULTIPLEX und wollen Dich da treffen.
Don't call us, we'll call you.
Feelings
Andy, Gina, Felicitas, Rudolpho

DIREKTION

Sehr geehrter Herr Regierungsdirektor Abraham,
ich wende mich an Sie als einen Freund meines Zoos und als den für regionale und überregionale postume Ehrungen zuständigen Staatsdiener.
Hiermit beantrage ich die VERGOLDUNG der Schritte des Prof. Theodor Davidobski von dessen altem Wohnhaus zum Goethe-Gymnasium, in dessen Aula zum ersten Mal seine Stimme erklang, die ihn später weit über unsere Landesgrenzen hinaus berühmt machen sollte. Ich bin sicher, daß der Staat in der Lage sein wird, die vergoldeten Schritte – es werden ca. 100 sein, denn das Gymnasium lag gleich um die Ecke – vor dem Zugriff von Diebesgesindel zu schützen, z. B. durch Versiegelung, Alarmanlagen, Mahnwachen etc.

Über das Leben des begnadeten Sängers und Lehrers informiert Sie gern mein persönlicher Referent für Öffentlichkeitsarbeit, Herr Conte Condoli.
Für die festliche Einweihung sichere ich schon jetzt mein Erscheinen zu.
Hochachtungsvoll
DER DIREKTOR

(Nadeldruckerausdruck)
DER POLIZEIPRÄSIDENT

Sehr geehrter Herr Direktor,
wie mir die für Ihren Zoo zuständige Kontrollbehörde, die Oberfinanzdirektion, mitteilt, häufen sich in der öffentlichen Einrichtung, die Ihr Zoo nach § 65/IIa-c Landesverwaltungsgesetz darstellt, die kleindelinquenten Delikte durch Gesetzesübertretungen.
Ich möchte Sie dahingehend informieren, daß ich um ein baldiges Gespräch ersuche, damit wir uns nachdrücklich über das Aktenzeichen furchtbare Vorkommnis, zumal ich, in der Lage sind, Nr. 645/721-Alp, austauschen in der Lage sind, zumal ich.
Der Alpackertier, s. o. Aktenzeichen unter Bezug auf, bitte ich unverzüglich der Staatsanwaltschaft und den für Sie ermittelnden Stellen zu überstellen hinreichend, da der/die oder Täter von der Schußwaffe Gebrauch machten, was eine weitere ernstliche, versichert, Herr Direktor, daß die Polizei alles in Ihrer Macht stehende unternehmen wird, um die Ruhe und Ordnung in Ihrer öffentlichen Einrichtung wiederherzustellen.
U. A. w. g.
Der Polizeipräsident

(Ansichtskarte, London By Night)
Geliebte Tee (Tea),
ein Gruß aus London, wo ich Verhandlungen führe. Es geht um Juniors Tapes und furchtbar viel Geld. Ich düse von hier aus nach L. A., stell Dir vor, ich werd wieder in den Staaten sein! Wo ich Dein Gesicht zum ersten Mal im Dunkeln malte, weißt Du noch? Ich durchschaue Deinen master plan, at last! Meine wundervolle weise Doktorin! Entfernung. Schweigen.
Dann die Erfüllung.
Dein Chris

(Normpostkarte)
Käthe Matthes
Straßendorf/Eifel

Herr Direktor!
geben Sie mir meine Tochter zurück Sie furchtbarer alter Mann oder ich hol die Polizei!
Käthe Matthes

Hadi Kumal Enterprises

Verehrte Frl. Friederike,
mein moralische Überzeugung sagt nein zu Ihrem Angebot. Aber ich bin auch Geschäftsmann. Also sage ich ja.
Es ist ein komisches Land, Deutschland, aber ich bin auch erst vier Jahre hier und weiß noch nicht die Sitten. Wird es furchtbar sein? Angst darf auch ich haben. Sagen Sie mir wann ich mich präsentieren soll.
Hadi Kumal

CONTE CONDOLI
– Der Erleuchtete –

Liebe Babsi-Maus,
hab noch ein wenig Geduld. Du weißt ja in etwa, was hier vor sich geht.
Grüß unseren Sparverein und, bitte, halte die Reisekosten niedrig. Ein Vier-Sterne-Hotel tut's auch.
Vielleicht erinnerst Du dich, daß ich früher in Pensionen nächtigen mußte.
Ich bin so scharf auf Dich, daß mir der Blubber zu den Ohren rausläuft.
Dein Willrich

(Dottergelbes Briefpapier)
Ms. Dorothee Matthes
Haydn Midwestern University
Haydn, Ohio
U.S.A.
z. Zt. K 2

Sehr geehrte Damen und Herren,
Ihren Brief habe ich erhalten.
Es ist mir unbegreiflich, daß eine Institution wie die Deutsche Forschungsgemeinschaft offenbar kein Interesse daran zeigt, sich mit dem Fall Schuller näher zu befassen. Der »hervorragende Ruf«, den Schuller, wie Sie schreiben, im In- und Ausland genießt, basiert auf der gesetzeswidrigen Erschleichung wichtiger Forschungs- und Steuermittel. Ich war guten Glaubens, daß mein schriftliches Protokoll, welches ich jederzeit beeiden würde, ausreichen würde, um Schuller wenn nicht hinter Schloß und Riegel, so doch wenigstens vor eine Untersuchungskommission zu bringen.
Ich wende mich jetzt an das Ministerium f. Inneres. Selbstverständ-

lich werde ich mich als Wissenschaftlerin nicht an die charakterlosen Schreiberlinge von der Zeitung wenden, wie Sie insinuieren.
Mit freundlichen Grüßen
Dr. Dorothee Matthes

Hasso-Gerhard von Hünersdorff
Schloß Reißenstein / Reißenstein Castle
Schwarzwald / Black Forest
Deutschland / Germany

Hochverehrtes Fräulein von Matthes,
der Winter ist gekommen. Schwer liegt der Schnee auf Busch und Baum, körnig knirscht er unter den hurtig dahingleitenden Brettern.
Wir würden uns freuen, Sie auch dieses Jahr wieder zu Ski und Après auf Schloß Reißenstein begrüßen zu dürfen.
Jerome wird Sie diesmal an unserer neuen, zweiten Bar am beheizten Swimmingpool mit einer neuen Création überraschen. An dieser Stelle möchten wir uns noch einmal besonders bei den hochverehrten Gästen der Eremitage im Seitenflügel für den furchtbaren Baulärm der vergangenen Saison entschuldigen.
Mit den besten Wünschen für ein gesundes und erquickliches neues Jahr
Hochachtungsvoll
Hasso-Gerhard v. Hünersdorff
und Sohn Rasso

P. S.
Liebstes Fräulein Matthes,
wie oft versehe ich doch Briefe mit meinem Siegel, ohne sie sorgfältig noch einmal gelesen zu haben. Man wird alt, leider. Auch wenn Sie noch nicht zu unseren Stammgästen gehören, so sind Sie doch ganz besonders herzlich eingeladen, die wohlverdienten Fe-

rien nach Ihrer Promotion, zu der wir mit Fanfare gratulieren, bei uns zu verbringen. Machen Sie uns bitte die Freude!
Mit herzlichen Grüßen
Ihr Hasso-Gerhard v. Hünersdorff
und Sohn Rasso

(Kunstpostkarte, Blumenbouquet, unbekannter Maler)
Dear Dotty,
es war grausam, daß wir uns nicht mehr gesehen haben nach dem schlimmsten Tag meines Lebens. Ich verbringe Ferien bei meiner Mutter hier in Ipswich. Dann, ich habe ein Angebot von Wipsnade Park Zoo. Ich schreibe Dir bald länger.
Der Direktor ist ein furchtbar kranker Geist und muß psychoanalysed werden.
Komm hierher. Wipsnade wartet.
Dein Stuart Daniels

(Fernschreiben)
ATTN. HERR DREIER
DANK FÜR LOKALISIERUNG DES OBJEKTS IN AFRIKA. NEUE AUFGABEN ERWARTEN SIE IM ZOO. BITTE UM RÜCKRUF. DM 25 000,– ANGEWIESEN.
ZOO DIREKTION. DER DIREKTOR.

(Zettel)
Mein Rotkehlchen,
es tut mir furchtbar leid wegen Petster. Ich lasse ihn gleich nachher reparieren. Grießbrei im Kühlschrank.
Kuß
Fritzie

Vera Zondek-Ruddy
Fort Lauderdale, Fla.

Sehr geehrter Herr Direktor,
was für herrliche Entwürfe der Gedenkplatte in dem Trakt des Neuen Nachttierhauses, der meinem Paul gewidmet ist. Es wäre aber noch schöner, wenn Sie seinen Namen richtig schreiben würden.
Er hieß Paul Eipper.
Wann wird denn nun gebaut? Ich hoffe sehr, daß ich die Einweihung noch erleben kann, wenn auch aus der Ferne. Meine Gebrechen haben mich an den wheelchair gefesselt, ich habe das deutsche Wort für dieses Monstrum vergessen.
Stimmt es, daß Sie eine Riesenschlange gefunden haben oder deren Skelett? Es stand in der hiesigen Zeitung sogar auf der Seite zwo. Schade, daß Sie mir nichts davon geschrieben haben. Ich darf Sie freundlichst daran erinnern, daß ich als Sponsor auch ein Anrecht habe auf alle Neuigkeiten aus dem Zoo.
Sehr traurig war ich über die Nachricht vom Tod des Tierpflegers Kadamecki. Und das so kurz nach dem Höhepunkt seines Lebens, der großen Ehrung, die ihm zuteil wurde! Nun kann er den Dank, der ihm gebührt, nicht mehr in der Öffentlichkeit entgegennehmen, von den vielen Menschen, die ihn liebten. Und so kurz nach dem furchtbaren Tod Ihres geliebten Sohnes!
When it rains, it pours, wie man hier sagt.
Der Scheck wird Ihnen von meinem Sekretär zugestellt.
Hochachtungsvoll
Vera Zondek-Ruddy

*

Manjana Sachs spielte mit dem Schimpansenbaby, das der Revierchef Menschenaffen mitgebracht hatte. Früchtchen, das Baby, war die Attraktion der Fete. Alle wollten es anfassen, wollten spüren, wie es seine Arme und Beine um sie schlang, wollten sogar seinen Knutschmund küssen. Der Photograph von »Happy Moments« war im Dauerstreß.

»Streß«, sagte Doro zu Manjana und nahm ihr den Affen ab und reichte ihn an gierig ausgestreckte Hände weiter. »Das ist ein neues Wort, mein Liebling, Streß. Alle sind im Streß. Man sagt: Ich habe soviel Streß, ich kann noch nicht mal aufs Töpfchen. Das ist dumm, was? Du hast keinen Streß, oder? Du bist meine liebe kleine Manjana, das schönste Kind der Welt.«

Manjana Sachs, vier Jahre, war ein Gemälde. Rotbraune Locken (Gieselas schwarze Haare und Horsts semmelblonde). Braune Augen, vollkommen gerundet, wie zwei kleine dunkle Kirschen in ihrem Gesicht, das die Farben Gelb und Rot und noch andere, unbekannte Farben führte. Die Lippen voll und braunrot und unkokett schmollend, als wollten sie sagen: Küßt mich lieber nicht zu viel, zu oft, wir sind Manjanas Lippen, wir sind müde und wollen allein sein. Sie wirkte wie ein Kind, das gern allein war. Sie lächelte selten. Wenn sie aber lächelte, so wie eben, als das Früchtchen seinen behaarten Daumen in ihr kleines Ohr bohrte, passierten mehrere Dinge gleichzeitig. Erstens: Doro lächelte mit. Zweitens: Doro dankte der Natur, daß sie etwas so Schönes erschaffen hatte. Drittens: Doro sehnte sich nach Manjanas Liebe. Viertens: Doro dachte an das Bündel, das sie selbst gewesen war und das nach der neuesten Version ein »Wahnsinniger« entführt und auf dem Parkplatz des Kindergartens ausgesetzt hatte, auf dem sie gefunden worden war.

Natürlich war der »Wahnsinnige« eine Erfindung von Giesela und Horst. Eine gute Erfindung jedoch. Wahnsinn, hatte Doro gelernt, mußte Methode haben, auch bei der Erklärung des Wahnsinns mußte methodisch vorgegangen werden. Eine der wenigen »Weisheiten«, die sie vom kriminellen »Professor für Schmerzforschung« gelernt hatte.

Natürlich waren Giesela und Horst Sachs nicht ihre Eltern. Aber Doro folgte der Methode und ließ die beiden in dem Glauben. Immer neue Geschichten über die ersten Monate ihres Lebens erfanden sie. Gewicht, Krabbelverhalten, Handbewegungen, Haarwuchs (spärlich, sagte Giesela mit einem Blick auf Doros kurze Haare), erste Sprachlaute, genial, »Ro« und »Do«, und das mit zwei Monaten. Rodo.

Giesela, die Hausfrau, war eine begabte Erzählerin, aber es schien ihr nicht bewußt zu sein. Sympathisch. Horst dachte nach, dann fiel ihm etwas ein, dann sagte er es. Nein, dieser Mann konnte nicht ihr Vater sein. Ihr Vater war, wenn er noch lebte (manchmal sah sie ihn jetzt tot), eine tragische Existenz, ein schwindsüchtiger verkrachter Privatgelehrter vielleicht oder ein verhinderter Zoologe wie der Alkoholiker Karl-Walther. Vom Augenblick ihrer Geburt wurde nicht gesprochen, und Doro hakte nur einmal nach, aus ethologischer Neugier. Was hast du empfunden, Giesela, als ich auf die Welt kam? Ich war überglücklich, sagte Giesela. Man war schweigend übereingekommen, die altmodischen Anreden »Mutter« und »Vater« oder, schlimmer noch, »Mama« und »Papa« ad acta zu legen. Mama, sagte Manjana. Giesela, sagte Doro.

Die Photos hatten es ahnen lassen, die erste Begegnung am Busbahnhof brachte es schlagartig ans Licht des Tages: Giesela und Horst Sachs hätten einer genetischen Analyse als Doros Eltern keine zwei Minuten standgehalten. Sie sahen einfach *anders* aus, sie redeten anders, dachten anders, sie waren zu jung. Horst wäre siebzehn gewesen bei Doros Geburt, Giesela fünfzehn. Die Schweizer Agentur Ros hatte das bedacht, dort war man Meister des methodischen Wahnsinns. Eine Gymnasiastenliebe, schrieben sie Doro, Ihre werten Eltern heirateten heimlich in Gretna Green. Nur hatten die Sachsens nie ein Gymnasium von innen gesehen und waren so gut wie nie über die Grenzen des Rheinlandes hinausgekommen. Ich hätte sie einladen sollen mitzukommen nach Ibiza, dachte Doro. Es war zu spät, die Reise gebucht, das Einzelzimmer bezahlt.

Nett waren sie, fröhlich, erfinderisch, arm, die Sachsens. Eine Familie zum Hineinwachsen, zum Studieren, zum Ausruhen zuweilen. Der Störenfried war, wie nicht anders zu erwarten, Jacqueline, Jackie, *your average teenage nightmare*. Jackie wollte die Hauptschule schmeißen, auswandern, Rocksängerin werden, niemals heiraten, »alles probieren«, den »ganzen Laden« hinter sich lassen. Doro fragte sich, was Jackie schon alles probiert hatte und wann. Sie brauchte entschieden eine große Schwester, ein Vorbild, eine Vertraute. Giesela wurde nicht fertig mit Jackie. Doro würde ihr die teenagertypischen Träume und falschen Vorstellungen und Flausen schon austreiben. Jackie war kräftig, vorhin hatte sie dem Schimpansenbaby ganz ohne viel Aufwand, ganz nebenbei, die Leviten gelesen. Sie würde eine gute Tierpflegerin abgeben.

Und Manjana. Doro würde Manjana heranwachsen sehen und sie beschützen, wenn nötig auch vor Giesela und Horst. Sie würde mit Manjana reisen. »Wir Zoologen reisen um die ganze Welt«, sagte sie zu Manjana. »Wir klettern auf Berge und kämpfen uns durch Dschungel und Steppen und finden alle Tiere.« Manjana warf ihre Lippen auf. »Tiere«, sagte sie. »Und dich nehm ich mit«, sagte Doro. Ihre kleine Schwester, die ihre Tochter hätte sein können, wäre Horst Sachs ihr Typ gewesen, lächelte wissend. Was Kinder alles wissen, dachte Doro, mehr als wir wahrscheinlich. Konnte es sein, daß man als Kind alles gewußt hatte, um später zu lernen, wie man es vergaß?

»Du warst einfach toll als Doppeltes Lottchen«, sagte Giesela.

»Hat Spaß gemacht«, sagte Doro.

Die Aufführung kurz vor Weihnachten bei der obligatorischen Weihnachtsfeier hatte drei Stunden gedauert, weil niemand außer Doro seinen Text und seine Einsätze beherrschte. Sie hatte ihre Rolle in null komma nichts vom *Scanner* gelernt. Der Schwachkopf Harg, dessen Posten sie in Bälde übernehmen würde, spielte den Vater, den Komponisten der Kinderoper. Er brachte alles durcheinander, Kästner hätte sich schiefgelacht. Aus dem Doppelten Lottchen wurde der Vierfache Dr. Harg. Aus den Augenwinkeln sah Doro den mißbilligenden Gesichtsausdruck des Direktors. »Wir werden sehen, wir werden sehen …« hatte der Direktor ihr vieldeutig zugezwinkert, als man wenige Tage zuvor im kleinen Darwin-Saal des Zoo-Restaurants ihre Promotion feierte. Es ging ein wenig steif zu. Sie hatte sich Keith Jarrett gewünscht, aber man spielte eine zerkratzte Platte der Akademischen Festouvertüre von Brahms, wie damals in der Aula nach dem Abitur. War sie denn gar nicht weitergekommen seit jenem ausgeleierten »Gaudeamus Igitur«? Der Direktor lobte sie mehr für den eingefangenen Kappengeier als für ihre Dissertation und die Abschlußnote *cum laude* (das fehlende *summa* ging aufs Konto eines frauenfeindlichen obertierinspektorartigen Mitglieds der Prüfungskommission). Auch vergaß er, ihr für die verglaste Abenteuerröhre zu danken. Aber: »Wir werden sehen, wir werden sehen …« Natürlich hatte er Großes mit ihr vor und brauchte einen klugen Kopf (eine kluge *Köpfin?*) für die anstehenden Arbeitsorgien Neues Nachttierhaus und Sensationelle Knochenfunde. Die Funde waren noch so *top secret*, daß selbst Frl. Friederike nicht an die Ausgrabungsstätte unter der Kolumbus-Eiche durfte, von der die Erdarbeiter entfernt worden waren. Die Ausgrabungsstätte war weiträumig abgesperrt, widerrechtliches Betreten konnte Strafverfolgung nach sich ziehen. Niemand wußte, wo die Schlangenknochen gelagert wurden. Doro würde es herausfinden, wenn sie von Ibiza zurückkam.

»Wird es nicht langsam Zeit? Wann geht dein Flugzeug?« sagte Giesela. Herrlich, die Frau. Sie traf genau den richtigen Ton zwischen mütterlicher Sorge und augenzwinkernder Frauenfreundschaft.

»Hört mal alle her!« sagte Doro.

Alle warteten gespannt, was sie zu sagen hatte. Dr. Dorothee Matthes. Nicht schlecht für den Anfang.

»Wie ihr wißt, wie Sie alle wissen, ist das eine Doppelfeier. Promotion und mein Geburtstag. Die Promotion …«

»Sie hat im Dezember Geburtstag«, sagte Horst.

»… war im Dezember und mein Geburtstag auch. Jetzt haben wir Januar, und ich fliege in drei Stunden in die Ferien. Wie wär's, wenn wir noch zwei Flaschen Sekt aufmachen, und ihr feiert dann weiter in meiner neuen Wohnung. Ihr könnt mir, wenn ihr wollt, beim Kistentragen helfen. Ist ja nicht weit.«

Noch einmal swingte das K 2. Hanne Schmeckel legte alte Rockscheiben auf, und Doro tanzte mit Manjana. Das Kind bewegte sich anmutig, fast würdevoll zum Holzhackerbeat der Musik. Jackie tanzte neben Doro mit dem Revierchef Menschenaffen. Gut. Das Schimpansenbaby wurde jetzt in der Gesprächsrunde herumgereicht, die sich im ehemaligen Labor Schullers zusammengefunden hatte. Der Direktor wurde erwartet, aber er kam nicht. Frl. Friederike war kurz erschienen und hatte Doro einen herzlichen (falschen?) Kuß auf die Wange gedrückt. Doro hatte die Zähne der Chefsekretärin gespürt. Es war ein Kuß an der Grenze zum Biß. Das verrückte Altjüngferlein werde ich mir schon noch hinbiegen, dachte Doro.

Natürlich blieben ein paar letzte zum Kistentragen, in Wahrheit aber, weil noch 8 Flaschen Wein, 3 Flaschen Sekt und 2 Flaschen Campari übrig waren. Der bekiffte Photograph von »Happy Moments«, der pro Stunde ein Heidengeld verdiente, lag erschöpft auf ihrem ehemaligen Bett und knipste wie in Trance weiter.

Doro betrachtete ihre Geschenke post festum. Ein teures Kochbuch »Die Exotische Küche« vom Direktor (»Wie Sie wissen, bin ich von Natur aus konservativ …« hatte ihr der Direktor zugezwinkert) mit einem signierten Photo des Direktors, zweimal so groß wie das Buch. Ein kleiner Topf Glücksklee von Frl. Friederike. Ein selbstgemaltes Bild von Manjana, auf dem sich zwei Vögel gegenübersaßen. Ein schauerliches T-Shirt von Jackie: *Save The Whales*. Ein weiteres Hundebuch von Giesela. Computersoftware von Horst, teuer, aber sie hatte den Sachsens zweitausend Mark zu Weihnachten geschenkt. Dümmliche Scherzartikel von den Assistentenkollegen (eine weibliche Brust, rosafarbenes Gummi, als Klingelknopf für die neue Wohnung, Daniels' alte Behausung im K 1). Ein per Eilboten zugestelltes Buch mit dem Titel »The Revenge Of The Lawn«, das jetzt im Abfalleimer lag, Absender: Christoph Dalluge, Los Angeles, Ca. Tränenzerlaufene Schrift auf einer spießigen Glückwunschkarte von Käthe

Matthes. Ein langer Brief von Prof. Loring, noch nicht gelesen. Gedichte von Rilke in englischer Übersetzung aus Ipswich. Noch mehr Gedichte, von Wallace Stevens, keine Widmung, kein Absender, Poststempel New York. Ein paar alte Freunde aus den Staaten schienen sie nicht vergessen zu haben. Sie blätterte in dem Bändchen, auf der Suche nach einer versteckten Botschaft von Melissa oder Carrie oder Chip Hollister. Fehlanzeige. Nur ein schwaches Bleistiftkreuzchen neben einem der Gedichte, »Peter Quince At The Clavier«. Sie würde es später lesen.

»Ich mach das mit den Kisten. Sind ja nur zwei. Schaff ich einhändig«, lallte Hanne Schmeckel.

Sie hatte den Raubtierchef nicht eingeladen. Er war einfach gekommen. Sein Geschenk, wie rührend, war ein langes weißes kräftiges Schnurrhaar von Sali als »Glücksbringer«. Auch von Papa, murmelte Schmeckel. Der Name Papageno durfte nicht erwähnt werden, stillschweigende Anordnung des Direktors. Nachdem Karl-Walther am Weihnachtsabend gestorben war, lautete die stumme Parole: Er hat nie existiert. Doro hörte erst eine Woche später von seinem Tod, als er sowohl laut Parole als auch biophysikalisch nicht mehr existierte. Sie weinte um ihn, nur nachts, eine Nacht, zwei Nächte. Sie dachte an die Flußpferdlieder aus Afrika. Dann machte sie sich klar, daß sie um Lügen weinte, um einen notorischen Lügner und Versager. Chris und Karl-Walther, wie ähnlich sie einander gewesen waren. Warum habe ich mir diese beiden ausgesucht, nacheinander? Sie würde später darüber nachdenken. All das war Vergangenheit. Optimisten träumten sich zu Tode, Säufer soffen sich zu Tode, alle Männer waren einzig damit beschäftigt, ihre Leere zu füllen. Sollten sie.

Sie lächelte.

Manjana lächelte zurück. Wie ich sie liebe und am liebsten adoptieren würde, dachte Doro.

»Kennst du schon die neue Parole?« lallte Schmeckel.

»Raus jetzt, Hanne! Ich will sehn, wie du die Kisten schleppst. Einhändig.«

»Haben die hohen Herrn eben rausgegeben. EINE GESCHEITE MAUS WEISS MEHR ALS EIN LOCH.«

»Verschon mich mit deinen Zoten.«

»Nein, ehrlich. Die ticken alle nicht mehr richtig, seit sie die Knochen da gefunden haben.«

»Da könntest du einmal in deinem Leben recht haben.«

»Hab ich auch.«

Er setzte sich auf die nächstbeste Kiste, die mit den Jeans und Pullis und Sneakers. Ich werd sie der Altkleidersammlung geben, dachte Doro. Mir steht der Sinn nach Kleidern. Kürzlich hatte sie entdeckt, daß sie schöne (zu lange? zu kräftige?) Beine spazierenführte.

Zwei Sommerkleider für das hinlänglich warme Klima auf Ibiza lagen schon sauber gefaltet in ihrem Koffer. Sie begann, den Rest einzupacken. Giesela half ihr.

»Tut der Finger noch weh?« fragte Giesela.

Doro befühlte ihren kleinen Finger unter dem dicken Verband.

»Puckert ein klein bißchen.«

»Geh zu einem Doktor auf Ibiza.«

Am Morgen hatte sie Giesela und Horst und Jackie und Manjana durch den Zoo geführt.

»Oh, eine Privatführung«, hatte Giesela gesagt.

Doro drehte die halbe Runde, die ganze hätte vier, fünf Stunden gedauert. Sie kamen zum Gehege der sibirischen Weißwölfe. Taiga schlief. Kein noch so lautes Händeklatschen und Schnalzen und Lokken konnte sie wecken.

»Mein Lieblingstier«, sagte Doro.

»Wie schön. Dann war das Hundebuch doch das richtige Geschenk.«

»Ich würd auch schlafen«, sagte Manjana.

Sie schauten zu dem Kind hinunter, das mit seiner Hand einen Kreis in der Luft zog, über Taigas Kopf, als würde sie die unerreichbare Wölfin streicheln, als malte sie einen Schutz über Taigas Kopf.

»Bist du müde? Sollen wir umkehren?« sagte Doro.

»Ich würd auch schlafen als Tier«, sagte Manjana.

Sie war zu drollig.

»Aber die meiste Zeit«, sagte Doro, »sind die Tiere wach und rennen!«

Sie machten einen Wettlauf zum Robbenbecken. Das Wasser war frisch eingelassen worden, und über dem Becken zogen Dampfschwaden. Das war Manjana unheimlich.

»Das Wasser ist warm, und die Luft ist kalt. So entstehen die Dampfschwaden«, sagte Doro. »Sie sind ganz harmlos, siehst du. Ich steck meine Hand rein, und nichts passiert.«

Sie streckte ihre Hand aus.

Eine Kegelrobbe, mit der sie früher lange liebe Gespräche geführt hatte, sprang hoch wie ein Delphin und biß Doro in den kleinen Finger. Es war kein bösartiger Biß, aber ihr Finger blutete. Mit ihren scharfen Zähnen konnte so eine Kegelrobbe einem unvorsichtigen Besucher leicht die Hand abbeißen. Sie behandelte den Finger mit Jod. Giesela wickelte einen Verband. Ja, Tetanus lag gerade erst drei Monate zurück. Sorg dich nicht, Giesela. Du verstehst mehr von solchen Sachen, sagte Giesela klug. Manjana schwieg, und Doro brauchte den halben Nachmittag, um ihrem Liebling zu erklären, daß die Kegelrobbe nur hatte spielen wollen.

Sie sortierte den Krimskrams auf ihrem Schreibtisch. Das meiste konnte in den Abfall. Was sich im Laufe eines Jahres so ansammelt, dachte sie, kleine Steine, getrocknete Blumen, dumme Photos, eine angebliche Kagu-Feder, Zettel mit verblichenen Botschaften, ein Zahn in einer Blechschachtel. Dann die Diskette. Sie warf den Krimskrams in den Abfalleimer und dachte über die Diskette nach.

Soll ich, oder soll ich nicht?

Auf der Diskette war ihr Bericht über die Veruntreuung öffentlicher Gelder durch den »Professor für Schmerzforschung« gespeichert. Und ihr Zusatzbericht über Schullers illegale Sterbehilfe im Fall der Schwestern. Erstens, dachte sie, sind es tatsächlich keine Beweise, die vor Gericht viel hermachen würden. Zweitens, habe ich es nötig, meine Karriere auf diesen ollen Kamellen aufzubauen? Drittens, die Moritz Schullers dieser Welt behielten ja doch die Oberhand, in der Wissenschaft, an der Wall Street, in der Kultur. Sie bildeten einen Geheimbund. Es wurde Zeit, daß ihnen jemand das Handwerk legte. Aber darum sollten sich die Politiker kümmern und die Polizei.

Sie warf die Diskette in den Abfallkorb.

Giesela und Jackie halfen ihr beim Ausräumen des Wandschranks. Jeans und Pullis befanden sich schon in der Umzugskiste, desgleichen ihre alten häßlichen Gammelschuhe. Mit spitzen Fingern hob Jackie ein hellgelbes Bündel hoch, Doros wollene Unterwäsche. Was ist das? sagte Jackie. Unterwäsche, aus meinen Wanderjahren in Amerika. Und wohin damit? Dort, in die Kiste, neben der der Tierpfleger schläft. Ein schönes Mädchen, sagte Giesela, auf Marie-Luise zeigend. Schade, daß eure Eltern alle tot sind, sagte Doro und zerriß das Razanullah-Photo, ich habe mich so auf meine Großeltern gefreut. Wir haben eine Großtante, sagte die kluge Giesela.

»Dein Koffer riecht schon jetzt nach Sonne, Strand und Meer«, sagte Horst.

»Das ist mein Sonnenöl.«

»Um diese Jahreszeit ist Skifahren aber gesünder und viel natürlicher«, sagte eine Stimme neben ihr.

»Ich hasse Skifahren«, sagte Doro.

»Auch Rodeln hat seine Reize. Die Leute lieben eine zünftige Rodelpartie.«

Er war ein wissenschaftlicher Assistent, den sie noch nie gesehen hatte. Er mußte eben erst gekommen sein. Er sah aus wie der Mann ihrer Träume, als sie sechzehn war und Afrika entdeckte und von Afrika nicht loskam. Ein immerbrauner Afrikaheld und Afrikaforscher und tollkühner Buschpilot und menschheitsbeglückender Urwaldarzt in einem. Und jung. Und zwei Köpfe größer als sie.

Doro klappte ihren Koffer zu.

»Und wer sind Sie, wenn ich fragen darf?«

Von ihrem Bett zuckte ein Blitz. »Happy Moments« taten ihre Arbeit.

»Verzeihung. Ich habe mich noch nicht vorgestellt. Rasso von Hünersdorff.«

Es war Liebe auf den ersten Blick.

Epilog

Knochen, die nicht zusammenpassen

Nun werde ich allen zeigen, wer ich bin, dachte der Direktor. Wozu ich fähig bin.

»NUN IST ES MIT DER MENSCHLICHEN PHANTASIE EIN EIGEN DING. OHNE VORBILDER IN DER WIRKLICHKEIT KANN SIE NICHTS AUS DER LUFT GREIFEN, KANN SIE NICHTS ERFINDEN, NICHTS ZUSAMMENBRAUEN. IHR ALLE KENNT DIESES PHÄNOMEN, IHR FREUNDE DES ZOOS UND VERTRETER VON PRESSE, FUNK UND FERNSEHEN, UND FALLT DOCH WIE DIE ERSTEN MENSCHEN IMMER WIEDER DARAUF HEREIN. EIN HARMLOSES STÜCK PAPIER IN EINEM UNGEÖFFNETEN BRIEFUMSCHLAG, SAGEN WIR EIN GRUSS VON DER OMA, KANN IN EURER PHANTASIE ZU ALLEM WERDEN, WOVOR IHR ANGST HABT IN EUREM ALLTAG: DAS ENTLASSUNGSSCHREIBEN, DER KREBSBEFUND, DIE TODESNACHRICHT, DIE SCHEIDUNGSKLAGE, DER WETTERBERICHT, DER STEUERBESCHEID, DIE TELEFONRECHNUNG, DIE MAHNUNG, DIE DROHUNG, DAS ENTLASSUNGSSCHREIBEN, DIE WIEDERHOLUNG DER MAHNUNG, DIE WIEDERHOLUNG DER DROHUNG ET CETERA ET CETERA. WENN DER BRIEFUMSCHLAG MIT OMAS LIEBEM GRUSS NICHT GEÖFFNET WIRD, WACHSEN EURER PHANTASIE, DIE ZU NEUNUNDNEUNZIGKOMMANEUN PROZENT DER ANGST GEWIDMET IST, DRACHENFLÜGEL UND KRAKENARME. NUN IST ES MIT DEN DRACHENFLÜGELN UND KRAKENARMEN EIN EIGEN DING. GÄNZLICH IMAGINÄRE UNGEHEUER GIBT ES NICHT IM GARTEN DER MYTHOLOGIE, UND AUCH NICHT IM SCHREBERGARTEN DES ALLTÄGLICHEN MENSCHENLEBENS. DENN HAT OMA IHREN LIEBEN GRUSS NICHT MIT DER ANKÜNDIGUNG BEENDET, DASS SIE EUCH *ENTER-*

BEN WIRD? IST DER RIESENKRAKE IN WIRKLICHKEIT NICHT DAS GROSSE OKTOPUS? WURDE DAS EINHORN NICHT AUS URSTIER, ONAGER, MAMMUT, NASHORN UND NARWAL ZUSAMMENPHANTASIERT, ALLESAMT EHRFURCHTGEBIETENDE TIERE? WAR DER VOGEL ROCK IN WIRKLICHKEIT NICHT ...«

»Er hat zweimal das Wort ›Entlassung‹ erwähnt. Und diese Andeutungen von wegen ›ungeöffnete Briefe‹.«

»Und Oma, die uns alle enterben wird.«

»Meinst du, er meint uns mit ›alle‹ und sich mit ›Oma‹?«

»Würd mich nicht wundern. Nach den Entlassungen des letzten Quartals.«

»Harg hat sein Entlassungsschreiben von Conte Condoli erhalten. Man stelle sich vor.«

»Gleich zu gleich gesellt sich gern. Harg war eine Pfeife. Klassischer Fall von verirrtem Geisteswissenschaftler. Ich hab gehört, er arbeitet jetzt in einer Zoohandlung und verkauft Schildkröten.«

»Nein, er ist beim Fernsehen. Er spielt den zweiten Mann im Zebrakostüm in dieser Show ...«

»Melodien für Millionen?«

»Genau. Die mit den Tierimitatoren.«

»Ich hab gehört, wir werden riesenschlangenmäßig denkmalgeschützt. Sind wir dann nicht eigentlich unkündbar?«

»Das wäre zu überlegen. Das wäre vielleicht eine neue Rechtslage.«

»Jedenfalls werden wir größer. Draußen reißen sie schon das Hilton und die neue Sporthalle ein. Der Direktor vermutet darunter Knochen.«

»Der Direktor wird die ganze Stadt einreißen.«

»Dann wird er uns aber noch brauchen.«

»Genau.«

»Die passen doch gar nicht zusammen, die Knochen.«

»Ruhe, Mann! Sie haben hier für Ordnung zu sorgen und nicht unqualifiziert dazwischenzuquatschen.«

»Steht aber in der Zeitung.«

»Warten Sie's nur ab, guter Mann.«

»Wir müssen leiser sprechen. Oma hat schon wieder diesen Blick.«

»Sie verkauft die Riesenschlange wie das achte Weltwunder. Alle sind gekommen.«

»Island fehlt. Und natürlich die Italiener. Und Teile von Afrika.«

»Wenn du …«

»Ich hab ihren Namen nicht erwähnt, oder?«

»China ist vollzählig vertreten.«

»Die Russen sollen auch eine Riesenschlange haben.«

»Die Russen haben eine japanische Riesenschlange. Alter Hut. Krugschenk neunzehnfünfundsechzig.«

»Der Bundeskanzler will uns den ausgestorbenen Alk stiften. Das letzte Exemplar.«

»Der Paläontologie gehört die Zukunft.«

»Ein Königreich für einen Knochen.«

»… UND HINTER HERODOTS PHOENIX LUGEN NOCH DER NASHORNVOGEL, DER GOLDFASAN UND DIE TRAPPE HERVOR. DIE NATURWISSENSCHAFT, ALSO DIE ZEITGEMÄSSE METHODE DES ÖFFNENS VON BRIEFUMSCHLÄGEN AUS OMAS HEXENHAUS, *ENTLARVT* DIE SAGEN UND MÄRCHEN UND IST HEUTE BEREITS IN DER LAGE, EURE ÄNGSTE UND ANGEBLICHEN KOLLEKTIVERINNERUNGEN AN VORGESCHICHTLICHE UNGEHEUER ZU *HEILEN*. ODER ERINNERT EUCH, DIE IHR GEKOMMEN SEID, MICH UND DEN FUND ZU SEHEN, DIESER KNOCHEN VOR MIR AUF DEM TISCH AN IRGEND ETWAS? NEIN? ICH HABE ES NICHT ANDERS ERWARTET …«

»Mich erinnert er an eine Klobrille.«

»Die Kloakenöffnung. Bei den Boidae sitzen daneben Reste des Beckens und der Oberschenkel. Wichtig fürs Bumsen.«

»Aber die zwei Sporne fehlen.«

»Ob das Panzerglas ist?«

»Hat irgend jemand herausgefunden, wo Oma die restlichen Knochen versteckt?«

»Wo schon? Bei sich zu Haus natürlich. Wozu wohnt er im ehemaligen Aquarium?«

»Eine Menge Leute wohnen da jetzt.«

»Frl. …«

»Wenn du …«

»Ich hab ihren Namen nicht erwähnt, oder?«

»Daß Conte bei Oma wohnt, ist verständlich. Aber daß er den Klammeraffen beherbergt, der seine …«

»Wenn du …«

»Ich hab ihren Namen nicht erwähnt.«

»Und dieser andere Pyramidenputzer? Kennt ihn einer von euch? Sieht nicht aus wie einer von uns.«

»Vielleicht der neue Obertierinspektor …«

»Ein Obertierinspektor, der nicht Deutsch kann?«

»Vielleicht ist das Omas Trick.«

»Wenn ihr mich fragt, wir werden alle entlassen. Oma backt einen neuen Kuchen mit neuen Rosinen.«

»Er braucht uns noch fürs NN.«

»Das NN wird nie gebaut, wenn Oma neue Knochen findet.«

»Das NN ist im nächsten Jahr um diese Zeit fertig. Hab ich aus erster Hand. National Geographic haben zehn Millionen Dollar hingeblättert, um eine fünfundvierzigteilige Serie im NN zu drehen.«

»Dann wird er uns aber noch brauchen.«

»Sag ich ja.«

»Auch für die klassischen Reviere.«

»Stimmt es, daß dieser Freund von …«

»…«

»… daß dieser Dalluge Chef im Vogelhaus wird?«

»Jedenfalls wohnt er in der Wohnung, wo ihr wißt schon wer wohnte.«

»Wenn man der ehemalige Freund von ihr wißt schon wem ist, stehen einem alle Türen offen.«

»Meinst du jetzt den, den ich meine?«

»Ich meine den … Omas Sprößling.«

»Ich dachte, du meintest den, der den Vögeln das Sprechen beibrachte.«

»Wenn Dalluge Chef im Vogelhaus wird, machen wir ihn zur Schnecke.«

»Er soll erst achtzehn sein. Noch nicht mal volljährig.«

»Er hat unglaublich viel Geld mit ihr wißt schon wem verdient. Uschi hat gleich zwanzig Platten gekauft und verschenkt sie an ihre ehemaligen Schulfreundinnen.«

»Katharina liegt nackt auf dem Fußboden, wenn sie ihn hört.«

»Frauen und Musik. Ein Kapitel für sich.«

»Frettich sagt, die Musikhörenden haben, bei genauerer Betrachtung, das Aussehen von Mördern.«

»Vorsicht.«

»Keine Sorge. Ich hab Katharina fest im Griff.«

»Vorsicht vor F. Ich erwähnte seinen Namen in Omas Gegenwart, und sie wurde sehr sehr böse.«

»… EINE SCHLANGE IST EINE SCHLANGE, WIE DER DICHTER SAGT. HIER VERBIRGT SICH KEIN UNGEHEUER, KEINE AMMENMÄR. ES SIND DIE ÄNGSTE DER WELTPRESSE VOR DER ENTERBUNG DURCH OMA, DIE EUCH HERGELOCKT HABEN. ABER, UM IM BILD ZU BLEIBEN, OMA IST GÜTIG. IHR BRIEF IST *NIE ANGEKOMMEN*, BRAUCHT ALSO AUCH NICHT GEÖFFNET ZU WERDEN …«

»Das hört sich jetzt aber ganz gefährlich an.«

»Das hat ihm Conte geschrieben.«

»Conte hat Harg entlassen.«

»Der Kreis schließt sich.«

»… SONDERN EINE WIRKLICHE WELTSENSATION. ICH GAB EUCH DEN SPRECHENDEN ZOOFÜHRER. ICH GAB EUCH DAS MAXIMIERT RESISTENTE MINIATURSCHWEIN, DAS RUND UM DEN ERDBALL MILLIONEN MENSCHEN VOR DEM SICHEREN TOD DURCH BRONCHIALASTHMA RETTETE … UND IHR WERDET DEMNÄCHST VON MIR HÖREN … DENN ICH ARBEITE UNERMÜDLICH … WIE DIE GESCHICHTE WEITERGEHT. ICH GAB EUCH RITA, DIE KÖNIGIN DER VERHALTENSFORSCHUNG. ICH GAB EUCH TIERE, DIE IHR NIE ZUVOR MIT AUGEN GESEHEN HATTET. ICH WERDE EUCH EIN HAUS BAUEN, DAS DIE NACHT ZUM TAG MACHT. ABER HEUTE GEBE ICH EUCH, WORAUF IHR SEIT DEM ZEITALTER DER AUFKLÄRUNG WARTET, ICH GEBE EUCH *EIN VÖLLIG NEUES TIER*, VON DEM KEINER WEISS UND KEINER WUSSTE, DAS IN KEINEM BUCH BESCHRIEBEN STEHT, JA, DAS NOCH NICHT EINMAL *ERAHNT* WURDE. ICH GEBE EUCH DAS RÄTSEL DER RIESENSCHLANGE … BEGINNEN WIR MIT EIN WENIG SCHULWISSEN, UM UNS DEM RÄTSEL DIESES KNOCHENS HIER VOR MIR AUF DEM TISCH UND DER UNZAHL DER ANDEREN GEFUNDENEN WIRBEL ANZUNÄHERN. DIE *BOIDAE*, ALSO DIE RIESENSCHLANGEN, DIE WIR BISHER KANNTEN, SIND SEIT DER KREIDE NACHGEWIESEN UND ENTWIKKELTEN SICH AUS DEN WARANARTIGEN. SIE LEBTEN AUF BÄUMEN UND IM WASSER. DIE ISODONTE ANORDNUNG IHRER AGLYPHEN MAXILLARZÄHNE KANN MODIFIZIERT ENTWEDER PROMEGADONT, MESOMEGADONT ODER …«

»China wechselt die Kamerakassette aus.«
»Gähn.«
»Wie lauteten die Wochenparolen im März?«
»Gab's da nicht nur eine?«
»Nein, es gab ›WIEDERHOLEN I–IV‹.«
»Der Großteil Afrikas schreibt mit.«
»Weißt du die neue schon?«

»›NICHTS IST VERSTÄNDLICH‹?«

»Nein. NICHTS IST SELBSTVERSTÄNDLICH. Mit Ausnahme von Oma natürlich. Ihre erste handschriftliche Parole, seit ich hier arbeite.«

»Ein langes glückliches Assistentenleben.«

»Ich dachte, Conte verfaßt neuerdings die Wochenparolen.«

»Längst nicht mehr. Conte motiviert die Medien und schleimt die Sponsoren.«

»Südamerika hat seine Simultankopfhörer kaputtgekriegt.«

»Keine Riesenschlange für Montevideo.«

»Die Übersetzer haben ein Extra-Buffet und *Hostessen* im Darwin-Saal.«

»In einem Interview hat er die nordische Astralgralslehre widerrufen und ist auf Omas Wir-Gehören-Zusammen-Linie eingeschwenkt.«

»Du meinst Frettichs Linie.«

»F. sagte nur: Wir sind *eins-meins*.«

»Hat er das wirklich gesagt?«

»Der PfS hat mir die Stelle persönlich gezeigt.«

»Der PfS fehlt mir irgendwie.«

»Wenn ihr mich fragt, ich glaube, er ist hier, jetzt, in diesem Raum.«

»Ich seh ihn nicht.«

»Er hat sich verkleidet.«

»Der PfS ist wieder in den Staaten.«

»Er wird den Nobelpreis kriegen. Hochverdient.«

»Ich frage mich manchmal: Sind wir wirklich so viel dämlicher als er? Warum sind wir nicht Darwin, Tinbergen, Heinroth?«

»Der PfS ist S-Forscher.«

»Weiß ich ja. Aber ist er wirklich ein so tolles Genie? Und wer bestimmt das? PfS, du kriegst den Nobelpreis. Frank, du arbeitest für Oma.«

»Die S-Forschung liegt eben im Trend.«

»Meine Forschungen liegen auch im Trend. Alle reden über das Haustier als Heilmittel in Ballungsgebieten.«

»Hört sich aber irgendwie nicht nobelpreisverdächtig an.«

»*Augenkranke Tiere* als Heilmittel in Ballungsgebieten. Versuch's mal damit.«

»Eben. Wir brauchen auch so was wie die Augenkranken Tiere.«

»Es gab Gerüchte ...«

»Matthes.«

»Entäuschte Liebe. Frauen und Forschung. Ein Kapitel für sich. S-Zufüger sollten keine S-Forscher sein.«

»Aber der PfS hat sie bevorzugt, und das war unfair. Sie war so *blasé* in ihrer Haydn-Midwestern-Lederstrumpf-Rolle.«

»Der PfS sagte mir mal, die Matthes trage, ich zitiere, ›ein leuchtendes Zeichen‹ in sich. Ich sagte: Sie belieben zu scherzen, PFS. Er schwieg gefährlich lange.«

»Aber sie hat's nicht geschafft, bei ihm zu promovieren. Sie mußte zu Oma wie wir. Ausgleichende Gerechtigkeit.«

»Vergeßt nicht, Oma ist weltberühmt. Den PFS kennen nur Eingeweihte.«

»Abwarten.«

»Eins-meins.«

»... UND DIE LÄNGSTE LEBENDE RIESENSCHLANGE, DIE TIGERPYTHON, MISST ZEHN METER. ICH GING ALSO ZUNÄCHST DAVON AUS, DASS ES SICH BEI MEINER NEUENTDECKUNG UM EIN VIERZIG, ICH WIEDERHOLE VIERZIG METER LANGES GESCHÖPF HANDELT, EINDEUTIG VORGESCHICHTLICH, UNVORSTELLBAR VOR-VOR-GESCHICHTLICH. DIE GESAMTE PALÄONTOLOGIE UND PALÄBIOLOGIE WIRD IHRE BÜCHER EINSTAMPFEN LASSEN MÜSSEN, HA! AUCH DIE ARCHÄOLOGEN MÜSSEN MAL WIEDER ZUM DIREKTOR KOMMEN, DAMIT ER IHNEN EIN PAAR TIPS GIBT. DAS GESCHÖPF ODER WESEN, WIE ICH ES VON NUN AN NENNEN WILL, PASST IN KEINE UNS BE-

KANNTE PERIODE DER ERDGESCHICHTE, ES IST, WIE ICH AN GEBISS UND ANDEREN GENUINEN MERKMALEN NACHWEISEN KANN, EINE *NEUE* SPRICH *ALTE* SPEZIES, VON DER BISHER KEINER WEISS UND WUSSTE. ICH WIEDERHOLE: VIERZIG METER, WEDER WARANARTIG NOCH IRGENDWELCHE SAURIERSPUREN ZEIGEND UND MIT DEN *SERPENTES* NUR VERWANDT DURCH IHRE FORTBEWEGUNGSWEISE, ALSO KRIECHEND. AUGENLOS, ZUNGENLOS, NAHEZU ZAHNLOS. NUN … ICH KENNE EUCH: IHR SEID DIE RASENDEN REPORTER, DIE ZÜCHTER DER ZEITUNGSENTEN, DER EINTAGSFLIEGEN. ICH HÖRE EUCH SCHON. *IHR* WERDET SAGEN: SELBSTVERSTÄNDLICH IST DAS WESEN VIERZIG METER LANG, WENN DER DIREKTOR ES SAGT. *ICH* SAGE EUCH: VORSICHT! DIE KNOCHEN PASSEN NICHT ALLE ZUSAMMEN, OBWOHL SIE ZWEIFELSFREI ZU EIN UND DERSELBEN UNBEKANNTEN NEUEN SPRICH ALTEN SPEZIES GEHÖREN. *IHR* WERDET SAGEN: SELBSTVERSTÄNDLICH PASSEN DIE KNOCHEN ZUSAMMEN, DENN SONST WÄRE DAS WESEN JA NICHT VIERZIG METER LANG, WIE DER DIREKTOR ES EBEN GESCHILDERT HAT. UND ÜBERHAUPT, HÖRE ICH EUCH SAGEN, SELBSTVERSTÄNDLICH IST ES EINE RIESENSCHLANGE UND SELBSTVERSTÄNDLICH IST SIE VIERZIG METER LANG. *ICH* ABER SAGE EUCH: *NICHTS* IST SELBSTVERSTÄNDLICH. NICHTS AUF DER WELT. SCHON DAS WORT, UNTERSUCHT MAN ES LANGE GENUG, IST EIN WIDERSPRUCH IN SICH. DENKT DARAN, WENN IHR HEUTE ABEND ZU BETT GEHT. EIN ES KANN SICH NIE UND NIMMER VON SELBST VERSTEHEN. ABER ICH SCHWEIFE AB. ICH BEHERRSCHE ZUFÄLLIG DIE KUNST DER KOMBINATORIK: ALSO GING ICH AN DIE ARBEIT UND ORDNETE DIE UNZAHL KNOCHEN NEU, UND SIE PASSTEN IMMER NOCH NICHT VOLLSTÄNDIG ZUSAMMEN, OBWOHL SIE *VOLLZÄHLIG* SIND. DA SIND WINZIGE ANSCHLUSSFEHLER, DIREKTOR, SAGTE ICH ZU MIR, RICHTUNG ENDE, RICHTUNG SCHWANZENDE. UND SO KAM ICH ZU FOLGENDER

ARBEITSHYPOTHESE, DIE ICH IN BÄLDE MIT WEITEREN FAKTEN ERHÄRTEN WERDE: ES SIND *ZWEI* WESEN, DEREN KNOCHEN ICH FAND, ES SIND *ZWEI* ZWANZIG METER LANGE WESEN, DEREN SCHWANZENDEN IM AUGENBLICK IHRES TODES IM SPIEL ODER IM KAMPF ODER IN EINEM RITUAL MITEINANDER VERBUNDEN, VERKNOTET, INEINANDER VERSCHLUNGEN WAREN … MEHR HABE ICH EUCH HEUTE NICHT ZU SAGEN. FRAGEN SIND VERBOTEN. DAS BUFFET IST ERLAUBT UND HIERMIT ERÖFFNET.«

Der Direktor hieß die Kameraleute und Photographen abzulassen. Er war nicht in der Stimmung, aus seinen Gesichtern das Gesicht zusammenzusetzen, das sie haben wollten. Die Rede hatte ihn erschöpft. Es war eine der ersten Reden seit langer langer Zeit, die ihm etwas bedeutete. Er hatte sie Wort für Wort selbst geschrieben, allein in seinem Büro, den allgegenwärtigen braven Petster auf seinem Schoß. Er hatte sich sogar eine halbe Flasche seines fruchtigen »Drachenbluts« gegönnt, als die Rede endlich komponiert war.

Am Buffet kämpften sie, die inländischen und die fremdländischen Medienmenschen, von immerneuen Meldungen und deren Herausschleuderung innerlich Ausgehöhlte, um Fraß und Suff von seiner Tafel, die Fremden gleich gierig wie die Deutschen. Brauchte dieses Land, Deutschland, ihn wirklich noch? Wurde es nicht Zeit, nach dem Bau des Neuen Nachttierhauses das Land zu wechseln, vielleicht den Erdteil? Was hatte er von Deutschland zu erwarten, das sich einem zum Aussterben verurteilen Corpus STAAT mit jedem Jahreswechsel inbrünstiger verschrieb? Brauchte man ihn andererorten nicht nötiger? Möglich. Aber der deutsche Zoo bot nun einmal die besten Voraussetzungen auf dem Erdenrund zur Beschleunigung der Desiderate des Direktors.

Noch besaß er sein Stück Land in Afrika, von Adler geräumt, wo er bereits neue Käfigkonstruktionen in komplexen Testreihen entwickeln ließ.

Natürlich hatten sie nichts verstanden. Vierzig Meter, würden sie melden, fünfzig Meter, Knochen in Reih und Glied, Riesenschlange, alles selbstverständlich. Dabei besaßen sie die technischen Mittel und die geistige Disposition zu gigantischer, nie dagewesener, formidabler WIEDERHOLUNG jedes einzelnen Worts, das er gesagt hatte, hundert, zweihundert Jahre lang, Tag und Nacht, ohne Unterlaß, NICHTS IST SELBSTVERSTÄNDLICH. Schon gar nicht die Natur. Schon gar nicht ihre Fehler, von denen nur wenige wußten: Er, ein paar Sänger östlicher Arien – und Maurice natürlich.

Maurice würde sich kugeln, wenn er morgen las oder hörte. Ganze Passagen von ihm hatte der Direktor paraphrasiert.

Eklig, wie sie die Fabrikationen aus Fleisch und Brot und Eiern und Mehl und Gewürzen, genannt KULINARIA, in sich hineinschaufelten. In der Ménage herrschte jetzt strengstes Schlingverbot, es gab Hafergrütze, Wasser und, zu besonderen Gelegenheiten, ein Glas »Drachenblut«. Die Ménage nährte sich von strengeren und zugleich süßeren Genüssen als Speisen. Die Konfiguration war einzigartig.

Der Direktor begrüßte die Zoofreunde. Die alten Frauen, Damen, Wickelkinder weinten vor Rührung. Auch sie hatten natürlich nichts verstanden, aber er verzieh ihnen, ihre Uhren liefen ab. Sie wedelten mit ihren Scheckbüchern. Er ließ sie in dem Irrglauben, sie könnten »einen Knochen« als Erinnerungsstück erwerben. Erinnerung woran? dachte er. Jeder Knochen der zwei Wesen oder des Wesens ein Hüter des Gleichgewichts, ein Talismann gegen die europäische Krankheit, die Furcht vor dem Tod? Nein, nein. Die kurze Lebensdauer des Menschen hatte ihre Richtigkeit, ihre Notwendigkeit. Kurzlebigkeit war ein Selektionsvorteil, hier hatte die Evolution fehlerfrei gearbeitet, hier mußte man zufrieden sein.

Kein Mensch war zufrieden. Kein Mensch, außer Papageno möglicherweise, nahm den Tod an als den Preis, den er für das Leben zu zahlen hatte. Kein Mensch war in der Lage, seine Fehler systematisch zu wiederholen. Außer Davidobski vielleicht, unter süßem Klagen, aus dem das merkwürdigste aller Phänomene entstand, die größte

Verführung, die allerhöchste Gefahr: die Musik. Junior war zu jung gewesen, um das Grauen vorauszuahnen, das seine Musik erzeugen würde. Schon war es absehbar. Neben der Neuheit der zwei zwanzig Meter langen vorgeschichtlichen Wesen, genannt Riesenschlange, spukte derzeit in den Köpfen und Träumen der Menschen nur eines herum: Juniors SCHALLPLATTE. Der Verkauf, an dem der Direktor dank Dalluge beteiligt war, denn eine Hand wusch die andere im Zoo, ging in die Millionen, ein Ende war nicht absehbar. Schon wurden Selbstmorde, Geistesverwirrungen, Nervenzusammenbrüche, katatonische Zustände, epileptische Anfälle, SELBSTVERBRENNUNGEN gemeldet, sämtlichst zurückzuführen auf die unerträglich schönen, weil unverschlüsselten, von allen Notenschlüsseln befreiten TONLEITERN seines fahrlässig die Pflicht des Gnu-Pflegers vernachlässigt habenden Herrn Sohnes. Notabene, Junior, die Pflicht des Pflegers, vernachlässigt, fahrlässig, eines Rillies wegen.

Der Direktor war jetzt eingekreist von überseeischen Spendern, die Amerikadeutsch sprachen und ihre fast schon kalten Körper in seinen langen Armen wärmten.

»Ich habe wenig Zeit für Sie, gnädige Frau, ich muß noch ins Büro«, sagte der Direktor.

»Dürfen wir es sehen? *Just a glance?*«

Er mußte ins Büro, um tausend Telefonate mit imbezilen Staatsdienern zu führen. Dreier & Diderici hatten Adler gefunden. Sie lebte bei einer Bande, die sich die »Retter Afrikas« nannte, und war nicht mehr zurechnungsfähig. Laut Detekteibericht wusch sie sich nicht mehr, ihre Haare hingen bis auf den Hintern. Er brauchte sie nicht mehr. Die Ménage bildete eine Konfiguration, die keine sentimentalen Eindringlinge »von früher« dulden konnte. Dreier & Diderici hatten bereits einen Plan vorgelegt, wie Adler mit Lichtgeschwindigkeit zu entmündigen sei.

Ihr schwarzer Klammeraffe war reumütig zum Direktor, seinem Ziehvater, zurückgekehrt. Kouakou Koffi Béh, beschloß der Direktor mit einem Blick auf den knackigen Arsch des Wilden, würde eine zweite Chance erhalten. Die Stelle des Rita-Mörders Daniels war noch vakant. Mal sehen, mal sehen …

Koffi gestand unter Tränen, daß er Adler »nicht verstanden« habe. Das klang wie der Anfang einer hübschen Geschichte. Der Direktor bettete den Wollkopf des Reumütigen in seinen Schoß und sagte: »Sprachlich nicht verstanden?« »Nein«, weinte Koffi, »menschlich-sprachlich.« Der Direktor nickte wehmütig. Sie hatten aufregende Zeiten erlebt in Afrika. Adler. Hier war eine Frau, die ihre Fehler kannte und zu wiederholen wußte, bis Großtaten und Bücher aus ihnen wurden. Schon als junge Zoologin hatte sie verheerende menschlich-sprachliche Verwüstungen in Afrika hinterlassen, von denen keine Stammeslieder sangen.

Aber gewesen. Jetzt versuchte sie Afrika zu »retten«. Der Direktor tröstete Koffi. Rettung kam nur aus dem Zoo. »Ja«, sagte Koffi.

Der STAAT in Gestalt von Regierungsrat Dr. Abraham und Obervermessungsingenieur Dr. Avemann tat sich gütlich an Entenbrust auf Kohlrüben. Noch wußten diese zwei schwachen Dochte nicht, daß die zahnlose zungenlose Riesenschlange unter der Kolumbus-Eiche auch die Flämmchen ihrer sogenannten »Laufbahnen« auspusten würde. Abraham hatte die Vergoldung der Schritte des großen Chorleiters und Sängers Professor Theodor Davidobski ABGELEHNT. Avemann stemmte sich gegen die Erweiterung der Ausgrabungsstätte auf einen Umkreis von mindestens fünf Kilometern hinter der Nordgrenze des Zoos, wo unnütze Hotels, Sporthallen, Kaufhallen und Straßen die Menschen sowieso nur kopfscheu machten und die Fluchtdistanz verringerten. Eintausend Meter, sagte Avemann, und keinen Zentimeter darüber hinaus. *Tela non vela*, sagte der Direktor, was laut Conte Condoli auf Indianisch »Du bist schon tot, du weißt es nur noch nicht« bedeutete. Als die Nachricht der Knochenfunde um die Welt ging und Deutschlands Erde dank des Zoos zum vorletzten oder letzten Mal die Ehre einer Vorgeschichte zuteil wurde, hatte der labile Bundespräsident beim Direktor angerufen. Vorletztes oder LETZTES Mal? sagte der Direktor. Damit war

Avemanns Schicksal besiegelt. Abraham bekam der Direktor als Zugabe.

Als ob er nichts Besseres mit seinen gewaltsam erpreßten Steuern anzufangen wüßte, hatte der STAAT dem Direktor jüngst den einzigen Orden verliehen, den es an den Direktor überhaupt noch zu verleihen gab, das sogenannte »Goldene Wiesel mit Rubin« für besondere Verdienste um den NATURSCHUTZ. Der Direktor nahm das Ding an, erschien jedoch nicht zur Verleihung. Er hatte keine Lust, den neuerdings rückschrittsgläubigen Hohlköpfen den feinen Unterschied zwischen Naturschutz und der wesentlich wichtigeren, komplizierteren Erhaltung des Gleichgewichtssinnes zu erklären, die eine Natur, wie sie dem Direktor vorschwebte, erst möglich machte. Sie schickten ihm Urkunde und Wiesel mit Boten, und er warf den Tand Petster zum Fraß vor.

NICHTS IST SELBSTVERSTÄNDLICH.

Wenn es zwei Wesen waren, dachte der Direktor, während er einer überseeischen Spenderin die Hand küßte, wenn sie miteinander gespielt hatten in den letzten Zuckungen des Todes, warum paßten die Schwanzwirbel nicht zusammen? Der Computer simulierte unablässig. Welche Umringelung hatte stattgefunden in der Vorgeschichte, vor all den folgenden Geschichten, die dem Direktor jetzt herzlich egal waren. Fast nähere ich mich dem Weiblichen, dachte er nicht ohne Schmunzeln, fast wühle ich in Erinnerungen oder versuche, mir Erinnerungen zu erschaffen. Wie eingerostet dieser Apparatismus bei mir ist.

Seine depressiven arglistigen Assistenten hingen an den Medienmenschen wie die Kletten. Der eine oder andere von ihnen war entbehrlich, die Hauptmenge würde er vorerst behalten. Neuerdings hatten sie ihre Photokopien aus eigener Tasche zu bezahlen, eine Idee Fritzies. Warum bin ICH nicht auf diese Idee gekommen? dachte er. Weil ich zu gutmütig bin.

Menschen und Mitarbeiter, die er in seinem Zoo nicht haben wollte, waren entfernt worden oder von selbst verschwunden. Die Irren: Wirkus und Daniels, der dem Direktor Rita gemordet hatte, seine Verbündete im Tierreich. Es war fraglich, ob das namenlose Gnu, das Junior durchbohrt hatte, die Lücke zu füllen in der Lage sein würde. Noch immer führte er lange Gespräche mit dem Gnu.

Die Guten: Adler und Junior. Er wußte, wo seine Frau steckte, und dieses Wissen genügte ihm. Mochte sie als Entmündigte eine Zeitlang fortleben in ihren Büchlein, im Zoo war kein Platz für sie und ihren Afrikageruch. Jeden Tag schrubbte Conte den designierten Zootierarzt Koffi mit Lysoform, und schon verloren die Tiere in den Gehegen die Witterung des Wilden, der an der Sorbonne *summa cum* promoviert hatte. Koffi gegen Adler war ein guter Tausch. Junior: ach, gewesen. Ach, Jugend. Zu früh habe ich ihn ins Gnu-Gehege gelassen, das ist der einzige Vorwurf, den ich mir machen muß. Es gab eine Fuge, war es die in As-Dur?, die der Direktor jetzt hin und wieder hörte, wobei er seine Ohren halb mit den Händen bedeckte, während die Ménage die Lautsprecher des Grammophons abschirmte.

Die Unruhestifter: Matthes, der Obertierinspektor, Oberassistent Dr. Harg. Seine Parole zweite Januarwoche »EINE GESCHEITE MAUS WEISS MEHR ALS EIN LOCH« des alten Plautus hatte er natürlich ausschließlich für Matthes herausgegeben, fast zuviel Ehre für die Zoohure, die noch nicht einmal einen Blutbeutel mit den Zähnen aufreißen konnte. Er wußte ja nicht, daß ein verarmter Adliger aus dem Schwarzwald das Problem durch eine Blitzheirat lösen würde. Jetzt »sanierte« sie sein Schloß mit den beträchtlichen Summen Geldes, die ihr die pharmazeutische Industrie für das Lancieren falscher Eckdaten in der Presse zahlte. Dalluge, der jammerte, seine Zähne täten ihm weh, so sehr liebte er die Hure, hatte das Nest, ha, leer vorgefunden, als er von seinen Reisen in Sachen TONLEITERN zurückkehrte. Ein hübsches Experiment stand an, Entspannung und Kurzweil mußten auch zu ihrem Recht kommen. Der Direktor würde eingreifen und Wiederholung generieren, indem er Dalluge vom Würstchenverkäufer zum Chef des Vogelhauses beförderte, wie die Schwestern einst Papageno ins kalte Wasser geworfen hatten. War nicht auch Papageno ein Liebeskranker gewesen, einer, der seine Liebe und damit sich selbst für verloren hielt? Was für ein universeller Irrtum! Würde Dalluge, den alle bereits Papageno II nannten, denselben Irrtum NACHHECHELN? Zum richtigen Zeitpunkt, nach ein paar Jahren, mußte man ihm einen kranken Vogel anvertrauen, einen Kagu II. Wie unendlich beklagenswert, daß es Kagus kaum noch gab. Nun, eine Sonnenralle würde es auch tun.

Schließlich die Unliebsamen, die Zweifel und Zwiespalt Hervorrufenden: Maurice und Papageno. Der Professor für Schmerzforschung, ein ausgefuchster Wissenschaftler, ein miserabler Therapeut, war freiwillig gegangen, frei wie der Wind war er, und dennoch wurde der Direktor das GEFÜHL nicht los, daß Maurice sich am Ende auch in das Blatt verwandelt hatte, mit dem der Wind spielte. Der äußerlich alterslose Zyniker schien zu einem Melancholiker herangereift wie weiland Davidobski, einem Schmerz Erleidenden gar? Die nächste Begegnung mit Maurice versprach Dramatik. Papageno, der sein Schüler hätte werden können, hatte mit den schwachen Strahlungen des schlichten Gemüts und den ungleich machtvolleren geheimen Kräften des geborenen Vogelpflegers, der er war, etwas Niedagewesenes versucht; immer wieder wollte er den Direktor ERINNERN. Woran, das wußte der Direktor nicht mehr so genau. Sei's drum. Er wußte, daß Papageno gefährlich gewesen war für das Gleichgewicht im Zoo, daß er kurz davor gestanden hatte, den Rest zu verstehen …

Papageno war in seiner Stammkneipe verschieden. Er hatte zwei Tage vornübergesunken an einem Tisch gesessen, bis man merkte, daß er nicht schlief, sondern tot war. Herzinsuffizienz, schrieb der Arzt, ein angeborener Herzfehler hatte zu dieser Insuffizienz geführt, zu spät erkannt, zu spät behandelt. Daß es zwei Tage so ausgesehen hatte, als schliefe er, freute den Direktor. Guter Papageno: nur ein Mann seines Formats, der den Tod als Zahlungsbefehl verstand, konnte so sterben, frei von jeder Kampfverhaftung an den zurückbleibenden Feind, die verlorene Liebe. Ein schöner Tod, eine Art Denkmalstarre. Die Altdamenriege richtete ihm ein Begräbnis, das eines

Vogelkönigs würdig gewesen wäre. Zwar war der Sarg ein Nasenquetscher, aber die Blumen! Doppelt so hoch wie der Sarg, begruben sie diesen schon unter sich, noch bevor er in der Erde verschwand. Der Grabstein vom feinsten Verwitterten, das derzeit auf dem Markt zu haben war. Auch einen Spruch hatten sie einmeißeln lassen. Ausgerechnet den präpotenten Plato hatten sie für den alten Suffkopp bemüht: »Schaust nach den Sternen, mein Stern. O wäre ich mit tausend Augen der Himmel, ich sähe nieder mit ihnen auf dich.«

Neue Mitarbeiter ersetzten die alten und führten sich gut ein, indem sie die Wochenparolen auswendig lernten. Effiziente neue Leute, die ihre Humanität zu betonen wußten. Junge Leute, die redeten anstatt zu erzählen. Wie hatte Papageno gesagt, als der Kagu endlich hinüber war? »Wenn einer keine Geschichten erzählen kann, dann verrottet alles, was er weiß und was er ist in ihm, und er bekommt einen Geruch, den nur die Tiere wittern.« Nun, die guten neuen Leute rochen nach künftigen Zuchterfolgen, und kein Tier drehte sich witternd nach ihnen um. Endlich würde Ruhe einkehren im Zoo.

Der Direktor verließ das Zoo-Restaurant. Die Spenderinnen folgten ihm in Scharen. Man gönnte ihm keinen Spaß, keine Erfrischung von seiner schweren Arbeit. Eigentlich war ein kurzes Zusammenspiel der Ménage im Aquarium verabredet worden, bevor der Direktor sein Büro aufsuchte, um den Staatsdienern auf seiner Telefonliste ihre Null- und Nichtigkeit vor Augen zu führen. Nun, die Ménage würde das halbe Stündchen warten. Der Vortrag über Herkules stand erst am Nachmittag an. Ungeahnt süßes WEH erfuhr der Direktor durch die Ménage, zu der Fritzie, Conte und Herkules gehörten. Hin und wieder taten sie sich an einem orientalischen Bananenhändler namens Hadi gütlich, den Fritzie herbeigeschafft hatte. Natürlich hatte er seiner Sekretärin den Mord an den beiden Königspinguinen und die Gehegeschmierereien vergeben. Auch Petster bereitete ihnen viel Freude. Nur schade, daß der Chorleiter nicht dabei war, der junge Chorleiter natürlich, um sein erregendes »Mußt nicht weinen, Feuerle« zu sagen.

Sie BELAGERTEN sein Büro, die alten Wickelkinder, ROTTETEN sich zusammen in seinem Büro, schnüffelten in seinen Schubladen und Papieren, spielten mit seinen Telefonen, weinten, lachten und wollten nicht weichen. Sie waren ihm unheimlich. Würden sie ihr Geld zurückfordern? Eine Rosahaarige betatschte das Modell des Neuen Nachttierhauses, eine Lilahaarige stopfte zwei Erstausgaben seines Standardwerks in ihre Handtasche, eine Grauhaarige näßte die Sitzfläche eines Sessels, eine andere wollte glimmende Leopardenaugen in seiner Phototapete »Weidende Watussi-Rinder vor Sonnenaufgang« entdeckt haben, eine Lindgrünhaarige schob ein Memorandum von Fritzie in den Piranha und lachte keckernd, als die Schnipsel herauskamen, eine Blondierte saß hinter seinem SCHREIBTISCH, ihre weiß bestrumpften Stelzen auf die Platte hievend, und wollte mit ihrem »Anwalt und Impresario« an irgendeiner Küste telefonieren.

»MEINE DAMEN!« sagte der Direktor milde.

Die Kinder schauten ihn erwartungsvoll an.

»ICH LIEBE SIE! ALLE! JEDE EINZELNE VON IHNEN! ICH BIN DER DIREKTOR!«

Sie stimmten ihm zu. Er war der Direktor.

»UND DER DIREKTOR KANN SEINER LIEBE NUR AUSDRUCK VERLEIHEN, WENN ER UNERMÜDLICH ARBEITET FÜR DAS WOHL DES ZOOS, DAS AUCH EUER WOHL IST, MEINE KINDER. ALSO GEHT HÜBSCH IN DEN GARTEN SPIELEN WIE EINST IM MAI!«

Das ließen sie sich nicht zweimal sagen. Ein Knistern von Kostümen, ein Rascheln von Rüschen, ein Zuschnappen von Handtaschen setzte ein, das dem Direktor unangenehm in den Ohren klang. Sie nahmen einander bei den Händen und verließen singend sein Büro.

Der Direktor räumte auf, wobei er feststellen mußte, daß keines seiner Telefone mehr funktionierte. Die zwei externen, das alte und das neue, sie gaben ihre Freizeichen in unregelmäßigen Abständen von sich. Das interne und das neue, geheime interne waren völlig tot. Nun, Fritzie würde es schon richten. Die Staatsdiener konnten warten in ihren Schranken. Aber Herkules konnte nicht warten. Der Direktor verschloß sein Büro und machte sich auf den Weg zu seiner ultrastreng geheimen Neuzüchtung, dem NOCH kleineren maximiert resistenten Miniaturschwein, dessen herzerfrischende Erstausgabe auf den Namen Herkules hörte und des öfteren zu Hause mittat. Je resistenter, desto intelligenter, war die einfache und zugleich unglaublich komplexe Botschaft, die der Direktor am heutigen Nachmittag im kleinen Kreis der Einzuweihenden verkünden würde. Je intelligenter, desto kooperativer im Labor.

Herkules war aus dem eigens für ihn umgebauten K 2 mit seinen Eltern, den schon legendären Bronchialasthma-Heilern, vorübergehend in Papagenos ehemalige Wohnung umgezogen, die der ins Projekt eingeweihte ehemalige Würstchenverkäufer und neue Papageno II Christoph Dalluge bewohnte. »Er schläft«, sagte Papageno II. »Dann wollen wir ihn nicht stören. Schade. Ich erhoffte mir Inspiration für meinen Vortrag. Er ist so schön.«

»Ihre Rede war wunderschön«, sagte Papageno II. »Wissen Sie, was ich glaube? Ich glaube, es waren zwei Riesenschlangen, die sich liebten.«

»Verwende nicht den Namen Riesenschlange.«

»Zwei Wesen, die sich liebten, in der Vorgeschichte. Wie Tee und ich. Wußten Sie, daß wir eine Zeit hatten, die wir die Urzeit nannten?«

»Alle Liebespaare haben das.«

»Nein. Nur wir. Die meisten würden gar nicht auf die Idee kommen. Es war unsere eigene unverwechselbare Urzeit.«

»Eure unwiederbringliche Urzeit. Paß auf meinen Herkules auf. Füge ihm kein Leid zu. Der Garten ist voller Gefahren. Halte die Augen stets offen.«

»Ja.«

»Sei nicht traurig.«

»Doch.«

»Deine Vögel erwarten dich.«

Der Direktor ließ den Lehrling der WIEDERHOLUNG stehen und

gesellte sich zu einem Wickelkind, das die anderen Kinder verloren hatte. Es stand allein vor dem Flußpferdannex.

»Na, verirrt?«

»Ich hab mir nur das Haus angesehen.«

Sie gingen zusammen die anderen suchen. Es war Frau Jael Jappha, er hatte ihr Photo irgendwo in den Jahresberichten gesehen, eine gute Spenderin über die Jahre und angenehm unaufdringlich. Sie fragte ihn, ob sich auch Riesenschlangen häuten. Das, sagte der Direktor, ist eine gute Frage. Er war nicht gewillt, sich über derlei Intimitäten mit dem Publikum auszutauschen. Natürlich gab es noch eine andere Hypothese, das Wesen betreffend, die er tunlichst verschwiegen hatte fürs erste. Wenn sein Scharfblick und seine Kombinationsgabe auch die Verknotungshypothese bevorzugten, seine VORAHNUNG und sein seit Studienzeiten zum ersten Mal wieder aufkommendes GEDÄCHTNIS sagten ihm, daß es vierzig Meter lang war, das wundervolle Geschöpf, und sich selbst in den Schwanz gebissen hatte im Augenblick des Todes.

Nun, beide Möglichkeiten, das ineinander verschlungene Paar und das sich selbst fressende Einzelwesen, bedeuteten mehr oder weniger dasselbe in der Geschichte, die vor allen anderen Geschichten geschehen war.

Aber werdet ihr den Rest verstehen? fragte er die Welt draußen und hob ein letztes Herbstblatt auf, das die hellgrünen Spitzen der Frühlingsansaat verschandelte.

»Wie lang lebt ein Blatt?« sagte Frau Jappha.

»Ein Jahr. Immergrüne, zum Beispiel O Tannenbaum, bringen es auf drei.«

Er wußte jetzt, wer sie war. Er hatte sie bei Papagenos Beerdigung gesehen. Sie hatte Schiefhals gekauft, für eine horrende Summe. Der kooperationswillige Sekretär der Zondek-Ruddy hatte geschrieben, daß seine Brötchengeberin im Sterben lag. Der Direktor war froh, den häßlichen Graupapagei, der seit Ewigkeiten nichts mehr sagen wollte zu seinen Besuchern, endlich loszuwerden. Sollte die Zondek-

Ruddy wider Erwarten von den Halbtoten auferstehen, würde er ihr das Photo einer Attrappe schicken.

Frau Jappha sah fröhlicher aus als die anderen Wickelkinder, lustiger. Ihre kurzen grauen Haare und das runde Kindergesicht und die vollen Lippen erinnerten den Direktor an die Clowns im Zirkus. Schade, daß sie eine Sonnenbrille trug. Er hätte das Augenzwinkern eines Clowns brauchen können.

»Und, Madame, Sie waren auch als Wickelkind in meinem Zoo? Und wohnen jetzt in Übersee?«

»Ich war in Theresienstadt. In Birkenau auch. Dann in London.«

»Wie schön für Sie. Und jetzt geht's heim mit unserem Schiefhals?«

»Nach Afrika. Nach Madagaskar.«

»Afrika«, sagte der Direktor, »ist nicht Madagaskar. Es tut mir leid, Verehrteste, aber ich muß mich sputen. Neue Aufgaben erwarten mich, neue Züchtungen, der Zoo der Zukunft. Das Neue schlechthin.«

»Der arme Vater«, sagte Jael.

Der Direktor entfernte sich kopfschüttelnd. Ein Baum schien ihn verschluckt zu haben. Oder war er durch den Baum hindurchgegangen?

Jael schnupperte. Die Luft roch nach Erdbeermilch. Känguruhs hoppelten in ihrem neuen Gehege, die Kinder im Beutel. Sie hörte einen Vogel singen. Die Luft riecht nach Flieder, der noch gar nicht blüht, und nach Erdbeermilch, die ich nicht trinke, dachte sie. Der Vogel sang: Nur mit mir, nur mit mir.

Sie ging ein paar Schritte und blieb stehen, um einen kleinen Stein aus ihrem Schuh zu schütteln. Ein Regenwurm kroch aus der Erde. Jali kniete sich hin und betrachtete ihn von nahem. Wie schön er war. Sie erinnerte sich an ein Lied, einen Choral. Sie hatte den Text vergessen. Sie erfand einen neuen. Jali sang: Ich will hier bei dir knien, vor dir will ich nicht fliehen.

Nein, sie betete nicht. Sie wollte Gott nicht langweilen, ihm seine Zeit nicht stehlen.